KB107182

고려대학교 민족문화연구원 만주학 총서 ❺

ᠯᠠᡴᠴᠠᡥᠠ ᠵᡝᠴᡝᠨ ᡩᡝ ᡨᠠᡴᡡᡵᠠᡥᠠ ᠪᠠᠪᡝ ᡝᠵᡝᡥᡝ ᠪᡳᡨᡥᡝ

만문본 이역록

滿文本 異域錄

lakcaha jecen de takūraha babe ejehe bithe

최동권, 김유범, 문현수, 최혜빈, 남향림

박문사

〈고려대학교 민족문화연구원 만주학총서〉 발간사

만주는 오랜 역사 속에서 늘 우리 한반도 곁에 있어 왔지만, 한동안은 관심에서 멀어져 있기도 했다. 청나라와 함께 만주족의 국가가 사라지면서 잊혀졌고, 남북분단이 만든 지리적 격절이 그 망각을 더 깊게 하였다. 그러나 만주와 만주족은 여전히 한반도 이웃에 존재한다. 한 민족의 국가가 사라졌다 해서 그 역사와 문화가 모두 사라지는 것은 아니다. 만주족은 동북아 지역의 역사를 이끌어 온 주역 중 하나였고, 유구한 역사 속에서 부침하며 남긴 언어와 문화의 자취는 지금도 면면히 전해지고 있다. 학자들의 노력을 통해 다시 조명되고 있고, 사람들의 관심 속에 되살아나고 있다. 일본과 서구에서 만주학에 대한 관심이 끊이지 않고 이어져 왔을 뿐 아니라, 근래에는 중국에서도 만주학 관련 자료 정리와 연구가 본격적으로 진행되고 있다.

청나라를 세웠던 만주족은 거대 제국을 통치하며 그들의 언어로 많은 자료를 남겼고, 그것은 중국과 한국 및 동아시아 지역을 이해하는 데 소홀히 할 수 없는 귀중한 자산이다. 역사적으로나 지역적으로, 그리고 언어학적으로도 밀접한 관계에 있는 한국은 만주족의 문화를 이해하는 데 좋은 조건을 가지고 있다. 만주를 넘나들며 살아온 한반도 거주민들은 만주족과 역사를 공유하는 부분도 적지 않고 언어학상으로도 유사성을 가지고 있다.

고려대학교 민족문화연구원은 만주학센터를 세워 만주학 관련 자료를 수집 정리하고 간행해 왔으며, 만주어 강좌를 통해 만주학에 대한 관심을 확산시키고, 국내외 전문가들을 초청하여 학술을 교류하며 연구성과를 공유해 왔다. 2012년부터 발간하고 있는 〈만주학총서〉는 그 과정에서 축적되고 있는 학계의 소중한 성과이다.

총서에는 조선후기 사역원에서 사용하던 만주어 학습서('역주 청어노걸대 신석')를 비롯하여, 청나라 팔기군 장병의 전쟁 기록을 담은 일기('만주 팔기 증수 일기'), 인도에서 비롯되어 티벳족과 몽골족의 민간고사까지 포괄해 재편성된 이야기집('언두리가 들려주는 끝나지 않는 이야기') 등 매우 다양한 성격의 자료가 포함되어 있다. 만주학의 연구 성과를 묶은 연구서('청대 만주어 문헌 연구')뿐 아니라, 전 12권으로 발간되는 만주어 사전('교감역주 어제청문감')과 문법 관련서 등 만주학 연구의 기반이 되는 자료들도 적지 않다.

만주학 관련 언어, 문화, 역사 등 각 방면에 걸친 이 자료와 연구성과들은 만주학 발전에 적잖은 도움이 될 것이다. 이 총서의 발간으로 한국에서의 만주학 연구 수준을 한 층 높이고, 한민족과 교류한 다양한 문화에 사람들의 관심을 기울이도록 하는 데 기여할 수 있으리라 기대한다.

2018년 8월

민족문화연구원 원장 김형찬

만문본『이역록』서문

만주학총서는 고려대학교 민족문화연구원 만주학센터의 만주학 연구 성과를 결집해 놓은 보고(寶庫)이다. 더불어 우리 나라에서 만주학이 시작된 역사와 흔적을 담고 있다는 점에서도 귀중한 사료적 가치를 지닌다. 만주어와 그것으로 이루어진 다양한 언어, 문학, 역사, 문화 관련 자료들에 대한 연구는 동북아시아를 재조명하고 그로부터 미래적 가치를 발견하는 새로운 도전이라고 할 수 있다. '중화(中華)'로부터 '이적(夷狄)'으로 패러다임의 새로운 변화에서 만주학이 그 중심에 서 있다.

이번 총서인『이역록(異域錄)』은 청나라 강희제의 명을 받은 사절단이 강희 51년(1712) 5월 베이징에서 출발하여 고비, 몽골, 러시아 시베리아 등을 걸쳐 카스피해 북쪽에서 유목하던 투르구트의 아유키 한(汗)을 만나 강희제의 칙서를 전하고 강희 54년(1715) 3월에 다시 베이징에 도착한 과정을 그린 보고서이자 여행기이다. '북경-몽골-바이칼-칼묵-북경'으로 이어진 여정은 오늘날에도 누구나 한번쯤 따라가 보고픈 여정이라고 생각된다.

저자인 툴리션은 여정을 세세히 기록하는 것은 물론, 각 지역의 우두머리들과 만나 나눈 대화까지도 상당히 적고 있다는 점에서『이역록』은 인문지리지나 이웃 나라의 정세 보고서의 성격도 함께 지니고 있다. 또한 여기에 등장하는 많은 지명과 인명은 대부분 오늘날 그 실체를 파악하는 데 어려움이 없지만, 일부의 어휘는 그 위치나 정체, 의미를 정확하게 파악하기 어려운 것들도 있다. 이번 총서를 준비하며 몇몇 어휘들에 대해 새롭게 그 실체를 밝힐 수 있었던 점은 큰 보람이다.

이번 총서 역시 국내 만주학 연구의 산실인 고려대학교 민족문화연구원 만주학센터의 뜨겁고 진지한 만주학 연구의 결실을 보여 주는 또 하나의 역사로 자리할 것이다. 총서의 기획 및 그에 따른 연구 진행, 그리고 원고의 정리 및 출판 관련 업무에 수고해 주신 모든 분들께 심심한 감사의 인사를 전한다. 이 총서가 국내외에서 만주학에 관심을 갖고 계신 모든 분들께 만주학의 세계로 나아가는 유익한 통로가 되어 주기를 바라 마지않는다.

2018년 무더운 여름,

만주학센터 센터장 김유범

만문본(滿文本)『이역록(異域錄)』해제

최 동 권 · 문 현 수

1.『이역록』과 툴리션

『이역록(異域錄)』은 청나라 강희제의 명을 받은 사절단이 강희(康熙) 51년(1712) 5월 베이징에서 출발하여 고비, 몽골, 러시아 시베리아 등을 걸쳐 카스피해 북쪽에서 유목하던 투르구트의 아유키(ayuki, 阿玉氣) 한(汗)을 만나 강희제의 칙서를 전하고 강희 54년(1715) 3월에 다시 베이징에 도착한 과정을 그린 보고서이자 여행기이다. 사절단은 태자시독(太子侍讀) 인자나(injana, 殷札納)를 대표로 하고 내각시독(內閣侍讀) 툴리션(tulišen, 圖理琛)과 이번원(理藩院) 낭중(郎中) 나얀(nayan, 納顏), 신만주(新滿洲)인 가자르투(gajartu, 噶扎爾圖)와 미티오(mitio, 米邱) 이렇게 다섯 사람이 사절단의 주요 성원으로 보좌하였다. 이외에 러시아 상인 1명, 아랍주르(arabjur, 阿喇布珠爾), 슈거(šuge, 舒哥), 미스(mis, 米斯) 등 4 명이 따랐으며 따로 3 명의 무관(武官)과 전교사(傳敎士), 시종 등이 수행하여 총 32명으로 구성되었다. 이 여행의 표면적인 목적은 아유키 한의 조카 아랍주르를 볼가 강 주변에 있던 투르구트 국에 귀환시키는 것이었지만, 중국 서부지역에서부터 티베트에 걸쳐 막강한 힘을 과시하고 있던 오이라트 몽골의 준가르 처왕 랍탄(tsewang rabtan, 1643-1727)에 대한 견제 목적과 중국의 북쪽에서 강력한 힘을 과시하고 있던 러시아의 상황을 파악하기 위한 목적도 있었던 것으로 추정된다.

『이역록(異域錄)』을 기술한 툴리션(tulišen, 圖理琛, 1667–1741)의 성(姓)은 아얀교로(ayan gioro, 阿顏覺羅), 자(字)는 요포(瑤圃), 만주 정황기인(正黃旗人)이다. 그 선대는 여허(yehe, 葉赫) 사람으로 크게 출세하지 못했다. 어린 시절 가난하였지만 만주어, 중국어, 몽골어에 능통하였으며 러시아어도 어느 정도 이해하였다. 강희(康熙) 25년(1686)에 내각중서(內閣中書)에 임명 받았다가 10년 후 중서과(中書

科) 내각시독(內閣侍讀)으로 승진하였다. 강희 42년(1703)에는 예부(禮部) 우양군총관(牛羊群總管)으로 승진하였으나 목축의 수가 부족하다는 사유로 면직되었다. 강희 51년(1712) 조정에서 볼가 강 하류에 있던 투르구트(turgūt, 土爾扈特)의 아유키 한에게 사절단을 파견할 때 툴리션이 스스로 청하여 참가하였다. 그는 귀국한 뒤 사절단으로서 수행한 내역을 만문(滿文)과 한문(漢文)으로 정리한 보고서를 강희제에게 주상하며 출판을 청하였고, 황제는 이를 직접 주비(硃批)한 후 출판을 명했다. 툴리션은 이 공적으로 인하여 병부원외랑(兵部員外郎)에 올랐다. 옹정(雍正) 시대에 관직이 이부시랑(吏部侍郎)에 올랐고 책릉(策陵)을 따라 러시아와 1727년 캬흐타 조약(Кяхтинский договор, 恰克圖條約)을 체결했다. 건륭(乾隆) 때에는 내각학사(內閣學士)를 지냈다.

툴리션은 귀국 후 준가르 부의 처왕 랍탄(tsewang rabtan)을 정벌하게 되었을 때 몽골과 러시아의 국경에 위치한 추쿠 바이싱에 파견 나가서 시베리아 총독 가가린 마트페이 페트로비치(Гагарин Матфей Федорович)에게 편지를 써서 사절단으로 갔을 때 도움을 준 것에 감사하며 처왕 랍탄을 정벌하는 것의 정당성과 이들의 패잔병이 러시아로 들어올 때 적절히 처리해 주라는 당부의 편지를 보내기도 한다.

2. 만문본 『이역록』과 한문본 『이역록』

만문본 『이역록』은 한문 원간본 『이역록』과 달리 상·하 2권으로 분책되어 있는 것이 큰 특징이다. 이 책의 만주어 제명(題名)은 "lakcaha jecen de takūraha babe ejehe bithe(멀리 떨어진 변경에 파견한 바를 기록한 책)"이며, 판심(版心)에는 "異域錄"이 판각되어 있다. 판심 아래에는 툴리션의 당호(堂號)인 "구내당(九耐堂)"도 판각되어 있는데 한문본에서는 찾아보기 어렵다. 만문본에는 한문본에는 없는 저자 자신의 서문(序文)이 상권에 수록되어 있고 황제께 올리는 주청문(奏請文)이 하권에 수록되어 있다는 점에서 자료적 가치를 더한다고 할 수 있다.

만문본 『이역록』 하권에 수록된 주청문(奏請文)에는 "nikan bithe kamcifi wesimbu(漢文 아울러서 올려라)" 하는 부분이 나오는데, 이를 통해 『이역록』은 만문본이 먼저 작성된 이후에 한문본이 만들어졌다는 것도 알 수 있다. 한문본 『이역록』에는 만문본 『이역록』에는 없는 주석이 추가된 곳이 존재하고 일부 내용상의 오류가 수정된 경우가 있어 한문본이 만문본의 개선판이라고 생각될 수 있다. 하지만 한문본에는 『이역록』을 간행하게 된 경위가 자세히 서술되어 있는 툴리션의 자서(自序)가 없다는 점, 그리고 만문본과 비교하여 누락된 곳이 곳곳에 있어 전후 사정을 파악하기 어려운 부분이 군데군데 존재한다는 점에서, 한문본이 만문본보다 꼭 우수하다고만은 할 수 없다.

한문본『이역록』 중 원간본은 2종이 존재하는데, 옹정 원년(1723)의 서(序)가 있는 것과 옹정 2년(1724)의 서(序)가 있는 것이 있다. 전자는 상·하권으로 분권되어 있는 만문본과는 달리 분권이 되어 있지 않은 1책본이고 후자는 옹정 원년 간기(刊記)에 왕국동(王國棟)의 서(序)와 호언영(胡彥穎)의 발(跋)을 더한 것으로 이외에는 전자와 큰 차이가 없다. 사고본(四庫本)은 원간본의 체재를 고쳐 상·하 2권으로 분권한 것이 특징이다. 또한 서발(序跋)과 여도(輿圖)가 삭제되고 제요(提要)가 추가되어 있으며, 인명과 지명 등이 모두 건륭 때의 표기법으로 수정된 것이 특징이다. 계암본(桂岩本)은 완결본으로서 기존『이역록』 말미에 탈락된 내용이 보충되어 있는 것이 가장 큰 특징이다.

3. 툴리션의 여정(旅程)

툴리션은 북경을 출발하여 고비를 거쳐 몽골과 러시아를 통과하여 아유키 한이 살던 투르구트 지역까지 간 후 다시 북경으로 돌아왔다. 툴리션의 여정을 간략히 제시하면 아래와 같다.

[북경에서 몽골로]

툴리션은 강희 51년(1712) 4월 22일 강희제를 친견(親見)한 후 5월 20일 북경에서 출발하여, 6월 2일에는 몽골고원과 중국 동북 평원의 경계를 이루는 산맥인 홍안령(興安嶺), 6월 16일에는 아르갈린투 쿠부르(argalintu kūbur), 6월 17일에는 줄후이(julhui)를 거쳐 7월 5일에는 툴라(tula) 강을 건넌다.

[몽골에서 바이칼로]

강희 51년(1712) 7월 23일에는 추쿠 바이싱에 도착하여 5개월 23일 동안 머물다가 강희 52년(1713) 1월 16일에 출발하여 1월 21일에는 바이칼 호수를 횡단하고 1월 25일에는 현재 러시아 이르쿠츠크 주의 주도인 어르쿠 성에 다다른다. 이후 얼음이 녹는 5월 4일까지 어르쿠 성에 머물다가 앙가라 강을 따라 배를 타고 떠난다. 이후 기여디(giyedi) 강, 옵(ob) 강, 어르치스(ercis) 강을 따라 배를 타고 이동하여 6월 22일 딤얀스코(dimyansk'o)에 도착하고 배를 정비한 후 6월 25일에 다시 길을 떠난다.

[바이칼에서 칼묵으로]

강희 52년(1713) 7월 4일에는 토볼(Тобол)에 도착하여 12일에 출발하여 토볼(Тобол) 강과 투라(Тура) 강을 따라 이동한다. 이후 7월 23일에는 투민(Тюмень), 8월 2일에는 야반친(yabancin)에 도착한다. 이후 배가 아닌 육로로 이동하다가 8월 25일 솔리캄스크(Соликамск)에 다다랐는데, 길이 좋지 않아 강이 얼기를 기다렸다가 10월 2일에 다시 출발한다. 이후 캄(Ка́ма) 강, 피야트키(Вя́тка) 강, 볼가(Во́лга) 강을 따라 이동하다가 11월 3일에는 심비르스크(Симбирск), 11월 16일에는 러시아와 투르구트의 국경 지역인 사라토프(Саратов)에 이른다. 사라토푸에 머물던 툴리션 일행은 볼가 강이 녹기를 기다렸다가 강희 53년(1714) 4월 5일 투르구트의 신하를 만난 후, 5월 16일에 함께 이질(Ижил) 강을 건너 6월 1일에 투르구트의 아유키 한(汗)이 거주하던 마누토하이(manutohai) 지역에 도착한다.

[칼묵에서 북경으로]

툴리션 일행은 6월 2일 아유키 한(汗)과 면담한 후, 6월 14일 귀국길에 올랐다. 귀국 길은 투르구트에 가던 여정과 많이 다르다. 투르구트에 가던 길은 주로 북쪽으로 흐르는 러시아의 강을 따라 북쪽으로 이동한 후 볼가강을 따라 남하하는 루트를 이용하였다면 귀국길에는 북쪽으로 흐르는 강물의 흐름을 이용할 수 없기 때문이다. 6월 30일에는 카잔(Казань), 8월 16일에는 허린노푸(herinnofu), 오늘날의 키로프(Киров)에 다다랐다. 허린노푸에서는 10월 12일에 출발하여 토볼(Тобол)에 11월 7일 도착하였으며, 여기에서 머물다가 12월 22일에 어르치스(Эрчис) 강을 따라 이동하기 시작했다. 이후 12월 29일에는 타라(Та́ра)에 다다른 후 강희 54년(1715) 1월 2일에 다시 출발하여 톰스크(Томск), 에니세이(Енисей), 일림(Ильм) 성을 거쳐 3월 27일 북경 창춘원(暢春園)에 이른다.

4. 만문 『이역록』의 어휘 연구

이역록에는 지명과 인명 등 많은 어휘가 등장하고 있지만 오늘날 이들 지명의 위치와 인명이 가리키는 인물에 대해 대부분 그 실체를 파악하는데 큰 어려움이 없다. 다만 일부 지명과 인명은 그 위치와 인물을 명확하게 파악하기 어려운 것들이 있고, 일부 어휘들 중에서도 그 의미를 파악하기 어려운 어휘들이 있다. 본고에서 새롭게 밝힌 어휘들의 예를 들면 다음과 같다.

(1) jak moo : 한문본 『이역록』에서 '葉似三春柳, 質甚堅'이라고 주를 달고 있다. 『청문감(淸文鑑)』에서는 '작목(灼木)'으로 한역(漢譯)하며 '고비에서 생육한다. 멀리서 보면 고목(枯木)과

같고 잎은 만년호(萬年蒿)와 비슷하다. 높이는 2 장(丈)에 이른다. 푸를 때에 불을 붙여도 곧 타버려 숯과 같다'고 설명하고 있다. 이 나무는 몽골어 작나무(заг мод)로 중앙아시아 사막 지역에서 자라는 작은 관목을 가리킨다.

(2) 강희제(康熙帝)의 비문(碑文) : 『이역록여도(異域錄輿圖)』에는 네르친스크 조약(Нерчинский договор)을 기록한 비(碑)의 위치와 함께 또 다른 비에 대한 위치가 표시되어 있다. 이 비석의 위치는 토노(tono) 산과 후렌(Хөлөн) 호수 사이, 헤르렌(Хэрлэн) 강가에 있다. 토노(Тооно) 산은 지금의 울란바토르의 동쪽 바얀 울란(Баян-Улаан) 산의 동남쪽, 힌티(Хэнтий) 아이막의 델게르한(Дэлгэрхаан) 솜의 동남쪽 헤르렌 강 좌안에 있는 헤르렌 토노(Хэрлэн Тооно) 산을 가리킨다. 이 산에는 1696년 강희제가 스스로 군대를 이끌고 오이라트(Ойрад)의 갈단(Галдан)과 5일 동안 싸워 승리한 역사를 기념하여 세운 비가 있었다. 이마니시 슌수(今西春秋)의 『校注異域錄』(天理, 1964)에서는 이 비가 네르친스크 비문과 함께 전해지지 않고 있다고 하였지만 강희제의 비문은 오늘날 몽골 국립역사박물관으로 이전하여 보관되어 있다.

(3) 러시아 바이칼 호수에서 출발하여 앙가라강을 따라 갈 때 항해에 지장을 주는 장애물을 나타내는 porok, sifira, bek 등이 있고 이들의 위치를 표시하는 이름도 여럿 나열되어 있다. porok(破落克)은 물 밑의 암초 때문에 생기는 여울을 가리키는 러시아어 포록(Порог)이다. sifira(西費喇)는 시베리아와 우랄 지방 하천에서 흐름이 빠르고 돌이 많은 곳을 가리키는 러시아어 시베라(шивера)이다. bek(碑克)은 산꼭대기, 봉우리, 고봉(孤峰), 돌출부, 최고점 등을 나타내는 픽(пик)을 가리킨다.

(4) 오늘날 몽골과 러시아의 경계에 위치하고 있는 여러 도시가 등장하고 있으나 정확한 위치가 파악되지 않았다. 본고에서는 이들 지명의 현재 위치를 밝혔는데 예를 들면 다음과 같다.

Bora(博拉) : 현재 캬흐타(Кяхта) 남쪽의 알탄불락(Алтанбулаг)으로 추정된다. 알탄불락은 중국어로는 마이마이성(買賣城)이라 하며, 치코이(러시아어 Чикой, 몽골어 Цөх гол, 부랴트어 Сүхэ гол) 강 주변에 있다. 러시아의 국경 도시인 부랴트(Бурятия)의 캬흐타와 마주하고 있다. 1727년 캬흐타 조약으로 러시아와 청(淸)나라의 국경이 정해진 뒤 이곳은 양국의 교역장이 되었는데, 그 이전에도 중국 상인들이 내왕하였으며 시베리아의 모피와 중국의 차 · 직물 등의 통상이 활발하였다. 몽골의 수도 울란바토르와 부랴트의 수도 울란우데(Улан-Удэ)를 잇는 도로가 지나가는 곳이며, 양국의 무역 중계지이다. 1921년 수흐바타르(Сүхбаатар)가 이끄는 몽골군이 이곳을 점령한 후 이를 기념하여 '알탄불락(황금의 샘)'으로 개칭하였다.

cuku baising(楚庫栢興) : baising은 몽골어로 배신(байшин)이라 하며 집, 통나무집, 건물 등 이동식 주택이 아닌 고정가옥을 가리키는데 『이역록』에서는 집단거주지를 가리키는데도 쓰인다. 추쿠 바이싱(몽골어 Цөх байшин)은 노보세렌긴스크(Новоселенгинск)의 몽골 이름으로 치코이(러시아어 Чикой, 몽골어 Цөх гол, 부랴트어 Сүхэ гол) 강 주변에 있다. 'baising ni julergi juwan bai dubede, selengge bira de dosikabi, 강 동남쪽에서 흘러와서 바이싱의 남쪽 십 리 끝에서 세렝게 강에 들어갔다'는 기록에 따르면 추쿠 바이싱의 위치는 오늘날 노보세렌긴스크(Новоселенги́нск)로 판단되며 이곳은 1906년까지 스타리 세렌긴스크(Старый селенгинск)로 불렀던 곳이다. 1665년 카작(каза́ки)에 의해 세워졌으나 1668년 몽골 투세트 한(Түшээт хан)이 점령하였고 1689년 네르친스크 조약에 의해 러시아 땅이 되었다.

bosolisk'o(博索爾斯科) : 포솔스코이(Посольское)는 부랴트공화국의 카반스키(Кабанский) 지역에 있는 마을로 포솔스코이 만으로 흘러들어가는 보리샤(Большая) 강 입구에 있다. 울란우데에서 163km 떨어져 있다. 1728년에서 1839년까지 바이칼 호의 서쪽 해안과 함께 이르쿠츠크의 우편 업무를 수행하는 주요한 항구였다. 이마니시 슌수(今西春秋)의 『校注異域錄』(天理, 1964)에서 오늘날의 바부시킨(babushkin)이라고 한 것은 오류이다. 바부시킨은 1892년에 세워진 도시다.

『이역록』은 다른 사람의 전언을 전해들은 여행담을 기록하거나 스스로의 여행이더라도 명소(名所)의 아름다움이나 운치를 읊는 것이 보통이었던 여타의 기행문과는 사뭇 다른 특징을 보인다. 저자인 툴리션은 『이역록』에서 자신이 들렀던 지역의 외형이나 풍습, 물산, 심지어 주둔하고 있는 병사의 수 등을 세세히 기록하는 한편, 한 지역을 떠나 다른 지역에 도착하기까지의 여정에 대해서도 세세하게 기록하고 있다. 또한 자신이 강희제에게 주상한 주문(奏文)이나 강희제가 자신에게 내린 황지(皇旨)의 내용을 흡사 대화를 주고받는 것처럼 기록하고 있으며, 각 지역의 우두머리들과 만났을 때 나누었던 대화도 상당히 세세한 내역까지 기술하고 있다. 이러한 점에서『이역록』은 단순한 기행문이 아니라 인문지리지(人文地理志), 나아가 이웃 나라의 정세 보고서의 성격도 함께 지닌다고도 할 수 있을 것이다.

툴리션의 기록은 매우 정확하여 오늘날의 최신 정보와 비교하여도 거의 오차가 없다. 특이한 점은 만리장성을 넘어서 러시아 국경까지의 경로에 있는 지명과 인명 정보는 거의 부정확하다는 것이다. 아마도 당시 전쟁이 계속되고 있던 정치적 상황 때문에 차명을 사용한 것으로 판단된다. 툴리션이 이동한 경로는 모피를 수집하러 다니던 러시아 상인들이 주로 이동하였다고 해서 '모피의 길'로 불리던 경로 중 하나로 러시아 동방 진출의 경로이기도 하다. 시베리아철도가 건설되고 나서는 효율성이 떨어져 큰 관심을 끌지 못하지만 시베리아를 이해하는데 있어서 매우 중요한 역사적 루트이며 기록이다. 또한 청나라 시대에 간행된 많은 만문본 자료는 한문으로 쓰여진 다음 이것을 만주어로 번역하는 과정을 거친 자료들이 대부분이지만 이역록은 만주어로 먼저 쓰고 이것을 한문으로 번역하였다는 점에서 만주어 연구에 있어서도 큰 의미가 있다. 본고에서는 만문본 원본을 제시하고 묄렌도르프(Möelendorf) 방식에 따라 전사한 후 대역과 번역을 하고 주석을 달았다.

북경에서 출발하여 몽골, 러시아를 거쳐 오늘날 러시아 칼묵공화국에 위치하고 있는 투르구트(Торгууд)의 아유키 한(汗)이 머물던 마누토하이(manutohai)로 가는 여정을 실선으로 표시하고 주요 지점을 표시하였다. 점선은 귀국할 때의 노정으로 가던 길과 중복되지 않은 부분을 표시하였다.

❶ 북경(北京)
❷ 장자커우(張家口)
❸ 울란바토르(Улаанбаатар)
❹ 캬흐타(Кяхта)
❺ 울란우데(Улан-Удэ)
❻ 이르쿠츠크(Иркутск)
❼ 우스트 일림스크(Усть-Илимск)

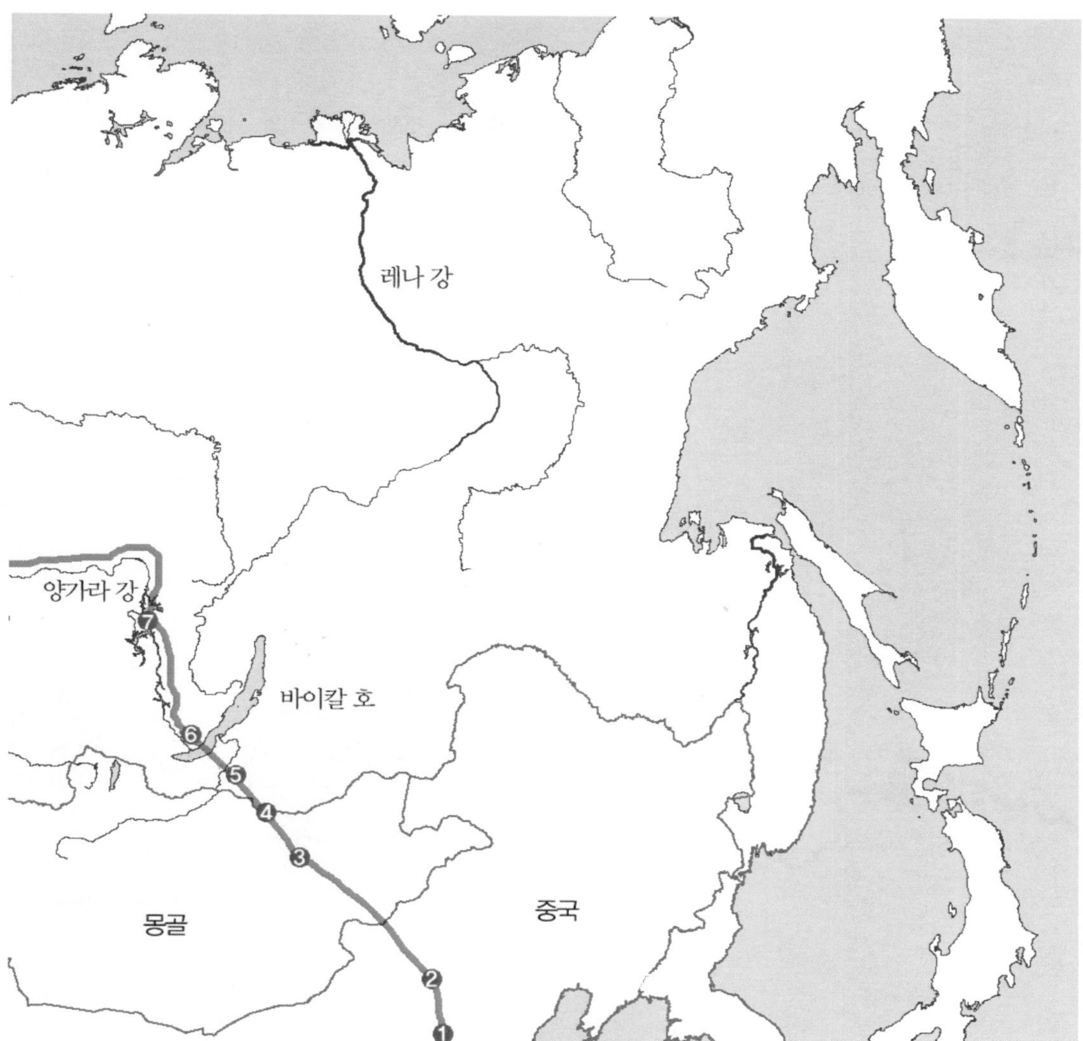

❽ 에니세이스크(Енисейск)
❾ 수르구트(Сургут)
❿ 한티-만시(Ханты-Мансийск)
⓫ 토볼스크(Тобольск)
⓬ 튜멘(Тюмень)
⓭ 소리캄스크(Соликамск)
⓮ 키로프(Киров)
⓯ 카잔(Казань)
⓰ 사라토프(Саратов)
⓱ 마누토하이(Manutohai) / 칼묵(Хальмг)
⓲ 톰스크(Томск)

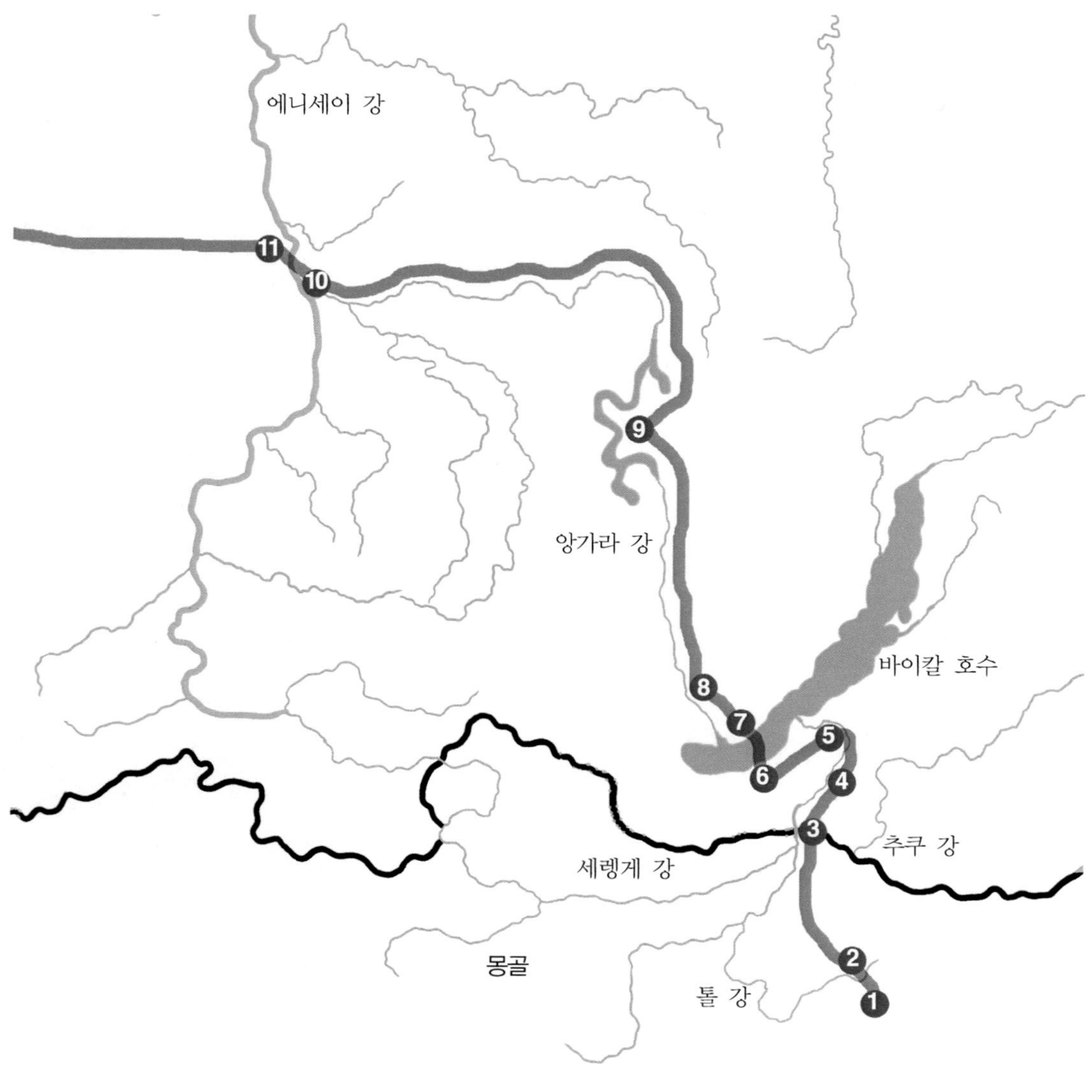

북경에서 출발하여 고비사막을 지나, 오늘날 몽골의 수도인 ❷울란바토르 인근에 위치하고 있는 ❶존모드(Зуунмод)에 도착한 후, 강희(康熙) 51년 7월 5일 톨(Туул) 강을 건너 러시아로 향하였다. 7월 23일 몽골과 러시아의 국경에 위치한 ❸캬흐타(Кяхта)를 거쳐 러시아의 국경도시 ❹추쿠 바이싱(Цөх байшин, 오늘날의 Новоселенгинск)에 도착하여 5개월 23일 동안 러시아 황제의 입국허가를 기다리며 머물렀다.

부리야트 몽골의 수도인 ❺울란우데(Улан-Удэ)를 거쳐, 강희 52년 1월 16일 바이칼 호수 남단의 ❻포솔스코이(Посольское)와 북단에 위치한 ❼고루우스트노이(Голоустное)를 통해 바이칼 호수를 횡단하고, 52년 1월 25일 이르쿠츠크 주의 주도인 ❽이르쿠츠크(Иркутск)에 도착하였다.

바로 출발하기를 원하였으나 수로를 이용하기 위해서 앙가라(Ангара) 강의 얼음이 녹기를 기다려 5월 4일 배를 타고 출발하였다. 앙가라 강과 일림(Ильм) 강이 합류하는 곳에 위치한 ❾우스트 일림스크(Усть Илимск)를 거쳐, 5월 23일 앙가라강과 에니세이 강이 합류하는 곳에 위치한 ❿에니세이스크(Енисейск)를 거쳐 에니세이스크에서 북쪽으로 12km 떨어진 ⓫우스트켐(Усть-Кемь)에서 육로로 이동하는 여정을 표시하였다.

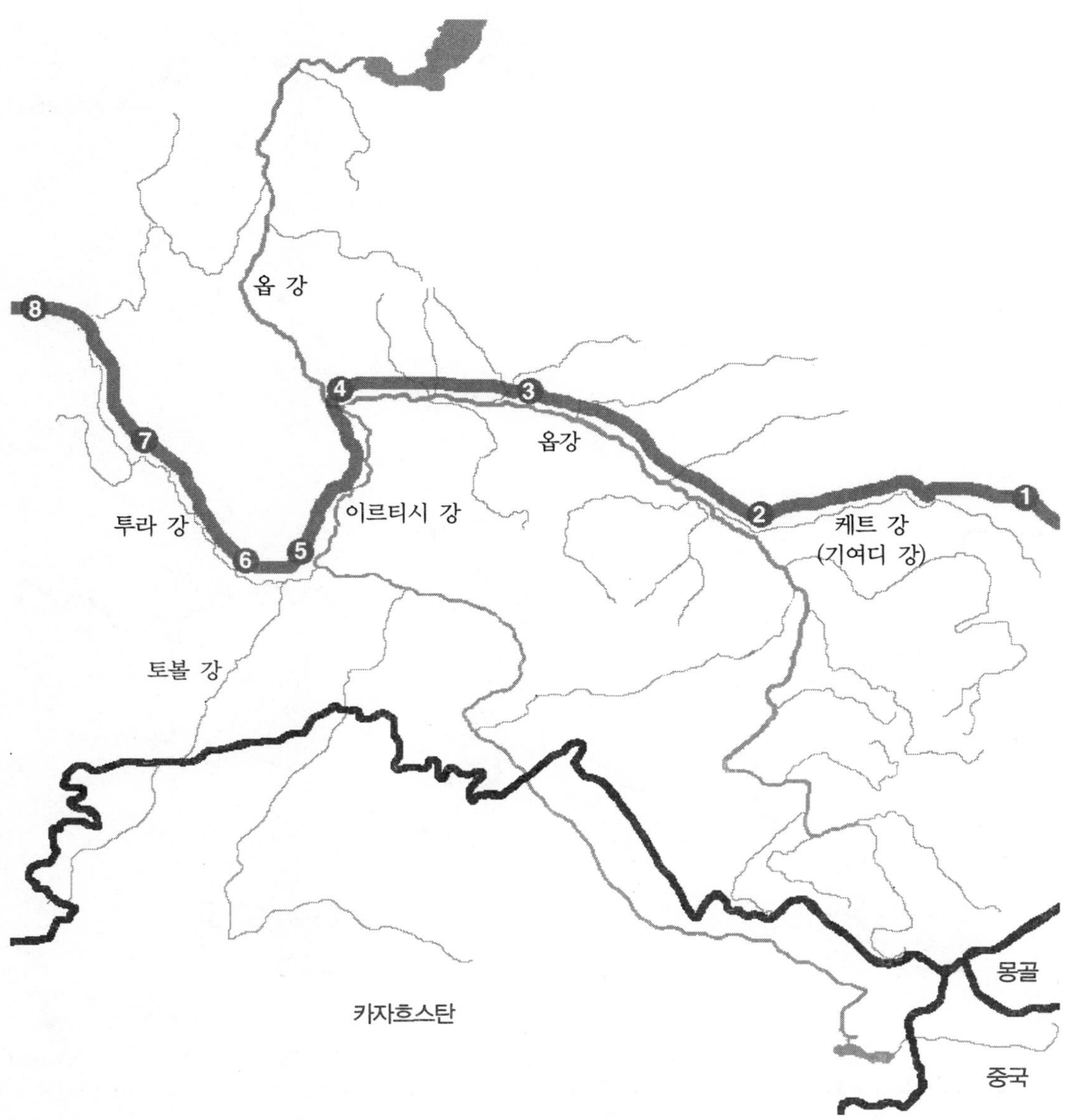

우스트켐(Усть-Кемь)에서 육로로 출발하여 ❶마코프스코이(Маковское) 고개를 넘은 후, 기여디(giyedi, 오늘날의 Кеть) 강에 이르러 배를 타고 이동하였다. 강희 52년 5월 16일 ❷나림(Нарым)에서 옵 (обь) 강에 합류하고, ❸수르구트(Сургут)를 거쳐 이르티시(Eртіс) 강과 합류한 지점에 있는 ❹사마로보(Самарово, 오늘날의 Khanty-Mansiysk)에 도착하였다.

여기서부터는 이르티시(Eртіс) 강을 거슬러 올라가다가, 7월 4일 ❺토볼스크(Тобольск)에서부터는 토볼(Тобол) 강을 따라 이동하고, 지류인 투라(Тура) 강을 만나서는 강을 따라 ❻튜멘(Тюмень), ❼여판친(yepanchin, 오늘날의 Туринск)를 거친 후, 육로로 이동하여 베르호토르스키 고리(Верхотурские горы) 고개를 넘어, 52년 8월 25일 ❽소리캄스크(Соликамск)에 도달하는 여정을 표시하였다.

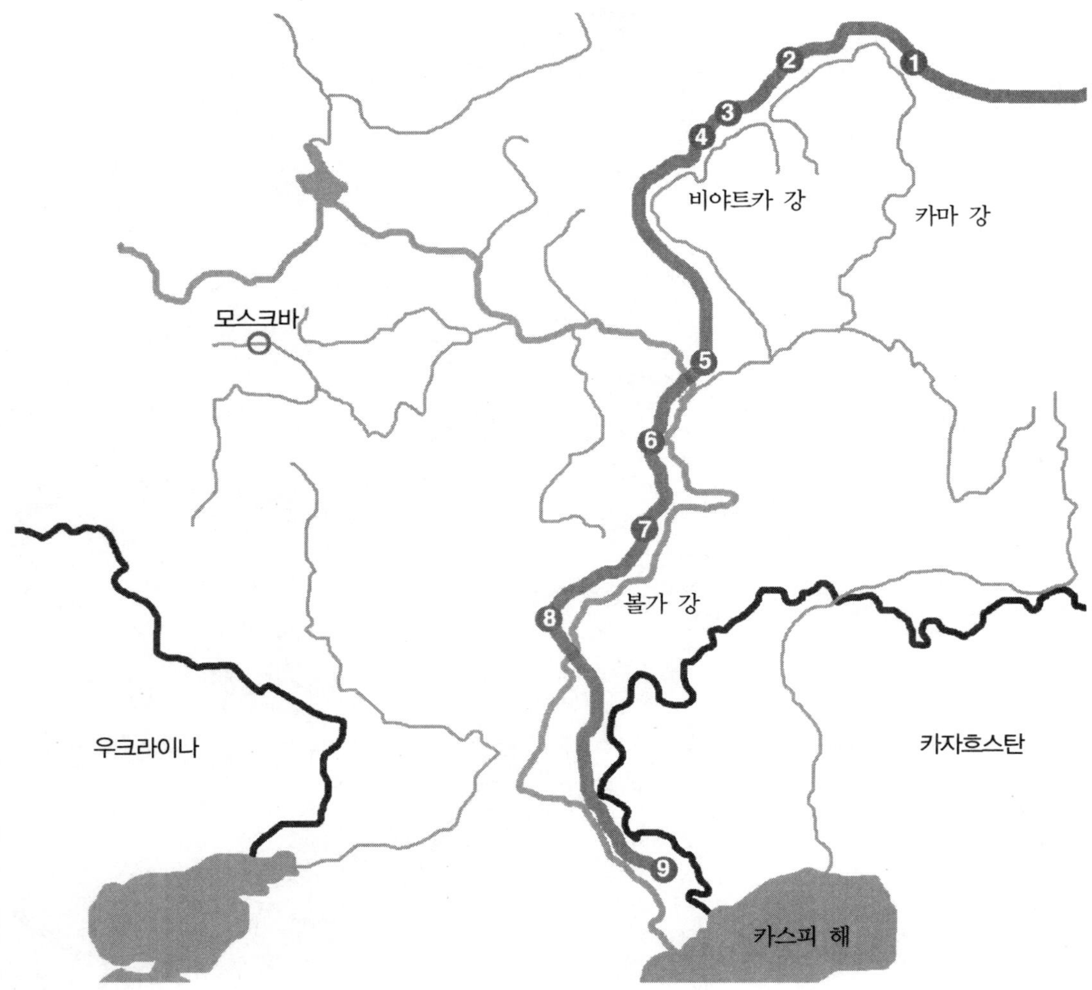

강희 52년 10월 2일 길이 좋지 않아서 ❶소리캄스크(Соликамск)에서 강이 얼기를 기다렸다가, 카마(Кама) 강을 따라 이동하여 ❷가이나(Гайна)를 지난 후, ❸슬로보드스코이(Слободской)에서는 비야트카(Вя́тка) 강을 따라 이동하여 ❹흘리노프(Хлынов, 오늘날의 Киров)를 거쳐 ❺카잔(Казань)에 도착하였다.

10월 30일에 카잔에서 출발하여 볼가(Во́лга) 강을 따라 이동하여 ❻심비르스크(Симбирск, 오늘날의 ульяновск), ❼시즈란(Сызрань)을 거쳐 52년 11월 16일 러시아와 투르구트(Торгууд)의 국경 지역인 ❽사라토프(Саратов)에 도착하였다.

이후 사라토프에서 입국허가를 6개월 동안 기다리다가 강희 53년 5월 16일 이질(Ижил) 강을 건너, 53년 6월 1일 투르구트의 아유키 한(汗)이 머무는 ❾마누토하이(manutohai)에 도착한 후, 53년 6월 2일 왕을 면담하는 여정을 표시하였다.

▌목 차▌

만문본 이역록 상권

滿文本 異域錄

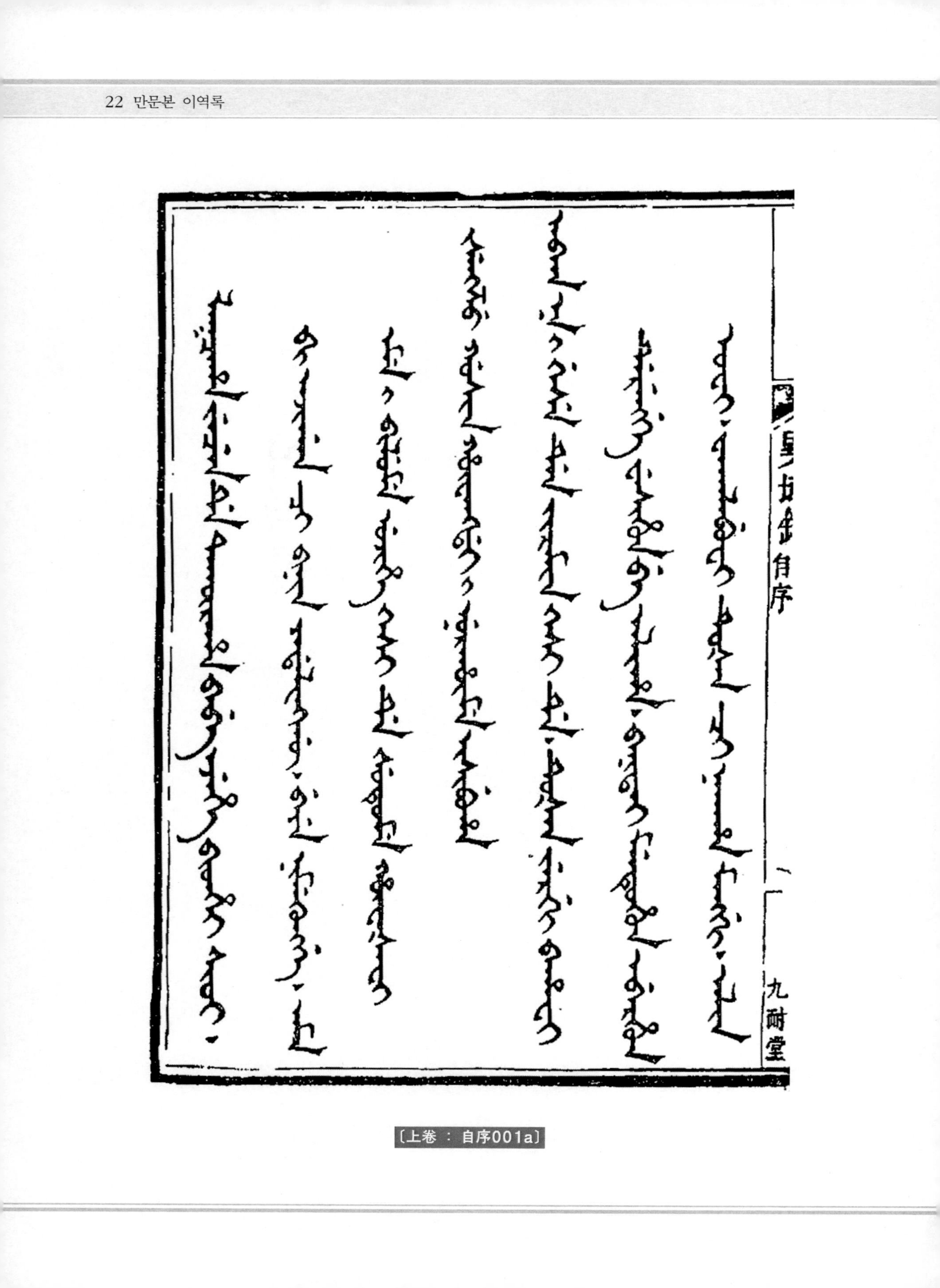

異域錄 自序 一 九耐堂

〔上卷 : 自序001a〕

lakcaha jecen de takūraha babe ejehe bithei sioi.
멀리 떨어진 변경 에 파견한 바를 기록한 책의 序

bi[1] ajigan ci banin yadalinggū, beye nimekungge, ama
나 어릴적 부터 천성 나약하고 몸 병약한 것 아버지

eme i bilume ujihe kesi de šutume hūwašafi
어머니 의 정성드려 기른 은덕 에 점차 자라 성장하여

šengdzu gosin hūwangdi[2] i nurhūme isibuha
聖祖 仁 皇帝 의 잇달아 보내준

abka na i gese den jiramin kesi de, tušan jergi bahafi
하늘 땅 의 처럼 높고 두터운 은덕 에 職 位 얻어서

derengge wesihun be aliha. banitai mentuhun eberhun
영화 존귀함 을 받았다. 본성 어리석고 유약하고

ofi, wakalabufi tušan ci nakaha manggi, alin
하여서 탄핵되어 職 에서 그만둔 후 산

[한문]

自叙

予少質弱多病 賴親撫育 至於成立 屢蒙聖祖仁皇帝覆載深恩 身膺仕籍 得受榮顯 自愧庸愚 獲愆罷斥 退居山

—— ◦ —— ◦ —— ◦ ——

나는 어릴 적부터 천성이 약하고 몸이 병약하였지만, 부모님이 보살펴 키우신 덕택에 어른이 되어, 성조인황제(聖祖仁皇帝)께서 잇달아 주신 하늘과 땅 같이 높고 두터운 은덕에 벼슬을 얻어 명성을 얻게 되었다. 나는 본성이 어리석고 유약하여서 탄핵을 받아 관직에서 물러난 후, 산촌(山村)

---

1) 저자인 툴리션(tulišen, 圖理琛, 1667 - 1741)을 말한다. 툴리션의 성(姓)은 아안각라(阿顔覺羅), 자(字)는 요포(瑤圃), 만주 정황기인(正黃旗人)이다. 그 선대는 엽혁나납부(葉赫那納部) 사람으로 크게 출세하지 못했다. 어린 시절 가난하였지만 만주어, 중국어, 몽골어에 능통하였으며 러시아어도 어느 정도 이해하였다. 강희(康熙) 25년(1686)에 내각중서(內閣中書)에 임명 받았다가 10년 후 중서과(中書科) 내각시독(內閣侍讀)으로 승진하였다. 강희 42년(1703)에는 예부(禮部) 우양군총관(牛羊群總管)으로 승진하였으나 목축의 수가 부족하다는 사유로 면직되었다. 강희 51년(1712) 조정에서 볼가 강 하류에 있던 투르구트(土爾扈特)의 아유키 한에게 사절단을 파견할 때 툴리션이 스스로 청하여 참가하였다. 귀국한 뒤 이역록(異域錄)을 쓰고 병부원외랑(兵部員外郞)에 올랐다. 옹정(雍正) 시대에 관직이 이부시랑(吏部侍郞)에 올랐고 책릉(策陵)을 따라 러시아와 1727년 캬흐타 조약(Кяхтинский договор, 恰克圖條約)을 체결했다. 건륭(乾隆) 때에는 내각학사(內閣學士)를 지냈다.

2) šengdzu gosin hūwangdi : 성조인황제(聖祖仁黃帝). 연호는 강희(康熙), 휘는 현엽(玄燁)이다. 재위 기간은 61년(1662−1722)이다.

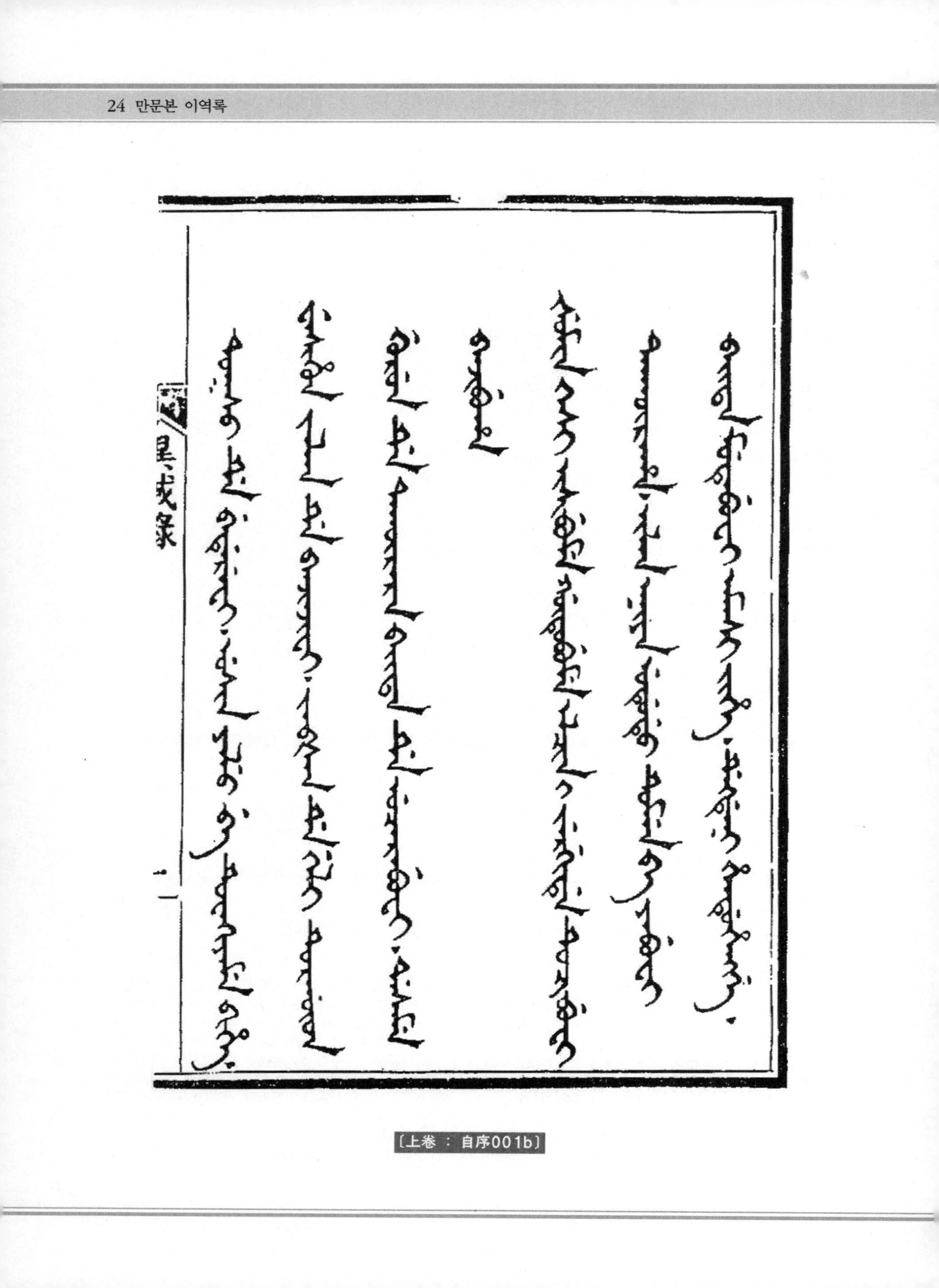

異域錄

二

〔上卷 : 自序001b〕

tokso de bederefi, usin yalu be tuwakiyame bihe.
촌 에 물러나 전원 을 돌보고 있었다.

wesihun jalan de banjinjifi, jabšan de geli turgūt[3)]
盛 世 에 태어나서 행운 에 또 투르구트

gurun de takūrara baita de ucarabufi, dasame
나라 에 파견되는 일 에 만나게 되어서 다시

banjibuha
살게 한

šumin kesi isibume gūtubume elcin i jergide tucibufi
깊은 은덕 보답하여 욕되이 사신 의 行列에 천거하여

takūraha. ilan aniya ududu tumen ba yabufi
파견하였다. 삼 년 수 만 리 가서

baita mutebufi amasi jihe. dekdeni henduhengge,
일 완수하고 돌아 왔다. 속담의 말한 것

[한문]

麓躬事畎畝 生逢盛世 得邀遣使土爾虎特國曠典 沐再生之德 忝列使臣奉命前往 三易寒暑 往返數萬里

—— ◦ —— ◦ —— ◦ ——

에 물러나 전원(田園)을 돌보고 있었다. 성세(盛世)에 태어나서, (황제께서) 운 좋게 또 투르구트국에 파견되는 일을 맡기시므로, 다시 내리신 깊은 은덕을 받아 욕되이 사신의 행렬에 포함되어 파견되었으니, 삼 년 동안 수만 리를 가서 일을 완수하고 돌아왔다. 세간에서 말하기를,

3) turgūt(土爾扈特) : 투르구트(몽골어 Торгууд). 투르구트족은 서부 몽골의 오이라트 네 부족 중 하나이다. 오이라트 연맹이 붕괴한 후 1630년 볼가(Волга) 강 유역으로 이동하여 칼묵(Хальмг)의 중심 세력을 형성하게 되었다. 1699년 15,000 가구의 투르구트족이 볼가강 지역에서 준가르(Dzungar) 지역으로 이주하였다가 준가르 한국(汗國)이 멸망한 후 1758년 다시 볼가강 유역으로 10,000 가구가 이동했다. 1771년 이후 러시아 정부에 의해 대부분의 투르구트족은 준가르 지역과 서부 몽골로 이주하고 약 70,000명의 투르구트족이 남았는데 이들을 칼묵, 또는 '잔류자' remnant라고 부른다.

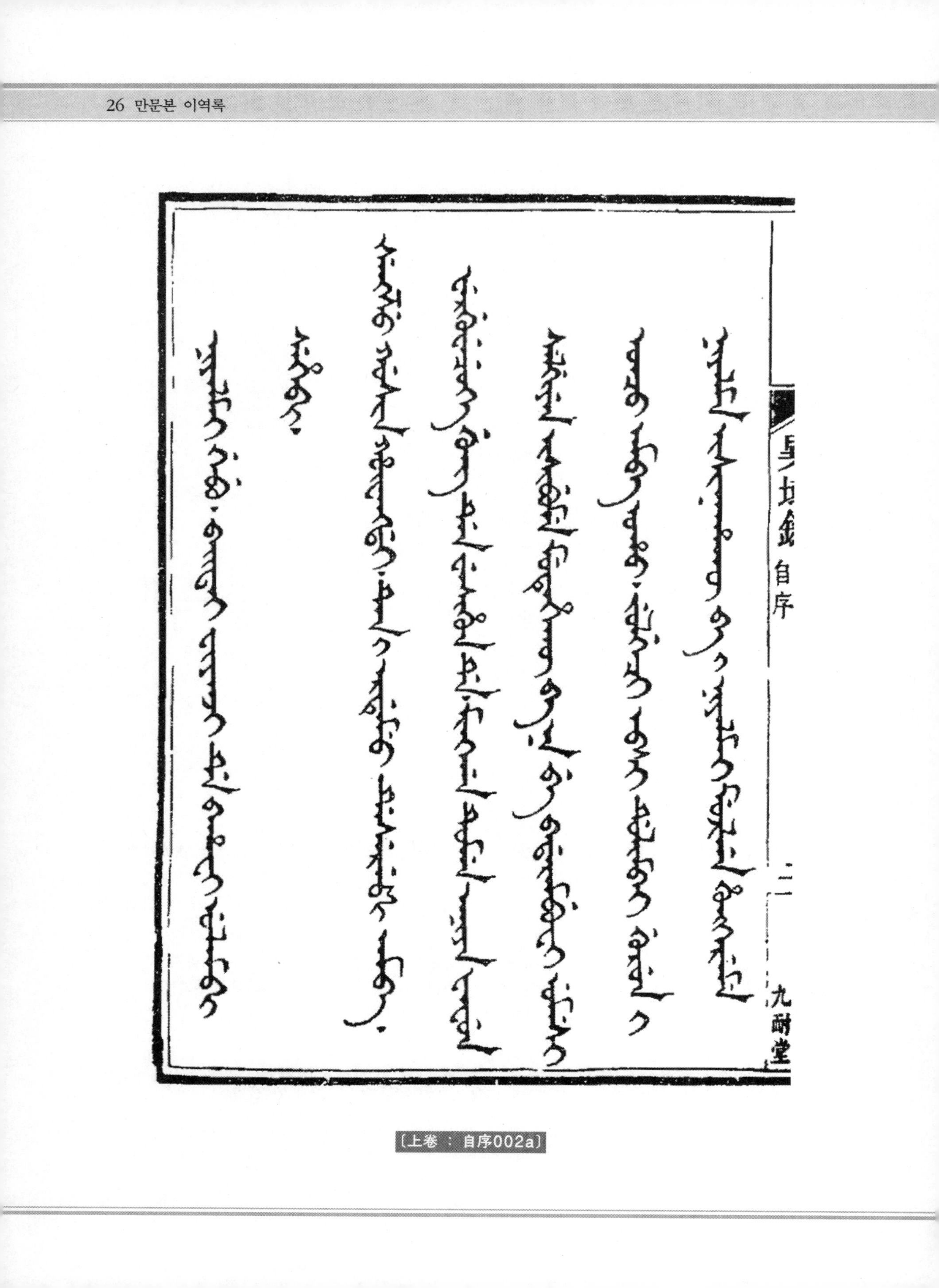

異域錄 自序 二 九耐堂

〔上卷 : 自序002a〕

niyalmai gebu, baitai fiyanji de bahafi ulambi
사람의 명성 일의 끝 에 얻어서 전한다

sehebi.
하였다.

šengdzu gosin hūwangdi. ten i erdemu deserepi amba,
聖祖 仁 皇帝 지극 의 덕 넓고 크며

ferguwecuke gung den wesihun de, minggan tumen aniya fafun
신묘한 功 높고 존귀함 에 천 만 년 法

selgiyen isibume mutehekū ba na be badarambufi umesi
슈 미치게 할 수 없었던 地 域 을 넓혀서 매우

onco amba oho. julgeci ebsi dulimbai gurun i
넓고 크게 되었다. 예부터 이때까지 中 國 의

niyalma isinahakū ba i niyalmai mujilen hungkereme
사람 다다르지 않은 곳 의 사람의 마음 다하여

[한문]

伏惟聖祖仁皇帝至德丕彰 神功懋著 千萬年法令不能加之地 俱已擴充廣大 自古中國人未到之處 而人心向慕之

—— ◦ —— ◦ —— ◦ ——

사람의 명성은 일이 끝나고서 얻어 전한다 하였다. 성조인황제(聖祖仁皇帝)의 지극한 덕은 넘치고 크며, 신묘한 공이 고귀함에 따라, 천만 년 동안 법령이 미치지 못했던 지역을 넓혀서 매우 넓고 커지게 되었다. 옛날부터 지금까지 중국인이 다다른 적 없었던 곳의 사람들이 마음을 다하여

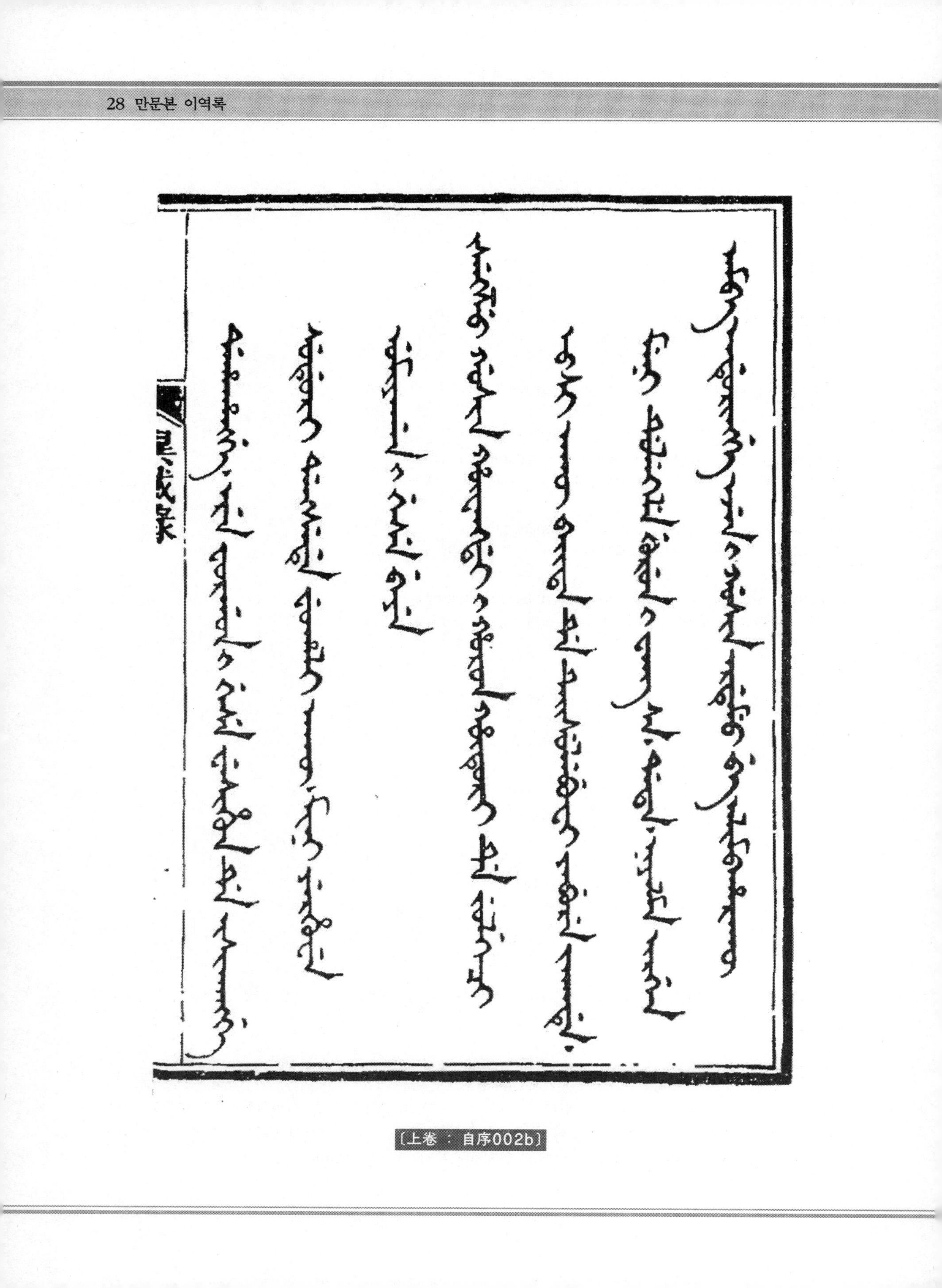

〔上卷 : 自序002b〕

dahahangge, ere forgon i gese wesihun de isikangge
복종한 것 이 시절 의 처럼 성대함 에 이른 것

suduri dangsede fuhali akū. mini yerhuwe
역사 檔子에 전혀 없다. 나의 개미

umiyaha[4] i gese beye
벌레 의 같은 몸

šengdzu gosin hūwangdi i horon hūturi de julgeci
聖祖 仁 皇帝 의 위엄 복 에 예부터

ebsi akū baita de teisulebufi yabure jakade,
이때까지 없는 일 에 상응하게 해서 행할 적에

meni dulekele gurun i wang sa, data, niyalma irgen
우리의 지나간 모든 나라 의 왕 들 수령들 백성들

amba enduringge ejen i gosin erdemu be alimbaharakū
크고 성스러운 주인 의 어진 德 을 매우

[한문]

所至 稽諸史冊 實未有如斯時之盛者也 諺曰 人以事傳 余草茅微賤 仰賴聖祖仁皇帝天威 經歷諸國 其酋長人民 無不

—— ◦ —— ◦ —— ◦ ——

복종하는 바가 지금과 같이 성대하게 된 것은 어떤 역사서에서도 전혀 찾아볼 수 없다. 나의 미천한 몸이 성조인황제(聖祖仁皇帝)의 위복(威福) 때문에 예부터 지금까지 없었던 일을 마주쳐 행할 적에, 우리의 지난 모든 나라의 왕들과 수령들, 그리고 백성에 이르기까지 대성주(大聖主)의 인덕(仁德)을 매우

4) umiyaha : 원문에서 umiyahan으로 썼다가 umiyaha로 수정한 것을 확인할 수 있는데 누가, 언제 수정하였는지 확인할 수 없다.

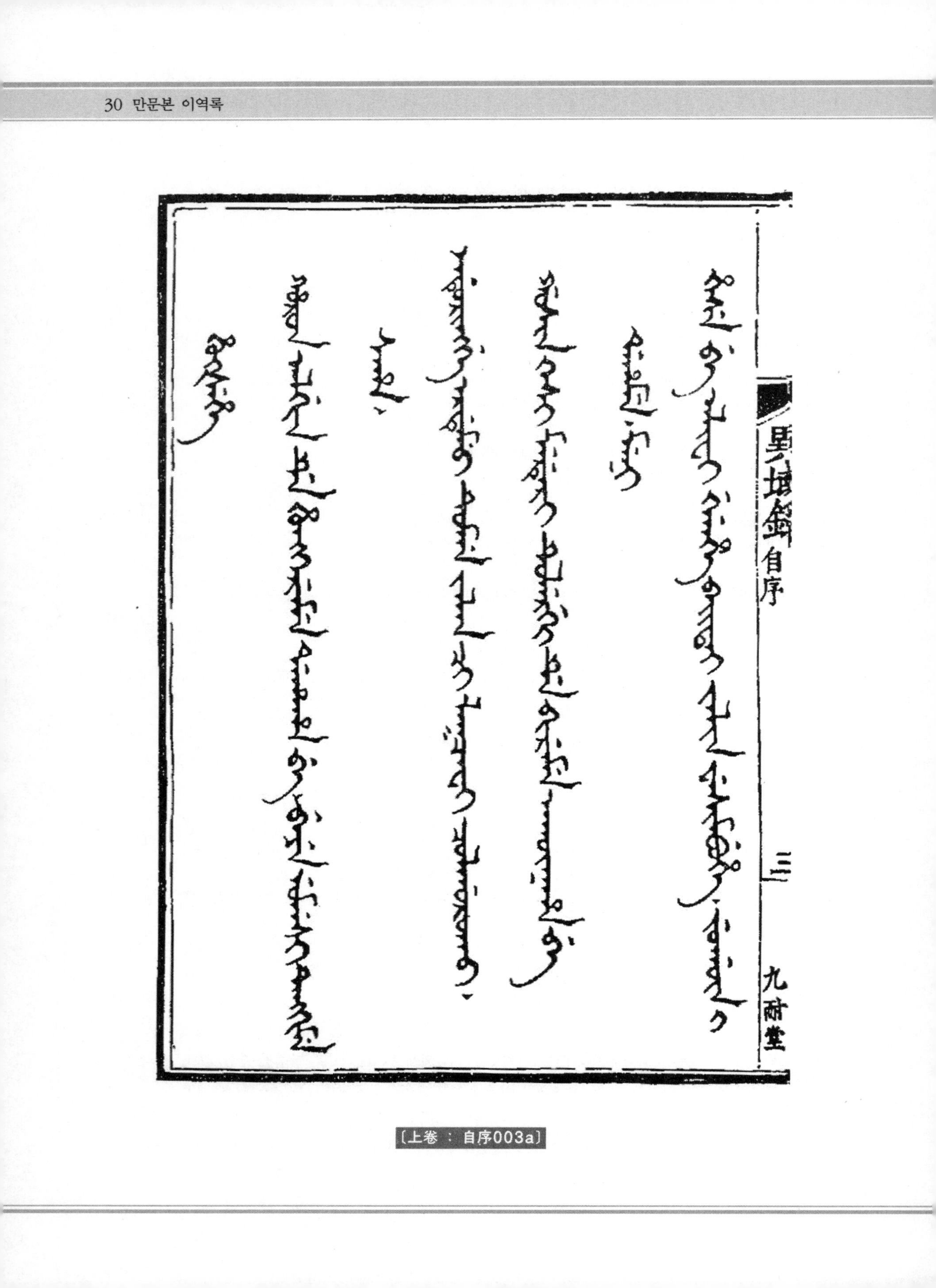

hukšehe
감사하였다.

horon algin de hungkereme dahaha be, beye umesi tengkime
명망 에 기울여 복종함 을 몸소 매우 깊이

saha.
알았다.

enduringge erdemu tumen jalan ci lakcafi colgoroko,
성스러운 덕 만 대 에서 넘어서 빼어났으며

gosin kesi mederi tulergi de bireme akūnaha be
仁 은덕 바다 밖 에 널리 시행하였음 을

dahame, meni
따라 우리의

hese be alifi genehe baitai jalin wesimbuhe, jugūn i
皇旨 를 받고 간 일의 때문 올린 길 의

[한문]

感戴大皇帝人德 欽服聲靈 聖德超越萬代 仁恩遍浹海宇 奏請此後奉

—— ◦ —— ◦ —— ◦ ——

감사하였다. 위엄 있는 명성에 몸을 기울여 복종하였음을 뼛속 깊이 알 수 있었다. 성덕(聖德)은 만대(萬代) 중 가장 빼어났으며, 인덕(仁德)은 해외에 두루 미치셨기에, “저희가 황지(皇旨)를 받고 간 일 때문에 주상했던 바와

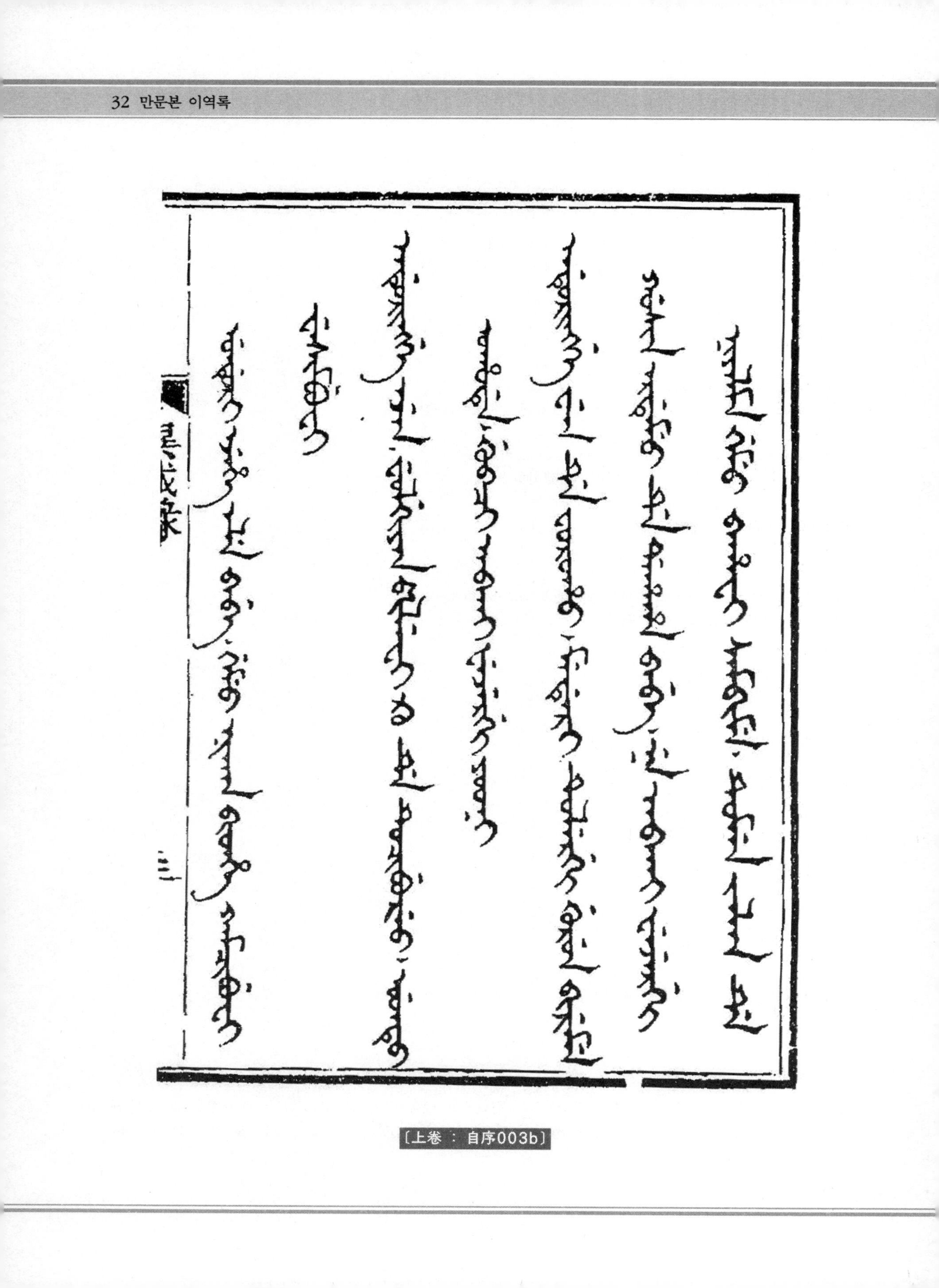

異域錄 三

〔上卷 : 自序003b〕

unduri ejehe ele babe, gemu nikan bithe kamcibufi
연도 기록한 모든 바를 모두 漢 文 병용하게 하여

wesimbufi
올리고

enduringge ejen fulgiyan pilefi k'o[5] de tucibureo. uttu
성스러운 주인 붉게 批하여서 科 에 내소서. 이리

ohode, gubci abkai fejergi yooni
됨에 모든 하늘의 아래 전부

enduringge wen de foroho, mederi tulergi gurun bireme
聖 化 에 마주하고 바다 밖 나라 모두

gosin erdemu de dahaha babe, ne abkai fejergi
仁 德 에 따른 바를 지금 하늘의 아래

niyalma gemu bahafi sambime. tumen jalan de
사람 모두 능히 알며 만 세대 에

[한문]

命前去 沿途記載事件 俱書寫漢字進呈 皇上硃批發科 則普率土欽承聖化 海外萬國 咸沐仁德之盛事 現今天下之人 得以悉知 而昭示萬代

—— ◦ —— ◦ —— ◦ ——

연도(沿途)에 기록한 바를 모두 한문과 병용하여 주상하고, '성스러운 황제께서 주비(硃批)하신 후 과(科)에 내소서' 하고 주청하니, 온 천하가 모두 황제의 성화(聖化)에 마주하였으며 해외 나라 두루 황제의 인덕에 따르는 것을 이제 천하의 사람들이 모두 능히 알며, 만대에

5) k'o : 과(科). 이과(吏科), 호과(戶科), 예과(禮科), 병과(兵科), 형과(刑科), 공과(工科) 등 육과(六科)를 가리키는 과(科)의 음역이다. 주문(奏文)을 황제에게 올리면 황제는 이를 살펴본 후 주비(硃批)하여 내각에 보내는데, 내각은 육과급사중(六科給事中)을 불러 이것을 건네어서 각각의 관청에 전달하게 하였다.

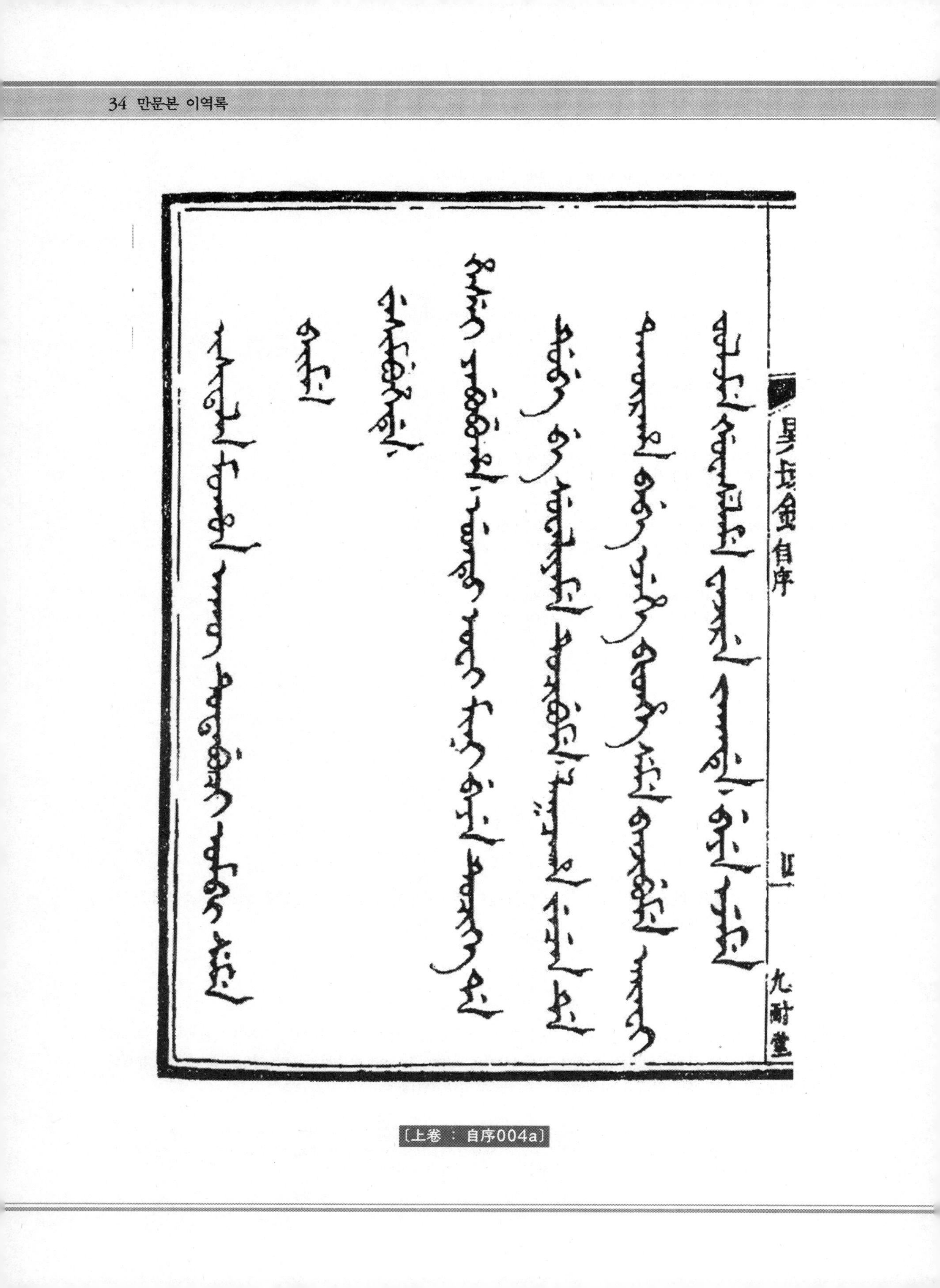

異域錄 自序 四 九耐堂

〔上卷 : 自序004a〕

isitala mohon akū tutabuci ombi seme
이르도록 끝 없이 남기면 된다 하고

baime
청하여

wesimbuhede,
올림에

hesei yabubuha. uttu ofi mini beye tucike da
皇旨로 행하셨다. 이리 되어 나의 자신 나온 시작

dube be suwaliyame tucibume,[6] lakcaha jecen de
끝 을 아울러 진술하여 멀리 떨어진 변경 에

takūraha babe ejehe bithe seme banjibume arafi
파견한 바를 기록한 책이라 하고 만들어 짓고

folome šuwaselame wajire jakade, beye ejeme
새겨 베껴 마칠 적에 몸소 기록하여

[한문]

可垂永久 奉旨兪允 因將出身始末 一併開載 纂成一帙 名之曰異域錄 爰付梓人 刊刻告

—— ◦ —— ◦ —— ◦ ——

이르도록 다함없이 후세에 남겨질 수 있을 것입니다." 하고 황제께 청하여 올리니, 황제께서 이를 황지(皇旨)로 행하셨다. 이리하여 내 자신이 자초지종을 함께 진술하여 『이역록(異域錄)』이라고 집필하고 목판에 새겨 인쇄를 마침에 따라, 몸소 기록하여

6) 저자인 툴리션이 황제께 주상한 것은 귀국 후의 보고 내용과 여행 기록이지만 이역록에는 툴리션 본인의 출생 과정과 사신으로서 참여하게 된 연유는 물론, 여행 도중 일어났던 여러 가지 일과 그에 대한 감상 등도 기록하고 있다.

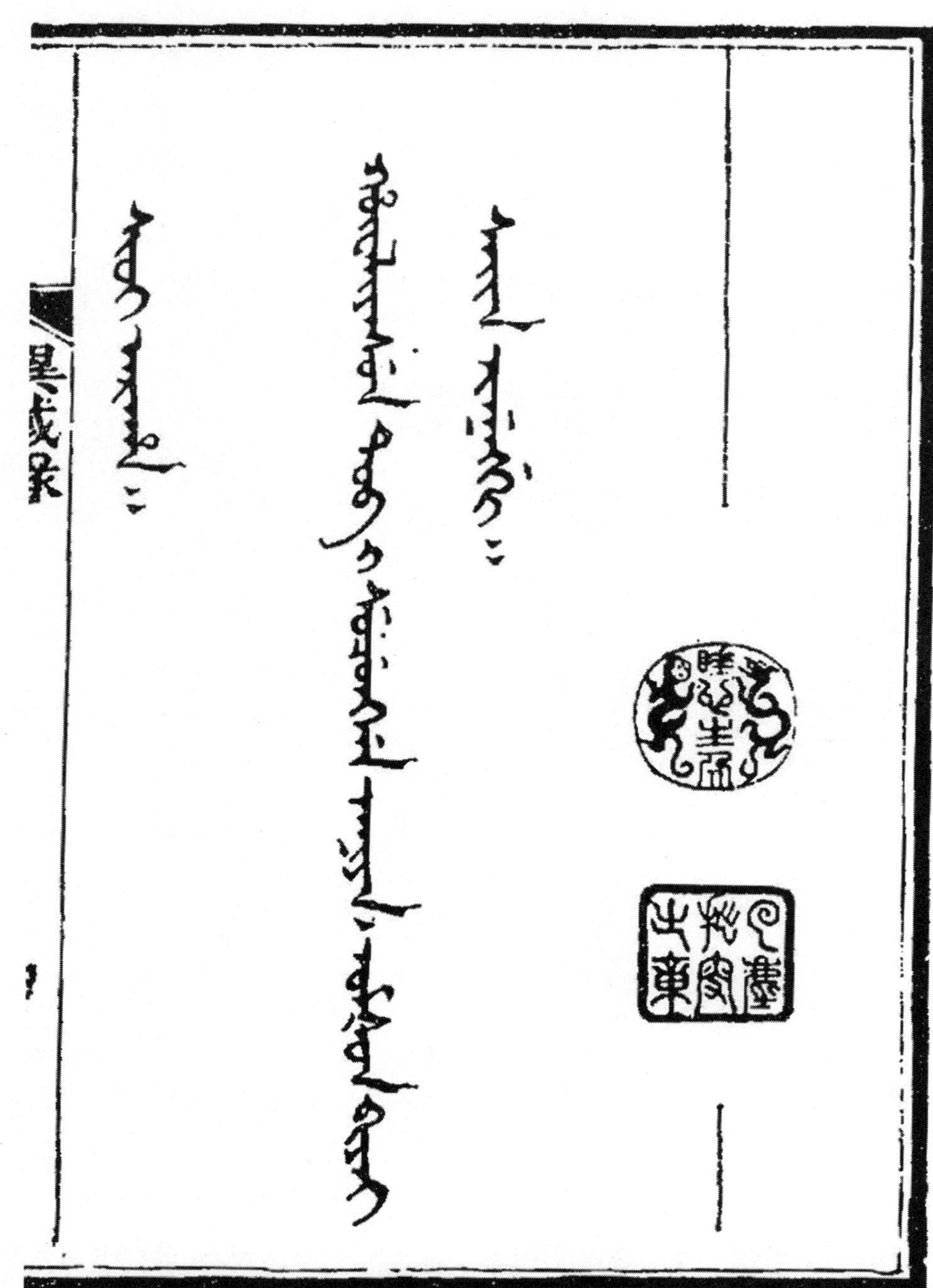

〔上卷 : 自序004b〕

sioi araha..
序 지었다.

hūwaliyasun tob i sucungga aniya omšon biyai
雍 正의 元 年[7] 十一 月의

sain inenggi..
吉 日.

[한문]

成 自叙其事 以誌之 雍正元年歲次癸卯陽月 睡心主人

— ∘ — ∘ — ∘ —

서(序)를 지었다. 옹정(雍正) 원년 11월 길일(吉日).

7) 옹정(雍正) 원년(元年)은 1723년이다.

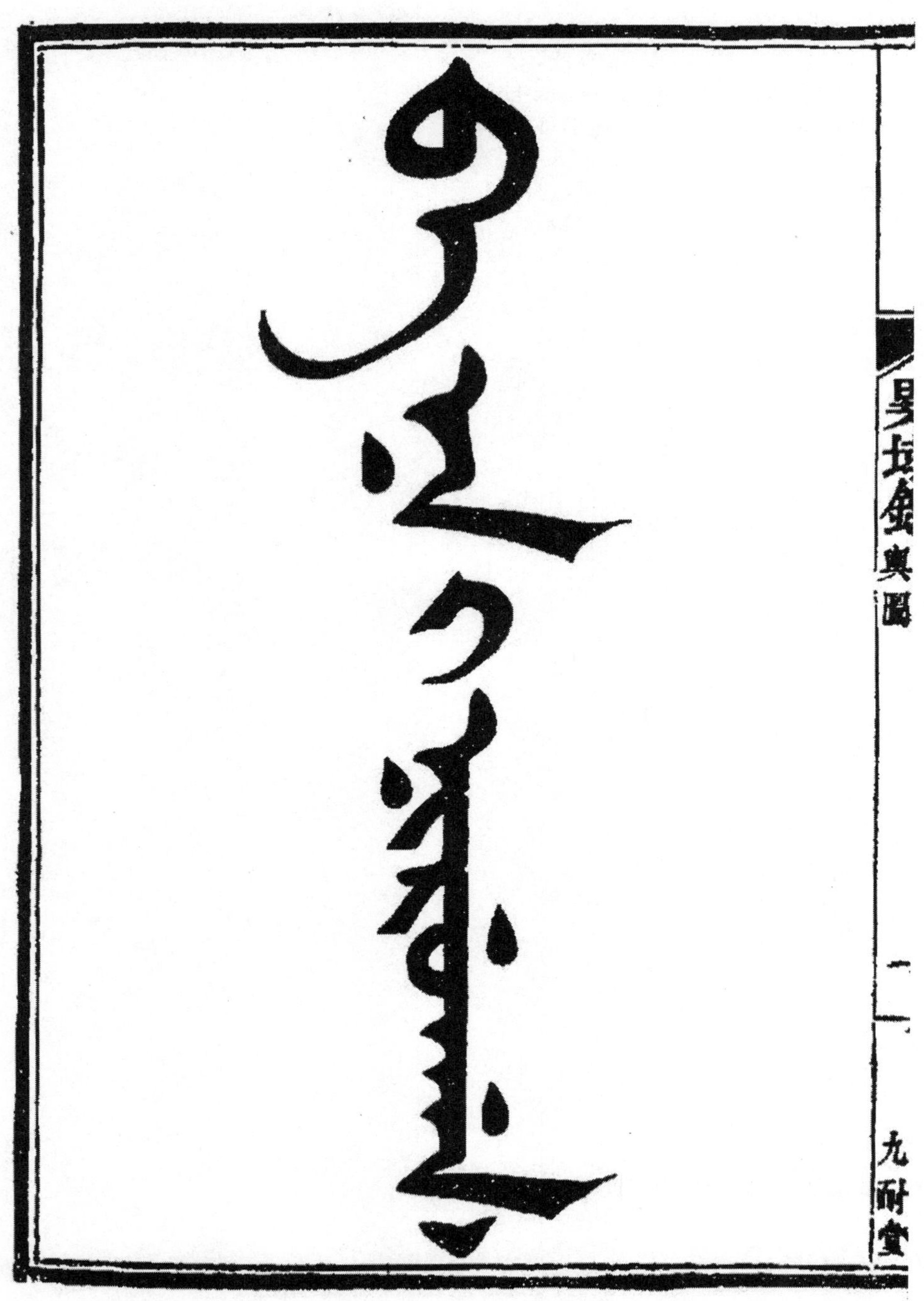

[輿圖 : 001a]

ba na i nirugan.

지도

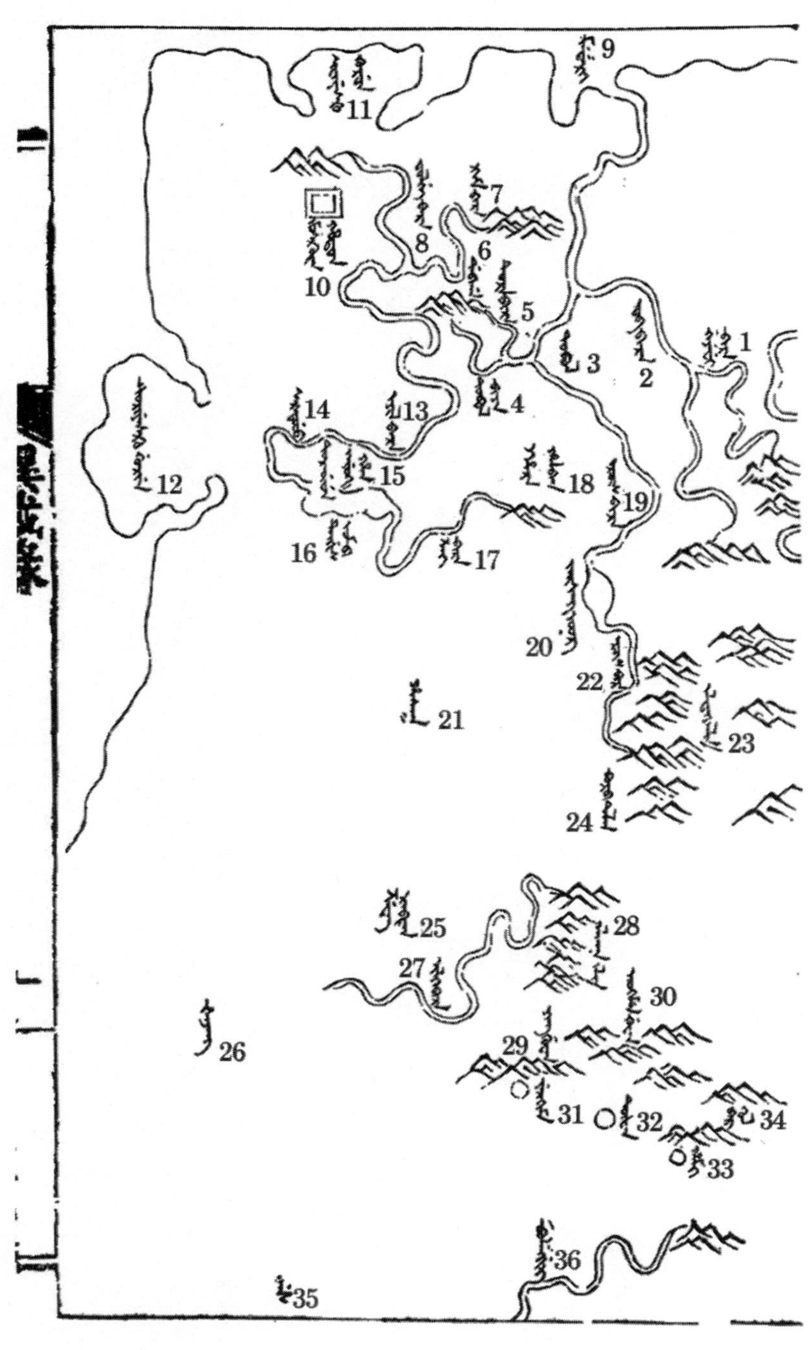
1
2
3
4
5
6
7
8
9
10
11
12
13
14
15
16
17
18
19
20
21
22
23
24
25
26
27
28
29
30
31
32
33
34
35
36

〔輿圖 : 001b〕

1. giyedi bira(揭的河) : 러시아어 케트(Кеть) 강. 주157 참조.
2. ob bira(鄂布河) : 러시아어 옵(обь) 강. 주158 참조.
3. tobol(托波兒) : 러시아어 토볼스크(Тобольск), 지명이다. 주105 참조.
4. tobol bira(托波兒河) : 러시아어 토볼(Тобол) 강. 주196 참조.
5. tura bira(土拉河) : 러시아어 투라(Тура) 강. 주204 참조.
6. dabagan(嶺) : 고개.
7. k'am bira (喀穆河) : 러시아어 캄(Ка́ма) 강. 주211 참조.
8. folge bira(佛兒格河) : 러시아어 볼가(Во́лга) 강. 에칠(ecil, 厄濟兒河) 강이라고도 한다. 주212 참조.
9. mederi(海) : 바다.
10. mosk'owa hoton(莫斯科窪) : 러시아어 모스크바(Москва). 주117 참조.
11. sifiyesko gurun(西費耶斯科國) : 러시아어 스웨덴(Шведско). 주181 참조.
12. turiyesk'o gurun(圖里耶斯科國) : 러시아어 튜르크스키(тюркский), 오스만제국. 주252 참조.
13. ecil bira(厄濟兒河) : 러시아어 볼가(Во́лга) 강. 폴거강(folge bira, 佛兒格河)의 다른 이름이다. 주212 참조.
14. saratofu(薩拉托付) : 러시아어 사라토프(саратов). 주236 참조.
15. turgūt ayuki han(土爾虎特國) : 몽골어 투르구트(Торгууд). 주30 참조.
16. tengis omo(滕紀斯湖) : 카스피해. 몽골어 텡기스(тэнгис:바다)와 만주어 오모(omo: 호수)의 합성어이다. 주 315 참조.
17. dzai bira(宰河) : 러시아어 우랄(урал) 강. 주314 참조.
18. hara halbak(哈拉哈兒叭國) : 러시아어 카라칼팍(러시아어 каракалпак). 칼묵어로 'qara(검정)'와 'qalpaq(모자)'의 합성어이다. 주184 참조.
19. ercis bira(厄爾齊斯河) : 몽골어 에르치스(Эрчис) 강. 주168 참조.
20. jaisan noor(賽桑腦兒) : 자이산(Зайсан) 호수. 카자흐스탄 동쪽에 있는 호수로 에르치스(Эрчис) 강 상류에 위치하고 있다.
21. hasak(哈薩克) : 러시아어 카작(Казак). 대완국(大宛國)이라고도 한다. 주183 참조.
22. ercis bira(厄爾齊斯河) : 몽골어 에르치스(Эрчис) 강. 주168 참조.
23. altai alin(阿爾泰山) : 러시아어 알타이(Алтай) 산.
24. boro tala(博羅塔拉沙磧) : 몽골어 보르탈(Бортал) 사막. 에비호(艾比湖) 서쪽, 알타이산맥과 천산산맥 사이 중가리아 분지 남서쪽에 위치해 있다.
25. ts'ewang rabtan(策旺拉布坦) : 몽골어 처왕랍탄(Цэвээнравдан). 준가르부의 한(汗). 주37 참조.
26. šajang(沙漳) : 어너트여(eneteye, 厄納特赫)국의 사장(沙漳) 한(汗)을 가리킨다. 사장(沙漳) 한(汗)은 무굴제국의 황제 샤 자한(Shah Jahan)을 가리키며, 어너트여는 만주어 어너트커크(enetkek)로 인도를 가리킨다. 주179, 주182참조.
27. ili bira(伊里河) : 일리(위구르어 Ili, 카자흐어 Іле, 몽골어 Ил) 강으로 천산산맥에서 발원하여 신장(新疆) 위구르 자치주와 카자흐스탄 발카쉬(Балқаш) 호수로 흘러 들어가는 강이다.
28. alak alin(阿拉克山) : 카자크어 al dağ(金+山). 알타이(阿爾泰)산맥을 가리킨다. 이마니시 슌수(今西春秋:1964)에서는 ak-tag(白+山)으로 풀이하고 있다.
29. yang guwan(陽關) : 둔황에서 남쪽으로 75km 떨어진 관문이다. 둔황 북쪽의 옥문관과 함께 둔황 이관(二關)으로 불렸다.
30. ioimen guwan(玉文關) : 간쑤성(甘肅省) 둔황현(敦煌縣) 부근의 관문. 한(漢)나라 때 서관(西關)을 지나 서역으로 가던 천산북로의 입구로 돈황 이관(二關)으로 부른다.
31. yerkim(伊爾克木) : 위구르어 여르켄(yerken). 오늘날 신장(新疆) 위구르자치구 사처현(莎車縣)으로 실크로드상의 고대 불교국가 투유훈(tuyuhun, 吐谷渾)이 있었다.
32. turfan(吐魯番) : 위구르어 투르판(Turpan). 신장(新疆) 위구르자치구 투루판 분지 북부에 있는 오아시스의 중심부이다. 훠옌산(火焰山) 남쪽 기슭에 있으며 남쪽에는 쿠루크타그(Kuruk Tagh) 산이 있다. 실크로드의 교통요지이다.
33. hami(哈密) : 몽골어 하밀(Хамил). 위구르어 쿠물(Kumul). 주355 참조.
34. bal kul(巴爾坤兒) : 카자흐어 발쿨(Баркөл). 바리쿤(巴里坤) 카자흐자치현. 신장(新疆) 동북쪽에 위치하고 있으며 북으로는 몽골과 인접해 있다.
35. gas(噶斯) : 카스(喀什), 위구르어 케쉬케르(Qeshqer). 신장(新疆) 위구르자치구의 서남부에 있다.
36. bulenggir(布冷紀兒) : 원명 시기까지 볼롱치르(布隆吉爾河)강으로 불렸으나 청대 이후 수러허(疏勒河)로 불리게 되었다. 간쑤성(甘肅省) 허시저우랑(河西走廊)을 흐르는 강으로 돈황의 주요 수자원이다.

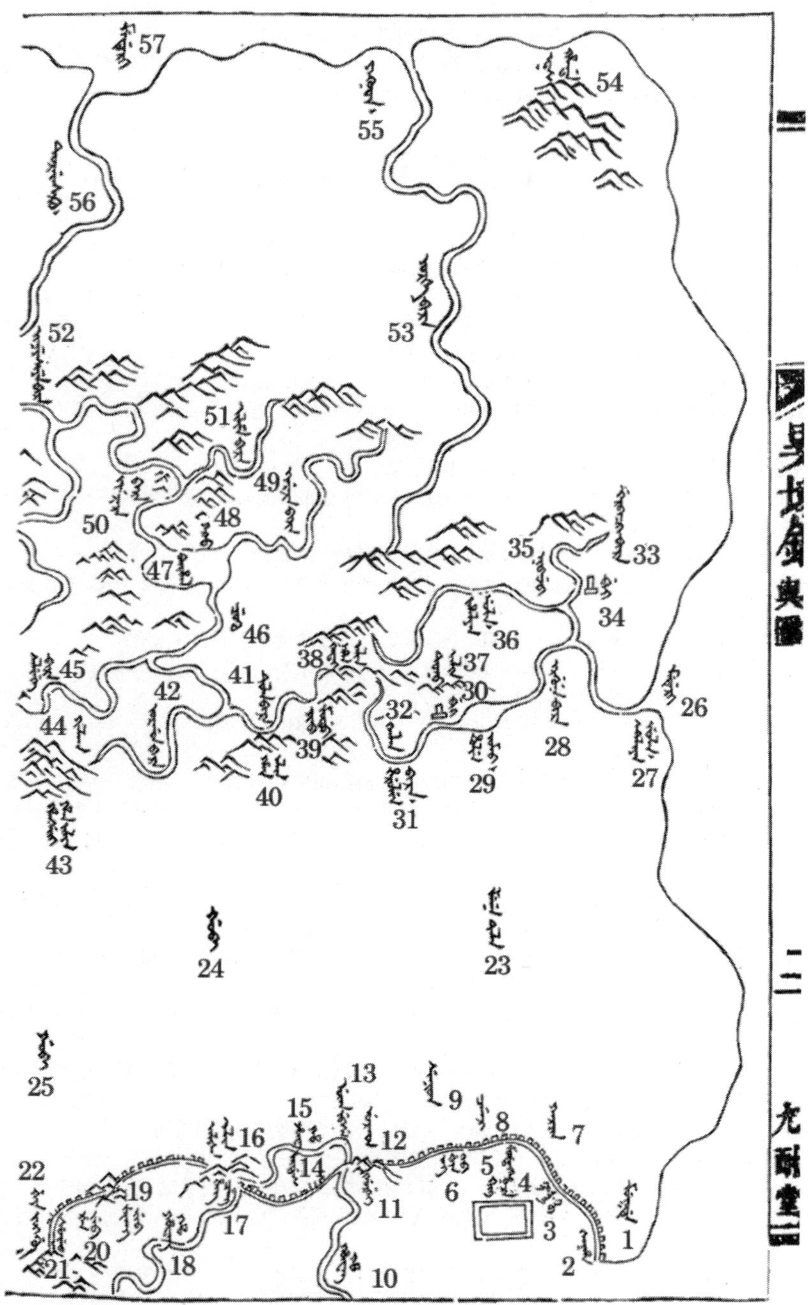

異域錄
輿圖
二
57
54
55
56
53
52
51
49
48
50
47
35
33
34
46
36
45
38
41
37
42
30
32
26
44
39
28
27
40
29
31
43
24
23
25
13
9
15
8
7
16
12
22
14
5
19
4
6
11
3
17
1
20
18
2
21
10

1. mukden(盛京) : 랴오닝(遼寧) 성의 도시. 선양(沈阳)에 대한 청나라 때의 호칭이다.
2. šanaha(山海關) : 산하이관(山海關). 허베이성(河北省) 만리장성 동쪽 끝에 있는 천하제일관(天下第一關)으로 예로부터 군사 요충지이다.
3. hi feng keo(喜峰) : 시펑커우(喜峰口). 허베이성(河北省) 첸안현(迁安縣)에 있는 관문. 만리장성을 지나 동몽골로 가는 요충지(要衝地)이다.
4. ging hecen(京師): 베이징(北京).
5. moltosi(古北) : 구베이커우(古北口), 중국 베이징시 미윈(密雲) 동북부에 있는 만리장성의 관문이다.
6. jang giya keo(張家) : 장자커우(張家口). 허베이성(河北省) 서부에 있는 만리장성의 관문으로 내몽골로 통하는 요충지이다.
7. karcin(喀兒沁) : 몽골어 하르친(Харчин). 몽골의 부족명이다.
8. cagar(察哈兒) : 몽골어 차하르(Цахар). 몽골의 부족명이다.
9. sunit(蘇泥特) : 몽골어 수누트(Сөнөд). 몽골의 부족명이다.
10. hūwang ho(黃河) : 황허(黃河).
11. šurgei(殺虎) : 사후커우(殺虎口). 산시성(山西省)과 내몽골의 교차점에 있으며 내몽골 호흐호트(呼和浩特)로 가는 길목에 있다.
12. urat(烏拉特) : 몽골어 우라트(Урад). 몽골의 부족명이다.
13. duin juse(四子部落) : 쓰쯔왕기(四子王旗)는 내몽골 우란차부시(烏蘭察布市) 동북부의 기(旗)이다.
14. ordos(鄂爾多斯): 몽골어 오르도스(Ордос). 몽골의 부족명이다. 또한 황허(黃河)의 만곡부(彎曲部)와 만리장성으로 둘러싸인 전역을 지칭한다.
15. hūwang ho(黃河) : 황허(黃河).
16. alašan alin(賀蘭山) : 몽골어 아르샤 올(Алшаа уул). 산 이름이다.
17. heng ceng(橫城) : 닝샤후이족자치구(寧夏回族自治區)의 인촨시(銀川市) 15km 동쪽 황허(黃河) 동안(東岸)에 있다.
18. hūwang ho(黃河) : 황허(黃河).
19. liyang jeo(凉) : 량저우(凉州). 후한(後漢) 13주 중의 하나이다. 간쑤성(甘肅省), 닝샤후이족자치구(寧夏回族自治區), 칭하이(青海) 동북부, 신장(新疆) 동남부, 내몽골 아라산맹(阿拉善) 일대이다.
20. gan jeo(甘) : 간저우(甘州). 간쑤성(甘肅省)에 있는 지명이다.
21. sujeo(肅) : 숙주(肅州). 간쑤성(甘肅省)에 있는 지명이다.
22. giya ioi guwan(嘉峪關) : 자위관(嘉峪關). 만리장성의 서쪽 끝 관문으로 간쑤성(甘肅省) 북서쪽 자위산(嘉峪山) 기슭에 있다. 명나라 이래 천하제일의 웅관(雄關)이라 일컬었다.
23. menen tala(瀚海) : 몽골어 메넨긴 탈(мэнэнгийн тал:반신불수의 평원), 몽골 도르노드(Дорнод) 주(аймаг)에 있는 최대의 평원이다.(※ 글꼴 조정)
24. gobi(砂磧) : 사막.
25. gobi(魍魎磧) : 도깨비 사막.
26. mederi(海) : 바다.
27. sahaliyan ula(黑龍江) : 헤이룽강(黑龍江). 러시아어 아무르(Амур)강.
28. ergune bira(額爾古納河) : 몽골어 우르군(өргөн). 아무르 강의 지류이다. 주83 참조.
29. hulun omo(呼倫湖) : 몽골어 후룬 누르(Хөлөн нуур). 호수 이름이다. 주82 참조.
30. bei(碑) : 강희제(康熙帝)의 비문(碑文). 한문본에는 번호만 있고 기록은 없다. 주335 참조.
31. herulun bira(黑魯倫河) : 몽골어 헤르렌 골(Хэрлэн гол). 강 이름이다. 주81 참조.
32. kalka(喀爾喀) : 몽골어 할하(Халх). 몽골의 부족명이다. 주55 참조.
33. garbici bira(葛爾必齊河) : 네르친스크의 서남쪽에서 아무르강으로 흘러드는 실카(Шилка) 강의 지류인 네르차(Нерча) 강이다. 주335 참조.
34. bei(界碑) : 네르친스크 조약 비문의 위치를 가리킨다. 오늘날 그 위치는 확인되지 않는다. 주335 참조.
35. nibcu(泥布楚城) : 네르친스크(Нерчинск)의 만주어 이름이다. 주44 참조.
36. sahaliyan ula(黑龍江) : 헤이룽강(黑龍江).
37. tono alin(托訥山) : 30번 강희제(康熙帝) 비문(碑文)이 있는 산이다. 주335 참조.
38. gentei han alin(根特山) : 몽골어 헌티 한 울(хэнти хан уул). 산 이름이다. 주78 참조.
39. joo modo(召摩多) : 몽골어 존모드(Зуунмод). 지명이다. 주75 참조.

40. han alin(汗山) : 몽골어 한 올(Хан Уул). 산 이름이다. 주73 참조.
41. tula bira(土喇河) : 몽골어 톨 골(Туул гол). 강 이름이다. 주76 참조.
42. orgon bira(鄂爾渾河) : 몽골어 오르혼 골(орхон гол). 강 이름이다. 주80 참조.
43. hanggai han alin(杭愛汗山) : 몽골어 한가이 한 올(хангай хан уул). 산 이름이다. 주79 참조.
44. kalka(喀爾喀) : 몽골어 할하(Халх). 몽골의 부족명이다. 주55 참조.
45. selengge bira(色楞格河) : 몽골어 세렝게 골(Сэлэнгэ гол), 러시아어 세렝가(Селенга). 강 이름다. 주88 참조.
46. cuku(楚庫) : 몽골어 추흐(Цөх), 러시아어 치코이(Чикой), 부랴트어 수흐(Сүхэ). 지명이다 주108 참조.
47. baihal(栢海兒湖) : 몽골어 바이갈(Байгал), 러시아어 바이칼(Байкал). 호수 이름이다.
48. erku(厄爾庫) : 러시아어 이르구츠크(Иркутск). 지명이다. 주129 참조.
49. anggara bira(昂噶拉河) : 부랴트어 앙가르(Ангар), 러시아어 앙가라(Ангара). 강 이름이다. 주135 참조.
50. anggara bira(昻噶拉河) : 부랴트어 앙가르(Ангар), 러시아어 앙가라(Ангара). 강 이름이다. 주135 참조.
51. ilim bira(伊里穆河) : 러시아어 일림(Илим). 강 이름이다. 주137 참조.
52. iniyesiye bira(伊聶謝河) : 러시아어 에니세이(Енисе́й). 강 이름이다. 주135 참조.
53. jurke bira(朱兒克河) : 부리야트어 주르헤(Зүлхэ), 러시아어 레나(Лена), 에벤키어 에류네(Елюенэ), 야쿠트어 우루네(Өлүөнэ). 동부 시베리아에서 북극해로 흘러들어가는 레나강의 부리야트어 표현이다. 주116 참조.
54. nos hada(訥斯哈達) : 정확한 위치가 확인되지 않는다.
55. yakut(牙庫特) : 러시아어 야구츠크(Якутск). 지명이다. 이곳에서는 검은 담비, 즉 계서(碳鼠)가 난다.
56. turhansk'o(土兒汗斯科) : 러시아어 투루한스크(Туруханск). 에니세이 강과 니즈냐야 퉁구스카 강(러시아어: Нижняя Тунгуска, 예벤키어: Эдигу Катэнна)의 합류점에 있다. 모피 교역의 중심지였다.
57. mederi(海) : 바다

漢文輿圖

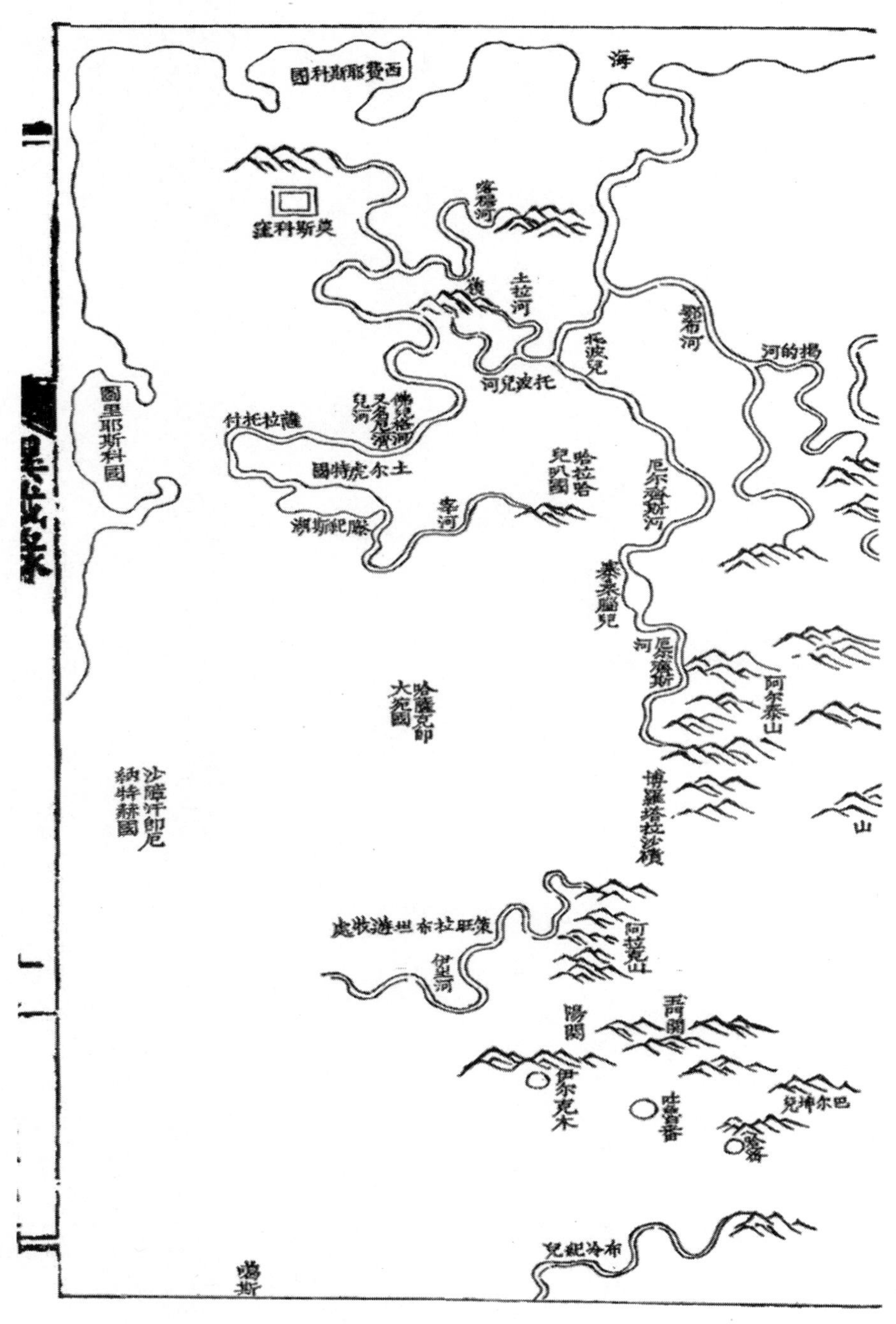
海
西費耶斯科國
莫斯科窪
土拉河
托波兒河
揭的河
土尔虎特國
哈薩克即大宛國
阿尔泰山
博羅塔拉沙磧
阿拉克山
伊里河
陽關
伊尔克木

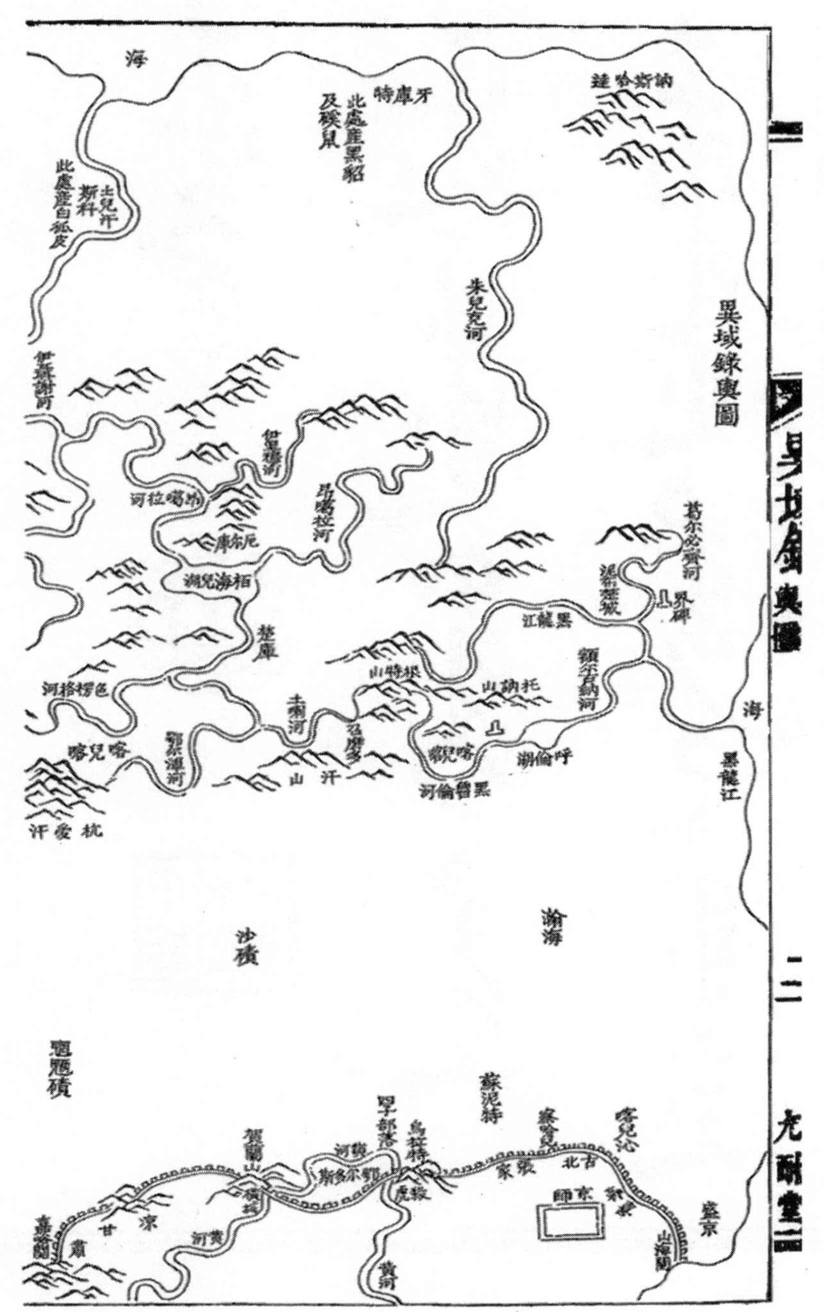
異域錄輿圖
海
牙庫特
此處産黑貂及鼫鼠
朱兒克河
界碑
黑龍江
海
沙磧
瀚海
京師
張家口
盛京
山海關
黃河
嘉峪關
異域錄輿圖
二
尤耐堂

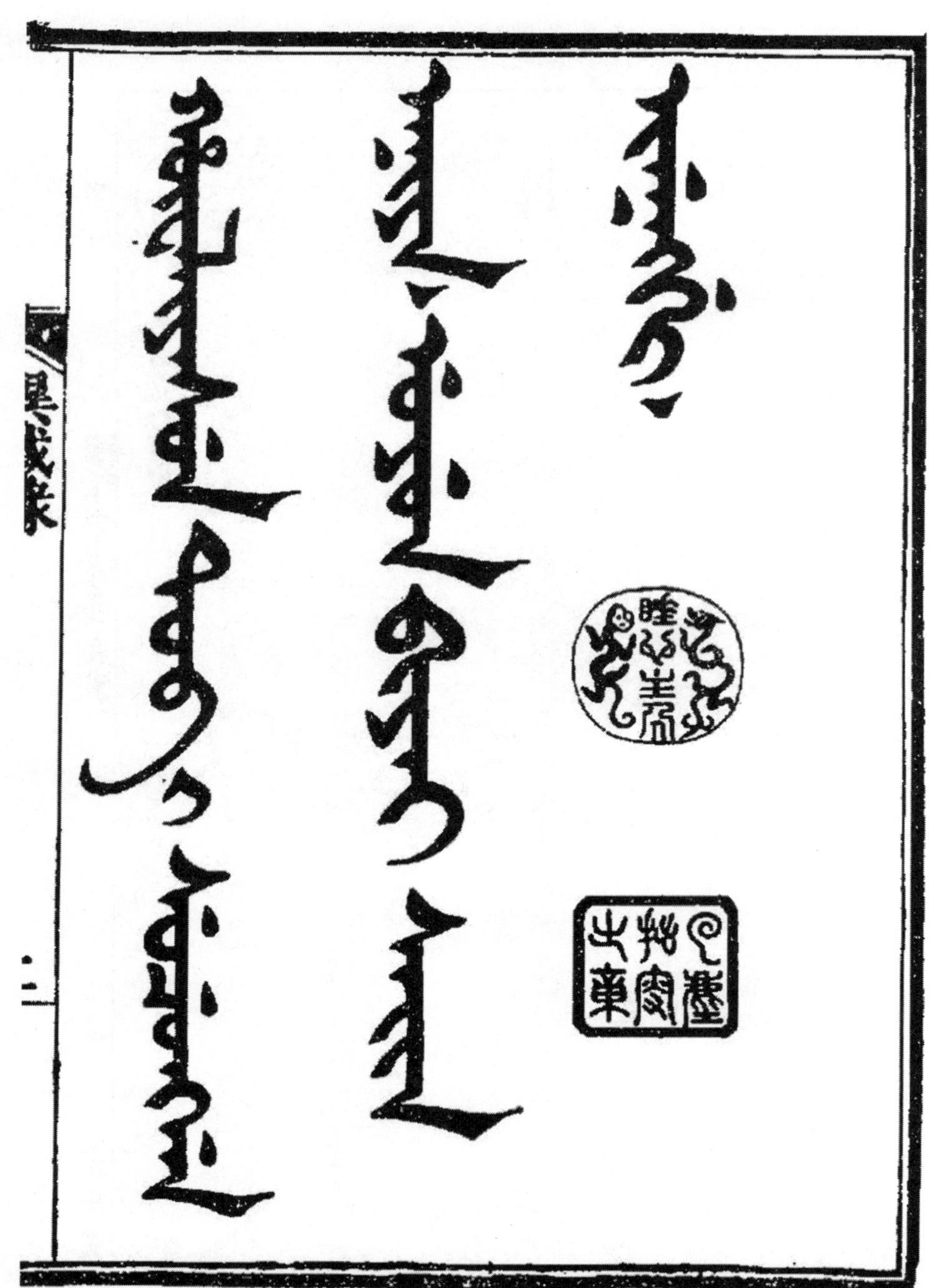

[輿圖 : 002b]

hūwaliyasun tob i sucungga
雍 正의 元

aniya, uyun biyai sain
年 9 월의 吉

inenggi.
日.

—— ◦ —— ◦ —— ◦ ——

옹정(雍正) 원년 9월 길일(吉日).

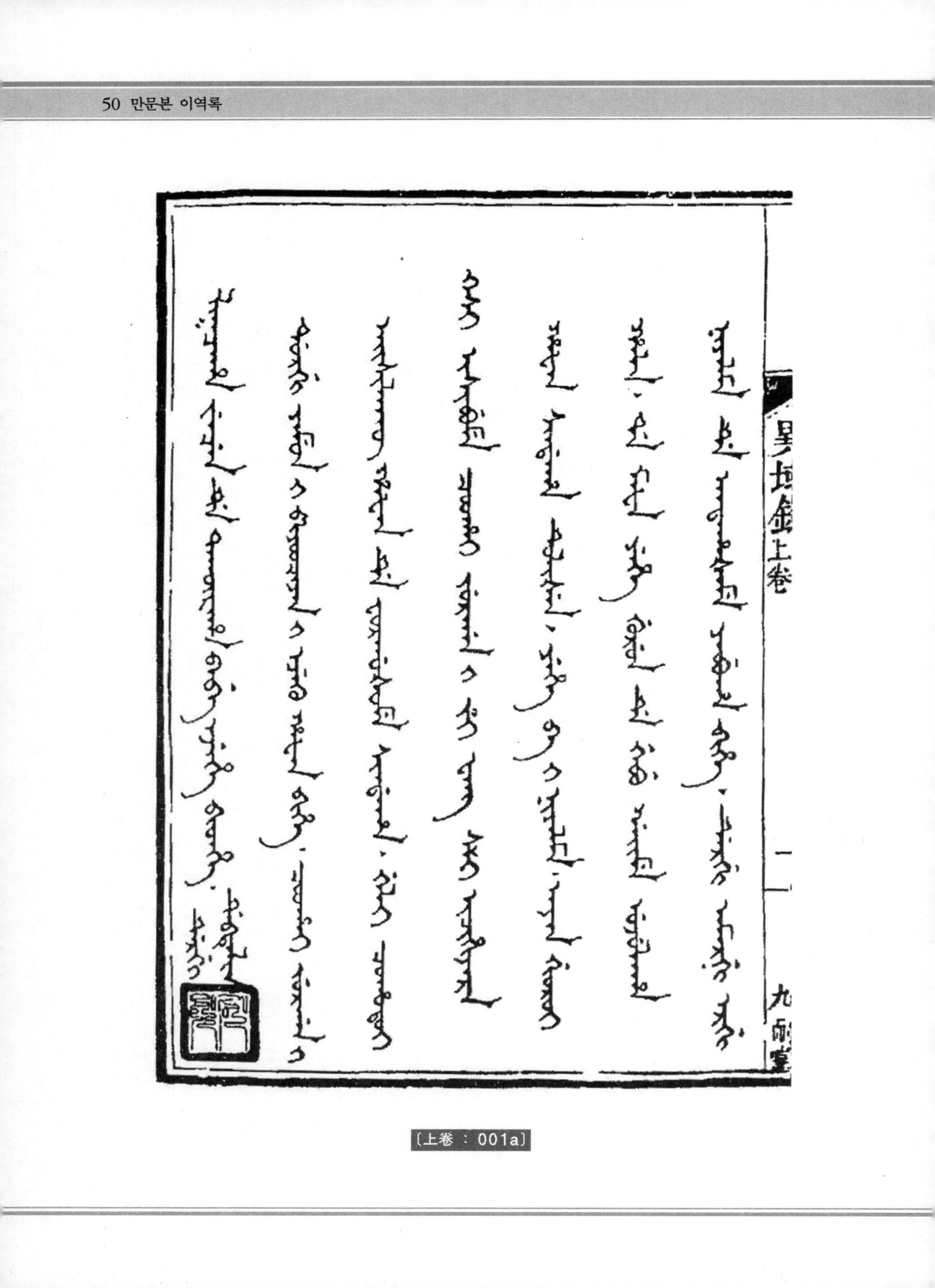

異域錄 上卷

一

九如堂

〔上卷 : 001a〕

lakcaha jecen de takūraha babe ejehe bithe. dergi debtelin.
멀리 떨어진 변경 에 파견한 바를 기록한 책. 上 卷.

dorgi yamun i piyoociyan i ejeku hafan[8] bihe, coohai jurgan i
內 閣 의 票簽 의 侍 讀 이었던 兵의 部 의

aisilakū hafan[9] de forgošome sindaha, geli cohotoi
員外郎 에 전환하여 임명한 또 특히

kesi isibume coohai jurgan i dz fang syi[10] icihiyara
은덕 미치게 하여 兵의 部 의 職 方 司의 郎中

hafan[11] sindaha tulišen, yehe[12] ba i niyalma. ayan gioroi[13]
임명한 툴리션 여허 곳 의 사람이다. 아얀 교로의

hala. da mafa yehe gurun de gebu gaime ujulaha
姓 始 祖 여허 나라 에서 이름 얻어 우두머리 된

niyalma de antahašame yabuha bihe. dergi amargi ergi
사람 에게 손님이 되어 다녔었다. 동 북 쪽

[한문]

原任內閣侍讀 調補兵部員外郎 又特恩陞授職方司郎中圖麗琛 本葉赫人 阿顏覺羅氏 始祖在葉赫國時 行高望重 其國主待以賓禮 東北方

—— ◦ —— ◦ —— ◦ ——

『이역록(異域錄)』 상권(上卷).

내각(內閣)의 표첨시독(票簽侍讀)이었다가 병부(兵部)의 원외랑(員外郎)으로 임명을 받았으며, 또 특별히 은덕을 받아서 병부(兵部)의 직방사(職方司) 낭중(郎中)으로 임명을 받은 툴리션은 여허 지역의 사람으로, 성(姓)은 아얀 교로이다. 시조는 여허 국에서 명성을 얻어 수령에게 손님으로 왕래하였다. 동북쪽은

8) piyoociyan i ejeku hafan : 표첨시독(票簽侍讀). 내각 한림원의 표첨처(票簽處)에 소속되어 있는 관리이다. 만한(滿漢) 표첨(票簽)을 필사하고 황제의 유지(諭旨)를 기록하고 문자를 짓는 일을 담당한다. 한문본에 쓰인 시독(侍讀)은 종오품(從五品)으로 adaha hūlara hafan을 가리키며 만문본에 쓰인 ejeku hafan은 주사(主事)로 정육품(正六品)에 해당된다.

9) aisilakū hafan : 원외랑(員外郎 : 從五品)이다.

10) 병부(兵部) 직방사(職方司) : 병부 직방청사사(職方淸吏司)로 명청 시대의 병부 사사(四司)의 하나이다. 각 성(省)의 지도(地圖), 무관(武官)의 공적에 대한 평정, 핵과(核过), 상벌(賞罰), 구휼(救恤), 검열, 시험 등의 사무를 관리하고 영신(營汛)의 설치를 담당한다. 그리고 청조(淸朝)에서는 관금(关禁)과 해금(海禁)을 겸하였다.

11) icihiyara hafan : 낭중(郎中 : 正五品). 郎中員外主事通謂之司官掌淸吏司事務(한청02:28b) 참조.

12) yehe(葉赫) : 해서여진(海西女眞)의 nara(那拉) 성씨(姓氏)의 부족 중 하나이다. nara(那拉) 성씨는 ula(烏拉), hoifa(輝発), hada(哈達), yehe(葉赫)의 4 부족으로 구성되어 있다.

13) ayan gioro(阿顏覺羅) : 만주족 성씨(姓氏)의 하나이다.

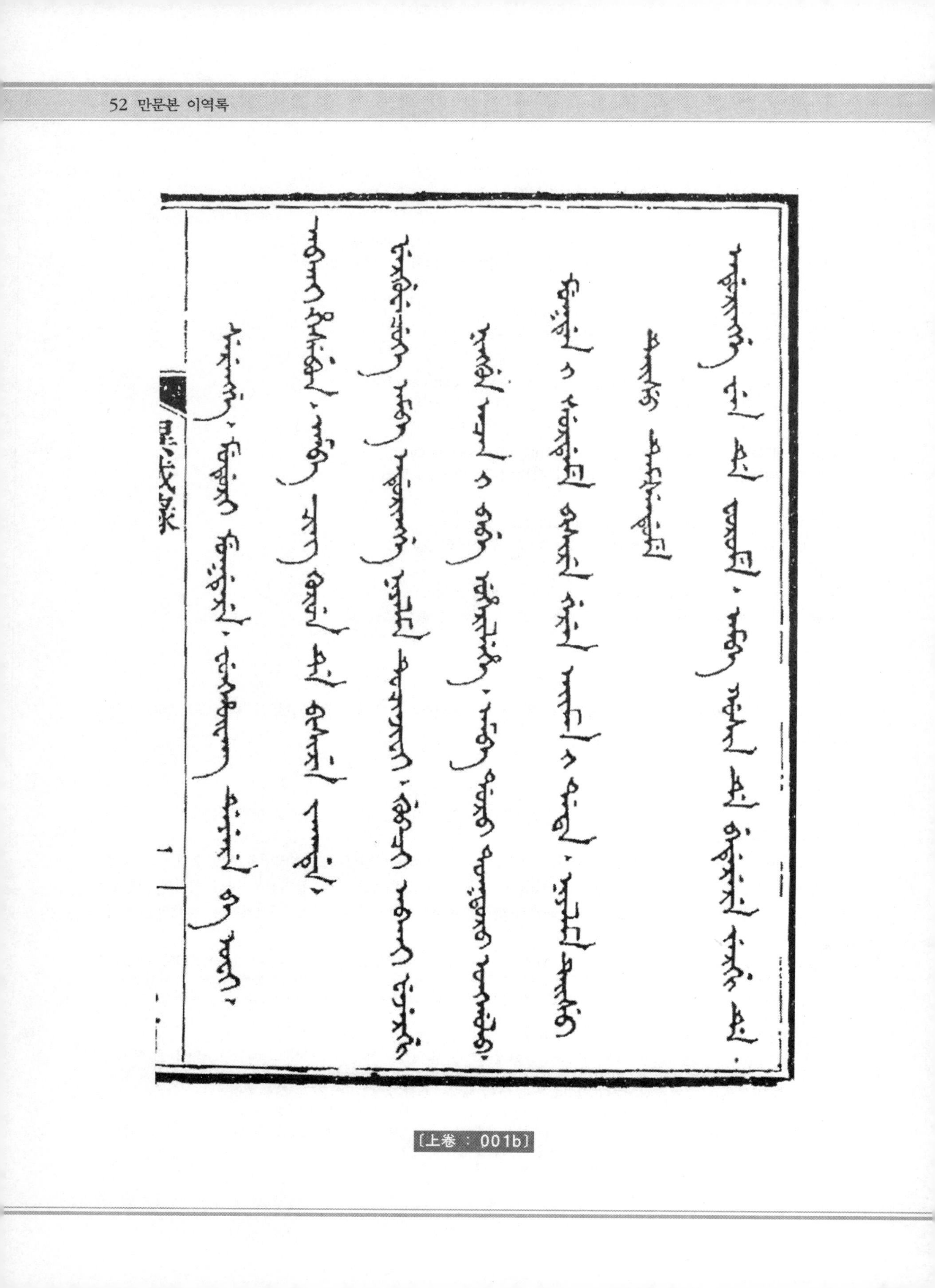

異域錄

一

serengge, muduri mukdere. funghūwang deyere ba ofi,
하는 것 龍 떠오르고 鳳凰 나는 곳 되어서

abkai hesebun, amba cing gurun de bisire jakade,
하늘의 命 大 淸 나라 에 있을 적에

ferguwecuke amba enduringge niyalma tucinjifi, gubci abkai fejergi
신묘하고 크고 성스러운 사람 나와서 모든 하늘의 아래

ninggun acan i babe uherilehe. amba doro toktoro onggolo,
六 合[14] 의 곳을 통일했다. 大 統 定하기 前

mukden i šurdeme bisire geren aiman i data. niyalma teisu
興京 의 주위에 있는 여러 部 의 우두머리들 사람 各

teisu temšendume
各 서로 경쟁하여

enduringge wen de forome, amba gosin de bederere jergi de
성스러운 교화 에 마주하며 大 仁 에 歸依하는 등 에

[한문]

乃龍騰鳳翔之地 天命屬與大淸 而大聖人出焉 統馭寰區 撫又六合 於未定鼎之前 緣盛京諸部落人民酋長輸誠向化 歸仁恐後之際 遽沾

—— ◦ —— ◦ —— ◦ ——

용이 승천하고 봉황(鳳凰)이 날아오르는 곳으로서, 천명(天命)이 대청국(大淸國)에 있는 까닭에 신묘한 대성인(大聖人)이 출현하여, 온 천하(天下)와 육합(六合)을 통일하였다. 대통(大統)을 정하기에 앞서, 심양(瀋陽)의 주변 여러 부족의 수령들과 사람들이 각각 서로 경쟁하여 성화(聖化)를 마주하며 대인(大仁)에 귀의하는 등의 일을 통해

14) 육합(六合) : 천지와 사방. 즉, 하늘·땅·동·서·남·북을 가리킨다.

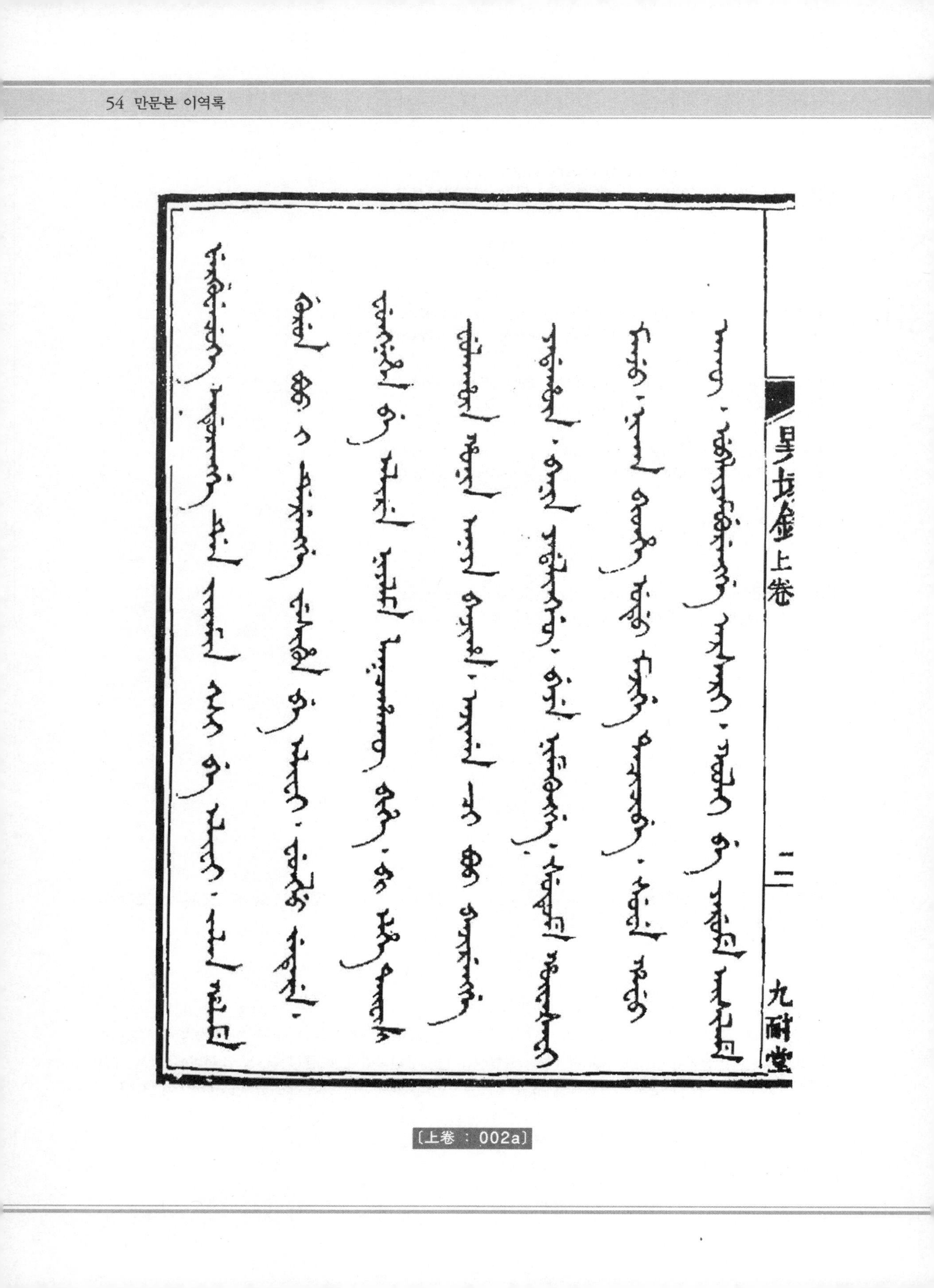

異域錄 上卷 二

九耐堂

[上卷 : 002a]

ferguwecuke enduringge den jiramin kesi be alifi, jalan halame
신묘하고 성스러운 높고 두터운 은덕 을 받고 세대 바뀌가며

gurun boo i derengge wesihun be alifi, funglu jetere.
나라 집 의 명망 존귀함 을 누리고 俸祿 먹으며

fungnehen be alire niyalma lakcahakū bihe. bi elhe taifin i
封典 을 받으려는 사람 끊이지 않았다. 나 康 熙 의

fulahūn honin aniya banjiha. ajigan ci boo banjirengge
丁 未 年[15] 태어났다. 어릴 적 부터 집 사는 것

yadahūn, banin yadalinggū. beye nimekungge, šutume hūwašafi
가난하고 천성 약하고 몸 병약한 것 점차 자라 성장하여서

manju, nikan bithe udu majige tacicibe, šuwe hafu
滿 漢 글 비록 조금 배웠지만 직접 통달함

akū, ubaliyamburengge arsari. kooli be yarume aisilame
없고 번역하는 것 평범하다. 例 를 인용하여 도우며

[한문]

高厚深恩 世受國祿 官誥相承 余生於康熙丁未歲 少時家貧 質弱多病 稍長 雖習讀清漢 不甚通曉 繙繹平平 由

—— ◦ —— ◦ —— ◦ ——

신묘하고 성스러우며 높고 두터운 은덕을 받고, 대대로 국가의 명성을 누리고, 봉록(俸祿)과 봉전(封典)을 받으려는 사람이 끊이지 않았다. 나는 강희(康熙) 정미년(丁未年)에 태어났다. 어릴 적부터 집이 가난하고, 천성이 약하여 몸이 병약하였지만, 어른이 되어 만한(滿漢) 글을 비록 조금 배웠지만 통달한 바 없고 번역하는 것이 평범하다. 전례를 인용하여 도우며

15) 강희(康熙) 정미년(丁未年)은 1667년이다.

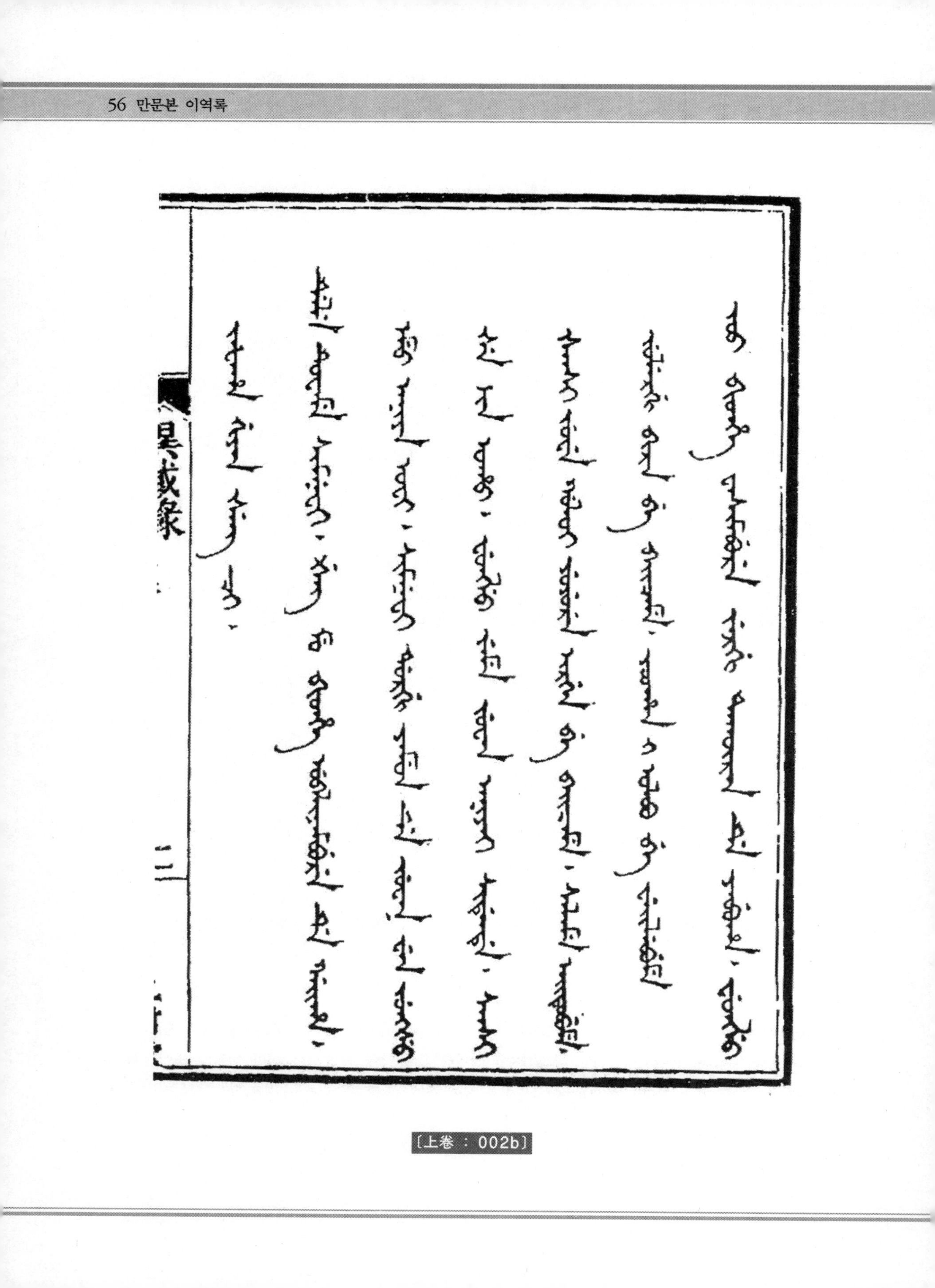

異域錄

二

〔上卷 : 002b〕

jafaha giyan šeng[16] ci,
보고한 監 生 에서

dele tuwame simnefi, g'ang mu[17] bithe ubaliyambure de gaiha.
主上 監試하여서 綱 目 책 번역함 에 취했다.

emu aniya ofi, simnefi dorgi yamun de juwan wen jungšu
일 년 되어서 선발하여서 內 閣 에 撰 文 中書

še žin oho. funglu jeme juwan aniyai sidende, sansi
舍 人[18] 되었다. 俸祿 먹으며 십 년의 사이에 山西

šansi juwe goloi yuyure irgen be baicame, salame aitubume,
陝西 두 省의 굶주리는 백성 을 보살피며 구제하며

julergi bira[19] be baicame, yoohan i olbo[20] be weilebume
南 河 를 살피며 綿 의 갑옷 을 만들게 하러

joo bithe wasimbure jergi takūran de yabuha. funglu
詔 書 내리는 등의 公差 에 다녔다. 俸祿

[한문]

例監廷試 選取繙繹綱目 越一載 考授內閣撰文中書舍人 歷俸十載之餘 奉命散賑山陜兩省饑民 察看南河監製綿甲 頒賜詔書 較俸 陞授

—— ∘ —— ∘ —— ∘ ——

보고한 감생(監生)으로 있던 나를 황제께서 감시(監試)하여서, 『자치통감강목(資治通鑑綱目)』을 만주어로 번역하는 일을 맡기셨다. 그리고 일 년 후에는 황제께서 친히 선발하시어 내각(內閣)에서 찬문중서사인(撰文中書舍人)이 되었다. 벼슬을 하던 10년 동안 산서성(山西省)과 섬서성(陝西省)의 굶주리는 백성을 살피며 구제하고, 남하(南河)를 살피며, 면갑(綿甲)을 만들라는 조서(詔書)를 내리는 업무를 맡아 돌아다녔다.

---

16) kooli be yarume aisilame jafaha giyan šeng: '전례를 인용하여 도우며 보고한 감생(監生)'으로 예감생(例監生)을 가리킨다. 국자감(國子監)의 학생인 감생(監生)은 은감생(恩監生)·음감생(廕監生)·우감생(優監生)·예감생(例監生)의 4종류가 있는데 예감생(例監生)은 관원 자제로서 연납(捐納)을 하고 감생(監生)의 자격을 취한 자를 가리키는데 부감(附監), 증감(增監)이라고도 한다.

17) g'ang mu(綱目) : 자치통감강목(資治通鑑綱目)을 말한다.

18) juwan wen jungšu še žin(撰文中書舍人) : 중서과(中書科) 중서사인(中書舍人)의 하나로, 책문(冊文)을 필사하거나 조칙(詔勅) 등의 초안을 담당하였다.

19) julergi bira : 남하(南河). 청조에서는 정무(政務)와 군무(軍務)를 담당하는 보통의 총독(總督)과 달리 하도(河道)를 전문적으로 관리하는 정이품(正二品)의 하도총독(河道總督)을 설치하여 강남하도총독(江南河道總督, 南河總督), 산동하남하도총(山東河南河道總, 東河總督), 직례하도총독(直隷河道總督, 北河總督)이 있었는데 남하총독(南河總督)은 강소(江蘇) 하도(河道)의 준설과 제방을 책임졌다.

20) yoohan i olbo : 면갑(綿甲). 면직물을 여러 겹 겹쳐서 만든 갑옷을 가리킨다.

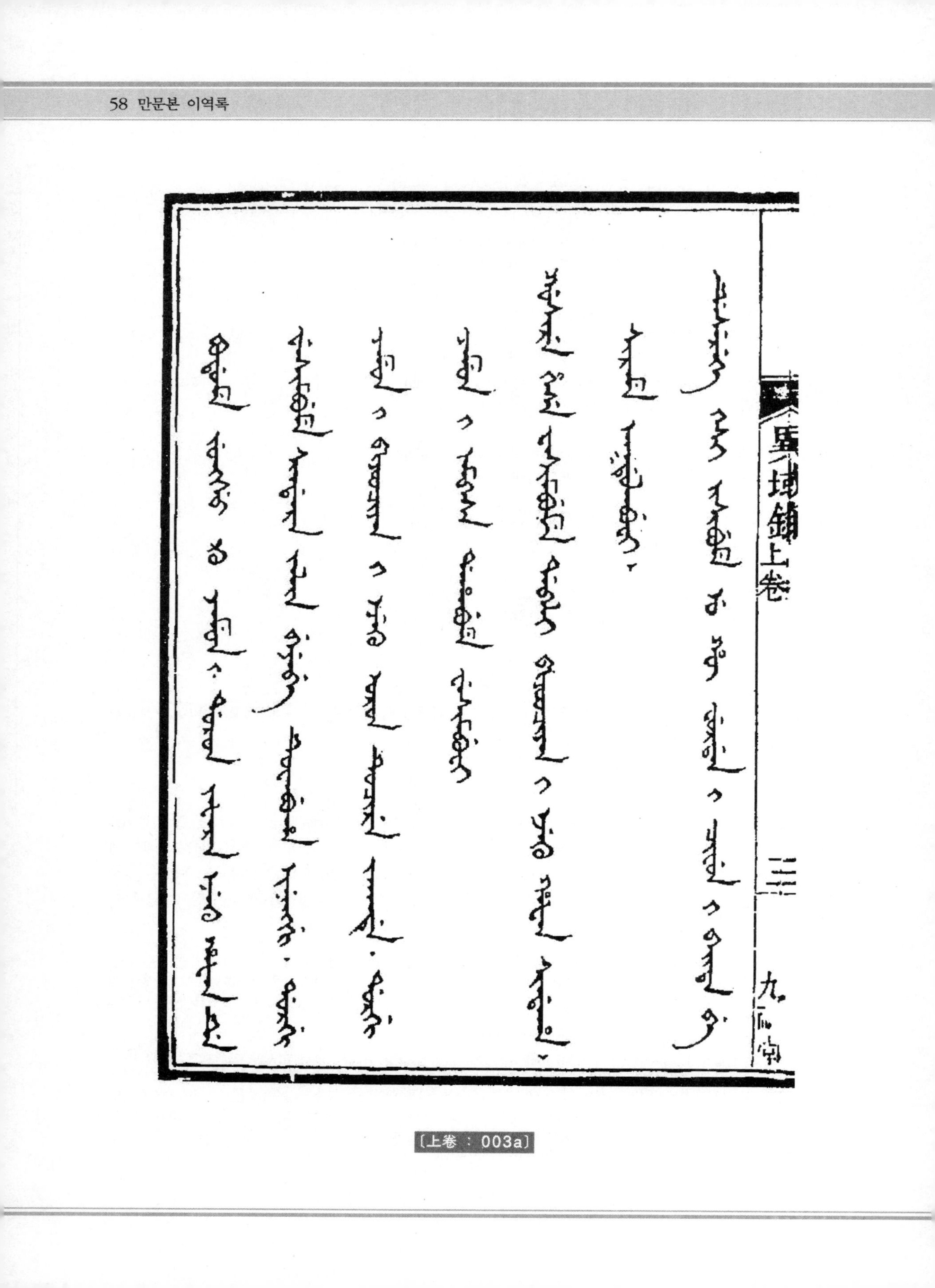

異域錄 上卷

三

九[illegible]

bodome[21] jungšu k'o yamun[22] i doron jafara ejeku hafan[23] de
헤아려 中書 科 衙門 의 도장 관할하는 中書舍人 에

wesimbume sindara jalin beyebe tuwabuha inenggi, dorgi
올려 임명할 까닭 알현한 날 內

yamun i piyoociyan i ejeku oron tucire jakade, dorgi
閣 의 票簽 의 侍讀 결원 낼 적에 內

yamun i ambasa dahabume wesimbufi
閣 의 대신들 保題하여[24] 올려서

gosire hese wasimbume dabali piyoociyan i ejeku hafan sindaha.
仁愛하는 皇旨 내려 넘치게 票簽 의 侍讀 임명했다.

sirame akdulabufi,
이어서 保擧되어서[25]

desereke kesi isibume u hū furdan[26] i cifun i baita be
鴻恩 미치게 하며 蕪 湖 關 의 세금 의 일 을

[한문]

中書科掌印中書舍人 引見之日 適値內閣票簽侍讀缺出 閣臣保題 恩准從優陞授內閣侍讀 又奉命監督蕪關稅課

—— ◦ —— ◦ —— ◦ ——

황제께서 교봉(較俸)하여 중서과아문(中書科衙門)의 장인중서사인(掌印中書舍人)에 추천하신 까닭에 알현하는 날 내각(內閣)의 표첨시독(票簽侍讀)이 결원이 생기는 바람에, 내각(內閣)의 대신들이 보제(保題)하여 올려 은명(恩命)을 내려서 초천(超遷)하여 표첨시독(票簽侍讀)으로 임명을 받았다. 이어서 보거(保擧)되어서 홍은(鴻恩) 입어 무호관(蕪湖關)에서 세금을 관할하는 일을

21) funglu bodome : 교봉(較俸)하여. 청대 관원의 봉록, 자격, 경력을 비교하여 관원의 봉록, 승진, 충원을 결정하는 관제(官制)이다.

22) jungšu k'o yamun(中書科衙門) : 청대 내각(內閣) 소속으로 서사(書寫)와 고칙(誥敕) 등의 사무를 담당한다.

23) doron jafara ejeku hafan : 장인중서사인(掌印中書舍人). 청대 내각(內閣) 중서과(中書科)에 중서사인(中書舍人)을 두었는데 서사고칙(書寫诰敕), 제조(制詔), 은책(銀冊), 철권(鐵劵) 등을 담당하였다. 종칠품(從七品)으로 연장자 1인이 도장을 관리하였기 때문에 인군(印君)이라고 하였다.

24) 보제(保題) : 보제(保題)는 청조의 관리 특별 임용법으로 우수한 자를 그 상관이 주청하여 좋은 직책에 임명하는 것을 가리킨다.

25) 보거(保擧) : 어떤 직책을 정해서 주청 드리는 보제(保題)와 달리 우수한 자를 특별히 임용해 달라는 주청을 올리는 것이다.

26) u hū furdan(蕪湖關) : 청대 호부(戶部) 세관의 하나이다. 건륭회전(乾隆會典)에 따르면 무호관(蕪湖關)은 국내에서 가장 수익이 높은 세관(稅關)이었다.

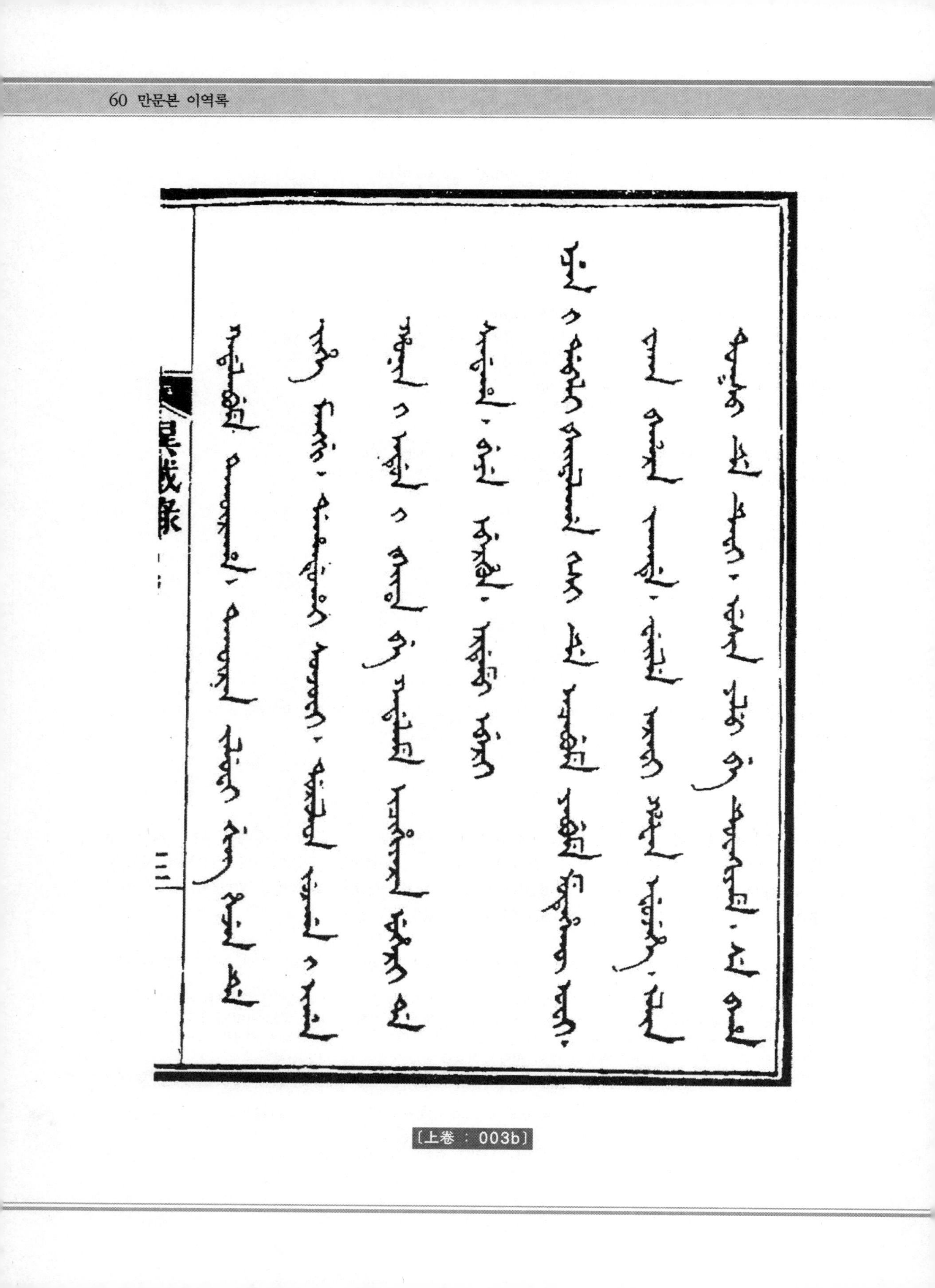

異域錄 三

kadalabume takūraha. takūran jalufi[27] ging hecen de
관할하게 하러 파견하였다. 과만해서 京 城 에

jihe manggi, dahanduhai sonjofi, dorolon jurgan i ihan
온 후 곧 선출하여서 禮 部 의 소

honin i adun i baita be kadalame icihiyara uheri da[28]
양 의 무리 의 일 을 관할하며 처리하는 總 우두머리

sindaha. beye eberhun. erdemu eberi
임명했다. 몸 유약하고 능력 떨어져

ejen i dabali baitalaha kesi de acabume yabume mutehekū ofi,
황제 의 넘치게 쓴 은덕 에 맞추어 행하지 못해서

waka bahara jakade,[29] weile arafi hafan efujehe. alin
잘못 얻을 적에 치죄하여 관리 면직되었다. 산

tokso de tefi, usin yalu be tuwakiyame, se baha
장원 에 살며 밭 두렁 을 지키며 나이 든

[한문]

差竣旋都 未幾 授管理禮部牛羊羣事務總管 才識庸劣 不能仰副我皇上揀用深恩 譴責罷斥 於是退居林麓 躬事隴畝 承歡

—— ◦ —— ◦ —— ◦ ——

맡기시고 그곳으로 파견하셨다. 파견 기간이 다 되어서 경성(京城)에 돌아오니, 곧 다시 부름을 받아 예부(禮部)의 우양군사무총관(牛羊羣事務總管)으로 임명을 받았다. 나는 몸이 유약하고 능력이 떨어져 황제께서 주신 분에 넘치는 은덕에 부흥하지 못하고 잘못을 저지른 까닭에 죄를 지어서 면직되었다. 이후 산촌에서 살면서 밭두렁을 지키며, 나이 든

27) takūran jalumbi : 과만(瓜滿)하다. 벼슬의 임기가 차다.

28) ihan honin i adun i baita be kadalame icihiyara uheri da : 우양군사무총관(牛羊羣事務總管). 예부(禮部) 정선청리사(精膳淸吏司)에 소속된 우양관(牛羊館)에서는 제사에 쓰는 가축을 구매하거나 먹이는 일을 담당하였다.

29) waka bahara jakade : '죄를 지을 적에'라는 뜻으로 관할 하에 있던 생축을 잃어버린 이유로 면직당한 사실을 언급하고 있다.

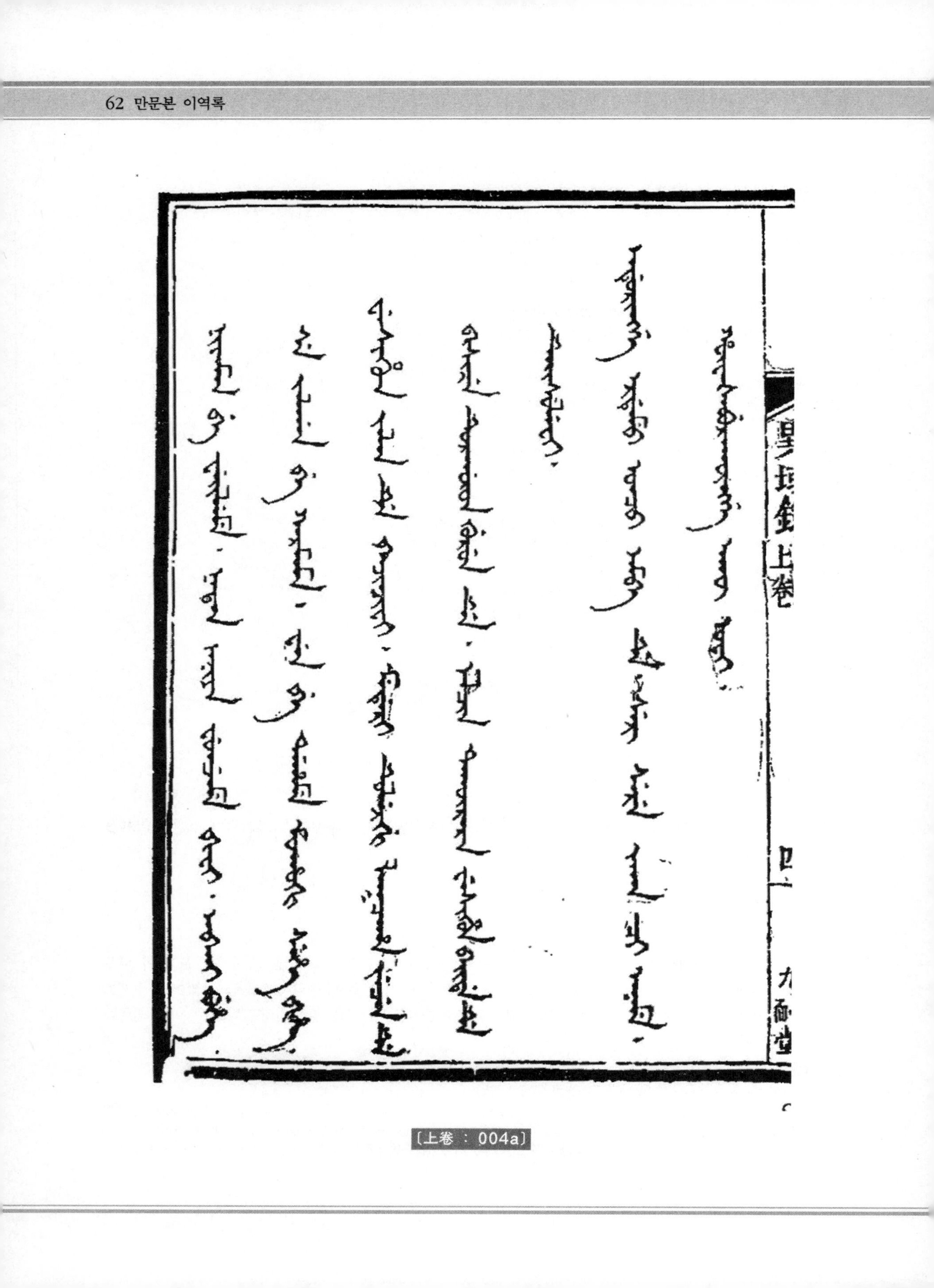

異域錄 上卷 四

niyaman be weileme. nadan aniya funceme bifi, abkai buhe
친척 을 모시며 칠 년 넘게 있으며 하늘의 준

se jalgan be karmame. wen be dahame mohoki sehe bihe.
나이 목숨 을 보전하며 교화 를 따라 진력하고자 했었다.

wesihun jalan de banjinjifi. mederi tulergi lakcaha jecen de
번성한 세대 에 태어나서 바다 밖 멀리 떨어진 변경 에

bisire turgūt gurun de, elcin takūrara wesihun baita de
있는 투르구트 나라 에 사신 파견하는 존귀한 일 에

teisulefi,
맞아서

enduringge erdemu onco amba de, ser sere jaka ci aname,
성스러운 덕 넓고 큼 에 미미한 것 에서 까지

hūwašaburakūngge akū ofi,
이룩하게 하지 않은 것 없어서

[한문]

膝下 七載有餘 期保天年 乘化歸盡 生際盛世 値遣使海外絶域土爾扈特國鉅典 因感戴國恩

—— 。 —— 。 —— 。 ——

어르신들을 모시며 칠년 동안 지내면서 하늘이 준 명을 보존하며 황제의 교화에 따라 진력하고자 하였다. 성세(盛世)에 태어나서 해외의 멀리 떨어진 변경에 있는 투르구트국에 사신으로서 파견되는 중요한 일을 맡게 되어, '황제의 성덕(聖德)이 넓고 커서 미미한 것까지 이루지 못하는 것이 없으니,

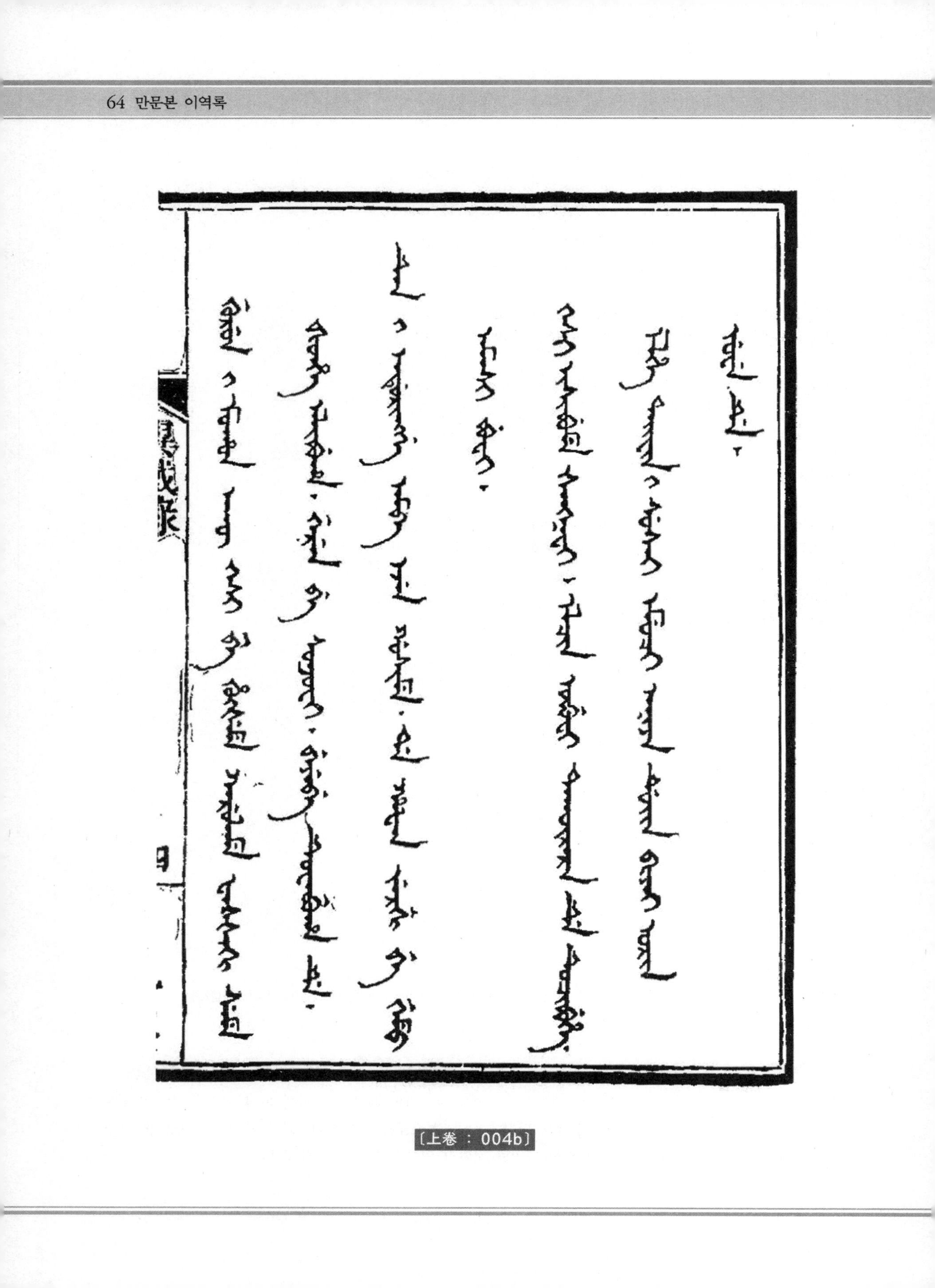

〔上卷 : 004b〕

gurun i mohon akū kesi be hukšeme karulame faššaki seme
나라 의 다함 없는 은덕 을 감격하여 보답하여 진력하자 하고

bithe alibuha. geren be sonjofi. beyebe tuwabuha de,
글 바쳤다. 여럿 을 선출하여서 알현함 에

ten i enduringge amba ejen gosime, da hafan jergi be gemu
지극 의 성스러운 大 帝 어여삐 여겨 原 官 品 을 모두

amasi bufi,
돌려 주고

kesi isibume šangnafi, elcin obufi takūrara de tucibuhe.
은덕 미치게 하여 상을 주어서 사신 삼아서 파견함 에 나가게 되었다.

elhe taifin i susai emuci aniya duin biyai orin
康 熙 의 쉰 첫째 해 사 월의 이십

juwe de,
이 에

[한문]──────

仰圖報効 具呈叩請 遴選引見 聖德廣運 咸沐生成 復蒙聖恩 俯賜原官品級 優加賞賚 特命前往 於康熙五十一年四月二十二日

── ◦ ── ◦ ── ◦ ──

나라의 무한한 은덕에 감격하여 이에 보답하기 위해 진력하겠습니다.' 하고 글을 올렸다. 여럿을 선출하여 황제를 알현하니 지극히 성스러우신 황제께서 어여삐 여기시어, 원래의 관품을 모두 돌려주시고 은혜 베풀어 상을 주시고 사신으로서 파견하여 나가게 되었다. 강희(康熙) 51년 4월 22일에

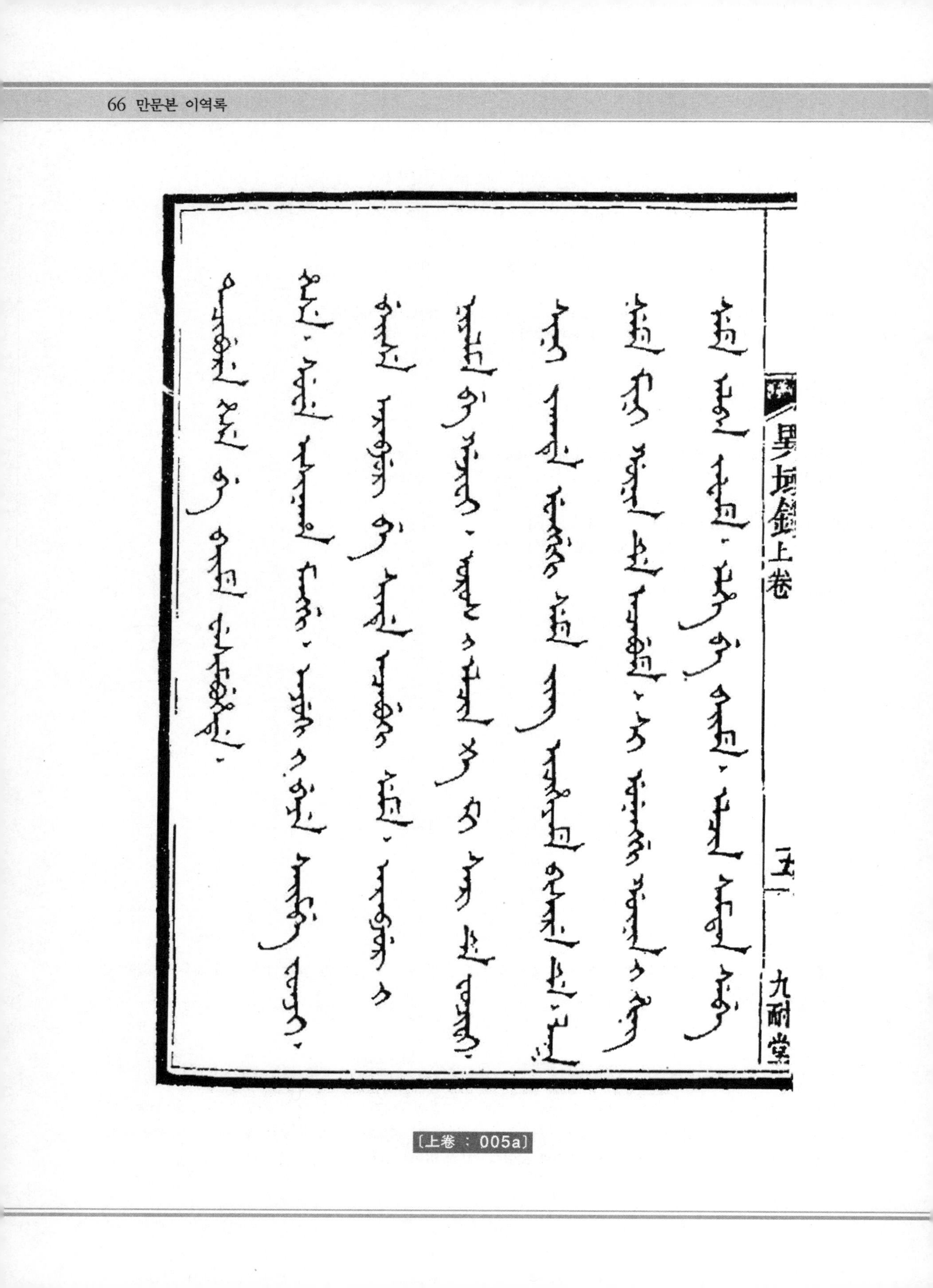

tacibure hese be baime wesimbuhede,
칙 서 를 청해 올렸음에

hese. suwe isinaha manggi, ayuki[30] i beye saimbe fonji.
皇旨 너희 다다른 후 아유키 의 몸 좋음을 물어라.

beise arabjur[31] be sinde acabuki seme, arabjur i
貝子 아랍주르 를 너에게 만나게 하고자 하여 아랍주르 의

niyalma be gajifi, oros i elcin k'a mi sar[32] de fonjifi,
사람 을 데리고 러시아 의 사신 카미사르 에게 묻고

sini jakade unggiki seme jing icihiyame bisire de, lak
너의 곁에 보내고자 하여 바로 처리하고 있음 에 마치

seme mini gūnin de acabume, si unenggi gūnin i hing
나의 생각 에 맞추어 너 진실한 마음 으로 정성스럽게

seme alban jafame, elhe be baime, elcin samtan sebe[33]
공물 바치며 평안 을 청하여 사신 삼탄 등을

[한문]

恭請聖訓 奉旨 爾等到彼 問阿玉奇無恙 欲將貝子阿拉布珠兒遣回 與爾完聚 調阿拉布珠兒人來 問俄羅斯國商人哈密薩兒 正在料理遣發 恰合朕意 伊竭誠差薩穆坦等

— ◦ — ◦ — ◦ —

훈칙(訓勅)을 청하여 올리니, 황지(皇旨), “너희들은 도착한 후 아유키에게 안부를 물어라. 그리고 “버이서(貝子) 아랍주르가 당신과 다시 만날 수 있도록 아랍주르의 가신과 함께 러시아 사신 카미사르와 송환하는 일에 대해 의논하고 있었다. 마침 나의 생각을 읽은 듯이 당신이 진실한 마음으로 정성스럽게 공물을 들고 문안드리며 사신 삼탄 등을

30) ayuki(阿玉氣) : 아유키(몽골어 Аюуш, 1640년-1724년). 1669년부터 1724년까지 투르구트의 한(汗)이었다.

31) arabjur(阿拉布珠兒) : 아랍주르는 아유키의 조카이다. 티베트의 달라이 라마를 방문했을 때 아유키와 처왕 랍탄의 사이가 나빠져 길이 막혀 귀국할 수 없었다. 그래서 툴리션 일행을 통해 그의 귀환에 관한 문제를 논의하고자 하였으며 그의 가신들도 함께 동행하도록 하였다.

32) k'a mi sar(哈密薩兒) : 카미사르(러시아어 комиссар)는 위원(委員)이나 대표(代表)를 뜻한다.

33) samtan(薩穆坦) : 투르구트의 아유카(Ayuka)는 러시아 페테르(Пётр) I세의 허락을 받아 삼탄 쿠류코브(Самтана Кулюков)를 중국으로 파견하였다. Н. Я. Бичурина(N. Bichurin)에 따르면 삼탄 쿠류코브는 1712년 일행 20명과 함께 러시아 부사관 수롭체브(Суровцев)의 인도로 베이징에 도착했다. 참조 Tsyuryumov Alexandr V.(2017) About the History of Relations between China and the Kalmyk Khanate in the First Quarter of xviii Century, the Caspian Region: Politics, Economics, Culture. No. 1 (50)

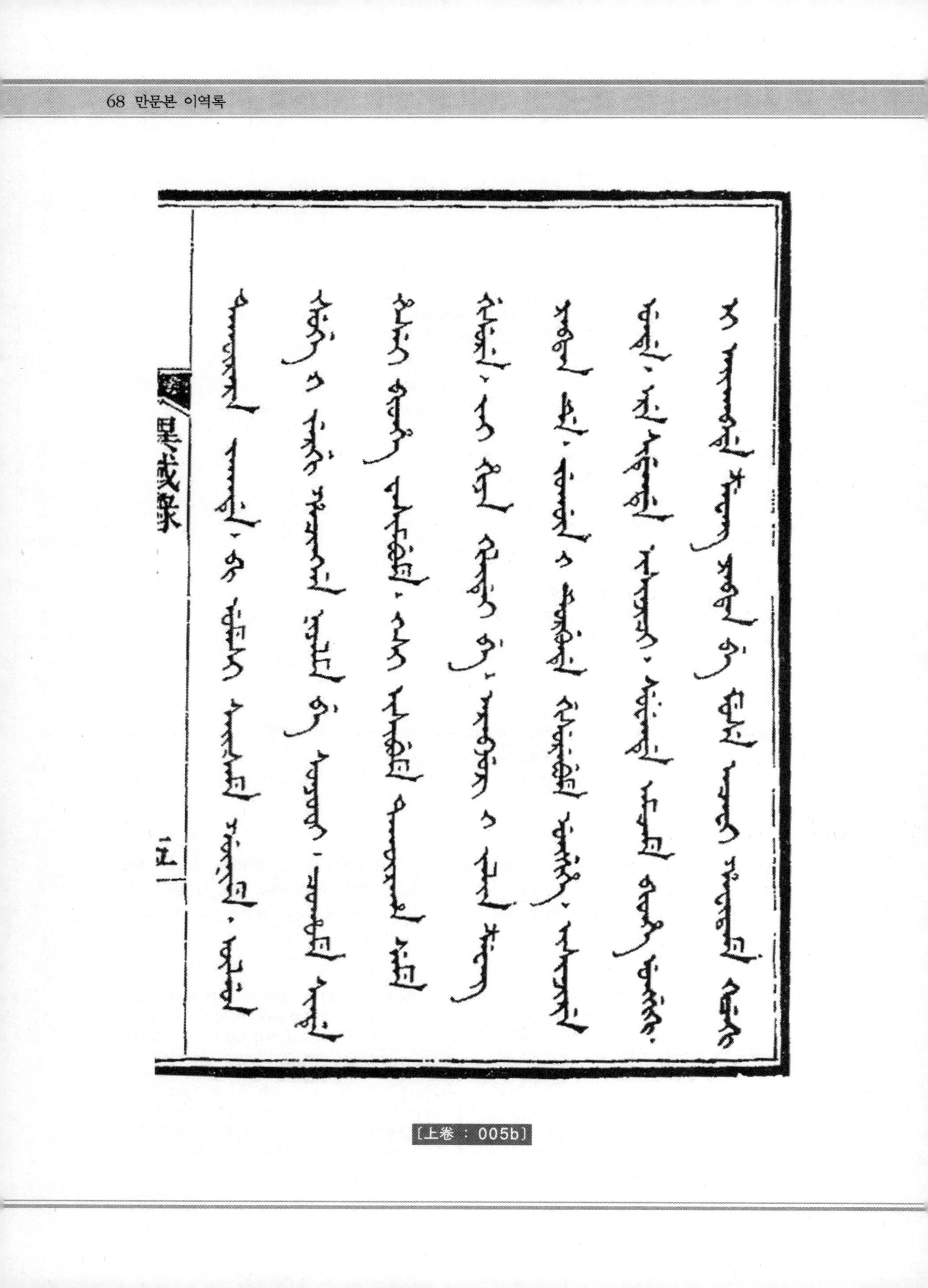

異域錄

五

takūrara jakade, bi umesi saišame gūnime, ūlet[34)]
파견할 적에 나 매우 탄복하여 오이라트

šuge i jergi[35)] hacingga niyalma be sonjofi, cohome sinde
슈거 의 등 각종 사람 을 선발하고 특히 너에게

hesei bithe wasimbume, kesi isibume takūraha seme
皇旨의 글 내리어 은덕 미치게 하러 파견하였다 하고

gisure. jai hiya kilidei[36)] be, arabjur i jalin ts'ewang
말하라. 그리고 侍衛 킬리더이 를 아랍주르 의 때문 처왕

rabtan[37)] de, jugūn i turgunde gisurebume unggihe. isinjire
랍탄 에게 길 의 때문에 말하게 하러 보냈다. 도착하기

unde, ere sidende isinjici, suwende amcame bithe unggiki.
전에 이 사이에 도착하면 너희에게 뒤쫓아 글 보내마.

i aikabade ts'ewang rabtan be muse acafi hafitame kiceki
그 만약 처왕 랍탄 을 우리 합쳐서 협공하여 도모하고자

[한문]

請安進貢 朕甚嘉憫 特選厄魯特舒哥 米斯及我等各項人前來 頒發諭旨 竝賜恩賞 至於阿拉布珠兒歸路 業遣侍衛祁里德前往策旺拉布坦處計議 尙未到來 如到時移會爾等 彼若言欲會同夾攻相圖策旺拉布坦 爾等

—— ◦ —— ◦ —— ◦ ——

사신으로 파견하니, 내가 매우 탄복하여 오이라트족 슈거 등 여러 사람을 선발해서 특별히 당신에게 칙서를 내려 은덕이 미치게 하러 파견하였다." 하고 전달하여라. 그리고 아랍주르를 위하여 시위(侍衛) 킬리더이를 처왕 랍탄에게 길의 편의를 보아달라고 말하러 보냈다. (너희가) 도착하기 전에 (킬리더이가) 도착하면, 너희에게 뒤쫓아 친서를 보내겠다. 그[아유키]가 만약 처왕 랍탄을 우리와 함께 협공하여 공격하자고

34) ūlet(厄魯特) : 오이라트(몽골어 ойрад, ойрд)는 몽골의 서부에 존재했던 부족이다. 오이라트부의 지도자는 한(汗)이라는 직위 대신 타이시(太師)라는 칭호를 사용했다. 타이시라는 칭호는 몽골 제국 시대 사령관이라는 의미였다. 오이라트부는 칭키스칸의 직계가 아니라서 오이라트부 지도자가 실권을 장악했는데도 한(汗)의 지위에 오르지 못했다. 오이라트는 4개의 주요 종족인 Dzungar(Choros or Olots), Torghut, Dörbet, Khoshut와 소수민족인 Khoid, Bayads, Myangad, Zakhchin, Baatud로 구성되어 있다.

35) šuge(舒哥) : 만문본에는 '서가(舒哥)' 등 여러 사람을 파견하였다고 하였으나 한문본에 '서가미사급아등(舒哥米斯及我等)'으로 기록되어 있는 것으로 볼 때 만문본에서는 šuge(舒哥)를 제외한 'mis(米斯)', '우리들(我等)'이 누락되었다. 만문본(下卷:031a)에서도 아유키에게 내린 칙서에 šuge, mis 등을 선발하였다는 내용이 있다.

36) kilidei(祁里德) : 아랍주르를 투르구트에 보내기 위해서는 처왕 랍탄이 있는 지역을 통과해야 하기 때문에 이를 논의하러 시위(侍衛) 킬리더이를 처왕 랍탄에게 보냈다.

37) tsewang rabtan(策旺 拉布坦) : 처왕랍탄(몽골어 Цэвээнравдан)은 몽골 준가르부의 한(汗) 성거(僧格, sengge)의 큰아들이다. 1671년 성거가 피살된 후 그 아우 갈단이 서장에서 돌아와 준가르의 수장이 되자 처왕 랍탄은 자신을 따르는 부족들과 도망쳤다가 패하여 갈단에게 항복하였다. 1690년 갈단이 몽골 할하부에 출병한 기회를 틈타 갈단의 영지를 빼앗았다. 1696년 갈단이 청나라에 패한 후 자살하자 1697년 달라이라마는 처왕 랍탄에게 홍타이지(khong tayiji)라는 칭호를 수여하여 준가르부의 대한(大汗)이 되었다.

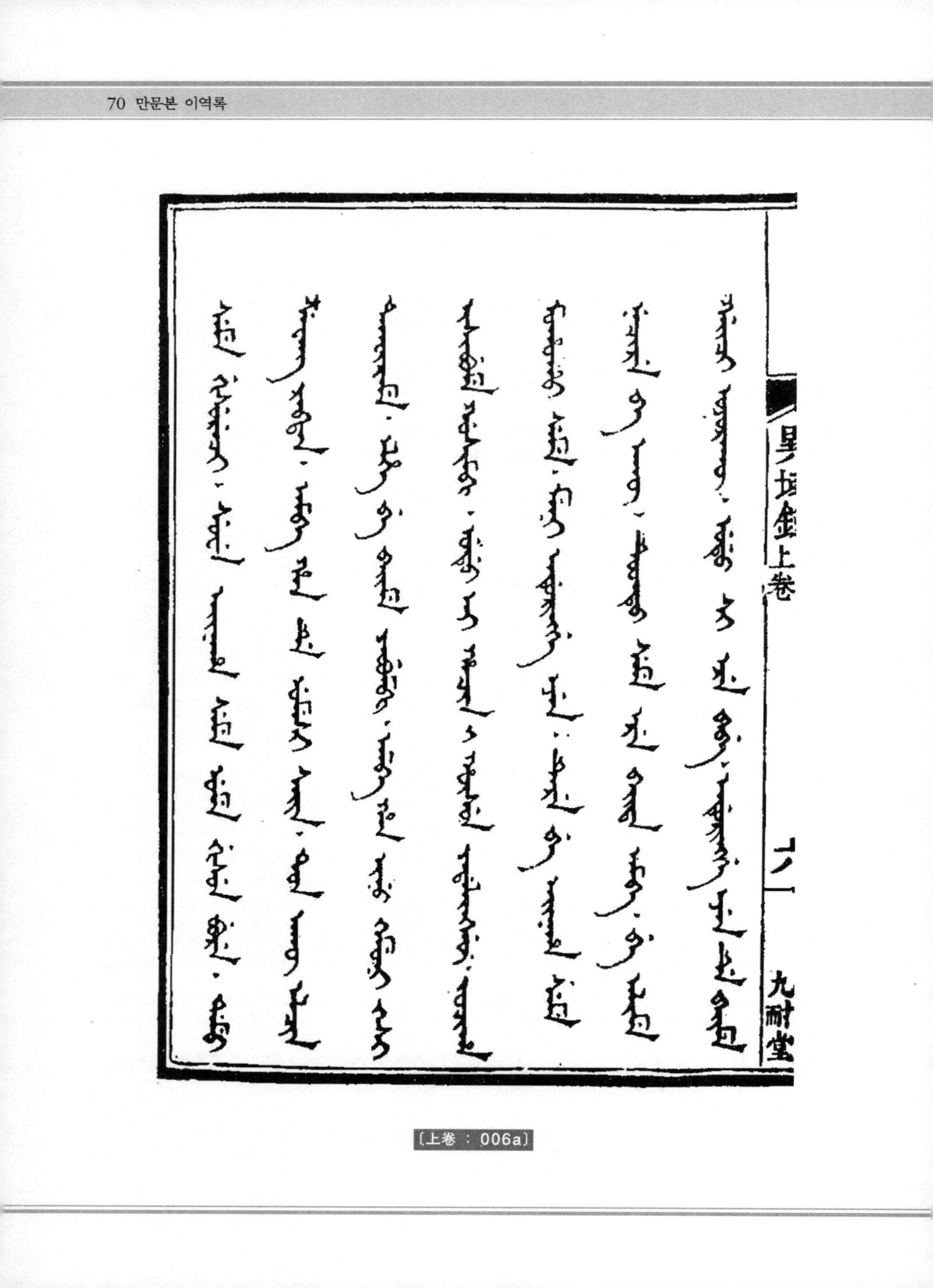

異域錄 上卷

六

九耐堂

seme gisureci, suwe ainaha seme ume gisun bure. damu
하고 말하면 너희 어찌 하여도 말 주지 말라. 다만

ts'ewang rabtan, amba han de umesi sain. ton akū elcin
처왕 랍탄 大 汗 에게 매우 좋다. 수 없이 사신

takūrame. elhe be baime yabumbi. amba han inu kemuni kesi
파견하여 평안 을 구하러 다닌다. 大 汗 도 항상 은덕

isibume gosimbi. udu ai hacin i hūsun yadalinggū, jociha
베풀며 어여삐 여긴다. 비록 어떤 종류 로 힘 약하고 파산하고

mohoho seme, meni enduringge ejen, tere be ainaha seme
궁핍했다 해도 우리의 성스러운 주인 그 를 어찌 하여도

necire ba akū. tuttu seme ere baita amba. be alime
범하는 바 없다. 그리 하여 이 일 크다. 우리 받아

gaici ojorakū. udu si ere babe, enduringge ejen de baime
가질 수 없다. 비록 너 이 것을 성스러운 주인 에게 청하여

[한문]

斷不可應允 但言策旺拉布坦與大皇帝甚是相得 不時遣使請安入覲 大皇帝亦時加恩賜 雖其勢力單弱 窮迫已極 我聖主斷不征伐 此事甚大 我等未便相允 爾雖將此事

—— ◦ —— ◦ —— ◦ ——

하면, 너희들은 절대로 응답하지 마라. 다만 "처왕 랍탄은 우리 황제께 매우 잘 합니다. 수 없이 사신을 파견하여 문안드립니다. 우리 황제께서도 항상 은덕을 베푸시며 어여삐 여기십니다. 비록 아무리 힘이 약하고 파산하고 궁핍해졌다 해도 우리의 성스러운 황제께서는 그를 결코 침범하는 일 없으십니다. 이렇듯 중차대한 일은 우리가 받아드릴 수 없습니다. 비록 당신께서 이 일을 우리의 성스러운 황제께 청하여

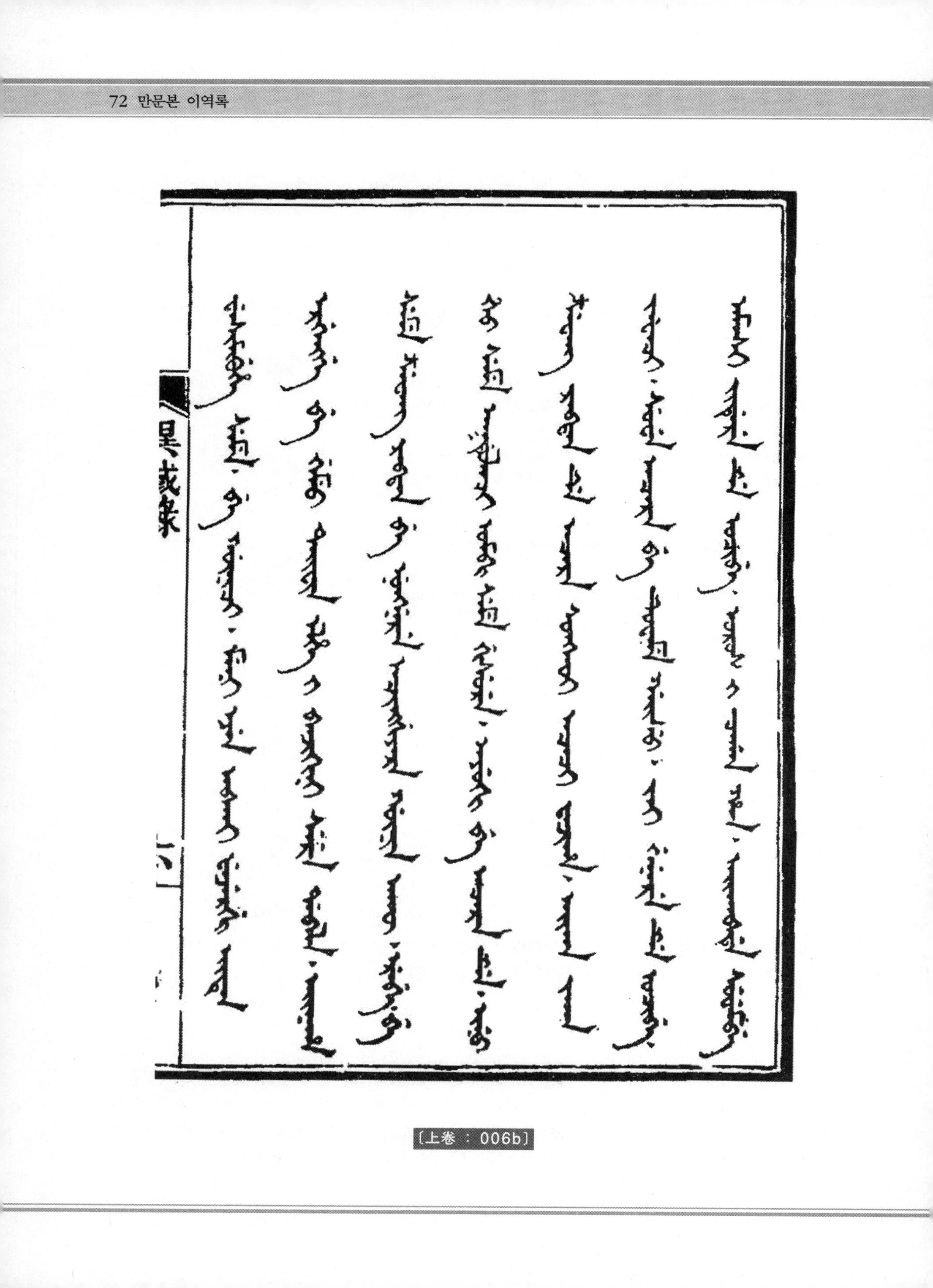

異域錄

六

wesimbuhe seme, be gūnici, meni ejen abkai fegergi eiten
올렸다 하여도 우리 생각하니 우리의 주인 하늘의 아래 온갖

ergengge be gemu taifin elhe i banjikini sere dabala. ainaha
살아있는 것 을 모두 태평 평안 으로 살게 하고자 할 뿐이다. 어찌

seme ts'ewang rabtan be nungnere acinggiyara gūnin akū. erebe. be
하여도 처왕 랍탄 을 침범하고 흔들 생각 없다. 이를 우리

heo seme akdulaci ombi seme gisure. ayuki be acara de. inu
확실히 보장할 수 있다 하고 말하라. 아유키 를 만남 에 또

ts'ewang rabtan de acara songkoi acaci wajiha. aika jaka
처왕 랍탄 에게 만나는 대로 만나면 끝났다. 만약 물건

jafaci, suwe acara be tuwame gaisu. jai genere de ocibe,
바치면 너희 적절함 을 보아 취해라. 그리고 감 에 되더라도

amasi jidere de ocibe, oros i cagan han,[38] aikabade suwembe
돌아 옴 에 되더라도 러시아 의 차간 汗 행여나 너희를

[한문]

奏請聖上 以我等思之 我皇上但願天下生靈各享昇平 斷無搖撼策旺拉布坦之意 此事我等可保 爾等往見阿玉奇 亦照見策旺拉布坦禮相待 如有餽送 爾等酌量收受 至往返之時 俄羅斯國察罕汗倘遣使欲會 爾等

—— ◦ —— ◦ —— ◦ ——

올린다 하더라도, 우리가 생각하기에 우리의 황제께서는 천하의 온갖 살아있는 것들을 모두 태평하고 평안히 살게 하고자 하시니, 결코 처왕 랍탄을 침범하여 혼란에 빠뜨릴 생각이 없으십니다. 이를 우리가 확실히 보장할 수 있습니다." 하고 말하여라. 아유키 한(汗)을 만날 때에는 또 처왕 랍탄과 만날 때처럼만 하면 된다. 만약 물건을 바치면 너희가 적절히 판단하여 처리하여라. 그리고 사신으로 오고 갈 때, 러시아의 차간 한(汗)이 혹시 너희와

38) cagan han(察罕汗) : 차간한(몽골어 цагаан хаан)은 청초(淸初)에 러시아 황제를 부르는 호칭이었다. 몽골어 Chagaan haan에서 유래하였는데 chagaan은 몽골어로 흰색을 의미한다. 따라서 cagaan han은 백한(白汗), 백인의 대한(大汗)이라는 뜻으로 백인 황제라는 의미를 나타낸다. 당시 러시아의 황제는 표토르 1세(Пётр I Алексеевич, 1672~1725, 재위 1682~1725)로 스웨덴과 발트해의 주도권을 갖고 대북방전쟁(大北方戰爭, 1700년 ~ 1721년)을 치르고 있었다. 서구화 정책을 추진하는 한편, 영토 확장과 중앙 집권화 등의 정책으로 러시아의 근대화와 강국화를 동시에 이루었다. 만년에는 새 수도 상트페테르부르크의 건설에 전념하였다.

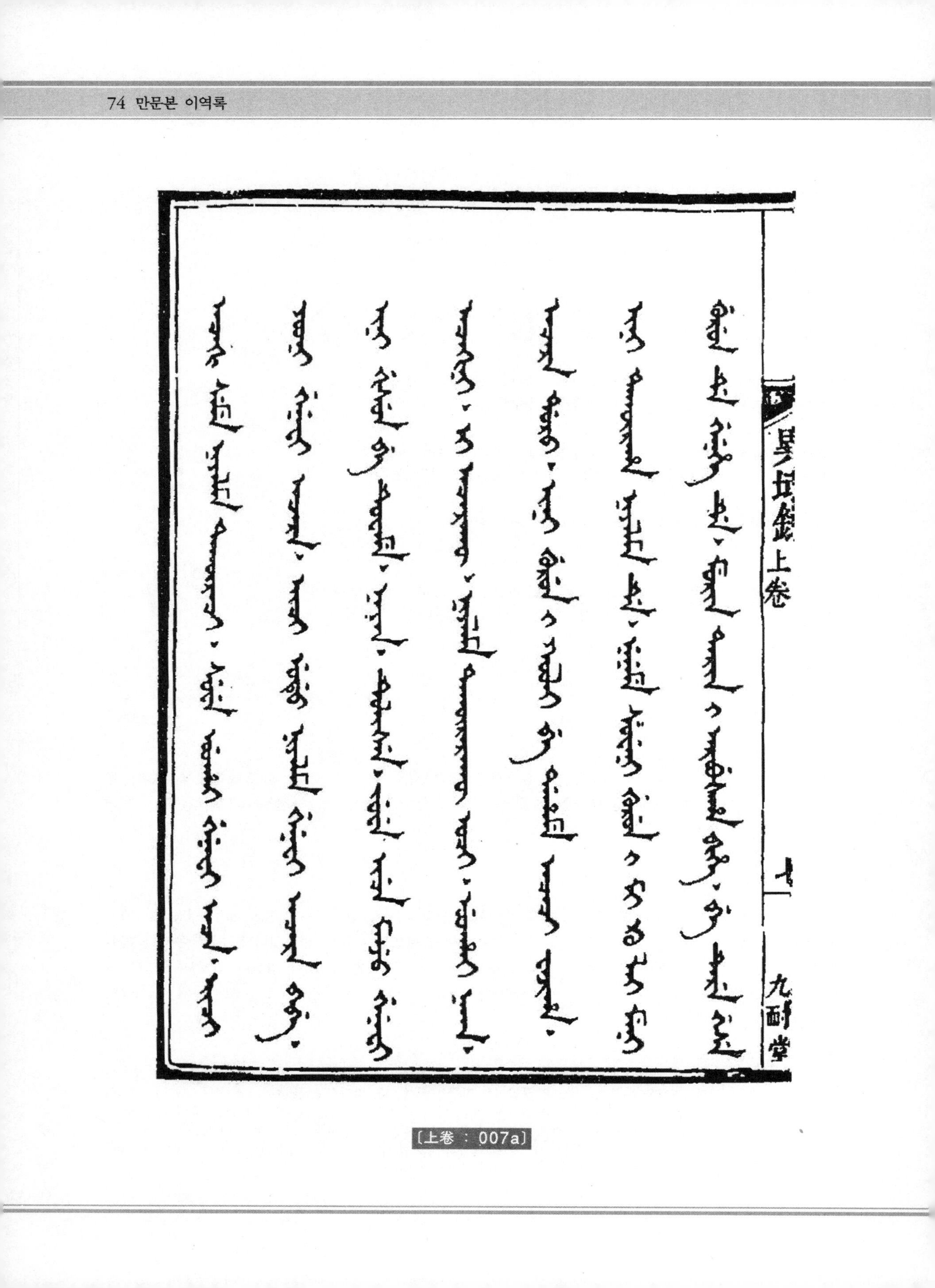

異域錄 上卷

七

九耐堂

acaki seme niyalma takūraci. suwe uthai genefi aca. eici
만나고자 하여 사람 파견하면 너희 곧 가서 만나라. 혹

yooni genefi acara, eici udu niyalma genefi acara babe,
모두 가서 만날지 혹 몇 사람 가서 만날 바를

ini gisun be tuwame, nayan,[39] tulišen, juwe ice manju genefi
그의 말 을 보고 나얀 툴리션 두 新 만주인[40] 가서

acakini. i acarakū, niyalma takūrarakū oci, uthai naka.
만나게 하자. 그 만나지 않고 사람 보내지 않으면 곧 그만두어라.

acara doro, ini gurun i kooli be dahame acaci wajiha.
만나는 예 그의 나라 의 법례 를 따라 만나면 끝났다.

ini takūraha niyalma de, neneme suweni gurun i mi k'o lai[41] meni
그의 파견한 사람 에게 먼저 너희의 나라 의 미코라이 우리의

gurun de genehe de, murin tarin i arbušaha bihe. be tere gese
나라 에 갔음 에 어수선하게 처신했었다. 우리 그 같지

[한문]

卽往相會 或俱往相會 或着幾人見聽其來言 着納顔圖理琛竝新滿洲二人去見 若彼不欲見 不使人來請 則已 至相見禮儀 依彼國禮見之可也 更須向其使言 從前爾國密科頼到中國時 行止悖戾

—— ◦ —— ◦ —— ◦ ——

만나고자 하여 사람을 보내면, 너희는 즉시 가서 만나라. 너희 모두가 가서 만날지, 혹은 몇 사람만 가서 만날지는 그의 말을 들어보고 결정하되, 나얀과 툴리션, 너희 두 신만주인(新滿洲人)은 가서 만나 보도록 하여라. 그가 너희를 만나지 않고 또 사람을 보내지 않으면, 그만 두어라. 만날 때의 예법은 그 나라의 법례에 따라 하면 된다. 그[차간 한]가 보낸 사람에게는 "앞서 당신 나라의 미코라이가 우리 나라에 왔을 때 처신을 잘못하였지만, 우리는 그와 같지

39) nayan(納顔) : 이번원(理藩院)의 낭중(郎中)으로 사절단의 인솔자였다.

40) ice manju : 신만주(新滿洲). 1644년 만주족이 입관(入關)한 후 팔기(八旗)에 편입한 만주족을 가리킨다.

41) mi k'o lai(密科頼) : 니코라이(Николай Гаврилович Спафари 1636 - 1708)는 몰다비아 태생으로 1674년 러시아 차르(Царь) 알렉세이 미하이로비치(Алексе́й Миха́йлович)에 의해 북경 대사로 임명되어 1675년 3월 4일에 출발하여 1676년 5월 15일 북경에 도착한 후 1678년 귀국하였다. 방문 목적은 중국과 러시아 사이의 여러 국경문제에 대한 합의, 항구적인 무역관계의 확립, 아무르강을 따라 새롭게 편입된 러시아 땅에 대한 실태조사가 주요한 목적이었으나 특별한 성과를 얻지 못했다.

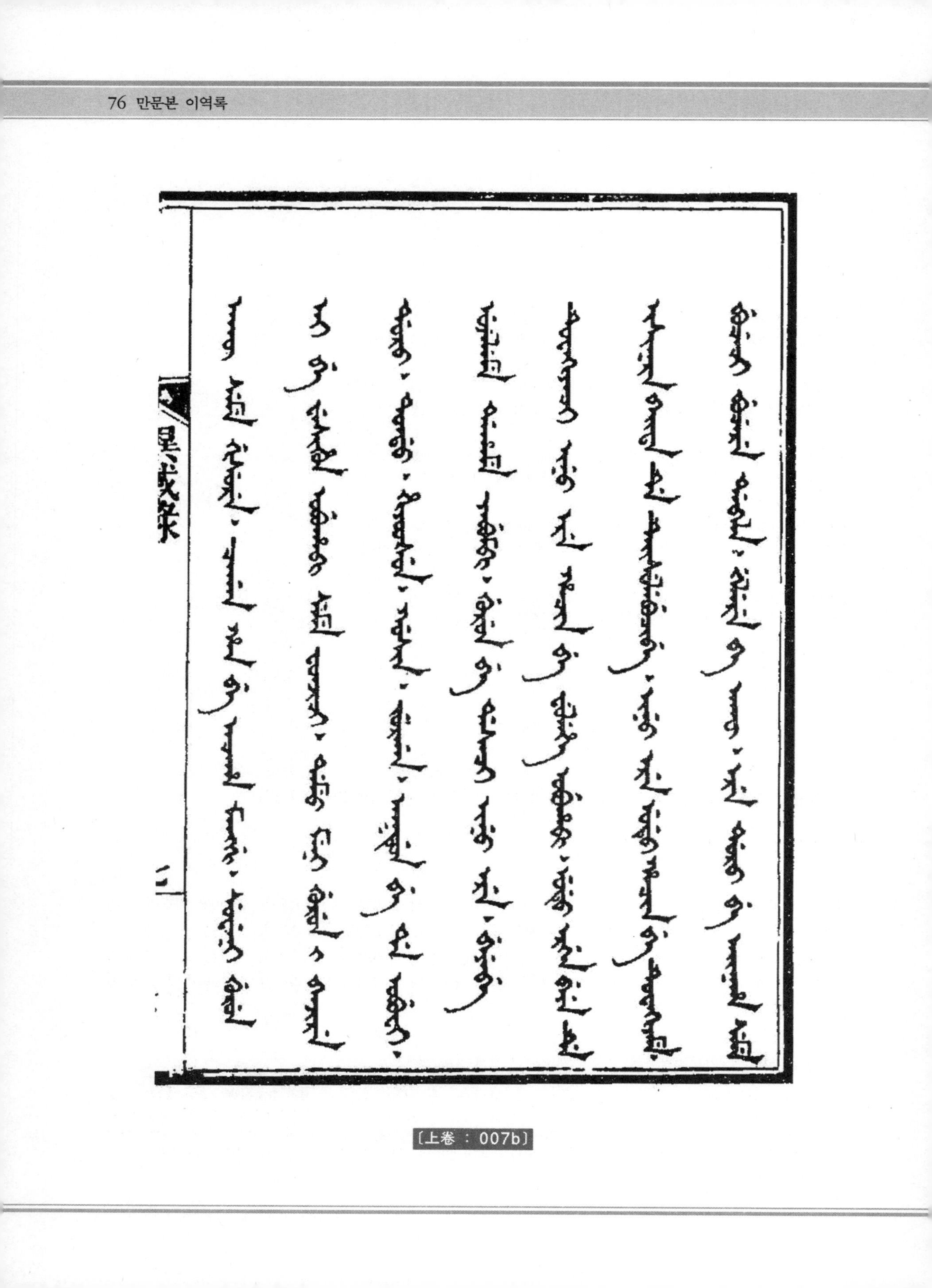

akū seme gisure. cagan han be acaha manggi, suweni gurun
않다 하고 말하라. 차간 汗 을 만난 후 너희의 나라

ai be wesihun obuhabi seme fonjici, damu meni gurun i banjire
무엇 을 존귀하게 삼았냐 하고 물으면 다만 우리의 나라 의 생겨난

doro, tondo, hiyoošun, gosin, jurgan, akdun be da obufi,
道 忠 孝順 仁 義 信 을 중심 삼고

ujeleme dahame yabumbi. gurun be dasaci inu ere, beyebe
중히 여겨 따르며 행한다. 나라 를 다스리면 또 이것 몸을

tuwakiyaci inu ere hacin be fulehe obuhabi. udu ergen beye de
지키면 또 이 종류 를 뿌리 삼았다. 비록 목숨 몸 에

isinara baita de teisulebucibe, inu ere udu hacin be tuwakiyame,
미치는 일 에 마주치더라도 또 이 몇 종류 를 지키며

buceci bucere dabala, gelere ba akū. ere doro be ainaha seme
죽으면 죽을 뿐 두려워할 바 없다. 이 道 를 어찌 하여도

[한문]

我等斷不若此 見察罕汗時 如問中國何所尊尙 但言我國皆以忠孝仁義信爲主 崇重尊行 治國守身 俱以此爲根本 雖利害當前 亦固守此數者 寧死弗憚 不渝其道 卽

—— ◦ —— ◦ —— ◦ ——

않다." 하고 말하여라. 차간 한을 만난 후에, 그가 "그대들의 나라에서는 무엇을 귀하게 여기는가?" 하고 물으면, "오직 우리 나라에서 생겨난 도(道), 충(忠), 효(孝), 인(仁), 의(義), 신(信)이라는 가치를 중심으로 삼고, 중요하게 여기어 이를 따르며 행합니다. 나라를 다스릴 때나 몸을 지킬 때에도 이들을 근본으로 삼고 있습니다. 비록 목숨을 잃는 일에 맞닥뜨리더라도 이를 지키며 죽음을 두려워하지 않습니다. 이러한 도(道)를 결코

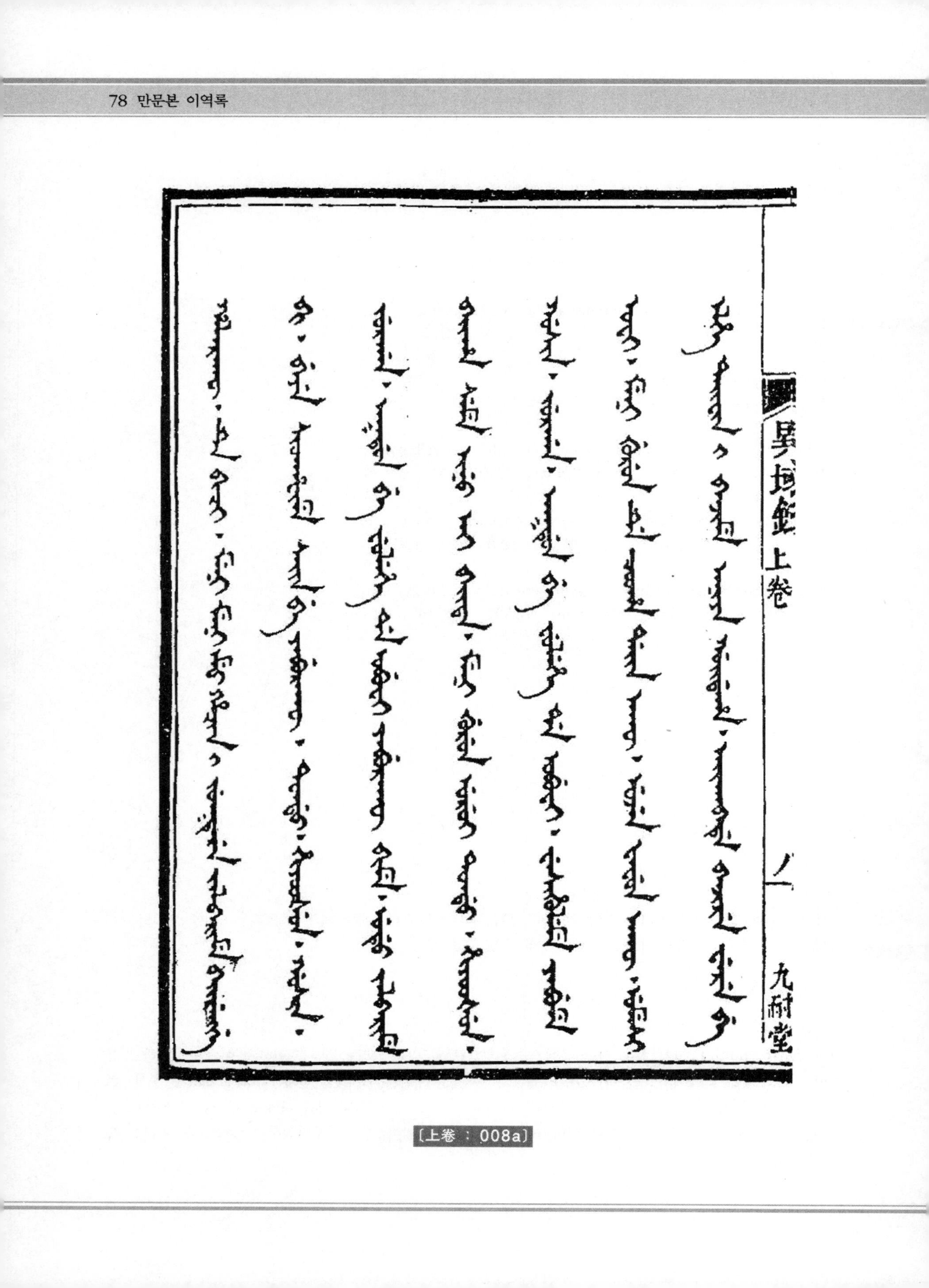

異域錄 上卷 八 九耐堂

halarakū. te bici, meni meni emu hacin i juktere jalbarime bairengge
바꾸지 않는다. 지금 이면 各 各 한 종류 로 제사지내고 빌며 청하는 것

bi. beye sithūme sain be yaburakū, tondo, hiyoošun, gosin,
있다. 몸 전념하여 善 을 행하지 않고 忠 孝順 仁

jurgan, akdun be fulehe da obufi yaburakū bime, udu jalbarime
義 信 을 뿌리 으뜸 삼고 행하지 않고 오직 빌며

baiha seme inu ai baita. meni gurun urui tondo, hiyoošun,
청했다 해여 또 무슨 일 있겠냐? 우리의 나라 오로지 忠 孝順

gosin, jurgan, akdun be fulehe da obufi, wesihuleme yabume
仁 義 信 을 뿌리 중심 삼고 존귀하게 여기며 행하여

ofi. meni gurun de cooha dain akū, ujen fafun akū. umesi
서 우리의 나라 에 군사 전쟁 없고 중 형 없다. 매우

elhe taifin i banjime aniya goidaha. aikabade banjire were be
평안하고 태평하게 살며 해 오래됐다. 만약 生 計 를

[한문]

今人各有祭祀禱祝之事 然身不行善 不以忠孝仁義信爲根本 雖祈禱何益 我國咸以忠孝仁義信爲根本 崇尙尊行 所以我國無干戈 無重刑 安享太平已久 如問生計

—— ◦ —— ◦ —— ◦ ——

바꾸지 않습니다. 지금 사람들은 각각 어떤 종류가 되었든 제사를 지내고 기원하는 바가 있지만 전념하여 선을 행하지 않고, 충(忠), 효(孝), 인(仁), 의(義), 신(信)을 근본으로 삼아 행하지 않으면서 오직 기원하기만 한다면 무슨 소용이 있겠습니까? 우리 나라는 오로지 충(忠), 효(孝), 인(仁), 의(義), 신(信)을 근본으로 삼고 귀하게 여기면서 행하여서, 나라에 전쟁이 없고 가혹한 형벌이 없어 매우 평안하고 태평하게 지내온 지 오래되었습니다." 하고 대답하라. 만약 어떻게 사는지

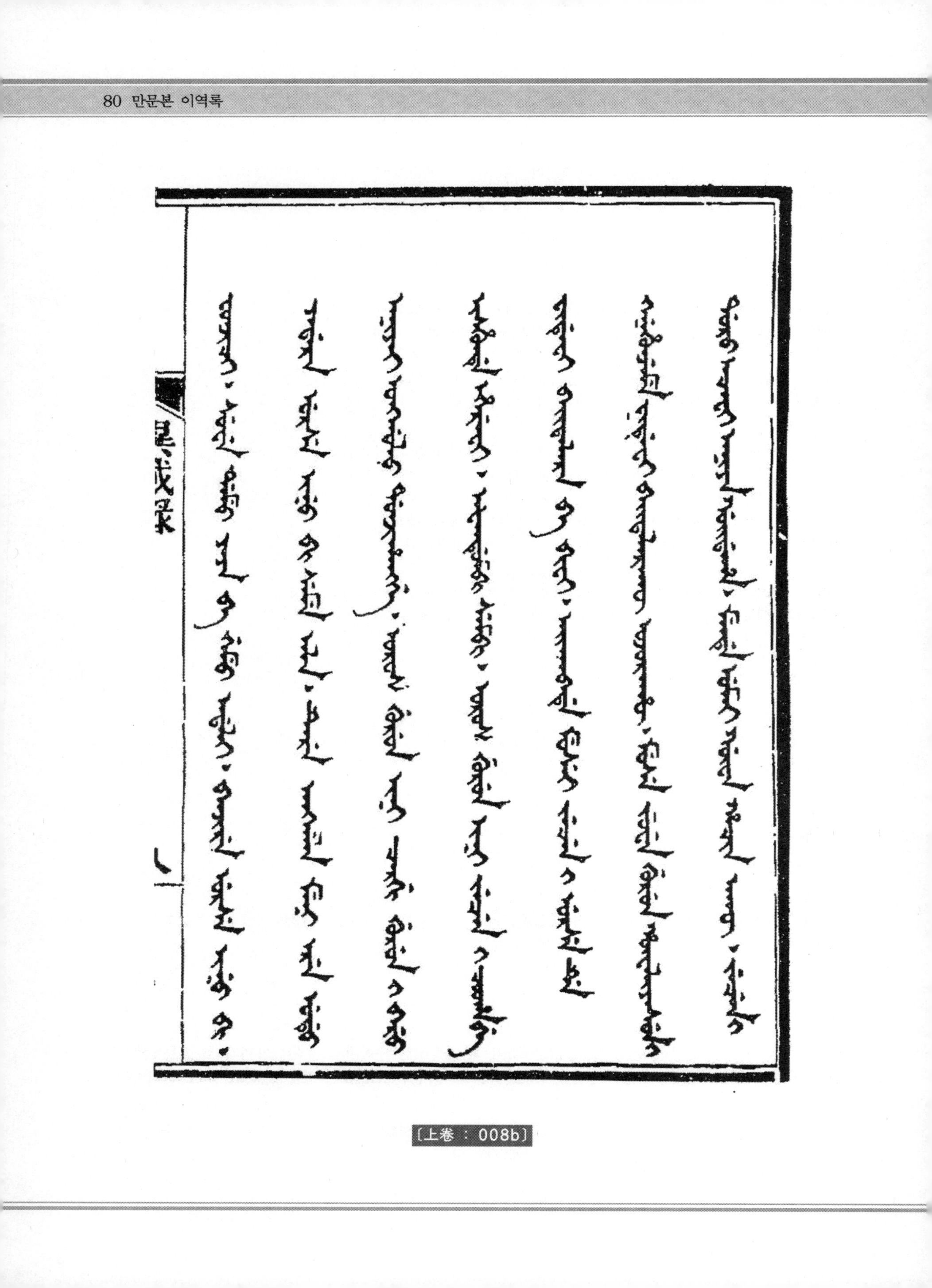

異域錄

fonjici, suwe damu yaya ba gemu adali. banjire[42] urse inu bi,
물으면 너희 다만 모든 곳 모두 같다. 잘사는 무리 도 있고

yadara urse inu bi seme ala. tere anggala meni ere udu
가난한 무리 도 있다 하고 아뢰어라. 그 뿐 아니라 우리의 이 여러

aniyai onggolo donjihangge, oros gurun ini cargi gurun i baru
해의 전에 들었던 것 러시아 나라 그의 저편의 나라 의 쪽

ishunde eherefi, afandumbi sembi. oros gurun ini jecen i cooha be
서로 반목하고 서로 싸운다 한다. 러시아 나라 그의 변경 의 병사 를

fidefi baitalara ba bifi, aikabade musei jeceni urse de
이동하여 쓸 바 있어서 만약 우리의 변경의 무리 에게

kenehunjeme fidefi baitalarakū ojorahū. muse juwe gurun hūwaliyasun i
의심하며 이동하고 쓰지 않을까 한다. 우리 두 나라 화목함 의

doro acafi aniya goidaha. mende umai gūwa hacin akū. jecen i
道 합하여서 해 오래되었다. 우리에게 전혀 다른 종류 없다. 변경 의

[한문]

爾等但言隨處皆同 富者亦有 貧者亦有 且數年前聞得俄羅斯國與其隣國不睦 互相攻伐 俄羅斯國欲調用邊兵 或疑我邊人不行調撥 亦未可定 兩國和議年久 朕無他意 有

—— ◦ —— ◦ —— ◦ ——

물으면, 너희는 오직 "어느 곳이나 모두 같습니다. 부유한 자들도 있고, 가난한 자들도 있습니다." 하고 대답하여라. 그리고 "우리가 수년 전에 듣기로는, 러시아는 우리와 반대쪽에 있는 나라와 서로 반목하고 싸운다고 하였습니다. 러시아가 변경에 있는 병사를 이동하여 쓸 일이 있어도, 혹시 우리 변경의 무리를 의심하여 이동하여 쓰지 못할까 합니다. 우리 두 나라가 화친을 맺은 지도 오래되었습니다. 우리에게 전혀 다른 뜻은 없습니다. 변경의

42) banji-re urse : banji-가 '살다'의 의미로 쓰이지만 이곳에서는 '부유하게 살다, 넉넉하게 살다'의 의미로 urse(사람)과 함께 '잘사는 사람, 재산가'의 의미로 쓰이고 있다.

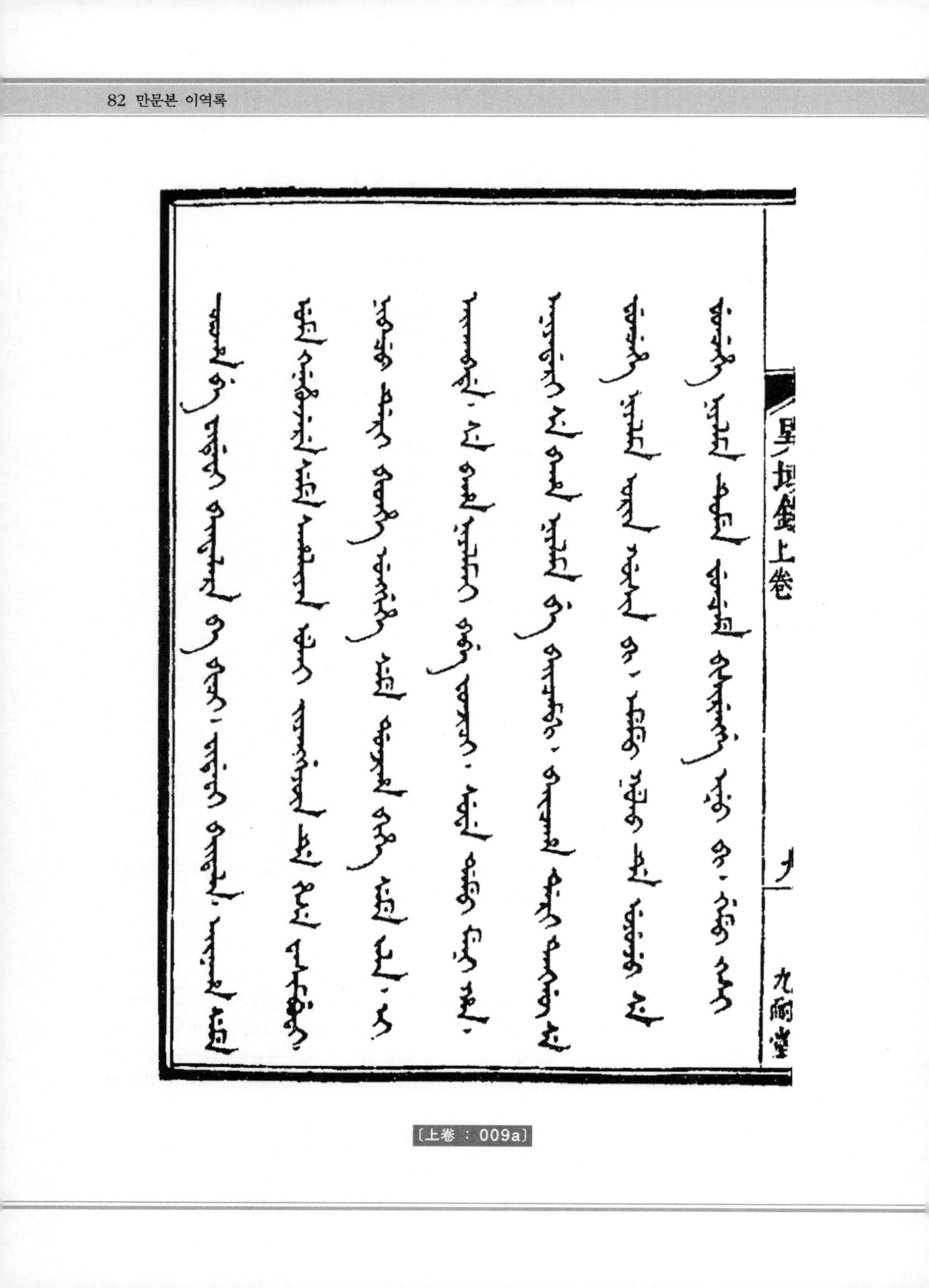

cooha be fidefi baitalara ba bici, fidefi baitala. ainaha seme
병사 를 이동해서 쓸 바 있으면 이동하여서 써라. 어찌 하여도

ume kenehunjere seme sahaliyan ulai[43] jiyanggiyūn de hese wasimbufi,
의심하지 말라 하고 검은 강의 장군 에게 皇旨 내리고

nibcu[44] deri bithe unggihe seme donjiha bihe seme ala. i
닙추 로 글 보냈다 하고 들었었다 하고 아뢰라. 그

aikabade, se baha niyalmai babe fonjici, suwe damu meni han,
만약 나이 얻은 사람의 상황을 물으면 너희 오직 우리의 汗

aniyadari se baha niyamla be baicambi. baicaha dari tanggū se
해마다 나이 얻은 사람 을 살핀다. 살핀 때마다 백 살

funcehe niyalma orin gūsin bi. ememu golo de uyunju se
넘은 사람 스물 서른 있다. 어느 省 에 아흔 살

funcehe niyalma tumen funceme bisirengge inu bi. gemu kesi
넘은 사람 만 넘게 있는 것 도 있다. 모두 은덕

[한문]

調用邊兵之處 卽行調撥 不必疑惑等情 特諭黑龍江將軍 由泥布楚城移會爾國 如問年高之人 爾等卽告以我皇帝每歲查取年高之人 每次查得一百餘歲者二三十人 九十餘歲者或一省有萬餘人 俱加恩賜

—— ◦ —— ◦ —— ◦ ——

병사를 이동하여 쓸 일 있으면 그렇게 하십시오. 결코 우리를 의심하지 마십시오. 하고 흑룡강의 장군에게 황지(皇旨)를 내리고 닙추로 친서를 보내셨다고 들었습니다." 하고 고하여라. 그[차간 한]가 혹시 노인에 관하여 물으면, 너희는 오직 "우리의 황제께서는 해마다 노인들을 살피시는데, 살피실 때마다 백 살이 넘은 사람이 이삼십 명 있습니다. 어느 성(省)에는 아흔 살이 넘은 사람이 만 명 이상 사는 곳도 있으니, 황제께서 모두 은덕을

43) sahaliyan ula : 중국에서는 헤이룽강(黑龍江), 러시아에서는 아무르(Амур)강, 몽골인과 퉁구스인은 하르무룽(Хар Мөрөн, 검은 강)이라 부른다. 몽골 고원 북부에서 발원하여 러시아·중국을 걸쳐 흐른다.

44) nibcu(尼布楚) : 러시아 네르친스크(Нерчинск) 시(市)의 만주어 이름이다. 네르친스크 시는 네르친 강 좌안에 위치하고 있으며 1654년에 요새로 건설되었다. 중국으로 가는 요충지로 1689년 러시아와 청나라 사이에 이곳에서 네르친스크조약이 체결된 후, 중국과 러시아 사이 교역의 중심지와 세관으로 번영했다. 서쪽의 몽골 루트가 열리기 전까지 러시아 상인들이 네르친스크로부터 만주를 우회하여 북경에 들어왔기 때문에 역사상 중요한 위치를 점하고 있었다.

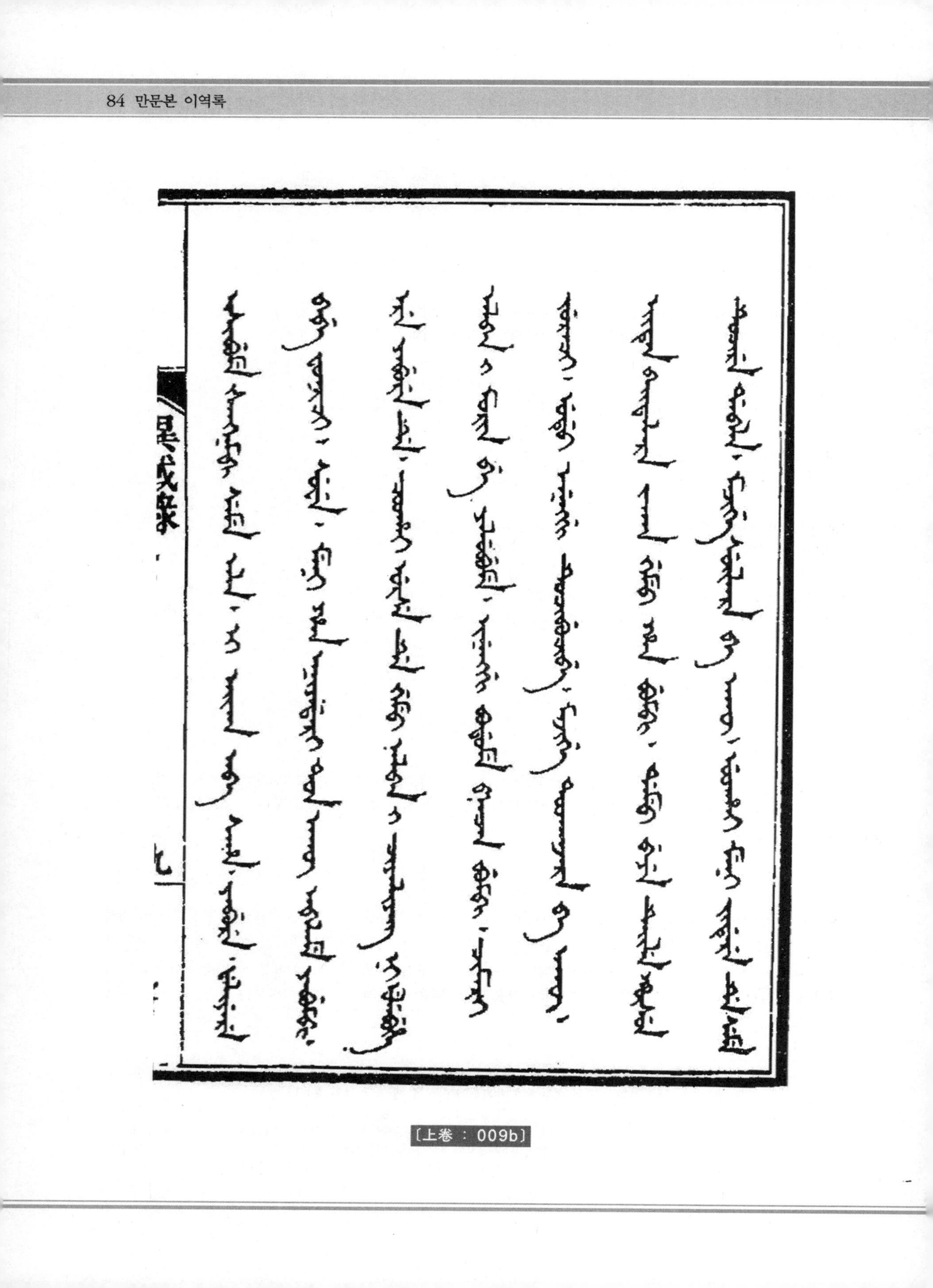

isibume šangnambi seme ala. i aika aba saha, yabure, feliyere[45)]
베풀어 상준다 하고 아뢰라. 그 만일 사냥 행하고 다니는

babe fonjici, suwe, meni han aniyadari ton akū abalame yabumbi.
바를 물으면 너희 우리의 汗 해마다 수 없이 사냥하러 다닌다.

ere yabure de, coohai urse de gemu alban i ciyanliyang ni ulebuhe
이 다님 에 병사의 무리 에게 모두 官 의 錢糧 으로 먹인

alban i morin be yalubume, inenggi bodome pancan bumbi. cimari
官 의 말 을 타게 하고 날 헤아려 노잣돈 준다. 내일 아침

juraci, udu enenggi tucibucibe, majige tookanjara ba akū.
떠나면 비록 오늘 내보내더라도 조금도 지체하는 바 없다.

eiten baitalara jaka gemu han bumbi. damu beye teile hūsun
온갖 쓰는 물품 모두 汗 준다. 오직 몸 만 힘

tucire dabala, majige suilara ba akū. uthai meni jidere de seme
쓸 뿐 조금도 괴로운 바 없다. 곧 우리의 옴 에 하여도

[한문]

如問出獵行幸之處 爾等卽告以 我皇帝每歲出獵 其所扈從兵丁 俱給與官養馬匹乘騎 按日給與盤費 今日下令 明日起行 不致些毫遲悞 一應用度 俱係官給 惟隻身効力 毫無拮据 卽我等此役

—— ◦ —— ◦ —— ◦ ——

베풀어 상을 주십니다." 하고 대답하여라. 그[차간 한]가 만일 사냥과 행행(行幸)에 대해서 물으면 너희는, "우리 황제께서는 해마다 수없이 사냥을 하러 다니시는데, 사냥을 나가실 때, 병사의 무리에게 모두 관(官)에서 기른 관마(官馬)를 타게 하시고, 사냥 일정을 헤아려 노잣돈도 주십니다. 내일 아침 사냥을 떠나는데 비록 오늘 나가게 해도 조금도 지체하는 바가 없습니다. 그리고 사냥에 필요한 온갖 물품을 황제께서 주십니다. 단지 힘써 사냥을 할 뿐 조금도 괴로운 바가 없습니다. 우리가 사신으로 올 때에도

45) yabure feliyere : 행행(行幸). 행행은 군주가 궁궐 외부로 행차하는 것을 가리키는 용어로 군주라면 언제나 수행해야 했던 의례적(依例的)이면서도 전통적인 국가 전례(典禮)이다.

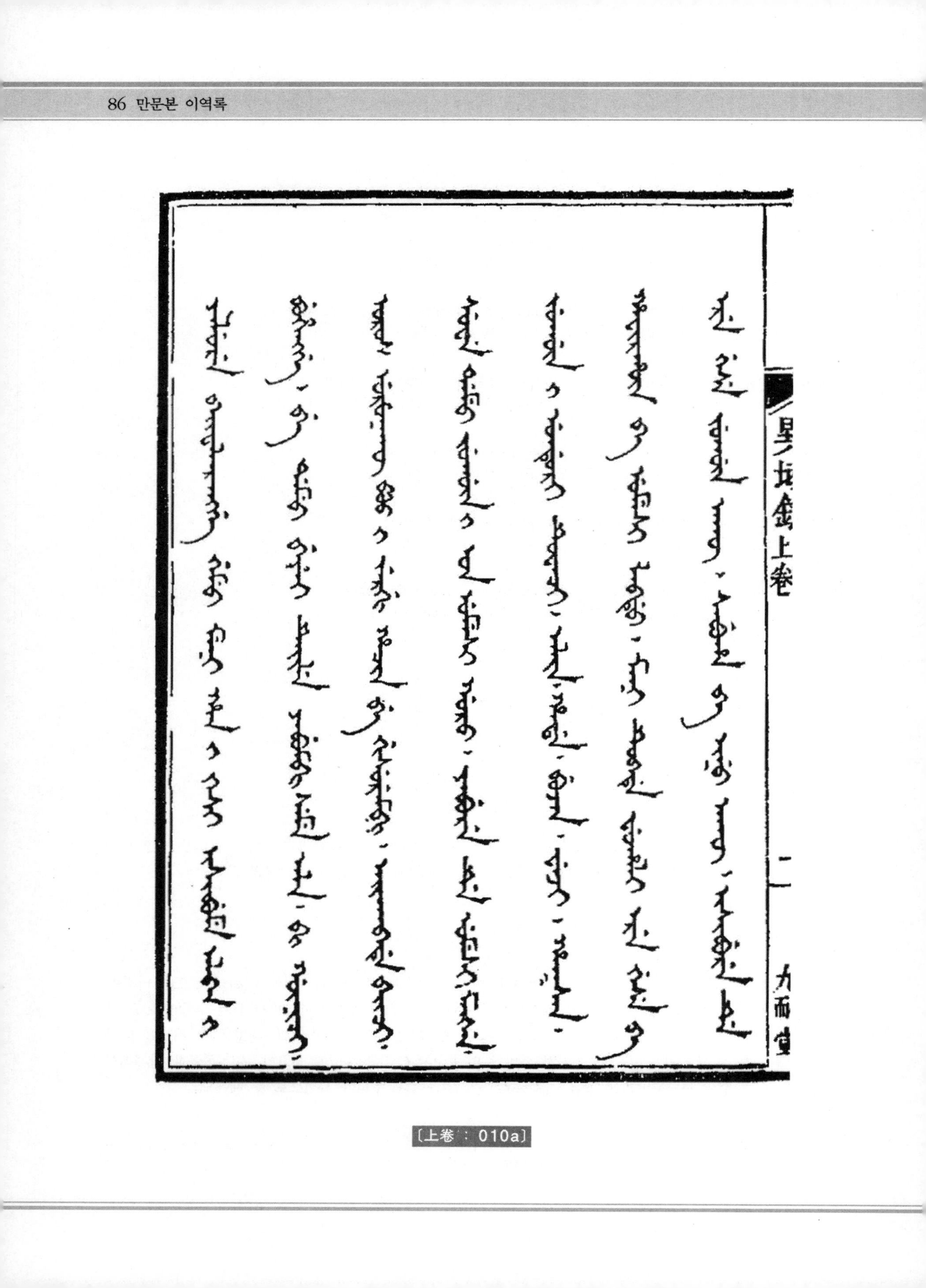

異域錄上卷

二

yalure baitalarangge gemu meni han i kesi isibume alban i
타고 쓰는 것 모두 우리의 汗 의 은덕 베풀어 官 의

buhengge. be damu beyei teile yabumbi seme ala. bi gūnici,
준 것이다. 우리 오직 몸의 뿐 간다 하고 아뢰라. 나 생각하니

oros urunakū poo i jergi hacin be gisurembi. aikabade baici,
러시아 반드시 砲 의 등 종류 를 말한다. 만약 청하면

suwe damu jugūn i on umesi goro, yabure de umesi mangga.
너희 오직 노정 매우 길고 다님 에 매우 어렵다.

jugūn i unduri tuwaci, alin, hada, bujan, weji, haksan,
길 의 연도 보면 산 산봉우리 숲 밀림 험하고

hafirahūn ba umesi labdu. meni tubade fuhali ere gese ba
좁은 곳 매우 많다. 우리의 그곳에 전혀 이 같은 곳

ere gese jugūn akū. sabuha ba inu akū. isibure de
이 같은 길 없다. 본 바 도 없다. 가져옴 에

[한문]

乘騎用度 皆係皇上恩賜 我等但隻身効力耳 朕思俄羅斯國必言及火炮之類 倘若懇求 爾等言路途遙遠 難於行走 沿途皆高山峻嶺 林木叢藪 險隘之處甚多 我中國竝無如此地方 亦不曾見如此道路 致之甚難

—— ◦ —— ◦ —— ◦ ——

타고 다니는 말과 필요한 물품들은 모두 우리의 황제께서 은덕을 내리시어 관(官)에서 주신 것입니다. 우리는 그저 몸만 움직이면 되었습니다." 하고 대답하여라. 짐이 생각건대, 러시아는 분명 포(砲) 등과 같은 종류에 대해 말을 꺼낼 것이다. 혹시 이를 요청하면 너희는 오직 "노정(路程)이 너무 길어 다니기가 매우 어렵습니다. 길의 주변을 보면 산과 산봉우리, 수풀이며, 험하고 좁은 곳이 매우 많습니다. 우리가 살고 있는 땅에는 전혀 이런 땅, 이런 길이 없고 본 적도 없으니, 포(砲)를 가져오는 것이

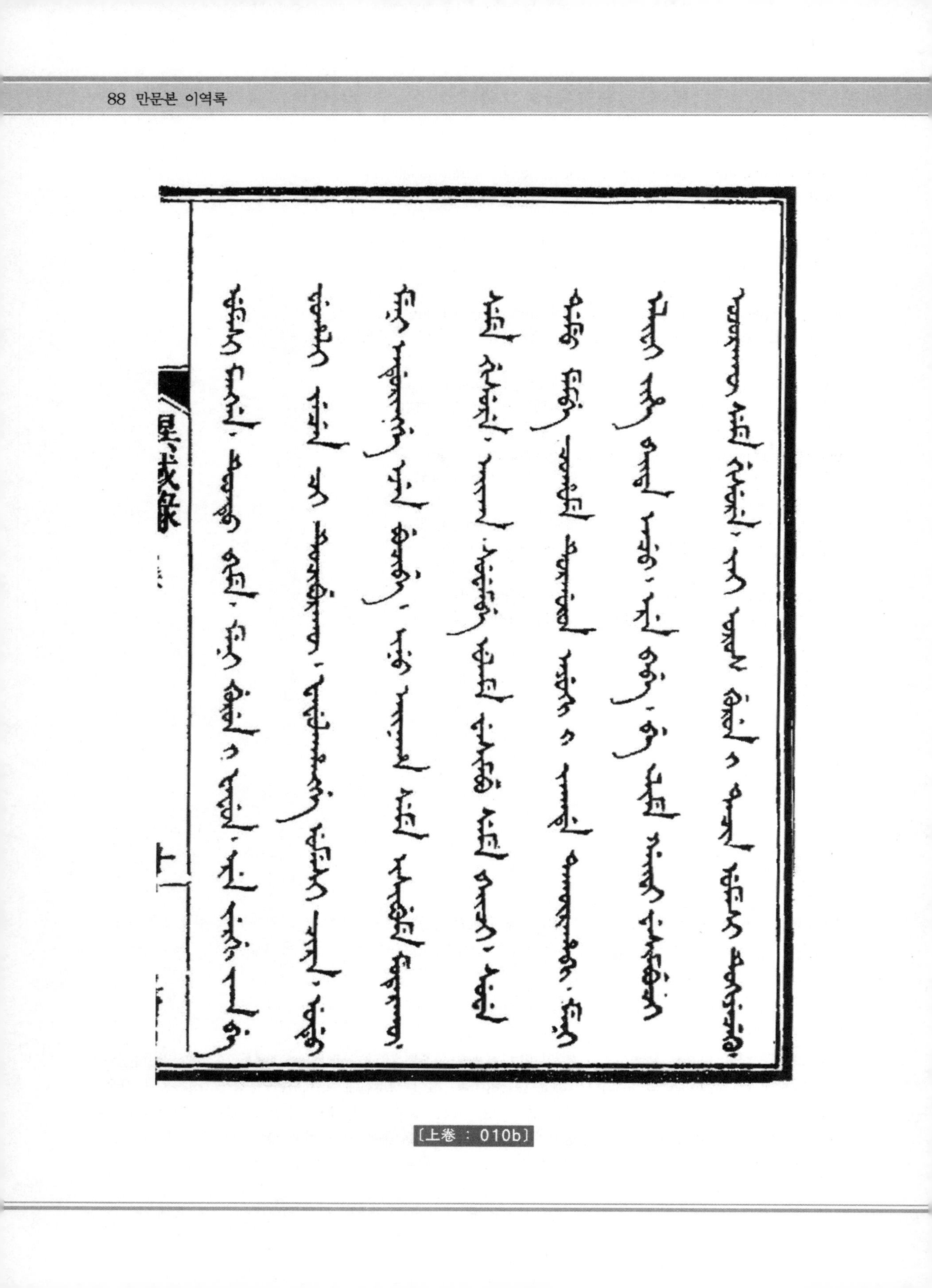

異域錄 上

umesi mangga. tuttu bime, meni gurun i fafun. ere jergi jaka be
매우 어렵다. 그리하고 우리의 나라 의 법 이것 등 물품 을

fuhali jecen ci tuciburakū, fafulahangge umesi cira. udu
전혀 변경 에서 내보내지 않고 금지하는 것 매우 엄하다. 비록

meni enduringge ejen bucibe, inu ainaha seme isibume muterakū.
우리의 성스러운 주인 주더라도 또 어찌 해도 가져오게 할 수 없다

seme gisure. aika, suwembe ulame wesimbu seme baici, suwe
하고 말해라. 혹 너희를 전하여 올려라 하고 청하면 너희

damu membe cohome turgūt ayuki i jakade takūrahabi. meni
오직 우리를 오로지 투르구트 아유키 의 곁에 파견하였다. 우리의

alifi jihe baita encu. ere babe, be alime gaifi wesimbuci
받아서 온 일 다르다. 이 것을 우리 받아 가지고 올릴 수

ojorakū seme gisure. jai oros gurun i tacin umesi tukiyeceku,
없다 하고 말해라. 그리고 러시아 나라 의 풍속 매우 과시하고

[한문]

且中國法禁 凡火器物件 不許擅自出境 法令森嚴 雖我皇上恩賜 斷難至此 伊若求爾等轉奏 爾等只言 我等俱係特遣往土爾扈特國阿玉奇汗處去 奉使之事各異 此等情節 難於奏聞 至俄羅斯國習

—— ◦ —— ◦ —— ◦ ——

매우 어렵습니다. 이러한 이유로 우리 나라의 법은 이러한 물품을 결코 변경에서 내보내지 말라고 엄금(嚴禁)하고 있습니다. 비록 우리의 성스러운 황제께서 이를 보내신다고 하더라도 결코 이곳에 가져올 수 없습니다." 하고 말하여라. 그래도 너희에게 포(砲)를 요청하는 친서를 전하여 올리라고 청한다면, 너희는 오직 "황제께서는 단지 우리를 투르구트의 아유키 한에게 파견하신 일로 온 것이니, 우리의 임무와 다르므로 우리가 받아가지고 황제께 올릴 수는 없습니다." 하고 말하여라. 그리고 러시아의 풍속 매우 과시하고,

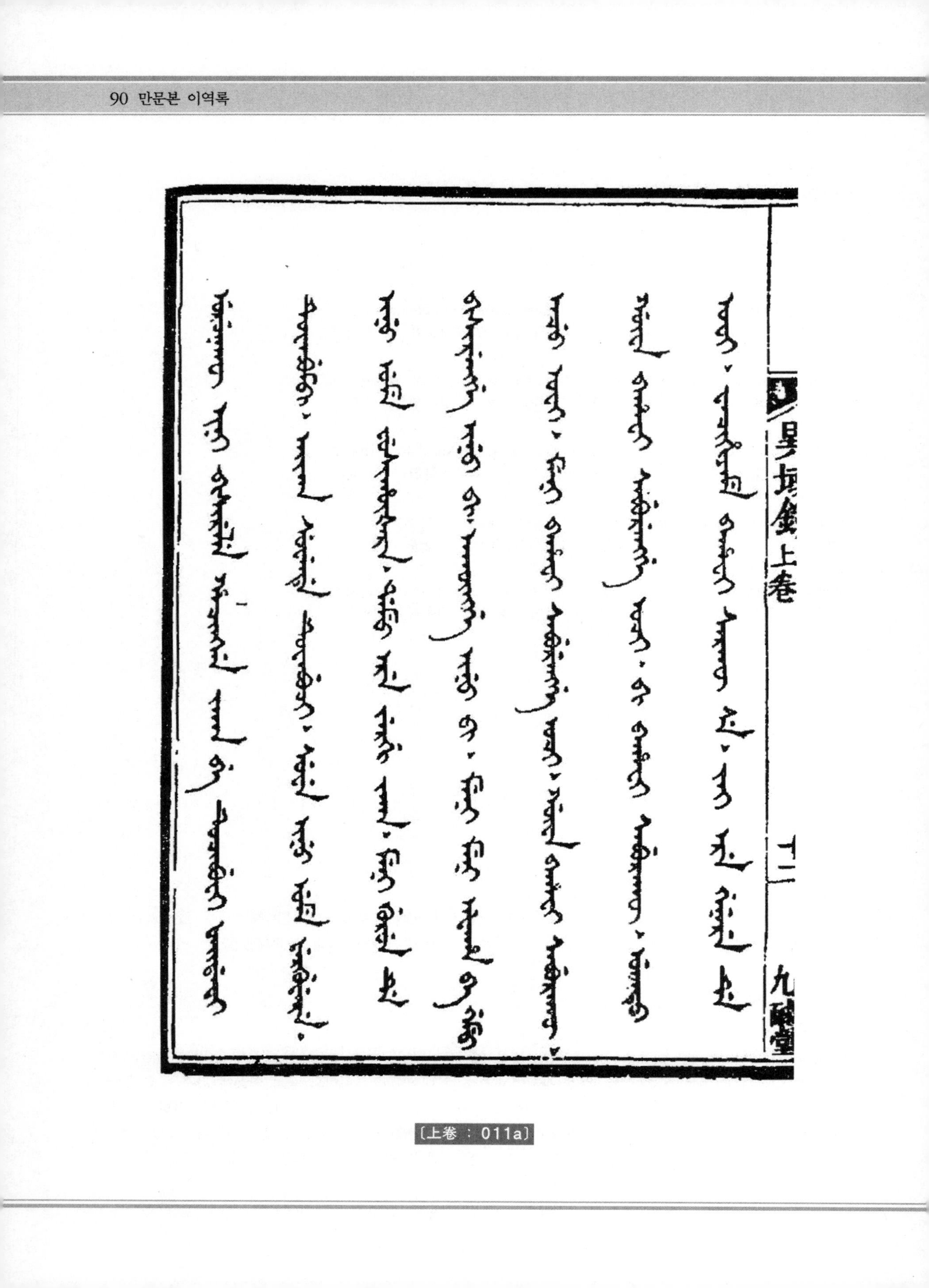

異域錄 上卷 十二 九畹堂

〔上卷 : 011a〕

urunakū ini bisirele hacingga jaka be tucibufi faidafi
반드시 그의 있는 모든 종류의 물품 을 내어서 정렬하고

tuwabumbi. aika suwende tuwabuci, suwe inu ume ferguwere,
보인다. 혹 너희에게 보이면 너희 또 경탄하지 말라.

inu ume fusihūšara. damu ere jergi jaka, meni gurun de
또 경시하지 말라. 오직 이것 등의 물건 우리의 나라 에

bisirengge inu bi. akūngge inu bi. meni meni afaha ba gemu
있는 것 도 있다. 없는 것 도 있다. 各 各 맡은 바 모두

encu ofi, meni bahafi saburengge oci, gūwa bahafi saburakū.
달라서 우리의 능히 보는 것 이면 다른 쪽 능히 보지 못하고

gūwa bahafi saburengge oci, bi bahafi saburakū. uttu
다른 쪽 능히 보는 것 이면 나 능히 보지 못한다. 이리

ofi, wacihiyame bahafi sarkū se. jai ere genere de
하여 완전하게 능히 알지 못한다 하라. 그리고 이번 감 에

[한문]

尙矜誇 必出陳其所有之物以示爾等 倘若出視 爾等不可驚訝 亦不可輕藐 但言此等物件 我中國或有或無 我等職司各異 有我所見而衆未見者 亦有衆見而我未見者 所以不能盡知 此役

—— ◦ —— ◦ —— ◦ ——

반드시 그 나라에 있는 온갖 종류의 물품을 꺼내서 정렬하고 보일 것이다. 혹 너희에게도 이것들을 보인다면 너희는 그것을 보고 경탄하지도 말고 경시하지도 마라. 오직 "이러한 물건은 우리 나라에 있는 것도 있고 없는 것도 있습니다. 각각 맡은 바가 모두 달라서 우리가 능히 보고 아는 것이라도 다른 사람이 능히 보고 알지 못하는 것도 있고, 다른 사람이 능히 보고 아는 것이라도 제가 능히 알지 못하는 것도 있습니다. 따라서 이에 대해 완전히 알 수 없습니다." 하고 말하여라. 그리고 이번에 사신으로 감에 있어서

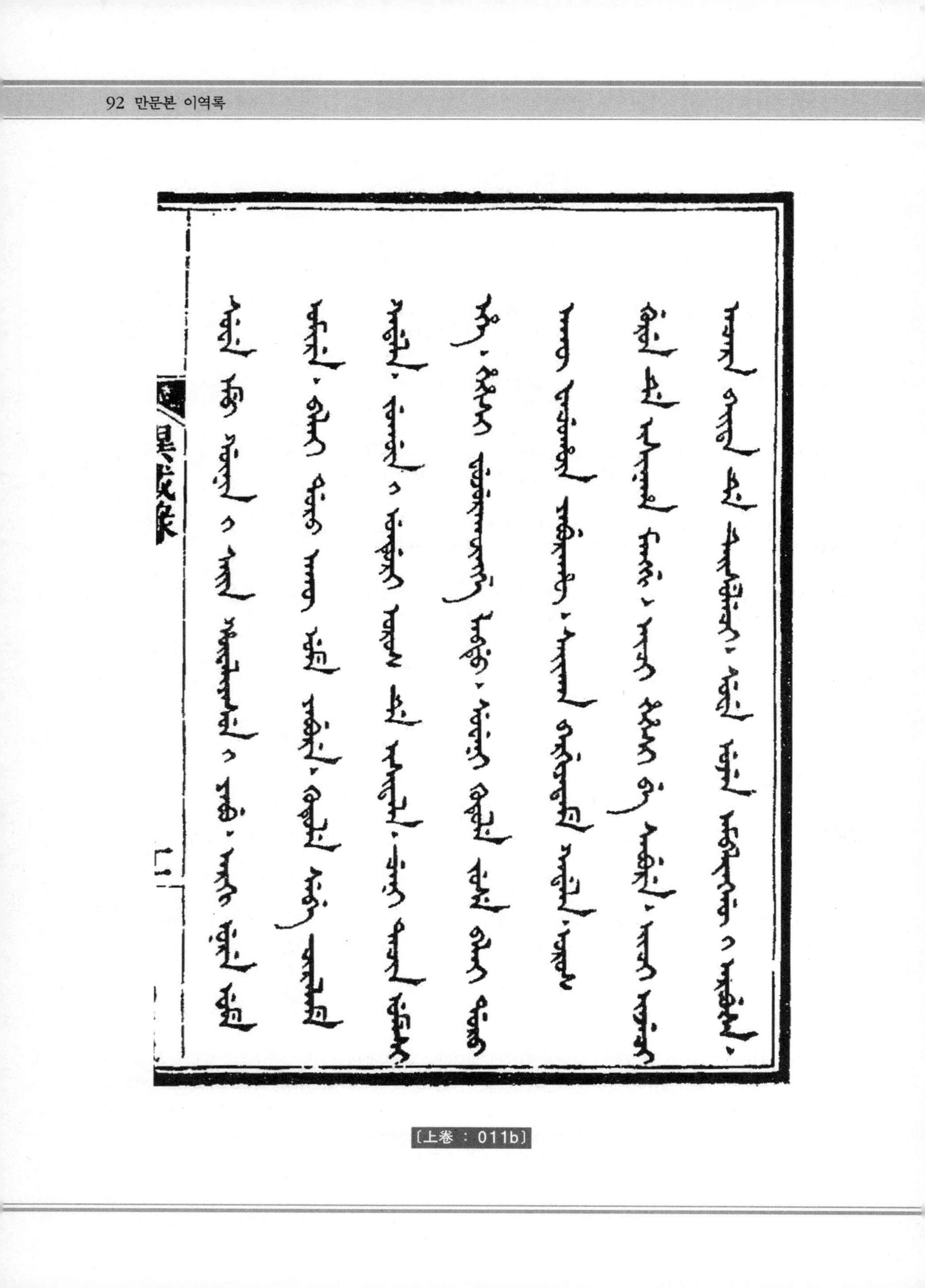

異域錄

suwe emu gūnin i sain hūwaliyasun i yabu. arki nure ume
너희 한 마음 으로 잘 화목함 으로 가라. 소주 술

omire. balai doro akū ume yabure. kutule sebe ciralame
마시지 말라. 함부로 예의 없이 행하지 말라. 말구종 들을 엄격하게

kadala. jugūn i unduri oros de isitala, ceni tacin umesi
관리하라. 길 의 연도 러시아 에 이르도록 그들의 풍속 매우

ehe. hehesi fujurakūngge labdu. suweni kutule juse balai doro
나쁘다. 여인들 행실 나쁜 이 많다. 너희의 말구종 아이들 함부로 예의

akū facuhūn yaburahū. saikan bargiyatame kadala. oros
없이 난잡하게 행할라. 잘 주의하여 관리하여라. 러시아

gurun de isinaha manggi, eici hehesi be sabure, eici injeci
나라 에 다다른 후 혹 여인들 을 보거나 혹 웃으면

acara baita de teisuleci, suwe ujen ambalinggū i arbuša.
마땅한 일 에 맞닥뜨리면 너희 신중함 대범함 으로 처신하라.

[한문]

爾等同心合意而行 不可飮酒無狀 嚴禁隨役 沿途以至俄羅斯國 地方風俗甚壞 婦女不端者多 爾等隨役不可無禮妄行 須嚴加約束 至俄羅斯國地方 或見婦人 或遇可哂之事 爾等須莊重 行事

—— ◦ —— ◦ —— ◦ ——

너희들은 한마음으로 화목하게 잘 다녀오너라. 소주와 술은 마시지 말고 함부로 예의 없이 행동하지 마라. 말구종도 엄격하게 관리하여라. 길을 따라 러시아에 이르도록 그곳의 풍속이 매우 나쁘다. 행실이 나쁜 여인들이 많으니, 너희 말구종과 아이들이 함부로 예의 없이 난잡하게 행동할라. 잘 주의하여 관리하여라. 러시아에 다다른 후 혹 여인들을 보거나 혹 웃을 만한 일에 마주치면 너희들은 신중하고 의젓하게 처신하여라.

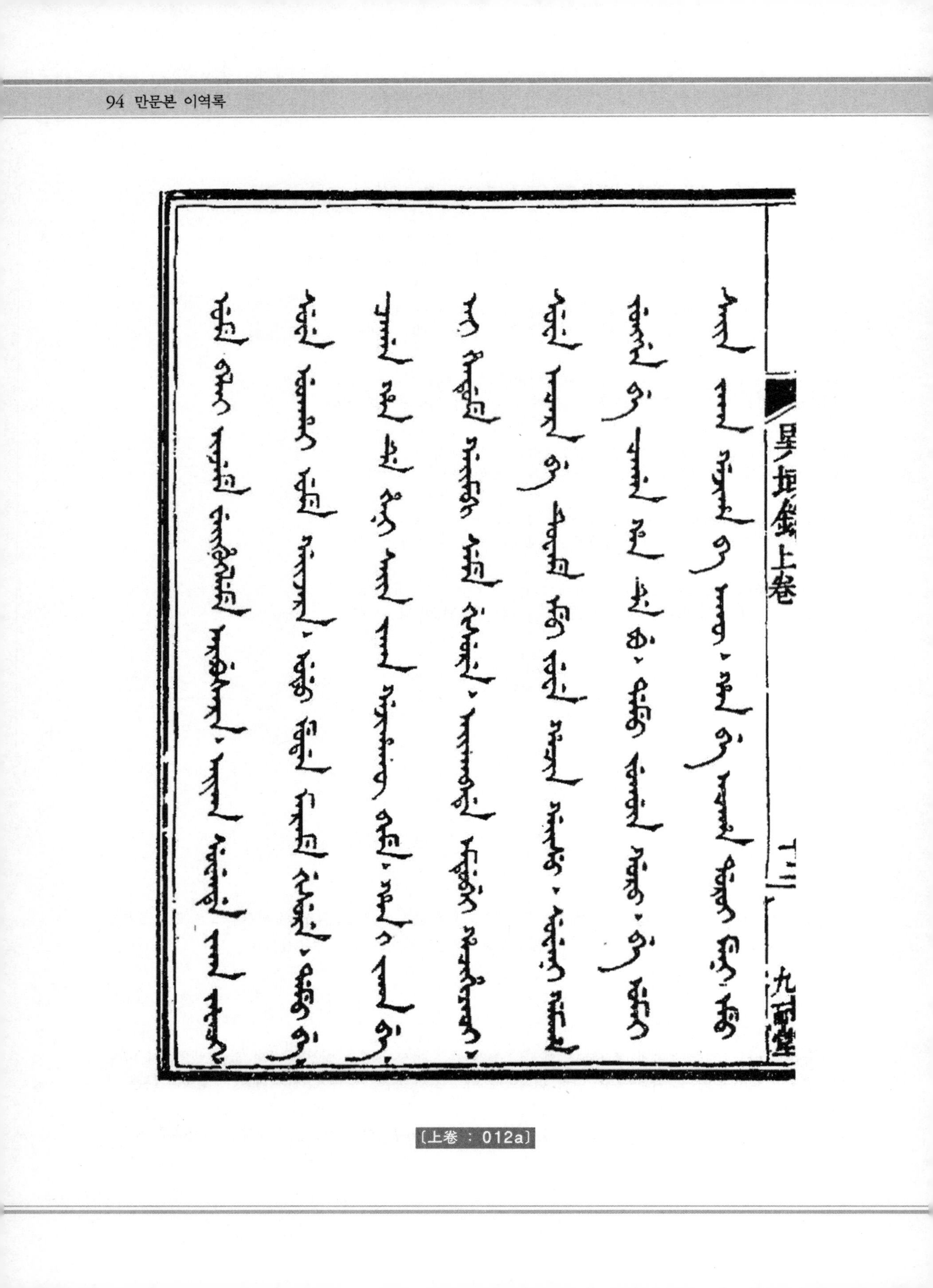

異域錄上卷

十二

九耐堂

ume balai injeme weihukeleme arbušara. aika suwende jaka jafaci,
함부로 웃으며 가볍게 처신하지 마라. 만약 너희에게 물건 선사하면

suwe uthai ume gaijara. udu mudan marame gisure. damu be,
너희 곧 받지 마라. 몇 번 거절하여 말하라. 오직 우리

cagan han de heni sain jaka gajihakū bime, han i jaka be,
차간 汗 에게 조금 좋은 물건 가져오지 않고 汗 의 물건 을

ai hendume gaimbi seme gisure. aikabade emdubei hacihiyaci,
무어라 말하며 취하겠는가 하고 말하라. 만약 누누이 강권하면

suwe acara be tuwame emu juwe hacin gaisu. suweni gamaha
너희 마땅함 을 보아 한 두 종류 받아라. 너희의 가져간

junggin be cagan han de bu. damu jugūn goro, be umai
비단 을 차간 汗 에게 주어라. 오직 길 멀어 우리 전혀

sain jaka gajiha ba akū. han be acaha doroi meni emu
좋은 물품 가져온 바 없다. 汗 을 만난 예로 우리의 한

[한문]

不可輕於戲謔 若餽送爾等物件 毋遽収受 必須再三却辭 但言我等不曾帶得佳品送察罕汗 汗所餽遺 如何収得 倘再三懇乞 或止収一二 將爾等帶去錦緞回送察罕汗 但言路途遙遠 不曾帶得佳物 此係相見之微儀

—— 。 —— 。 —— 。 ——

함부로 웃으며 가볍게 처신하지 마라. 만약 너희에게 물건 선사하면, 너희는 바로 받지 마라. 수차례 거절하며 말하여라. 오직 "우리는 차간 한께 조금이라도 좋은 물품을 가져오지 않았는데, 한의 물품을 어떻게 염치없이 받겠습니까?" 하고 말하여라. 혹시 누차 권하면, 너희는 적절히 판단하여 한 두 종류만 받고, 너희가 가져간 비단을 차간 한께 드려라. "길이 멀어서 저희들은 어떠한 좋은 물품을 가져오지 못했습니다. 한을 뵙게 된 예(禮)로써 드리는 저희의 조그만

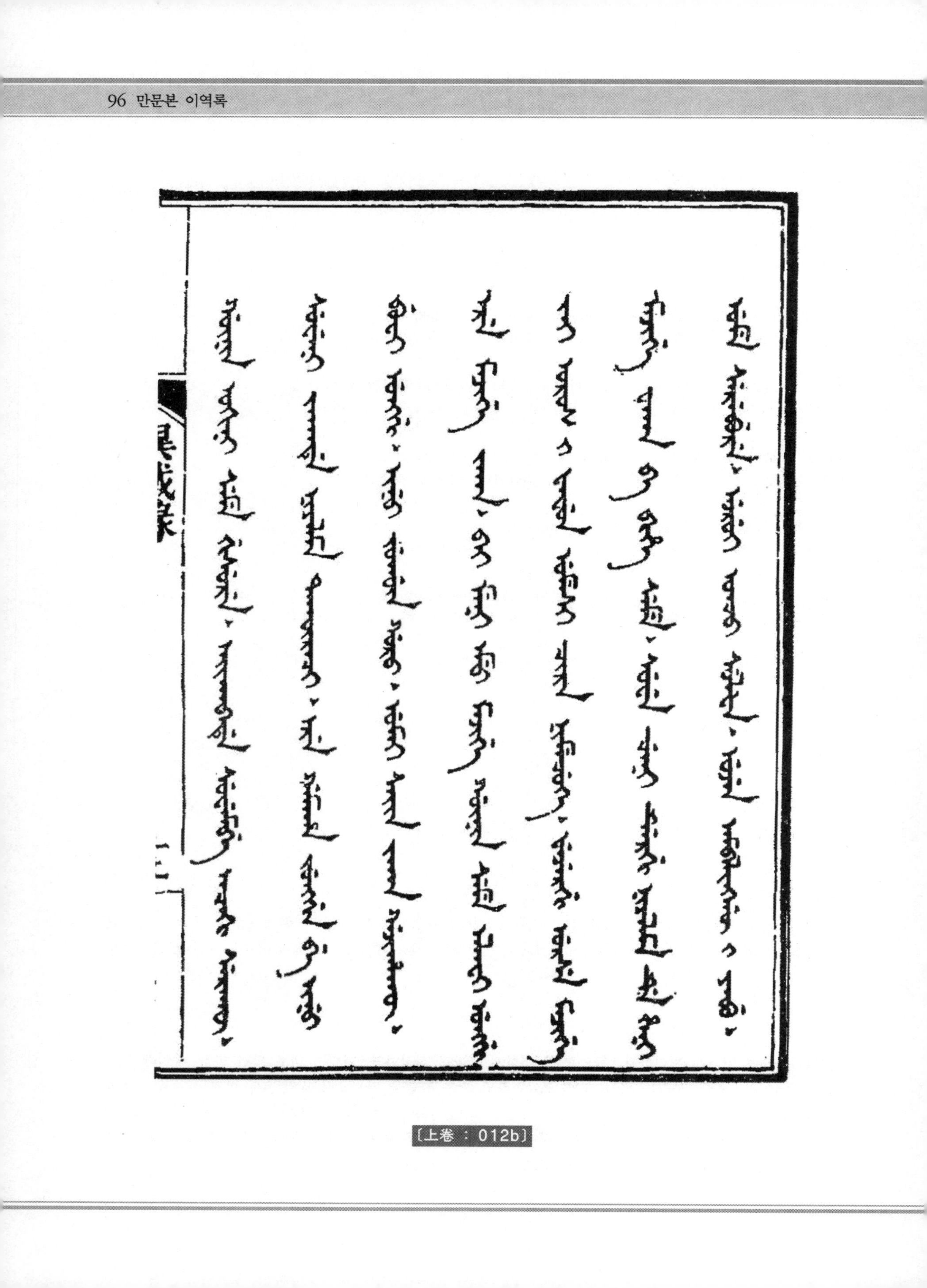

gūnin okini seme gisure. aikabade suwembe acaki serakū,
마음 되게 하자 하고 말하라. 만약 너희를 만나자 하지 않고

suweni jakade niyalma takūraci, ere gamaha junggin be inu
너희의 쪽에 사람 파견하면 이 가져간 비단 을 또

bufi unggi. inu jugūn goro, umai sain jaka gajihakū.
주어서 보내라. 또 길 멀어 전혀 좋은 물품 가져오지 않았다.

ere majige jaka, bai meni emu majige gūnin seme alafi unggi.
이 조그만 물품 그저 우리의 한 조그만 마음이다 하고 아뢰고 보내라.

jai oros i fafun umesi cira nimecuke. fejergi urse majige
또 러시아 의 법 매우 엄격하고 가혹하다. 아래 무리 조금

majige waka ba bihe seme, suwe ceni dergi niyalma de heni
조금 잘못된 바 있었다 하여도 너희 그들의 윗 사람 에게 조금도

ume serebure. urui onco sulfa, ujen ambalinggū i yabu.
알게 하지 말라. 오로지 관용 여유 신중함 대범함 으로 행하라.

[한문]

若不來請見 或差人到時 卽將所帶錦緞給與 亦言路遠 竝無佳品 些須薄物 聊表微意耳 及俄羅斯國法令嚴峻 屬下人役少有過愆 不可表暴於管轄之人 務必寬裕莊重而行

—— ◦ —— ◦ —— ◦ ——

마음이라고 생각하소서." 하고 말하라. 혹시 그가 너희를 만나려 하지 않고 너희에게 사람을 보내면, 이 지참한 비단을 또 주어서 돌려보내라. 그리고 "길이 멀어서 어떠한 좋은 물품도 가져오지 못했습니다. 이 조그만 물품은 그저 저희의 조그만 마음입니다." 하고 고하고서 보내라. 그리고 러시아의 법은 매우 엄격하고 가혹하다. 아랫사람들이 조금 잘못하는 바가 있더라도 너희들은 그들의 윗사람에게 조금도 알게 하지 마라. 오로지 관용과 여유로써, 그리고 신중하고 대범하게 처신하여라.

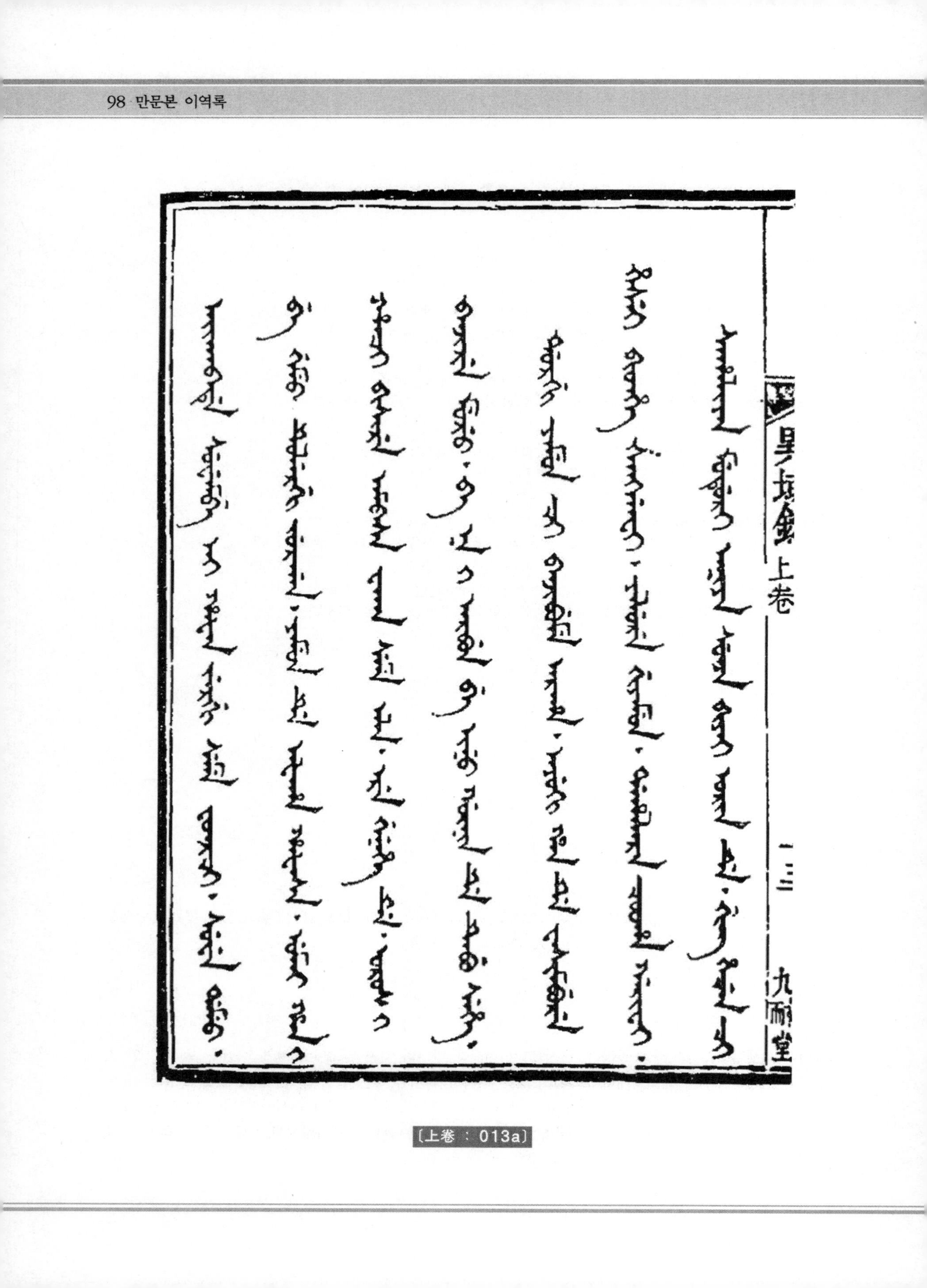

異域錄 上卷 十三 九畹堂

[上卷 : 013a]

aikabade suwembe ai hafan jergi seme fonjici, suwe damu,
만약 너희를 무슨 官 品인가 하고 물으면 너희 오직

be gemu tulergi jurgan, yamun de afaha hafasa, umai han i
우리 모두 外部 院 衙門 에 직무 맡은 관리들이니 전혀 汗 의

hanci bisire ambasa waka seme ala. ere genehe de, oros i
가까이 있는 대신 아니다 하고 아뢰라. 이번 갔음 에 러시아 의

banjire muru, ba na i arbun be inu gūnin de tebu sehe.
사는 모습 지역 의 모습 을 또 관심 에 두어라 했다.

dorgi yamun ci banjibume araha, ayuki han de wasimbure
內 閣 에서 글 지어 쓴 아유키 汗 에게 내리는

hesei bithe šanggafi, yalure giyamun,[46] dahalara cooha gaifi,
皇旨의 글 완성되어서 말타는 역마 뒤따르는 병사 데리고

sahaliyan muduri aniya sunja biyai orin de, ging hecen ci
壬 辰 年 오 월의 스무날 에 京 城 에서

[한문]

若問爾等係何官職 但言我等係外部院衙門所司官員 竝非皇上侍近之臣 此役俄羅斯國人民生計 地理形勢 亦須留意 欽此 內閣編撰頒發阿玉奇汗勅書已成 支取驛馬護送兵丁 於壬辰年五月二十日自京師

— ◦ — ◦ — ◦ —

혹시라도 너희에게 어떤 관품(官品)인지 물으면, 너희는 오직 "우리들은 모두 외부원(外部院) 아문(衙門)에서 직무를 맡는 관리들일 뿐으로, 황제 가까이에 있는 대신이 아닙니다." 하고 고하여라. 이번 사신 길에 러시아의 사는 모습과 그 지역의 모습도 기억에 담아 두어라." 하고 칙명을 내리셨다. 내각(內閣)에서 편찬한, 아유키 한에게 내리는 칙서가 완성되어서, 역마(驛馬)와 호송병을 데리고 임진년(壬辰年) 5월 20일에 경성(京城)에서

46) giyamun : 역(驛), 역참(驛站)의 의미로 쓰이지만 여기서는 역마(驛馬)의 의미로 쓰이고 있다.

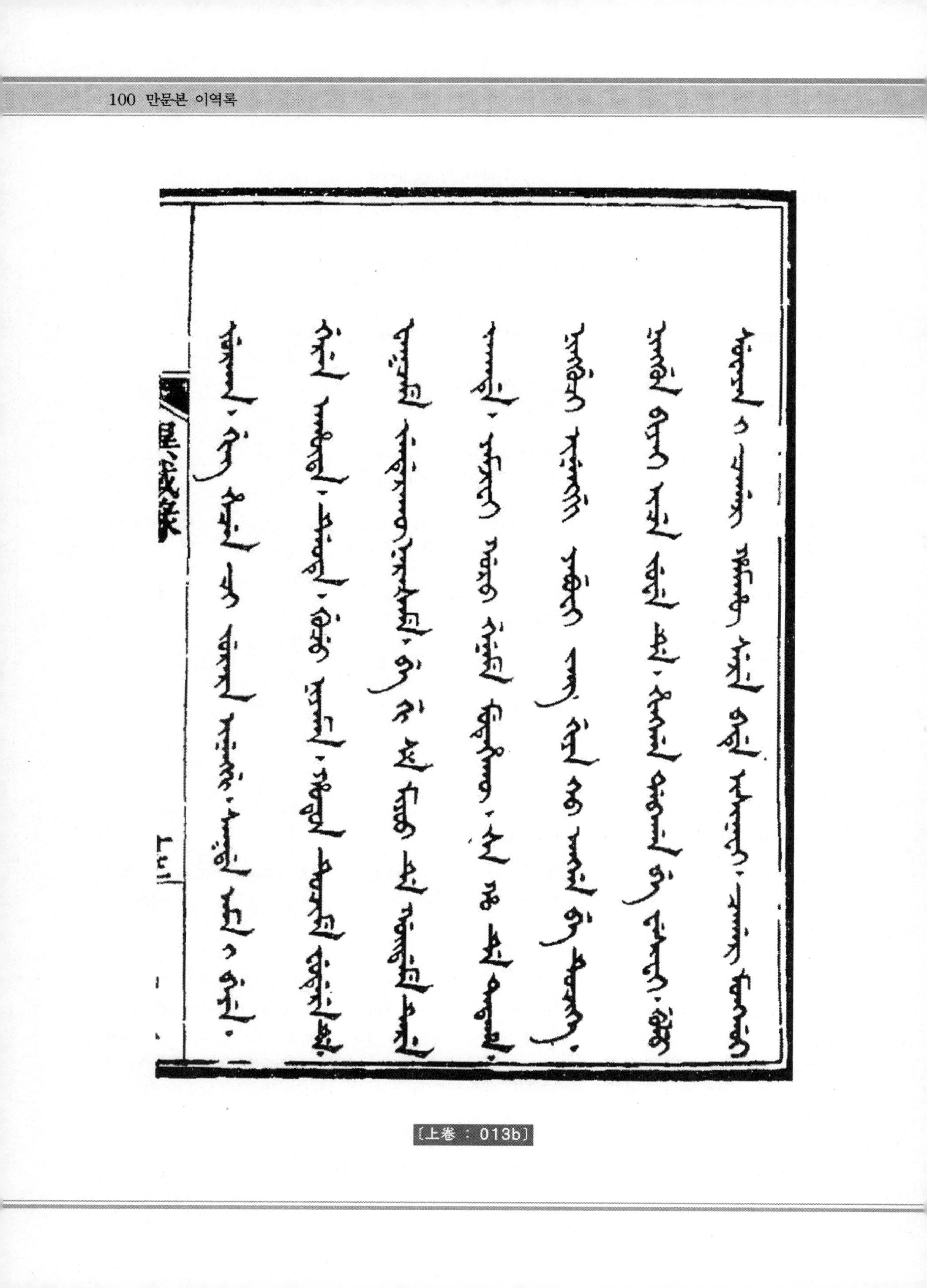

[上卷 : 013b]

juraka. ging hecen ci jurara inenggi, sakda ama i beye,
떠났다. 京 城 에서 떠나는 날 늙은 아버지 의 몸소

geren ahūta, deote, gucu niyaman, hoton tucime fudere de,
여러 형들 남동생들 친구 친척 城 나와 배웅함 에

fakcame jenderakū narašame, be gi sy[47] miyoo de goidame tere
이별하여 견디지 못하고 그리워하며 北 極 寺 廟 에 오래 머물

jakade, yamjifi goro geneme mutehekū, ša ho[48] de tataha.
적에 저물어서 멀리 갈 수 없었으니 沙 河 에 머물렀다.

ningguci inenggi yabufi jang giya keo[49] angga be tucike.
여섯째 날 가서 張 家 口 입구 를 나왔다.

ninggun biyai ice juwe de, hinggan dabagan[50] be wesifi,[51] gulu
유 월의 초 이틀 에 興安 고개 를 올라서 正

suwayan i cagar hamhū[52] sere bade isinafi, cagar monggoi[53]
黃 의 차가르 함후 하는 곳에 다다르니 차가르 蒙古의

[한문]

起程 是日 老父率諸兄弟 竝親友出城餞送 不忍遽離 在北極寺久坐 將暮 不能遠去 宿於沙河 行六日 出張家口 於六月初二日越興安嶺 至正黃旗察哈兒哈穆虎地方 察哈兒蒙古

—— ◦ —— ◦ —— ◦ ——

출발하였다. 경성(京城)에서 떠나는 날, 나이 드신 아버지께서 몸소 여러 형제들과 친구, 그리고 친척과 함께 성(城)을 나와 배웅하기에, 이별을 견디지 못하고 그리워하며 북극사(北極寺) 묘(廟)에서 오래 머문 탓에, 저녁이 되어서 멀리 갈 수 없어 사하(沙河)에서 머물렀다. 6일째 되던 날에 가서 장가구(張家口)를 나왔다. 6월 2일에 흥안령(興安嶺)을 오른 후 정황(正黃)의 차가르 함후라는 곳에 다다르니, 차가르 몽골의

47) be gi sy(北極寺) : 북경시(北京市) 해전구(海淀區) 건상교(健翔橋) 남서쪽에 있던 절로 지금은 버이지시(北極寺) 공원으로 이용되고 있다.

48) ša ho(沙河) : 현재 북경의 서북 방향 20km 지점에 위치하는 사하진(沙河鎭)을 가리킨다. 북경시 창평구(昌平區), 연산산맥(燕山山脈) 남쪽 평야 지역에 위치하고 있다. 온유하(溫榆河)의 상류 지류인 남사하(南沙河), 북사하(北沙河)가 이곳에서 합류하기 때문에 이름 지어졌다. 이곳은 명(明) 13 릉(陵), 팔달령(八達嶺) 등 유명한 관광지가 있으며 산서(山西), 내몽골, 서북(西北)으로 갈 때 반드시 거쳐야 하는 곳이다.

49) jang giya keo(張家口) : 하북성(河北省) 북서부에 위치하고 있다. 남쪽으로는 북경과 북쪽으로는 내몽골과 인접하고 있다. 칼간(Kalgan)이라는 이름으로도 알려져 있는데 이는 '(만리장성의) 문'을 뜻하는 몽골어(хаалган)이다. 만주어로는 이미양가 자서(imiyangga jase)로 불린다. 전략적인 위치 때문에 '베이징의 북쪽 문'이라는 별칭이 붙여졌고 역사적으로 만리장성의 주요한 관문 중 하나였다.

50) hinggan dabagan(興安嶺) : 동북지역에 있는 홍안령(興安嶺)과는 경로 상으로 볼 때 관계가 없다. 몽골어에서 산등성이, 산마루를 의미하는 보통명사 힝간(хянган)을 뜻한다. 하권(下卷)에서 아유키 한(ayuki han)이 살던 지역을 설명하는 문장에서도 'hoton baising ni wargi ergi Manutohai de isitala emu girin i hinggan bi.(이역록하:58b) 성과 바이싱의 서쪽 마누토하이에 이르도록 한 지역의 산등성이가 있다'고 설명하여 hinggan이 산등성이의 의미로 쓰이고 있다.

51) hinggan dabagan에서부터 몽골의 Joo Modo와 톨강 유역까지의 경로에 나타나는 10여 곳의 지명은 현재의 위치를 파악하기 어렵다. 이역록에서 설명한 모든 경로 중 이 구간의 지명만 위치가 확인되지 않는다. 아마도 이들이 방문하기 바로 전 1696년 강희제는 갈단을 joo modo와 톨강 유역에서 싸워 패퇴시켰지만 아직도 갈단과의 갈등이 지속되고 있었기 때문에 이 지역에 대한 정보를 드러내지 않기 위한 목적으로 밝히지 않은 것으로 판단된다.

52) cagar hamhū(察哈兒 哈穆虎) : 지명(地名).

53) cagar(察哈爾) : 북원(北元) 대한(大汗) 직속의 부족은 15세기 중엽에 이르러 6 투멘이라 하는 차하르(Čaqar, 察哈爾), 할하(Qalq-a, 爾喀), 오량한(Uriyangqan, 兀良罕), 오르도스(Ordos, 鄂爾多斯), 용셰부(Yöngsiyebü, 永謝布 또는 應紹卜), 투메드(Tümed, 土默特) 집단을 이루게 되는데 차하르(몽골어 Цахар)는 이들 집단의 하나로 내몽골의 중심 세력이 되었다.

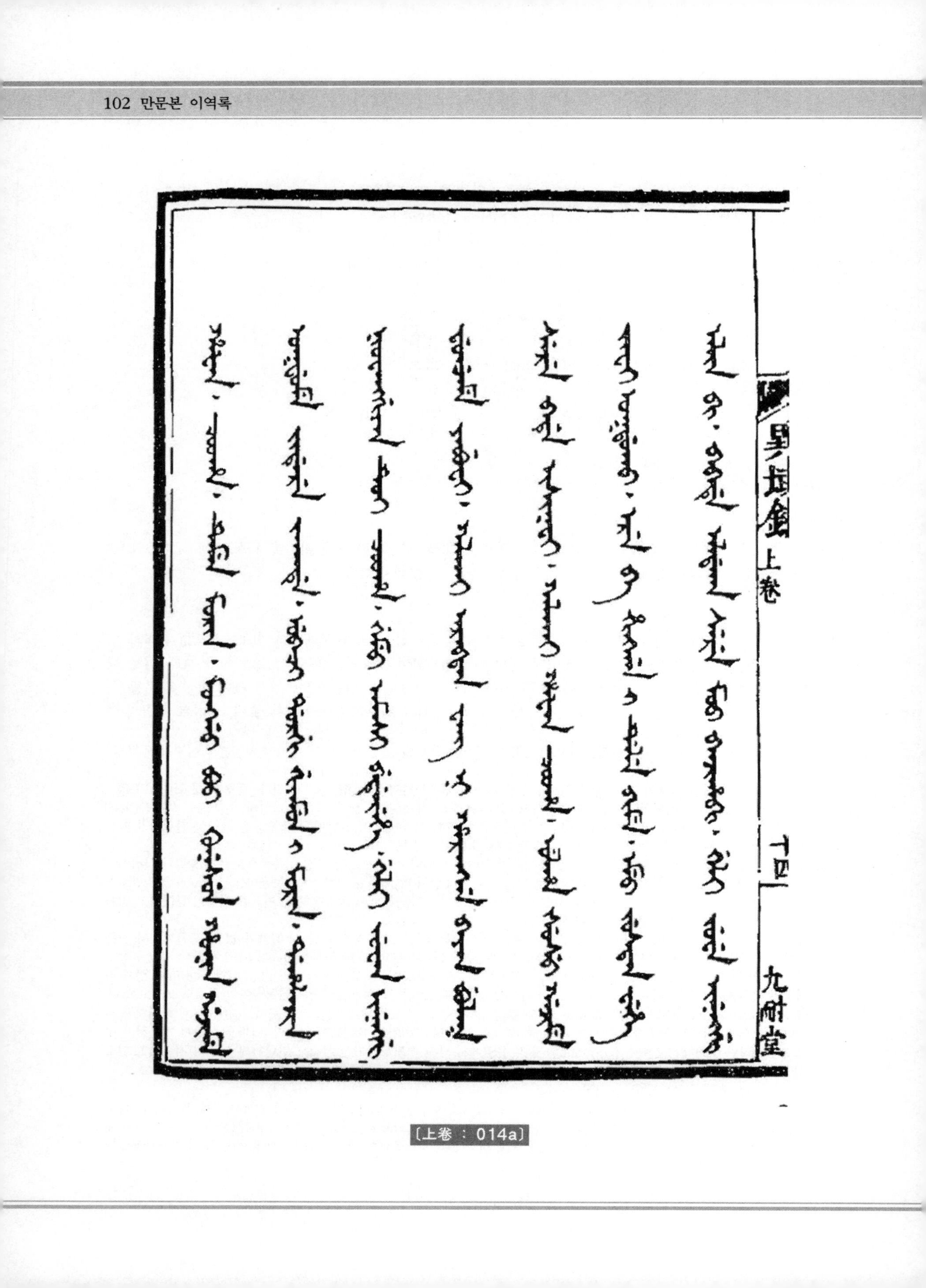

異域錄 上卷 十四 九耐堂

hafan, cooha, temen morin, monggo boo, kunesun,[54] honin gajime
관리 병사 낙타 말 蒙古 包 식량 양 가지고

okdome jidere jakade, ubaci dorgi giyamun i morin, dahalara
맞으러 올 적에 이곳보다 안쪽 역참 의 말 뒤따르는

niowanggiyan tui cooha, gemu amasi bederehe. geli juwan inenggi
綠 旗의 병사 모두 뒤로 돌아갔다. 또 열흘

funceme yabufi, kalkai[55] arabtan wang[56] ni harangga bayan bulak[57]
넘게 가서 칼카의 아랍탄 王 의 소속의 바얀 불락

sere bade isinafi, kalkai hafan cooha, ulha šusu[58] gajime
하는 곳에 다다르니 칼카의 관리 병사 가축 草料 가져

jifi okdoko. ere ba hinggan i dele bime, emu justan wehe
와서 맞이하였다. 이 곳 興安 의 위에 있으며 한 줄기 돌

alin bi. babade aldaka[59] sere moo banjihabi, geli juwe inenggi
산 있다. 곳곳에 金桃皮 하는 나무 자랐다. 또 이틀

[한문]

官兵預備駝馬毡帳 供給羊隻迎接 自此處將內地所乘驛馬 竝護送綠旗兵丁 俱發回 又行十餘日 至喀爾喀阿拉布坦王所屬巴顏布拉克地方 喀爾喀官兵預備駝馬 竝供給羊隻迎接 此處係興安之上 有一帶石山 產金桃皮樹 又行二日

—— ◦ —— ◦ —— ◦ ——

관리와 병사가 낙타, 말, 몽고포(蒙古包), 건량(乾量), 양(羊)을 가지고 맞이하러 왔기 때문에 이곳보다 내지(內地)의 역마와 뒤따르던 녹기(綠旗)의 병사들은 모두 뒤로 돌아갔다. 또 열흘 넘게 가서, 칼카의 아랍탄 왕이 다스리는 바얀 불락이라는 곳에 다다르니, 칼카의 관리와 병사가 가축과 초료(草料)를 가져와서 우리를 맞이하였다. 이곳은 홍안(興安)의 위쪽에 위치하며, 한 줄기의 산이 있다. 곳곳에 알다카라는 나무가 자랐다. 또 이틀 동안

---

54) kunesun : 건조한 식품을 가리키는데 이동하거나 여행할 때, 또는 군대가 출정할 때 지급하는 식량을 가리키기도 한다. 이곳에서는 포괄적인 의미로 식량의 뜻으로 풀이하고자 한다.

55) kalka(喀爾喀) : 할하(몽골어 Халх) 투멘의 할하라는 이름은 그들이 유목한 할하 강에서 기원했다. 차하르 투멘의 북쪽에서 유목하였고 현 몽골 공화국의 토대이다.

56) arabtan(阿拉布坦) : 칼카의 아랍탄 왕을 가리키는 것으로 보이는데 역사상 칼카 소속의 왕 중에 이러한 이름의 왕은 확인되지 않는다.

57) bayan bulak(巴顏布拉克) : 지명(地名). bayan은 몽골어로 '풍요로운'의 뜻으로 쓰이고 bulak은 몽골어로 '샘'을 가리킨다.

58) šusu : 외지에 파견된 관리와 병사에게 준 물자를 가리킨다.

59) aldaka : 금도피(金桃皮). 금도피는 높이가 불과 1m에 불과한 작은 관목으로 버드나무가지와 유사하다. 나무껍질은 홍흑색(紅黑色)이지만 안쪽은 황금빛이어서 궁시(弓矢)를 만들 때 이금(泥金), 즉 아교풀에 갠 금박 같은 효과를 내기 때문에 장식으로 사용된다.

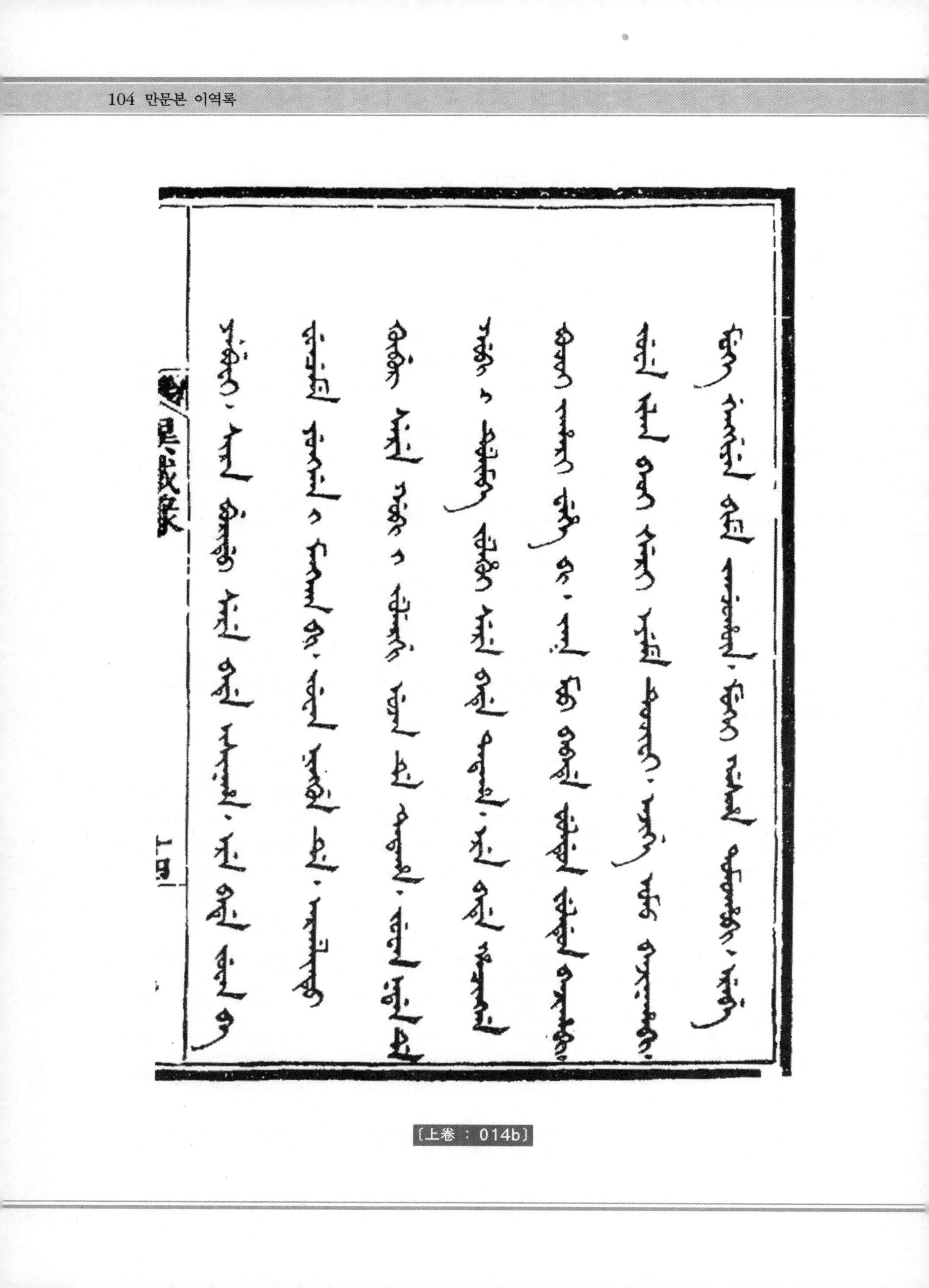

異域錄

yabufi, sira buridu[60] sere bade isinaha. ere bade juwan ba
가서 시라 부리두 하는 곳에 다다랐다. 이 곳에 십 리

funceme yunggan i mangkan bi. juwan ninggun de, argalintu
넘게 모래 의 언덕 있다. 십 육일 에 아르갈린투

kūbur[61] sere gobi i julergi ujan de tataha. juwan nadan de
쿠부르 하는 고비 의 남쪽 경계 에 머물렀다. 십 칠 에

gobi i dulimba julhui[62] ere bade tataha. ere bade hacingga
고비 의 중간 줄후이 하는 곳에 머물렀다. 이 곳에 각종

bocoi jahari wehe bi. jak moo[63] babade fuldun fuldun banjihabi.
색의 자갈 돌 있다. 작 나무 곳곳에 무더기 무더기 자랐다.

juwe ilan baci šeri eyeme tucifi, ajige omo banjinahabi.
두 세 곳에서 샘 흘러 나와서 작은 못 생겼다.

muke genggiyen bime jancuhūn. mukei gasha tomohobi. erebe
물 맑 고 달다. 물의 새 서식하였다. 이를

[한문]

至西拉布里度地方 有十餘里沙崗 十六日 至瀚海之南界阿爾哈林圖枯布爾地方 十七日 至瀚海適中朱爾輝地方 此處産各色小石 有查克木樹叢生(其木高五尺許 皮似椶木 葉似三春柳 質甚堅) 其地方有流泉二三處 流聚成小澤 水清而甘 有水禽集其中

—— ◦ —— ◦ —— ◦ ——

가서 시라 부리두라는 곳에 다다랐다. 이곳에는 10리 넘게 모래의 언덕이 있다. 16일에는 아르갈린투 쿠브르라는 고비의 남쪽 경계에서 머물렀다. 17일에는 고비의 중간에 있는 줄후이라는 곳에 머물렀다. 이곳에는 여러 가지 색의 자갈이 있으며, 작나무가 곳곳에 무더기로 자랐다. 두세 곳에서 샘이 흘러 나와 작은 못이 생겼다. 물은 맑고 달며, 물새가 서식하였다. 이것을

60) sira buridu(西拉 布里度) : 지명(地名).
61) argalintu kūbur(阿爾哈林圖 枯布爾) : 고비의 남쪽 경계라고 설명하고 있는데 정확한 위치를 확인할 수 없다.
62) julhui(朱爾輝) : 고비의 중앙이라고 설명하고 있는데 정확한 위치를 확인할 수 없다.
63) jak moo(灼木): 작나무(몽골어 заг мод)로 중앙아시아 사막 지역에서 자라는 작은 관목이다. 이역록 한문본에서는 '葉似三春柳, 質甚堅'이라고 주를 달고 있다. 청문감에서는 '작목(灼木)'으로 한역(漢譯)하며 '고비에서 생육한다. 멀리서 보면 고목(枯木)과 같고 잎은 만년호(萬年蒿)와 비슷하다. 높이는 2 장(丈)에 이른다. 푸를 때에 불을 붙여도 곧 타버려 숯과 같다'고 설명하고 있다.

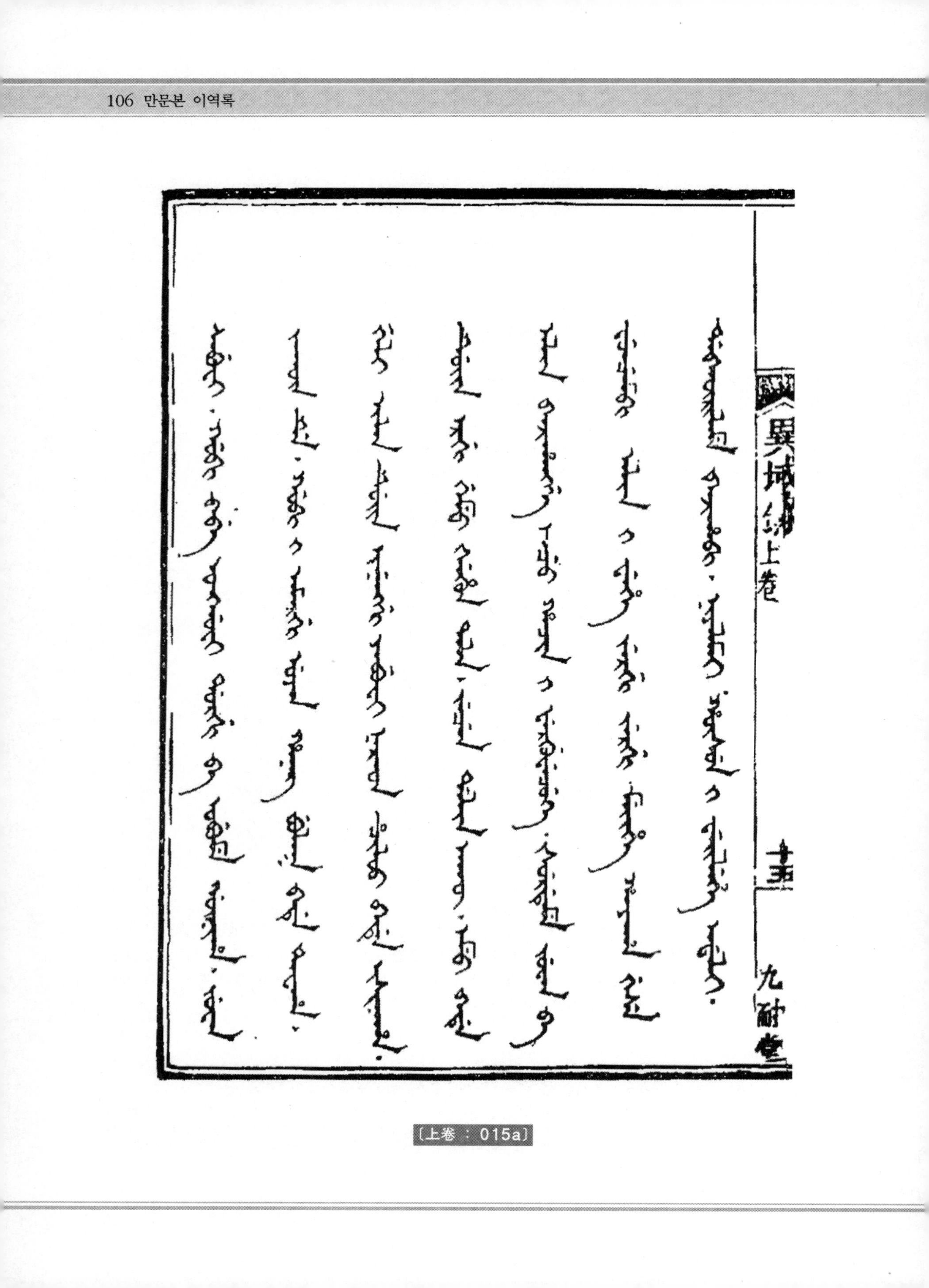

sabufi, gobi babe onggofi dorgi ba obume gūniha. juwan
보고 고비 지역을 잊고 內 地 삼아 생각했다. 십

jakūn de, gobi i amargi ujan hanang bulak[64] bade tataha.
팔 에 고비 의 북쪽 경계 하낭 불락 지역에 머물렀다.

geli ilan duin inenggi yabufi narat c'yloo[65] bade isinaha.
또 삼 사 일 가서 나라트 칠로 지역에 다다랐다.

duin ergi gemu šehun tala, jecen[66] dalin akū. emu bade
네 쪽 모두 너른 들이며 가장자리 없다. 한 곳에

alin banjihangge encu hacin i ferguwecuke, šurdeme juwan ba
산 생겨난 것 특별히 신묘하며 둘레 십 리

funcembi alin i wehe jergi jergi meihe hayaha gese
넘는다. 산 의 돌 층층이 뱀 똬리 튼 것 같이

dabkūrilame banjihabi. niyalmai hūsun i weilehe adali.
겹겹이 쌓여 생겨났다. 사람의 힘 으로 만든 것 같다.

[한문]

覩此忘其爲瀚海 而目爲内地焉 十八日 至瀚海之北界哈囊布拉克地方 又行三四日 至那拉忒赤勞地方 其地皆曠野 四望無際 惟此有山一處甚奇異 週圍十餘里 其山之石 蜿蜒層疊 形如盤蛇 猶人力爲之者

—— ◦ —— ◦ —— ◦ ——

보고 고비 지역이라는 사실을 잊고 내지(內地)에 온 것같이 느껴졌다. 18일에는 고비의 북쪽 경계에 있는 하낭 불락 지역에 머물렀다. 또 사나흘 가서 나라트 칠로 지역에 다다랐다. 이곳은 사방이 모두 광야이며, 지평선이 보인다. 한 곳에는 산이 있는데, 그 생김새가 다른 산과 다르게 신묘하게 느껴졌으며, 둘레가 10리를 넘는다. 산에 있는 돌은 층층이 뱀이 똬리를 튼 것같이 겹겹이 쌓여 있는데, 마치 사람의 힘으로 만들어진 것 같다.

64) hanang bulak(哈囊 布拉克) : 고비의 북쪽 경계라고 하는데 정확한 위치를 확인할 수 없다.
65) narat c'yloo(那拉忒 赤勞) : 지명(地名).
66) 이마니시 슌수(今西春秋:1964)에서 hecen으로 전사하고 있는데 오류(誤謬)이다.

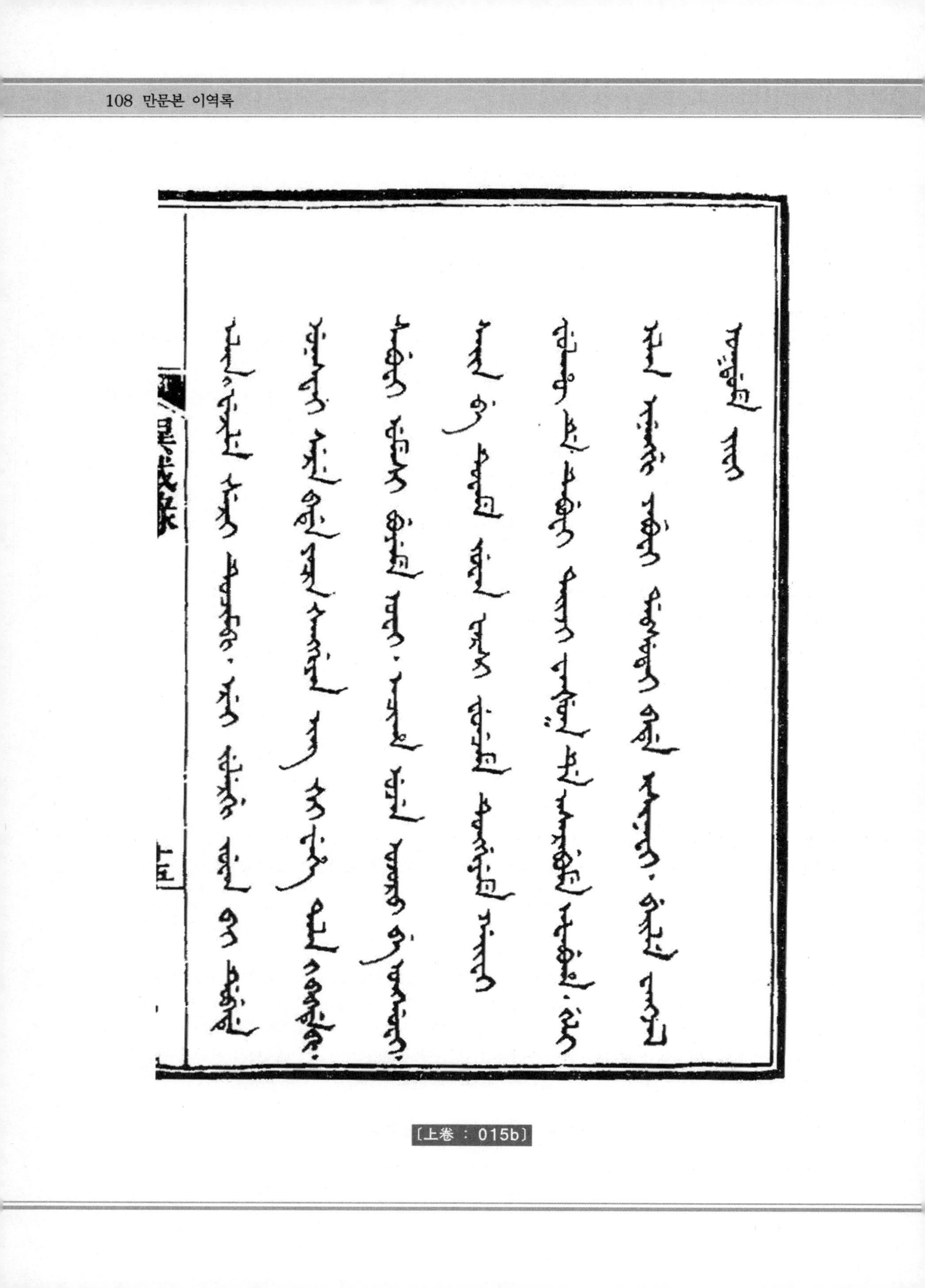

alin i fejile šeri tucimbi. erei julergi juwan bai dubede
산 의 아래 샘 나온다. 이의 남쪽 십 리의 끝에

unastai[67] sere bade yacin šanggiyan ing ši[68] wehe tala i babade bi.
우나스태 하는 곳에 아청색 하얀 英 石 돌 들 의 곳곳에 있다.

sabufi umesi buyeme ofi, aciha ujen ojoro be onggofi,
보고 매우 원하게 되어 짐 무겁게 됨 을 잊고

sain be tuwame juwan farsi funceme tunggiyeme gaifi
좋음 을 보아 열 조각 넘게 주워 가지고

fulhū de tebufi taiji wanšuk de asarabume afabuha. geli
자루 에 넣고 타이지 완슉[69] 에게 간직하도록 맡겼다. 또

ilan inenggi yabufi dabsutai[70] bade isinafi, beile wangjal
삼 일 가서 답슈타이 지역에 다다르니 貝勒 왕잘[71]

okdome jifi,
맞이하러 와서

[한문]

山之下有流泉 其南十里許 烏那斯太地方 産黑白二種英石 余見而愛之 忘其馱載重累 擇其佳者十餘塊 置布袋内 交付台吉萬舒克收貯 又行三日 至達布蘇台地方 貝勒旺扎爾迎接

—— 。—— 。—— 。——

산 아래에는 샘이 있다. 여기서 남쪽으로 10리 끝에 있는 우나스타이라는 곳에 아청색이 감도는 하얀 영석(英石)이 들 곳곳에 있다. 이것을 보고 매우 갖고 싶어져 짐이 무거워지는 것도 잊고 좋은 것을 골라 열 덩이 넘게 주워 가지고 자루에 넣어 타이지 완슉에게 건네어 간직하게 하였다. 또 3일 동안 가서 답슈타이 지역에 다다르니, 패륵(貝勒) 왕잘이 우리를 맞이하러 와서,

---

67) unastai(烏那斯太) : 영석(英石), 곧 수석(壽石)이 많은 곳이라고 설명하고 있으나 정확한 위치를 확인할 수 없다.
68) ing ši(英石) : 중국 광둥(廣東)성 영덕(英德)현에서 나는 돌로 주로 정원석 또는 분경(盆景)을 만드는 재료로 쓰인다. 이곳에서는 수석(壽石)과 같은 신기한 돌을 가리키는 것으로 추정된다.
69) taiji wanšuk(台吉 萬舒克) : 인명(人名).
70) dabsutai(達布蘇台) : '소금이 있는(몽골어 давстай)'이라는 의미로 지명(地名)이다.
71) wangjal(旺扎爾) : 강희(康熙) 48년 몽골 아르호르친(Ар Хорчин) 자삭(旗長 засаг)의 doroi beile(多羅 貝勒)를 물려받았다. 색릉(色棱)의 넷째 아들로 옹정(雍正) 5년 사망하였으며 18년 재위에 머물렀다.

異域錄 上卷

dergi elhe be baiha. cacari cafi ilhan honin wafi sarilaha.
위의 평안 을 구했다. 장막 치고 소 양 죽여서 잔치했다.

dahame genehe ice manju sebe gabtabume tuwaha. juwan ba
따라 간 신 만주인 들을 활쏘게해 보았다. 십 리

funceme fudefi bederehe. geli ilan inenggi yabufi, ulhiyen i
넘게 배웅하고 돌아갔다. 또 삼 일 가서 차례 로

wasime genembi. nadan biyai ice ilan de, osihin buridu[72] ci
내려 간다. 칠 월의 초 사흘 에 오시힌 부리두 에서

hinggan i amargi ujan dabagan be wasime genefi, han alin[73] i
興安 의 북쪽 경계 고개 를 내려 가서 汗 산 의

dergi ergi kūl buridu[74] bade tataha. dergi ergi orin ba i
동 쪽 쿨 부리두 지역에 머물렀다. 동 쪽 이십 리 의

dubede, fudaraka hūlha g'aldan be wame mukiyebuhe joo modo[75]
끝에 반역한 역적 갈단 을 죽여 없애게 한 조 모도

[한문]

請皇上起居 設幃帳 宰牛羊筵宴 觀隨往新滿洲歩射 送十餘里辭歸 又行三日 地勢漸下 七月初三日 自鄂什欣布里度地方下興安嶺北界 至汗山東邊枯爾布里度地方 其東南二十里許 卽勦滅逆賊噶爾丹之召磨多

—— ◦ —— ◦ —— ◦ ——

황제의 평안을 여쭈었다. 그리고 장막을 치고 소와 양을 잡아 잔치를 베풀고 따라간 신만주인들에게 활쏘기를 시켰다. 그리고 우리가 떠날 때에는 10리 넘게 배웅하고 돌아갔다. 또 3일 동안 가서 차례차례 내려갔다. 7월 3일에는 오시힌 부리두로부터 흥안(興安)의 북쪽 경계에 있는 고개를 내려가서, 한산(汗山)의 동쪽에 있는 쿨 부리두 지역에 머물렀다. 동쪽 20리 끝에 모반을 한 역적인 갈단을 죽여 없앤 조 모도

72) osihin buridu(鄂什欣布里度) : 지명(地名).

73) han alin(汗山) : 몽골 수도 울란바토르를 둘러싸고 있는 네 산 중 남쪽에 위치하며 가장 신성시하는 보그드 한 올(Богд хан уул)을 가리킨다.

74) Kūl Buridu(枯爾 布里度) : 한올(Хан уул)의 동쪽에 위치하고 있다고 하는데 정확한 위치를 확인할 수 없다.

75) joo modo(招摩多) : 몽골 투브 주(州)의 주도(州都)로 수도 울란바토르에서 남쪽으로 43km 정도 떨어진 곳에 위치하며 존 모드(몽골어 Зуун мод)라는 이름은 몽골어로 "100 그루의 나무"를 뜻한다. 1696년 할하 몽골을 침공한 갈단은 이곳에서 강희제에게 패하였다.

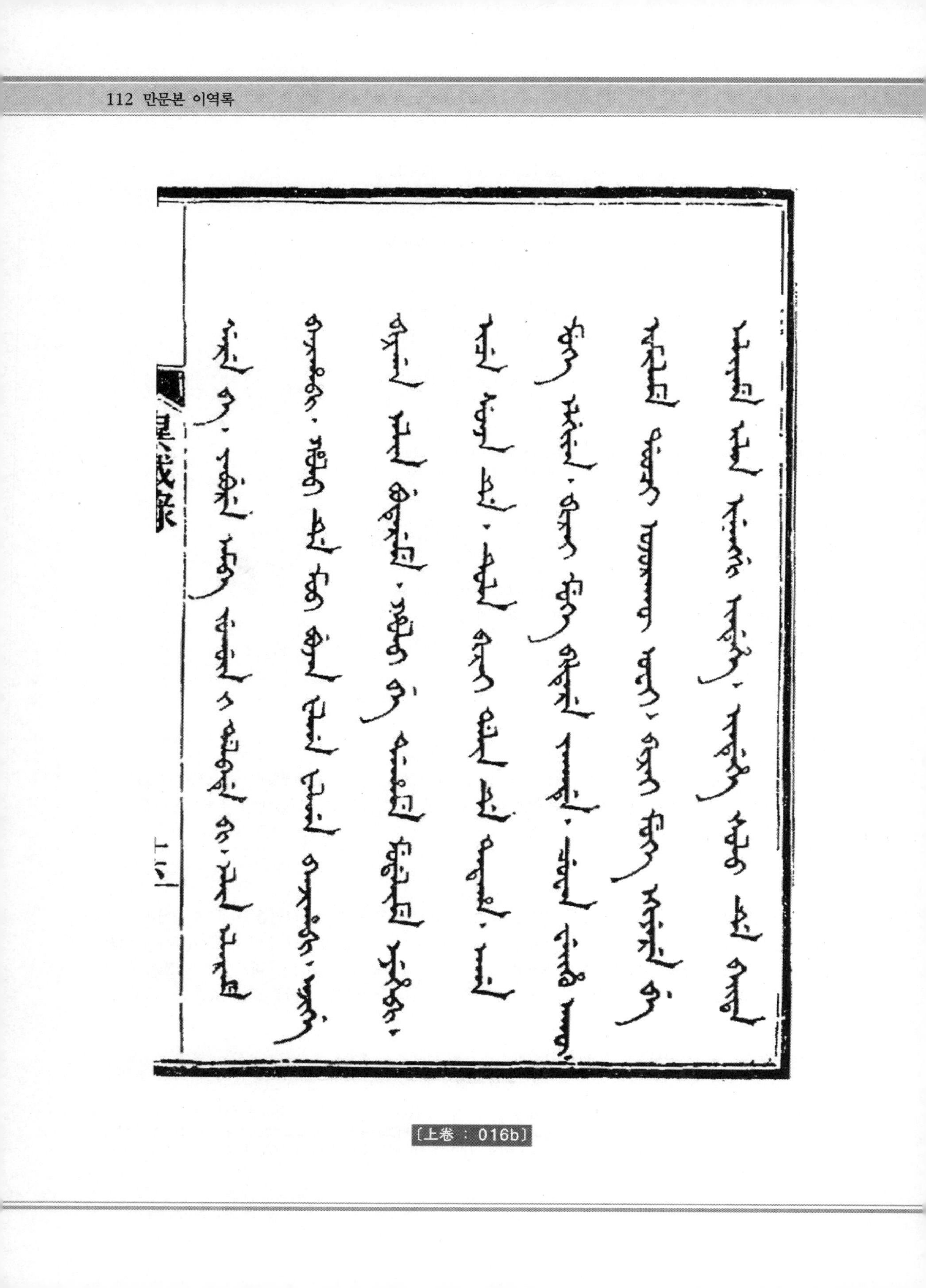

異域錄

sere ba, yabure amba jugūn i dalbade bi. alin alarame
하는 곳 다니는 큰 길 의 가에 있다. 산 나지막이

banjihabi. holo de moo bujan falga falga banjihabi. ajige
생겼다. 계곡 에 나무 숲 총총히 자랐다. 작은

birgan alin butereme, holo be dahame mudalime eyehebi.
시내 산 기슭을 따라 계곡 을 따라 돌아가며 흘렀다.

ice sunja de, tula[76] birai dalin de tataha. aga
초 닷새 에 툴라 강의 기슭 에 머물렀다. 비

muke elgiyen, birai muke biltere jakade, cuwan weihu akū,
물 풍족하고 강의 물 넘칠 적에 배 마상이 없이

omilame dooci ojorakū ofi, birai muke ekiyere be
말타고 건널 수 없어서 강의 물 줄어듬 을

aliyame ilan inenggi indehe. indehe šolo de baita
기다려 삼 일 묵었다. 묵은 틈 에 일

[한문]

地方 在大路傍 俱平坂小山 谷中樹木叢生 有小溪沿山麓川谷紆廻而流 初五日 至土喇河岸 因連朝陰雨 河水泛漲 旣無舟楫 難於涉渡 俟水勢稍落 駐宿三日 於駐宿

— ◦ — ◦ — ◦ —

라는 곳이 사람들이 다니는 큰 길가에 있다. 산은 가파르지 않고 나지막이 생겼으며, 계곡에는 나무와 수풀이 총총히 자랐다. 작은 시냇물이 산기슭을 따라 계곡을 돌아가며 흘렀다. 5일에는 툴라 강의 기슭에 머물렀다. 빗물이 풍족하고 강물이 넘치는 까닭에, 배, 마상이 없이 말을 타고 건널 수 없어서 강물이 줄어들 때를 기다리며 3일 동안 그곳에서 묵었다. 묵는 동안에 딱히 할 일이

76) tula(土喇) : 톨(몽골어 Туул). 톨 강은 몽골 중부 헨티(Хэнтий) 산맥에 있는 테렐지(Тэрэлж) 국립공원에서 발원하여 몽골 수도 울란바토르(Улаанбаатар)를 거쳐 오르콘(Орхон) 강과 합류한 뒤 다시 셀렝가(Сэлэнгэ) 강에 합류하여 바이칼 호수로 흘러들어간다.

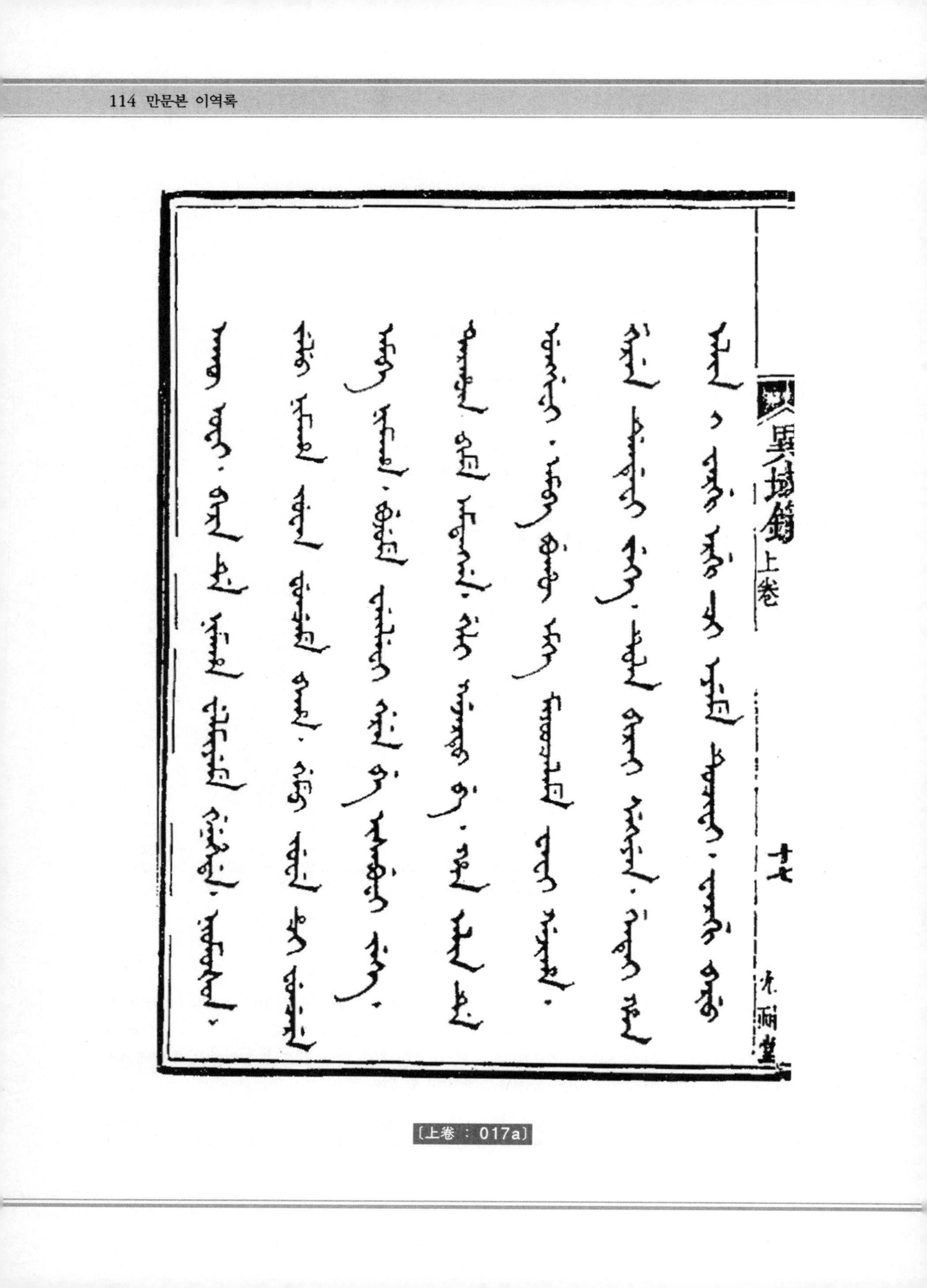

異域錄 上卷 十七

〔上卷 : 017a〕

akū ofi, bira de nimaha welmiyeme genehede, niomošon,
없어서 강 에 물고기 낚으러 갔음에 돌잉어

jelu nimaha juwan funceme baha. gemu juwe c'y funcere
송어 물고기 열 넘게 얻었다. 모두 두 尺 넘는

amba nimaha. bujume weilefi geren be isabufi jeke.
큰 물고기이다. 삶아 만들어서 여럿 을 모이게해서 먹었다.

tarhūn bime amtangga. geli gajartu[77] be, han alin de
살찌고 맛있다. 또 가자르투 를 汗 산 에

unggifi, amba buhū emke miyoocalame wafi gajiha.
보내서 큰 사슴 하나 총쏘아 죽여서 가져왔다.

geren dendefi jeke. tula birai sekiyen, gentei han
여럿 나누어서 먹었다. 툴라 강의 수원 건터이 汗

alin[78] i wargi ergi ci eyeme tucifi, wargi baru
山 의 서 쪽 에서 흘러 나와서 서 쪽

[한문]

無事之暇 往釣河濱 獲樺魚鱠魚十數尾 皆二尺許 命烹之以飼衆 極其肥美 又遣噶扎爾圖往汗山 用鳥鎗捕得大鹿一隻 分而食之 土喇河自根特山右發源 向西

—— 。 —— 。 —— 。 ——

없어서 강에 낚시를 하러 갔는데, 구굴무치와 송어를 10마리 넘게 낚았다. 모두 두 척이 넘는 큰 물고기였다. 이를 삶아서 여러 사람을 불러 같이 먹었는데, 살이 통통하게 올라 맛있었다. 또 가자르투를 한산(汗山)에 보냈는데, 큰 사슴 한 마리를 총으로 쏴 잡아와서 여럿이서 나누어 먹었다. 툴라 강의 수원은 건터이 한산(汗山)의 서쪽에서 흘러나오는데, 툴라 강은 서쪽으로

77) gajartu(噶扎爾圖) : 인명(人名).

78) gentei han alin(根特山) : 몽골 수도 울란바토루 동북쪽에 있는 힌티 한(몽골어 хэнти хан) 산맥을 가리킨다. 징기스칸의 고향으로 몽골의 성산인 불칸 할둔(Бурхан Халдун)도 이곳에 있다.

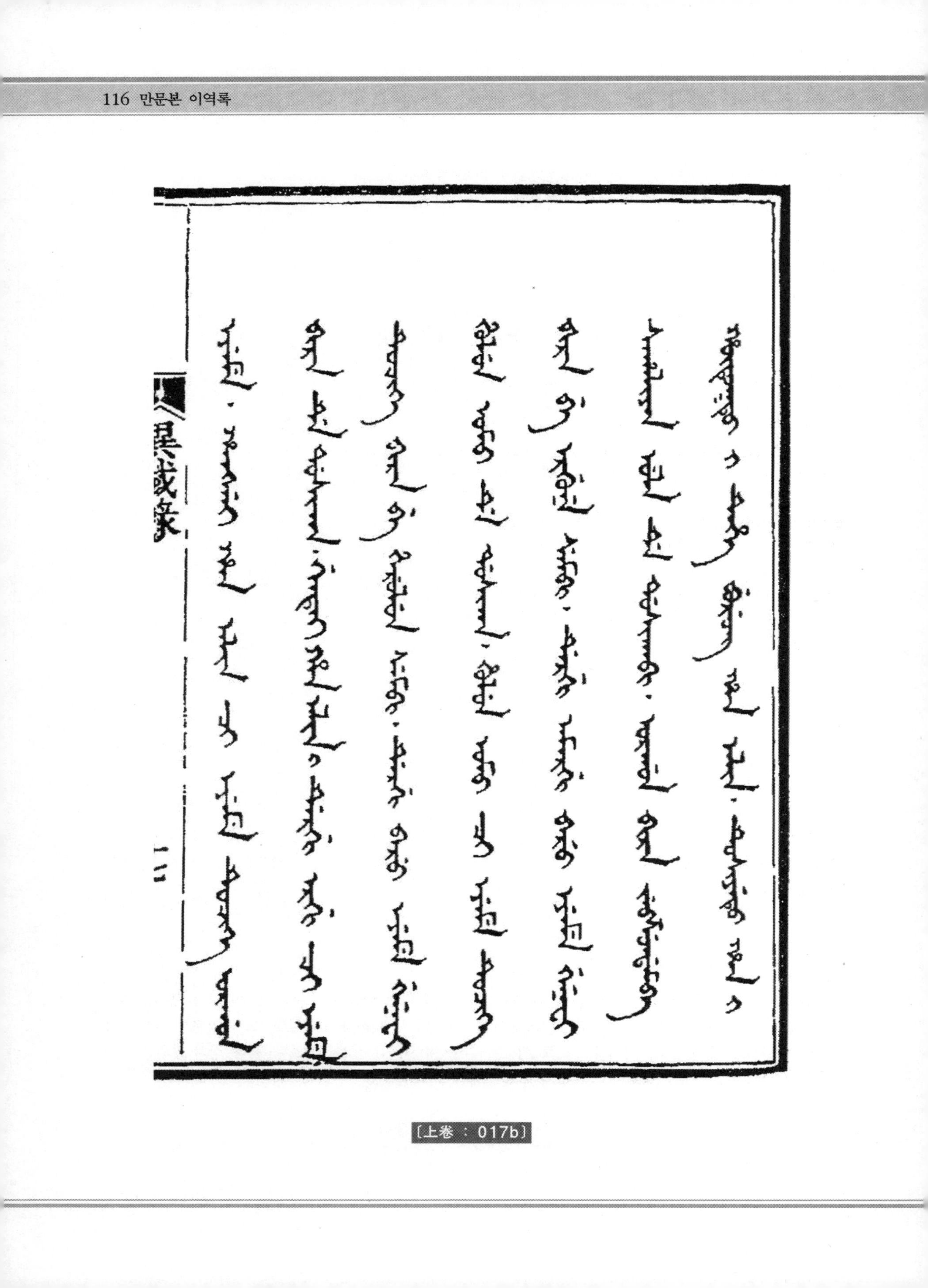

異域錄 二

eyeme, hanggai han alin[79] ci eyeme tucike orgon[80]
흘러 항가이 汗 산 에서 흘러 나온 오르곤

bira de dosika. gentei han alin i dergi ergi ci eyeme
강 에 들어갔다. 건터이 汗 산 의 동 쪽 에서 흘러

tucike bira be herulun[81] sembi. dergi baru eyeme genefi
나온 강 을 허룰룬 한다. 동 쪽 흘러 가서

hulun[82] omo de dosika. hulun omo ci eyeme tucike
훌룬 호수 에 들어갔다. 훌룬 호수 에서 흘러 나온

bira be ergune[83] sembi. dergi amargi baru eyeme genefi
강 을 어르구너 한다. 동 북 쪽 흘러 가서

sahaliyan ula[84] de dosikabi. orgon bira jebdzundamba
검은 강 에 들어갔다. 오르곤 강 접준담바

hūtuktu[85] i tehe burung han alin,[86] tusiyetu han[87] i
후툭투 의 살던 부룽 汗 산 투시여투 汗 의

[한문]

流 入杭愛汗山流出之鄂爾渾河 根特山之左流出之河 名曰黑魯倫 向東流入呼倫湖 自呼倫湖流出之河 名曰額爾古納 向東北流入黑龍江 其鄂爾渾河 環流哲布尊丹木巴呼圖克圖所居之布隆汗山 及圖謝土汗

—— ◦ —— ◦ —— ◦ ——

흘러, 항가이 한산(汗山)에서 흘러나온 오르곤강으로 들어갔다. 건터이 한산(汗山)의 동쪽에서 흘러나온 강을 허룰룬이라 하는데, 동쪽으로 흘러가서 훌룬 호수로 들어갔다. 훌론 호수에서 흘러나온 강을 어르구너라 하는데, 동북쪽으로 흘러가서 흑룡강으로 들어갔다. 오르곤 강은 접준담바 후툭투가 살던 부룽 한산(汗山)과 투시여투 한이

---

79) hanggai han alin(杭愛汗山) : 항가이(몽골어 хангай хан) 산맥은 몽골 중부에 위치한 산맥으로서, 울란바토르 서쪽 약 400km 떨어진 곳에 위치해 있다. 최고봉은 오트곤 텡게르(Отгонтэнгэр)로써 약 3,905m다.

80) orgon(鄂爾渾) : 오르혼(몽골어 орхон). 오르혼 강은 몽골의 아르항가이(Архангай) 주에 위치한 항가이 산맥에서 발원하여 북쪽으로 흐르는 세렝게 강의 지류이다.

81) herulun(黑魯倫) : 헤르렌(몽골어 Хэрлэн). 헤르렌 강은 몽골과 중국에 걸쳐있는 강으로 길이가 1,264km이다. 몽골 헨티 주의 헨티 산맥 남쪽 기슭에서 발원한다. 남쪽으로 180km 정도 흐르다가 동쪽으로 물길을 꺾어 몽골 더르너드 주의 주도인 처이발상을 거쳐서 중국 헤이룽장 성의 후룬호(呼倫湖, 몽골어 Хөлөн нуур)로 흘러 들어간다.

82) hulun(呼倫) : 후루(몽골어 Хөлөн). 후루 호수는 몽골어로 달라이(Далай) 호수라고도 하는데 중국 북부의 내몽골 지역에 있다.

83) ergune(額爾古納) : 우루군(몽골어 өргөн). 우루군은 몽골어로는 넓다는 의미이다. 러시아와 중국에 접해 있는 강이다. 대흥안령산맥의 서쪽에서 발원을 하고 내몽골 자치구를 통과한 다음 실카(Шилка) 강과 합류하여 아무르(Амур) 강을 이룬다.

84) sahaliyan ula : 중국 동북부와 러시아 남동부(시베리아)의 국경을 이루는 강이다. 중국어로 헤이룽지양(黑龍江), 몽골어로 하르 무릉(Хар мөрөн), 러시아어로 아무르(Амур)라 한다.

85) jebdzundamba hūtuktu(哲布尊丹木巴呼圖克圖) : 잡잔담바 후투그투(몽골어 Жавзандамба хутагт). 잡잔담바 후투그투는 몽골 티베트 불교의 게루그(Gelug)파, 즉 황모파(黃帽派)의 정신적 지도자들을 가리킨다. 그들은 몽골 라마교의 수장으로서 보그드 게겐(Богд Гэгээн)으로도 불렸다. 제1대 잡잔담바(Жавзандамба)는 자나바자르(Занабазар, 1635 - 1723)로서 할하 몽골(Халх Монгол)의 수령이었던 투세트 한(Түшээт хаан, 1636−1655)의 아들이다.

86) burung han alin(布隆汗山) : 부렌한(몽골어 Бүрэнхаан) 산. 부렌한 산은 오로혼강과 세렝게강의 합류점으로부터 서남 방향, 몽골 북부 세렝게 아이막(Сэлэнгэ Аймаг) 바론부룽 숨(Баруунбүрэн сум)에 있다. 몽골 제2의 도시인 다르항(Дархан) 서쪽에 있으며 이 산 기슭에는 할하 몽골의 제1대 잡잔담바(Жавзандамба)인 자나바자르(Занабазар)가 머물던 아마르 바야스가란트(慶寧寺, 몽골어 : Амар баясгалант) 사원이 있다.

87) tusiyetu han(圖謝土汗) : 투세트 한(몽골어 Түшээт хаан). 투세트 한은 1691년부터 1911년까지 몽골국에 있었던 할하 몽골 4부 중 하나이다.

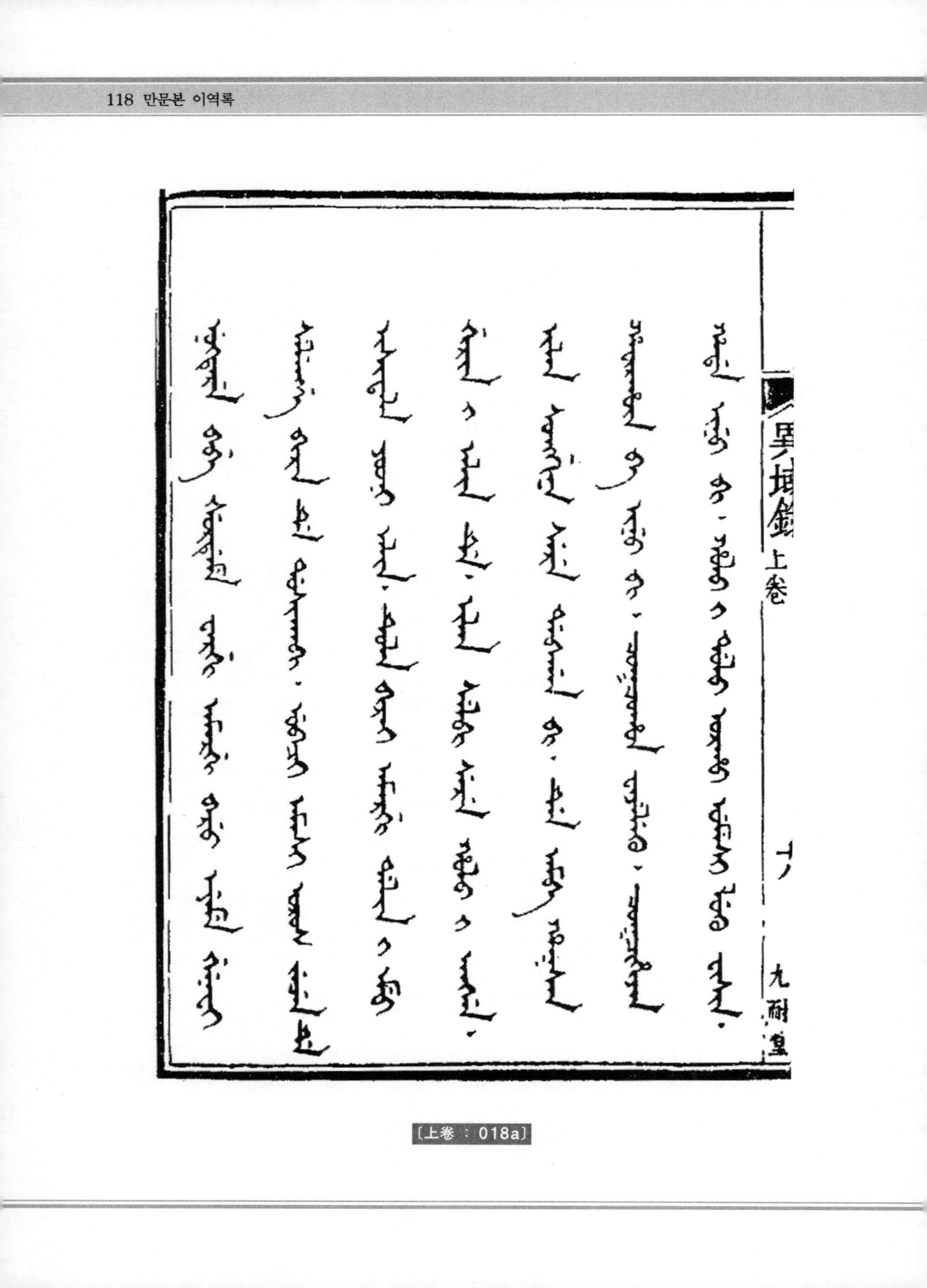

nuktere babe šurdeme wargi amargi baru eyeme genefi
유목하는 곳을 둘러 서 북 쪽 흘러 가서

selengge[88] bira de dosikabi. ubaci amasi oros jecen de
세렝게 강 에 들어갔다. 이곳에서 북으로 러시아 변경 에

isitala yooni alin. tula birai amargi dalin i emu
이르도록 모두 산이다. 툴라 강의 북쪽 기슭 의 한

gilin i alin de, ilan selbi[89] sere holo i angga,
강변 의 산 에 세 설비 하는 계곡 의 입구

ilan songgina[90] sere dabagan bi. den amba haksan
세 송기나 하는 고개 있다. 높고 크고 험하고

hafirahūn ba inu bi. cokcohon fiyeleku, cokcihiyan
좁은 곳 도 있다. 험준한 벼랑 우뚝 솟은

hada inu bi. holo i dolo orho umesi luku fisin.
산봉우리 도 있다. 계곡 의 안 풀 매우 무성하고 빽빽하다.

[한문]

遊牧地方 向西北流入色楞格河 自此而北 以至俄羅斯國界 皆山 土喇河北岸諸山 有色爾畢谷口三處 及松吉納山嶺三處 有極高危險之處 亦有峯巒聳峻之處 谷内之草暢茂

—— ◦ —— ◦ —— ◦ ——

유목하는 곳을 둘러 서북쪽으로 흘러가서 세렝게 강으로 들어갔다. 이곳에서부터 북쪽의 러시아 변경에 이르기까지 모두 산이다. 툴라 강의 북쪽 기슭의 한 절벽이 있는 산에, 세 설비라고 불리는 계곡의 입구와 세 송기나라고 불리는 고개가 있는데, 높고 크며 험준한 곳도 있으며, 절벽과 우뚝 솟은 산봉우리도 있다. 계곡의 안은 풀이 매우 무성하고 빽빽하다.

88) selengge(色楞格) : 세렝게(몽골어 Сэлэнгэ) 강은 몽골의 항가이 산맥에서 발원해서 몽골과 러시아를 흘러 바이칼 호로 들어간다. selenge는 몽골어 동사 seleh(сэлэх, 수영하다)에서 파생하였다는 설과 Evenki어 sele(철)+-nga(접미사)에서 파생하였다는 설이 있다.

89) selbi(色爾畢) : 셀베(몽골어 Сэлбэ). 셀베 강은 몽골 동북쪽에 있는 헨티산맥에서 남서쪽으로 흘러 몽골 수도 울란바토르에서 톨 강과 만난다.

90) songgina(松吉納) : 몽골 수도 울란바토르 서쪽에 위치하고 있는 송긴 오하이르 한(Сонгин охайр хан) 산을 가리키는 것으로 판단된다.

〔上卷 : 018b〕

hacingga bocoi bigan i ilga na be sekteme ilakangge
각종 색의 들 의 꽃 땅 을 깔고 핀 것

nirugan i gese. gincihiyan saikan yasa jerkišembi. alin i
그림 과 같다. 화려하고 눈 부신다. 山 의

bosoi ergide yooni bujan šuwa. isi,[91] jakdan, fulha,
山陰 쪽에 모두 숲 山陰의 숲이다. 落葉松 소나무 백양나무

fiya moo fik seme banjihabi. ere sidende geren alin ci
자작 나무 빽빽하게 자랐다. 이 사이에 여러 산 에서

eyeme tucifi tula, orgon, selengge bira de dosika
흘러 나와서 툴라 오르곤 세렝게 강 에 들어간

boro,[92] bara,[93] sira,[94] irul,[95] ibang[96] sere bira bi. birai
보로 바라 시라 이룰 이방 하는 강 있다. 강의

muke umesi genggiyen eyen turgen. cikirame yooni burga
물 매우 맑고 흐름 빠르다. 강가를 따라 모두 버드나무

[한문]

野卉爛漫 鋪地如畫 鮮耀奪目 其山之陰皆叢林 有杉松馬尾松楊樺樹 極其森欝 其間自各山發源流入土喇鄂爾渾 色楞格河之小河 則有博羅哈拉席喇伊魯爾伊邦等河 其水淸而溜急 兩岸皆叢柳

—— ∘ —— ∘ —— ∘ ——

색색의 들꽃이 땅에 널리 핀 것이 마치 그림과 같다. 윤기 있고 예쁜 것이 눈을 사로잡는다. 산음(山陰)은 모두 수풀인데, 낙엽송과 소나무, 백양나무, 자작나무가 빽빽하게 자랐다. 이 사이에 있는 여러 산에서 흘러나와서 툴라·오르곤·세렝게 강으로 들어가는 보로·바라·시라·이룰·이방이라는 강이 있다. 강물이 매우 맑고 흐름이 빠르다. 기슭을 따라 모두 버드나무가

91) isi : '청문감(淸文鑑)'에서 낙엽송(落葉松)으로 한역(漢譯)하고 있다.

92) boro(博羅) : 보로(몽골어 бороо). 보로 강은 몽골 투브 아이막(Төв аймаг)에 있는 보르노르(Борнуур) 호수에서 발원하여 하라(Хараа) 강에 흘러드는 하라 강의 지류로 판단된다.

93) bara(哈拉) : 하라(몽골어 Хараа). 하라 강은 투브 아이막(Төв аймаг) 바트숨베르 숨(Батсүмбэр сум)에서 합류하여 북서쪽으로 세렝게 아이막(Сэлэнгэ аймаг)을 흘러 달항-울 아이막(Дархан-Уул аймаг)을 지나 달항(Дархан) 시 서쪽 경계를 따라 흘러서 오르혼 강에 합류한다.

94) sira(席喇) : 샤린(몽골어 Шарын). 샤린 강은 샤린골(Шарынгол)에서 출발하여 북쪽으로 흘러 달항 시 동쪽을 지나 오르혼 강에 합류한다.

95) irul(伊魯爾) : 이룰(몽골어 Ероо). 이룰 강은 달항 시 남서쪽에서 흘러와서 달항 시 북쪽 경계를 지나 오르혼 강에 합류한다.

96) ibang(伊邦) : 이 강의 위치는 확인되지 않는다.

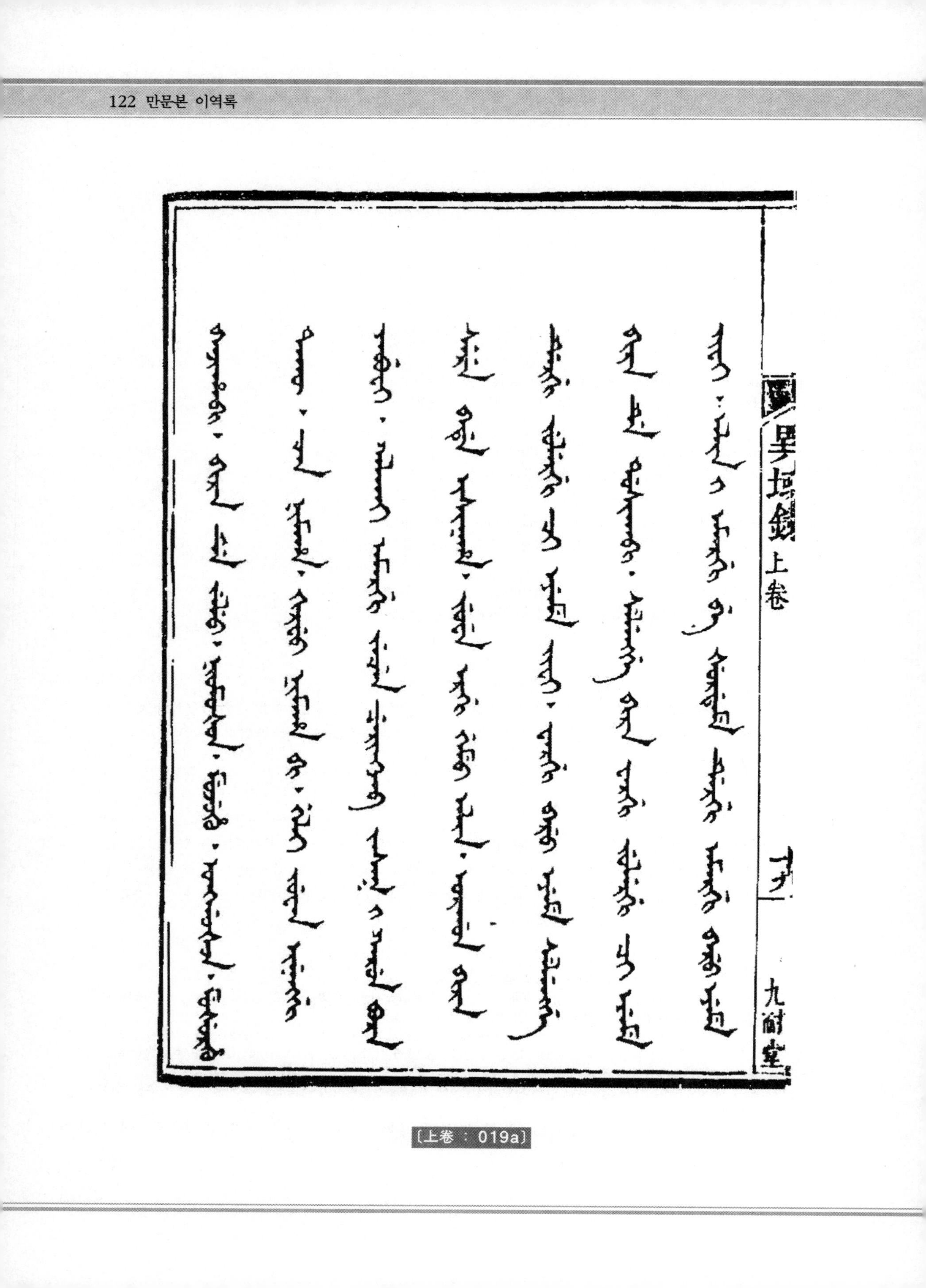

banjihabi. bira de jelu, niomošon, mujuhu, onggošon, mušurhu
자랐다. 강 에 송어 구굴무치 잉어 붕어 황어

takū, can nimaha, kirfu nimaha bi. geli juwan inenggi
연어 곤들매기 鱘魚 있다. 또 십 일

yabufi, kalkai amargi jecen ceringjab[97] jasak i karun bora[98]
가서 칼카의 북쪽 변경 처링잡 旗長 의 초소 보라

sere bade isinaha. juwe ergi gemu alin. orgon bira
하는 곳에 다다랐다. 양 쪽 모두 산이다. 오르곤 강

dergi julergi ci eyeme jifi, wargi baru eyeme selengge
동 남쪽 에서 흘러 와서 서 쪽 흘러 세렝게

bira de dosikabi. selengge bira wargi julergi ci eyeme
강 에 들어갔다. 세렝게 강 서 남쪽 에서 흘러

jifi, alin i amargi be šurdeme dergi amargi baru eyeme,
와서 산 의 북쪽 을 둘러 동 북 쪽 흘러

[한문]

産樺鰽鯉鯽鱏鮰等魚 又行十日 至喀爾喀之北界 車陵扎布部長之邊界博拉地方 兩傍皆山 鄂爾渾河來自東南 向西流入色楞格河 色楞格河來自西南 環繞山北 向東北流

—— ∘ —— ∘ —— ∘ ——

자랐다. 강에는 송어, 돌잉어, 잉어, 붕어, 상어, 연어, 곤들매기, 심어(鱘魚)가 있다. 또 10일 동안 가서 칼카의 북쪽 변경에 있는 처링잡 기장(旗長)의 전초기지인 보라라는 곳에 다다랐는데, 양쪽이 모두 산이다. 오르곤 강은 동남쪽에서 흘러나와서 서쪽으로 흘러 세렝게 강으로 들어갔다. 세렝게 강은 서남쪽에서 흘러나와서 산의 북쪽을 둘러 동북쪽으로 흘러

97) ceringjab(車陵扎布) : 체렌자브(몽골어 цэрэнжав). 체렌자브는 몽골 할하의 자삭(旗長 jasak) 타이지(台吉)의 인명(人名)이다.

98) bora(博拉) : 현재 캬흐타(Кяхта) 남쪽의 알탄불락(Алтанбулаг)으로 추정된다. 알탄불락의 옛 이름은 마이마이성(買賣城)이다. 치코이(러시아어 Чикой, 몽골어 Цөх гол, 부랴트어 Сүхэ гол) 강 주변에 있다. 러시아의 국경 도시인 부랴트(Бурятия)의 캬흐타와 마주하고 있다. 1727년 캬흐타 조약으로 러시아와 청(淸)나라의 국경이 정해진 뒤 이곳은 양국의 교역장이 되었는데, 그 이전에도 중국 상인들이 내왕하였으며 시베리아의 모피와 중국의 차·직물 등의 통상이 활발하였다. 몽골의 수도 울란바토르와 부랴트의 수도 울란우데(Улан-Удэ)를 잇는 도로가 지나가는 곳이며, 양국의 무역 중계지이다. 1921년 수흐바토르(Сүхбаатар)가 이끄는 몽골군이 이곳을 점령한 후 이를 기념하여 '알탄불락(황금의 샘)'으로 개칭하였다.

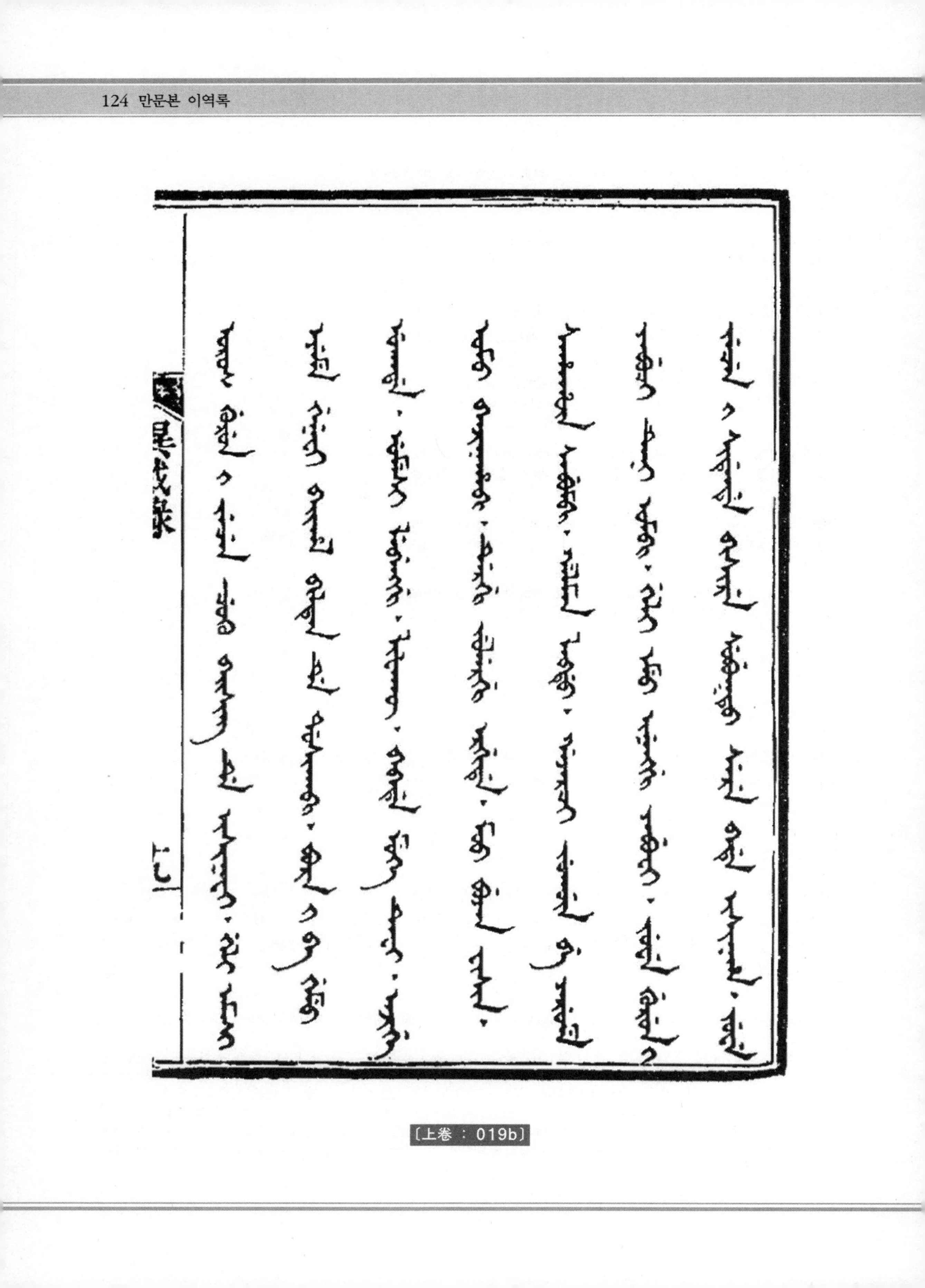

異域錄 上

oros gurun i jecen cuku baising de isinafi, geli amasi
러시아 나라 의 변경 추쿠 바이싱 에 다다라서 또 북으로

eyeme genefi baihal bilten de dosikabi. bora i ba gemu
흘러 가서 바이칼 호수 에 들어갔다. 보라 의 지역 모두

ukada, umesi lebenggi, lifakū. babade muke tefi, ajige
풀덤불이며 매우 질퍽한 늪이다. 곳곳에 물 고이고 작은

omo banjinahabi. dergi julergi ergide, moo bujan fisin,
못 생겨나있다. 동 남 쪽에 나무 숲 빽빽하고

sahahūn sabumbi. galman labdu. gajarci jugūn be yarume
검게 보인다. 모기 많다. 안내인 길 을 인도하여

yabuci teni ombi. geli emu inenggi yabufi, juwe gurun i
가면 곧 된다. 또 하루 가서 두 나라 의

jecen i sidende bisire subuktu[99] sere bade isinaha. juwe
변경 의 사이에 있는 수북투 하는 곳에 다다랐다. 양

[한문]

過俄羅斯國界之楚庫栢興 又向北流入栢海児湖 其博拉地方皆草墩 甚泥濘 潦水成澤 其東南林木森密 望之蔚然 多蚊虻 頼嚮導指引而行 又行一日 至兩國接壤之蘇布克圖地方 兩

—— ◦ —— ◦ —— ◦ ——

러시아의 변경에 있는 추쿠 바이싱에 다다른 후, 또 북쪽으로 흘러가서 바이칼 호수에 들어갔다. 보라 지역은 모두 풀숲으로, 매우 질퍽한 늪으로 되어 있다. 곳곳에 물이 있고 작은 못이 있다. 동남쪽에는 나무와 수풀이 빽빽하여 거무스름하게 보인다. 모기가 많다. 길을 안내하는 사람을 따라 곧장 가기만 하면 된다. 또 하루 동안 가서 두 나라의 변경 사이에 있는 수북투라는 곳에 다다랐는데, 양

99) subuktu(蘇布克圖) : 수부크투(Субуктуй)는 몽골과 러시아의 경계에 있으며 '계곡 가운데에 작은 시냇물이 흐르고 북쪽 산 위에는 샘이 있는데 물이 달면서 차갑다'라는 설명에 따르면 캬흐타의 북쪽에 위치하고 있으며 수부크투(Субуктуй) 강이 흐르는 곳으로 러시아 수부크투 지역을 가리킨다. 오늘날도 위장병 치료에 좋다는 온천이 있다.

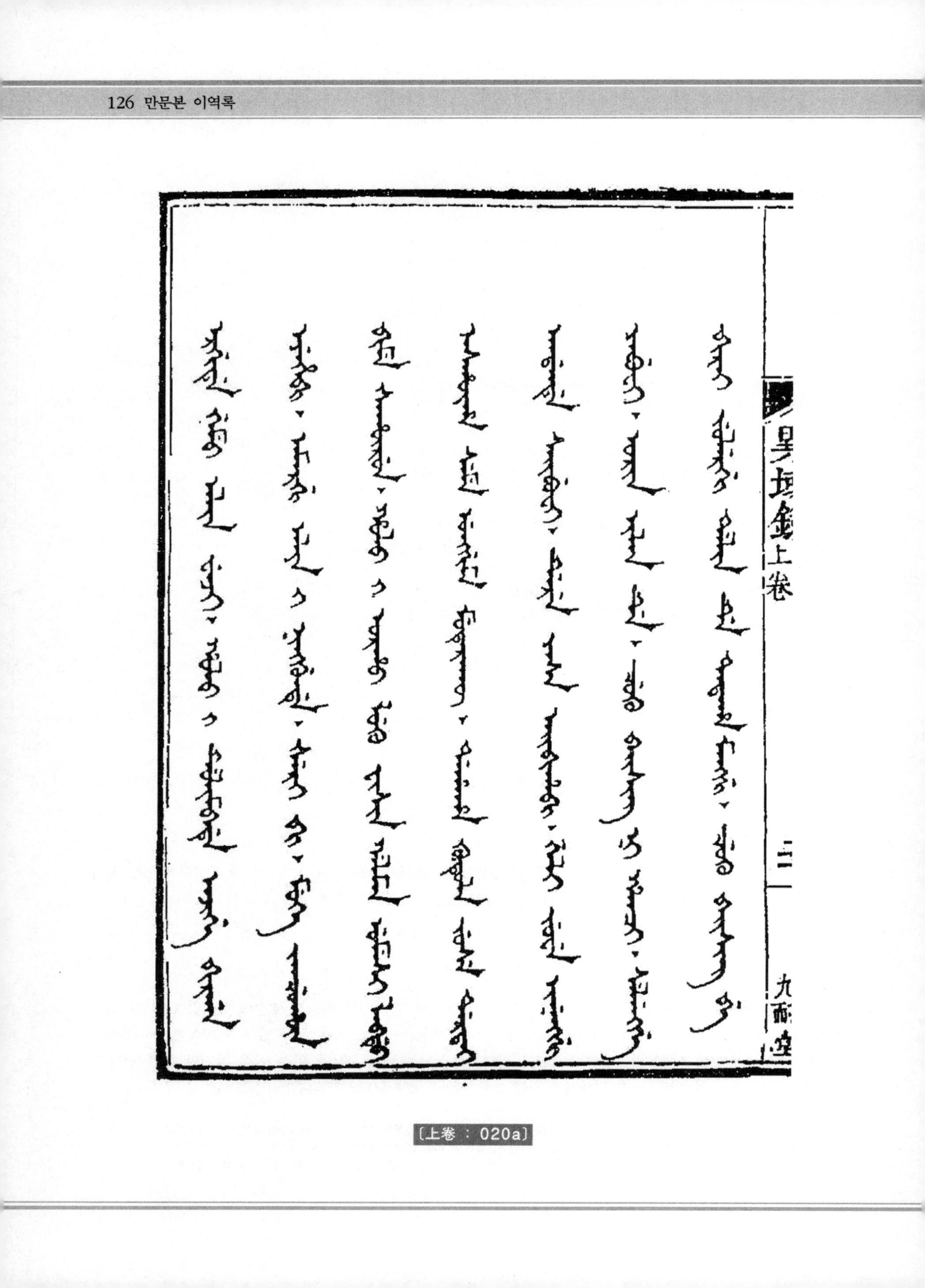

異域錄 上卷 二

九

[上卷 : 020a]

ergide gemu alin weji. holo i dulimbade ajige birgan
쪽에 모두 산 밀림이다. 계곡 의 가운데에 작은 시내

eyehebi. amargi alin i ninggunde, šeri bi. muke jancuhūn
흘렀다. 북쪽 산 의 위에 샘 있다. 물 달고

bime šahūrun. holo i orho luku fisin. galman umesi labdu
차갑다. 계곡 의 풀 무성하고 빽빽하다. 모기 매우 많다.

ashūha seme unggime muterakū. dahaha kutule juse dartai
쫓아냈다 해도 쫓아낼 수 없다. 뒤따르는 말구종 아이들 잠깐

andande saibufi, dere yasa aibihabi. geli juwe inenggi
사이에 물려서 얼굴 눈 부었다. 또 이 일

yabufi, orin ilan de, cuku baising ni hanci, selengge
가서 이십 삼일 에 추쿠 바이싱 의 근처 세렝게

birai julergi dalin de tataha manggi, cuku baising be
강의 남쪽 기슭 에 머무른 후 추쿠 바이싱 을

[한문]

傍皆山林 谷中有溪河 北山之上有泉 其水甘而涼 谷內之草暢茂 蚊虻甚多 揮之不暇 跟役人等片時被嘬面目皆腫 又越二宿 於二十三日 至楚庫柏興相近色楞格河之南岸駐扎 管理楚庫柏興

—— ◦ —— ◦ —— ◦ ——

쪽에는 모두 산과 수풀이 있다. 계곡 가운데로는 작은 시냇물이 흘렀다. 북쪽 산 위에 샘이 있는데, 물이 달면서 차갑다. 계곡의 풀은 무성하고 빽빽하며, 모기가 매우 많다. 쫓아내려 해도 쫓아낼 수 없어, 뒤따르던 말구종 아이들이 눈 깜빡할 사이에 물려서 얼굴과 눈이 부었다. 또 이틀 동안 가서 23일에 추쿠 바이싱 근처의 세렝게 강 남쪽 기슭에 머무른 후, 추쿠 바이싱을

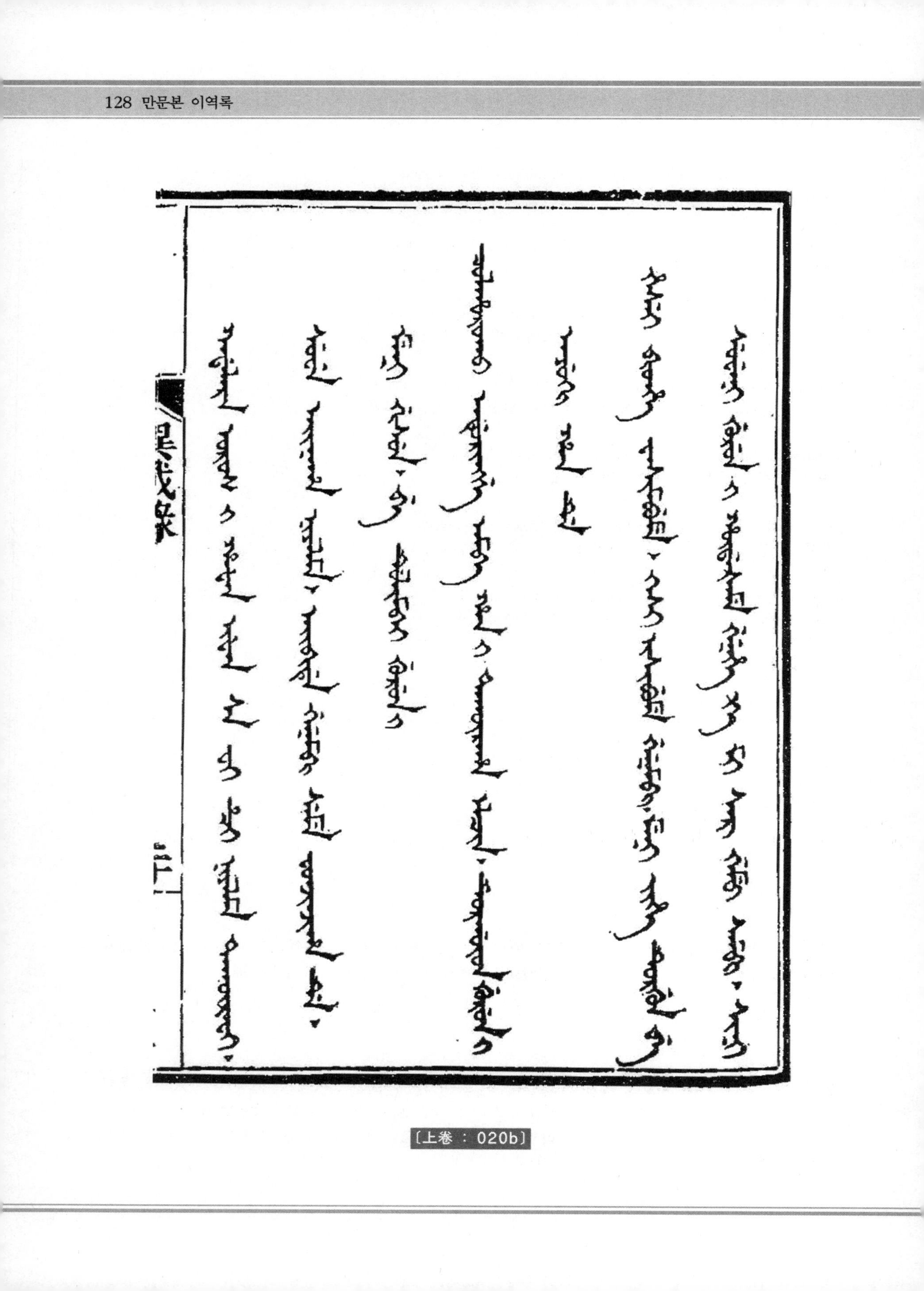

kadalara oros i hafan ifan sa fi c'y[100] niyalma takūrafi,
관할하는 러시아 의 관리 이판 사 피 치 사람 파견하여서

suwe, ainaha niyalma. aibide genembi seme fonjinjiha de,
너희 어떤 사람인가 어디에 가는가 하고 물었음 에

meni gisun, be dulimbai gurun i
우리 말 우리 中 國 의

colhoroko enduringge amba han i takūraha elcin. turgūt gurun i
빼어나고 성스러운 大 汗 의 파견한 사신이다. 투르구트 나라 의

ayuki han de
아유키 汗 에게

hesei bithe wasimbume, kesi isibume genembi. meni jihe turgun be
皇旨의 글 내려 은덕 미치게 하러 간다. 우리의 온 연유 를

suweni gurun i hūdašame genehe k'a mi sar gemu sambi. sini
너희의 나라 의 거래하러 갔던 카 미 사르 모두 안다. 너의

[한문]

俄羅斯官衣宛薩委翅 差人問曰 爾等係何人 往何處去 我等回言 是中國至聖太皇帝欽差天使 前往土爾扈特國阿玉奇汗處 頒發諭旨 竝賜恩賞 我等所來情由 爾國之貿易商人科䆖薩兒儘知

—— ◦ —— ◦ —— ◦ ——

관할하는 러시아의 관리인 이판 사피치가 사람을 보내서, “당신들은 누구인가? 어디로 가는가?” 하고 물으니 우리가 말하기를 “우리는 중국(中國)의 지성대황제(至聖大皇帝)께서 파견한 사신이다. 황제께서 투르구트의 아유키 한에게 칙서를 내리셔서 그 은덕을 미치게 하고자 가는 것이다. 우리가 온 연유는 당신 나라에서 무역하러 다녀갔던 카미사르가 모두 안다. 당신의

100) ifan sa fi c'y(衣宛 薩委翅) : 이반 사비치(Иван Савич), 인명(人名).

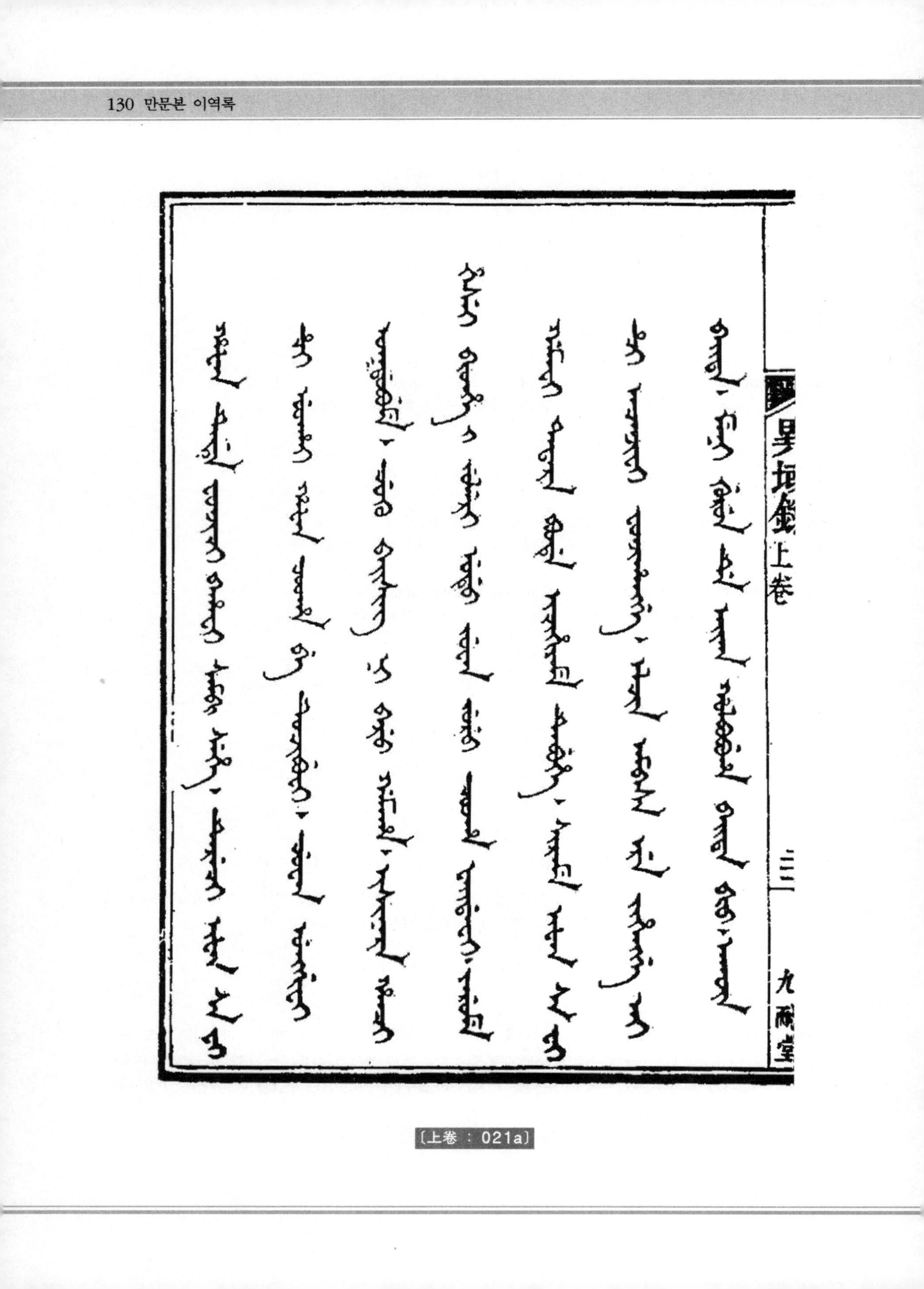

異域錄 上卷 三 九畹堂

hafan tede fonjici bahafi sambi sehe. tereci ifan sa fi
관리 그에게 물으면 능히 안다 하였다. 그로부터 이판 사 피

c'y uthai hafan cooha be tucibufi, cuwan unggifi
치 곧 관리 병사 를 내보내고 배 보내어서

okdobume, cuku baising ni baru gamaha. isinara hanci
맞이하게 하여 추쿠 바이싱 의 쪽 데려갔다. 도착할 가까이

hesei bithe i juleri udu juwan juru cooha faidafi, yarume
皇旨의 글 의 앞에 수 십 쌍 병사 정렬하고 이끌어

gamafi tatara boode icihiyame tebuhe. sirame ifan sa fi
데려가서 묵을 집에 처리하여 머무르게 했다. 이어서 이판 사 피

c'y acanjifi fonjihangge, elcin ambasa ere jihengge ai
치 만나러와서 물은 것 사신 대신들 이 온 것 무슨

baita. meni gurun de aika holbobuha baita bio, akūn
일인가? 우리의 나라 에 혹시 관련된 일 있는가? 없는가?

[한문]

爾頭目問他 卽便得知 于是衣宛薩委翅卽遣官兵撥船隻迎接 至楚庫柏興 將到時 諭旨前排列十數對兵丁引導 送至公署安歇後 衣宛薩委翅來見 問曰 天使之來有河事故 有干我國之事否

—— ◦ —— ◦ —— ◦ ——

관리에게 물으면 능히 알 것이다." 하고 대답하였다. 그로부터 이판 사피치는 곧장 관리와 병사를 내어서 배를 보내어 우리를 맞이하게 하여, 추쿠 바이싱으로 안내했다. 그리고 우리가 도착할 즈음에는 칙서 앞에 수십 쌍의 병사를 진열시키고, 우리를 직접 안내하여 숙소에 데려다 주었다. 이어서 이판 사피치는 우리를 만나러 와서 묻되, "사신들이 이곳에 온 것은 무엇 때문인가? 우리 나라와 관련된 일이 있는가? 없는가?"

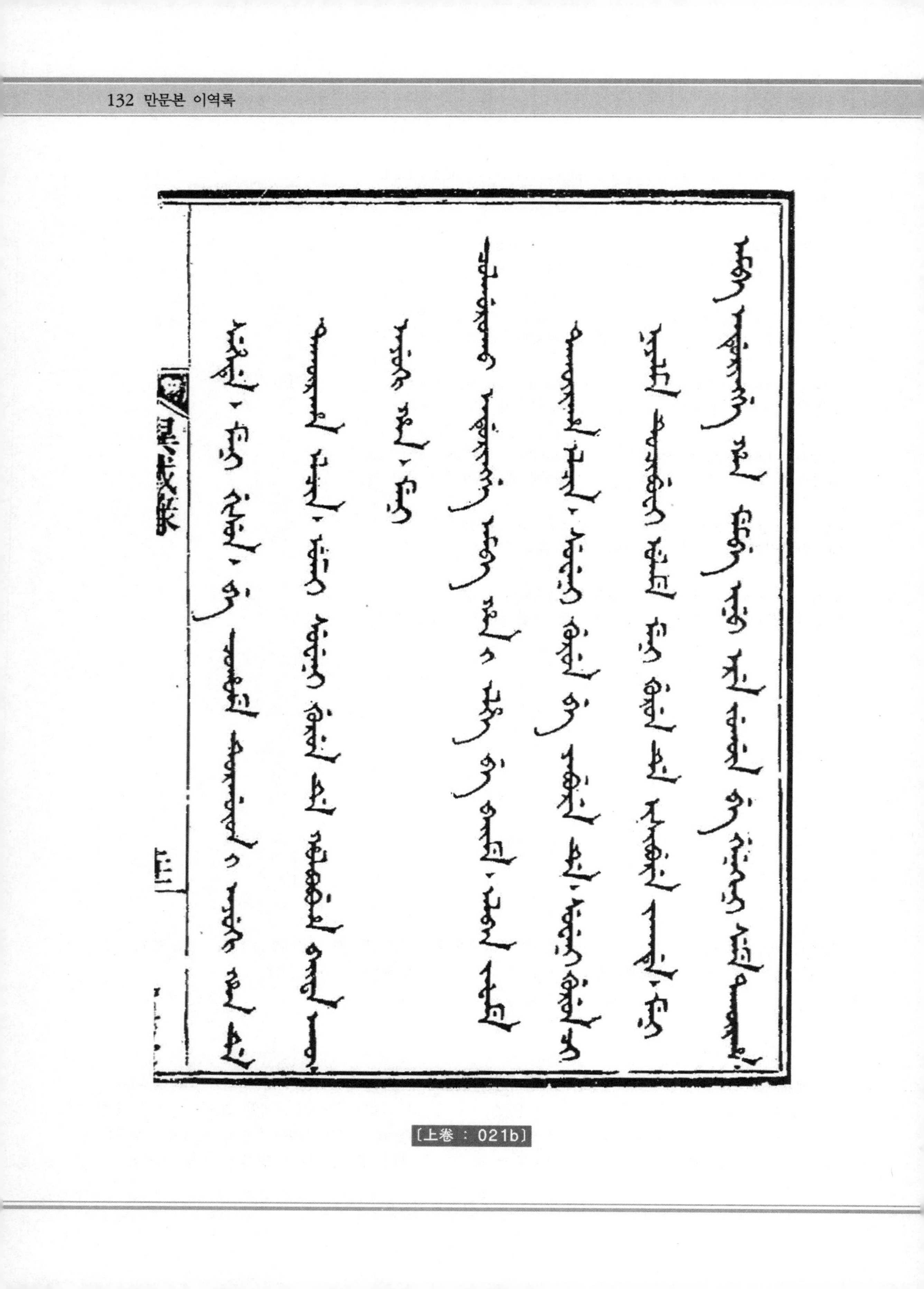

異域錄

上

〔上卷 : 021b〕

sehede, meni gisun, be cohome turgūt i ayuki han de
하였음에 우리의 말 우리 특별히 투르구트 의 아유키 汗 에게

takūraha elcin. umai suweni gurun de holbobuha baita akū.
파견한 사신이다. 전혀 너희의 나라 에 관련된 일 없다.

ayuki han, meni
아유키 汗 우리의

colgoroko enduringge amba han i elhe be baime, alban jafame
빼어나고 성스러운 大 汗 의 평안 을 청하며 공물 바치러

takūraha elcin, suweni gurun be yabure de, suweni gurun ci
파견한 사신 너희의 나라 를 다님 에 너희의 나라 에서

niyalma tucibufi ulame meni gurun de isibure jakade, meni
사람 내보내서 전하여 우리의 나라 에 미치게 할 적에 우리의

amba enduringge han membe inu ere jugūn be genekini seme takūraha.
크고 성스러운 汗 우리를 또 이 길 을 가게 하자 하고 파견했다.

[한문]

我等答曰 我等係特差前往土爾扈特國阿玉奇汗處去的使者 于爾國竝無甚事 因阿玉奇汗特遣使恭請我至聖大皇帝萬安 進貢方物 由爾國經過 爾國特差人轉送至我中國 所以我大皇帝亦由此路差

—— ◦ —— ◦ —— ◦ ——

하였다. 우리가 말하기를 "우리는 특별히 투르구트의 아유키 한에게 파견된 사신이다. 당신 나라와 관련된 일은 전혀 없다. 아유키 한이 우리의 지성대황제(至聖大皇帝)의 평안을 여쭈며 공물을 보내기 위해 파견한 사신이 당신 나라를 지날 때, 당신 나라에서 사람을 보내 우리 나라에 도달하게 할 적에 우리의 대황제(大皇帝)께서는 우리도 이 길로 가게 하자 하시고 우리를 보내신 것이다.

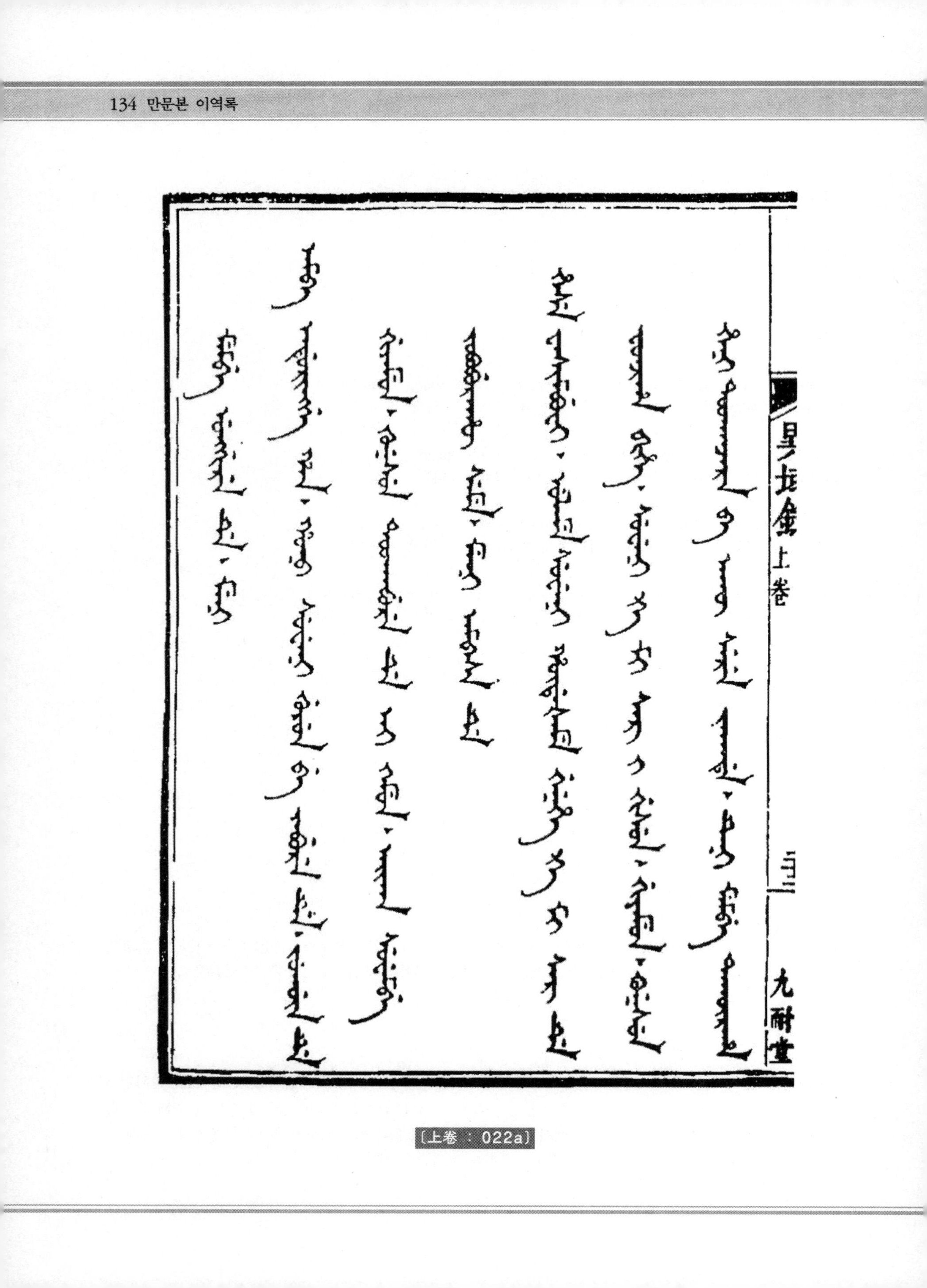

[illegible]

[illegible]

[illegible]

[illegible]

[illegible]

[illegible]

[illegible]

[illegible]

[illegible]

九耐堂

membe unggire de, meni
우리를 보냄 에 우리의

amba enduringge han, hono suweni gurun be yabure de, jugūn de
크고 성스러운 汗 여전히 너희의 나라 를 다님 에 길 에

giyamun, kunesun tookabure de ai kemun, aika suwembe
역참 식량 지체됨 에 무슨 제한 있을까 혹시 너희를

joboburahū seme, meni ambasa de
수고롭게 할까 하고 우리의 대신들 에게

hese wasimbufi, ulame suweni hūdašame genehe k'a mi sar de
皇旨 내려서 전하여 너희의 거래하러 갔던 카 미 사르 에게

fonjiha bihe. suweni k'a mi sar i gisun, giyamun, kunesun
물었다. 너희의 카 미 사르 의 말 역참 식량

heni tookanjara ba akū sere jakade, teni membe takūraha
조금도 지체할 바 없다 할 적에 비로소 우리를 파견했다

[한문]

我等前來 來時 我大皇帝猶恐從爾國經過 沿途馬匹供應 不能接濟 騷擾爾等 特宣旨大臣傳諭爾商人科密薩兒 爾科密薩兒云 一應馬匹供應 斷不致悞 因此方遣我等

—— ◦ —— ◦ —— ◦ ——

우리를 사신으로 보낼 때, 우리의 대황제(大皇帝)께서는 우리가 당신 나라를 지나갈 때 길에 역마(驛馬)와 식량이 혹 지체되지는 않을까, 혹은 우리가 당신들을 수고롭게 하는 것은 아닐까 하고 염려하시어, 우리 대신들에게 황지(皇旨)를 내리셔서 당신 나라에서 무역하러 왔던 카미사르에게 물었다. 당신 나라의 카미사르가 말하기를 "역마와 식량이 지체될 일은 조금도 없을 것입니다."하고 대답하기에 비로소 우리를 파견하셨다."

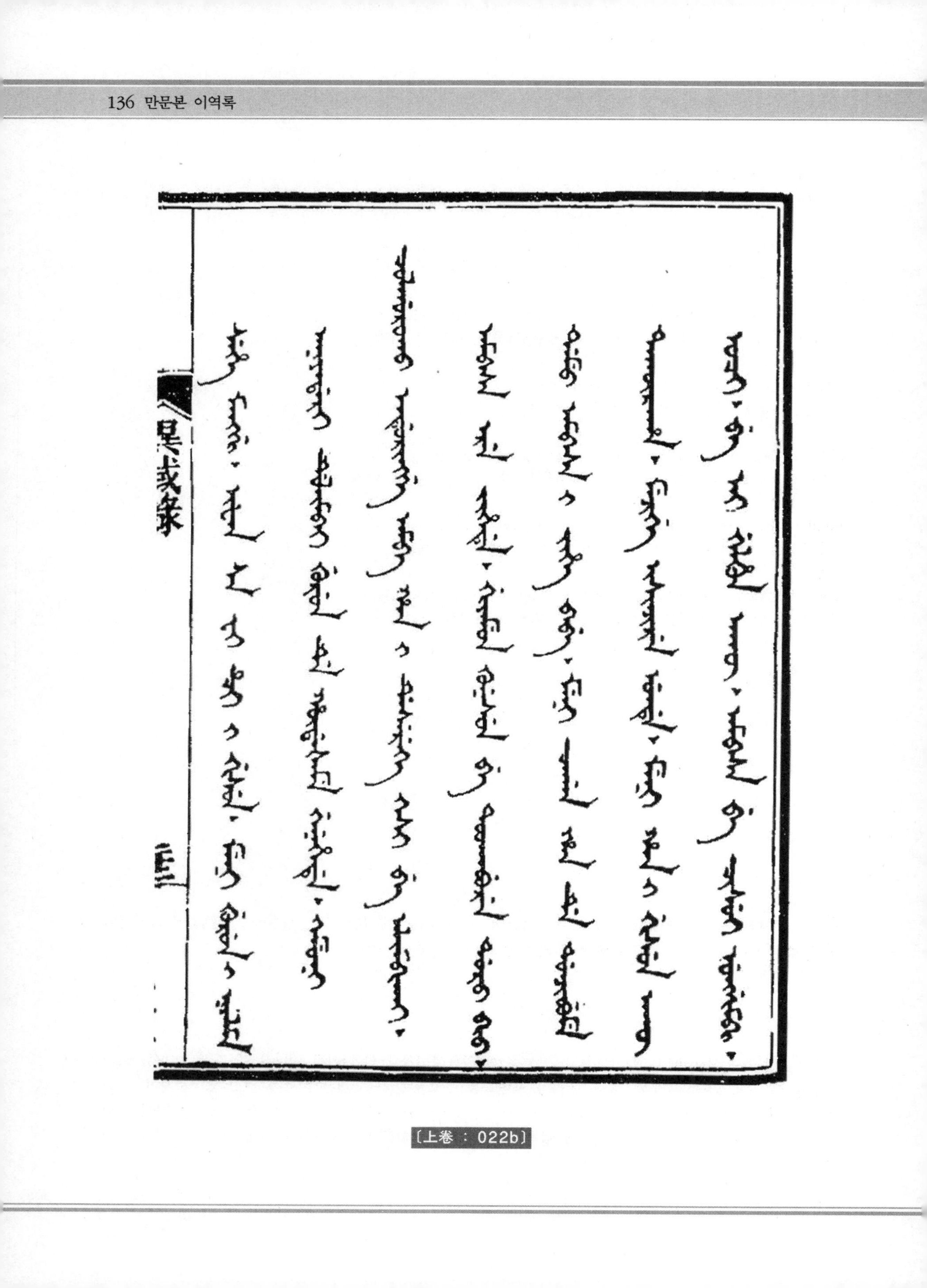

異域錄 三

sehe manggi, ifan sa fi c'y i gisun, meni gurun i niyalma
한 후 이판 사 피 치 의 말 우리의 나라 의 사람

aniyadari dulimbai gurun de hūdašame genehede, kemuni
해마다 中 國 에 거래하러 감에 항상

colgoroko enduringge amba han i desereke kesi be alimbikai.
빼어나고 성스러운 큰 汗 의 넘치는 은덕 을 받느니라.

ambasa ere jihede, giyamun kunesun be tookabure doro bio.
대신들 이리 왔음에 역참 식량 을 지체시킬 이유 있겠는가?

damu ambasa i jihe babe, meni cagan han de donjibume
다만 대신들 의 온 바를 우리의 차간 汗 에게 듣게 하러

takūraha. mejige isinjire unde. meni han i gisun akū
파견했다. 소식 이르지 못했다. 우리의 汗 의 말 없으면

oci, be ai gelhun akū, ambasa be cisui unggimbi.
우리 어찌 겁 없이 대신들 을 마음대로 보내겠는가?

[한문]

前來 衣宛薩委翅曰 我國人每年往中國貿易 屢蒙至聖大皇帝深恩 天使此來 一切馬匹供應 豈有遲悞之理 但天使前來情由 業已差人報知我國察罕汗 至今回信未至 我等未奉我汗之言 不敢擅令天使前往 只得暫駐 俟

—— ◦ —— ◦ —— ◦ ——

하니, 이판 사피치가 말하기를, "우리 나라 사람들은 해마다 중국에 무역하러 다닐 때 언제나 지성대황제(至聖大皇帝)께 넘치는 은덕을 받아 왔느니라. 그 나라에서 대신들이 왔는데 역마와 식량을 지체시킬 리가 있겠는가? 다만 대신들이 왔다는 사실을 우리의 차간 한께 전해 올리러 사람을 보냈지만, 아직 회신이 오지 않았다. 우리 한께서 아직 말씀이 없으신데, 우리가 어찌 감히 대신들을 마음대로 보낼 수 있겠는가?

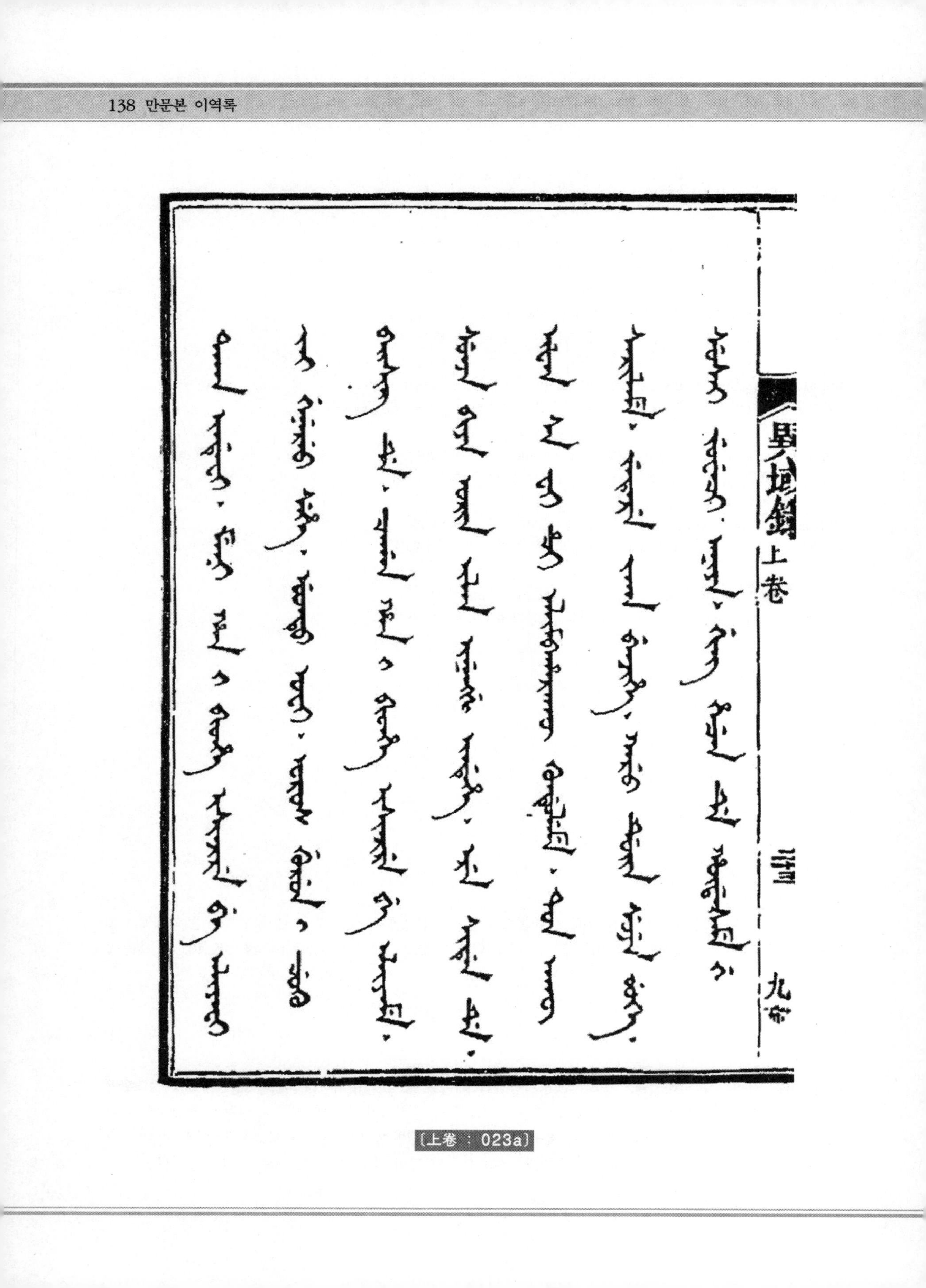

異域錄 上卷 九

taka indefi, meni han i bithe isinjire be aliyafi
잠시 묵고 우리의 汗 의 글 이르기 를 기다려

jai genereo sehe. uttu ofi, oros gurun i cuku
다시 가시오 하였다. 이리 하여 러시아 나라 의 추쿠

baising de cagan han i bithe isinjire be aliyame,
바이싱 에서 차간 汗 의 글 도착하기 를 기다리며

sunja biya orin ilan ineggi[101] indehe. ere siden de,
다섯 달 이십 삼 일 묵었다. 이 사이 에

ifan sa fi c'y alimbaharakū kunduleme, ton akū
이판 사 피 치 극히 공경하며 수 없이

sarilame, jetere jaka benjihe. karu duin suje buhe.
잔치하며 먹을 것 보냈다. 답례 네 비단 주었다.

susai juweci aniya, ging hecen de hūdašame genehe
쉰 둘째 해 京 城 에 거래하러 간

[한문]

我察罕汗信到 方可前往 因此在楚庫柏興地方 俟察罕汗信 一住五箇月零三日 其間衣宛薩委翅甚是欽敬不時備宴延請 餽送食物 給與緞四疋 五十二年 往京師貿易之

—— ◦ —— ◦ —— ◦ ——

여기서 잠시 묵으면서 우리의 한께서 보내신 글이 당도하기를 기다렸다가 가지 않겠는가?" 하였다. 이리하여 우리는 러시아의 추쿠 바이싱에서 차간 한의 글이 도착하기를 기다리며 5개월 23일 동안 묵었다. 이 사이에 이판 사피치는 우리를 극진히 대접하며 수없이 잔치를 베풀며 먹을 것을 보내주었다. 우리는 답례로 비단 네 필을 주었다. 강희(康熙) 52년에 경성(京城)에 거래하러 간

101) sunja biya orin ilan inenggi : 만문본에서는 5개월 23일 기다린 것으로 되어 있으나 한문본에서는 5개월 3일 동안 기다린 것으로 되어 있다. 이곳에 도착한 것이 강희 51년 7월 23일이고 이곳을 출발한 것은 다음해인 강희 52년 1월 16일이니 만문본의 기록이 옳다.

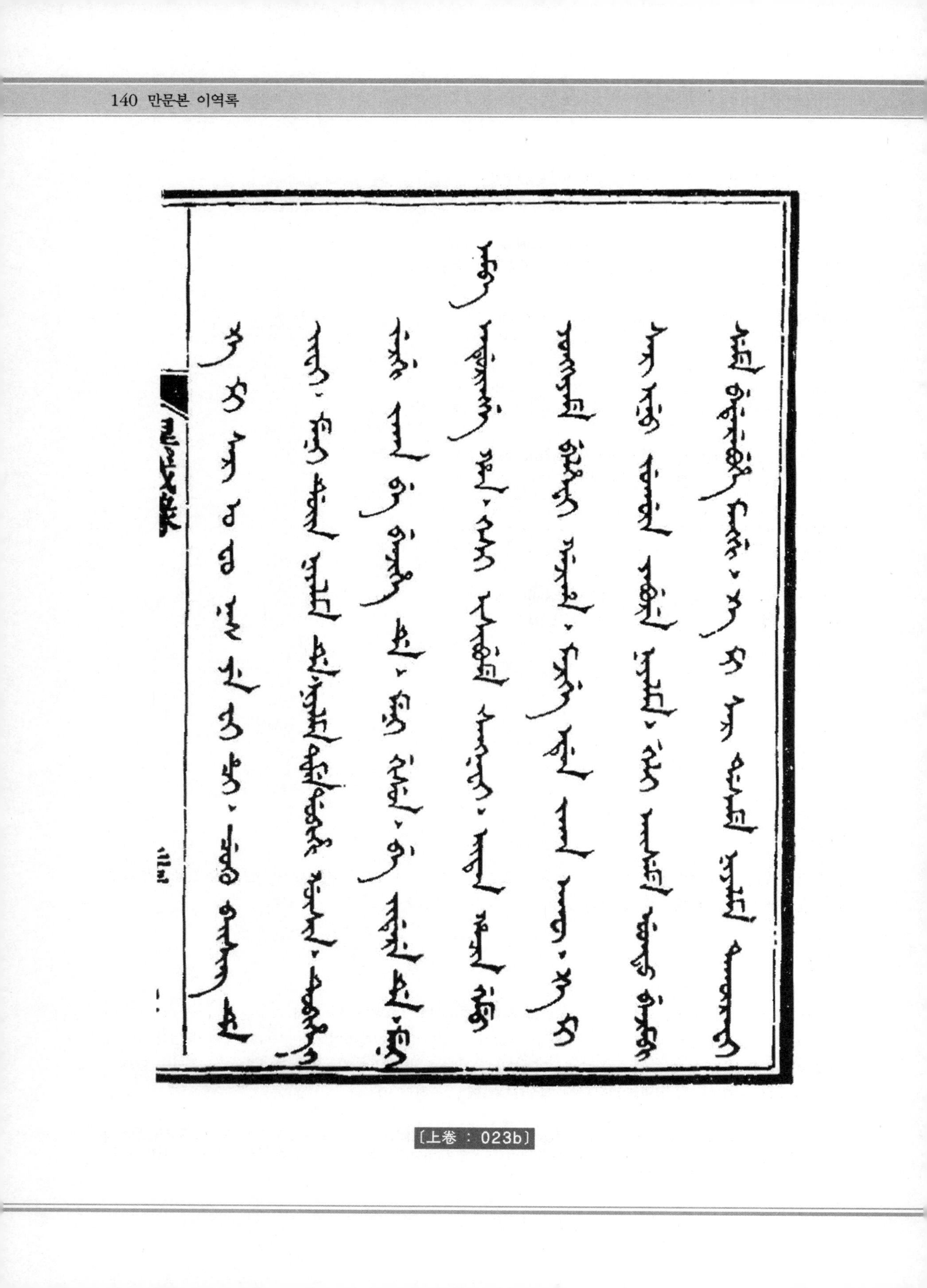

異域錄

〔上卷 : 023b〕

k'a mi sar o fo nas ye fi c'y,[102] cuku baising de
카 미 사르 오 포 나스 여 피치 추쿠 바이싱 에

jifi, meni duin niyalma de, niyalma tome dobihi gūsin, tubihe i
와서 우리 네 사람 에게 사람 마다 여우가죽 삼십 과일 의

jergi jaka be benjihe de, meni gisun, be jidere de, meni
등 물품 을 보냈음 에 우리의 말 우리 옴 에 우리의

amba enduringge han, kesi isibume šangnafi, eiten hacin gemu
크고 성스러운 汗 은덕 미치게 하여 상주시고 온갖 종류 모두

yongkiyame belhefi gajjha. majige eden jaka akū. k'a mi
완비하여 갖추어서 가져왔다. 조금도 빠진 것 없다. 카 미

sar inu jugūn yabure niyalma. geli aiseme uttu benjimbi
사르 도 길 다니는 사람이다. 또 어찌 이리 보내는가?

seme bederebuhe manggi, k'a mi sar dasame niyalma takūrafi
하고 돌려주게 한 후 카 미 사르 다시 사람 보내어서

[한문]

科密薩兒 哦佛那斯夜委翅 至楚庫柏興 于我四人處 各送白狐皮三十張 竝菓品等物 我等言來時蒙我大皇帝恩賜 一切所用什物 俱已全備 竝無缺乏 爾科密薩兒亦係行路之人 何勞如此餽送 璧辭 科密薩兒遣人

—— ◦ —— ◦ —— ◦ ——

카미사르인 오포나스여피치가 추쿠 바이싱에 와서 우리 네 사람에게 사람마다 여우가죽 서른 장과 과일 등의 물품을 보냈기에, 우리가 말하기를 "우리가 사신으로 파견될 때, 우리의 대황제(大皇帝)께서 은덕을 내려 상을 주시며 온갖 종류를 완비하여 갖추고 왔으니, 조금도 부족한 물건이 없다. 카미사르도 길을 다니는 사람인데 또 어째서 이렇게 보내느냐?" 하고 말하며 이를 돌려보내니, 카미사르가 다시 사람을 보내어서

102) o fo nas ye fi c'y(哦佛那斯夜委翅) : 그리고리 아파나씨에비치 오스코르코브(Григорий Афанасьевич Осколков)는 1713년 러시아 황제의 칙명을 받고 무역단을 이끌고 북경으로 향하던 도중이었다. 1714년 12월 10일 북경을 방문하고 귀국하던 중 몽골 고비에서 사망하였고 시신은 울란우데 수도원에 매장하였다.

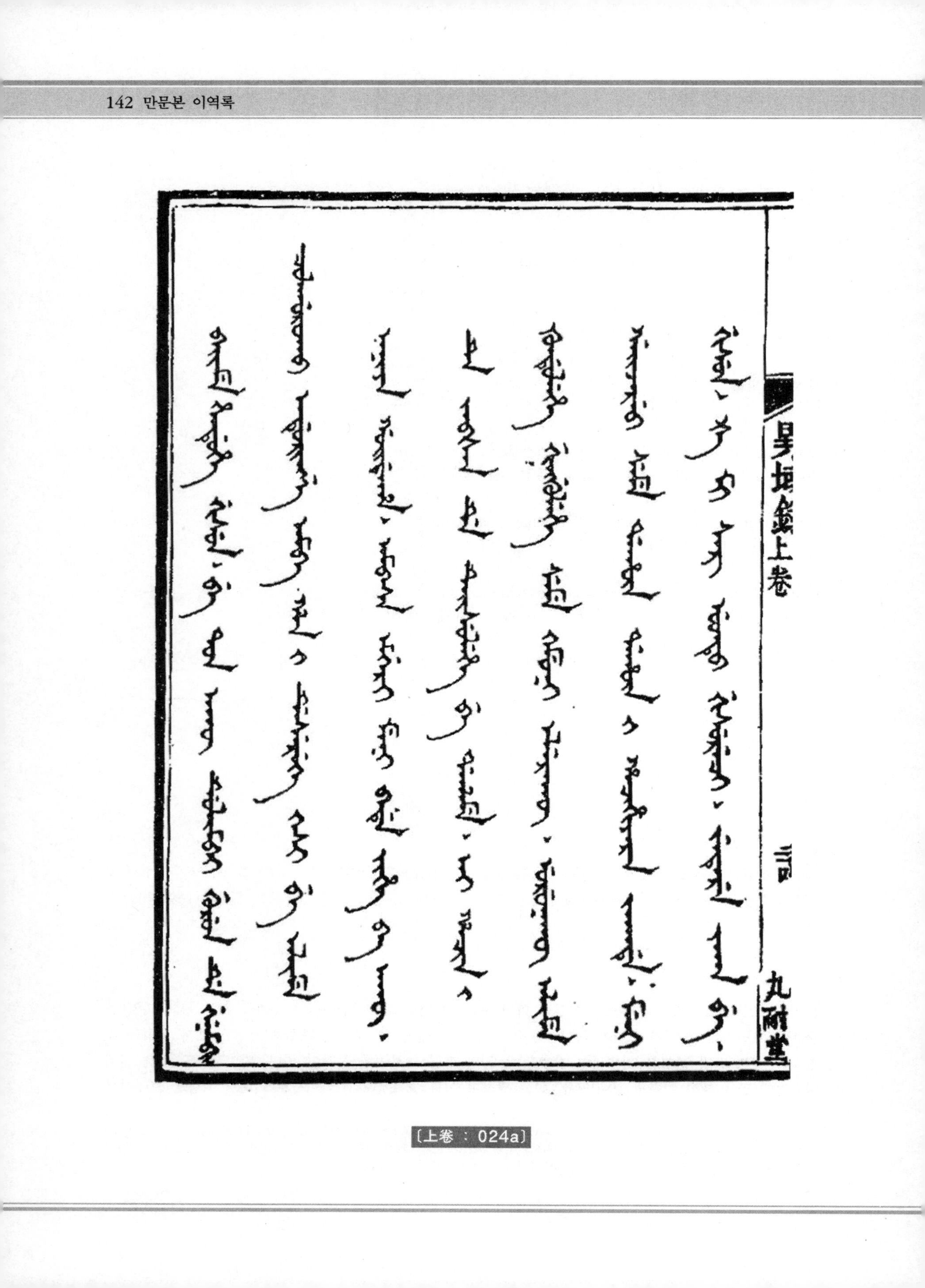

異域錄上卷

三

九耐堂

baime henduhe gisun, be ton akū dulililba i gurun de genembi.
청하여 말한 말 우리 수 없이 中 國 에 간다.

colgoroko enduringge amba han i desereke kesi be alime
빼어나고 성스러운 큰 汗 의 넘치는 은덕 을 받아

aniya goidaha. ambasa emgeri meni bade jihe ba akū.
해 오래됐다. 대신들 한번도 우리의 곳에 온 바 없다.

te jabšan de teisulehe be dahame, ai hacin i
지금 행운 에 만남 을 따라 무슨 종류 로

kundulehe ginggulehe seme kemuni elerakū, urunakū alime
공경하고 삼갔다 해도 여전히 충분하지 않으니 반드시 받아

gaijareo seme dahūn dahūn i hacihiyara jakade, meni
가지시오 하고 거듭 거듭 권할 적에 우리의

gisun, k'a mi sar uttu gisureci, jetere jaka be,
말 카 미 사르 이리 말하면 먹을 것 을

[한문]

復懇曰 我等不時往中國貿易 屢沾至聖大皇帝深恩有年 天使竝不曾到我國地方 今旣幸遇 雖盡心恭奉 猶爲不足 伏乞辱納 再三懇乞 我等言科密薩兒旣如此說

—— ◦ —— ◦ —— ◦ ——

청하여 말하기를, “우리들은 수없이 중국에 가서 지성대황제(至聖大皇帝)의 넘치는 은덕을 받은 지 오래되었지만, 중국의 대신들은 한 번도 우리 나라에 온 일이 없다. 지금 운 좋게 만났으니 아무리 그대들을 삼가 공경한다고 하더라도 충분하지 못할 것이니, 부디 받아가지라.” 하고 거듭해서 권할 적에 우리가 말하기를 “카미사르가 이리 말하니, 우리 먹을 것만

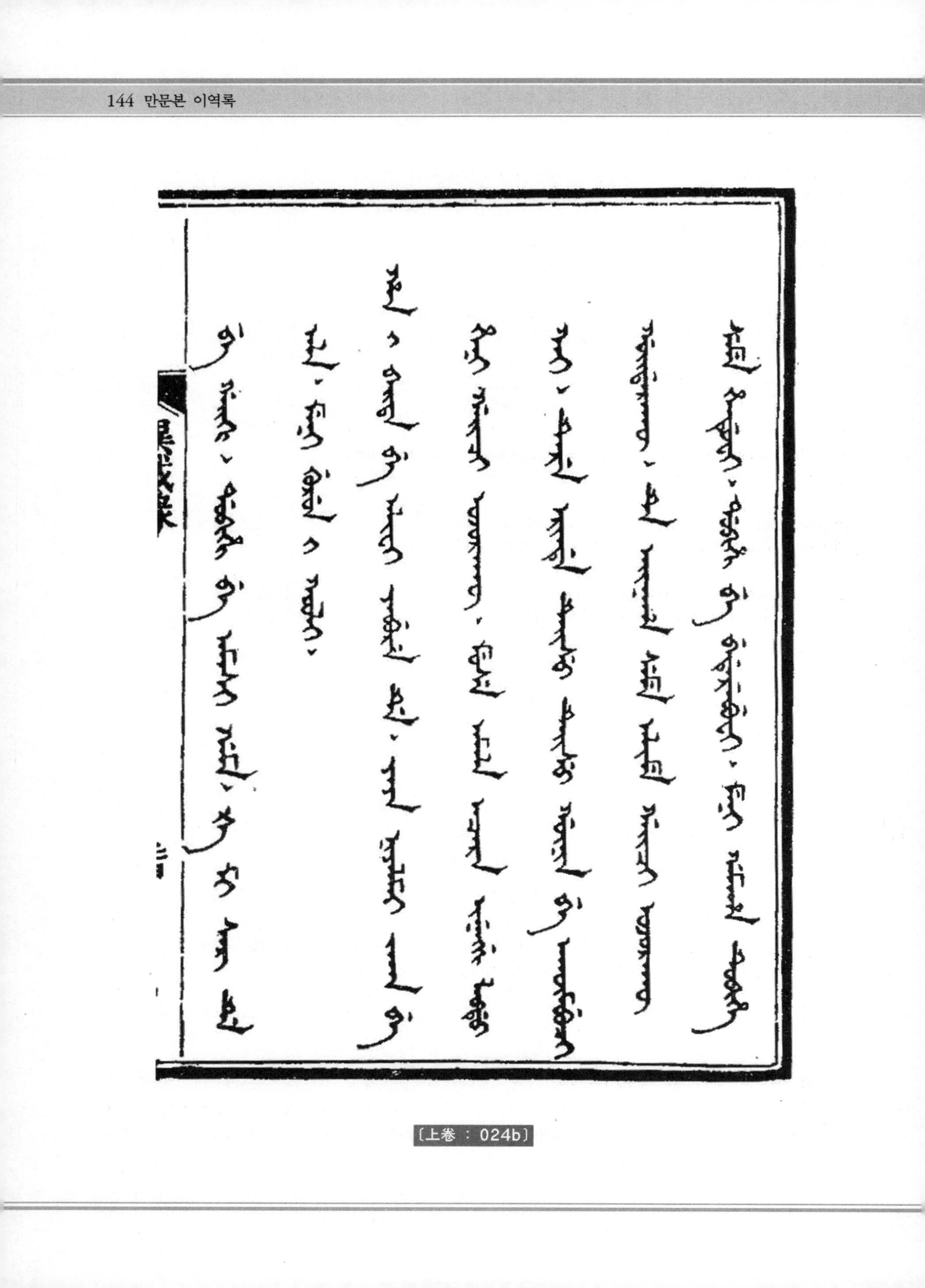

異域錄

be gaiki. dobihi be amasi gama. k'a mi sar de
우리 가지마. 여우가죽 을 도로 가져가라. 카 미 사르 에게

ala. meni gurun i kooli,
아뢰라. 우리의 나라 의 법

han i baita be alifi yabure de, yaya niyalmai jaka be
汗 의 일 을 받아 다님 에 무릇 사람의 물건 을

heni gaici ojorakū. muse amala acara inenggi labdu
조금도 가지면 안 된다. 우리 훗날 만날 날 많으니라.

kai. tere erinde teisu teisu gūnin be akūmbuci
그 때에 各 各 마음 을 다하면

goidarakū. te ainaha seme alime gaici ojorakū
늦지 않는다. 지금 어찌 하여도 받아 가지면 안 된다

seme hendufi, dobihi be bederebufi, meni gamaha tubihe
하고 말하고 여우가죽 을 물리게 하고 우리의 가져간 과일

[한문]

將食物収受 其狐皮發回 告爾科密薩兒 我中國向來凡奉君命差遣人員 一切禮物毫不敢受 我等日後相見處甚多 彼時各自盡心 亦未爲晩 目下毫不敢受 却其狐皮 答以菓

— ◦ — ◦ — ◦ —

가져가겠다. 여우가죽은 도로 가져가라. 그리고 카미사르에게 고하여라. 우리 나라 법에 따르면, 황제께서 맡기신 일을 행하러 다닐 때 무릇 다른 사람의 물건을 조금이라도 취하면 안 된다. 우리들은 다시 만날 날이 많으니, 그때 각자 진심을 다하여 대하여도 늦지 않는다. 지금은 결코 받을 수 없다." 하고 말하고 여우가죽을 물리게 하고 우리가 가져간 과일과

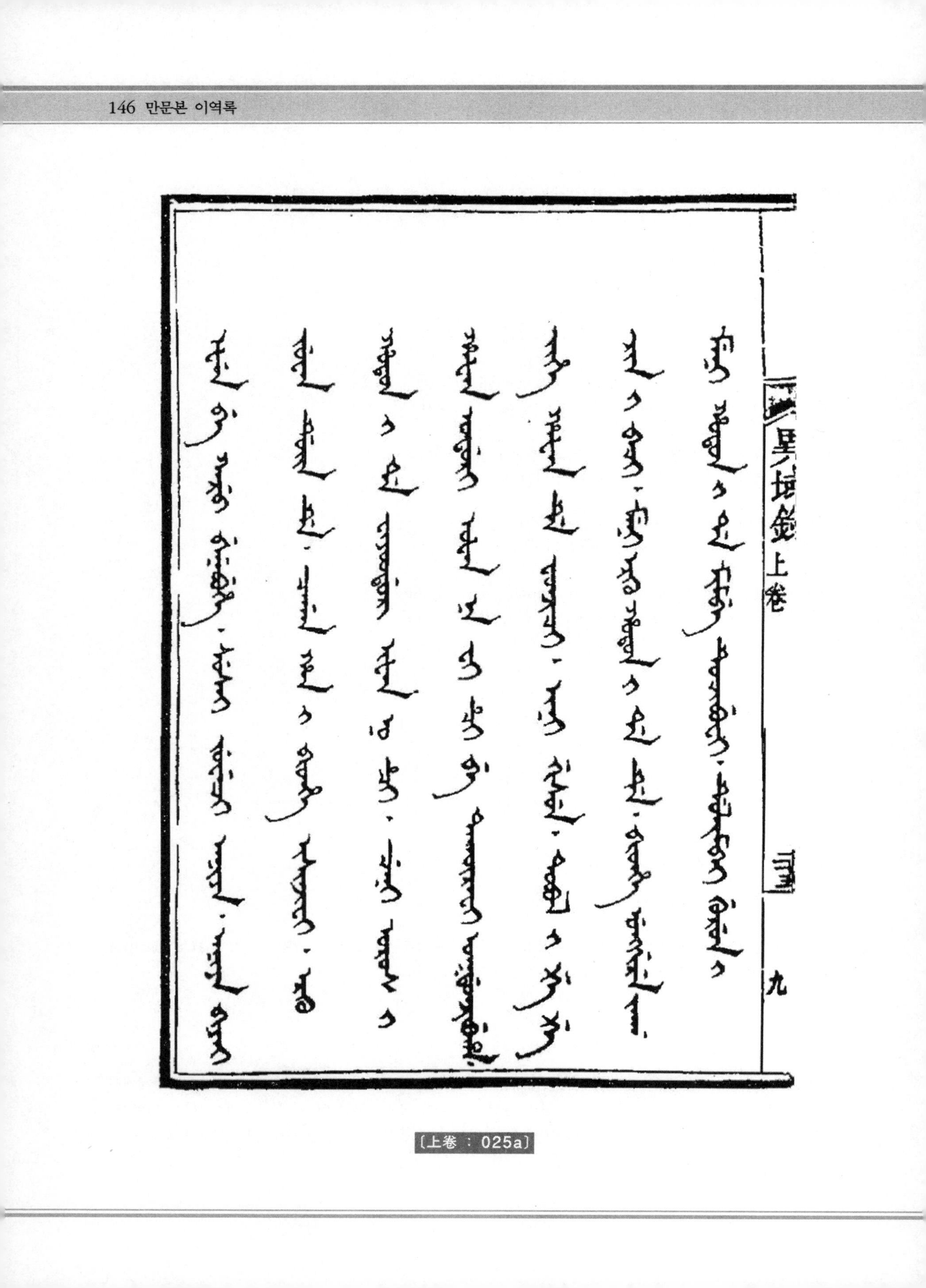

異域錄 上卷 九

efen be karu benebuhe. susai juweci aniya, aniya biyai
떡 을 답례 보내게 했다. 쉰 둘째 해 정월의

juwan duin de, cagan han i bithe isinjifi, erku
십 사 에 차간 汗 의 글 도착하여서 어르쿠

hoton i da fiyoodor ifan no c'y,[103] ceni oros i
城 의 우두머리 피요도르 이판 노 치 그들의 러시아 의

hafan undori ofan na fi c'y[104] be takūrafi okdonjibuha,
관리 운도리 오판 나 피 치 를 파견해서 맞이하러 오게 했다.

jihe hafan de fonjici, ini gisun, tobol[105] i g'a g'a
온 관리 에게 물으니 그의 말 토볼 의 가 가

rin[106] i baci, meni erku hoton i da de, bithe unggire jakade,
린 의 곳에서 우리 어르쿠 성 의 우두머리 에게 글 보낼 적에

meni hoton i da mimbe tucibufi, dulimba i gurun i
우리 城 의 우두머리 우리를 내보내서 中 國 의

[한문]

餅 五十二年正月十四日 察罕汗信到 厄爾口城頭目費多爾衣宛薩委翅 差伊俄羅斯官按疊列衣宛薩委翅前來迎接 問其來歷 答曰 因托波兒總管噶噶林 移會厄爾口城頭目 所以我頭目差我前來迎接

—— ◦ —— ◦ —— ◦ ——

떡을 답례로 보내게 했다. 강희(康熙) 52년 1월 14일에 차간 한의 글이 도착하여서 어르쿠 성(城)의 수령인 피요도르 이판노치가 자국 러시아의 관리인 운도리 오판나피치를 파견해서 우리를 맞이하게 했다. 우리에게 온 관리에게 물으니, 그가 말하기를 "토볼의 가가린이 우리 어르쿠 성(城)의 수령께 글을 보낼 적에 우리 성(城)의 수령께서 우리를 보내서 "중국의

103) fiyoodor ifan no c'y(費多爾 衣宛薩委翅) : 페도르 이바노비치(Федор Иванович), 인명(人名).

104) undori ofan na fi c'y(按疊列 衣宛薩委翅) : 운도리 아파나시이비치(Ундори Афанасьевич), 인명(人名).

105) tobol(托波兒) : 토볼스크(Тобольск). 우랄 산맥의 동쪽 토볼 강과 이르티시(Иртьш) 강의 합류점에 위치하고, 튜멘(Тюмень)에서 북동으로는 247km 지점에 위치해 있다. 시베리아에서 가장 오래된 도시이며, 1820년대에 서시베리아의 총독부가 토볼스크(Тобóльск)에서 옴스크(Омск)로 옮길 때까지 군사, 행정, 정치, 종교 면에서 시베리아의 중심지였다. 1917년까지 토볼스크 주의 주도였다.

106) g'a g'a rin(噶噶林) : 가가린(Гагарин 1659-1721). 당시의 시베리아 총독 가가린 마트페이 페트로비치(Гагарин Матфей Федорович)를 가리킨다.

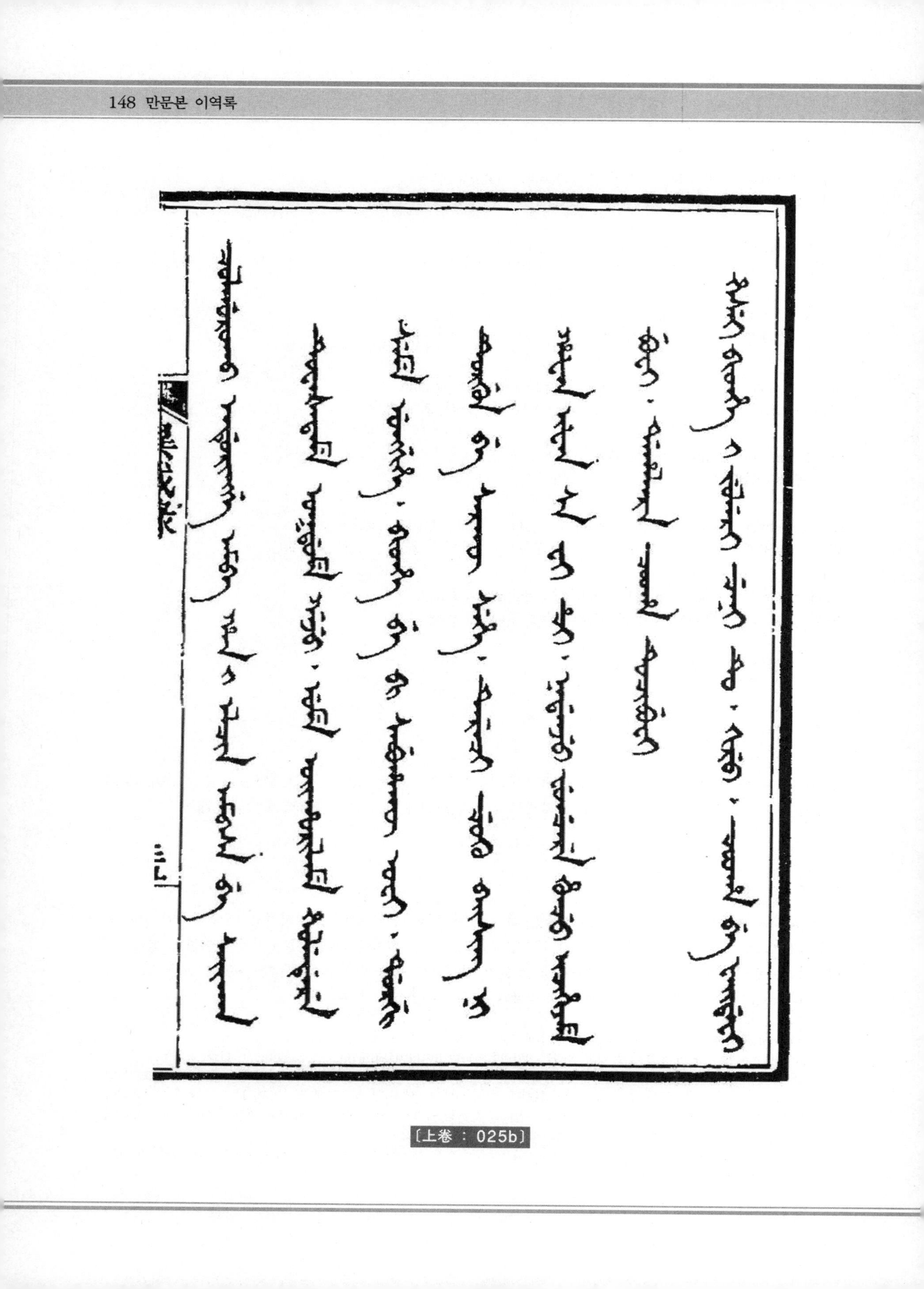

〔上卷 : 025b〕

cologoroko enduringge amba han i elcin ambasa be saikan
빼어나고 성스러운 큰 汗 의 사신 대신들 을 잘

tuwašatame okdome gaju. ume oihorilame heoledere
보살피며 맞이하며 데려와라. 소홀히 하며 태만하지 말라

seme unggihe. bithe be bi sabuhakū ofi, dorgi
하고 보냈다. 글 을 나 보지 못해서 속

turgun be sarkū sehe. tereci cuku baising ni
사정 을 모른다 하였다. 그로부터 추쿠 바이싱 의

hafan ifan sa fi c'y, nadanju funcere huncu[107] icihiyame
관리 이판 사 피 치 칠십 넘는 발구 배치하여

bufi, dahalara cooha tucibufi
주고 뒤따르는 병사 내어서

hesei bithe i juleri ceni tu, kiru, cooha be faidafi
皇旨의 글 의 앞에 그들의 大旗 小旗 병사 를 정렬하고

[한문]

至聖大皇帝天使 令我用心敬奉 不可輕慢 來文我不曾見 其中情由 不能得知 于是楚庫柏興官衣宛薩委翅撥給拖床七十餘輛 竝跟随兵丁勅書前排列伊國旗幟兵丁

—— ◦ —— ◦ —— ◦ ——

지성대황제(至聖大皇帝)의 사신들을 잘 보살피며 맞이하여 데려와라. 절대로 이 일을 소홀히 하거나 태만히 하지 말라." 하고 보내셨다. 우리는 그 글을 보지 못해서 속사정은 잘 모른다." 하고 대답하였다. 그로부터 추쿠 바이싱의 관리인 이판 사피치가 70개가 넘는 발구를 준비하여 주고, 호위병을 내어서 칙서 앞에 그들의 대기(大旗)와 소기(小旗), 그리고 병사를 정렬시키고

107) huncu : 발구(주로 물건을 실어 나르는 마소가 끄는 썰매). 발외(한청12:26b)

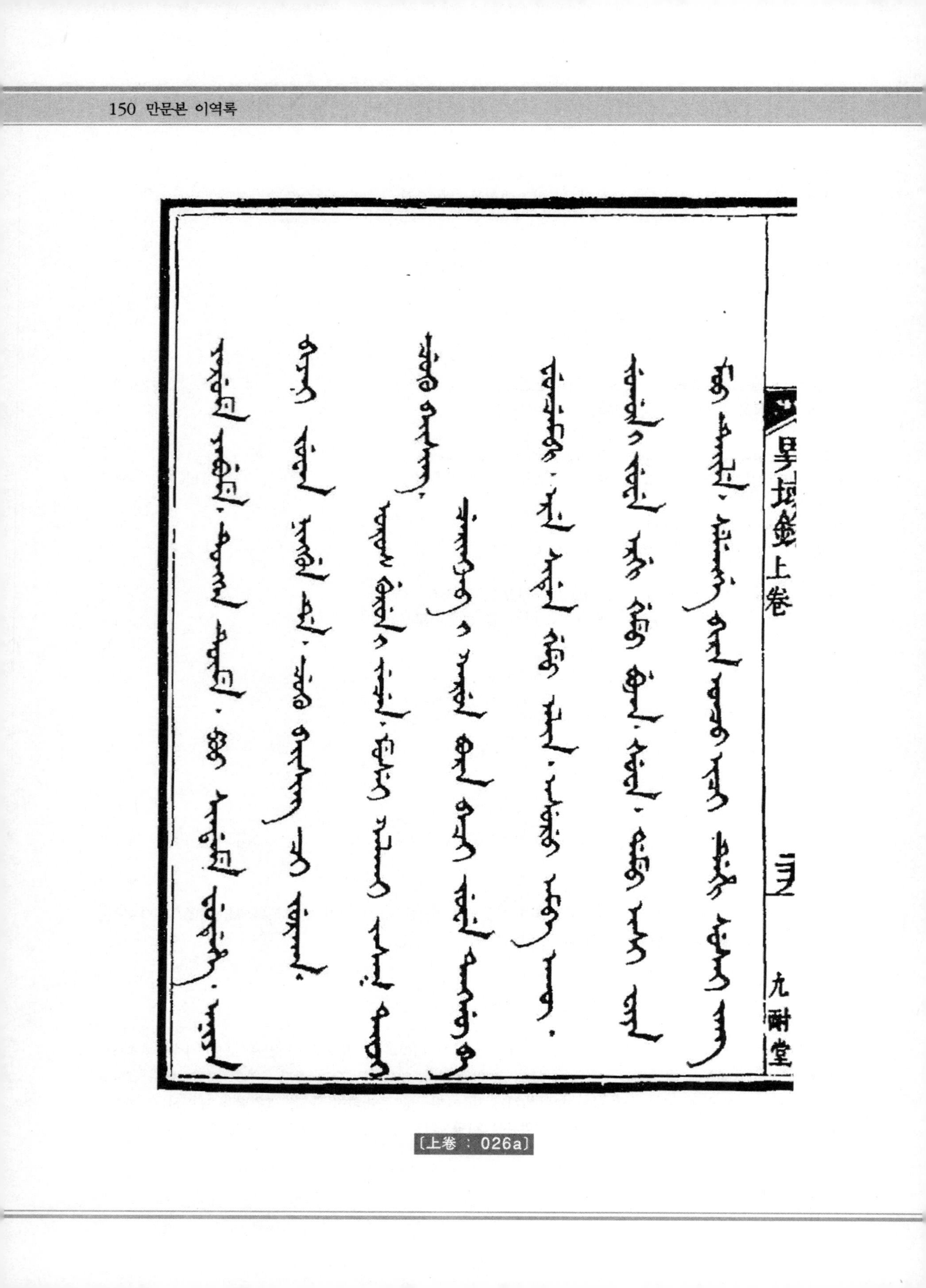

yarume yabume, tungken tūme, poo sindame fudehe. aniya
이끌어 가며 큰북 치며 포 놓으며 배웅했다. 정

biyai juwan ninggun de, cuku baising ci juraka.
월의 십 육 에 추쿠 바이싱 에서 떠났다.

cuku baising.[108] oros gurun i jecen. musei kalka i jasak taiji
추쿠 바이싱 러시아 나라 의 변경이다. 우리의 칼카 의 旗長 타이지

ceringjab i karun bora baci juwe tanggū ba
처링잡 의 전초기지 보라 곳보다 이 백 리

funcembi. ere siden gemu alin, asuru amba akū.
넘는다. 이 사이 모두 산이며 매우 크지 않다.

jugūn i juwe ergi gemu bujan, šuwa. damu isi fiya
길 의 양 쪽 모두 숲 山陰의 숲이다. 오직 落葉松 자작

moo teile. selengge bira onco ici dehi susai jang
나무 뿐이다. 세렝게 강 넓은 쪽 사십 오십 丈

[한문]

引導 擂鼓放炮相送 于正月十六日 自楚庫柏興起程

楚庫柏興

係俄羅斯國界 相隔我國喀爾喀部長台吉車陵扎布之邊界博拉地方二百餘里 其間皆山 不甚大 沿途皆林藪 惟有杉松樺樹而已 色楞格河寬四五十丈

—— ∘ —— ∘ —— ∘ ——

이들을 이끌어 가면서 큰북을 치고 포를 쏘며 배웅했다. 우리는 1월 16일에 추쿠 바이싱에서 출발하였다.

추쿠 바이싱.

러시아의 변경이다. 우리 나라 칼카의 부장(部長) 타이지 처링잡의 전초기지인 보라 지역보다 200리 넘게 떨어져 있다. 이 사이는 모두 산인데, 그리 크지 않다. 길의 양쪽은 모두 수풀이다. 오직 낙엽송과 벚나무뿐이다. 세렝게 강은 폭이 4, 5십장(丈)으로

108) cuku baising(楚庫栢興) : 추호 바이싱(몽골어 Цөх байшин). baising은 몽골어로 배신(байшин)이라 하며 집, 통나무집, 건물 등 이동식 주택이 아닌 고정가옥을 가리키는데 이역록에서는 집단거주지를 나타내는데 쓰이기도 한다. 추쿠 바이싱은 노보세렌긴스크(Новоселенгинск)의 몽골 이름으로 치코이(러시아어 Чикой, 몽골어 Цөх гол, 부랴트어 Сүхэ гол) 강 주변에 있다. 'baising ni julergi juwan bai dubede, selengge bira de dosikabi, 강 동남쪽에서 흘러와서 바이싱의 남쪽 십 리 끝에서 세렝게 강에 들어갔다'는 기록에 따르면 추쿠 바이싱의 위치는 오늘날 노보세렌긴스크(Новоселенги́нск)로 판단되며 이곳은 1906년까지 스타리 세렌긴스크(Старый селенгинск)로 불렸던 곳이다. 1665년 카작에 의해 세워졌으나 1668년 몽골 투세트한(Түшээт хан)이 점령하였고 1689년 네르친스크 조약에 의해 러시아 땅이 되었다.

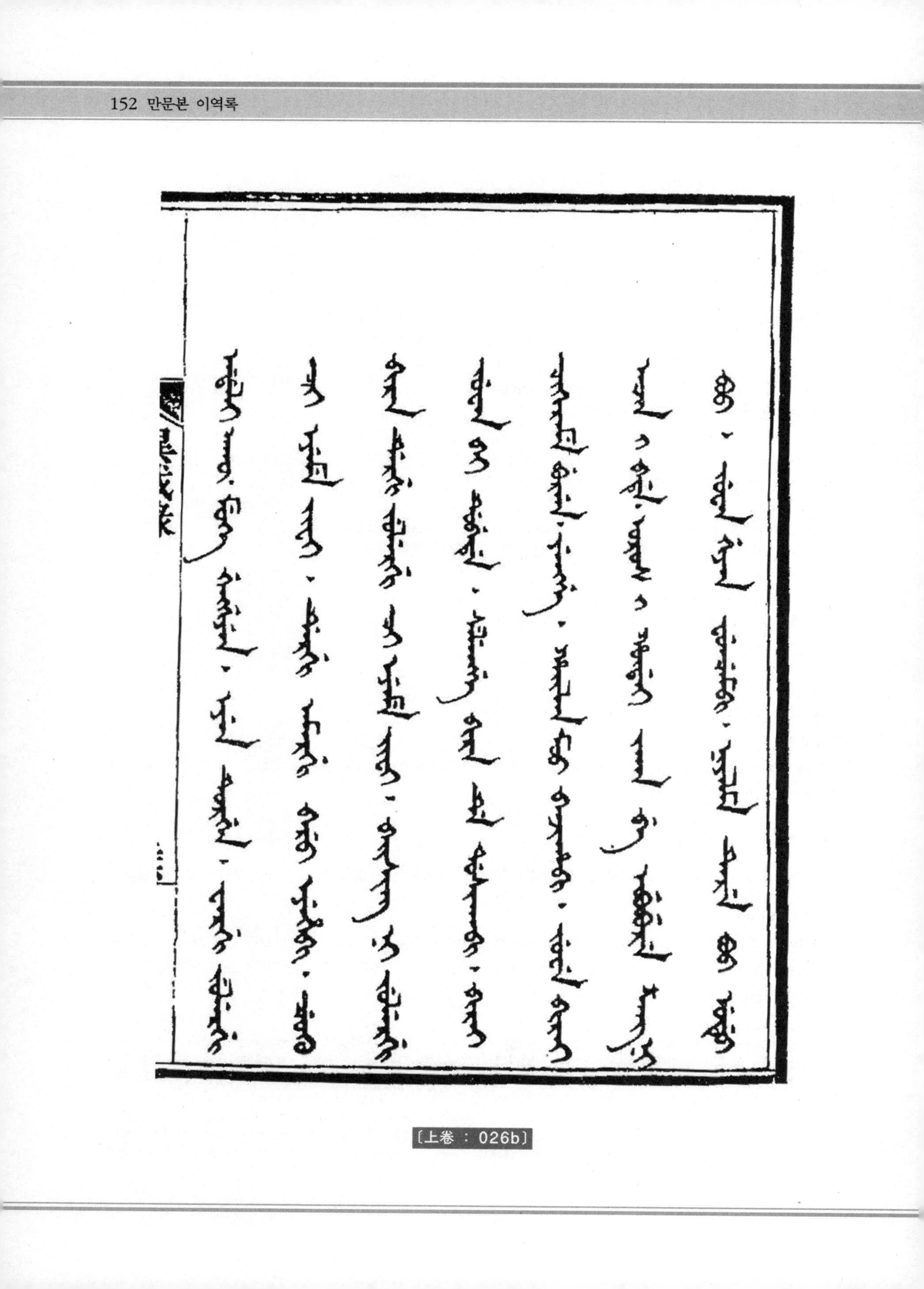

[上卷 : 026b]

adali akū. muke genggiyen, eyen turgen. wargi julergi
같지 않다. 물 맑고 흐름 빠르다. 서 남쪽

ci eyeme jifi, dergi amargi baru eyehebi. cuku[109)]
에서 흘러 와서 동 북 쪽 흘렀다. 추쿠

bira dergi julergi ci eyeme jifi, baising ni julergi
강 동 남쪽 에서 흘러 와서 바이싱 의 남쪽

juwan bai dubede, selengge bira de dosikabi. birai
십 리의 끝에 세렝게 강 에 들어갔다. 강의

cikirame burga, yengge, hailan moo banjihabi. juwe birai
강가를 따라 버드나무 머루나무 느릅 나무 자랐다. 두 강의

acan i bade, oros i hūdai jaka be ebubure ts'ang ni
만남 의 곳에 러시아 의 상 품 을 내리게 하는 倉 의

boo, juwan giyan funcembi. niyalma tere boo udu
집 열 間 넘는다. 사람 머무르는 집 몇

[한문]

不等 水淸溜急 自西南向東北而流 楚庫河來自東南 流至栢興之南十里外 歸入色楞格河 沿岸皆叢柳 櫻薁榆樹 二河交滙處有俄羅斯収貯貨物倉房十餘間 居舍數

—— ◦ —— ◦ —— ◦ ——

균일하지 않다. 물이 맑고 흐름이 빠르다. 서남쪽에서 흘러 나와서, 동북쪽으로 흘러간다. 추쿠강은 동남쪽에서 흘러나와서 바이싱의 남쪽 10리 끝에 있는 세렝게 강에 들어갔다. 강의 기슭을 따라 버드나무, 머루나무, 느릅나무가 자랐다. 두 강이 만나는 곳에 러시아의 상품을 내려놓는 창고(倉庫)가 10개 넘는다. 사람이 머무르는 집이 몇

109) cuku(楚庫) : 추쿠(러시아어 Чикой, 몽골어 Цөх, 부랴트어 Сүхэ) 강은 세렝게 강의 지류로 자바이칼스키(Забайкальский) 지방과 부랴트 공화국을 흐르며 부분적으로 러시아와 몽골의 경계를 이루기도 한다.

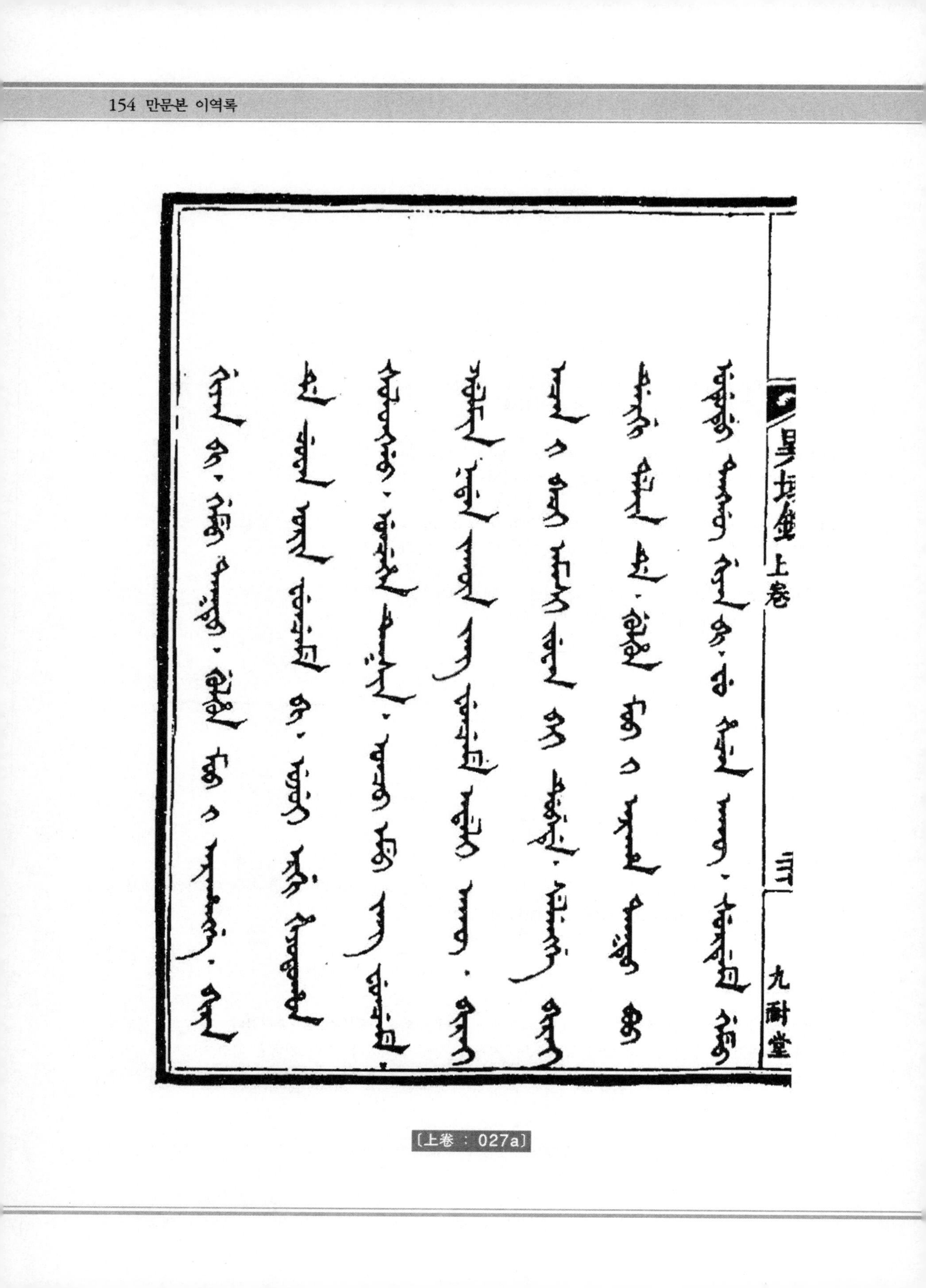

giyan bi. gemu taktu, gulhun moo i arahangge. bira
間 있다. 모두 다층집이며 모두 나무 로 지은 것이다. 강

de cuwan orin funceme bi. ujui ergi hiyotohon
에 배 스물 넘게 있다. 머리의 쪽 휘어지고

šolonggo, uncehen teksin. onco emu jang funceme,
뾰족하며 꼬리 가지런하다. 폭은 한 丈 넘으며

golmin nadan jakūn jang funceme adali akū. birai
길이 일곱 여덟 丈 넘으며 같지 않다. 강의

acan i baci amasi juwan bai dubede, selengge birai
만남 의 곳에서 북으로 십 리의 끝에 세렝게 강의

dergi dalin de, gulhun moo i araha taktu boo
동쪽 기슭 에 모두 나무 로 지은 다층집 집

ududu tanggū giyan bi, fu hecen akū, šurdeme gemu
수 백 間 있다. 담 城 없고 주위 모두

[한문]

間 皆樓房 用大木營治 河内有船二十餘隻 其船頭聳尾齊 寬丈餘 長七八丈不等 自二河交滙處以北十里外色楞格河之東岸 有大木營治樓房百餘間 無城垣 四面皆山

—— ◦ —— ◦ —— ◦ ——

채 있다. 모두 다층집이며 모두 나무로 지은 것이다. 강에는 배가 스무 척 남짓 있다. 뱃머리는 휘어져 뾰족하며 후미는 가지런하다. 폭은 1장 남짓이며 길이는 7-8장 남짓으로 균일하지 않다. 강이 만나는 곳에서 북쪽으로 10리 끝에 있는 세렝게 강의 동쪽 기슭에 온전한 나무로 지은 다층집 수백 채가 있다. 담과 성은 없고 주위는 온통

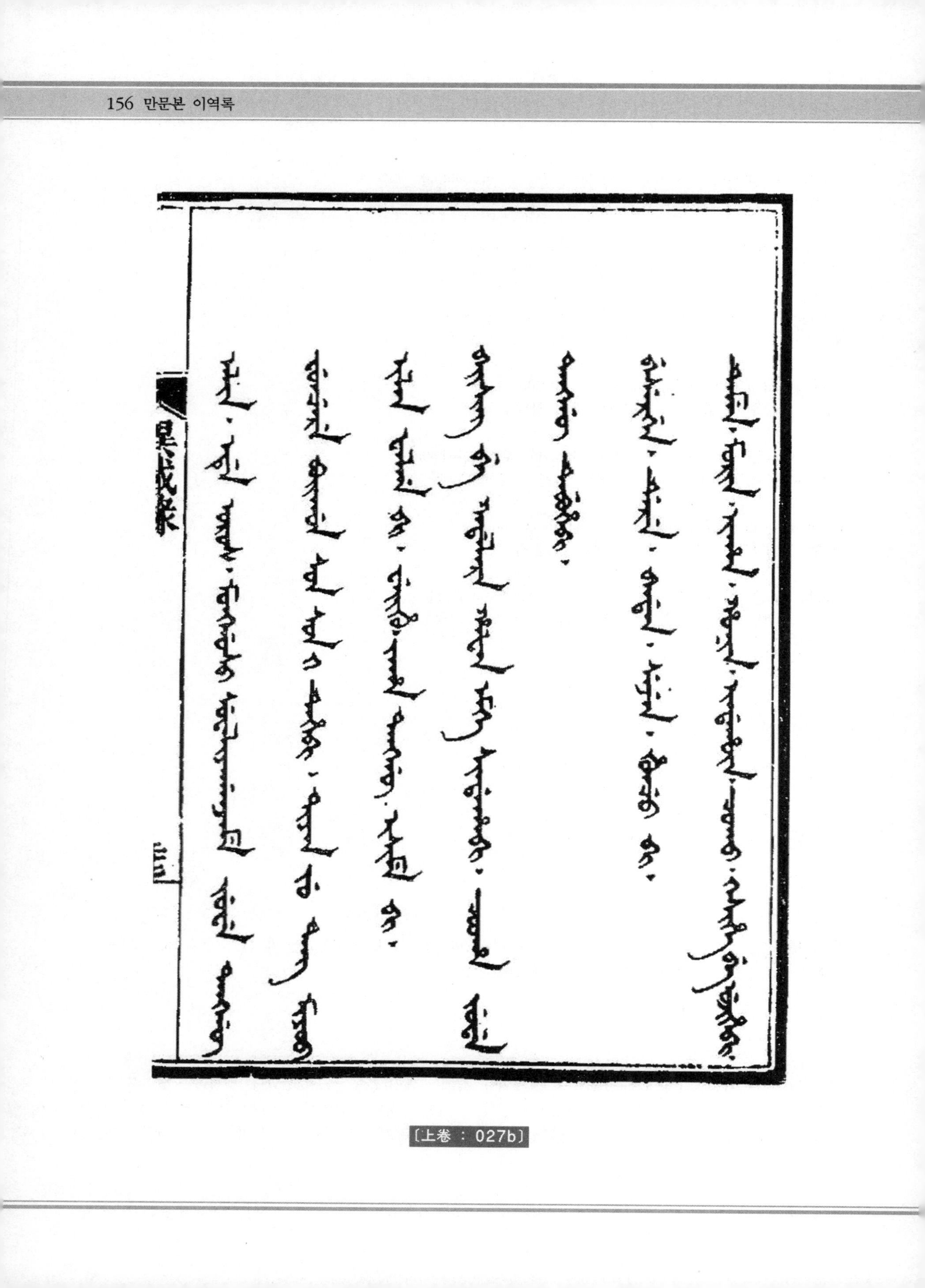

異域錄

〔上卷 : 027b〕

alin. ede oros, monggoso suwaliyaganjame juwe tanggū
산이다. 이곳에 러시아인 몽고인들 뒤섞여 이 백

funcere boigon son son i tehebi. tiyan ju tang miyoo
넘는 가구 흩어져 살았다. 天 主 堂 廟

ilan falga bi. weihu, jaha tanggū isime bi.
세 채 있다. 마상이 나룻배 백 이르게 있다.

baising be kadalara hafan emke sindahabi. cooha juwe
바이싱 을 관할하는 관리 하나 두었다. 병사 이

tanggū tebuhebi.
백 머무르게 했다.

besergen, dere, bandan, sejen, huncu bi.
침대 탁자 의자 수레 발구 있다.

temen, morin, ihan, honin, indahūn, coko, kesihe be ujihebi.
낙타 말 소 양 개 닭 고양이 를 길렀다.

[한문]

此處俄羅斯與蒙古人等二百餘戶相雜散處 有天主堂三座 小舟艇數百隻 設管轄栢興頭目一員 駐兵二百名 器用有床桌橙車拖床 畜駝馬牛羊犬鷄猫

—— ◦ —— ◦ —— ◦ ——

산이다. 이곳에 러시아인과 몽골인들이 함께 살며 200호 남짓한 집에 흩어져 살았다. 천주당은 3채 있으며, 마상이와 나룻배가 100척 정도 있다. 이곳에는 바이싱을 관리하는 관원을 한 명 두고 있으며, 병사 200명을 주둔시켰다. 이곳에는 침대, 탁자, 긴 의자, 수레, 발구가 있으며, 낙타, 말, 소, 양, 개, 닭, 고양이를 길렀다.

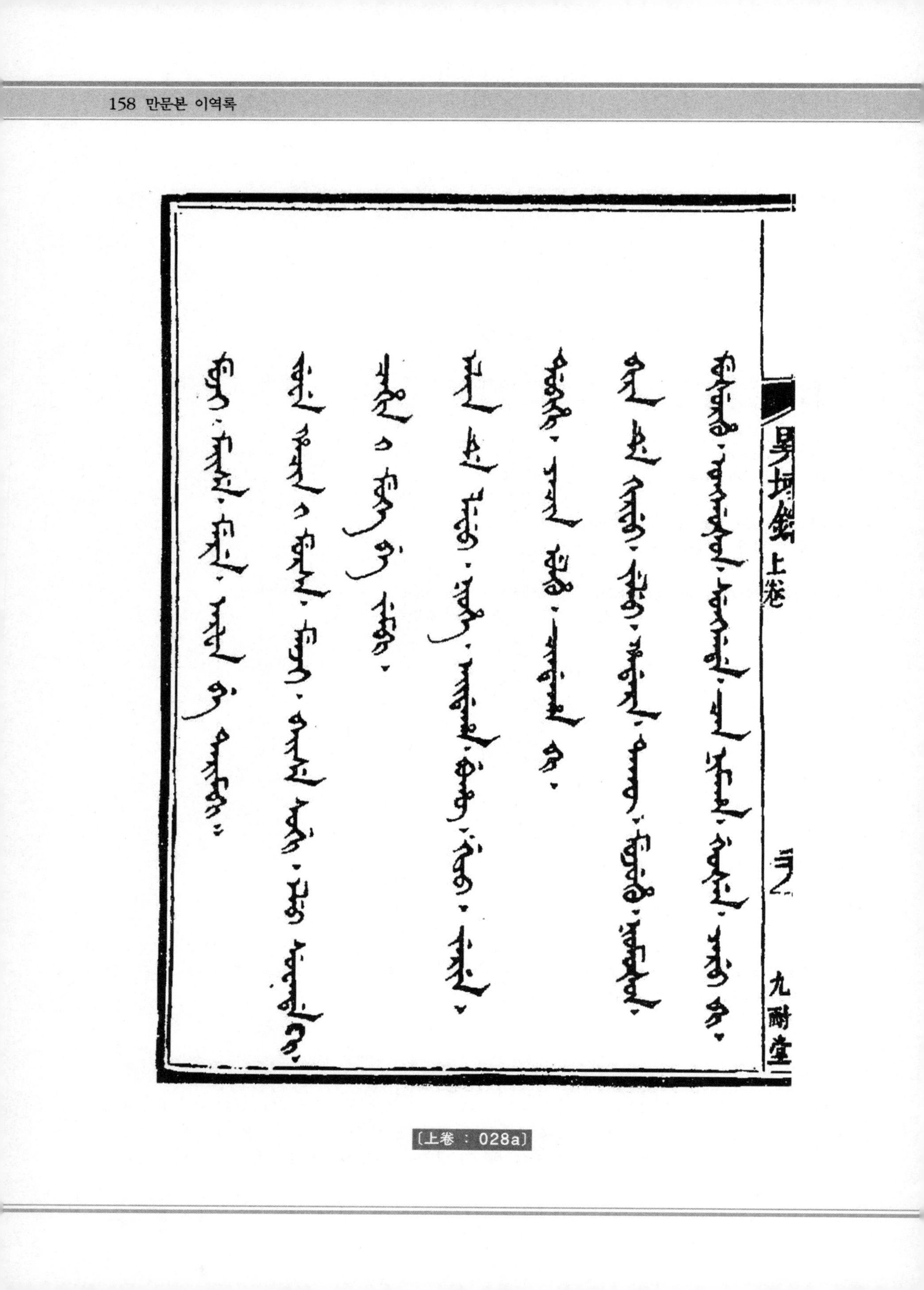

異域錄 上卷

九耐堂

muji, maise, mere, arfa be tarimbi..
보리 밀 메밀 귀리 를 기른다.

juwe hacin i mursa, menji, baise sogi, elu, suwanda bi.
두 종류 의 무 순무 배추 파 마늘 있다.

cahin i muke be jembi.
우물 의 물 을 마신다.

alin de lefu, niohe, aidahan, buhū, giyo,[110] jerin,[111]
산 에 곰 이리 멧돼지 사슴 노루 영양

dobihi, yacin ulhu, cindahan bi.
여우 靑鼠 흰토끼 있다.

bira de kirfu, jelu, hadara, takū, mujuhu, niomošon,
강 에 鱏魚 송어 끄리 연어 잉어 구굴무치

mušurhu, onggošon, sunggada, can nimaha, geošen, yaru bi.
황어 붕어 赤稍 곤들매기 창꼬치 모래무지 있다.

[한문]

種大麥小麥蕎麥油麥 有兩種蘿蔔蔓菁白菜葱蒜 山中有熊狼野猪鹿狍黄羊狐狸灰鼠白兎 河內有鱘魚鰆鱠魚哈打拉魚他庫魚鯉魚石班魚穆舒兒呼魚鯽魚松阿打魚禪魚勾深魚牙魯魚

—— 。—— 。—— 。——

그리고 보리, 밀, 메밀, 귀리를 재배하며 두 종류의 무, 순무, 배추, 파, 마늘도 경작한다. 또 물은 우물물을 마신다. 산에는 곰, 이리, 멧돼지, 사슴, 노루, 영양, 여우, 청서(靑鼠), 흰토끼가 산다. 강에는 심어(鱏魚), 송어, 끄리, 연어, 잉어, 돌잉어, 상어, 붕어, 피라미, 곤들매기, 누치, 모래무지가 산다.

---

110) giyo = gio. 노루, 고라니.

111) jerin = jeren 황양(黃羊). 몽골가젤 또는 차강제르(цагаан зээр)라고 한다. 솟과에 속하는 중형 크기의 영양의 일종으로 몽골의 중앙아시아 반건조 스텝 지대 그리고 시베리아와 중국 일부 지역에 서식하지만 오늘날에는 몽골의 초원지대에서만 발견된다. 여름에 털 색깔은 연분홍이 감도는 연한 갈색이지만 겨울에는 더 길고 희미해진다. 또한 궁둥이 부위에 하트 모양의 흰 반점이 특징적이다. 차강제르라는 몽골어 이름은 이 하얀색에서 따온 것이다.

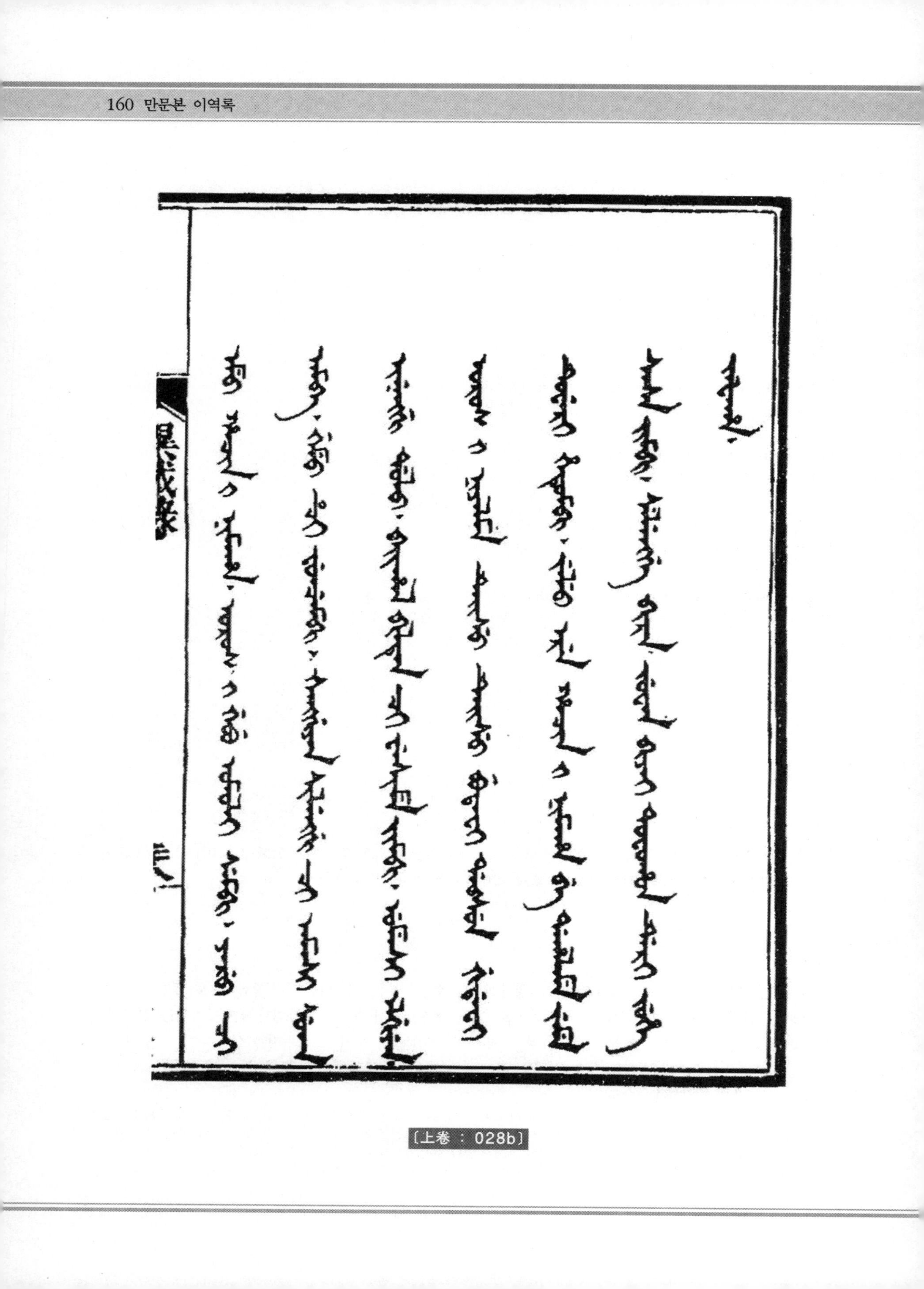

異域錄

〔上卷 : 028b〕

emu hacin i nimaha, oros i gebu omoli[112] sembi. yaru ci
한 종류 의 물고기 러시아 의 이름 오몰리 한다. 모래무지 보다

amba. gemu c'y funcembi. šanggiyan silenggi ci amasi sunja
크다. 모두 尺 넘는다. 白 露 에서 뒤로 오

inenggi dolo, baihal bilten ci wesime jimbi. umesi elgiyen.
일 안에 바이칼 호수 에서 올라 온다. 매우 풍부하다.

oros i niyalma teisu teisu butafi dabsun gidafi
러시아 의 사람 各 各 물고기잡고 소금 절여서

tuweri hetumbi. jelu ere hacin i nimaha be dahalame jeme
겨울 난다. 송어 이 종류 의 물고기 를 뒤따라 먹으러

sasa jimbi. selengge bira juwan biyai tofohon deri juhe
함께 온다. 세렝게 강 십 월의 보름 부터 얼음

jafaha.
언다.

[한문]

一種魚俄羅斯呼爲鄂莫裏 大似牙魯 長尺餘 於白露後五日内 由栢海兒湖逆流而來 甚多 俄羅斯國人 各行海捕 醃以度臘 鯺鱠以此魚爲食 相繼而來 其色楞格河於十月中旬始凍

—— ◦ —— ◦ —— ◦ ——

물고기 중 하나는 러시아어로 오몰리라고 하는데, 황어보다 크며 모두 1척이 넘는다. 오몰리는 백로(白露)로부터 5일 안에 바이칼 호수에서 올라오며, 매우 풍족하게 잡힌다. 러시아인들은 모두 이를 잡아 소금에 절여서 겨울 난다. 송어도 이 물고기를 뒤따라 잡아먹으러 함께 온다. 세렝게 강은 10월 15일부터 얼음이 언다.

112) omoli(鄂莫裏) : 오몰(러시아어 Омуль)은 연어의 일종으로 오늘날에도 바이칼 호수의 특산어로서 유명하다.

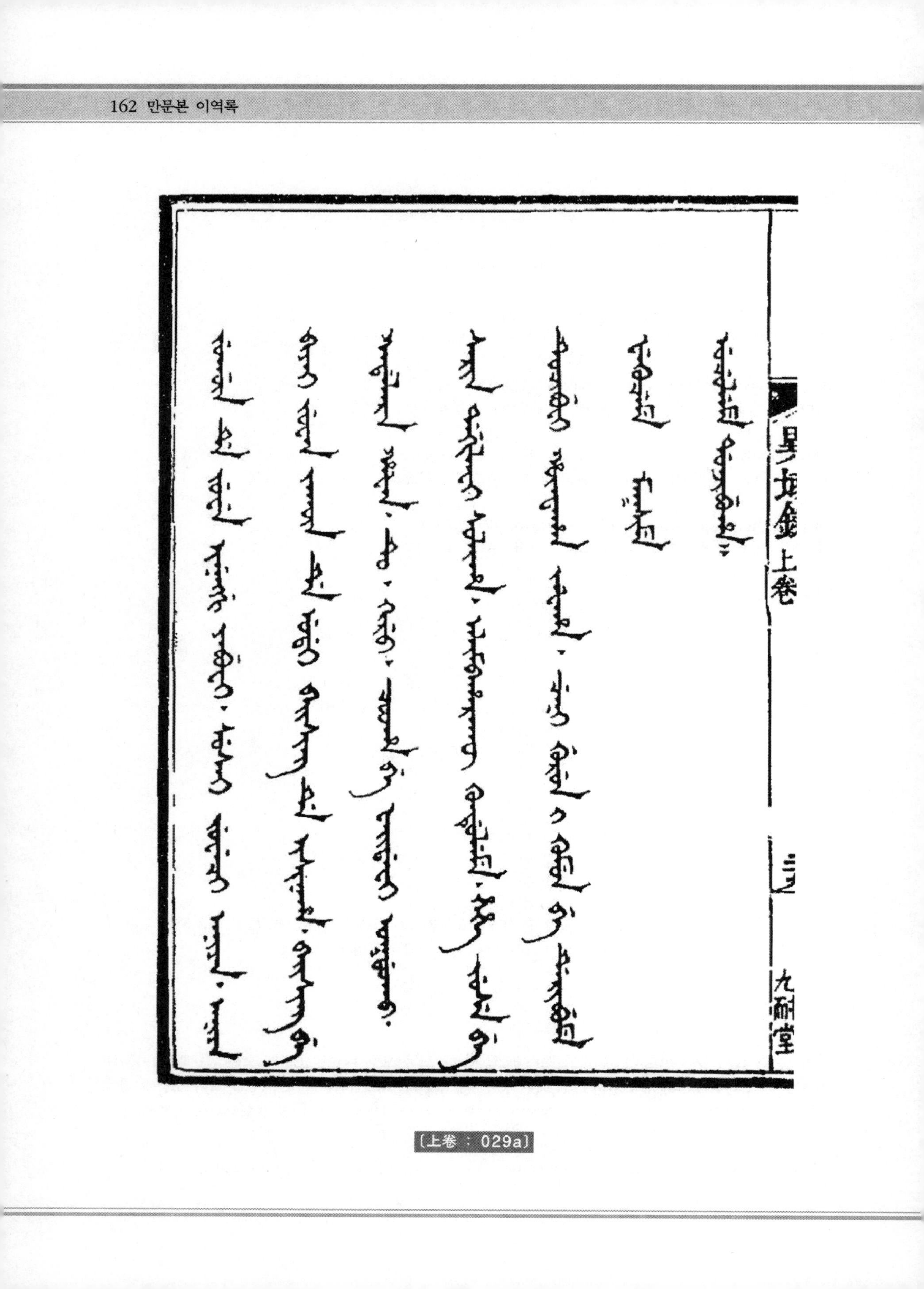

[illegible]

[illegible]

[illegible]

[illegible]

[illegible]

[illegible]

[illegible]

jugūn de juwe inenggi yabufi, susai juweci aniya
길 에 이 일 가서 쉰 둘째 정

biyai juwan jakūn de udi baising de isinaha. baising be
월의 십 팔 에 우디 바이싱 에 다다랐다. 바이싱 을

kadalara hafan, tu, kiru, cooha be faidafi okdoko.
관할하는 관리 大旗 小旗 병사 를 정렬하고 맞이했다.

sarin dagilafi soliha. alimbaharakū kunduleme, hehe juse be
잔치 준비하고 초대했다. 극히 공경하며 여자 아이들 을

tucibufi hūntahan jafaha. ceni gurun i kumun be deribume
내어서 잔 권했다. 그들의 나라 의 음악 을 시작하며

fekuceme maksime
뛰놀며 춤추며

uculeme donjibuha..
노래하며 듣게 했다.

[한문]

途中行二日 於十八日至烏的栢興 管栢興官排兵列幟迎接訖 設宴欵待 深加欽敬 出其妻子獻酒 作伊國之音樂 跳躍以爲娛

—— ◦ —— ◦ —— ◦ ——

길을 이틀 동안 가서 강희(康熙) 52년 1월 18일에 우디 바이싱에 다다랐다. 바이싱을 관할하는 관리가 대기(大旗)와 소기(小旗), 병사를 진열시키고 맞이했으며, 잔치를 베풀어 우리를 초대하였는데, 극진히 대접하며 여인들을 내어 술잔을 권하였다. 그리고 그 나라의 음악을 연주하며 춤추고 노래하였다.

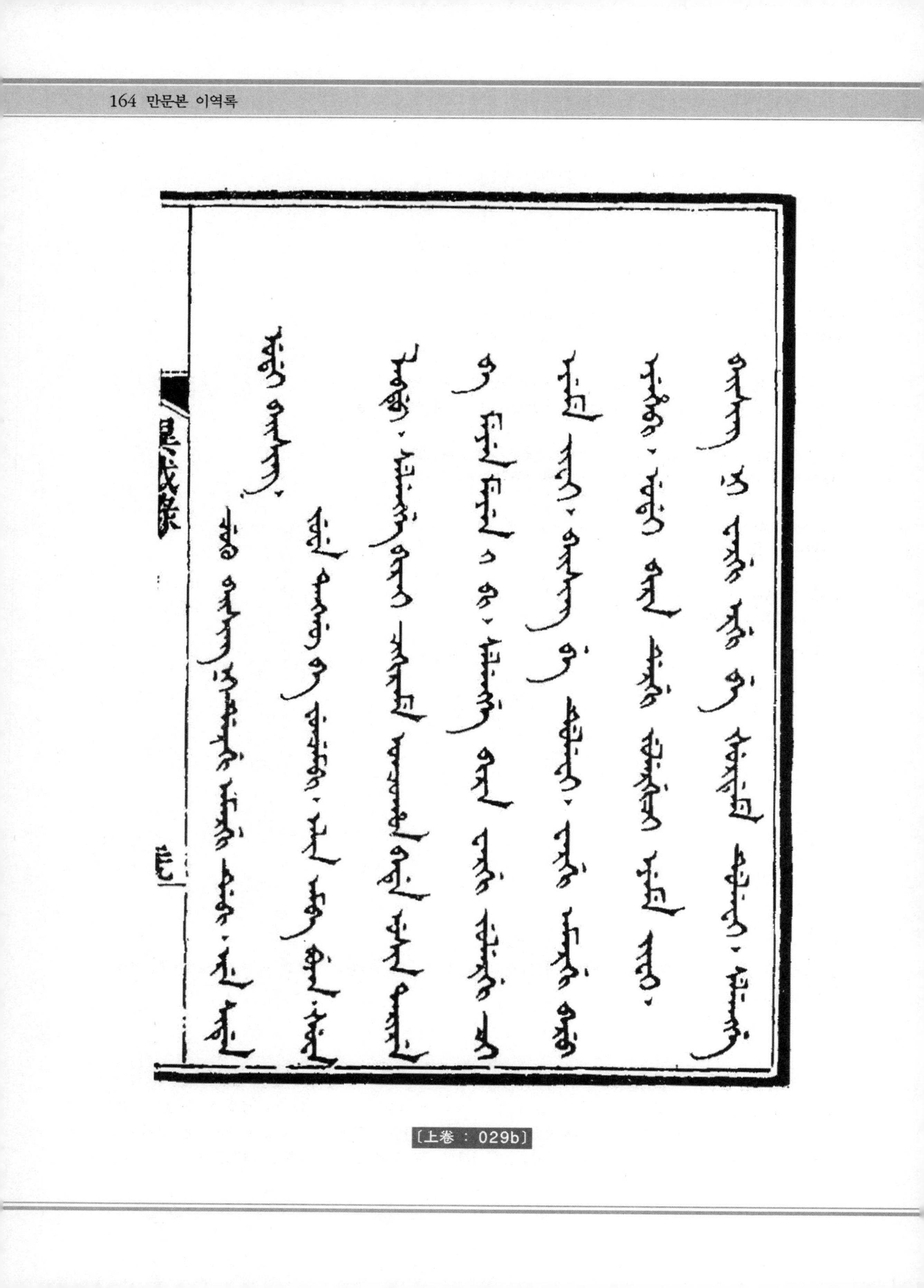

異域錄 上

udi baising.[113] cuku baising ni dergi amargi debi. ere siden
우디 바이싱 추쿠 바이싱 의 동 북쪽 에 있다. 이 사이

juwe tanggū ba funcembi. alin amba, bujan, šuwa
이 백 리 넘는다. 산 크고 숲 山陰의 숲

labdu. selengge bira i cikirame oncohon bade usin tarire
많다. 세렝게 강 의 강가를 따라 넓은 곳에 밭 경작하는

ba meyen meyen i bi. selengge bira wargi julergi ci
곳 군데 군데 있다. 세렝게 강 서 남쪽 에서

eyeme jifi, baising be dulefi, wargi amargi baru
흘러 와서 바이싱 을 지나서 서 북 쪽

eyehebi. udi bira dergi julergici eyeme jifi,
흘렀다. 우디 강 동 남쪽에서 흘러 와서

basing ni wargi ergi be šurdeme dulefi, selengge
바이싱 의 서 쪽 을 둘러 지나가서 세렝게

[한문]

烏的栢興

在楚庫栢興之東北 相去二百餘里 山高大 多林藪 色楞格河邊寬濶之處 間有田畝 色楞格河自西南流過栢興 向西北而流 烏的河自東南來 於栢興之西 遶流歸入色楞格

—— ◦ —— ◦ —— ◦ ——

우디 바이싱.

추쿠 바이싱의 동북쪽에 있다. 이 사이의 거리는 200리가 넘는다. 산은 크고 수풀과 산음(山陰)이 많다. 세렝게 강의 기슭을 따라 넓은 지역에서 밭을 경작하는 곳이 군데군데 있다. 세렝게 강은 서남쪽에서 흘러나와서 바이싱을 지나 서북쪽으로 흘러갔다. 우디 강은 동남쪽에서 흘러나와 바이싱의 서쪽을 둘러 지나간 후, 세렝게

113) udi baising(烏的栢興) : 러시아 부랴트공화국의 수도 울란우데(러시아어 Улан Удэ, 몽골어 Улаан Үд)를 가리킨다. 1666년에 카자크부대가 우데(Үдэ) 강 하류에 건설한 요새에서 유래되었다. 당시 이름은 우딘스코이(Удинское)로, 지금의 명칭은 소비에트 연방 시절에 울란우데로 개칭되었다. 울란우데의 의미는 "붉은 우데 강"이다.

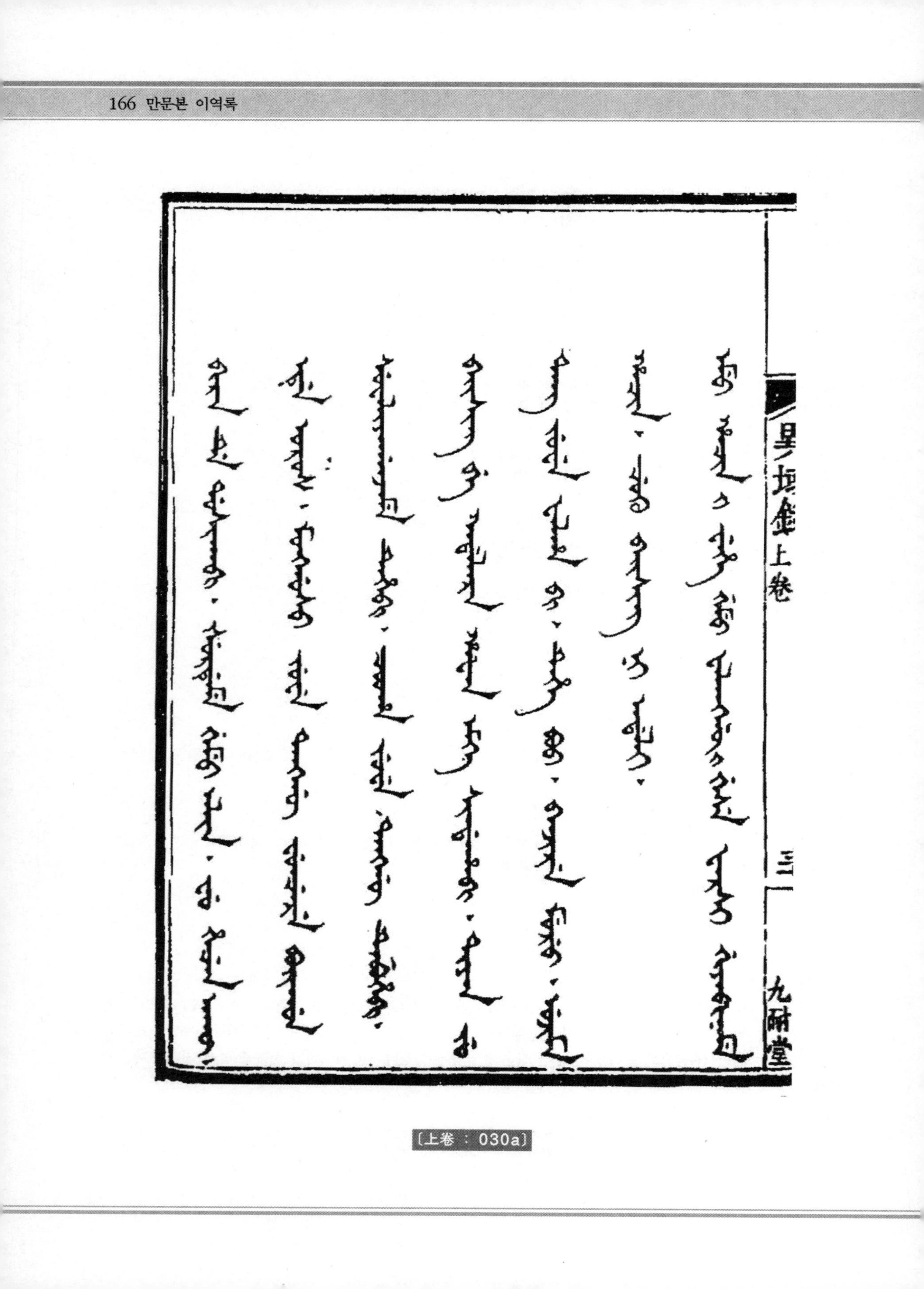

異域錄 上卷 三 九耐堂

bira de dosikabi. šurdeme gemu alin. fu hecen akū.
강 에 들어갔다. 주위 모두 산이다. 담 城 없다.

ede oros, monggoso juwe tanggū funcere boigon
이곳에 러시아인 몽고인들 이 백 넘는 가구

suwaliyaganjame tehebi. cooha juwe tanggū tebuhebi.
뒤섞여 살았다. 병사 이 백 머무르게 했다.

baising be kadalara hafan emke sindahabi. tiyan ju
바이싱 을 관할하는 관리 하나 두었다. 天 主

tang juwe falha bi. tehe boo, banjire muru, ujima
堂 두 채 있다. 살던 집 사는 모습 가축

hacin, cuku baising ni adali.
종류 추쿠 바이싱 과 같다.

emu hacin i wehe gemu falanggū i gese farsi giyapiname
한 종류 의 돌 모두 손바닥 과 같은 조각 중첩되어

[한문]

河 四面皆山 無城垣 此處俄羅斯與蒙古人等二百餘戶雜處 駐兵二百名 設管轄栢興頭目一員 有天主堂二座 其廬舍 生計牲畜與楚庫栢興同 一種石片 其大如掌 層疊而

—— ◦ —— ◦ —— ◦ ——

강에 합류했다. 주위는 모두 산으로 담과 성이 없다. 이곳에는 러시아인과 몽골인들이 200여 가구가 함께 살았다. 병사는 200명 주둔시켰다. 그리고 바이싱을 관할하는 관리 한 명을 두었다. 교회는 2채 있으며, 사람들이 사는 집과 생활하는 모습, 그리고 가축의 종류는 추쿠 바이싱과 다르지 않다. 한 종류의 돌은 모두 손바닥 같은 조각이 중첩되어

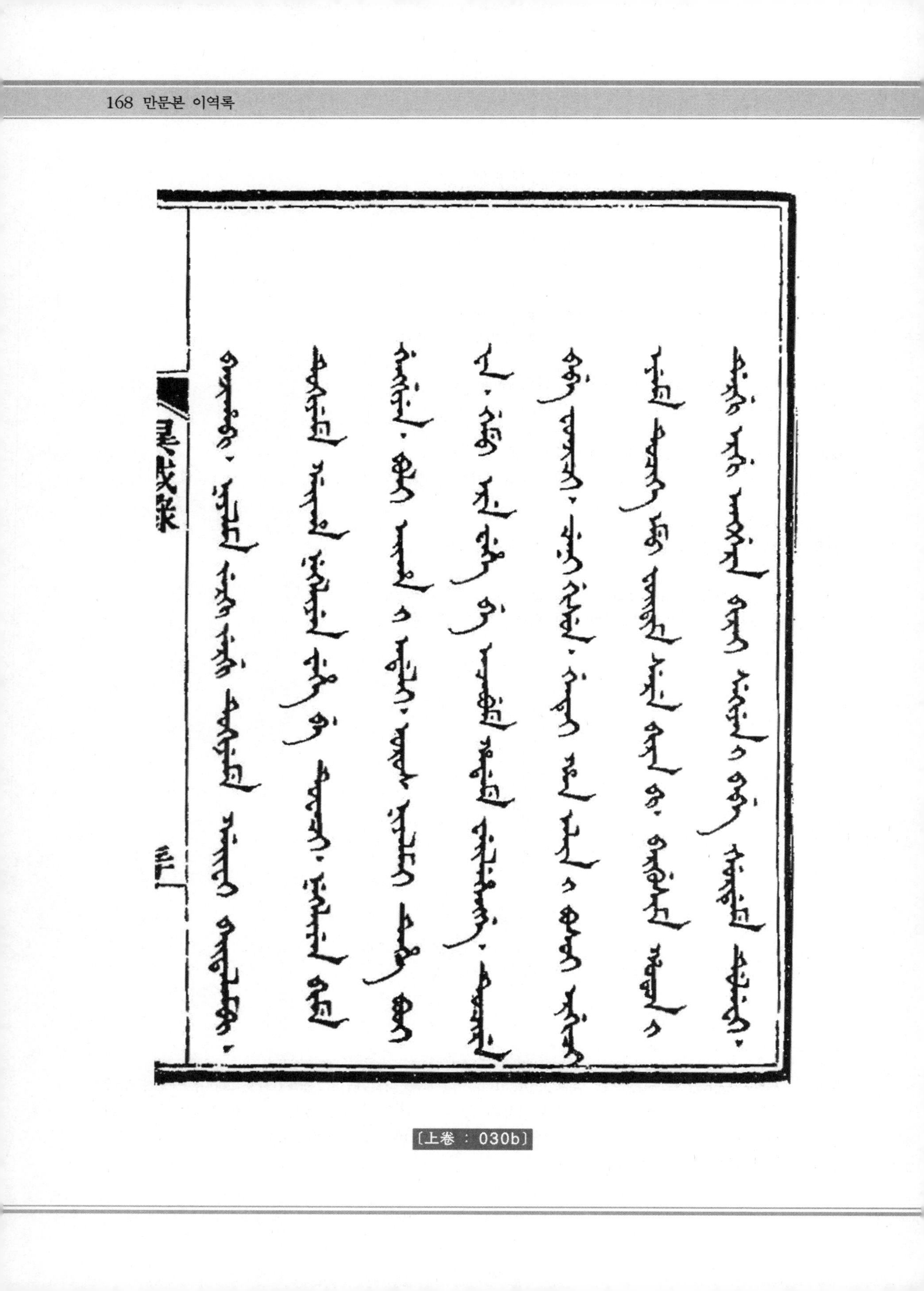

異域錄

banjihabi. niyalma jergi jergi tukiyeme gaifi baitalambi.
생겼다. 사람 층 층 들어 가지고 쓴다.

tukiyeme gaiha nekeliyen wehe be tuwaci, nekeliyen bime
들어 취한 얇은 돌 을 보면 얇고

genggiyen. boli aiha i adali. oros niyalmai tehe booi
맑다. 玻璃 유리 와 같다. 러시아 사람의 살던 집의

fa, gemu ere wehe be acabume hadame weilehengge. tucire
창 모두 이 돌 을 맞추어 박아 만든 것이다. 나오는

babe fonjici, ceni gisun, gentei han alin i bosoi ergici
곳을 물으면 그들의 말 건터이 汗 산 의 陰 쪽에서

eyeme tucike emu foitim[114] sere bira bi. bargusim[115] hoton i
흘러 나온 한 포이팀 하는 강 있다. 바르구심 城 의

dergi ergi angg'ara bira i sekiyen i babe šurdeme dulefi,
동 쪽 앙가라 강 의 수원 의 곳을 둘러 지나가서

[한문]

生 人皆按層揭取而用 視其所揭石片 薄而透明 似玻璃琉璃之類 俄羅斯國人所居廬舍之窓牖 皆以此石片 合釘爲之 問其所出 言有一費提穆河 自根特汗山之陰流出 由巴爾古西穆城之東 繞過昂噶拉河源

—— 。 —— 。 —— 。 ——

있는데, 사람들이 하나 하나 분리해서 사용한다. 채취한 얇은 돌을 보면, 얇고 맑아서 흡사 유리와 같다. 러시아인이 사는 집의 창은 모두 이 돌을 모아 박아 넣어서 만든 것이다. 이 돌이 나오는 곳을 물으니, 그들이 말하기를, "건터이 산음(山陰)에서 흘러나오는 포이팀이라는 강이 하나 있다. 바르구심 성의 동쪽, 앙가라 강의 수원을 둘러서 지나가서,

114) foitim(費提穆) : 비팀(러시아어 Витим, 야쿠트어 Виитим, 예벤키어 Витьм) 강은 시베리아를 흐르는 강으로 레나(Лéна) 강의 지류이다. 바이칼호수 동쪽에서 발원하여 자바이칼(Забайкальский) 지역과 보다이보(Бодайбо) 시를 통과하여 북으로 흐른다.

115) bargusim(巴爾古西穆) : 바르구진(러시아어 Баргузин, 부랴트어 Баргажан) 강은 부랴트 공화국에 위치한 강으로 바이칼 호에서 가장 깊은 만인 바르구진 만으로 흘러 들어간다. 바르구진 강은 앙가라 강, 세렝게 강과 함께 바이칼 호로 흘러들어가는 3번째로 큰 강이다.

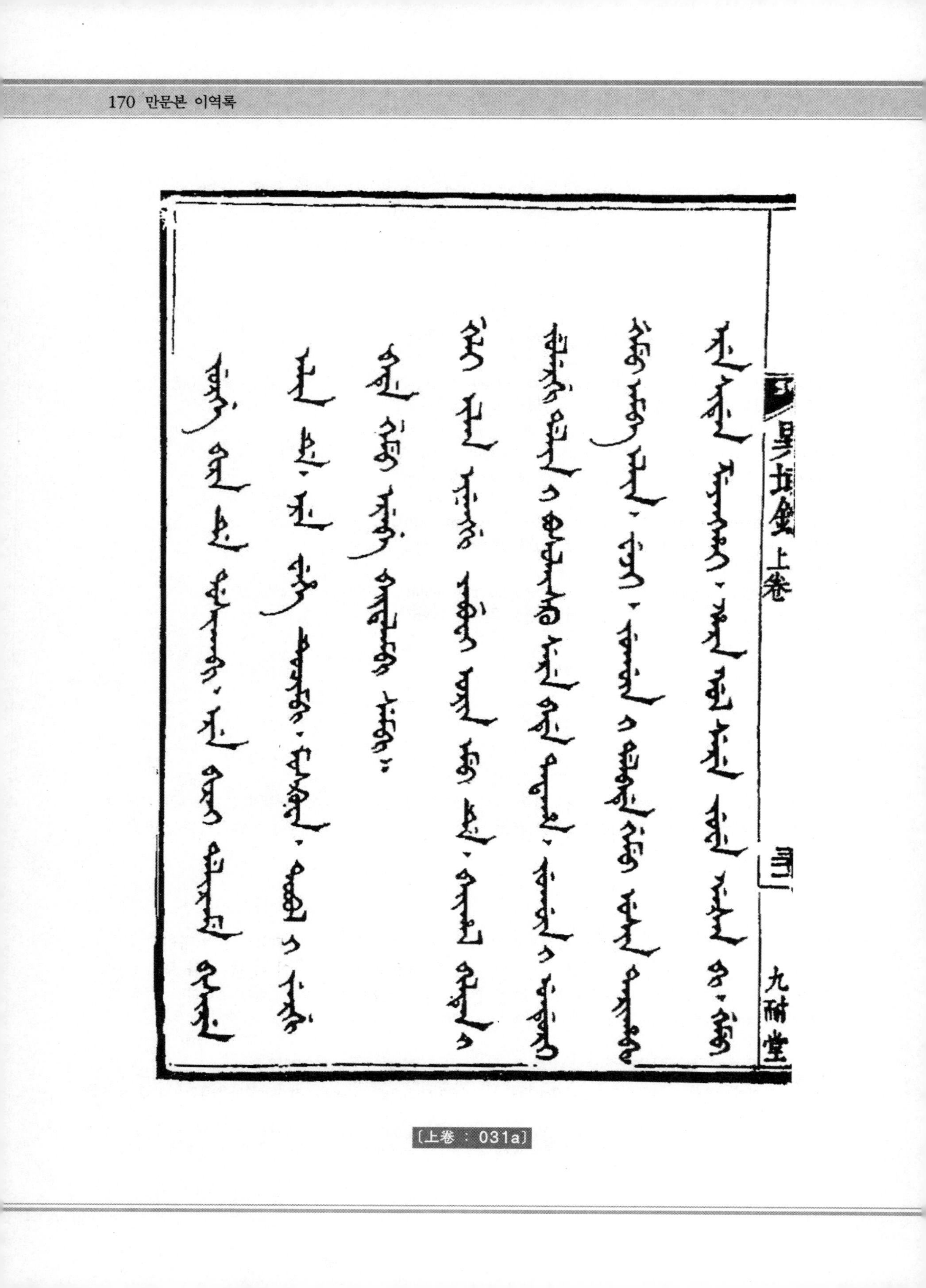

jurge[116] bira de dosikabi. ere birai dalirame bisire
주르거 강 에 들어갔다. 이 강의 따라 있는

alin de, ere wehe tucimbi. mosk'owa,[117] tobol i jergi
산 에 이 돌 나온다. 모스코와 토볼 의 등

bade gemu erebe baitalambi sembi.
곳에 모두 이를 사용한다 한다.

geli ilan inenggi yabufi, orin emu de, baihal bilten i
또 삼 일 가서 이십 일 에 바이칼 호수 의

julergi dalin i bosolisk'o[118] sere bade tataha. jugūn i unduri
남쪽 기슭 의 보솔리스코 하는 곳에 머물렀다. 길 의 연도

gemu amba alin, weji. jugūn i dalbade gemu usin tarihabi.
모두 큰 산 밀림이다. 길 의 가에 모두 밭 경작했다.

ere siden dzeyanghai, hara gol[119] sere juwe gašan bi. gemu
이 사이 저양하이 하라 골 하는 두 마을 있다. 모두

[한문]

歸入朱爾克河 其沿河山内産此石片 莫斯科窪城 托波兒等處 皆用此石 又越三宿 於二十一日至栢海兒湖之南岸博索爾斯科地方 沿途皆大山林藪 路傍俱田畝 此間有則陽海及哈拉果兒兩村落 皆

— ◦ — ◦ — ◦ —

주르거 강으로 들어갔다. 이 강의 기슭을 따라 있는 산에서 이 돌이 나온다. 모스크바, 토볼리스크 등의 지역에서 모두 이 돌을 사용한다." 하였다. 또 3일 동안 가서, 21일에 바이칼 호수의 남쪽 기슭의 보솔리스코라는 곳에서 머물렀다. 길을 따라 모두 큰 산과 수풀로 되어 있으며, 길가에서는 모두 밭을 경작하였다. 이 사이에 저양하이와 하라 골이라는 두 마을이 있는데, 모두

116) jurge(朱爾克) : 동부 시베리아에서 북극해로 흘러들어가는 레나(Лена) 강의 부리야트어 주르헤(Зүлхэ)의 표현이다. 에벤키어 에류네(Елюенэ), 야쿠트어 우루에(Өлүөэ)이다.

117) mosk'owa(莫斯科窪) : 모스크바(Москва)는 러시아의 수도이다.

118) bosolisk'o(博索 爾斯科) : 포솔스코이(Посольское)는 부랴트공화국의 카반스키(Кабанский) 지역에 있는 마을로 포솔스코이 만으로 흘러들어가는 보리샤(Большая) 강 입구에 있다. 울란우데에서 163km 떨어져 있다. 1728년에서 1839년까지 바이칼 호의 서쪽 해안과 함께 이르쿠츠크의 우편 업무를 수행하는 주요한 항구였다. 이마니시 슌수(今西春秋:1964)에서 오늘날의 바부시킨(Бабушкин)이라고 한 것은 오류이다. 바부시킨은 1892년에 세워진 도시다.

119) dzeyanghai(則陽海), hara gol(哈拉 果兒) : 울란우데에서 보소리스코 가는 도중에 있는 마을인데 현재 위치를 알 수 없다.

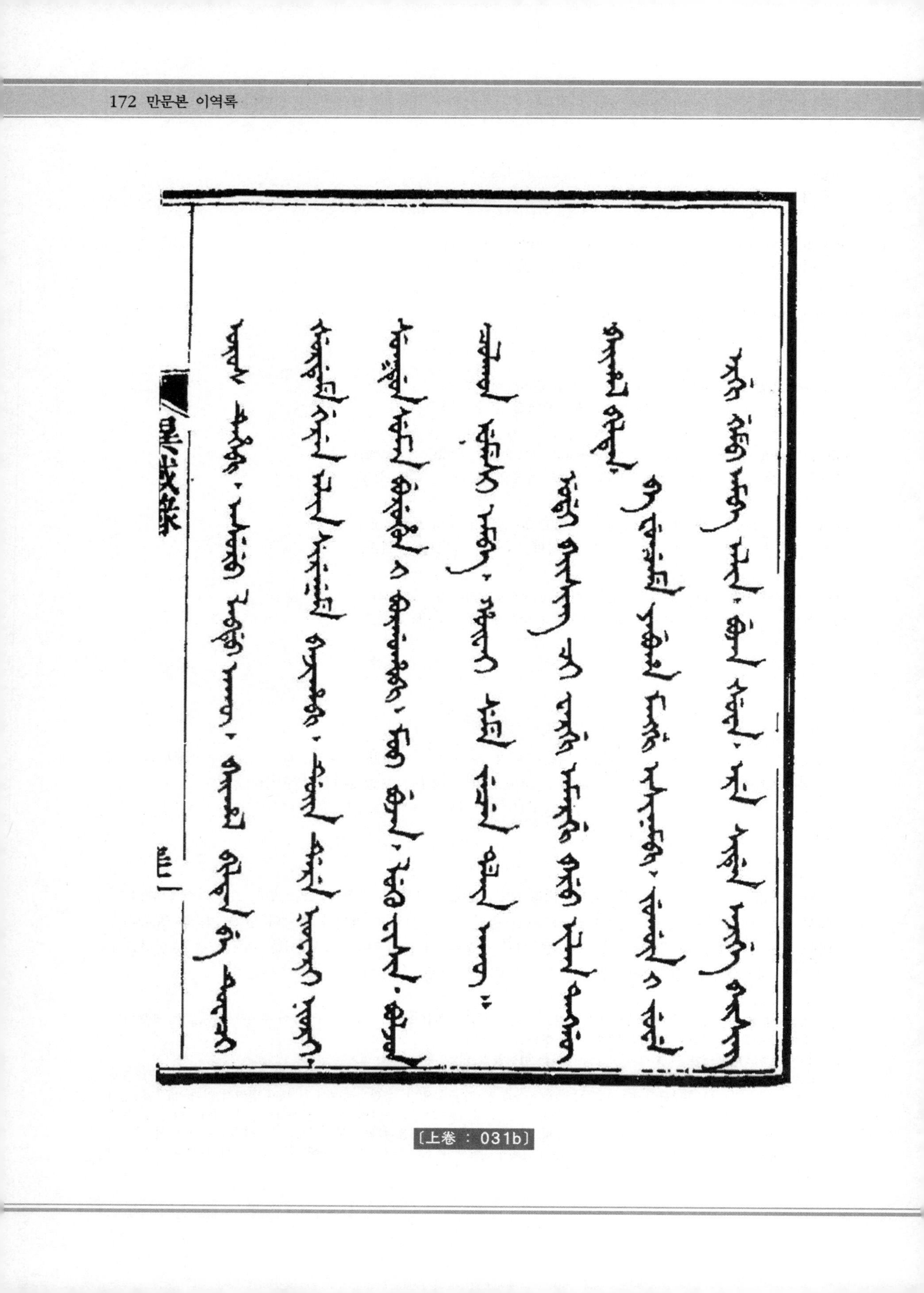

異域錄

oros tehebi. asuru labdu akū. baihal bilten be tuwaci
러시아인 살았다. 매우 많지 않다. 바이칼 호수 를 보면

šurdeme geren alin sireneme banjihabi. duin dere niowari niori.
주위 여러 산 끊임없이 나타났다. 사 면 푸르고 선명하다.

sukdun suman buruhun i borgohobi. moo bujan, luku fisin. boljon
대기 운무 자욱이 끼었다. 나무 숲 무성하고 빽빽하다. 물결

colkon umesi amba. hūwai seme jecen dalin akū.
파랑 매우 크다. 드넓어 경계 없다.

baihal bilten. udi baising ci wargi amargi baru ilan tanggū
바이칼 호수. 우디 바이싱 에서 서 북 쪽 삼 백

ba funceme yabuha manggi isinambi. jugūn i juwe
리 넘게 간 후 도달한다. 길 의 양

ergi gemu amba alin, bujan šuwa. ere siden ajige baising
쪽 모두 큰 산 숲 山陰의 숲이다. 이 사이 작은 바이싱

[한문]

俄羅斯居住 不甚稠密 其栢海兒湖週圍 諸山連繞 四面菁葱 嵐氛杳靄 林木蒼欝 波浪浩瀚 極目無際
栢海兒湖
自烏的栢興向西北行三百餘里方至 沿途皆大山林藪 其間有

—— ◦ —— ◦ —— ◦ ——

러시아인이 살고 있으나 그 수는 매우 적다. 바이칼 호수를 보니 주위에 여러 산들이 끊임없이 위치하고 있는데, 사면이 푸르고 맑으며, 안개가 자욱이 서려 있다. 나무와 수풀이 무성하고 빽빽하며, 파도는 매우 크고 드넓어 끝이 보이지 않는다.

바이칼 호수.

우디 바이싱에서 서북쪽으로 300리 남짓 가면 도달할 수 있다. 길의 양쪽은 모두 큰 산과 수풀이다. 이 사이 작은 바이싱이

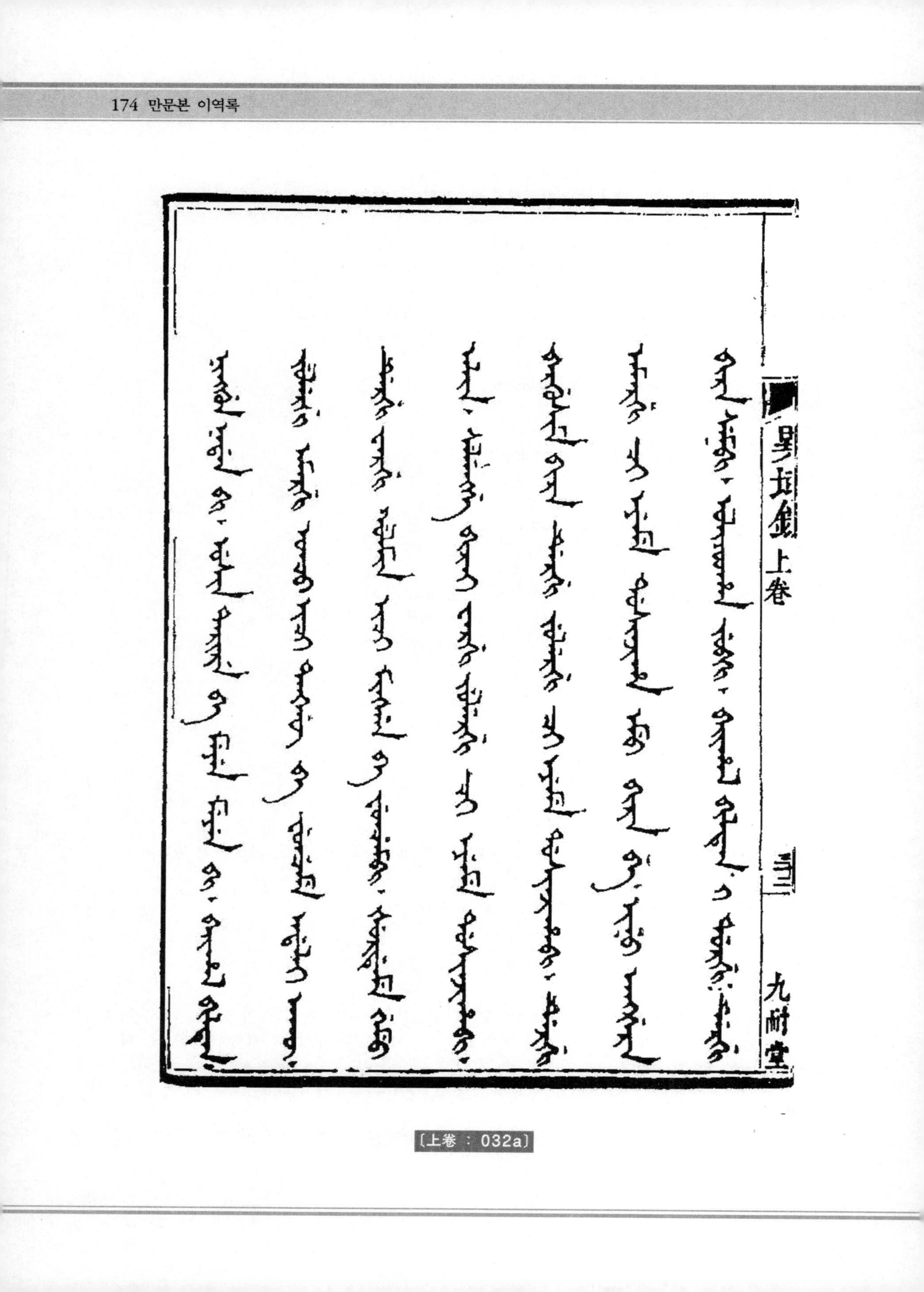

異域錄 上卷 三 九耐堂

ninggun nadan bi. usin tarire ba meyen meyen bi. baihal bilten,
여섯 일곱 있다. 밭 경작하는 곳 군데 군데 있다. 바이칼 호수

julergi amargi onco ici tanggū ba funceme adali akū.
남 북 넓은 쪽 백 리 넘게 동일하지 않다.

dergi wargi golmin ici minggan ba funcembi. šurdeme gemu
동 서 긴 쪽 천 리 넘는다. 주위 모두

alin. selengge birai wargi julergi ci eyeme dosinjihabi.
산이다. 세렝게 강의 서 남쪽 에서 흘러 들어왔다.

bargusim bira dergi julergi ci eyeme dosinhihabi. dergi
바르구심 강 동 남쪽 에서 흘러 들어왔다. 동

amargi ci eyeme dosinjiha emu bira be, inu angg'ara
북쪽 에서 흘러 들어온 한 강 을 또 앙가라

bira sembi. oliyoohan jubki,[120] baihal bilten i dorgi dergi
강 한다. 올리요한 沙州 바이칼 호수 의 안쪽 동

[한문]

小栢輿六七處 間有田畝 栢海兒湖南北有百餘里不等 東西有千餘里 四面皆山 色楞格河自西南流入 其巴爾古西穆河自東南流入 從東北流入 又有一河名曰昂噶拉河 鄂遼漢洲居北海兒湖内之東

—— ◦ —— ◦ —— ◦ ——

예닐곱 있으며, 밭을 경작하는 곳이 군데군데 있다. 바이칼 호수는 남북의 폭이 100리 남짓으로 동일하지 않으며, 동서의 길이는 1,000리 남짓이다. 주위는 모두 산으로 되어 있다. 세렝게 강은 서남쪽에서 흘러 들어오고 있으며, 바르구심 강은 동남쪽에서도 흘러 들어왔다. 동북쪽에서 흘러 들어온 강 하나를 또 앙가라 강이라고 한다. 올리요한 사주(沙州)는 바이칼 호수의 안쪽의

120) oliyoohan jubki(鄂遼漢洲) : 올혼(ольхон) 섬은 바이칼 호에서 가장 큰 섬이다. 올혼이라는 이름은 부랴트어 오이혼(ойхон)으로 "작은 숲"을 의미한다.

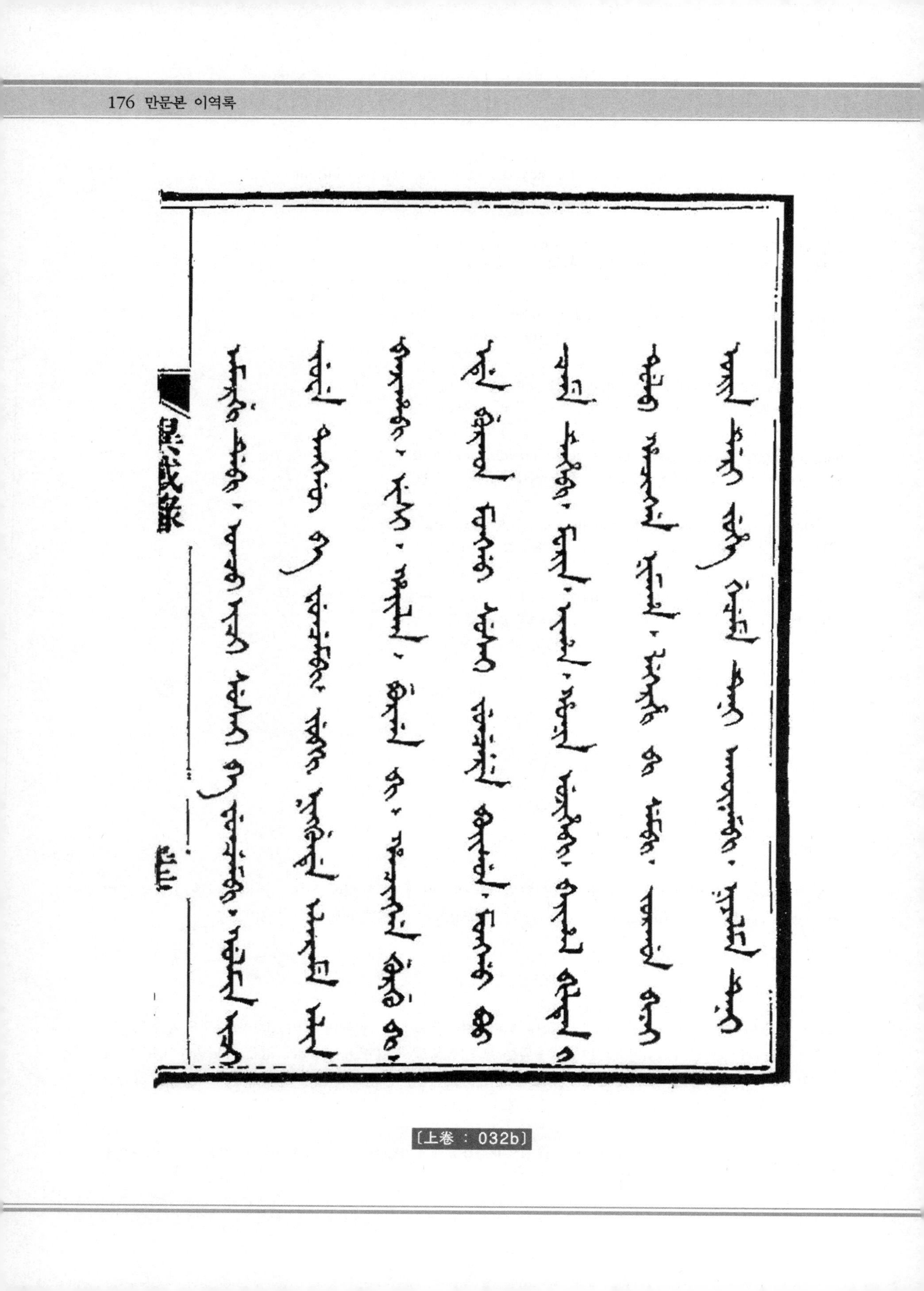

異域錄

amargi debi. onco ici susai ba funcembi. golmin ici
북쪽 에 있다. 넓은 쪽 오십 리 넘는다. 긴 쪽

juwe tanggū ba funcembi. jubki ninggunde alarame alin
이 백 리 넘는다. 沙州 위에 나지막이 산

banjihabi. isi, hailan, burga bi. hacingga gurgu bi.
생겼다. 落葉松 느릅나무 버드나무 있다. 각종 길짐승 있다.

ede buriat monggo[121] susai funcere boigon, monggo boo
이곳에 부리아트 몽고인 오십 넘는 가구 몽고 包

came tehebi. morin, ihan, honin ujihebi, baihal bilten i
치고 살았다. 말 소 양 길렀다. 바이칼 호수 의

dolo hacingga nimaha, lekerhi bi sembi. jorgon biyai
안 각종 물고기 바다표범 있다 한다. 십이 월의

orin deri juhe geceme teni akūnambi. niyalma teni
이십일 부터 얼음 얼어 비로서 건넌다. 사람 그제야

[한문]

北 濶五十餘里 長二百餘里 其洲之上有山崗 產杉松楡樹叢柳 竝各種野獸 布拉特蒙古五十餘戶遊牧于此畜牛羊馬匹 栢海兒湖內 產各種魚及獺 于十二月下旬氷始結實 人方行

—— ◦ —— ◦ —— ◦ ——

동북쪽에 있는데, 폭은 50리 남짓이며, 길이는 200리 남짓이다. 사주(沙州) 위에 나지막이 산이 있으며, 낙엽송(落葉松), 느릅나무, 버드나무가 자란다. 그리고 각종 길짐승도 있다. 이곳에는 부랴트 몽골인이 50채 남짓한 집과 게르를 치고 살고 있으며, 말과 소, 양을 길렀다. 바이칼 호수 속에는 각종 물고기와 바다표범이 있다고 한다. 12월 20일부터 얼음이 얼어야 건너편에 다다를 수 있어서, 사람들은 그제야

---

121) buriat monggo(布拉特 蒙古) : 부리야트(러시아어 Буряты, 부랴트어 Буряад, 몽골어 Буриад)는 몽골계 민족으로 바이칼호 동쪽 러시아 부랴트 공화국을 중심으로 거주하고 있으며 일부는 몽골에도 살고 있다.

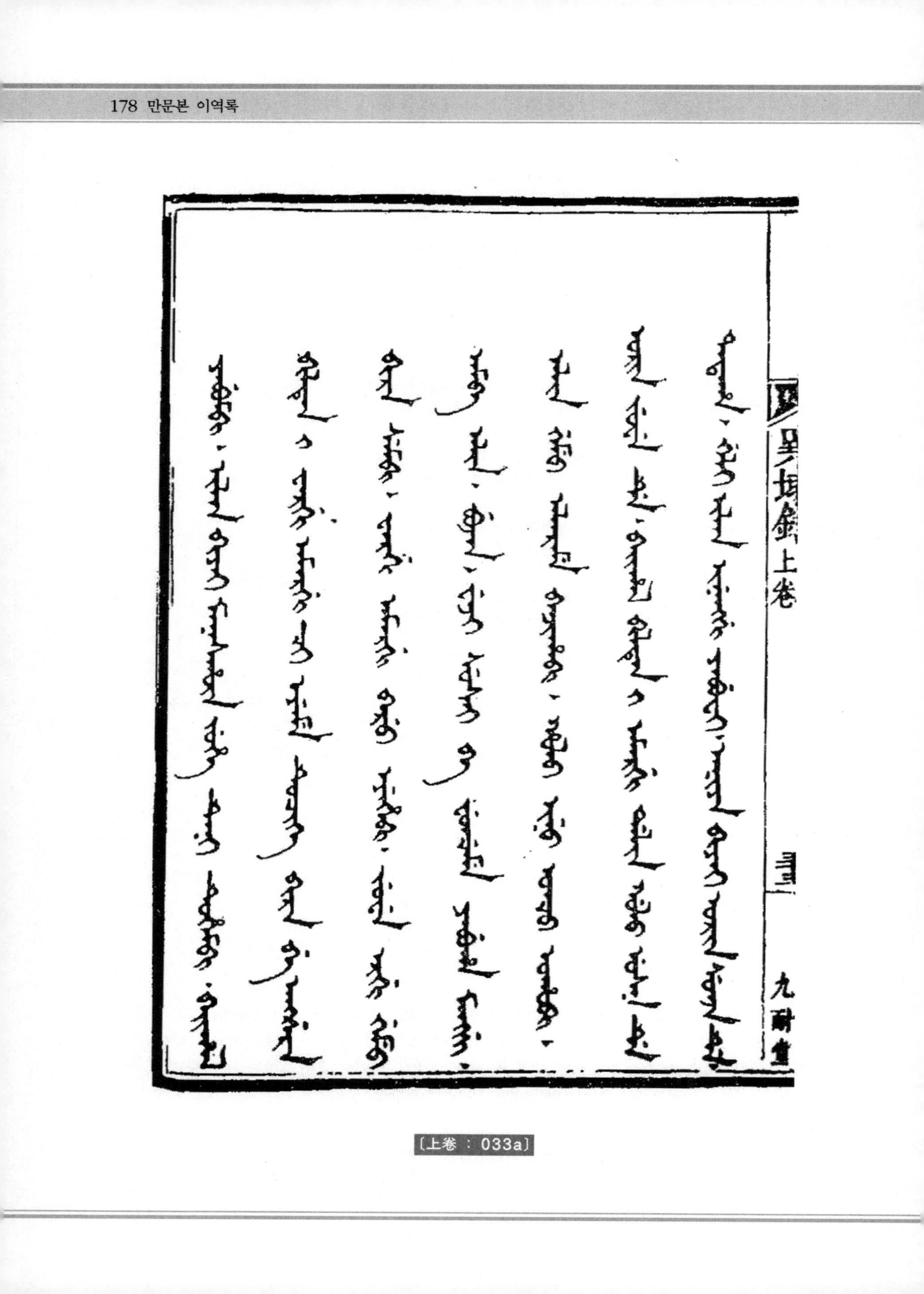

異域錄 上卷

九耐堂

yabumbi. ilan biyai manashūn juhe teni tuhembi. baihal
다닌다. 삼 월의 그믐 얼음 비로소 녹는다. 바이칼

bilten i wargi amargi ci eyeme tucike bira be angg'ara
호수 의 서 북쪽 에서 흘러 나온 강 을 앙가라

bira sembi. wargi amargi baru eyehebi. juwe ergi gemu
강 한다. 서 북 쪽 흘렀다. 양 쪽 모두

amba alin, bujan, weji. susai ba funceme yabuha manggi,
큰 산 숲 밀림이다. 오십 리 넘게 간 후

alin gemu alarame banjihabi. holo inu onco ohobi.
산 모두 나지막이 생겼다. 계곡 도 넓었다.

orin juwe de, baihal bilten i amargi dalin golo usna[122] de
이십 이 에 바이칼 호수 의 북쪽 기슭 골로 우스나 에

tataha. geli ilan inenggi yabufi, aniya biyai orin sunja de
머물렀다. 또 삼 일 가서 정 월의 이십 오 에

[한문]

走 三月盡 氷始解 栢海兒湖之西北 流出一河 亦名曰昂噶拉河 向西北而流 兩岸皆大山林藪 約行五十餘里 皆山崗 川谷寬濶 二十二日 至栢海兒湖之北岸果落烏斯那地方 又越三宿 於二十五日

—— ◦ —— ◦ —— ◦ ——

다닌다. 3월의 마지막 날이 되어야 얼음이 녹는다. 바이칼호수의 서북쪽에서 흘러나간 강을 앙가라 강이라고 하며, 서북쪽으로 흘렀다. 강의 양쪽은 모두 큰 산과 수풀, 밀림으로 되어 있다. 50리 남짓 가니 가파르지 않은 산이 있었으며 계곡도 넓었다. 1월 22일에는 바이칼 호수의 북쪽 기슭인 골로우스나에서 머물렀다. 또 3일 동안 가서, 1월 25일에

122) golo usna(果落烏斯) : 고로우스트노이(Голоустное)는 이르쿠츠크에서 남동쪽으로 120km 떨어진 고로우스트나야(Голоустная) 강의 입구 서쪽에 위치한 바이칼 호수 해안에 위치하고 있다.

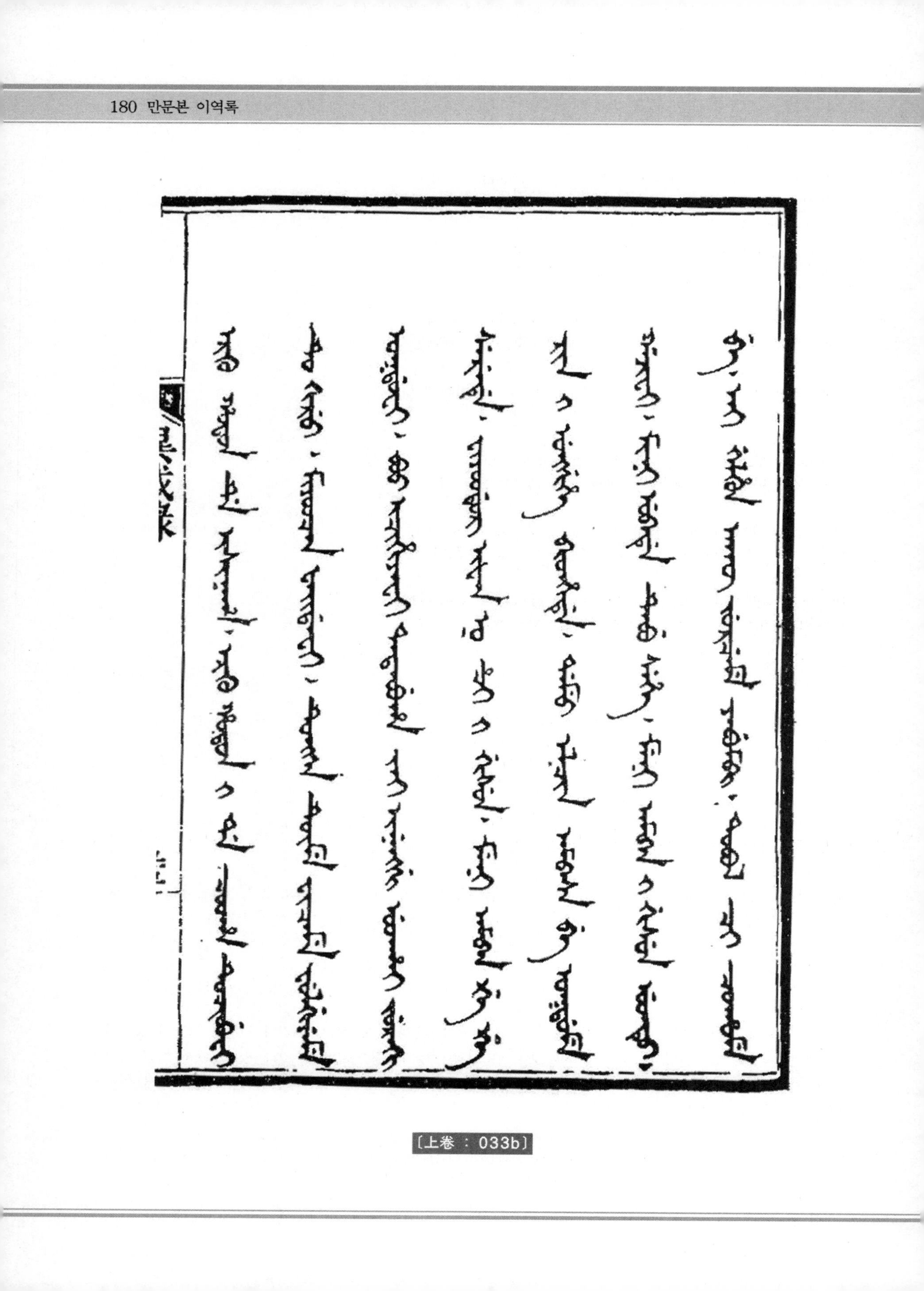

erku hoton de isinaha. erku hoton i da cooha tucibufi
어르쿠 城 에 도착했다. 어르쿠 城 의 우두머리 병사 내어서

tu kiru, miyoocan faidafi, tungken tūme ficame fulgiyeme
大旗 小旗 조총 정렬하고 큰북 치며 피리불며 호각불며

okdofi, boo icihiyafi tatabuha. jai inenggi uthai juraki
맞이하고 집 정리하고 머물게 했다. 다음 날 곧 떠나고자

serede, fiyoodor ifan no c'y i gisun, meni amban g'a g'a
함에 피요도르 이판 노 치 의 말 우리의 大臣 가 가

rin i unggihe bithede, damu elcin ambasa be okdome
린 의 보낸 글에 오직 사신 대신들 을 맞이하여

gajifi, mini ubade tebu sehe. meni amban i gisun uttu.
데려와서 나의 이곳에 머물게 하라 하였다. 우리의 대신 의 말 이렇다.

be, ai gelhun akū jurceme yabumbi. tobol ci cohome
우리 어찌 겁 없이 거스르며 행하겠는가? 토볼 에서 특별히

[한문]

至厄爾口城 其頭目排列旗幟鳥鎗 鼓吹而迎 鋪設公署 欵留安歇 即欲起程 費多爾衣宛薩委翅曰 我國總管噶噶林來文 只教將天使等接來此處居住 總管之言如此 我不敢少違 俟托波兒處特差

—— ◦ —— ◦ —— ◦ ——

어르쿠 성(城)에 도착했다. 어르쿠 성(城)의 수령은 병사를 내어서 대기(大旗)와 소기(小旗), 조총을 정렬하고, 큰북을 치며 피리와 호각을 불며 우리를 맞이하였으며, 머물 곳을 마련해 주었다. 다음날 곧바로 떠나려고 하니, 피요도르 이판노치가 말하기를, "우리의 대신인 가가린이 보낸 글에는, '오직 사신들을 맞이하여 데려와서, 내 지역에 머물게 하라'고 하였다. 우리 대신의 말이 이러하니, 우리가 어찌 감히 그 말을 거스를 수 있겠는가? 토볼에서 이를 위해 특별히

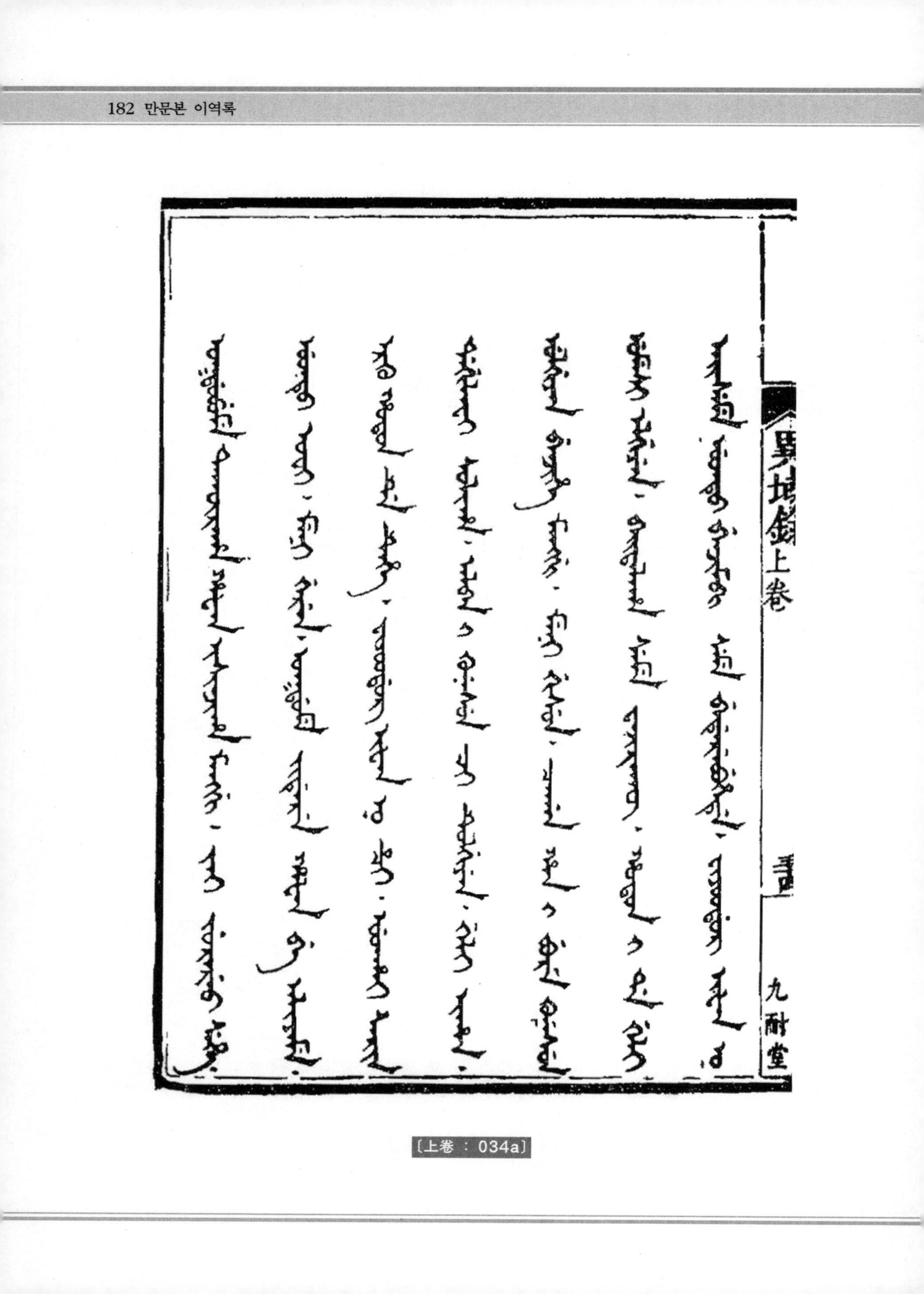

異域錄 上卷

九耐堂

okdobume takūraha hafan isinjiha manggi, jai jurareo sehe.
맞이하게 하러 파견한 관리 도착한 후 다시 출발하시오 하였다.

uttu ofi, meni geren, okdome jidere hafan be aliyame,
이리 하여서 우리 모두 맞이하러 올 관리 를 기다리며

erku hoton de tehe. fiyoodor ifan no c'y, uthai sarin
어르쿠 城 에 머물렀다. 피요도르 이판 노 치 곧 잔치

dagilafi soliha. alban i kunesun ci tulgiyen, geli ihan,
준비하고 초대했다. 官 의 식량 보다 밖에 또 소

ulgiyan benjihe manggi, meni gisun, cagan han i bure kunesun
돼지 보내온 후 우리의 말 차간 汗 의 주는 식량

umesi elgiyen. baitalaha seme wajirakū. hoton i da geli
매우 풍족하다. 썼다 해도 다하지 않는다. 城 의 우두머리 또

aiseme uttu benjimbi seme bederebuhede, fiyoodor ifan no
왜 이리 보내오는가 하고 거절하게 함에 피요도르 이판 노

[한문]

迎接官員到日 方可起行 於是因候迎接官到駐扎厄爾口城 費多爾衣宛薩委翅備宴延請 于官給之外 又送牛豕 我等言爾國察罕汗供給之物 甚是豊裕 不可勝用 頭目又何必如此餽送 遂却之 費多爾衣宛薩委

—— ◦ —— ◦ —— ◦ ——

당신들을 맞이하러 보낸 관리가 도착한 후 출발하지 않겠는가?" 하였다. 이런 까닭에 우리들은 맞이하러 올 관리를 기다리며 어르쿠 성(城)에 머물렀다. 피요도르 이판노치는 곧 잔치를 준비하여 우리를 초대하였다. 관(官)의 식량 이외에도 소와 돼지를 보내와서 우리가 말하기를, "차간 한이 주신 식량이 매우 풍족하다. 쓰려고 해도 다 쓰지 못할 것인데, 성(城)의 수령이 또 어찌 이런 것을 또 보내오는가?" 하고 물리게 하니, 피요도르 이판노치가

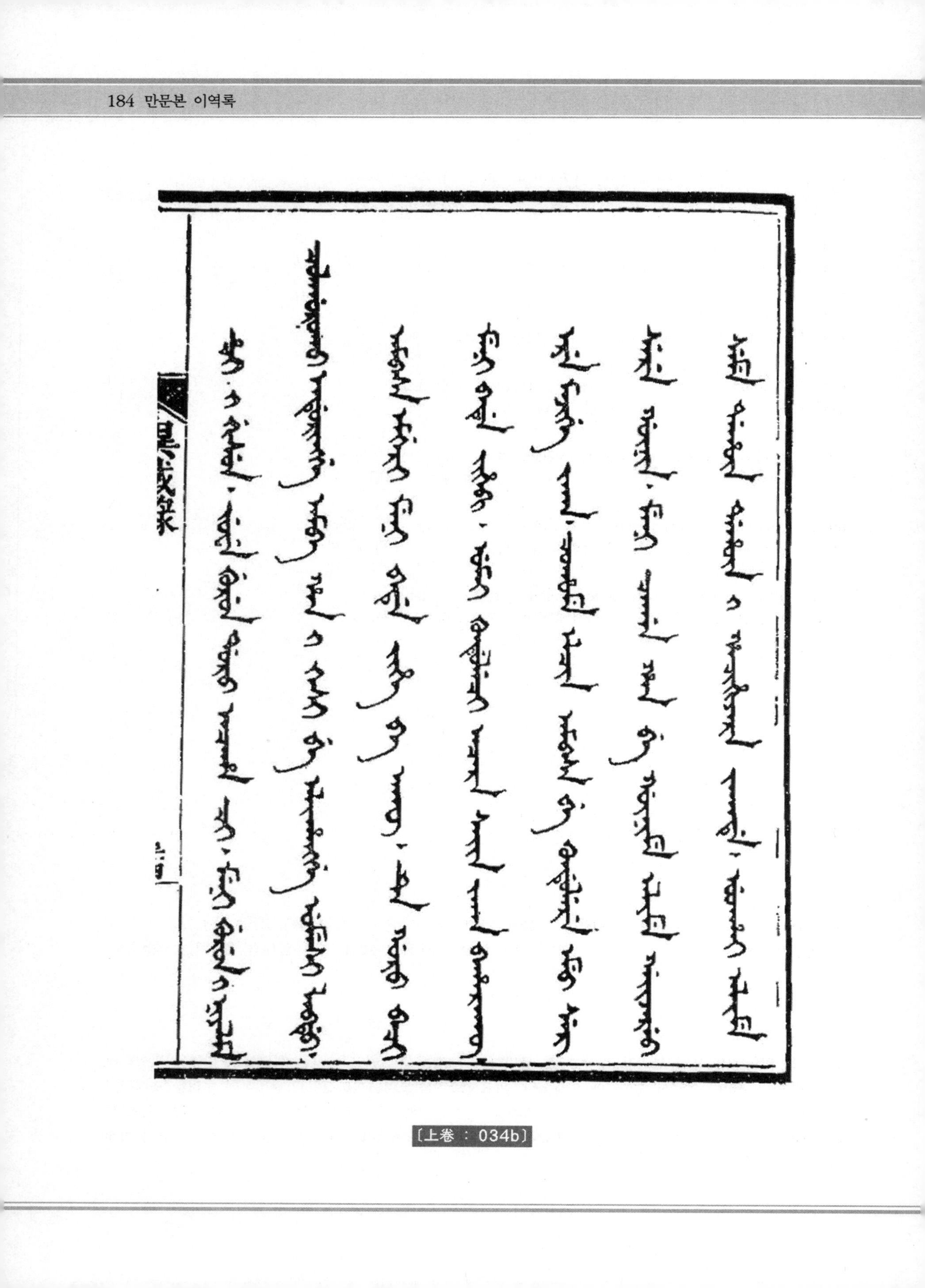

c'y i gisun, juwe gurun doro acaha ci, meni gurun i niyalma
치 의 말 두 나라 和議함 에서 우리 나라 의 사람

colgoroko enduringge amba han i kesi be alihangge umesi labdu.
빼어나고 성스러운 큰 汗 의 은덕 을 받은것 매우 많다.

ambasa emgeri meni bade jihe ba akū. te goro baci
대신들 한번 우리 곳에 온 바 없다. 지금 먼 곳에서

meni bade jihebi. umai kunduleci acara sain jaka baharakū.
우리 곳에 왔다. 전혀 공경하면 마땅한 좋은 것 얻지 못한다.

ere majige jaka, cohome elcin ambasa be kundulere emu ser
이 조그만 것 특별히 사신 대신들 을 공경하는 한 조그마

sere gūnin. meni cagan han be gūnime alime gaijareo
한 마음이다. 우리 차간 汗 을 생각하여 받아 가지시오.

seme dahūn dahūn i hacihiyara jakade, uthai alime
하고 거듭 거듭 권할 적에 곧 받아

[한문]

翅曰 自兩國和議以來 我國人民蒙至聖大皇帝恩澤甚多 天使從未一至 今遠降敝處 竝無佳品可獻 此些微之物 乃奉敬天使微忱 念我國察罕汗 望乞辱留 再三懇求 遂俱受之

—— ◦ —— ◦ —— ◦ ——

말하기를, "두 나라가 화친을 맺은 후 우리 나라 사람들은 지성대황제(至聖大皇帝)의 은덕을 매우 많이 받았는데, 대신들이 우리 지역에 온 적이 한 번도 없다. 이제야 먼 곳에서 우리 지역에 왔으나, 극진히 대접하기에 전혀 좋은 것이 없다. 이는 하찮은 것이지만 특별히 사신들을 대접하고자 하는 조그마한 마음이다. 차간 한을 생각해서라도 받아 주겠는가?" 하고 거듭하여 권할 적에 곧 받아

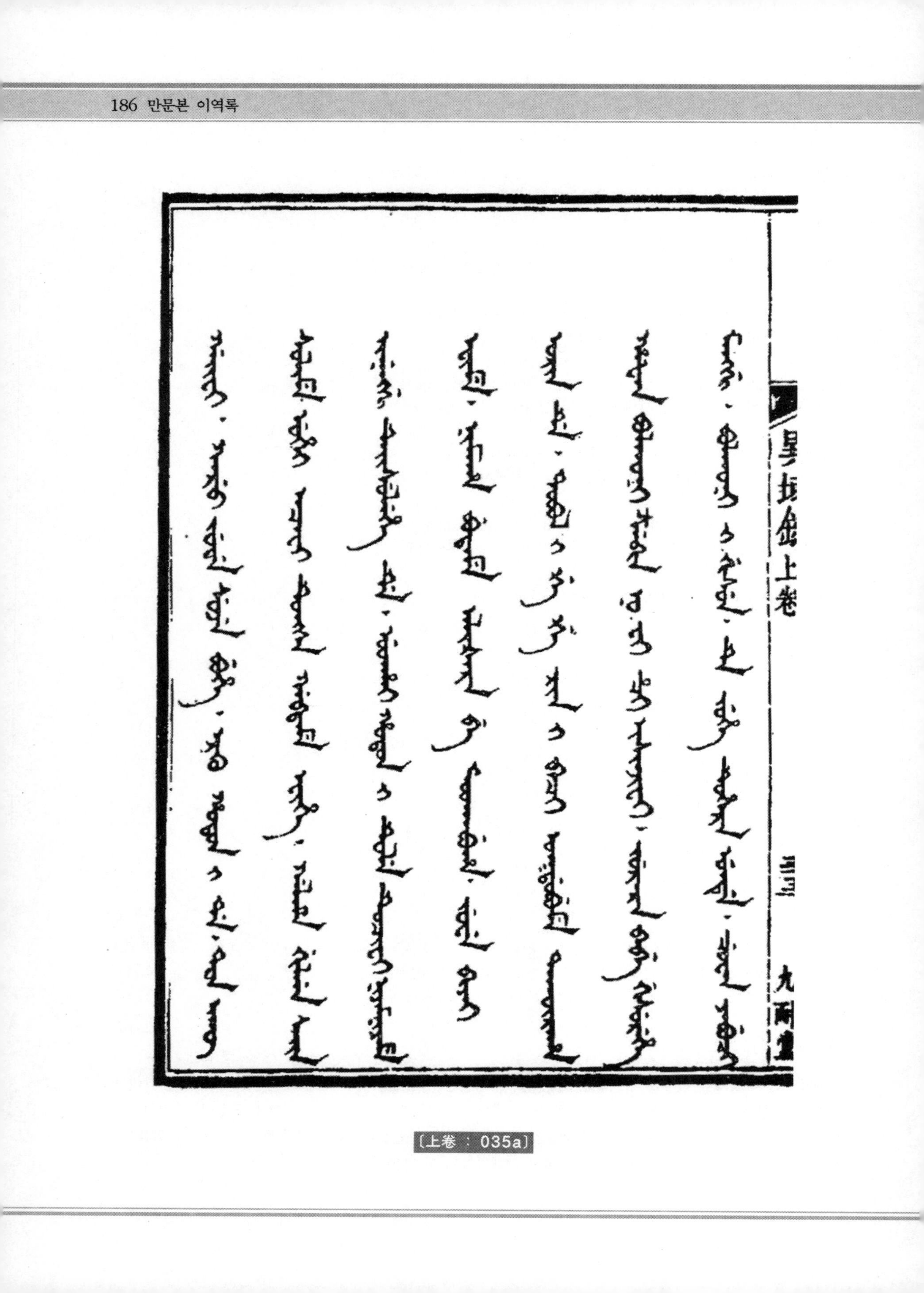

異域錄上卷 三

[上卷 : 035a]

gaifi, karu juwe suje buhe. erku hoton i da, ton akū
가지고 답례 두 비단 주었다. 어르쿠 城 의 우두머리 수 없이

solime uhei acafi tungken gabtame efihe. galga gilga[123] sain
초대하여 함께 만나서 과녁 쏘며 놀았다. 화창하며 맑고 좋은

inenggi teisulehe de, uthai hoton i tule tucifi, niyamniyame
날 만남 에 곧 城 의 밖에 나와서 말타고 활쏘기 하며

efime, nimaha butame ališara be tookabuha. juwe biyai
놀며 물고기 잡으며 심난함 을 달랬다. 이 월의

orin de,[124] tobol i g'a g'a rin i baci okdobume takūraha
이십 에 토볼 의 가 가 린 의 곳에서 맞이하게 파견한

hafan bolkoni ts'ebin no fi c'y[125] isinjifi, jurara babe gisurehe
관리 볼코니 처빈 노 피 치 도착해서 떠날 바를 말한

manggi, bolkoni i gisun, te juhe tuhere unde. cuwan yabuci
후 볼코니 의 말 지금 얼음 녹지 못한다. 배 가면

[한문]

酬緞二疋 厄爾口城頭目不時邀請 會同射的 每遇天氣晴朗之時 即出城外騎射捕魚以適懷 二月二十二日 托波兒處噶噶林差迎接官博爾果付泥克四鐵班訥委翅至 即欲起程 博爾果付泥克曰 今河氷未泮

—— ◦ —— ◦ —— ◦ ——

가진 후 답례로 비단 2필을 주었다. 어르쿠 성(城)의 수령이 수없이 초대하여 서로 만나 활쏘기 하며 놀았다. 맑고 화창하고 좋은 날에는 곧 성(城) 밖으로 나가서 말을 타고 활쏘기하고 물고기도 낚으며 심난함을 달래었다. 2월 20일에 가가린이 있는 토볼 지역에서 우리를 맞이하러 보낸 관리인 볼코니 처반노피치가 도착하여서 바로 떠나겠다고 말하니, 볼코니가 말하기를, "지금은 얼음이 녹기 전이라서 배로 갈 수

123) gilga = gilha
124) orin de : 한문본에는 二十二日로 되어 있다.
125) bolkoni ts'eban no fi c'y(博爾果付泥克 四鐵班訥委翅) : 폴코브니크 체바노비치(Полковник Чеванович). 볼코브니크(Полковник)는 연대장, 또는 대령이라는 뜻인데 툴리션은 인명(人名)으로 착각하고 있다.

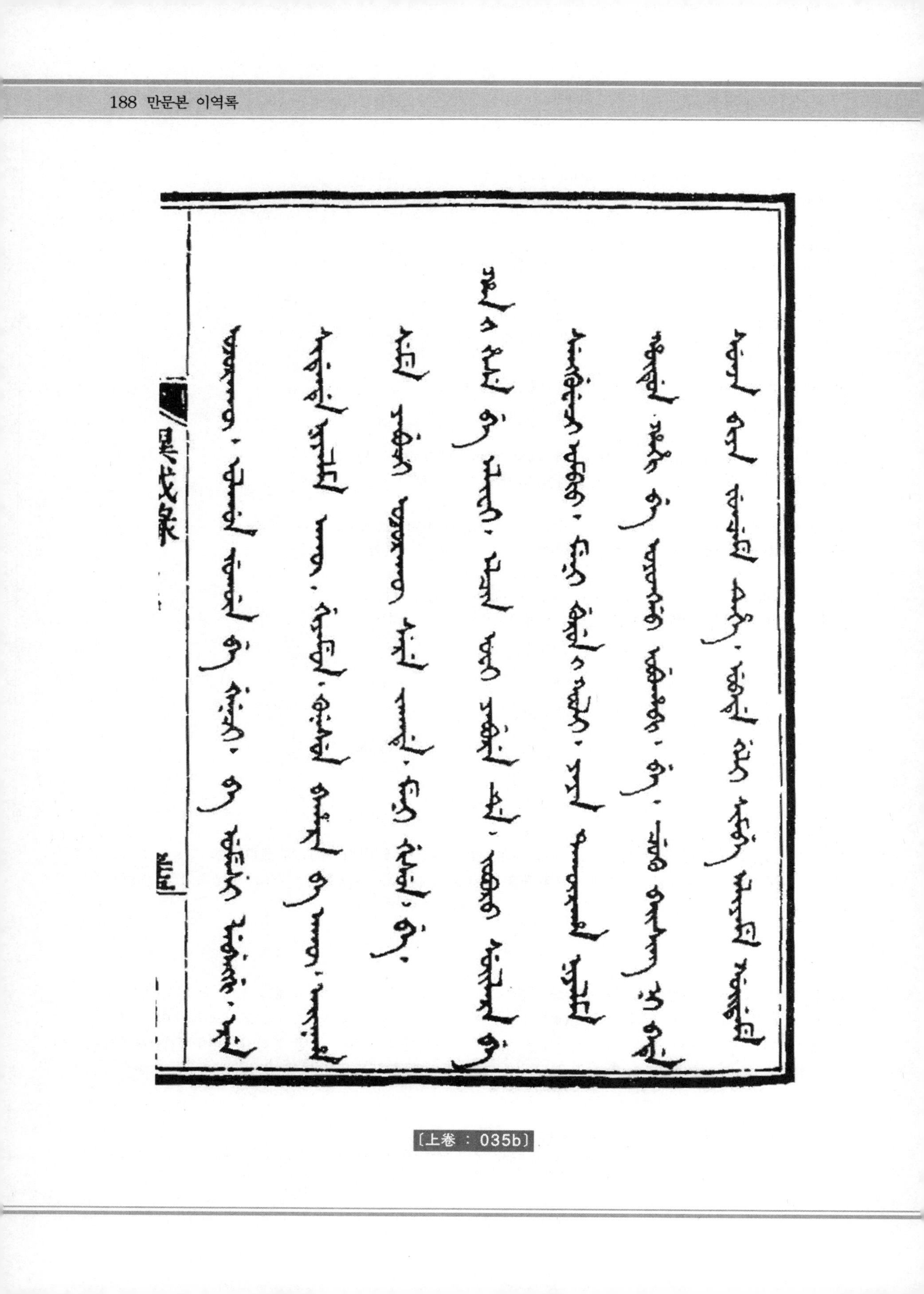

異域錄

[上卷 : 035b]

ojorakū. olgon[126] jugūn be geneci, ba umesi lebenggi. ere
안 된다. 물 길 을 가면 땅 매우 질퍽하다. 이

sidende niyalma akū, giyamun, kunesun bahara ba akū. ainaha
사이에 사람 없고 역참 식량 얻을 곳 없다. 어찌

seme yabuci ojorakū sere jakade, meni gisun, be,
하여도 가면 안 된다 할 적에 우리의 말 우리

han i hese be alifi, elcin ofi, yabure de, joboro suilara be
汗 의 皇旨 를 받고 사신 되어서 감 에 고생스럽고 괴로움 을

sengguweci ombio. meni gurun i kooli, yaya takūraha niyalma
꺼리면 되겠는가? 우리의 나라 의 법례 무릇 파견한 사람

hūdun hahi be oyonggo obuhabi. be, cuku baising ni bade
빠르고 신속함 을 중요하게 삼아왔다. 우리 추쿠 바이싱 의 곳에서

sunja biya funceme tehe. ubade geli simbe aliyame goidame
다섯 달 넘게 머물렀다. 이곳에 또 너를 기다리며 오래도록

[한문]

舟不能行 陸路泥陷 人烟斷絶 一切馬匹供用 難于置辦 斷不可行 我等言奉君命差使 豈憚勞苦 況我中國 凡奉差人員俱以急速爲務 我等在楚庫栢興地方 已住五月有餘 在此又久候

—— ◦ —— ◦ —— ◦ ——

없고, 뭍길로 가도 땅이 매우 질퍽인다. 이 사이에는 사람이 없어 역마와 식량을 얻을 곳이 없으니, 결코 가서는 안 된다." 할 적에, 우리가 말하기를, "우리는 황제의 황지(皇旨)를 받고 사신이 되어 가는 것이니, 수고로움과 괴로움을 꺼릴 수 있겠는가? 우리 나라의 법에서는, 무릇 사신으로 파견된 사람은 빠르고 신속하게 가는 것을 중시한다. 우리는 추쿠 바이싱 지역에서 다섯 달 남짓 머물렀고, 이곳에서 또 당신을 기다리며 오래도록

126) olgon = olhon

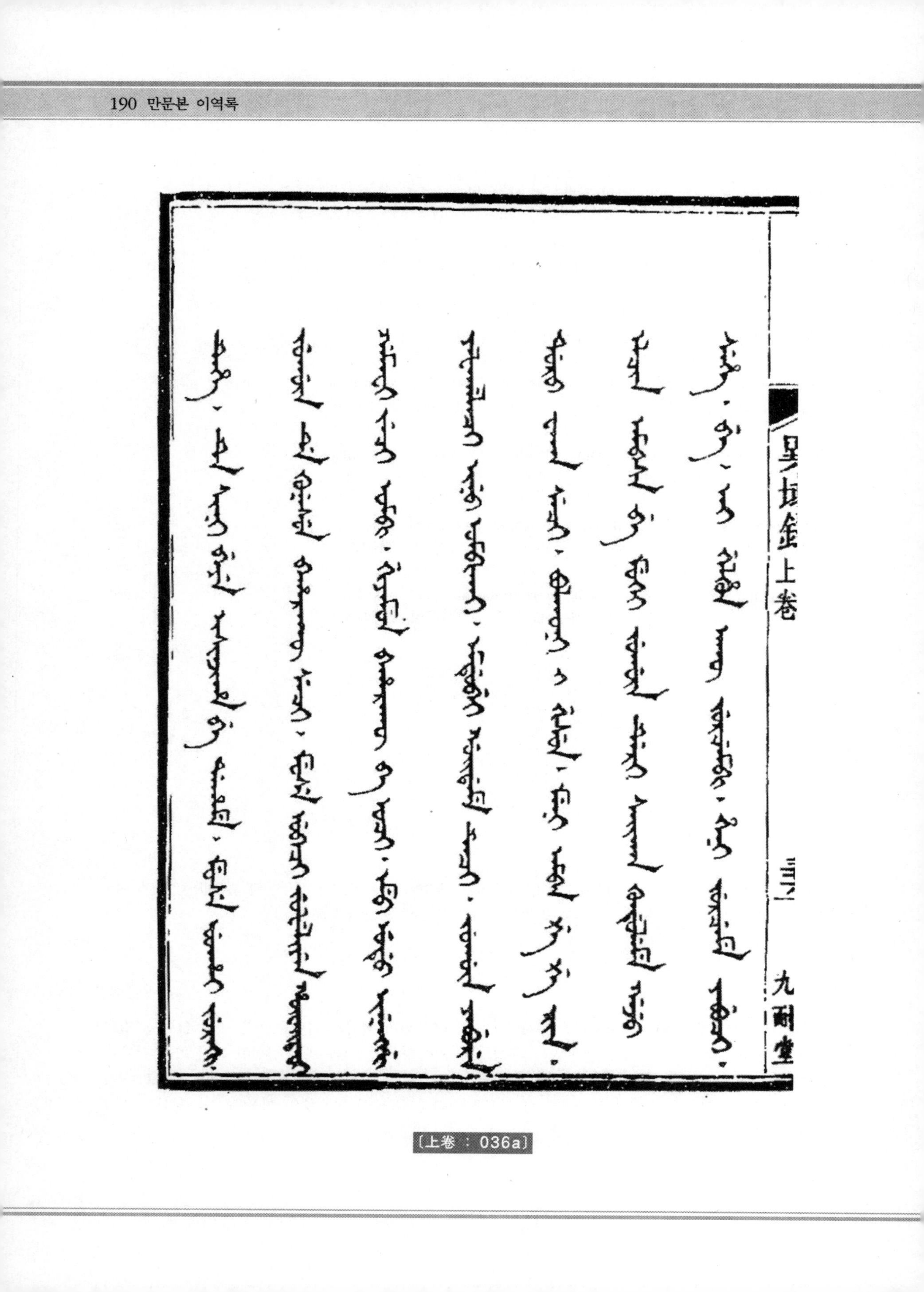

異域錄 上卷 三六 九耐堂

[上卷 : 036a]

tehe. te sini beye isinjiha be dahame, muse uthai juraki.
머물렀다. 지금 너의 몸 도착했음 을 따라 우리 곧 떠나마.

jugūn de kunesun baharakū seci, muse ubaci jufeliyen hūwaitafi
길 에 식량 얻지 못한다 하면 우리 이곳에서 마른 식량 매어서

gamafi jeci ombi. giyamun baharakū ba oci, emu udu inenggi
가져가서 먹으면 된다. 역참 얻지 못할 바 되면 여러 날

yafagalaci[127] inu ombikai. emdubei goidame teci, jugūn yabure
걸어가면 또 되느니라. 그저 오래도록 머무르면 길 다니는

doro waka seci, bolkoni i gisun, meni amban g'a g'a rin,
예 아니다 하니 볼코니 의 말 우리의 대신 가 가 린

elcin ambasa be mukei jugūn deri saikan kunduleme gaju
사신 대신들 을 물의 길 로 잘 공경하며 데려오라

sehe. be, ai gelhun akū jurcemb., heni jurceme yabuci,
하였다. 우리 어찌 겁 없이 거스르겠는가? 조금 어기고 가면

[한문]

爾等 今爾已到 卽可起行 若途中不得供用之物 卽于此處携帶乾粮可食 倘不得馬匹 雖步行幾日亦可 只管久住 非行路之計 於我中國之例甚屬不便 博爾果付泥克曰 我國總管噶噶林分付將天使大人由水路接來須深加欽 敬不可少有怠忽 怎敢違拗 稍有違拂

—— ∘ —— ∘ —— ∘ ——

머물렀다. 지금 당신이 도착했으니, 우리는 바로 떠나겠다. 가는 길에 식량을 얻지 못할 것 같으면, 우리는 여기에서 식량을 준비하여 가져가서 먹으면 된다. 역마를 얻지 못할 것 같으면 여러 날 걸어가면 된다. 그저 오래도록 머무르면 길 다니는 예가 아니다." 하니, 볼코니가 말하기를, "우리의 가가린 대신께서 사신들을 수로를 경유하여 극진히 공경하며 모셔오라고 하였다. 우리가 어찌 감히 이 말을 거스르겠는가? 이를 조금이라도 어긴다면

127) yafagalaci = yafahalaci

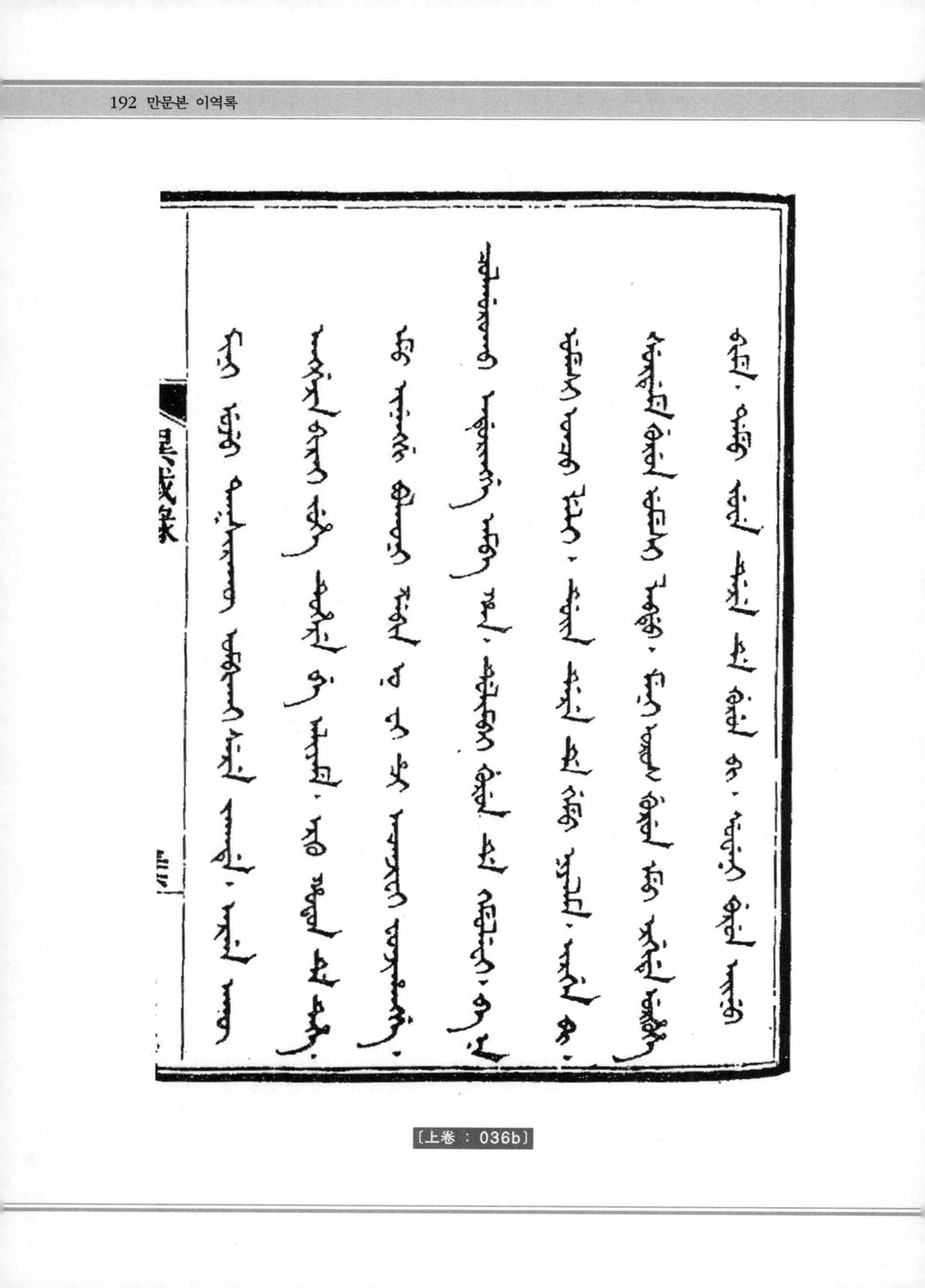

異域錄

上

mini uju taksirakū ombikai sere jakade, arga akū
나의 머리 존재하지 않게 되느니라 할 적에 계책 없이

angg'ara birai juhe tuhere be aliyame, erku hoton de tehe.
앙가라 강의 얼음 녹기 를 기다려 어르쿠 城 에 머물렀다.

emu inenggi bolkoni ts'ebin no fi c'y acanjifi fonjihangge,
한 날 볼코니 처빈 노 피 치 만나러와서 물은 것

colgoroko enduringge amba han, dulimbai gurun de kemulefi,[128] ba na
빼어나고 성스러운 큰 汗 中 國 에 도읍하여서 지역

umesi onco leli, duin dere de gemu niyalma, irgen bi,
매우 광활하고 사 방 에 모두 사람 백성 있다.

šurdeme gurun umesi labdu. meni oros gurun emu ergide urhuhe
주위 나라 매우 많다. 우리의 러시아 나라 한 쪽에 치우치고

bime, damu juwe dere de gurun bi. suweni gurun ainu
오직 양 쪽 에 나라 있다. 너희의 나라 어찌

[한문]

我身首難保 于是住厄爾庫城候昂噶拉河氷解 一日 博爾果付泥克四鐵班訥委翅來見 問中國至聖大皇帝建都中華 幅幀遼闊 四面皆有人民 週圍國度甚多 我俄羅斯國偏僻一方 止兩面有國度 爾中國何以

—— ◦ —— ◦ —— ◦ ——

내 머리는 존재하지 않게 되느니라." 할 적에, 대책 없이 앙가라 강의 얼음이 녹기를 기다리며 어르쿠 성(城)에서 머물렀다. 어느날 볼코니 처빈노피치가 우리를 만나러 와서 묻되, "지성대황제(至聖大皇帝)께서는 중국에 나라를 세우시니, 지역이 매우 광활하고, 사방에 모두 백성이 살고 있으며, 주변에 매우 많은 나라가 있다. 우리 러시아는 한쪽에 치우쳐 있고 오직 양 쪽에만 주변국이 있다. 당신의 나라는 어찌

128) kemulefi = gemulefi

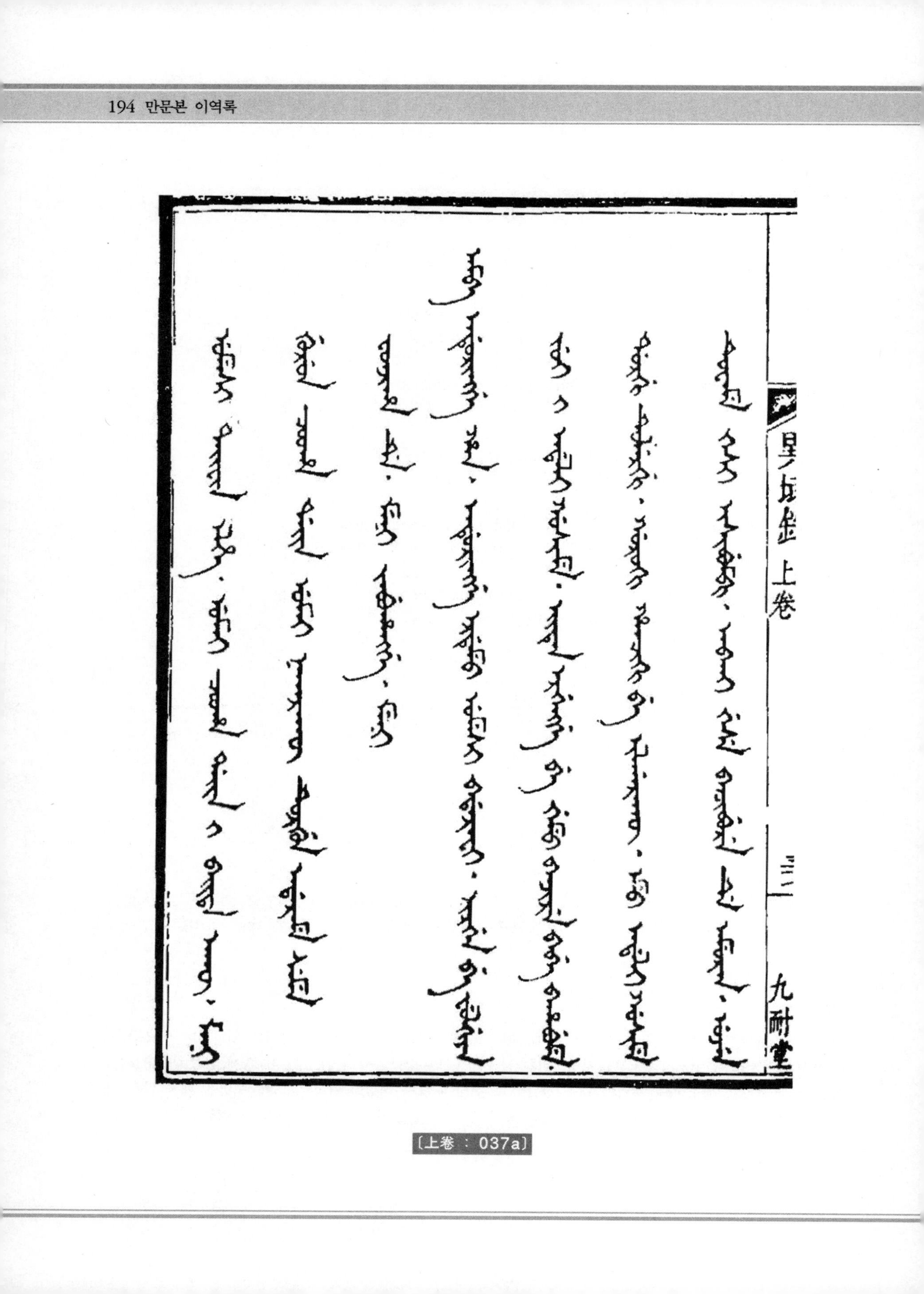

umesi taifin elhe, umai cooha dain i baita akū. meni
매우 태평하고 평안하고 전혀 전쟁 의 일 없는가? 우리의

gurun cooha dain umai nakarakū turgun adarame seme
나라 전쟁 결코 멈추지 않는 이유 왜냐 하고

fonjiha de, meni jabuhangge, meni
물었음 에 우리의 답한 것 우리의

amba enduringge han, enduringge erdemu umesi badarafi, irgen be fulgiyan
크고 성스러운 汗 성스러운 덕 매우 펴져나가 백성 을 갓난

jui i adali gosime, eiten ergengge be gemu banjire babe bahabume,
아이 와 같이 사랑하며 온갖 살아있는 것 을 모두 살아갈 바를 얻게 하며

dorgi tulergi, goroki hanciki be ilgarakū, emu adali gosime
안쪽 바깥쪽 먼곳 가까운곳 을 구별하지 않고 하나 같이 사랑하여

tuwame kesi isibumbi. abkai gese banjibure de amuran, ujen
보아 은덕 미치게한다. 하늘의 처럼 살게함 에 좋아하고 중한

[한문]

無干戈之事 極其奠安 我國戰爭之事 總無休息 此係何故 我等答曰 我大皇帝聖德廣運 爱民如子 凡有血氣者 俾皆得生計 不分内外遠近 一視同仁 遍施恩德 好生如天

—— ◦ —— ◦ —— ◦ ——

태평하고 평안하며 결코 전쟁이 일어나지 않는가? 반면에 우리 나라에서는 전쟁이 끊이지 않는 것은 무슨 이유 때문인가?" 하였다. 우리들은 이에 답하기를, "우리의 대황제(大皇帝)께서는 성덕(聖德)을 베푸시어 백성을 갓난아이와 같이 어여삐 여기며, 온갖 살아있는 것에게 모두 살아갈 방도를 주시어, 안쪽과 바깥쪽, 먼 곳과 가까운 곳을 구분하지 않고 다 같이 어여삐 여기시어 은덕 미치게 한다. 하늘처럼 살게 하는 것을 좋아하시고, 중한

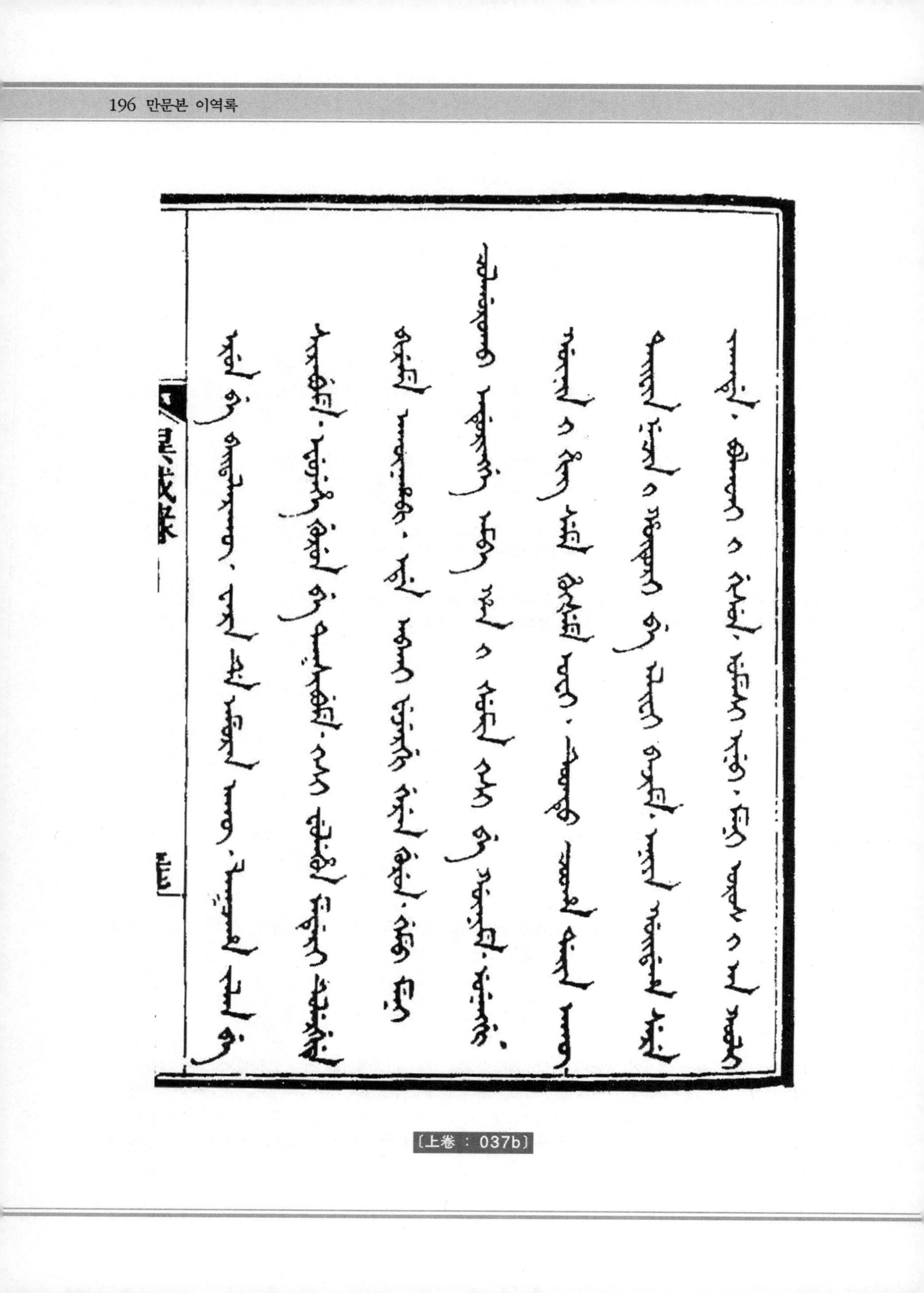

異域錄

三

erun be baitalarakū, wara de amuran akū, lakcaha jalan be
형벌 을 사용하지 않고 죽임 에 좋아하지 않고 단절된 세대 를

sirabume, efujehe gurun be taksibume, kesi fulehun mederi tulergide
잇게 하며 몰락한 국가 를 존속시키며 은덕 은총 바다 밖에

bireme akūnahabi. ede abkai fejergi geren gurun, gemu meni
멀리 미쳤다. 이에 하늘의 아래 여러 나라 모두 우리의

cologoroko enduringge amba han i šumin kesi be gūnime, unenggi
빼어나고 성스러운 큰 汗 의 깊은 은덕 을 생각하며 진실로

gūnin i hing seme hukšeme ofi, tuttu cooha dain akū,
마음 으로 절실하게 감격하게 되어서 그렇게 전쟁 없고

taifin necin i hūturi be alifi banjime, aniya goidaha sere
태평하고 평화로움 의 복 을 받아서 살며 해 오래되었다 할

jakade, bolkoni i gisun, umesi inu. meni oros i an kooli
적에 볼코니 의 말 매우 옳다. 우리의 러시아 의 일상 법례

[한문]

無重刑 不嗜殺 繼絶世 擧廢國 膏澤洽於海外 所以天下諸國 皆感仰我至聖大皇帝深恩 心悅誠服 是以永無征伐之事 常享昇平之福已久 博爾果付泥克曰 然 我俄羅斯國風俗

—— ◦ —— ◦ —— ◦ ——

형벌은 내리지 않으시며, 사형을 좋아하지 않으시고, 단절된 세대를 잇게 하시며, 망한 나라를 존속시키시고, 은덕과 은총을 바다 바깥에 이르도록 하신다. 이에 천하 모든 나라가 모두 우리의 지성대황제(至聖大皇帝)의 깊은 은덕을 생각하며, 진실한 마음으로 감읍하여 전쟁이 없으며, 태평하고 평화로운 복을 받아서 산 지 오래되었다." 하니, 볼코니가 말하기를, "그 말이 매우 옳다. 우리 러시아의 풍속과

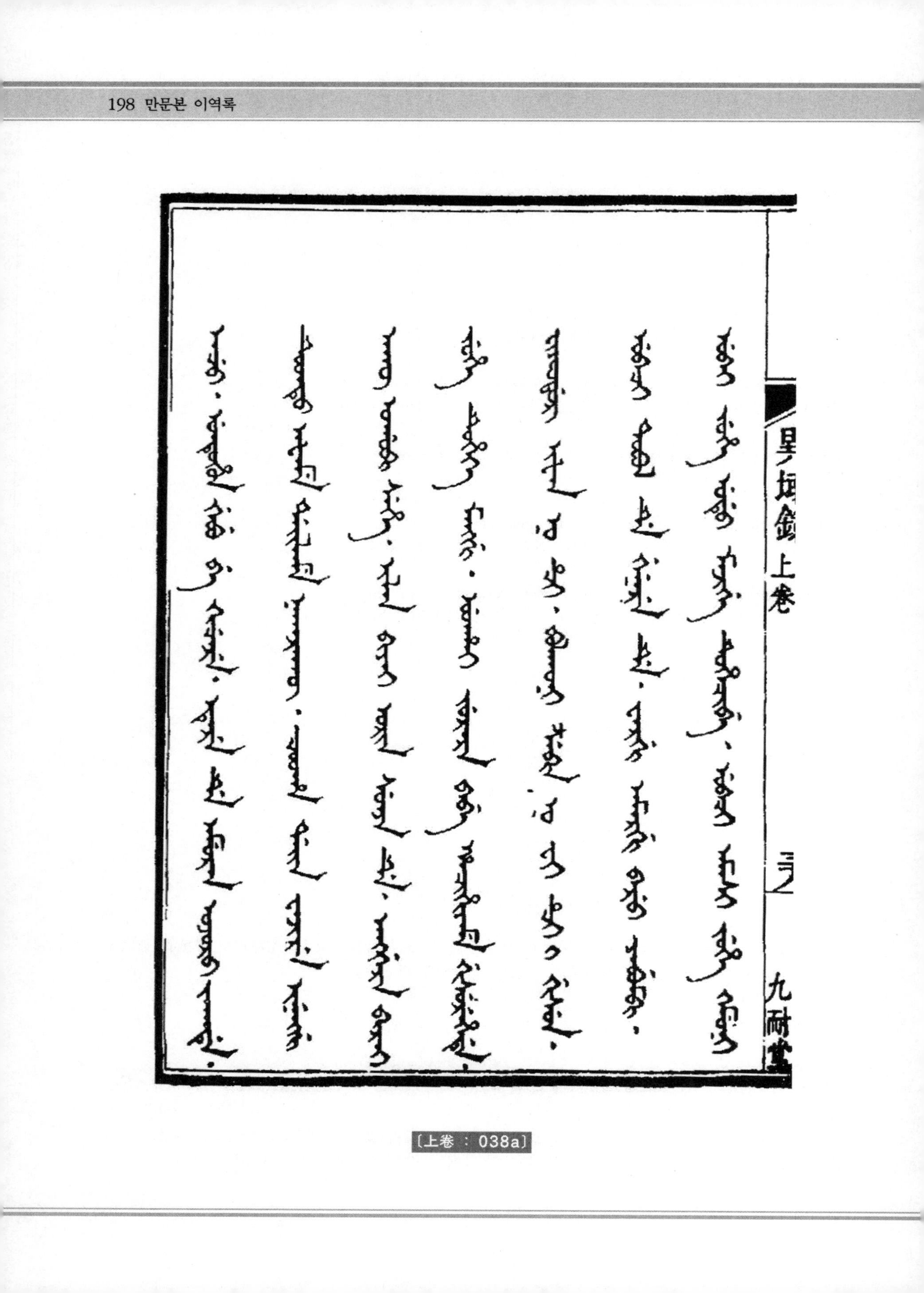

encu. untuhun gebu be kicere, eterede amuran ojoro jakade,
다르다. 虛 名 을 도모하고 이기기에 좋아하게 될 적에

tuttu afame dailame nakarakū, cooha dain wajire inenggi
그렇게 싸우며 전쟁하여 멈추지 않고 전쟁 마치는 날

akū ohobi sehe. ilan biyai orin sunja de, amgg'ara birai
없게 되었다 하였다. 삼 월의 이십 오 에 앙가라 강의

juhe tuheke manggi, uthai jurara babe hacihiyame gisurehede,
얼음 녹은 후 곧 출발할 바를 재촉하며 말했음에

fiyoodor ifan no c'y, bolkoni ts'eban no fic'y i gisun,
피요도르 이판 노 치 볼코니 처반 노 피치 의 말

ubaci tobol de genere de, wargi amargi baru yabumbi,
이곳에서 토볼 에 감 에 서 북 쪽 간다.

ubai juhe udu majige tuhecibe, ubaci amasi juhe kemuni
이곳의 얼음 비록 조금 녹았지만 이곳에서 북쪽으로 얼음 아직

[한문]

殊異 務虛好勝 所以兵甲無休息之日 至今戰爭不已 三月二十五日 昂噶拉河氷解 我等催促起程 費多果衣宛薩委翅及博爾果付泥克四鐵班訥委翅曰 自此往托波兒去 向西北行 此處氷雖稍解 自此以北 尙

—— ◦ —— ◦ —— ◦ ——

다르다. 허명(虛名)에 집착하고, 이기는 것만 좋아하는 까닭에 그토록 싸우며 전쟁하는 것을 멈추지 않고, 전쟁이 끊이지 않게 되었다." 하였다. 3월 25일에 앙가라 강의 얼음이 녹은 후, 곧바로 출발할 것을 재촉하니, 피요도르 이판노치와 볼코니 처반노피치가 말하기를, "이곳에서 토볼에 갈 때에는 서북쪽으로 간다. 이곳의 얼음은 비록 조금 녹았지만, 이곳보다 북쪽의 얼음은 아직

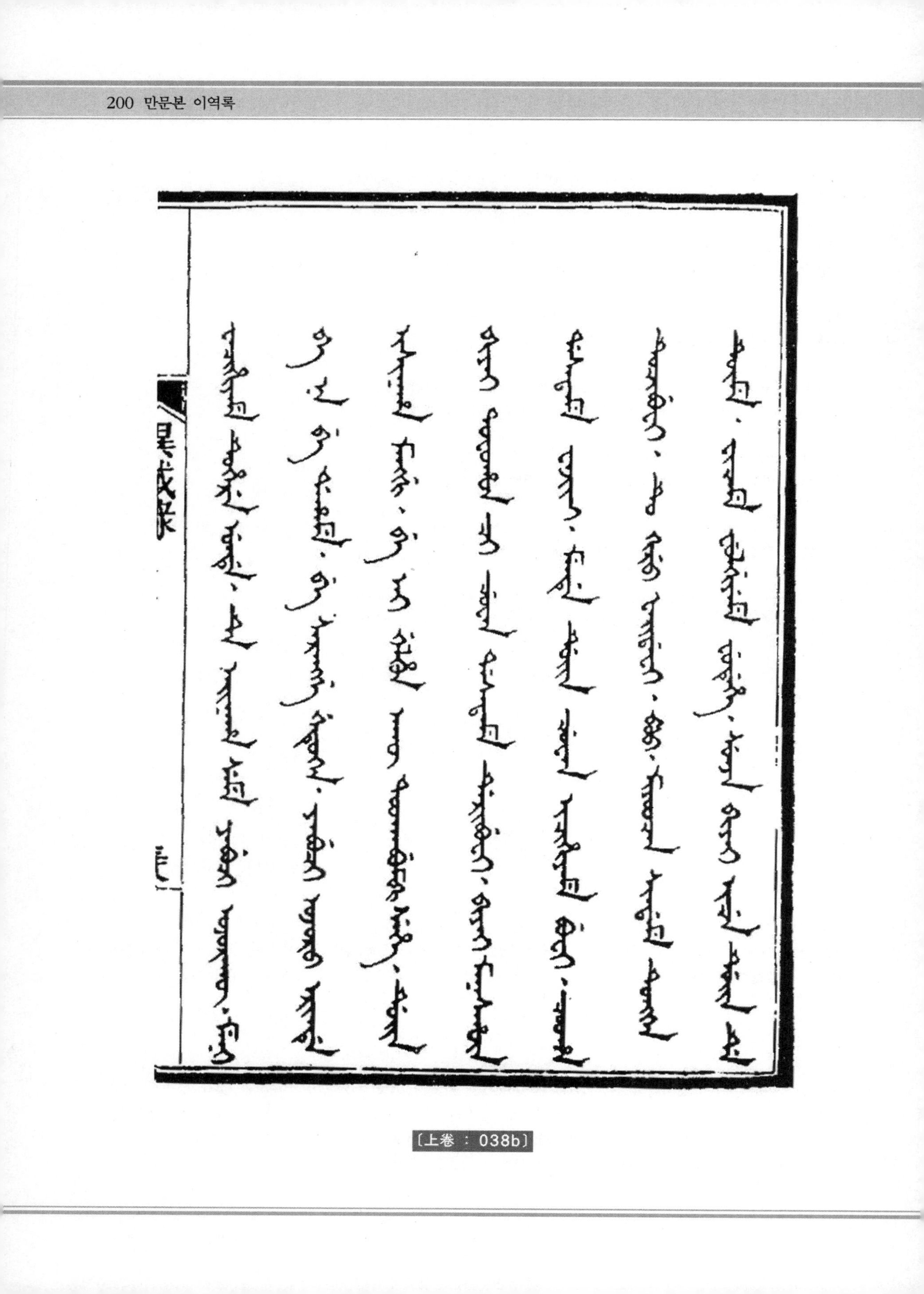

［上卷 : 038b］

wacihiyame tuhere unde. te ainaha seme yabuci ojorakū. meni
완전하게 녹지 못한다. 지금 어찌 하여도 가면 안 된다. 우리의

ba na be dahame, be sarangge getuken. yabuci ojoro erinde
지 역 을 따라 우리 아는 것 분명하다. 가면 될 때에

isinaha manggi, be ai gelhun akū tookabumbi sehe. duin
이른 후 우리 어찌 겁 없이 지체시키겠는가 하였다. 사

biyai tofohon ci cuwan dasatame deribufi, biyai manashūn
월의 보름 에서 배 수리하기 시작하여 달의 그믐

dasatame wajifi, mende duin cuwan icihiyame bufi, cooha
수리하기 마치고 우리에게 네 배 처리하여 주고 병사

tucibufi, tu kiru faidafi, poo, miyoocan sindame tungken
내어서 大旗 小旗 정렬하고 砲 조총 놓으며 큰북

tūme, ficame fulgiyeme fudehe. sunja biyai ice duin de,
치며 피리불며 호각불며 배웅했다. 오 월의 초 나흘 에

[한문]

未全泮 現今斷難起行 我國地方 我等切知 如可行時 何敢耽悞 四月十五日 修葺船隻起至月盡完備 撥給船四隻 排兵列幟 鳴炮放鎗 鼓吹而送 于五月初四日

—— ◦ —— ◦ —— ◦ ——

완전하게 녹지 않았다. 지금은 결코 가서는 안 된다. 이곳은 우리 지역이니, 우리가 잘 안다. 가도 될 때가 되면, 우리가 어찌 감히 출발을 지체시키겠는가?" 그들은 4월 15일에 배를 수리하기 시작하여, 그 달 말일에 수리를 마치고 우리에게 배 4척을 내어준 후, 병사를 내어서 대기(大旗)와 소기(小旗)를 정렬하고, 포(砲)와 조총을 쏘며 큰북을 치며 피리와 호각을 불며 우리를 배웅했다. 5월 4일에

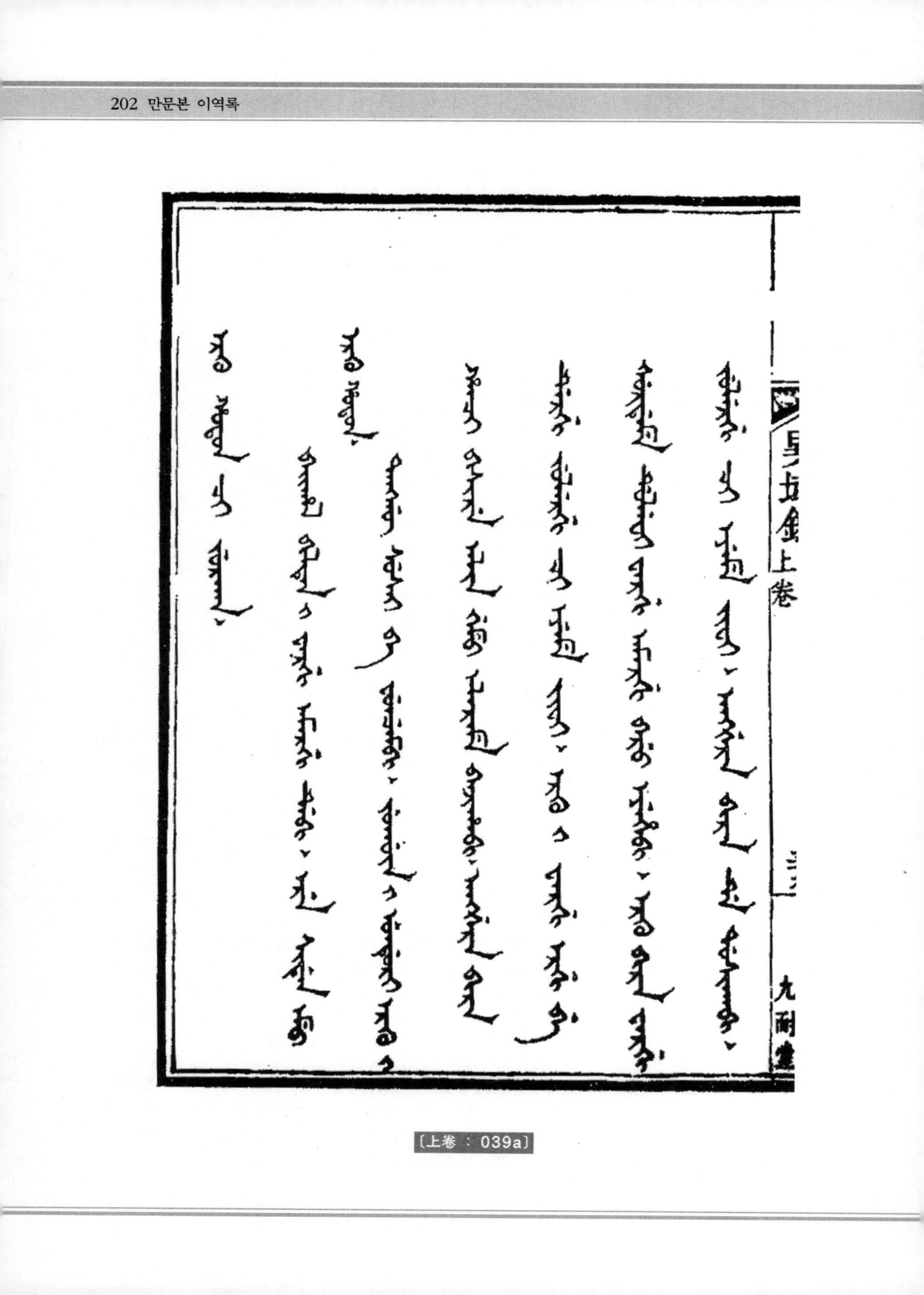

erku hoton ci juraka.
어르쿠 城 에서 떠났다.

erku hoton.[129] baihal bilten i wargi amargi debi. ere siden emu
어르쿠 城 바이칼 호수 의 서 북쪽 에 있다. 이 사이 일

tanggū susai ba funcembi. jugūn i unduri, erku i
백 오십 리 넘는다. 길 의 연도 어르쿠 의

hanci bisire alin gemu alarame banjihabi. angg'ara bira
가까이 있는 산 모두 나지막이 생겼다. 앙가라 강

dergi julergi ci eyeme jifi, erku i wargi ergi be
동 남쪽 에서 흘러 와서 어르쿠 의 서 쪽 을

šurdeme dulefi wargi amargi baru eyehebi. erku[130] bira wargi
둘러 지나서 서 북 쪽 흘렀다. 어르쿠 강 서

julergi ci eyeme jifi, angg'ara bira de dosikabi.
북쪽 에서 흘러 와서 앙가라 강 에 들어갔다.

[한문]

自厄爾口城起程

厄爾口城

在北海兒湖之西北 相去一百五十餘里 沿途及附近厄爾口城之山 不甚大 皆平坂山崗 昂噶拉河來自東南 繞過厄爾口城 西向西北而流 厄爾口河來自西南 入昂噶拉河

—— ◦ —— ◦ —— ◦ ——

어르쿠 성(城)에서 떠났다.

어르쿠 성(城).

바이칼 호수의 서북쪽에 있다. 이 사이 거리는 150리가 넘는다. 길을 따라 어르쿠 가까이에 있는 산은 나지막하다. 앙가라 강은 동남쪽에서 흘러 나와서, 어르쿠의 서쪽을 둘러 지나간 후 서북쪽으로 흘렀다. 어르쿠 강은 서북쪽에서 흘러 나와서 앙가라 강으로 들어갔다.

129) erku(厄爾口) : 이르쿠츠크(Иркутск). 이르쿠츠크는 러시아 이르쿠츠크 주의 주도이다. 바이칼 호 서쪽, 앙가라 강과 이르쿠츠 강의 합류점에 위치하고 있다. 바이칼 호에서 흘러나온 앙가라 강은 이르쿠츠크를 통과한 뒤 예니세이 강과 합류한 뒤 시베리아를 거쳐 북극해로 흘러들어 간다. 1760년에 모스크바로 연결되는 도로가 건설되어서 동 시베리아의 무역 중심지가 되었으며 1898년 시베리아 철도가 들어선 뒤부터는 공업도 발달하였다.

130) erku(厄爾口) 강 : 이르쿠(Иркут, 몽골어 Эрхүү) 강. 이르쿠 강은 러시아 부랴트공화국과 이르쿠츠 주에 있는 강이다. 앙가라 강의 왼쪽 지류로 이르쿠 강과 앙가라 강이 만나는 곳에 이르쿠츠크시가 있다.

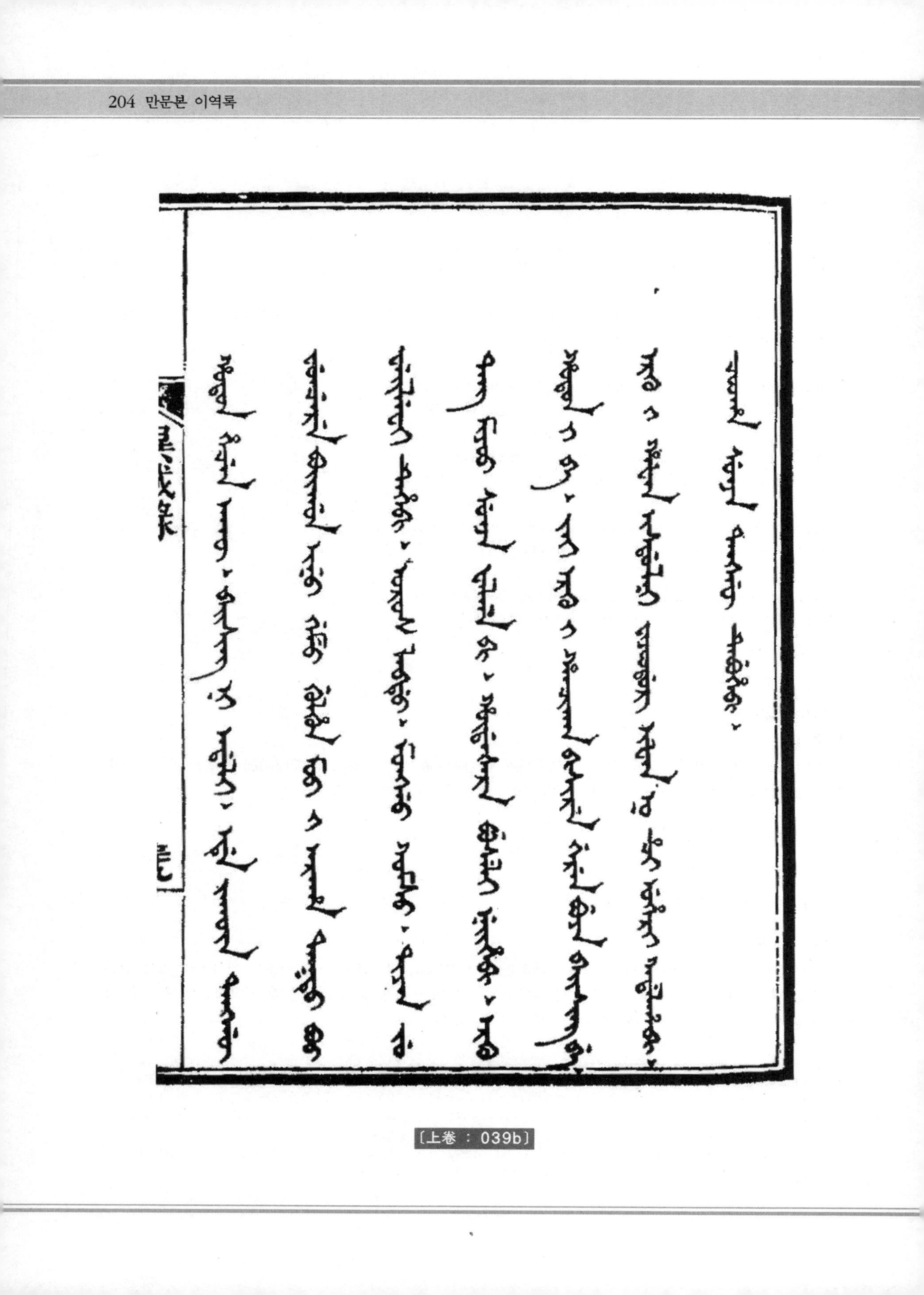

異域錄

hoton hecen akū, baising ni adali. ede jakūn tanggū
城 郭 없고 바이싱 과 같다. 이곳에 팔 백

funcere boigon inu gemu gulhun moo i araha taktu boo
넘는 가구 도 모두 전부 나무 로 지은 다층집

weilefi tehebi. oros labdu. monggo komso. tiyan ju
짓고 살았다. 러시아인 많다. 몽고인 적다. 天 主

tang miyoo sunja falga bi. hūdašara puseli neihebi. erku
堂 廟 다섯 채 있다. 거래하는 상점 열었다. 어르쿠

hoton i ba, jai erku i hancikan bisire geren buya baising be,
城 의 곳 그리고 어르쿠 의 가까이 있는 여러 작은 바이싱 을

erku i hafan isdolni[131] fiyoodor ifan no c'y uheri kadalahabi.
어르쿠 의 관리 이스돌니 피요도르 이판 노 치 모두 관할하였다.

cooha sunja tanggū tebuhebi.
병사 오 백 머무르게 했다.

[한문]

無城垣 似栢興 居住八百餘戶 皆樓房 俱係大木營治 大半俄羅斯 蒙古人少 有天主堂五座 有市廛 厄爾口城及附近小栢興地方 皆屬厄爾口城之頭目斯多爾尼科衣宛薩委趐繞轄 駐兵五百名

—— ∘ —— ∘ —— ∘ ——

이곳은 성곽이 없으며 바이싱과 비슷하다. 이곳에는 800 남짓한 가호(家戶)가 있는데, 모두 전부 나무로 지은 다층집에서 살았다. 러시아인이 많고 몽골인은 적다. 교회는 5채 있으며, 상점도 있다. 어르쿠 성(城) 지역과 어르쿠 가까이에 있는 여러 작은 바이싱을 어르쿠의 관리 이스돌니 피요도르 이판노치가 모두 관할하고 병사 500 명이 주둔하였다.

131) isdolni(斯多爾尼科) : 스토리니크(Стольник)는 인명과 같이 취급하고 있지만 러시아에서 중세시대에 왕실에서 차르(царь)의 음식을 담당하던 궁정 관리였다. 러시아 관료체계 내에서 5등급의 위치에 있었으며 군대나 외무부에 근무하기도 하였는데 대사관에 파견되어 대사로 임명되기도 하였다.

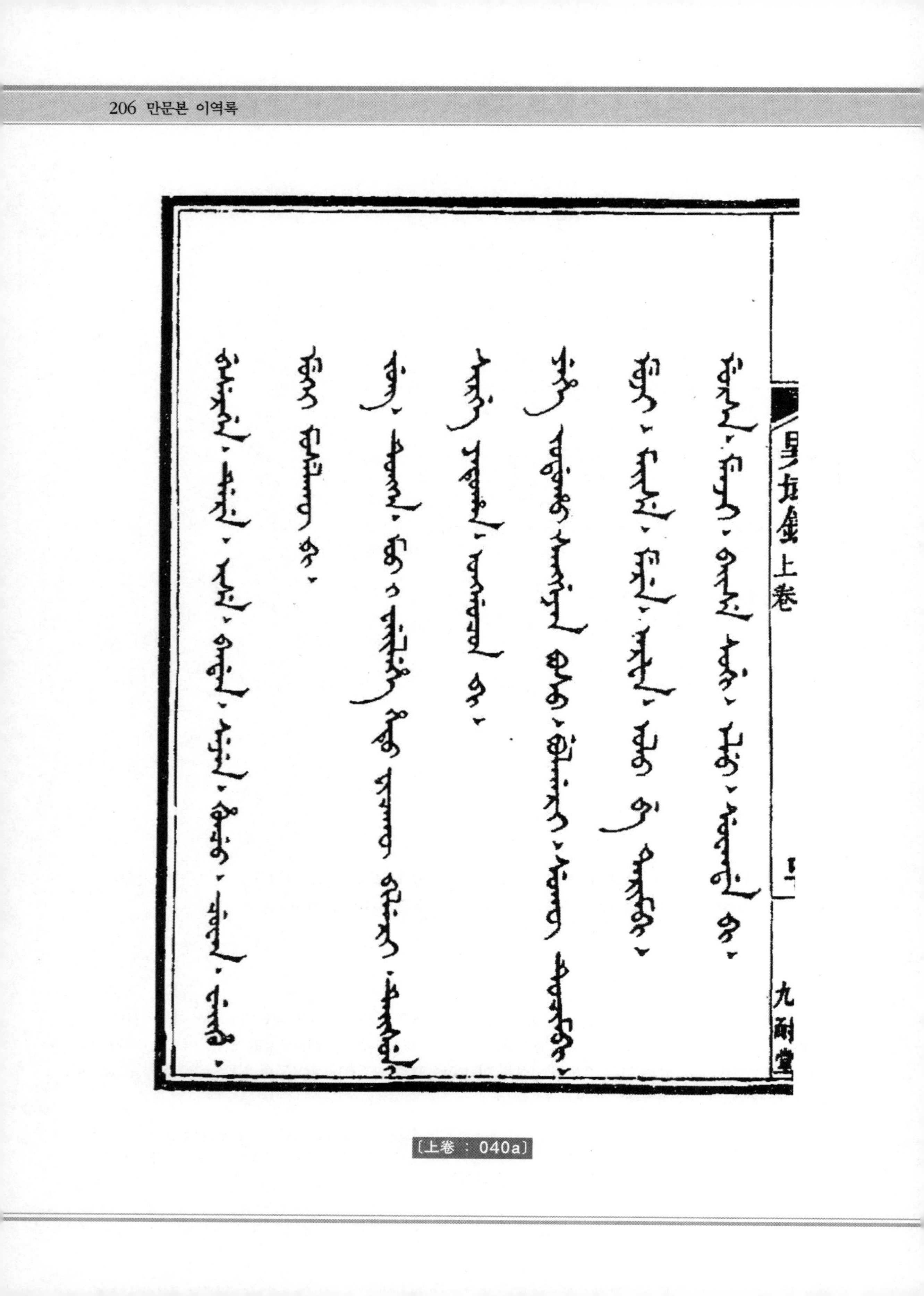

besergen, dere, ise, bandan, sejen, huncu, cuwan, weihu,
침대 탁자 의자 긴의자 수레 발구 배 마상이

mukei moselakū bi.
물 멧돌 있다.

jung, tungken, moo i weilehe hetu ficakū, bileri, teišun i
종 큰북 나무 로 만든 저 태평소 銅 의

sirge yatuhan, onggocon bi.
弦 쟁 해금 있다.

yehe jodoho šanggiyan boso, bulgari, sukū tucimbi.
熟麻 짠 하얀 布 薰牛皮 가죽 난다.

muji, maise, mere, arfa, olo be tarimbi.
보리 밀 메밀 귀리 삼 을 경작한다.

mursa, menji, baise sogi, elu, suwanda bi.
무 순무 배추 파 마늘 있다.

[한문]

器用有床桌椅橙車拖床船舟艇水磨 樂有鐘鼓木笛哨吶銅絃箏胡琴 産紵麻布燻牛皮 種大麥小麥蕎麥油麥蔴蘿蔔蔓菁白菜葱蒜

— ◦ — ◦ — ◦ —

침대, 탁자, 의자, 긴 의자, 수레, 발구, 배, 마상이, 돌멧돌이 있다. 종, 큰북, 나무로 만든 저, 태평소, 동현쟁(銅弦箏), 해금이 있다. 저마포(紵麻布), 훈우피(燻牛皮)가 난다. 보리, 밀, 메밀, 귀리, 삼을 경작한다. 무, 순무, 배추, 파, 마늘이 있다.

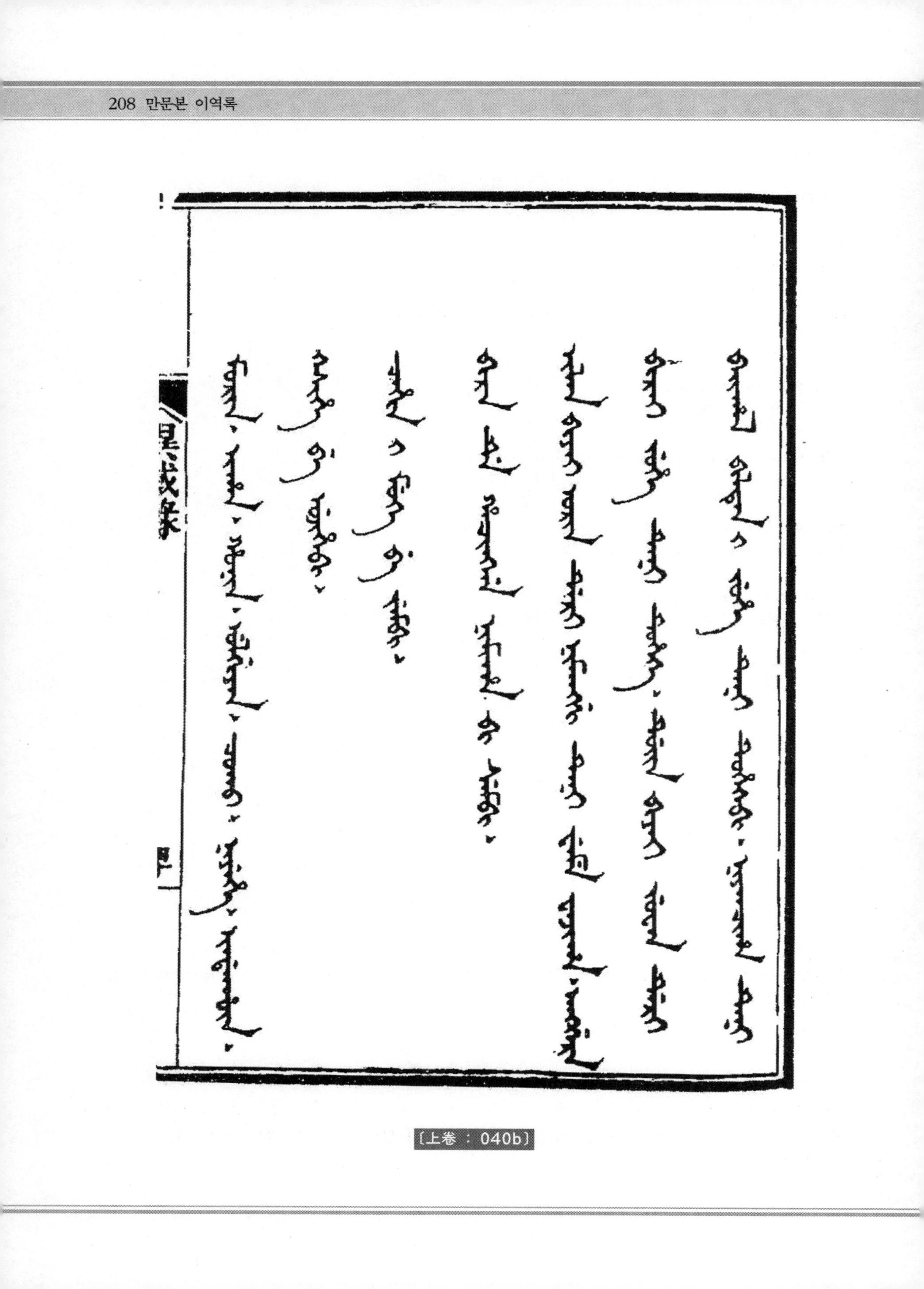

星、辰、象

[上卷 : 040b]

morin, ihan, honin, ulgiyan, coko, niyehe, indahūn,
말 소 양 돼지 닭 오리 개

kesihe be ujihebi.
고양이 를 길렀다.

cahin i muke be jembi.
우물 의 물 을 먹는다.

bira de hacingga nimaha bi sembi.
강 에 각종 물고기 있다 한다.

ilan biyai orin deri nimanggi teni weme wajiha. angg'ara
삼 월의 이십 부터 눈 비로소 녹아 마쳤다. 앙가라

birai juhe teni tuheke, duin biyai juwan deri
강의 얼음 비로소 녹았다. 사 월의 십 부터

baihal bilten i juhe teni tuhekebi. niyanciha teni
바이칼 호수 의 얼음 비로소 녹았다. 푸른풀 비로소

[한문]

畜馬牛羊豕鷄鴨犬猫 食方木井水 河內產各種魚 三月下旬 雪始化盡 昻噶拉河氷始解 四月上旬 栢梅兒湖氷始解 草

— ◦ — ◦ — ◦ —

말, 소, 양, 돼지, 닭, 오리, 개, 고양이를 길렀다. 그리고 우물물을 마시며 강에는 여러 종류의 물고기가 있다고 한다. 3월 20일부터 눈이 녹았고 앙가라 강의 얼음도 녹았다. 그리고 4월 10일부터 바이칼 호수의 얼음이 비로소 녹았다. 청초(青草) 비로소

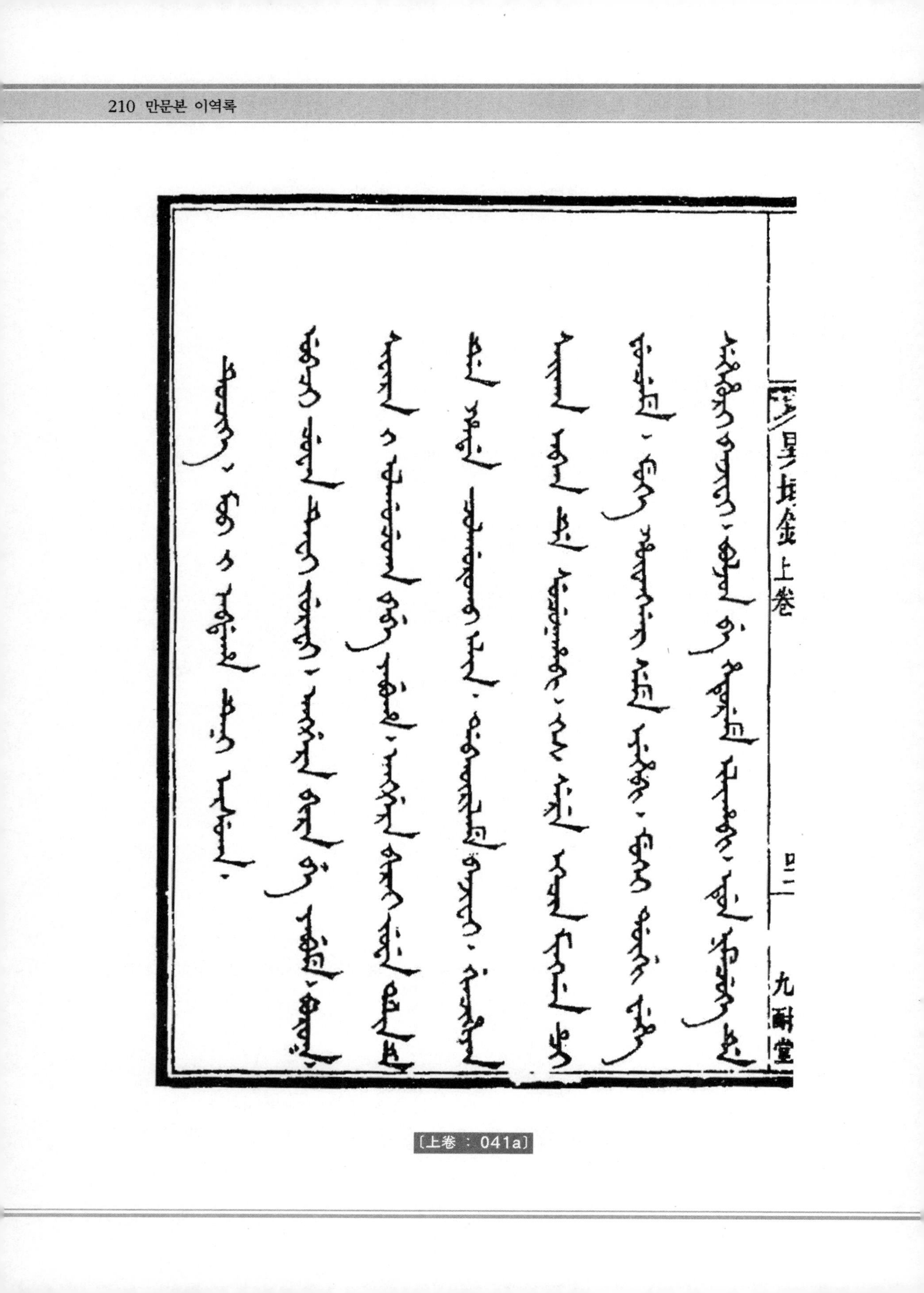

tucike. moo i abdaha teni arsuka.
나왔다. 나무 의 잎 비로소 움텄다.

ubaci cuwan tefi jurafi, angg'ara bira be yabume, porok,[132]
이곳에서 배 타고 떠나서 앙가라 강 을 가며 여울

sifira[133] i olgocuka[134] babe yabuha. angg'ara birai juwe dalin de
시피라 의 위험한 곳을 갔다. 앙가라 강의 양 기슭 에

den hada colgoroko alin, dabkūrilame banjifi, gincihiyan
높은 산봉우리 우뚝 솟은 산 겹쳐 생겨나고 아름답고

saikan abka de sucunahabi. kes sere ekcin minggan c'y
예쁜 하늘 에 치솟았다. 가파른 절벽 천 尺

funceme, muke hūwanggar seme eyehebi. mukei dorgi wehe
넘으며 물 콸콸 하고 흘렀다. 물의 속 돌

sehehuri banjifi, boljon be hetureme ilihabi. edun nimecuke de
험준하게 생겨나서 물결 을 가로막아 섰다. 바람 거침 에

[한문]

始萌 樹始發 自此乘舟起程 由昂噶拉河過破落克 西費喇 諸危險之處 其昂噶拉河兩岸 奇巒絶壁 疊翠橫空 斷岸千尺 水聲淙淙 巉石嵯峨 橫波峭立 風

—— 。—— 。—— 。——

나왔다. 나무의 잎도 비로소 움이 텄다. 이곳에서 배를 타고 출발해서 앙가라 강을 가며 여울, 시피라라는 무서운 지역을 지나갔다. 앙가라 강의 양쪽 기슭에는 높은 산봉우리가 우뚝 서 있는 산이 겹겹이 있으며, 아름답고 예쁜 하늘에 봉우리가 솟아 있었다. 험준한 절벽이 1,000척이 넘으며 물도 콸콸 흘렀다. 물속에서 돌이 높이 솟아 물결을 가로막았다. 바람도 거칠어

132) porok(破落克) : (물 밑의 암초 때문에 생기는) 여울을 가리키는 러시아어 포록(Порог)이다.
133) sifira(西費喇) : (시베리아와 우랄 지방 하천의) 흐름이 빠르고 돌이 많은 곳을 가리키는 러시아어 시베라(шивера)이다.
134) olgocuka = olhocuka

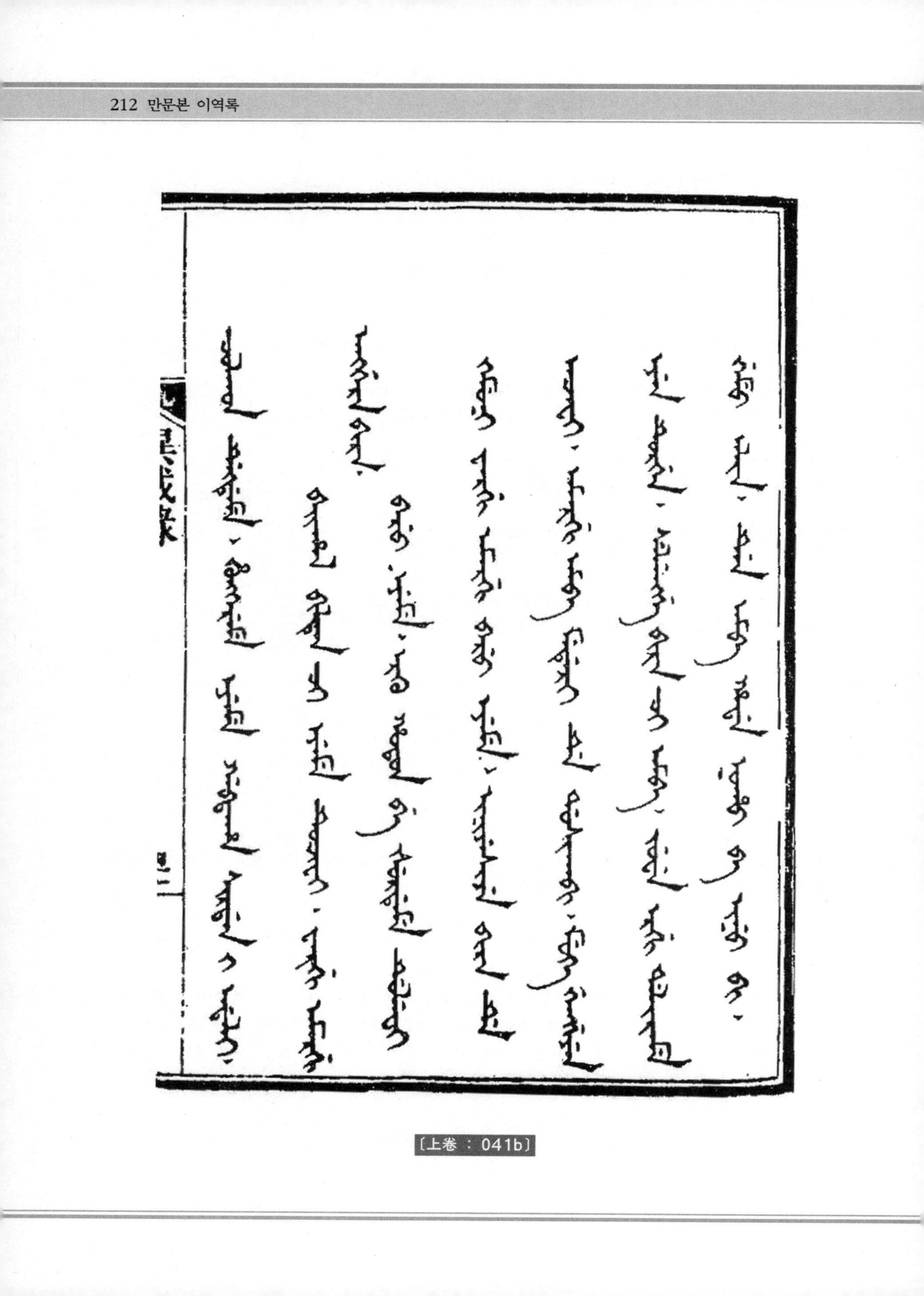

colkon dekdeme, hungkereme eyeme gabtaha sirdan i adali.
물결 일며 퍼붓듯이 흘러 쏜 화살 과 같다.

angg'ara bira.[135] baihal bilten ci eyeme tucifi, wargi amargi
앙가라 강 바이칼 호수 에서 흘러 나와서 서 북

baru eyeme, erku hoton be šurdeme dulefi
쪽 흐르며 어르쿠 城 을 둘러 지나가고

kemuni wargi amargi baru eyeme, iniyesiye[136] bira de
항상 서 북 쪽 흐르며 이니여시여 강 에서

acafi, amargi amba mederi de dosikabi. muke genggiyen
만나 북쪽 큰 바다 에 들어갔다. 물 맑고

eyen turgen. selengge bira ci amba. juwe ergi dalirame
흐름 빠르다. 세렝게 강 보다 크다. 양 쪽 따라

gemu alin. den amba hada noho ba inu bi.
모두 산이다. 높고 큰 산봉우리 뿐 곳 도 있다.

[한문]

高浪激 奔注如矢

昂噶拉河

自栢海兒湖流出 向西北 遶過厄爾庫城 仍向西北而流 滙于伊聶謝河 歸入北海 水清溜急 大于色楞格河 兩岸皆山 有高峻峯巒

—— ◦ —— ◦ —— ◦ ——

큰 물결이 일며 퍼붓듯이 흘러 마치 쏜 화살과 같다.

앙가라 강.

바이칼 호수에서 흘러 나와서, 서북쪽으로 흐르며, 어르쿠 성(城)을 둘러 지나서도 서북쪽으로 흘러, 이니여시여 강과 만나 북쪽의 큰 바다로 들어간다. 물은 맑고 흐름이 빠르며, 세렝게 강보다 크다. 양쪽을 따라 모두 산이 있으며, 높고 큰 산봉우리만 있는 곳도 있고

135) angg'ara(昂噶拉) : 앙가라(부랴트어 Ангар, 러시아어 Ангара́) 강은 예니세이 강의 지류로 바이칼 호에서 흘러나가는 유일한 강이다. 바이칼 호의 남서쪽 리스트비얀카(Листвянка) 근처에서 흐르기 시작해, 북쪽으로는 이르쿠츠크(Иркутск), 브라트스크(Братск)를 통과해서 일림(ильм) 강과 합류한 뒤 서쪽으로 흐름을 바꾸어서, 스트렐카(Стрелка) 근처에서 예니세이(Енисей) 강에 합류한다.

136) iniyesiye(伊聶謝) : 예니세이(Енисей) 강은 몽골 북쪽에 시작하여 북극해의 카르스코이(Карское) 해의 예니세이 만으로 흘러 들어간다. 북극해로 흘러들어가는 시베리아의 세 개의 강 중 가장 큰 강이며 이외에 옵(Обь) 강, 레나(Лена) 강이 있다. 부리야트어 고르로그 무룽(Горлог мүрэн), 투반(Tyvan) 어 우룩 헴(Улуг Хем), 카카스(Khakas) 어 킴 숙(Ким суг)이다.

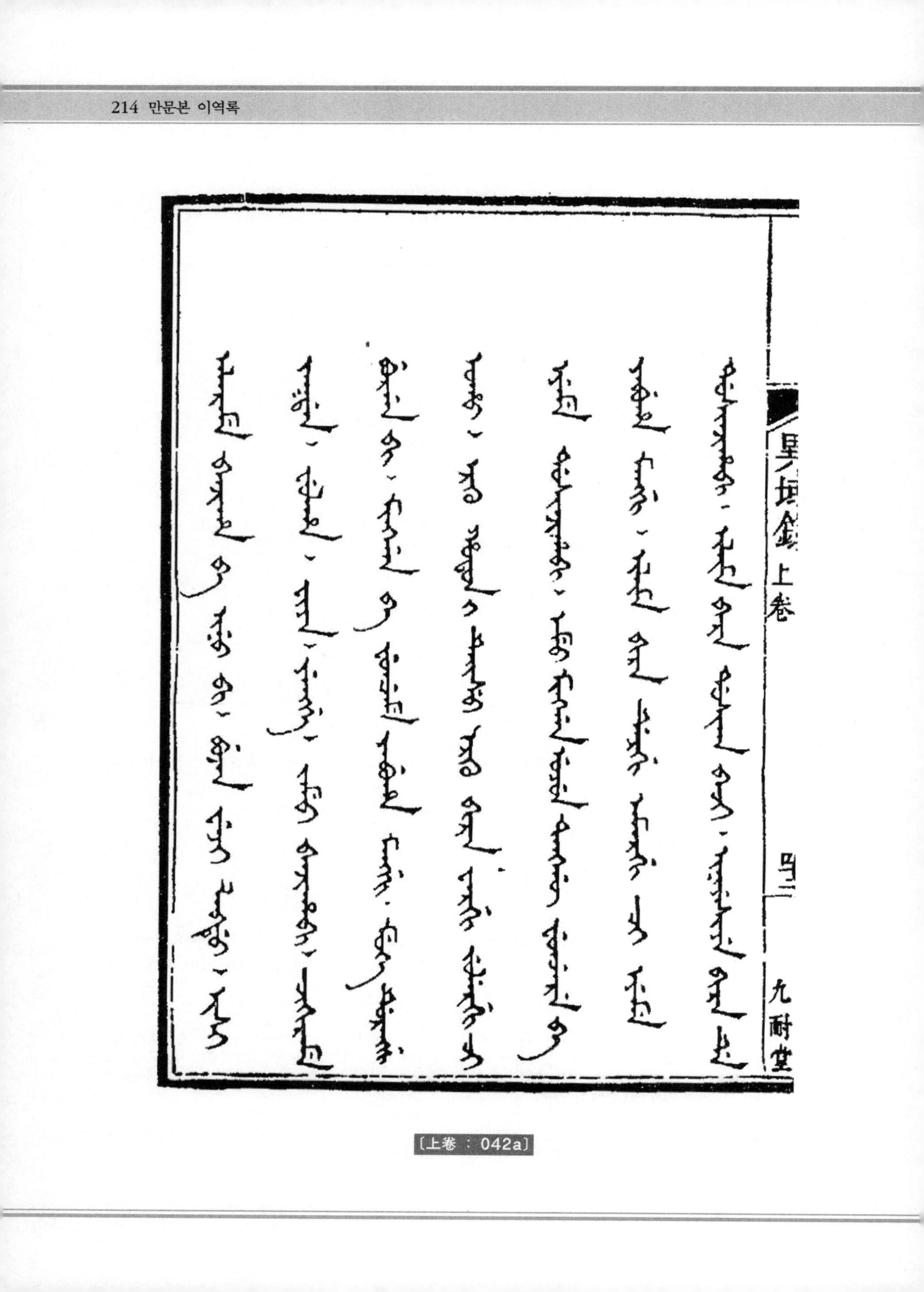

異域錄 上卷

九耐堂

alarame banjiha ba inu bi. bujan weji labdu, isi,
나지막이 생겨난 곳 도 있다. 숲 밀림 많다. 落葉松

jakdan, fulha, fiya, yengge, jamu banjihabi. cikirame
소나무 백양나무 자작나무 머루나무 해당화 자랐다. 강가를 따라

burga bi. minggan ba funceme yabuha manggi, muke duranggi
버드나무 있다. 천 리 넘게 간 후 물 탁하게

oho. erku hoton i teisu erku bira wargi julergi ci
되었다. 어르쿠 城 의 마주하여 어르쿠 강 서 남쪽 에서

eyeme dosinjihabi. emu minggan uyun tanggū funcere ba
흘러 들어왔다. 일 천 구 백 넘는 리

yabuha manggi, ilim[137] bira dergi amargi ci eyeme
간 후 일림 강 동 북쪽 에서 흘러

dosinjihabi. ilim bira dosika baci, iniyesiye bira de
들어왔다. 일림 강 들어간 곳에서 이니여시여 강 에

[한문]

亦有平坂山崗 多林藪 有杉松馬尾松楊樺櫻薁刺玫 岸有叢柳 行千餘里 水漸濁 厄爾口河自厄爾口城之處歸入 又行一千九百餘里 伊里穆河自東北歸入 自伊里穆河歸入之處 以至伊聶謝河

—— ◦ —— ◦ —— ◦ ——

높지 않은 산도 있다. 숲과 밀림이 많고, 낙엽송(落葉松), 소나무, 백양나무, 자작나무, 머루나무, 해당화가 자랐다. 강가를 따라 버드나무가 있다. 1,000리 남짓 흐른 후에는 물이 탁해졌다. 어르쿠 성(城)과 마주하여 어르쿠 강이 서남쪽에서 흘러 들어왔다. 1,900리 남짓 흐른 후에는 일림 강이 동북쪽에서 흘러들어왔다. 일림 강이 만난 곳으로부터 이니여시여 강에

137) ilim(伊里穆) : 일림(Ильм) 강은 이르쿠츠크 주에 있는 강으로 앙가라 강의 지류이다. 북쪽으로 흘러 우스트 일림스크(Усть Илимск) 남쪽 40km 지점에서 앙가라 강에 합류한다.

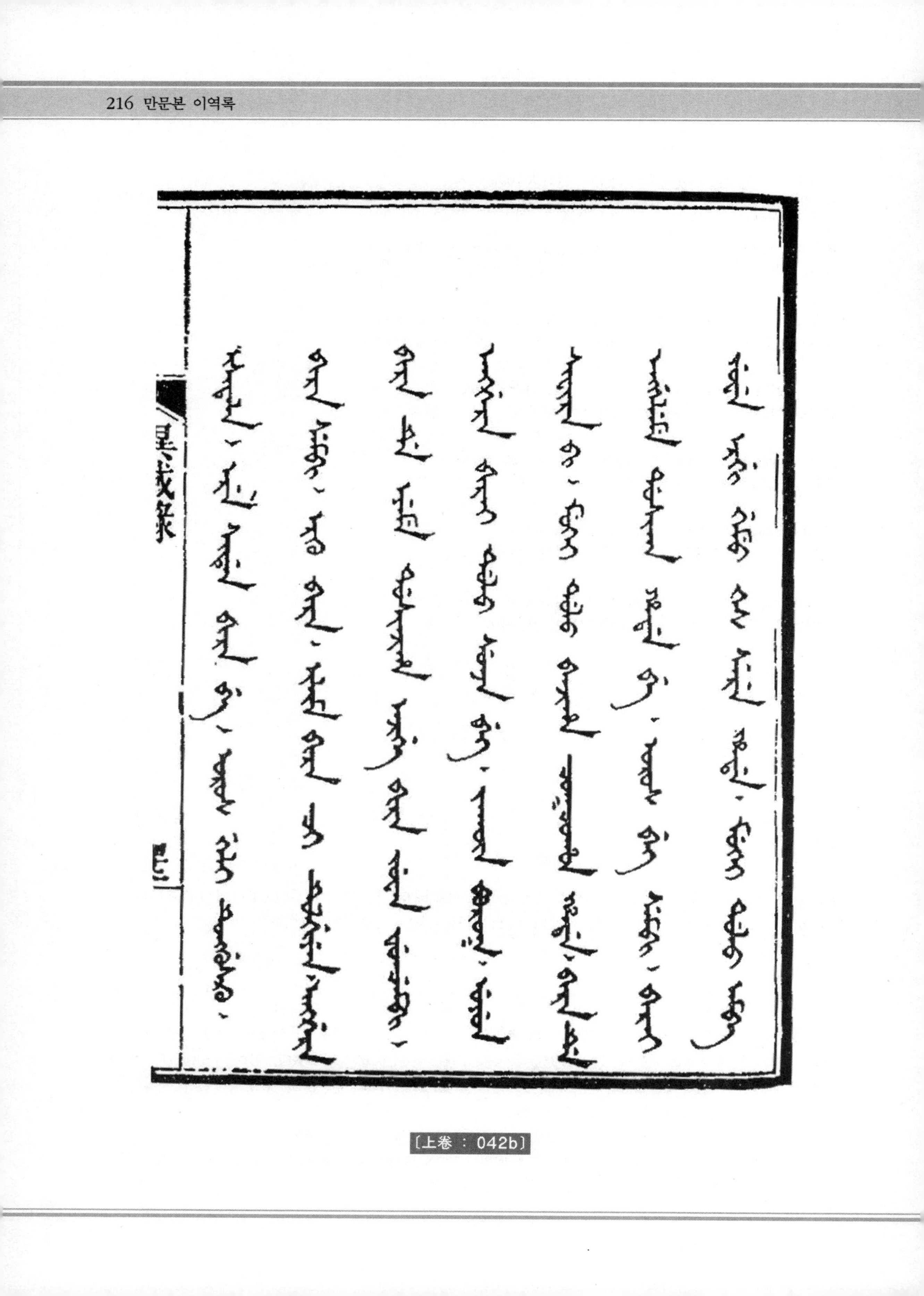

異域錄

〔上卷 : 042b〕

isitala, ere siden bira be, oros geli tunggusk'o[138)]
이르도록 이 사이 강 을 러시아인 또 퉁구스코

bira sembi, erku bira, ilim bira ci tulgiyen, angg'ara
강 한다. 어르쿠 강 일림 강 에서 밖에 앙가라

bira de eyeme dosinjiha ajige bira juwan funcembi.
강 에 흘러 들어온 작은 강 열 넘는다.

angg'ara birai dolo sunja bek,[139)] jakūn porok, uyun
앙가라 강의 가운데 다섯 벡 여덟 여울 아홉

sifira bi. mukei dolo banjiha cokcohon hada, bira de
시피라 있다. 물의 속 생겨난 치솟은 봉우리 강 에

enggeleme dosika hada be, oros bek sembi. birai
내밀어 들어온 산봉우리 를 러시아어 벡이라 한다. 강의

juwe ergi gemu kes sere hada, mukei dolo amba
양 쪽 모두 가파른 산봉우리 물의 속 큰

[한문]

其間之河 俄羅斯又呼爲通古斯科河 除厄爾口河 伊里穆河又有十餘小河 皆歸入昂噶拉河 昂噶拉河內有碑克五處 破落克八處 西費喇九處 河內高峯及臨水懸崖 俄羅斯人名之曰碑克 河兩邊皆峭壁 中有大

—— ◦ —— ◦ —— ◦ ——

이르기까지, 이 사이의 강을 러시아인은 또 퉁구스코 강이라고 부른다. 일림 강 이외에 앙가라 강으로 흘러 들어오는 작은 강이 10개 남짓 있다. 앙가라 강 가운데에는 다섯 곳의 벡, 여덟 곳의 여울, 아홉 곳의 시피라가 있다. 물속에서 높게 돌출된 산봉우리와 강에 밀고 들어온 산봉우리를 러시아어로 벡이라고 한다. 강의 양쪽 모두 험준한 산봉우리와, 물속은 큰

138) tunggusk'o(通古斯科) : 퉁구스(Тунгуска) 강은 이역록에서는 앙가라 강의 상류, 즉 "ilim bira dosika baci iniyesiye bira de isitala 일림 강 합류 지역부터 에니세이 강의 합류 지점까지"를 퉁구스 강이라고 하였다. 오늘날 니즈냐 퉁구스카(Нижняя Тунгуска)와 포드카멘냐 퉁구스카(Подкаменная Тунгуска)가 앙가라 강 상류와 나란히 동쪽에서 서쪽으로 흘러 에니세이강에 합류하고 있는데 이들 세 강 유역은 에벵키(Эвенкийский) 자치주와 인접하고 있어서 이러한 명칭을 얻게 된 것으로 판단된다.

139) bek(碑克) : 산꼭대기, 봉우리; 고봉(孤峰), 돌출부, 최고점 등을 나타내는 픽(пик)을 가리킨다.

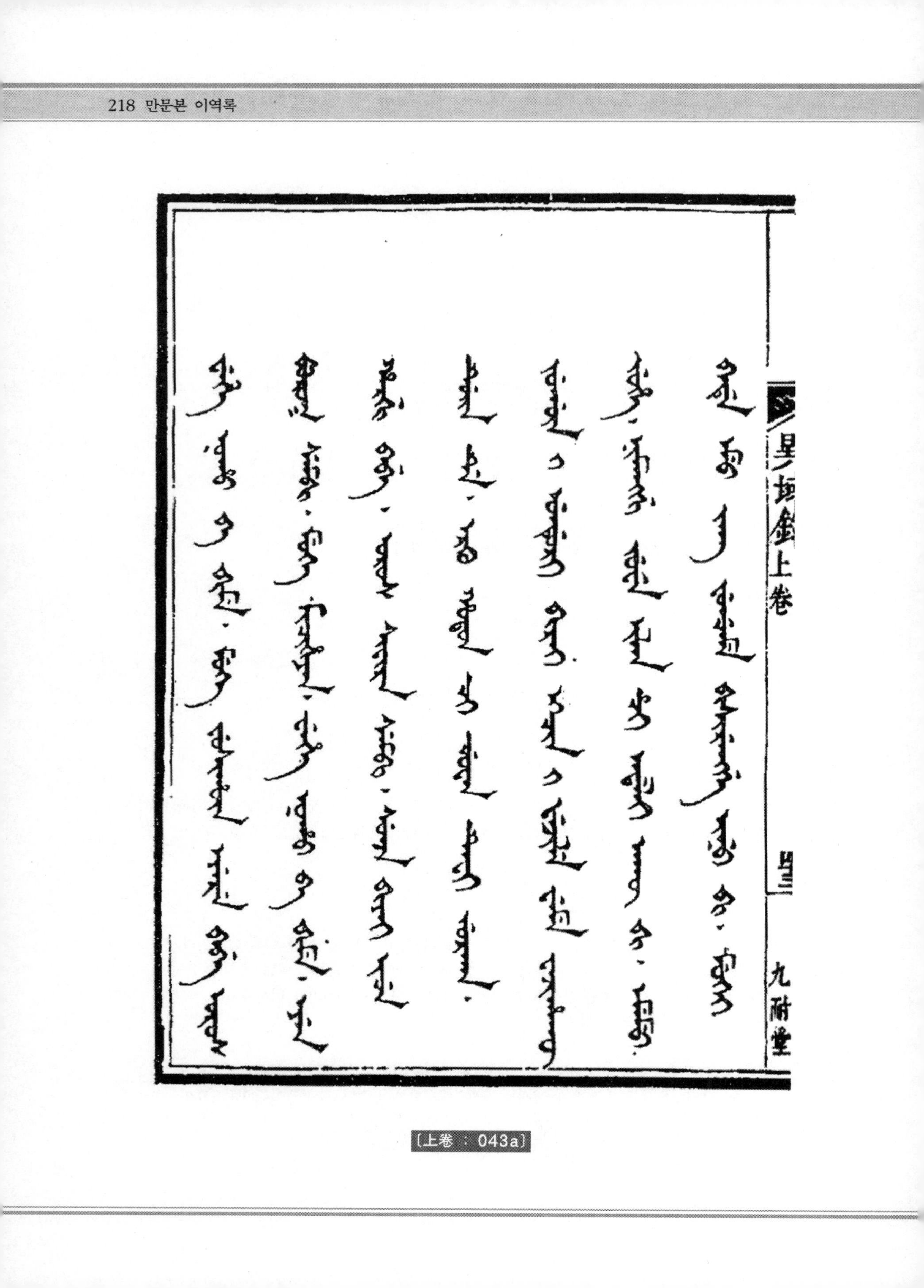

異域錄 上卷

九耐堂

wehe noho ba bime, muke fusihūn eyere babe oros
돌 뿐 곳 이면서 물 아래로 흐르는 곳을 러시아어

porok sembi, muke micihiyan, wehe noho ba bime, eyen
포록 한다. 물 얕고 돌 뿐 곳 이며 흐름

hargi babe, oros sifira sembi, sunja biyai ice
급한 곳을 러시아어 시피라 한다. 오 월의 초

duin de, erku hoton ci cuwan tefi juraka.
나흘 에 어르쿠 城 에서 배 타고 떠났다.

jugūn i unduri birai ekcin i fejile weme wajihakū
길 의 연도 강의 가 의 아래 녹아 마치지 않은

juhe, nimanggi juwe ilan c'y adali akū bi. ememu
얼음 눈 이 삼 尺 동일하지 않게 있다. 한

bade emu jang funceme bisirengge inu bi. mukei
곳에 한 丈 넘게 있는 것 도 있다. 물의

[한문]

石 水直陡下流者 俄羅斯人名之曰破落克 水淺 有石 水緊溜急之處 俄羅斯人名之曰西費喇 五月初四日 自厄爾口城乘船起程 沿途河岸之下未消之冰雪 尚有二三尺不等 亦有至丈餘之處 順

—— ◦ —— ◦ —— ◦ ——

돌 뿐이며 물이 아래로 흐르는 곳을 러시아어로 포록이라고 한다. 물이 얕고 돌뿐이며 물의 흐름이 빠른 곳을 러시아어로 시피라라고 한다. 5월 4일에 어르쿠 성(城)에서 배를 타고 떠났다. 길을 따라 있는 강의 기슭 아래에는 녹지 않은 얼음과 눈이 2, 3척(尺) 정도 일정하지 않게 있다. 어떤 곳에는 1장(丈) 남짓 있는 경우도 있다. 물을 따라

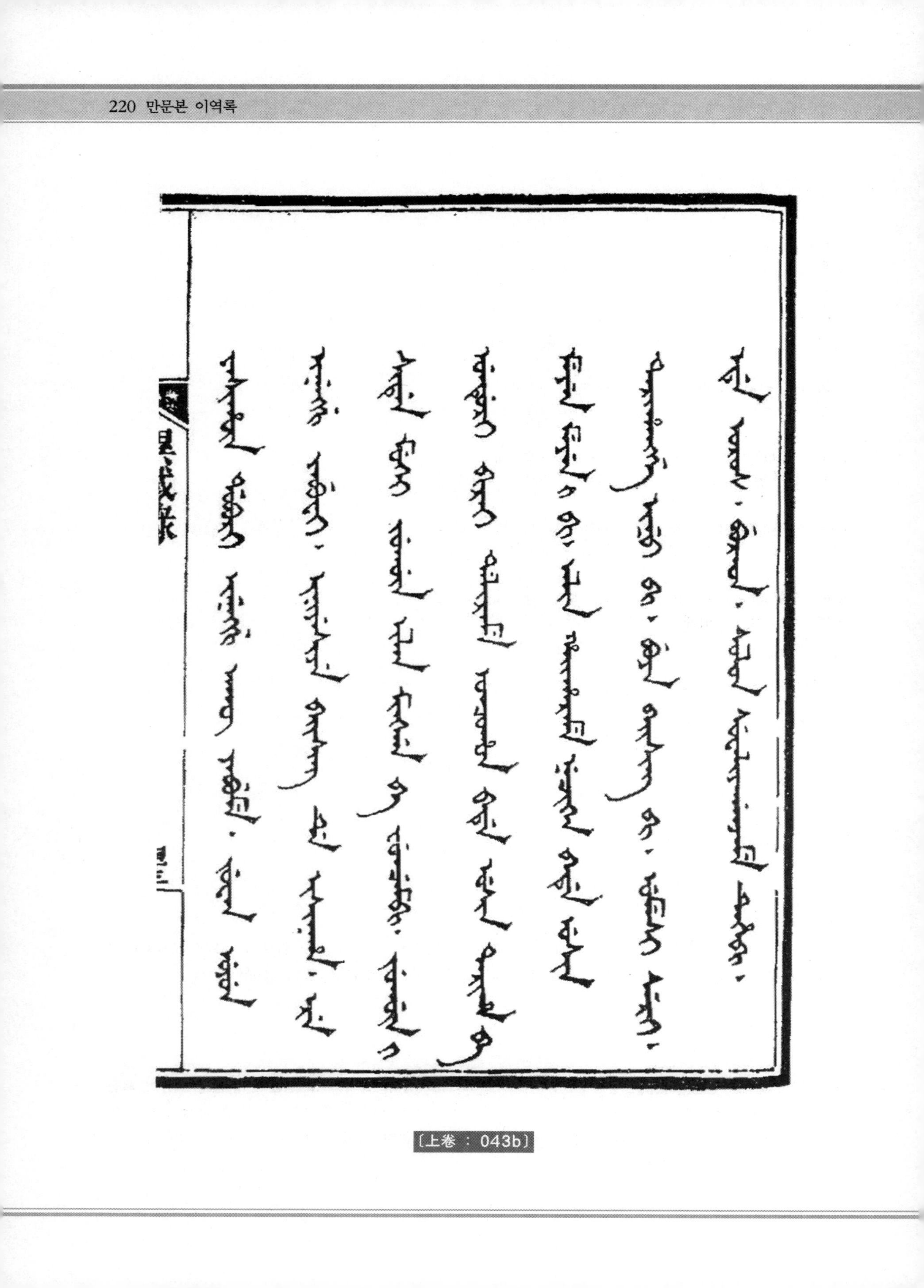

異域錄

[上卷 : 043b]

wasihūn dobori inenggi akū yabume, juwan uyun
아래로 밤 낮 없이 가며 십 구

inenggi yabufi, iniyesiye baising de isinaha. ere
일 가서 이니여시여 바이싱 에 도달했다. 이

siden mukei jugūn ilan minggan ba funcembi. jugūn i
사이 물의 길 삼 천 리 넘는다. 길 의

unduri birai dalirame oncohon bade usin tariha ba
연도 강의 따라 넓은 곳에 밭 경작한 곳

meyen meyen i bi. alin haiharame neciken bade usin
군데 군데 있다. 산 기슭을 따라 평평한 곳에 밭

tarihangge inu bi. buya baising bi. umesi seri.
경작한 것 도 있다. 작은 바이싱 있다. 매우 드물다.

ede oros, burat, solon[140] suwaliyaganjame tehebi.
이곳에 러시아 부라트 솔론 뒤섞여 살았다.

[한문]

流晝夜行 十九日 至伊聶謝栢興地方 其間水程三千餘里 沿途河岸寬濶之處 間有田畝 其山陂少平之處 亦有耕種者 有小栢興甚稀 俄羅斯與布喇特及索倫人等雜處

—— ◦ —— ◦ —— ◦ ——

내려가며 밤낮 없이 갔는데, 19일이 지나 이니여시여 바이싱에 도착했다. 이 사이 수로가 3,000리가 넘는다. 길을 따라 있는 강기슭에 연한 넓은 곳에서는, 밭을 경작하는 곳이 군데군데 있다. 산기슭을 따라 평평한 곳에 밭을 경작한 곳도 있다. 작은 바이싱도 있는데, 매우 드물게 있다. 이곳에는 러시아인과 부라트족, 솔론족이 함께 살았다.

140) solon(索倫人) : 에벵키(Эвенки)족을 가리킨다.

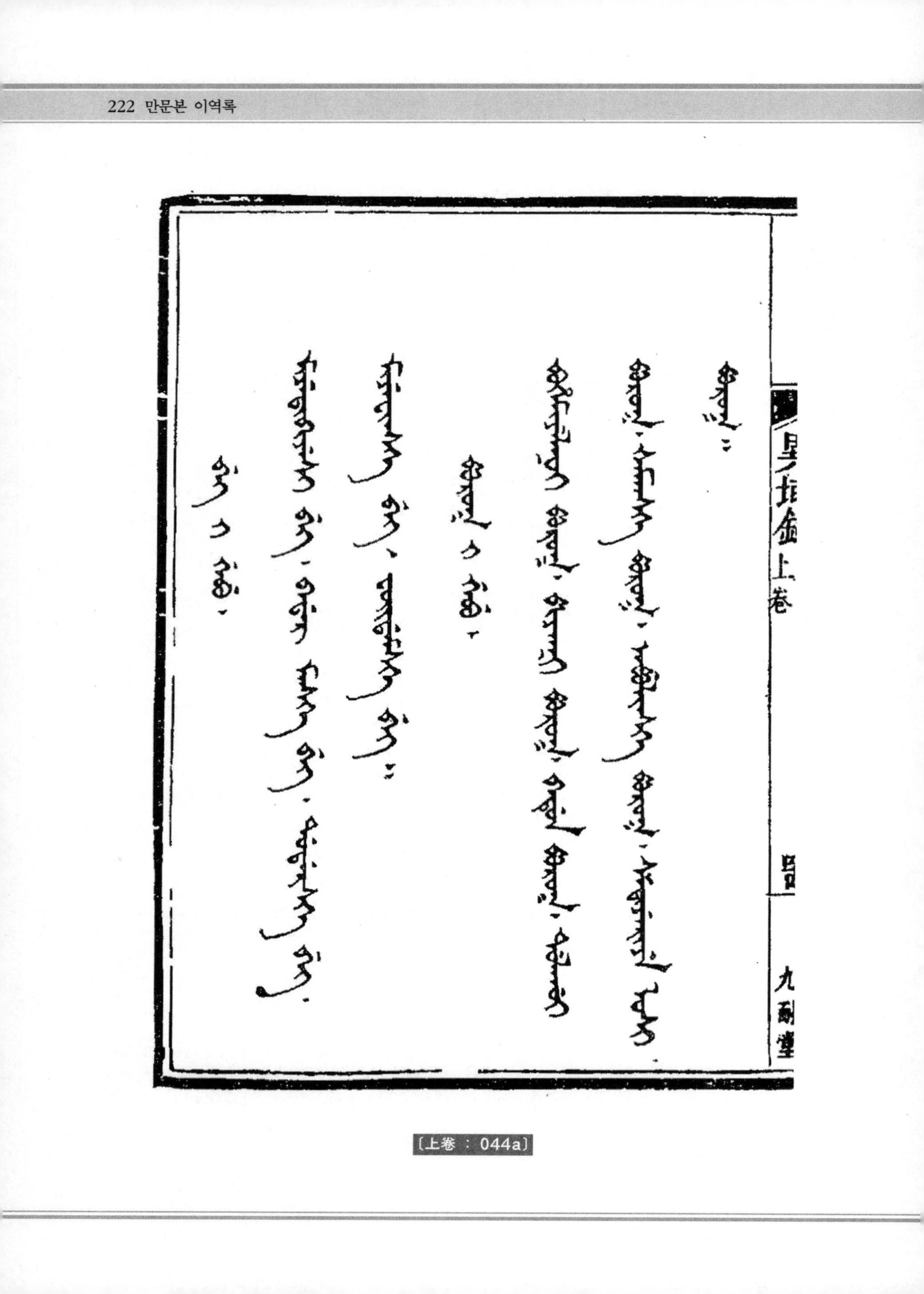

bek i gebu.
벡 의 이름

miyetibiyesi bek, badar manske bek, dodarske bek,
미여티비여시 벡 바다르만스커 벡 도다르스커 벡

miyefinske bek, foidamske bek..
미여린스커 벡 포이담스커 벡

porok i gebu.
여울 의 이름

bohemiyelnoi porok, piyanai porok, badun porok, dolgoi
보허미열노이 여울 피야나이 여울 바둔 여울 돌고이

porok, ša manske porok, apolinske porok, sztiyeriye losi
여울 샤 만스커 여울 아폴린스커 여울 스찌여리여로시

porok..
여울

[한문]

五碑克之名
滅提別西克碑克 巴達爾滿斯克碑克 多達爾斯克碑克 滅費斯克碑克 費達穆斯克碑克
八破落克之名
博合滅爾訥破落克 皮牙乃破落克 巴敦破落克 多爾規破落克 沙滿斯克破落克 阿布林斯克破落克 木爾蘇斯克破落克 四鐵烈洛什破落克

—— ◦ —— ◦ —— ◦ ——

벡의 이름.
미여티비여시 벡, 바다르만스커 벡, 도다르스커 벡, 미여린스커 벡, 포이담스커 벡.

여울의 이름.
보허미열노이 여울, 피야나이 여울, 바둔 여울, 돌고이 여울, 샤 만스커 여울, 아폴린스커 여울, 스찌여리여로시 여울.

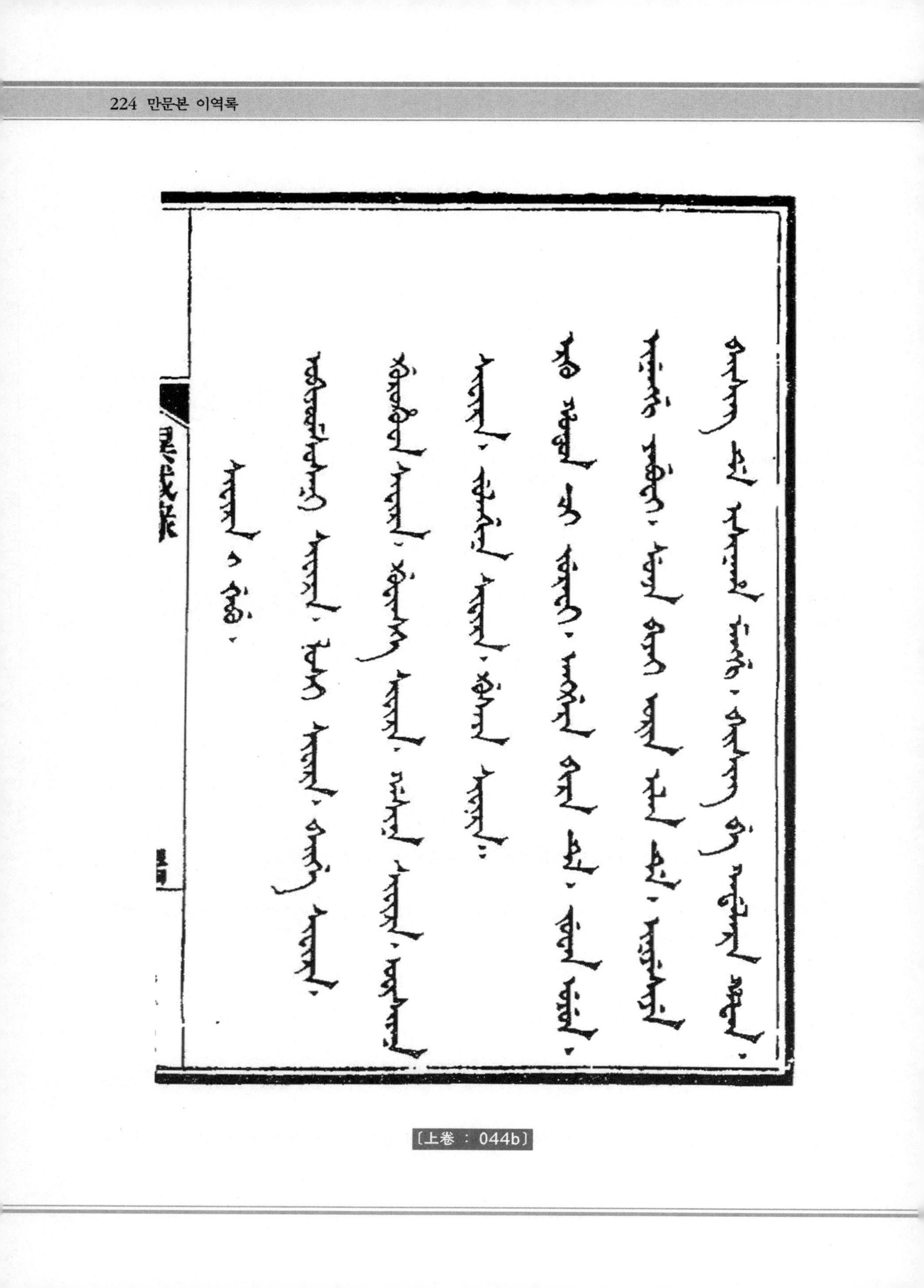

異域錄 上

sifira i gebu.
시피라 의 이름

obiyoomsosnai sifira, losi sifira, baige sifira,
오비욤소스나이 시피라 로시 시피라 바이거 시피라

g'oroh'owa sifira, g'ofinske sifira, gasina sifira, ofisiyana
고로호와 시피라 고핀스커 시피라 가시나 시피라 오피시야나

sifira, julagina sifira, g'osaya sifira..
시피라 줄기나 시피라 고사야 시피라.

erku hoton ci jurafi, angg'ara bira de, juwan uyun
어르쿠 城 에서 떠나서 앙가라 강 에 십 구

inenggi yabufi, sunja biyai orin ilan de, iniyesiye
일 가서 오 월의 이십 삼 에 이니여시여

baising de isinaha munggi, baising be kadalara hafan,
바이싱 에 다다른 후 바이싱 을 관할하는 관리

[한문]

九西費喇之名
鄂標穆索斯柰西費喇 洛什西費喇 栢格西費喇 郭洛活瓦西費喇 郭費殷斯克西費喇 噶什那西費喇 鄂費夏那西費喇 鄂爾吉那西費喇 郭薩牙西費喇
由昂噶拉河水行十九日 于五月二十三日至伊聶謝栢興地方 管栢興官

—— ◦ —— ◦ —— ◦ ——

시피라의 이름.

오비욤소스나이 시피라, 로시 시피라, 바이거 시피라, 고로호와 시피라, 고핀스커 시피라, 가시나 시피라, 오피시야나시피라, 줄기나 시피라, 고사야 시피라.

어르쿠 성(城)에서 떠나 앙가라 강을 19일 동안 가서 5월 23일에 이니여시여 바이싱에 다다른 후, 바이싱을 관할하는 관리인

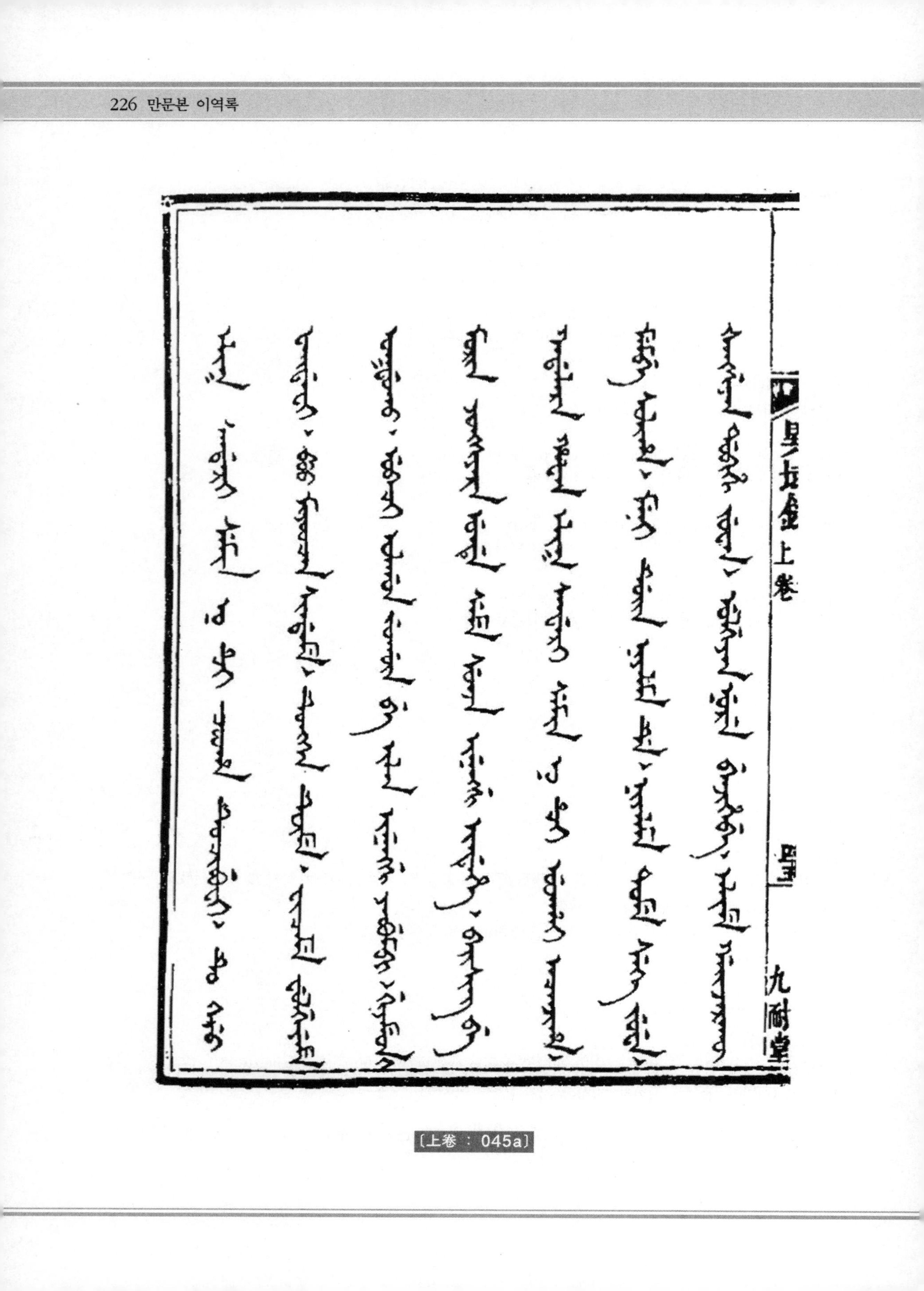

異域錄 上卷

九耐堂

elik sandari semin no c'y[141] cooha tucibufi, tu kiru
얼리크 산다리 서민 노 치 병사 내어서 大旗 小旗

faidafi, poo miyoocan sindame, tungken tūme, ficame fulgiyeme
정렬하고 砲 조총 놓으며 큰북 치며 피리불며 호각불며

okdoko. ubaci olgon jugūn be ilan inenggi yabumbi. giyamun i
맞이했다. 이곳에서 뭍 길 을 삼 일 간다. 역참 의

morin yongkiyara unde seme sunja inenggi indehe. baising be
말 완비하지 못한다 하여 오 일 묵었다. 바이싱 을

kadalara hafan elik sandari semin no c'y uthai acanjiha.
관할하는 관리 얼리크 산다리 서민 노 치 곧 만나러왔다.

membe soliha. meni duin niyalma de, niyamla tome seke juwe,
우리를 초대했다. 우리의 네 사람 에게 사람 마다 담비 둘,

šanggiyan dobihi juwan, ulgiyan nure benjihebe, alime gaijarakû
하얀 여우가죽 열 돼지 술 보내온것을 받아 가지지 않고

[한문]

阿列克散忒爾色敏訥委翃 排兵列幟 鳴炮放鎗 鼓吹迎接 自此前往 有陸路三日 因馬匹未齊 住候五日 管栢興官阿列克散忒爾色敏訥委翃來見 遂請筵宴 于我四人處各送貂皮二張 白狐皮十張 及猪酒 俱却

—— ◦ —— ◦ —— ◦ ——

얼리크산다리 서민노치가 병사를 내어서 대기(大旗)와 소기(小旗)를 정렬하고, 포(砲)와 조총을 쏘는 한편 큰북을 치며 피리와 호각을 불며 우리를 맞이했다. 이곳에서 육로로 3일 동안 가는데, 역참의 말이 준비되지 않았다고 하여서 5일 동안 묵었다. 바이싱을 관할하는 관리인 얼리크사다리 서민노치가 곧 만나러 와서 우리를 초대했다. 우리 네 사람에게 사람마다 담비가죽 2장, 하얀 여우가죽 10장, 돼지와 백주를 보내왔는데, 우리가 받지 않고

141) elik sandari semin no c'y(阿列克散忒爾色敏訥委翃) : 알렉산드르 세미노비치(Александр Семинович). 인명(人名).

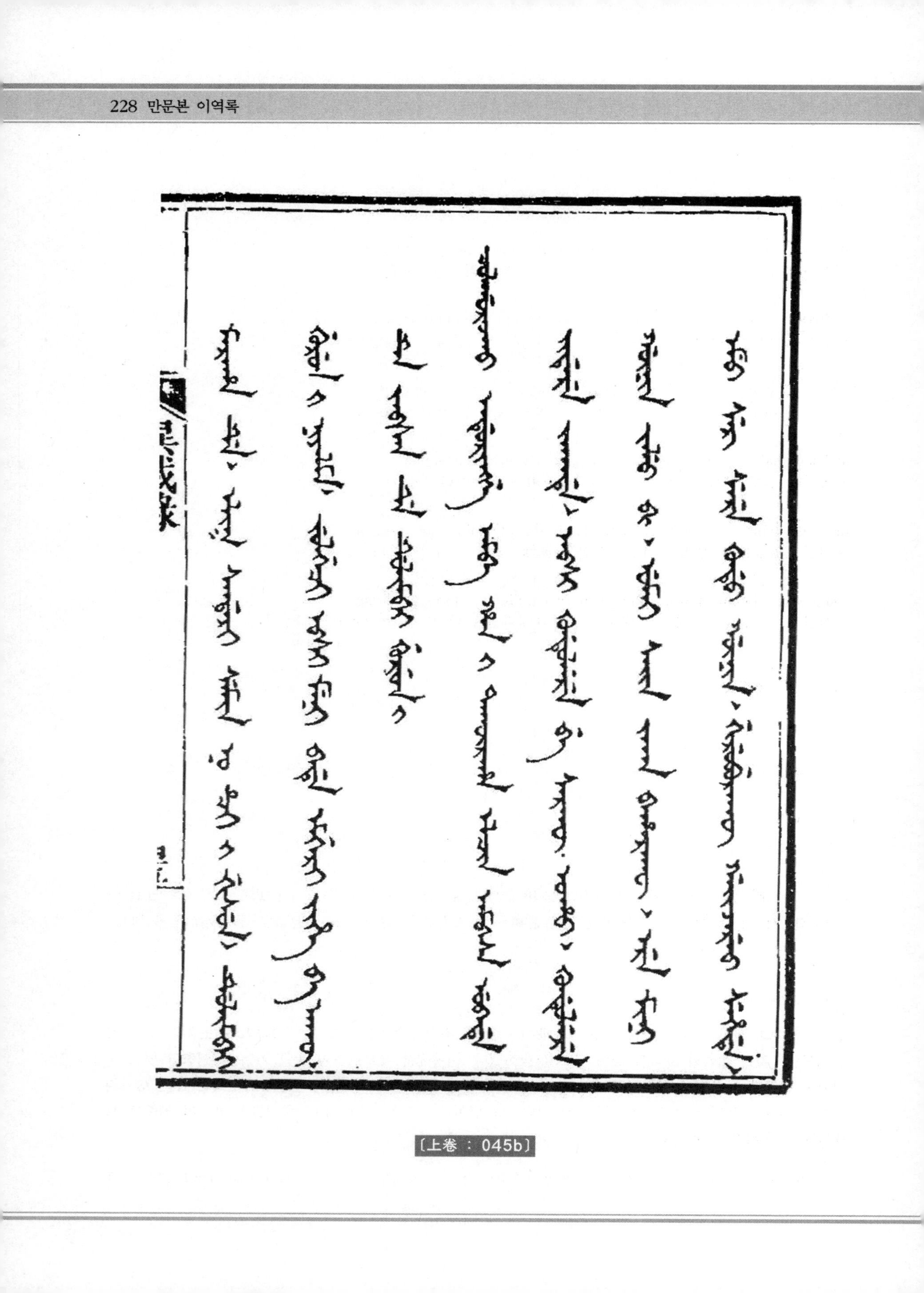

maraha de, elik sandari semin no c'y i gisun, dulimbai
물렸음 에 얼리크 산다리 서민 노 치 의 말 中

gurun i niyalma, julgeci ebsi meni bade emgeri jihe ba akū.
國 의 사람 예부터 이때까지 우리의 곳에 한번 온 바 없다.

te jabšan de dulimbai gurun i
지금 행운 에 中 國 의

colgoroko enduringge amba han i takūraha elcin ambasa ubade
빼어나고 성스러운 큰 汗 의 파견한 사신 대신들 이곳에

jidere jakade, absi kundulere be sarkū oho. kundulere
올 적에 어찌 공경함 을 모르겠는가? 공경하는

gūnin jalu bi. umai sain jaka baharakū. ere mini
생각 가득 있다. 전혀 좋은 것 갖지 않는다. 이것은 나의

emu ser sere kundu gūnin. giruburakū gaijareo sehede,
한 사소한 공경의 마음이다. 욕보이지 않게 가져가소서 했기에

[한문]

不受 阿列克散忒爾色敏訥委翅曰 中國之人 自古未到我國地方 今幸遇中國至聖大皇帝遣天使大人至此 不知作何敬奉 欽敬之心甚切 但不得美品 此係我一黙微誠敬儀 望乞辱納

── ◦ ── ◦ ── ◦ ──

도로 물리니, 얼리크산다리 서민노치가 말하기를, "중국 사람이 옛날부터 지금까지 우리 지역에 온 적이 한 번도 없다. 지금 다행히 지성대황제(至聖大皇帝)께서 파견한 사신들이 이곳에 왔으니, 어찌 공경하지 않겠는가? 공경하는 마음이 가득하다. 결코 좋은 물품이 아니다. 이것은 나의 작은 성의라고 생각하여 우리를 욕보이지 말고 받아 가져가겠는가?" 했다.

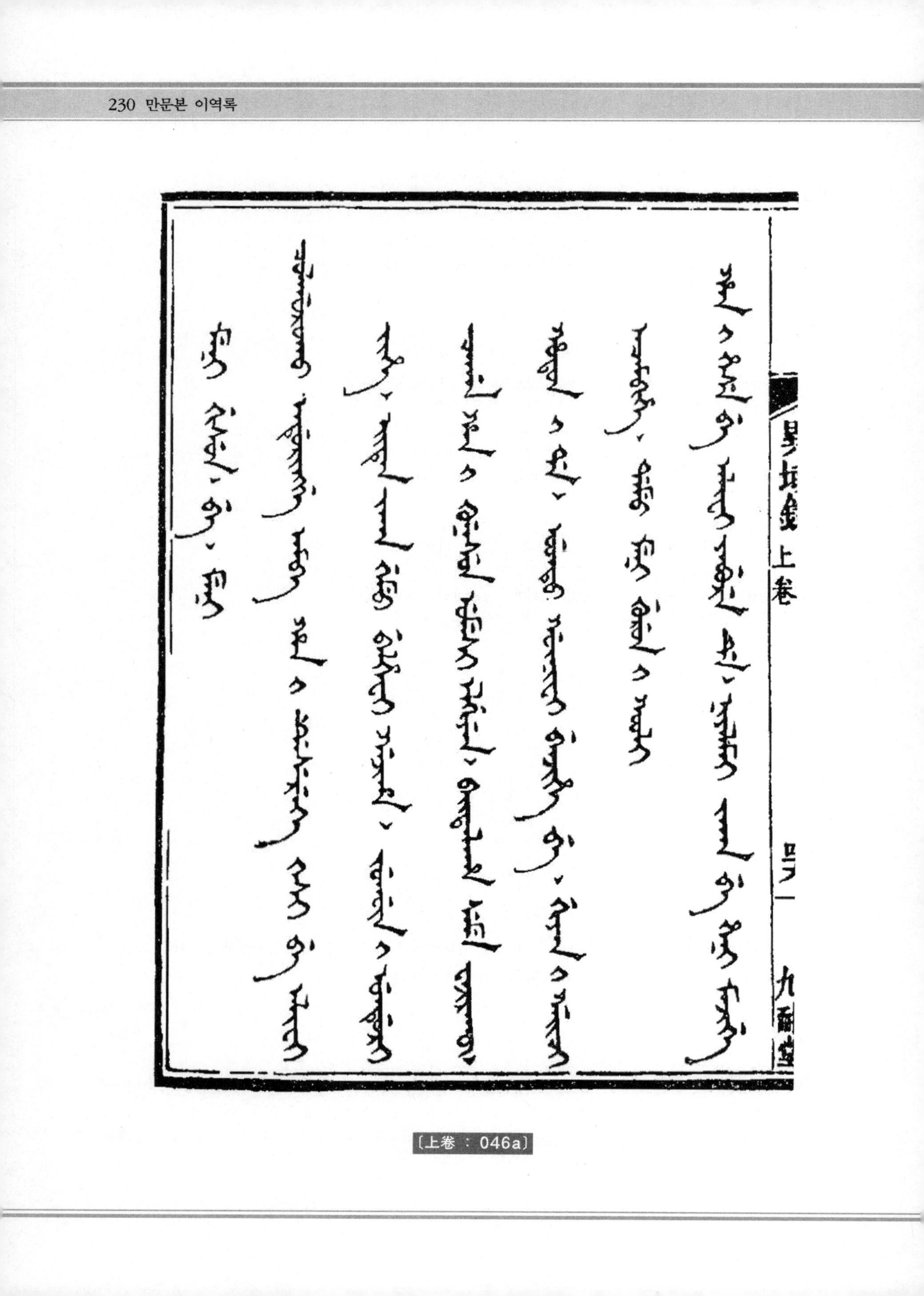

異域錄 上卷

〔上卷 : 046a〕

meni gisun, be, meni
우리의 말 우리 우리의

colgoroko enduringge amba han i desereke kesi be alifi
빼어나고 성스러운 큰 汗 의 넘치는 은덕 을 받고

jihe. eiten jaka gemu belhefi gajiha. jugūn i unduri
왔다. 온갖 물품 모두 준비해서 가져왔다. 길 의 연도

cagan han i kunesun umesi elgiyen. baitalaha seme wajirakū.
차간 汗 의 식량 매우 풍족하다. 썼다 해도 끝나지 않는다.

hoton i da, uttu gūnifi benjihe be, giyan i gaici
城 의 우두머리 이렇게 생각해서 보내온 것 을 응당 받으면

acambihe. damu meni gurun i kooli
마땅하다. 다만 우리의 나라 의 법례

han i hese be alifi yabure de, niyalmai jaka be heni majige
汗 의 皇旨 을 받아서 감 에 사람의 물품 을 아주 조금

[한문]

我等言 俱各蒙至聖大皇帝恩賜而來 一應用度之物 俱已全備 途中有察罕汗供給等項 用之不竭 頭目所餽禮物 理宜相受 但我國凡奉君命差遣 一切餽送禮物 毫

— ◦ — ◦ — ◦ —

우리가 말하기를, "우리는 지성대황제(至聖大皇帝)의 넘치는 은덕을 받고 이곳에 왔으며, 온갖 물품을 준비해서 가져왔다. 연도에 차간 한의 식량이 매우 풍족하여, 다 쓸 수도 없다. 성(城)의 수령께서 이렇게 우리를 생각해서 보내온 것을 응당히 받아야 하지만, 우리 나라의 법례에는 황제의 황지(皇旨)를 받아서 사신으로 갈 때 다른 사람의 물품을 조금이라도

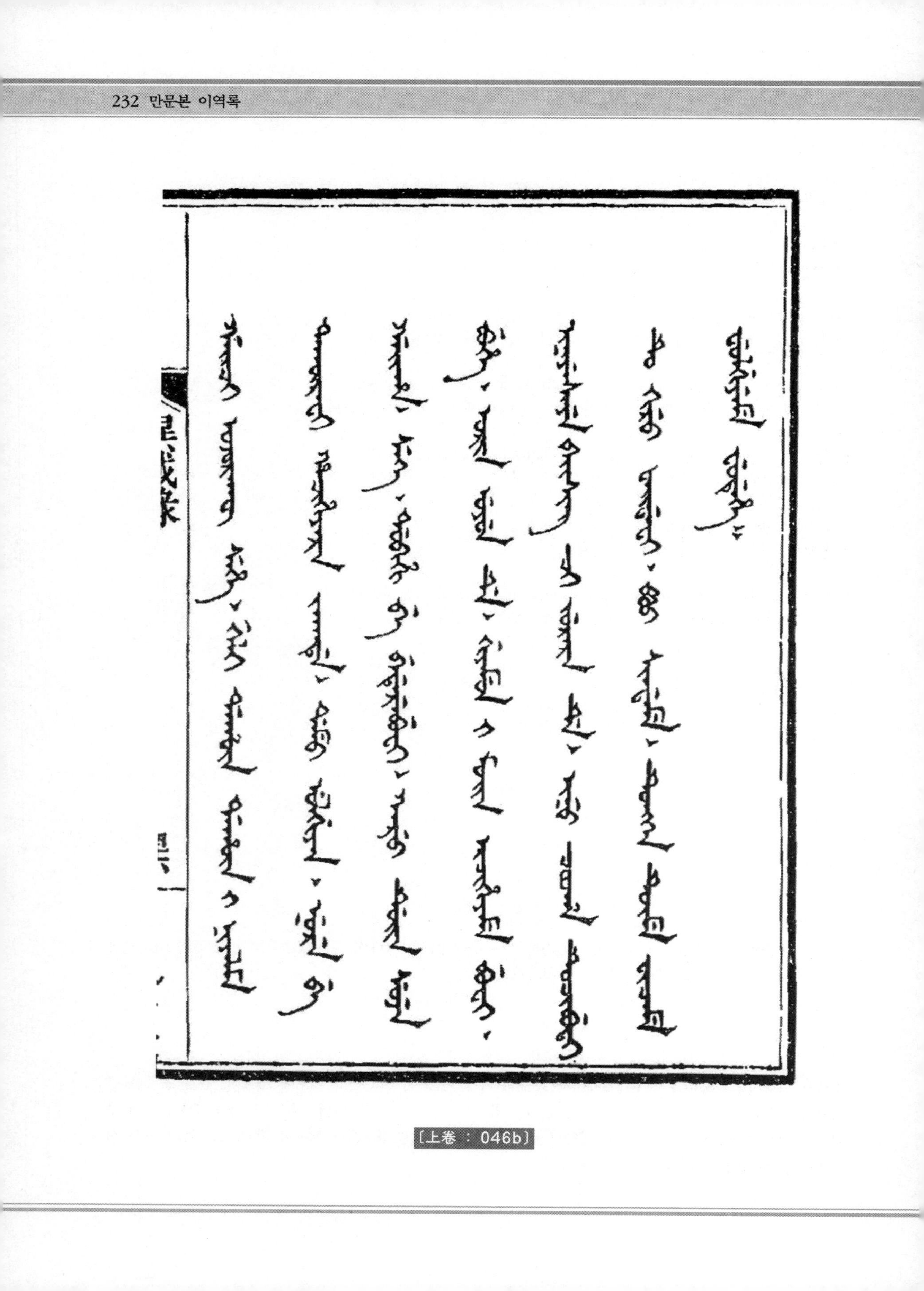

異域錄

gaici ojorakū sehe. geli dahūn dahūn i niyalma
받으면 안 된다 하였다. 또 거듭 거듭 사람

takūrafi hacihiyara jakade, damu ulgiyan, nure be
보내서 권할 적에 다만 돼지 술 을

gaiha. seke, dobihi be bederebufi, karu duin suje
취했다. 담비 여우가죽 을 물리고서 답례 네 비단

buhe. orin uyun de, giyamun i morin icihiyame bufi,
주었다. 이십 구 에 역참 의 말 처리하여 주어서

iniyesiye baising ci jurara de, inu cooha tucibufi
이니여시여 바이싱 에서 떠남 에 또 병사 내어서

tu kiru faidafi, poo sindame, tungken tūme ficame
大旗 小旗 정렬하고 砲 놓으며 큰북 치며 피리 불며

fulgiyeme fudehe..
호각 불며 배웅했다.

[한문]

不敢受 因其遣人再三懇乞 只留猪酒 却其貂狐皮張 酬緞四疋 二十九日 撥給馬匹 自伊聶謝栢興地方起程 亦排兵列 幟鳴炮鼓吹而送

—— ∘ —— ∘ —— ∘ ——

받으면 안 된다." 하였다. 그래도 거듭하여 사람을 보내 권하는 까닭에, 돼지와 술만을 받고 담비 가죽과 여우 가죽은 물린 후, 비단 4필을 답례로 주었다. 29일에 역마를 주어서 이니여시여 바이싱을 떠나게 되었는데, 또 병사를 내어서 대기(大旗)와 소기(小旗)를 정렬하고 포(砲)를 쏘는 한편 큰북을 치며 피리와 호각을 불며 배웅했다.

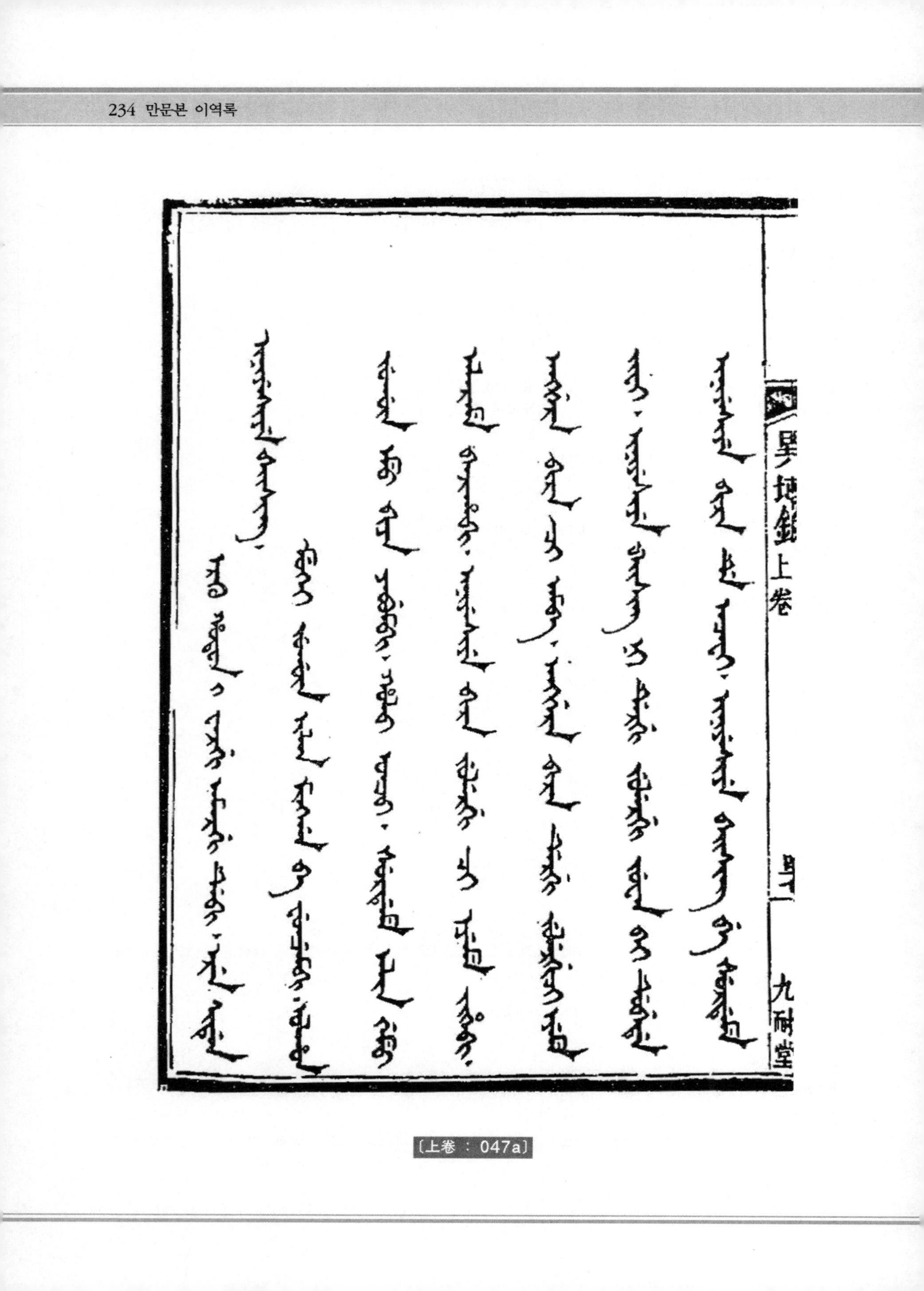

異域錄 上卷 九耐堂

iniyesiye baising.[142] erku hoton i wargi amargi debi. ere siden
이니여시여 바이싱 어르쿠 城 의 서 북쪽 에 있다. 이 사이

mukei jugūn ilan minggan ba funcembi. olhon
물의 길 삼 천 리 넘는다. 뭍

jugūn emu biya yabumbi. holo onco, šurdeme alin gemu
길 한 달 간다. 계곡 넓고 주위 산 모두

alarame banjihabi. iniyesiye bira julergi ci, eyeme jihebi.
나지막이 생겼다. 이니여시여 강 남쪽 에서 흘러 왔다.

angg'ara bira ci amba. angg'ara bira dergi julergici eyeme
앙가라 강 보다 크다. 앙가라 강 동 남쪽에서 흘러

jifi, iniyesiye baising ni dergi julergi juwan bai dubede
와서 이니여시여 바이싱 의 동 남쪽 십 리의 끝에

iniyesiye bira de acafi, iniyesiye baising be šurdeme
이니여시여 강 에 만나서 이니여시여 바이싱 을 둘러

[한문]

伊聶謝栢興

在厄爾口城之西北 其間水程三千餘里 陸路一月程 川谷寬濶 四面皆山崗 伊聶謝河自南流來 大于昂噶拉河 其昂噶拉河來自東南 離栢興十餘里 歸入伊聶謝河 又遶過栢興

— ◦ — ◦ — ◦ —

이니여시여 바이싱.

어르쿠 성(城)의 서북쪽에 있다. 이 사이의 수로는 3,000리가 넘는다. 육로로는 한 달이 걸린다. 계곡이 넓고 산은 모두 높지 않다. 이니여시여 강은 남쪽에서 흘러나오고 있는데, 앙가라 강보다 크다. 앙가라 강은 동남쪽에서 흘러나와서 이니여시여 바이싱의 동남쪽 10리 끝에 있는 이니여시여 강과 만난 후, 이니여시여 바이싱을 둘러

142) iniyesiye baising(伊聶謝栢興) : 에니세이스크(Енисейск). 에니세이스크는 러시아 크라스노야르스크 지방에 위치한 도시로 1619년 예니세이 강에 세워진 첫 번째 도시이다. 17-18세기 러시아의 시베리아 정복에서 수로의 중심지로 중요한 역할을 하였으나 남쪽의 도로와 철도가 건설되면서 쇠퇴하였다.

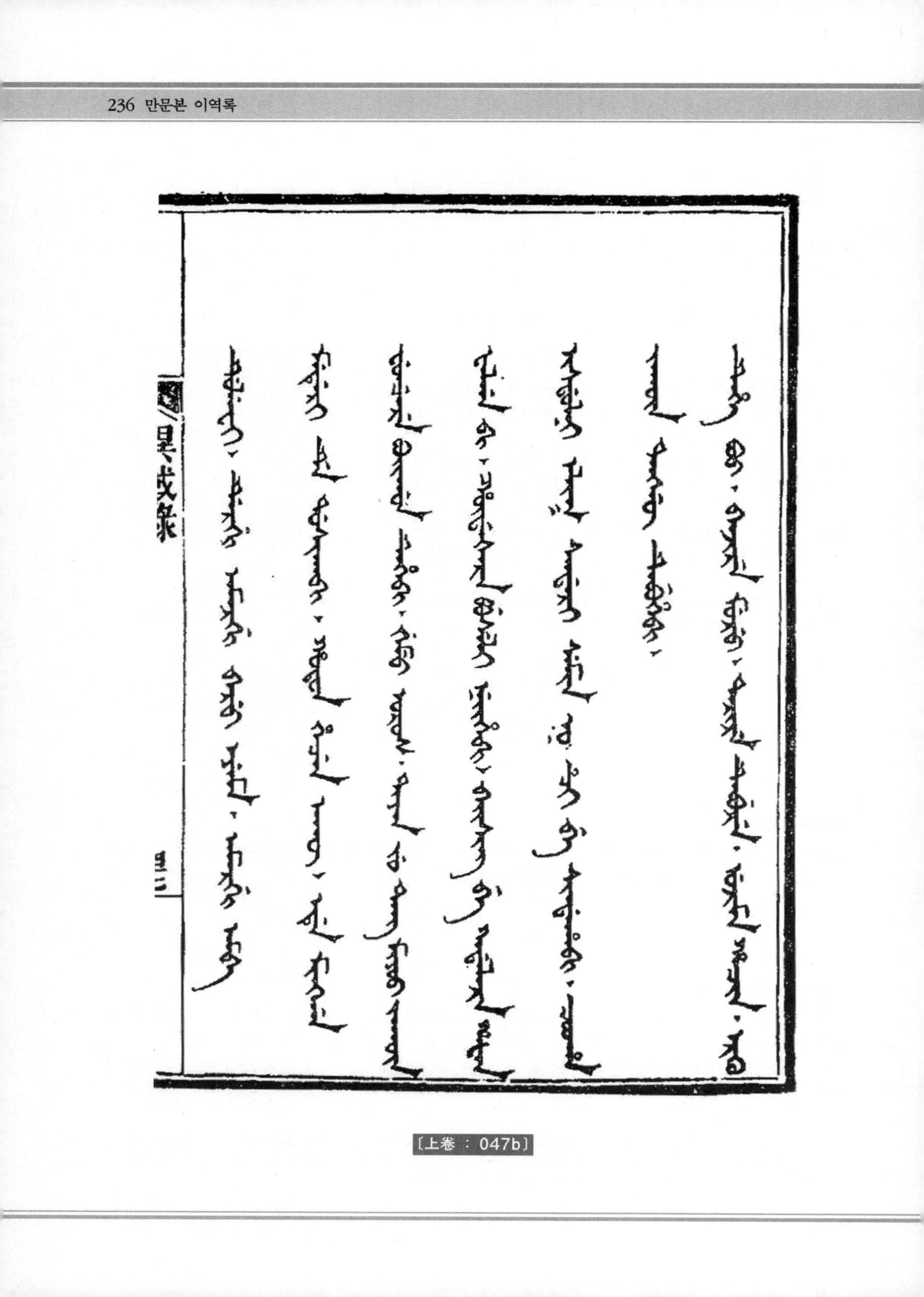

異域錄

〔上卷 : 047b〕

dulefi, dergi amargi baru eyeme, amargi amba
지나서 동 북 쪽 흘러 북쪽 큰

mederi de dosikabi. hoton hecen akū, ede minggan
바다 에 들어갔다. 城 郭 없고 이곳에 천

funcere boigon tehebi. gemu oros. tiyan ju tang miyoo jakūn
넘는 가구 살았다. 모두 러시아인이다. 天 主 堂 廟 여덟

falga bi. hūdašara puseli neihebi. baising be kadalara hafan
채 있다. 장사하는 상점 열었다. 바이싱 을 관할하는 관리

isdolni elik sandari semin no c'y be sindahabi. cooha
이스돌니 얼리크 산다리 서민 노 치 를 임명했다. 병사

jakūn tanggū tebuhebi.
팔 백 머무르게 했다.

tehe boo, banjire muru, tarire tebure, ujima hacin, erku
살던 집 사는 모습 경작하고 심는 것 가축 종류 어르쿠

[한문]

向東北流入北海 無城郭 居住千有餘戶 俱俄羅斯 有天主堂八座 有市廛 設管轄栢興頭目一員 伊斯多爾尼科阿列克散忒爾色敏訥委翅 駐兵八百名 其居住廬舍 生計種植牲畜等項 與厄爾庫

—— ◦ —— ◦ —— ◦ ——

지나가서 동북쪽으로 흘러 북쪽의 큰 바다로 들어갔다. 이곳에는 성곽이 없고 1,000 남짓한 가구(家口)가 살고 있는데, 모두 러시아인이다. 교회는 8채 있으며 상점도 있다. 바이싱을 관할하는 관리로 얼리크산다리 서민노치를 임명하고 병사는 800명을 주둔시키었다. 사람들이 사는 집과 경작하는 모습, 그리고 가축의 종류는 어르쿠

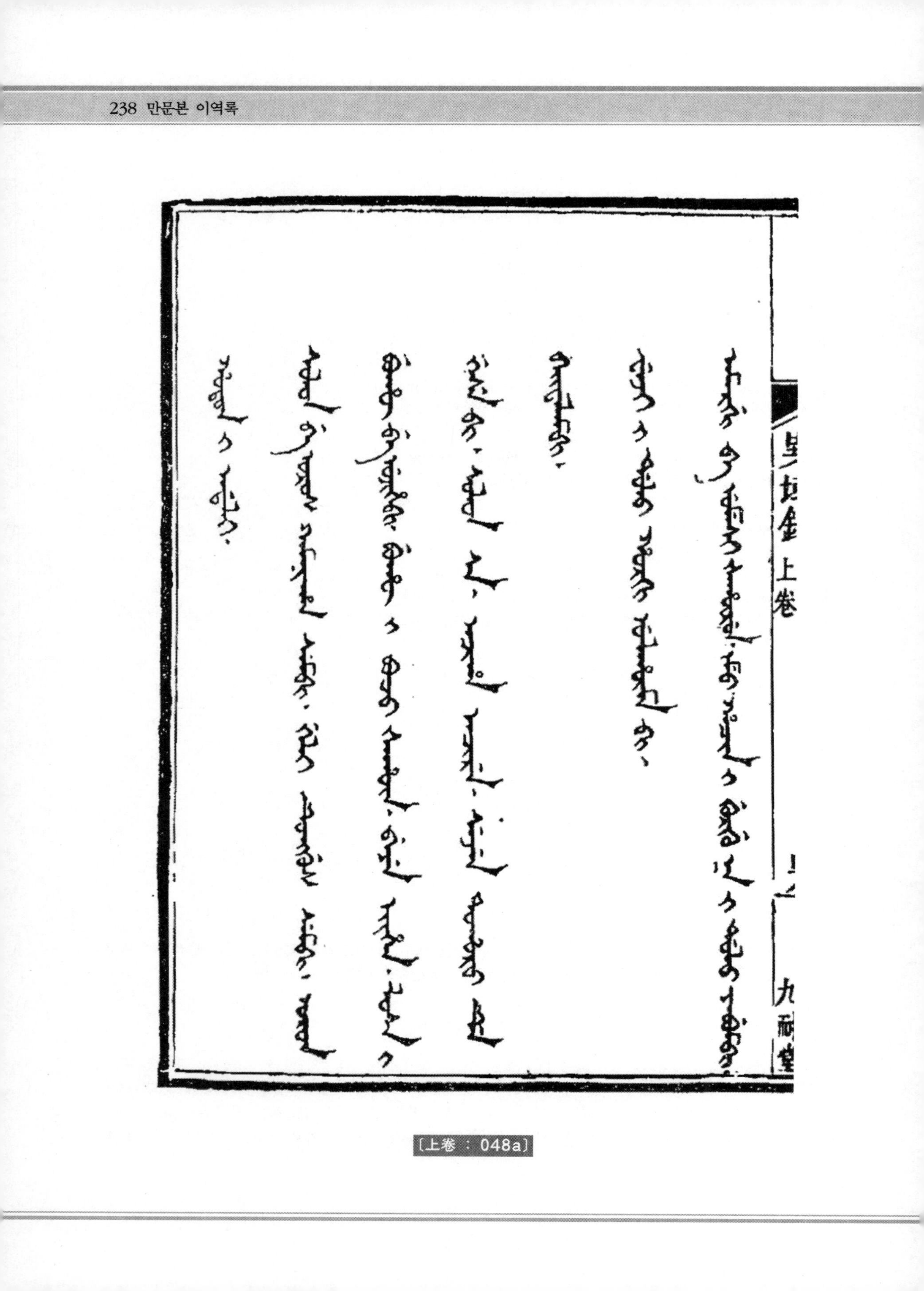

hoton i adali.
城 과 같다.

solon be oros amnihan[143] sembi, geli tunggus[144] sembi, oron
솔론 을 러시아 캄니한 한다. 또 퉁구스 한다. 순록

buhū[145] be ujihebi, buhū i boco šahūn, beye eihen, losa i
을 길렀다. 사슴 의 색 희끄무레하고 몸 나귀 노새 와

gese bi. solon sa, aciha acire, sejen tohoro de
같다. 솔론인 들 짐 부리고 수레 메는 것 에

baitalambi.
쓴다.

weji i dolo horki ulhūma[146] bi.
수풀 의 속 멧닭 있다.

amargi ba umesi šarhūrun. emu hacin i gurgu na i dolo yabumbi.
북쪽 땅 매우 춥다. 한 종류 의 길짐승 땅 의 속 다닌다.

[한문]

城同 俄儸斯呼索倫爲喀穆尼漢 又呼爲通古斯 俱畜鹿以供乘馭馱載 其鹿灰白色 形似驢騾 有角 名曰鄂倫 林藪之內有鶡鷄 北地最寒 有一種獸 行地內

—— ◦ —— ◦ —— ◦ ——

성(城)과 같다. 솔론을 러시아에서는 캄니한이라고도 하고 퉁구스라고도 한다. 순록을 길렀다. 사슴의 색은 희끄무레하고, 덩치는 나귀나 노새 정도이다. 솔론인들은 이를 짐을 부리거나 수레를 끄는 데 이용한다. 수풀 속에는 산꿩이 있다. 북쪽 지역은 매우 추우며, 어느 길짐승은 땅속을 다닌다.

143) kamnihan(喀穆尼漢) : 함니간(Хамниган). 함니간은 에벤키(Эвенки)족이 몽골화한 것으로 에벤키족에 대한 몽골의 용어이다.

144) tunggus(通古斯) : 퉁구스(тунгусы)는 에벤키족(Эвенки)의 옛 이름으로 에니세이강 지류인 퉁구스강 유역에 살고 있다. 만주-퉁구스어족을 칭할 때의 퉁구스와는 다르다.

145) oron buhū : 청문감에는 '뿔 있는 사슴(角鹿)으로 암수 모두 뿔이 있고 이끼를 먹는다. 오로촌 족은 이것을 길러서 부린다'고 되어 있는데 길들인 순록을 가리킨다. 鹿之一名可以家畜者(한청14:04b))

146) horki ulhūma : 갈계(鶡鷄), 멧닭을 가리킨다. 청문감에는 '치치(鷀雉)'로 되어 있다.

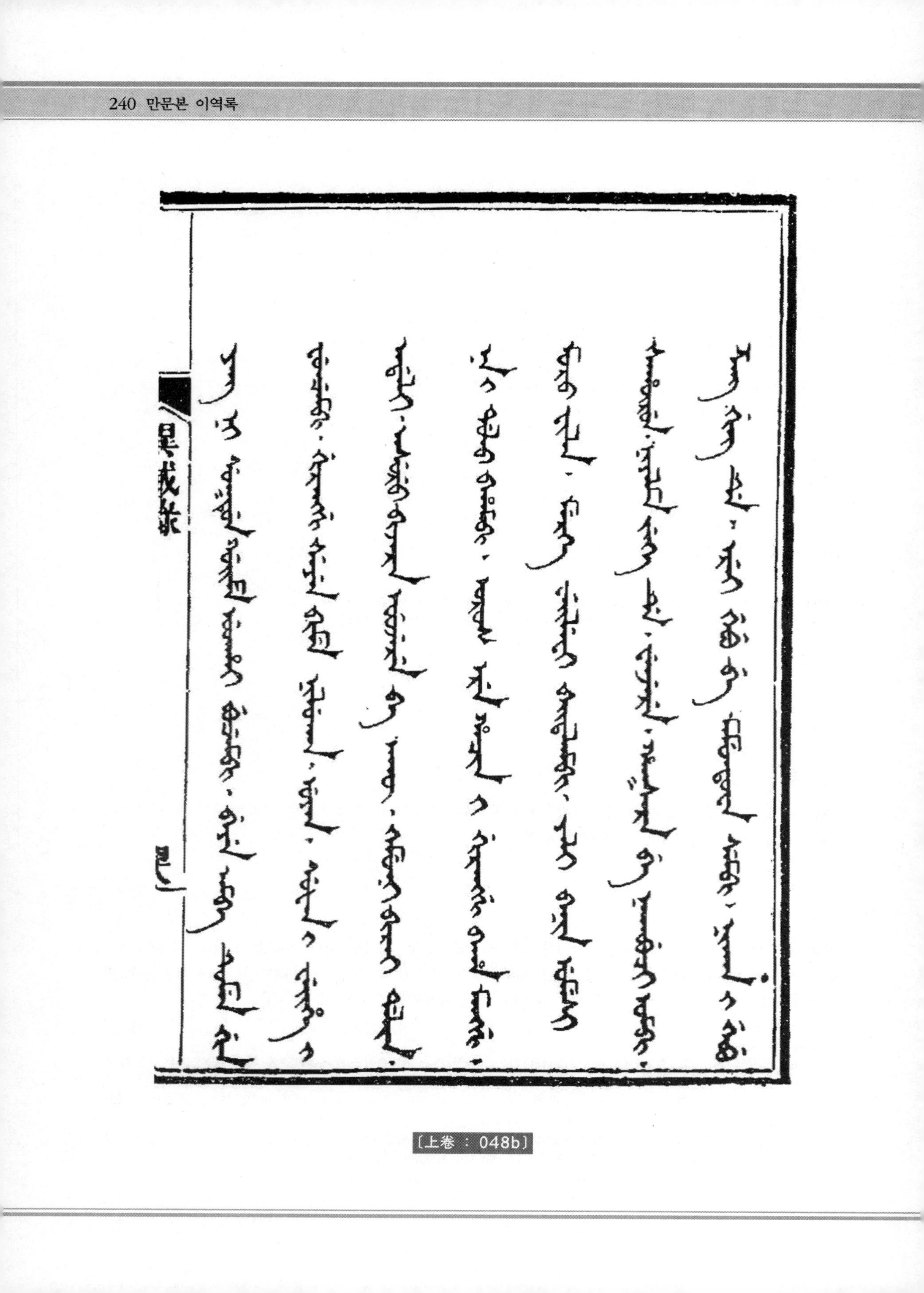

yang ni sukdun goime[147] uthai bucembi. beye amba tumen gin
陽 의 기운 쏘이며 곧 죽는다. 몸 크고 萬 斤

funcembi. giranggi šeyen bime nilukan, uyan, sufan i weihe i
넘는다. 뼈 새하얗고 매끈하고 무르며 코끼리 의 뿔 과

adali. asuru bijara efujere ba akū, kemuni birai dalin,
같다. 전혀 부러지고 부서지는 바 없고 항상 강의 기슭

na i dolo bahambi. oros ere hacin i giranggi baha manggi,
땅 의 속 얻는다. 러시아인 이 종류 의 뼈 얻은 후

moro, fila, merke weilefi baitalambi. yali banin umesi
그릇 접시 참빗 만들어서 쓴다. 고기 성질 매우

šahūrun, niyalma jeke de, wenjere, haksara be nakabuci ombi.
차다. 사람 먹음 에 열나고 속타는 것 을 멈추게 할 수 있다.

dzang ging de, erei gebu be mamuntowa[148] sembi. nikan i gebu
藏 經 에 이의 이름 을 마문토와 한다. 漢 의 이름

[한문]

遇陽氣卽死 身大 重萬斤 骨色甚白潤 類象牙 質柔 不甚傷損 每于河濱土內得之 俄羅斯獲其骨 製碗碟梳篦用之 肉性最寒 人食之可除煩熱 梵名麻門橐窪 華名

—— ◦ —— ◦ —— ◦ ——

양기(陽氣)를 받으면 곧 죽어 버린다. 덩치가 커 10,000 근(斤)이 넘는다. 뼈는 새하얗고 매끄럽고 물러서 상아 같아서 전혀 부러지는 바 없다. 보통 강의 기슭이나 땅속에서 구할 수 있다. 러시아인들은 이 동물의 뼈를 구한 후 그릇이나 접시, 혹은 비녀로 만들어서 사용한다. 고기는 성질이 매우 차서, 사람이 먹으면 고열과 그로 인한 복통을 멈추게 할 수 있다. 『장경(藏經)』에서는 이 동물을 마문토와라고 부르며, 중국어로는

147) yang ni sukdun goime로 '양기를 쏘이며'로 해석되는데 문맥상으로는 '양기를 쏘이면'이라는 의미로 쓰이는 것이 적절하기 때문에 goime가 goici로 쓰여야 한다.

148) mamuntowa : 맘모스(Мамонты)를 가리킨다.

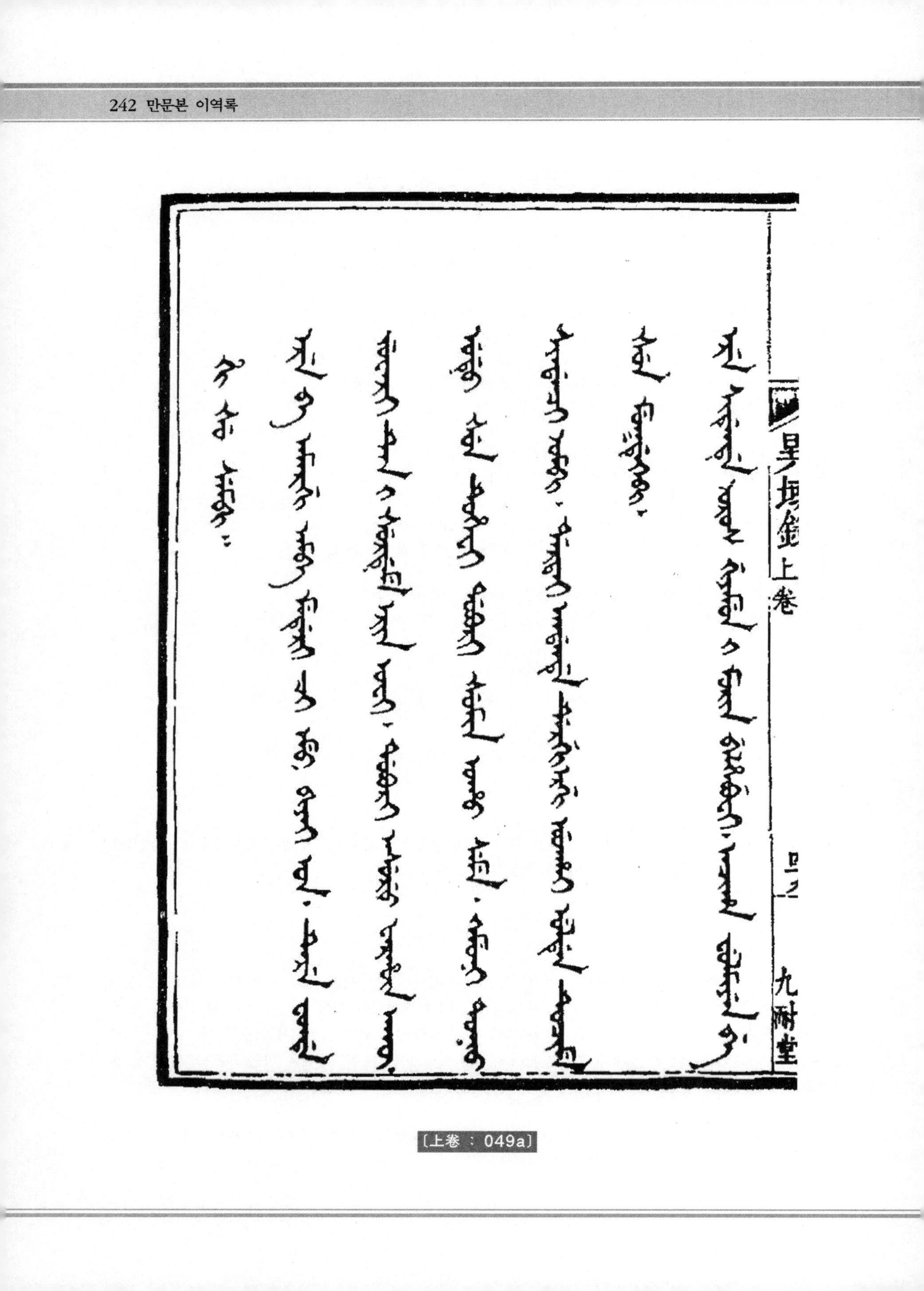

異域錄上卷

九耐堂

hi šu sembi..
徯 鼠 한다.

ere ba amargi amba mederi ci emu biyai on. tere fonde
이 곳 북쪽 큰 바다 에서 한 달의 路程이다. 그 때에

juwari ten i šurdeme erin ofi, dobori asuru farhūn akū,
여름 절정 의 주위 때 되어서 밤 전혀 어둡지 않고

udu šun tuhefi dobori šumin oho seme, kemuni tonio
비록 해 떨어져서 밤 깊게 되었다 해도 여전히 바둑

sindaci ombi. dartai andande dergi ergi uthai ulden tucime
놓을 수 있다. 잠깐 사이에 동 쪽 곧 서광 나오며

šun mukdekebi.
해 떠올랐다.

ere sidende oros giyamun i morin belhebufi, aciha fulmiyen be
이 사이에 러시아 역참 의 말 준비시켜 짐 묶음 을

[한문]

徯鼠 此地相去北海大洋一月程 時夏至前後 夜不甚暗 雖日落夜深 猶可博奕 不數刻 東方卽曙而日出矣 因候辦供給 住二日 備辦馬匹停妥 行李

—— ◦ —— ◦ —— ◦ ——

계서(徯鼠)라고 한다. 이곳은 북쪽에 있는 큰 바다로부터 한 달 정도 걸린다. 그 무렵에 한여름이 되어서 밤이어도 전혀 어둡지 않고, 해가 떨어져서 깊은 밤이 되어도 여전히 바둑을 둘 수 있다. 잠깐 사이에 동쪽에 서광이 비추며 해가 떠올랐다. 이 사이에 러시아에서는 역마를 준비시켜 짐을

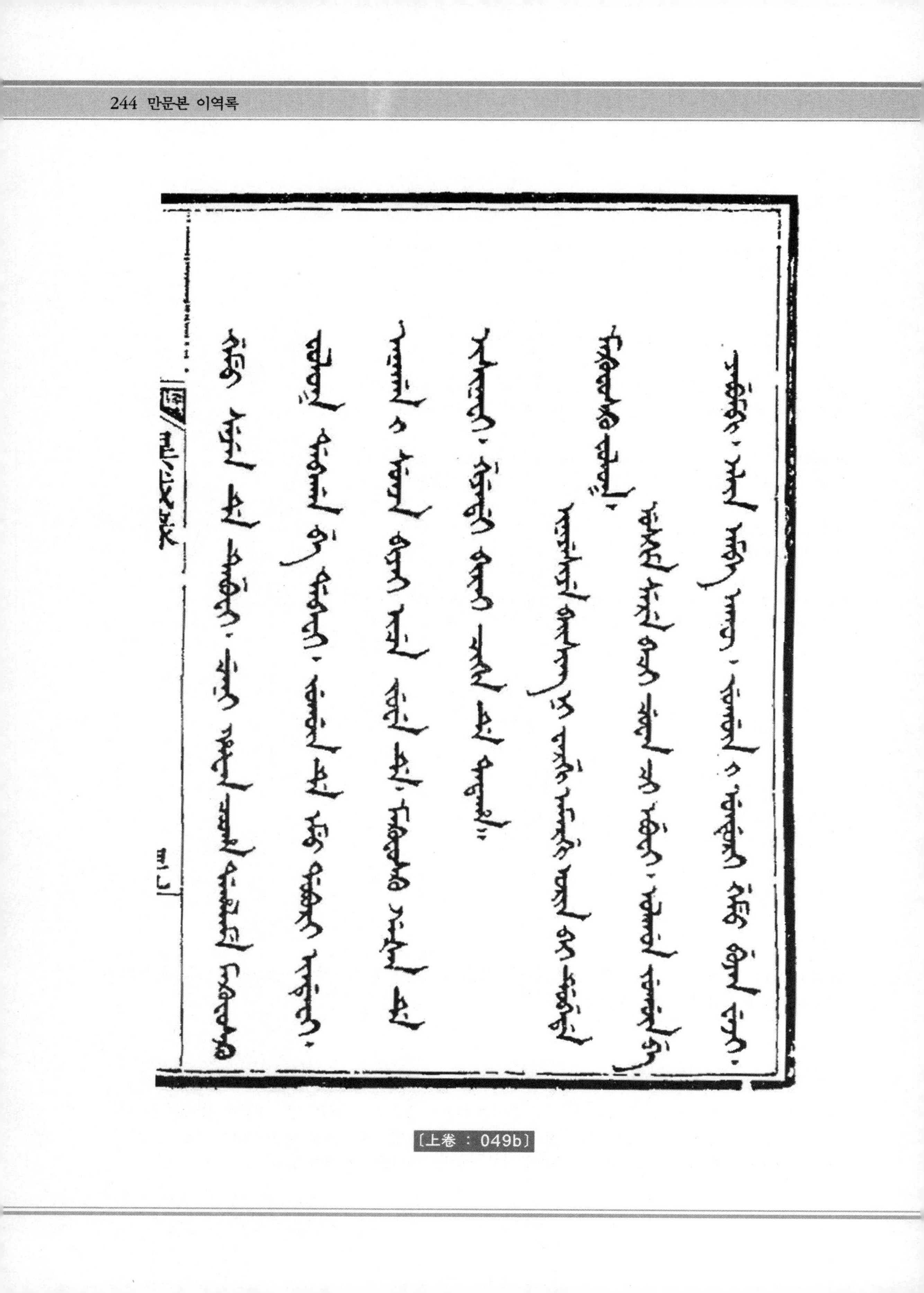

[illegible]

[上卷 : 049b]

gemu sejen de tebufi, ceni hafan cooha dahalame mak'ofosk'o
모두 수레 에 싣고 그들의 관리 병사 따르며 마코포스코

folok[149] dabagan be dabafi, jugūn de emu dobori indefi,
폴록 고개 를 넘고 길 에서 한 밤 묵고

anagan i sunja biyai ice juwe de, mak'ofosk'o gašan de
윤달 의 오 월의 초 이틀 에 마코포스코 마을 에

isinafi, giyedi birai cikin de tataha..
도착하여서 기여디 강의 강가 에 머물렀다.

mak'ofosk'o folok.[150] iniyesiye baising ni wargi amargi orin bai dubede
마코포스코 폴록. 이니여시여 바이싱 의 서 북쪽 이십 리의 끝에

uskim[151] sere baci cuwan ci ebufi, olgon jugūn be
우스킴 하는 곳에서 배 에서 내려서 뭍 길 을

yabumbi. alin amba akū, jugūn i unduri gemu bujan weji.
간다. 산 크지 않고 길 의 연도 모두 숲 밀림이다.

[한문]

載于車內 官兵護送 過麻科佛斯科嶺 途中住一宿 于閏五月初二日至麻科斯科村落之揭的河岸駐扎
麻科佛斯科嶺 在伊聶謝西北二十里外烏斯乞木地方 下船陸行 山不甚大 沿途俱林藪 有

—— ◦ —— ◦ —— ◦ ——

모두 수레에 싣고, 그들의 관리와 병사가 수행하여 마코포스코 폴록 고개를 넘고, 길에서 한 밤을 묵은 후 윤5월 2일에 마코포스코 마을에 도착하여 기여디 강의 강둑에서 머물렀다.

마코포스코 폴록.

이니여시여 바이싱의 서북쪽 20리 끝에 있는 우스킴이라는 곳에서 배에서 내려서 육로로 간다. 산은 높지 않고 길 주변은 모두 수풀이다.

---

149) folok : '약간 경사진, 조금 언덕진'의 의미로 쓰이는 러시아어 포록(пологий)이다.

150) mak'ofosk'o(麻科佛斯科) : 마코프스코이(Маковское). 마코프스코이는 에니세이에서 케트(Кеть) 강으로 가는 도중에 있는 경사진 언덕으로 판단된다.

151) uskim(烏斯乞木) : 우스트켐(Усть−Кемь). 우스트켐은 에니세이스크에서 북쪽으로 12km 거리에 있는 도시이다. 이마니시 슌수(今西春秋:1964)에서는 우스트 삐트(Усть−Пит)라고 하였으나 발음에서 차이가 나며 본문에서 20리 떨어져 있다는 설명과도 일치하지 않는다.

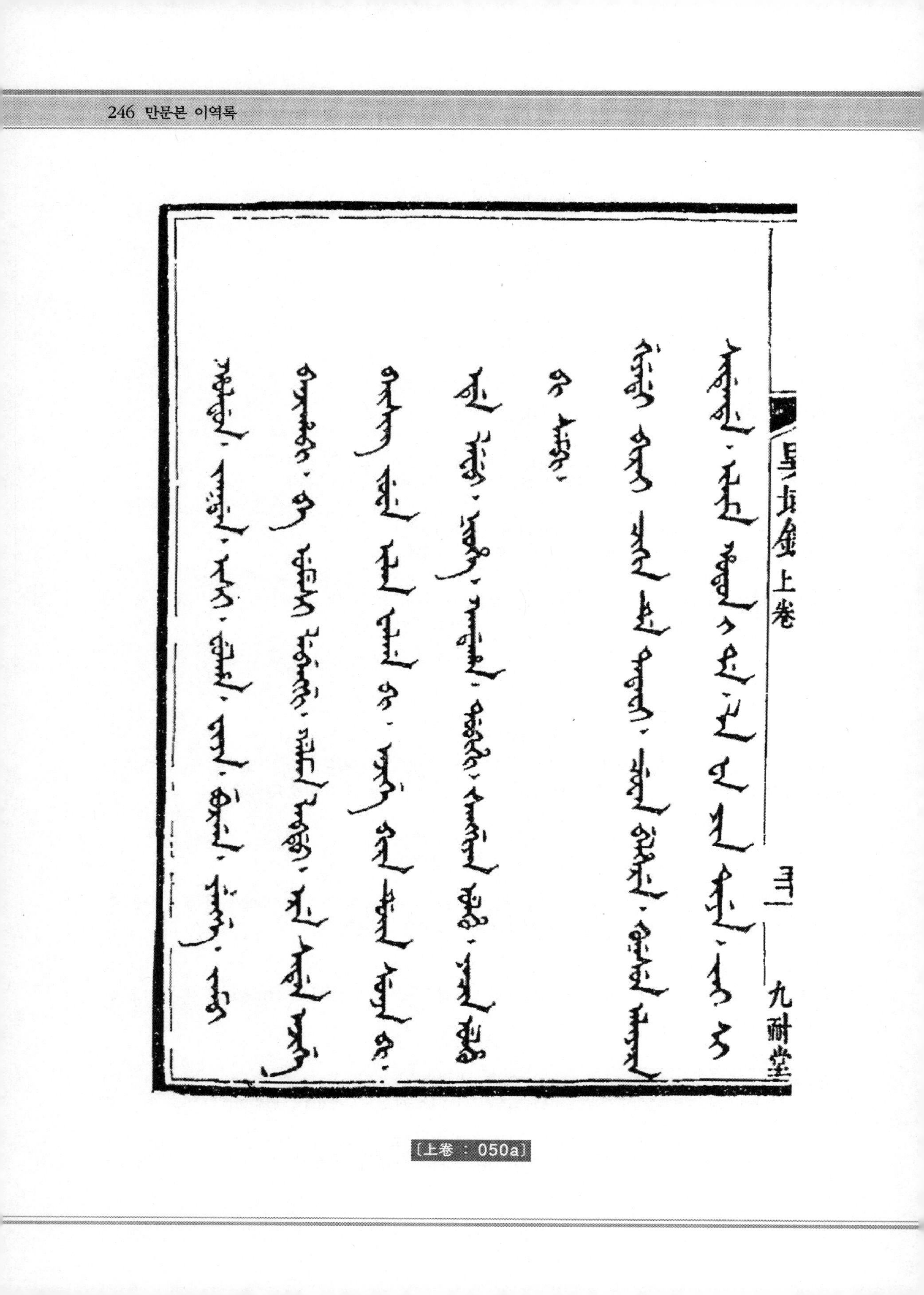

holdon, jakdan, isi, fulha, fiya, burga, yengge, jamu
잣나무 소나무 落葉松 백양나무 자작나무 버드나무 머루나무 해당화

banjihabi. ba umesi lebenggi. galman labdu. ere siden ajige
자랐다. 땅 매우 질퍽하다. 모기 많다. 이 사이 작은

baising juwe ilan falga bi. ajige bira duin sunja bi.
바이싱 두 세 채 있다. 작은 강 네 다섯 있다.

ede lefu, niohe, kandahan, dobihi, šanggiyan ulhu, yacin ulhu
이곳에 곰 이리 엘크 여우 銀鼠 灰鼠

bi sembi,
있다 한다.

giyedi birai cikin de tatafi, cuwan belhere, kunesun aliyara
기여디 강의 가 에 머무르고 배 준비하고 식량 기다리는

sidende, ilim[152] hoton i da, la fa rin tiye,[153] jai si
사이에 일림 城 의 우두머리 라 파 린 티여 그리고 西

[한문]

果松馬尾松杉松楊樺柳櫻薁刺玫 地甚泥濘 多蚊虻 其間有小栢興兩三處 溪河四五道 產熊狼堪達韓狐狸銀鼠灰鼠 [在揭的河岸駐扎 候彼預備船隻供給之時 伊里穆城頭目喇法歛帖

—— ∘ —— ∘ —— ∘ ——

잣나무, 소나무, 낙엽송(落葉松), 백양나무, 자작나무, 버드나무, 머루나무, 해당화가 자랐다. 땅은 매우 질퍽이며 모기가 많다. 이 사이에 작은 바이싱이 두세 곳 있으며, 작은 강이 네다섯 있다. 이곳에는 곰, 이리, 엘크, 여우, 은서(銀鼠), 회서(灰鼠)가 있다고 한다. 기여디 강의 강가에서 머무르며 배를 준비하고 식량을 기다리는 사이에, 일림 성(城)의 수령인 라파린티여와 서양

152) ilim(伊里穆) : 이림(Ильм)을 가리킨다.
153) la fa rin tiye(喇法歛帖) : 인명(人名).

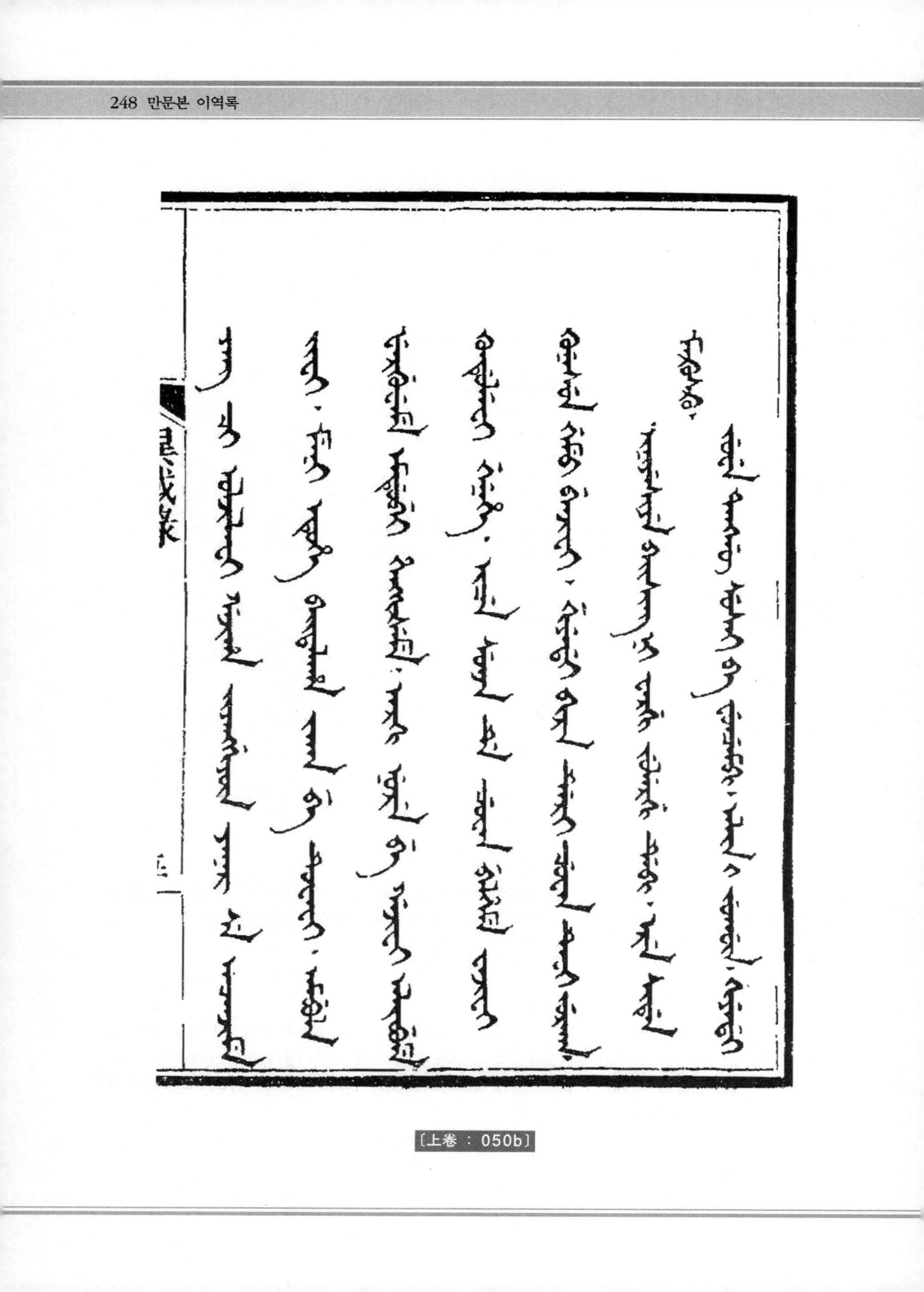

異域錄

上

[上卷 : 050b]

yang ci oljilafi gajiha jiyangiyūn yanar[154] se acanjime
洋 에서 사로잡아서 데려온 장군 야나르 등 만나러

jifi, meni etuhe baitalaraha jaka be tuwafi, ambula
와서 우리의 입고 사용하던 것 을 보고 매우

ferguweme emdubei hengkišeme, arki nure be gajifi alibume
신기해하며 누누이 절하며 소주 술 을 가져와서 바치며

kundulefi genehe. ice sunja de cuwan belheme wajifi,
공경하고 갔다. 초 닷새 에 배 준비하여 마치고

kunesun gemu benjifi, giyedi bira deri cuwan tefi juraka.
식량 모두 보내와서 기여디 강 에서 배 타고 떠났다.

mak'osk'o.[155] iniyesiye baising ni wargi julergi debi. ere siden
마코스코. 이니여시여 바이싱 의 서 남쪽 에 있다. 이 사이

juwe tanggū susai ba funcembi. alin i jugūn. giyedi
이 백 오십 리 넘는다. 산 의 길이다. 기여디

[한문]

帶領被擄西洋將軍牙那爾等來謁 見我等衣冠用度齊楚 不勝仰慕 叩頭獻酒而去 初五日 一切船隻供給完備自揭河登舟起行][156]

麻科斯科

在伊聶謝之西北 相去二百五十餘里 皆山路 揭的

—— ◦ —— ◦ —— ◦ ——

에서 사로잡혀온 장군 야나르 등이 우리를 만나러 와서 우리가 입은 옷과 사용하던 것을 보고 매우 신기해하며 누차 절을 하고, 소주와 술을 가져와서 바치며 공경하고 돌아갔다. 5일에 배를 준비하여 마치고 식량도 모두 보내와서 배를 타고 기여디 강을 떠났다.

마코스코.

이니여시여 바이싱의 서남쪽에 있다. 이 사이 250리가 넘으며, 산길이다.

---

154) yanar(牙那爾) : 스웨덴의 장관이자 장군. 칼 12세(1697-1718)의 부관 canifer이라는 주장과 general의 스웨덴어 음을 전사한 것이라는 주장이 있다.

155) mak'osk'o(麻科斯科) : 마코프스코이(Маковский). 마코프스코이는 케트(Кеть) 강에 위치하며 에니세이 시에서 남서쪽으로 80km 떨어져 있다. 1618년 세워진 항구로 케트 강과 에니세이 강을 연결하는 육로의 출발점이다.

156) [ ] 부분은 한문본과 만문본의 순서가 일치하지 않고 뒤바뀌어 쓰이고 있다. 이 내용이 한문본에서는 51쪽 뒤에 있다.

異域錄 上卷

三二

九耐堂

bira, dergi julergi ci eyeme jifi, mak'osk'o be šurdeme
강 동 남쪽 에서 흘러 와서 마코스코 를 둘러

dulefi, wargi amargi baru eyehebi. baising ni boo dehi
지나가서 서 북 쪽 흘러갔다. 바이싱 의 집 사십

giyan funceme bi. gemu oros tehebi. tiyan ju tang
間 넘게 있다. 모두 러시아인 살았다. 天 主 堂

miyoo emu falga bi. bira de onco emu jang funceme, golmin
廟 한 채 있다. 강 에 넓이 한 丈 넘고 길이

nadan jang funcere cuwan orin isime bi. weihu, jaha
일곱 丈 넘는 배 이십 이르게 있다. 마상이 나룻배

bi. mukei jugūn yabure niyalma, gemu ubaci uwan tefi
있다. 물의 길 가는 사람 모두 이곳에서 배 타고

tobol de genembi..
토볼 에 간다.

[한문]

河來自東南 遶過麻科斯科 向西北而流 栢興内有廬舍四十餘間 俱俄羅斯居住 有天主堂一座 其河内有寬一丈 長七丈許船二十餘隻 舟艇甚多 由水路之人 俱於此處登舟 赴托波兒城

—— ◦ —— ◦ —— ◦ ——

기여디강 동남쪽에서 흘러나와서, 마코스코를 둘러 지나간 후 서북쪽으로 흘러갔다. 바이싱의 집은 40채 남짓 있으며, 모두 러시아인이 살았다. 교회는 1채 있다. 강에는 폭이 1장(丈) 넘고, 길이는 7장(丈) 넘는 배가 스무 척 가까이 있으며, 마상이와 나룻배도 있다. 수로를 통해 길을 가는 사람들은 모두 이곳에서 배를 타고 토볼에 간다.

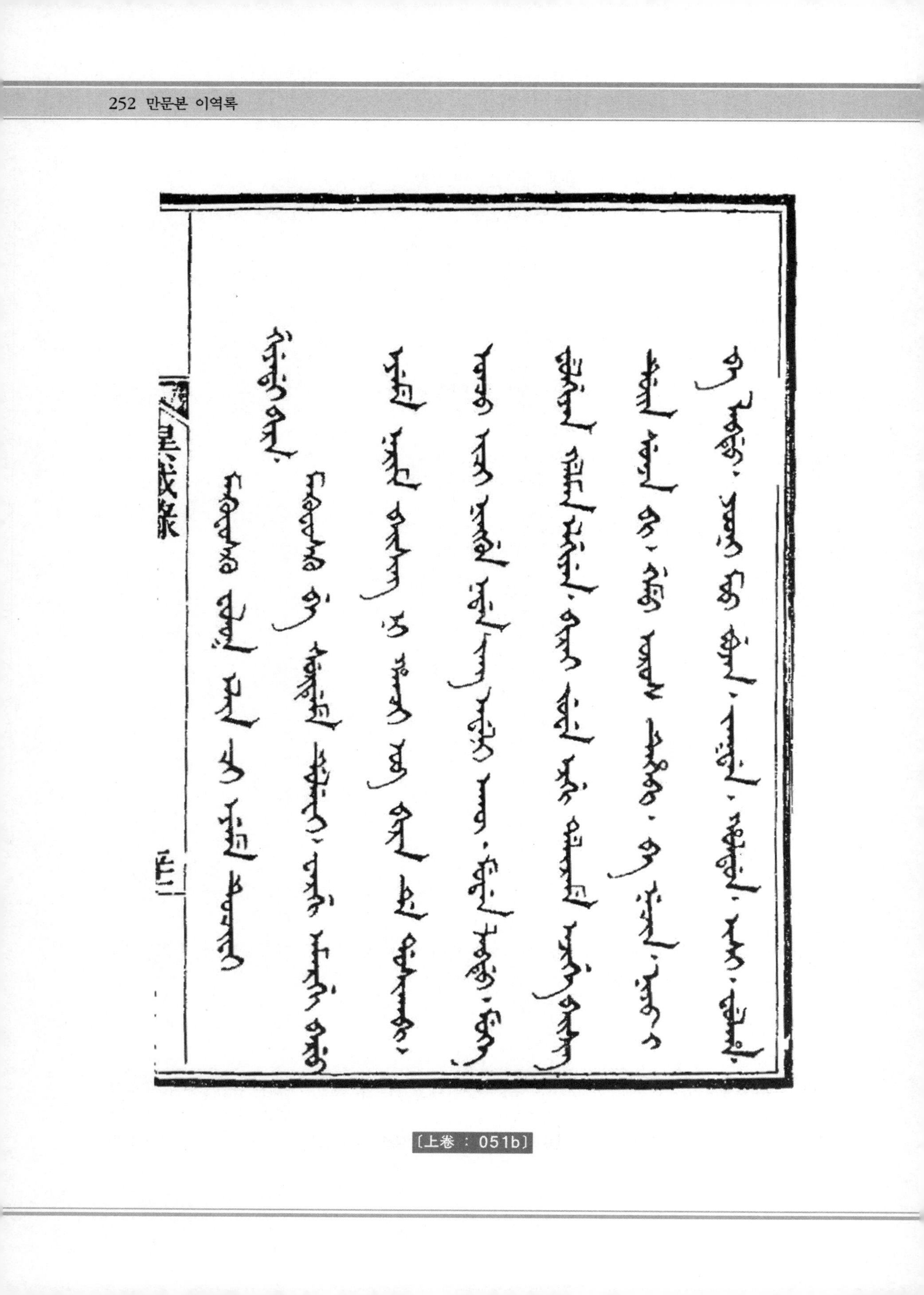

異域錄 三

giyedi bira.[157] mak'osk'o folok alin ci eyeme tucifi
기여디 강. 마코스코 폴록 산 에서 흘러 나와서

mak'osk'o be šurdeme dulefi, wargi amargi baru
마코스코 를 둘러 지나서 서 북 쪽

eyeme narim baising ni hanci, ob bira[158] de dosikabi.
흘러 나림 바이싱 의 가까이 옵 강 에 들어갔다.

onco ici ninggun nadan jang adali akū. mudan labdu, muke
넓은 쪽 여섯 일곱 丈 같지 않다. 굽이 많고 물

fulgiyan. galman elgiyen. birai juwe ergi dalirame ajige baising
붉다. 모기 풍부하다. 강의 양 쪽 따라 작은 바이싱

duin sunja bi. gemu oros tehebi. ba necin, niyo i
네 다섯 있다. 모두 러시아인 살았다. 땅 평평하고 습지 의

ba labdu. yooni moo bujan. jakdan, holdon, isi, fulha
곳 많다. 모두 나무 숲이다. 소나무 잣나무 落葉松 백양나무

[한문]

揭的河

自麻科佛斯科佛落克嶺發源 環流麻科斯科向西北而流 至那里穆柏輿附近 歸入鄂布河 寬六七丈不等 多灣曲 水色赤 蚊虻甚多 沿河有小柏輿四五處 俱俄羅斯居住 其地平坦 水窪處甚多 皆林藪 有馬尾松果松杉松楊

—— ∘ —— ∘ —— ∘ ——

기여디 강

마코스코 폴록 산에서 흘러나와서 마코스코를 둘러 지나간 후, 서북쪽으로 흘러 나림 바이싱의 가까이에서 옵 강에 들어갔다. 폭은 6-7장(丈)으로 균일하지 않다. 굽이 많고 물이 붉으며 모기가 매우 많다. 강의 양쪽에 있는 기슭을 따라 작은 바이싱이 4-5채 있으며, 모두 러시아인이 살았다. 땅이 평평하고 습지가 많다. 온통 나무와 수풀로 뒤덮여 있는데, 소나무, 잣나무, 낙엽송(落葉松), 백양나무,

157) giyedi(揭的) : 옵 강의 지류인 케트(Кеть) 강으로 크라스노야르스크(Красноярск) 지방과 톰스크(Томск) 주를 흐른다. 옵 강에서 동방으로 진출하려는 러시아의 시베리아 횡단의 중요한 수로이다. 이 강 유역에는 케트(Кеты) 어를 사용하는 케트(Кеты)) 족이 살고 있다.

158) ob(鄂布) : 옵(Обь) 강은 서시베리아를 흐르는 강으로 세계에서 7번째로 긴 강이다. 지류인 이르티시(Иртыш) 강은 알타이 산맥에서 발원하며 옵 만에서 북극해로 향한다.

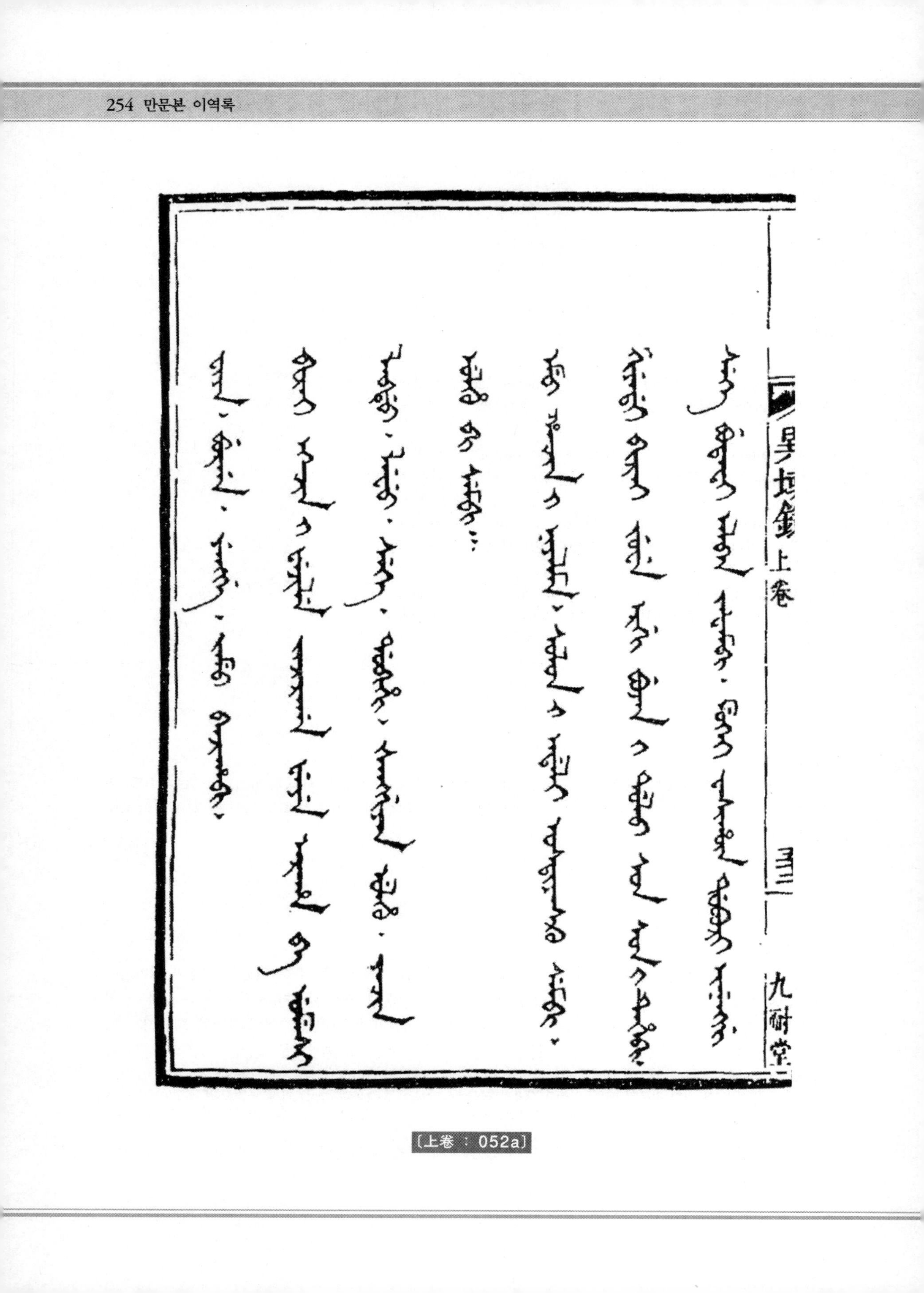

異域錄 上卷 三 九耐堂

fiya, burga, yengge, jamu banjihabi.
자작나무 버드나무 머루나무 해당화 자랐다.

birai ekcin i fejile jijirgan feye araha ba umesi
강의 가 의 아래 흰털발제비 둥지 지은 곳 매우

labdu. lefu, seke, dobihi, šanggiyan ulhu, yacin
많다. 곰 담비 여우 銀鼠 灰鼠

ulhu bi sembi..
있다 한다.

emu hacin i niyalma, solon i adali ostiyask'o[159] sembi.
한 종류 의 사람 솔론 의 처럼 오스티야스코 한다.

giyedi birai juwe ergi bujan i dolo son son i tehebi.
기여디 강의 양 쪽 숲 의 속 흩어져 살았다.

seke butafi alban jafambi. mukei wasihūn dobori inenggi
담비 사냥해서 공물 바친다. 물의 아래로 밤 낮

[한문]

樺柳櫻薁刺玫 河崖下土燕之巢穴甚多 産熊貂鼠狐狸銀鼠灰鼠 有一種人 類乎索倫 名曰鄂斯提牙斯科 在揭的河兩岸林木内散處 捕貂作貢 順流無晝夜

—— ◦ —— ◦ —— ◦ ——

자작나무, 버드나무, 머루나무, 해당화가 자랐다. 강가 아래에는 제비가 둥지를 지은 곳이 매우 많다. 곰, 담비, 여우, 은서(銀鼠), 회서(灰鼠)가 있다고 한다. 이곳에 사는 한 종족은 솔론족과 닮아 오스티야스코라고 부르는데, 기여디 강의 양쪽에 있는 수풀 속에서 군데군데 살았다. 이들은 담비를 사냥해서 공물로 바친다. 강을 타고 내려가 밤낮

159) ostiyask'o(鄂斯提牙斯科) : 오스티약(**Остяки**). 오스티약은 시베리아 원주민과 그들의 언어를 지칭하는 것으로 한티(Ханты) 족과 케트(Кеты) 족은 이전에 오스티약이라고 불렸고 셀쿱(селькýпы)족은 오스티약-사모에드(Остяко-самоеды)라고 불렸다. 시베리아 서쪽의 옵 강과 예니세이 강 유역에 살며 순록 사육과 어로·수렵에 종사하고 우랄어족 우고르 어파에 속한다.

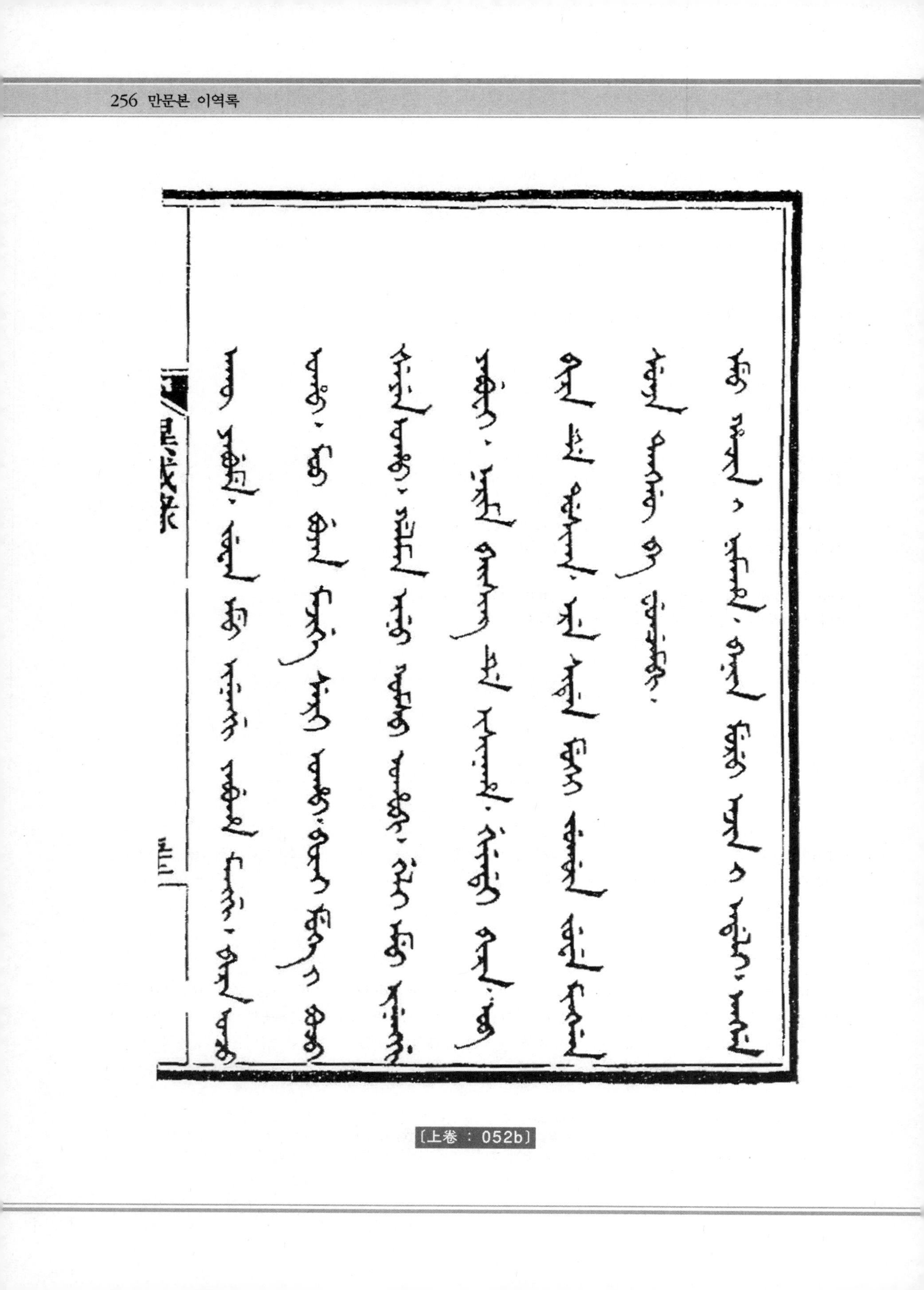

akū yabume, juwan emu inenggi yabuha manggi, bira onco
없이 가서 십 일 일 간 후 강 넓게

oho. moo bujan majige seri oho. birai muke i boco
되었다. 나무 숲 조금 드물게 되었다. 강의 물 의 색

šeyen oho. galman inu komso ohobi. geli emu inenggi
새하얗게 되었다. 모기 도 적게 되었다. 또 한 날

yabufi, narim baising de isinaha. giyedi bira, ob
가서 나림 바이싱 에 다다랐다. 기여디 강 옵

bira de dosika. ere siden mukei jugūn juwe minggan
강 에 들어갔다. 이 사이 물의 길 이 천

sunja tanggū ba funcembi.
오 백 리 넘는다.

emu hacin i nimaha, banin muru ajin i adali. angga
한 종류 의 물고기 성질 모습 철갑상어 와 같다. 입

[한문]

行十一日 河面遂寬 林木漸稀 河內水色漸白 蚊虻亦少 再行一日 至那里穆柏興 揭的河歸入鄂布河 其間水程二千五百餘里 一種魚 形類鱘魚

—— ◦ —— ◦ —— ◦ ——

없이 11일 동안 가니, 강이 넓어졌으며 나무와 수풀이 드물게 되었다. 강물의 색도 새하얗게 되었으며 모기도 거의 없어졌다. 또 하루 동안 가서 나림 바이싱에 다다랐다. 기여디 강은 옵강으로 들어가는데, 이 사이의 수로가 2500리가 넘는다. 이 강에 있는 물고기 하나는 그 성질과 모습이 마치 철갑상어와 같으며

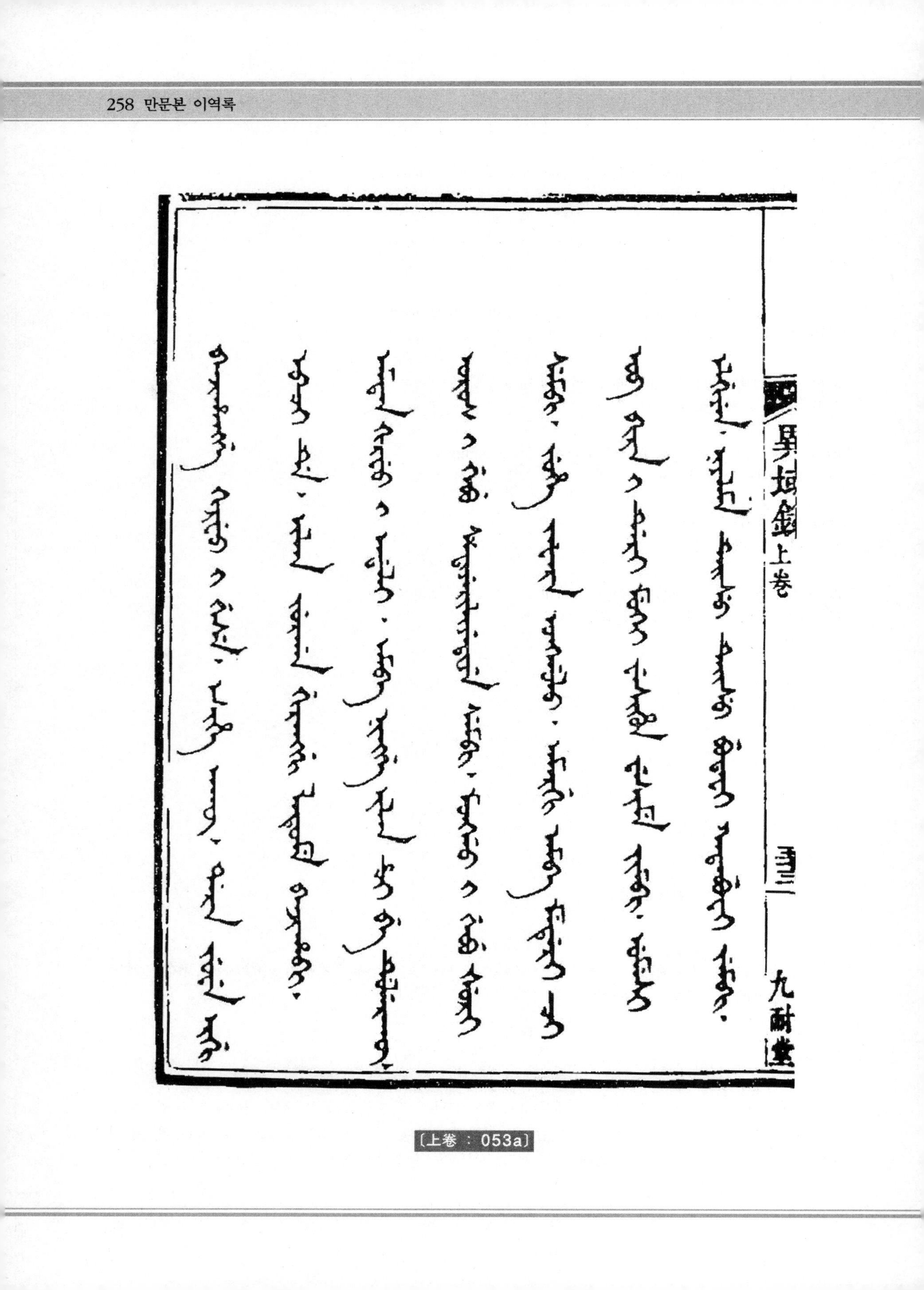

banjihangge kirfu i gese. esihe akū, dara juwe ergi
생긴 것 鱘魚 와 같다. 비늘 없고 허리 양 쪽

ebci de, ilan jurgan giranggi latume banjihabi.
갈비뼈 에 세 줄 뼈 붙어 생겼다.

amtan kirfu i adali. amba ningge ilan c'y be dulerakū.
맛 鱘魚 와 같다. 큰 것 세 尺 을 넘지 않는다.

oros i gebu sztiyeriliyetiye[160] sembi. monggo i gebu šuri[161]
러시아 의 이름 스찌여릴리여티여 한다. 몽고 의 이름 슈리

sembi. juhe jafara onggolo, amargi amba mederi ci
한다. 얼음 얼기 전 북쪽 큰 바다 에서

ob bira i deri mukei wesihun wesime jimbi. umesi
옵 강 의 쪽 물의 위로 올라 온다. 매우

elgiyen. niyalma teisu teisu butafi katabufi jembi.
풍부하다. 사람 각 각 사냥하여서 말려서 먹는다.

[한문]

口似鱘無鱗 脊上竝兩肋有骨三條連生 肉味同於鱘魚 大者不過三尺 俄羅斯名之曰四帖里烈帖 蒙古人名之曰舒里 於未凍河之前 從北海由鄂布河遡流而來 甚多 人皆漁捕 曝乾爲食

—— ◦ —— ◦ —— ◦ ——

생긴 것도 심어(鱘魚)를 닮았다. 비늘이 없고, 허리 양쪽에 있는 갈비뼈에는 세 줄의 뼈가 선명하게 보였다. 맛도 심어(鱘魚)와 다르지 않으며, 크기도 3 척(尺)을 넘지 않는다. 러시아어로는 스찌여릴리여티여라고 한다. 몽골어로는 슈리라고 한다. 얼음이 얼기 전에 북쪽의 큰 바다에서 옵강을 거슬러 올라오는데, 그 수가 매우 많다. 사람들은 저마다 사냥한 후 이를 말려서 먹거나

160) sztiyeriliyetiye(四帖里烈帖) : 스텔랴디(Стерлядь). 스텔랴디는 작은 철갑상어, 또는 스텔렛 철갑상어로 불리며 철갑상어과에 속하는 25개종 중에서 가장 몸집이 작다. 몸길이가 약 50cm로 양식 연어와 비슷한 크기이다. 강을 좋아하는 스텔렛 철갑상어는 북쪽으로는 시베리아에서까지 발견된다. 한때는 흑해와 카스피해로 흘러드는 강어귀에도 풍부했지만 캐비어 수요가 폭증하면서 지금은 거의 찾아 볼 수 없다.

161) šuri(舒里) : 스텔렛 철갑상어의 몽골 이름이라고 설명하고 있으나 현대 몽골어에서 확인되지 않는다.

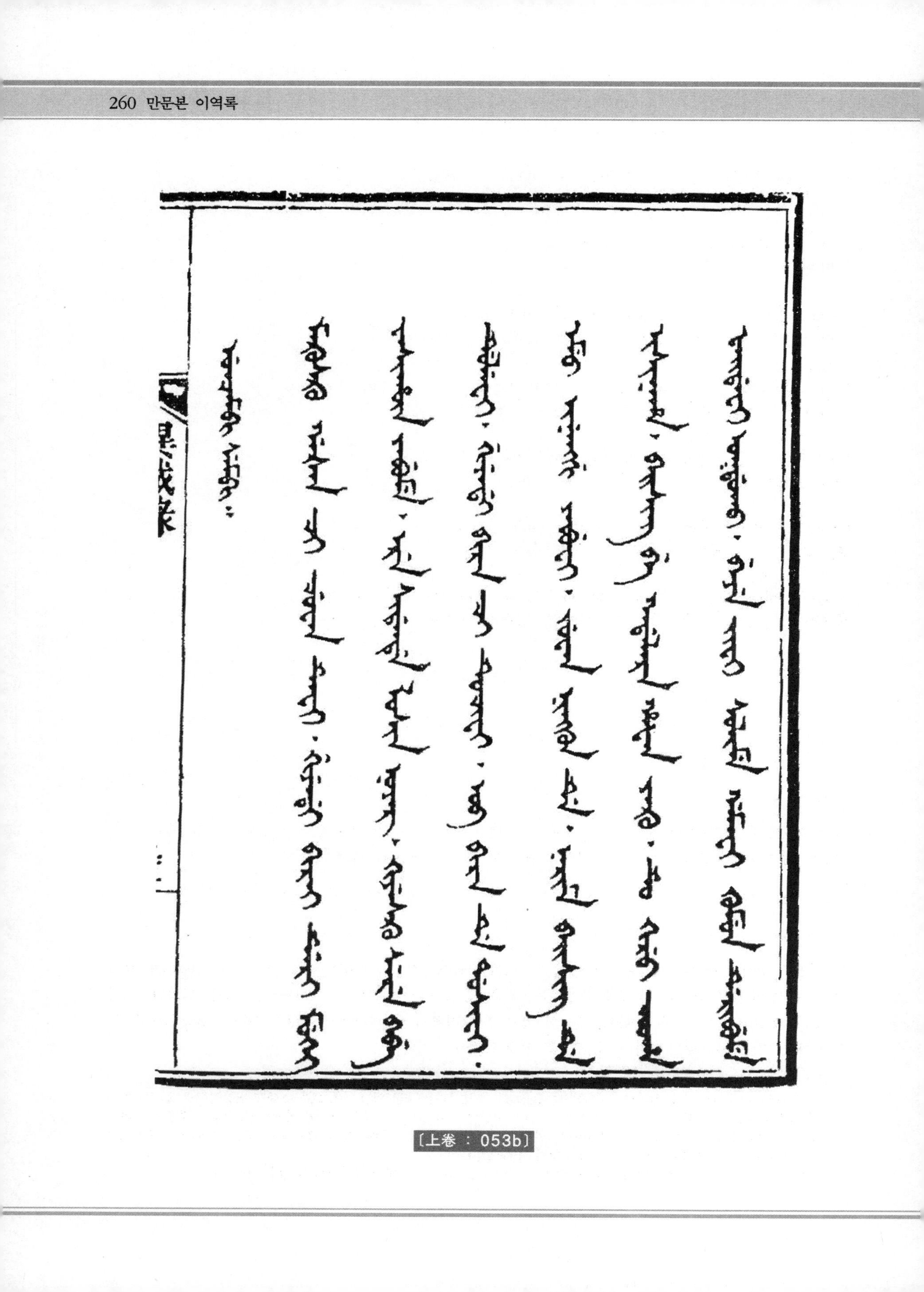

uncambi sembi..
판다 한다.

mak'osk'o gašan ci cuwan tefi, giyedi birai deri mukei
마코스코 마을 에서 배 타고 기여디 강 으로 물의

wasihūn yabume, ere sidende losin noyar,[162] kiyesk'o[163] sere babe
아래로 가서 이 사이에 로신 노야르 키여스코 하는 곳을

dulefi, giyedi bira ci tucifi, ob bira de dosifi,
지나서 기여디 강 에서 나와서 옵 강 에 들어가서

emu inenggi yabufi, juwan ninggun de, narim baising de
한 날 가서 십 육일 에 나림 바이싱 에

isinaha. baising be kadalara hafan yak'o,[164] tu kiru cooha
다다랐다. 바이싱 을 관할하는 관리 야코 大旗 小旗 병사

faidafi okdoko. beye jifi solime gamafi kumun deribume
정렬하고 맞이하였다. 몸소 와서 청하여 데려가서 음악 시작하며

[한문]

亦貨賣 自麻科斯科村登舟 由揭的河順流而行 此間經羅新訥牙爾及茄斯科村落 出揭的河 入鄂布河 行一日 于十六日至那里穆柏興 管柏興官雅果付 排列旂幟兵丁迎接 請至伊家 作樂

—— ◦ —— ◦ —— ◦ ——

판다고 한다. 마코스코 마을에서 배를 타고 기여디 강을 통해서 하류로 내려가는 동안, 이 사이에 있는 로신노야르와 키여스코라는 곳을 지나간 후 기여디 강에서 나와서 옵 강에 들어간 지 하루가 지나 16일에 나림 바이싱에 다다랐다. 바이싱을 관할하는 관리인 야코가 대기(大旗)와 소기(小旗), 그리고 병사를 정렬하고 우리를 맞이하였다. 그리고 몸소 와서 우리를 초대하여 데려간 후, 음악을 연주하며

162) losin noyar(羅新訥牙爾) : 크라스노이르스크(Красноярск) 지역을 흐르는 로신카(Лосинка)강이 케트(Кеть)강과 합류하는 지역으로 추정된다.

163) kiyesk'o(茄斯科) : 케트(Кеть)강 유역에 있던 요새로 추정된다.

164) yak'o(雅果付) : 야콥(Яков). 주166 참조.

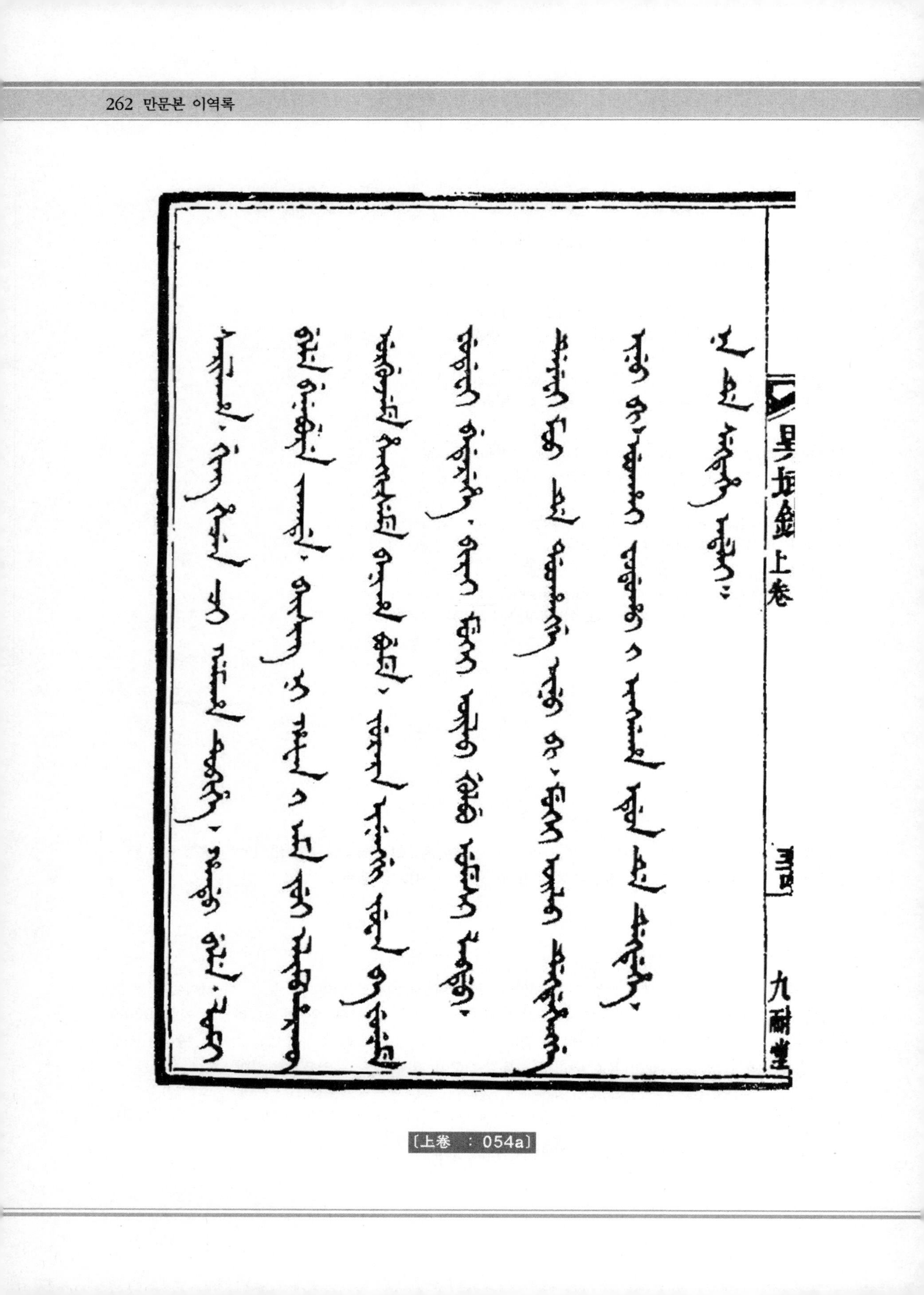

異域錄 上卷

九耐堂

sarilaha. ging hecen ci gamaha tubihe, handu bele, lomi
잔치했다. 京 城 에서 가져온 과일 벼 쌀 老米

bele benebure jakade, baising ni hafan i ama jui alimbaharakū
쌀 보내줄 적에 바이싱 의 관리 의 아버지 아들 매우

urgunjeme hengkišeme baniha bume, jurara inenggi juwan ba funceme
기뻐하며 조아리며 감사 주며 떠나는 날 십 리 넘게

fudefi bederehe. birai mukei oilo gulbu umesi labdu.
배웅하고 돌아갔다. 강의 물의 표면 하루살이 매우 많다.

deyefi moo de doohangge inu bi. mukei oilo dekdehengge
날아서 나무 에 건너간 것 도 있다. 물의 표면에 떠오른 것

inu bi. uthai fodoho i inggaha edun de dekdehe,
도 있다. 곧 버드나무 의 솜털 바람 에 떠오르고

na de sektehe adali.
땅 에 깔린 것 같다.

[한문]

筵宴 因將京都帶去果品 竝粳米老米 遣人酬送 管柏興官父子甚喜 叩頭致謝 起程之日 送十餘里辭歸 河內水面白蛾甚多 或飛樹上 或浮水面 似柳絮乘風 楊花鋪地

—— ◦ —— ◦ —— ◦ ——

잔치를 벌였다. 경성(京城)에서 가져온 과일, 멥쌀, 묵은쌀을 답례로 보냈더니, 바이싱의 관리인 부자(父子)가 매우 기뻐하며 머리 조아리며 사례하였으며, 떠나는 날 10리 남짓 배웅하고 돌아갔다. 강물의 표면에서 하루살이가 매우 많은데, 날아서 나무에 앉아 있는 것도 있고, 물의 표면에 떠 있는 것도 있다. 마치 버드나무의 솜털이 바람에 떠오르거나 땅에 깔려 있는 것과 같다.

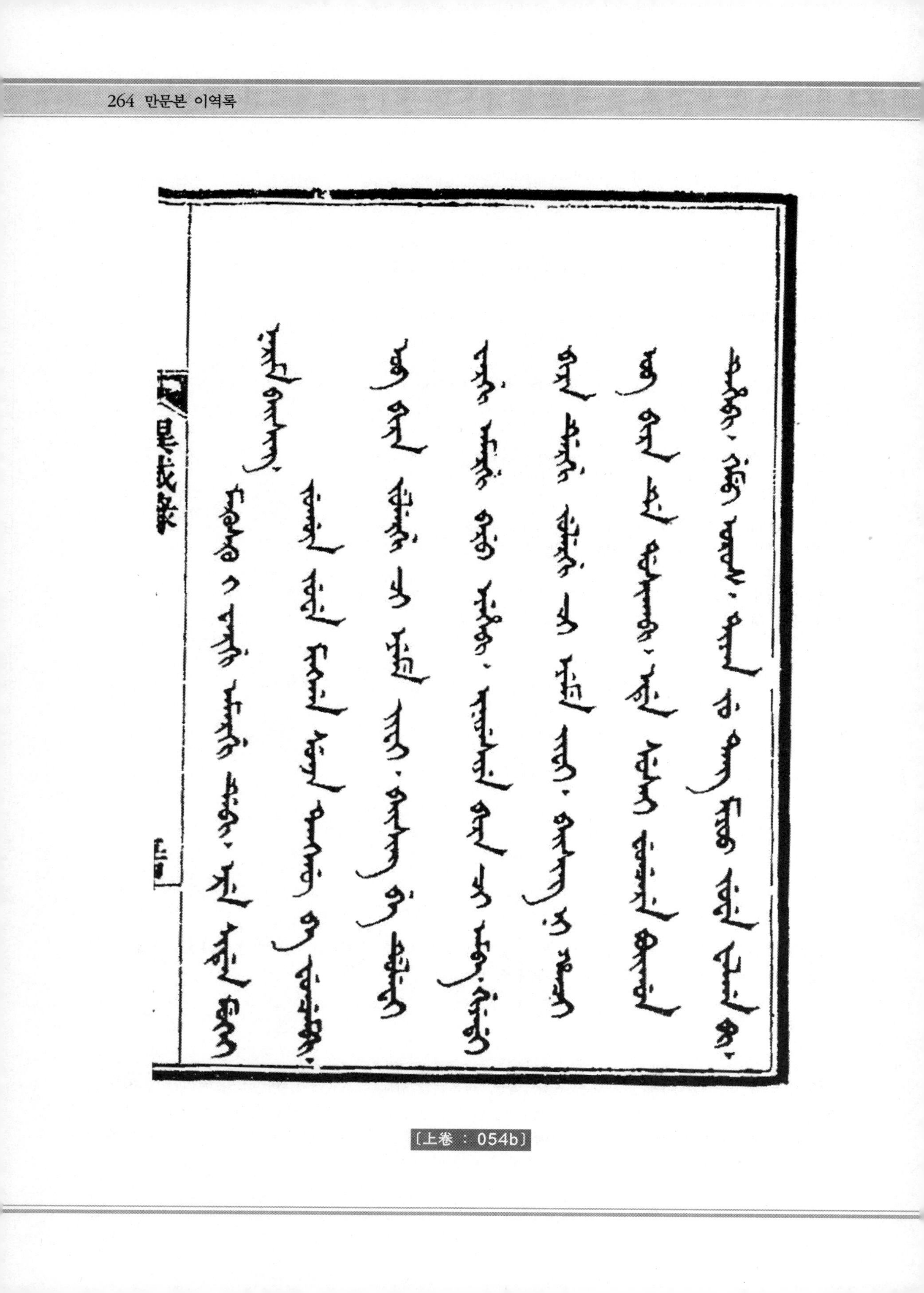

異域錄 上

narim baising.[165] mak'osk'o i wargi amargi debi, ere siden mukei
나림 바이싱 마코스코 의 서 북쪽 에 있다. 이 사이 물의

jugūn juwe minggan sunja tanggū ba funcembi.
길 이 천 오 백 리 넘는다.

ob bira julergi ci eyeme jifi, baising be dulefi
옵 강 남쪽 에서 흘러 와서 바이싱 을 지나서

wargi amargi baru eyehebi. iniyesiye bira ci amba. giyedi
서 북 쪽 흘렀다. 이니여시여 강 보다 크다. 기여디

bira dergi julergi ci eyeme jifi, baising ni hanci
강 동 남쪽 에서 흘러 와서 바이싱 의 가까이

ob bira de dosikabi. ede susai funcere boigon
옵 강 에 들어갔다. 이곳에 오십 넘는 가구

tehebi. gemu oros. tiyan ju tang miyoo juwe falga bi.
살았다. 모두 러시아인이다. 天 主 堂 廟 두 채 있다.

[한문]

那里穆柏興

在厤科斯科之西北 其間水程二千五百餘里 鄂布河自南流來 過柏興 向西北而流 大于伊聶謝河 揭的河來自東南 流至柏興附近 歸入鄂布河 居住四五十戶 俱俄羅斯 有天主堂二座

— ◦ — ◦ — ◦ —

나림 바이싱.

마코스코의 서북쪽에 있다. 이 사이의 수로는 2,500리가 넘는다. 옵 강은 남쪽에서 흘러나와서, 바이싱을 지나간 후 서북쪽으로 흐르고 있는데, 이니여시여 강보다 크다. 기여디 강은 동남쪽에서 흘러나온 후 바이싱 가까이에서 옵 강으로 들어갔다. 이곳에는 50 남짓한 가구가 살고 있는데, 모두 러시아인이다. 교회는 2채 있다.

165) narim(那里穆) : 나림(Нарым)은 옵강과 케트강의 합류점에 위치하고 있는 마을이다. 1596년 톰스크 지역의 첫 번째 거주지로 세워졌다.

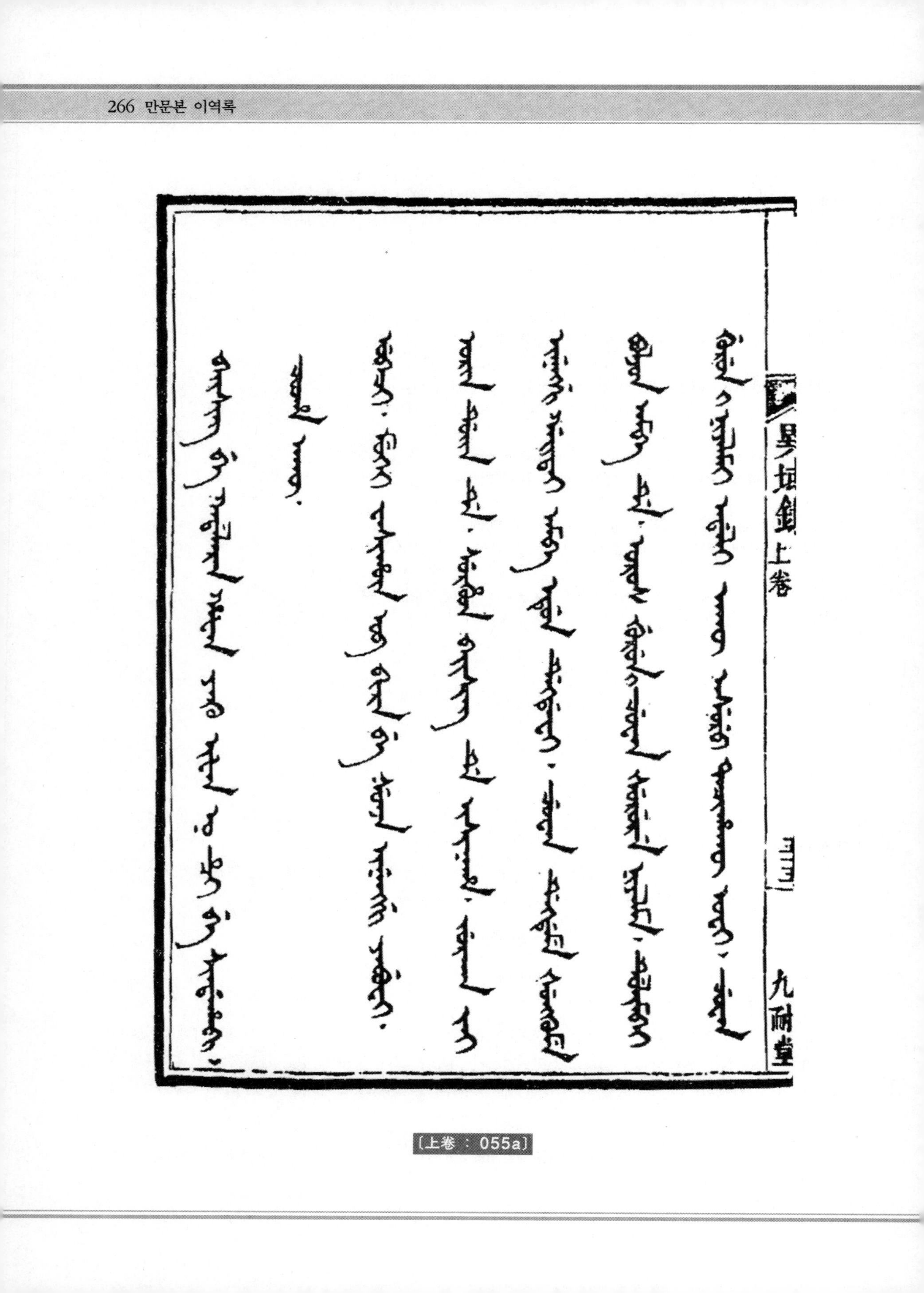

異域錄 上卷

九耐堂

baising be kadalara hafan yak'o ifan no c'y[166) be sindahabi.
바이싱 을 관할하는 관리 야코 이판 노 치 를 임명했다.

cooha akū.
병사 없다.

ubaci, mukei wasihūn ob bira be sunja inenggi yabufi,
이곳에서 물의 아래로 옵 강 을 오 일 가서

orin duin de, surhut baising de isinaha. juraka jai
이십 사 에 수르후트 바이싱 에 다다랐다. 떠난 다음

inenggi gaitai amba edun dekdefi, cuwan dekdeme šungkume
날 갑자기 큰 바람 일어나서 배 오르며 내리며

boljon amba de, oros gurun i cuwan šurure niyalma, dulimbai
물결 큼 에 러시아 나라 의 배 젓는 사람 中

gurun i niyalmai adali akū asuru tacihakū ofi, cuwan
國 의 사람과 같지 않고 전혀 숙련되지 않아서 배

[한문]

設管轄柏興頭目一員 名雅果付衣宛薩委翅 無兵 從此處由鄂布河順流而下 行五日 于二十四日 至蘇爾呼忒柏興 起程之次日 忽颶風大作 波濤洶湧 舟楫傾欹 上下浮沉 俄羅斯人操舟 不似中國人諳練

—— ◦ —— ◦ —— ◦ ——

바이싱을 관할하는 관리로는 야코 이판노치를 임명하고 병사는 없다. 이곳에서 옵 강을 타고 내려가 5일 동안 가서, 24일에 수르후트 바이싱에 다다랐다. 출발한 다음날 갑자기 큰 바람이 일어나서, 배가 위아래로 요동칠 정도로 물결이 거칠었는데, 러시아의 뱃사공들이 중국 사람 같지 않게 전혀 숙련되지 않아서, 배가

166) yak'o ifan no c'y(雅果付衣宛薩委翅) : 야콥 이바노비치(Яков Иванович), 인명(人名).

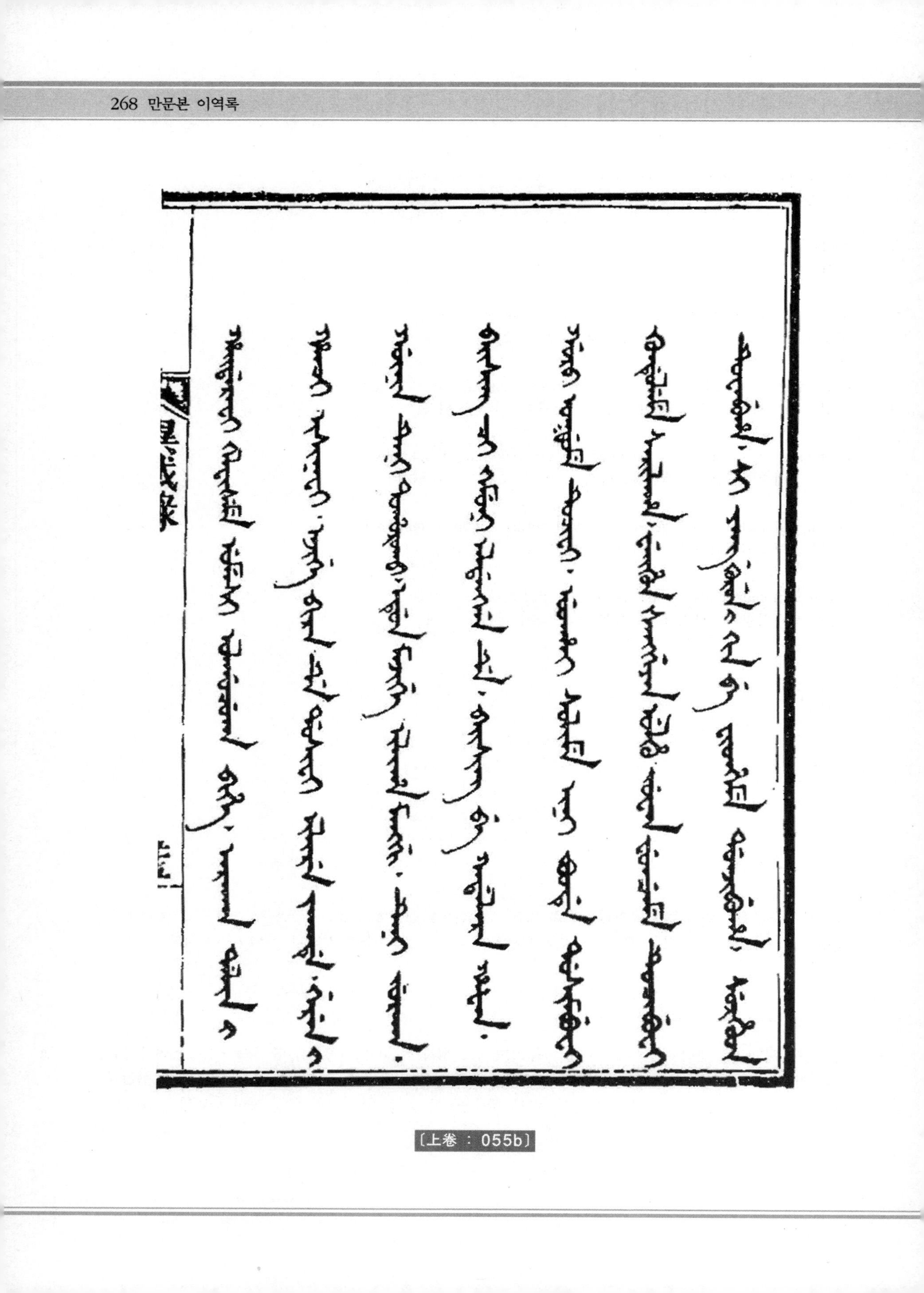

異域錄

haidarafi kelfišeme umesi olgocuka bihe. arkan dalin i
기울어지고 흔들려 매우 두려웠다. 다행히 기슭 의

hanci isinafi, ajige bira de dosifi ilire jakade, geren i
가까이 다다라서 작은 강 에 들어가서 멈출 적에 여럿 의

gūnin teni tohoroko. edun majige iliha manggi, teni juraka.
마음 비로소 진정되었다. 바람 조금 멈춘 후 비로소 떠났다.

baising ci kemuni aldangga de, baising be kadalara hafan,
바이싱 에서 아직 멀기 에 바이싱 을 관할하는 관리

goro okdome tucifi, uthai solime ini boode dosimbufi
멀리 맞이하여 나와서 곧 청하여 그의 집에 들이고서

kunduleme sarilaha. weihun šanggiyan ulhu juwan funceme tucibufi
공경하며 잔치하였다. 살아있는 銀 鼠 열 넘게 내어서

tuwabuha. si yang gurun i kin be fitheme donjibuha. surhut
보여주었다. 西 洋 나라 의 琴 을 타며 들려주었다. 수르후트

[한문]

幾至於危殆 倖得傍岸 避入小河 衆心始安 去柏興尙遠 管柏興官出迎 請至伊宅 設宴欵待 出十數活銀鼠視之 鼓西洋琴以獻 蘇爾呼忒

―― ◦ ―― ◦ ―― ◦ ――

기울어지고 흔들려 매우 무서웠다. 다행히 강가 가까이에 다다른 후 작은 강에 들어가서 정박한 덕분에 우리들은 그제야 마음이 놓였다. 그리고 바람이 잠시 멎게 된 이후에야 다시 길을 떠났다. 바이싱과 상당히 거리가 떨어져 있는데도 바이싱을 관할하는 관리가 멀리 나와서 우리를 맞이한 후 곧 자신의 집에 초청하여 극진히 대접하며 잔치를 베풀었다. 그리고 살아 있는 은서(銀鼠)를 10마리 남짓 내어서 보여 주었으며, 서양의 거문고를 타며 그 소리를 들려주었다. 수르후트

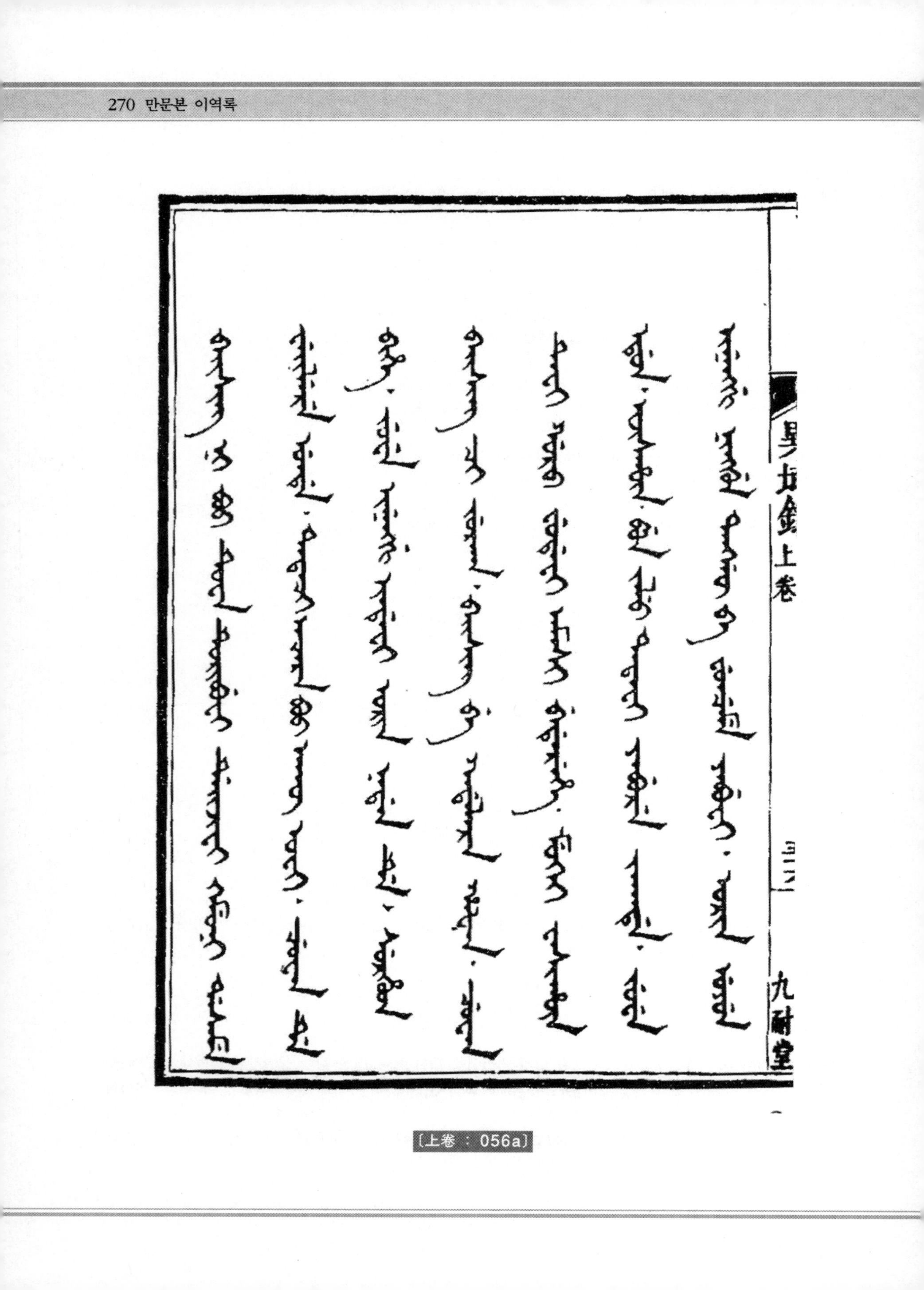

baising ni boo tuwa turibufi deijifi, kemuni dasame
바이싱 의 집 불 나서 불타고 아직 다시

weilere unde. tataci acara boo akū ofi, cuwan de
짓지 못한다. 머물면 마땅한 집 없어서 배 에

bihe. juwe inenggi indefi orin nadan de, surhut
있었다. 두 날 묵고 이십 칠 에 수르후트

baising ci juraka. baising be kadalara hafan, cuwan
바이싱 에서 떠났다. 바이싱 을 관할하는 관리 배

tefi goro fudefi amasi bederehe. mukei wasihūn
타고 멀리 배웅하고 뒤로 돌아갔다. 물의 아래로

edun ijishūn, pun jalu tatafi yabure jakade, juwe
바람 순해서 돛 가득 당겨서 갈 적에 두

inenggi ninggun tanggū ba funceme yabulfi, orin uyun
날 육 백 리 넘게 가서 이십 구

[한문]

廬舍回祿 尙未修葺 無可歇公署 居舟中 越二宿 于二十七日 自蘇爾呼忒起程 管柏興官駕舟遠送辭歸 順流乘風 揚帆而行 兩日行六百餘里 于二十九日

—— ◦ —— ◦ —— ◦ ——

바이싱의 집들은 불이 나서 불타 버린 후 아직 다시 짓지 못한다. 머물 만한 집이 없어서 배에 있었다. 이틀 동안 묵은 후 27일에 수르후트 바이싱을 떠났다. 바이싱을 관할하는 관리는 배를 타고 멀리 배웅한 후 돌아갔다. 강을 타고 내려가는데 바람이 순하여 돛을 잔뜩 당겨서 간 까닭에, 이틀 동안 600리 남짓 가서 29일

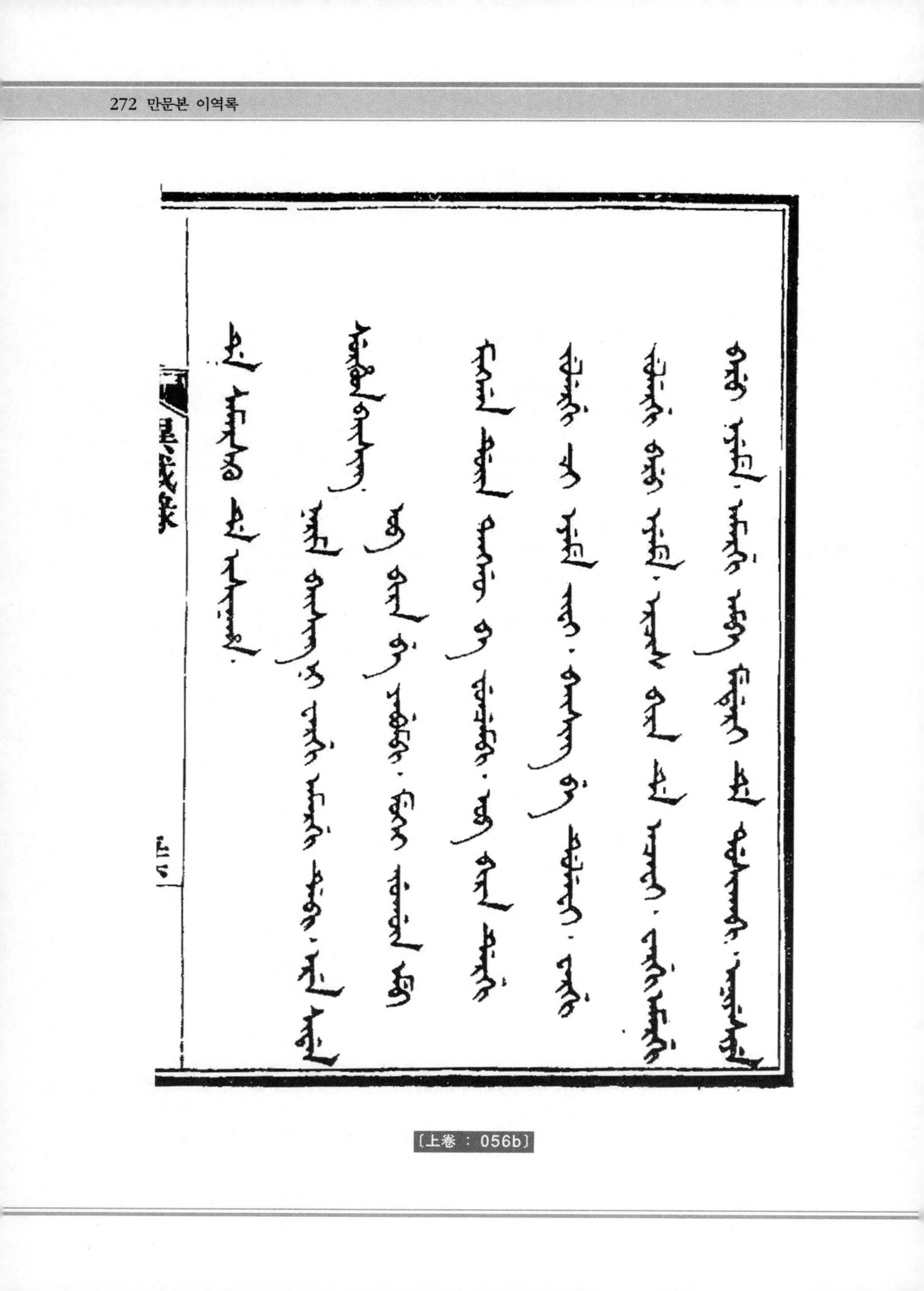

de samarsk'o de isinaha.
에 사마르스코 에 다다랐다.

surhut baising.[167] narim baising ni wargi amargi debi. ere siden
수르후트 바이싱 나림 바이싱 의 서 북쪽 에 있다. 이 사이

ob bira be yabumbi. mukei jugūn emu
옵 강 을 간다. 물의 길 일

minggan duin tanggū ba funcembi. ob bira dergi
천 사 백 리 넘는다. 옵 강 동쪽

julergi ci eyeme jifi, baising be dulefi, wargi
남쪽 에서 흘러 와서 바이싱 을 지나서 서

julergi baru eyeme, ercis[168] bira de acafi, wargi amargi
남 쪽 흘러 어르치스 강 에 만나서 서 북

baru eyeme, amargi amba mederi de dosikabi. iniyesiye
쪽 흘러 북쪽 큰 바다 에 들어갔다. 이니여시여

[한문]

至薩馬爾斯科

蘇爾呼忒柏興

在那里穆柏興之西北 其間由鄂布河舟行 水程一千四百餘里 其鄂布河來自東南 流過柏興 向西南與厄爾齊斯河合流 復向西北 流入北海 大于伊聶謝河

—— ◦ —— ◦ —— ◦ ——

에 사마르스코에 다다랐다.

수르후트 바이싱.

나림 바이싱의 서북쪽에 있다. 이 사이를 옵 강을 통해 가는데, 수로가 1,400리가 넘는다. 옵 강은 동남쪽에서 흘러나와서 바이싱을 지나간 후, 서남쪽으로 흘러 어르치스 강과 만나 다시 서북쪽으로 흘러 북쪽의 큰 바다로 들어갔다. 이니여시어

167) surhut baising(蘇爾呼忒柏興) : 수르구트(Сургут). 수르구트는 나림의 서북쪽 400km 떨어진 곳에 있다. 오스탸키(Остяки) 인이 거주하던 곳에 1594년 짜르 페도르(Феодор) 1세의 명령에 의해 세워졌다. 도시의 이름은 한티(Ханты) 어로 물고기라는 "sur"와 구멍이라는 "gut" 가 결합한 것이다. 1950년대부터 1960년대에 걸쳐 부근에서 석유과 천연가스가 발견된 이후 급속히 발전했다.

168) ercis(厄爾齊斯) : 어르치스(몽골어 Эрчис, 러시아어 Иртыш, 카자흐어 Ертіс) 강은 옵강으로 흘러 들어가며 러시아, 카자흐스탄, 중국에 걸쳐 있다. 준가르에 있는 몽골 알타이 산에서 발원한다. 지류로는 토볼(Тобол) 강, 데미얀카(Демянка) 강, 이심(Ишим) 강이 있다.

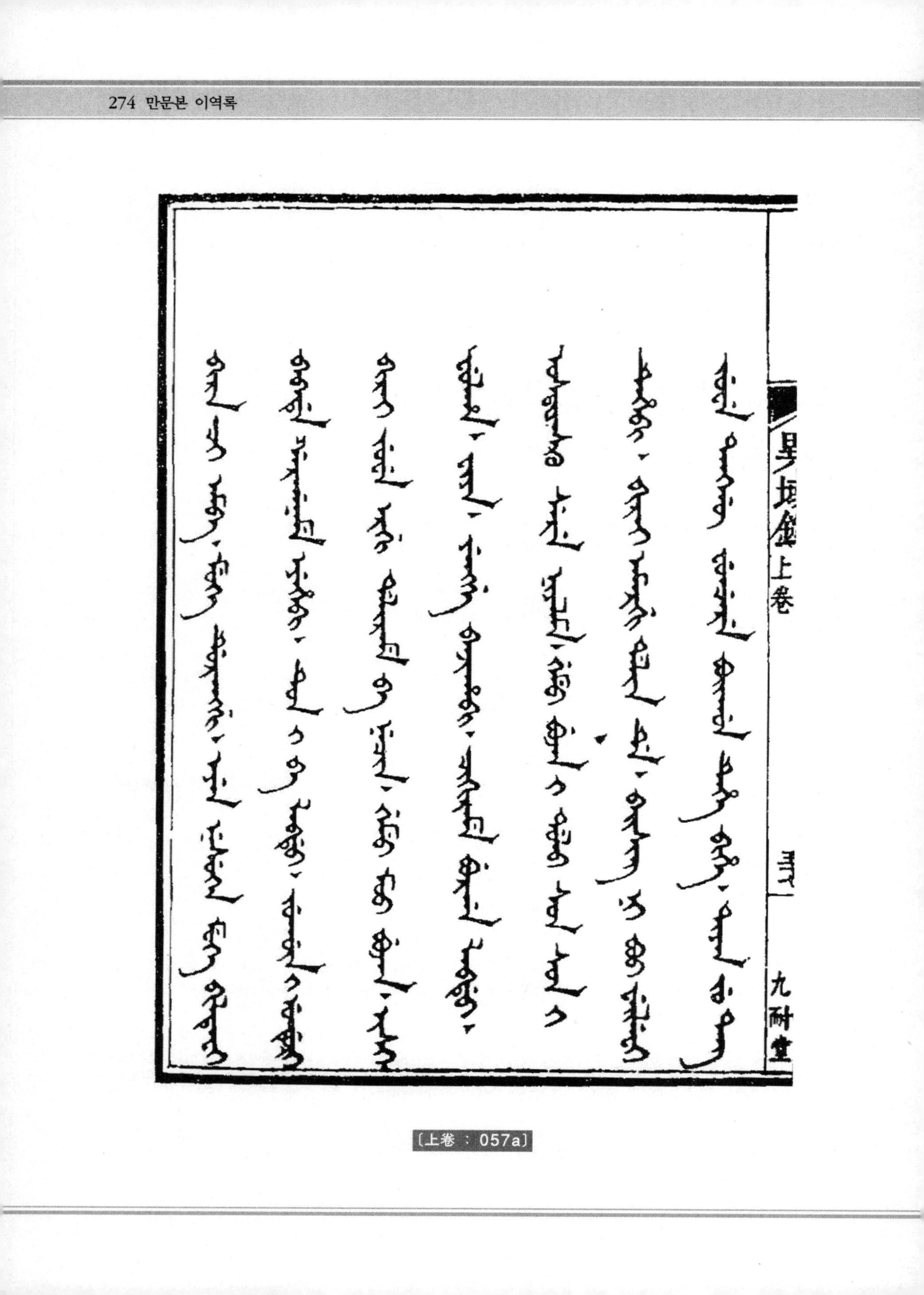

異域錄 上卷

九耐堂

bira ci amba. muke duranggi, eyen nesuken. muke biltefi
강 보다 크다. 물 흐리고 흐름 부드럽다. 물 넘쳐서

babade garganame eyehebi. tun i ba labdu. jugūn i unduri
곳곳에 흩어져 흘러갔다. 섬 의 땅 많다. 길 의 연도

birai juwe ergi dalirame ba necin, gemu moo bujan. isi,
강의 양 쪽 따라 땅 평평하고 모두 나무 숲이다. 落葉松

fulha, fiya, yengge banjihabi. cikirame burga labdu.
백양나무 자작나무 머루나무 자랐다. 강가를 따라 버드나무 많다.

ostiyask'o sere niyamla, gemu bujan i dolo son son i
오스티야스코 하는 사람 모두 숲 의 안 흩어져

tehebi. birai amargi dalin de, baising ni boo weilefi
살았다. 강의 북쪽 기슭 에 바이싱 의 집 짓고

juwe tanggū funcere boigon tehe bihe. tiyan ju tang
이 백 넘는 가구 살았다. 天 主 堂

[한문]

水濁溜緩 水漲四溢 洲渚甚多 沿河兩岸地勢平坦 皆林木 有杉松楊樺櫻薁 河邊多叢柳 有一種鄂斯提牙斯科人 在林内散處 河之北岸 向有栢輿廬舍 居二百餘戶 天主堂

—— ◦ —— ◦ —— ◦ ——

강보다 크다. 물은 탁하고 흐름은 부드럽다. 물이 넘쳐서 곳곳에 흩어져 흘러갔다. 섬 지역이 많다. 길을 따라 있는 강의 양 쪽에 땅이 평평하고 모두 나무와 수풀로 되어 있으며, 낙엽송(落葉松), 백양나무, 자작나무, 머루나무가 자랐다. 강가를 따라 버드나무도 많다. 오스티야스코 족은 모두 수풀 속에서 군데군데 살았다. 강의 북쪽 가에는 바이싱의 집을 짓고 200 남짓한 가구가 살고 있었다. 천주당은

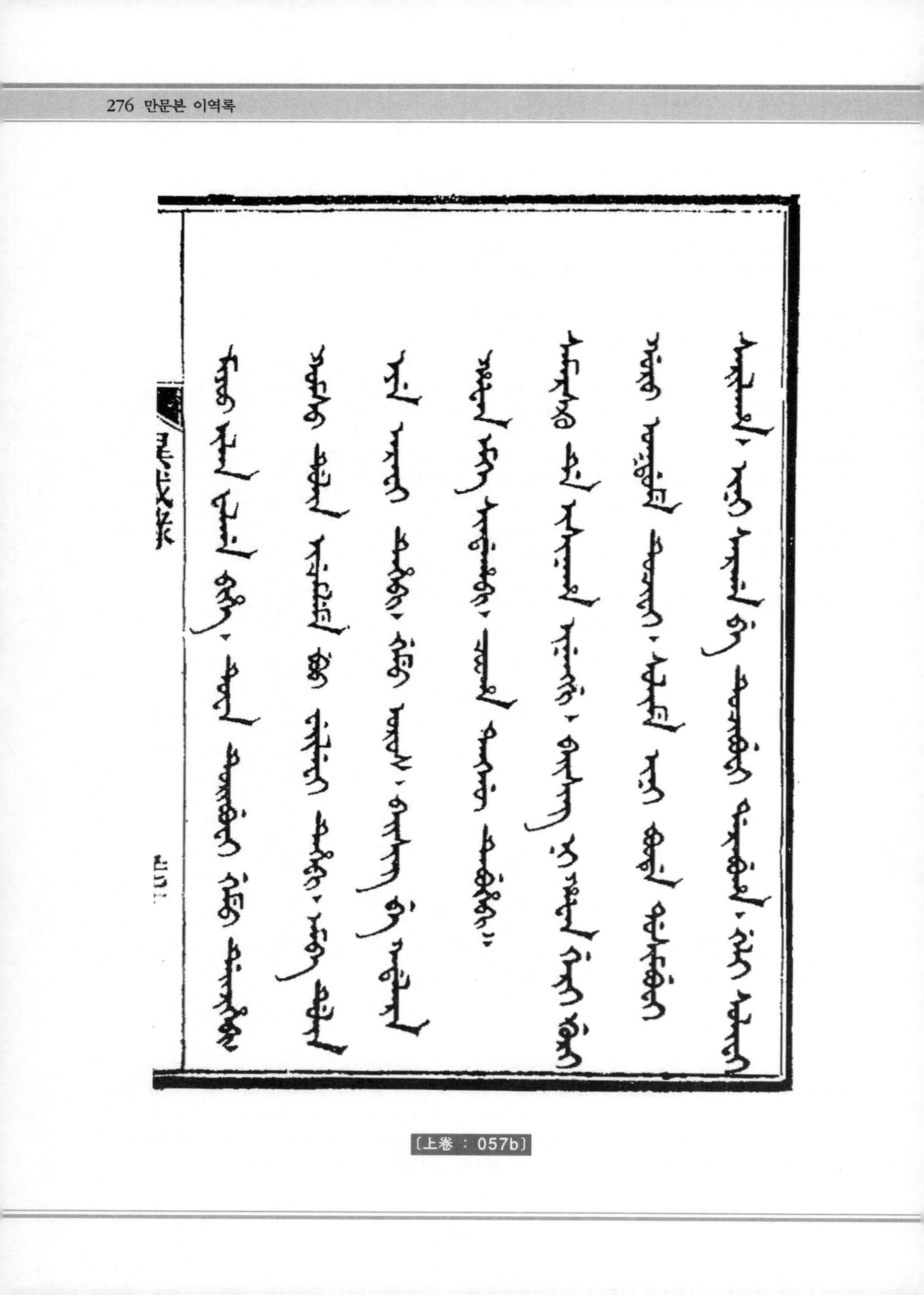

異域錄

miyoo ilan falga bihe. tuwa turibufi gemu deijihebi.
廟 세 채 있었다. 불 나서 모두 불탔다.

komso dulin icemleme boo weilefi tehebi. amba dulin
적은 半 새로 집 짓고 살았다. 큰 半

eye arafi tehebi. gemu oros. baising be kadalara
구덩이 만들어 살았다. 모두 러시아인이다. 바이싱 을 관리하는

hafan emke sindahabi. cooha tanggū tebuhebi.
관리 하나 임명했다. 병사 백 머무르게 했다.

samarsk'o de isinaha inenggi, baising ni hafan geri g'ori[169)]
사마르스코 에 다다른 날 바이싱 의 관리 거리 고리

goro okdome tucifi, solime ini boode dosimbufi
멀리 맞이하러 나와서 청하여 그의 집에 들이고서

sarilaha. ini sargan be tucibufi darabuha. geli solifi
잔치했다. 그의 아내 를 내어서 술따르게 했다. 또 청하여서

[한문]

三座 因失火燒毁 少半新結廬舍居住 餘皆穴處 俱俄羅斯 設管轄柏興頭目一員 駐兵百名 至薩馬爾斯科之日 管柏興官濟爾果爾 遠來迎接 請至伊家欵宴 出其妻子獻酒 又請

— ◦ — ◦ — ◦ —

3채 있었는데, 불이 나서 모두 불탔다. 일부는 새로 집을 짓고 살고 있고 대다수는 구덩이를 파서 살고 있는데, 모두 러시아인이다. 바이싱을 관할하는 관리를 한 명 두고 있으며 병사는 100명을 주둔시켰다. 사마르스코에 다다른 날, 바이싱의 관리인 거리고리가 멀리 우리를 맞이하러 나와서 초청하여 자신의 집에 불러들인 후 잔치를 벌였는데, 자신의 아내에게 술을 따르게 했다. 이후 또 초청하여

169) geri g'ori(濟爾果爾) : 그리고리(Григорий), 인명(人名).

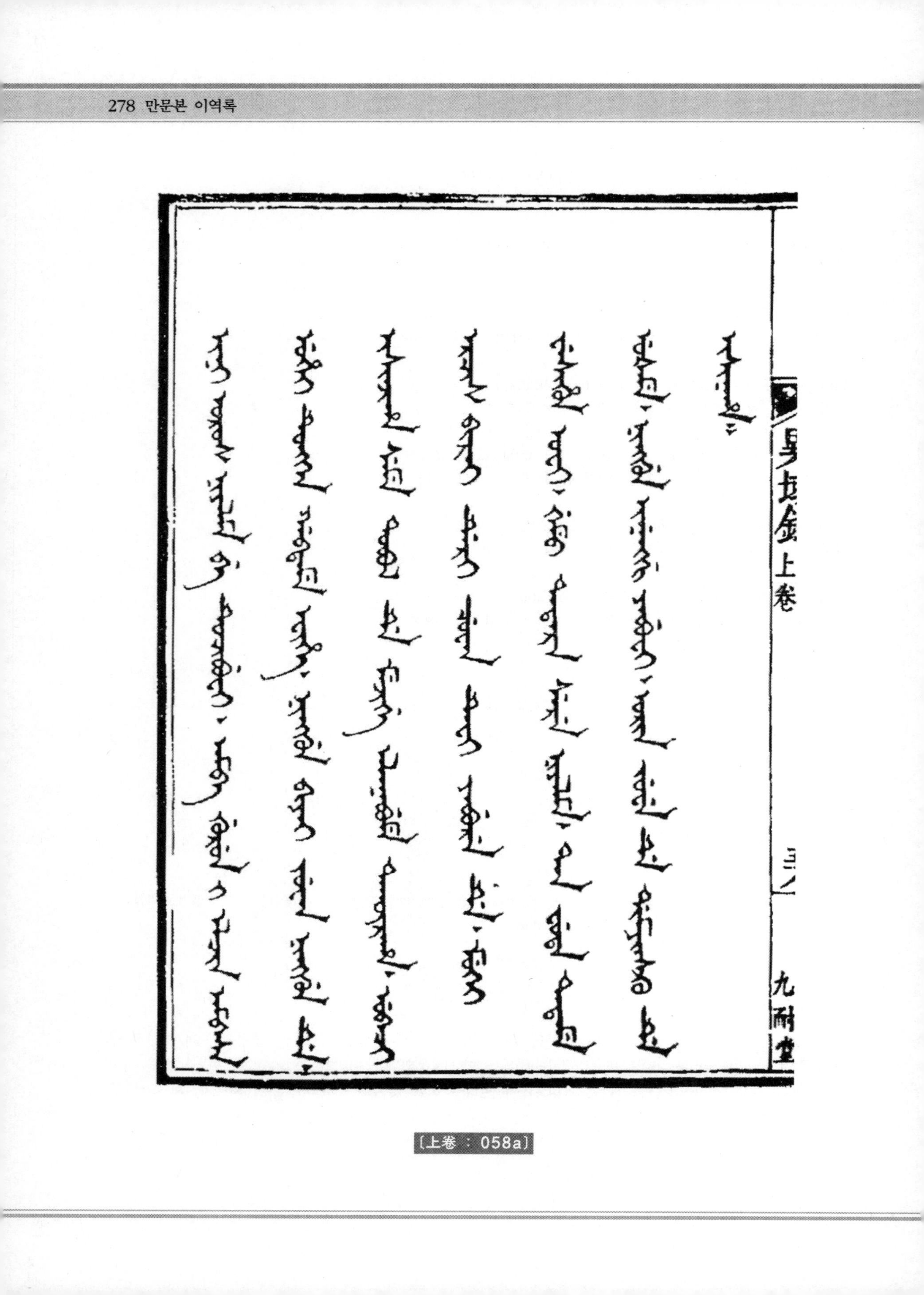

ini oros niyalma be tucibufi, amba gurun i elcin ambasa
그의 러시아 사람 을 내어서 큰 나라 의 사신 대신들

uhei tungken gabtame efihe. ninggun biyai juwan ninggun de,
모두 과녁 쏘며 놀았다. 육 월의 십 육 에

isinjiha seme tobol de mejige alanabume takūraha. ubaci
도착했다 하고 토볼 에 소식 아뢰러가게 하며 파견했다. 이곳에서

ercis birai deri cuwan tefi yabure de, mukei
어르치스 강의 쪽 배 타고 감 에 물의

wesihun ofi, gemu tatara[170] sere niyalma, tan futa tatame
위로 되어서 모두 타타라 하는 사람 灘 밧줄 당기며

ušame, ninggun inenggi yabufi, orin juwe de dimyansk'o de
끌며 육 일 가서 이십 이 에 딤얀스코 에

isinaha..
다다랐다.

[한문]

會同射的 六月十六日 差伊俄羅斯人往托波兒城 通報大國使臣已到緣由 自此處由厄爾齊斯河遡流而行 俱塔塔拉之人挽縴 越六宿 于二十二日 至狄穆演斯科

—— ◦ —— ◦ —— ◦ ——

휘하에 있는 러시아인을 내어서 대국의 사신들과 모두 활쏘기를 하며 놀았다. 이후 그는 우리가 6월 16일에 이곳에 다다랐음을 토볼에 고하러 사람을 보냈다. 이곳에서 어르치스 강을 통해서 배를 타고 가게 되었는데, 물을 거슬러 올라가야 해서, 모두 타타라인들이 여울에서 쓰는 밧줄을 당기며 끌며 6일 동안 간 후 22일에 딤얀스코에 다다랐다.

170) tatara(塔塔拉) : 타타르(татары). 타타르족은 오르혼(Orkhon) 비문의 퀼 테긴(Kül tigin)과 빌게 카간(Bilge Khagan)의 비문에서 처음 나타난다. 역사적으로 "Tatars"라는 용어는 Tartary로 알려진 광대한 지역을 지배한 다양한 유목민족들에 대해 사용된다. 좁은 의미로는 Turkic어를 사용하는 사람을 가리킨다. 러시아에서는 볼가 강 유역에 살고 있는 볼가-타타르를 타타르족이라고 하는데 이들은 타타르어를 사용한다.

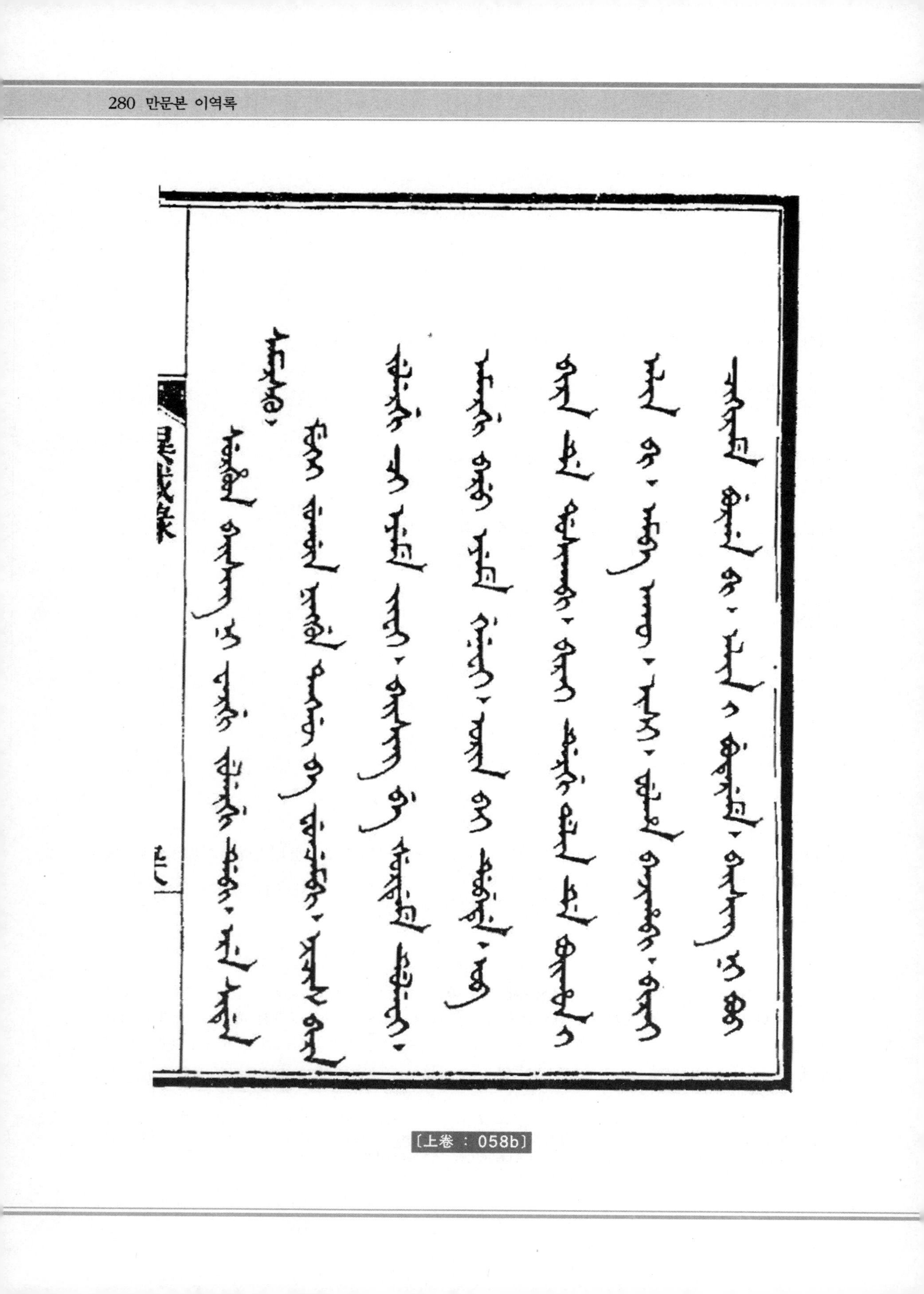

異域錄

samarsk'o.[171] surhut baising ni wargi julergi debi. ere siden
사마르스코. 수르후트 바이싱 의 서 남쪽 에 있다. 이 사이

mukei jugūn ninggun tanggū ba funcembi. ercis bira
물의 길 육 백 리 넘는다. 어르치스 강

julergi ci eyeme jifi, baising be šurdeme dulefi,
남쪽 에서 흘러 와서 바이싱 을 둘러 나고,

amargi baru eyeme genefi, orin bai dubede, ob
북 쪽 흘러 가서 이십 리의 끝에 옵

bira de dosikabi. birai dergi dalin de boihon i
강 에 들어갔다. 강의 동쪽 기슭 에 흙 의

alin bi. amba akū, isi, fulha banjihabj. birai
산 있다. 크지 않다. 落葉松 백양나무 자랐다. 강의

cikirame burga bi. alin i butereme, baising ni boo
강가를 따라 버드나무 있다. 산 의 기슭을 따라 바이싱 의 집

[한문]

薩馬爾斯科

在蘇爾呼忒柏興西南 其間水程六百餘里 厄爾齊斯河自南流來 遶過柏興 向西北流二十餘里 歸入鄂布河 其河東岸之上有土山 不甚大 有杉松楊樹 河邊有叢柳 山麓一帶 有廬舍

—— ◦ —— ◦ —— ◦ ——

사마르스코

슈르후르 바이싱의 서남쪽에 있다. 이 사이 수로는 600리가 넘는다. 어르치스 강은 남쪽에서 흘러나와서 바이싱을 둘러 지나간 후, 북쪽으로 흘러가서 20리 끝에 있는 옵강으로 들어갔다. 강의 동쪽 기슭에는 흙산이 있는데, 높지 않으며 낙엽송(落葉松), 백양나무가 자랐다. 강가를 따라 버드나무가 있다. 산기슭을 따라 바이싱의 집

171) samarsk'o(薩馬爾斯科) : 사마로보(Самарово). 사마로보는 1582년 처음 기록에 나오며 옵 강과의 합류점에서 20 km 떨어진 이르티시(Иртыш) 강 오른쪽에 위치하고 있다. 1935년 오스탸코보굴스크(Остяко-Вогульск)와 합병하여 오늘날 러시아 한티-만시(Ханты-Мансийск) 자치구의 경제 중심지이자 행정 중심지가 되었다.

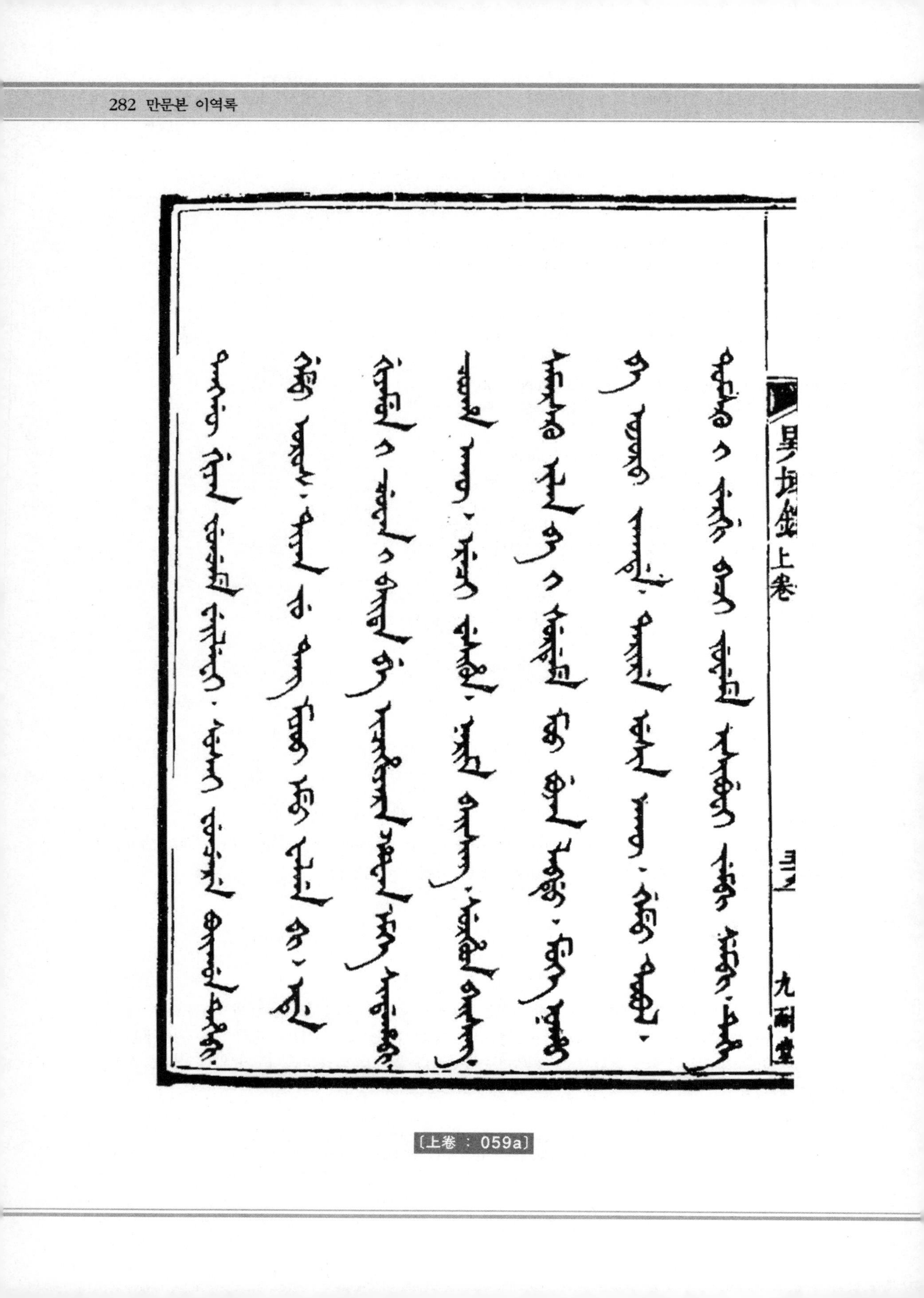

異域錄 上卷 三[illegible] 九耐堂

tanggū giyan funceme weilefi, susai funcere boigon tehebi.
백 間 넘게 지어서 오십 넘는 가구 살았다.

gemu oros. tiyan ju tang miyoo emu falga bi. ede
모두 러시아인이다. 天 主 堂 廟 한 채 있다. 이곳에

giyamun i cuwan i baita be icihiyara hafan emke sindahabi.
역참 의 배 의 일 을 처리하는 관리 하나 임명했다.

cooha akū. ereci wesihun, narim baising, surhut baising,
병사 없다. 이보다 위 나림 바이싱 수르후트 바이싱

samarsk'o ilan ba i šurdeme moo bujan labdu. muke noho
사마르스코 세 곳 의 주위 나무 숲 많다. 물 침수한

ba ojoro jakade, tarire usin akū. gemu tobol,
곳 될 적에 경작하는 밭 없다. 모두 토볼

tomsk'o i jergi baci juweme isibufi jembi sembi. tehe
톰스코 의 등 곳에서 운반하여 가져와서 먹는다 한다. 살던

[한문]

百餘間 居五十餘戶 皆俄羅斯 有天主堂一座 設管理驛站船隻頭目一員 無兵 以上三處 林木甚多 係水窪地方 無耕種田畝 俱從托波兒 托穆斯科等處挽運麥石而食 其廬

—— ◦ —— ◦ —— ◦ ——

100채 남짓 지어 50 남짓한 가구가 살았고 모두 러시아인이다. 교회는 1채 있다. 이곳에는 역참의 배와 관련된 일을 처리하는 관리를 한 명 임명했고 병사는 없다. 이상의 나림 바이싱, 수르후트 바이싱, 사마르스코 세 곳은 주위에 나무와 수풀이 많고, 물이 침수한 곳이라서 경작하는 밭이 없다. 모두 토볼, 톰스코 등의 지역에서 가져와서 먹는다고 한다.

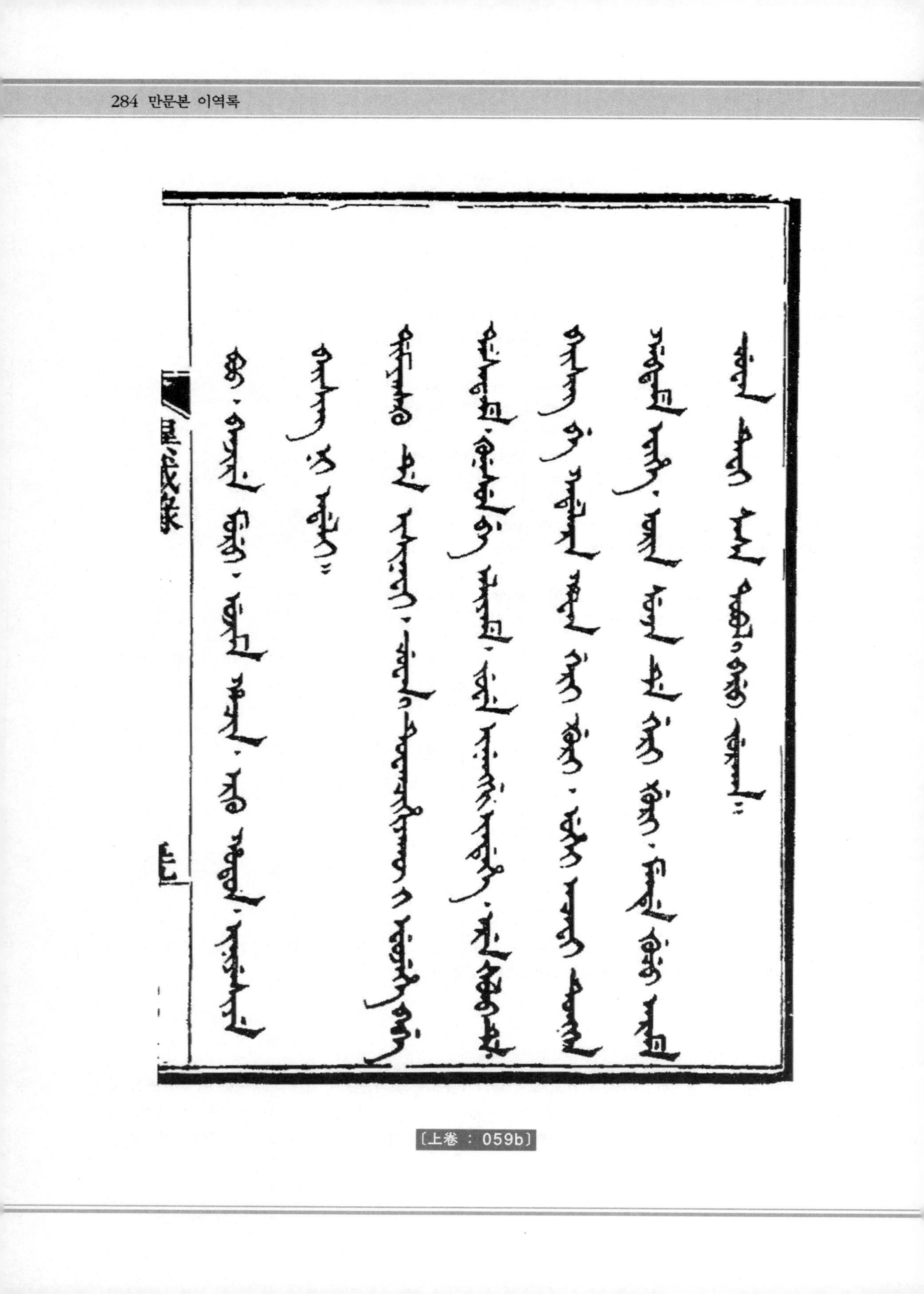

異域錄 上

boo, banjire muru, ujima hacin, erku hoton, iniyesiye
집 사는 모습 가축 종류 어르쿠 城 이니여시여

baising ni adali.
바이싱 과 같다.

dimyansk'o de isinafi, cuwan i tuwancihiyakū i efujehe babe
딤얀스코 에 다다라서 배 의 키 의 망가진 곳을

dasatame, kunesun be aliyame, juwe inenggi indehe. ere šolo de,
수리하며 식량 을 기다리며 두 날 묵었다. 이 틈 에

baising be kadalara hafan geri g'ori, uhei acafi tungken
바이싱 을 관할하는 관리 거리 고리 모두 만나서 과녁

gabtame efihe. orin sunja de geri g'ori, mende gucu arame
쏘며 놀았다. 이십 오 에 거리 고리 우리에게 친구 삼아

cuwan tefi sasa tobol i baru juraka..
배 타고 함께 토볼 의 쪽 떠났다.

[한문]

舍 生計牲畜等項與厄爾口城伊聶謝柏興同 在狄穆演斯科修理船舵損壞之處 竝俟供給 止二宿 閒暇時 管柏興官濟爾果爾相約射的爲娛 二十五日 濟爾果爾乘船相伴同赴托波兒城

—— ◦ —— ◦ —— ◦ ——

사람들이 사는 집과 생활하는 모습, 그리고 가축의 종류는 어르쿠 성(城), 이니여시여 바이싱과 같다. 딤얀스코에 다다라서, 망가진 배의 키를 수리하고 식량을 기다리며 이틀을 묵었다. 이 틈에 바이싱을 관할하는 관리인 거리고리는 모두 만나서 활쏘기를 하며 놀았다. 25일에 거리고리는 우리와 친구 삼아 배를 타고 함께 토볼로 떠났다.

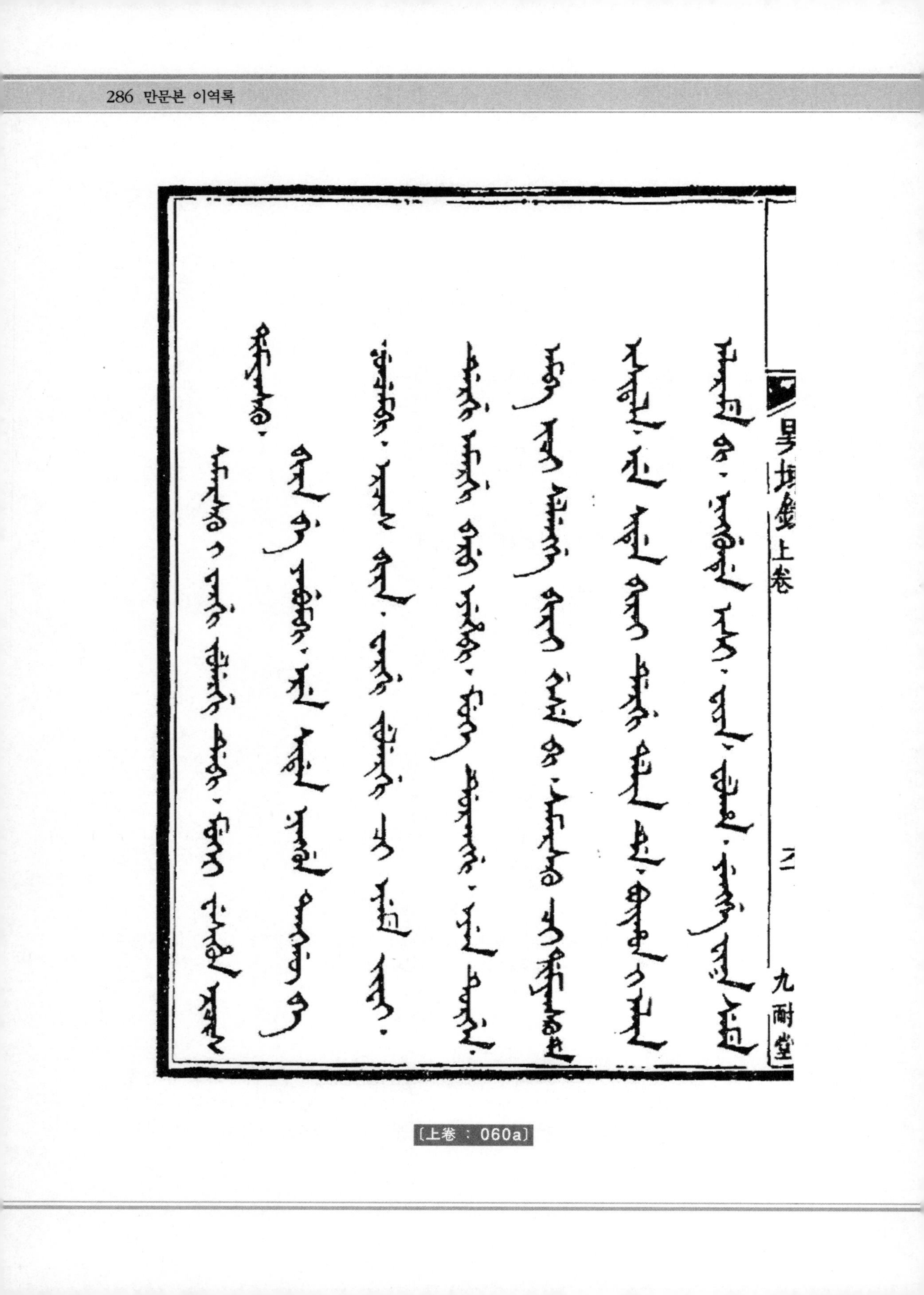

異域錄 上卷 三 九耐堂

[上卷 : 060a]

dimyansk'o.[172] samarsk'o i wargi julergi debi. mukei wesihun ercis
딤얀스코. 사마르스코 의 서 남쪽 에 있다. 물의 위로 어르치스

bira be yabumbi. ere siden ninggun tanggū ba
강 을 간다. 이 사이 육 백 리

funcembi. ercis bira wargi julergi ci eyeme jifi,
넘는다. 어르치스 강 서 남쪽 에서 흘러 와서

dergi amargi baru eyehebi. muke duranggi, eyen turgen.
동 북 쪽 흘렀다. 물 흐리고 흐름 빠르다.

amba ici selengge birai gese bi. samarsk'o ci dimyansk'o de
큰 쪽 렁거 강의 처럼 이다. 사마르스코 에서 딤얀스코 에

isitala, ere siden birai dergi dalin de, boihon i alin
이르도록 이 사이 강의 동쪽 기슭 에 흙 의 산

alarame bi. ninggunde isi, fiya, fulha, yengge fik seme
나지막이 있다. 위에 落葉松 자작나무 백양나무 머루나무 빽빽하게

[한문]

狄穆演斯科
在薩馬爾斯科之西南 由厄爾齊斯河遡流而上 相去六百餘里 厄爾齊斯河來自西南 向東北而流 水濁溜急 其大如色楞格河 自薩馬爾斯科至狄穆演斯科 沿河一帶 東岸之上 皆土山平坂 有杉松楊樺櫻薁等

―― ◦ ―― ◦ ―― ◦ ――

디미얀스코
사마르스코의 서남쪽에 있다. 어르치스 강을 거슬러 사마르스코에서 디미얀스코까지 가는데, 이 사이 600리가 넘는다. 어르치스 강은 서남쪽에서 흘러나와서 동북쪽으로 흘렀다. 물은 탁하고 흐름이 빠르며, 크기가 세렝게 강과 비슷한 점이 있다. 사마르스코로부터 딤얀스코에 이르기까지, 이 사이에 있는 강의 동쪽 기슭에는 흙산이 있는데 높지 않다. 산 위에는 낙엽송(落葉松), 자작나무, 백양나무, 머루나무가 빽빽하게

172) dimyansk'o(狄穆演斯科) : 데민스코이(Демьянское). 데민스코이는 토볼리스크의 북방 200km 어르치스 강의 동안(東岸)에 있다.

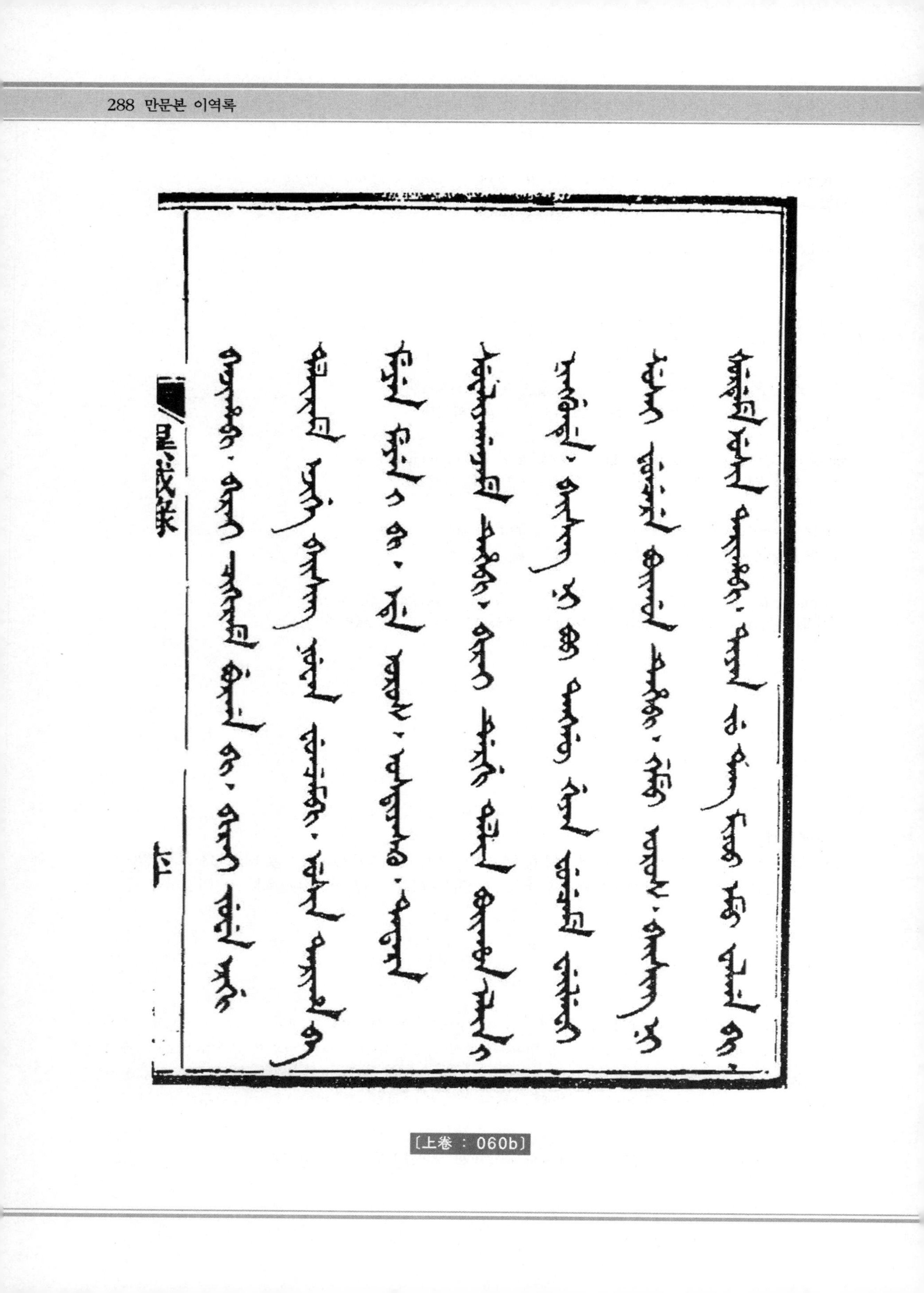

異域錄 上

banjihabi. birai cikirame burga bi. birai juwe ergi
자랐다. 강의 강가를 따라 버드나무 있다. 강의 양 쪽

dalirame ajige baising juwan funcembi. usin tariha ba
따라 작은 바이싱 열 넘는다. 밭 경작한 곳

meyen meyen i bi. ede oros, ostiyask'o, tatara
군데 군데 있다. 이곳에 러시아인, 오스티야스코인, 타타라인

suwaliyaganjame tehebi. birai dergi dalin boihon alin i
뒤섞여 살았다. 강의 동쪽 기슭 흙 산 의

ninggunde, baising ni boo tanggū giyan funceme weilefi
위에 바이싱 의 집 백 間 넘게 짓고

susai funcere boigon tehebi. gemu oros. baising ni
오십 넘는 가구 살았다. 모두 러시아인이다. 바이싱 의

šurdeme usin tarihabi. tiyan ju tang miyoo emu falga bi.
주위 밭 경작하였다. 天 主 堂 廟 한 채 있다.

[한문]

樹 甚密 河邊皆叢柳 兩岸有小柏興十餘處 間有田畝 俄羅斯與鄂斯提牙斯科 竝搭搭拉人雜處 其河東岸土山之上 有廬舍百餘間 居五十餘戸 皆俄羅斯 柏興之四面皆田畝 有天主堂一座

—— ◦ —— ◦ —— ◦ ——

자라고 있으며, 강기슭을 따라 버드나무가 자랐다. 강의 양 쪽 기슭을 따라 작은 바이싱이 10곳 남짓 있으며, 밭을 경작하는 곳도 군데군데 있다. 이곳에는 러시아인, 오스티야스코인, 타타라인이 함께 살았다. 강의 동쪽 기슭에 있는 흙산 위에는 바이싱이 있는데, 집을 100채 남짓 짓고 50남짓한 가구가 살고 있는데, 모두 러시아인이며 바이싱 주위에 있는 밭을 경작하였다. 교회는 1채 있으며,

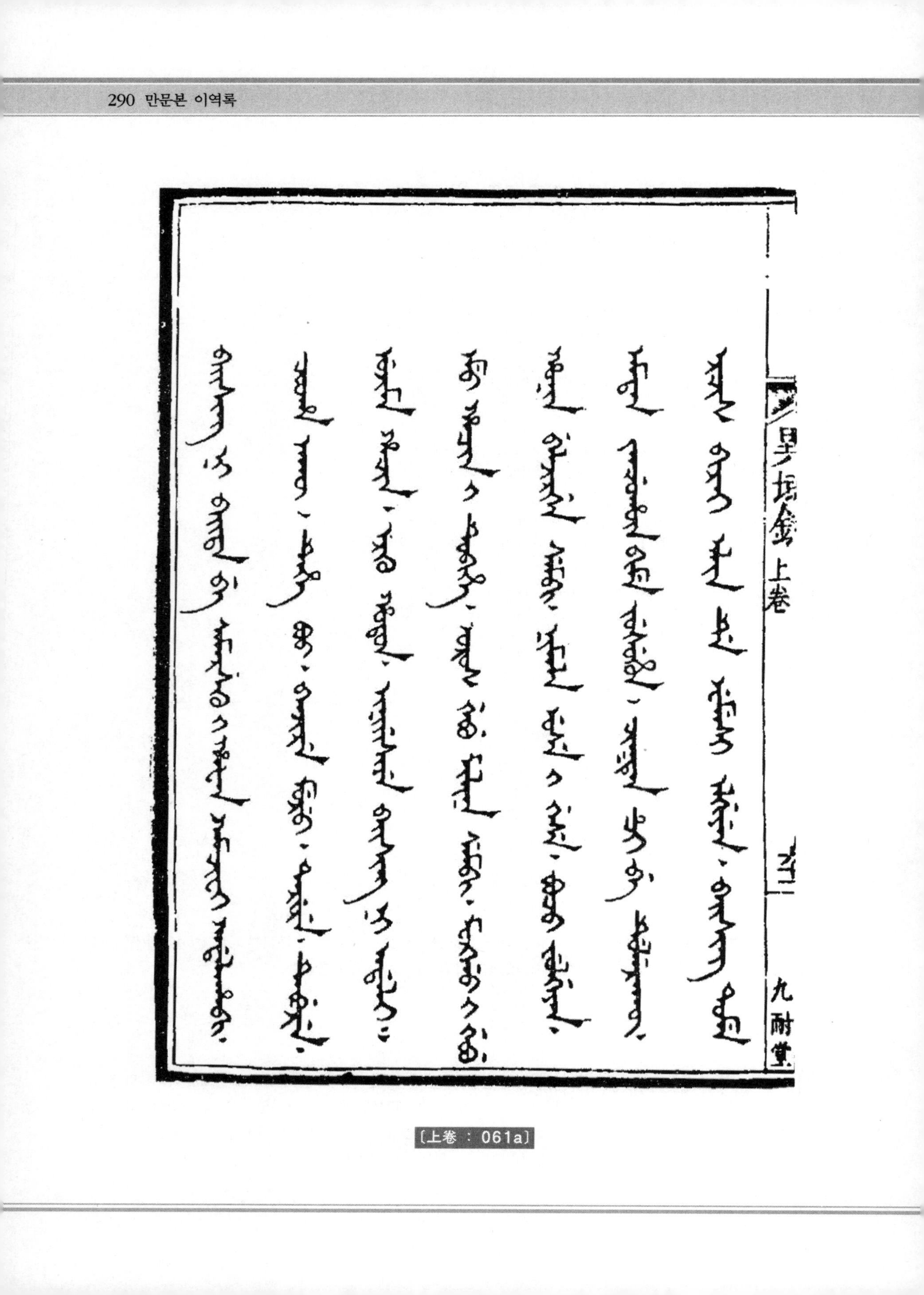

異域錄 上卷

九 耐堂

baising ni baita be samarsk'o i hafan kamcifi kadalahabi.
바이싱 의 일 을 사마르스코 의 관리 겸하여 관할하였다.

cooha akū, tehe boo, banjire muru, tarire, tebure,
병사 없고 살던 집 사는 모습 경작하는것 재배하는 것

ujima hacin erku hoton, iniyesiye baising ni adali..
가축 종류 어르쿠 城 이니여시여 바이싱 과 같다.

emu hacin i tubihe, oros gebu milina[173] sembi. monggo i gebu
한 종류 의 과일 러시아 이름 밀리나 한다. 몽고 의 이름

honin belijirgen[174] sembi. nimala use i gese. boco fulgiyan.
호닌 벌리지르건 한다. 뽕나무 씨 와 같다. 색 붉다.

amtan jancuhūn bime jušuhun. cikten c'y be dulerakū.
맛 달 고 시다. 줄기 尺 을 넘지 않는다.

ercis bira i alin de umesi elgiyen. baising tome
어르치스 강 의 산 에 매우 풍부하다. 바이싱 마다

[한문]

其柏興事務 係薩爾馬斯科頭目兼管 無兵 一種草果 俄羅斯名之曰馬里那 蒙古人名之曰和尼柏兒濟爾根 形似桑椹 色赤 味甘酸 幹不盈尺 其厄爾齊斯河岸之山内甚多 柏興各處

—— ◦ —— ◦ —— ◦ ——

바이싱의 일은 사마르스코의 관리가 겸하여 관할하였다. 병사는 없고, 사람들이 사는 집과 생활하는 모습, 경작하고 재배하는 것, 가축의 종류는 어르쿠 성(城), 이니여시여 바이싱과 같다. 이곳에서 나는 과일 하나는 러시아어로 밀리나, 몽골어로는 호닌 벌리지르건이라고 하는데, 뽕나무 씨와 같이 색이 붉으며 맛이 새콤달콤하다. 그리고 그 줄기는 1척을 넘지 않으며, 어르치스 강 주위의 산에 매우 풍부하다. 바이싱마다

173) milina(馬里那) : malina(малина)의 오기(誤記)로 산딸기를 가리킨다.
174) honin belijirgen(和尼 柏兒濟爾根) : alina(산딸기)의 몽골어 이름(бөөрөлзгөнө)이다.

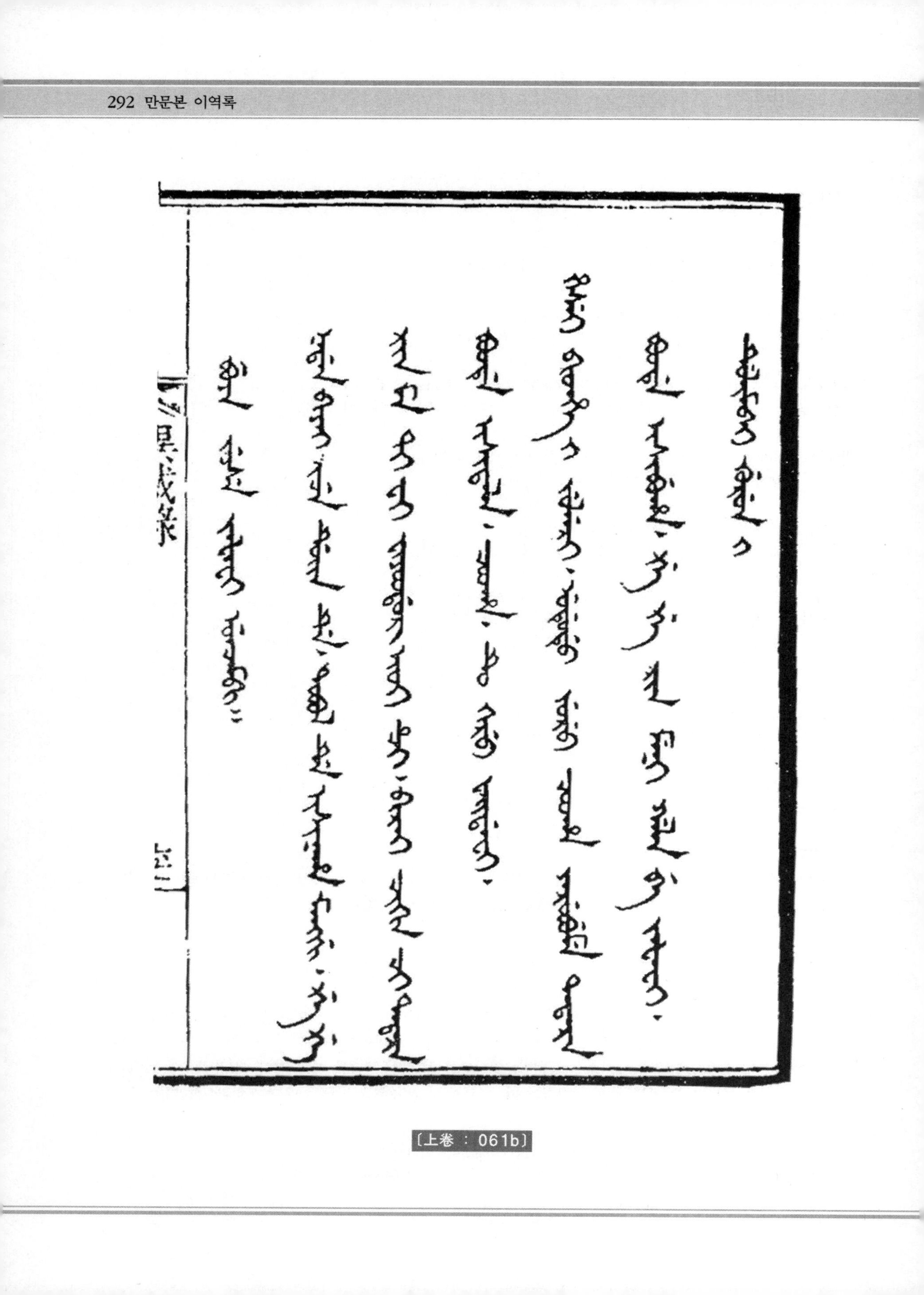

異域錄

buya juse jafafi uncambi..
작은 아이들 주워서 판다.

nadan biyai ice duin de, tobol de isinaha manggi, g'a g'a
칠 월의 초 나흘 에 토볼 에 다다른 후 가가

rin ma ti fi fiyoodor ioi c'y, birai cikin ci tatara
린 마 티 피 피요도르 요이 치 강의 가 에서 묵을

boode isitala, ooha, tu kiru faidafi,
집에 이르도록 병사 大旗 小旗 렬하고

hesei bithe i juleri, ududu juru cooha yarubume tatara
皇旨의 글 의 앞에서 여러 쌍 병사 이끌게 하며 묵을

boode isibuha. g'a g'a rin meni gala be jafafi,
집에 이르게 했다. 가 가 린 우리의 손 을 잡고

dulimb i gurun i
中 國 의

[한문]

小兒鬻賣 于七月初四日 至托波兒地方 噶噶林馬提飛費多爾委翅遣所屬俄羅斯官衣宛阿法那西委翅迎接問候 自河岸至公署 排兵列幟 諭旨前排列數對兵丁導引 送至公署 噶噶林執手叩請中國

—— ◦ —— ◦ —— ◦ ——

아이들이 주워서 판다. 7월 4일에 토볼에 다다르니, 가가린 마티피 피요도르요이치가 강가에서 우리가 묵을 숙소에 이르기까지 병사와 대기(大旗), 소기(小旗)를 정렬하고, 칙서 앞으로 여러 쌍의 병사를 선두에 세워 묵을 숙소에 이르게 했다. 가가린은 우리의 손을 잡고 "중국의

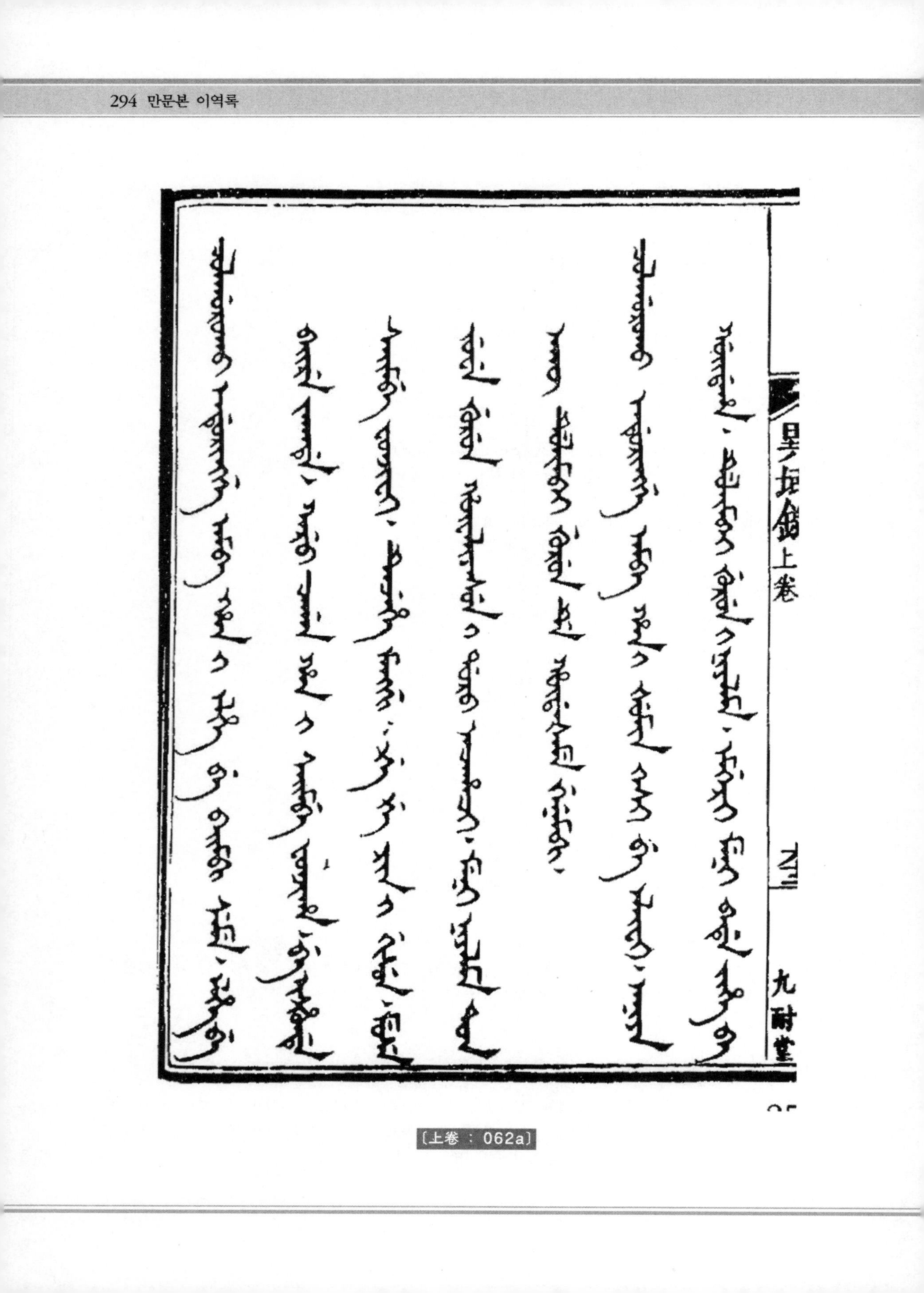

colgoroko enduringge amba han i elhe be baimbi seme, elhe be
빼어나고 성스러운 큰 汗 의 평안 을 청한다 하고 평안 을

baire jakade, karu cagan han i saimbe fonjiha. be ishunde
청할 적에 답례 차간 汗 의 좋음을 물었다. 우리 서로

saimbe fonjifi, tecehe manggi, g'a g'a rin i gisun, muse
좋음을 묻고 함께 앉은 후 가 가 린 의 말 우리

juwe gurun hūwaliyasun i doro acahaci, meni niyalma ton
두 나라 和 議 맺고서 우리의 사람 수

akū dulimbai gurun de hūdašame genembi.
없이 中 國 에 거래하러 간다.

colgoroko enduringge amba han i šumin kesi be alifi, aniya
빼어나고 성스러운 큰 汗 의 깊은 은덕 을 받고 해

goidaha. dulimba i gurun i niyalma, emgeri meni bade jihe ba
오래되었다. 中 國 의 사람 한번 우리의 곳에 온 바

[한문]

至聖大皇帝萬安 于是我等問察罕汗起居 互相叙寒温 坐畢 噶噶林曰 兩國相和議之後 我國人民不時往中國貿易 屢沾至聖大皇帝深恩有年 中國人竝不曾一至我國地方

—— ◦ —— ◦ —— ◦ ——

지성대황제(至聖大皇帝)의 문안을 드린다." 하고 문안을 드릴 적에 답례로 차간 한의 안부를 물었다. 우리가 서로 안부를 묻고 자리에 앉으니, 가가린이 말하기를, "우리 두 나라가 화의(和議)를 맺고서 우리 나라 사람들이 수없이 중국에 거래하러 간다. 지성대황재(至聖大皇帝)의 깊은 은덕을 받은 지 오래되었으나, 중국 사람들은 한 번도 우리 지역에 온 적이

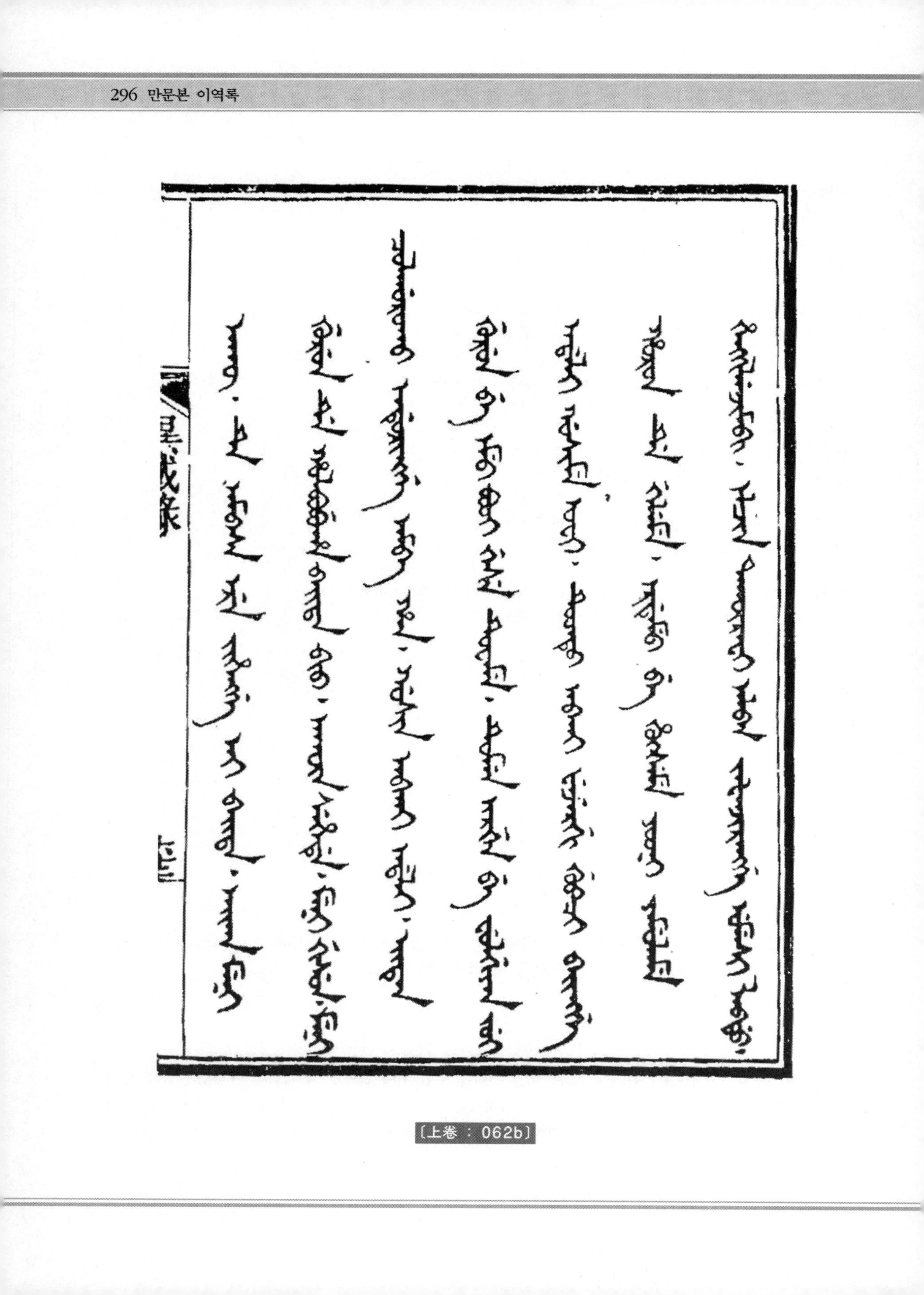

akū. te ambasa ere jihengge ai baita. aika meni
없다. 이제 대신들 이 온 것 무슨 일인가? 혹시 우리의

gurun de holbobuha baita bio, akūn sehede, meni gisun, meni
나라 에 관련된 일 있는가? 없는가? 하였음에 우리의 말 우리의

colgoroko enduringge amba han, gosin abkai adali. eiten
빼어나고 성스러운 큰 汗 仁 하늘과 같다. 온갖

gurun be emu booi gese tuwame, tumen irgen be fulgiyan jui
나라 를 한 집의 처럼 보며 만 백성 을 붉은 아이

adali gosime ofi, tuttu abkai fejergi gubci baingge
처럼 사랑해서 그리하여 하늘의 아래 모든 곳의 것

horon de geleme, erdemu be hukšeme yooni yamulame
위엄 에 두려워하며 덕 을 감격하여 모두 朝會하여

hengkilenjimbi. elcin takūrafi alban jafanjirangge umesi labdu.
알현하러온다. 사신 파견하여 貢物 가져온 것 매우 많다.

[한문]

今天使大人此來 有何事故 或有干預我國之事否 我等答曰 我至聖大皇帝其仁如天 視萬國猶一家 保萬民如赤子 是以普天率土 莫不畏威懷德 來享來王 其遣使進貢朝覲者甚衆

—— ◦ —— ◦ —— ◦ ——

없다. 이제 대신들이 온 것은 무엇 때문인가? 혹시 우리 나라와 관련된 일은 아닌가?" 하니, 우리가 말하기를, "지성대황제(至聖大皇帝)는 하늘과 같아 어질며, 온갖 나라를 한 집과 같이 보며, 만백성을 갓난아이처럼 어여삐 여기시어, 천하의 모든 지역들이 그 위엄에 두려워하며 덕에 감읍하여 모두 내조(來朝)하여 알현하러 온다. 사신을 보내서 공물(貢物)을 바치는 일도 매우 많다.

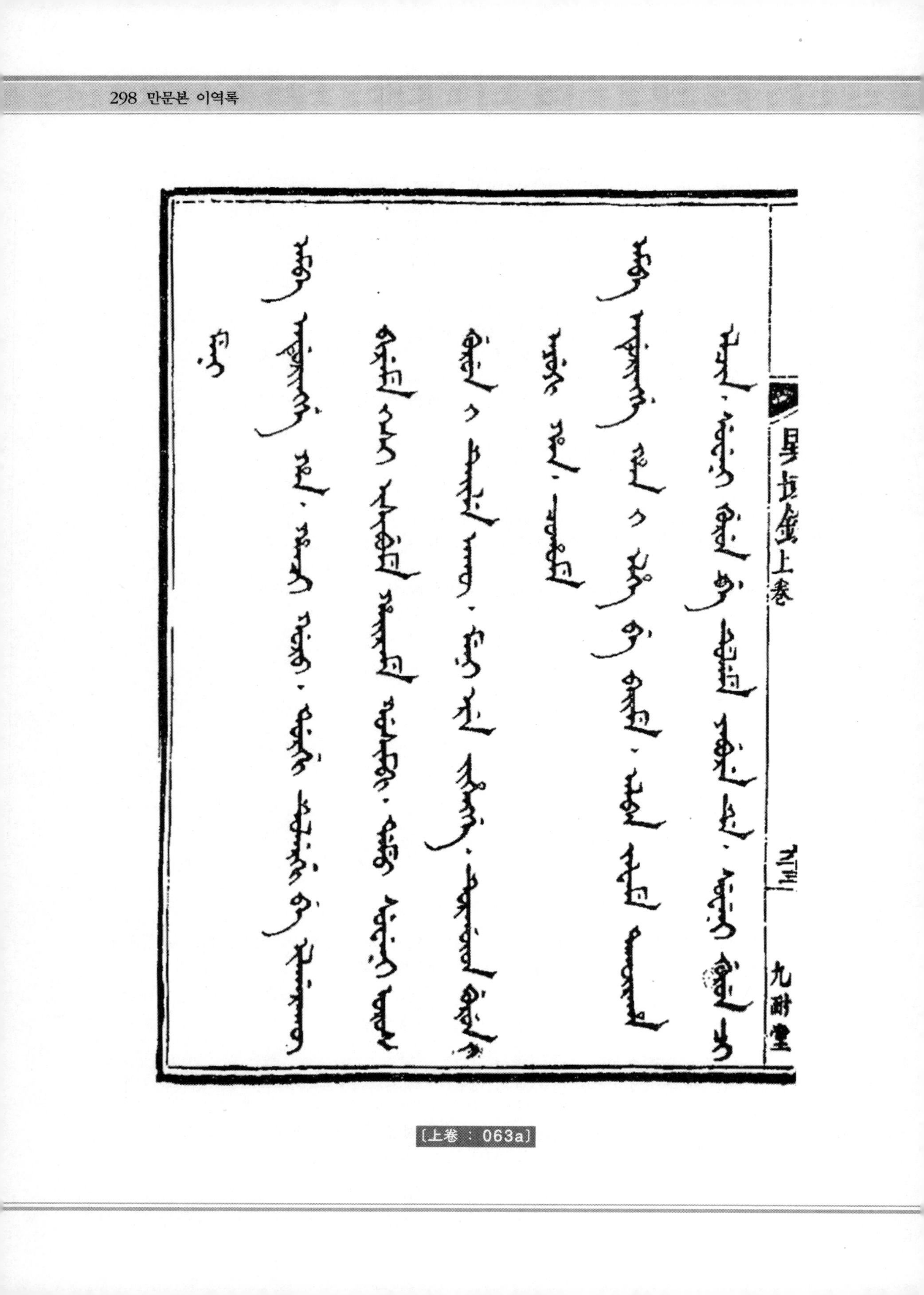

異域錄 上卷 六十三 九耐堂

meni
우리의

amba enduringge han, hanci goro, dorgi tulergi be ilgarakū,
크고 성스러운 汗 가깝고 멀고 안쪽 바깥쪽 을 나누지 않고

bireme kesi isibume hairame gosimbi. damu suweni oros
모두 은덕 미치게 하며 아끼며 사랑한다. 오직 너희의 러시아

gurun i teile akū. meni ere jihengge, turgūt gurun i
나라 의 뿐 아니다. 우리의 이 온 것 투르구트 나라 의

ayuki han, cohome
아유키 한 특별히

amba enduringge han i elhe be baime, alban jafame takūraha
크고 성스러운 汗 의 평안 을 청하며 貢物 바치며 파견한

elcin, suweni gurun be duleme yabure de, suweni gurun ci
사신 너희의 나라 를 지나 감 에 너희의 나라 에서

[한문]

我大皇帝無論遠近內外 俱一體加恩愛恤 不止爾俄羅斯一國 我等此來 因土爾扈特國阿玉奇汗 特遣使往中國 恭請大皇帝萬安 貢進方物之人 由爾國經過 爾國

—— ◦ —— ◦ —— ◦ ——

우리의 지성대황제(至聖大皇帝)께서는 가깝고 멀고, 또 안쪽과 바깥쪽을 나누지 않고 두루두루 은덕을 베푸시며 아끼며 어여삐 여기신다. 오직 당신 러시아뿐만이 아니다. 우리가 여기에 온 것은 투르구트의 아유키 한이 특별히 지성대황제(至聖大皇帝)께 안부를 여쭈며 공물을 바치러 파견한 사신이 당신 나라를 지나갈 때, 당신의 나라에서

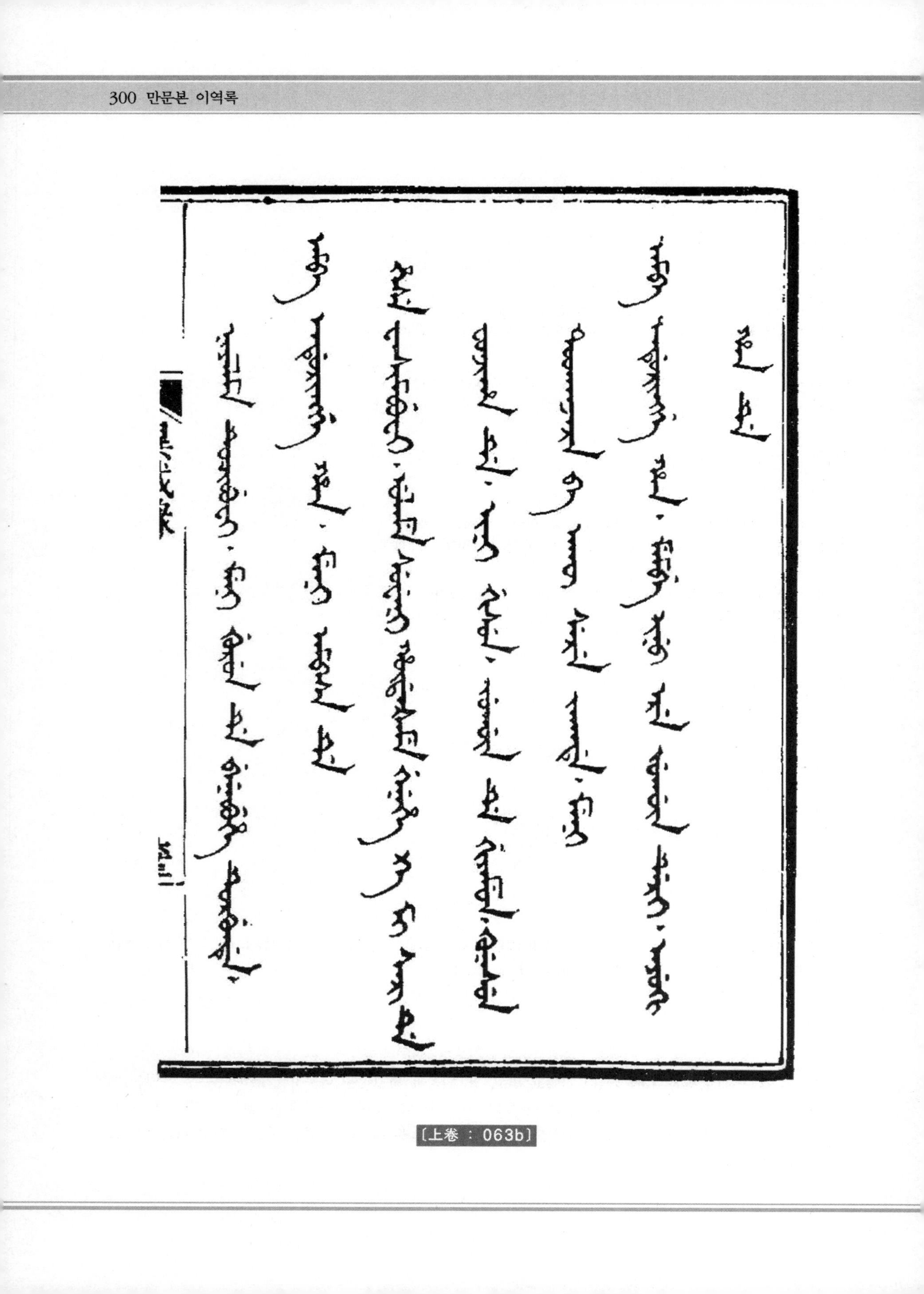

niyalma tucibufi, meni gurun de benebuhe turgunde,
사람 내어서 우리의 나라 에 보낸 까닭에

amba enduringge han, meni ambasa de
크고 성스러운 汗 우리의 대신들 에게

hese wasimbufi, ulame suweni hūdašame genehe k'a mi sar de
皇旨 내리셔서 전하여 너희들의 거래하러 간 카 미 사르 에게

fonjiha de, ini gisun, jugūn de giyamun, kunesun
물음 에 그의 말 길 에 역참 식량

tookanjara ba akū sere jakade, meni
지체할 바 없다 할 적에 우리의

amba enduringge han, membe inu ere jugūn deri, ayuki
크고 성스러운 汗 우리를 또 이 길 로 아유키

han de
汗 에게

[한문]

遣人轉送至中國 所以我皇帝勅諭我國大臣 傳詢爾國前往貿易之商人科密薩兒 言沿途馬匹供應不致違誤是以我大皇帝亦由此路遣我等前往阿玉奇汗處 頒發

— ◦ — ◦ — ◦ —

사람을 내어서 우리 나라에 보냈기 때문에, 우리의 대황제(大皇帝)께서 우리 대신들에게 황지(皇旨)를 내리시어 당신의 나라에서 무역하러 온 카미사르에게 이에 대해 묻게 하셨다. 그가 말하기를, "가는 동안에 역마와 식량은 지체하지 않습니다." 할 적에, 우리의 대황제(大皇帝)께서는 아유키 한에게

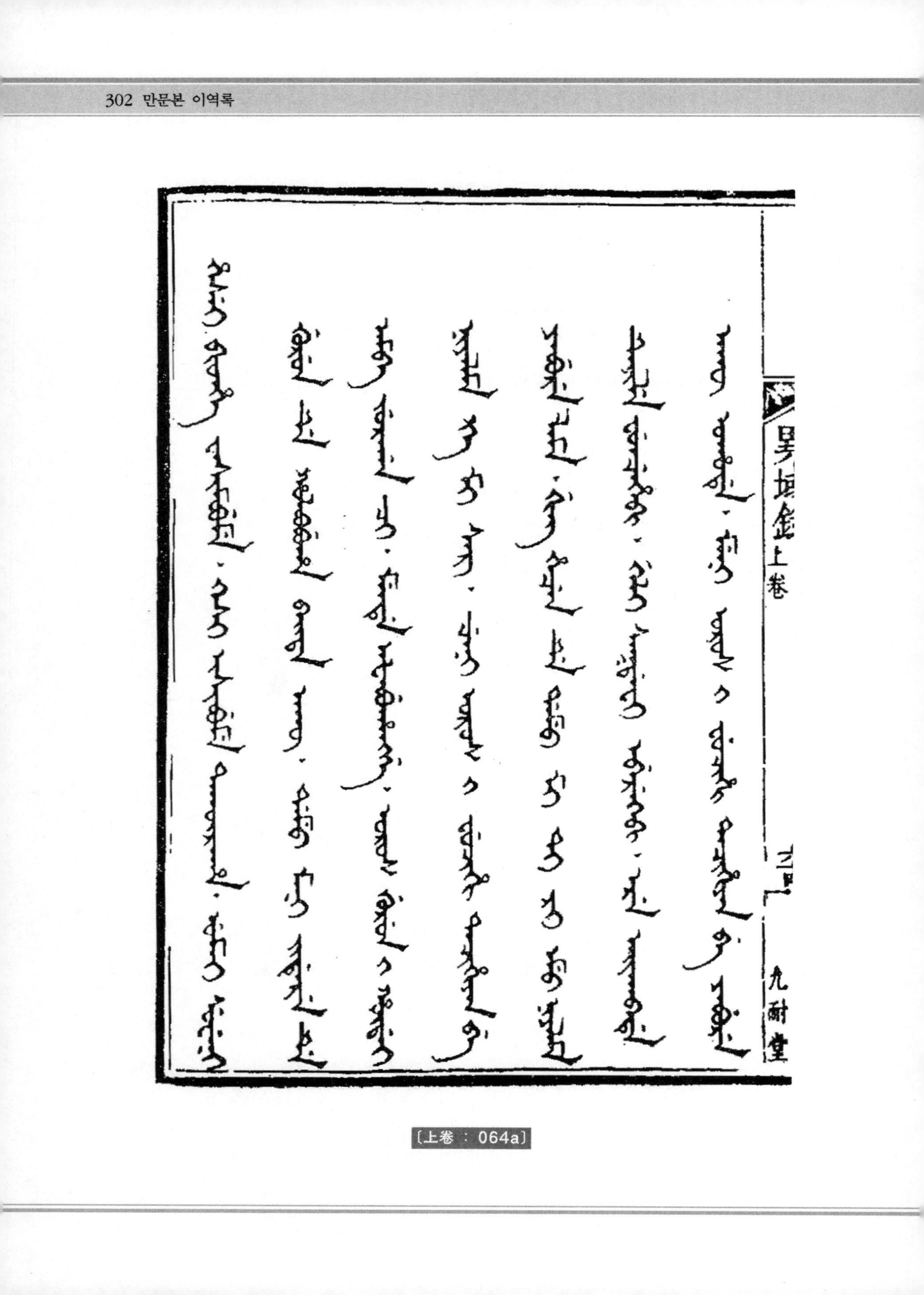

hesei bithe wasimbume, kesi isibume takūraha. umai suweni
皇旨의 글 내리시며 은덕 미치게 하러 보냈다. 전혀 너희의

gurun de holbobuhe baita akū. damu meni jidere de
나라 에 관련된 일 없다. 오직 우리의 옴 에

amba jurgan ci mende afabuhangge, oros gurun i hūdai
大 部[175] 에서 우리에게 지시한 것 러시아 나라 의 장사의

niyalma k'a mi sar, ceni oros i fucihi tacihiyan be
사람 카 미 사르 그들의 러시아 의 불 교 를

yabure lama, ging hecen de damu mi ti ri[176] emu niyalma
행하는 라마승 京 城 에 오직 미 티 리 한 사람

teile funcehebi. geli sakdafi eberekebi. ere aikabade
만 남았다. 또 늙고 쇠약해졌다. 이 만약

akū ohode, meni oros i fucihi tacihiyan be yabure
없게 됨에 우리의 러시아 의 불 교 을 행하는

[한문]

諭旨 竝賜恩賞 于爾國無事 但我等來時 我大部交付 有俄羅斯國商人科密薩兒乞請 行俄羅斯佛教番僧在京師者 止有米提理一人 年已老邁 倘有不測 則行我俄羅斯佛教之人

―― ◦ ―― ◦ ―― ◦ ――

칙서를 내리시며 은덕을 베풀고자 우리를 또 이 길을 통해서 보내신 것이다. 절대로 당신의 나라와 관련된 일로 온 것은 아니다. 다만 우리가 이곳에 올 때 대부(大部)에서 우리에게 당부하며 전하기를, “러시아의 상인인 카미사르가 말하기를 러시아의 불교를 행하는 라마승이 경성(京城)에 오직 미티리 한 사람만이 남아 있는데, 늙고 쇠약하여 혹시라도 죽게 되면, 우리 러시아의 불교를 행하는

175) amba jurgan : 대부(大部), 중앙 관서(官署)의 각 부이다.
176) mi ti ri(米提理) : 북경(北京)에 거주하던 선교사 드미트리(Дмитрий)를 가리킨다.

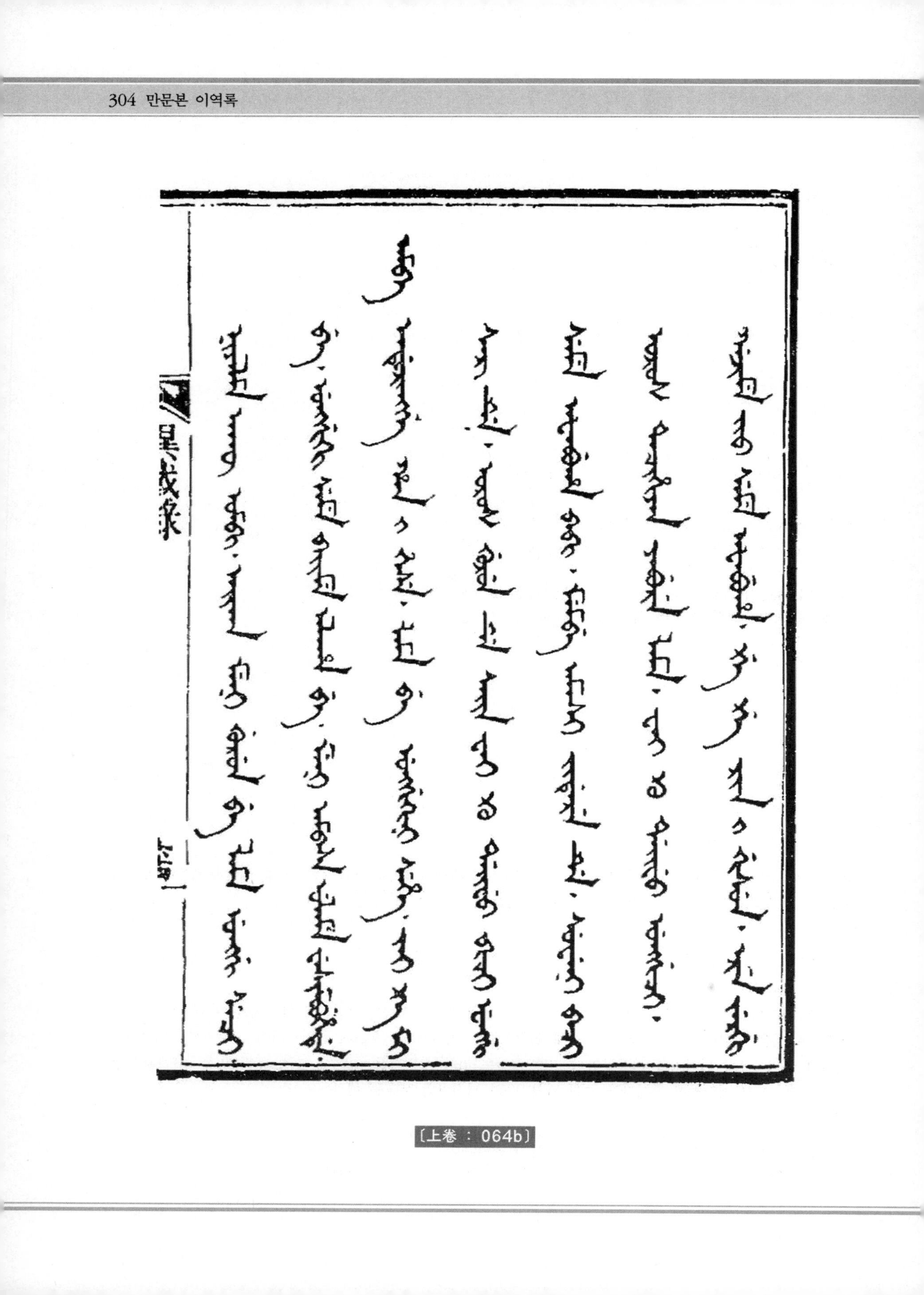

異域錄 上卷

niyalma akū ombi. aika meni gurun be lama unggi seci,
사람 없게 된다. 혹시 우리의 나라 를 라마승 보내라 하면

be, unggiki seme baime alaha be, meni ambasa ulame wesimbuhede,
우리 보내자 하고 청하여 알렸음 을 우리의 대신들 전하여 상주하였음에

amba enduringge han i hese, lama be unggikini sehe. jai k'a mi
크고 성스러운 汗 의 皇旨 라마승 을 보내게 하자 하였다. 그리고 카 미

sar de, oros gurun de sain wai k'o daifu bici unggi
사르 에게 러시아 나라 에 좋은 外 科 의사 있으면 보내라

seme afabuha babi. membe, amasi jidere de, suweni baci
하고 지시한 바있다. 우리를 돌아 감 에 너희의 지역에서

oros tacihiyan yabure lama, wai k'o daifu unggici,
러시아 가르침 행할 라마승 外 科 의사 보내면

gajime jio seme afabuha. g'a g'a rin i gisun, ere jergi
데려 오라 하고 지시했다. 가 가 린 의 말 이 등의

[한문]

必致斷絶 若准我國送番僧前來 我卽送來等語 我國大臣轉奏 蒙大皇帝恩准著送番僧前來 又曾交付爾商人科宻薩兒 爾國若有外科良醫 一併送來 我等事竣還朝時 爾國若將行敎番僧 外科醫士給發 令我等帶去 噶噶林曰 是此等情節

—— ◦ —— ◦ —— ◦ ——

사람이 없게 되니, 혹시 우리 나라에서 라마승을 보내는 것을 허락해 준다면 우리가 보내고자 한다고 황제께 청하여 우리 대신들이 전하여 올렸더니, 대황제(大皇帝)께서 황지(皇旨)를 내리시어 라마승을 보내도록 허락하셨다. 그리고 카미사르에게 러시아에 좋은 외과 의사가 있으면 함께 보내라고 지시한 일이 있다. 우리가 돌아갈 때 당신 지역에서 러시아의 불교를 행할 라마승과 외과의사를 보낸다면 함께 데려오라고 지시한 일이 있다." 가가린이 말하기를, "이와 같은

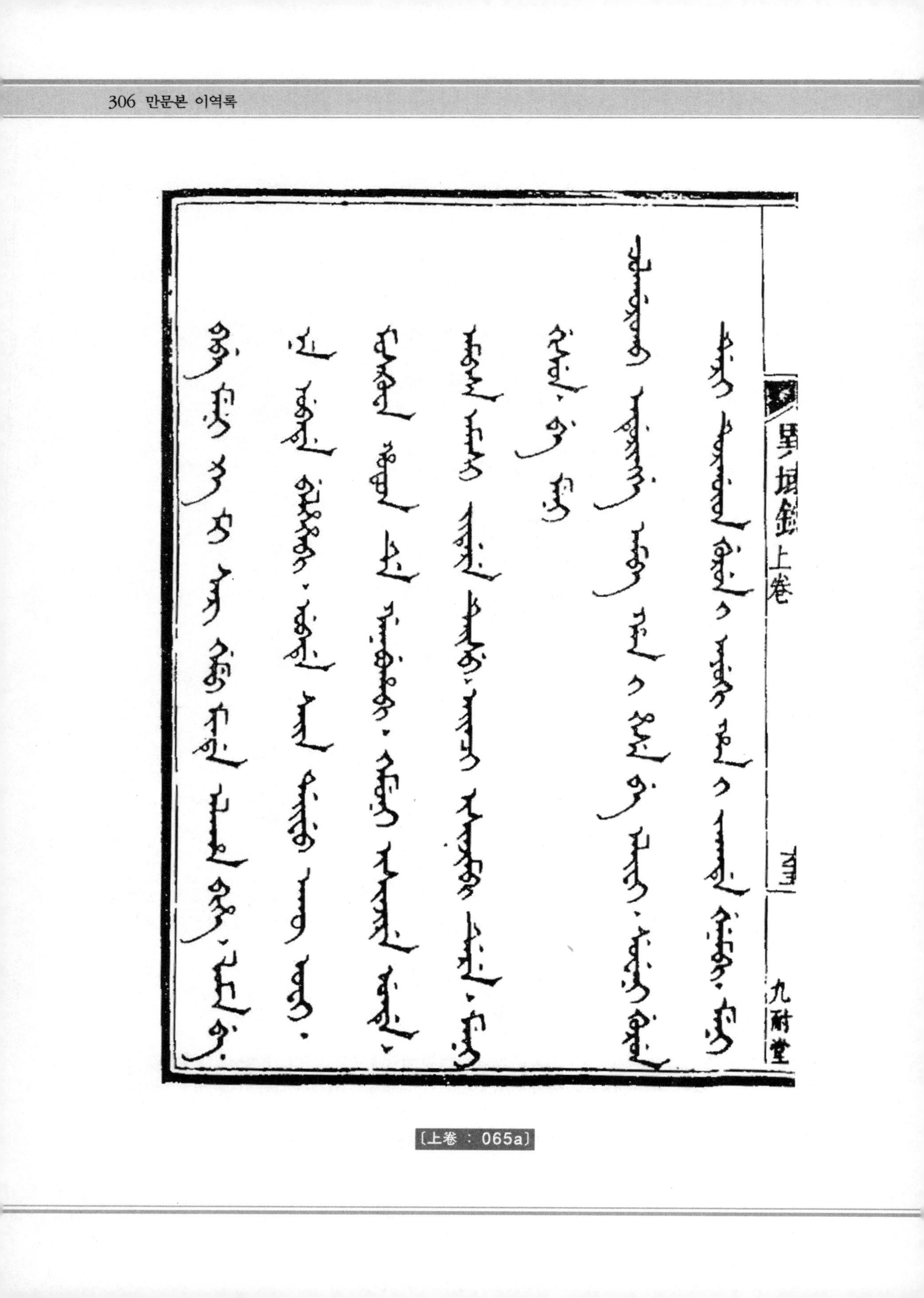

異域錄 上卷

九耐堂

babe meni k'a mi sar gemu minde alaha bihe. lama be,
것을 우리의 카 미 사르 모두 나에게 알렸었다. 라마승 을

ne ubade belhehebi. ubade sain daifu akū ofi,
지금 이곳에 준비했다. 이곳에 좋은 의사 없어서

mosk'owa hoton de ganabuhabi, kemuni isinjire unde.
모스코와 城 에 데리러 가게 했다. 아직 이르지 못했다.

ambasa amasi jidere teisu, ainci isinjimbi dere, meni
대신들 돌아 올 무렵 아마 도착하리라. 우리의

gisun, be meni
말 우리 우리의

colgoroko enduringge amba han i hese be alifi, suweni gurun
빼어나고 성스러운 큰 汗 의 皇旨 를 받고 너희의 나라

deri turgūt gurun i ayuki han i jakade genembi. meni
로 투르구트 나라 의 아유키 汗 의 곁에 간다. 우리의

[한문]

我科密薩兒俱曾告訴 番僧現今在此預備 醫士此處無甚良者 已差往莫斯科窪城調取 尚未曾到 天使大人回時 可以到此 我等言 我等奉至聖大皇帝命 路經爾國 往土爾扈特國阿玉奇汗處去 我等

—— ◦ —— ◦ —— ◦ ——

일들을 카미사르가 모두 나에게 알렸다. 라마승은 지금 이곳에 준비해 두었으나, 좋은 의사는 이곳에 없어서 모스크바에서 의사를 데려오게 했으나 아직 이곳에 도착하지 않았다. 대신들이 돌아올 무렵에는 아마도 도착할 것이라 하더라." 하였다. 우리가 말하기를, "우리는 지성대황제(至聖大皇帝)의 황지(皇旨)를 받고 당신의 나라를 통해 투르구트의 아유키 한테 간다. 우리가

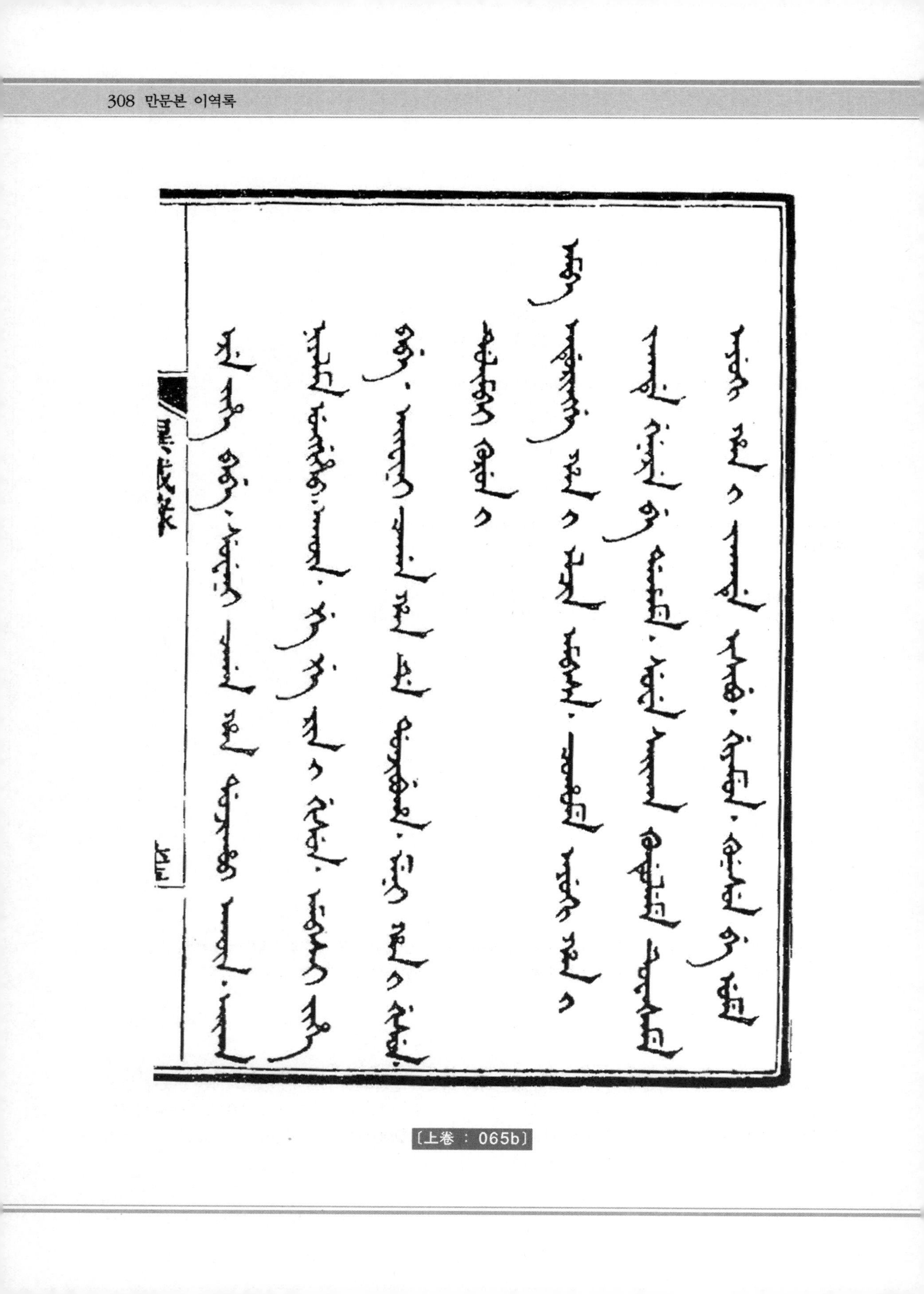

ere jihe babe, suweni cagan han donjihoo akūn. aika
이 온 바를 너희의 차간 汗 들었는가? 아닌가? 혹

niyalma unggiheo, akūn. g'a g'a rin i gisun, ambasai jihe
사람 보냈는가? 아닌가? 가 가 린 의 말 대신들의 온

babe, aifini cagan han de donjibuha. meni han i gisun,
바를 이미 차간 汗 에게 들리게 했다. 우리의 汗 의 말

dulimbai gurun i
中 國 의

amba enduringge han i elcin ambasa, cohome ayuki han i
크고 성스러운 汗 의 사신 대신들 특별히 아유키 汗 의

jakade genere be dahame, suwe saikan kunduleme tuwašame
곁에 감 을 따라 너희 잘 공경하며 보살피며

ayuki han i jakade isibu. giyamun, kunesun be ume
아유키 汗 의 곁에 이르게 하라. 역참 식량 을

[한문]

此來 爾國察罕汗可曾聽見否 曾差人來否 噶噶林曰 天使大人前來之處 已報知我國察罕汗 我察罕汗說 中國大皇帝命天使大人特往阿玉奇汗處去 爾等須當欽敬 護送至阿玉奇汗處 一應馬匹供用 不可

—— ◦ —— ◦ —— ◦ ——

이곳에 온 것을 당신의 차간 한께서는 들으셨는가? 듣지 못하셨는가? 혹 사람을 보내셨는가? 보내지 않으셨는가?" 하였다. 가가린이 말하기를, "대신들이 온 사실을 이미 차간 한께 보고하였다. 우리의 한께서 말씀하시기를, "중국의 대황제(大皇帝)의 사신들이 특별히 아유키 한에게 간다고 하니, 너희들은 잘 공경하며 보살펴 아유키 한에게 무사히 도달하도록 하여라. 역마와 식량을

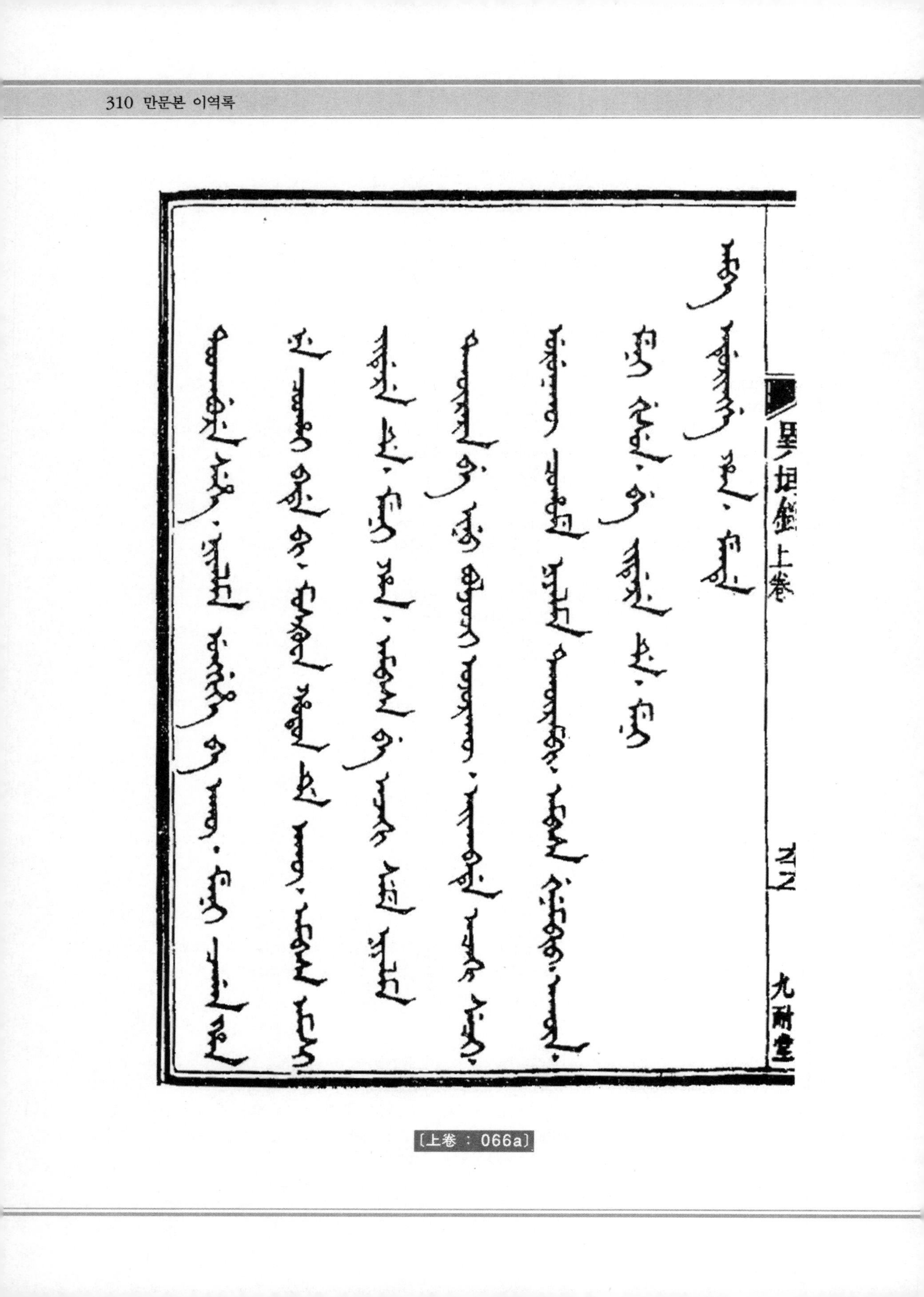

異域錄 上卷

九耐堂

tookabure sehe. niyalma unggihe ba akū. meni cagan han
지체하지 말라 하였다. 사람 보낸 바 없다. 우리의 차간 汗

ne coohai bade bi. mosk'owa hoton de akū. ambasa amasi
지금 전쟁터에 있다. 모스코와 城 에 없다. 대신들 돌아

jidere de, meni han, ambasa be acaki seme niyalma
옴 에 우리의 汗 대신들 을 만나자 하고 사람

takūrara be inu boljoci ojorakū. aikabade acaki seci,
파견함 을 또 약속할 수 없다. 만약 만나자 하면

urunakū cohome niyalma takūrambi. ambasa genembio, akūn.
반드시 특별히 사람 파견한다. 대신들 가겠는가? 아닌가?

meni gisun, be jidere de, meni
우리의 말 우리 옴 에 우리의

amba enduringge han, mende
크고 성스러운 汗 우리에게

[한문]

遲誤 但未曾遣人來 我察罕汗不在莫斯科窪城 現在軍前 天使大人回來時 我察罕汗欲會天使大人 亦未可定 若欲相會 自當特遣人來 不知天使大人去否 我等答曰 來時奉大皇帝

―― ◦ ―― ◦ ―― ◦ ――

지체하지 말라." 하셨으며 사람을 보내시지는 않았다. 우리의 차간 한께서는 지금 전장에 계신다. 모스크바 성(城)에는 안 계신다. 대신들이 돌아올 때 우리의 한께서 대신들을 만나고자 하시어 사람을 보낼 것이라고도 약속할 수 없다. 혹시라도 만나고자 하신다면 반드시 특별히 사람을 보내실 것이다. 대신들은 가겠는가, 가지 않겠는가?" 하였다. 우리가 말하기를, "우리가 길을 떠날 때, 우리의 대황제(大皇帝)께서 우리에게

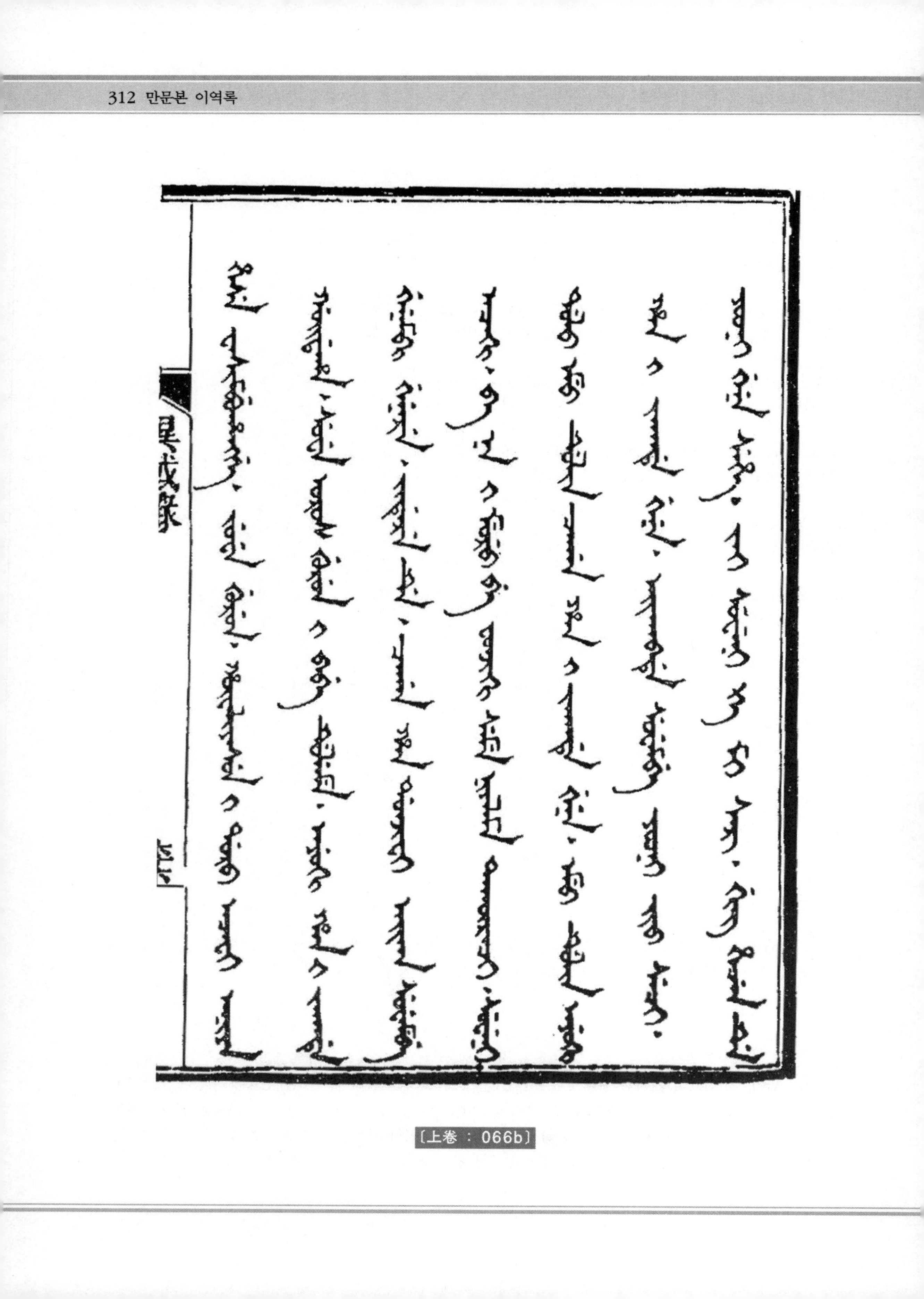

異域錄

[上卷 : 066b]

hese wasimbuhangge, juwe gurun, hūwaliyasun i doro acafi aniya
皇旨 내리신 것 두 나라 和 議 맺고 해

goidaha. suwe oros gurun i babe duleme, ayuki han i jakade
오래되었다. 너희 러시아 나라 의 땅을 지나 아유키 汗 의 곁에

genembi. genere, jidere de, cagan han donjifi aika suwembe
간다. 가고 옴 에 차간 汗 듣고 혹시 너희를

acaki, ba na i muru be fonjiki seme niyalma takūraci, suweni
만나자 地 域 의 정황 을 묻고자 하여 사람 파견하면 너희의

dolo emu dulin cagan han i jakade gene. emu dulin ayuki
가운데 한 半 차간 汗 의 곁에 가라. 한 半 아유키

han i jakade gene. aikabade suwembe yooni jio seci,
汗 의 곁에 가라. 만약 너희를 모두 오라 하면

yooni gene sehe. jai suweni k'a misar, ging hecen de
모두 가라 하였다. 그리고 너희의 카 미사르 京 城 에

[한문]

諭旨 兩國和議已久 爾等過俄羅斯國地方 往阿玉氣汗處去 若去來之際 察罕汗處去 一半人往阿玉氣汗處去 若請爾等全去 即著前往 及爾國商人哈密薩兒在京師

—— ◦ —— ◦ —— ◦ ——

황지(皇旨)를 내리시기를, "두 나라는 화의(和議)를 맺은 지 오래되었다. 너희들은 러시아의 지역을 지나 아유키 한에게 간다. 그곳에 가고 올 때 차간 한께서 이를 듣고 혹시 너희들을 만나서 우리 지역의 형세를 묻고자 하여 사람을 보낸다면, 너희 가운데 반은 차간 한에게 가고, 나머지 반은 아유키 한에게 가거라. 혹시라도 너희를 모두 오라고 한다면, 너희는 모두 가거라." 하셨다. 그리고 당신네 카미사르가 경성(京城)에

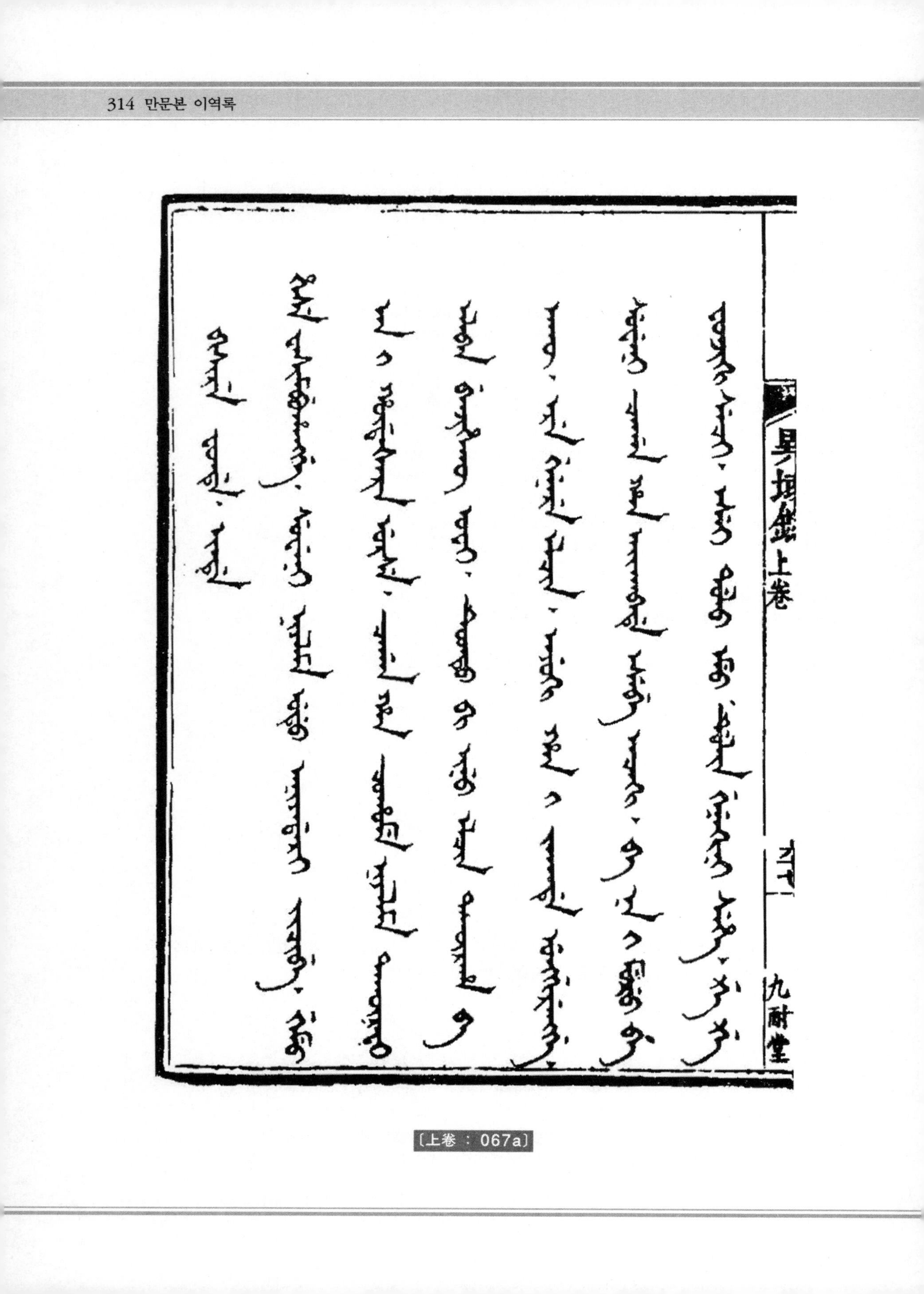

異域錄 上卷

九耐堂

bisire fonde, inde
있을 때에 그에게

hese wasibuhangge, suweni niyalma udu aniyadari jicibe, gemu
皇旨 내리신것 너희의 사람 비록 해마다 오지만 모두

an i hūdašara urse. cagan han cohome niyalma takūrafi
평소 거래하는 무리이다. 차간 汗 특별히 사람 파견하여서

alban benjihekū ofi, tuttu bi inu elcin takūraha ba
貢物 보내오지 않아서 그래서 나 도 사신 파견한 바

akū. ere genere elcin, ayuki han i jakade unggirengge,
없다. 이 가는 사신 아유키 汗 의 곁에 보내는 것이다.

suweni cagan han aikabade esebe acaki, ba na i muru be
너희의 차간 汗 만약 이들을 만나자 地 域 의 정황 을

fonjiki seci, esei dolo emu dulin genekini sehe. g'a g'a
묻고자 하면 이들의 가운데 한 半 가게 하자 하였다. 가 가

[한문]

時 亦曾有諭旨 爾國人民雖每歲前來貿易 倶係平素商賈 察罕汗竝未特遣人進貢 所以朕亦不曾遣使 此所遣使者 是往阿玉奇汗處去的 爾察罕汗如欲相會 詢問地理情形 著其中一半人前往相見 噶噶林

—— ◦ —— ◦ —— ◦ ——

있을 무렵에 그에게 황지(皇旨)를 내리시기를, "너희 나라의 사람들이 해마다 이 나라에 오지만, 모두 예전과 같이 무역을 하러 온 무리들이다. 차간 한는 특별히 사람을 보내 공물을 보내오지 않으니, 나도 사신을 보낸 바 없다. 이번에 가는 사신도 아유키 한에게 보내는 것이다. 너희 차간 한께서 혹시라도 이들을 만나 우리 지역(地域)의 형세를 묻고자 한다면, 이들 가운데 반을 보내겠다." 하셨다. 가가린이

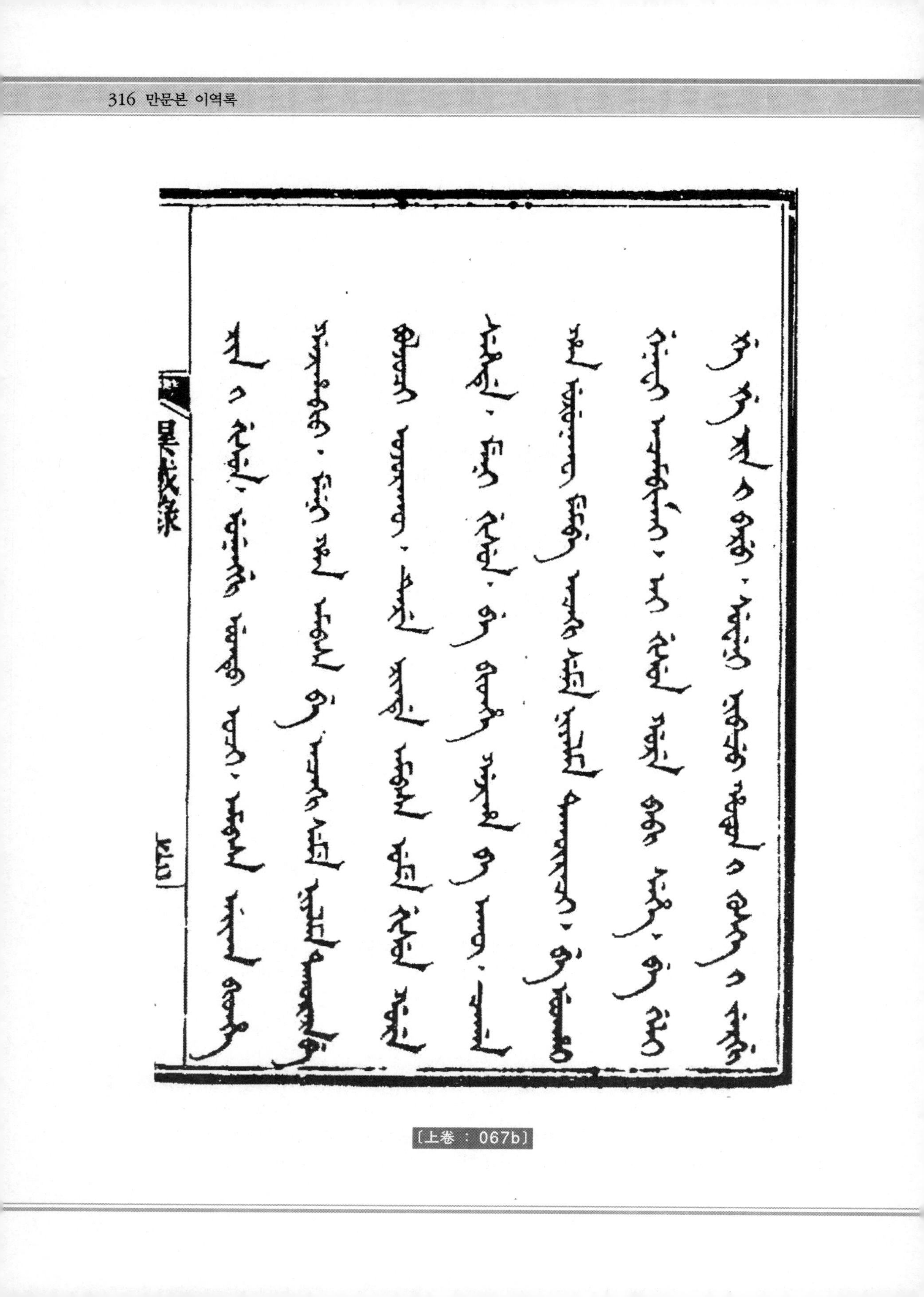

異域錄

rin i gisun, unenggi uttu oci ambasa aika bithe
린 의 말 진실로 그러면 대신들 혹시 글

gajihabio. meni han ambasa be acaki seme niyamla takūrara be
가져왔는가. 우리의 汗 대신들 을 만나고자 해도 사람 파견하는 것 을

boljoci ojorakū. tere erinde ambasa ume gisun gore
약속할 수 없다. 그 때에 대신들 말 바꾸지 말라

sehede, meni gisun, be bithe gajiha ba akū. cagan
했음에 우리의 말 우리 글 가져온 바 없다. 차간

han urunakū membe acaki seme niyalma takūraci, be uthai
汗 반드시 우리를 만나자 하여 사람 파견하면 우리 곧

genefi acambikai. ai gisun gore babi sehe. be geli
가서 만나느니라. 무슨 말 바꿀 바 있다 하였느냐. 우리 또

g'a g'a rin i baru, suweni nibcu hoton i kuske[177] i jergi,
가 가 린 의 쪽 너희의 닙추 城 의 쿠스커 의 등

[한문]

曰 如此 天使大人可曾帶得印文來否 我察罕汗欲會天使特差人來請 亦未可定 彼時天使不可食言 我等答曰 不曾帶甚文書來 爾察罕汗必欲相會 差人前來 我等卽前往相會 有何食言之處 我等向噶噶林言 爾國所屬之泥布楚城居住之庫似克等

—— ◦ —— ◦ —— ◦ ——

말하기를, "진실로 그러하다면, 대신들은 혹시 칙서를 가져왔는가? 우리의 한께서 대신들을 만나고자 해도 사람을 보낼 것이라고는 약속할 수 없다. 그러한 경우에 대신들은 말을 바꾸지 말라." 하였다. 우리가 말하기를, "칙서를 가져온 바는 없다. 한께서 반드시 우리를 만나고자 하시어 사람을 보내신다면, 우리는 곧장 가서 만날 것이다. 무슨 말을 바꿀 일이 있겠는가?" 하였다. 우리는 또 가가린에게 말하기를, "당신 나라의 닙추 성(城)에 있는 쿠스커 등

177) kuske(庫似克) : 카자키(Казаки). 카자키는 개인의 이름으로 볼 수 있지만, 당시 중국 국경을 월경해 오는 자의 대다수가 러시아와 시베리아에서 준 군사 조직으로 자치 공동체를 이루며 살았던 동슬라브어를 사용하는 카자크족이었고 카자크족을 중국에서 kuske로 적고 있기 때문에 카자크족을 가리키는 것으로 보는 것이 적절하다.

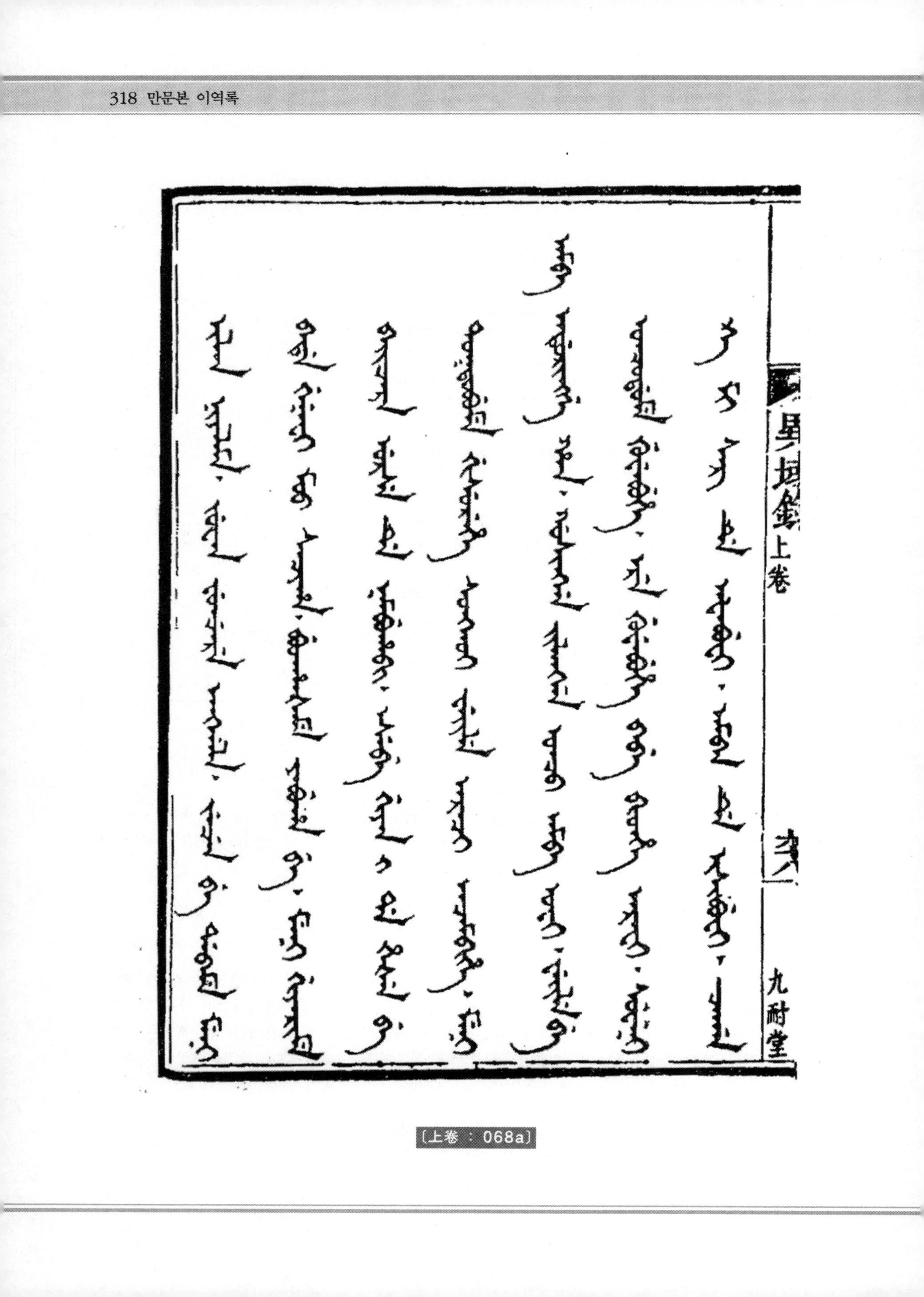

ilan niyalma, juwan funcere anggala, jecen be dabame meni
세 사람 열 넘는 인구 변경 을 넘어 우리의

bade genefi moo saciha, buthašame yabuha be, meni giyarime
땅에 가서 나무 자르고 사냥하며 다닌것 을 우리의 순찰하고

baicara urse de nambuhabi. esebe giyan i da hešen be
조사하는 무리들 에게 잡혔다. 이들을 응당 원래 경계 를

toktobume gisurehe songkoi weile araci acambihe. meni
정하게 하며 논의한 대로 처벌하면 마땅하였다. 우리의

amba enduringge han, gosingga jilangga onco amba ofi, weile be
크고 성스러운 汗 인자하고 자비로운 것 넓고 커서 죄 를

oncodome guwebuhe. ere guwebuhe babe bithe arafi, suweni
용서하여 사면하였다. 이 사면한 바를 글 지어 너희의

k'a mi sar de afabufi, amban de isibufi, cagan
카 미 사르 에게 맡기시고 대신 에게 보내서 차간

[한문]

共十口 越境之中國地方伐木打牲 被我巡邏兵役拿獲 理應遵定邊界和議之欵治罪 我大皇帝仁慈寬大 姑宥其罪其寬免情由 曾有文書交與商人科密薩兒帶來 使爾知會爾察

—— ◦ —— ◦ —— ◦ ——

세 사람과 열 남짓한 사람들이 변경을 넘어 우리의 땅에 와서 나무도 자르고 사냥하며 다닌 것을 우리의 순찰하던 조사관들에게 붙잡혔다. 이들을 응당 당초 경계를 정하며 논의한 대로 처벌하면 마땅하였다. 우리의 대황제(大皇帝)께서는 인자하고 자비로움이 크고 넓으시어 죄를 사하여 주시었다. 이 죄를 사하신 바를 글로 써서 당신 나라의 카미사르에게 맡기시고 또 우리 대신을 시켜 차간

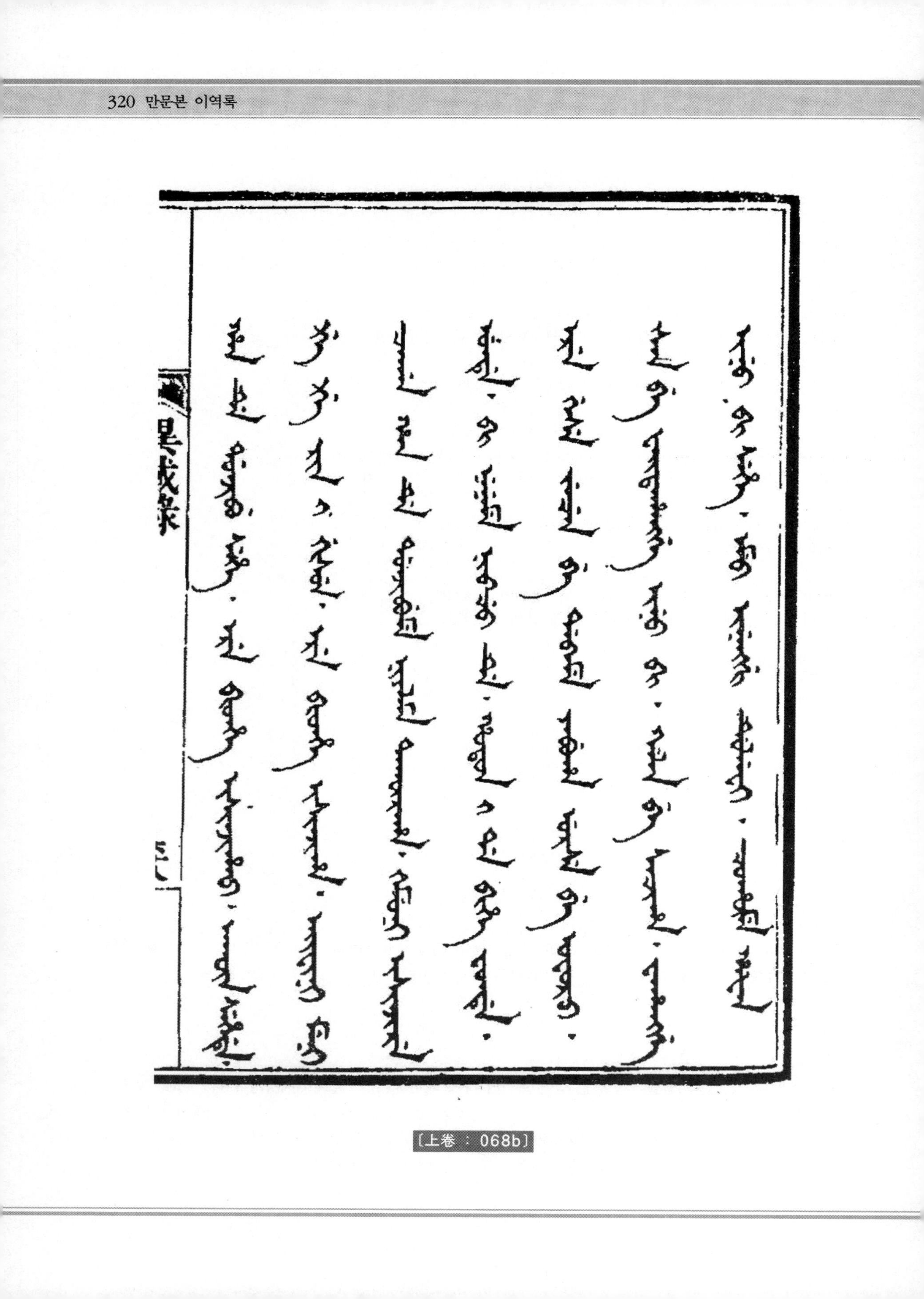

異域錄

han de donjibu sehe. ere bithe isinjihao, akūn sehede,
汗 에게 듣게 하라 하였다. 이 글 도착하였는가 아닌가 함에

g'a g'a rin i gisun, ere bithe isinjiha. aifini meni
가 가 린 의 말 이 글 도착하였다. 벌써 우리의

cagan han de donjibume niyalma takūraha. kemuni isinjire
차간 汗 에게 듣게 하여 사람 파견하였다. 아직 도착하지

unde. bi neneme nibcu de, hoton i da bihe fonde,
못했다. 나 이전에 닙추 에서 성 의 우두머리 였던 때에

ere gese jecen be dabame yabuha urse be oforo,
이 같이 변경 을 넘어 다닌 무리 를 코

šan be faitahangge inu bi, gala be saciha, wahangge
귀 를 자르는 것 도 있다. 손 을 베고 죽인 것

inu bi sehe. emu inenggi dulefi, cohome hafan
도 있다 하였다. 한 날 지나서 특별히 관리

[한문]

罕汗 此文書曾到否 噶噶林曰 文書已到 業已差人禀知我察罕汗去了 其回信尙未曾到 我從前在泥布楚城作頭目時 似此等私行越境人 亦有割耳鼻者 亦有砍手者 大辟者 越一日 特遣官前來

—— ◦ —— ◦ —— ◦ ——

한에게 보고하라고 하셨다. 이 글이 도착하였는가, 도착하지 않았는가?" 하니, 가가린이 말하기를, "그 글은 도착하여, 벌써 우리의 차간 한께서 들으시고 사람을 보내셨는데, 아직 그가 도착하지 않았다. 내가 이전에 닙추에서 성의 수령으로 있을 무렵에, 이와 같이 변경을 넘어 다니던 무리들에게 코와 귀를 자르는 형벌을 내린 일도 있으며, 손을 베거나 죽인 일도 있다." 하였다. 그는 하루 지나서 특별히 관리를

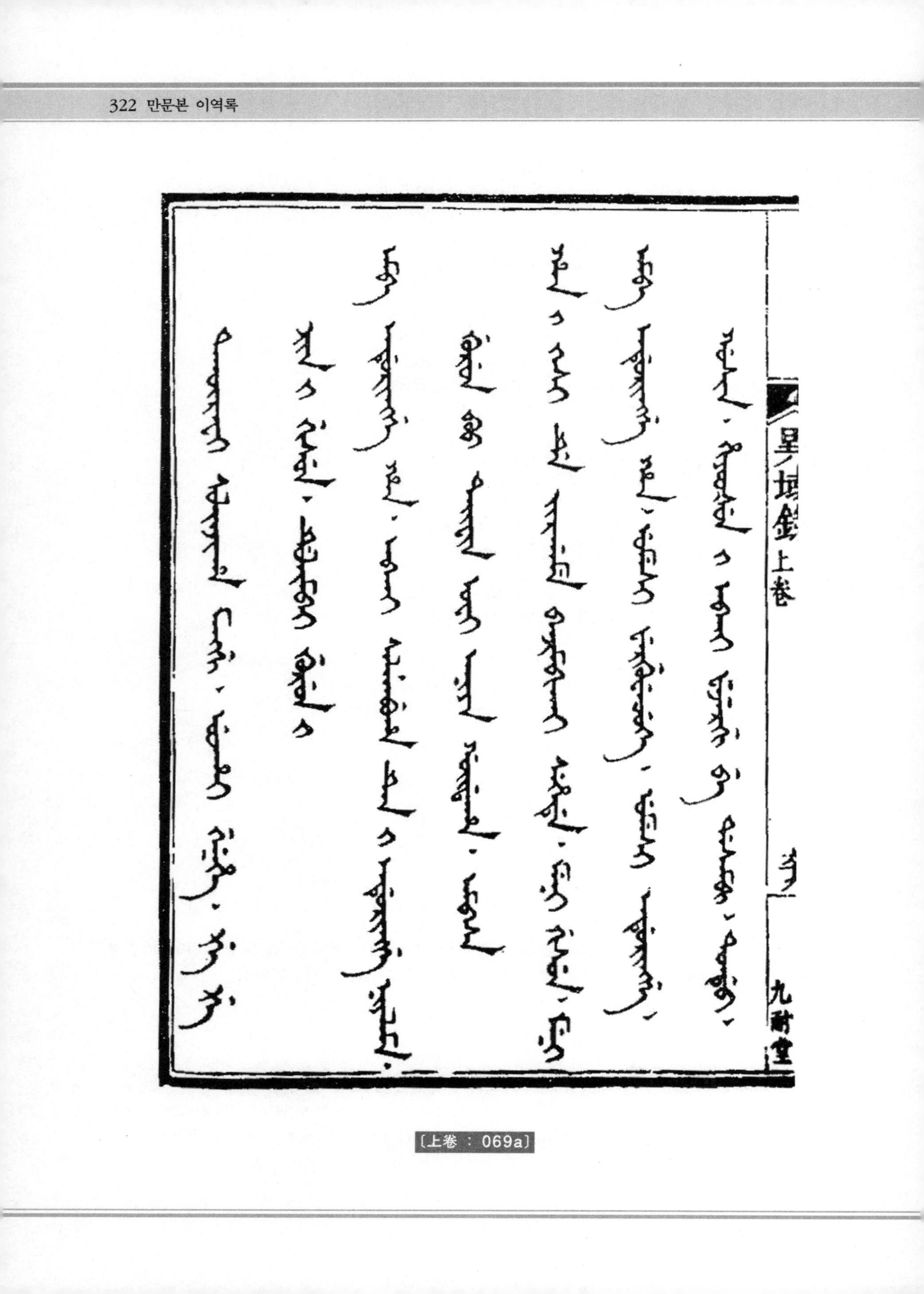

異域錄 上卷

九耐堂

takūrafi solinjiha manggi, uthai genehe. g'a g'a
파견하여 청하러온 후 곧 갔다. 가 가

rin i gisun, dulimbai gurun i
린 의 말 中 國 의

amba enduringge han, abkai salgabuha ten i enduringge niyalma.
크고 성스러운 汗 하늘의 부여한 지극히 성스러운 사람이다.

gurun boo taifin ofi aniya goidaha, ambasa
나라 집 태평하게 되어 해 오래되었다. 대신들

han i kesi de jirgame banjimbikai sehede, meni gisun, meni
汗 의 은덕 에 편안하게 사느니라 했음에 우리의 말 우리의

amba enduringge han, umesi ferguwecuke, umesi enduringge.
크고 성스러운 汗 매우 신묘하고 매우 성스럽다.

gosin, hiyoošun i abkai fejergi be dasambi. tondo,
仁 孝順 으로 하늘의 아래 를 다스린다. 忠

[한문]

請會 于是前往 噶噶林問曰 中國大皇帝天縱至聖 國家享承平已久 天使大人受皇帝恩澤 享用安逸 我等答曰 大皇帝至聖至神 以仁孝治天下 以忠

—— ◦ —— ◦ —— ◦ ——

보내어 우리를 초대하여서 그를 따라 갔다. 가가린이 말하기를, "중국의 대황제(大皇帝)께서는 하늘이 부여한 지극히 성스러운 사람이니, 국가를 태평히 다스린 지 오래되었다. 대신들이 황제의 은덕 덕분에 편안하게 사는 것이로다." 하여서, 우리가 말하기를, "우리의 대황제(大皇帝)께서는 매우 신묘하시고 매우 성스러우시며, 인(仁)과 효(孝)로써 천하를 다스리시며, 충(忠)과

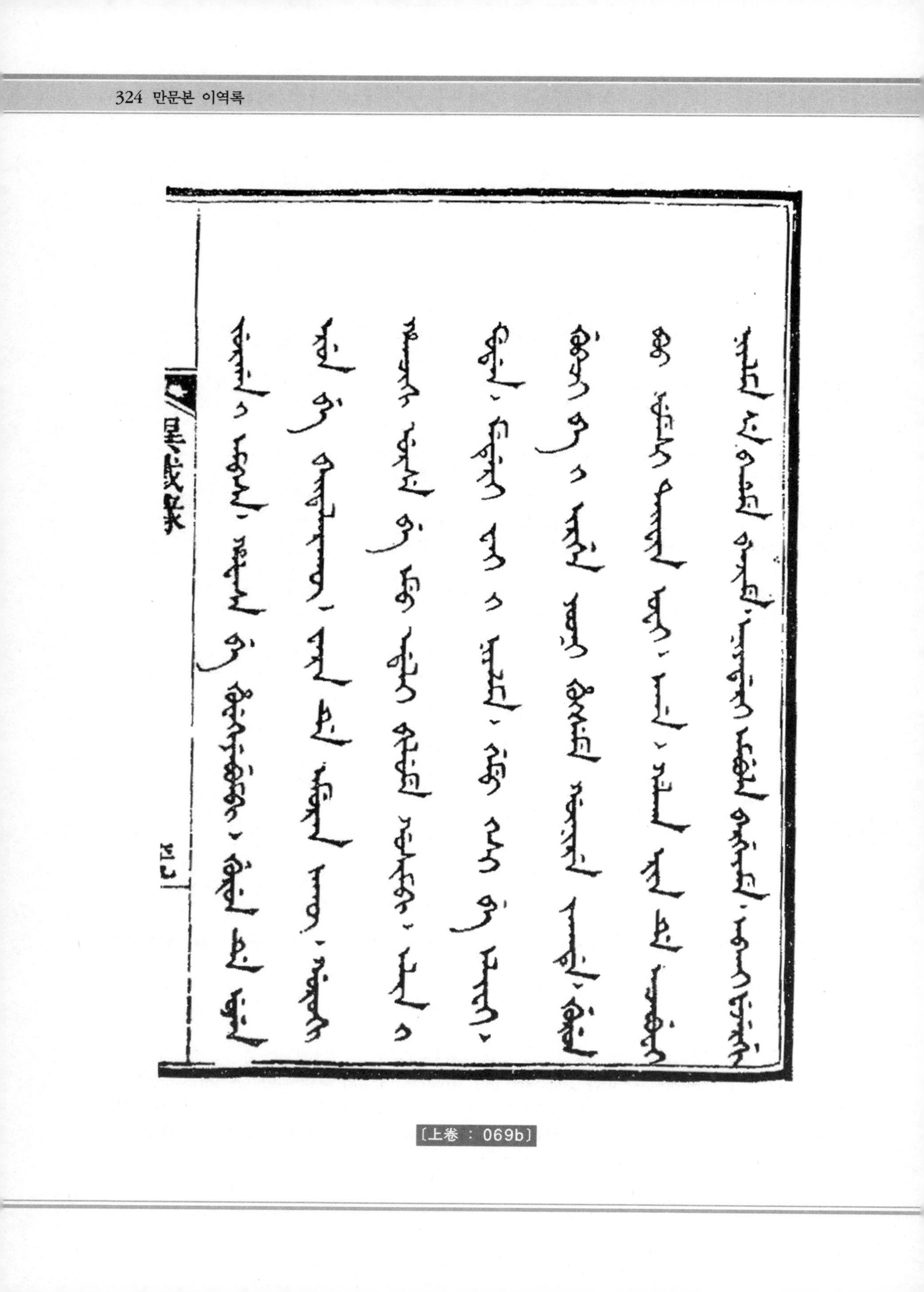

jurgan i ambasa, hafasa be huwekiyebumbi. gurun de ujen
義 로 대신들 관리들 을 격려한다. 나라 에 중한

erun be baitalarakū, wara de amuran akū, goroki
형벌 을 쓰지 않고 죽임 에 즐김 없고 먼곳

hanciki urse be emu adali bilume gosimbi. alin i
가까운 곳 무리 를 하나 같이 어루만지며 사랑한다. 산 의

mudan, mederi wai i niyamla, gemu kesi be alifi,
굽이 바닷가 의 사람 모두 은덕 을 받아서

gubci ba i irgen yooni hukšeme gūnire jakade, gurun
모든 곳 의 백성 모두 감격하여 생각할 적에 나라

boo umesi taifin ofi, aga, galaka erin de acabufi,
집 매우 태평하게 되고 비 갠 때 에 만나게 되고

niyalma se bahame banjime, aniyadari ambula bargiyame abkai fejergi
사람 나이 얻어 살아가며 해마다 많이 수확하여 하늘의 아래

[한문]

義勵臣僚 國無重刑 不嗜殺戮 無間遐邇 一體同仁 山陬海隅 罔不沾恩被澤 薄海人民 皆中心感戴 所以國家雍熙 雨暘時若 人壽年豊

—— ◦ —— ◦ —— ◦ ——

의(義)로써 대신들과 관리들을 권면하신다. 나라에 중한 형벌을 쓰지 않으시고 사형도 즐기지 않으시며, 먼 곳과 가까운 곳을 차별하지 않고 다 같이 어여삐 여기시니, 산기슭과 바닷가의 사람들이 모두 은덕을 받아서, 모든 백성들이 모두 감동할 적에 국가가 매우 태평하게 되고 비 갠 때를 만나서 사람이 천수를 다하며 해마다 수확량이 많아 천하가

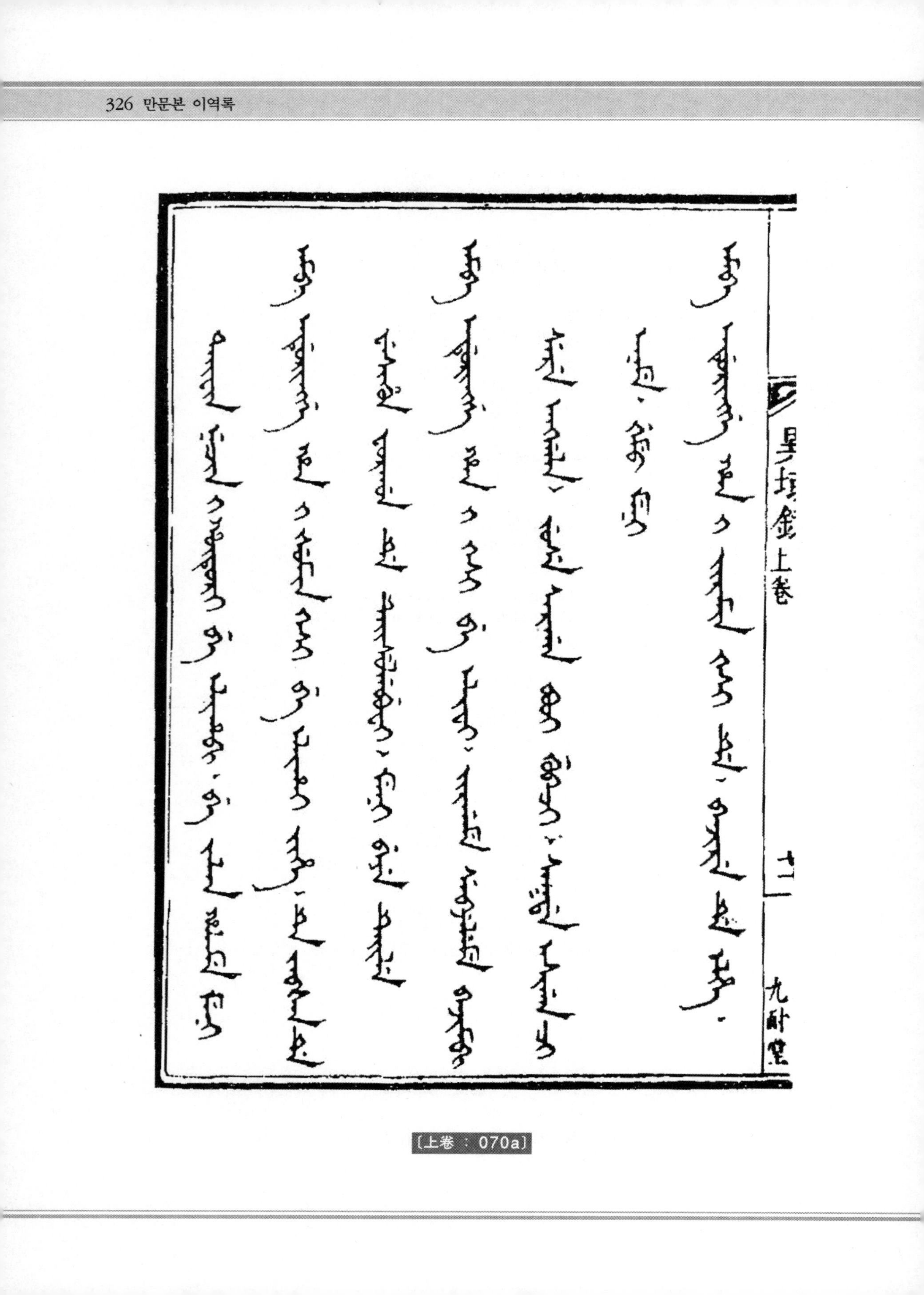

taifin necin i hūturi be alihabi. be jalan halame meni
태평하고 평화로움 의 복 을 받았다. 우리 세대 바꾸며 우리의

amba enduringge han i šumin kesi be alihai jihe. te jabšan de
크고 성스러운 汗 의 깊은 은덕 을 받은 채 왔다. 지금 행운 에

wesihun forgon de teisulebufi, meni beye teile
번창한 시절 에 만나게 되어 우리의 몸 만

amba enduringge han i kesi be alifi, jirgame sebjeleme banjimbi
크고 성스러운 汗 의 은덕 을 받아서 편안하고 즐기며 산다

sere anggala, juse sargan booi gubci, sakda asigan ci
할 뿐만 아니라 아이들 아내 집의 모든 노인 아이 에서

aname, gemu meni
까지 모두 우리의

amba enduringge han i jiramin kesi de, banjire de elhe,
크고 성스러운 汗 의 두터운 은덕 에 살기 에 평안하고

[한문]

宇內咸享昇平之福 我等世戴大皇帝深恩 今幸際盛世 不但我等身沐皇恩 受享安逸 卽舉家老幼妻子 無不沾我大皇帝厚澤 安居

—— ◦ —— ◦ —— ◦ ——

태평하고 평화로운 복을 받았다. 우리는 대대로 우리의 대황제(大皇帝)의 깊은 은덕을 받아 왔다. 지금 운이 좋게 번창한 시절을 맞이하여서, 우리 자신만 대황제(大皇帝)의 은덕을 받아 편안하고 즐거이 사는 것이 아니라, 자식들과 처가의 모든 노인과 아기까지 모두 우리의 대황제(大皇帝)의 두터운 은덕 덕분에 삶이 평안하고

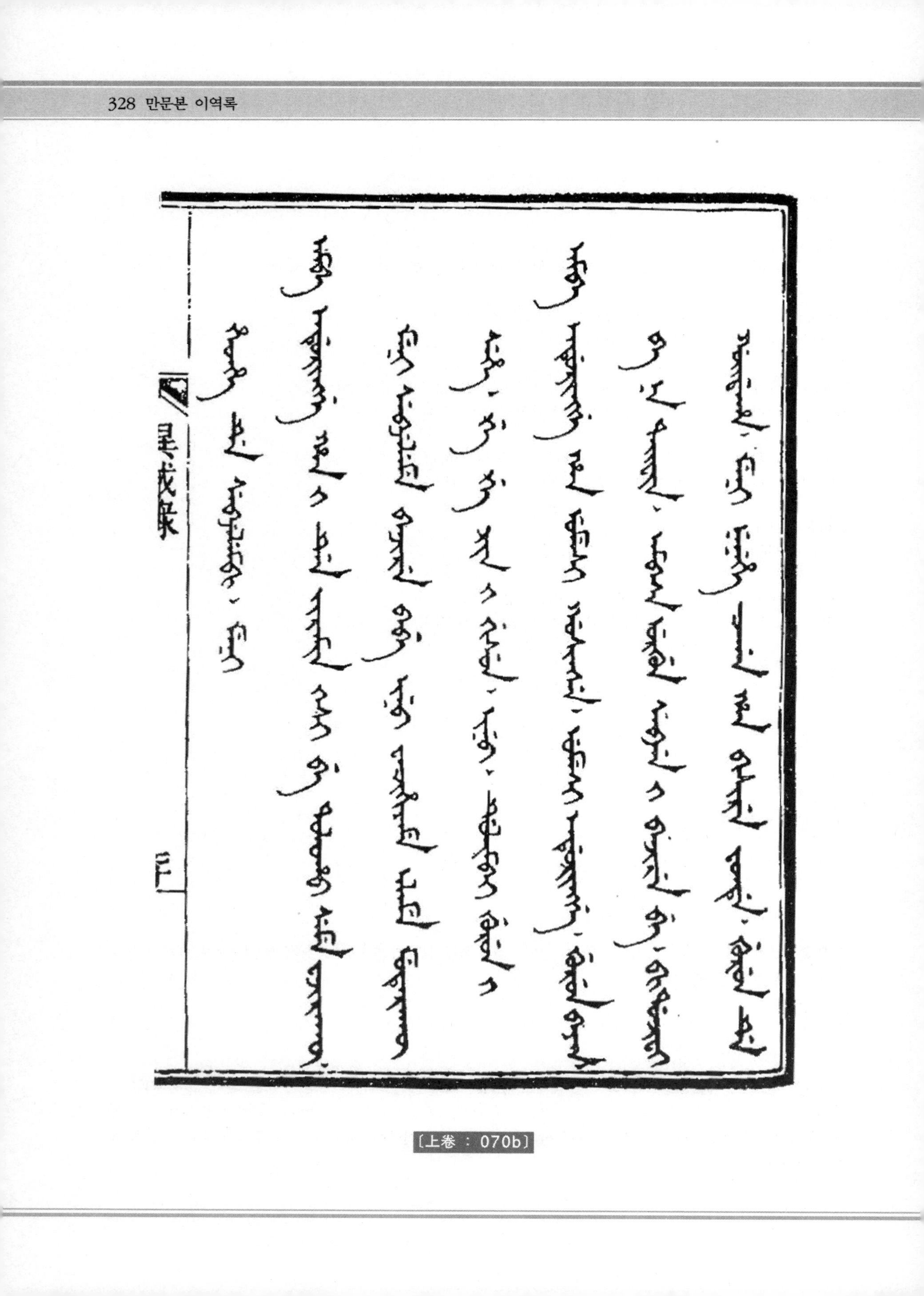

異域錄

[上卷 : 070b]

hethe de sebjelembi. meni
즐겁게 일한다. 우리의

amba enduringge han i den jiramin kesi be toloho seme wajirakū.
크고 성스러운 汗 의 높고 두터운 은덕 을 헤아렸다 하여도 끝나지 않는다.

meni sebjeleme banjire babe inu wacihiyame alame muterakū
우리의 즐거워하며 사는 바를 또 완전하게 고할 수 없다.

sehe. g'a g'a rin i gisun, inu. dulimbai gurun i
하였다. 가 가 린 의 말 옳다. 中 國 의

amba enduringge han umesi gosingga, umesi enduringge. gurun bayan,
크고 성스러운 汗 매우 인자하고 매우 성스럽다. 나라 부유하고

ba na taifin, ambasa urgun sebjen i banjire be, bi donjifi
地 域 태평하고 대신들 기쁨 즐거움 으로 살기 를 나 들어서

goidaha. meni nenehe cagan han bisire fonde, gurun de
오래되었다. 우리의 前 차간 汗 있을 때에 나라 에

[한문]

樂業 我大皇帝聖恩高厚 不能枚舉 卽我等安享樂業之處 亦難殫述 噶噶林曰 誠然 中國大皇帝至聖至神 舉國殷富 四方寧謐 天使大人等俱安享樂業 聞之已久 我先察罕汗在時

—— ◦ —— ◦ —— ◦ ——

즐거이 일한다. 우리의 대황제(大皇帝)의 높고 두터운 은덕은 헤아릴 수 없으며, 우리가 즐겁게 사는 바도 다 말할 수 없다." 하였다. 가가린이 말하기를, "맞다. 중국의 대황제(大皇帝)께서는 매우 인자하시고 매우 성스러우시며, 나라는 부유하고 지역은 태평하여 대신들이 기쁨과 즐거움으로 산다는 것은 내가 익히 들어왔다. 우리의 이전 차간 한께서 통치하던 무렵에는 나라에

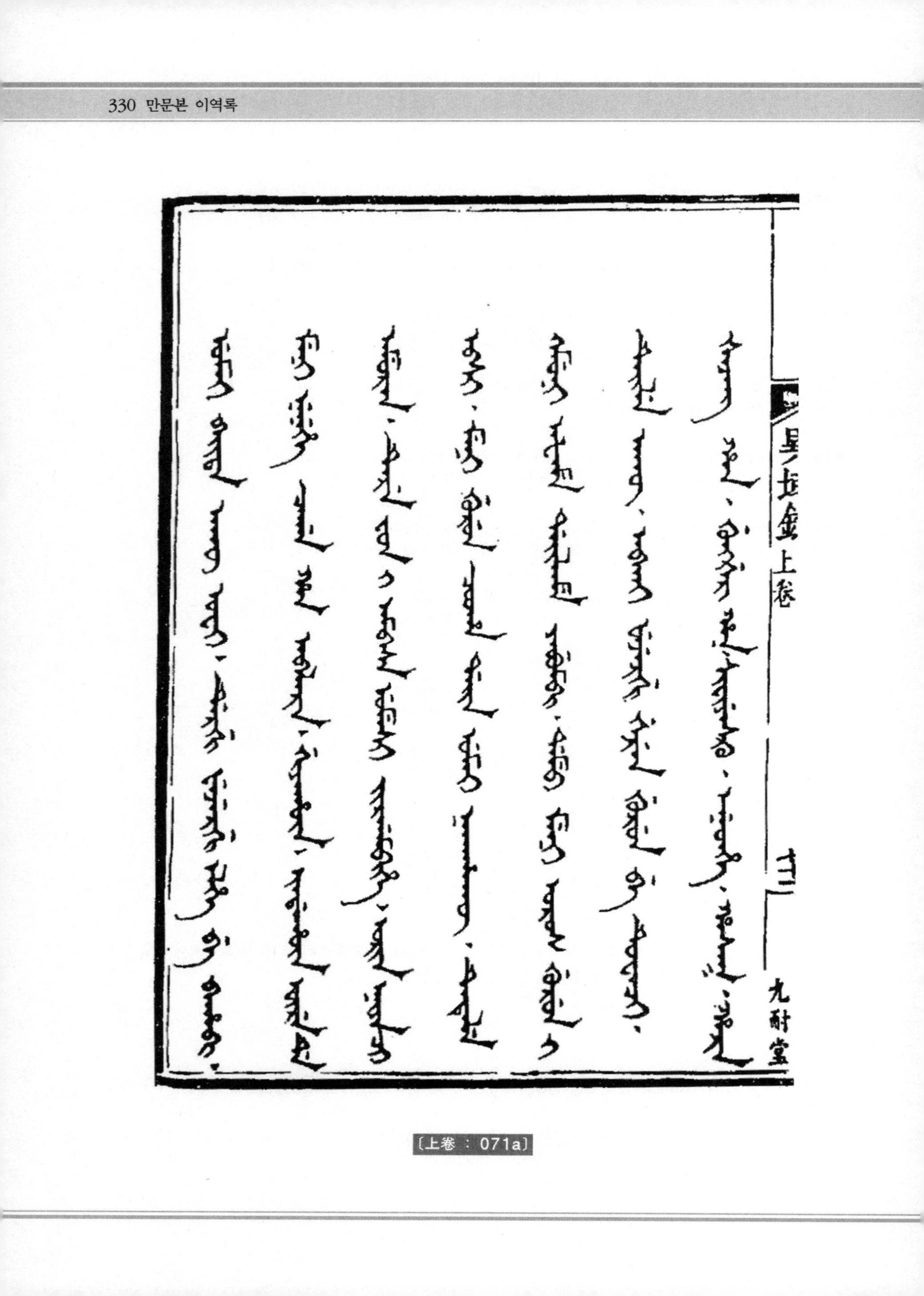

異域錄 上卷

十三

九耐堂

umai baita akū ofi, dergi fejergi elhe be bahabi.
전혀 일 없게 되어서 위 아래 평안 을 얻었다.

meni nenehe cagan han abalara, giyahūn, indahūn efire de
우리의 前 차간 汗 사냥하고 매 개 노는것 에

amuran. tere fon i ambasa umesi jirgambihe. orin aniya ci
즐긴다. 그 시절 의 대신들 매우 편안하였다. 20 년 부터

ebsi, meni gurun cooha dain umai nakahakū. tetele
이때까지 우리의 나라 전쟁 전혀 멈추지 않았다. 지금까지

kemuni afame dailame yabumbi.[178] damu meni oros gurun i
여전히 싸우며 정벌하며 다닌다. 다만 우리의 러시아 나라 의

teile akū, abkai fejergi geren gurun be tuwaci,
뿐 아니라 하늘의 아래 여러 나라 를 보면

šajang han,[179] gungg'ar[180] han, sifiyesk'o[181], enethe,[182] hasak,[183] hara
샤장 汗 궁가르 汗 시피여스코 인도 하삭 하라

[한문]

國家無事 上下相安 先察罕汗喜射獵 好鷹犬 當時臣宰俱享安逸 二十年來 我國兵甲之事 全無休息 至今猶征戰 不但我俄羅斯國 觀天下諸國 沙漳汗 空科爾汗 式費耶式國 厄納特赫國 哈薩克國 哈拉

—— ◦ —— ◦ —— ◦ ——

특별한 일이 없어서 위아래 할 것 없이 평안을 얻었다. 우리의 이전 차간 한께서는 사냥을 즐기시며, 매, 개와 함께 노는 것을 즐기셨다. 그 시절의 대신들은 매우 편안하였다. 20년 전부터 이때까지 우리 나라에서는 전쟁이 전혀 끊이지 않았으며, 지금까지 여전히 정벌하며 다닌다. 오직 우리 러시아뿐만 아니라, 천하의 여러 나라를 보자면, 샤장 한, 궁가르 한, 스웨덴, 인도, 하삭, 하라

178) 가가린이 황제에 대한 불평불만을 털어놓고 있는 것은 수년 후 그가 처형된 것과 관련이 있는 것으로 보인다.
179) šajang han(沙漳汗) : 샤 자한(Shah Jahan). 샤 자한은 1628년부터 1658년까지 인도대륙을 다스린 무굴 제국의 황제이다. '샤 자한'이란 페르시아어로 '세계의 왕'이라는 의미이다.
180) gungg'ar han(空科爾汗) : 훙카르(터어키어 hünkâr). 훙카르는 오스만제국의 황제에 대한 칭호이다.
181) sifiyesk'o(式費耶式) : 시베치야(Швеция). 시베치야는 오늘날의 스웨덴을 가리킨다.
182) enethe(厄納特赫) : 에네트커(만주어 enetke). 에네트커는 오늘날의 인도를 가리킨다.
183) hasak(哈薩克) : 이역록에서 하삭(hasak)은 투르크계 카작(Казахи)을 가리킨다.

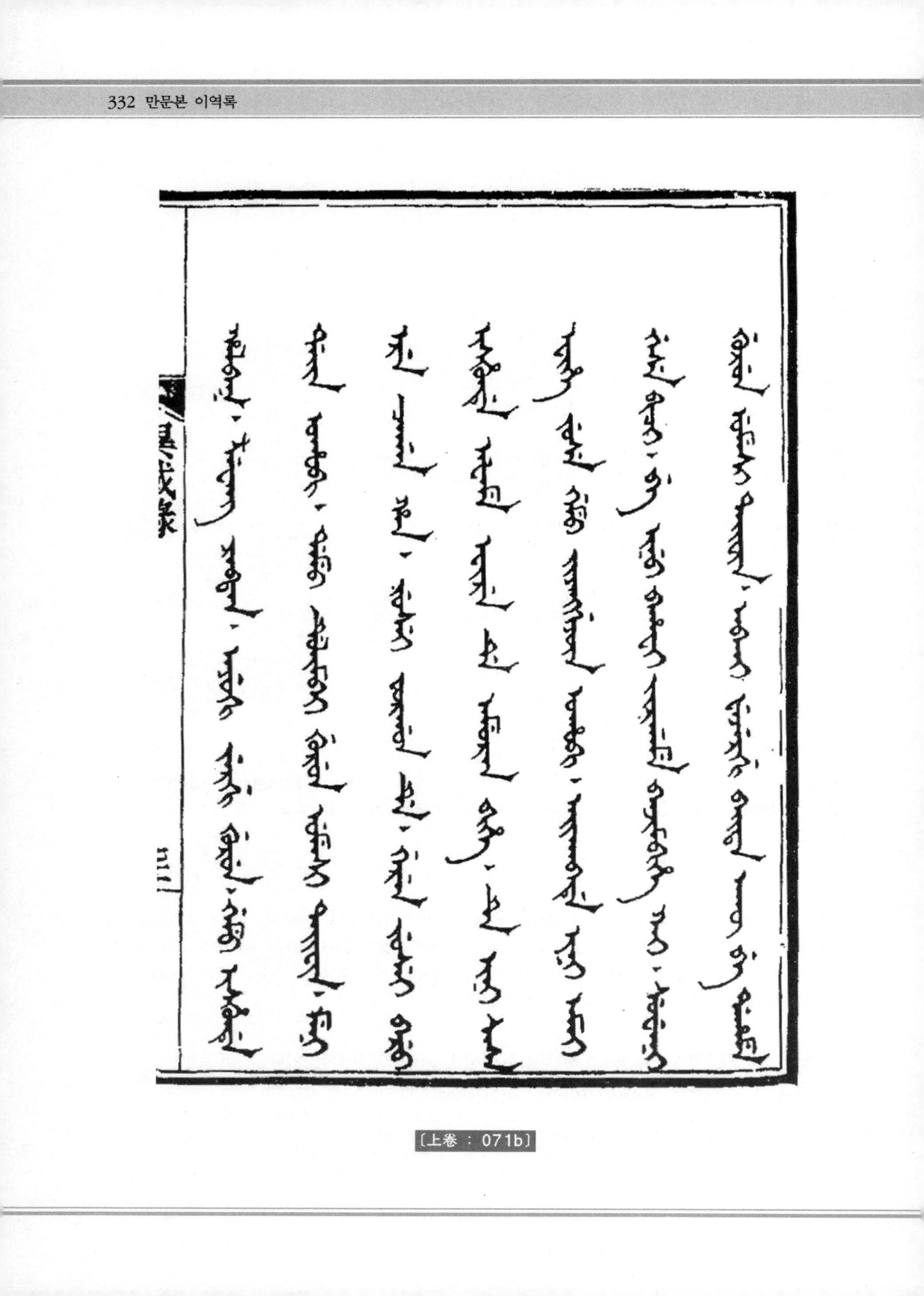

異域錄

halbak,[184] ts'ewang rabtan, ayuki jergi gurun, gemu ishunde
할박 처왕 랍탄 아유키 등 나라 모두 서로

dain ohobi. damu dulimbai gurun umesi taifin. meni
전쟁 하였다. 오직 中 國 매우 태평하다. 우리의

ere cagan han, jusei forgon de, geren jusei baru
이 차간 汗 아이들의 시절 에 여러 아이들의 쪽

ishunde afame efire de amuran bihe. te ini sasa
서로 싸우며 노는것 에 좋아하였다. 지금 그의 함께

efihe juse gemu jiyanggiyūn ohobi. aikabade ini amai
놀던 아이들 모두 장군 되었다. 만약 그의 아버지의

gese bici, be inu bahafi jirgame banjimbihe kai. suweni
같이 되면 우리 또 능히 편안히 살았으리라. 너희의

gurun umesi taifin, abkai fejergi baita akū be dahame
나라 매우 태평하여 하늘의 아래 일 없음 을 따라

[한문]

哈兒叭國 策旺拉布坦 阿玉奇等國 皆互相爭鬪 獨中國甚至寧謐 目今察罕汗幼稚時 最喜與兒童爲戰鬪戱 從前同戱諸兒 今皆作將軍 若似乃父行事 我等亦可受享安逸矣 爾中國寧謐 宇内無事

—— ◦ —— ◦ —— ◦ ——

할박, 처왕 랍탄, 아유키 등의 나라가 모두 서로 전쟁을 벌였다. 오직 중국만이 매우 태평하다. 우리의 현 차간 한께서는 어린 시절에 여러 아이들과 서로 싸우며 노는 것을 좋아하셨다. 지금 그와 함께 놀던 아이들은 모두 장군이 되었다. 혹 그의 아버지 정도만 된다면, 나도 능히 편안히 살았을 것이다. 당신의 나라는 매우 태평하며 천하에 특별한 일이 없으니

184) hara halbak(哈拉哈兒叭) : 카라 칼팍(каракалпак). 카라 칼팍은 주로 우즈베키스탄에 사는 투르크계 민족이다. 카라 칼팍의 어원은 '검정'을 의미하는 'qara'와 모자를 의미하는 'qalpaq'에서 기원한다. 칼묵어로 검은 모자를 뜻하는데 이들이 항상 검은 모자를 쓰고 다녔기 때문이다.

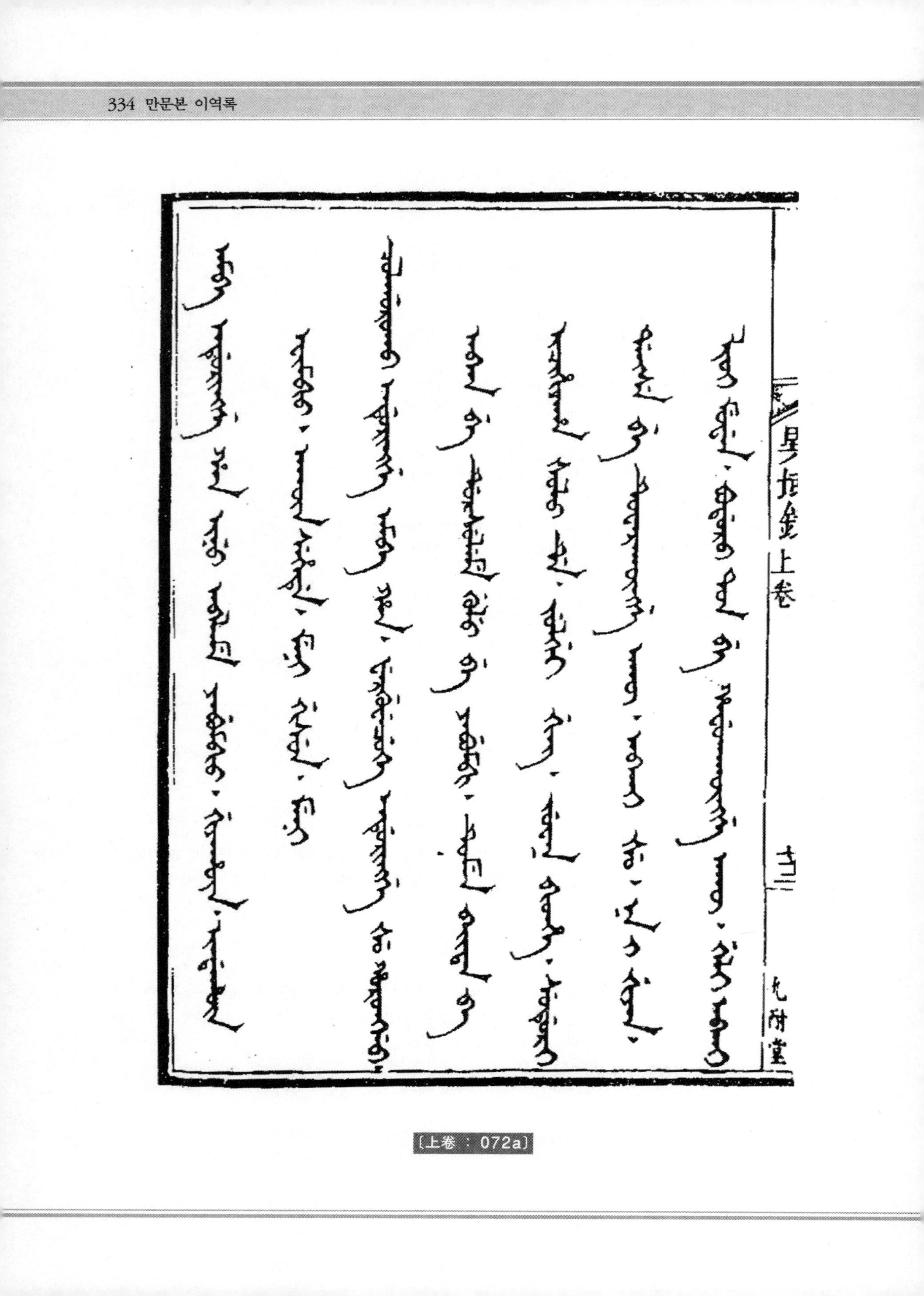

amba enduringge han inu abalame yabumbio. giyahūn, indahūn
크고 성스러운 汗 도 사냥하러 다니는가. 매 개

efimbio, akūn sehede, meni gisun, meni
노는가. 아닌가? 함에 우리의 말 우리의

cologoroko enduringge amba han, ferguwecuke enduringge šu horonggo,
빼어나고 성스러운 큰 汗 신묘하고 성스러운 文 武

abka be dursuleme gulu be yabumbi. tumen baita be
하늘 을 본받아 순수함 을 행한다. 만 일 을

icihiyaha šolo de, julgei ging, juwan bithe,[185] suduri
처리한 틈 에 옛날의 經 열 책 역사

dangse be tuwarakūngge akū, abkai šu, na i giyan,
檔子 를 보지 않는 것 없고 하늘의 文 땅 의 도리

lioi mudan, bodoro ton[186] be hafukakūngge akū, geli abkai
律 呂 헤아리는 數 를 통달하지 않은것 없다. 또 하늘의

[한문]

大皇帝亦射獵否 亦養鷹犬否 我等答曰 我至聖大皇帝聖神文武 法天行健 每於萬幾餘暇 古來經傳史冊 無不經覽 天文地理 律呂數術 無不貫通 又天

—— ◦ —— ◦ —— ◦ ——

대황제(大皇帝)께서도 사냥하러 다니시는가? 매, 개와 함께 노시는가 놀지 않으시는가?" 하였다. 우리가 말하기를, "우리의 지성대황제(至聖大皇帝)께서는 신묘하고 성스러운 문무(文武)가 하늘을 모범으로 삼아 정도에서 벗어나지 않으신다. 만사를 처리하실 때에는 옛 경전(經傳)과 역사서를 보지 않은 것 없으며, 천문과 지리, 율려(律呂), 술수(術數)에 모두 통달하셨다. 또 하늘이

185) ging, juwan bithe : 한문본에는 경전(經傳)으로 되어 있다. 경전(經典)과 그것의 해석서(解釋書)로 성경현전(聖經賢傳)의 준말이다.

186) bodoro ton : 술수(數術). 음양오행가(陰陽五行家)의 술수를 뜻한다.

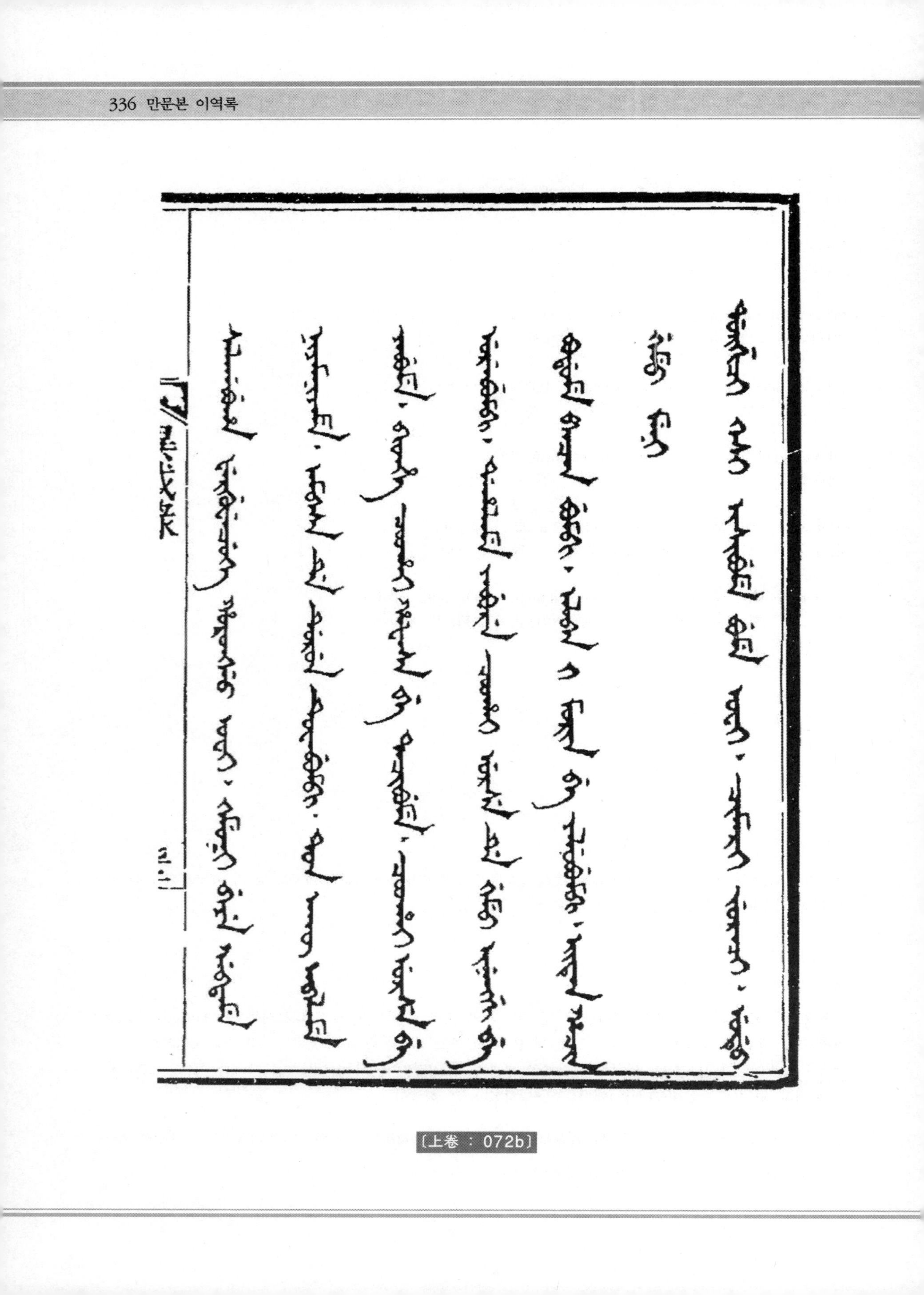

異域錄

salgabuha ferguwecuke horonggo ofi, kemuni beye gabtame
부여한 신묘한 武 되어서 여전히 몸소 활 쏘며

niyamniyame, ambasa de durun tuwabumbi. ton akū abalame
말 타고 활 쏘며 대신들 에게 모범 보인다. 수 없이 사냥하러

yabume, bithe coohai hafasa be tacibume, coohai urse be
다니며 文 武 관리들 을 가르치며 병사의 무리 를

urebumbi. dahalame yabure coohai urse de gemu inenggi be
훈련시킨다. 따라 다니는 병사의 무리 에게 모두 날 을

bodome pancan bumbi. alban i morin be yalubumbi. eiten hacin
헤아려 노잣돈 준다. 官 의 말 을 타게 한다. 온갖 종류

gemu meni
모두 우리의

dorgici kesi isibume bume ofi, cimari juraci, udu
내정에서 은덕 이르도록 주게 되니 다음날아침 떠나면 비록

[한문]

縱神武 常親騎射 以敎習臣庶 不時圍獵 奬勵文武 而訓練兵將 凡扈從士卒 俱按日官給盤費 又給與官馬乘騎 雖今日下令 明早起行

— ◦ — ◦ — ◦ —

부여한 신묘한 무(武)가 있으시어, 항상 몸소 걸으며 활을 쏘거나 말을 타며 활을 쏘시며 대신들에게 모범을 보이신다. 수없이 사냥하러 다니시며, 문무 관원들을 가르치시며, 병사들을 훈련시키신다. 명령을 수행하는 병사들에게 모두 날을 헤아려 노잣돈을 주시며, 관마(官馬)를 타게 하신다. 온갖 종류를 모두 우리의 내정(內廷)에서 은덕을 내리시어 주시니, 다음날 아침에 떠나서 비록

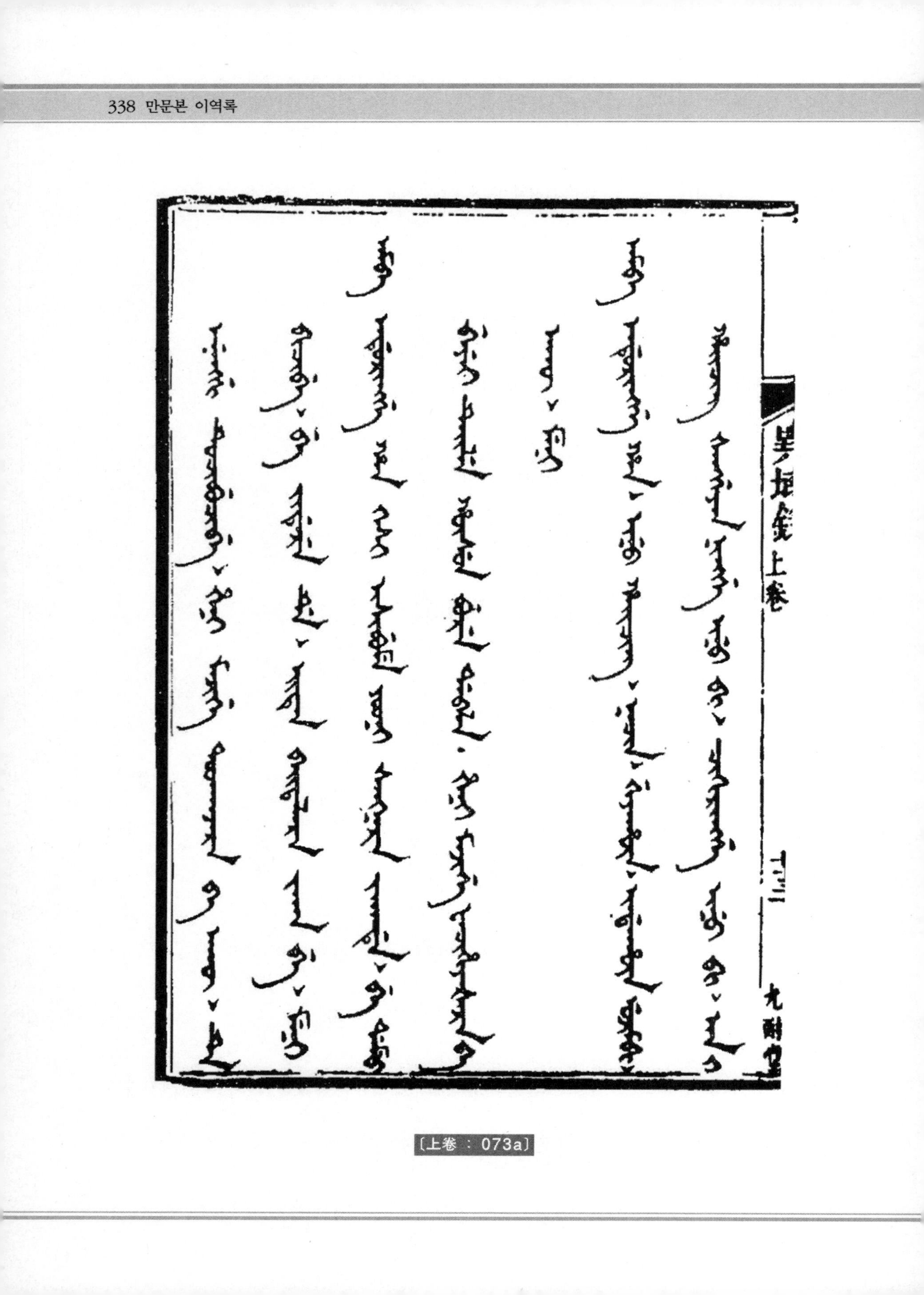

eneggi tucibucibe, heni majige tookanjara ba akû. te
오늘 내더라도 아주 조금 지체할 바 없다. 지금

bicibe, be jidere de, eiten baitalara jaka be, meni
이라도 우리 옴 에 온갖 쓸 것 을 우리의

amba enduringge han kesi isibume yooni šangnara jakade, be damu
크고 성스러운 汗 은덕 이르도록 모두 상을 줄 적에 우리 다만

beyei teile hūsun bure dabala, heni majige facihiyašara ba
몸으로 만 힘 줄 뿐 아주 조금 초조할 바

akū. meni
없다. 우리의

amba enduringge han, inu haicing,[187] nacin, giyahūn, indahūn ujimbi.
크고 성스러운 汗 또 海青 난추니 매 개 기른다.

haicing šanggiyan ningge inu bi, cikiringge inu bi. an i
海青 흰 것 도 있고 흰깃털섞인것 도 있다. 보통 의

[한문]

亦無些毫遲誤 一應俱係內務恩賜官給 即我等一切應用諸物 亦皆係大皇帝恩賞 我等隻身効力 毫無拮据 大皇帝亦養海東青 鴉虎 鷹犬 海東青有雪白者 有蘆花者 有本色

── ◦ ── ◦ ── ◦ ──

오늘 준비할지라도 조금도 지체할 바가 없다. 이번 경우에도 우리들이 이곳에 오는 데 있어서 필요한 온갖 물품을 우리의 대황제(大皇帝)께서 은덕을 내리시어 모두 상으로서 주실 적에, 우리는 단지 몸으로만 힘을 쓰면 될 뿐이며, 조금도 초조할 바가 없다. 우리의 크고 성스러운 황제께서도 해동청, 난추니, 매, 개를 기르신다. 해동청은 흰 것도 있고 흰 깃털이 섞인 것도 있으며, 보통의

187) haicing: 해청(海靑)의 음역으로 해동청을 가리킨다. 만주어로는 보통 숑콘(šongkon), 숑코(šongko)로 표기한다.

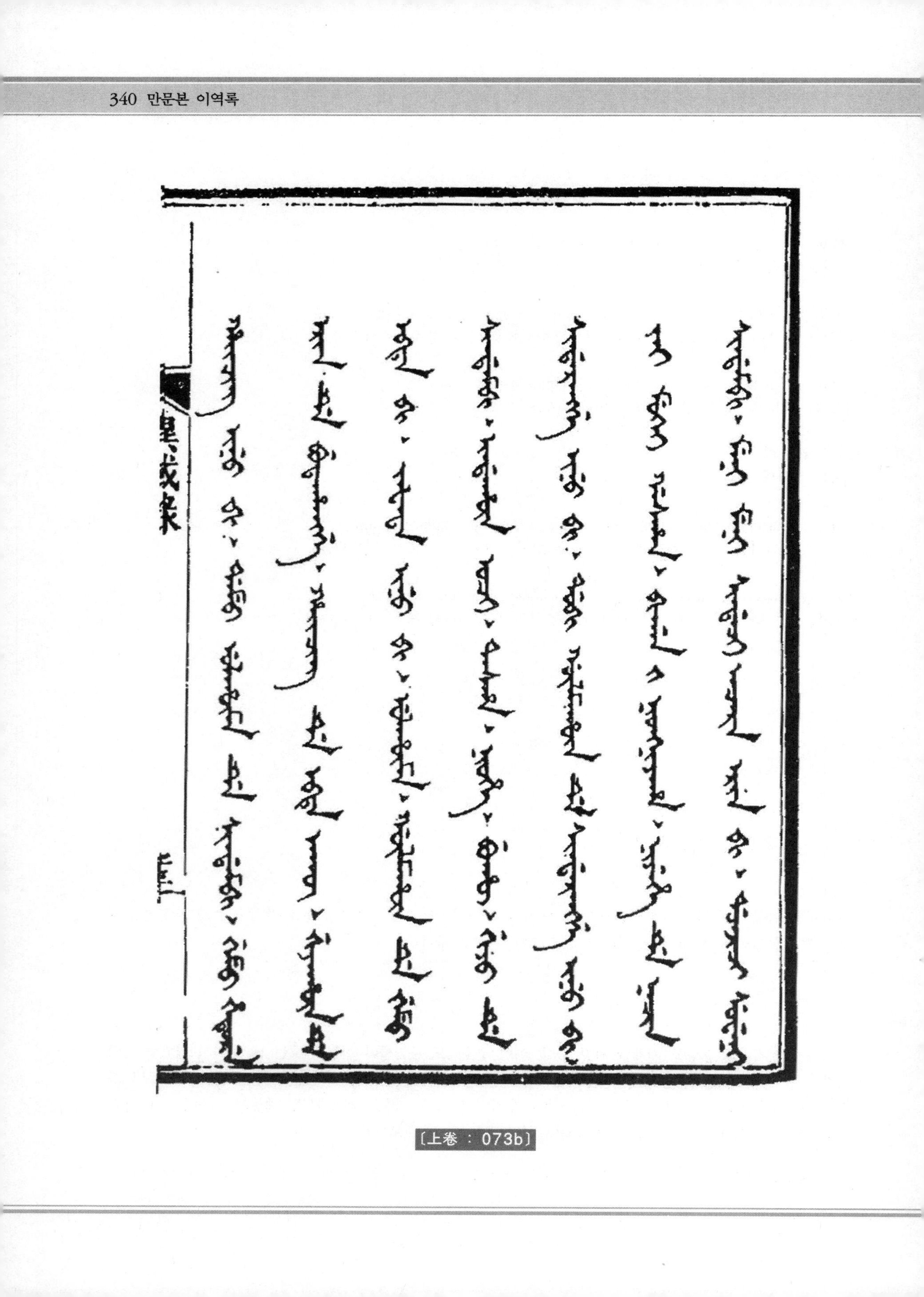

[illegible]

異域錄

haicing inu bi. damu ulhūma de sindambi. gemu heture
海靑 도 있다. 오직 꿩 에게 놓아준다. 모두 날아갈

erin de butahangge. haicing de ebte akū. giyahūn de
때 에 잡은 것이다. 海靑 에게 육지니 없다. 매 에게

ebte bi. jafata inu bi. ulhūma, gūlmahūn de gemu
육지니 있다. 보라매 도 있다. 꿩 토끼 에게 모두

sindambi. indahūn oci, tasha, niohe, buhū, giyo de
놓아준다. 개 는 호랑이 이리 사슴 노루 에게

sindarangge inu bi. dobi gūlmahūn de sindarangge inu bi.
놓는 것 도 있다. 여우 토끼 에게 놓는 것 도 있다.

jai mukei gasha, bigan i niongniyaha,[188] niyehe de nacin
또 물의 새 들 의 거위 오리 에게 海靑

sindambi. meni meni sindaci acara erin bi. donjici suweni
놓는다. 각각 놓으면 알맞는 때 있다. 듣자하니 너희의

[한문]

者 單放野雞 俱係過時捕得 無窩雛 愉鷹有窩雛 亦有捕得者 亦放野雞 亦捉走兎 犬內有捉虎狼鹿狗者 有捉虎兎者 至於水禽雁鴨 俱放鴉虎按時放捉 聞

—— ◦ —— ◦ —— ◦ ——

해동청도 있는데, 오직 꿩 사냥을 할 때에 풀어놓는다. 모두 공중을 날아다닐 때에 잡은 것이다. 해동청에게는 육지니가 없고 매에게는 육지니가 있다. 보라매도 있다. 꿩이나 토끼 사냥을 할 때 모두 풀어놓는다. 개의 경우는 호랑이, 이리, 사슴, 노루의 사냥을 할 때 풀어놓는 것도 있고, 여우나 토끼를 사냥할 때 풀어놓는 것도 있다. 그리고 물새와 기러기, 오리를 사냥할 때 해동청을 풀어놓는다. 각각 풀어놓기 알맞은 때가 있다. 듣자하니 당신의

188) bigan i niongniyaha : 기러기를 뜻한다.

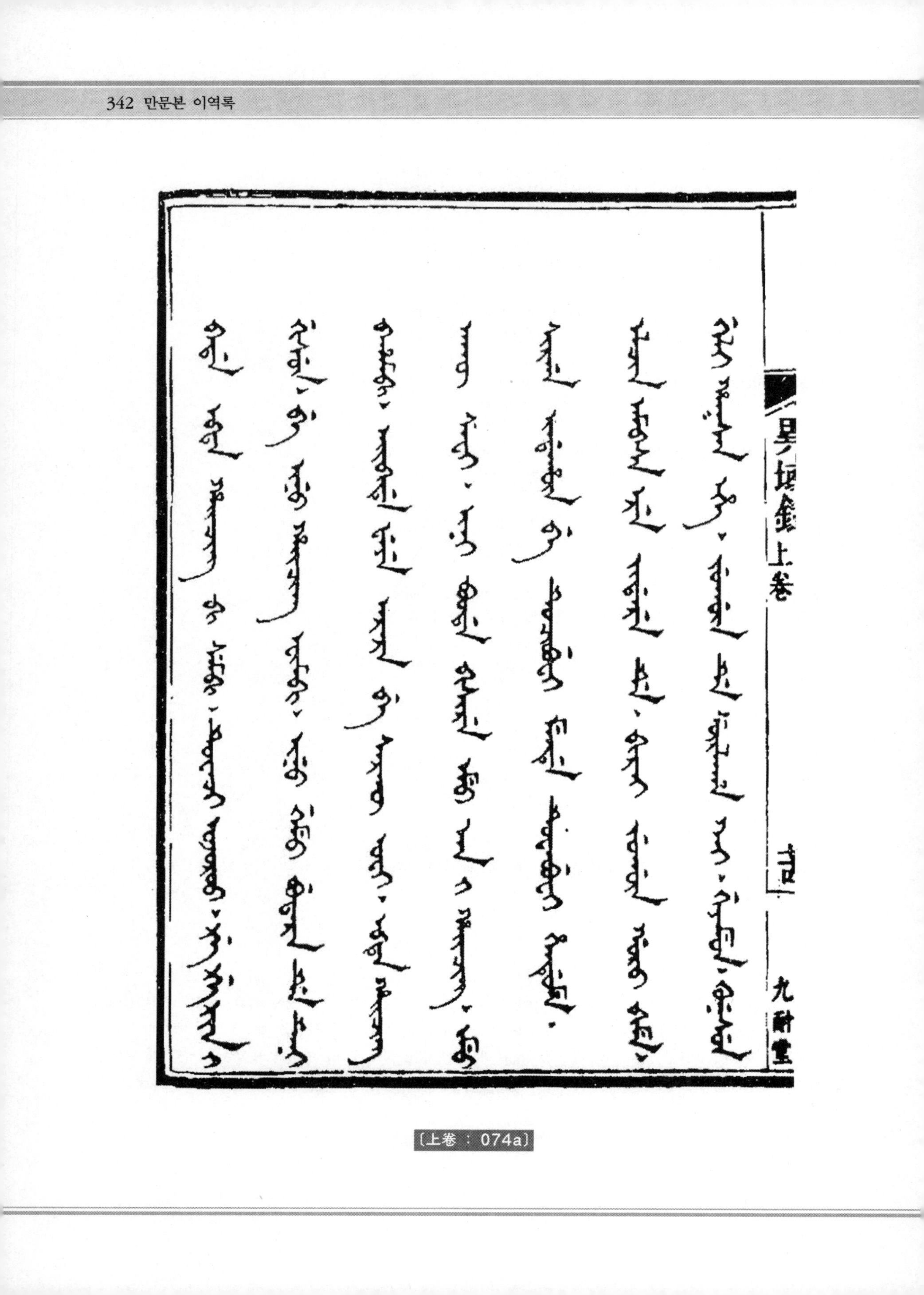

bade ebte haicing bi sembi. tuwaci ojoroo. g'a g'a rin i
곳에 육지니 海青 있다 한다. 보면 되는가. 가 가 린 의

gisun, be inu haicing efimbi. inu gemu butara de teni
말 우리 도 海青 논다. 또 모두 잡음 에 비로소

bahambi. aibide feye arara be sarkū ofi, ebte haicing
얻는다. 어디에 둥지 짓는지 를 알지 못하여서 육지니 海青

akū sefi, ini boode bisire emu an i haicing, emu
없다 하고 자기의 집에 있는 한 보통 의 海青 한

sirga indahūn be tucibufi mende tuwabufi hendume,
노루 개 를 내어서 우리에게 보이고 말하되

elcin ambasa ere jidere de, birai jugūn goro bime,
사신 대신들 이곳 옴 에 강의 길 멀고

geli haksan ehe, jugūn de suilaha kai. giyamun, kunesun
또 험하고 나쁘니 길 에 수고했으리라. 역참 식량

[한문]

爾國有窩雛海青 可取來一觀 噶噶林曰 我等亦養海青 亦係捕捉方得 竝無窩雛 不知在何處結巢 隨將所養本色海青及一草白犬出視 曰 天使大人此來 河路迢遙 最屬險惡

—— ◦ —— ◦ —— ◦ ——

지역에 육지니 해동청이 있다고 하는데, 볼 수 있는가?" 가가린이 말하기를, "우리도 해동청과 함께 노는데, 모두 잡아야 얻는다. 어디에 둥지를 짓는지 알지 못하여서 육지니 해동청은 없다." 하고, 자신의 집에 있는 보통의 해동청 하나, 노루 하나, 그리고 개를 우리에게 보이고 말하기를, "사신들이 이곳에 올 때 강의 길이 멀고 또 험해서 길에 수고했을 것이다. 역마와 식량이

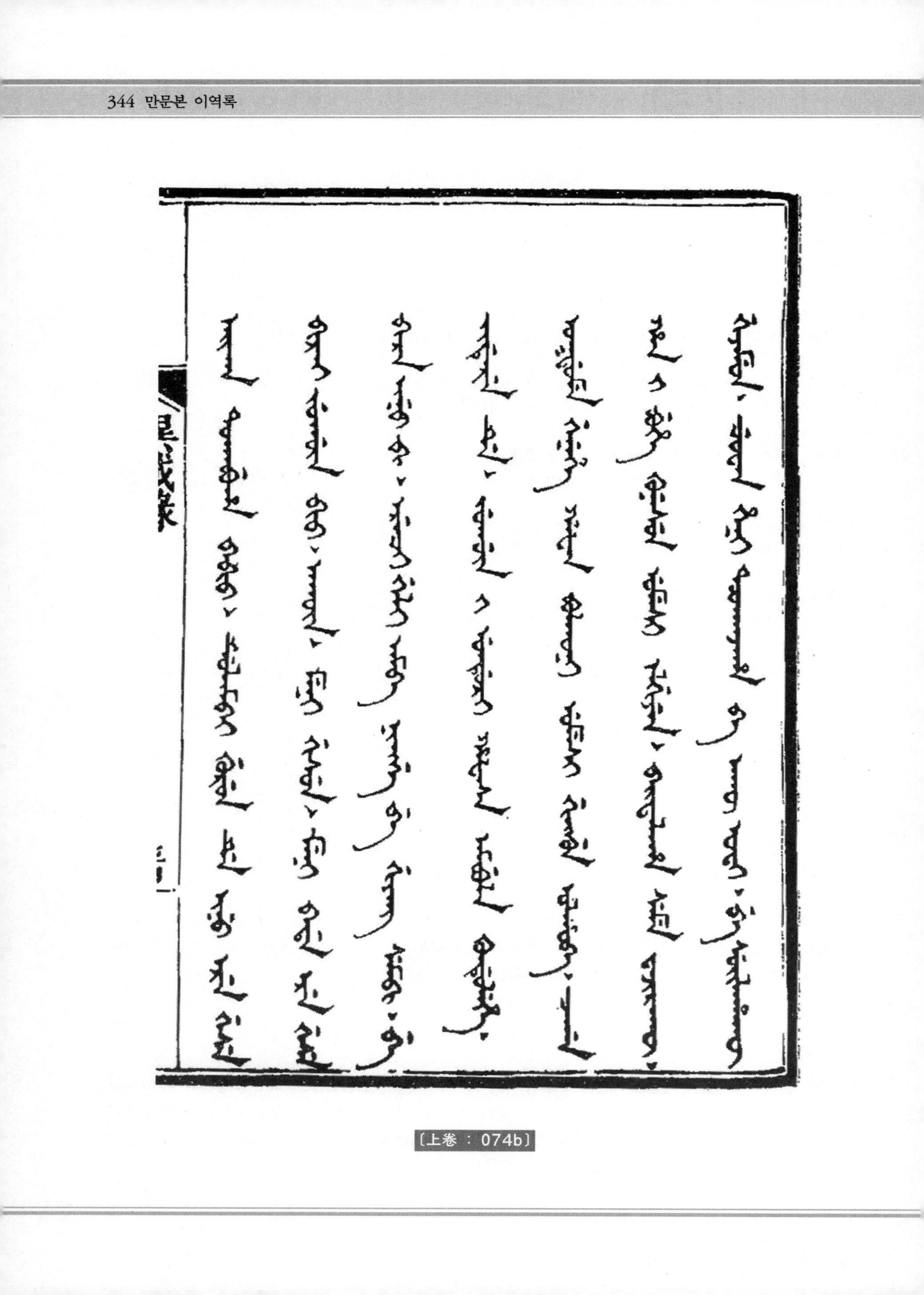

異域錄 三

aika tookabuha babio. dulimbai gurun de inu ere gese
혹시 지체된 바 있는가. 中 國 에 도 이 같은

birai jugūn bio, akūn. meni gisun, meni bade ere gese
강의 길 있는가, 없는가. 우리의 말 우리의 곳에 이 같은

bira inu bi. ereci geli amba ningge be giyang sembi. be
강 도 있다. 이보다 또 큰 것 을 江이라 한다. 우리

jidere de, jugūn i unduri hafasa ambula kundulehe.
옴 에 길 의 연도 관리들 매우 공경하였다.

okdome genehe hafan bolkoni umesi ginggun olhoba. cagan
맞이하러 간 관리 볼코니 매우 조심스럽고 신중하다. 차간

han i buhe kunesun umesi elgiyen. baitalaha seme wajirakū.
汗 의 준 식량 매우 풍족하다. 사용했다 해도 끝나지 않는다.

giyamun, cuwan heni tookanjaha ba akū ofi, be suilahakū
역참 배 조금도 지체한 바 없어서 우리 힘들지 않게

[한문]

途中勞苦 一切馬匹供應 可有遲悞否 中國亦有如此河路否 我等答曰 我中國似此等大河亦有 更有大于此者 名爲長江 我等來時 沿途官員甚是欽敬 迎接官博爾果付泥克甚是勤慎 爾國察罕汗供給豐裕 不可勝用 馬匹船隻 竝無遲悞 是以我等不勞

—— ◦ —— ◦ —— ◦ ——

혹 지체된 바 있는가? 중국에도 이와 같은 수로가 있는가? 없는가?" 하였다. 우리가 말하기를, "우리 지역에는 이와 같은 강도 있으며, 이보다 더 큰 것을 강(江)이라고 한다. 우리가 올 때에 연도의 관리들이 매우 극진히 대접해 주었다. 우리를 맞이하러 온 관리인 볼코니가 매우 조심스럽고 신중하다. 차간 한께서 주신 식량이 매우 풍족하여 다 쓸 수도 없었다. 역마와 배도 조금도 지체한 바 없어서 우리는 전혀 불편하지 않게

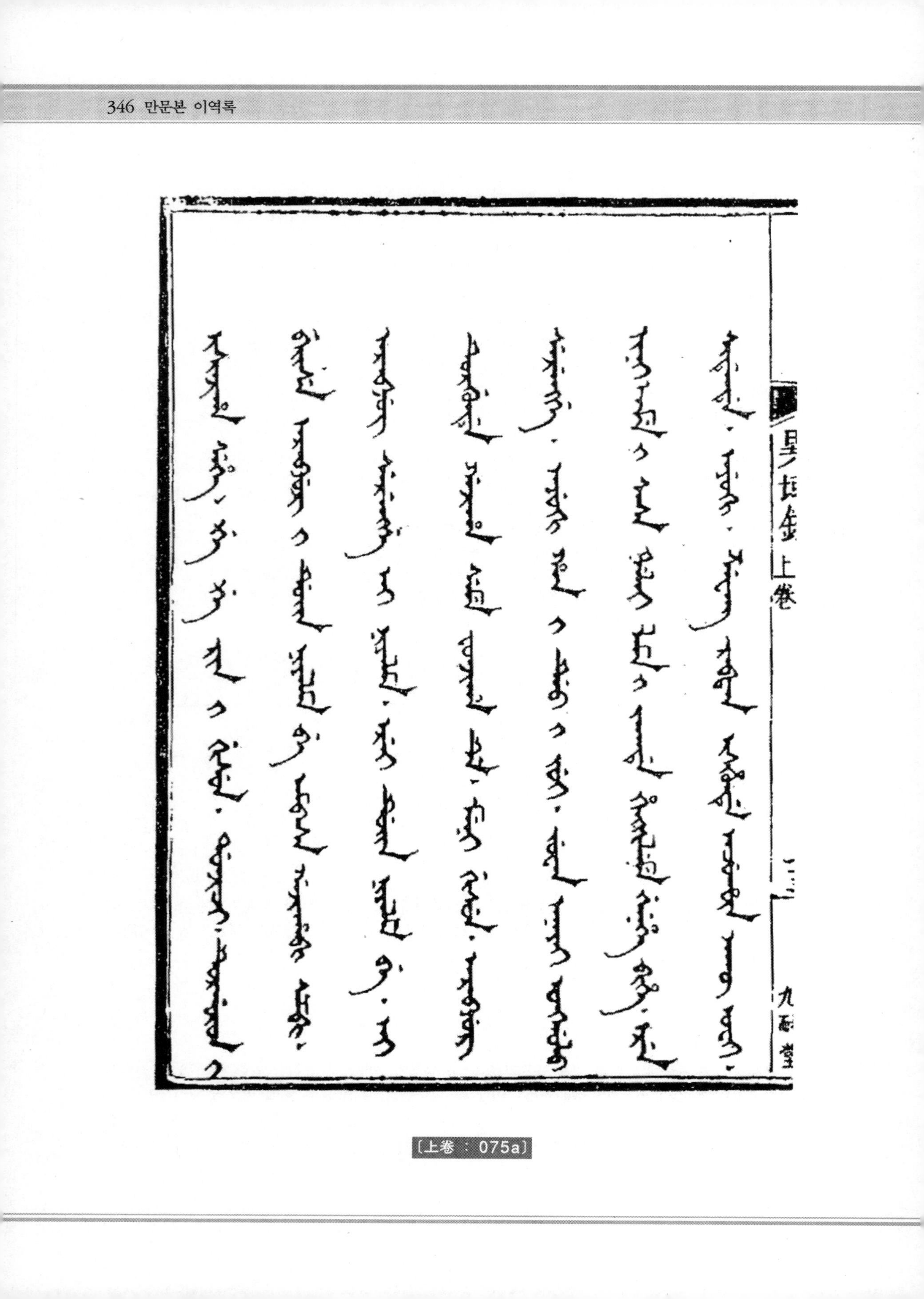

isinjiha sehe. g'a g'a rin i gisun, donjici turgūt i
도착했다 하였다. 가 가 린 의 말 듣자하니 투르구트 의

beise arabjur i duin niyalma be ambasa gajihabi sembi.
貝子 아랍주르 의 네 사람 을 대신들이 데려왔다 한다.

arabjur serengge ai niyalma. erei duin niyalma be, ai
아랍주르 하는 이 어떤 사람인가. 이의 네 사람 을 무슨

turgunde gajiha seme fonjiha de, meni gisun, arabjur
까닭에 데려왔는가 하고 물었음 에 우리의 말 아랍주르

serengge, ayuki han i deo i jui. juwan aniyai onggolo
는 아유키 汗 의 동생 의 아이이다. 10 년의 전

ini eme i sasa dalai lama i jakade hengkileme genehe bihe. ere
그의 어머니 와 함께 달라이 라마 의 곁에 절하러 갔었었다. 이

sidende, ayuki, ts'ewang rabtan ishunde acuhūn akū ofi,
사이에 아유키 처왕 랍탄 서로 화목하지 않게 되서

[한문]

而至 噶噶林曰 聞得土爾扈特國貝子阿拉布珠兒之四人 天使大人帶來 其阿拉布珠兒是何人 將他四人帶來 是何情由 我等答曰 阿拉布珠兒係阿玉奇汗之姪 十年前 同乃母往西藏謁見達賴喇嘛 其間策旺拉布坦與阿玉奇汗不睦 所以

—— ◦ —— ◦ —— ◦ ——

도착하였다." 하였다. 가가린이 말하기를, "듣자하니 투르구트의 버이서(貝子)인 아랍주르의 가신(家臣) 등 네 사람을 대신들이 데려왔다고 한다. 아랍주르라는 이는 어떤 사람인가? 이 네 사람을 무슨 까닭으로 데려왔는가?" 하고 물으니, 우리가 말하기를, "아랍주르라는 이는 아유키 한의 조카이다. 10년 전에 그의 어머니와 함께 달라이 라마에게 인사드리러 갔었다. 이 사이에 아유키와 처왕 랍탄이 서로 반목하게 되어

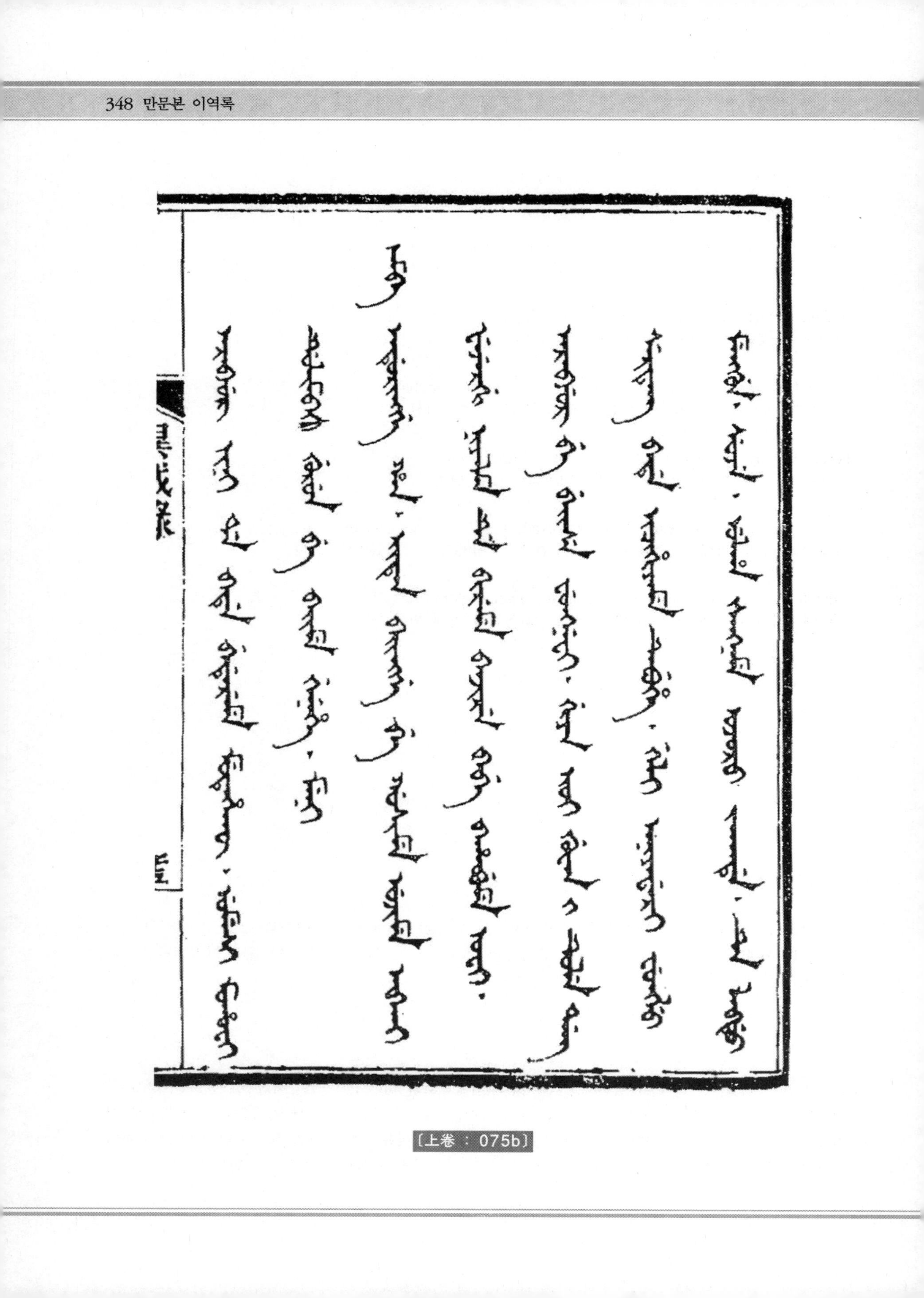

arabjur ini da bade bedereme mutehekū, umesi mohofi
아랍주르 그의 본래 땅에 돌아갈 수 없었고 매우 궁핍하여

dulimbai gurun be baime genehe. meni
中 國 을 찾아 갔다. 우리의

amba enduringge han, eiten baingge be gosime ujime abkai
크고 성스러운 汗 온갖 곳의 것 을 어여삐 여겨 길러 하늘의

fejergi niyalma de bireme banjire babe bahabume ofi,
아래 사람 에게 두루 살 바를 얻게 하게 되어서

arabjur be beise fungnefi,[189] giya ioi guwan i tule dang
아랍주르 를 貝子 봉하여 嘉 峪 關[190] 의 밖 당

serteng[191] bade icihiyame tebuhe. geli aniyadari funglu
서르텅 곳에 배치하여 머무르게 했다. 또 해마다 俸祿

menggun, suje, ulha šangname ojoro jakade, te labdu
은 비단 가축 하사하게 될 적에 지금 풍족하게

[한문]

阿拉布珠兒不能歸其原籍 窮迫至極 故此投往中國 我大皇帝仁育萬方 務使天下人民無一夫不得其所 所以將阿拉布珠兒封爲貝子 于嘉峪關外黨色爾騰地方安置 每歲賞給俸銀緞匹生畜 今甚殷實

—— ◦ —— ◦ —— ◦ ——

아랍주르는 그의 고향에 돌아갈 수 없게 되었으며, 매우 궁핍하여 중국을 찾아갔다. 우리의 대황제(大皇帝)께서는 모든 것을 어여삐 여기며 보살피시어, 천하의 사람들에게 두루 생계를 마련해 주시니, 아랍주르를 버이서(貝子)로 봉하시어, 가욕관(嘉峪關) 밖의 당 서르텅 지역에서 살게 하셨다. 또 해마다 봉록으로 주는 은, 비단, 가축을 상으로 주시는 까닭에, 지금 풍족하게

---

189) arabjur be beise fungnefi : 강희 43년의 일이다.

190) 지아위관(嘉峪關) : 간쑤성(甘肅省) 지아위관(嘉峪關) 시(市) 남서쪽 6km에 위치한 만리장성 서쪽 끝 관문으로 동서 실크로드의 요충지에 위치하고 있다. 최동단에 있는 산하이관(山海關)은 '천하제일관(天下第一關)'이라고 칭하며, 지아위관은 '천하제일웅관(天下第一雄關)'이라고 한다.

191) dang serteng(黨色爾騰) : 오늘날 닝샤 어지나(寧夏 額濟納) 지구로 당허(黨河, dang bira)와 세얼텅허(色爾騰河, serteng bira)의 사이에 있는 지역을 가리킨다.

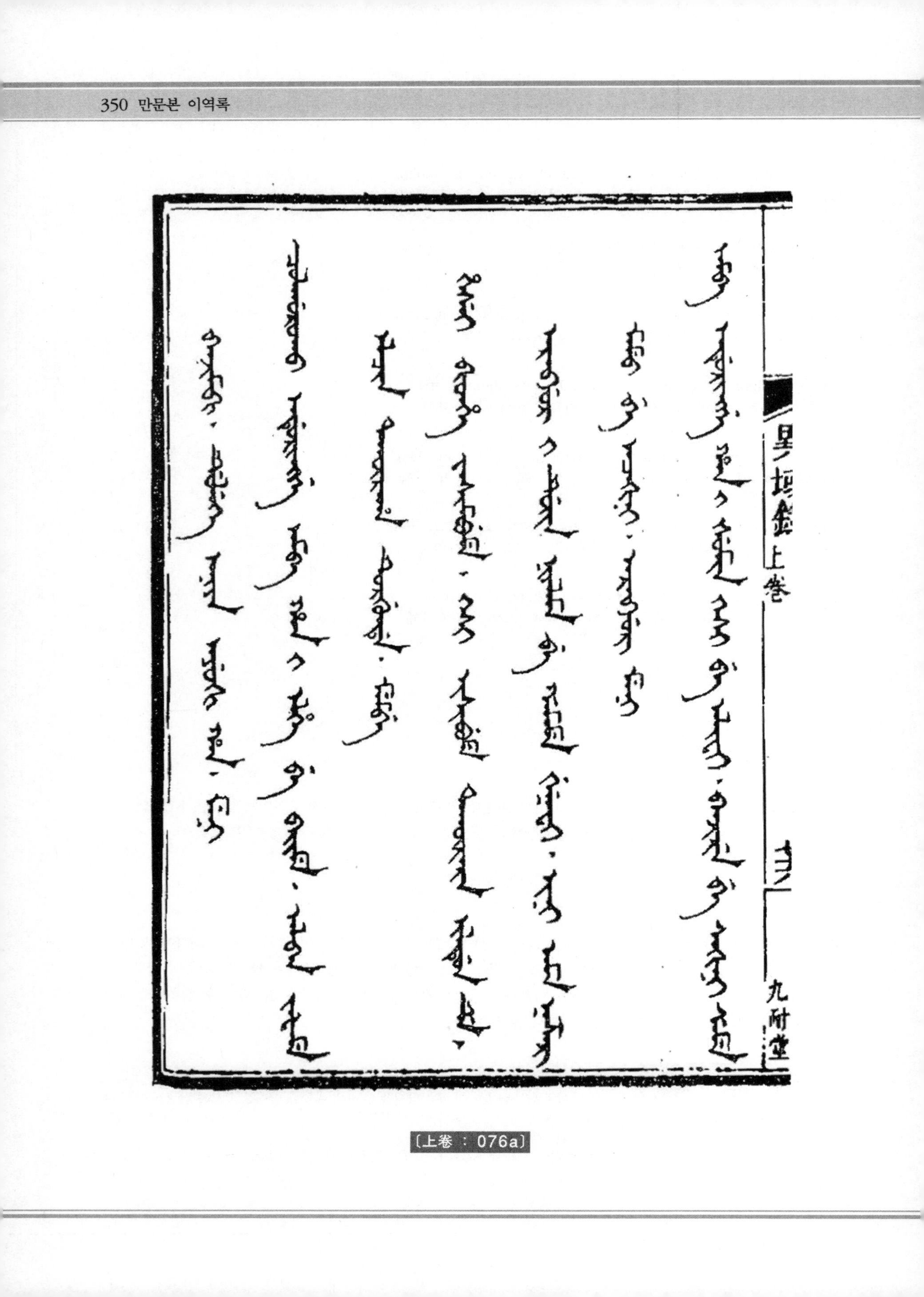

異域錄 上卷

九耐堂

[上卷 : 076a]

banjimbi. duleke aniya ayuki han, meni
산다. 지난 해 아유키 汗 우리의

colgoroko enduringge amba han i elhe be baime, alban jafame
빼어나고 성스러운 큰 汗 의 평안 을 청하러 공물 바치며

elcin takūraha turgunde. membe,
사신 파견한 까닭에 우리를

hesei bithe wasimbume, kesi isibume takūrara ildun de,
皇旨의 글 내려 은덕 미치게 하여 파견하는 기회 에

arabjur i duin niyalma be gamame genefi, ini ama nadzar
아랍주르 의 네 사람 을 데리고 가서 자신의 아버지 나자르

mamu[192] be acakini, arabjur, meni
마무 를 만나게 하자, 아랍주르 우리의

amba enduringge han i šumin kesi be alifi, banjire be sakini seme
크고 성스러운 汗 의 깊은 은덕 을 얻어서 사는 것 을 알게 하자 하여

[한문]

去歲阿玉奇汗特遣使恭請我至聖大皇帝萬安 貢進方物 因此遣我等頒發諭旨 竝錫恩賞之便 將阿拉布珠兒四人帶去 見乃父那咂爾麻木 令其知阿拉布珠兒蒙我大皇帝深恩 其身

—— ◦ —— ◦ —— ◦ ——

산다. 지난해에 아유키 한이 우리의 지성대황제(至聖大皇帝)의 안부를 여쭈러 공물을 바치며 사신을 보낼 적에 황제께서는 우리에게 칙서를 내리시며 그 은덕을 미치게 하고자 사신을 보내는 기회에, 아랍주르의 가신(家臣) 등 네 사람을 데리고 가서, 그의 아버지인 나자르 마무를 만나게 하자고 하셨다. 그래서 아랍주르가 우리의 대황제의 깊을 은덕을 받고 살아가는 것을 그가 알 수 있도록 하자고 하시며

192) nadzar mamu(那咂爾麻木) : 인명(人名).

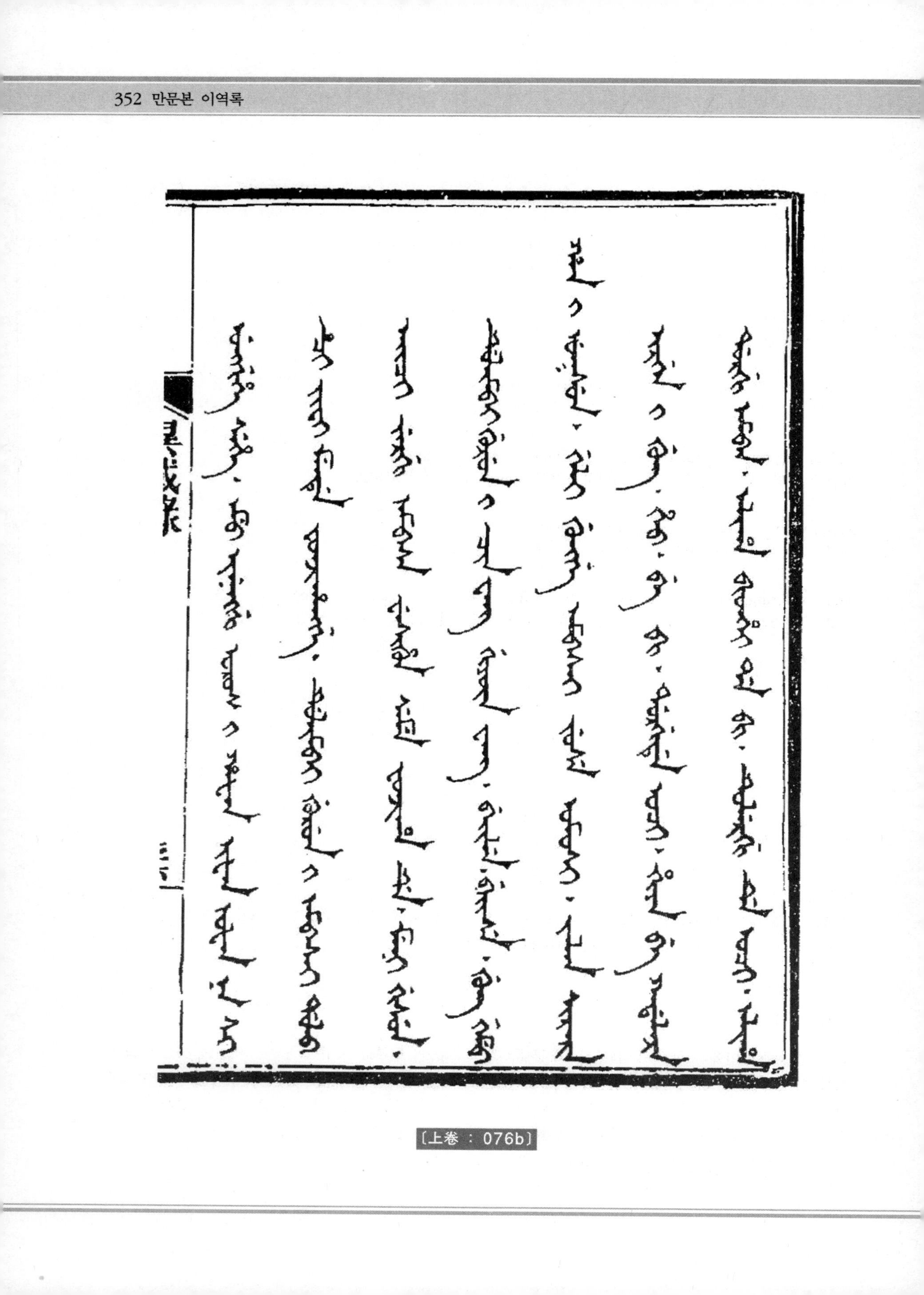

unggihe sehe. emu inenggi oros i hafan ifan ofan na si
보냈다 하였다. 한 날 러시아 의 관리 이판 오판 나 시

c'y[193] jifi mende fonjihangge, dulimbai gurun i ambasai dolo
치 와서 우리에게 물은 것 中 國 의 대신들의 가운데

aici jergi ambasa wesihun seme fonjiha de, meni gisun,
어떤 품계의 대신들 높은가 하고 물었음 에 우리의 말

dulimbai gurun i cin wang giyūn wang, beile, beise, gung gemu
中 國 의 親 王 郡 王 貝勒 貝子 公 모두

han i uksun. geli gungge ambasai juse omosi, jalan sirara
汗 의 宗室이다. 또 공신들의 자식들 손자들 세습하는

irgen i gung, heo, be bi. dorgide oci, hiya be kadalara
백성 의 公 候 伯 있다. 내부에 는 侍衛 를 관할하는

dorgi amban, aliha bithe i da bi. tulergi de oci, aliha
內 대신 대학사 있다. 외부 에 는

[한문]

依然無恙耳 一日 有俄羅斯國官衣宛阿法那西委翅者來見 問曰 中國大臣內何等品級方爲尊爵 我等答曰 我中國親王 郡王 貝勒 貝子 國公 俱係室室 天潢一沠 其公臣子孫 有世襲公候伯者 內有領侍衛內大臣 大學士 外有

—— ◦ —— ◦ —— ◦ ——

우리를 보내셨다." 하였다. 하루는 러시아의 관리인 이판 오판나시치가 와서 우리에게 "중국의 대신들 가운데 어떤 품계의 대신들이 지위가 높은가?" 하고 물었는데, 우리가 말하기를, "중국의 친왕(親王), 군왕(郡王), 버이러(貝勒), 버이서(貝子), 공(公)은 모두 황제의 종실이다. 또 공이 있는 대신들의 자손들과 세습되는 백성의 공(公), 후(候), 백(伯)이 있다. 조정 안에는 시위내대신(侍衛內大臣)과 대학사(大學士)가 있다. 조정 바깥에는

---

193) ifan ofan na si c'y(衣宛 阿法那西委翅) : 이반 아파나시에비치(Иван Афанасьевич) 인명(人名).

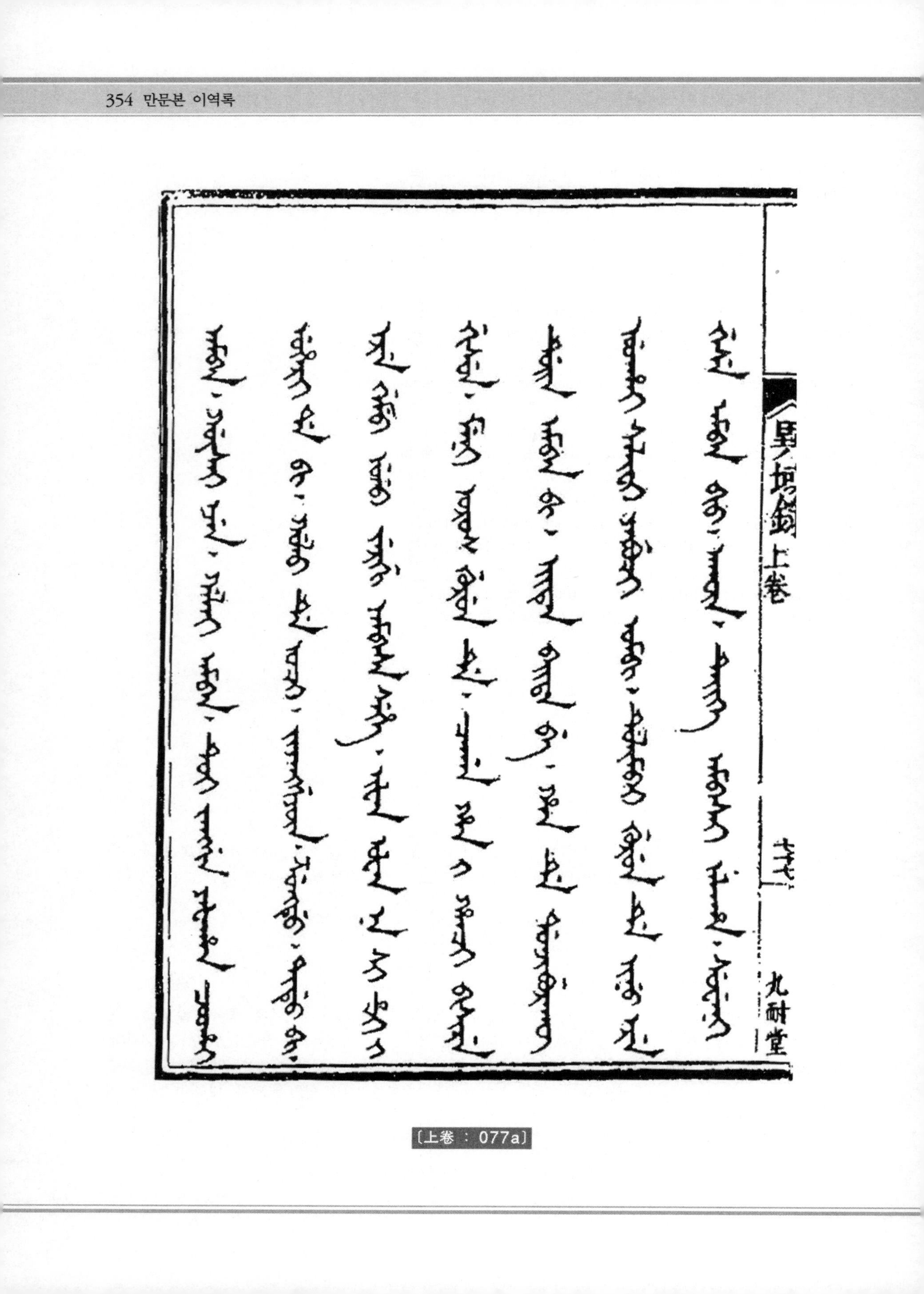

amban, gūsai ejen, galai amban, tu i janggin, yafahan coohai
尙書 都統 前鋒總領 護軍總領 步軍統領

uheri da bi. golo de oci, jiyanggiyūn, dzungdu, tidu bi.
있다. 지방 에 는 將軍 總督 提督 있다.

ere gemu uju jergi ambasa sehe. ifan ofan na si c'y i
이 모두 우두머리 품계 대신들이다 하였다. 이판 오판 나 시 치 의

gisun, meni oros gurun de, cagan han i hanci bisire
말 우리의 러시아 나라 에 차간 汗 의 가까이 있는

duin amban bi. eiten baita be, han de donjiburakū
네 대신 있다. 온갖 일 을 汗 에게 묻지 않고

uthai salifi yabuci ombi. dulimbai gurun de inu ere
곧 독단적으로 행할 수 있다. 中 國 에 도 이

gese amban bio, akūn. teike ambasai alaha, suweni
같은 대신 있는가, 없는가? 방금 대신들의 알린 너희의

[한문]

尙書 都統 前鋒統領 護軍統領 外省有將軍 總督 此皆係頭等品級大臣 衣宛阿法那西委翅曰 我俄羅斯察罕汗侍近有大臣四員 一應事務 不用通知國王 卽可專擅行事 中國亦有此等臣宰否 適間天使大人所言

—— ∘ —— ∘ —— ∘ ——

상서(尙書), 도통(都統), 전봉총령(前鋒總領), 호군총령(護軍總領), 보군통령(步軍統領)이 있다. 지방에는 장군(將軍), 총독(總督), 제독(提督)이 있다. 이들은 모두 최고 품계의 대신들이다." 하였다. 이판 오판나시치가 말하기를, "우리 러시아에는 차간 한의 가까이에 있는 네 명의 대신이 있다. 이들은 일체의 일을 한에게 묻지 않고 즉시 자기 마음대로 행할 수 있다. 중국에도 이와 같은 대신이 있는가? 없는가? 방금 당신네 대신들이 말한 당신네 나라의

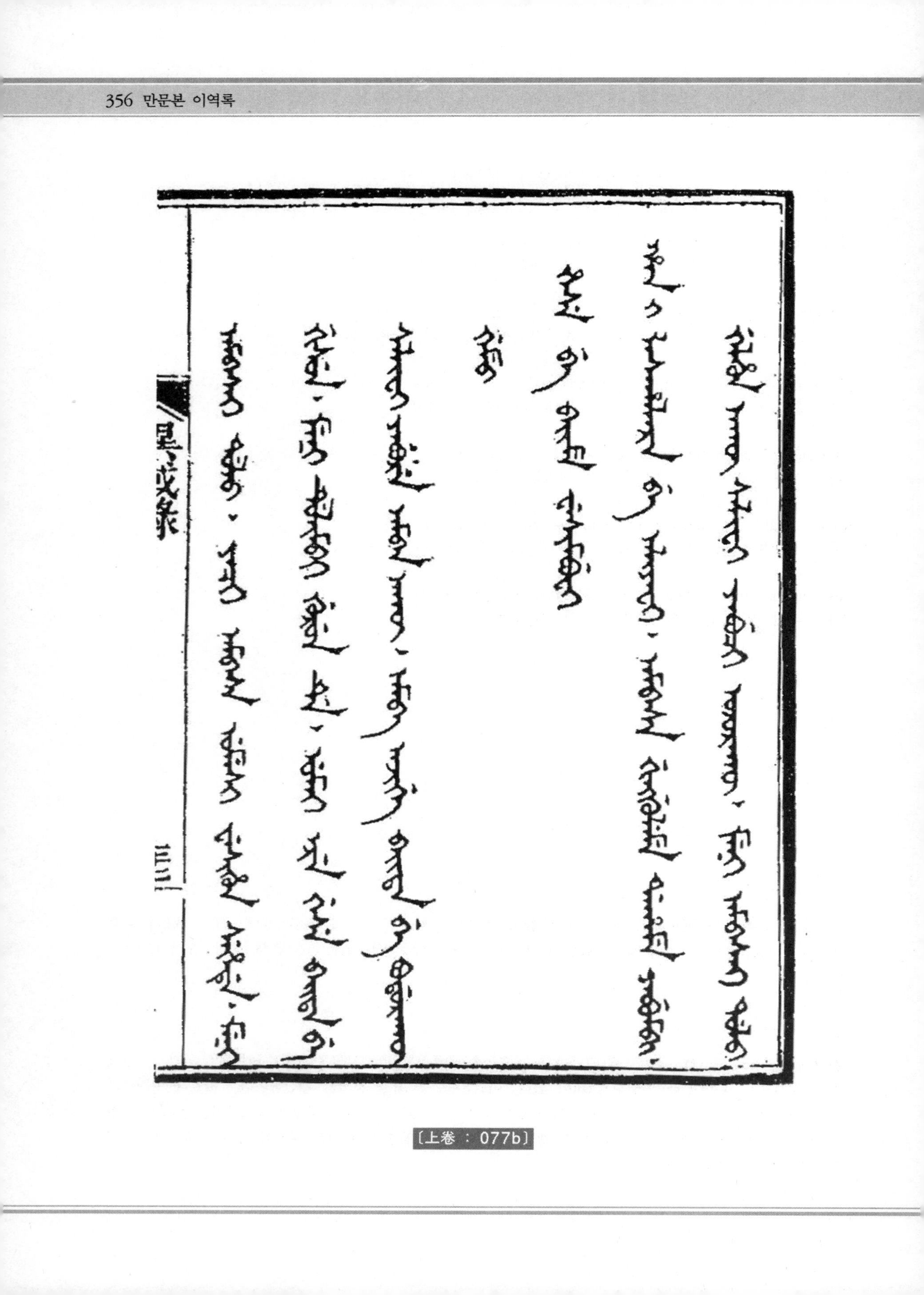

異域錄 三三

ambasai dolo, yaci ambasa umesi wesihun sehede, meni
대신들의 가운데 어느 대신들 매우 높은가 하였음에 우리의

gisun, meni dulimbai gurun de, umai ere gese baita be
말 우리의 中 國 에 전혀 이 같은 일 을

salifi yabure amban akū. amba ajige baita be bodorakū
독단적으로 행하는 대신 없다. 크고 작은 일 을 헤아리지 않고

gemu
모두

hese be baime wesimbufi
皇旨 을 청하여 올려

han i lashalara be aliyafi, ambasa gingguleme dahame yabumbi.
汗 의 결단함 을 기다려서 대신들 삼가 따라 행한다.

gelhun akū salifi yabuci ojorakū. meni ambasai dolo
겁 없이 독단적으로 행하면 되지 않는다. 우리의 대신들의 가운데

[한문]

大臣內何等最尊 我等答曰 我中國竝無如此專擅行事之臣宰 事無大小皆 具題請旨 恭候上裁 臣宰欽遵施行 不敢專擅行事 大臣內

—— ◦ —— ◦ —— ◦ ——

대신들 가운데, 어느 대신들이 가장 지위가 높은가?" 하였다. 우리가 말하기를, "우리 중국에는 이와 같이 자기 마음대로 일을 처리하는 대신이 결코 없다. 크고 작은 일을 가리지 않고 모두 황지(皇旨)를 내리주시기를 청하여 글을 올려 황제께서 결단하시는 것을 기다려서, 대신들이 삼가 이에 따라 행할 뿐이다. 감히 자기 마음대로 일을 처리할 수 없다. 우리 대신들 가운데

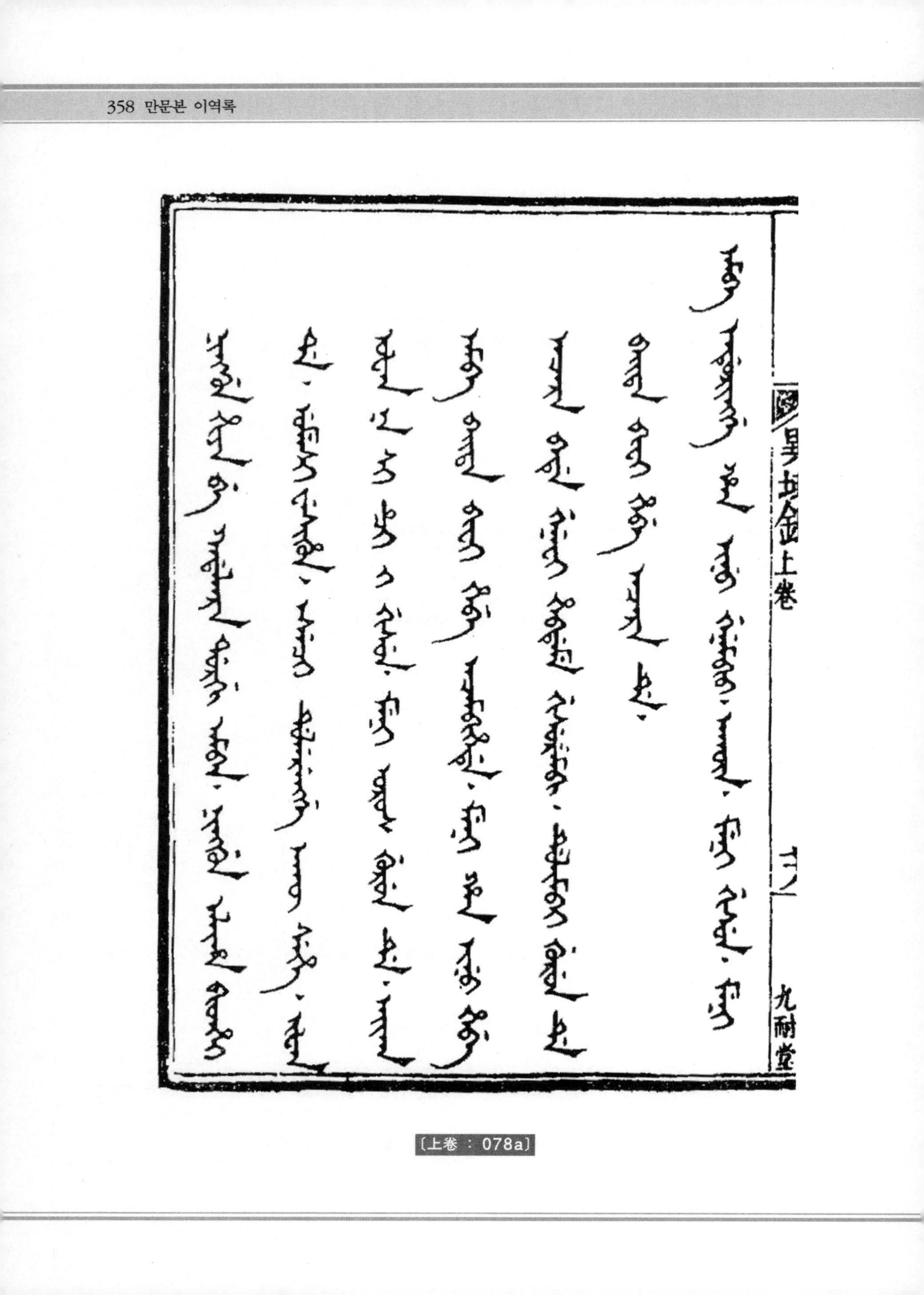

異域錄上卷

九耐堂

ninggun hiya be kadalara dorgi amban, ninggun aliha bithei
여섯 侍衛內大臣 여섯 大學士

da, umesi wesihun. eseci dulerengge akū sehe. ifan
매우 높다. 이보다 뛰어넘는 이 없다 하였다. 이판

ofan na si c'y i gisun, meni oros gurun de, aika
오판 나 시 치 의 말 우리의 러시아 나라 에 혹시

amba baita bifi hebe acambihede, meni han inu hebe
큰 일 있어서 논의함에 우리의 汗 도 논의

acara bade genefi hebdeme gisurembi. dulimbai gurun de
하는 곳에 가서 논의하며 말한다. 中 國 에

baita bifi hebe acara de,
일 있어서 논의함 에

amba enduringge han inu genembio, akūn. meni gisun, meni
크고 성스러운 汗 도 가는가, 아닌가? 우리의 말 우리의

[한문]

領侍衛內大臣 六位大學士 六位最尊 無過於此者 衣宛阿法那西委翅曰 我俄羅斯國若有大事會議 汗亦前往公同會議 中國有事會議 大皇帝亦往同議否 我等答曰

—— ◦ —— ◦ —— ◦ ——

시위(侍衛)를 관할하는 내대신(內大臣) 6명과 대학사(大學士) 6명이 가장 지위가 높다. 이보다 지위가 높은 이는 없다." 하였다. 이판 오판나시치가 말하기를, "우리 러시아에서는 혹 큰 일이 있어서 회의를 할 때에는 우리의 한께서도 회의를 하는 곳으로 가서 직접 회의에 참여하신다. 중국에서는 일이 있어서 회의를 할 때에는 대황제(大皇帝)께서도 가시는가? 가지 않으시는가?" 하였다. 우리가 말하기를, "우리

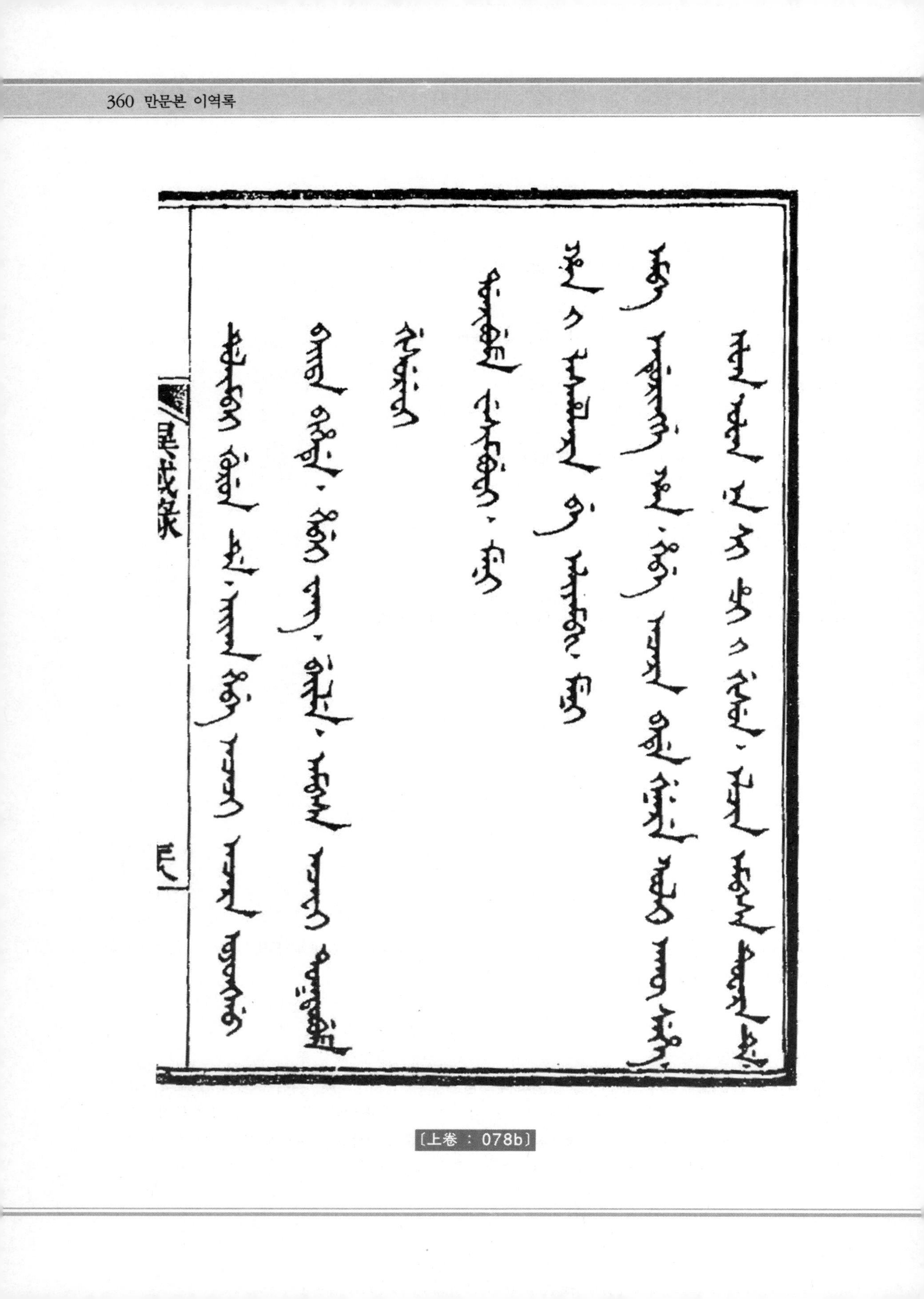

[illegible]

dulimbai gurun de, aika hebe acaci acara oyonggo
中 國 에 혹시 논의하면 모일 중요한

baita bihede, hebei wang, beile, ambasa acafi toktobume
일 있음에 議定의 王 貝勒 대신들 모여서 결정하여

gisurefi
말하고

donjibume wesimbufi, meni
듣게 하여 올리고 우리의

han i lasharara be aliyambi. meni
汗 의 결단하는것 을 기다린다. 우리의

amba enduirngge han, hebe acara bade genere kooli akū sehe.
크고 성스러운 汗 회의 하는 곳에 가는 법례 없다 하였다.

ifan ofan na si c'y i gisun, elcin ambasa tuwara de,
이판 오판 나 시 치 의 말 사신 대신들 보기 에

[한문]

國家倘有議政要務 有王貝勒大臣會同議定奏聞 皆聽皇上裁奪 我國大皇帝無前往同議之理 衣宛阿法那西委翅曰 天使大人看來

—— ◦ —— ◦ —— ◦ ——

중국에서는 혹 회의가 필요한 중요한 일이 있으면, 의정(議定)의 왕(王), 버이러(貝勒), 대신들이 만나서 논의하고, 황제께 주상(奏上)한 후, 우리의 황제께서 결단을 내리시기를 기다린다. 우리의 대황제께서는 회의하는 곳에 가시는 법이 없다." 하였다. 이판 오판나시치가 말하기를, "사신들이 보기에

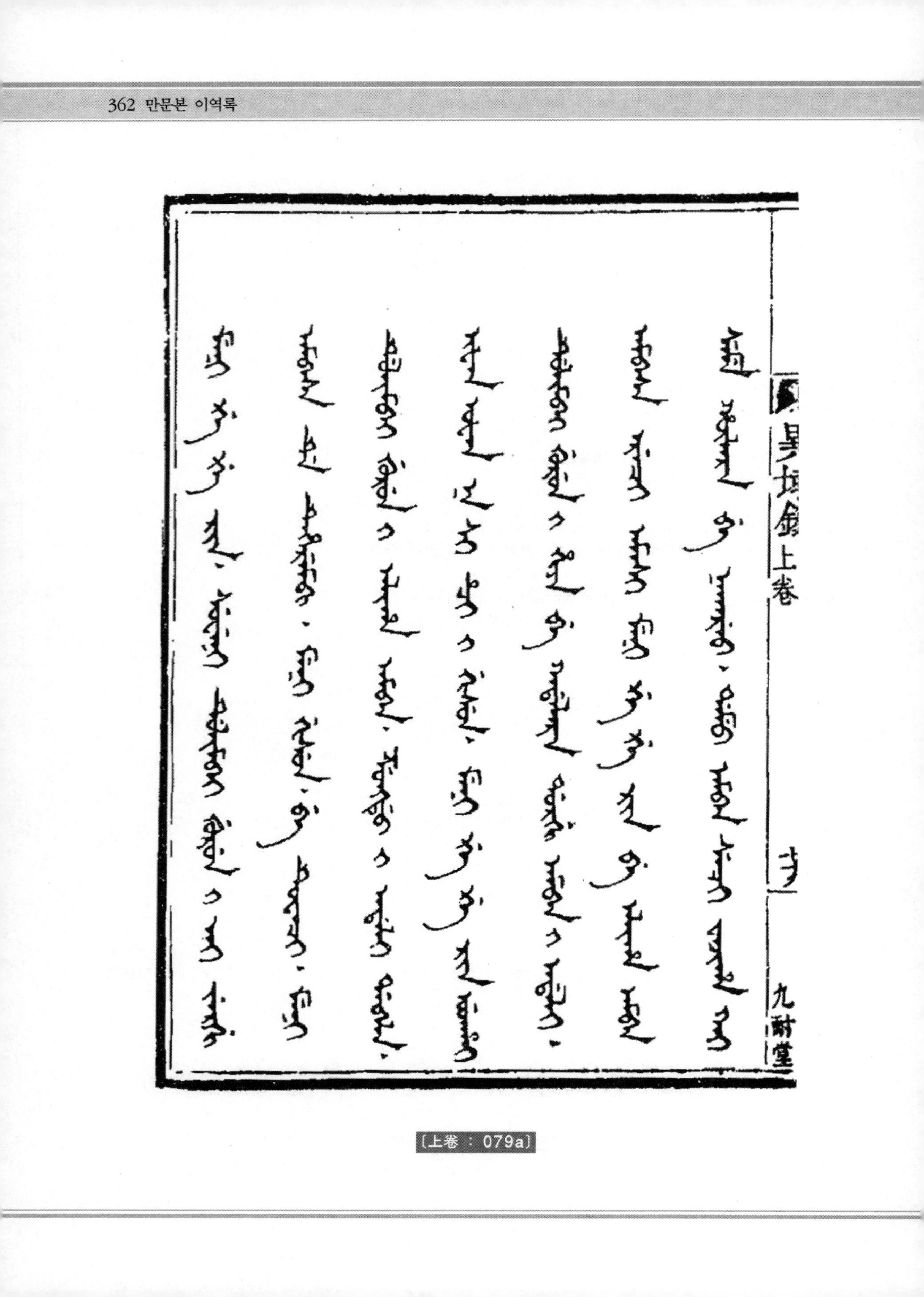

異域錄 上卷

九

耐堂

meni g'a g'a rin, suweni dulimbai gurun i ai jergi
우리의 가 가 린 너희의 中 國 의 무슨 품계

ambasa de teherembi. meni gisun, be tuwaci, meni
대신들 에 상응한가? 우리의 말 우리 보니 우리의

dulimbai gurun i aliha amban, dzungdu i adali dabala.
中 國 의 尙書 總督 과 같을 따름이다.

ifan ofan na si c'y i gisun, meni g'a g'a rin uthai
이판 오판 나 시 치 의 말 우리의 가 가 린 곧

dulimbai gurun i hiya be kadalara dorgi amban i adali.
中 國 의 侍衛 를 관할하는 內 大臣 과 같다.

ambasa ereci amasi meni g'a g'a rin be aliha amban
대신들 이로부터 뒤 우리의 가 가 린 을 尙書

seme hūlara be nakareo. damu amban seci wajiha kai
라고 부르기 를 그만두소서. 다만 대신 하면 끝나느니라.

[한문]

我國噶噶林 于中國何等臣宰相似 我等言 看來類同我中國尙書 總督 衣宛阿法那西委翅曰 我國之噶噶林與中國領侍衛內大臣相似 嗣後天使大人將噶噶林不可呼爲尙書 但稱大臣可也

—— ◦ —— ◦ —— ◦ ——

우리의 가가린은 당신네 중국의 어떤 품계의 대신들과 지위가 비슷한가?" 하였다. 우리가 말하기를, "우리가 보기에, 우리 중국의 상서(尙書), 총독(總督)과 같을 것이다." 하였다. 이판 오판나시치가 말하기를, "우리의 가가린은 곧 중국의 시위(侍衛)를 관할하는 내대신(內大臣)과 같다. 대신들은 이후로 우리의 가가린을 상서(尙書)라고 부르는 것을 그만두고 그저 대신이라고 부르면 될 것이다."

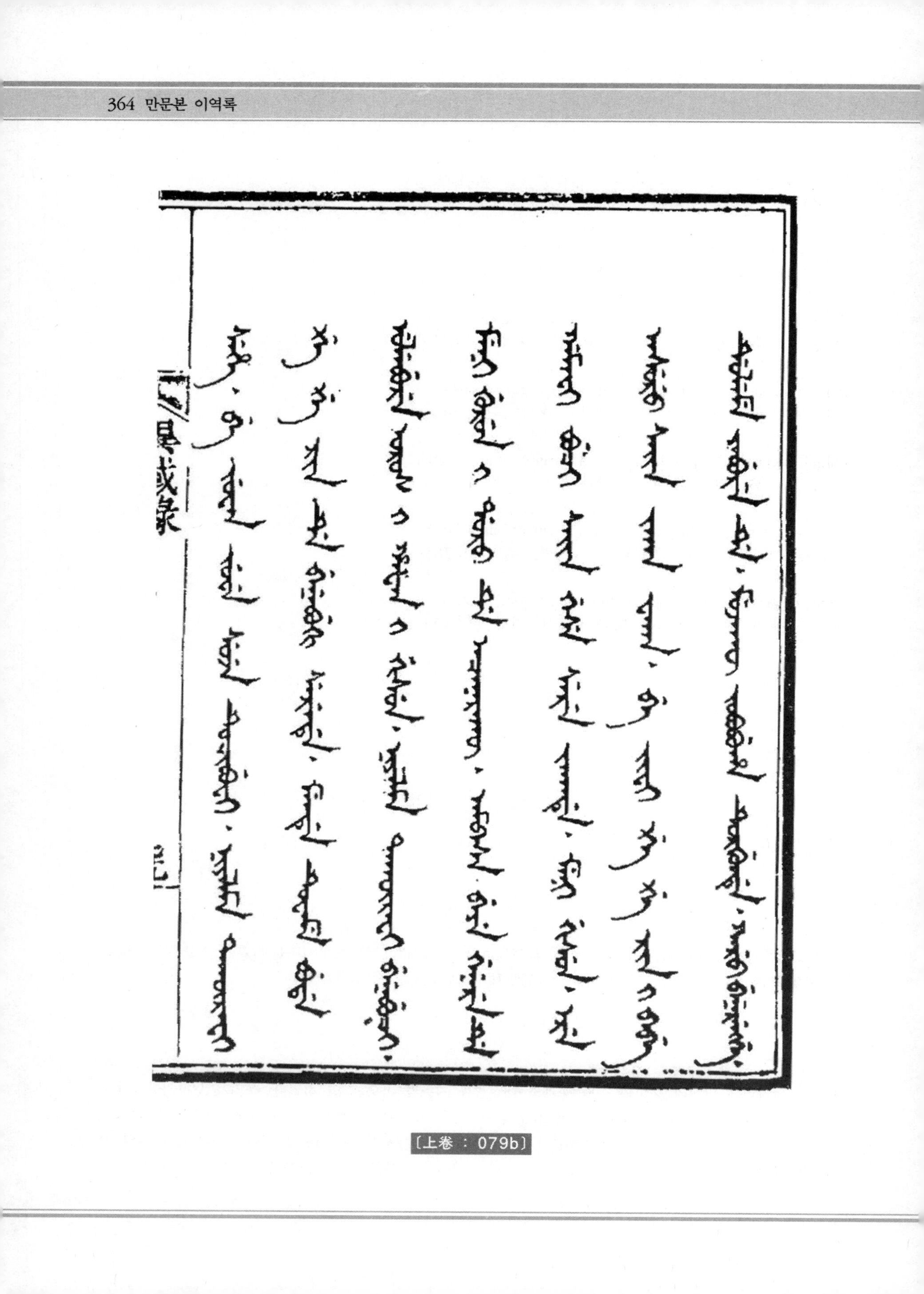

異域錄

sehe. be juwan juwe suje tucibufi, niyalma takūrafi
하였다. 우리 열 두 비단 내어서 사람 보내어서

g'a g'a rin de benebuki serede, mende tuwame buda
가 가 린 에게 보내게 하자 함에 우리에게 돌보며 밥

ulebure oros i hafan i gisun, niyalma takūrafi benebuci,
먹이는 러시아 의 관리 의 말 사람 보내어서 보내게 하면

meni gurun i doro de acanarakū. ambasa beye genere de
우리의 나라 의 道 에 맞지 않는다. 대신 몸소 감 에

gamafi buci sain gese sere jakade, meni gisun, ere
가져가서 주면 좋을 것이다 할 적에 우리의 말 이

asuru sain jaka waka. be jifi g'a g'a rin i babe
전혀 좋은 것 아니다. 우리 와서 가 가 린 의 지역을

duleme yabure de, mujakū jobobuha turgunde, karu benerengge.
지나 가기 에 매우 수고롭게 한 까닭에 답례 보내는 것이다.

[한문]

欲以緞十二疋差人送與噶噶林 有管待飯食俄羅斯官曰 差人餽送 于我國禮不合 天使大人親往之時帶去方可 我等言 此非佳物 我等自中國遠來 經過爾噶噶林地方 備承厚意 故以此相酬

—— ◦ —— ◦ —— ◦ ——

하였다. 우리가 비단 12필을 내어서 사람을 시켜 가가린에게 보내고자 하니, 우리를 돌보며 식사를 제공해 주는 러시아 관리가 말하기를, "사람을 시켜 물건을 보내는 것은 우리 나라의 도(道)에 맞지 않는다. 대신이 직접 들고 전해주면 좋을 것이다." 할 적에, 우리가 말하기를, "이것은 전혀 좋은 것이 아니다. 우리가 이곳에 와서 가가린이 있는 곳을 지나갈 때 매우 수고롭게 해서 답례로 보내는 것이다.

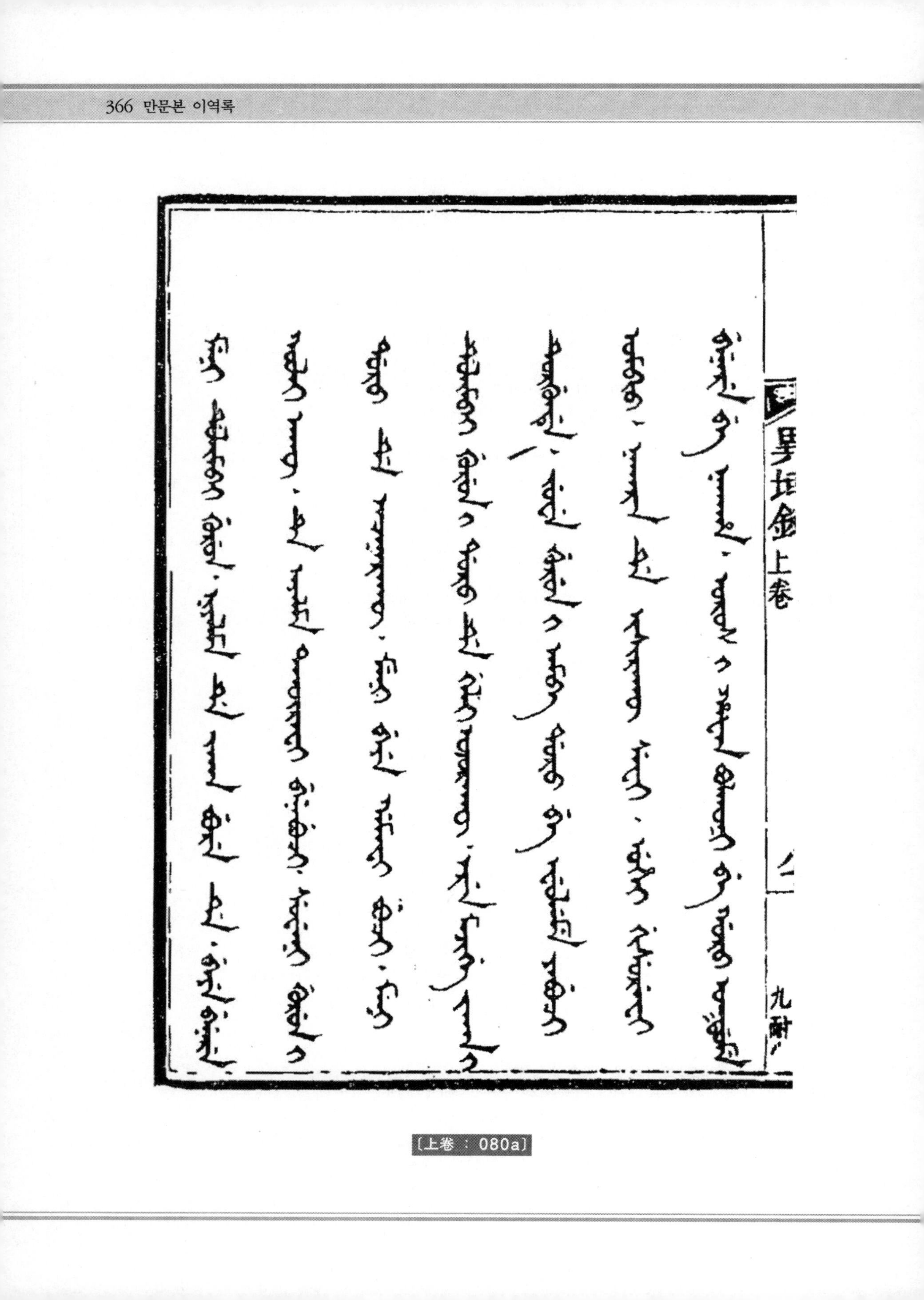

異域錄 上卷

[上卷 : 080a]

meni dulimbai gurun, niyalma de jaka bure de, beye benere
우리의 中 國 사람 에게 물건 줌 에 몸소 보내는

kooli akū. te niyalma takūrafi benebuci, suweni gurun i
법례 없다. 지금 사람 보내서 보내게 하면 너희의 나라 의

doro de acanarkū. meni beye gamafi buci, meni
道 에 맞지 않는다. 우리의 몸소 가져가서 주면 우리의

dulimbai gurun i doro de geli ojorakū. ere majige jaka i
中 國 의 道 에 또 되지 않는다. 이 작은 물건 의

turgunde, juwe gurun i amba doro be efuleme yabuci
때문에 두 나라 의 큰 道 를 허물어 행하면

ombio. nakara de isirakū sefi, uhei gisurefi
되겠는가. 그만둠 에 미치지 못한다 하고 모두 말하고서

benere be nakaha. oros i hafan bolkoni be goro okdome
보내는것 을 그만두었다. 러시아 의 관리 볼코니 를 멀리 맞이하러

[한문]

我中國凡以物與人 竝無親送之理 今差人餽送 于爾國禮不合 若我等親身帶去 又于我中國之禮有碍 以此微物 豈可壞兩國大體 不如停止 遂公議停止餽送 以俄羅斯官博爾果付泥克遠接

—— ◦ —— ◦ —— ◦ ——

우리 중국에서는 사람에게 물품을 줄 때, 직접 들고 전해주는 법이 없다. 지금 사람을 시켜서 보내면 당신네 나라의 도(道)에 맞지 않고, 우리가 직접 들고 전해주면 우리 중국의 도(道)에 어긋나게 된다. 이것은 작은 물품에 지나지 않으므로, 두 나라의 큰 도(道)를 허물면 되겠는가? 그만두는 것만 못하다." 하고서, 모두 논의하여 보내는 것을 그만두었다. 러시아의 관리인 볼코니가 우리를 멀리 맞이하러 와서

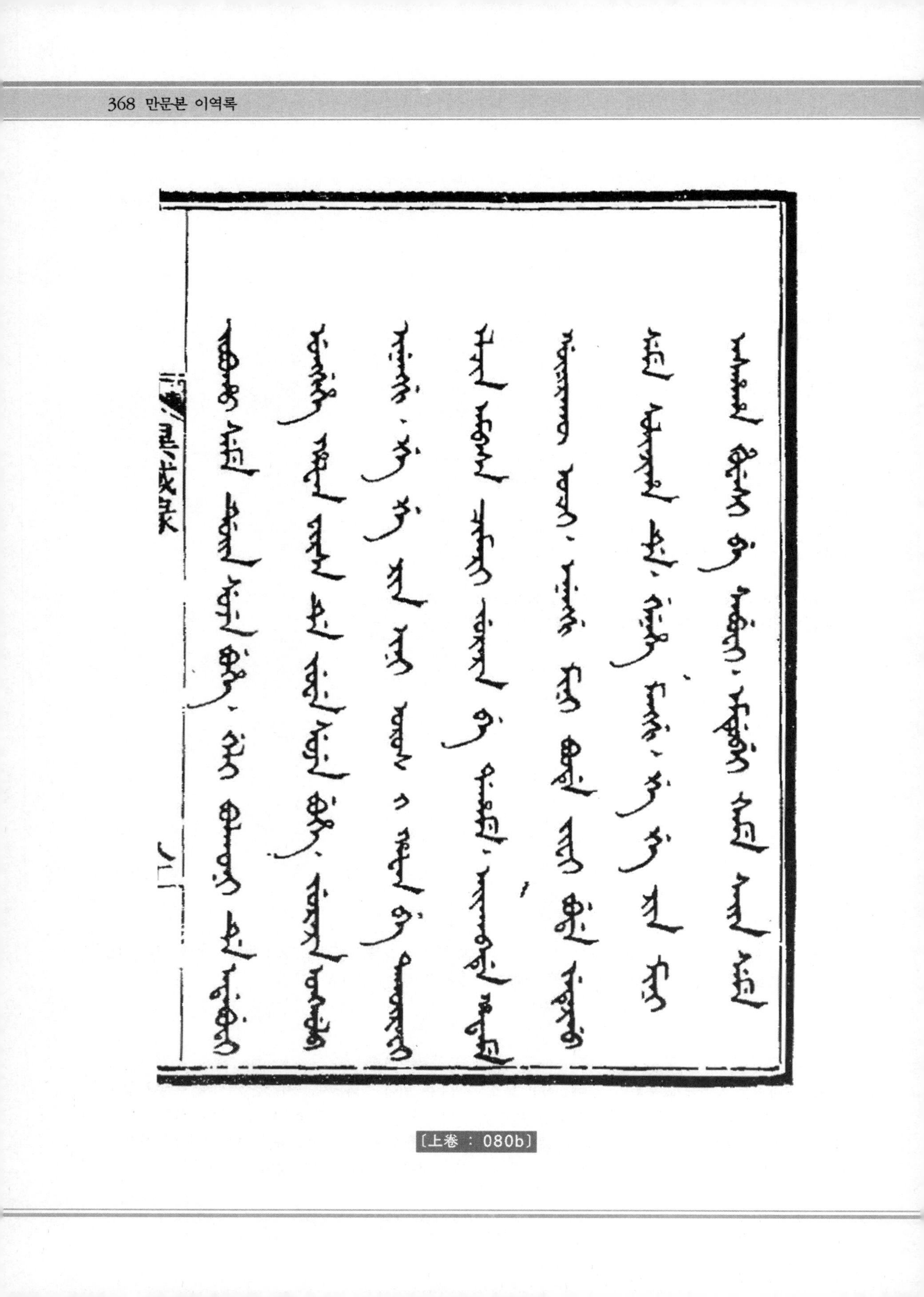

異域錄

joboho seme duin suje buhe. geli bolkoni de adabufi
수고했다 하여 네 비단 주었다. 또 볼코니 에게 딸려서

unggihe hafan firsa[194] de juwe suje buhe. jurara onggolo
보낸 관리 피르사 에게 두 비단 주었다. 떠나기 전

ineneggi, g'a g'a rin ini oros i hafan be takūrafi,
날 가 가 린 그의 러시아 의 관리 를 파견하여서

elcin ambasa cimari jurara be dahame, aikabade hatame
사신 대신들 다음날아침 떠남 을 따라 만약 꺼리어

gūnirakū oci, enenggi mini boode jifi buda jetereo
생각하지 않으면 오늘 나의 집에 와서 밥 먹으시오

seme solinjiha de, genehe manggi, g'a g'a rin, mini
하며 청하러옴 에 간 후 가 가 린 나의

ashaha huwesi be sabufi, emdubei šame sain seme
찬 小刀 를 보고 누누이 쳐다보며 좋다 하고

[한문]

勞苦 賜與緞四疋 又賜與博爾果付泥克之副員費耶爾索付緞二疋 起程前一日 噶噶林差伊俄羅斯官來請曰 天使大人明日起行 如蒙不棄 今日可來一飯否 于是前往 噶噶林見余所帶小刀 再三顧盼 不勝稱羡

— ○ — ○ — ○ —

그 수고로움에 보답하고자 비단 4필을 주었다. 또 볼코니에게 딸려 보낸 관리인 피르사에게도 비단 2필을 주었다. 길을 떠나기 전날에 가가린이 그의 러시아 관리를 보내어서 "사신들이 다음날 아침에 떠나니, 혹시라도 꺼리는 바가 없다면, 오늘 내 집에 와서 밥이라도 먹지 않겠는가?" 하고 청하여 와서, 그를 따라 갔다. 가가린은 내가 찬 소도(小刀)를 보고 누차 쳐다보며 멋있다고

194) firsa(非爾薩) : 인명(人名).

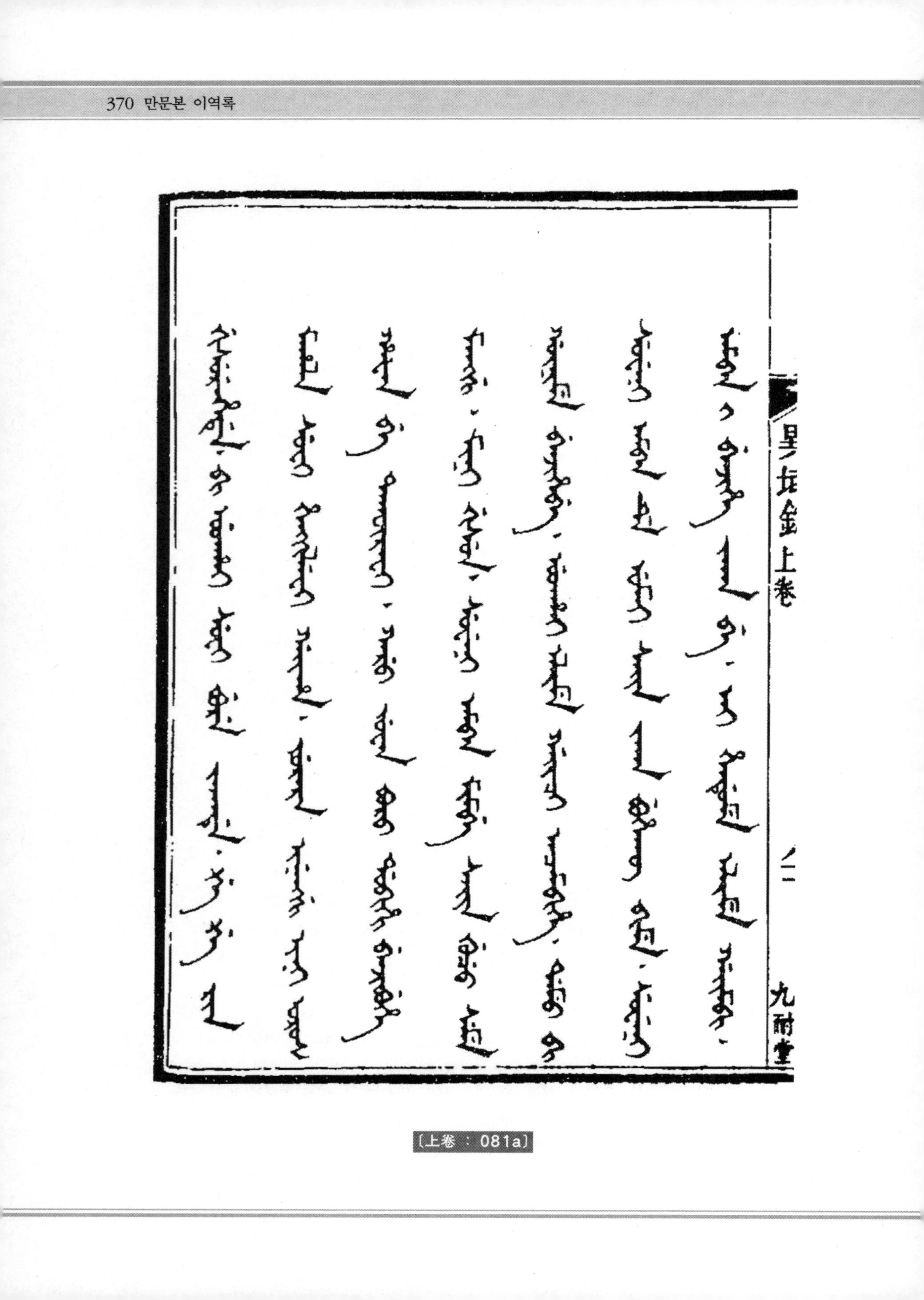

異域錄上卷

二

九耐堂

gisurehede, bi uthai sufi bure jakade, g'a g'a rin
말함에 나 곧 벗어서 줄 적에 가 가 린

mahala sufi hengkilefi gaiha. jurara inenggi ini oros
모자 벗고 절하고 취했다. 떠나는 날 그의 러시아

hafan be takūrafi, karu juwan boro dobihi benjibuhe
관리 를 파견하여 답례 열 元狐皮 보내게 한

manggi, mini gisun, suweni amban, mimbe sain gucu seme
후 나의 말 너희의 대신 나를 좋은 친구 하고

gūnime benjihebe, uthai alime gaici acambihe. damu bi
생각하여 보내온 것을 곧 받아 가져야 한다. 다만 나

suweni ambande umai sain jaka buhekū bime, suweni
너희의 대신에게 전혀 좋은 물건 주지 않고 너희의

amban i benjihe jaka be, ai hendume alime gaimbi.
대신 의 보내온 물건 을 무엇 말하며 받아 가지겠는가.

[한문]

卽解以贈之 噶噶林免冠拜受 起程之日 特差伊俄羅斯官答送元狐皮十張 余言爾總管念我係好友 如此餽送 理當收受 但我竝不曾帶得佳物相贈 爾總管之物

—— ◦ —— ◦ —— ◦ ——

말하여 내가 곧 풀어서 주었더니, 가가린은 모자를 벗고 절한 후 받아갔다. 우리가 떠나는 날 그의 러시아 관리를 보내서 답례로 원호피(元狐皮) 열 개를 보내오니, 내가 말하기를, "너희 대신이 나를 좋은 친구라고 생각하여 보내온 것을 곧 받는 것이 마땅하다. 다만 내가 너희 대신에게 좋은 물품을 결코 준 적이 없으면서, 너희 대신이 보내온 물품을, 어찌 받을 수 있겠는가?

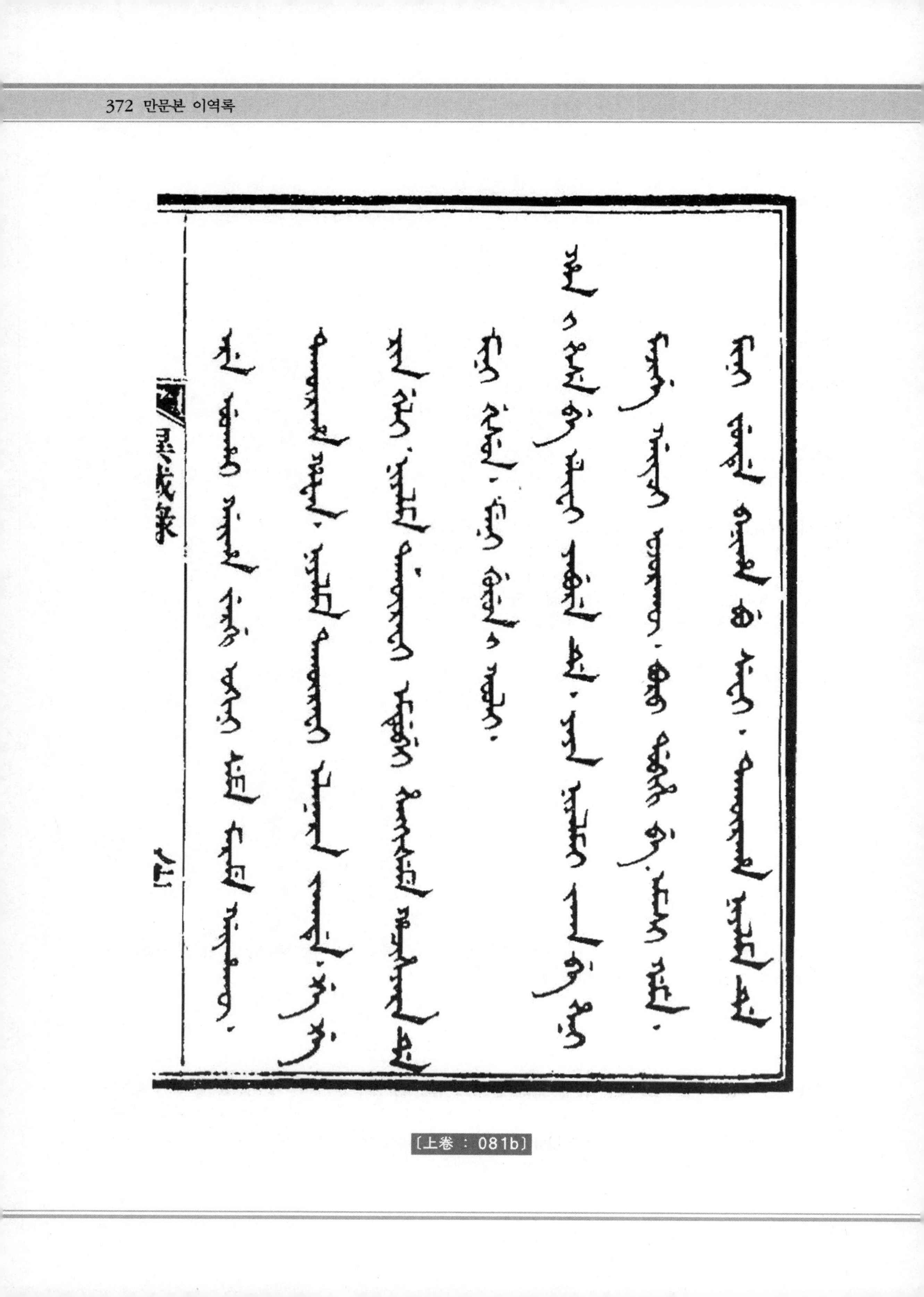

異域錄

ere uthai gaiha jergi okini seme marame gaihakū.
이 곧 가진 것 처럼 하자 하고 거절하여 갖지 않았다.

takūraha hafan, niyalma takūrafi alanara jakade, g'a g'a
파견한 관리 사람 파견하여서 아뢰러 갈 적에 가 가

rin geli niyalma takūrafi emdubei hengkišeme hacihiyara de,
린 또 사람 파견하여 누누이 조아리며 권함 에

mini gisun, meni gurun i kooli,
나의 말 우리의 나라 의 법례

han i hese be alifi yabure de, yaya niyalmai jaka be heni
汗 의 皇旨 를 받아서 감 에 무릇 사람의 물품 을 아주

majige gaici ojorakū. boro dobihi be amasi gama.
조금 취하면 되지 않는다. 元狐皮 를 돌려 가져가라.

mini funde baniha bu sefi, takūraha niyalma de
나의 대신 감사 드리라 하고 파견한 사람 에게

[한문]

如何收受 謹心領矣 遂却之 來使遣人回覆 噶噶林復又差人再三叩懇 余言 我中國凡奉君命差遣 一切物件毫不敢收 將皮張拿回 向爾總管爲我道謝 賜與來使

—— ◦ —— ◦ —— ◦ ——

이를 곧 받은 것으로 하자." 하고 거절하며 받지 않았다. 우리에게 왔던 관리가 사람을 보내 가가린에게 보고하니, 가가린은 또 사람을 보내 누차 절하며 권하여서 내가 말하기를, "우리 나라의 법에서는 황제의 황지(皇旨)를 받아서 사신으로 갈 때, 무릇 다른 사람의 물품을 조금이라도 취해서는 안 된다. 원호피(元狐皮)를 도로 가져가고, 내 대신에 감사 인사를 드리라." 하고 우리에게 온 사람에게

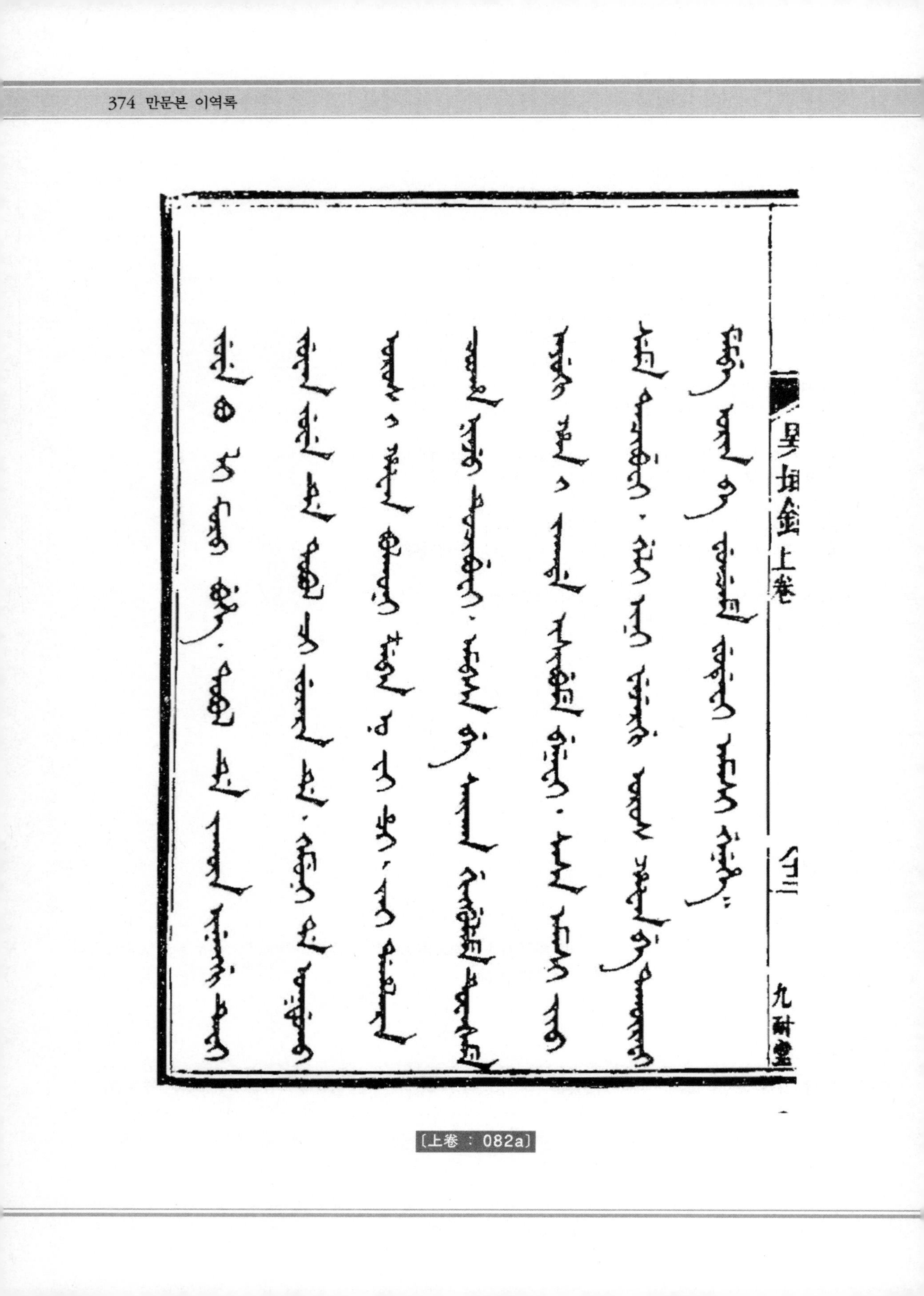

juwe bo li moro buhe. tobol de jakūn inenggi tefi,
두 玻 璃 그릇 주었다. 토볼 에 8 일 머물고

juwan juwe de tobol ci jurara de, kemuni da okdoko
십 이 에 토볼 에서 떠남 에 여전히 처음 맞이한

oros i hafan bolkoni ts'eban no fi c'y, jai dahalara
러시아 의 관리 볼코니 처반 노 피 치 또 뒤따르는

cooha ninju tucibufi, ambasa be saikan gingguleme tuwašame,
병사 육십 내어서 대신들 을 잘 삼가 보살피며

ayuki han i jakade isibume benefi, sasa amasi jio
아유키 汗 의 곁에 이르게 보내고 함께 돌아 오라

seme tacibufi, geli ini fejergi oros hafan be takūrafi
하고 가르쳐서 또 그의 아래 러시아 관리 를 파견하여

membe orin ba funceme fudefi amasi genehe..
우리를 20 리 넘게 배웅하고 돌아 갔다.

[한문]

玻璃碗二件 在托波兒地方住八日 于十二日 自托波兒起程 仍派原接俄羅斯官博爾果付泥克四鐵班訥委翅撥護送兵六十名 小心防護 送至阿玉奇汗處 一併同回 又差伊所屬俄羅斯官等送二十餘里方回

—— ◦ —— ◦ —— ◦ ——

유리그릇을 두 개 주었다. 토볼에 8일 동안 머물다가 12일에 토볼에서 떠날 때, 가가린은 전과 같이 처음 우리를 맞이했던 러시아 관리인 볼코니 처반노피치, 또 호위병 60명을 내어서, "대신들을 잘 삼가 보살피며 아유키 한이 있는 곳에 이르게 한 후, 함께 돌아오너라." 하고 지시하고, 또 그 휘하에 있는 러시아 관리를 보내어 우리를 20리 남짓 배웅하고 돌아갔다.

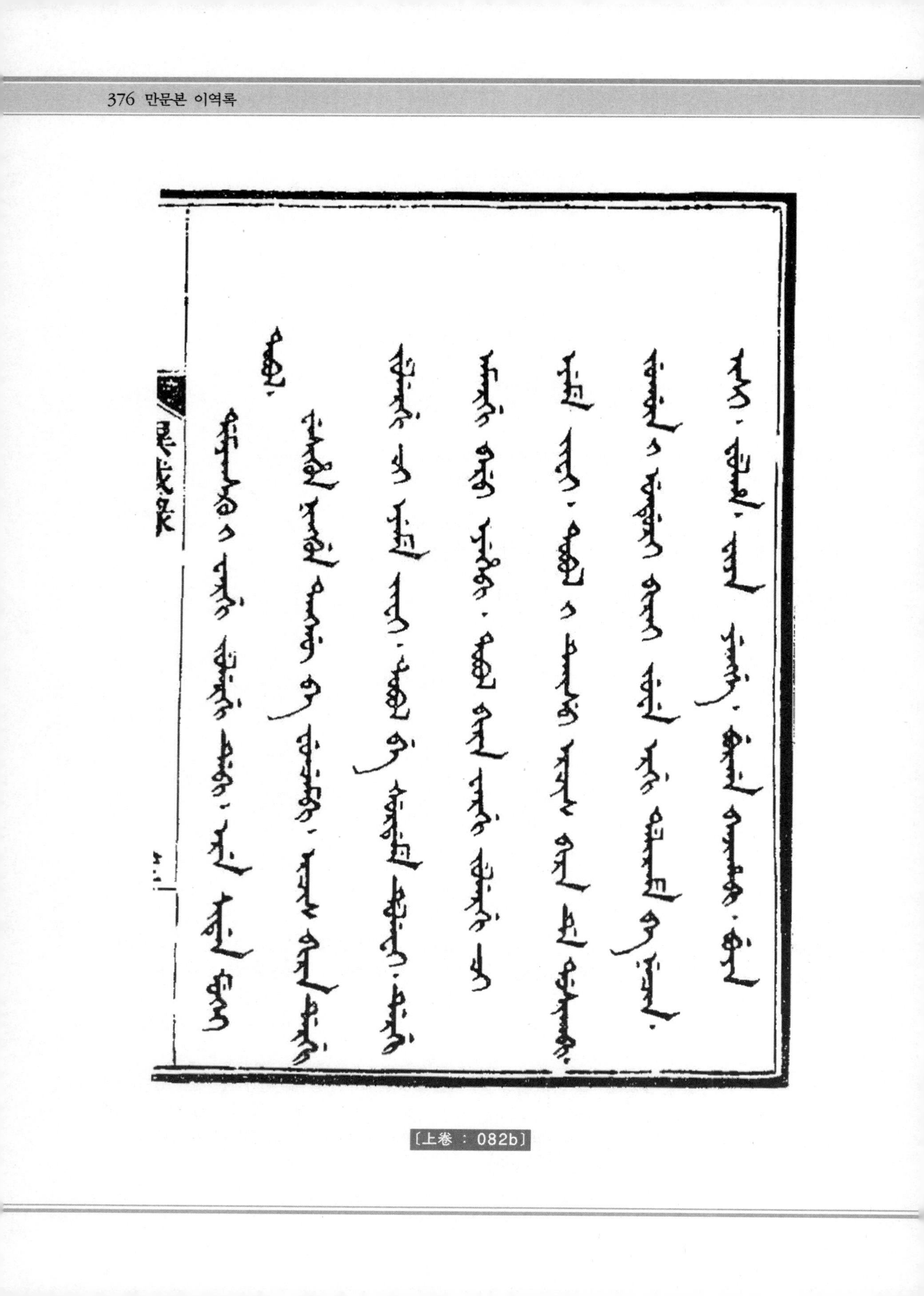

〔上卷 : 082b〕

tobol.[195] dimyansk'o i wargi julergi debi. ere siden mukei
토볼 딤얀스코 의 서 남쪽 에 있다. 이 사이 물의

wesihun ninggun tanggū ba funcembi. ercis bira dergi
위로 육 백 리 넘는다. 어르치스 강 동

julergi ci eyeme jifi, tobol be šurdeme dulefi, dergi
남쪽 에서 흘러 와서 토볼 을 둘러 지나가고 동

amargi baru eyehebi. tobol[196] bira wargi julergi ci
북 쪽 흘렀다. 토볼 강 서 남쪽 에서

eyeme jifi, tobol i teisu ercis bira de dosikabi.
흘러 와서 토볼 의 마주 어르치스 강 에 들어갔다.

jugūn i unduri birai juwe ergi dalirame ba necin,
길 의 연도 강의 양 쪽 따라 땅 평평하고

isi, fulha, fiya, yengge, burga banjihabi. buya
落葉松 백양나무 자작나무 머루나무 버드나무 자랐다. 작은

[한문]

托波兒

在狄穆演斯科之西南 其間遡流行六百餘里 厄爾齊斯河來自東南 遶過托波兒 向東北而流 托波兒河來自西南 于托波兒相對地方 歸入厄爾齊斯河 沿河兩岸 地勢平坦 有杉松楊樺櫻薁叢柳 小

—— 。—— 。—— 。——

토볼.

딤얀스코의 서남쪽에 있다. 이 사이는 물을 거슬러 600리 남짓 올라간다. 어르치스 강 동남쪽에서 흘러나와서, 토볼을 둘러 지나가고, 동북쪽으로 흘러갔다. 토볼 강은 서남쪽에서 흘러나와서, 토볼과 마주하여 어르치스 강으로 들어갔다. 길을 따라 있는 강의 양쪽 기슭은 땅이 평평하고 낙엽송(落葉松), 백양나무, 자작나무, 머루나무, 버드나무가 자라고 있으며, 작은

195) tobol(托波兒) : 토볼스크(Тобольск), 토볼스크는 러시아 튜멘(Тюмень) 주의 도시이다. 우랄 산맥의 동쪽 토볼 강과 이르티시 강의 합류점에 위치하고, 튜멘에서 북동으로는 247km 지점에 위치해 있다. 시베리아에서 가장 오래된 도시이며, 1820년대에 서시베리아의 총독부가 토볼스크에서 옴스크에 옮길 때까지 군사, 행정, 정치, 종교 면에서 시베리아의 중심지였다. 1917년까지 토볼스크 주의 주도였다.

196) Tobol bira : 토볼(Тобол) 강은 러시아와 카자흐스탄을 흐르는 강으로 이르티시 강의 지류이다.

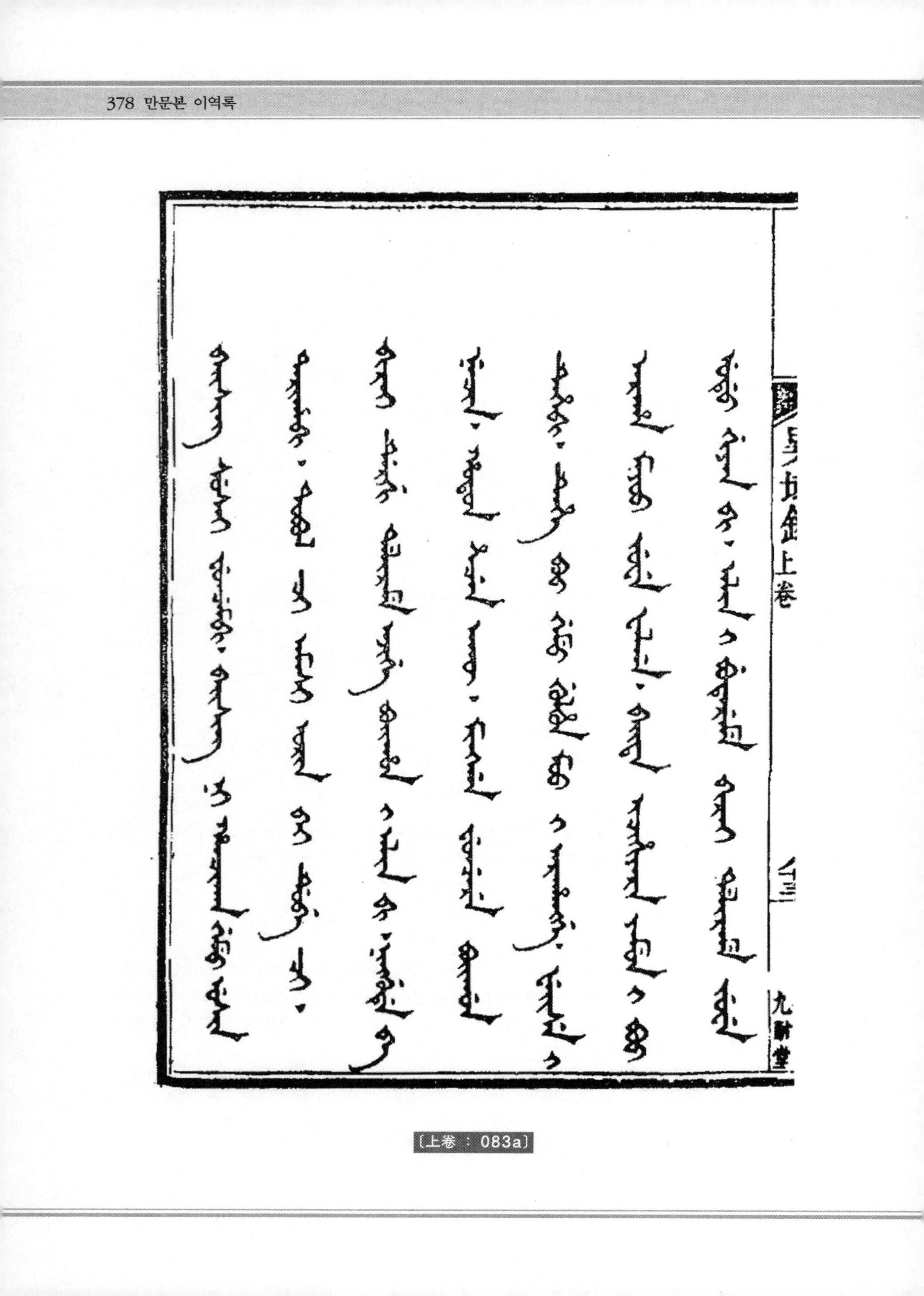

異域錄上卷

九耐堂

baising susai funcembi, baising ni hancikan gemu usin
바이싱 오십 넘는다. 바이싱 의 가까운곳 모두 밭

tarihabi. tobol ci amasi orin bai dube ci,
경작하였다. 토볼 에서 북쪽으로 이십 리의 끝 에서

birai dergi dalirame ajige boihon i alin bi. ninggude ba
강의 동쪽 따라 작은 흙 의 산 있다. 위에 땅

necin. hoton hecen akū. minggan funcere boigon
평평하다. 城 郭 없다. 천 넘는 가구

tehebi. tehe boo gemu gulhun moo i arahangge. feise i
살았다. 살던 집 모두 전부 나무 로 지은 것이다. 벽돌 로

araha miyoo juwe falga, baita icihiyara yamun i boo
지은 廟 두 채 일 처리하는 아문 의 집

udu giyan bi. alin i butereme birai dalirame juwe
몇 間 있다. 산 의 기슭을 따라 강의 따라 이

[한문]

栢興五十餘 處左近皆田畝 托波兒以北二十餘里 河東岸之上 有小土山 極平坦 無城郭 居千餘戶 其廬舍皆大木營治 有磚造廟宇二所 理事公署木房數間 其山麓及河岸一帶 居

—— ◦ —— ◦ —— ◦ ——

바이싱이 50채 남짓 있다. 바이싱의 근처는 모두 밭을 경작하였다. 토볼에서 북쪽으로 20리 끝에서부터 강의 동쪽 기슭을 따라 작은 흙산이 있다. 그 위에 있는 땅은 평평하며, 성곽(城郭)이 없다. 1,000 남짓한 가구가 살았다. 사람들이 사는 집은 모두 전부 나무로 지은 것이다. 벽돌로 지은 묘(廟)가 두 채 있으며, 일을 처리하는 아문(衙門)의 집이 수 채 있다. 산기슭을 따라, 또 강의 기슭을 따라 2,000

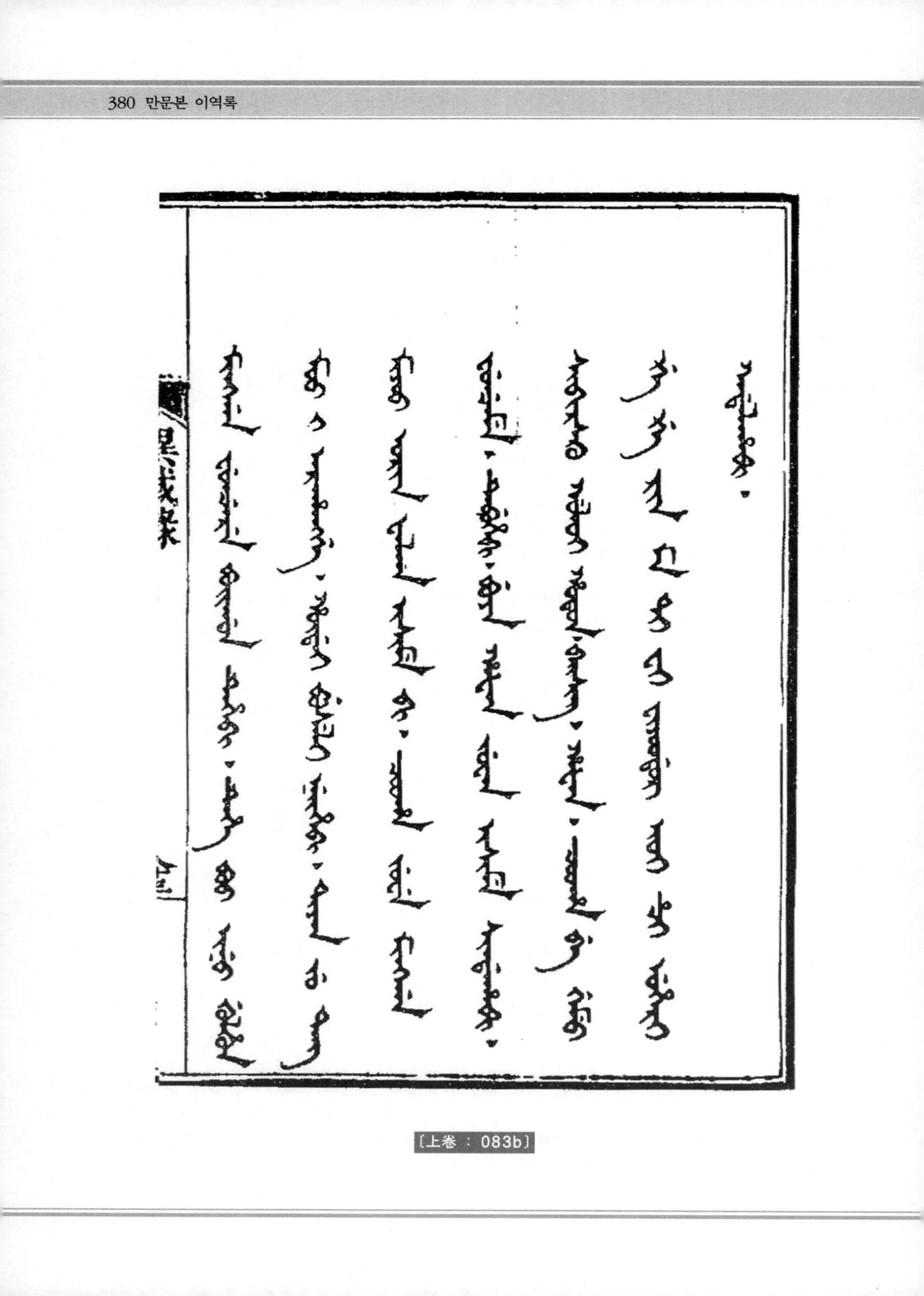

minggan funcere boigon tehebi. tehe boo inu gulhun
천 넘는 가구 살았다. 살던 집 도 모두

mooi i arahangge. hūdai puseli neihebi. tiyan ju tang
나무 로 지은 것이다. 장사의 상점 열었다. 天 主 堂

miyoo orin falga isime bi. cooha juwe minggan
廟 20 채 이르게 있다. 병사 이 천

funceme, tebuhebi. buya hafan juwan isime sindahabi.
넘게 머무르게 했다. 작은 관리 10 이르게 두었다.

sibirsk'o[197] goloi hoton, baising, hafan, cooha be gemu
시비르스코 省의 城 바이싱 관리 병사 를 모두

g'a g'a rin ma ti fi fiyoodor ioi c'y uheri
가 가 린 마 티 피 피요도르 요이 치 모두

kadalahabi.
관할하였다.

[한문]

二千餘戸 其廬舍亦皆係大木營治 有市廛 天主堂二十餘座 駐兵二千餘名 有頭目十數員 其西畢爾斯科省城堡及栢興地方頭目兵丁 俱屬噶噶林馬提飛費多爾委翅統轄

—— ◦ —— ◦ —— ◦ ——

남짓한 가구가 살았다. 사람들이 사는 집도 모두 나무로 지은 것이다. 상점도 있다. 교회는 20채 가까이 있다. 병사는 2,000 남짓 주둔시켰다. 작은 관리는 10명 가까이 두었다. 시비르스코 성(省)의 성(城), 바이싱, 관리, 병사를 모두 가가린 마티피 피요도르요이치가 모두 관할하였다.

197) sibirsk'o(西畢爾斯科) : 시비르스코(Сибирскую) 주는 러시아 8개 주(губерния) 가운데 하나이다.

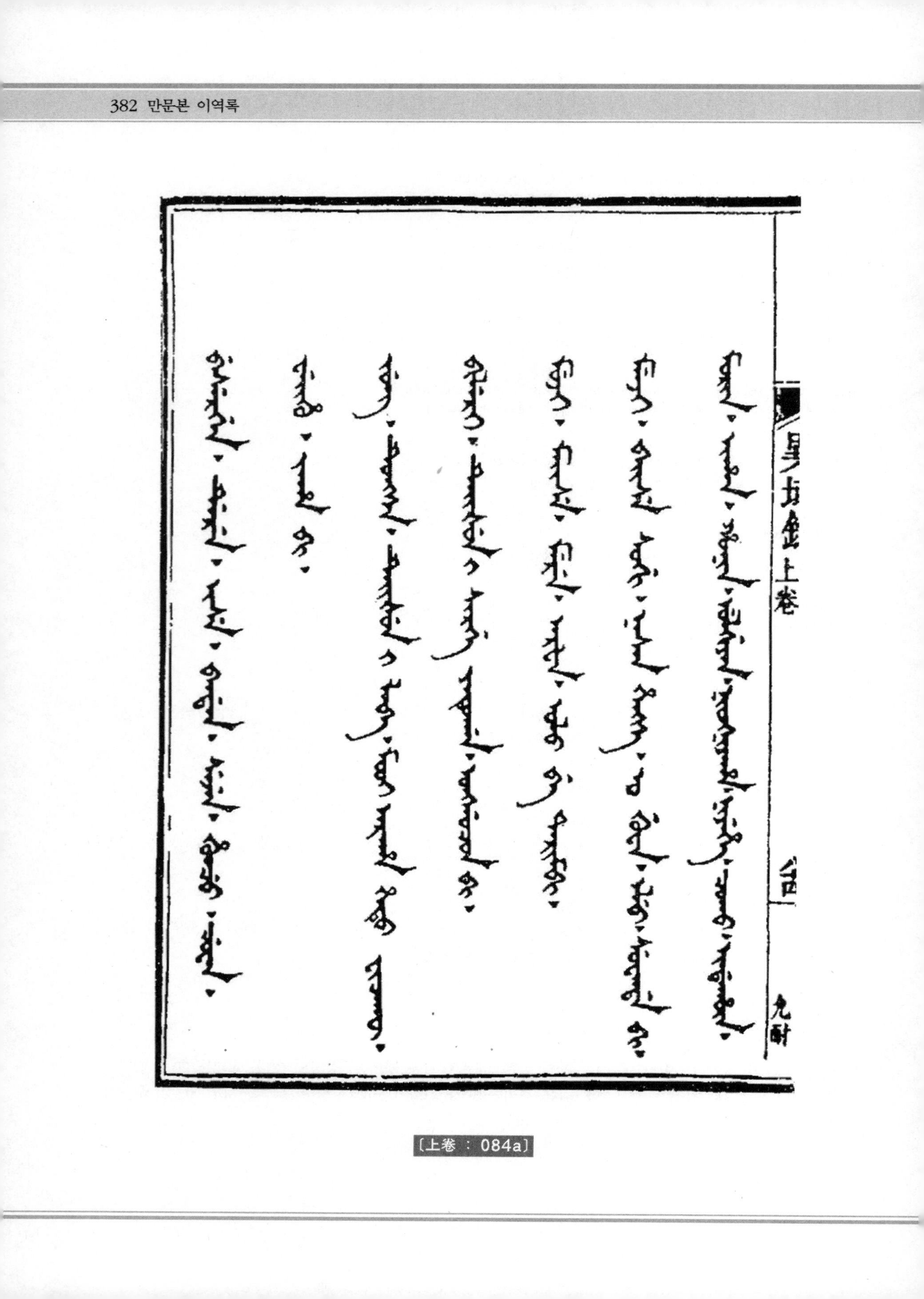

besergen, dere, ise, bandan, sejen, huncu, cuwan,
침대 탁자 의자 긴의자 수레 발구 배

weihu, jaha bi.
마상이 나룻배 있다.

jung, tungken, teišun i laba, mooi araha hetu ficakū,
종 큰북 銅 의 喇叭 나무로 만든 저

bileri, teišun i sirge yatugan, onggocon bi.
태평소 銅 의 弦 箏 해금 있다.

muji, maise, mere, arfa, olo be tarimbi.
보리 밀 메밀 귀리 삼 을 경작한다.

menji, baise sogi, nasan hengke, o guwa, elu, suwanda bi.
순무 배추 절인 오이 倭 瓜 파 마늘 있다.

morin, ihan, honin, ulgiyan, niongniyaha, niyehe, coko, indahūn,
말 소 양 돼지 거위 오리 닭 개

[한문]

器用有床桌椅橙車拖床船舟艇 樂有鐘鼓喇叭木笛嗩吶銅弦箏胡琴 種大麥蕎麥油麥蔴 産蔓菁白菜王瓜芫荽倭瓜葱蒜 畜馬牛羊猪鵝鴨雞犬

―― ◦ ―― ◦ ―― ◦ ――

침대, 탁자, 의자, 긴 의자, 수레, 발구, 배, 마상이, 나룻배가 있다. 종, 큰북, 주석으로 된 나팔, 나무로 만든 가로로 부는 피리, 태평소, 동현쟁(銅弦箏), 해금이 있다. 보리, 밀, 메밀, 귀리, 삼을 경작한다. 순무, 배추, 절인 오이, 호박, 파, 마늘 있다. 말, 소, 양, 돼지, 거위, 오리, 닭, 개,

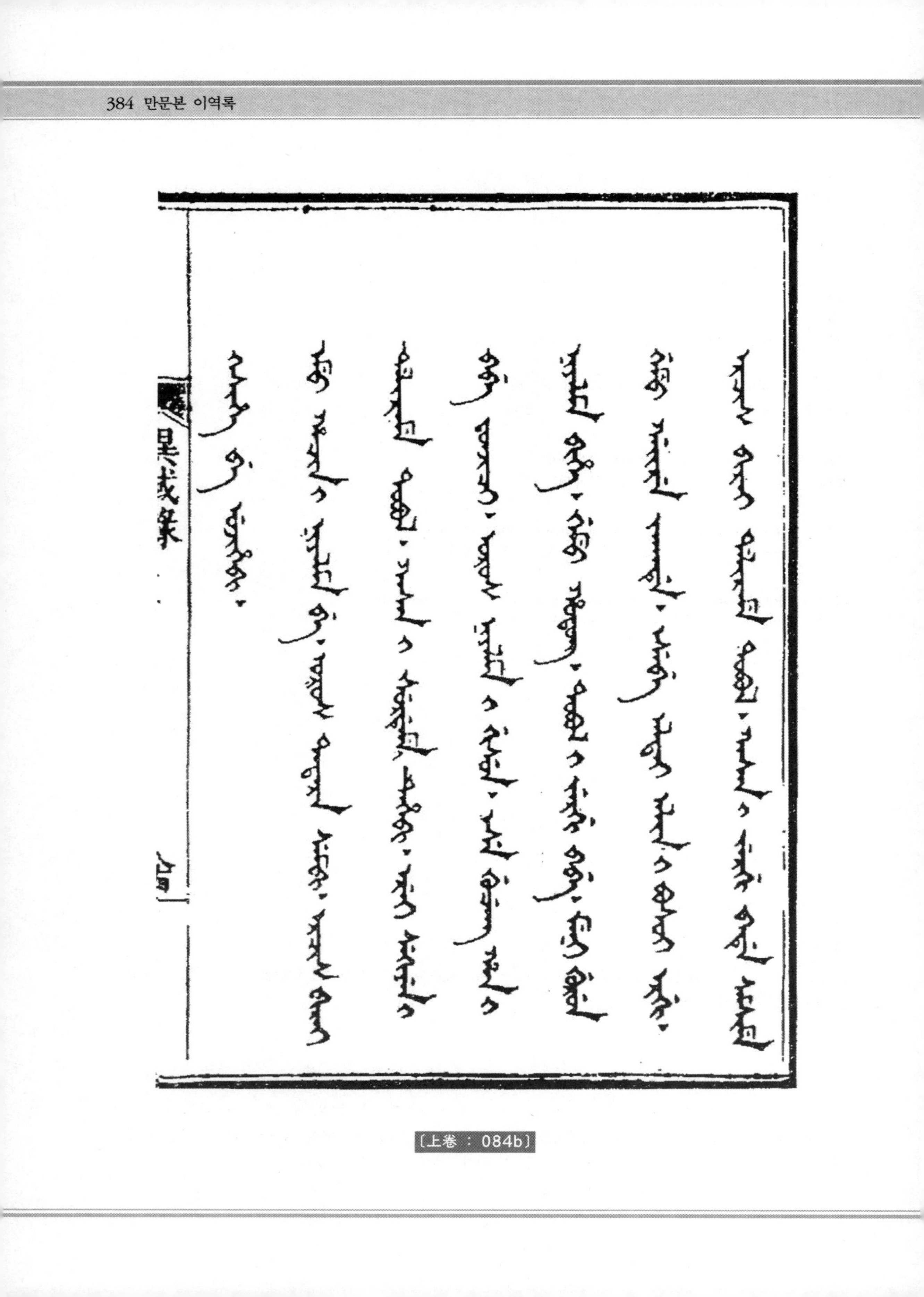

kesihe be ujihebi.
고양이 를 길렀다.

emu hacin i niyalma be, oros tatara sembi. ercis birai
한 종류 의 사람 을 러시아 타타라 한다. 어르치스 강의

dalirame tobol, kasan i šurdeme tehebi. erei sekiyen i
따라 토볼 카산 의 주위 살았다. 이의 근원 의

babe fonjici, oros niyalma i gisun, ese guceng han[198] i
곳을 물으니 러시아 사람 의 말 이들 구청 汗 의

niyalma bihe. gemu hotong.[199] tobol i jergi babe, meni gurun
사람 이었다. 모두 호통이다. 토볼 의 등 지역을 우리의 나라

gemu gaire jakade, ese be altai alin i bosoi ergi,
모두 취할 적에 이들 을 알타이 山 의 陰의 쪽

ercis birai dalirame tobol, kasan i jergi bade samsime
어르치스 강의 따라 토볼 카산 의 등 지역에 흩어져

[한문]

猫 有一種人 俄羅斯名之曰搭搭拉 在厄爾齊斯河沿岸 及托波兒 竝喀山一帶居住 詢其來歷 俄羅斯人曰原係庫程汗之人 又名貨通 其托波兒等處地方 歸併我國之後 將伊等散處於阿兒台山後 沿厄爾齊斯河一帶 及托波兒 竝喀山等地方

— ◦ — ◦ — ◦ —

고양이를 길렀다. 이곳에 사는 한 종족은 러시아에서는 타타라족이라고 부른다. 어르치스 강가를 따라, 토볼, 카산의 주위에 살았다. 이들이 기원한 지역을 물으니, 러시아인이 말하기를, "이들은 쿠청 한의 사람이었는데, 모두 회교도이다. 토볼 등의 지역을 우리 나라가 모두 차지한 까닭에, 이들을 알타이 산음(山陰) 쪽 어르치스 강의 강가를 따라 있는 토볼, 카산 등의 지역에 흩어져

---

198) guceng han(庫程汗) : 시비르(Сибирь) 한국(汗國)의 마지막 군주인 쿠춤(Кучум)을 말한다. 1605년 사망하였으며 재임 기간은 1563년 - 1598년이다. 시비르 한국(汗國)은 15세기부터 16세기말까지 서시베리아에 있던 몽골계 국가로 1440년대에 킵차크 한국이 분열하고, 성립한 한국 중 하나이다. 16세기 후반 동방으로 진출하고 있던 러시아 제국과 충돌했고 1582년에 예르마크 티모페에비치(Ермак Тимофеевич)의 카자크가 수도를 점령했다. 그 후에도 마지막 군주 쿠춤 한(汗)이 계속 저항하였지만 결국 1598년에 멸망했다. 투멘이나 토볼스크 등 서시베리아에 있는 대부분의 도시가 시비리 한국(汗國)의 시대에 건설되었으며 시베리아라는 이름은 시비리 한국(汗國)의 이름에서 유래되었다.

199) hotong(貨通) : 호통(몽골어 Хотон)은 투르크계 몽골 소수민족이며 종교는 회교도로서 샤머니즘을 믿는다. 일반적으로 회교도를 지칭하는 용어로도 사용된다.

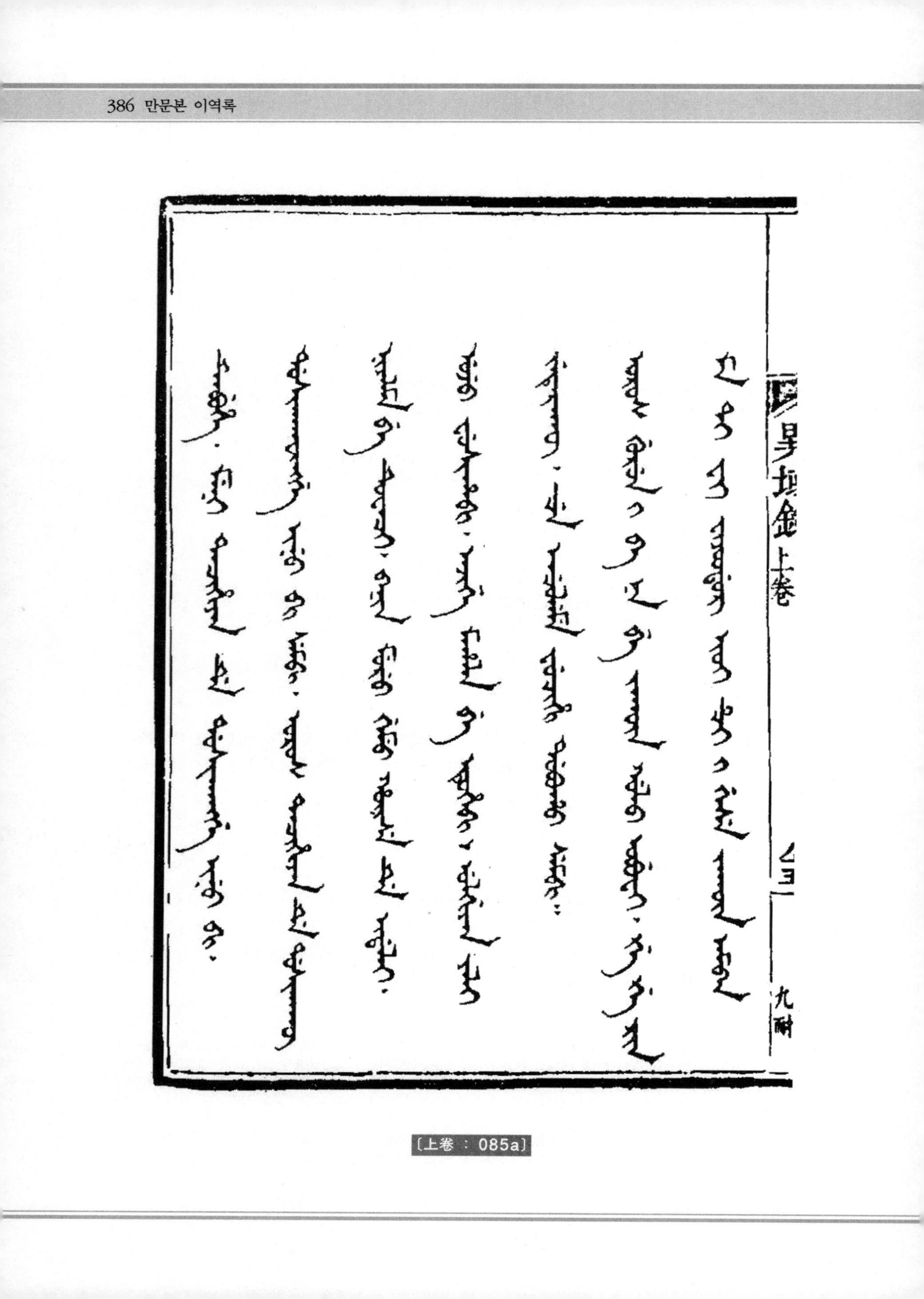

異域錄 上卷

九

tebuhe. meni tacihiyan de dosikangge inu bi,
머무르게 했다. 우리의 가르침 에 들어온 이 도 있고

dosikakūngge inu bi sembi. oros tacihiyan de dosikakū
들어오지 않은 이 도 있다 한다. 러시아 가르침 에 들어오지 않은

niyalma be tuaci, banin muru gemu hoise de adali,
사람 을 보면 성질 모습 모두 回子 에 같이

uju fusihabi. ajige mahala be etuhebi. ulgiyan yali
머리 깎았다. 작은 모자 를 썼다. 돼지 고기

jeterakū. ce enculeme fucihi doboho sembi.
먹지 않는다. 저들 특별히 부처 공양하였다 한다.

oros gurun i ba na be jakūn golo[200] obufi, g'a g'a rin
러시아 나라 의 地 域 을 여덟 省 삼고 가가린

ma ti fi fiyoodor ioi c'y i gese jakūn amban
마 티 피 피요도르 요이 치 와 같은 여덟 대신

[한문]

其中有歸入我敎者 有不曾歸入我敎者 看其未入俄羅斯敎之人 貌似回子 俱削髮 戴小帽 不食猪肉 別供佛像 俄羅斯國地方 分爲八道 俱設立噶噶林馬提飛費多爾委翅等總管 八員

—— ◦ —— ◦ —— ◦ ——

살게 되었다. 우리의 종교에 귀의한 이도 있고, 귀의하지 않은 이도 있다." 하였다. 러시아의 종교에 귀의하지 않은 사람을 보면, 용모는 모두 회교도와 같이 머리를 깎고 작은 모자를 쓰고 있으며, 돼지고기를 먹지 않는데, 그들은 특별히 부처께 공양하였다고 한다. 러시아의 지역을 8성(省)으로 나누고, 가가린마티피피요도르요이치와 같은 8명의 대신을

200) jakūn golo : 러시아의 8개 주를 가리킨다. 1708년 12월 18일 표트르(Петр) 1세의 명령에 따라 러시아는 다음과 같이 8개 주(губерния)로 나누었다. 모스크바(Московская), 인게르만란드스카야(Ингерманландская), 아르한겔로고로드스카야(Архангелогородская), 키예프스카야(Киевская), 스몰렌스카야(Смоленская), 카잔스카야(Казанская), 아조브스카야(Азовская), 시비르스카야(Сибирская).

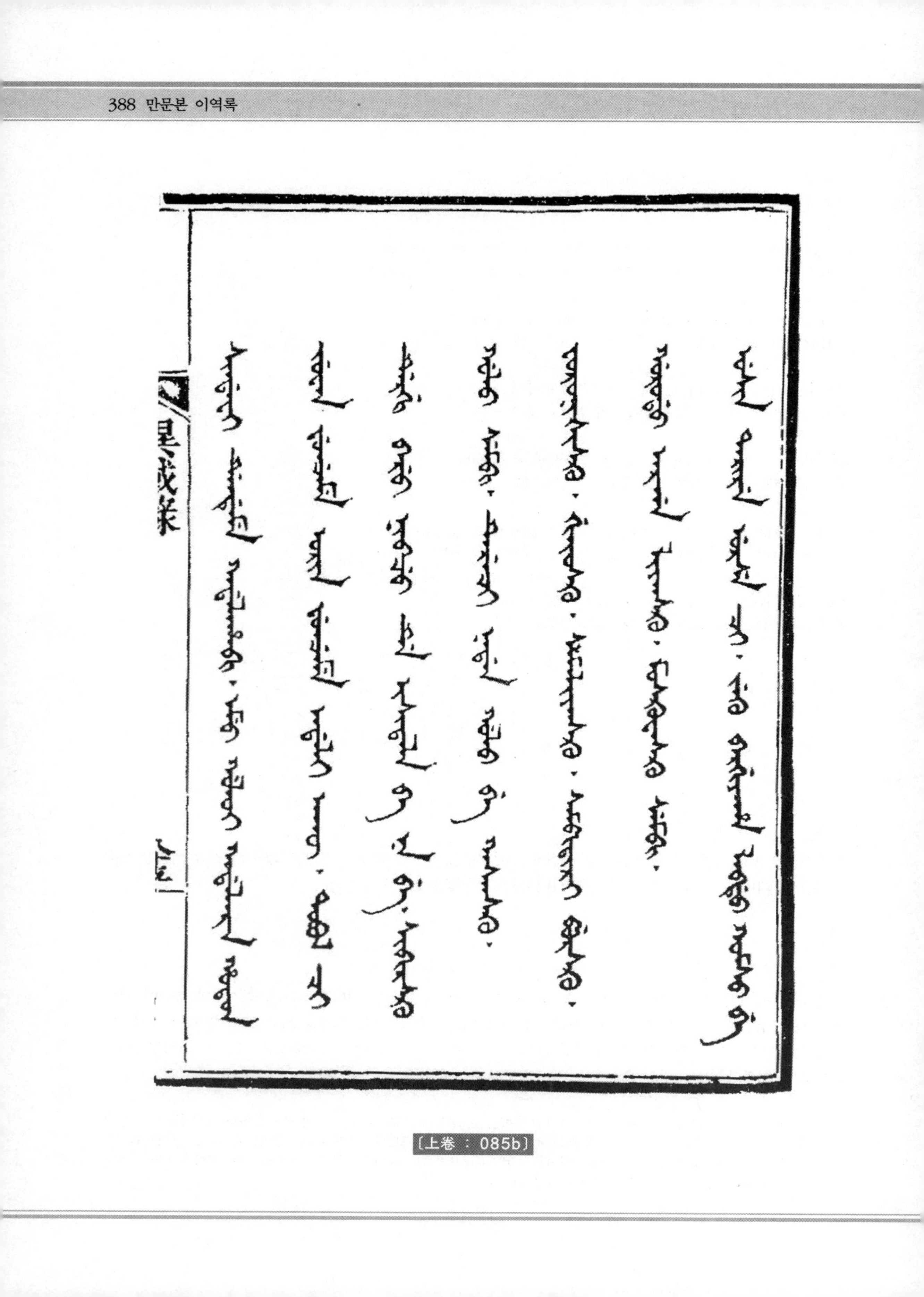

[illegible]

異域錄

sindafi dendeme kadalahabi. emu goloi kadalara hoton
두고 나누어 관할하였다. 한 省의 관할하는 城

juwan funceme, orin funceme adali akū. tobol ci
열 넘으며 스물 넘으며 같지 않다. 토볼 에서

dergi baru nibcu de isitala ba na be, sibirsk'o
동 쪽 닙추 에 이르도록 地 域 을 시비르스코

golo sembi. tereci nadan golo be kasansk'o,
省 한다. 그곳에서 일곱 省 을 카산스코

foronisisk'o, giyosk'o, symbaliyansk'o, sampitiri pursk'o,
포로니시스코 기요스코 슴발리얀스코 삼피티리푸르스코

gorodo arga liyansk'o, mosk'owask'o sembi.
고로도 아르가 리얀스코 모스코와스코 한다.

usin tarire urse ci, jeku bargiyaha labdu komso be
밭 경작하는 무리 에서 곡식 거둔 것 많고 적음 을

[한문]

分轄 每道所管城堡十餘處 二十餘處不等 自托波兒以東 至泥布楚地方 名曰西畢爾斯科 其七道 曰喀山斯科 曰佛羅尼使斯科 曰計由斯科 曰司馬連斯科 曰三柯忒撇忒爾斯科 曰郭羅多阿爾哈連斯科 曰莫斯科窪斯科 於稼穡之人 量其收穫之多寡

—— ◦ —— ◦ —— ◦ ——

두고 나누어 관할하였다. 한 성(省)이 관할하는 성(城)은 10개 남짓이기도 하고 20개 남짓이기도 하여 동일하지 않다. 토볼에서 동쪽으로 닙추에 이르기까지의 지역을 시베리아 성(省)이라고 한다. 그 이외의 일곱 성(省)을 카잔 성(省), 보로네즈 성(省), 키에프 성(省), 스몰렌스크 성(省), 상뜨페떼르부르크 성(省), 알간겔스크 성(省), 모스크바 성(省)이라고 한다. 밭을 경작하는 사람들에게서 수확한 것의 많고 적음을

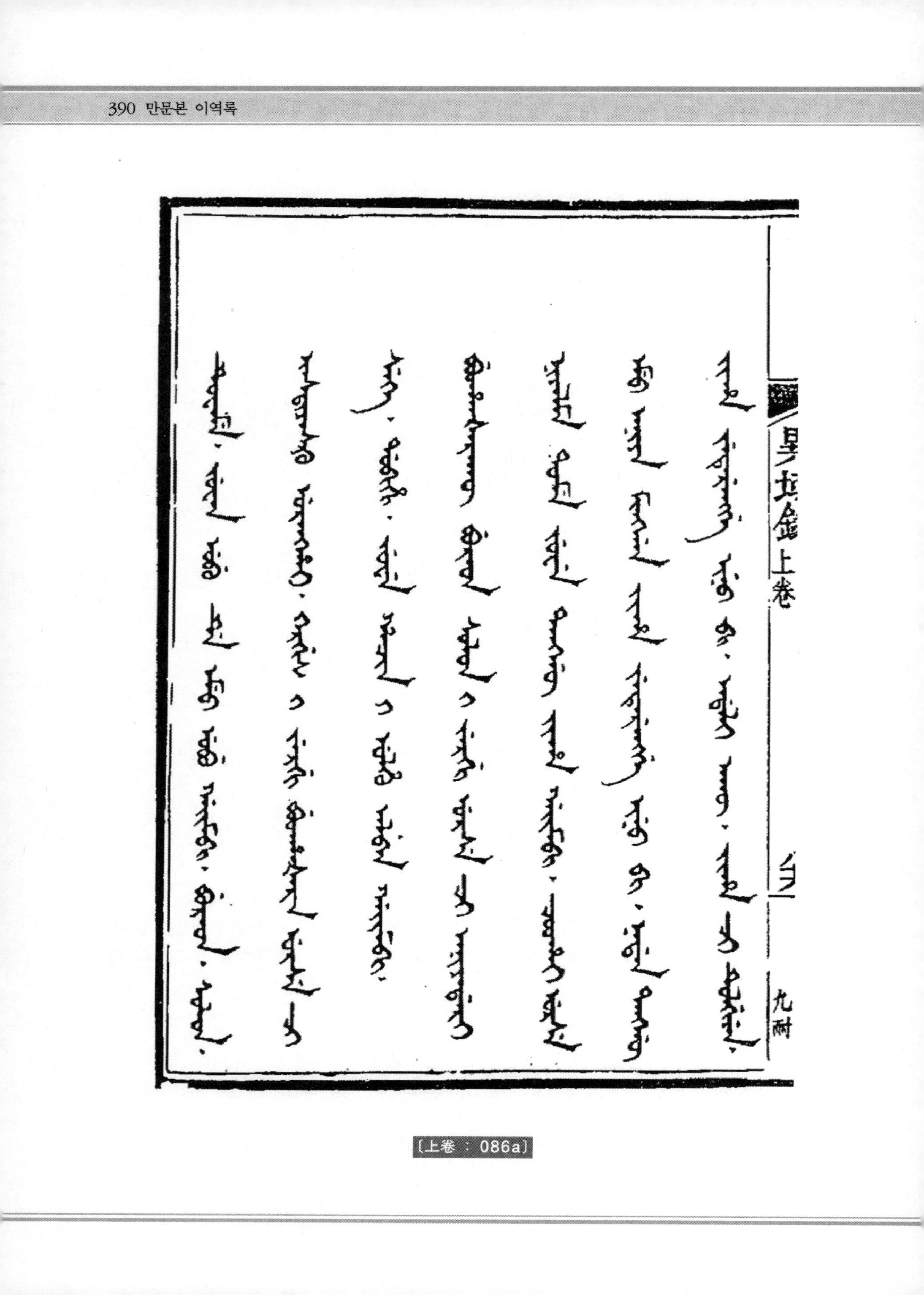

tuwame, juwan ubu de emu ubu gaimbi. burat, solon,
보며 열 分 에 한 몫 취한다. 부라트 솔론

ostiyask'o uranghai,[201] kergis[202] i jergi buthašara urse ci
오스티야스코 우랑하이 커르기스 의 등 사냥하는 무리 에서

seke, dobihi, juwe hacin i ulhu alban gaimbi.
담비 여우가죽 두 종류 의 灰鼠 공물 취한다.

buthašarakū burat, solon i jergi urse ci aniyadari
사냥하지 않는 부라트 솔론 의 등 무리 에서 해마다

niyalma tome juwe tanggū jiha gaimbi. coohai urse
사람 마다 이 백 돈 취한다. 병사의 무리

emu aniya minggan jiha jeterengge inu bi. nadan tanggū
일 년 천 돈 먹는 이 도 있다. 칠 백

jiha jeterengge inu bi, adali akū. jiha ci tulgiyen,
돈 먹는 이 도 있어 같지 않다. 돈 에서 외에

[한문]

什一而稅 於布喇忒索倫鄂斯提牙斯科兀良海齊爾給斯等 打牲人令其交納貂鼠狐狸銀鼠灰鼠皮張 不打牲之布喇忒索倫等人 每歲人各納銀錢二百文 其兵丁每歲有食千錢者 亦有食七百文者 不等錢之外

—— ∘ —— ∘ —— ∘ ——

헤아려, 수확량의 10분의 1을 취한다. 부라트족, 솔론족, 오스티야스코족, 우랑하이족, 커르기스족과 같이 사냥하는 무리에게서는 담비, 여우가죽, 두 종류의 회서(灰鼠)를 공물로 받는다. 사냥하지 않는 부라트족, 솔론족 등의 무리에게서 해마다 사람마다 200돈을 받는다. 병사의 무리들은 1년에 1,000돈을 받는 경우도 있고, 700돈을 받는 경우도 있어 동일하지 않다. 돈 이외에

201) uranghai(兀良海) : 오랑하이(몽골어 **Урианхай**). 오랑하이는 몽골인들이 알타이 우랑카이, 투바인, 야쿠트인 등의 "삼림민"들을 가리키던 말이다. 시대에 따라 그 의미가 확장되어 단순히 자신들보다 미개하다고 생각되는 집단을 일컫는 말처럼 사용되기도 한다. 명나라와 조선에서는 여진도 우랑카이라고 불렀다. 나중에는 건주여진이 야인여진을 우랑카이라고 부르기도 한다.

202) kergis(克尔給斯) : 키르기스(кыргызы)족. 칼묵을 비롯한 다른 민족은 키르기스족을 부루트(burut)라고 불렀다. 주 271 참조.

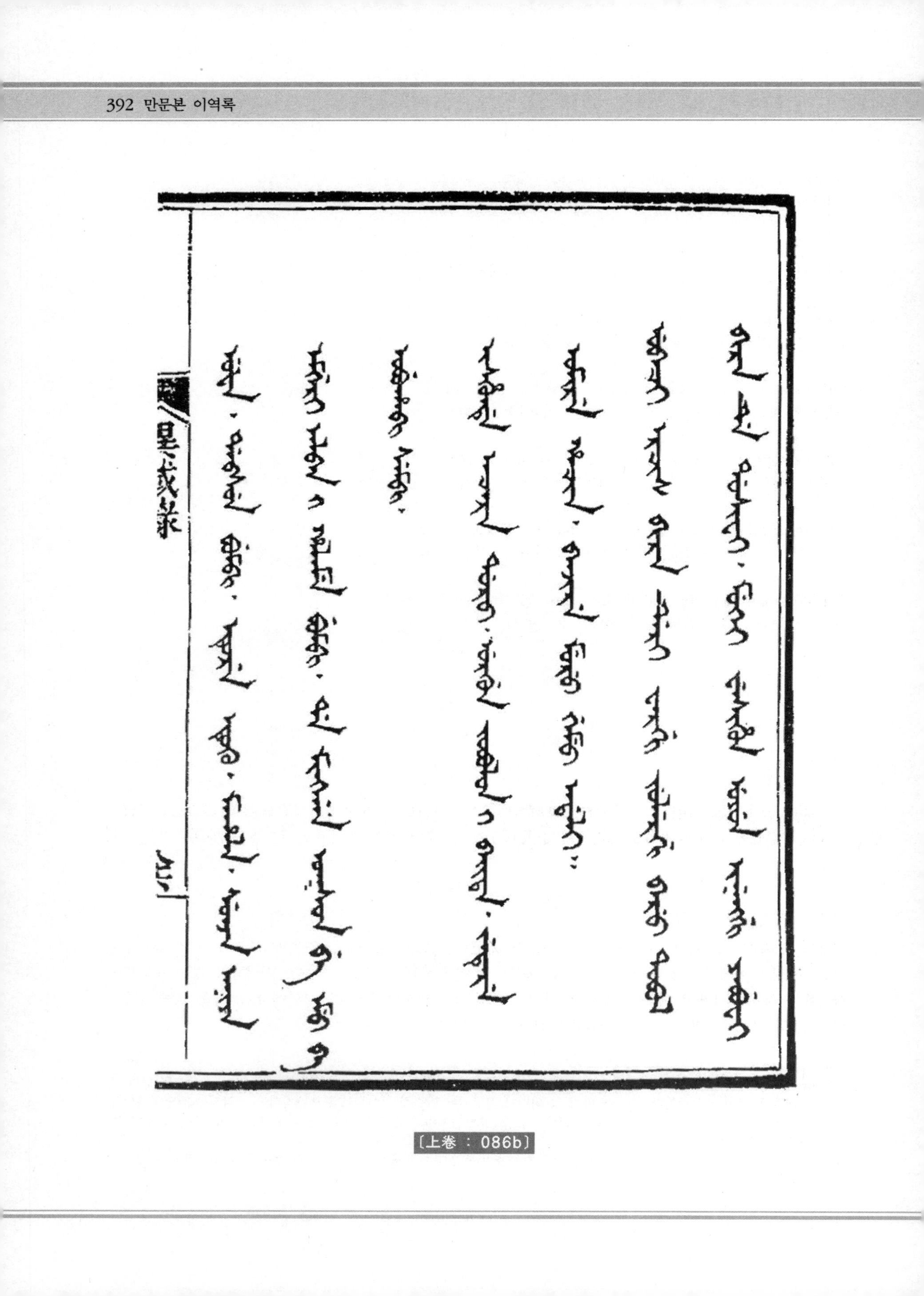

ufa, dabsun bumbi, eture etuku, mahala, sunja aniya
밀가루 소금 준다. 입는 옷 모자 오 년

emgeri alban i halame bumbi. da minggan okson be emu ba
한번 官 으로 바꿔 준다. 본래 천 걸음 을 1 里

obuhabi sembi.
삼았다 한다.

ishunde acara doro, urgun jobolon i baita, jetere
서로 만나는 道 기쁨 고충 의 일 먹고

omire hacin, banjire muru gemu adali.
마시는 종류 사는 모습 모두 같다.

ubaci ercis bira deri wargi julergi baru tobol
이곳에서 어르치스 강 으로 서 남 쪽 토볼

bira de dosifi, mukei wesihun uyun inenggi yabufi,
강 에 들어가서 물의 위로 구 일 가서

[한문]

又給與麥麵食鹽衣帽 五年一次 官給更換 原以千步爲一里 後改爲五百步 其相見禮儀 吉凶等事 及飮饌生計 大約皆同 自厄爾齊斯河向西南 入托波兒河遡流 越九宿

밀가루, 소금을 준다. 입는 옷과 모자는 5년에 한번 관(官)에서 바꿔 준다. 본래 1,000보를 1리(里)로 삼았다고 한다. 서로 만나는 예법과 경조사(慶弔事), 먹고 마시는 종류와 사는 모습이 모두 같다. 이곳에서 어르치스 강을 통하여 서남쪽으로 토볼 강에 들어간 후, 강을 거슬러 9일 동안 가서

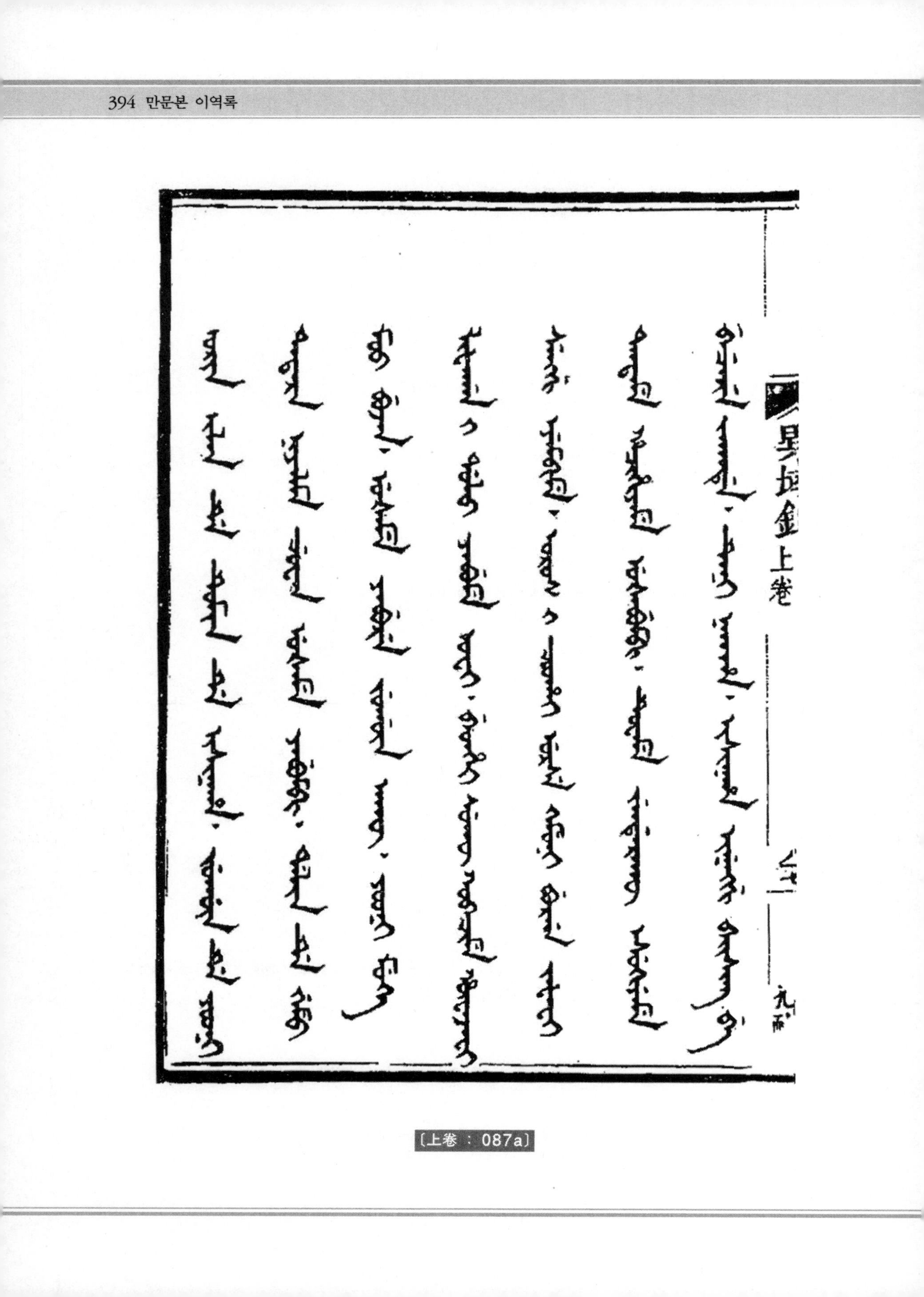

異域錄 上卷

orin ilan de tumin de isinaha. jugūn de yooni
이십 삼 에 투민 에 다다랐다. 길 에 모두

tatara niyalma cuwan ušame yabumbi. dalin de gemu
타타라 사람 배 끌고 간다. 기슭 에 모두

moo bujan, ušame yabure jugūn akū. yooni muke
나무 숲이고 끌고 갈 길 없다. 모두 물

lifagan i dolo yabume ofi, bethei sukū kobcime hūwajafi
진창 의 안 가게 되어 발의 피부 벗겨지고 갈라져서

senggi eyembime, oros i coohai urse kemuni burga jafafi
피 흐르는데 러시아 의 병사의 무리 오히려 버드나무 잡고

tantame hacihiyame ušabumbi. tuwame jenderakū esukiyeme
치며 재촉하여 끌게 한다. 보며 참지 못하고 호통치며

becere jakade, teni nakaha. isinaha inenggi baising be
책망할 적에 비로소 멈췄다. 도착한 날 바이싱 을

[한문]

于二十三日至圖敏 途中皆搭搭拉之人挽縴 岸傍林木叢密 無縴路 俱行泥水之中 兩足肌膚破損 血水淋漓 俄羅斯兵丁猶加笞楚催促 余不忍視 呵責方止 到彼之日

—— ◦ —— ◦ —— ◦ ——

23일에 투민에 다다랐다. 가는 길에 모두 타타라 사람 배를 끌고 간다. 기슭에는 모두 나무와 수풀뿐으로, 배를 끌고 갈 길이 없어 모두 질척질척한 진흙땅을 지나가게 되었다. 발 가죽이 벗겨지고 갈라져서 피가 흐르는데도 러시아 군사들은 오히려 버드나무 가지를 잡고 치며 재촉하여 끌게 한다. 길을 재촉한다. 이를 보고 참지 못하여 호통을 치며 책망할 적에 비로소 멈췄다. 투민에 다다른 날, 바이싱을

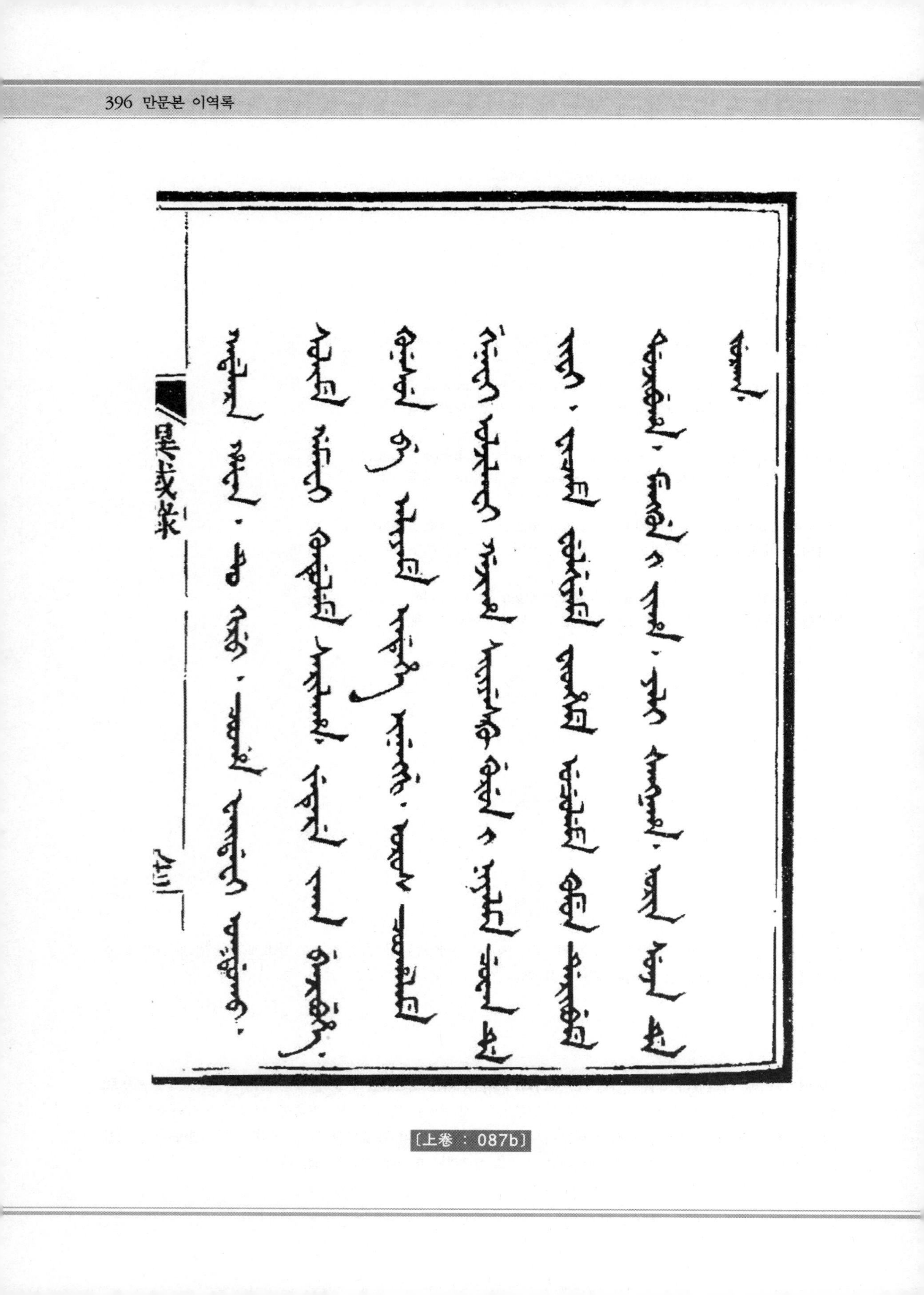

異域錄

kadalara hafan, tu kiru cooha faidafi okdoko.
관할하는 관리 大旗 小旗 병사 정렬하고 맞이하였다.

solime gamafi kunduleme sarilaha, jetere jaka benjibuhe.
청하여 데려가서 공경하며 잔치하고 먹을 것 보내주었다.

kunesun be aliyame indehe inenggi, oros coohalame
식량 을 기다리며 머문 날 러시아 출병하여

genefi oljilafi gajiha sifiyesk'o gurun i niyamla cuwan de
가서 포로잡아서 데려온 시피여스코 나라 의 사람 배 에

jifi, ficame fulgiyeme fitheme uculeme kumun deribume
와서 피리불며 연주하며 거문고타며 노래하며 음악 시작하게 하며

donjibuha, menggun i jiha, yali šangnaha. orin sunja de
듣게 하였다. 은 의 돈 고기 상을 주었다. 이십 오 에

juraka.
떠났다.

[한문]

管栢興官排列旗幟兵丁迎接 請至伊家欵宴 復餽送食物 候供給 止宿之日 有俄羅斯出征擄來之式費耶忒國數人 來舟中鼓吹絃歌 以爲娛 賞以銀錢肉食 二十五日起程

—— ◦ —— ◦ —— ◦ ——

관할하는 관리가 대기(大旗)와 소기(小旗), 병사를 정렬하고 우리를 맞이한 후, 우리를 초청하여 데려가서 극진히 대접하며 잔치를 베풀고 먹을 것도 보내주었다. 식량을 기다리며 머물던 중, 러시아가 병사를 이끌고 가서 포로로 잡아 데려온 스웨덴 사람이 배로 와서, 피리 불며, 연주하며 거문고 타며, 노래하며 음악을 시작하여 들려주었다. 은전(銀錢)과 고기를 상으로 주었다. 25일에 투민을 떠났다.

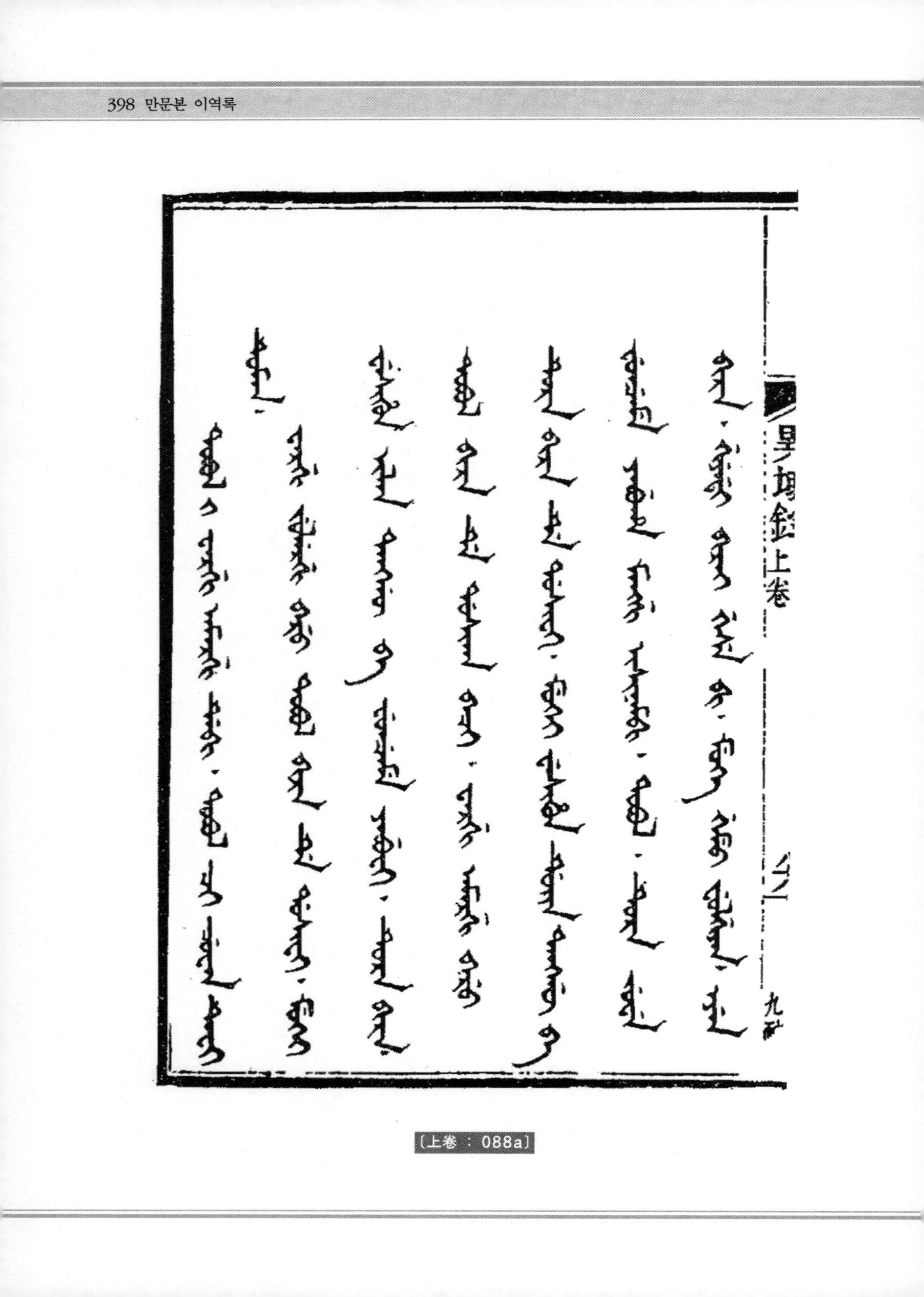

tumen.[203] tobol i wargi amargi debi. tobol ci cuwan tefi
투먼 토볼 의 서 북쪽 에 있다. 토볼 에서 배 타고

wargi julergi baru tobol bira de dosifi, mukei
서 남 쪽 토볼 강 에 들어가서 물의

wesihun ilan tanggū ba funceme yabufi, tura[204] bira,
위로 삼 백 里 넘게 가서 투라 강

tobol bira de dosika baci, wargi amargi baru
토볼 강 에 들어간 곳에서 서 북 쪽

tura bira de dosifi, mukei wesihun duin tanggū ba
투라 강 에 들어가서 물의 위 사 백 里

funceme yabuha manggi isinambi. tobol tura juwe
넘게 간 후 다다른다. 토볼 투라 두

bira, giyedi birai gese bi. muke gemu fulgiyan. eyen
강 기여디 강과 같다. 물 모두 붉다. 흐름

—— ◦ —— ◦ —— ◦ ——

투민

토볼의 서북쪽에 있다. 토볼에서 배를 타고 서남쪽으로 토볼 강에 들어간 후 300리 남짓 거슬러 올라가서, 투라 강이 토볼 강과 만나는 곳으로부터 서북쪽으로 투라 강을 따라 400리 남짓 거슬러 올라간 후 다다른다. 토볼 강과 투라 강은 기여디 강과 비슷하다. 물이 모두 붉고 흐름이

---

203) tumen(圖敏) : 튜멘(Тюмень). 튜멘은 1586년 건설되었으며 러시아인은 이곳을 시베리아 진출의 출발점으로 삼았다. 이곳에서는 tumen으로 쓰였으나 다른 곳에서는 tumin으로 쓰였다.

204) tura river : 투라(Тура) 강은 스베르드롭스카야(Свердловская) 주와 튜멘 주를 흐르는 강으로 토볼 강의 지류이다.

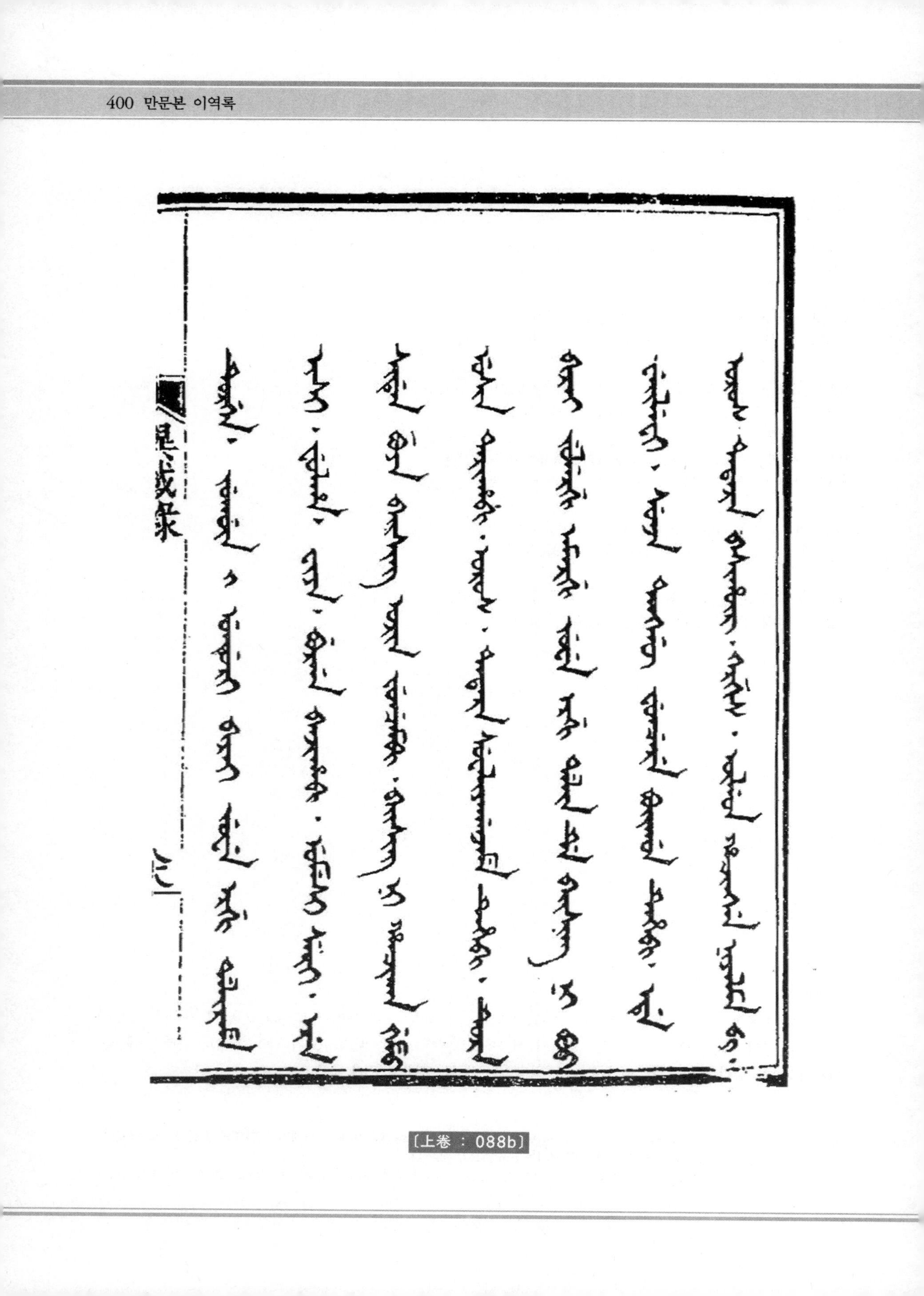

異域錄

二

turgen. jugūn i unduri birai juwe ergi dalirame
빠르다. 길 의 연도 강의 양 쪽 따라

isi, fulha, fiya, burga banjihabi. umesi seri. ere
落葉松 백양나무 자작나무 버드나무 자랐다. 매우 성기다. 이

siden buya baising orin funcembi. baising ni hancikan gemu
사이 작은 바이싱 이십 넘는다. 바이싱 의 가까운 곳 모두

usin tarihabi. oros, tatara suwaliyaganjame tehebi. tura
밭 경작했다. 러시아 타타라 뒤섞여 살았다. 투라

birai julergi amargi juwe ergi dalin de baising ni boo
강의 남 북 양 쪽 기슭 에 바이싱 의 집

weilefi, sunja tanggū funcere boigon tehebi. ede
짓고 오 백 넘는 가구 살았다. 이곳에

oros, tatara, basihūr,[205] kergis, ūlet hacingga niyalma bi.
러시아 타타라 바시후르 커르기스 오이라트 각종 사람 있다.

—— ◦ —— ◦ —— ◦ ——

빠르다. 길을 따라 있는 강의 양 쪽 기슭에는 낙엽송(落葉松), 백양나무, 자작나무, 버드나무가 자라고 있는데 매우 성기다. 이 사이 작은 바이싱이 20채 남짓 있다. 바이싱의 근처는 모두 밭을 경작하였다. 러시아인과 타타라인이 함께 살았다. 투라강의 남북 양쪽 기슭에는 바이싱이 있는데, 집을 짓고 500 남짓한 가구가 살았다. 이곳에는 러시아인, 타타라인, 바시후르인, 커르기스인, 오이라트인 등이 있다.

205) basihūr(巴什虎兒) : 바시키르(Башкиры). 비시키르는 러시아에 살고 있는 투르크계 민족이다. 주로 러시아 바시키르 공화국에 살고 있다. 일부는 우크라이나, 카자흐스탄, 우즈베키스탄, 에스토니아에도 살고 있다.

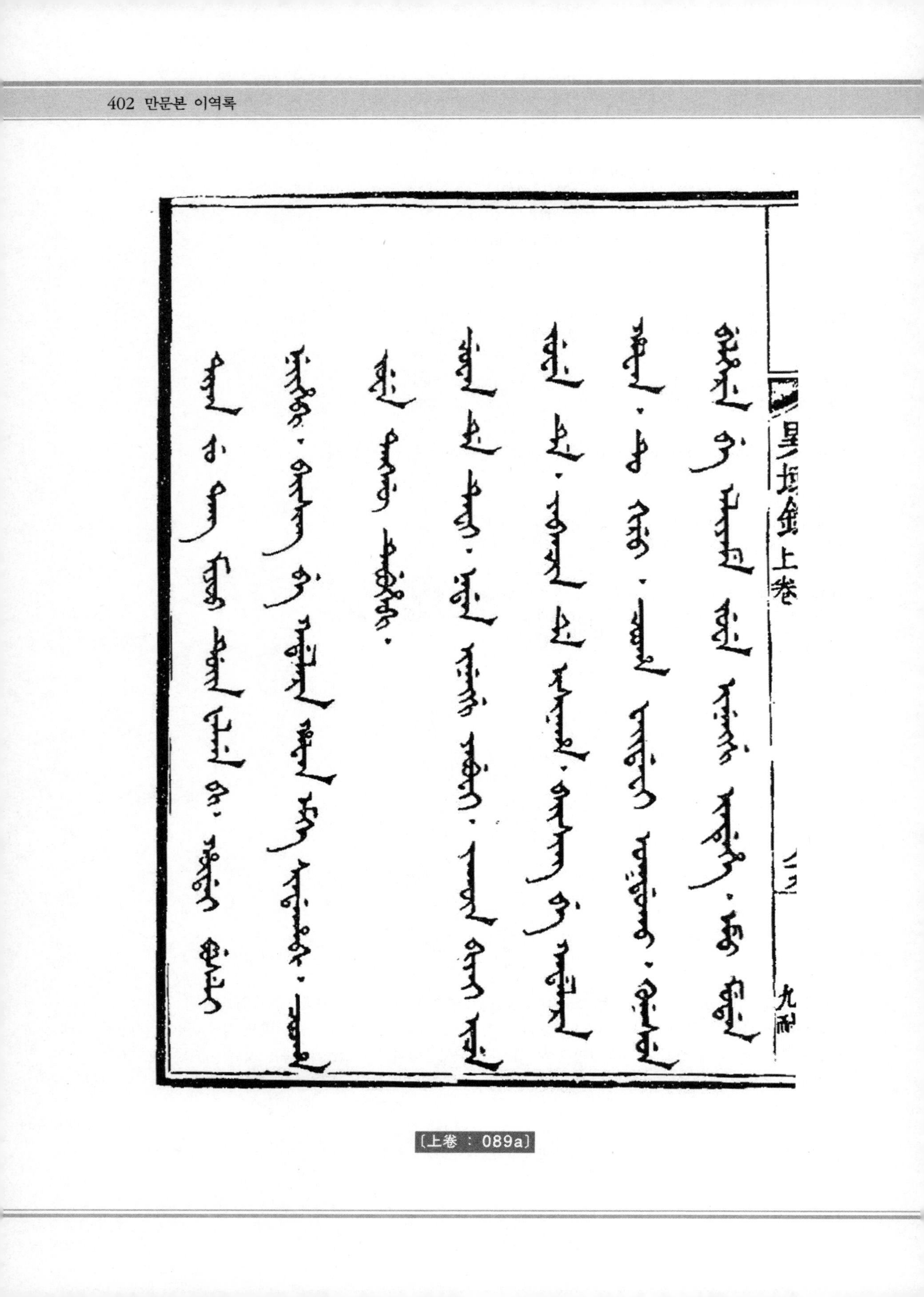

tiyan ju tang miyoo duin falga bi. hūdai puseli
天 主 堂 廟 네 채 있다. 장사의 상점

neihebi. baising be kadalara hafan emke sindahabi. cooha
열었다. 바이싱 을 관할하는 관리 하나 두었다. 병사

juwe tanggū tebuhebi.
이 백 머무르게 했다.

cuwan de tefi, nadan inenggi yabufi, jakūn biyai ice
배 에 타서 칠 일 가서 팔 월의 초

juwe de, yabancin de isinaha. baising be kadalara
이 에 야반친 에 다다랐다. 바이싱 을 관할하는

hafan, tu kiru, cooha faidafi okdoko. kunesun
관리 大旗 小旗 병사 정렬하고 맞이하였다. 식량

belhere be aliyame juwe inenggi indehe. emu mudan
준비하는것 을 기다리며 두 날 묵었다. 한 번

—— ◦ —— ◦ —— ◦ ——

교회는 4채 있으며, 상점도 있다. 바이싱을 관할하는 관리 한 명을 두고 있으며, 병사는 200명 주둔시켰다. 배를 타고 7일 동안 가서 8월 2일에 야반친에 다다랐다. 바이싱을 관할하는 관리가 대기(大旗), 소기(小旗), 병사를 정렬하고 맞이하였다. 식량을 준비하는 것을 기다리며 이틀 동안 그곳에서 묵었는데, 우리를 한 번

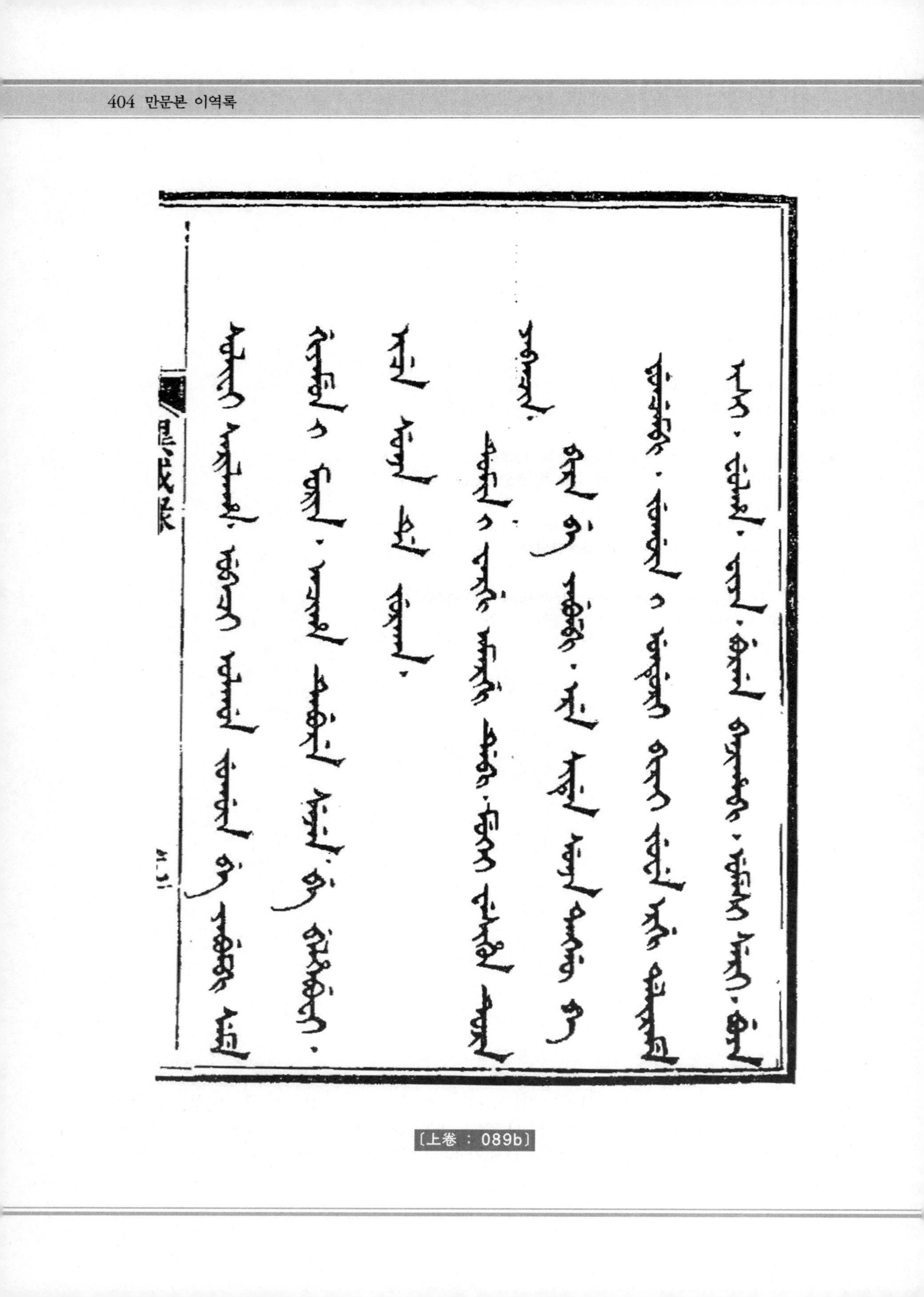

異域錄

solifi sarilaha. ubaci olgon jugūn be yabumbi seme
청하여 잔치했다. 이곳부터 뭍 길 을 간다 하여

giyamun i morin, aciha tebure sejen be belhebufi,
역참 의 말 짐 싣는 수레 를 준비하게 하고

ice sunja de juraka.
초 오 에 떠났다.

yabancin.[206] tumin i wargi amargi debi. mukei wesihun tura
야반친 투민 의 서 북쪽 에 있다. 물의 위로 투라

bira be yabumbi. ere siden sunja tanggū ba
강 을 간다. 이 사이 오 백 里

funcembi. jugūn i unduri birai juwe ergi dalirame
넘는다. 길 의 연도 강의 양 쪽 따라

isi, fulha, fiya, burga banjihabi. umesi seri. buya
落葉松 백양나무 자작나무 버드나무 자랐다. 매우 성기다. 작은

[한문]

鴉班沁

在圖敏之西北 由土拉河遡流 舟行五百餘里 沿河兩岸有杉松楊樺叢柳 甚稀 有小

—— ◦ —— ◦ —— ◦ ——

초청하여 잔치를 베풀었다. 이곳부터는 육로로 간다고 하여 역마와 짐을 실는 수레를 준비시켜서 5일에 야반친을 떠났다.

야반친.

투민의 서북쪽에 있다. 투라 강을 거슬러 올라가는데, 이 사이는 500리가 넘는다. 길을 따라 있는 양 쪽 기슭에는 낙엽송(落葉松), 백양나무, 자작나무, 버드나무가 자라고 있는데, 매우 성기다. 작은

---

206) yabancin(鴉班沁) : 지금의 투린스크(Туринск)로 옛 타타르 마을 여판친(yepanchin)이 있던 곳에 1581년 세워졌다. 투린스키(Тури́нский) 지역의 행정 중심지로 투라(Тypá) 강 우측 강변에 있으며 베르호투리에(Верхотурье)와 투멘 사이에 위치하고 있다.

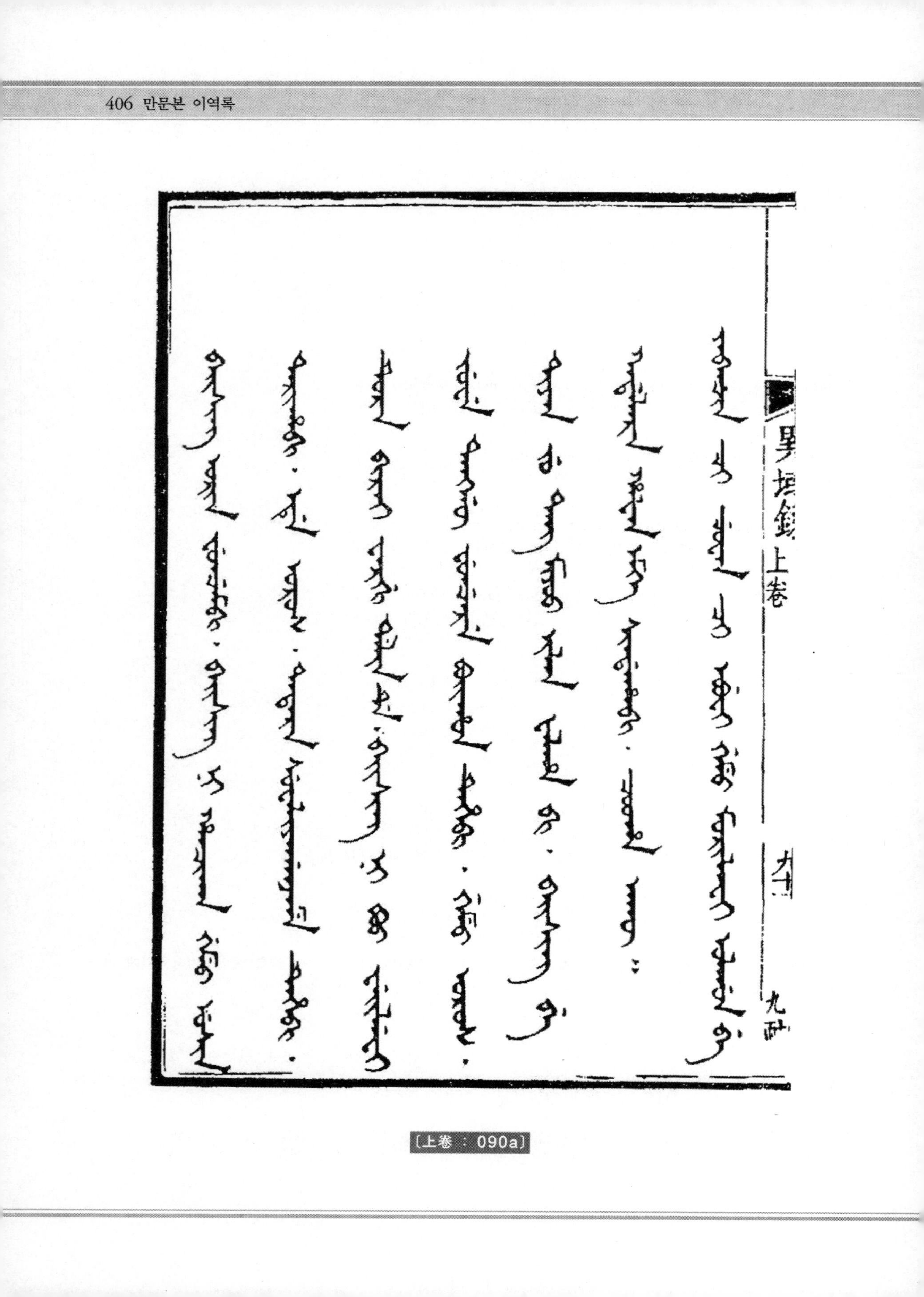

異域錄 上卷

九

baising orin funcembi. baising ni hancikan gemu usin
바이싱 스물 넘는다. 바이싱 의 가까운곳 모두 밭

tarihabi. ede oros, tatara suwaliyaganjame tehebi.
경작하였다. 이곳에 러시아 타타라 뒤섞여 살았다.

tura birai wargi dalin de, baising ni boo weilefi
투라 강의 서쪽 기슭 에 바이싱 의 집 짓고

juwe tanggū funcere boihon[207] tehebi. gemu oros.
이 백 넘는 가구 살았다. 모두 러시아인이다.

tiyan ju tang miyoo ilan falha bi. baising be
天 主 堂 廟 세 채 있다. 바이싱 을

kadalara hafan emke sindahabi. cooha akū..
관할하는 관리 하나 두었다. 병사 없다.

yabancin ci cuwan ci ebufi gemu morilafi olgon be
야반친 에서 배 에서 내려서 모두 말타고 뭍 을

[한문]

栢興二十餘處 栢興附近俱種田畝 俄羅斯與搭搭拉雜處 土拉河之西岸有栢興廬舍 居二百餘戶 俱俄羅斯有天主堂三座 設管轄栢興頭目二員 無兵 從此捨舟陸行 自雅班沁捨舟 俱乘騎陸行

—— ◦ —— ◦ —— ◦ ——

바이싱이 20개 남짓 있다. 바이싱 근처는 모두 밭을 경작하였다. 이곳에는 러시아인 타타라인이 함께 살았다. 투라 강의 서쪽 기슭에 있는 바이싱에는 200 남짓한 가구가 집을 짓고 살았는데 모두 러시아인이다. 교회는 3채 있으며 바이싱을 관할하는 관리를 하나 두고 있으며 병사는 없다. 야반친에서는 배에서 내려 모두 말을 타고 육로로

207) boihon = boigon.

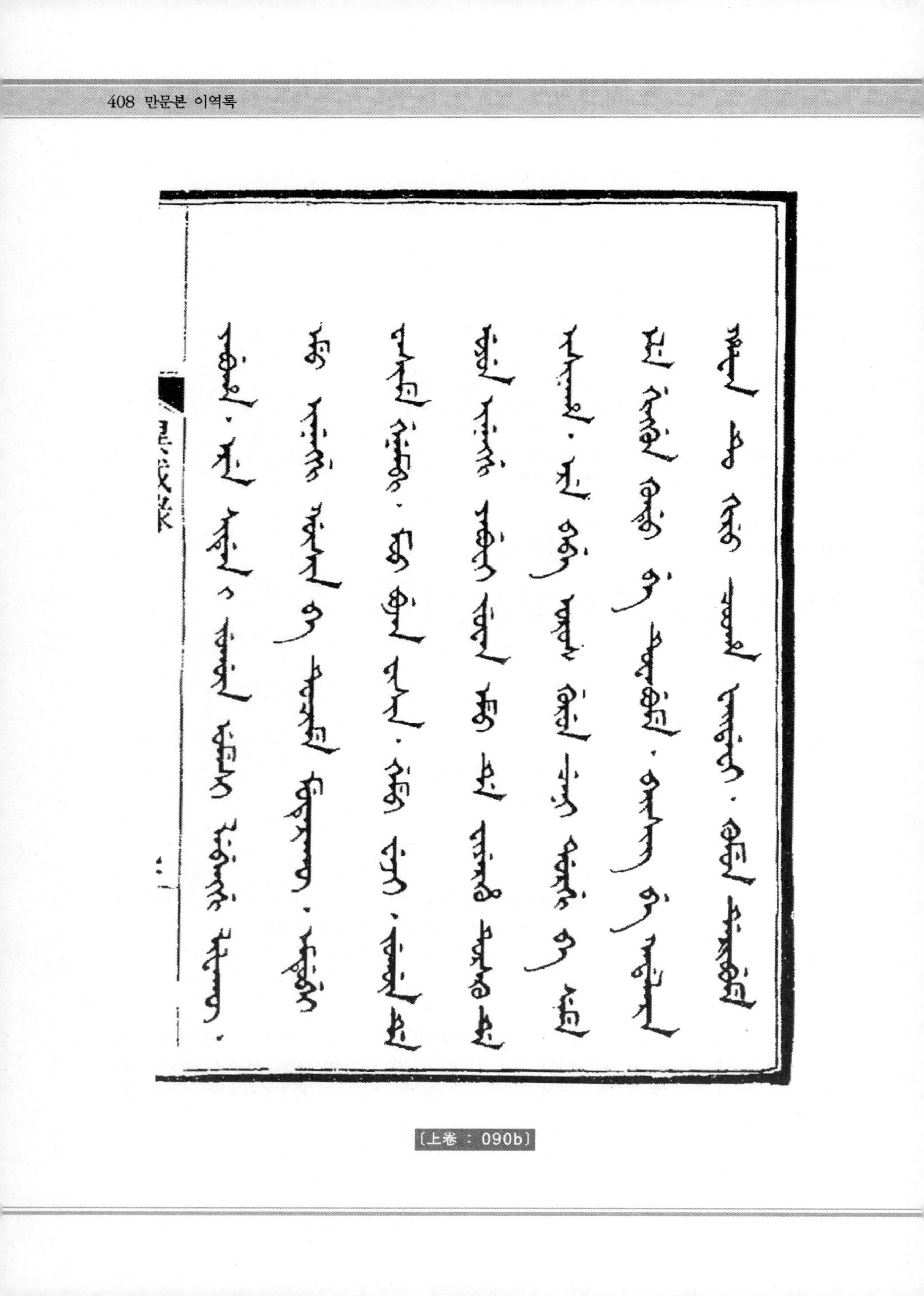

yabuha. ere siden i jugūn umesi lebenggi lifakū.
갔다. 이 사이 의 길 매우 질퍽한 늪이다.

emu inenggi gūsin ba tucime muterakū. emdubei
한 날 삼십 里 나갈 수 없다. 계속

wasime genembi.[208] moo bujan fisin, gemu weji. jugūn de
내려 간다. 나무 숲 빽빽하고 모두 숲이다. 길 에

uyun inenggi yabufi, juwan emu de fiyerh'o tursk'o de
구 일 가서 십 일 에 피여르호 투르스코 에

isinaha. ere babe oros gurun ceni dorgi ba seme
다다랐다. 이 곳을 러시아 나라 그들의 內 地 하며

ele ginggun kundu be tuwabume, baising be kadalara
더욱 존경 공경 을 보이며 바이싱 을 관할하는

hafan tu kiru cooha faidafi, kumun deribume
관리 大旗 小旗 병사 정렬하고 음악 시작하여

[한문]

此間道路甚泥濘 一日止可行三十里許 地勢漸下 皆林藪 越九宿 于十一日 至費耶爾和土爾斯科地方 此處俄羅斯謂其國之内地 愈加欽敬 管柏興官排列旗幟兵丁 鼓吹

—— ◦ —— ◦ —— ◦ ——

갔다. 이 사이의 길은 매우 질퍽한 늪이어서 하루에 30리를 갈 수 없다. 계속 내려 간다. 나무와 수풀이 빽빽하고 모두 수풀이다. 9일 동안 길을 가서 11일에 피여르호 투르스코에 다다랐다. 이곳을 러시아에서는 자신들의 내지(內地)라 하여 더욱 존경과 공경을 보이면서, 바이싱을 관할하는 관리가 대기(大旗), 소기(小旗), 병사를 정렬하고 음악을 연주하며

208) wasime genembi : 야반친에서 피여르호 투르스코까지의 길은 투라 강의 상류 지방, 우랄 산맥 쪽을 향하고 있으므로 올라갈 수밖에 없는데 이곳에서는 내려가는 것으로 표현하고 있다.

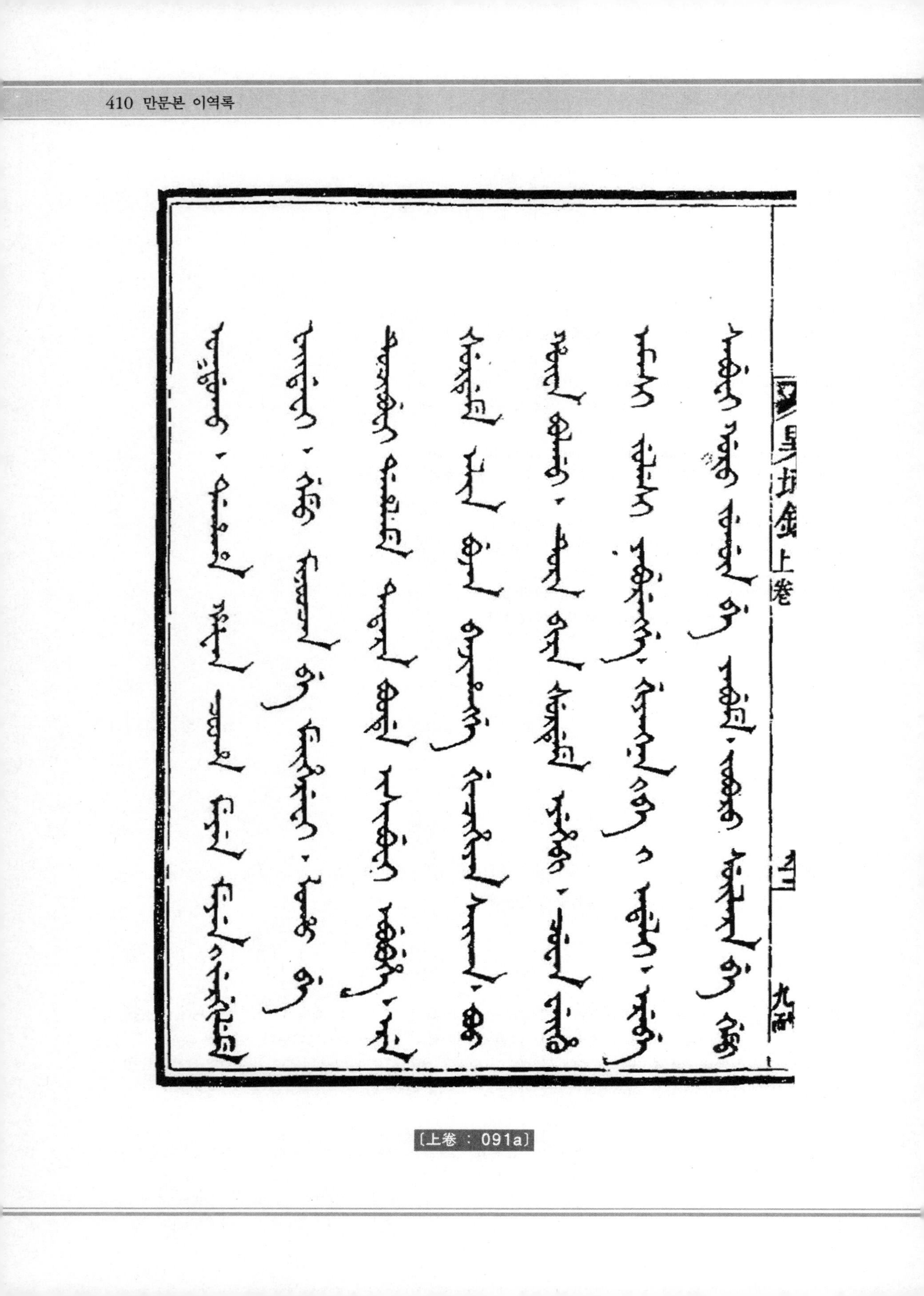

異域錄 上卷 九

okdoko. dahaha hafan cooha meyen meyen i jergileme
맞이하였다. 뒤따르던 관리 병사 군 데 군데 순서대로

faidafi, gemu miyoocan be meiherefi, loho be
정렬하고 모두 조총 을 메고 칼 을

tucibufi, dahalame tatara boode isibufi ebubuhe. ere
꺼내고 뒤따르며 머물 집에 이르게 하여 짐을 부리게 했다. 이

šurdeme alin bujan banjihangge gincihiyan saikan. boo
주위 산 숲 자란 것 화려하다. 집

hūwa bolgo. tura bira šurdeme eyehebi. cuwan weihu
뜰 맑다. 투라 강 둘러 흘렀다. 배 마상이

amasi julesi yaburengge, giyangnan i ba i adali. erebe
뒤로 앞으로 다니는 것 江南 의 곳 과 같다. 이를

sabufi goro jugūn be yabume, joboro suilara be gemu
보고 먼 길 을 가며 수고로움 괴로움 을 모두

[한문]

而迎 其護從官兵 按隊層列 負鎗持刃 送至館驛安置 此處一帶 山色奇秀 室宇淸潔 土拉河環抱 舟楫往來 宛如江南 應接不暇 忘異鄕行路之崎嶇也

—— ◦ —— ◦ —— ◦ ——

우리를 맞이하였다. 뒤따르던 관리와 병사를 대오를 갖춰 정렬하고, 모두 조총을 메고 칼을 꺼내서 뒤따르며 우리가 머물 집에 안내하여 여장을 풀게 하였다. 이 주위에 있는 산은 수풀이 자란 것 화려하다. 집의 뜰은 깨끗하다. 투라 강이 주위를 둘러 흘렀다. 배, 마상이 앞뒤로 다니는 것이 마치 강남(江南)에 온 것과 같다. 이를 보고 먼 길을 가며 느꼈던 수고로움과 괴로움을 모두

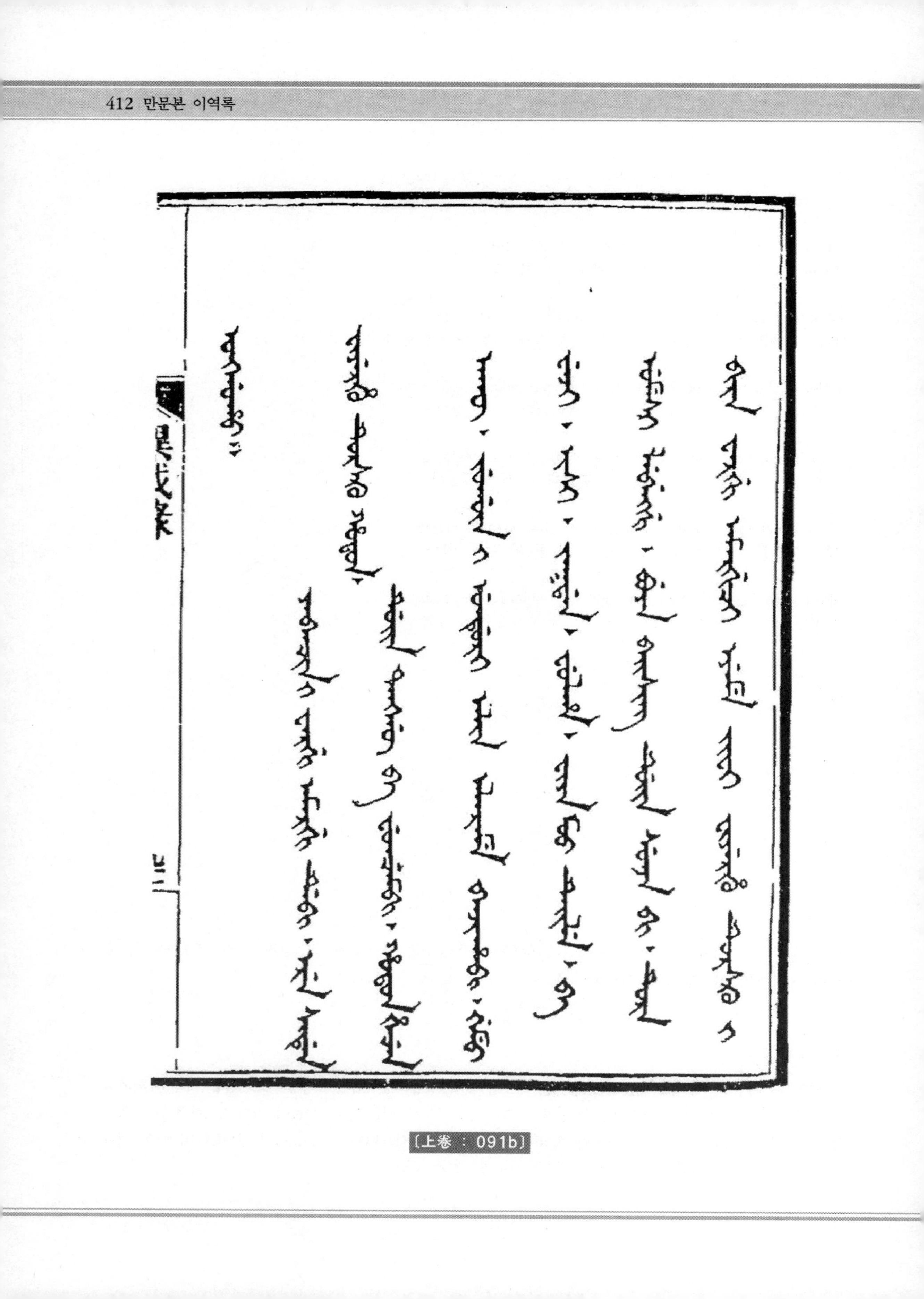

〔上卷 : 091b〕

onggoho..
잊었다.

fiyerh'o tursk'o hoton.[209] yabancin i wargi amargi debi. ere siden
피여르호 투르스크 城 야반친 의 서 북쪽 에 있다. 이 사이

duin tanggū ba funcembi. hoton hecen
사 백 里 넘는다. 城 郭

akū. jugūn i unduri alin alarame banjihabi. gemu
없다. 길 의 연도 산 나지막이 생겼다. 모두

weji, isi, jakdan, fulha, fiya moo teile. ba
수풀 落葉松 소나무 백양나무 자작 나무 뿐이다. 땅

umesi lebenggi. buya baising duin sunja bi. tura
매우 질펵하다. 작은 바이싱 넷 다섯 있다. 투라

bira wargi amargici eyeme jifi fiyerh'o tursk'o i
강 서 북쪽에서 흘러 와서 피여르호 투르스크 의

[한문]

費耶爾和土爾斯科城

在鴉班沁之西北 其間四百餘里 無城郭 沿途皆山崗 多林藪 惟有杉松馬尾松楊樺 地甚泥濘 有小柏興四五處 土拉河來自西北 流過費耶爾和土爾斯科城之

—— ◦ —— ◦ —— ◦ ——

잊었다.

피여르호 투르스코 성(城).

야반친의 서북쪽에 있다. 이 사이는 400리 남짓이다. 성곽은 없다. 길을 따라 있는 산은 나지막하며, 모두 수풀로, 낙엽송(落葉松), 소나무, 백양나무, 자작나무뿐이다. 땅은 매우 질펵하며, 작은 바이싱이 4-5채 있다. 투라 강은 서북쪽에서 흘러와서 피여르호 투르스코의

---

209) fiyerh'o tursk'o(費耶爾和土爾斯科) : 베르호투리에(Верхотурье) 성(城). 베르호투리에 성은 스베르드로브스카야(Свердловская) 주 베르호토르스키(Верхотурский) 지역의 행정중심지로 우랄 산맥의 동쪽 산기슭에 위치하며 1598년에 건설되었다. 툴리션은 이곳에서 서북쪽으로 향하여 우랄 산맥을 횡단했다. 우랄산맥의 가운데 위치하고 있으며 투라 강 좌안에 있다.

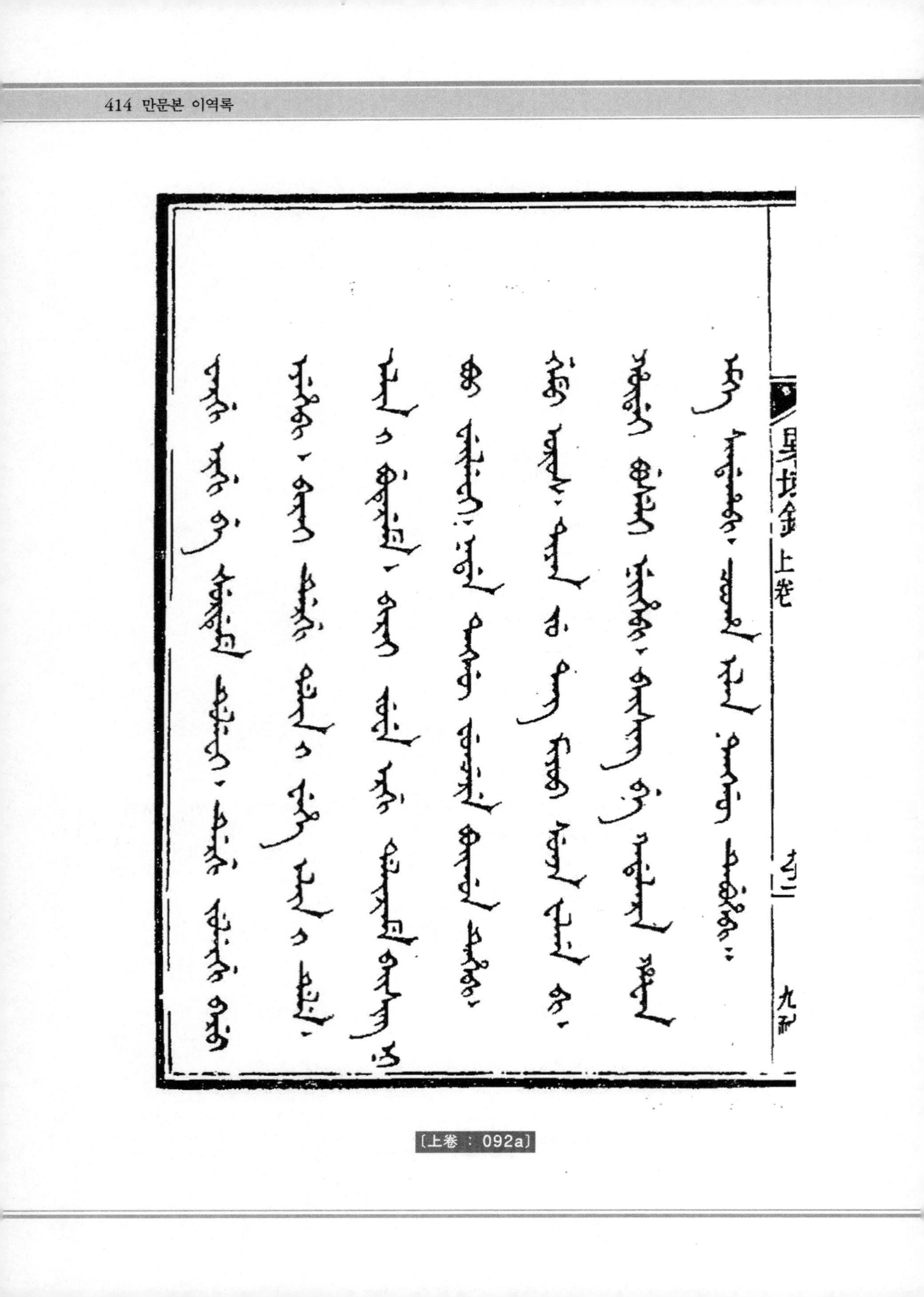

wargi ergi be šurdeme dulefi, dergi julergi baru
서 쪽 을 둘러 지나고 동 남 쪽

eyehebi. birai dergi dalin i wehe alin i dele,
흘렀다. 강의 동쪽 기슭 의 돌 산 의 위

alin i butereme, birai juwe ergi dalirame baising ni
산 의 기슭을 따라 강의 양 쪽 따라 바이싱 의

boo weilefi, nadan tanggū funcere boigon tehebi.
집 짓고 칠 백 넘는 가구 살았다.

gemu oros. tiyan ju tang miyoo sunja falga bi.
모두 러시아인이다. 天 主 堂 廟 5 채 있다.

hūdai puseli neihebi. baising be kadalara hafan
장사의 상점 열었다. 바이싱 을 관할하는 관리

emke sindahabi. cooha ilan tanggū tebuhebi..
하나 두었다. 병사 삼 백 머무르게 했다.

[한문]

西面 向東南而流 河之東岸石山上下及河之兩岸 有柏興廬舍 居七百餘戶 俱俄羅斯 天主堂五座 有市廛設管轄柏興頭目一員 駐兵三百名

—— ◦ —— ◦ —— ◦ ——

서쪽을 둘러 지나가고 동남쪽으로 흘렀다. 강의 동쪽 기슭의 돌산 위, 산기슭을 따라 그리고 강의 양쪽 기슭을 따라 있는 바이싱에는 집을 짓고 700 남짓한 가구가 살았다. 모두 러시아인이다. 교회는 5채 있으며, 상점도 열었다. 바이싱을 관할하는 관리를 한 명 두고 있으며, 병사는 300명을 주둔시켰다.

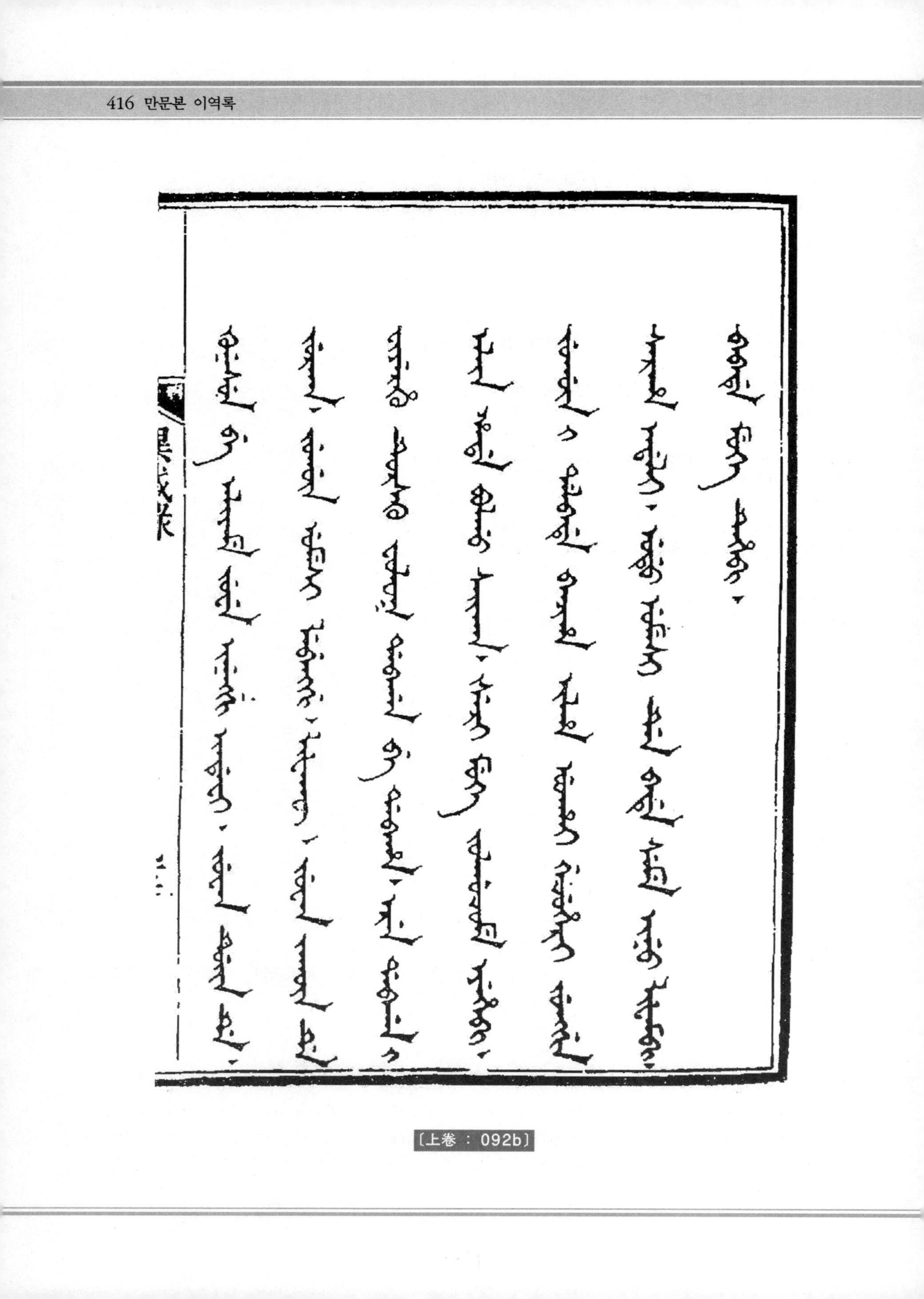

異域錄

kunesun be aliyame juwe inenggi indefi, juwan duin de
식량 을 기다리며 두 날 묵고 십 사 에

juraka. jugūn umesi lebenggi, lifakū. juwan jakūn de
떠났다. 길 매우 질퍽한 늪이다. 십 팔 에

fiyerh'o tursk'o folok dabagan be dabaha. ere dabagan i
피여르호 투르스코 폴록 고개 를 넘었다. 이 고개 의

alin hada bolgo saikan. šeri muke jolgocome eyehebi.
산 산봉우리 맑고 예쁘다. 샘 물 솟아 흘렀다.

jugūn i dalbade banjiha ilha uthai gecuheri junggin
길 의 가에 핀 꽃 곧 錦綺羅

saraha adali. udu umesi den bade seme inu lifambi.
펼친것 같다. 비록 매우 높은 곳에 하여 도 질퍽하다.

babade muke tehebi.
곳곳에 물 고였다.

[한문]

候辦供給 止二宿 于十四日起程 路甚泥濘 十八日 過費耶爾和土爾斯科佛落克嶺 其嶺峰巒競秀 泉脈爭流 夾路野花 若張錦綺 雖極高之處 亦泥濘有水

— ∘ — ∘ — ∘ —

식량을 기다리며 이틀 동안 묵고 14일에 길을 떠났다. 길은 매우 질퍽한 늪이다. 18일에 피여르호 투르스코 폴록 고개를 넘었다. 이 고개의 산과 산봉우리는 맑고 예쁘며, 샘물은 솟아 흘렀다. 길가에 핀 꽃은 마치 금기라(錦綺羅)를 펼친 것 같다. 비록 매우 높은 곳이라고 해도 땅이 질퍽하며 곳곳에 물이 고였다.

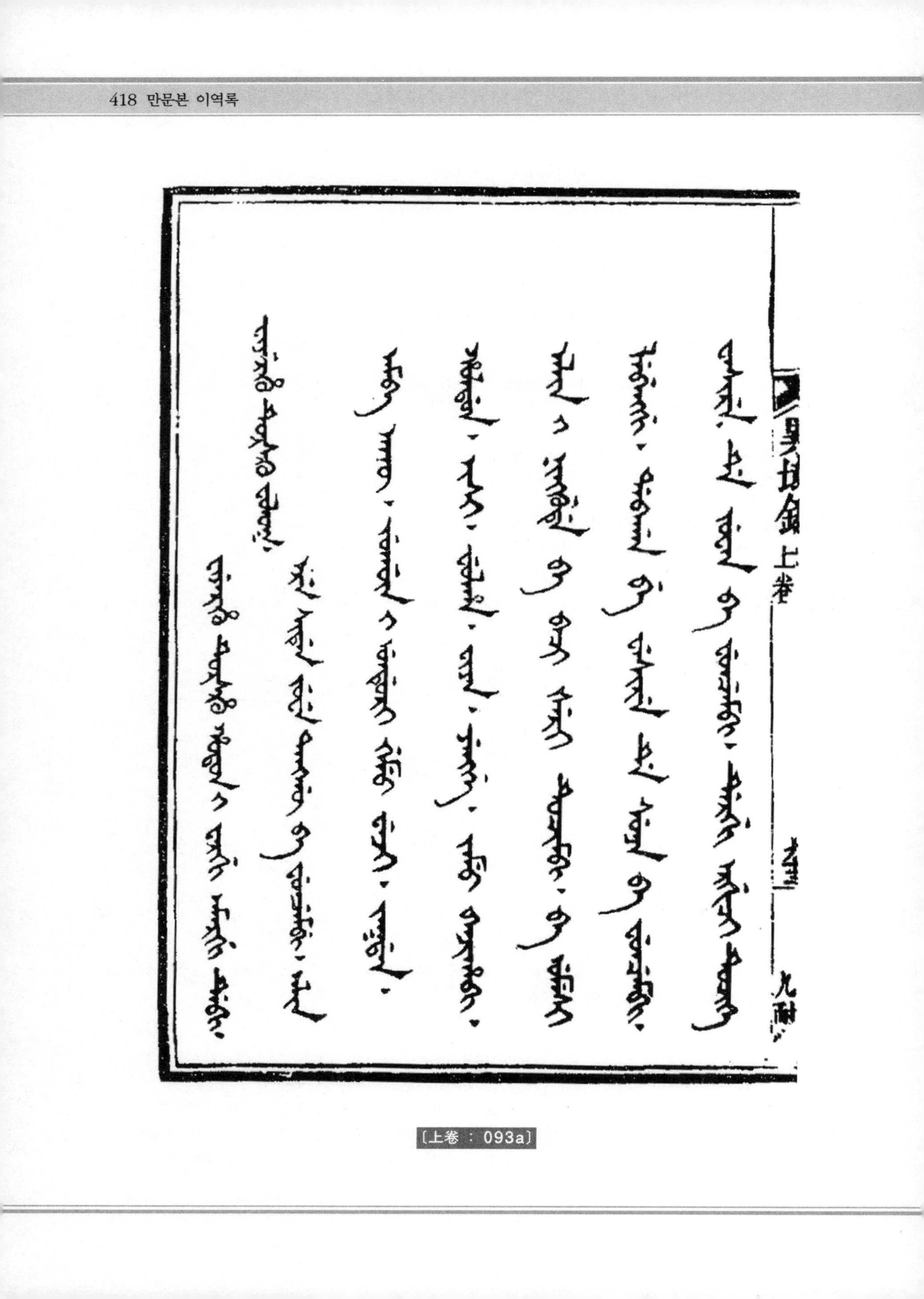

異域錄 上卷 九

fiyerh'o tursk'o folok.[210] fiyerh'o tursk'o hoton i wargi amargi debi.
피여르호 투르스코 폴록. 피여르호 투르스코 城 의 서 북쪽 에 있다.

ere siden juwe tanggū ba funcembi. alin
이 사이 이 백 里 넘는다. 산

amba akū, jugūn i unduri gemu weji. jakdan,
크지 않고 길 의 연도 모두 수풀이다. 소나무

holdon, isi, fulha, fiya, yengge, jamu banjihabi.
잣나무 落葉松 백양나무 자작나무 머루나무 해당화 자랐다.

alin i ninggude, ba baci šeri tucimbi. ba umesi
산 의 위에 곳 곳에서 샘 나온다. 땅 매우

lebenggi. dabagan be wesire de sunja ba funcembi.
질퍽하다. 고개 를 올라감 에 오 里 넘는다.

wasire de juwan ba funcembi. dergi ergici tucike
내려옴 에 십 里 넘는다. 동 쪽에서 나온

[한문]

費耶爾和土爾斯科佛落克嶺

在費耶爾和土爾斯科城之西北 其間二百餘里 山不甚大 沿途皆林藪 有馬尾松果松杉松楊樺櫻薁刺玫 山巔嶺上 隨處流泉 地甚泥濘 上嶺五里許 下嶺十里餘 自嶺東流出者

—— ◦ —— ◦ —— ◦ ——

피여르호 투르스코 폴록.

피여르호 투르스코 성(城)의 서북쪽에 있다. 이 사이는 200리 남짓이다. 산은 크지 않고, 길 주위는 모두 수풀이다. 소나무, 잣나무, 낙엽송(落葉松), 백양나무, 자작나무, 머루나무, 해당화가 자랐다. 산 위에는 곳곳에서 샘이 나온다. 땅은 매우 질퍽하다. 고개를 올라가는 데 5리 남짓이고, 내려가는 데 10리 남짓이다. 동쪽에서 흘러나온

210) fiyerh'o tursk'o folok(費耶爾和 土爾斯科 佛落克) : 베르호토르스키 고리(Верхотурские горы). 베르호투리예(Верхотурье)에서 서북쪽 소리캄스코(Permskiy)에 이르는 우랄 산맥의 고개 중 하나이다.

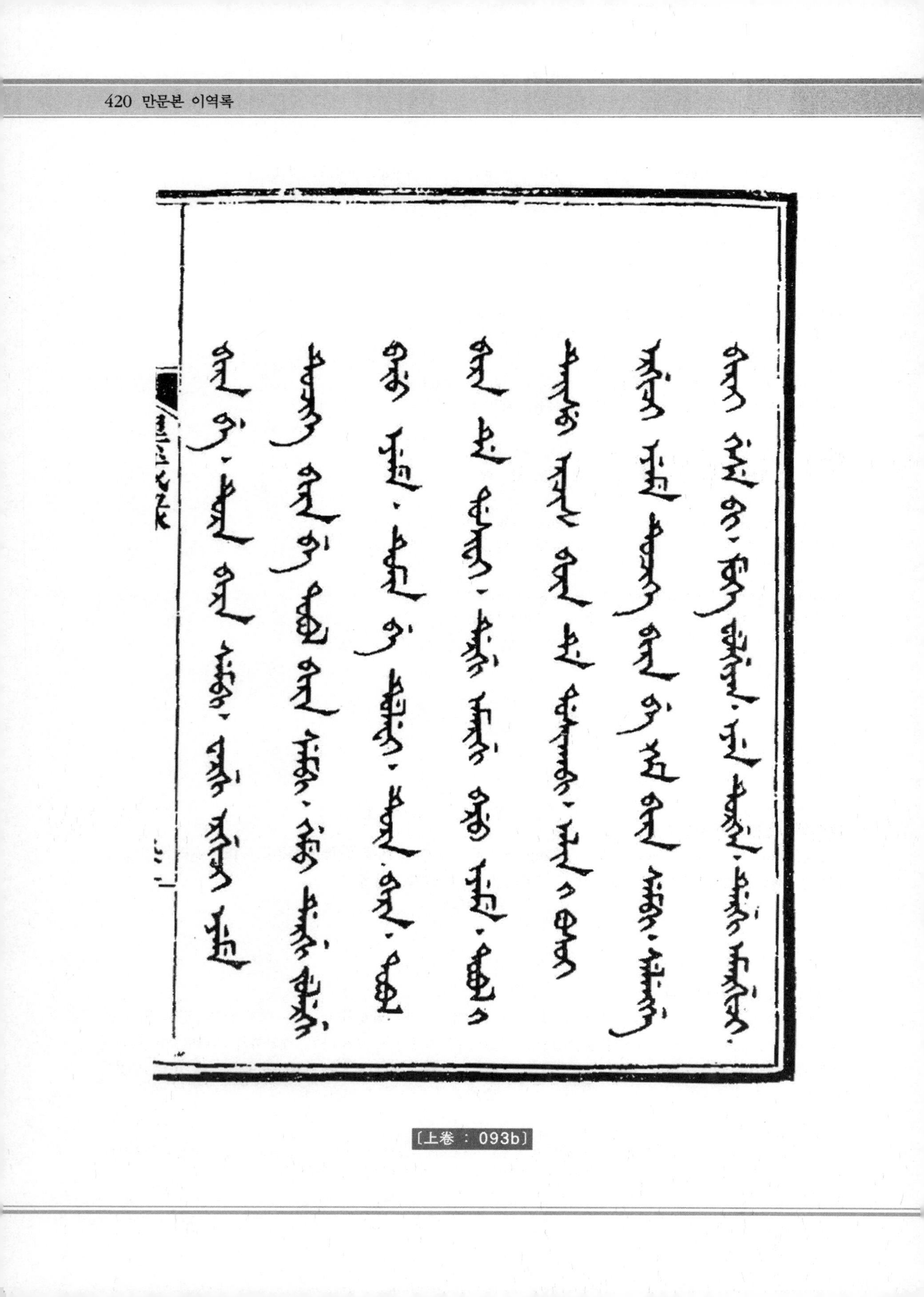

bira be, tura bira sembi, wargi ergici eyeme
강 을 투라 강 한다. 서 쪽에서 흘러

tucike bira be tobol bira sembi. gemu dergi julergi
나온 강 을 토볼 강 한다. 모두 동 남

baru eyeme, tumin be dulefi, tura bira, tobol
쪽 흘러 투민 을 지나서 투라 강 토볼

bira de dosifi, dergi amargi baru eyeme, tobol i
강 에 들어가서 동 북 쪽 흘러 토볼 과

teisu ercis bira de dosikabi. alin i bosoi
마주하여 어르치스 강 에 들어갔다. 山 陰의

ergici eyeme tucike bira be k'am[211)] bira sembi. selengge
쪽에서 흘러 나온 강 을 캄 강 한다. 세렝게

birai gese bi. muke fulgiyan, eyen turgen. dergi amargici
강과 같다. 물 붉고 흐름 빠르다. 동 북쪽에서

[한문]

謂之土拉河 嶺西流出者 謂之托波兒河 俱向東南流 過圖敏地方 土拉河歸入托波兒河 復向東北流 至托波兒相對地方 歸入厄爾齊斯河 又自山陰流出者 謂之喀穆河 其大似色楞格河 水色赤溜急 自東北

—— ◦ —— ◦ —— ◦ ——

강을 투라 강이라고 한다. 서쪽에서 흘러나온 강 을 토볼 강이라고 한다. 모두 동남쪽으로 흘러 투민을 지나서, 투라 강이 토볼강에 들어간 후, 동북쪽으로 흘러 토볼과 마주하여 어르치스 강에 들어갔다. 산음(山陰)에서 흘러나온 강을 캄 강이라고 한다. 세렝게 강과 비슷하다. 물이 붉고 흐름이 빠르다. 동북쪽에서

211) k'am : 카마(Ка́ма). 카마 강은 우드무르트스카야(Удмуртская) 공화국 쿠리가(Кулига) 근처에서 북서쪽으로 200km를 흐르고 로이노(Лойно) 근처에서 다시 북동쪽으로 200km를 더 흐른 다음, 페름(Пермь)에서 남쪽과 서쪽으로 향하여 우드무르트야(Удмуртия)를 지난 다음 타타르스탄 공화국을 통해 볼가 강과 만난다.

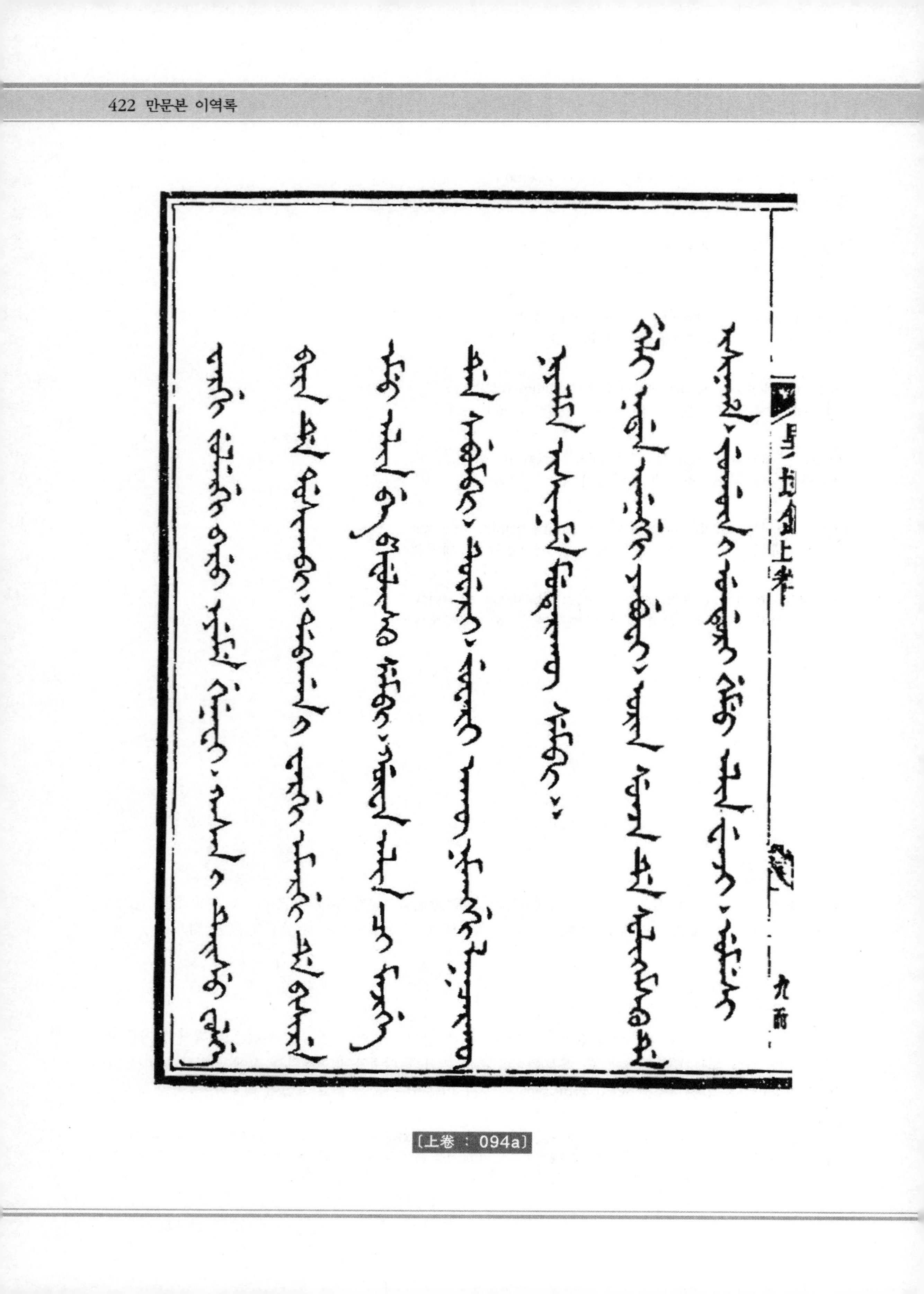

wargi julergi baru eyeme genefi, kasan i teisu folge[212)]
서 남 쪽 흘러 가서 카산 의 마주하여 폴거

bira de dosikabi. dabagan i wargi amargi de bisire
강 에 들어갔다. 고개 의 서 북쪽 에 있는

emu alin be pafulinsk'o[213)] sembi, gūwa alinci majige
한 산 을 파풀린스코 한다. 다른 산보다 조금

den sabumbi. tuweri, juwari akū nimanggi lakcarakū
높아 보인다. 겨울 여름 없고 눈 끊이지 않는다.

niyalma isiname muterakū sembi..
사람 이를 수 없다 한다.

geli nadan inenggi yabufi, orin sunja de solik'amsk'o de
또 칠 일 가서 이십 오 에 솔리캄스코 에

isinaha. jugūn i unduri gemu alin weji. umesi
다다랐다. 길 의 연도 모두 산 수풀이다. 매우

[한문]

向西南而流 至喀山相對地方 歸入佛兒格河 其嶺之西北有山名曰帕付林斯科 峙出諸山 土人云 冬夏積雪不消 人不能至 又越七宿 于二十五日 至宿里喀穆斯科地方 沿途皆山林 甚

— ◦ — ◦ — ◦ —

서남쪽으로 흘러가서, 카산과 마주하여 볼가 강으로 들어갔다. 고개의 서북쪽에 있는 산 하나를 파풀린스코라고 한다. 다른 산보다 조금 높아 보인다. 겨울과 여름이 없고 눈이 끊이지 않는다. 사람이 올라갈 수 없다고 한다. 또 7일 동안 가서 25일에 솔리캄스코에 다다랐다. 길 주위는 모두 산과 수풀로, 매우

212) folge(佛爾格) : 볼가(Во́лга). 볼가 강은 러시아 서부의 강이다. 유럽에서 가장 긴 강이며 러시아의 중요한 교통로이다. 볼가 강은 카잔에 이를 때까지 습한 삼림 지대를 통과한 후에 남쪽으로 방향을 바꾸면서 서서히 건조한 지대를 만나고 카잔을 지나면서 지류 카마 강과 합류한다. 볼고그라드(Волгоград)에 이르러서는 강은 본류인 볼가 강에서 아후투바(Ахтуба) 강이 나뉘어 나란히 흘러 가카스피해 저지대의 아스트라한(Астрахань)에 이르러 넓은 삼각주를 지나 해수면보다 30m 낮은 카스피 해에 유입한다.

213) pafulinsk'o(帕付林斯科) : 파브린스코(Павлинско). 파브린스코는 베르호토르스키(Верхотурские) 고개의 서북쪽에 있는 산으로 정확한 위치가 확인되지 않지만 내용상 우랄 산맥을 가리키는 것으로 추정된다.

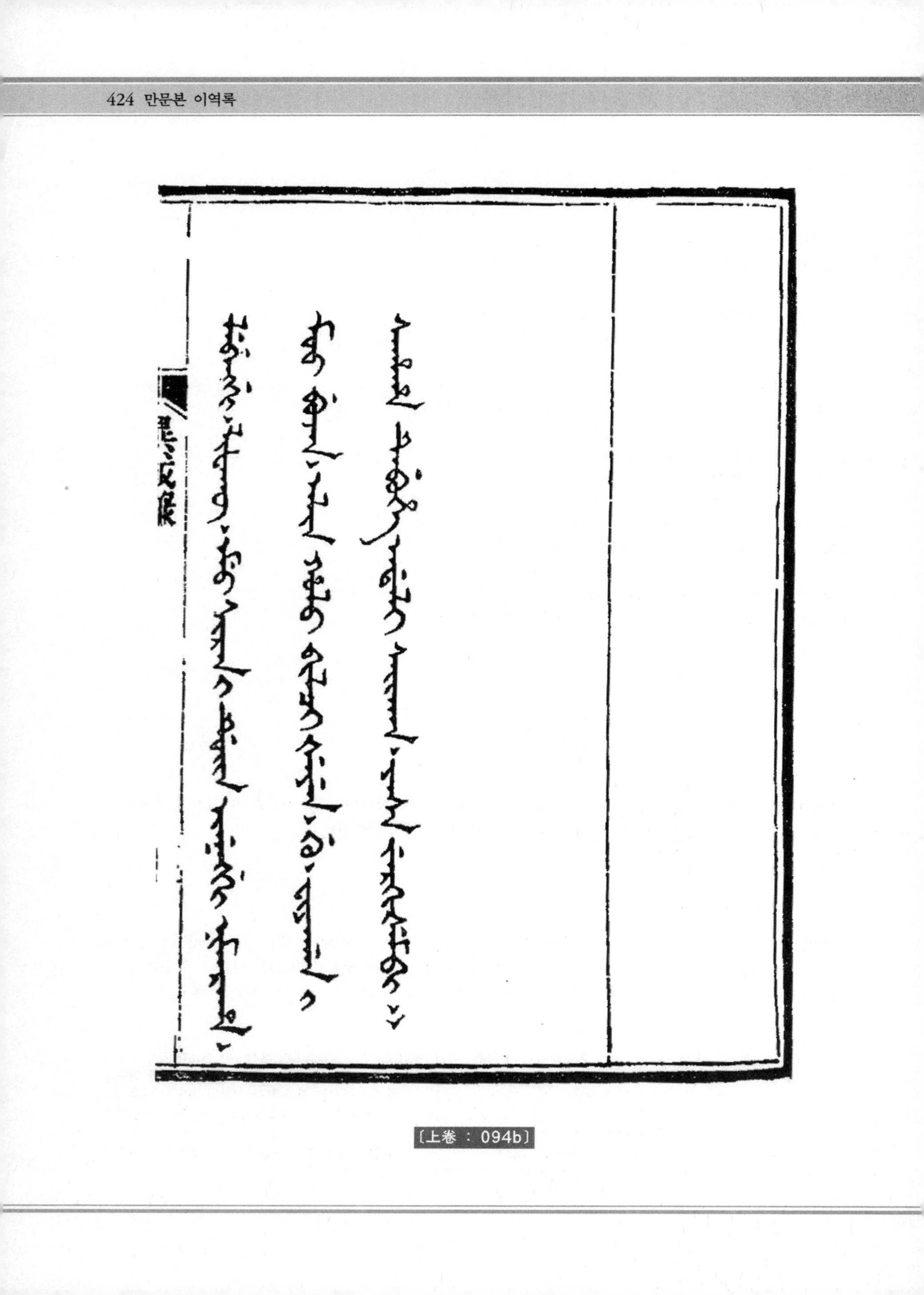

lebenggi, lifakū. emu siran i duin inenggi nimaraha.
질퍽한 늪이다. 잇따라 사 일 눈 내린다.

moo bujan, alin holo bilci[214] šeyen, gu, fiyagan i
나무 숲 산골짜기 바라보다 하얗고 玉 유리 로

sahaha tebuhe adali saikan. yasa jerkišembi..
쌓고 놓은 것 같이 예쁘다. 눈 부시다.

[한문]

泥濘 大雪連朝 林木巖壑 一目皜然 瓊瑤璀璨 光輝奪目 眞奇觀也

[自此由喀穆河水路舟行正在料理船隻於二十七日起又大雪三日河内流澌俄羅斯官來禀曰水路已不能行只得候地凍由陸路方可行走我等向護送官博爾果付泥克催促即由陸路起行博爾果付泥克曰其間途中泥濘浮面雖稍凍下面猶陷馬蹄易於損壞雖强爲起程不能出一百里倘若阻滯反覺艱難斷不可行若稍可行走我何敢留天使在此居住只得暫候幾日因此候凍住索里喀穆斯科地方至九月盡間遍地凍結撥給馬匹拖床於十月初二日自索里喀穆斯科地方起程][215]

—— ◦ —— ◦ —— ◦ ——

질퍽한 늪이다. 잇따라 4일 동안 눈이 내린다. 숲과, 골짜기는 바라꽃보다 하얗고 경요(瓊瑤)를 쌓아 놓은 것과 같이 예쁘고 눈이 부시다.

---

214) bilci : 이마니시 슌수(今西春秋:1964)에서는 bila-ci의 오기(誤記)로 bila를 바라화(波羅花)로 보고 있지만 한문본에 쓰인 '林木巖壑一日皜然'과 비교해 보아도 분명하지 않다. 다른 견해로 순색(純色)의 의미로 쓰이는 bulji의 이형태로 보면 bilci šeyen이 '새하얗다'가 된다. 바라화(波羅花)는 산골짜기에 자라며 잎은 광택이 나고 꽃은 희고 가을에 피는 기화(奇花)이다.

215) [ ] 부분의 내용은 만문본과는 달리 순서가 바뀌어 하권2b 솔리캄스코(solik'amsk'o)에 대한 설명 다음에 실려 있다.

만문본 이역록

하권

滿文本 異域錄

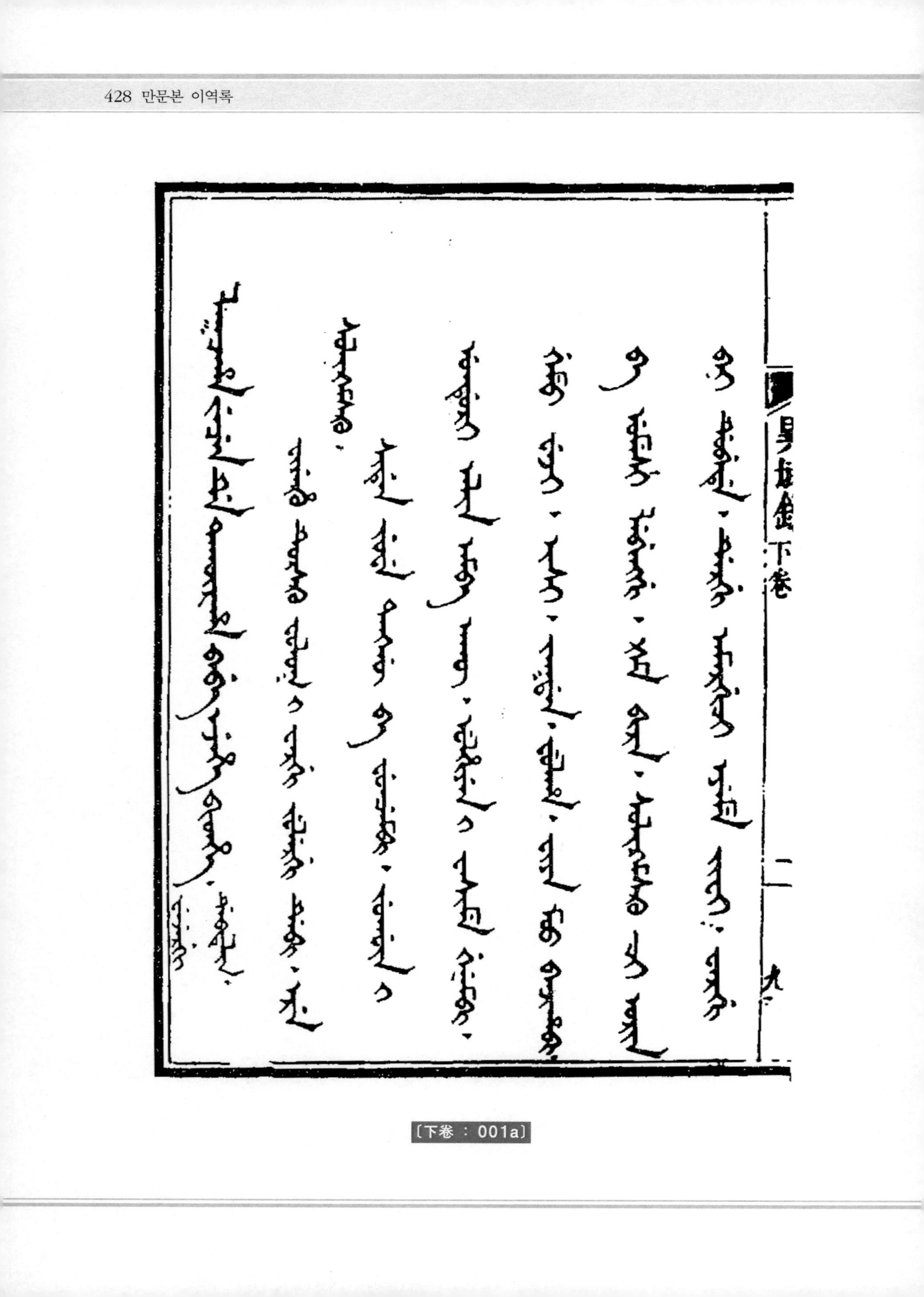

lakcaha jecen de takūraha babe ejehe bithe. fejergi debtelin.
멀리 떨어진 변경 에 파견한 바를 기록한 책. 下 卷.

solik'amsk'o.[216] fiyerh'o tursk'o folok i wargi juergi debi. ere
솔리캄스코 피여르호 투르스코 폴록 의 서 남쪽 에 있다. 이

siden juwe tanggū ba funcembi. jugūn i
사이 이 백 리 넘는다. 길 의

unduri alin amba akū. ulhiyen i wasime genembi.
연도 산 크지 않다. 차례 로 내려 간다.

gemu weji. isi, jakdan, fulha, fiya moo banjihabi.
모두 밀림이다. 落葉松 소나무 백양나무 자작 나무 자랐다.

ba umesi lebenggi. k'am bira, solik'amsk'o ci orin
땅 매우 질퍽하다. 캄 강 솔리캄스코 에서 이십

bai dubede, dergi amargici eyeme jifi, wargi
리의 끝에 동 북쪽에서 흘러 와서 서

[한문]

索里喀穆斯科
在費耶爾和土爾斯科佛落克嶺之西南 其間二百餘里 沿途山不甚大 地勢漸下 俱林藪 有杉松馬尾松楊樺地甚泥濘 喀穆河於索里喀穆斯科之北二十里外來 自東北向西

— ◦ — ◦ — ◦ —

이역록(異域錄) 하권(下卷).

솔리캄스코.

피여르호투르스코 폴록의 서남쪽에 있다. 이 사이 200리 넘는다. 길 주위의 산은 크지 않다. 차례로 내려간다. 모두 밀림이다. 낙엽송(落葉松), 소나무, 백양나무, 자작나무가 자랐다. 땅은 매우 질퍽하다. 캄 강은 솔리캄스코로부터 20리 끝 동북쪽에서 흘러와서

216) solik'amsk'o(宿里喀穆斯科) : 소리캄스크(Соликамск). 소리캄스크는 페름(Перме) 지역에 있는 도시다. 소리캄스크라는 지명은 소금을 의미하는 쏠(соль)과 카마(Кама) 강의 합성어이다. 소금광산의 개발로 도시가 발달하게 되었으며 1506년도 기록에 의하면 원래의 도시명은 우소리에 나 캄스콤(Усолье на Камском)인데 17세기부터 소리캄스크로 불리게 되었다.

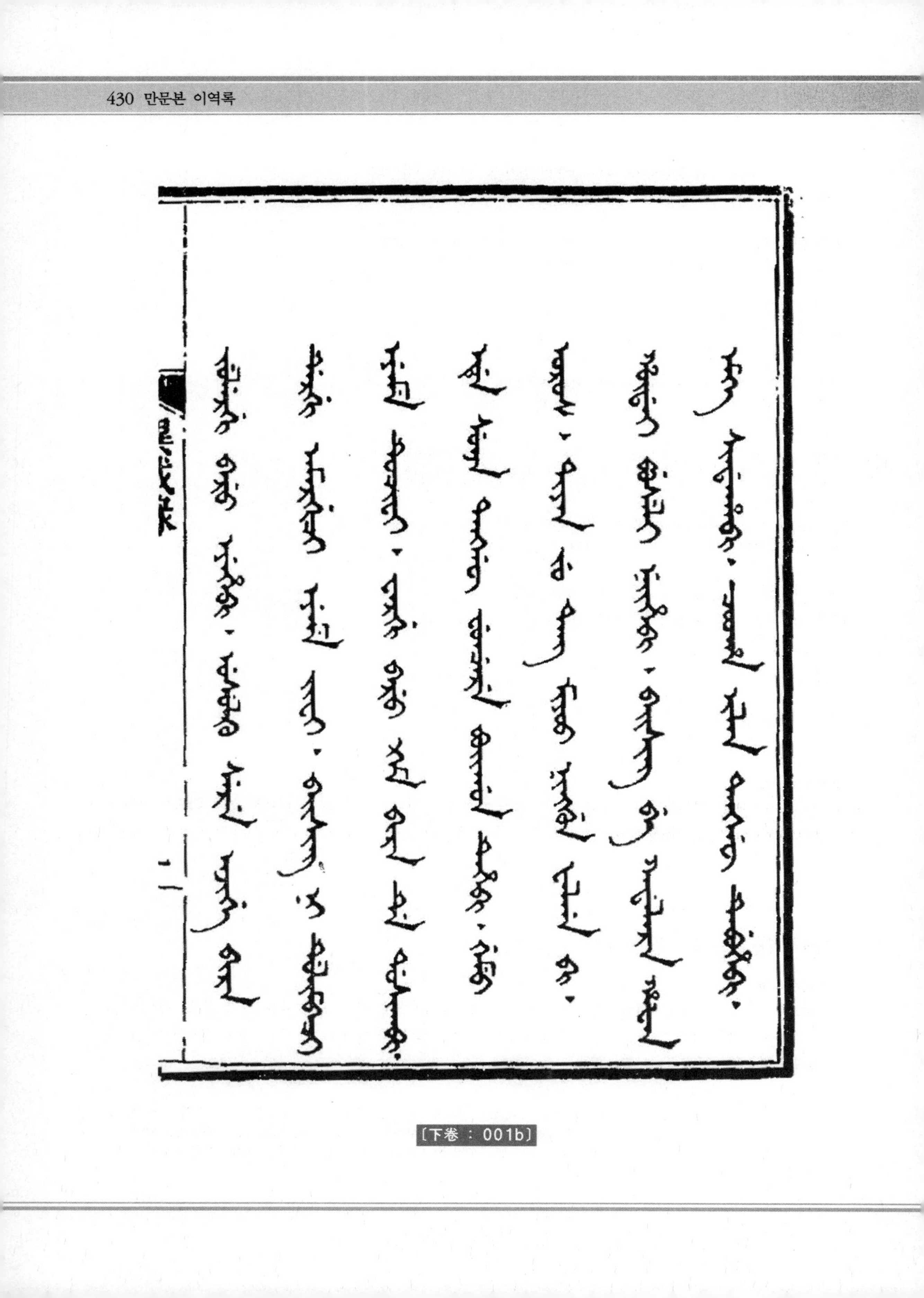

〔下卷 : 001b〕

julergi baru eyehebi. usulk'o sere ajige bira
남 쪽 흘렀다. 우술코 하는 작은 강

dergi amargici eyeme jifi, baising ni dulimbaci
동 북쪽에서 흘러 와서 바이싱 의 가운데에서

eyeme tucifi, wargi baru k'am bira de dosikabi.
흘러 나와서 서 쪽 캄 강 에 들어갔다.

ede sunja tanggū funcere boigon tehebi. gemu
이곳에 오 백 넘는 가구 살았다. 모두

oros. tiyan ju tang miyoo ninggun falga bi.
러시아인이다. 天 主 堂 廟 여섯 채 있다.

hūdai puseli neihebi. baising be kadalara hafan
장사의 상점 열었다. 바이싱 을 관할하는 관리

emke sindahabi. cooha ilan tanggū tebuhebi.
하나 두었다. 병사 삼 백 머무르게 했다.

[한문]

南而流 有烏索兒科之小河 來自東北 由栢興中流出向西 歸入喀穆河 居五百餘尸 皆俄羅斯 天主堂六座 有市廛 設管轄柏興頭目一員 駐兵三百名

—— ◦ —— ◦ —— ◦ ——

서남쪽으로 흘렀다. 우술코라는 작은 강은 동북쪽에서 흘러나와서, 바이싱의 가운데에서 흘러나온 후 서쪽으로 캄 강에 들어갔다. 이곳에 500 남짓한 가구가 살았다. 모두 러시아인이다. 교회는 6채 있다. 상점도 열었다. 바이싱을 관할하는 관리를 한 명 두었으며, 병사는 300명을 주둔시켰다.

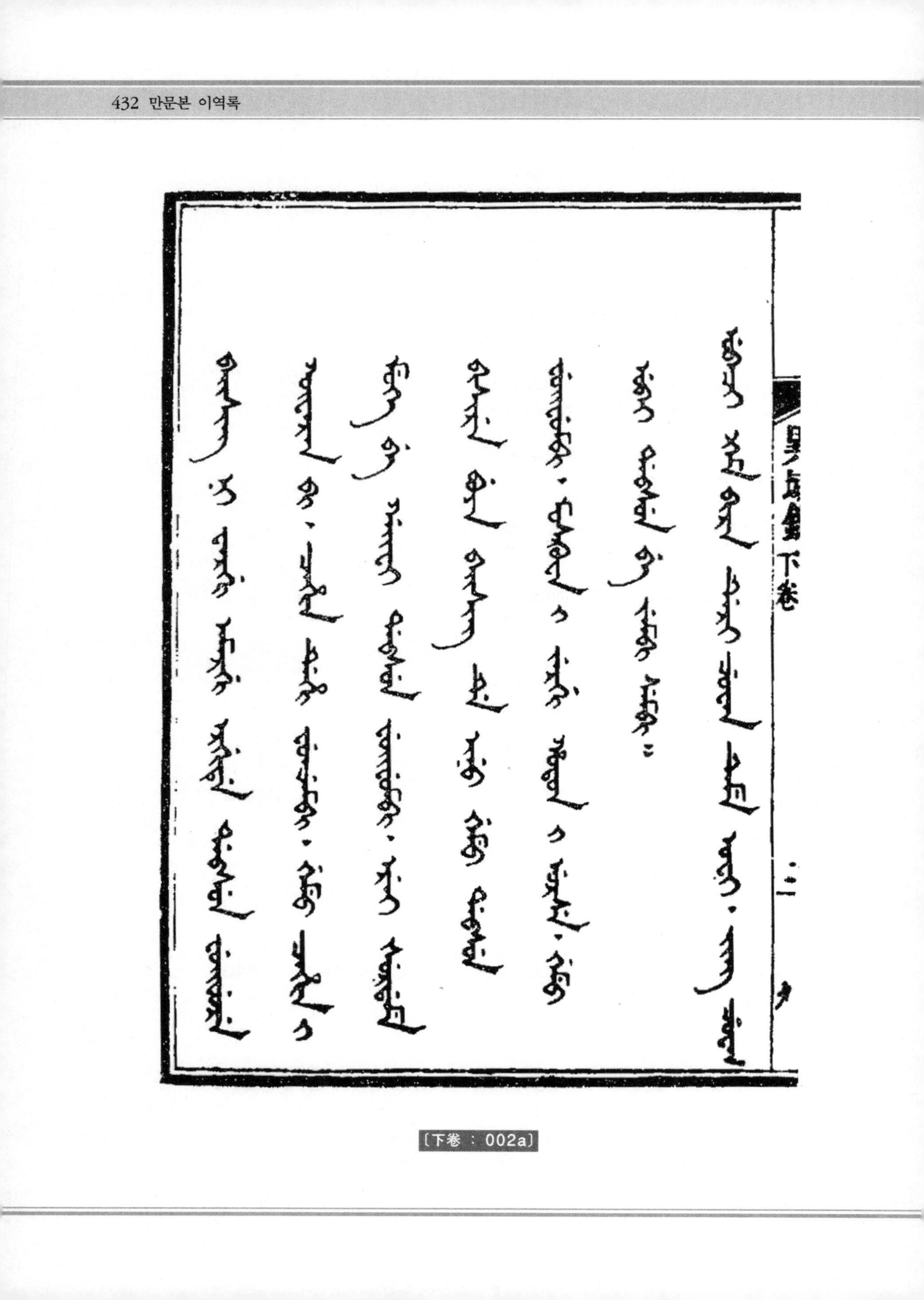

異域錄 下卷 二

baising ni wargi amargi ergide dabsun fuifure
바이싱 의 서 북 쪽에 소금 끓이는

kūwaran bi. cahin dehi funcembi. gemu cahin i
공방 있다. 우물 사십 넘는다. 모두 우물 의

muke be gaifi dabsun fuifumbi. erei šurdeme
물 을 가지고 소금 끓인다. 이의 주위에

bisire buya baising de inu gemu dabsun
있는 작은 바이싱 에 도 모두 소금

fuifumbi. mosk'owa i jergi hoton i urse, gemu
끓인다. 모스코와 의 등 城 의 무리 모두

ubai dabsun be jembi sembi..
이곳의 소금 을 먹는다 한다.

ubaci k'am bira deri cuwan teme ofi, jing cuwan
이곳에서 캄 강 으로 배 타게 되어 바로 배

[한문]

柏興之西北有鹽場 場内有方木井四十餘 處咸取井水煎鹽 其隣近之小柏興 亦皆煎鹽 莫斯科窪城等處 俱食此地鹽

—— ∘ —— ∘ —— ∘ ——

바이싱의 서북쪽에는 소금을 끓이는 공방이 있다. 우물은 40개 넘는다. 모두 우물물을 가지고 소금을 끓인다. 이 주위에 있는 작은 바이싱에서도 모두 소금을 끓인다. 모스크바 등의 성(城)에 사는 사람들은 모두 이곳의 소금을 먹는다고 한다. 이곳에서 캄 강을 통해서 배를 타야 해서 바로 배를

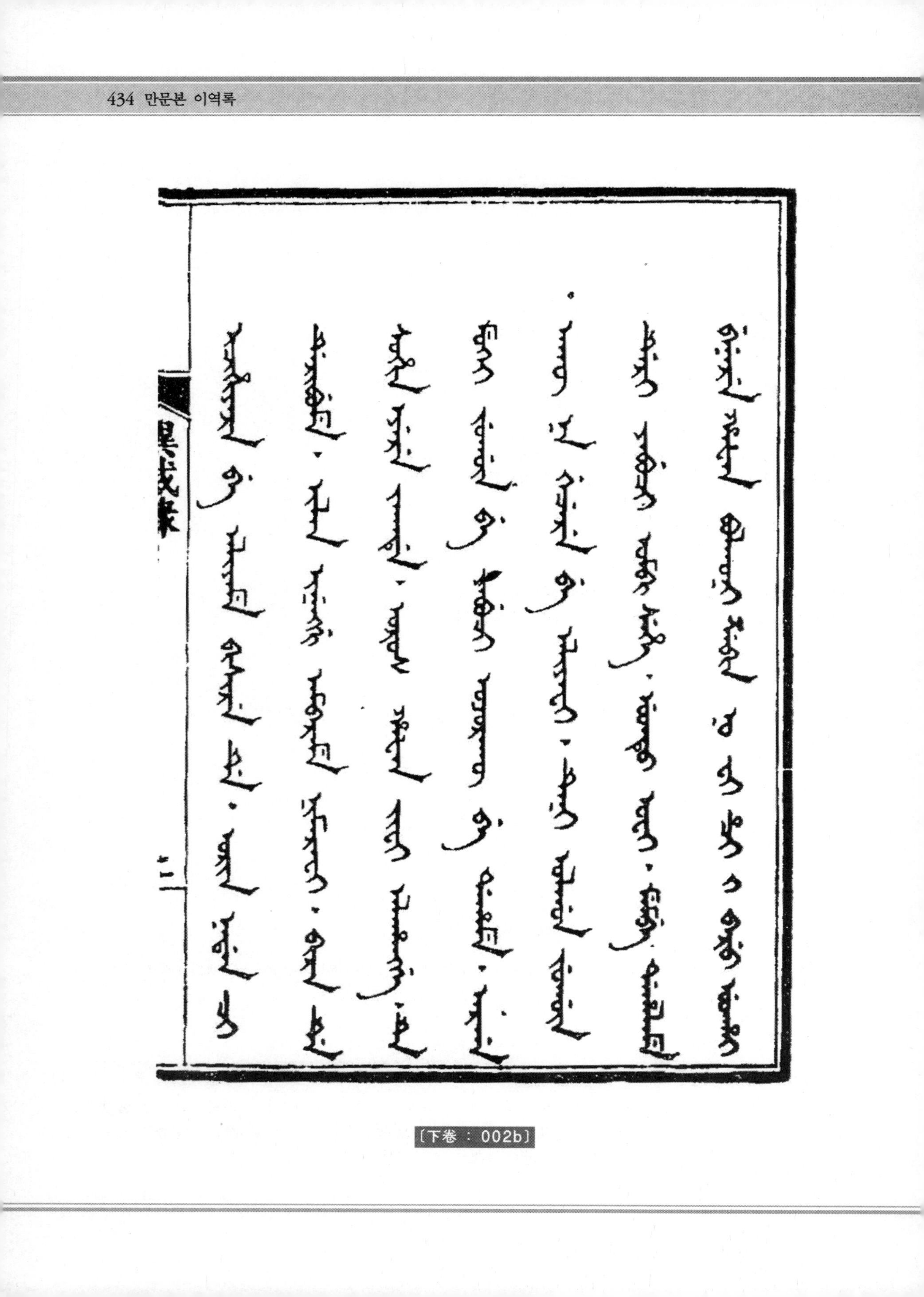

異域錄 二

icihiyara be aliyame bisire de, orin nadan ci
처리하는것 을 기다리며 있음 에 이십 칠 부터

deribume, ilan inenggi ambarame nimarafi, bira de
시작하여 삼 일 크게 눈 내려서 강 에

sohin eyere jakade, oros hafan jifi alahangge, te
성엣장 흐를 적에 러시아 관리 와서 고한 것 지금

mukei jugūn be yabuci ojorakū be dahame, arga
물의 길 을 가면 안됨 을 따라 계책

akū na gecere be aliyafi, teni olgon jugūn
없다. 땅 얼기 를 기다려서 비로소 뭍 길

deri yabuci ombi sehe. uttu ofi, membe dahalame
로 가면 된다 하였다. 이리 되어서 우리를 뒤따라

benere hafan bolkoni ts'eban no fi c'y i baru uthai
보내는 관리 볼코니 처반 노 피 치 의 쪽 곧

준비하는 것을 기다리고 있는데, 27일부터 3일 동안 눈이 크게 내려서 강에 성엣장이 둥둥 떠다닐 적에, 러시아 관리가 와서 고하기를, “지금 수로로 갈 수는 없으며, 다른 방도도 없다. 땅이 얼기를 기다려 육로로 가야 한다.” 하였다. 이런 까닭에 우리를 수행하던 관리인 볼코니 처반노피치에게 곧장

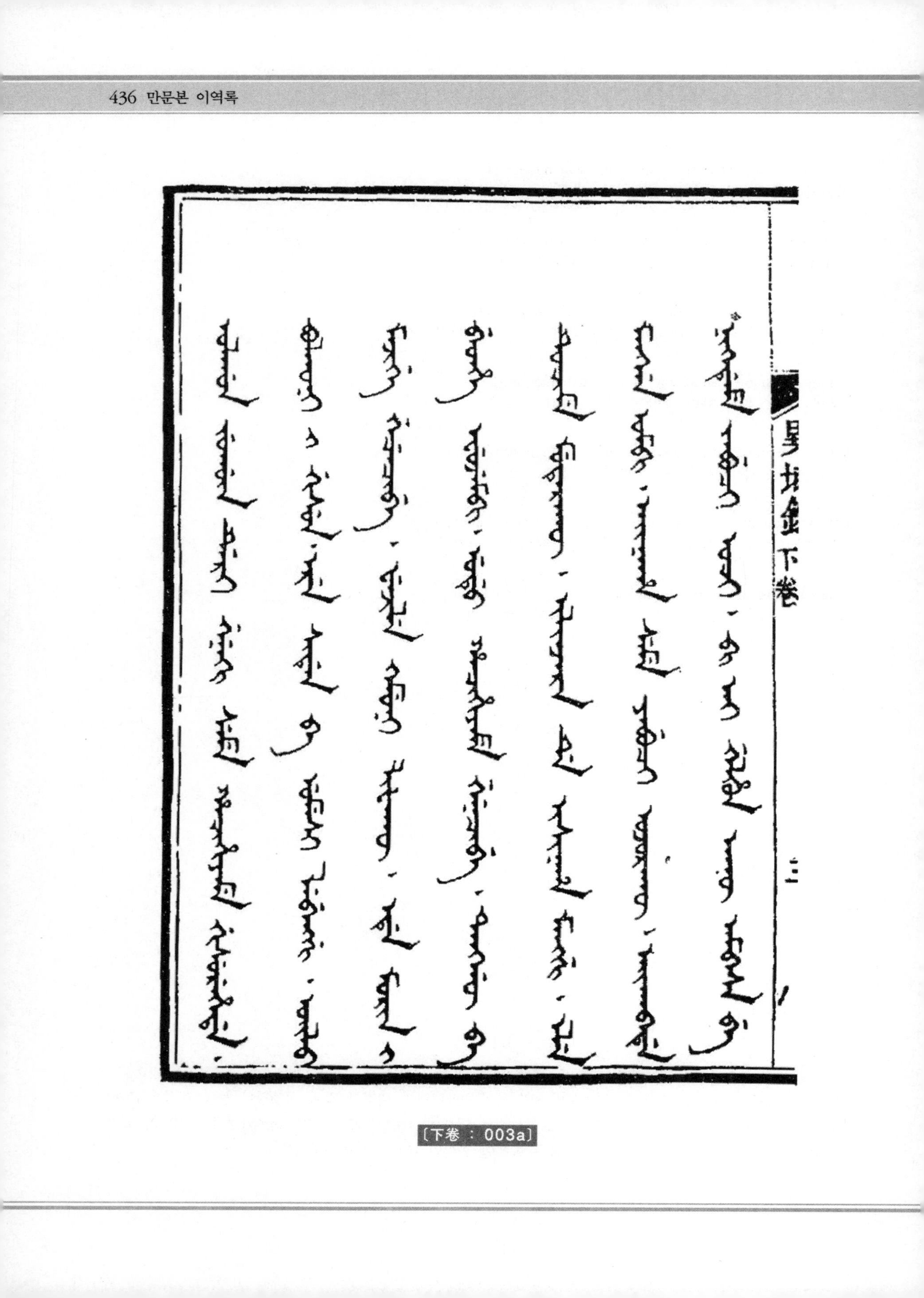

olgon jugūn deri geneki seme hacihiyame gisurehede,
뭍 길 로 가자 하고 재촉하며 말했음에

bolkoni i gisun, ere siden ba umesi lebenggi. oilo
볼코니 의 말 이 사이 땅 매우 질퍽인다. 표면

majige gececibe, fejile kemuni lifakū. ede morin i
약간 얼었더라도 아래쪽 여전히 늪이다. 이에 말 의

bethe efujembi. udu hacihiyame genecibe, tanggū ba
발 망가진다. 비록 재촉하며 가더라도 백 리

tucime muterakū. ilinjara de isinaha manggi, ele
나갈 수 없다. 머뭇거림 에 다다른 후 더욱

mangga ombi. ainaha seme yabuci ojorakū. aikabade
어렵게 된다. 어찌 하여도 가면 안 된다. 만약

nikedeme yabuci oci, bi ai gelhun akū ambasa be
그럭저럭 가면 되면 나 어찌 겁 없이 대신들 을

—— ∘ —— ∘ —— ∘ ——

육로로 가자고 재촉하여 말했더니, 볼코니가 말하기를, "이 사이의 땅은 매우 질퍽인다. 표면이 약간 얼었더라도 아래쪽은 여전히 늪이다. 이 때문에 말의 발이 다친다. 비록 재촉하여 간다고 하더라도 100리도 갈 수 없다. 가다가 중간에 멈추게 된다면 더욱 가기 어렵게 된다. 결코 가서는 안 된다. 만약 그럭저럭 갈 수 있다면 내가 어찌 겁도 없이 대신들을

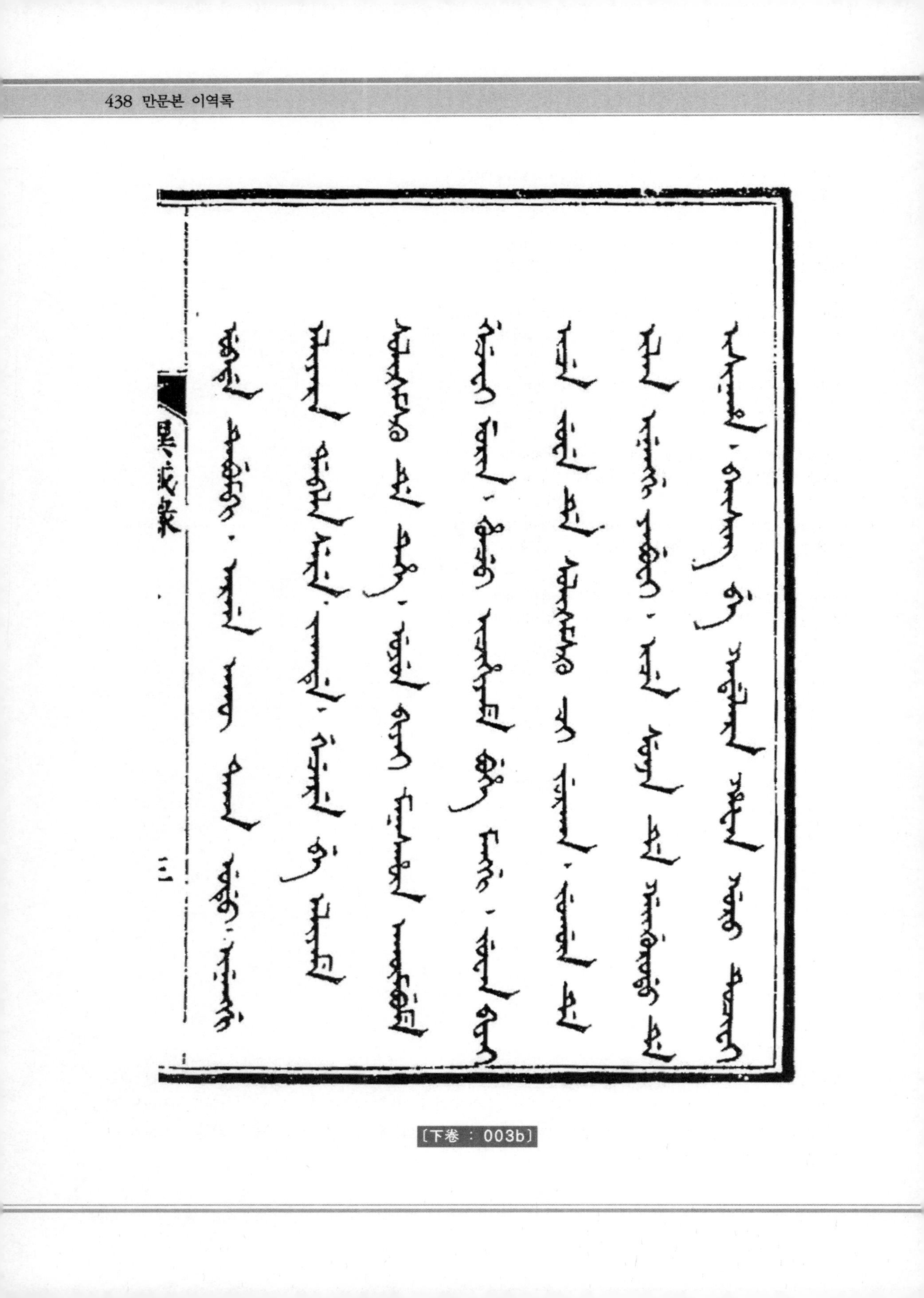

異域錄 三

ubade tebumbi. arga akū taka udu inenggi
이곳에 머무르게 하는가? 대책 없다. 잠시 몇 일

aliyara dabala sere jakade, gecere be aliyame
기다릴 따름이다 할 적에 어는 것 을 기다리며

solik'amsk'o de tehe. uyun biyai manashūn akūmbume
솔리캄스코 에 머물렀다. 구 월의 그믐 빠짐없이

gecefi, morin, huncu icihiyame buhe manggi, juwan biyai
얼어서 말 발구 처리하여 준 후 십 월의

ice juwe de solik'amsk'o ci juraka. jugūn de
초 이 에 솔리캄스코 에서 떠났다. 길 에

ilan inenggi yabufi, ice sunja de gaig'orodo de
삼 일 가서 초 오 에 가이고로도 에

isinaha, baising be kadalara hafan goro tucifi
다다랐다. 바이싱 을 관할하는 관리 멀리 나와서

[한문]

越三宿 于初五日至改郭羅多地方 管柏興官遠出

—— ◦ —— ◦ —— ◦ ——

이곳에 머무르게 하겠는가? 대책이 없다. 잠시 며칠 기다리는 것이 좋다." 할 적에 땅이 어는 것을 기다리며 솔리캄스코에 머물렀다. 구월 말에 땅이 모두 얼어서 말과 발구를 준비하여 준 후, 10월 2일에 솔리캄스코를 떠났다. 3일 동안 길을 가서 5일에 가이고로도에 다다랐다. 바이싱을 관할하는 관리가 멀리 나와서

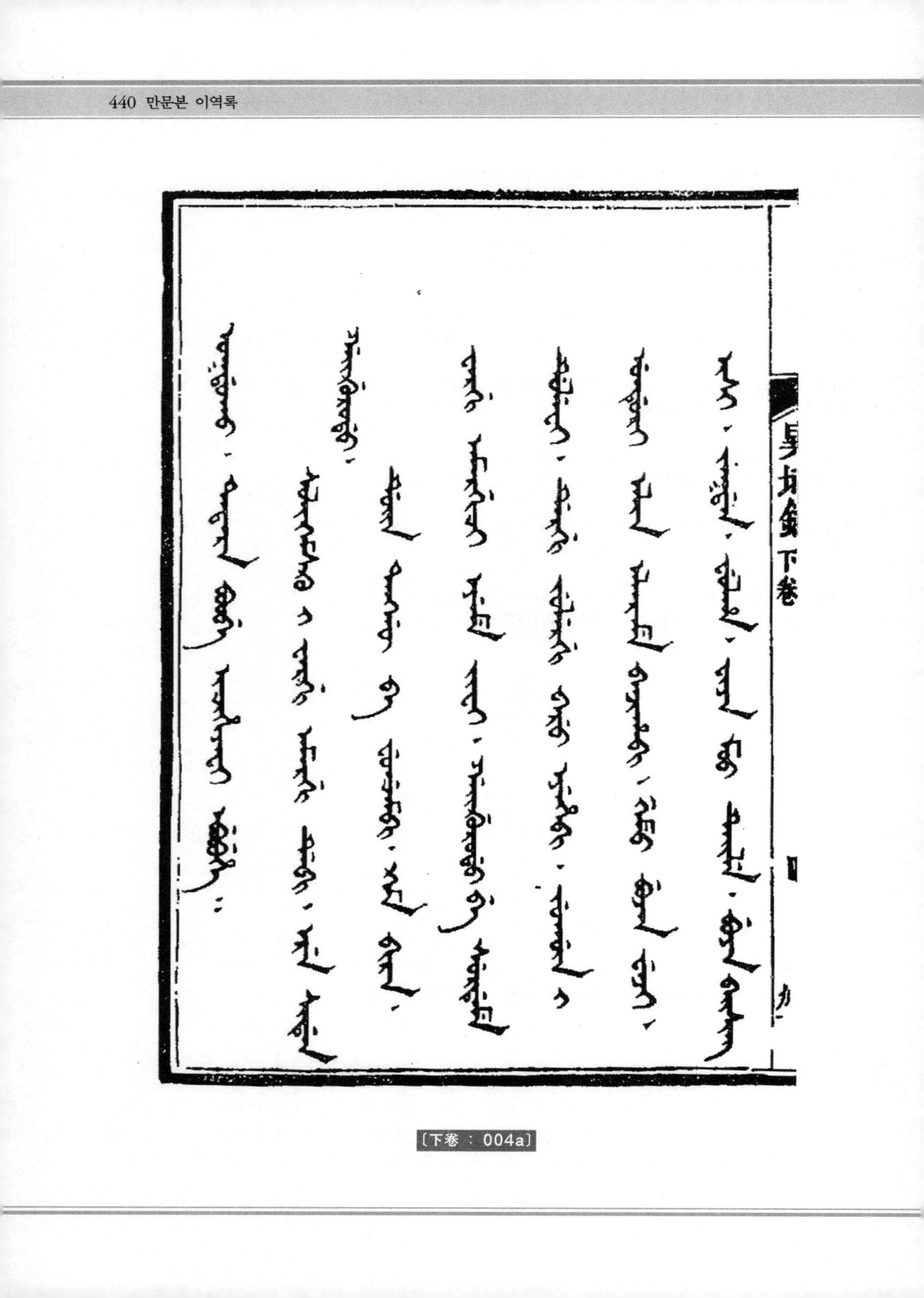

異域錄 下卷

〔下卷 : 004a〕

okdoko. tatara boobe icihiyafi ebubuhe..
맞이하였다. 머무를 집을 처리하여서 부리게 했다.

gaig'orodo.[217] solik'amsk'o i wargi amargi debi. ere siden
가이고로도. 솔리캄스코 의 서 북쪽 에 있다. 이 사이

duin tanggū ba funcembi. k'am bira,
사 백 리 넘는다. 캄 강

wargi amargici eyeme jifi, gaig'orodo be šurdeme
서 북쪽에서 흘러 와서 가이고로도 를 둘러

dulefi, dergi julergi baru eyehebi, jugūn i
지나서 동 남 쪽 흘렀다. 길 의

unduri alin alarame banjihabi. gemu bujan weji.
연도 산 나지막이 생겼다. 모두 수풀 밀림이다.

isi, jakdan, fulha, fiya moo teile. buya baising
落葉松 소나무 백양나무 자작 나무 뿐이다. 작은 바이싱

[한문]

迎接 治館驛安置

改郭羅多

在索里喀穆斯科之西北 其間四百餘里喀穆河來自西北 遶過改郭羅多 向東南而流 沿途皆山崗 林藪 有杉松馬尾松楊樺 小柏興

—— ◦ —— ◦ —— ◦ ——

맞이한 후 숙소를 제공하여 여장을 풀게 했다.

가이고로도.

솔리캄스코의 서북쪽에 있다. 이 사이는 400리 남짓이다. 캄 강은 서북쪽에서 흘러 와서, 가이고로도를 둘러 지나간 후, 동남쪽으로 흘렀다. 길의 주위에 있는 산은 가파르지 않고 나지막이 생겼으며, 모두 수풀과 밀림이다. 낙엽송(落葉松), 소나무, 백양나무, 자작나무뿐이다. 작은 바이싱은

217) gaig'orodo(改郭羅多) : 가이나(Гайна). 가이나는 카마(Кама) 강의 상류, 키로프(Киров)의 동북방에 위치하고 있다. 카마 강이 남서쪽에서 흘러와 동남쪽으로 흐르지만 가이나 지역을 기준으로 보면 일시적으로 서북쪽에서 흘러 동남쪽으로 흐르고 있다. 아마도 강의 전체적인 흐름을 정확히 인식하지 못한 것으로 보인다.

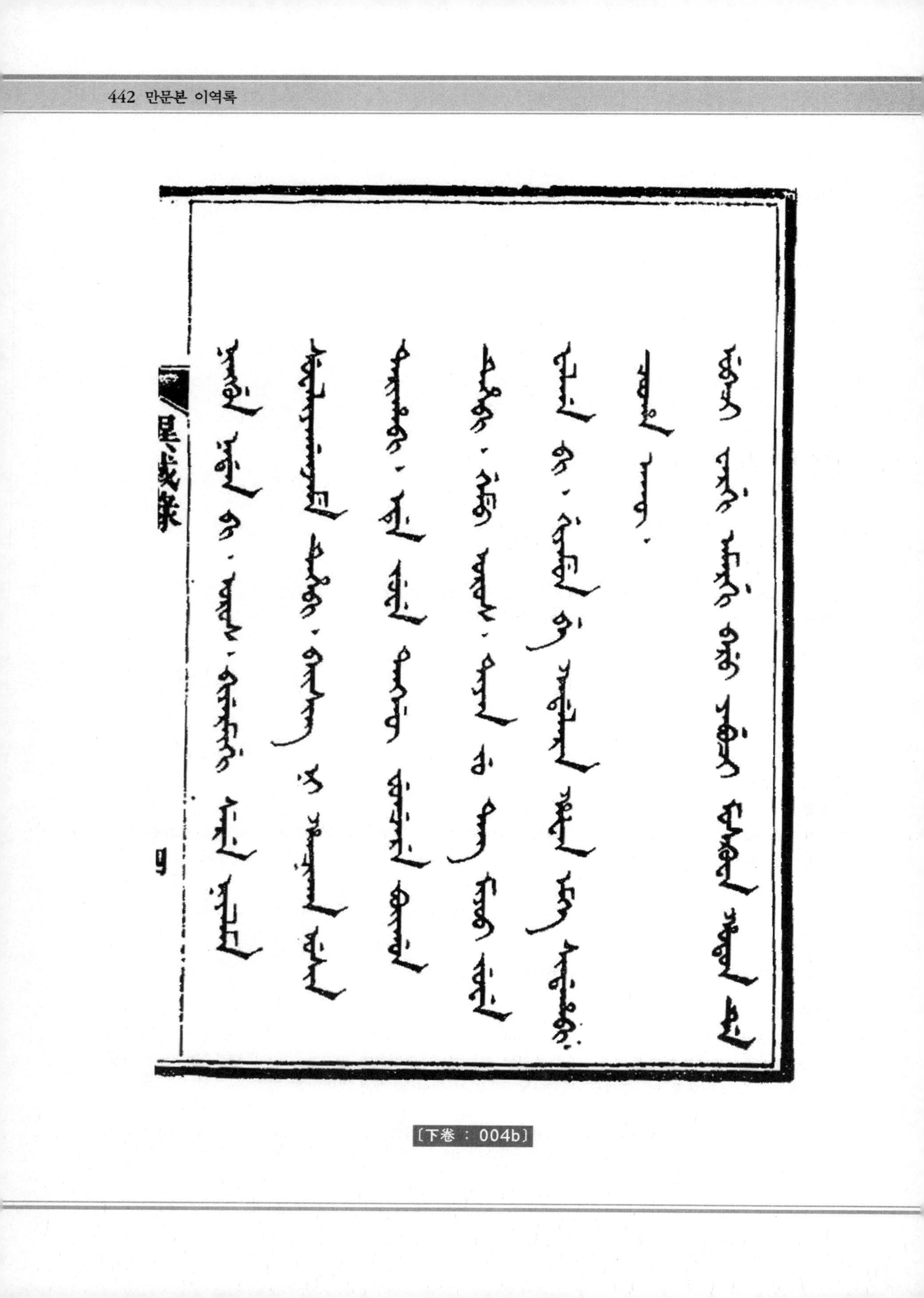

異域錄 四

ninggun nadan bi. oros, biyermagi[218] sere niyalma
여섯 일곱 있다. 러시아 비여르마기 하는 사람

suwaliyaganjame tehebi. baising ni hancikan usin
뒤섞여 살았다. 바이싱 의 가까운곳 밭

tarihabi. ede juwe tanggū funcere boigon
경작했다. 여기에 이 백 넘는 가구

tehebi. gemu oros. tiyan ju tang miyoo juwe
살았다. 모두 러시아인이다. 天 主 堂 廟 두

falga bi. giyamun be kadalara hafan emke sindahabi.
채 있다. 역참 을 관할하는 관리 하나 두었다.

cooha akū.
병사 없다.

ubaci wargi amargi baru yabuci mosk'owa hoton de
이곳에서 서 북 쪽 가면 모스코와 城 에

[한문]

六七處 俄羅斯與一種別爾馬羈之人雜處 柏興之附近皆田畝 居二百餘戶 皆俄羅斯 有天主堂二座 設管轄站頭目一員 無兵 從此處向西北行 通莫斯科窪城

—— ◦ —— ◦ —— ◦ ——

6-7채 있다. 러시아인과 비여르마기인이 함께 살았다. 바이싱의 근처에서는 밭을 경작하였다. 여기에 200 남짓한 가구가 살았는데, 모두 러시아인이다. 교회는 2채 있다. 역참을 관할하는 관리 한 명을 두었으며, 병사는 없다. 이곳에서 서북쪽으로 가면 모스크바 성(城)에

218) biyermagi(別爾馬羈) : 페르먀키(Пермяки). 페르먀키는 피노 우그릭(Finno−Ugric)계의 족인 '코미−페르먀키(Коми Пермяки)'의 별칭으로, 이들은 코미(Коми), 코미 모르트(Коми морт), 코미 오티르(Коми отир), 지르야니(Зыряне)라는 다른 이름으로 불리고 있다. 러시아의 동유럽 평원에 사는 민족으로 거주 지역은 주로 러시아의 코미 공화국에 분포하고 있다.

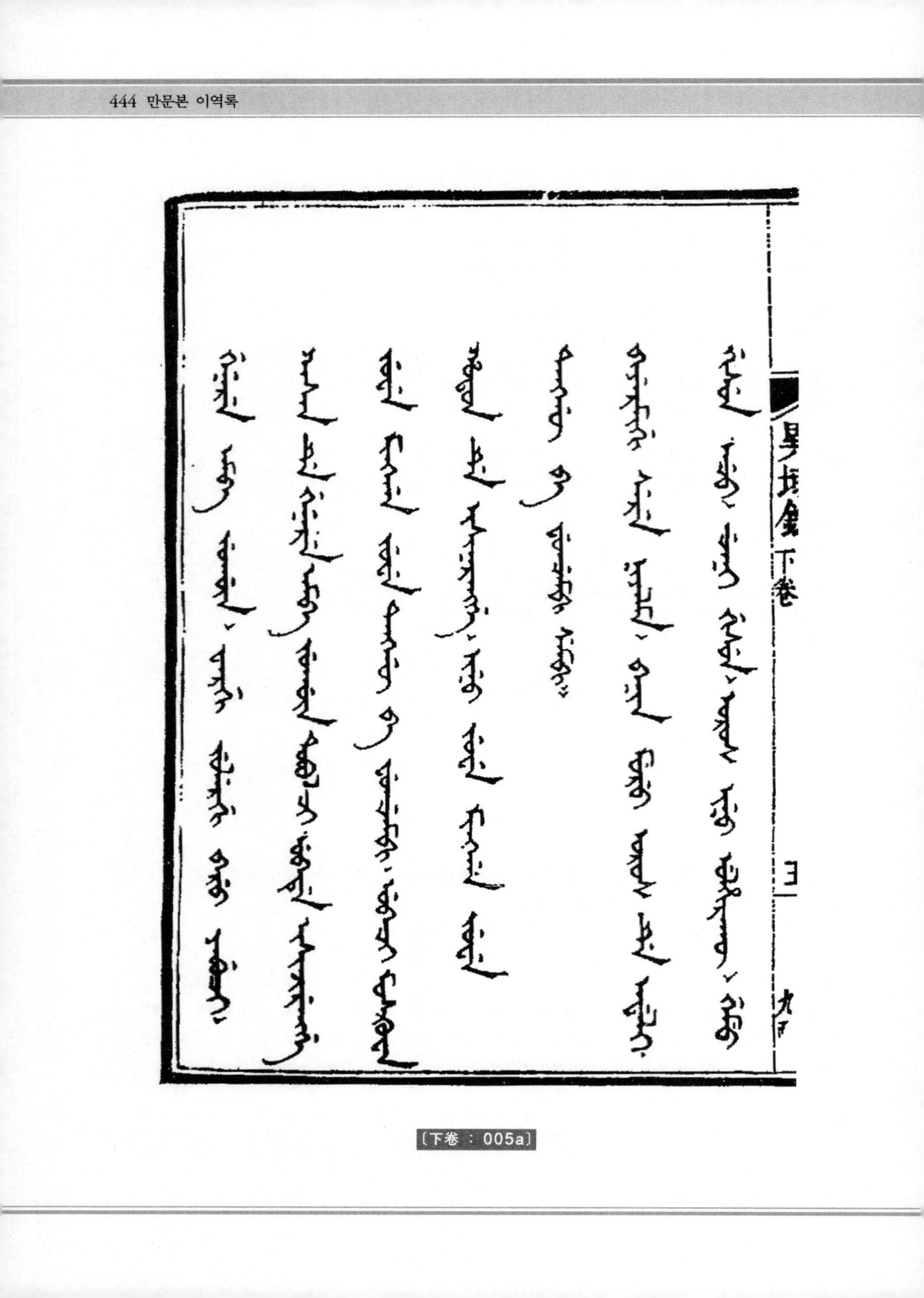

異域錄 下卷

genere amba jugūn.[219] wargi julergi baru yabuci,
가는 큰 길이다. 서 남 쪽 가면

kasan de genere amba jugūn. tobol ci ubade isinjirengge
카산 에 가는 큰 길이다. 토볼 에서 이곳에 도착한 것

juwe minggan juwe tanggū ba funcembi. ubaci mosk'owa
이 천 이 백 리 넘는다. 이곳에서 모스코와

hoton de isinarangge, inu juwe minggan juwe
城 에 이르는 것 도 이 천 이

tanggū ba funcembi sembi..
백 리 넘는다 한다.

biyermagi sere niyalma, banin muru oros de adali.
비여르마기 하는 사람 성질 모습 러시아 에 같고

gisun encu. ceni gisun, oros inu ulhirakū, gemu
말 다르다. 그들의 말 러시아인 도 이해하지 못한다. 모두

[한문]

大路 向西南行 通喀山大路 自托波兒至此處 有二千二百餘里 從此至莫斯科窪城 亦有二千二百餘里 別爾馬羈之人 貌類俄羅斯 言語不同 其言語俄羅斯亦不解 俱

—— ◦ —— ◦ —— ◦ ——

가는 큰 길이며, 서남쪽으로 가면 카산에 가는 큰 길이다. 토볼에서 이곳에 이르기까지 2,200리 남짓이다. 이곳에서 모스크바 성(城)에 이르기까지도 2,200리 남짓이라고 한다. 비여르마기인은 용모가 러시아인과 같지만 말은 다르다. 그들의 말은 러시아인도 알아들을 수 없다. 이들은 모두

219) 모스크바는 가이고로도(gaig'orodo)에서 서남쪽에 위치하고 있기 때문에 모스크바 위치에 대한 설명이 아니라 서북쪽으로 가면 모스크바로 가는 큰 길을 만날 수 있다는 뜻으로 풀이된다.

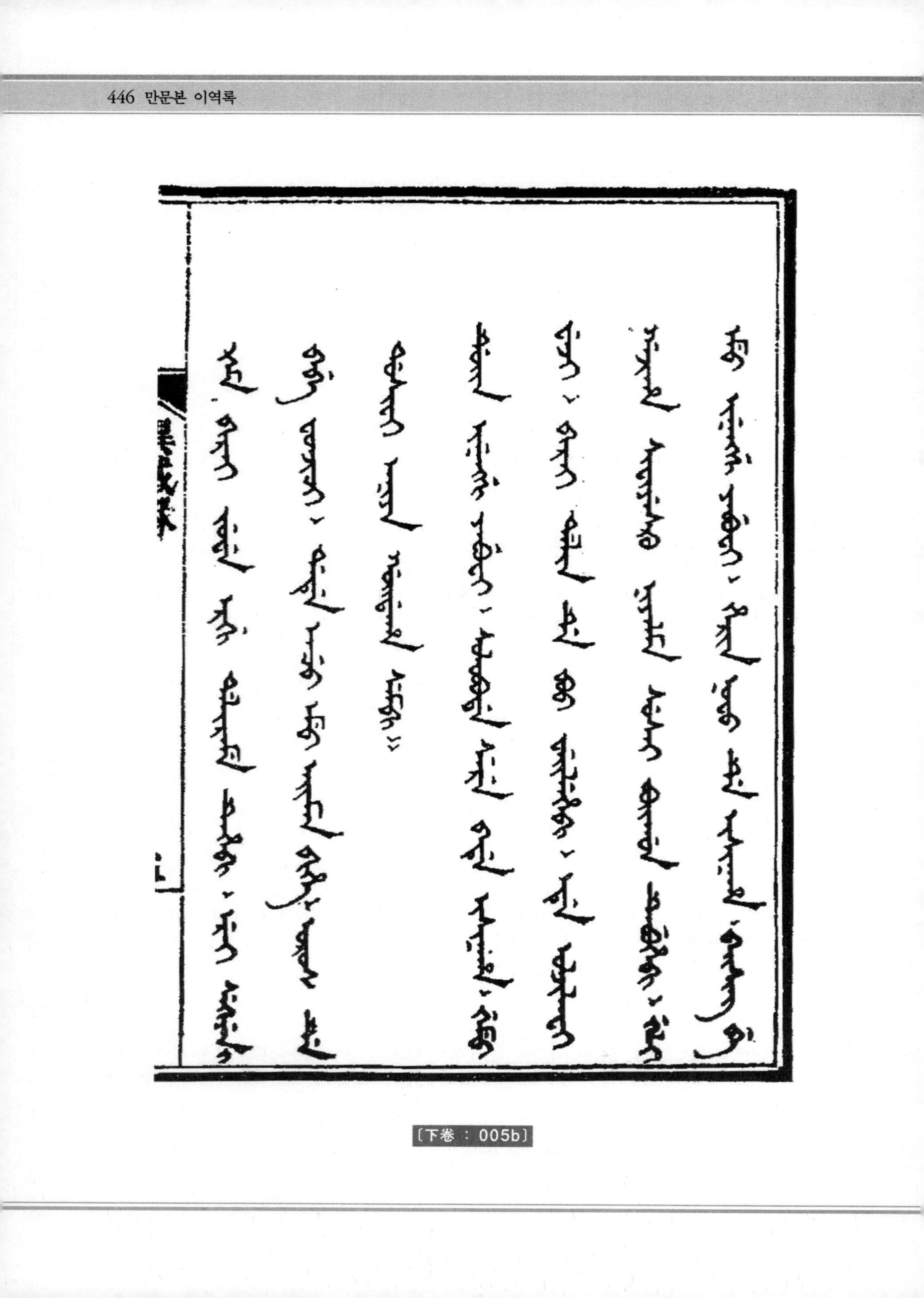

〔下卷 : 005b〕

k'am birai juwe ergi dalirame tehebi. erei sekiyen i
캄 강의 양 쪽 따라 살았다. 이의 근원 의

babe fonjici, dade encu emu aiman bihe. oros de
바를 물으니 본래에 다른 한 부족 이었다. 러시아 에

dosifi aniya goidaha sembi..
들어와서 해 오래되었다 한다.

duin inenggi yabufi, soloboda[220] sere bade isinaha. gemu
사 일 가서 솔로보다 하는 곳에 다다랐다. 모두

weji, birai dalin de boo weilehebi. ede oljilafi
밀림이고 강의 기슭 에 집 지었다. 여기에 포로잡아

gajiha sifiyesk'o niyalma susai boigon tebuhebi. geli
데려온 시피여스코 사람 오십 가구 머물렀다. 또

emu inenggi yabufi, herin nofu de isinaha. baising be
일 일 가서 허린 노푸 에 다다랐다. 바이싱 을

[한문]

在喀穆河之兩岸居住 詢其來歷 原係別一部落 歸附俄羅斯有年 越四宿 至索羅博達地方 皆林藪 河岸之上有廬舍 俄羅斯竝擄來式費耶忒國人五千[221]餘戶雜處 又行一日 至黑林諾付地方

— ∘ — ∘ — ∘ —

캄 강의 양쪽 기슭을 따라 살았다. 이들이 기원한 바를 물으니 본래는 별개의 부족이었으며, 러시아에 들어온 지 오래되었다고 하였다. 4일 동안 가서 솔로보다라는 곳에 다다랐다. 이곳은 모두 밀림이고 강기슭에 집을 짓고 살았다. 이곳에 포로로 잡아온 스웨덴인 50 가구가 머물렀다. 또 하루 동안 가서 허린노푸에 다다랐다. 바이싱을

220) soloboda(索羅博達) : 슬로보드스코이(слободской). 슬로보드스코이는 러시아 키로프(Киров) 주에 있는 도시로 1505년 처음으로 비야트카(Вятка) 강 우안에 자리 잡게 되었으며 키로프(Киров)로부터 동북방 50km 지점에 있다.

221) 五千은 五十의 오기(誤記)이다.

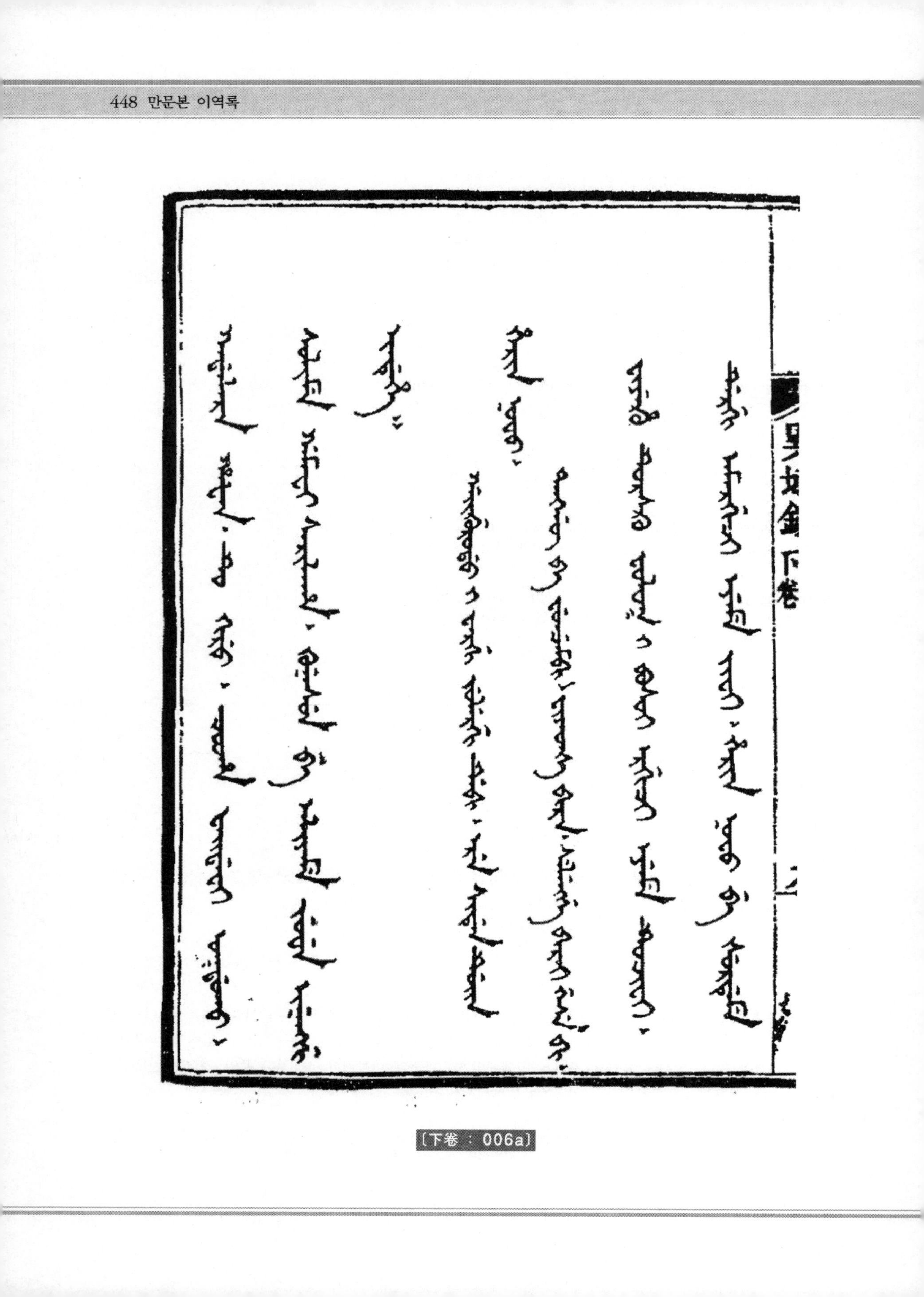

異域錄 下卷

kadalara hafan, tu, kiru, cooha faidafi okdoko.
관할하는 관리 大旗 小旗 병사 정렬하고 맞이하였다.

solime gamafi sarilaha. kunesun be aliyame juwe inenggi
청하여 데려가서 잔치했다. 식량 을 기다리며 이 일

indehe..
묵었다.

herin nofu.[222] g'aigorodo i wargi julergi debi. ere siden duin
허린 노푸 . 가이고로도 의 서 남쪽 에 있다. 이 사이 사

tanggu ba funcembi. fiyatk'a[223] bira, selengge birai gese bi.
백 리 넘는다. 피야트카 강 세렝게 강과 같다.

faiyeh'o tursk'o folok i bosoi ergici eyeme tucifi,
파이여호 투르스코 폴록 의 山陰의 쪽에서 흘러 나와서

dergi amargici eyeme jifi, herin nofu be šurdeme
동 북쪽에서 흘러 와서 허린 노푸 를 둘러

[한문]

管柏興官排列旗幟兵丁迎接 請至伊家款宴 候辦供給 止二宿

黑林諾付

在改郭羅多之西南 其間四百餘里 費牙忒喀河 其大似色楞格河 自費耶爾和土爾斯科佛落克嶺陰發源 來自東北 遶過黑林諾付

—— ◦ —— ◦ —— ◦ ——

관할하는 관리가 대기(大旗), 소기(小旗), 병사를 정렬하고 우리를 맞이한 후, 초청하여 데려가서 잔치를 베풀었다. 여행 식량을 기다리며 이틀 동안 그곳에서 묵었다.

허린노푸.

가이고로도의 서남쪽에 있다. 이 사이는 400리 남짓이다. 비야트카 강은 세렝게 강과 비슷하다. 파이여호 투르스코 폴록의 안쪽에서 흘러나온 후, 동북쪽으로부터 흘러와 허린노푸를 둘러

222) herin nofu(黑林諾付) : 오늘날의 키로프(Киров)로 이전에는 흘리노프(Хлынов)로 불렸으며 1374년 카자크의 전초 기지로서 건설되었다. 러시아 키로프 주의 주도이다. 우랄 산맥의 서쪽, 비야트카(Вятка) 강의 하류에 면해 있고 시베리아 철도의 역이 있다.

223) fiyatk'a(費牙忒喀河) : 비야트카(Вя́тка). 비야트카 강은 러시아 키로프 주와 타타르스탄(Татарстан) 공화국에 있는 강으로 카마 강의 우측 지류이다. 강의 어귀부터 키로프 시까지는 항해가 가능하다.

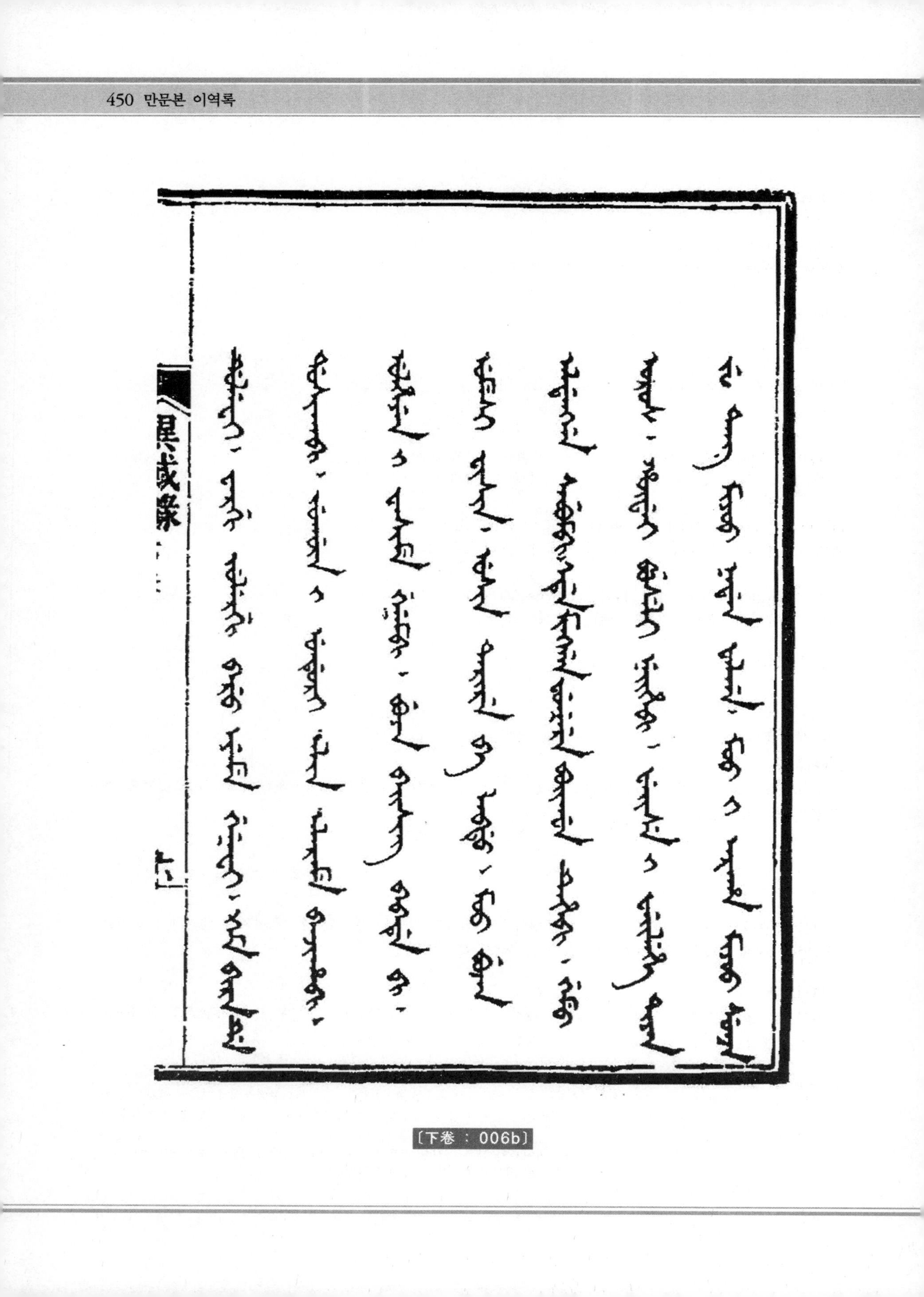

異域錄

dulefi, wargi julergi baru eyeme genefi, k'am bira de
지나서 서 남 쪽 흘러 가서 캄 강 에

dosikabi. jugūn i unduri alin alarme banjihabi.
들어갔다. 길 의 연도 산 나지막이 생겼다.

ulhiyen i wasime genembi. buya baising babade bi.
차례 로 내려 간다. 작은 바아싱 곳곳에 있다.

umesi fisin, usin tarire ba labdu. moo bujan
매우 조밀하며 밭 경작하는 곳 많다. 나무 수풀

aldangga sabumbi. ede minggan funcere boigon tehebi. gemu
멀리 보인다. 여기 천 넘는 가구 살았다. 모두

oros. hūdai puseli neihebi. feise i weilehe tiyan
러시아인이다. 장사의 상점 열었다. 벽돌 로 지은 天

ju tang miyoo nadan falga, moo i araha miyoo sunja
主 堂 廟 일곱 채 나무 로 지은 廟 5

[한문]

向西南而流 歸入喀穆河 沿途皆山崗 地勢漸下 隨處皆有小柏興 甚稠密 田畝亦多 遙望林木蒼然 居千餘戶 皆俄羅斯 有市廛 磚造天主堂七座 大木營治天主堂五

—— ◦ —— ◦ —— ◦ ——

지나가 서남쪽으로 흘러가서 캄 강으로 들어갔다. 길을 따라 있는 산은 가파르지 않고 나지막이 생겼다. 차례차례 내려간다. 작은 바이싱이 곳곳에 있는데, 매우 조밀하다. 밭을 경작하는 곳도 많다. 나무와 수풀이 멀리 보인다. 여기에는 1,000 여 가구가 살았는데 모두 러시아인이다. 상점도 열었다. 벽돌로 지은 교회가 7채이며, 나무로 지은 교회도

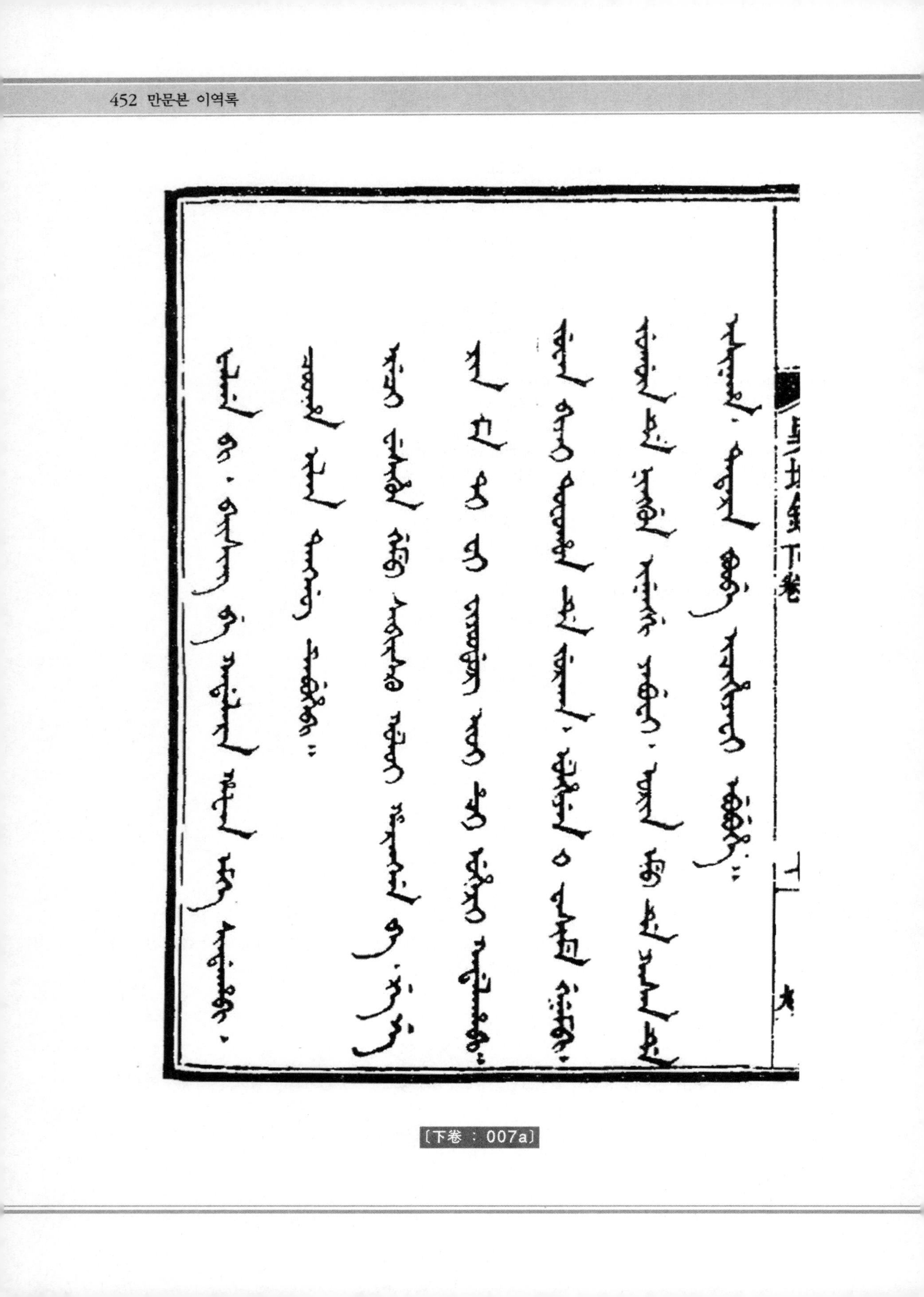

〔下卷 : 007a〕

falga bi, baising be kadalara hafan emke sindahabi.
채 있다. 바이싱 을 관할하는 관리 하나 두었다.

cooha ilan tanggū tebuhebi..
병사 삼 백 머물렀다.

ereci wesihun gemu sibirsk'o goloi harangga ba, g'a g'a
여기서 위로 모두 시비르스코 省의 소속의 땅이며 가 가

rin ma ti fi fiyoodor ioi c'y uheri kadalahabi..
린 마 티 피 피요도르 요이 치 모두 관할했다.

juwan biyai tofohon de juraka. ulhiyen i wasime genembi.
십 월의 십오일 에 떠났다. 점차 로 내려 간다.

jugūn de ninggun inenggi yabufi, orin emu de kasan de
길 에 육 일 가서 이십 일 에 카산 에

isinaha. tatara boobe icihiyafi ebubuhe..
다다랐다. 머무를 집을 처리하고 부리게 했다.

[한문]

座 設管轄柏興頭目一員 駐兵三百名 産大青兎(番名博羅托賴)及獺 以上俱係西畢爾斯科道所屬地方 乃噶噶林馬提飛費多爾委翅統轄 十月十五日起程 地勢漸下 越六宿 於二十一日至喀山地方 [佛爾格河環其右潔治館驛安置 夜静 登樓遠眺 見高嶢月出 萬象澄澈 河水漣漪 一碧無際 遙憶鄉井 心神悅然][224)]

—— ∘ —— ∘ —— ∘ ——

5채 있다. 바이싱을 관할하는 관리 한 명을 두었으며, 병사는 300명을 주둔시켰다. 여기에서 위쪽은 모두 시비르스코 성(省)의 소속이며, 가가린 마티피 피요도르요이치가 모두 관할하였다. 우리는 10월 15일에 출발하여 차례차례 내려간다. 6일 동안 길을 가서 21일에 카산에 다다랐다. 숙소를 정리하고 여장을 풀게 했다.

224) [ ] 부분의 내용이 만주본에는 없고 한문본에만 있는 내용이다. [볼가 강의 오른 편에 있는 깨끗하게 정리된 역관에 여장을 풀었다. 저녁에는 조용히 누(樓)에 올라가서 멀리 바라보면 하늘 높이 밝은 달이 솟아 오른 것을 볼 수 있고 세상 만물이 맑고 강물의 잔잔한 물결이 남실거리며 푸른 것이 끝이 없다. 아득히 먼 고향의 마을을 회상하니 마음과 정신이 우울해진다.]

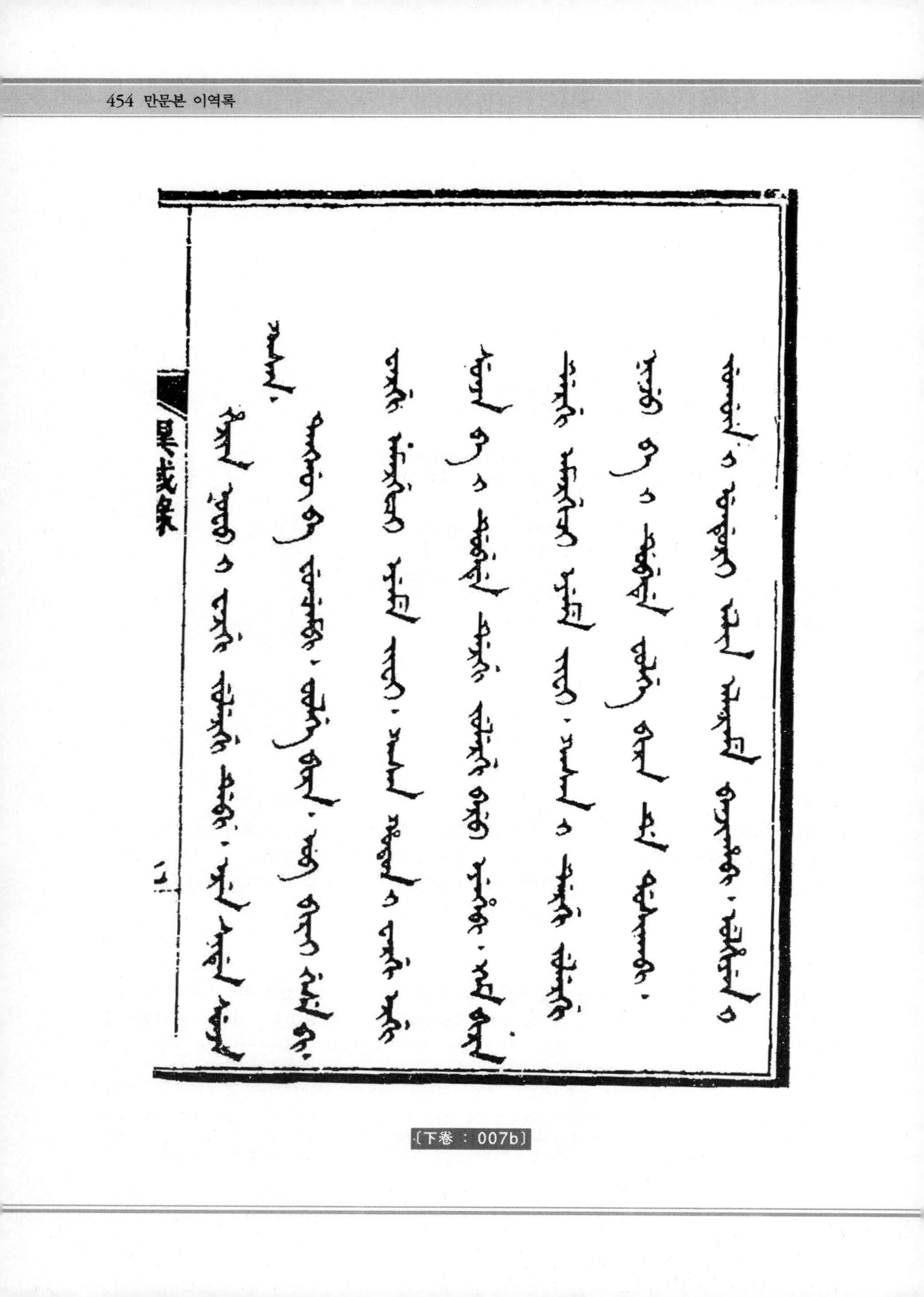

異域錄

kasan.[225] herin nofu i wargi julergi debi. ere siden sunja
카산. 허린 노푸 의 서 남쪽 에 있다. 이 사이 오

tanggū ba funcembi. folge bira, ob birai gese bi.
백 里 넘는다. 폴거 강 옵 강과 같다.

wargi amargici eyeme jifi, kasan hoton i wargi ergi
서 북쪽에서 흘러 와서 카산 城 의 서 쪽

sunja ba i dubede dergi julergi baru eyehebi. k'am bira
오 里 의 끝에 동 남 쪽 흘렀다. 캄 강

dergi amargici eyeme jifi, kasan i dergi julergi
동 북쪽에서 흘러 와서 카산 의 동 남쪽

ninju ba i dubede folge bira de dosikabi.
육십 里 의 끝에 폴거 강 에 들어갔다.

jugūn i unduri alin alarame banjihabi. ulhiyen i
길 의 연도 산 나지막이 생겼다. 점차 로

[한문]

喀山

在黑林諾付之西南 其間五百餘里 佛兒格河 其大似鄂布河 來自西北 至喀山城之西南五里外 向東南而流 喀穆河來自東北 於喀山之東南六十里外 歸入佛兒格河 沿途皆山崗 地勢漸

—— ∘ —— ∘ —— ∘ ——

카산.

허린노푸의 서남쪽에 있다. 이 사이 500리 남짓이다. 볼가 강은 옵 강과 비슷한 점이 있다. 서북쪽에서 흘러나와서, 카산 성(城)의 서쪽 5리 끝에서 동남쪽으로 흘렀다. 캄 강은 동북쪽에서 흘러나와서 카산의 동남쪽 60리 끝에서 볼가 강으로 들어갔다. 길을 따라 있는 산은 가파르지 않고 나지막이 생겼다. 점차로

225) kasan(喀山) : 카잔(Казань). 카잔은 러시아 타타르 공화국의 수도이다. 볼가 강에 면해 있는 상공업 도시이다. 11세기 초에 건설되어 15세기에는 카잔 한국(汗國)의 수도로서 번창했지만 1552년 이반 4세에게 점령되었다.

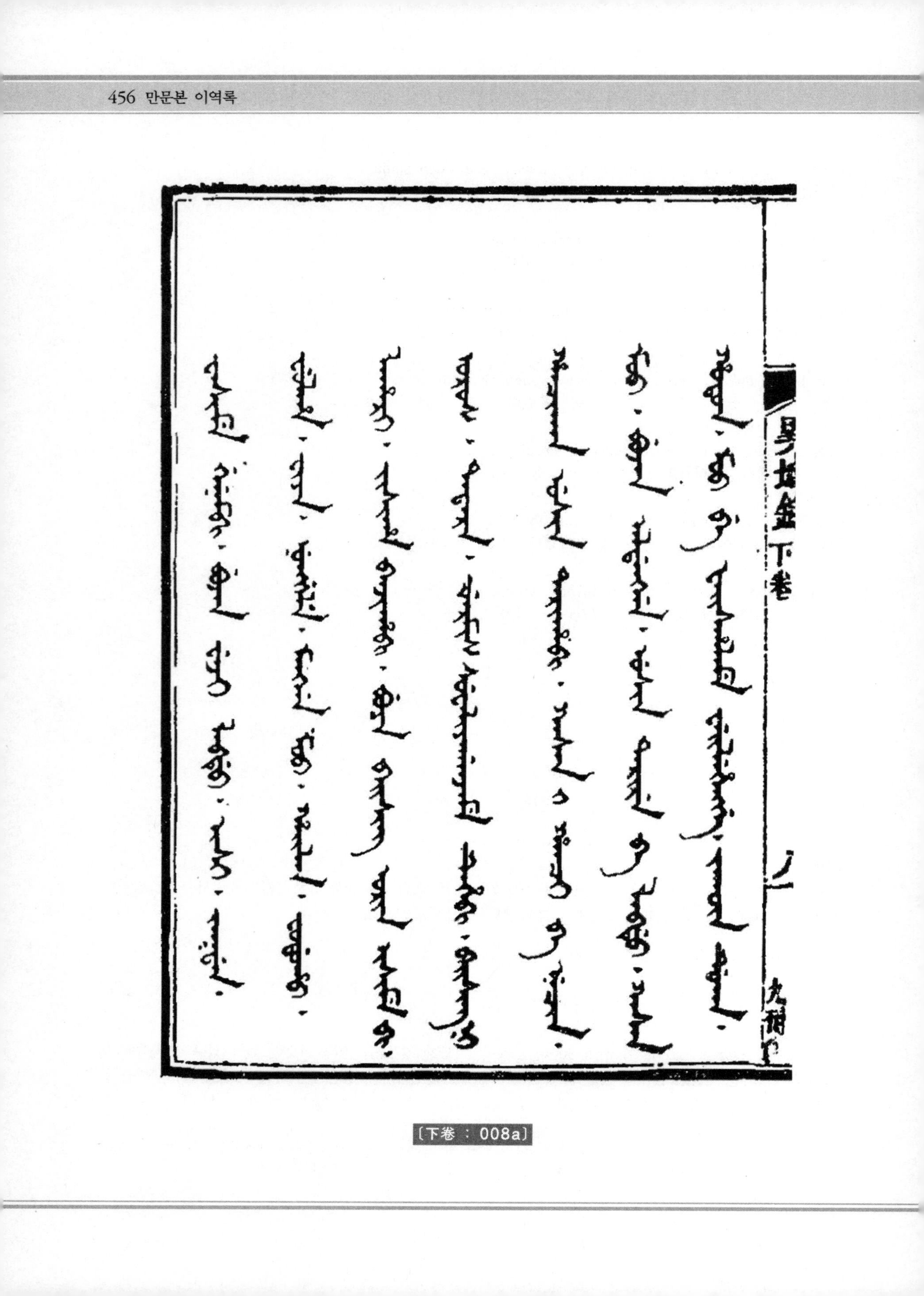

〔下卷 : 008a〕

wasime genembi. bujan weji labdu, isi, jakdan,
내려 간다. 수풀 밀림 많다. 落葉松 소나무

fulha, fiya, nunggele, mangga moo, hailan, fodoho,
백양나무 자작나무 피나무 상수리 나무 느릅나무 버드나무

lahari, jisiha banjihabi. buya baising orin isime bi.
떡갈나무 개암나무 자랐다. 작은 바이싱 스물 이르게 있다.

oros, tatara, cermis suwaliyaganjame tehebi. baising ni
러시아인 타타라인 처르미스인 뒤섞여 살았다. 바이싱 의

hancikan usin tarihabi. kasan i hanci ba necin.
가까운 곳 밭 경작했다. 카산 의 가까운 곳 평평하다.

moo, bujan aldangga. usin tarire ba labdu. kasan
나무 수풀 멀다. 밭 경작하는 곳 많다. 카산

hoton, moo be faishalame weilehengge. jakūn duka.
城 나무 를 울타리 세워 지은 것이다. 여덟 문이다.

[한문]

下 多林藪 有杉松馬尾松楊樺椵柞榆柳波羅荆條 有小柏興二十餘處 俄羅斯與塔塔拉 竝一種車爾米斯人雜處 其柏興附近 俱有田畝 喀山左近 地勢平坦 林木遼遠 田畝甚多 其喀山係排置大木爲城 有八門

—— ◦ —— ◦ —— ◦ ——

내려간다. 수풀과 밀림이 많다. 낙엽송(落葉松), 소나무, 백양나무, 자작나무, 가수(椵樹), 상수리 나무, 느릅나무, 버드나무, 바라수(婆羅樹), 개암나무가 자랐다. 작은 바이싱은 20개 가까이 있는데, 러시아인, 타타라인, 처르미스인이 함께 살았다. 바이싱의 근처에서는 밭을 경작하였다. 카산 주위의 땅은 평평하다. 나무와 수풀이 멀리 떨어져 있으며, 밭을 경작하는 곳이 많다. 카산 성(城)은 나무 울타리를 둘러 지은 것으로, 문은 8개이다.

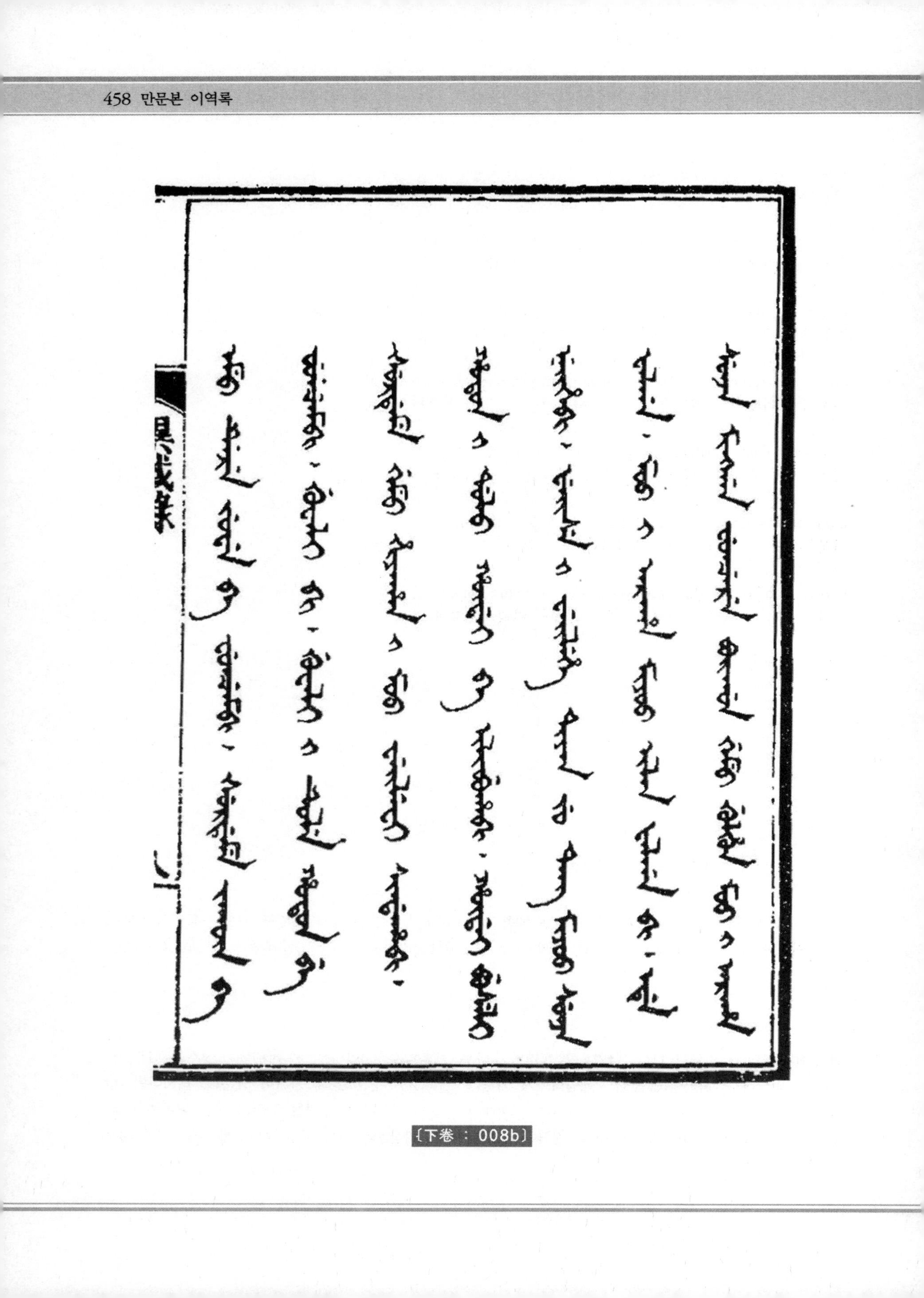

異域錄

emu dere juwe ba funcembi. šurdeme jakun ba
한 面 이 里 넘는다. 주위 팔 里

funcembi. guwali bi. guwali i tule hoton be
넘는다. 성문 밖 거리 있다. 성문 밖 거리 의 밖 城 을

šurdeme gemu hiyahan i moo weilefi sindahabi.
둘러 모두 거마작 의 나무 지어서 두었다.

hoton i dolo hūdai ba ilibuhabi. hūdai puseli
城 의 안 장사의 곳 세우게 했다. 장사의 상점

neihebi. feise i weilehe tiyan ju tang miyoo sunja
열었다. 벽돌 로 지은 天 主 堂 廟 다섯

falga, moo i araha miyoo ilan falga bi. ede
채 나무 로 지은 廟 세 채 있다. 여기에

sunja minggan funcere boigon gemu gulhun moo i araha
오 천 넘는 가구 모두 전부 나무 로 지은

[한문]

一面二里餘 週圍八里餘 有郭 郭外環城 俱以木爲鹿角安置 城内有市廛 磚造天主堂五座 大木營治廟三座 居五千餘戸 皆用大木營治

—— ◦ —— ◦ —— ◦ ——

카산 성은 한 면(面)이 2리 남짓이며, 주위는 8리 남짓이다. 성문 앞의 거리도 있다. 성문 앞의 거리 밖은 가시나무 울타리를 만들어 성을 둘렀다. 성 안에서는 시장도 열었으며, 상점도 있다. 벽돌로 지은 교회는 5채, 나무로 지은 교회는 3채 있다. 여기에는 5,000 남짓한 가구가 모두 전부 나무로 지은

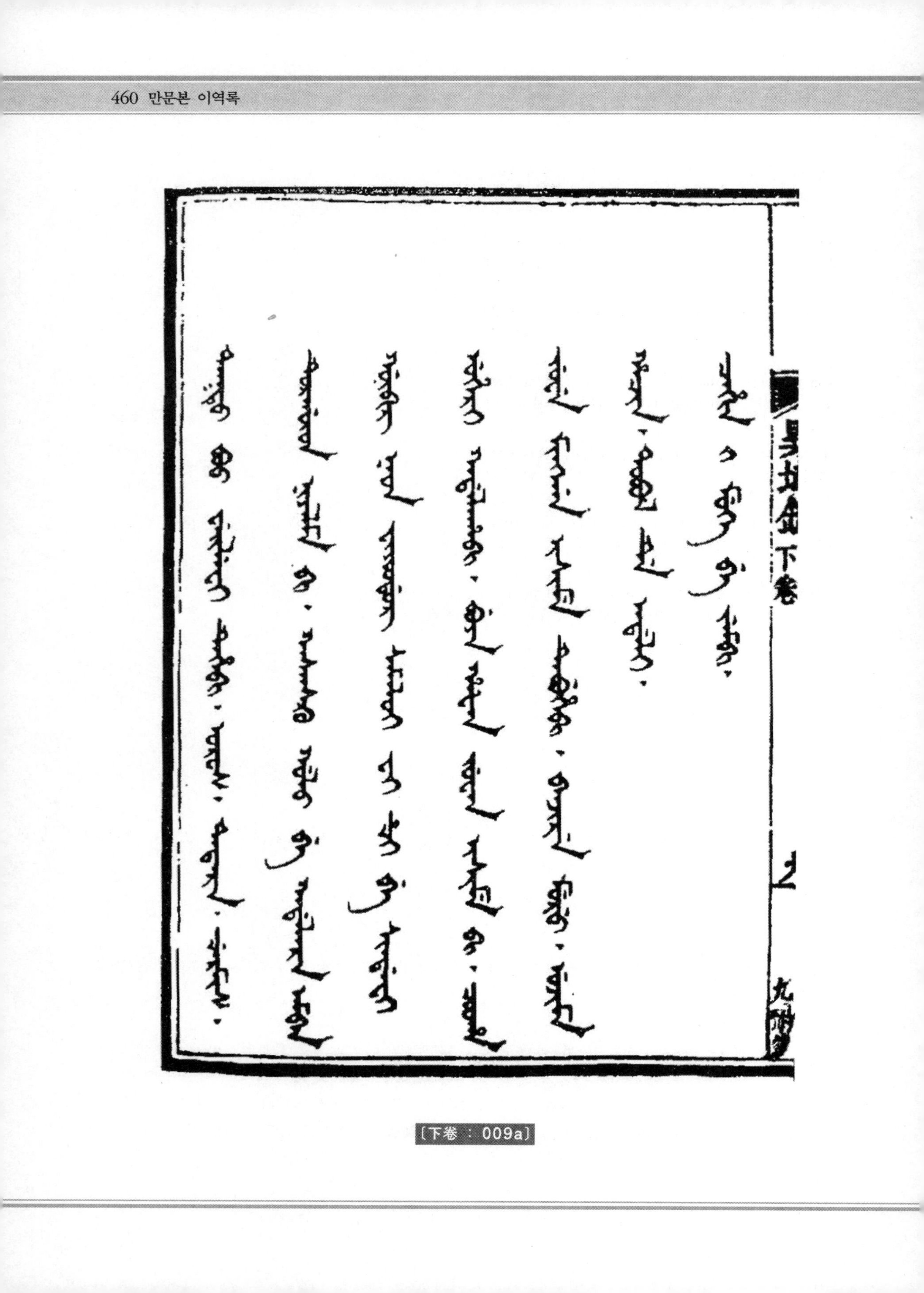

taktu boo weilefi tehebi. oros, tatara, cermis,
다층 집 짓고 살았다. 러시아 타타라 처르미스

turgūt niyalma bi. kasansk'o golo be kadalara amban
투르구트 사람 있다. 카산스코 省 을 관할하는 대신

gūbir nat[226] fiyoodor samaloi fi c'y[227] be sindafi
구비르 나트 피요도르 사말로이 피 치 를 두고

uheri kadalahabi. buya hafan juwan isime bi. cooha
모두 관할했다. 작은 관리 열 이르게 있다. 병사

juwe minggan isime tebuhebi. banjire muru, ujima
이 천 이르게 머물렀다. 사는 모습 가축

hacin, tobol de adali.
종류 토볼 에 같다.

cahin i muke be jembi.
우물 의 물 을 마신다.

[한문]

樓房廬舍 有俄羅斯與塔塔拉竝車爾米斯及土爾扈特等人居住 設立管理 喀山斯科道總管顧比爾那托爾費多爾薩馬落委翅統轄 有小頭目十餘員 駐兵二千餘名 其生計牲畜等項 與托波兒同 食方木井水

— ∘ — ∘ — ∘ —

다층집에서 살았다. 러시아인, 타타라인, 처르미스인, 투르구트인이 있다. 카산스코 성(省)을 관할하는 대신 구비르 나트 피요도르 사말로이피치를 두고 모두 관할하였다. 하급 관리는 10명 가까이 있으며, 병사는 2,000명 가까이 주둔시켰다. 생활양식과 가축의 종류는 토볼과 같다. 우물물을 마시며,

226) gūbir nat(顧比爾那托爾) : 주지사(州知事), 총독을 가리키는 고베르나토르(губернатор)이다.
227) fiyoodor samaloi fi c'y(費多爾薩馬落委翅) : 페도르 사마이로비치(Фёдор Самайлович), 인명(人名).

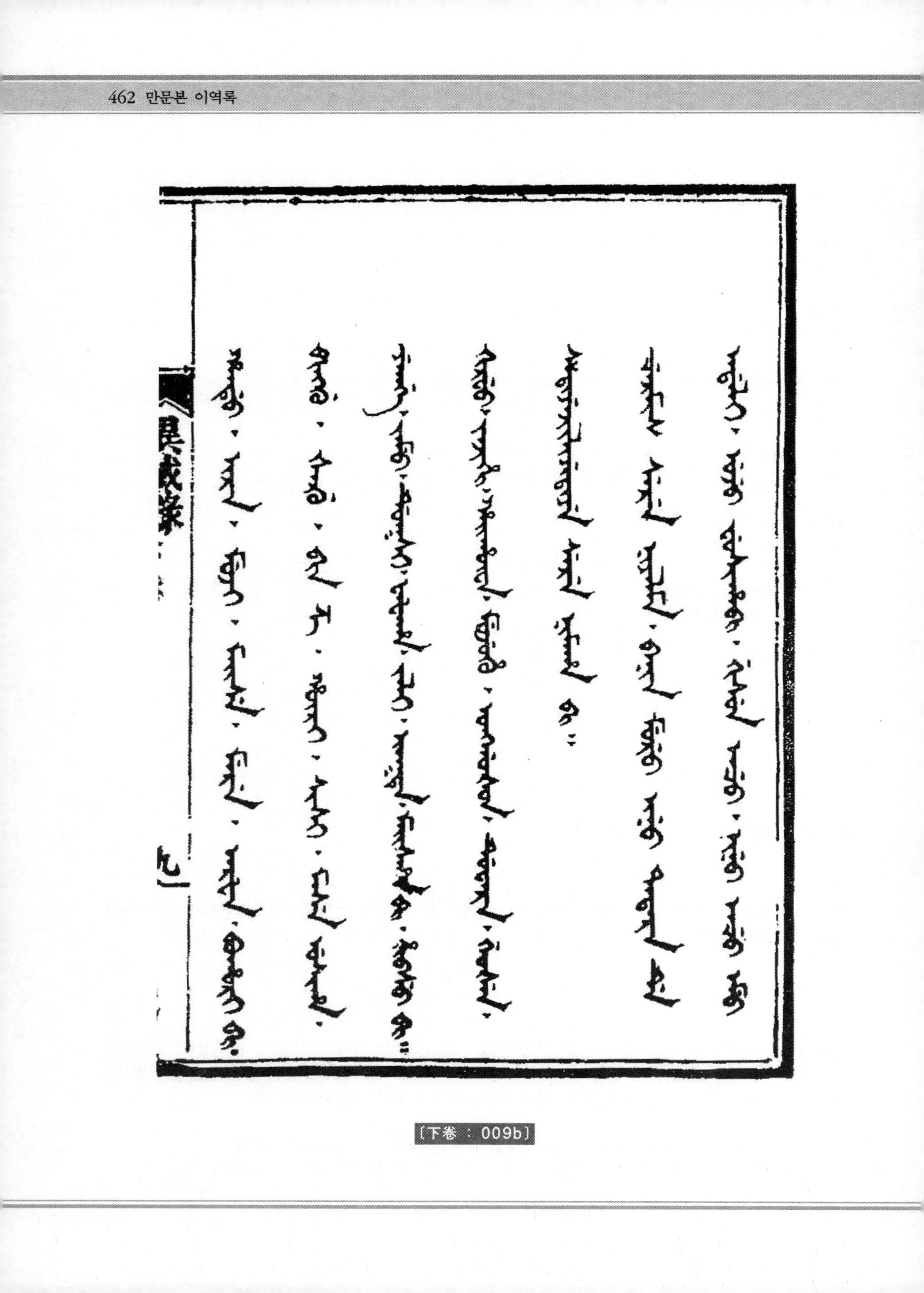

handu, ira, muji, maise, mere, arfa, bohori bi.
벼 기장 보리 밀 메밀 귀리 완두 있다.

pingg'o, šag'o, bin dz, hūri, sisi, mase usiha,
사과 능금 檳子 잣 개암 호두 열매

yengge, jamu, duksi, fafaha, jali, eikte,[228] maishan bi. hibsu bi.
머루 해당화 갈매나무 열매 앵두 산자 들쭉 구기자 있다. 꿀 있다.

kirfu, jajihi,[229] haihūwa, mujuhu, onggošon, duwara, geošen,[230]
심어(鱏魚) 뱅어 방어 잉어 붕어 메기 창꼬치

sztiyeriliyetiye[231] sere nimaha bi.
스티여릴리여티여 하는 물고기 있다.

cermis[232] sere niyalma, banin muru inu tatara de
처르미스 하는 사람 성질 모습 도 타타라 에

adali. uju fusihabi. gisun encu. inu encu emu
같다. 머리 깎았다. 말 다르다. 또 다른 한

[한문]

有稻稷大麥小麥蕎麥油麥菀豆 蘋果沙果檳子松子榛子核桃櫻薁刺玫都克什乏乏哈楂梨厄衣克特克枸奶子蜂蜜 有鱘魚白魚魴魚鯉魚鯽魚鮎魚鴨嘴魚四帖黑烈帖魚 其車爾米斯之人 貌類塔塔拉 皆削髮 言語殊異 亦係別一

—— ◦ —— ◦ —— ◦ ——

벼, 기장, 보리, 밀, 메밀, 귀리, 완두콩이 있다. 작은 사과, 큰 사과, 돌배, 잣, 개암, 호두열매, 머루나무, 해당화, 야생포도, 앵두, 산자, 빨간 사과, 구기자가 있으며 꿀도 있다. 심어(鱏魚), 백어(白魚), 방어, 잉어, 붕어, 은어, 누치, 그리고 스티여릴리여티여라는 물고기가 있다. 처르미스인은 용모도 타타라인과 같으며, 머리도 깎았지만 말이 다르다. 또 다른 한

228) duksi, fafaha, jali, eikte : 한문본에서 '갈매나무 열매, 앵두, 산자, 들쭉' 등으로 의역하지 않고 '도극십(都克什), 핍핍합(乏乏哈), 사리(楂梨), 액의극특극(厄衣克特克)'으로 음사하고 있다는 점이 특색이다.

229) jajihi : 백어(白魚) = jajigi.

230) geošen : 압취어(鴨嘴魚).

231) sztiyeriliyetiye(四帖黑烈帖魚) : 작은 철갑상어의 러시아어 스텔랴디(Стерлядь). 주160 참조.

232) cermis(車爾米斯) : 체레미스(Черемисы). 체레미스는 러시아 볼가 강과 카마 강 유역에 살던 피노 우그릭(finno-ugric)계 민족인 마리인을 가리킨다. '마리'라는 민족 명칭은 그들 말로 '사람', '남자'를 뜻한다. '마리'(Марий 또는 Mapы), '마레'(Мape) 등으로도 불렸던 마리인이 사료에 처음 언급된 시기는 10세기 경이다. '체레미스'라는 말은 혁명 전까지 마리인을 가리키는 공식 명칭으로 사용됐다.

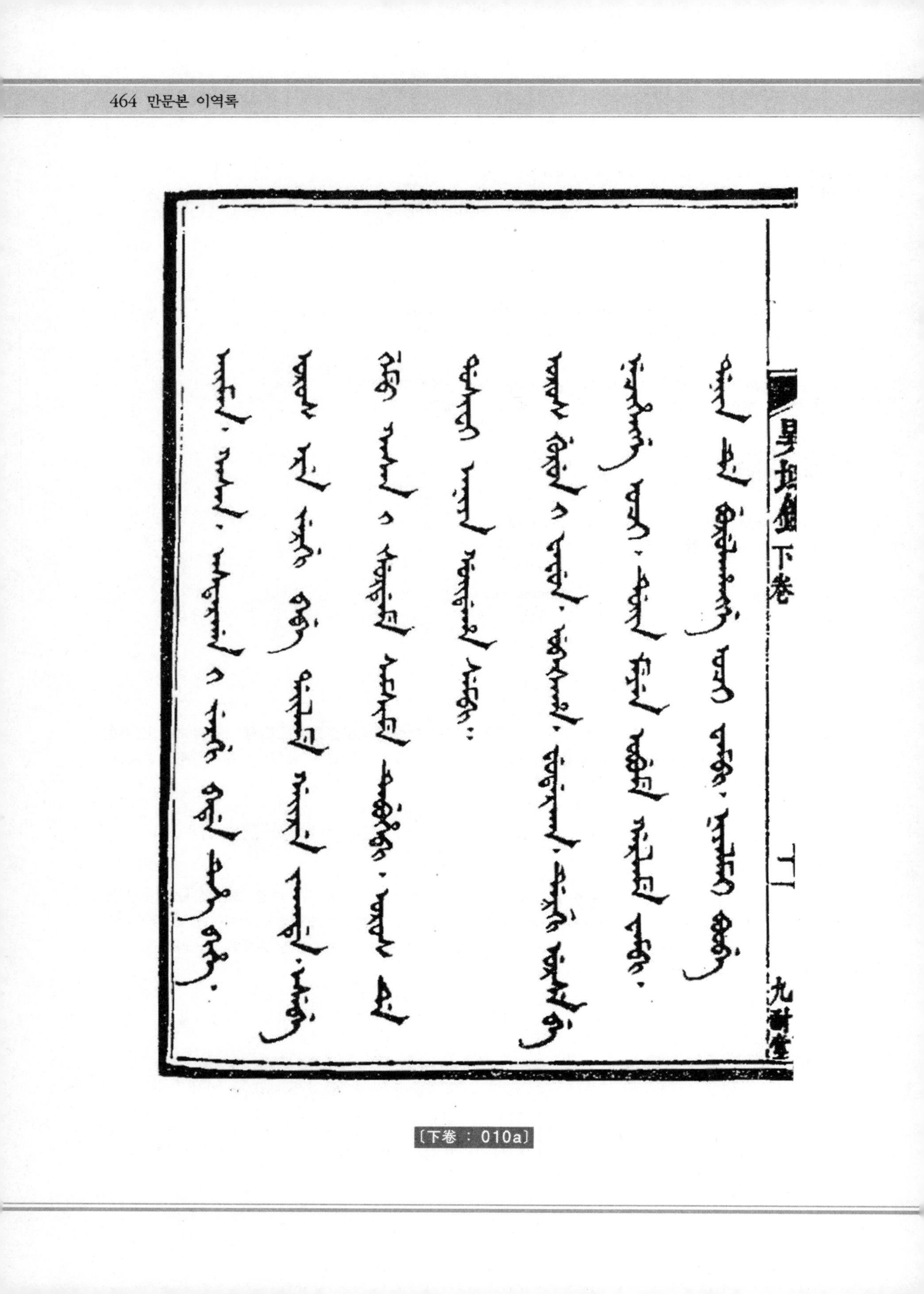

aiman, kasan, astargan[233] i jergi bade tehe bihe.
부족 카산 아스타르간 의 등 지역에 살았다.

oros, ere jergi babe dailame gaire jakade, esebe
러시아 이 등 지역을 정벌하여 취할 적에 이들을

gemu kasan i šurdeme samsime tebuhebi. oros de
모두 카산 의 주위에 흩어져 살게 하였다. 러시아 에

dosifi aniya goidaha sembi..
들어가서 해 오래되었다 한다.

oros gurun i fafun, ubašaha, fudaraka, dergi urse be
러시아 나라 의 법 반역하고 반란하고 위쪽 무리 를

necihengge oci, duin meyen obume garlame wambi.
범한 이 는 네 마디 되게 하여 찢어 죽인다.

dain de burulahangge oci wambi. niyalmai boobe
전쟁 에서 도망친 이 는 죽인다. 사람의 집을

[한문]

部落 原在喀山 阿斯塔爾漢等處居住 其後俄羅斯侵佔諸處 將伊等散處於喀山左近地方 併入俄羅斯國有年 俄羅斯國法律 凡叛逆犯上者 將身肢解爲四段 遇敵敗北者斬 其刦奪

—— ◦ —— ◦ —— ◦ ——

부족이 카산, 아스타르간 등의 지역에 살았다. 러시아가 이들 지역을 정벌하여 취한 까닭에 이들을 모두 카산 주위에 흩어져 살게 하였다. 러시아에 병합된 지 오래되었다고 한다. 러시아의 법에는 반역하거나 반란하거나 상관을 범하면, 사지를 찢어서 죽인다. 전쟁에서 도망치면 죽인다. 사람의 집을

233) astargan : 아스트라한(Астрахань). 아스트라한은 러시아 아스트라한 주의 주도이다. 카스피 해 기슭으로부터 90km 떨어진 볼가 강 하류 삼각주에 위치해 있다. 1459년부터 1556년까지 아스트라한 한국(汗國)의 수도였다. 1556년 이반 4세(1530년~1584년)에 의해 정복당했고 1558년 새로운 요새가 볼가 강을 바라보는 언덕 위에 세워졌다.

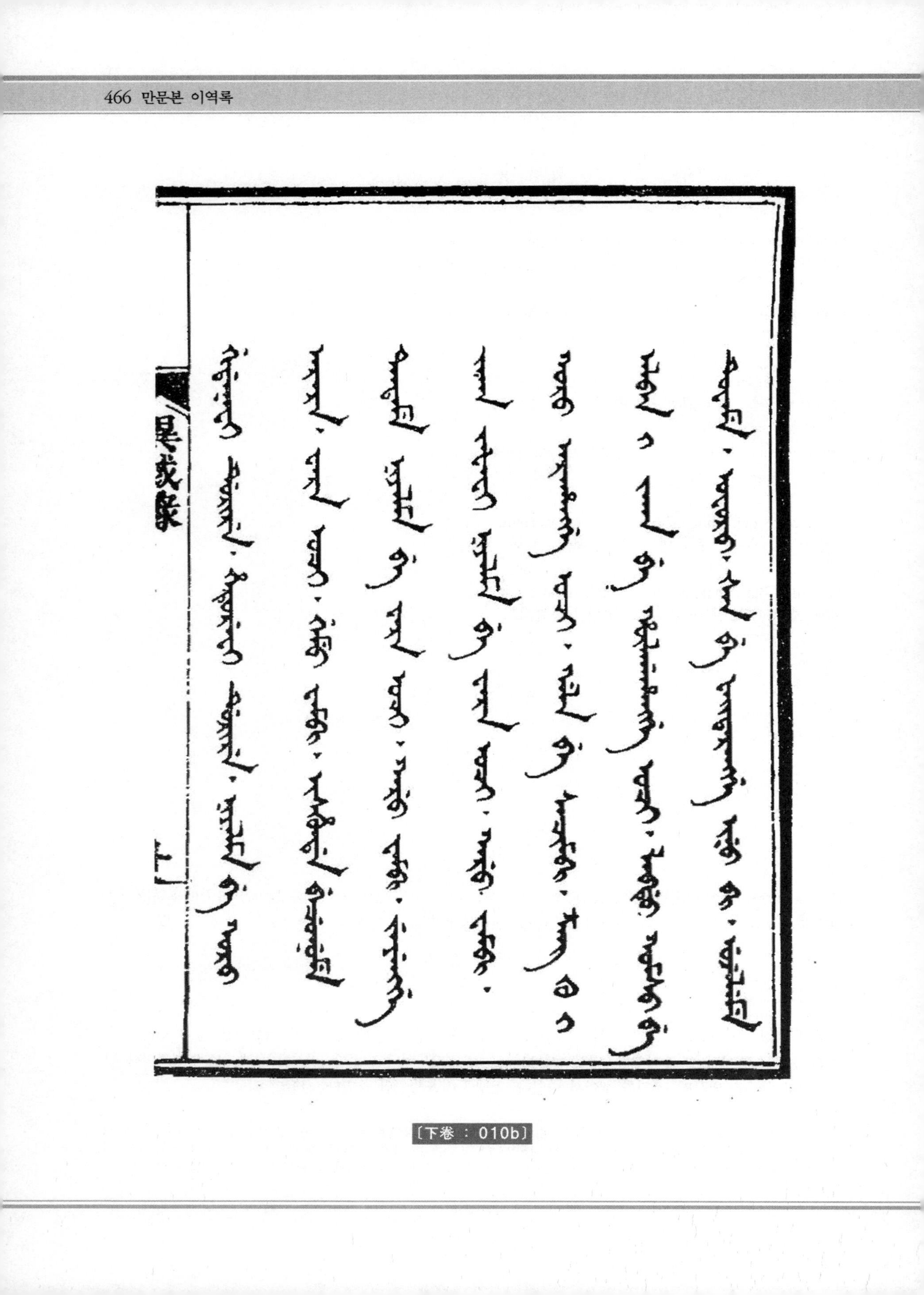

異域錄 下

gidanafi durire, heturefi durire, niyalma be koro
습격해서 빼앗고 막아서 빼앗고 사람 을 상처

arara, wara oci, gemu wambi. ishunde becunume
만들고 죽인 이 는 모두 죽인다. 서로 싸우고

tantame niyalma be wara oci, karu wambi. jeyengge
치며 사람 을 죽인 이 는 보복 죽인다. 날카로운

jaka jafafi niyalma be wara oci, karu wambi.
물건 잡고 사람 을 죽인 이 는 보복 죽인다.

koro arahangge oci, gala be sacimbi. ts'ang ku i
상처 지은 이 는 손 을 벤다. 倉 庫 의

alban i jaka be hūlgahangge oci, labdu komso be
官 의 물품 을 훔친 이 는 많고 적음 을

tuwame, oforo, šan be faitarangge inu bi. ujeleme
보아 코 귀 를 자르는 이 도 있다. 중하게

[한문]

竝路截傷人或殺人者俱斬 其互相鬪毆殺人者抵償 持刃殺人者抵償 傷人者斷手 其偸盜倉庫之官物者 視其贓之多寡 有劓耳鼻者 有重責

— ◦ — ◦ — ◦ —

강탈하고, 길을 가로막고 빼앗고 사람을 해치거나 죽이면, 모두 죽인다. 서로 때리고 치며 사람을 죽이면 보복하여 죽인다. 날카로운 물건 쥐고 사람을 죽이면 보복하여 죽인다. 상처를 입히면 손을 벤다. 창고의 공물(公物)을 훔치면, 많고 적음을 보아, 코와 귀를 자르는 경우도 있다. 심하게

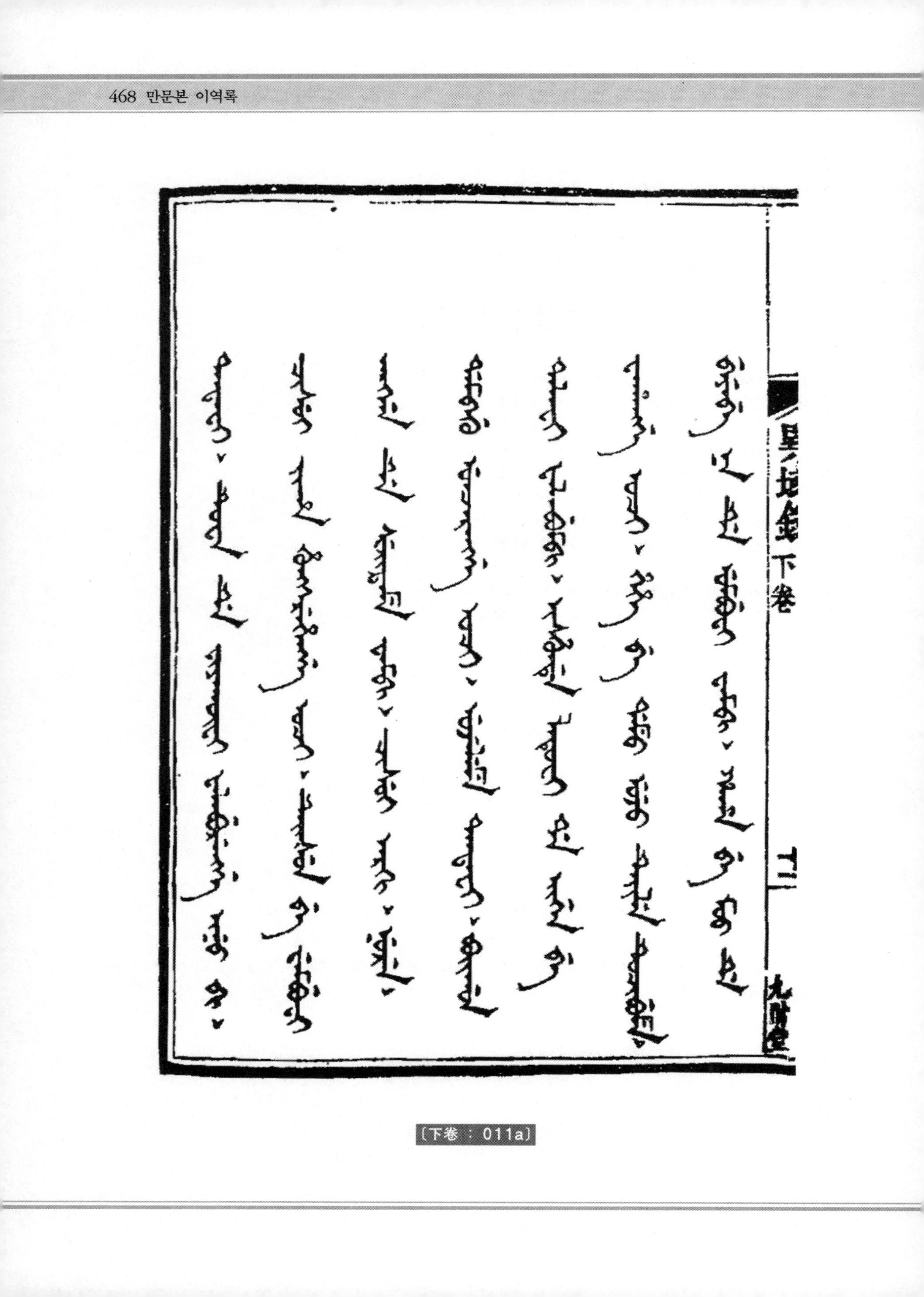

異域錄 下卷 十一

九[illegible]堂

tantafi, tuwa de fiyakūfi falaburengge inu bi.
치고 불 에 태우고 귀양보내는 이 도 있다.

cisui jiha hungkerehengge oci, teišun be wembufi
사사로이 돈 주조한 이 는 주석 을 녹여서

angga de suitame wambi. cisui arki, nure,
입 에 부어 죽인다. 사사로이 소주 술

dambagu uncarangge oci, ujeme tantafi, boigon
담배 파는 이 는 중하게 쳐서 재산

talafi falabumbi. ishunde latufi da eigen be
몰수하고 귀양 보낸다. 서로 간통하여서 본래 남편 을

wahangge oci, hehe be damu uju teile tucibume,
죽인 이 는 여자 를 오직 머리 만 나오게 하고

beyebe na de umbufi wambi. haha be moo de
몸을 땅 에 묻어서 죽인다. 남자 를 나무 에

[한문]

以火烤而發遣者 其私鑄錢者 將銅鎔化灌其口內以殺之 其私賣烟酒者重責 籍其家發遣 其因通姦殺死本夫者 將婦人之身體埋於地內 獨露其首以殺之 奸夫懸於樹上

—— ∘ —— ∘ —— ∘ ——

치거나, 불에 지지고, 귀양을 보내는 경우도 있다. 사사로이 돈을 주조하면, 주석을 녹여서 입에 부어 죽인다. 사사로이 소주, 술, 담배를 팔면 심하게 때리고 가산을 몰수하여 귀양을 보낸다. 서로 간통하여서 본남편을 죽이면, 여자를 오직 머리만 나오게 하여 몸을 땅에 묻어서 죽이고, 남자를 나무에

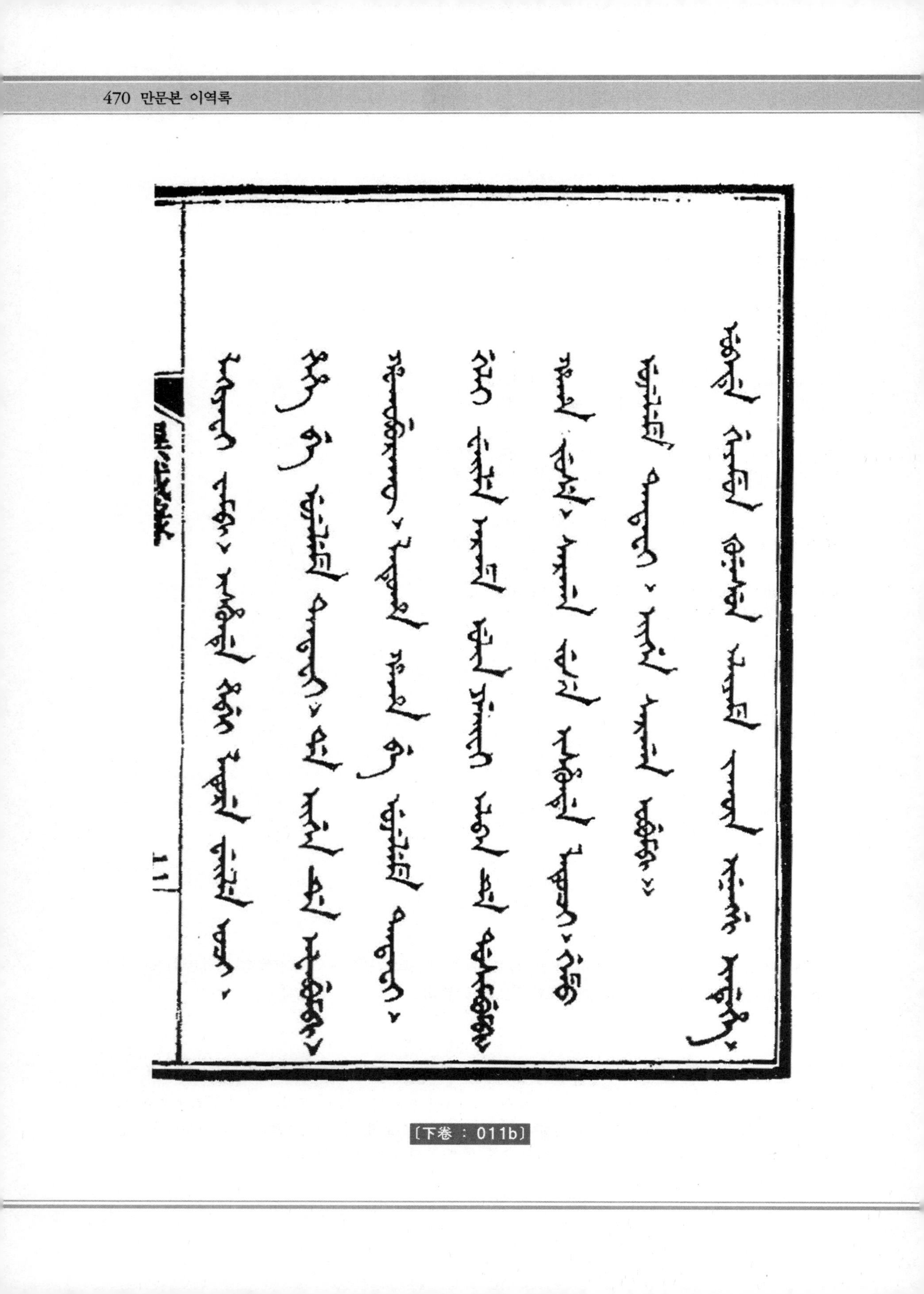

lakiyafi wambi. ishunde hebei lature weile oci,
매달아서 죽인다. 서로 모의로 간통한 죄 는

hehe be ujeleme tantafi, da eigen de afabumbi.
여자 를 중하게 쳐서 본래 남편 에게 건넨다.

hokoburakū. latuha haha be ujeleme tantafi
이혼시키지 않는다. 간통한 남자 를 중하게 치고

geli weile arame ulin gaifi alban de dosimbumbi.
또 죄 삼아 재물 취하고 官 에 들인다.

haha juse, sargan juse ishunde latuci, gemu
남자 아이들 여자 아이들 서로 간통하면 모두

ujeleme tantafi, eigen sargan obumbi..
중하게 치고 부부 되게 한다.

ubade giyamun kunesun aliyame jakūn inenggi indehe.
이곳에서 역참 식량 기다리며 팔 일 묵었다.

[한문]

以殺之 其犯通奸之罪者 將婦人重責 交還本夫 不准離異 將奸夫重責 復按其罪收贖入官 其幼童與女子通奸者俱重責 配爲夫婦 在此處候辦供給 止八宿

—— ∘ —— ∘ —— ∘ ——

매달아서 죽인다. 서로 모의하여 간통한 죄는 여자를 매우 쳐서, 본남편에게 건네고 이혼시키지 않는다. 간통한 남자는 매우 치고 또 처벌하여서 재산을 몰수한다. 남자 아이들과 여자 아이들이 서로 간통하면, 모두 매우 치고 부부가 되게 한다. 이곳에서 역마와 식량을 기다리며 8일 묵었다.

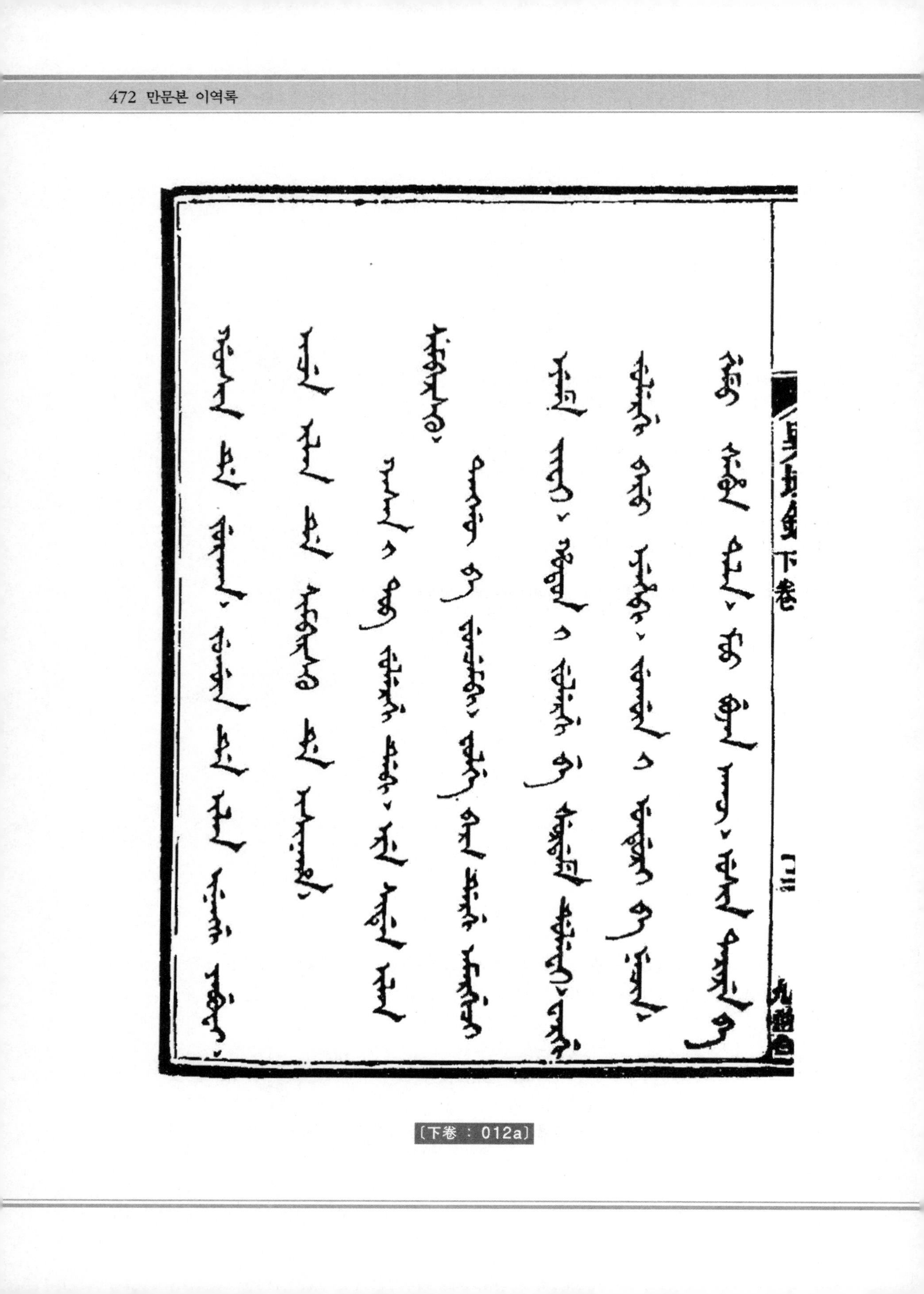

[下卷 : 012a]

gūsin de. juraka. jugūn de ilan inenggi yabufi,
삼십일 에 출발하였다. 길 에 삼 일 가서

ice ilan de simbirsko de isinaha.
초 삼 에 심비르스코 에 다다랐다.

simbirsko.[234] kasan i tob julergi debi. ere siden ilan
심비르스코. 카산 의 正 남쪽 에 있다. 이 사이 삼

tanggū ba funcembi. folge bira dergi amargici
백 리 넘는다. 폴거 강 동 북쪽에서

eyeme jifi, hoton i julergi be šurdeme dulefi, wargi
흘러 와서 城 의 남쪽 을 둘러 지나서 서

julergi baru eyehebi. jugūn i unduri ba necin,
남 쪽 흘렀다. 길 의 연도 땅 평평하고

gemu šehun tala. moo bujan akū, usin tarire ba
모두 너른 들이다. 나무 수풀 없고 밭 경작하는 곳

[한문]

於三十日起程 途中越三宿 初三日 至西穆必爾斯科地方
西穆必爾斯科
在喀山之正南 相去三百餘里 佛爾格河來自東北 遶城之南面 向西南而流 沿途地勢平坦 俱係曠野 無林木田畝甚

— ∘ — ∘ — ∘ —

30일에 출발하였다. 3일 동안 길을 가서, 3일에 심비르스코에 다다랐다.

심비르스코.
카산의 정남쪽에 있다. 이 사이 300리 넘는다. 볼가 강은 동북쪽에서 흘러 와서, 성(城)의 남쪽을 둘러 지나가서, 서남쪽으로 흘렀다. 길 주위 땅은 평평하고 모두 광야이다. 나무와 수풀이 없고, 밭 경작하는 곳

234) simbirsko(西穆必爾斯科) : 심비르스크(Симбирск). 심비르스크는 볼가 강변에 있다. 1648년에 요새가 건설되어 심비르스크라는 이름이 붙여졌다. 레닌은 17세까지 여기서 살았다. 1924년 블라디미르 레닌의 사망에 즈음해 울리야노프스크(Ульяновск)라고 개칭되었다. 지금의 러시아 울리야놉스크 주의 주도이다. 교회 등 원래 있던 건조물은 파괴되고 레닌의 아버지 일리야 울리야노프의 무덤만이 남겨졌다.

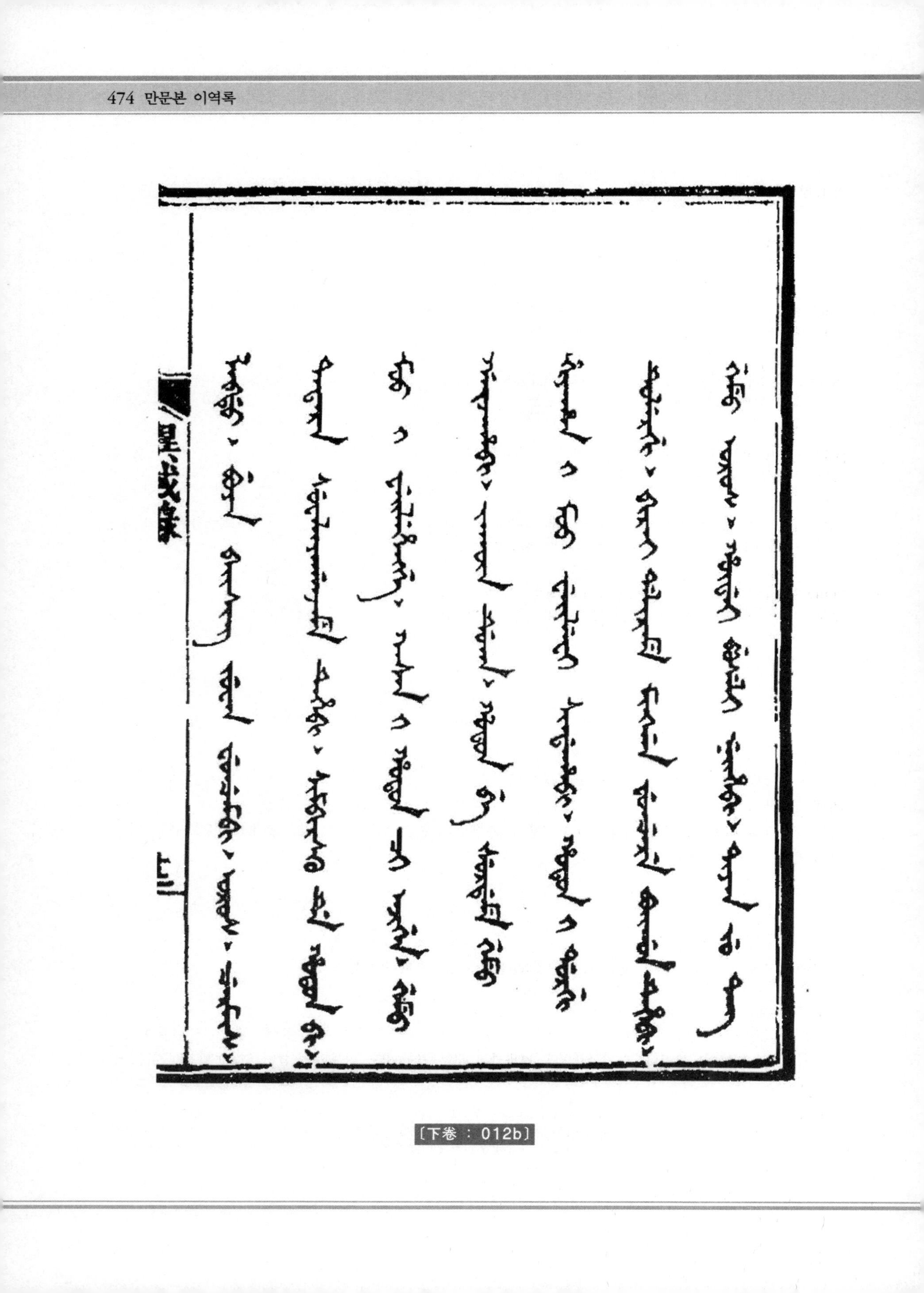

星、宿象　十三

labdu. buya baising juwan funcembi. oros, cermis,
많다. 작은 바이싱 열 넘는다. 러시아인 처르미스인

tatara suwaliyaganjame tehebi. simbirsko de hoton bi.
타타르인 뒤섞여 살았다. 심비르스코 에 城 있다.

moo i weilehengge. kasan i hoton ci ajigen. gemu
나무 로 지은 것이다. 카산 의 城 보다 작다. 모두

garjahabi. jakūn duka. hoton be šurdeme gemu
무너졌다. 여덟 문이다. 城 을 둘러 모두

hiyahan i moo weilefi sindahabi. hoton i dorgi
거마작 의 나무 만들어 두었다. 城 의 안쪽

tulergi, birai dalirame minggan funcere boigon tehebi.
바깥쪽 강의 따라 천 남짓한 가구 살았다.

gemu oros. hūdai puseli neihebi. tiyan ju tang
모두 러시아인이다. 장사의 상점 열었다. 天 主 堂

[한문]

多 有小柏興十餘處 俄羅斯與車爾米斯 竝塔塔拉人雜處 西穆必爾斯科有城郭 係大木營造 小於喀山 城皆損壞 有八門 環城俱以木爲鹿角安置 城之內外及河岸 居千餘戸 皆俄羅斯 有市廛天主堂

—— ◦ —— ◦ —— ◦ ——

많다. 작은 바이싱이 10개 남짓이다. 러시아인, 처르미스인, 타타르인이 함께 살았다. 심비르스코에 성(城)이 있는데, 나무로 지은 것으로, 카산 성(城)보다 작다. 모두 무너졌다. 문은 8개이다. 성(城)을 둘러 모두 거마작을 만들어 두었다. 성(城) 안팎에 강기슭을 따라 1,000 남짓한 가구가 살았다. 모두 러시아인이다. 상점이 있고 교회는

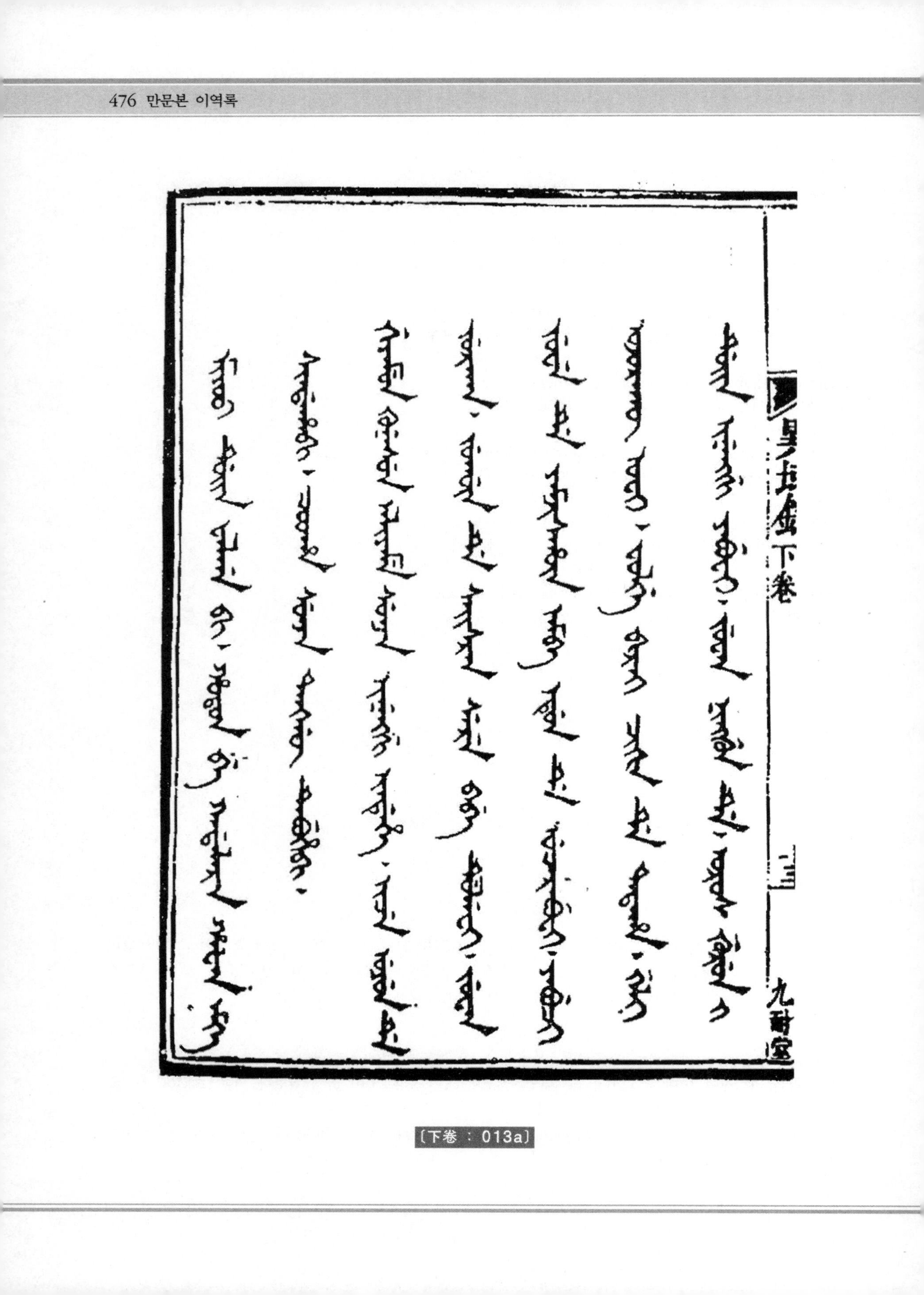

miyoo duin falga bi. hoton be kadalara hafan emke
廟 네 채 있다. 城 을 관할하는 관리 하나

sindahabi. cooha sunja tanggū tebuhebi.
두었다. 병사 오 백 머무르게 했다.

giyamun kunesun aliyame sunja inenggi indehe. ice uyun de
역참 식량 기다리며 오 일 묵었다. 초 구 에

juraka. jugūn de saisran[235] sere babe dulefi, juwan
출발하였다. 길 에 사이스란 하는 곳을 지나고 십

juwe de yamjishūn amba edun de ucarabufi, yabuci
이 에 해질 무렵 큰 바람 에 만나게 되어서 갈 수

ojorakū ofi, folge birai cikin de tataha. geli
없게 되어서 폴거 강의 강가 에 머물렀다. 또

duin inenggi yabufi, juwan ninggun de, oros gurun i
사 일 가서 십 육 에 러시아 나라 의

[한문]

四座 設管轄城郭頭目一員 駐兵五百名 候辦驛馬供給 止五宿 初九日起程 途中經賽斯蘭 十二日晚 偶遇狂風大作 風雪交加撲面 不能前進 住佛爾格河岸 又越四宿 於十六日至俄羅斯國界之

—— ◦ —— ◦ —— ◦ ——

4채 있다. 성(城)를 관할하는 관리는 한 명을 두었다. 병사는 500명을 주둔시켰다. 역마와 식량을 기다리며 5일 동안 묵었다. 9일에 출발하였다. 가는 길에 사이스란이라는 곳을 지나가고, 12일에 해질 무렵에 큰 바람과 맞닥뜨려 갈 수 없게 되어서, 볼가 강의 기슭에 머물렀다. 또 4일 동안 가서, 16일에, 러시아의

235) saisran(賽斯蘭) : 시즈란(Сызрань). 시즈란은 사마라 주의 도시로 볼가 강변에 있다. 1683년에 요새로 건설되었다가 1796년에 도시로 등록되었다.

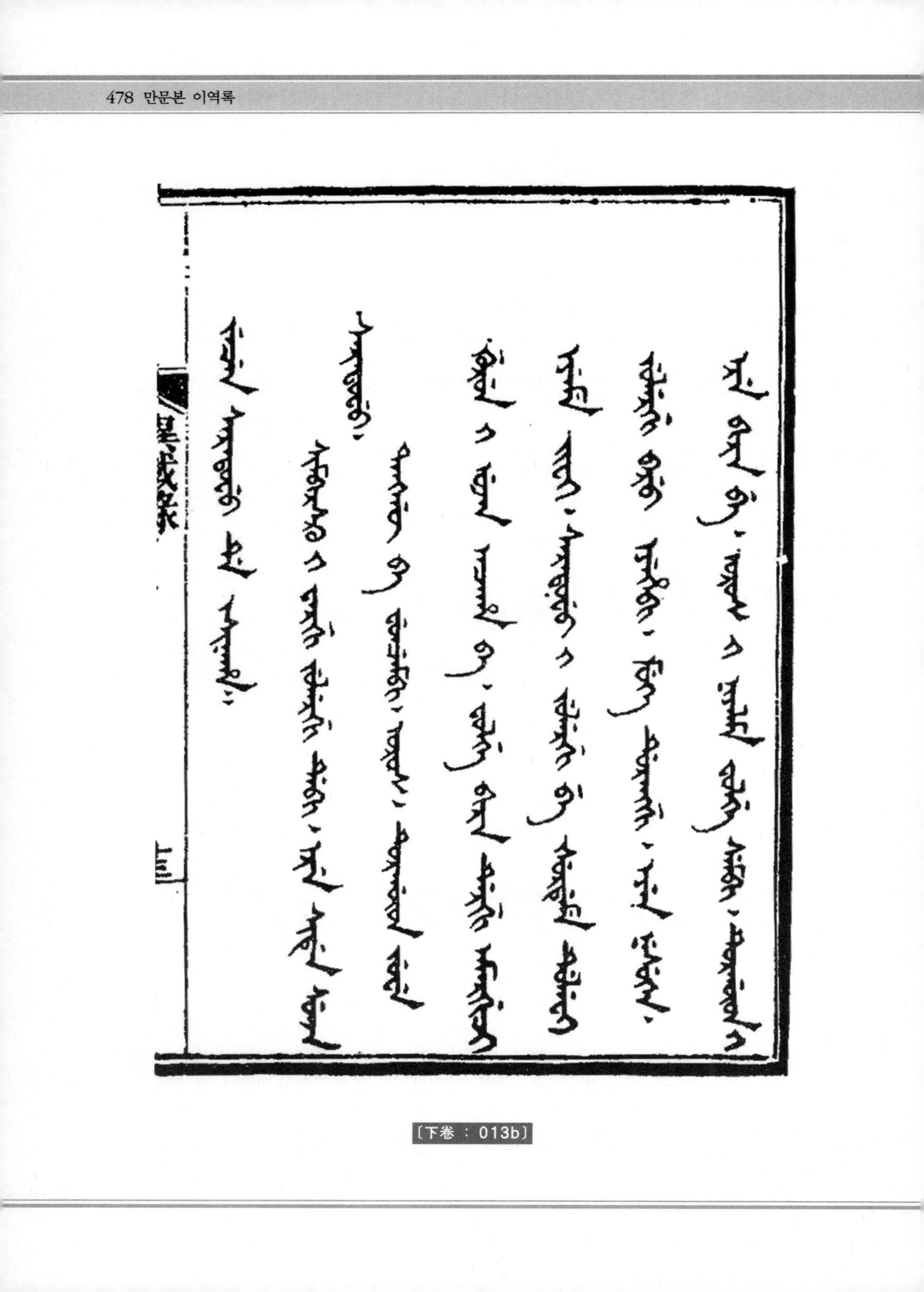

異域錄

jecen saratofu de isinaha..
변경 사라토푸 에 다다랐다.

saratofu.[236] simbirsko i wargi julergi debi. ere siden sunja
사라토푸. 심비르스코 의 서 남쪽 에 있다. 이 사이 오

tanggū ba funcembi. oros, turgūt juwe
백 리 넘는다. 러시아 투르구트 두

gurun i ujan acaha ba. folge bira dergi amargici
나라 의 경계 만난 곳이다. 폴거 강 동 북쪽에서

eyeme jifi, saratofu i julergi be šurdeme dulefi
흘러 와서 사라토푸 의 남쪽 을 둘러 지나서

julergi baru eyehebi. muke duranggi, eyen nesuken.
남 쪽 흘렀다. 물 흐리고 흐름 온화하다.

ere bira be, oros i niyalma folge sembi. turgūt i
이 강 을 러시아 의 사람 폴거 한다. 투르구트 의

[한문]

薩拉托付地方

薩拉托付

在西穆必爾斯科之西南 相去五百餘里 俄羅斯與土爾扈特兩國接壤之處 佛爾格河來自東北 遶薩拉托付之南 向南而流 水濁溜緩 此河俄羅斯國人名曰佛爾格河 土爾扈特國之

—— ◦ —— ◦ —— ◦ ——

변경 사라토푸에 다다랐다.

사라토푸.

심비르스코의 서남쪽에 있다. 이 사이 500리 넘는다. 러시아와 투르구트 두 나라의 경계가 맞닿은 곳이다. 볼가 강은 동북쪽에서 흘러나와서, 사라토푸의 남쪽을 둘러 지나가서 남쪽으로 흘렀다. 물은 탁하고 흐름은 온화하다. 이 강을 러시아인은 볼가 강이라고 하고, 투르구트

---

236) saratofu(薩拉托付) : 사라토프(Саратов). 사라포트는 러시아 프리볼시스키(Приволжский) 연방관구에 포함되는 사라토프 주의 주도이다. 볼가 강 우안에 있는 교통의 요지로서 표도르 이 이바노비치(Фёдор I Иоáннович 1584 - 1598) 시기인 1590년 경에 세워졌고 1708년 도시로 승인되었다. 사라토프라는 이름은 '매의 섬'을 의미하는 투르크어 saryk atov에서 유래했다는 설과 '노란 산'을 의미하는 타타르어 sary tau(сары тау)에서 유래했다는 설이 있다.

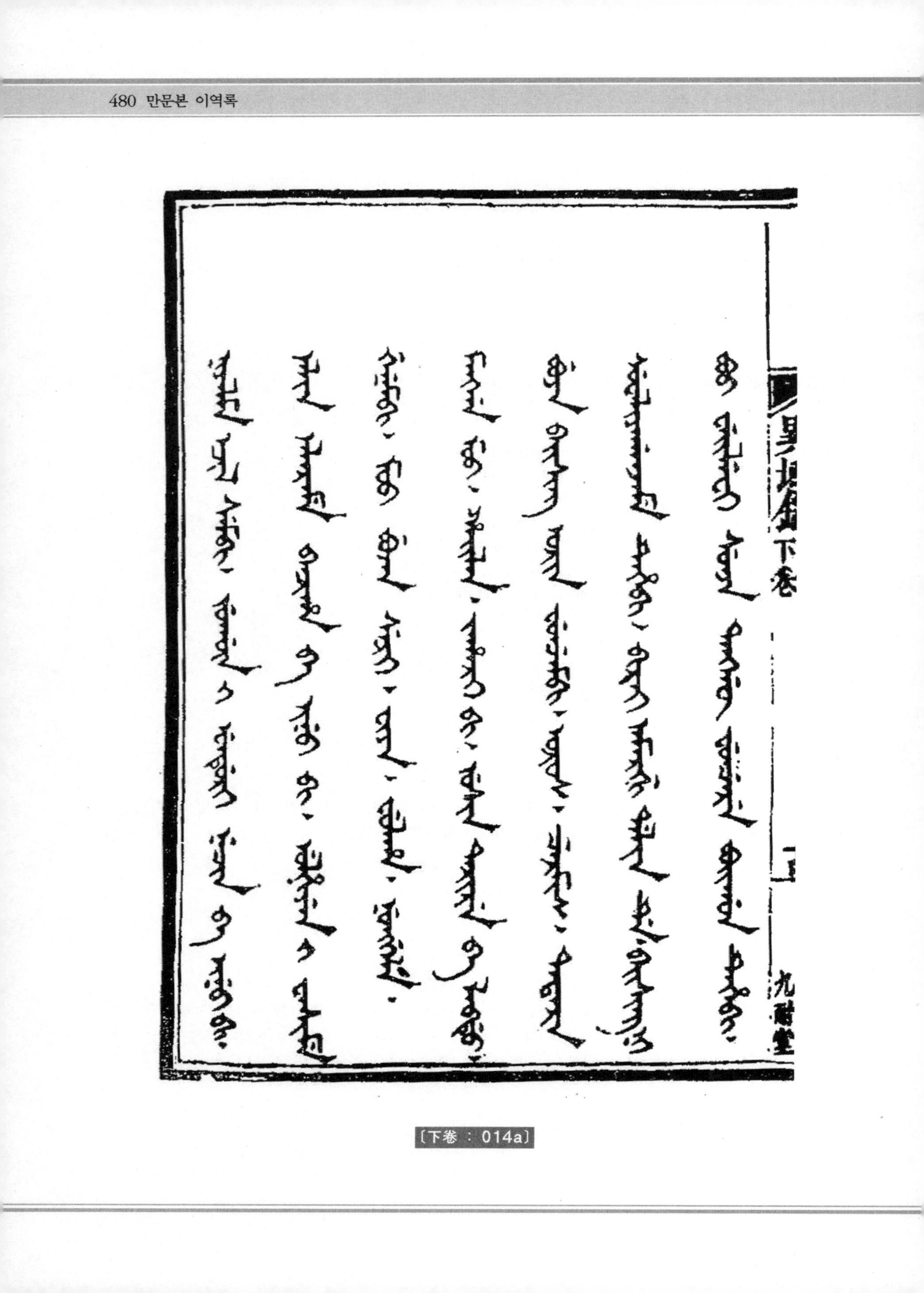

異域錄 下卷 一 九耐堂

niyalma ejil sembi. jugūn i unduri necin ba inu bi.
사람 어질 한다. 길 의 연도 평평한 곳 도 있다.

alin alarame banjiha ba inu bi. ulhiyen i wasime
산 나지막이 생긴 곳 도 있다. 차례 로 내려

genembi. moo bujan seri, fiya, fulha, nunggele,
간다. 나무 수풀 드물고 자작나무 백양나무 피나무

mangga moo hailan, jahari[237] bi. usin tarire ba labdu,
상수리 나무 느릅나무 보리수 있다. 밭 경작하는 곳 많고

buya baising orin funcembi. oros, cermis. tatara
작은 바이싱 스물 넘는다. 러시아인 처르미스인 타타라인

suwaliyanganjame tehebi. birai amargi dalin de, baising ni
뒤섞여 살았다. 강의 북쪽 기슭 에 바이싱 의

boo weilefi sunja tanggū funcere boigon tehebi.
집 짓고 오 백 넘는 가구 살았다.

[한문]

人名曰厄濟兒河 沿途皆平坦地方 間有山崗 地勢漸下 林木稀少 有樺楊椴柞榆波羅等樹 田畝甚多 有小柏興二十餘處 俄羅斯與車爾米斯 竝塔塔拉人雜處 河之北岸有廬舍 居五百餘戸

—— ◦ —— ◦ —— ◦ ——

인은 어질 강이라고 한다. 길 주위는 평평한 땅도 있다. 산은 가파르지 않은 곳도 있다. 차례차례 내려갔다. 나무와 수풀이 드물고, 자작나무, 백양나무, 피나무, 상수리나무, 느릅나무, 보리수가 있다. 밭을 경작하는 곳 많고, 작은 바이싱이 20채 남짓 있다. 러시아인, 처르미스인, 타타라인이 함께 살았다. 강의 북쪽 기슭에 있는 바이싱에는 500 남짓한 가구가 집을 짓고 살았다.

237) jahari : 일반사전에서는 확인되지 않는 어휘이다. 한문본에 파라(波羅)로 쓰였는데 이마니시 슌수(今西春秋:1964)에서는 '보리수(菩提樹)'로 번역하고 있다.

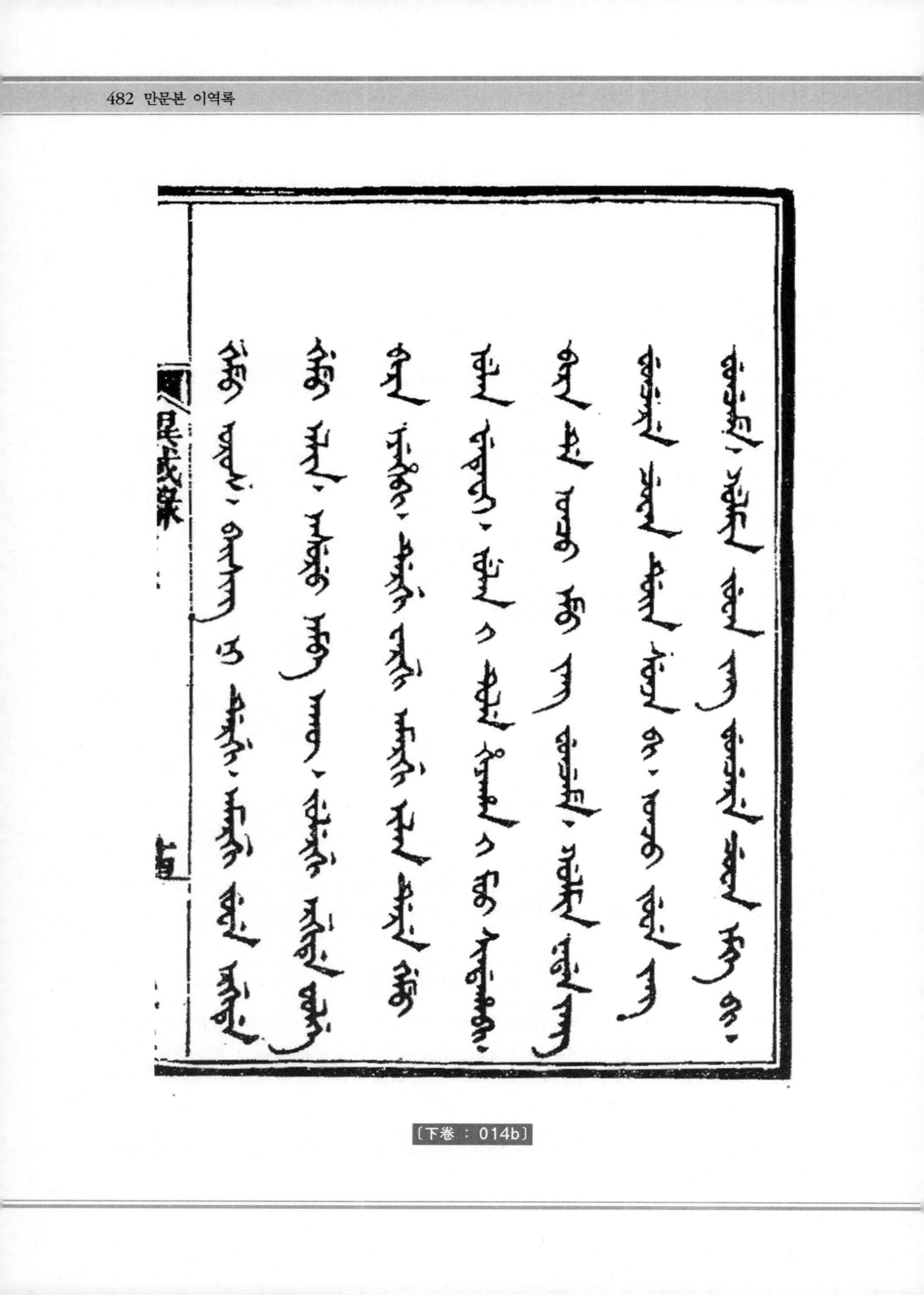

異域錄

上

gemu oros. baising ni dergi, amargi juwe ergide
모두 러시아인이다. 바이싱 의 동 북쪽 양 쪽에

gemu alin, asuru amba akū. julergi ergide folge
모두 산 전혀 크지 않다. 남 쪽에 폴거

bira eyehebi. dergi wargi amargi ilan dere gemu
강 흘렀다. 동쪽 서쪽 북쪽 세 면 모두

ulan fetefi, ulan i tule hiyahan i moo sindahabi.
해자 파고 해자 의 밖 거마작 의 나무 두었다.

bira de onco emu jang funceme, golmin nadan jang
강 에 넓이 일 丈 넘으며 길이 칠 丈

funcere cuwan duin sunja bi. onco juwe jang
넘는 배 네 다섯 있다. 넓이 이 丈

funceme, golmin juwan jang funcere cuwan emke bi.
넘으며 길이 십 丈 넘는 배 하나 있다.

[한문]

俱俄羅斯 其柏輿之東北兩面皆山 不甚大 南面有佛爾格河 環流東西北三面 俱掘濠 其外安置鹿角 河內有寬一丈 長七丈餘船四五隻 寬二丈 長十丈餘船壹隻

—— ◦ —— ◦ —— ◦ ——

모두 러시아인이다. 바이싱의 동쪽, 북쪽 양 쪽에 모두 산이 있는데 전혀 크지 않다. 남쪽에는 볼가 강이 흘렀다. 동쪽, 서쪽, 북쪽 세 면에는 모두 해자 파서, 해자 밖에 거마작 두었다. 강에는 폭이 1장(丈) 남짓하며, 길이가 7(丈) 남짓한 배가 4, 5척 있으며, 폭이 2(丈) 남짓하며, 길이가 10(丈) 남짓한 배가 1척 있다.

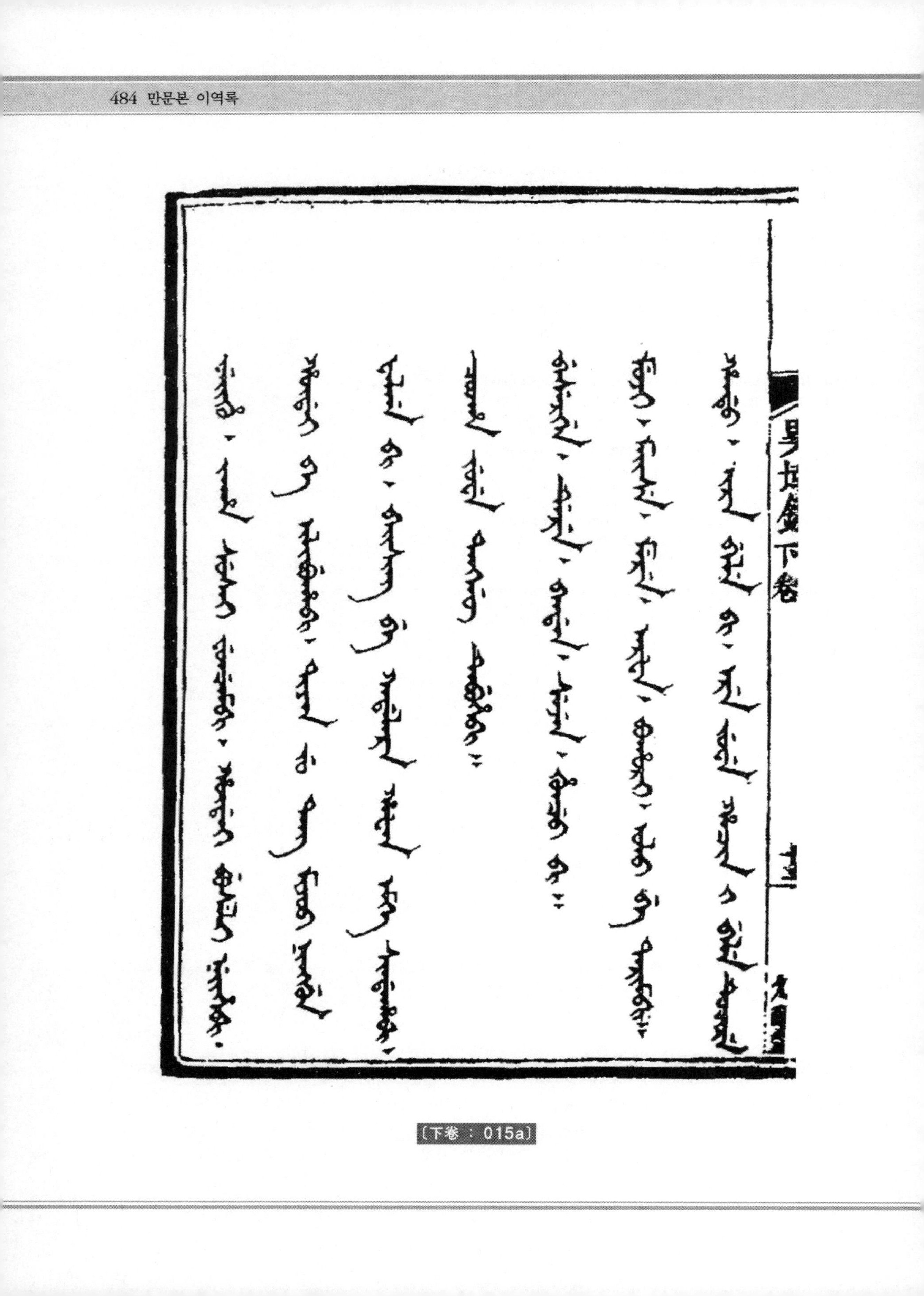

異域錄 下卷

十五

weihu, jaha susai funcembi. hūdai puseli neihebi.
마상이 나룻배 오십 넘는다. 장사의 상점 열었다.

hūdai ba ilibuhabi. tiyan ju tang miyoo ninggun
장사의 곳 세워져있다. 天 主 堂 廟 여섯

falga bi. baising be kadalara hafan emke sindahabi.
채 있다. 바이싱 을 관할하는 관리 하나 두었다.

cooha juwe tanggū tebuhebi..
병사 이 백 머무르게 하였다.

besergen, dere, bandan, sejen, huncu bi..
침대 탁자 긴의자 수레 발구 있다.

muji, maise, mere, arfa, bohori, olo be tarimbi..
보리 밀 메밀 귀리 완두콩 삼 을 경작한다.

handu, ira, bele bi. ere juwe hacin i bele tucire
멥쌀 기장 쌀 있다. 이 두 종류 의 쌀 나는

[한문]

小舟艇五十餘隻 有市廛 天主堂六座 設管轄柏興頭目一員 駐兵二百名 有牀桌橙車拖牀 種大麥小麥蕎麥油麥菀豆麻 有稻稷米 因問及二米出産之

—— ◦ —— ◦ —— ◦ ——

마상이와 나룻배는 50척 남짓 있다. 상점도 열었고, 시장도 있다. 교회는 6채 있다. 바이싱을 관할하는 관리는 한 명을 두었다. 병사는 200명을 주둔시켰다. 침대, 탁자, 긴 의자, 수레, 발구가 있다. 보리, 밀, 메밀, 귀리, 완두콩, 삼을 경작한다. 멥쌀과 기장쌀이 있다. 이 두 종류의 쌀 나는

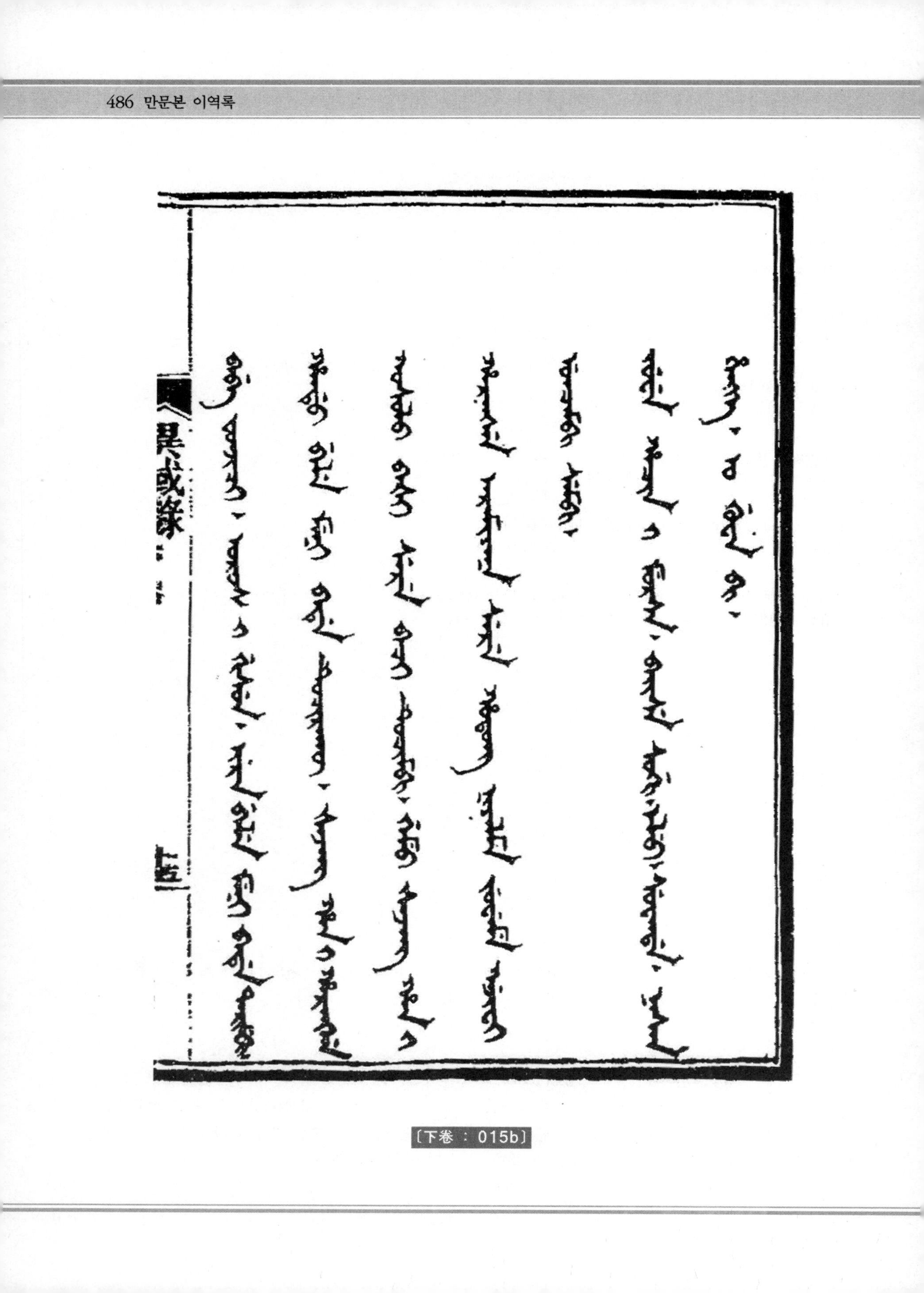

異域錄 上五

babe fonjici, oros i gisun, ira bele meni bade tarimbi.
곳을 물으면 러시아인 의 말 기장 쌀 우리의 땅에서 경작한다.

handu bele meni bade tucirakū. šajang han i harangga
멥쌀 우리의 땅에서 나지 않는다. 샤장 汗 의 소속의

kosolo baši[238] sere baci tucimbi. gemu šajang han i
코솔로 바시 하는 곳에서 난다. 모두 샤장 汗 의

harangga armiyana[239] sere hotong niyalma juweme gajifi
소속의 아르미야나 하는 호통 사람 운반해 가지고

uncambi sembi.
판다 한다.

juwe hacin i mursa, beise sogi, elu, suwanda, nasan
두 종류 의 무 배추 파 마늘 절인

hengke, o guwa bi.
오이 倭 瓜 있다.

[한문]

處 俄羅斯言 稷米乃本地所産 稻米本地不出 係沙漳汗所屬科索里巴什地方所産 皆沙漳汗國阿爾米牙那之貨通人挽運販賣 有兩種蘿蔔白菜葱蒜王瓜倭瓜

곳을 물으니 러시아인이 말하기를, "기장 쌀은 우리 땅에서 경작한다. 벼 쌀은 우리 땅에서 나오지 않는다. 샤장 한이 다스리는 코솔로 바시라는 곳에서 나온다. 모두 샤장 한이 다스리는 아르미냐에 속한 호통인이 운반해 가지고 와서 판다." 하였다. 두 종류의 무, 배추, 파, 마늘, 절인오이, 호박이 있다.

238) kosolo baši(科索里巴什) : 페르시아·아르메니아 지방에 있는 곳으로 추정된다.
239) armiyana(阿爾米牙那) : 17세기 초 아르메니아(Армения) 상인들이 페르시아를 통해 인도 무굴제국으로 진출하여 벵갈의 다카(dhaka)를 중심으로 중동지역과 유럽을 상대로 상업과 무역에 종사하였다.

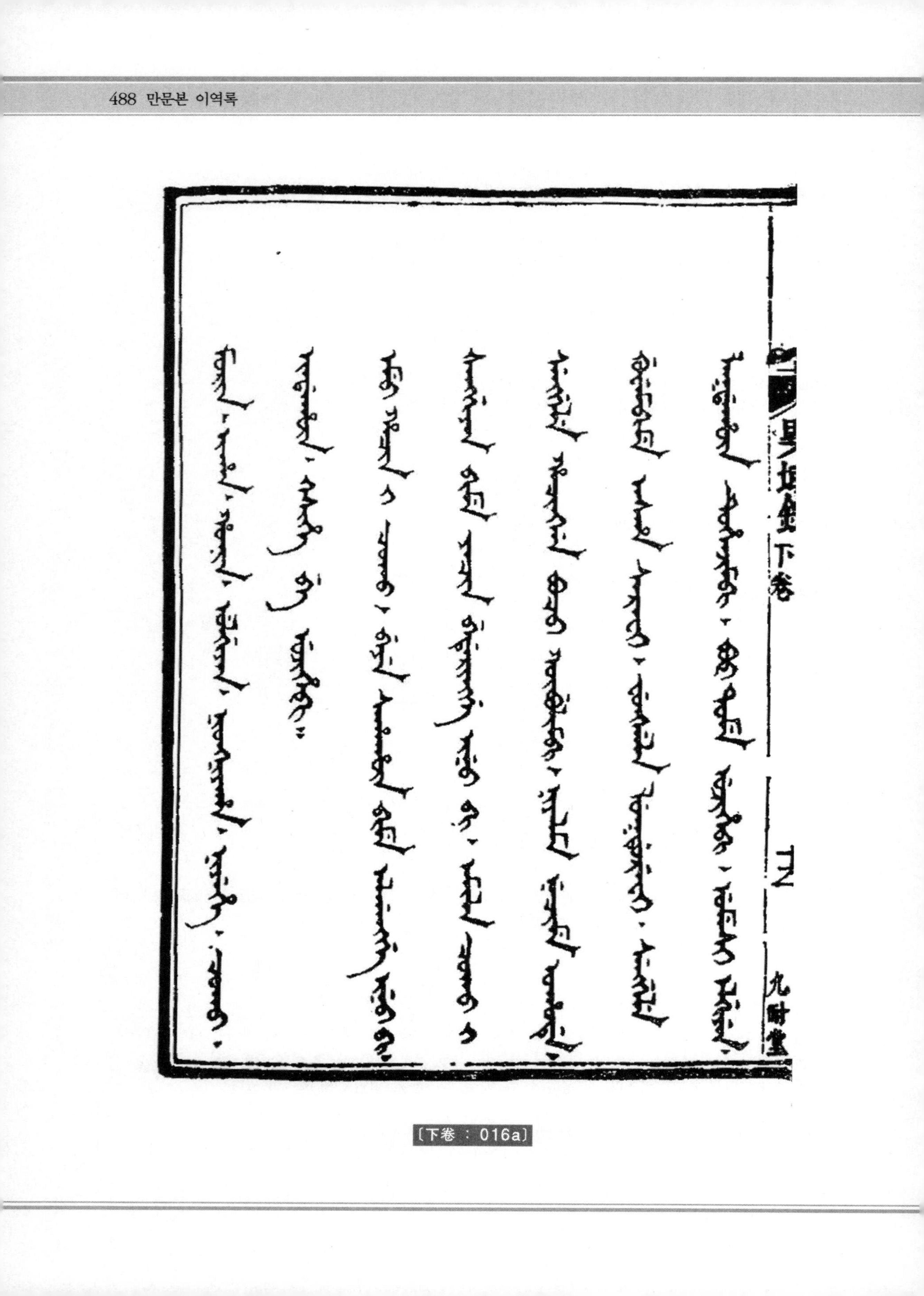

異域錄 下卷 十六 九畊堂

morin, ihan, honin, ulgiyan, niongniyaha, niyehe, coko,
말 소 양 돼지 거위 오리 닭

indahūn, kesihe be ujihebi..
개 고양이 를 길렀다.

emu hacin i coko, beye sahahūn bime algangge[240] inu bi.
한 종류 의 닭 몸 검고 꽃무늬있는 것 도 있다.

šanggiyan bime yacin bederingge inu bi. amila coko i
하얗고 아청색 반점 있는 것 도 있다. 수 닭 의

senggele hacingga boco kūbulimbi. niyalma necime ohode,
벼슬 각종의 색 변한다. 사람 범하게 되었음에

guwembime asha sarafi, funggala lukdurefi, senggele
울며 날개 펴고 꽁지 곤두세우고 벼슬

lakdahūn tuhejimbi. boo tome ujihebi. umesi elgiyen,
축 늘어져 내려온다. 집 마다 길렀다. 매우 풍부하다.

[한문]

畜馬牛羊猪鵝鴨雞犬猫 有一種雞 身大似鵝 脚高尾短 有蒼黑色而花紋者 亦有白色而青斑者 俱雄雞之冠不時變幻各色 人稍侵之 即鳴而舒翼 毛羽竪立 冠便下垂 比戶畜之甚多

—— 。—— 。—— 。——

말, 소, 양, 돼지, 거위, 오리, 닭, 개, 고양이를 길렀다. 한 종류의 닭은 몸이 검으면서 꽃무늬가 있는 것도 있다. 하얗고 아청색 반점이 있는 것도 있다. 수탉의 벼슬은 각종의 색으로 변한다. 사람이 공격하면 울면서 날개를 펴고 꽁지 곤두세우고, 벼슬 늘어뜨린다. 집마다 길렀으며 그 수가 매우 많다.

240) algangge = alhangga.

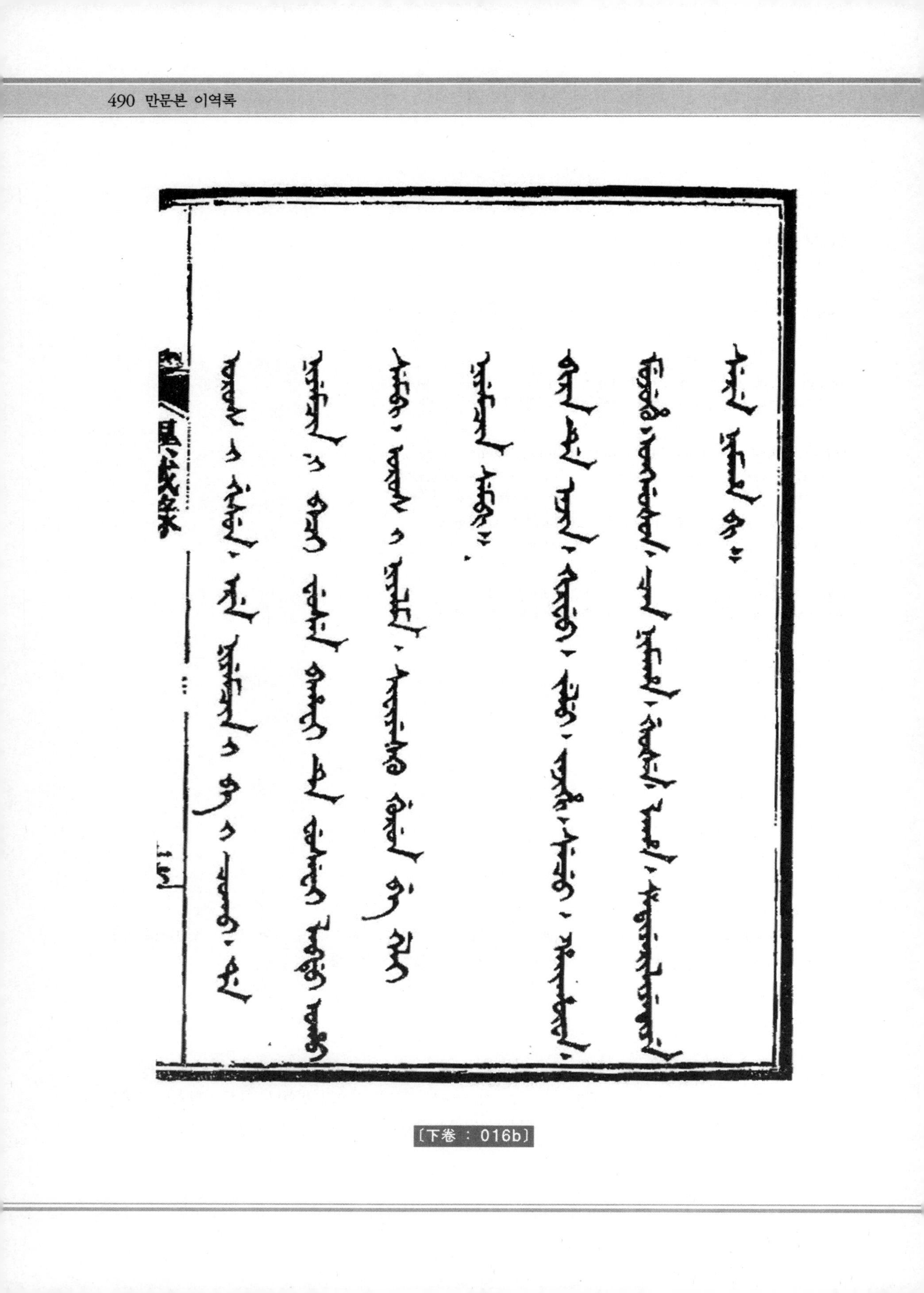

異域錄

oros i gisun, ere niyemcin[241] i ba i coko, da
러시아인 의 말 이 니염친 의 곳 의 닭 본래

niyemcin i baci fusen bahafi te fusefi labdu oho
니염친 의 곳에서 품종 얻어서 지금 번식하여서 많게 되었다.

sembi. oros i niyalma, sifiyesk'o gurun be geli
한다. 러시아 의 사람 시피여스코 나라 를 또

niyemcin sembi..
니염친 한다.

bira de ajin, kirfu, jelu, jajihi, secu, haihūwa,
강 에 철갑상어 鱏魚 송어 뱅어 干鰷魚 방어

mujuhu, onggošon, can nimaha, geošen, laha, sztiyeriliyetiye
잉어 붕어 곤들매기 누치 창꼬치 스찌여릴리여티여

sere nimaha bi..
하는 물고기 있다.

[한문]

俄羅斯言 此聶穆沁地方所産之雞 後得種於聶穆沁 今蕃息甚多 俄羅斯人又呼式費耶忒國爲聶穆沁 河内有鱘魚鮰魚鰙鱠魚白魚鰱子魚魴魚鯉魚鯽魚禪魚鴨嘴魚鱭魚 四帖里烈帖魚

—— ◦ —— ◦ —— ◦ ——

러시아인이 말하기를, “이 니염친 지역의 닭은 본래 니염친 지역에서 품종을 얻어서 기른 것으로 지금은 번식하여 많아졌다.” 하였다. 러시아인은 시피여스코 나라를 또 니염친이라고 한다. 강에 철갑상어, 심어(鱏魚), 송어, 백어(白魚), 간조어(干鰷魚), 방어, 잉어, 붕어, 곤들메기, 누치, 메기, 스찌여릴리여티여라는 물고기가 있다.

241) niyemcin(穆沁) : 러시아어 넴치(немцы). 넴치는 말을 못하는 사람이나, 외국인을 뜻하는 단어로 독일인을 가리키기도 한다.

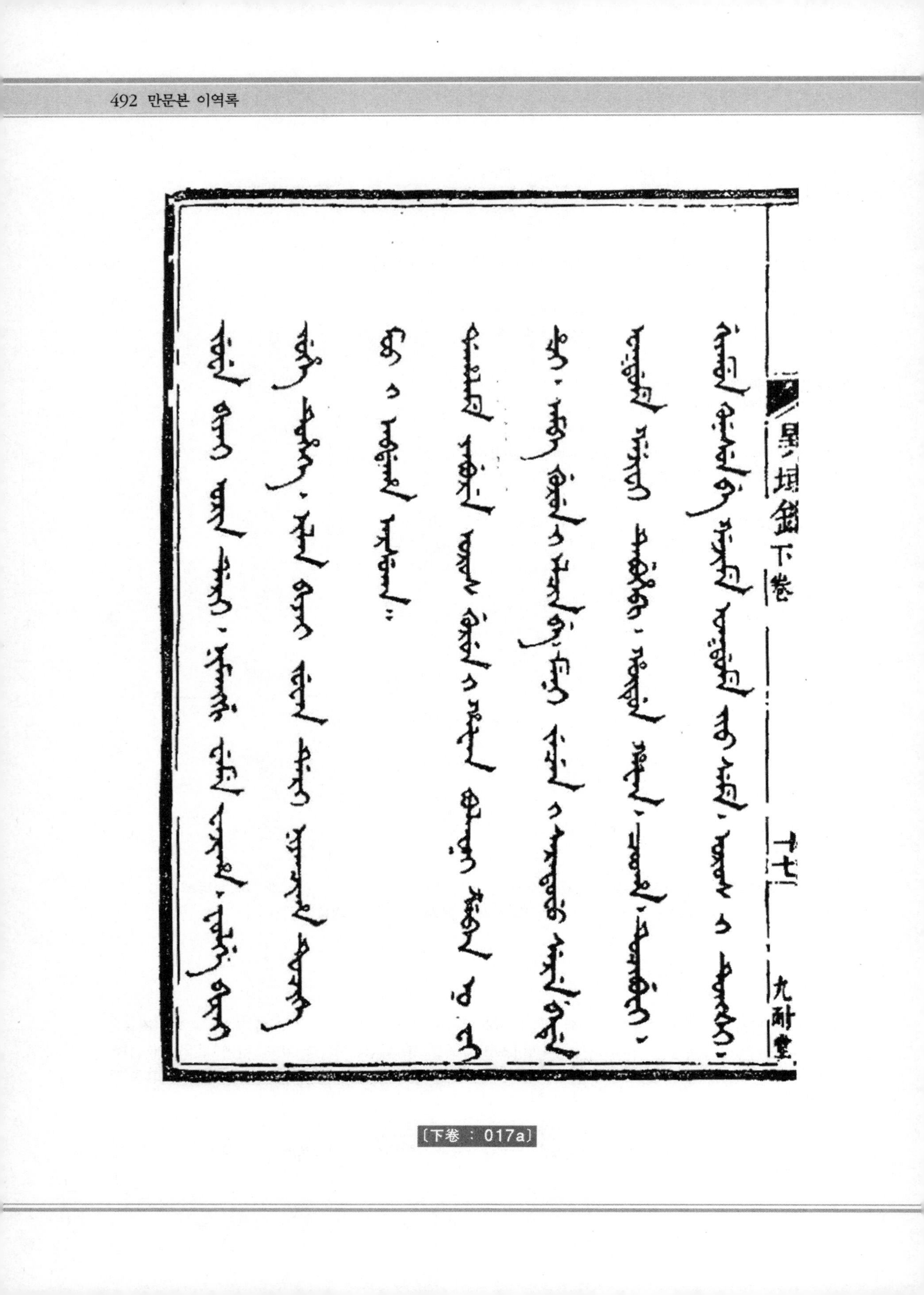

異域錄 下卷 十七 九耐堂

juwe biyai orin deri, nimanggi weme wajiha. folge birai
이 월의 이십 부터 눈 녹기 마쳤다. 폴거 강의

juhe tuheke. ilan biyai juwan deri niyanciha tucike
얼음 녹았다. 삼 월의 십 부터 푸른풀 나왔다.

moo i abdaha arsuka..
나무 의 잎 움텄다.

dahalame yabure oros gurun i hafan bolkoni ts'eban no fi
따라서 다니는 러시아 나라 의 관리 볼코니 처반 노 피

c'y, amba gurun i elcin be, meni jecen i saratofu sere bade
치 큰 나라 의 사신 을 우리의 변경 의 사라토푸 하는 곳에

okdome gajifi tebuhebi. hūdun hafan, cooha, tucibufi,
맞이하여 데려와서 머물게 했다. 속히 관리 병사 내어서

giyamun kunesun be gajime okdome jio seme, oros i tungši,
역참 식량 을 가지고 맞이하러 오라 하고 러시아 의 通事

[한문]

二月下旬 雪已消盡 佛爾格河氷解釋 於三月上旬 草卽萌 木葉發

—— ◦ —— ◦ —— ◦ ——

2월 20일부터 눈이 다 녹았다. 볼가 강의 얼음이 녹았다. 3월 10일부터 푸른 풀이 나왔다. 나뭇잎도 움이 텄다. [뒤따르는 러시아의 관리인 볼코니 처반노피치가 "우리는 대국의 사신을 우리의 변경인 사라토푸라는 곳에서 맞이하여 데려와 머물게 하였다. 속히 관리와 병사를 내어서 역마와 식량을 가지고 맞이하러 오라." 하고, 러시아의 역관과

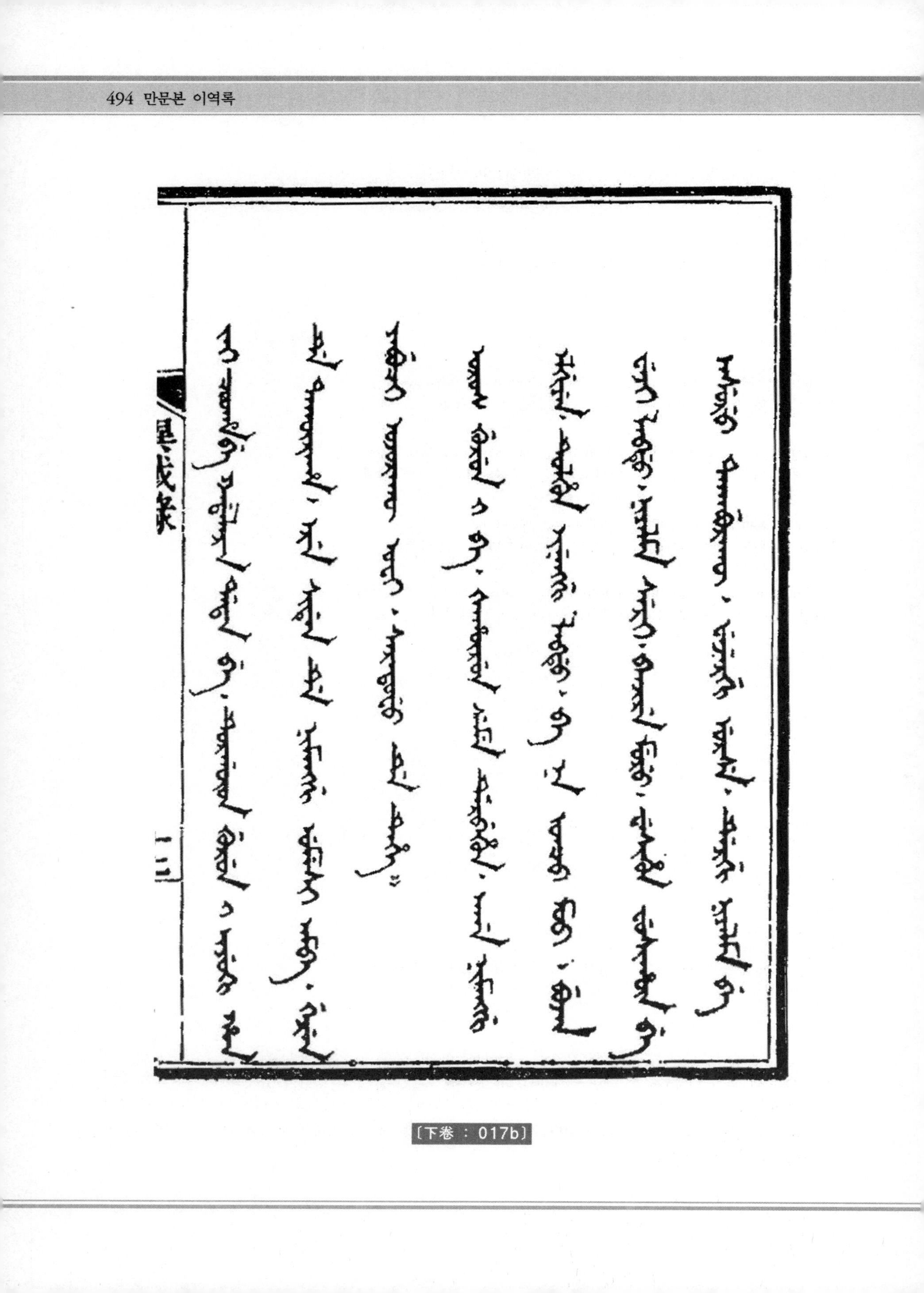

［下卷 : 017b］

jai cooha be kadalara data be, turgūt gurun i ayuki han
또 병사 를 관할하는 우두머리들 을 투르구트 나라 의 아유키 汗

de takūraha. ere siden de nimanggi umesi amba, geren
에게 파견하였다. 이 사이 에 눈 매우 커서 여럿이

yabuci ojorakū ofi, saratofu de tehe..
갈수 없게 되어서 사라토푸 에 머물렀다.

oros gurun i ba, šahūrun seme[242] derbehun. aga nimanggi
러시아 나라 의 땅 차갑고 축축하다. 비 눈

elgiyen, tulhun inenggi labdu. ba na onco, moo, bujan
풍부하고 흐린 날 많다. 地 域 넓고 나무 수풀

weji labdu. niyalma seri. banjire muru, wesihun fusihūn be
밀림 많다. 사람 드물다. 사는 모습 귀 천 을

asuru takaburakū. fejergi urse, dergi niyalma be
전혀 구분하지 않는다. 아랫 무리 윗 사람 을

[한문]

俄羅斯國地方寒而濕 雨雪勤 多陰少晴 幅幁遼濶 林木蕃多 人烟稀少 其國俗貴賤難辨 其下人每見尊長

—— ◦ —— ◦ —— ◦ ——

병사를 관할하는 수령들을 투르구트의 아유키 한에게 파견하였다. 이 사이에 눈 매우 심하게 내려서, 사람들이 길을 갈 수 없게 되어서 사라토푸에 머물렀다.][243] 러시아의 땅은 차갑고 축축하다. 비와 눈이 많이 내리고 흐린 날이 많다. 지역이 넓고, 나무와 수풀, 밀림이 많다. 사람은 드물다. 생활양식은, 귀천을 전혀 구분하지 않는다. 신분이 낮은 무리가 신분이 높은 사람을

242) seme : bime의 잘못으로 보인다.
243) [ ] 부분은 한문본에는 없고 만문본에만 있는 내용이다.

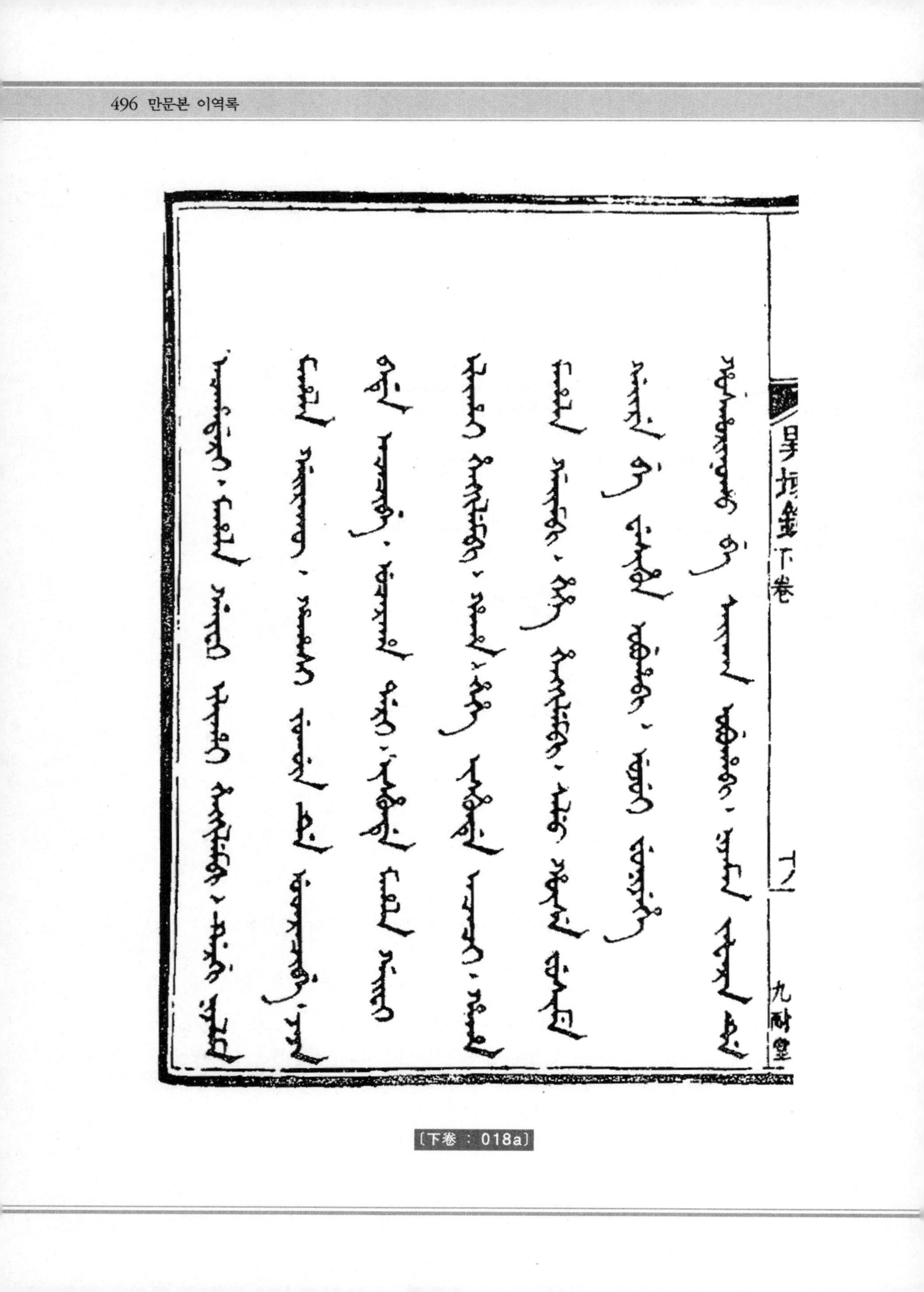

異域錄 下卷 十八 九耐堂

[下卷 : 018a]

acahadari, mahala gaifi ilihai hengkilembi. dergi niyalma
만날 때마다 모자 취하고 선 채 절한다. 위쪽 사람

mahala gairakū. hahasi jugūn de ucaracibe, yaya
모자 취하지 않는다. 남자들 길 에서 만나더라도 어느

bade acacibe, ucaraha dari, ishunde mahala gaifi
곳에서 만나더라도 마주칠 때 마다 서로 모자 취하고

ilihai hengkilembi. haha hehe ishunde acaci, haha
선채로 절한다. 남자 여자 서로 만나면 남자

mahala gaimbi. hehe hengkilembi. salu hūse fusime
모자 취한다. 여자 절한다. 콧수염 구레나룻 깎아

gaire be wesihun obuhabi. ujui funiyehe
갖기 를 위로 삼았다. 머리의 털

hoshorinoho be saikan obuhabi. niyaman jafara de
곱슬곱슬함 을 아름답게 삼았다. 친척 삼음 에

[한문]

皆免冠立地而叩 尊長不免冠 凡男子或遇於途次及他處 每遇皆互相免冠立地而叩 男子與婦人相遇 男子免冠 婦人立地而叩 其俗以去髭髯爲姣好 髮卷者爲美觀 婚嫁

—— ◦ —— ◦ —— ◦ ——

만날 때마다, 모자를 들고 선 채로 절한다. 신분이 높은 사람은 모자를 들지 않는다. 남자들은 길에서 만나더라도, 어떠한 곳에서 만나더라도, 만날 때마다 서로 모자를 들고 선 채로 절한다. 남자와 여자가 서로 만나면 남자가 모자를 든다. 여자는 절한다. 콧수염과 구레나룻은 깎은 것을 높게 평가했다. 머리카락은 곱슬곱슬한 것을 아름답게 여겼다. 결혼할 때에는

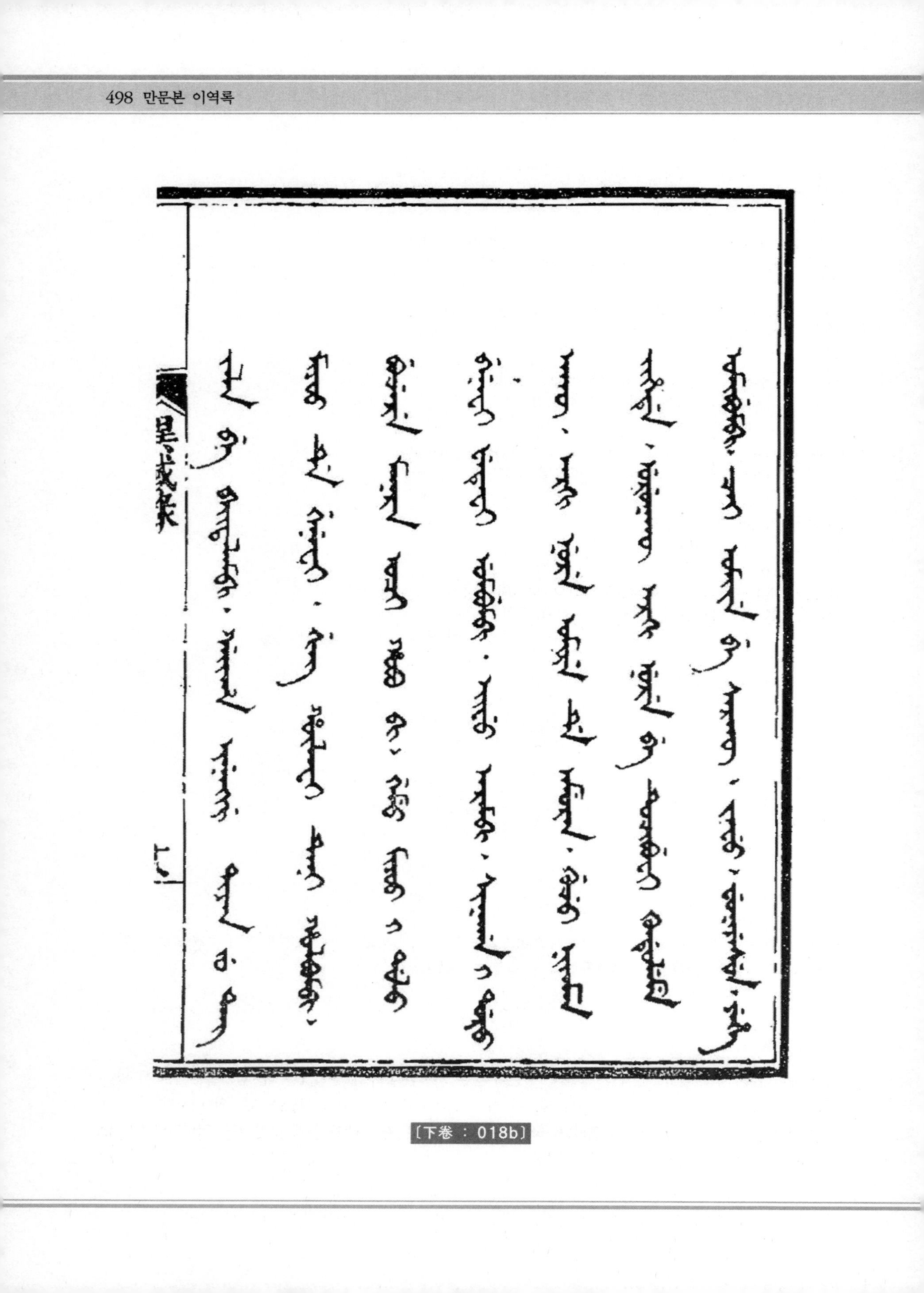

jala be baitalambi. gaiha inenggi tiyan ju tang
중매인 을 쓴다. 데려온 날 天 主 堂

miyoo de genefi, ging hūlafi teni holbombi.
廟 에 가서 經 읽고 비로소 부부된다.

bucere manara oci hobo bi. gemu miyoo i dolo
納棺 出棺 은 관 있다. 모두 廟 의 안

benefi umbumbi. eifu arambi. sinagan i doro
보내어서 묻는다. 무덤 만든다. 喪 의 도

akū. arki nure omire de amuran. gucu niyaman
없다. 소주 술 마시기 에 즐긴다. 친구 친척

jihede, urunakū arki nure be tucibufi kunduleme
옴에 반드시 소주 술 을 내어서 공경하며

omibumbi. cai omire be sarkū. jafu, funiyesun, yehe
마시게 한다. 차 마심 을 모른다. 담 모직물 삼

[한문]

用媒妁 聘娶之日 往叩天主堂 誦經畢 方合巹 殯殮有棺 俱送至廟內葬埋 起墳墓 無喪禮 喜飮酒 親友至 必出酒以敬之 不知茶 服氈褐苧

— ◦ — ◦ — ◦ —

중매를 한다. 신부를 맞이하는 날 천주당에 가서, 성경을 읽고서야 부부가 된다. 납관(納棺)과 출관(出棺)에 관이 있다. 모두 교회의 안으로 보내서 묻고 무덤을 만든다. 상을 치루는 예법이 없다. 소주와 술을 마시는 것을 즐긴다. 친구와 친척이 오면 반드시 소주와 술을 내어서 극진히 대접하여 마시게 한다. 차를 마실 줄 모른다. 담, 모직물, 삼으로

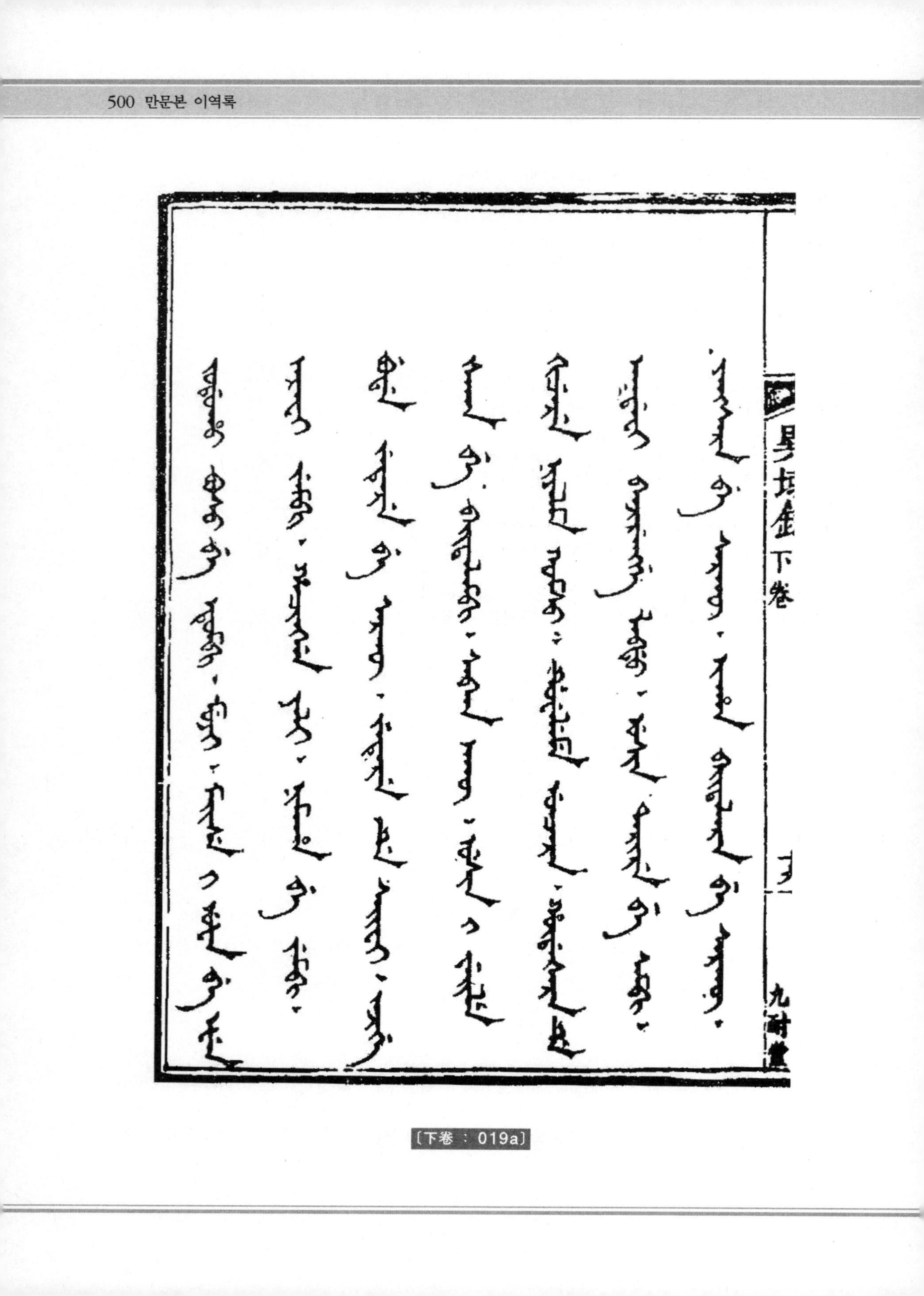

jodoho boso be etumbi. muji, maise i ufa be efen
짠 베 를 입는다. 보리 밀 의 가루 를 떡

arafi jembi. hacingga yali, nimaha be jembi.
만들어서 먹는다. 각종 고기 물고기 를 먹는다.

buda jetere be sarkū. jetere de saifi, ajige
밥 먹는것 을 모른다. 먹음 에 숟가락 작은

šaka be baitambi. sabka akū. usin i weile
꼬챙이 를 쓴다. 젓가락 없다. 밭 의 일

kicere niyalma komso, tuweleme ucara, hūdašara de
힘쓰는 사람 적고 중개하여 팔고 장사하기 에

akdafi banjirengge labdu. usin tarire be sambi.
의지해서 사는 이 많다. 밭 경작하는 것 을 안다.

yangsara be sarkū, ihan baitalara be sarkū.
김매는 것 을 모르고 소 쓰는 것 을 모른다.

[한문]

布 以麥麪做餅食 亦食各項肉魚 不食飯 每食用匙 竝小叉 無箸 務農者少 藉貿易資生者多 知種而不知耘 不知牛

―― ∘ ―― ∘ ―― ∘ ――

짠 베를 입는다. 보리와 밀의 가루를 떡으로 만들어 먹는다. 각종 고기와 생선을 먹는다. 밥을 먹지 않는다. 먹을 때 숟가락과 포크를 쓰며, 젓가락은 없다. 밭일에 힘쓰는 사람은 적고, 중개업이나 장사에 의지하여 사는 사람이 많다. 밭을 경작할 줄은 알지만, 김을 맬 줄은 모르고, 소도 이용할 줄 모른다.

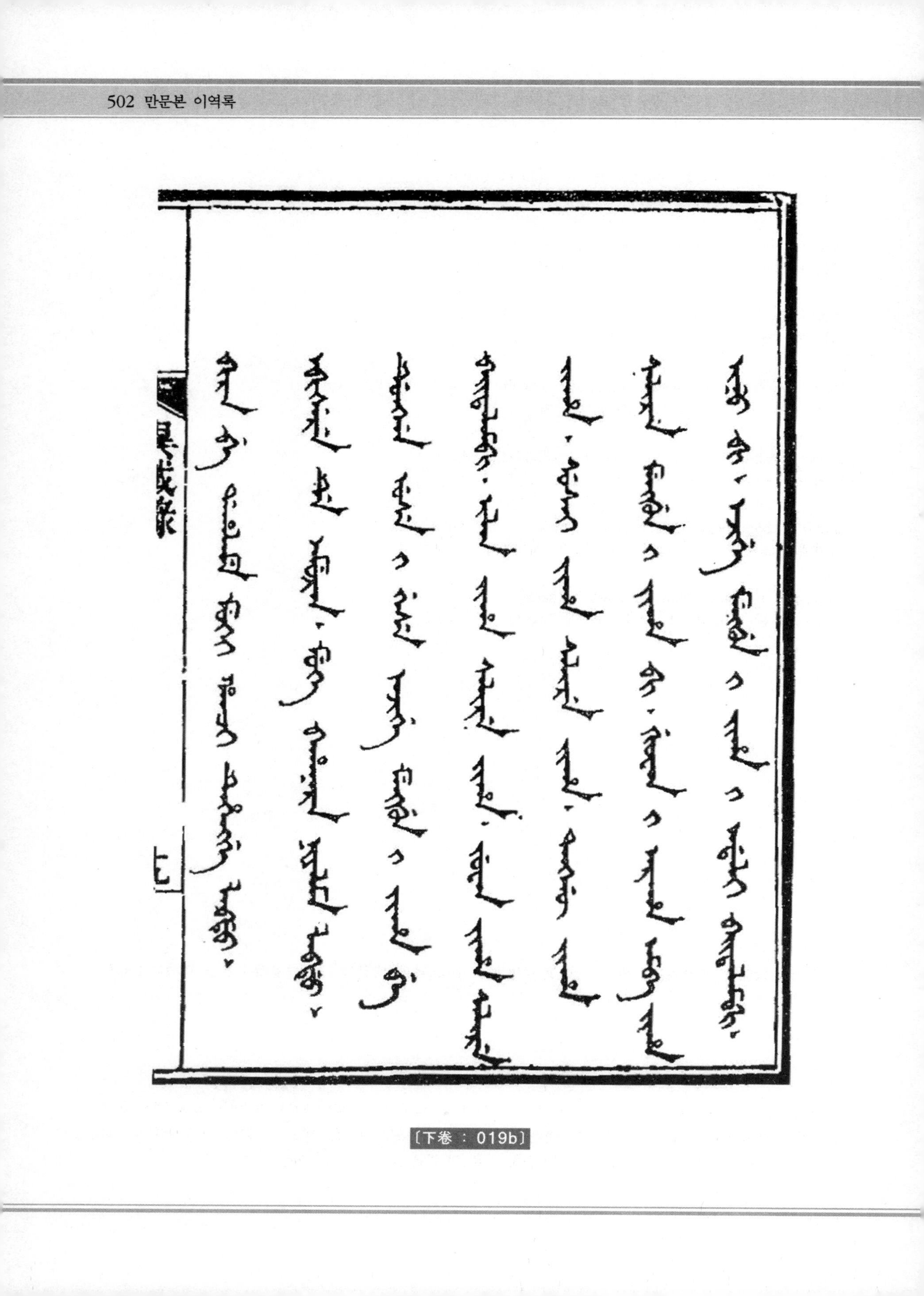

異域錄

上

bira be dahalame mukei hanci tehengge labdu.
강 을 따라 물의 가까이 사는 이 많다.

ebišere de amuran, muke bahanara niyalma labdu.
목욕하기 에 즐기고 물 이해하는 사람 많다.

dungga use i gese ajige menggun i jiha be
수박 씨 의 같은 작은 은 의 돈 을

baitalambi. ilan jiha salire jiha, juwan jiha salire
쓴다. 세 돈 가치의 돈 열 돈 가치의

jiha, susai jiha salire jiha, tanggū jiha
돈 오십 돈 가치의 돈 백 돈

salire menggun i jiha bi. giowan i araha amba jiha
가치의 은 의 돈 있다. 동 으로 만든 큰 돈

inu bi. ajige menggun i jiha i adali baitalambi.
도 있다. 작은 은 의 돈 의 처럼 쓴다.

[한문]

耕 沿河近水居住者多 喜浴善泅 用瓜種大小銀錢 有値三文 十文 五十文 百文之銀錢 亦有紅銅大錢 與小銀錢通用

—— ◦ —— ◦ —— ◦ ——

강을 따라 물 가까이 사는 사람이 많다. 목욕하기를 즐기고 수영을 할 줄 아는 사람이 많다. 수박 씨 같은 작은 은전을 쓴다. 3돈 가치의 돈, 10돈 가치의 돈, 50돈 가치의 돈, 100돈 가치의 은전이 있다. 동으로 만든 큰 돈도 있는데, 작은 은전과 같이 쓴다.

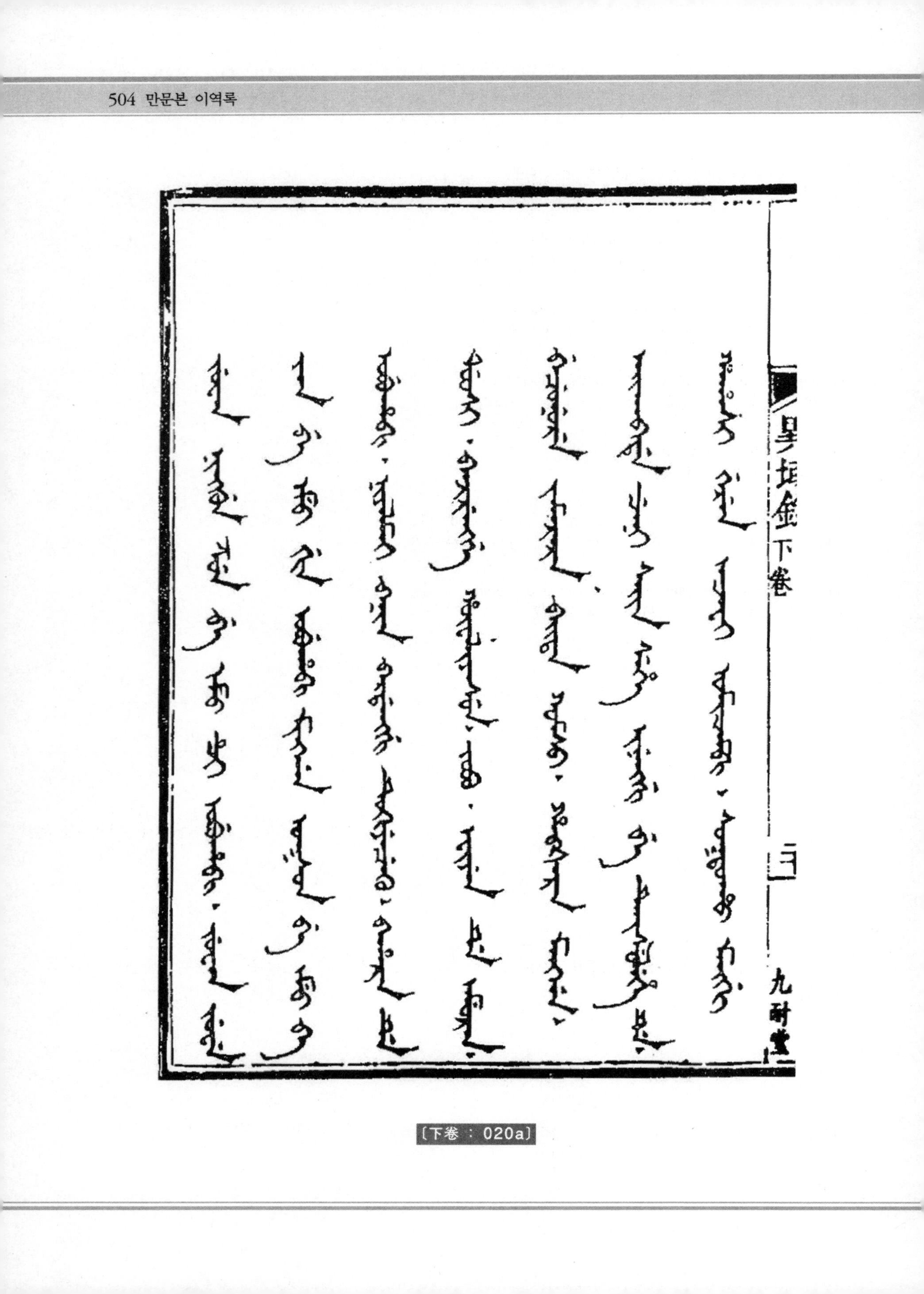

異域錄 下卷

三

九耐堂

juwan ninggun ts'un be emu c'y obuhabi. juwan juwe
십 육 寸 을 일 尺 삼았다. 열 두

yan be emu gin obuhabi. minggan okson be emu ba
兩 을 한 斤 삼았다. 천 걸음 을 일 里

obuhabi. niyalmai banin bardanggi tukiyeceku, bahara de
삼았다. 사람의 성질 교만하고 과시하고 얻음 에

doosi. banjirengge hūwaliyasun, yobo, efiyen de amuran,
탐욕스럽다. 사는것 화목하고 농담 놀이 에 즐기고

becunure jamarara baita komso. habšara mangga.
싸우고 말싸움하는 일 적다. 소송하기 잘한다.

aikabade ceni sain sehe inenggi be teisulehe de,
만약 그들의 좋다 한 날 을 맞음 에

hahasi geren acafi omicambi. soktoho manggi
남자들 여럿 만나서 함께 마신다. 취한 후

[한문]

以十六寸爲一尺 十二兩爲一觔 千步爲一里 人性矜誇貪得 平居和睦 喜詼諧 少爭鬬 好詞訟 每逢吉日 男子相聚會飲 醉

16촌(寸)을 1척(尺)으로 삼고, 12냥(兩)을 1척(斤)으로 삼고, 1,000보(步)를 1리(里)로 삼았다. 사람의 성품이 교만스럽고 탐욕스럽지만, 사는 것이 화목하고, 농담과 놀이를 즐기며, 싸우고 논쟁하는 일이 적고, 소송을 잘한다. 혹시라도 그들이 길일이라고 생각한 날을 맞이하면, 남자들은 함께 만나서 술을 마신다. 취하면

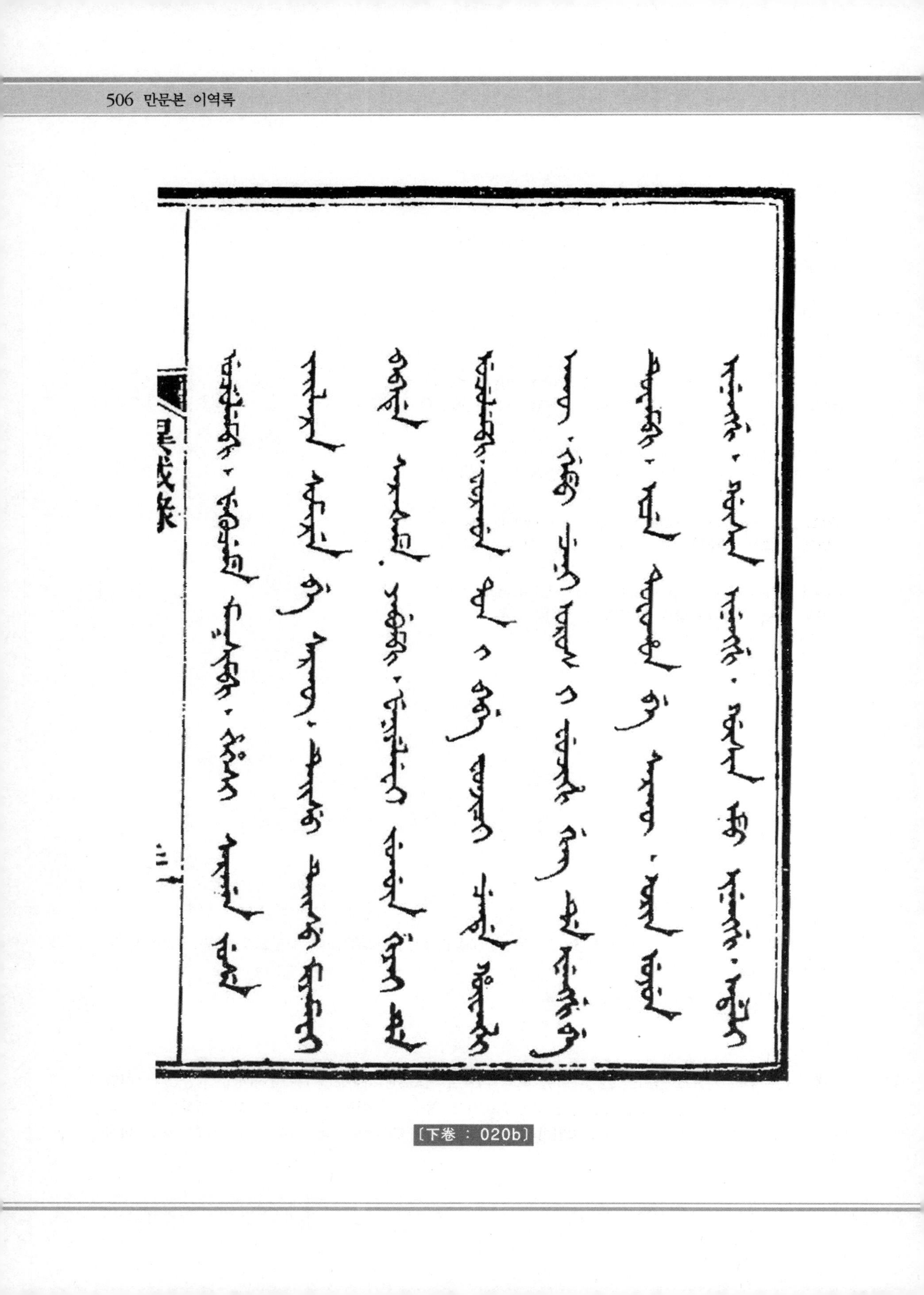

異域錄 三

uculembi. fekuceme maksimbi. hehesi sargan juse
노래한다. 뛰어오르며 춤춘다. 여자들 여자 아이들

jailara somire be sarkū, teisu teisu miyamifi
피하고 숨는것 을 모르고 각 각 꾸미고

babade sarašame yabumbi. feniyelefi jugūn giyai de
곳곳에 여행하며 다닌다. 무리 짓고 길 거리 에서

uculembi. forgon ton i babe fonjici cende hūwangli
노래한다. 歷數 의 바를 물으니 그들에게 皇曆

akū, gemu ceni oros i fucihi ging de inenggi be
없다. 모두 그들의 러시아 의 佛 經 에 날 을

tuwambi. ice tofohon be sarkū. orin uyun
본다. 초하루 보름 을 모른다. 이십 구

inenggi, gūsin inenggi, gūsin emu inenggi, adali
일 삼십 일 삼십 일 일 같지

[한문]

則歌詠跳舞 婦女不知規避 爭相粧飾 各處遊嬉 隊行歌與途 問及節氣 彼云無歷 俱與伊俄羅斯佛經內選擇日期 不知朔望 或二十九日 三十日 三十一日不等

—— ◦ —— ◦ —— ◦ ——

노래를 부르고 뛰어오르며 춤을 춘다. 여인들과 여자 아이들은 피하거나 숨지를 않고, 각각 꾸민 후에 곳곳으로 놀러 다닌다. 무리 지어 길거리에서 노래도 부른다. 역수(歷數)를 물으니 그들에게는 황력(皇曆)이 없으며, 모두 그들의 러시아 불경(佛經)으로 날짜를 가늠한다. 삭망(朔望)을 모른다. 29일, 30일, 31일이 일정하지

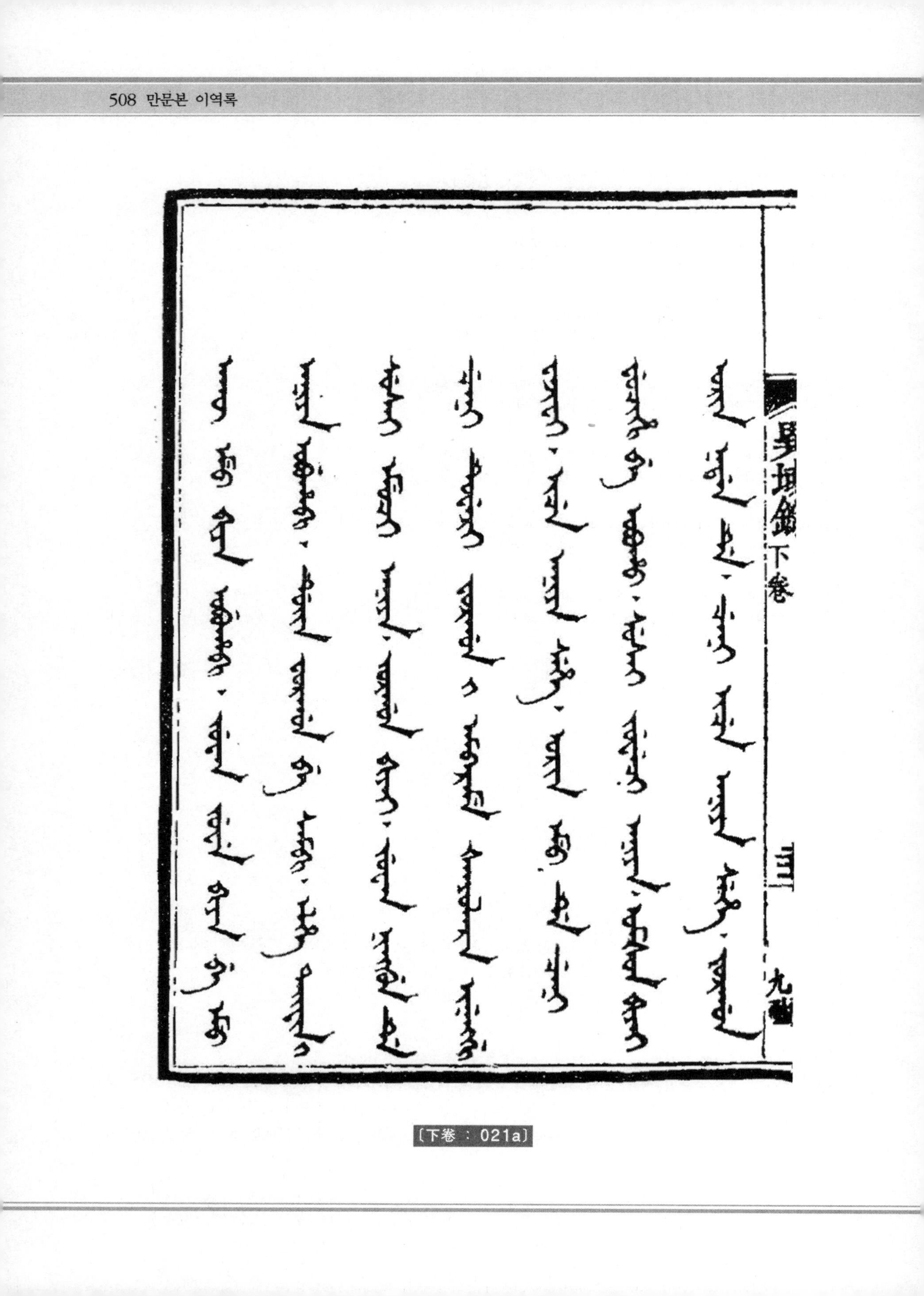

akū emu bjya obuhabi. juwan juwe biya be emu
않게 한 달 삼았다. 열 두 달 을 한

aniya obuhabi. duin forgon be sambi. elhe taifin i
해 삼았다. 사 계절 을 안다. 康 熙 의

susai emuci aniya, jorgon biyai juwan ninggun de,
쉰 첫째 해 십이 월의 십 육일 에

ceni tuweri forgon i ambarame šanyolara[244] inenggi
그들의 겨울 철 의 크게 齋戒하는 날

wajifi, ice aniya sehe. orin emu de ceni
마치고 새 해 하였다. 이십 일 에 그들의

fucihi be oboho. susai juweci aniya, omšon biyai
부처 를 씻었다. 쉰 둘째 해 십일 월의

orin nadan de, ceni ice aniya sehe. jorgon
이십 칠 에 그들의 새 해 하였다. 십이

[한문]

爲一月 以十二月爲一歲 知有四季 於康熙五十一年十二月十六日 係伊國冬季大齋完日 爲歲初 二十一日 浴佛 於五十二年十一月二十七日爲歲初 十二

—— ◦ —— ◦ —— ◦ ——

않게 한 달을 삼는다. 12달을 한 해로 삼았으며, 사계절이 있다. 강희(康熙) 51년 12월 16일에 그들이 겨울에 크게 재계(齋戒)하는 날을 마치고 새해라고 하였다. 21일에 그들의 부처를 씻었다. 강희(康熙) 52년 11월 27일에 그들의 새해라고 하였다. 12월

244) šanyola-ra : šayola-ra의 오기(誤記)이다.

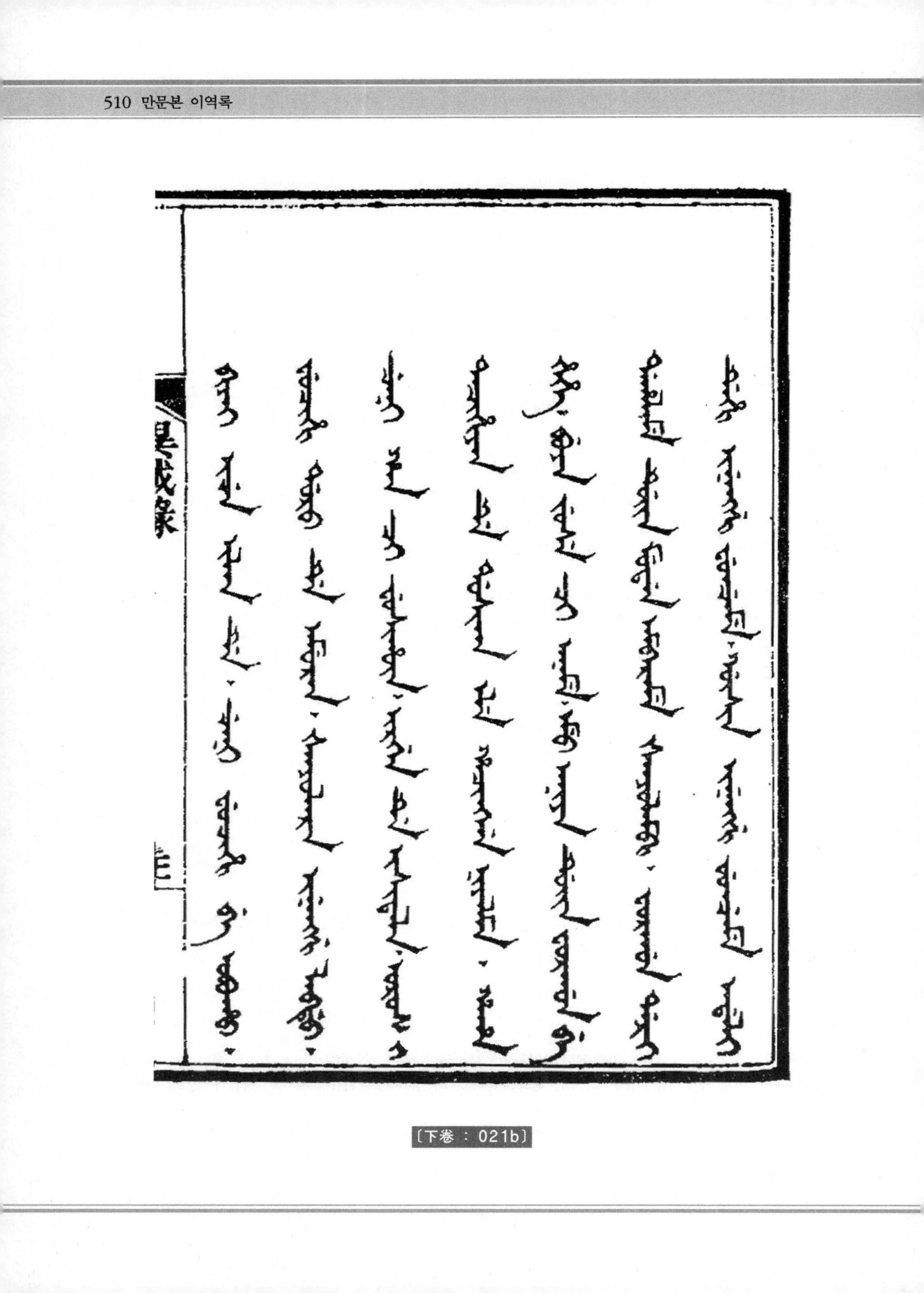

biayi ice ilan de, ceni fucihi be oboho.
월 초 사흘 에 그들의 부처 를 씻었다.

fucihi doro de amuran, šanyolara inenggi labdu.
佛 道 에 즐기고 재계하는 날 많다.

ceni han ci fusihūn, irgen de isitala, oros i
그들의 汗 부터 미천한 백성 에 이르도록 러시아 의

tacihiyan de dosika ele hacingga niyalma, haha
가르침 에 들어간 모든 종류 사람 남자

hehe, buya juse ci aname, emu aniya duin forgon be
여자 작은 아이들 부터 두루 일 년 사 계절 을

dahalame duin mudan ambarame šanyolambi. forgon dari
따라 네 번 크게 재계한다. 계절 마다

dehi inenggi funceme, gūsin inenggi funceme adali
사십 일 넘으며 삼십 일 넘어 같지

[한문]

月初三日浴佛 尙浮屠 齋戒之日多 自伊國王以至庶民 歸入俄羅斯敎之各種人及男婦童稚 每年按四季 大齋四次 每季或四十日 三十餘日不等

—— ◦ —— ◦ —— ◦ ——

3일에 그들의 부처를 씻었다. 불도(佛道)를 즐기고, 목욕재계하는 날이 많다. 그들의 한(汗)에서부터 신분이 낮은 백성에 이르기까지 러시아의 가르침에 귀의한 모든 사람들은, 남자, 여자, 유아를 가리지 않고 1년 사계절에 따라 4번 크게 목욕재계한다. 계절마다 40일 남짓, 30일 남짓으로 일정하지

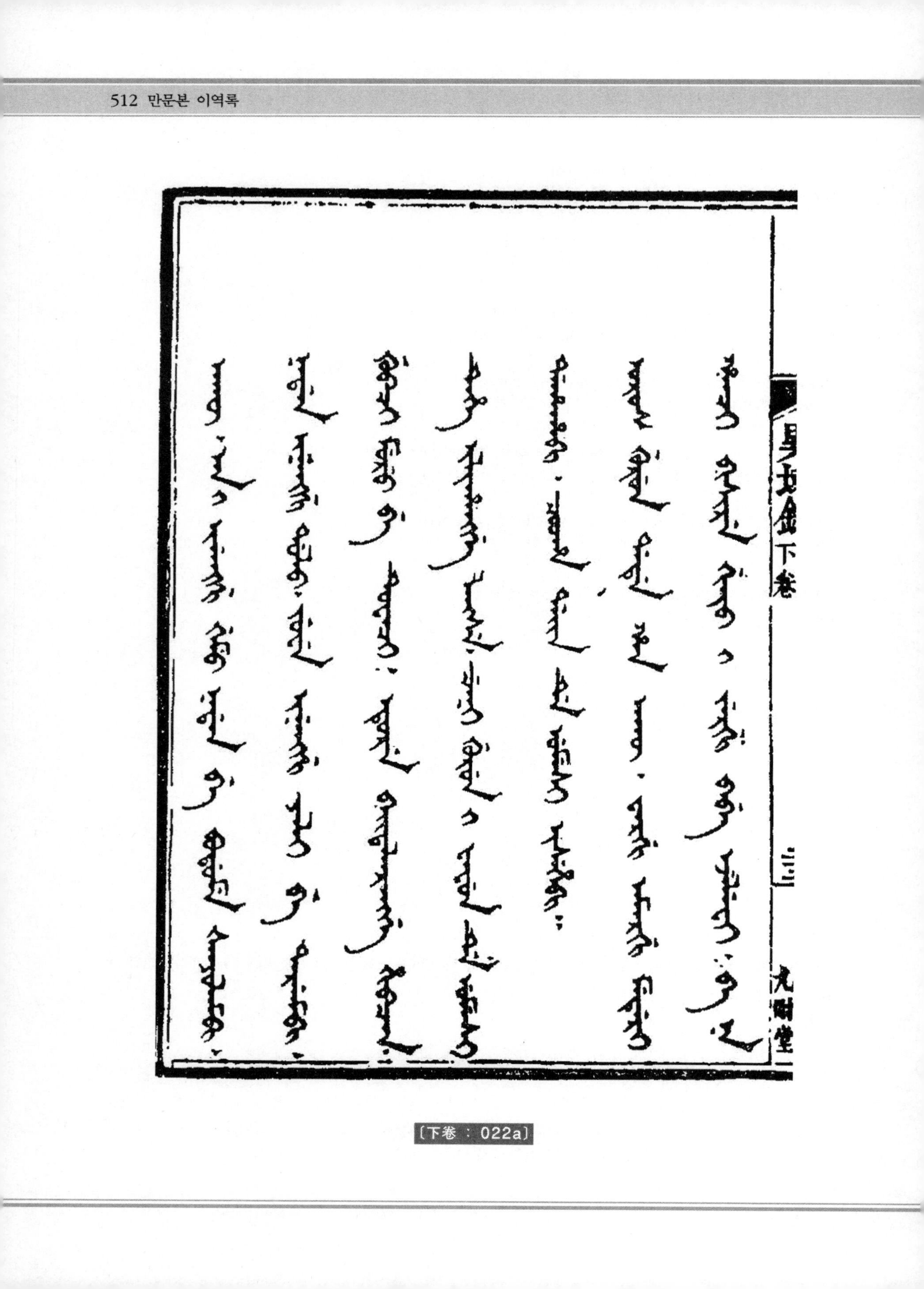

異域錄 下卷 三 九畹堂

akū. an i ineenggi gemu nadan be bodome šanyolambi.
않다. 평소 의 날 모두 일곱 을 헤아려 재계한다.

nadan inenggi dolo, juwe inenggi yali be targambi.
칠 일 안 두 날 고기 를 금한다.

gubci muru be tuwaci, eture baitalaranggge hibcan.
전체 모습 을 보면 입고 쓰는 것 검소하다.

tehe ilihangge langse. ceni gurun i fafun de umesi
살고 머무는 것 누추하다. 그들의 나라 의 법 에 매우

dahahabi. cooha dain de umesi isehebi..
따랐다. 병사 전쟁 에 매우 두려워했다.

oros gurun dade han akū. wargi amargi mederi
러시아 나라 본래 汗 없다. 서 북쪽 바다

hanci bisire giyu[245] i jergi babe ejelefi, ba na
가까이 있는 기유 의 등 곳을 지배하고 地 域

[한문]

平素皆按七齋戒 七日内戒肉食二日 觀其國俗 用度尚儉 居處汙濁 最尊法令 極厭兵戎 俄羅斯國向無汗號 原避處於西北近海之計由地方 而地界

―― ◦ ―― ◦ ―― ◦ ――

않다. 평소에는 모두 7일마다 목욕재계한다. 7일에 이틀은 고기를 먹지 않는다. 전체 풍속을 보면, 입고 쓰는 것이 검소하고, 거주하는 곳이 누추하다. 그들의 국법을 매우 잘 따랐다. 병사들은 전쟁을 매우 두려워하였다. 러시아에는 본래 한(汗)이 없다. 서북쪽 바다 가까이 있는 기유 등을 지배하며, 지역이

245) giyu(計由) : 키에프(Киев). 키에프는 우크라이나의 수도이다.

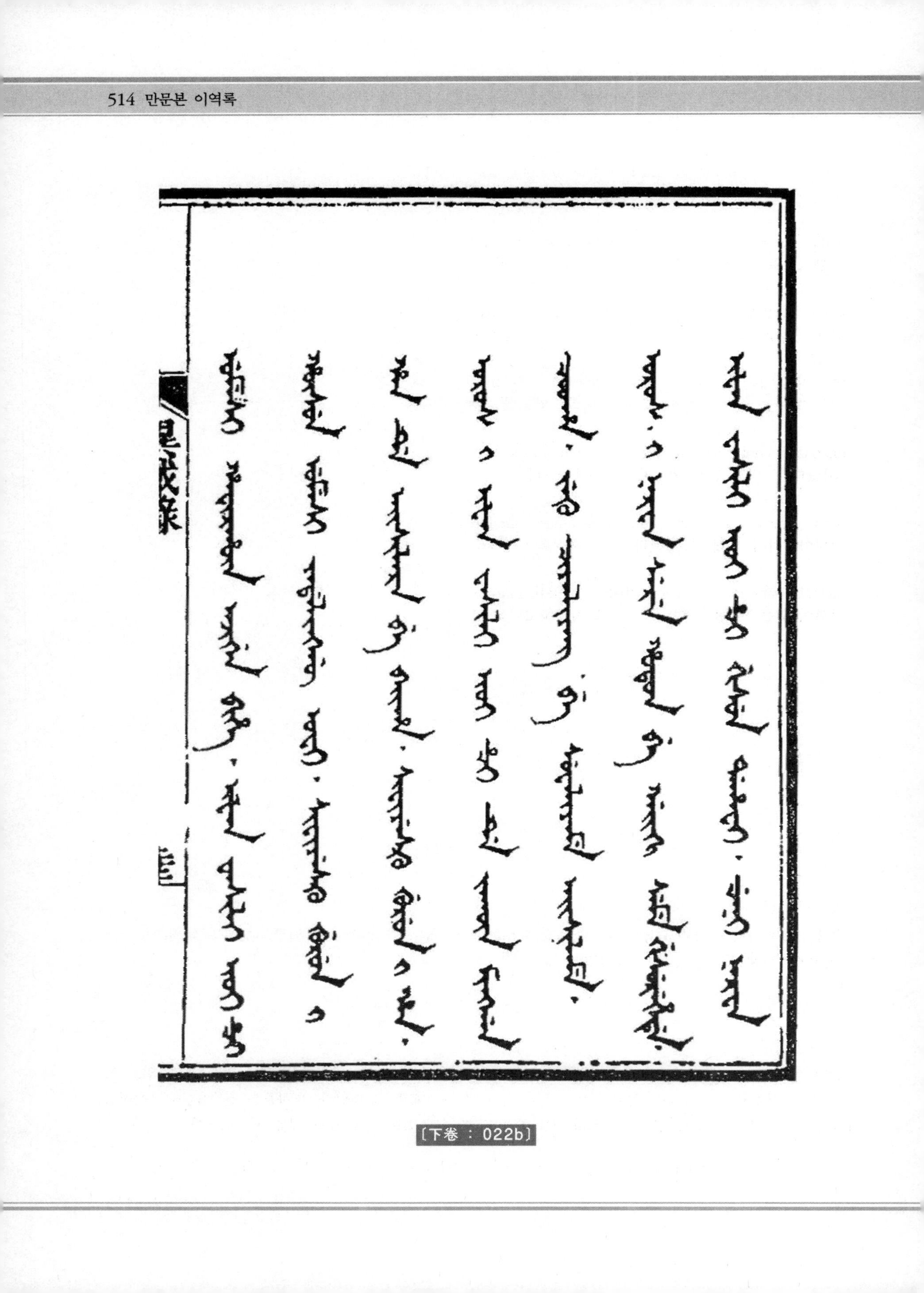

umesi hafirahūn ajigen bihe. ifan wasili ioi c'y[246)]
매우 좁고 작았다. 이판 와실리 요이 치

hūsun umesi yadalinggū ofi, sifiyesk'o gurun i
힘 매우 약하게 되서 시피여스코 나라 의

han de aisilara be baiha. sifiyesk'o gurun i han,
汗 에게 도움 을 청하였다. 시피여스코 나라 의 汗

oros i ifan wasili ioi c'y de jakūn minggan
러시아 의 이판 와실리 요이 치 에게 팔 천

cooha, jeku ciyanliyang be suwaliyame aisilame,
병사 곡식 銭糧 을 아울러 도와주며,

oros i narwa[247)] sere hoton be gaiki seme gisurehede,
러시아 의 나르와 하는 성 을 취하자 하고 말함에

ifan wasili ioi c'y gisun dahafi, ceni narwa
이판 와실리 요이 치 말 따라서 그들의 나르와

[한문]

甚狹 [傳至衣宛窪西里委翅之時 其族內互相不睦 以致於亂][248)] 衣宛窪西里委翅力甚微弱 乃求助於式費耶忒國王 而式費耶忒國王許助衣宛窪西里委翅兵八千竝糧餉 欲取俄羅斯之那爾瓦城 衣宛窪西里委翅從其言 將那爾瓦

—— ◦ —— ◦ —— ◦ ——

매우 협소하였다. 이판 와실리요이치가 힘이 매우 약해져서, 시피여스코의 한(汗)에게 도움을 구하였다. 시피여스코의 한(汗)이 러시아의 이판 와실리요이치에게 8,000의 병사와 곡식, 돈을 아울러 원조하며, 러시아의 나르와라는 성을 취하겠다고 말하니, 이판 와실리요이치가 그 말에 따라 그들의 나르와

246) ifan wasili ioi c'y(衣宛窪西里委翅) : 이반 4세 바실리예비치(Иван IV Васильевич). 이반 4세 바실리예비치는 1533년부터 1547년까지 모스크바 대공국의 대공이었으며, 차르(tsar)라는 호칭을 사용한 첫 번째 러시아 통치자였다. 이반 4세는 이반 그로즈니(Ивáн Грóзный)라고 불렸는데, 이 말은 "잔혹한 이반"(혹은 폭군 이반 Ivan the Terrible)이라는 뜻이다. 재위기간 중 아스트라한, 카잔, 시베리아를 병합하였다.

247) narwa(那爾瓦) : 나르바(Нарва). 나르바는 에스토니아에서 세 번째로 큰 도시이자 에스토니아 가장 동쪽에 위치한 도시이며 러시아 이반고로드와 맞닿은 곳에 위치하고 있다. 나르와 강은 이곳을 거쳐서 페이푸스 호로 흘러간다. 13세기 후반 덴마크가 에스토니아 북부 지역을 정복하면서 덴마크의 영토가 되었으며 1347년에 덴마크 국왕이 이곳을 튜턴 기사단에게 넘겨주면서 튜턴 기사단의 영지가 된다. 그 후 1558년에 러시아가 이곳을 점령했으며 1581년에 스웨덴의 영토가 되었다. 1704년에 일어난 대북방 전쟁 때 러시아에 정복당했으며 1918년에 에스토니아가 독립하면서 에스토니아의 영토가 되었다.

248) [ ] 부분은 만주본에는 없고 한문본에만 있는 내용이다. [이판 와실리요이치에게 전해져 올 때까지 그 종족 내부에는 서로 화목하지 않았으며 심지어 분쟁까지 일어났다.]

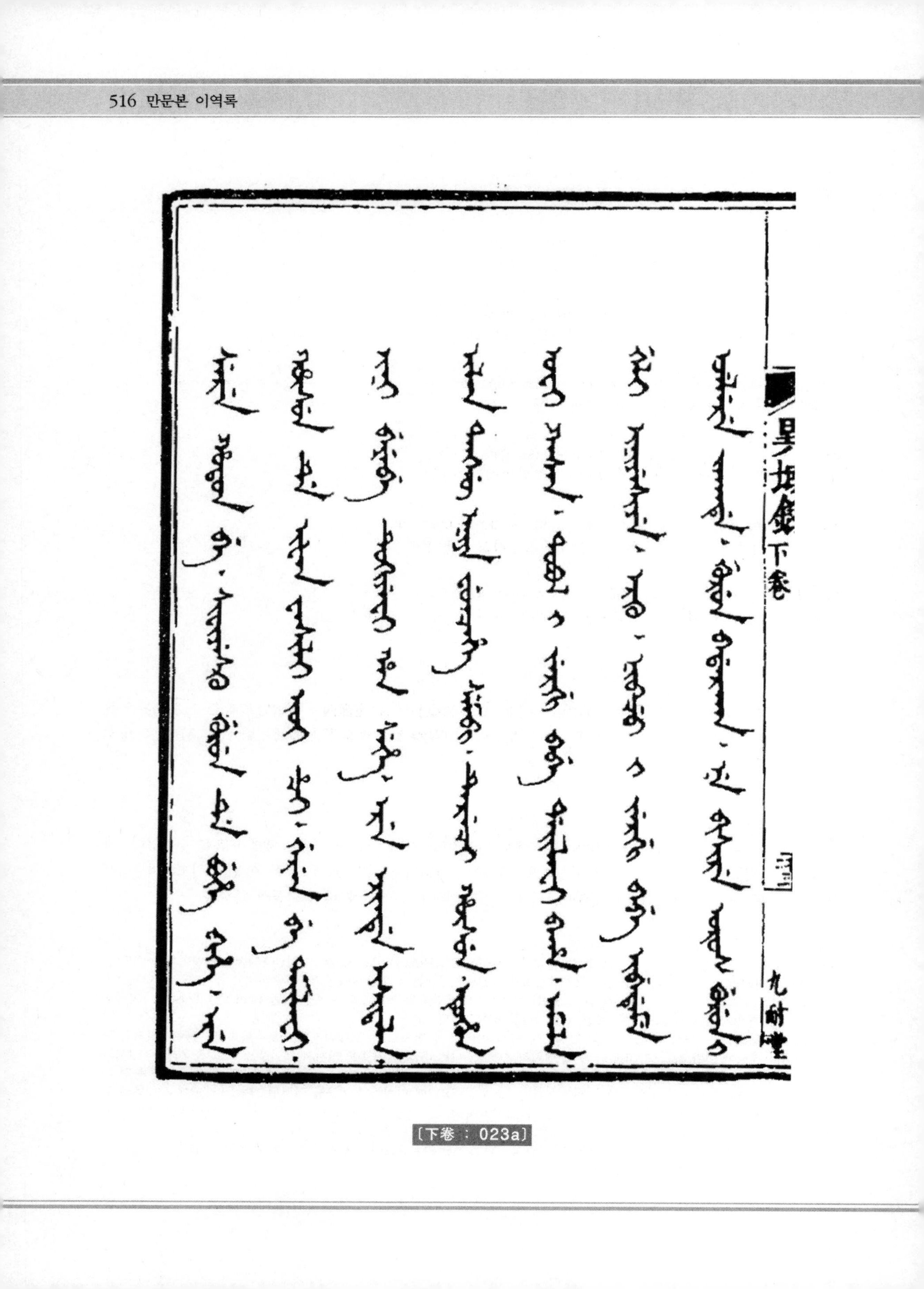

異域錄 下卷

九耐堂

sere hoton be, sifiyesk'o gurun de buhe bihe. ere
하는 성 을 시피여스코 나라 에 주었다. 이

hūsun de ifan wasili ioi c'y, geren be dailafi,
힘 에 이판 와실리 요이 치 여럿 을 정벌하여서

ini beyebe tukiyefi han sehe. ere erinde isitala,
그의 자신을 천거해서서 汗 하였다. 이 때에 이르도록

ilan tanggū aniya funcehe sembi. tereci hūsun etuhun
삼 백 년 넘었다 한다. 그로부터 힘 강하게

ofi, kasan, tobol i jergi babe dailafi baha. amala
되서 카산 토볼 의 등 지역을 정벌하여서 얻었다. 후에

geli iniyesiye, erku, nibcu i jergi babe ibedeme
또 이니여시여 어르쿠 닙추 의 등 지역을 나아가

ejelere jakade, gurun badaraka. ne bisire oros gurun i
지배할 적에 나라 넓어졌다. 지금 있는 러시아 나라 의

[한문]

城歸於式費耶忒國 因假此兵力 衣宛窪西里委翅征収其族類 而自號爲汗焉 迄今三百餘年 從此强盛 將喀山竝托波兒等處地方俱已征獲 其後又侵佔伊聶謝竝厄爾庫 泥布楚等地方 國勢愈大 俄羅斯國現在國王

—— ◦ —— ◦ —— ◦ ——

라는 성을 시피여스코에 주었다. 이 힘을 바탕으로 이판 와실리요이치가 여러 나라를 정벌하고 자기 자신을 천거하여서 한(汗)이라고 하였다. 지금에 이르기까지 300년 남짓이라고 한다. 그로부터 국력이 강해져서 카산, 토볼 등의 지역을 정벌하여 얻었다. 이후 또 이니여시여, 어르쿠, 닙추 등의 지역을 차례차례 지배한 까닭에 나라가 넓어졌다. 지금 있는 러시아의

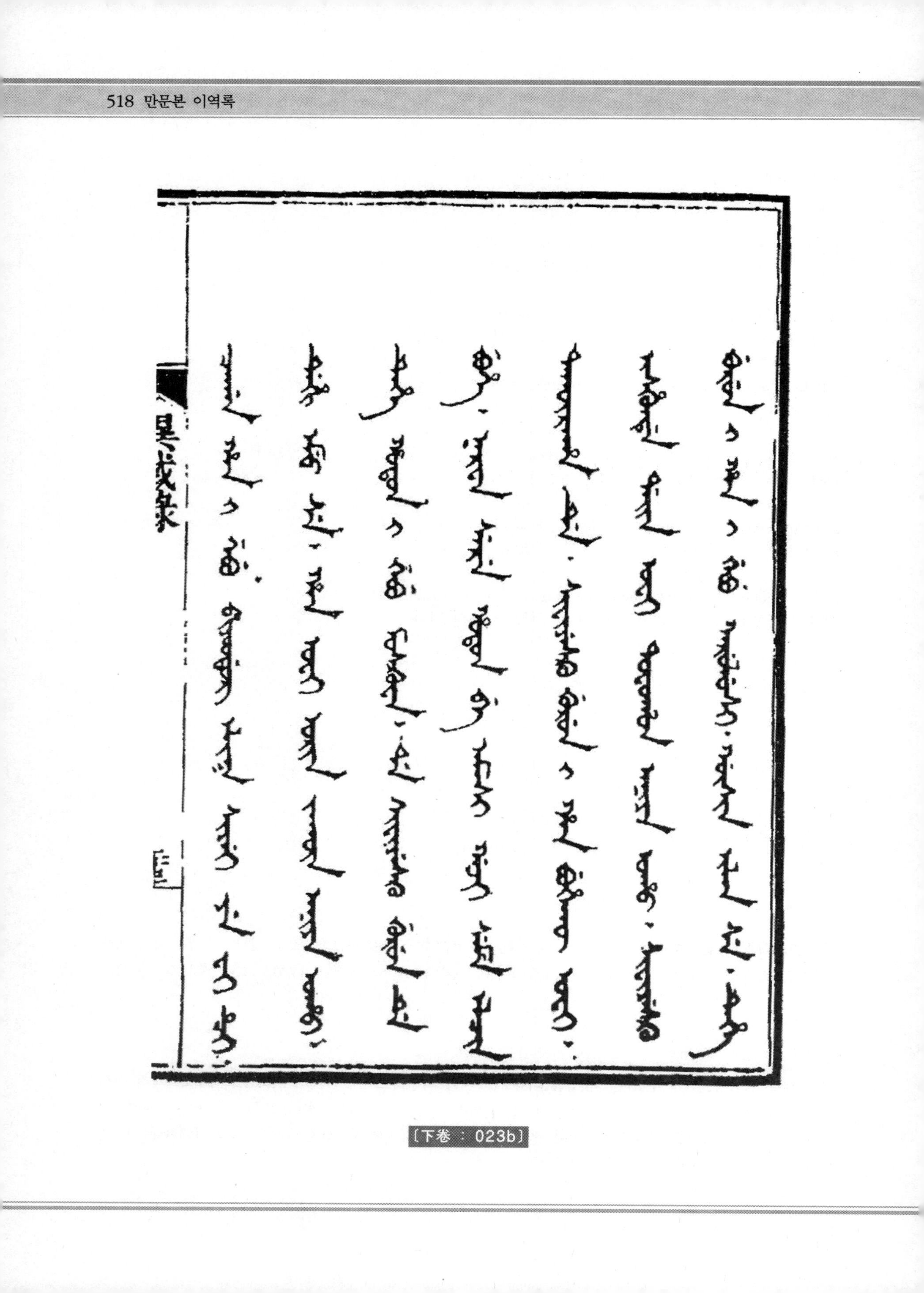

異域錄

cagan han i gebu piyoodor elik siyei ye fi c'y,[249)]
차간 汗 의 이름 피요도르 에릭 시여이 여 피 치

dehi emu se, han ofi orin jakūn aniya oho.
사십 일 세 汗 되고 이십 팔 년 되었다.

tehe hoton i gebu mosk'owa, da sifiyesk'o gurun de
살던 성 의 이름 모스코와 본래 시피여스코 나라 에

buhe, narwa sere hoton be amasi gaji seme elcin
준 나르와 하는 성 을 후에 가져오라 하고 사신

takūraha de, sifiyesk'o gurun i han buhekū ofi,
파견하였음 에 시피여스코 나라 의 汗 주지 않아서

ishunde dain ofi tofohon aniya oho. sifiyesk'o
서로 전쟁 되어서 십오 년 되었다. 시피여스코

gurun i han i gebu karulusi,[250)] gūsin ilan se, tehe
나라 의 汗 의 이름 카룰루시이고, 삼십 삼 세, 살던

[한문]

察罕汗之名曰撇忒爾阿里克謝耶委翅 年四十一歲 歷事二十八載 所居之城名曰莫斯科窪 因遣使索取歸於式費耶忒國之那爾瓦城 而式費耶忒國王不許 遂成仇敵 已五十年 式費耶忒國王名曰喀魯祿什 年三十三歲 所居之

—— ◦ —— ◦ —— ◦ ——

차간 한은 이름이 피요도르 에릭시여이여피치이고, 나이가 41세이며, 한(汗)이 된 지 28년이 되었다. 살던 성의 이름은 모스코와이다. 본래 시피여스코에 준 나르와라는 성을 돌려달라고 사신을 파견하였는데, 시피여스코의 한(汗)이 주지 않아서, 서로 전쟁을 벌인 지 15년이 되었다. 시피여스코의 한(汗)은 이름이 카룰루시이고, 나이가 33세이며, 사는

---

249) piyoodor elik siyei ye fi c'y(撇忒爾阿里克謝耶委翅) : 표트르 알렉세비치(Пётр Алексеевич) 1세. 러시아 제국 로마노프 왕조의 황제(재위 1682년~1725년)로서 표트르 대제(Пётр Великий)로 불리기도 한다. 표트르 1세는 서구화 정책과 영토 확장으로 루스 차르(царь)국을 러시아 제국으로 성립했다. 1689년 모스크바 대공국은 흑해 진출로를 확보하기 위해 오스만 제국 즉, 터키와의 전쟁을 시작했으나 패배했고, 이를 계기로 쿠데타를 일으켜 정권을 잡은 후 1695년 오스만 제국과 재개된 아조프 전쟁에서 고전하였으나 1696년 봄 해군을 편성해 다시 아조프를 공략해 쉽게 함락시키고 오스만 제국과의 전쟁에서 승리하였다. 표트르는 1700년 스웨덴의 칼 12세에 대항해 스웨덴과 대북방전쟁에 돌입했다. 전쟁 초기에는 칼 12세의 스웨덴 군에게 크게 패했으나(1700년 나르바 전투) 1709년 폴타바에서 칼 12세가 친히 지휘하던 스웨덴 군에게 결정적인 패배를 안겼다(폴타바 전투).

250) karulusi(喀魯祿什) : 스웨덴 국왕 칼(Karl) 12세(1697~1718)이다. 1700년 러시아와 대북방 전쟁을 일으켜 나르바 전투에서 크게 이겼으나 폴타바 전투(지금의 우크라이나)에서 러시아 군에 패한 후 오스만 제국으로 망명하였다. 그곳에서 5년간 머무르면서 터키 정부의 지원을 기대하였지만 뚜렷한 결실은 거두지 못하고 1714년에 그는 터키를 떠났다. 1718년 11월 30일 칼 12세는 프레드릭스할(Fredrikshald; Halden) 교외의 요새를 포위하던 중 적의 총탄에 맞아 전사하였다.

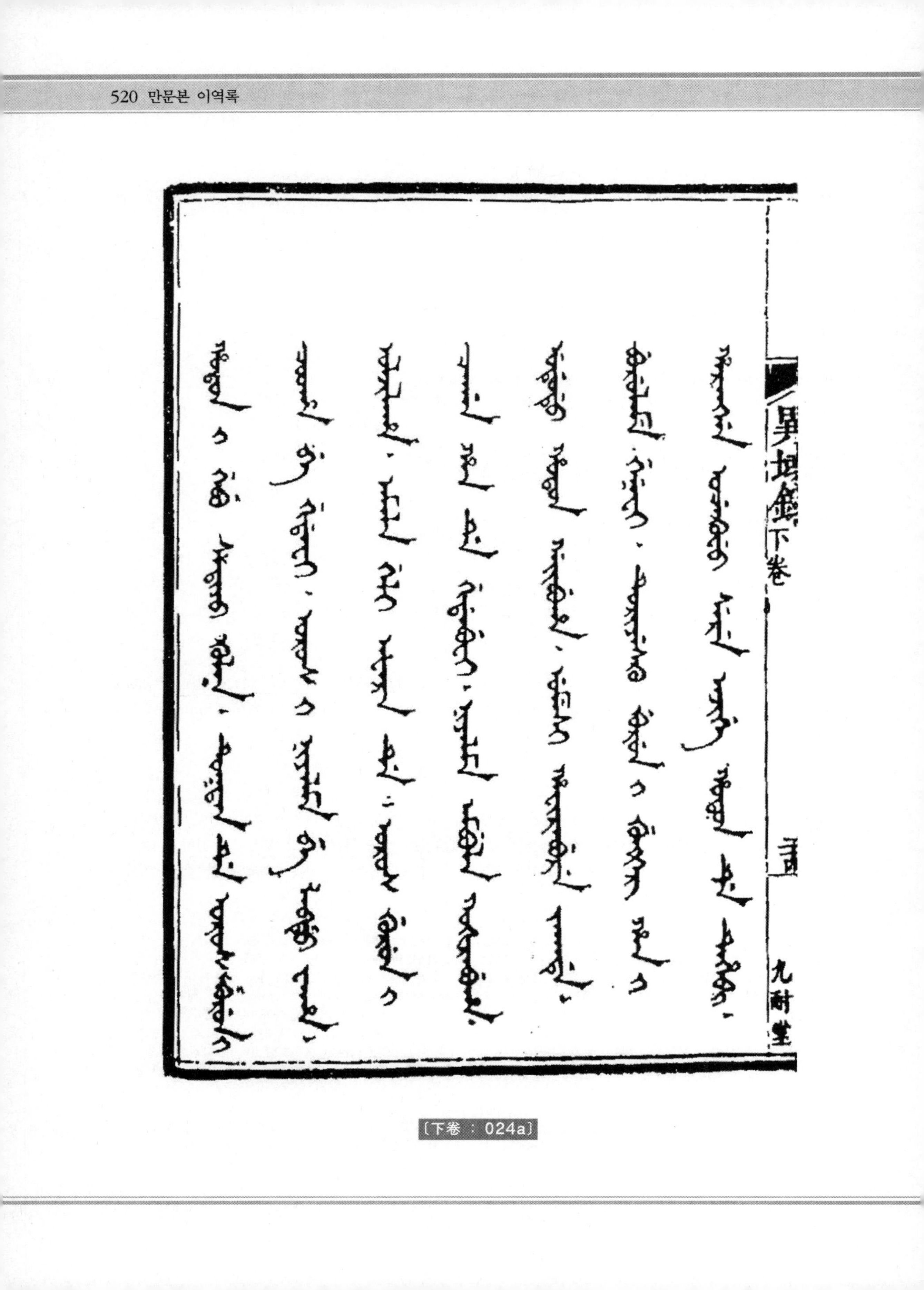

hoton i gebu sytiyo k'olna.[251] tuktan de oros gurun i
성 의 이름 시티요 콜나이다. 처음 에 러시아 나라 의

cooha be gidafi, orosi niyalma be labdu waha,
병사 를 격파하고 러시아의 사람 을 많이 죽이고

oljilaha. amala geli afara de, oros gurun i
포로잡았다. 후에 다시 싸움 에 러시아 나라 의

cagan han de gidabufi, niyalma ambula kokirabuha.
차간 汗 에게 격파되어서 사람 크게 손상당했다.

ududu hoton gaibuha. umesi hafirabure jakade,
여러 성 빼앗겼다. 매우 곤경에 처할 적에

burulame genefi, turiyesk'o[252] gurun i gungk'ar[253] han i
도망쳐 가서 투리여스코 나라 의 궁카르 汗 의

harangga ocek'ofu[254] sere ajige hoton de tehebi.
소속의 오처코푸 하는 작은 성 에 살았다.

[한문]

城名曰四條科爾那 初戰敗俄羅斯國之兵 大加殺擄 後再戰 爲俄羅斯察罕汗所敗 傷人甚多 失城數處 以致危急 逃往圖里耶斯科國 空科爾汗所屬鄂車科付之小城居住

—— ◦ —— ◦ —— ◦ ——

성의 이름은 시티요 콜나이다. 처음에 러시아의 병사를 격파하고, 러시아의 사람을 많이 죽이고 포로로 잡았다. 이후에 다시 싸울 때, 러시아의 차간 한에게 격파되어서, 주민을 크게 잃었으며 여러 성도 빼앗겼다. 매우 쫓긴 까닭에 도망쳐서 투리여스코의 궁카르 한이 다스리는 오처코푸라는 작은 성에 살게 된 지

251) sytiyo k'olna(四條 科爾) : 스웨덴의 수도 스톡홀름(Stockholm)이다.

252) turiyesk'o(圖里耶斯科) : 튜르스키(Тюркский, 터어키어 türkiye)로 투르크족이 세운 오스만제국을 가리킨다.

253) gungk'ar : 상권 71a에서는 gungg'ar로 표기되어 있다. 주180 참조.

254) ocek'ofu(鄂車科付) : 오차코브(очаков). 오차코브는 우크라이나 미콜라이프(Миколаїв) 주의 도시로 드냐프르(Дняпро)강 우안의 어귀와 접한다. 흑해 북쪽 해안에 있는 오데사(Одесса)의 동방 100km 지점에 있다. 오스만제국의 지배를 받았지만 크리미야(1853~1856) 전쟁의 결과로 부근 일대의 땅과 함께 러시아에게 점령당했다.

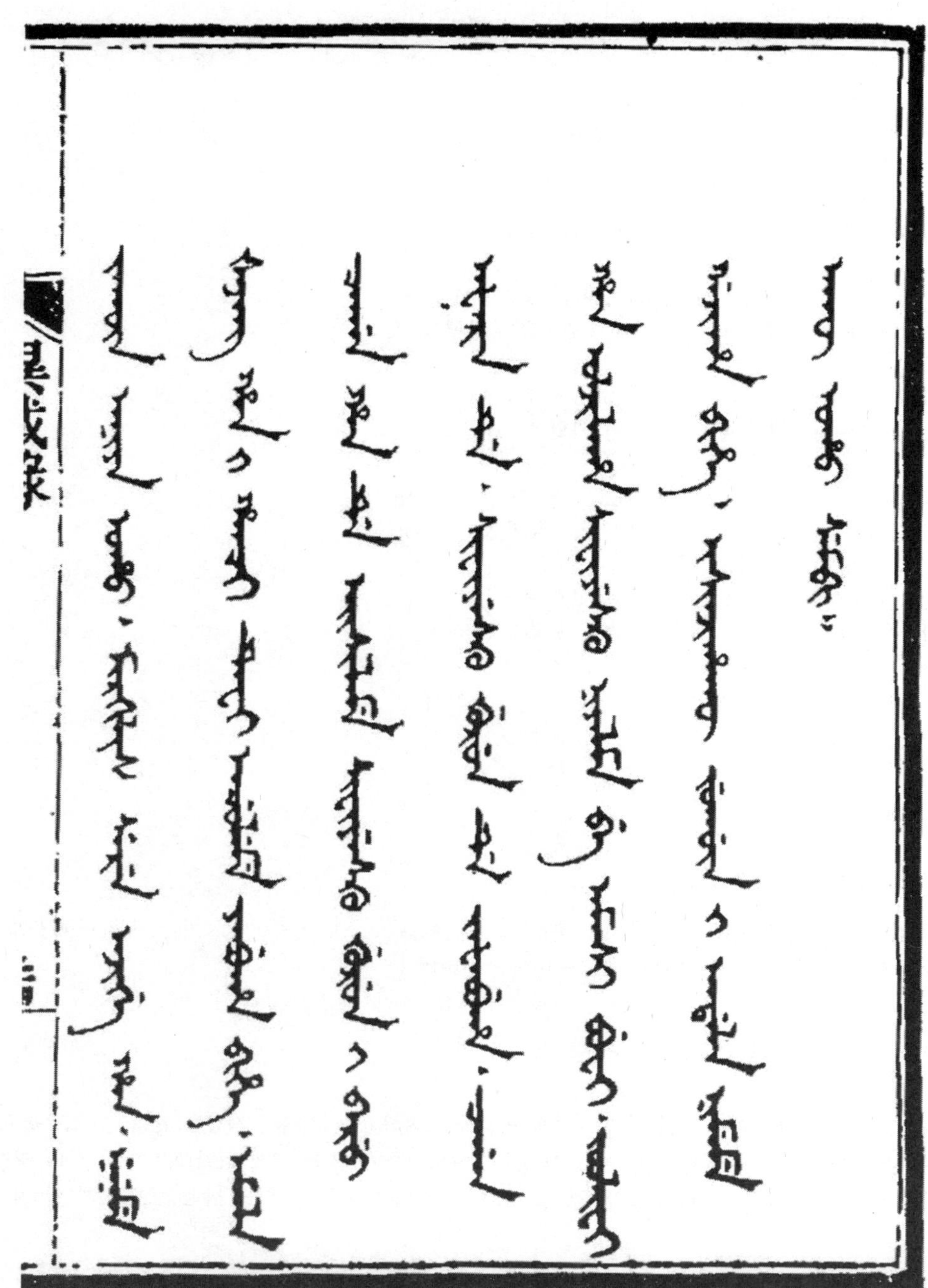

〔下卷 : 024b〕

jakūn aniya oho. mirkilis[255] sere ajige han, neneme
팔 년 되었다. 미르킬리스 하는 작은 汗 앞서

šajang han i hanci tefi enculeme yabuha bihe. amala
샤장 汗 의 가까이 살고 멋대로 행하였었다. 후에

cagan han de aisilame sifiyesk'o gurun i baru
차간 汗 에게 협력하여 시피여스코 나라 의 쪽

afara de, sifiyesk'o gurun de jafabuha. cagan
싸움 에 시피여스코 나라 에 붙잡혔다. 차간

han oljilaha sifiyesk'o niyalma be amasi bufi, joolifi
汗 포로잡은 시피여스코 사람 을 돌려 주고 속죄하고

gajiha bihe. isinjihakū jugūn i andala nimeme
데려왔었다. 도달하지 못하고 길 의 중간에 병들어

akū oho sembi..
죽었다 한다.

[한문]

已經八年 又有名曰米爾奇里斯一小國王 先在沙漳汗左近居住 係別一部落 因協助察罕汗 與式費耶忒國交戰 被擒 察罕汗歸其被擄之式費耶忒國人贖還 在途中病故

—— ◦ —— ◦ —— ◦ ——

8년이 되었다. 미르킬리스라는 작은 한(汗)이 앞서 샤장 한의 가까이 있으면서 자기 멋대로 행동했었는데, 이후 차간 한에게 협력하여 시피여스코와 싸웠지만 시피여스코에 붙잡혔다. 차간 한이 포로로 잡은 시피여스코 사람을 돌려주고 속죄하고 데려왔는데, 돌아오지 못하고 오는 도중에 병들어 죽게 되었다고 한다.

255) mirkilis(米爾奇里斯) : 정확한 위치가 확인되지 않는다. 今西春秋(1964)는 메르프(мерв)로 추정하고 있다.

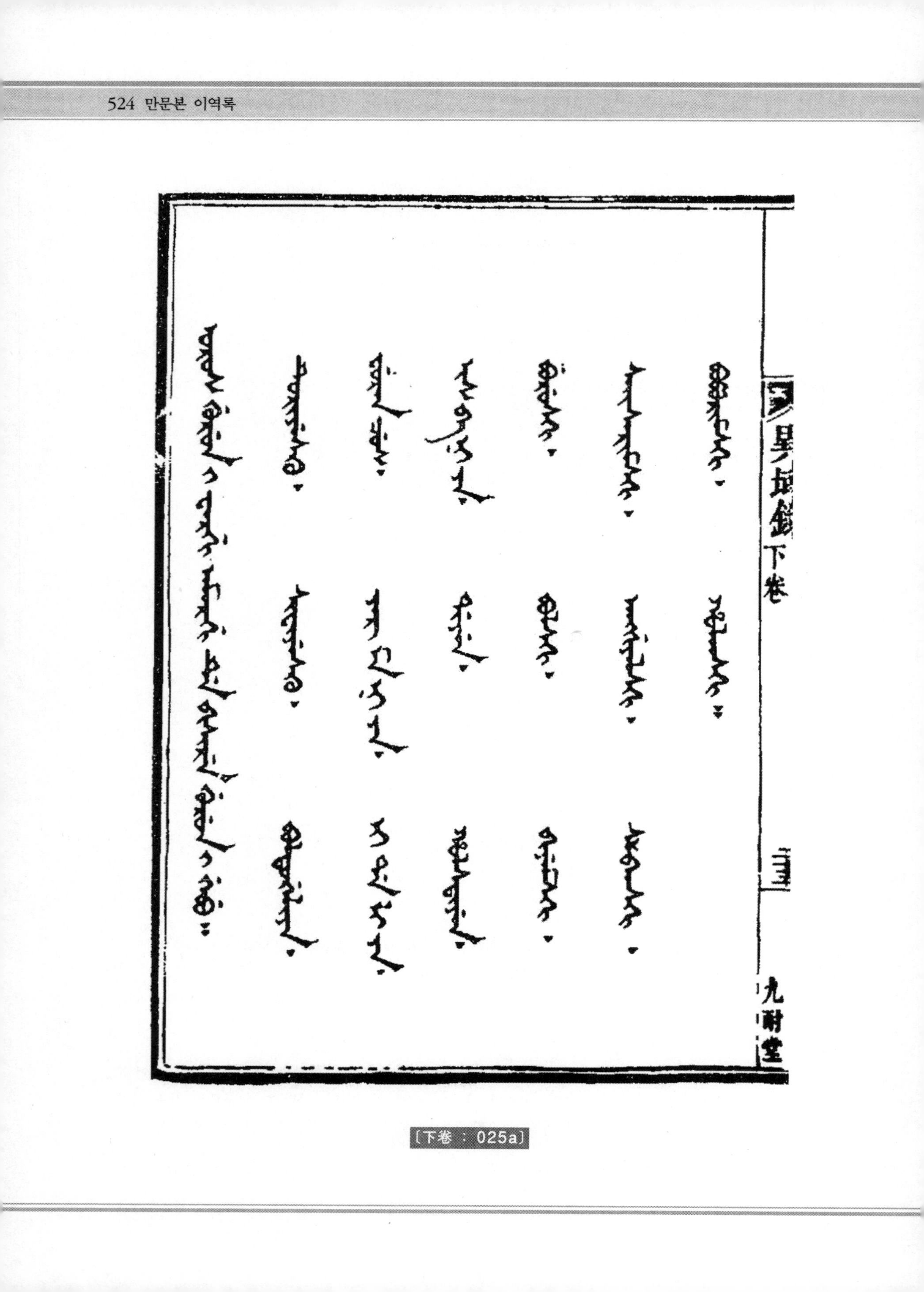

異域錄 下卷 三

九耐堂

oros gurun i wargi amargi de bisire gurun i gebu..
러시아 나라 의 서 북쪽 에 있는 나라 의 이름.

turiyesk'o, sifiyesk'o, boltog'aliya,[256]
투리여스코 스웨덴 포르투갈

furan cus,[257] yar ma niya,[258] i da li ya,[259]
프랑스 루마니아 이탈리아

is ba ni ya,[260] diyen,[261] holstiyen,[262]
이스바니야 디연 홀스티연

buruski,[263] bolski,[264] biyemski,[265]
부루스키 볼스키 비염스키

saisarimski,[266] anggiyalski,[267] sybanski,[268]
사이사림스키 앙기얄스키 시반스키

boporimski,[269] holanski..[270]
보포림스키 홀란스키.

[한문]

俄羅斯國之西北諸國名目

圖里耶斯科 式費耶忒 博爾托噶里牙 付蘭楚斯 雅爾馬尼牙 宜大里牙 宜斯巴尼牙 狄音 和爾斯提音 布魯斯奇 博爾斯奇 別穆斯奇 賽薩林穆斯奇 昂假爾斯奇 賀蘭斯奇 博玻林穆斯奇 肆班斯奇

—— ◦ —— ◦ —— ◦ ——

러시아의 서북쪽에 있는 나라의 이름.

터어키, 스웨덴, 포르투갈, 프랑스, 루마니아, 이탈리아, 스페인, 덴마크, 홀스타인, 프러시아, 폴란드, 보헤미아, 신성로마제국, 잉글랜드, 스페인, 로마황제, 네델란드.

---

256) boltog'aliya(博爾托噶里牙) : 오늘날 포르투갈(Португалия)을 가리킨다.
257) furan cus(付蘭楚斯) : 오늘날 프랑스인(Француз)을 가리킨다.
258) yar ma niya(雅爾馬尼牙) : 오늘날 아르메니아(Армения)를 가리킨다.
259) i da li ya(宜大里牙) : 오늘날 이탈리아(Италия)를 가리킨다.
260) is ba ni ya(宜斯巴尼牙) : 오늘날 에스파냐(Испания)를 가리킨다.
261) diyen(狄音) : 오늘날 덴마크(Дания)를 가리킨다.
262) holstiyen(和爾斯提音) : 홀스타인(Гольштейн). 홀스타인은 오늘날 독일의 슐레스비히홀슈타인 주의 남부를 가리키는 역사적 지명이다. 1111년 신성 로마 제국의 주로 창설되었고 1474년 공국으로 승격되었으며 공작위는 덴마크의 국왕이 겸하게 되었다. 1866년 프로이센-오스트리아 전쟁의 결과 프로이센으로 넘어가 프로이센의 슐레스비히홀슈타인 주로 편입되었다.
263) buruski(布魯斯奇) : 오늘날 프러시아(Прусский)를 가리킨다.
264) bolski(博爾斯奇) : 오늘날 폴란드(Польский)를 가리킨다.
265) biyemski(別穆斯奇) : 벰스키(Бемский). 벰스키는 오늘날 보헤미아를 가리킨다. 체코를 동서로 나누어 동부를 체코 명으로 모라바(moravia)라 부르고, 서부를 체히(Cechy)라 부르는데, 이 체히를 라틴어로 보헤미아, 독일어로 뵈멘(Böhmen)이라 한다.
266) saisarimski(賽薩林穆斯奇) : 체사르 림스키(Цезарь римский). 체사르 림스키는 신성로마황제를 뜻하는 체사르(Цезарь)와 로마를 뜻하는 림스키(Римский)의 합성어로 신성로마제국을 가리킨다.
267) anggiyalski(昂假爾斯奇) : 오늘날 잉글랜드(Английский)를 가리킨다.
268) sybanski(肆班斯奇) : 이스판스키(Испанский). 이스판스키는 오늘날 스페인을 가리킨다. 에스파냐(is ba ni ya)가 앞에서 나와 중복되고 있고 있는데 다른 나라를 표현하는 것으로 착오하였을 가능성이 있다.
269) boporimski(博玻林穆斯奇) : 파파 림스키(Папа римский). 파파 림스키는 오늘날 로마 황제를 가리킨다.
270) holanski(賀蘭斯奇) : 골란드스키(Голландский). 골란드스키는 오늘날 네델란드를 가리킨다.

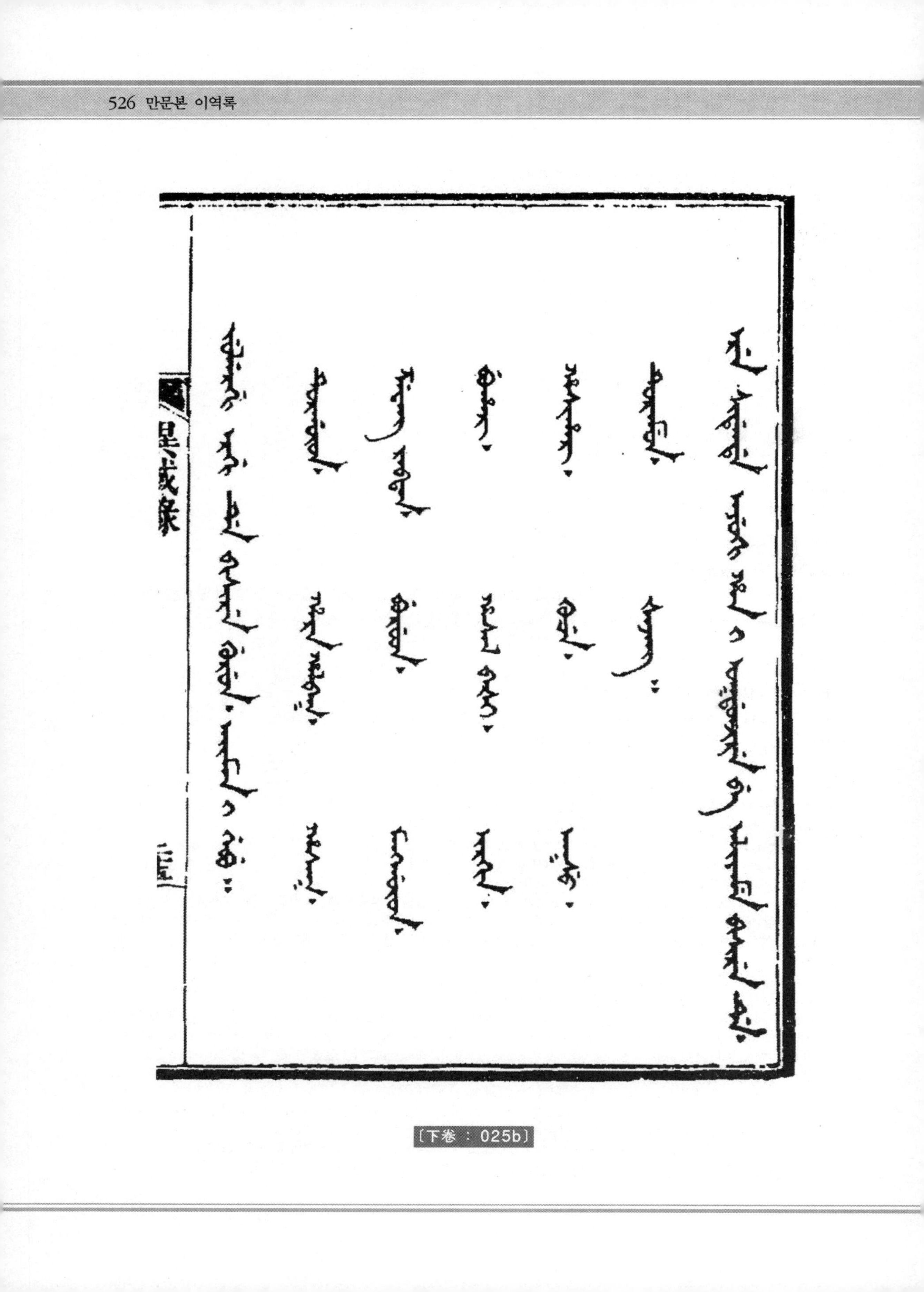

julergi ergi de bisire gurun, aiman i gebu..
남 쪽 에 있는 나라 부족 의 이름.

turgūt, hara halbak, hasak,
투르구트 하라 할박 하삭

ts'ewang rabtan, burut,[271] manggūt,[272]
처왕 랍탄 부루트 망구트

buhar,[273] hasal baši,[274] irkin,
부하르 하살 바시 이르킨

hasihar,[275] kuce,[276] aksu,[277]
하시하르 쿠처 악수

turamun,[278] šajang..
투라문 샤장.

ere sidende ayuki han i okdonjire be aliyame bisire de,
이 사이에 아유키 汗 의 맞이하러오기 를 기다리며 있음 에

[한문]

南面所有諸國部落名目

土爾扈特 哈拉哈兒叭 哈薩克 策旺拉布坦 布魯特 莽武特 布哈爾 哈薩兒巴什 伊爾欽 哈什哈兒 庫策 阿克蘇 吐爾們 沙漳 [跟隨俄羅斯官博爾果付泥克四鐵班訥委翅 差俄羅斯國之通事 幷管兵頭目馳告阿玉奇汗言 天朝使臣 已至我界薩拉托付地方 駐劄速派官兵預備驛馬供給 前來迎接時 雪甚大 衆不能前進 遂駐劄於薩拉托付地方][279] 在彼候阿玉奇汗迎接之間 乃屬

—— ◦ —— ◦ —— ◦ ——

남쪽에 있는 나라, 부족의 이름.

투르구트, 하라 할박, 하삭, 처왕 랍탄, 부루트, 망구트, 부하르, 하살 바시, 이르킨, 하시하르, 쿠처, 악수, 투라문, 샤장.
이 사이에 아유키 한이 맞이하러 오기를 기다리며 있는데,

---

271) burut(布魯特) : 부루트. 부루트는 중앙아시아에 살고 있는 키르기즈 민족을 청조와 칼묵 족이 부르던 이름으로 다양한 키르기즈 민족을 포괄하는 용어로 쓰였다. 주202 참조.

272) manggūt(莽武特) : 징기스칸 시대에 우루드 망구트(Уруүд и Мангуд) 연합의 몽골족으로 이들 중 일부는 투르크 족과 동화하여 1440년대부터 17세기에 칼묵인들과 러시아인들에게 축출당할 때까지 흑해-카스피해 스텝 지역에 존재한 18개 튀르크계 및 몽골계 부족들의 연합국가인 노가이(nogai) 한국(汗國)을 세웠다.

273) buhar(布哈爾) : 부하라(бухоро). 부하라 한국(汗國)은 16세기부터 18세기 후반까지 중앙아시아에 있었던 나라 중의 하나이다. 모하메드 샤바니(muhammad shaybani) 한(汗)[재위 1505년~1510년]이 이끄는 우즈베크족이 부하라를 점령하면서 부하라 한국(汗國)의 역사가 시작되었다.

274) hasal baši(哈薩兒巴什), irkin(伊爾欽)는 어떤 나라를 가리키는 것인지 확인되지 않는다.

275) hasihar(哈什哈兒) : 카스가르(喀什噶尔). 카스가르는 중국 신장 위구르자치구에 있는 오아시스 도시이다. 키르기스스탄, 타지키스탄과 인접해 있으며 실크로드 상에 위치해 있어서 동서 교류에 중요한 역할을 한 오랜 역사의 도시이다.

276) kuce(庫策) : 쿠치(kutsi). 쿠치는 고대 불교 왕국 구자국(龜玆國)으로 '대당서역기(大唐西域記)'에는 굴지국(屈支國)으로 기록되어 있다. 비단길에 위치하며 타클라마칸 사막의 북쪽 가장자리 무자르트(木扎尔特) 강의 남쪽에 위치한다.

277) aksu(阿克蘇) : 악수(Аксу)는 투르크어로 '흰 물'을 의미한다. 신장(新疆) 서부, 천산산맥 남쪽 기슭의 타림 분지 서북쪽에 위치하고 있다.

278) turamun(吐爾們) : 투르크계 민족으로 투르크메니스탄, 카자흐스탄, 이란, 아프가니스탄, 파키스탄, 중국, 러시아에 거주한다.

279) [ ] 부분은 만주본에는 없고 한문본에만 있는 내용이다. [러시아 관리인 볼코니 처반노피치를 따라 러시아에서 파견한 역관이 관병 우두머리와 함께 달려 와서 아유키 한에게 말하기를 '천조(天朝)의 사신들이 우리 나라의 사라토부 지역에 도착했습니다. 급히 관병을 파견하여 역마와 식량을 준비시켰습니다. 맞이하러 올 때 눈이 많이 와서 모두들 앞으로 나아가지 못하고 있습니다. 따라서 사라토부 지역에 머물렀습니다.]

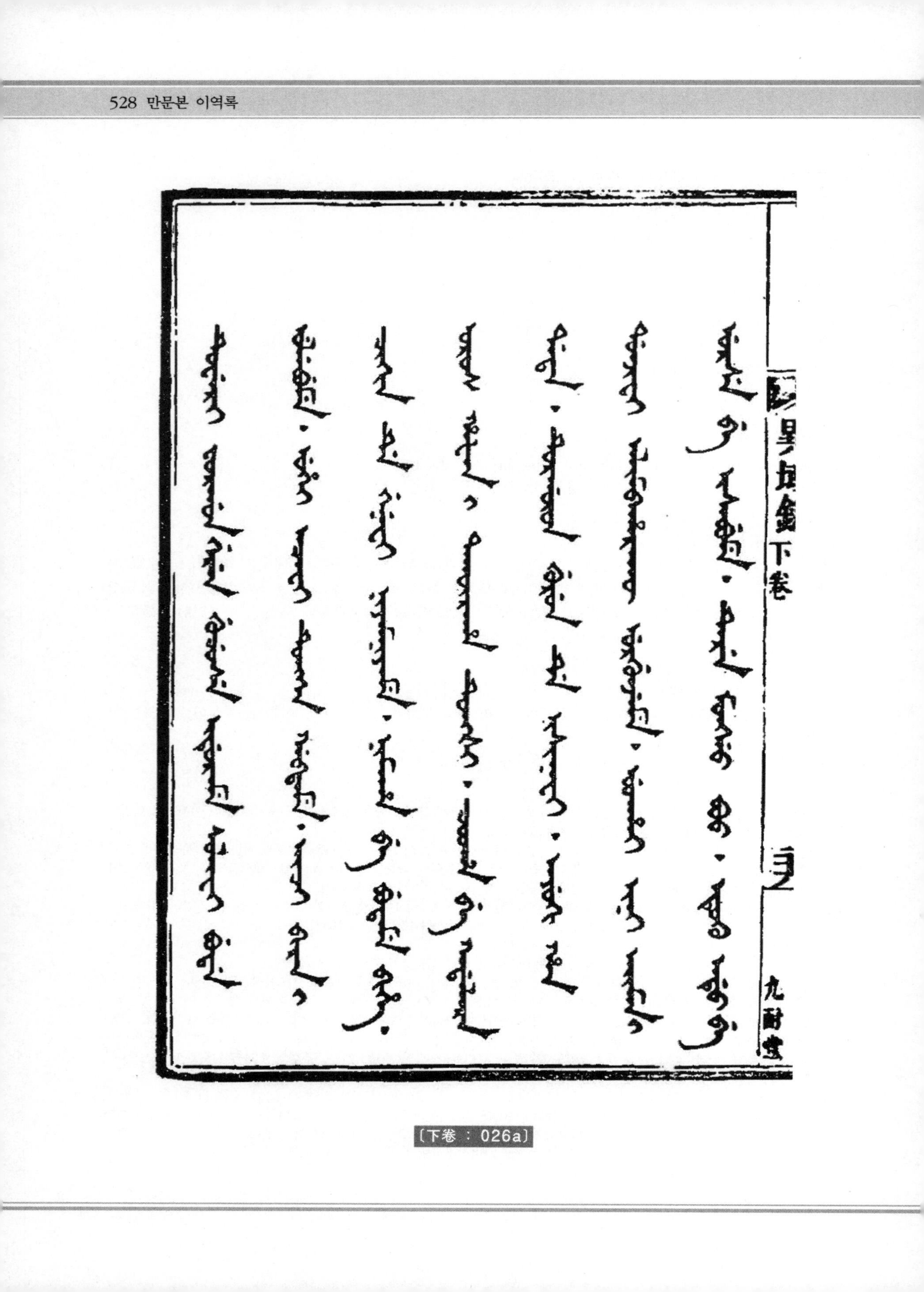

異域錄 下卷

九耐堂

tuweri forgon geren gucuse idurame solifi buda
겨울 계절 여러 친구들 번갈아 청하여서 밥

ulebume, uhei acafi tungken gabtame, eici bira i
먹이며 모두 만나서 과녁 쏘며 혹은 강 의

cikin de genefi niyamniyame, nimaha be butame bihe.
강가 에 가서 말타고 활쏘며 물고기 를 잡으며 있었다.

oros hafan i takūraha tungši, cooha be kadalara
러시아 관리 의 파견한 通事 병사 를 관할하는

data, turgūt gurun de isinafi, ayuki han
우두머리들 투르구트 나라 에 도착하여서 아유키 汗

donjifi alimbaharakū urgunjeme, uthai ini aiman i
듣고서 극히 기뻐하며 곧 그의 부족 의

urse be isabume, tere monggo boo, etuku adu be
무리 를 모이게 하고 사는 蒙古 包 옷 의복 을

[한문]

冬令 諸人輪流宴飮 或會司射的 或於河岸騎射捕魚以爲娯 其俄羅斯官所差通事等至土爾扈特國 阿玉奇汗聞此信甚喜 傳集其部落 修治氈帳衣服

—— ◦ —— ◦ —— ◦ ——

겨울철이 되어 여러 친구들이 번갈아 초청하여서 밥 먹이며, 모두 모여서 활쏘기를 하거나, 혹은 강의 기슭에 가서 말을 타고 활을 쏘거나, 물고기를 잡았다. 러시아의 관리가 파견한 역관과 병사를 관할하는 수령들이 투르구트에 도착하여서, 아유키 한이 듣고서 매우 기뻐하며, 곧 그의 부족의 무리를 모아, 거주하는 데 쓰는 몽고포와 옷을

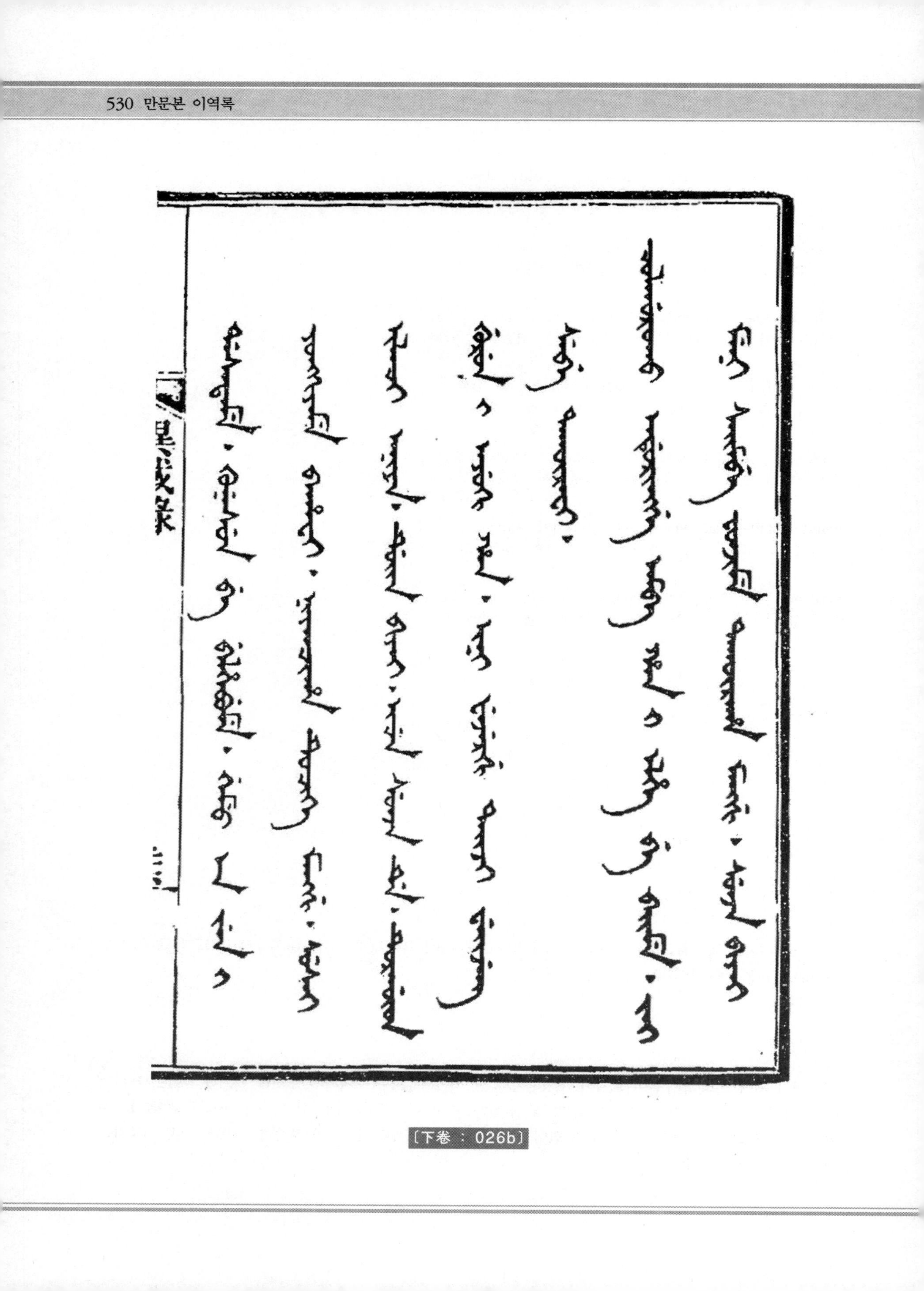

異域錄

dasatame, kunesun be belhebume, gemu en jen i
수리하며 식량 을 준비시켜 모두 이미

yongkiyame bahafi, niyanciha tucike manggi, susai
완비하여 가지고 푸른 풀 난 후 오십

ilaci aniya, duin biyai ice sunja de, turgūt
삼 년 사 월의 초 오 에 투르구트

guruni ayuki han, ini fejergi taiji weijeng[280]
나라의 아유키 汗 그의 부하 타이지 웨이정

sebe takūrafi,
등을 파견하여서

colgoroko enduringge amba han i elhe be baime, jai
빼어나고 성스러운 큰 汗 의 평안 을 청하러 그리고

meni saimbe fonjime takūraha manggi, sunja biyai
우리의 안녕을 물으러 파견한 후 오 월의

[한문]

預備供給 俱各停妥 候青草發後 於五十三年四月初五日 土爾扈特國阿玉奇汗差伊部下台吉魏正等 恭請至聖大皇帝萬安 并問天使無恙 於五月

—— ◦ —— ◦ —— ◦ ——

정비하고 식량을 준비시켜, 모두 완비하여 마치고 푸른 풀이 난 후 강희(康熙) 53년 4월 5일에 투르구트의 아유키 한이 그의 부하인 타이지 웨이정 등을 파견하여서 지성대황제(至聖大皇帝)의 평안을 여쭈러 우리의 안부를 물으러 왔다. 5월

280) taiji weijeng(台吉 魏正) : 인명(人名).

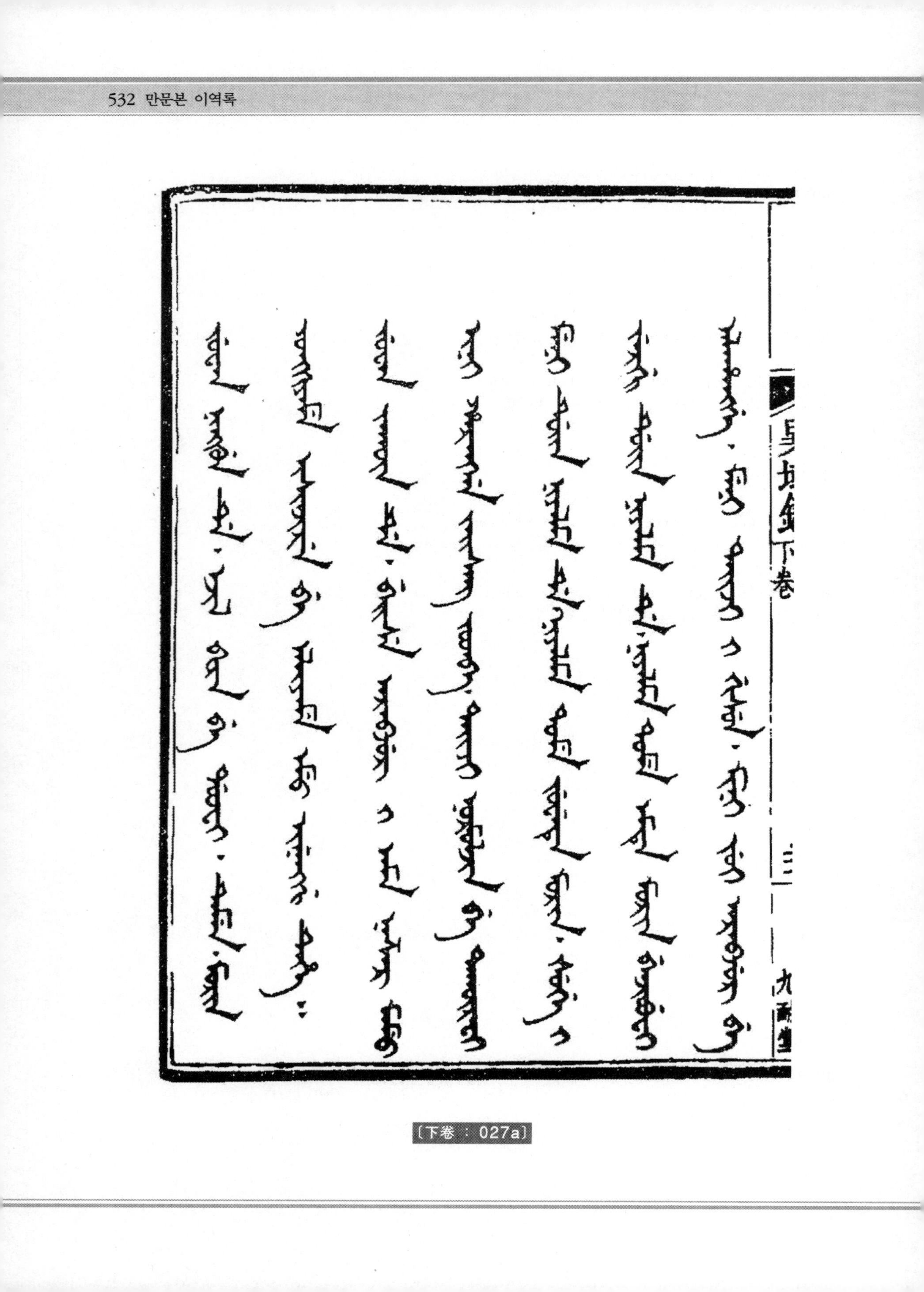

juwan ninggun de, ejil bira be doofi, temen, morin
십 육 에 어질 강 을 건너고 낙타 말

yongkiyame isinjire be aliyame emu inenggi tehe..
완비하여 도달하기 를 기다리며 한 날 머물렀다.

juwan jakūn de, beise arabjur i ama nadzar mamu[281)]
십 팔 에 貝子 아랍주르 의 아버지 나자르 마무

ini harangga jaisang jotba,[282)] taiji normoljin[283)] be takūrafi
그의 소속의 자이상 조트바 타이지 노르몰진 을 파견하여서

meni duin niyalma de, niyamla tome juwete morin, šuge i
우리의 네 사람 에게 사람 마다 둘씩 말 슈거 의

jergi duin niyalma de, niyalma tome emte morin benjibufi
등 네 사람 에게 사람 마다 하나씩 말 보내와서

alahangge, meni taiji i gisun, mini jui arabjur be
말한 것 우리의 타이지 의 말 나의 아들 아랍주르 를

[한문]

初六日 渡厄濟兒河 因馬駝未齊 候駐一日 於十八日 貝子阿拉布珠兒之父那咂爾痲木 差伊所屬之寨桑趙忒覇台吉諾爾木爾金 於我四人處各送馬二匹 舒哥等四人處各送馬一匹曰 我頭目言 我子阿拉布珠兒蒙

— ◦ — ◦ — ◦ —

16일에 어질 강을 건너고, 낙타와 말을 완비해 도착하기를 기다리며 하루 동안 머물렀다. 18일에 버이서(貝子) 아랍주르의 아버지 나자르 마무, 그의 소속인 자이상 조트바, 타이지 노르몰진을 파견하여서 우리 네 사람에게 사람마다 말 두 마리씩, 슈거 등 네 사람에게 사람마다 말 한 마리씩 보내와서 말하기를, "우리의 타이지가 말하기를, "나의 아들 아랍주르를

281) nadzar mamu(那咂爾痲木) : 인명(人名).

282) jaisang jotba(寨桑 趙忒覇) : jaisang은 몽골의 관직명이다. 중국어 제상(宰相)의 음역으로 1개 부락의 수령을 가리킨다. 황금 가족의 후예는 taiji(台吉)라고 칭하고 황금 가족 이외에는 jaisang을 칭한다. 명대 후기에는 몽골 각 부가 jaisang 관직을 폐지하였으나 오이라트 몽골에서는 계속 사용하였다. 이마니시 슌수(今西春秋:1964)에서는 jaisang을 부장(部長)으로 대역하고 있다.

283) taiji normoljin(台吉 諾爾木爾金) : 인명(人名).

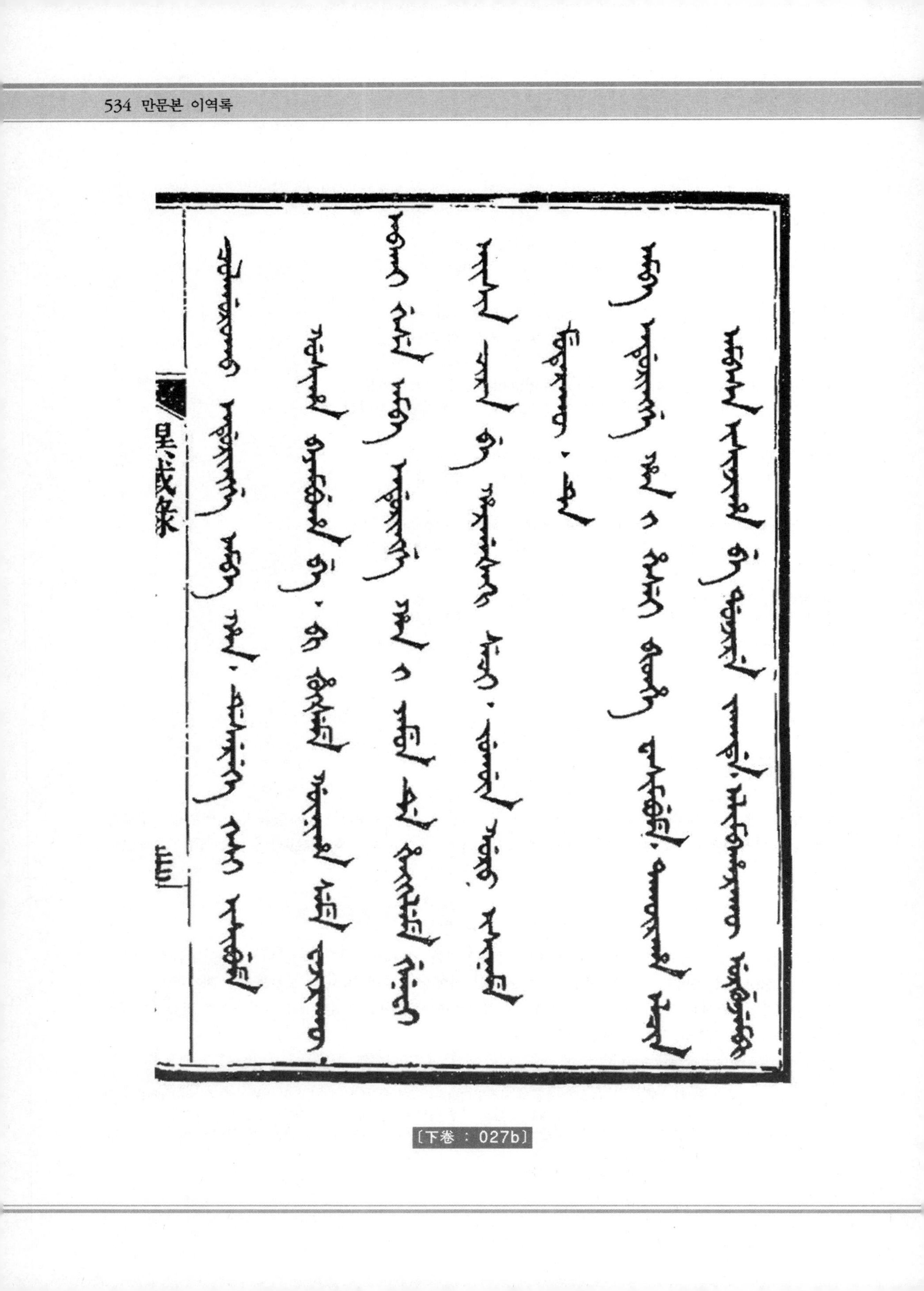

異域錄 三

colgoroko enduringe amba han, desereke kesi isibume
빼어나고 성스러운 큰 汗 넘치는 은덕 미치게 하여

gosiha bayambuha be, bi hukšeme gūniha seme wajirakū.
어여삐 여기고 풍족하게함 을 나 감격하여 생각했다 하여 다하지 않는다.

abkai gese amba enduringge han i yamun de hengkileme genefi
하늘의 같은 크고 성스러운 汗 의 아문 에 절하러 가서

aisin cira be hargašaki seci, jugūn goro isiname
존귀한 얼굴 을 우러러보고자 하나 길 멀어 도착할

muterakū. te
수 없다. 지금

amba enduringge han i hesei bithe wasimbume, takūraha elcin
크고 성스러운 汗 의 皇旨의 글 내리시며 파견한 사신

ambasa isinjiha be donjire jakade, alimbaharakū urgunjembi
대신들 도착한 것 을 들을 적에 극히 기뻐한다.

[한문]

至聖大皇帝沛施恩澤 生計饒裕 不勝感戴 欲往叩謝如天大皇帝闕下 竝仰瞻金顔 奈路途迢遠 苦不能至今聞得大皇帝頒發諭旨 欽命天使至此 不勝榮幸

—— ◦ —— ◦ —— ◦ ——

지성대황제(至聖大皇帝)께서 넘치는 은덕을 내리시어 어여삐 여기고 부족하지 않게 대해 준 것을 내가 어찌 감사해야 할 지 모르겠다. 하늘과 같은 대황제(大皇帝)의 아문(衙門)에 절하러 가서, 용안을 우러러보고 싶지만, 길이 멀어 다다를 수 없다. 지금 대황제(大皇帝)께서 칙서를 내리시며 파견한 사신들이 도착한 것을 듣고 기쁨을 금할 수 없다."

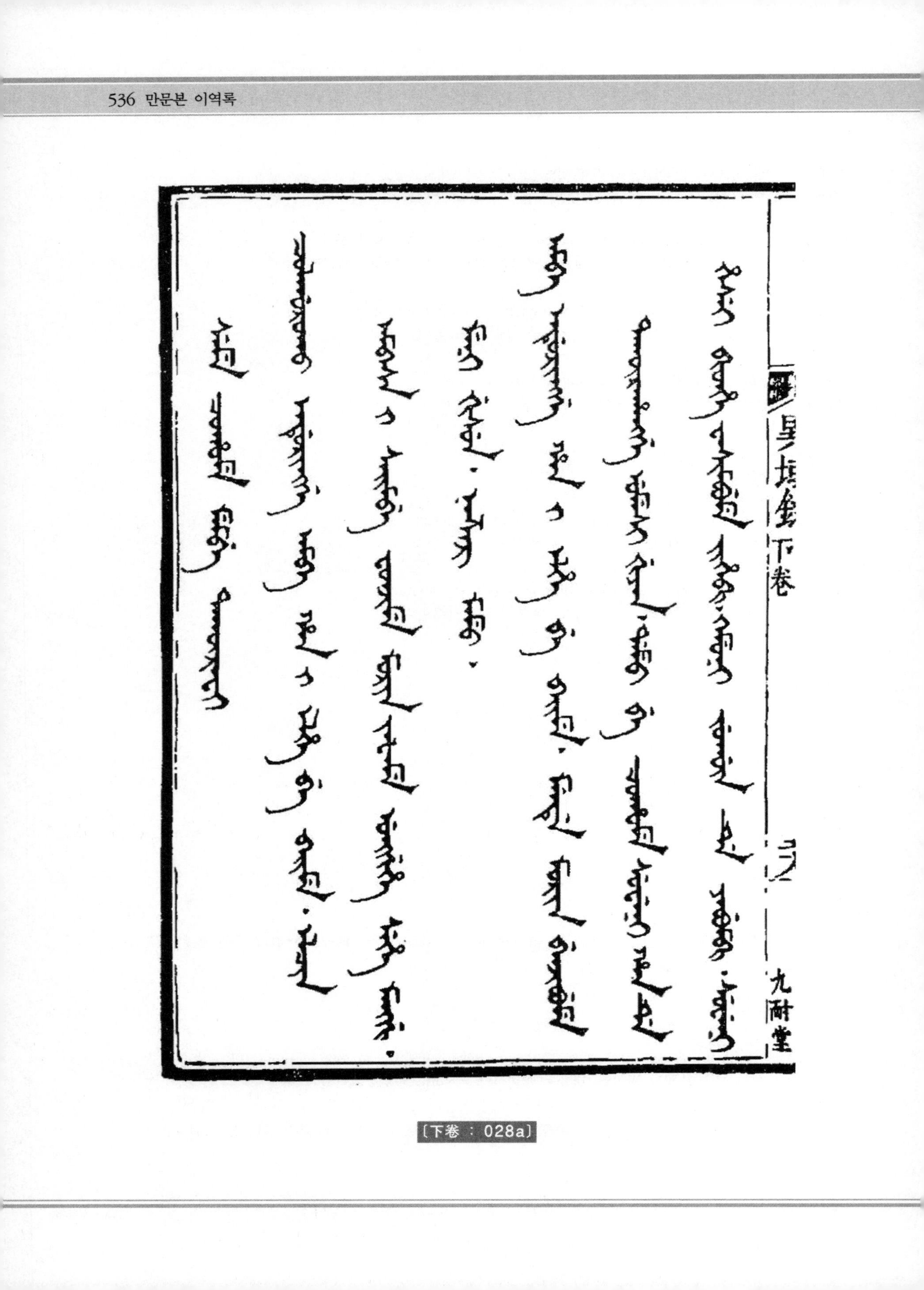

seme cohome membe takūrafi
하며 특별히 우리를 파견하여서

colgoroko enduringge amba han i elhe be baime, elcin
빼어나고 성스러운 큰 汗 의 평안 을 청하러 사신

ambasa i saimbe fonjime morin jafame unggihe sehe manggi,
대신들 의 안녕을 물으러 말 잡아 보냈다 한 후

meni gisun, nadzar mamu,
우리의 말 나자르 마무

amba enduringge han i elhe be baime, mende morin benjibume
크고 성스러운 汗 의 평안 을 청하러 우리에게 말 보내오게 하며

takūrahangge umesi giyan. damu be cohome suweni han de
파견한 것 매우 옳다. 다만 우리 특별히 너희의 汗 에게

hesei bithe wasimbume jihebi. kemuni jugūn de yabumbi. suweni
皇旨의 글 내리러 왔다. 아직 길 에 간다. 너희의

[한문]

特差我等前來 恭請至聖大皇帝萬安 問天使大人無恙 并送馬匹 我等言 爾那咂爾瘫木 感大皇帝深恩 特遣爾等前來 恭請大皇帝萬安 送我等馬匹 甚合禮儀 但我等係特差往爾汗處欽奉諭旨 今尚在途中 爾

—— ∘ —— ∘ —— ∘ ——

하시며 특별히 우리를 파견하여서 지성대황제(至聖大皇帝)의 평안을 여쭈러, 사신들의 안부를 물으러 말을 잡아 보냈다." 한 후, 우리가 말하기를, "나자르 마무께서 대황제(大皇帝)의 평안을 여쭈기 위해 우리에게 말을 보내오며 사신을 파견하신 것은 매우 옳다. 다만 우리는 특별히 당신의 한(汗)에게 칙서를 내리러 왔다. 그리고 여전히 길을 가는 중이다. 너희의

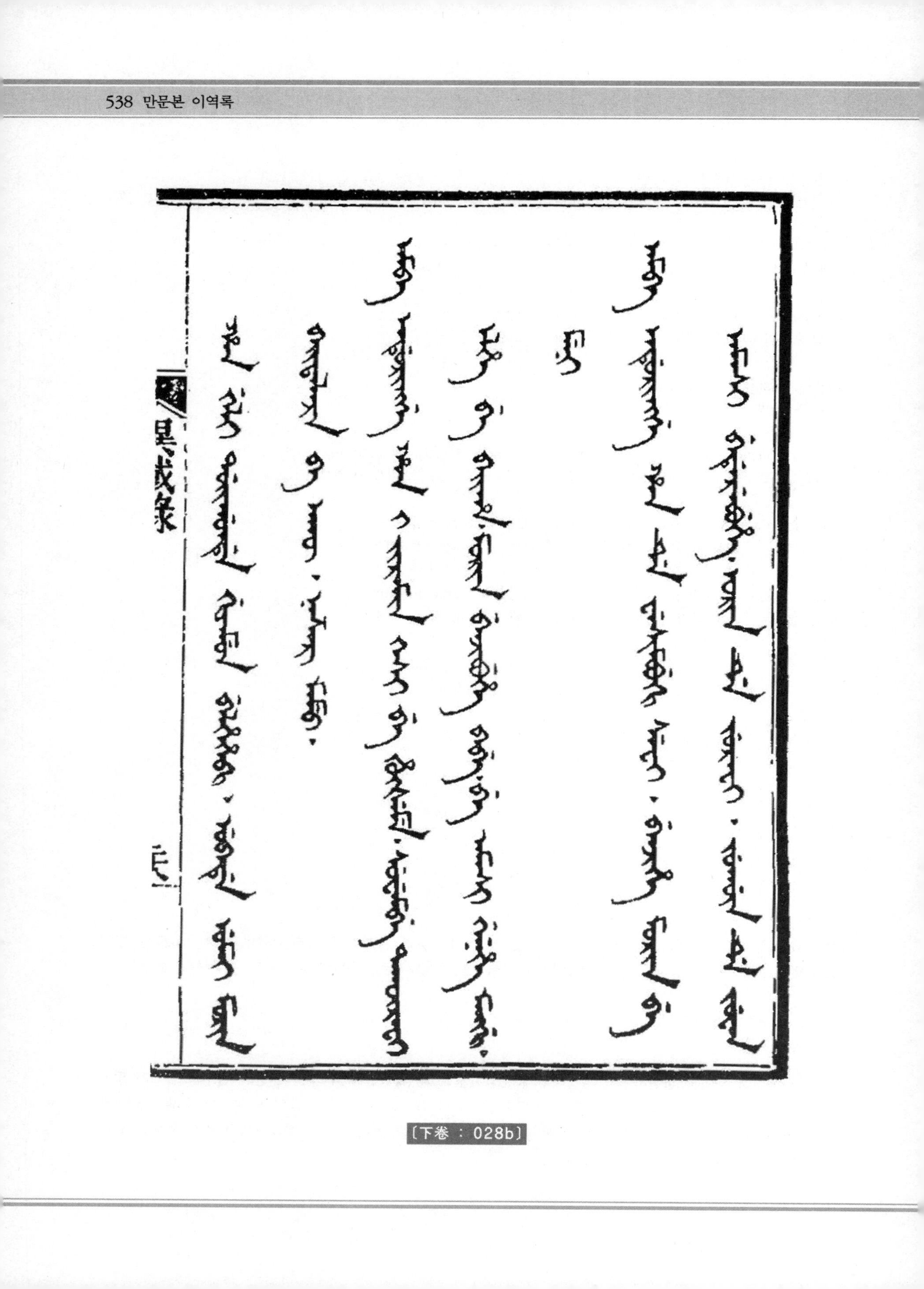

異域錄

han geli doigonde giyamun belhehebi. ubade umai morin
汗 또 미리 역참 준비하였다. 이곳에 전혀 말

baitalara ba akū. nadzar mamu,
쓸 곳 없다. 나자르 마무

amba enduringge han i jiramin kesi be hukšeme, suwembe takūrafi
크고 성스러운 汗 의 두터운 은덕 을 감격하여 너희를 파견하여서

elhe be baiha. morin benjibuhe babe, be amasi genehe manggi,
평안 을 청하였다. 말 보내 오게 한 바를 우리 돌아 간 후,

meni
우리의

amba enduringge han de wesimbuki sefi, benjlhe morin be
크고 성스러운 汗 에게 올리겠다 하고 보내온 말 을

amasi bederebuhe. orin de jurafi, jugūn de juwan
도로 돌려주었다. 이십 에 출발하여서 길 에 십

[한문]

汗又預備馬匹乘騎 此地竝無用馬處 爾那咂爾麻木深感大皇帝厚澤 遣爾等前來請安送馬之處 我等回日奏聞大皇帝可也 將所送馬匹發還 二十日起程 行十日 於

—— ◦ —— ◦ —— ◦ ——

한(汗)께서 또 사전에 역마를 준비해 두셨는데, 이곳에는 전혀 말을 쓸 곳이 없다. 나자르 마무께서 대황제(大皇帝)의 두터운 은덕에 감격하여, 너희를 파견하여서 평안을 여쭙고 말을 보내오신 사실을 우리가 돌아간 후, 우리의 대황제(大皇帝)께 올리겠다." 하고 보내온 말을 도로 돌려주었다. 20일에 출발하여서 10일 동안

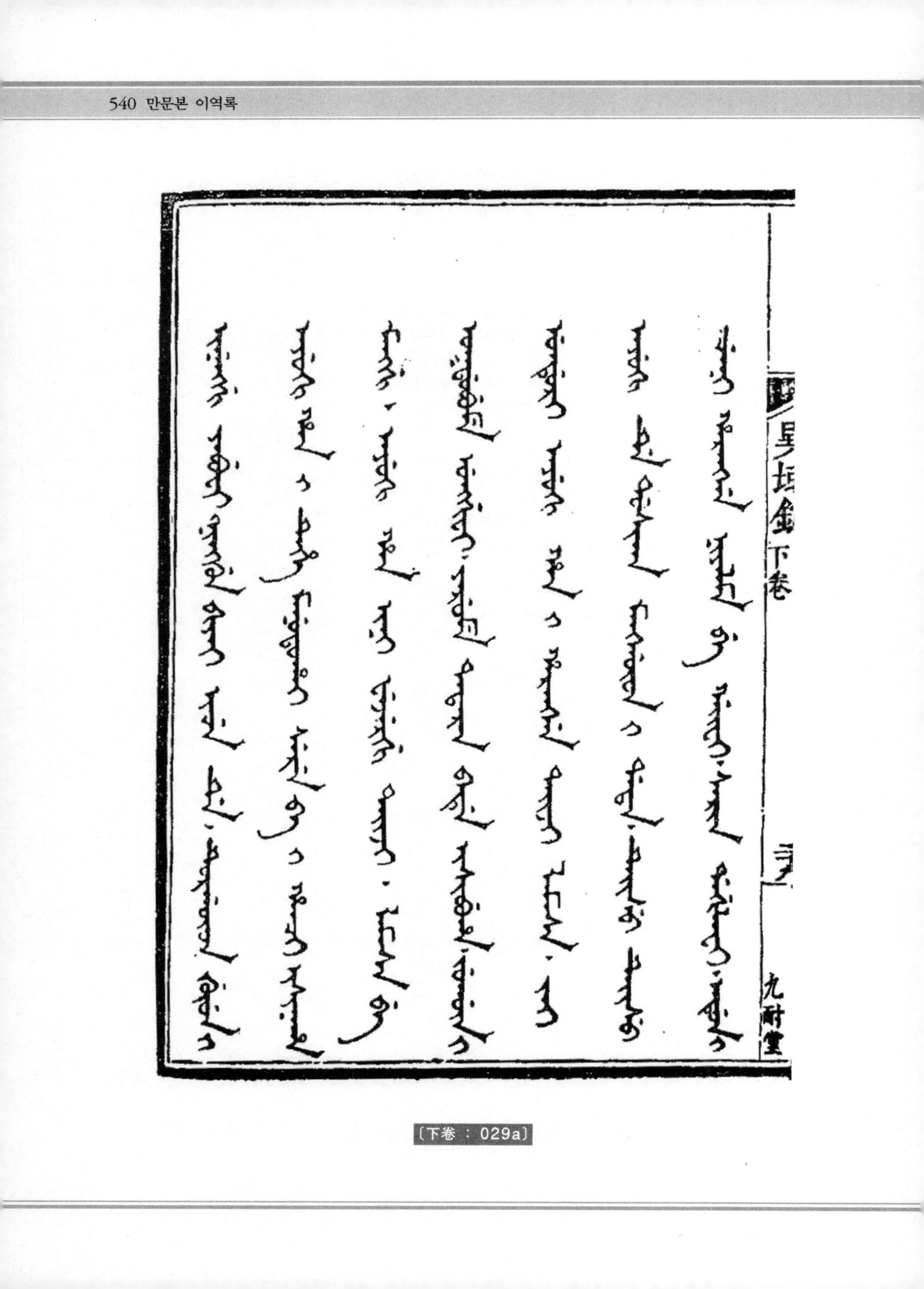

異域錄 下卷

九耐堂

［下卷 ： 029a］

inenggi yabufi, ninggun biyai ice de, turgūt gurun i
일 가서 육 월의 초 에 투르구트 나라 의

ayuki han i tehe manutohai[284] sere ba i hanci isinaha
아유키 汗 의 살던 마누토하이 하는 곳 의 가까이 다다른

manggi, ayuki han ini fejergi taiji, lamasa be
후 아유키 汗 그의 부하 타이지 라마승들 을

okdobume unggifi, yarume tatara bade isibuha. jugūn i
맞이하러 보내고 이끌어 묵을 곳에 이르게 하였다. 길 의

unduri ayuki han i harangga taiji lamasa, jai
연도 아유키 汗 의 소속의 타이지 라마승들 그리고

ayuki de dosika manggūt i data, teisu teisu
아유키 에 들어간 망구트 의 우두머리들 각 각

ceni harangga niyalma be gaifi, sarin dagilafi, adun i
그들의 소속의 사람 을 데리고 잔치 준비하고 우리 의

[한문]

六月初一日 至土爾扈特國阿玉奇汗駐劄之馬駑托海切近地方 阿玉奇汗遣伊部下台吉竝番僧等來迎 導至宿處安置 至沿途阿玉奇汗部下台吉竝番僧及歸入阿玉奇汗之莽武特頭目各率所屬人等 陳設筵宴 排列生畜

—— ◦ —— ◦ —— ◦ ——

길을 가서, 6월 초에 투르구트의 아유키 한이 사는 마누토하이라는 곳에 가까이 다다른 후, 아유키 한이 그의 부하 타이지와 라마승들을 우리를 맞이하러 보내어서, 우리를 숙소까지 안내하게 하였다. 가는 도중에 아유키 한의 부하인 타이지와 라마승들, 그리고 아유키에 복속한 망구트의 수령들이 각각 그들을 따르는 사람들을 데리고 잔치를 준비하고, 가축 때

284) manutohai(馬駑托海). 마누토하이는 이역록(하58a)의 설명에 따르면 사라토프(саратов)에서 볼가 강을 건너 볼가 강의 지류인 ilan tarlu, ilan hūban, jai tarhūn, ulusutun 등 강을 지나 카스피해 쪽으로 남하한 곳에 위치하고 있는 것으로 추정된다. 이마니시 슌수(今西春秋:1964)에 따르면 고지도(古地圖) 상에서도 ulusutun(러시아어 Еруслан) 강 상류에 위치하고 있는 것으로 표시되어 있다. 이곳은 서쪽으로는 볼가강, 동쪽으로는 우랄강, 남쪽으로는 카스피해로 둘러싸인 지역이지만 오늘날 '마누토하이'라는 이름의 지역은 찾을 수 없다.

manutohai의 어원은 몽골어 1인칭 소유격 대명사 minü(나의)와 강물이 굽이치는 곳으로 유목지로서 최상의 지역을 나타내는 tokoi(강의 굽은 곳)의 결합형, minütokoi에서 파생한 형태로 '나의 유목지' 정도의 뜻으로 추정해 볼 수 있다. 만약 manutohai를 투르구트의 왕이 머물던 지역의 고유명사라고 한다면 오늘날 그 위치를 확인할 수 없고 기록상으로도 근거를 찾기 어렵다는 것은 이해하기 어렵다. 만약 manutohai를 보통명사로 이해하면 볼가 강 서쪽 지역을 설명하면서 'hoton baising ni wargi ergi manutohai de isitala emu girin i hinggan bi(이역록下:58b) 성과 마을 서쪽에 manutohai에 이르도록 한 홍안(興安)이 있다'라고 하여 볼가 강 서쪽에도 manutohai가 있다고 한 설명도 이해할 수 있다. 이마니시 슌수(今西春秋:1964)에서는 서쪽의 manutohai에 대해 서술에 오류가 있다고 지적하였으나 manutohai를 거주지, 또는 영역을 뜻하는 보통명사로 풀이하면 해석에 어려움이 없다.

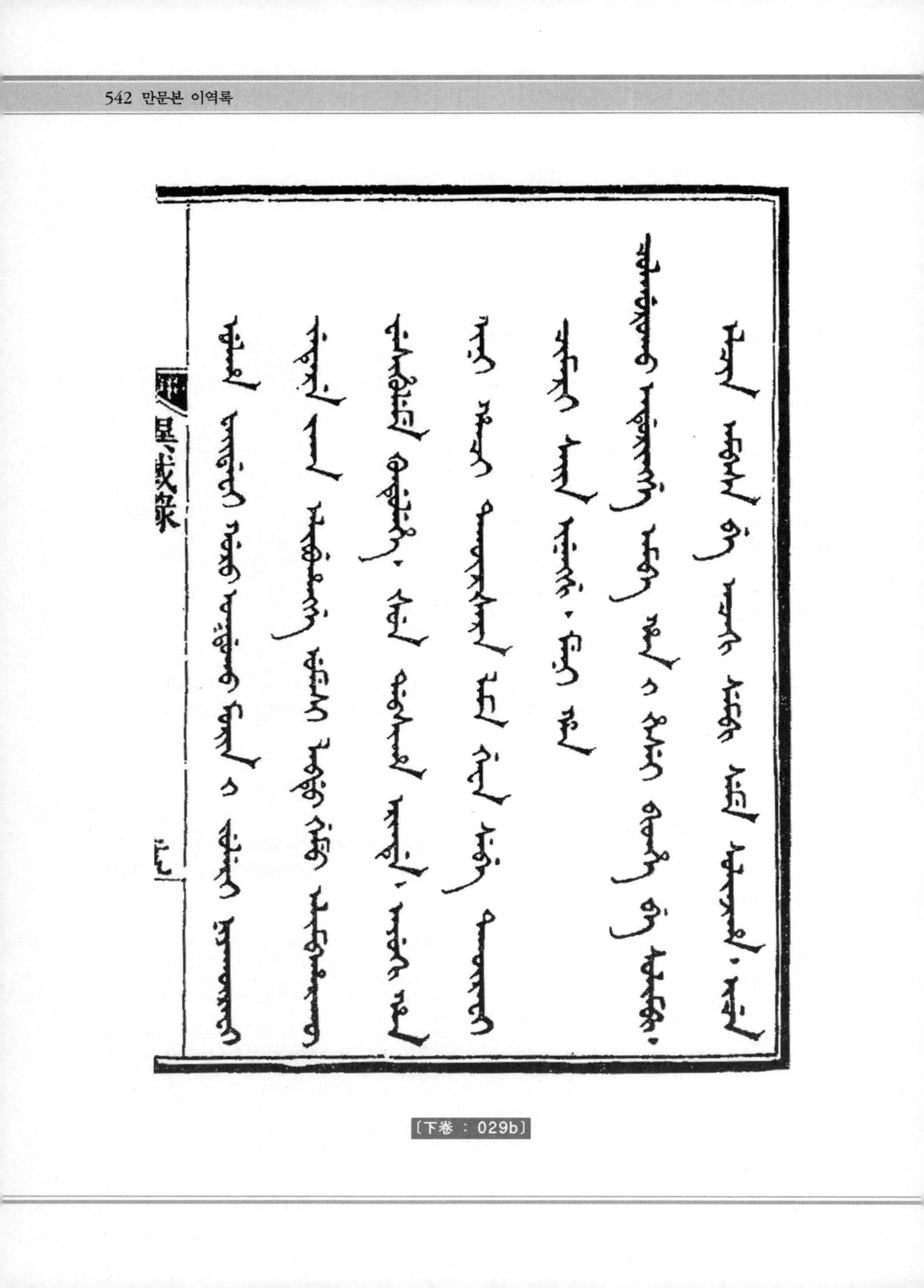

ulha faidafi goro okdoko morin i juleri niyakūrafi
가축 늘어놓고 멀리 맞이하였다. 말 의 앞쪽 무릎꿇고

jetere jaka alibuhangge umesi labdu. gemu alimbaharakū
먹을 것 권한 것 매우 많다. 모두 매우

wesihuleme kundulehe. šun dabsiha erinde, ayuki han
존대하며 공경하였다. 해 진 때에 아유키 汗

ini hanci takūršara lama gewa[285] sebe takūrafi
그의 가까이 부리는 라마 거와 등을 파견하여서

cimari sain inenggi, meni han
내일 좋은 날이다. 우리의 汗

colgoroko enduringge amba han i hesei bithe be solimbi.
빼어나고 성스러운 큰 汗 의 皇旨의 글 을 청한다.

elcin ambasa be acaki sembi seme solinjiha. ice
사신 대신들 을 만나고자 한다 하며 청하러 왔다. 초

[한문]

遠來迎接 以及馬前跪獻食物者甚衆 皆不勝欽敬 至下午 阿玉奇汗差伊特近番僧格瓦等前來禀曰 明朝吉日 我汗恭請至聖大皇帝諭旨 竝會天使 次

—— ◦ —— ◦ —— ◦ ——

늘어놓고 멀리 우리를 맞이하였다. 말 앞에 무릎을 꿇고 많은 먹을 것을 권하였다. 모두 극진히 대접하며 공경하였다. 해가 질 무렵에 아유키 한이 가까이에서 부리는 라마승 거와 등을 파견하여서, "내일이 길일이니, 우리의 한(汗)께서 지성대황제(至聖大皇帝)의 칙서를 청하며, 사신들을 만나고자 한다." 하며 청하러 왔다.

285) gewa(格瓦) : 인명(人名).

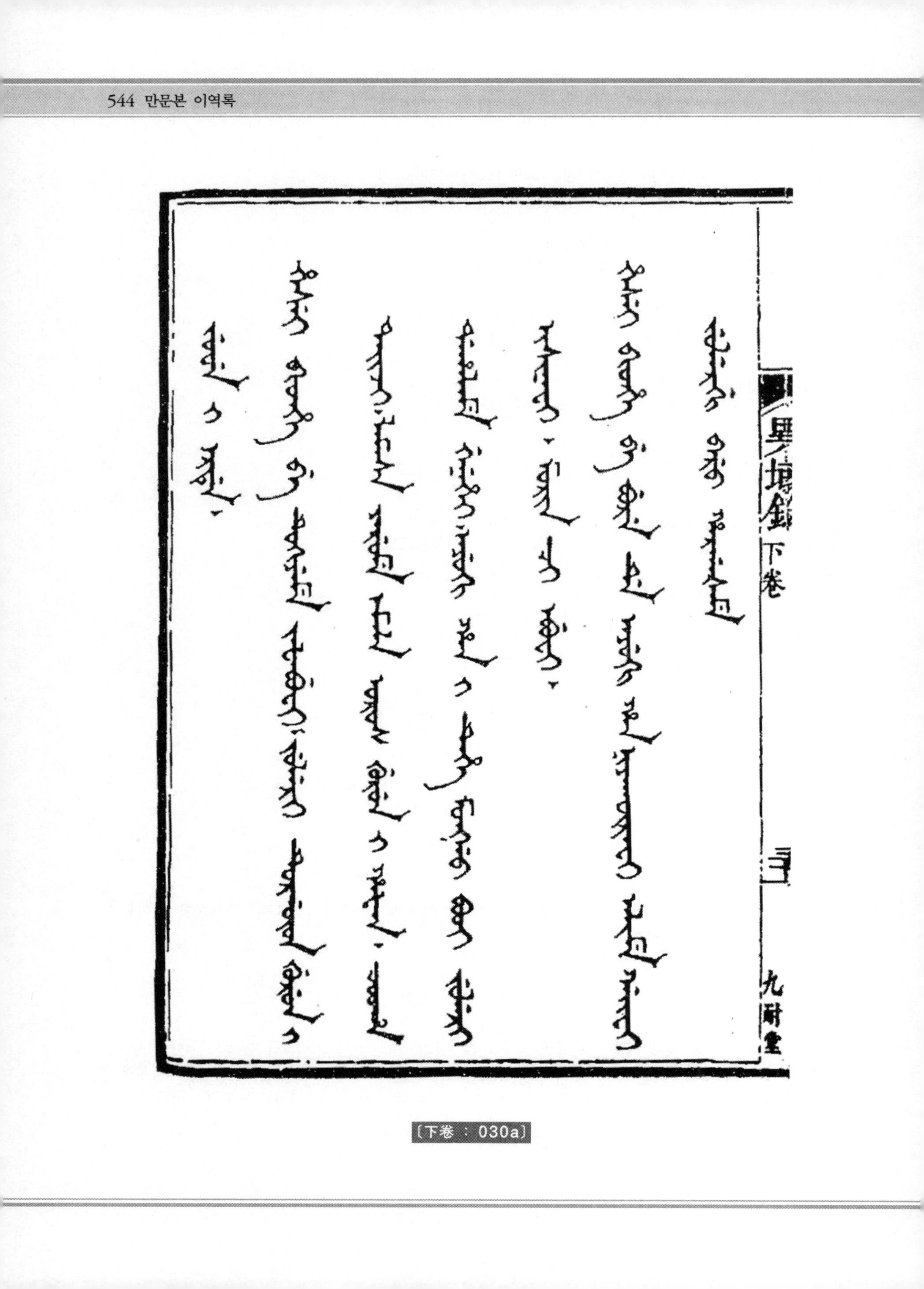

juwe i erde,
이 의 아침

hesei bitbe be tukiyeme jafabufi, juleri turgūt gurun i
皇旨의 글 을 들어 잡게 하고 앞으로 투르구트 나라 의

taiji, lamasa yarume, amala oros gurun i hafan, cooha
타이지 라마들 이끌며 뒤로 러시아 나라 의 관리 병사

dahalame genehei, ayuki han i tehe monggo booi juleri
뒤따라 가면서 아유키 汗 의 살던 蒙古 包의 앞으로

isinafi, morin ci ebufi,
다다라서 말 에서 내려서

hesei bithe be bure de ayuki han niyakūrafi alime gaifi,
皇旨의 글 을 줌 에 아유키 汗 무릎 꿇고 받아 가지고

julergi baru hargašame
앞 쪽 우러러보며

[한문]

早初二日 捧旨前往 土爾扈特國台吉 番僧排列前導 俄羅斯國官兵隨後擁護 至阿玉奇汗幄帳切近 下馬 交遞諭旨 阿玉奇汗跪接 北向恭請東土

—— ◦ —— ◦ —— ◦ ——

2일 아침에, 칙서를 들고 있게 하고, 앞쪽에는 투르구트의 타이지와 라마승들을 세우고, 뒤쪽에는 러시아의 관리와 병사가 뒤따라 가면서, 아유키 한이 사는 몽고포 앞에 다다라서, 말에서 내려 칙서를 주니, 아유키 한이 무릎을 꿇고 받아 들고 앞쪽으로 우러러보며,

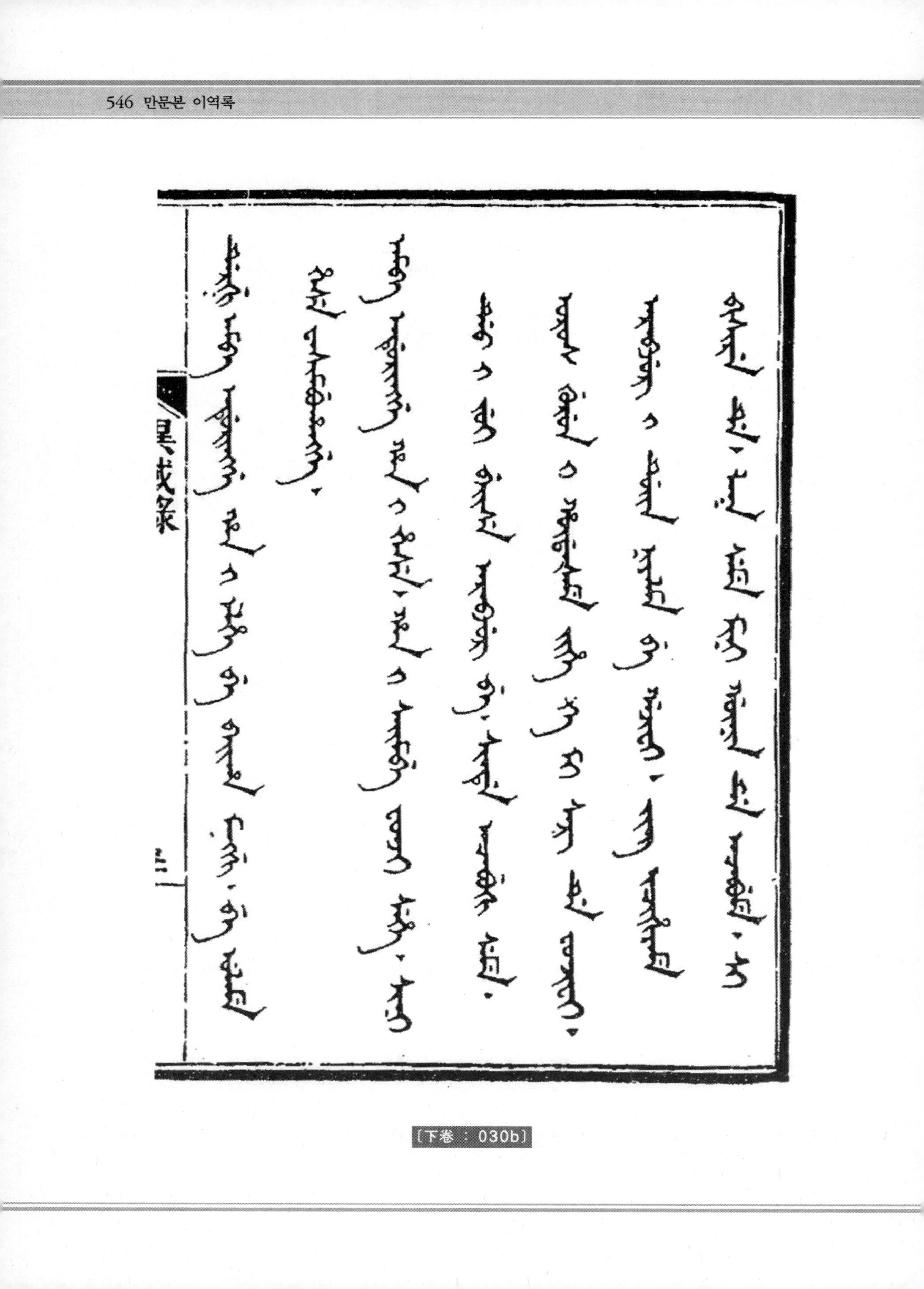

異域錄

dergi amba enduringge han i elhe be baiha manggi, be ulame
위쪽 크고 성스러운 汗 의 평안 을 청한 후 우리 전달하여

hese wasimbuhangge,
皇旨 내려준 것

amba enduringge han i hese, han i saimbe fonji sehe. sini
크고 성스러운 汗 의 皇旨 汗 의 안녕을 물으라 하였다. 너의

deo i jui beise arabjur be, sinde acabuki seme,
동생 의 아들 貝子 아랍주르 를 너에게 만나게 하고자 하여

oros gurun i hūdašame jihe k'a mi sar de fonjifi,
러시아 나라 의 거래하러 온 카 미 사르 에게 물어서

arabjur i duin niyalma be ajifi, jing icihiyame
아랍주르 의 네 사람 을 데리고 바로 처리하고

bisire de, lak seme mini gūnin de acabume, si
있음 에 마침 나의 생각 에 맞추어 너

[한문]

大皇帝萬安畢 我等宣旨曰 大皇帝諭旨 問汗無恙 欲將爾姪貝子阿拉布珠兒發往 使爾團聚 詢問俄羅斯國商人科密薩兒 又將阿拉布珠兒之四人調來 正在料理 恰合朕意 爾

—— ◦ —— ◦ —— ◦ ——

상대황제(上大皇帝)의 평안을 여쭌 후, 우리는 황지(皇旨)를 내리신 것을 전달하기를, “대황제(大皇帝)의 황지(皇旨)에서 한(汗)의 안부를 물으라 하였습니다.” (황지에서 대황제께서 이르시기를,) “그대의 동생의 아들인 버이서(貝子) 아랍주르를 그대와 만나게 해주고자 러시아에서 무역하러 온 카미사르에게 물어서, 아랍주르의 네 사람을 데려와 바로 처리하고 있을 때 마침 내 생각과 같이, 그대가

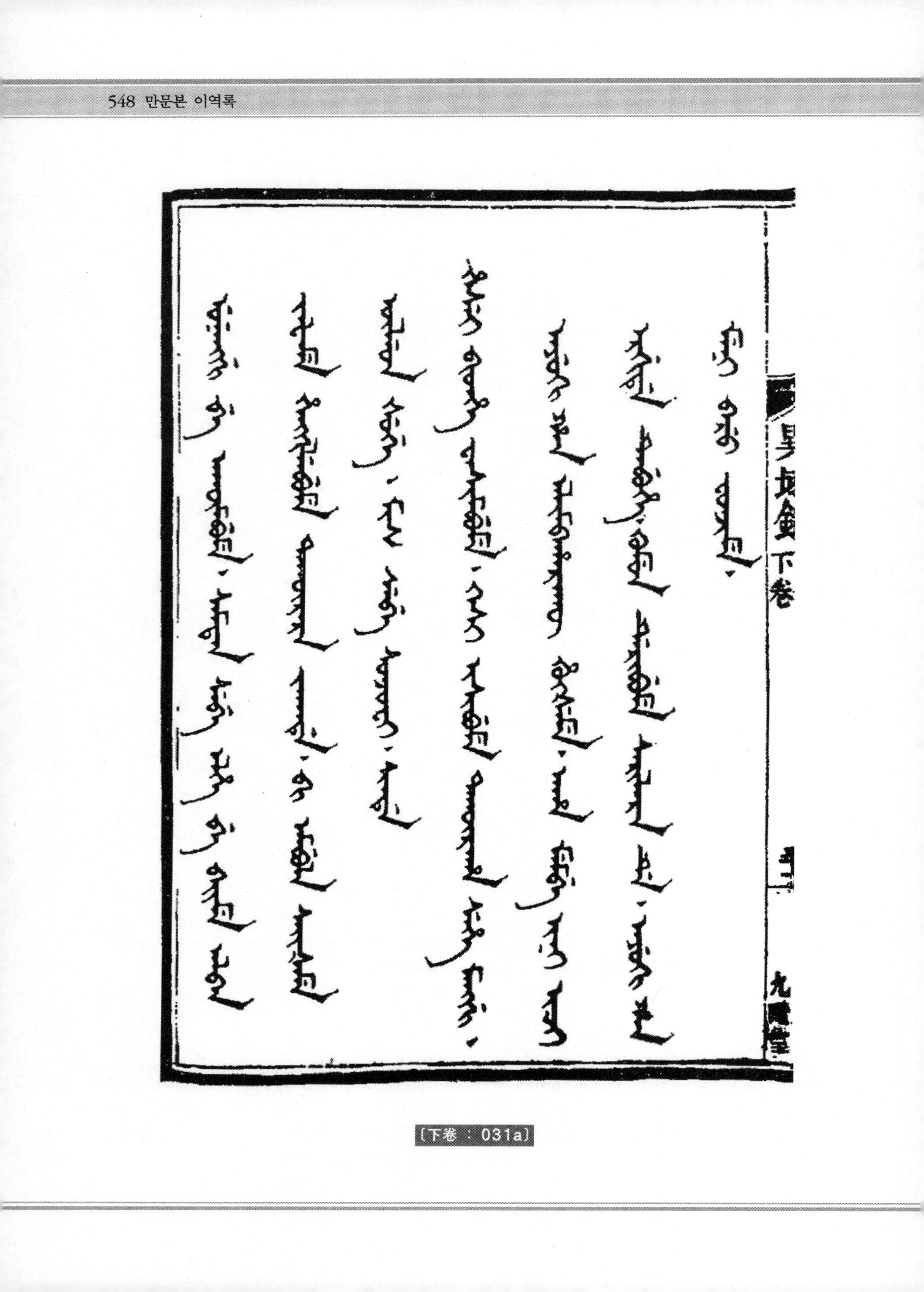

異域錄 下卷

〔下卷 : 031a〕

unenggi be akūmbume, samtan sebe, elhe be aime alban
진심 을 다하여 삼탄 들을 평안 을 청하며 공물

jafame hengkilebume takūrara jakade, bi ambula saišame
가지고 머리를 조아려 파견할 적에 나 크게 기뻐하며

ūlet šuge, mis[286] sebe sonjofi, sinde
오이라트 슈거 미스 들을 뽑고 너에게

hesei bithe wasimbume, kesi isibume takūraha sehe manggi,
皇旨의 글 내려 은덕 미치게 파견하였다 한 후

ayuki han alimbaharakū hukšeme, aha membe ini ici
아유키 汗 매우 감격하여 미천한 우리를 그의 오른

ergide tebuhe. kumun deribume sarilara de, ayuki han
쪽에 앉혔다. 음악 시작하여 잔치함 에 아유키 汗

meni baru fonjime,
우리의 쪽 묻되

[한문]

竭誠特遣使薩穆坦等請安朝覲進貢前來 朕甚嘉念 於是特選厄魯特之舒哥 米斯及我等前來頒發諭旨 恩賞 阿玉奇汗不勝感謝 讓我等坐其右 作樂筵宴 阿玉奇汗恭請

—— ◦ —— ◦ —— ◦ ——

진심을 다하여, 삼탄 등을 평안을 여쭈러 조공하며 미리를 조아려 파견할 적에, 나는 크게 기뻐하며 오이라트의 슈거, 미스 등을 선발하여, 그대에게 칙서를 내려, 은덕이 미치도록 파견하였다." 하시니, 아유키 한이 매우 감격하여, 미천한 우리를 그의 오른쪽에 앉혔다. 음악을 연주하며 잔치를 베풀 때, 아유키 한이 우리에게 묻되,

286) ūlet šuge(舒哥), mis(米斯) : 인명(人名).

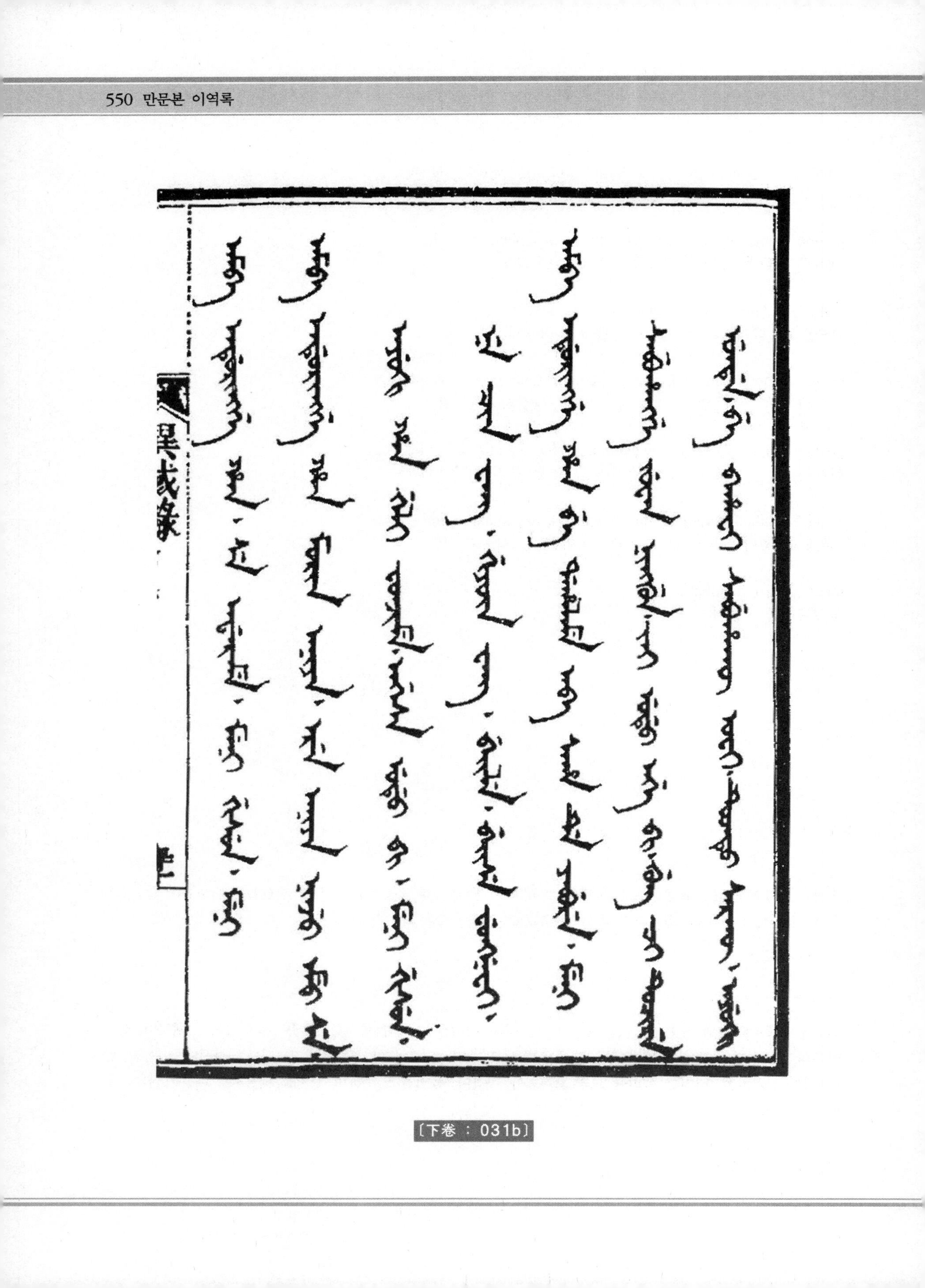

異域錄 下

amba enduringge han, se adarame. meni gisun, meni
크고 성스러운 汗 나이 얼마인가. 우리의 말 우리의

amba enduringge han morin aniya, ninju emu se.
크고 성스러운 汗 말 해 예순 한 살이다.

ayuki han geli fonjime, agese udu bi. meni gisun,
아유키 汗 또 묻되 황자들 얼마나 있는가. 우리의 말

ne cin wang, giyūn wang, beile, beise fungnefi,
지금 親 王 郡 王 貝勒 貝子 봉하여서

amba enduringge han be dahalame aba saha de yabure, meni
크고 성스러운 汗 을 따라 사냥 에 다니고 우리의

sabuhangge juwan ninggun. jai udu age bi, gung ci tucire
본 이 열 여섯이다. 또 얼마나 황자 있는지 궁 에서 나오지

unde, be bahafi sabuhakū ofi, tuttu sarkū, ayuki
못하여 우리 능히 보지 못해서 그렇게 모른다. 아유키

[한문]

大皇帝萬壽 我等答曰 我大皇帝甲午年誕生 今年六十一歲 阿玉奇汗又問 皇子幾位 我等答曰 現今已封親王 郡王 貝勒 貝子及常隨大皇帝射獵 我等得見者共十六人 尚有幾位未出深宮 我等無由瞻仰 不得而知 阿玉奇

—— ◦ —— ◦ —— ◦ ——

"대황제(大皇帝)께서는 연세가 어떻게 되시는가?" 우리가 말하기를, "우리의 대황제(大皇帝)께서는 말띠로, 61살이십니다." 아유키 한이 또 묻되, "황자들은 얼마나 있는가?" 우리가 말하기를, "지금 친왕(親王), 군왕(郡王), 버이러(貝勒), 버이서(貝子)로 봉하여서, 대황제(大皇帝)를 따라 사냥을 다니는 이는 우리가 본 것만 16명입니다. 그리고 얼마나 황자가 더 있는지, 궁에서 나오지 못하여 우리가 능히 보지 못해 이에 대해서는 모릅니다." 아유키

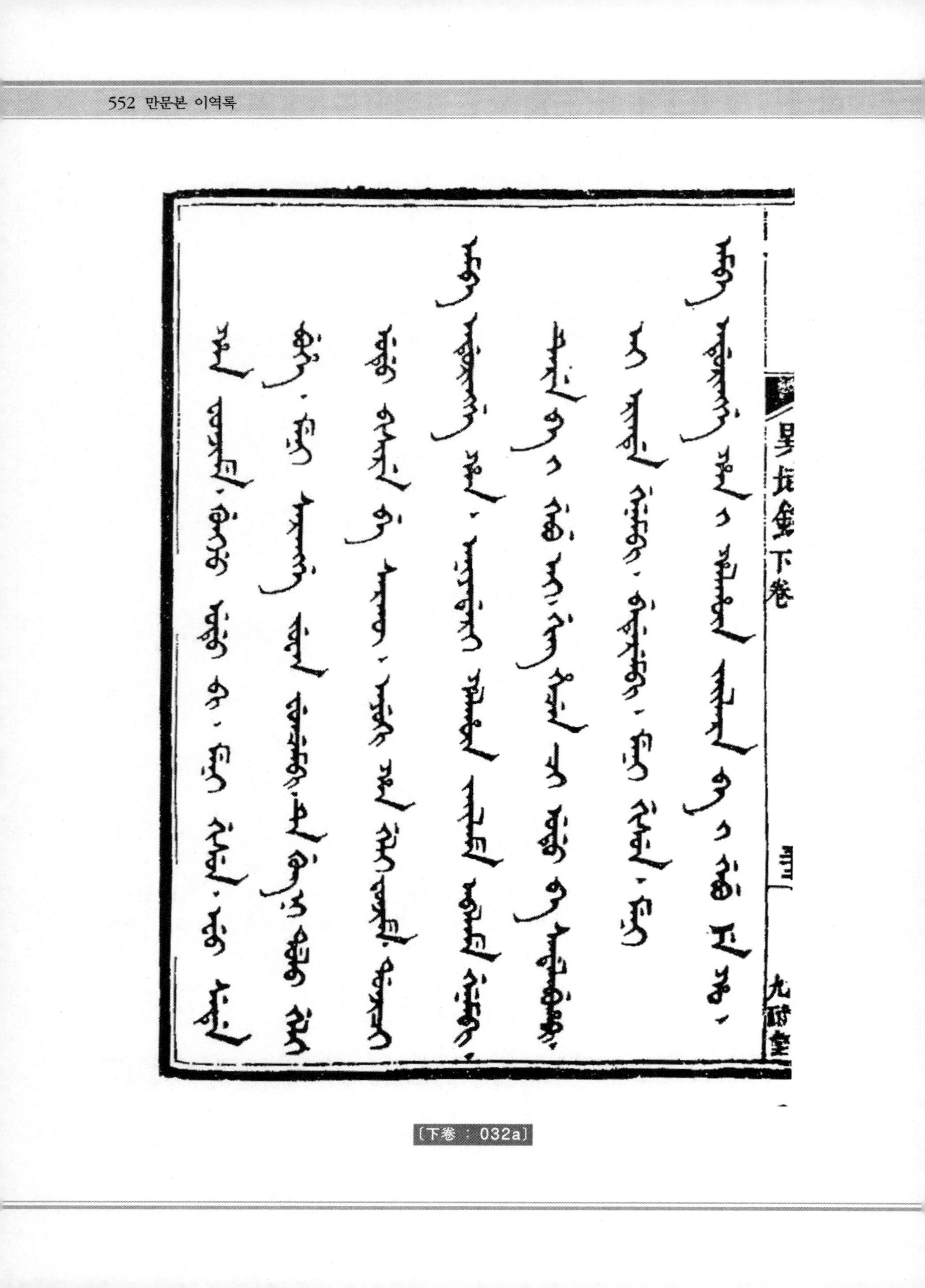

異域錄 下卷 三十二 九畹堂

[illegible]

han fonjime, gungju udu bi. meni gisun, efu sede
汗 묻되 公主 얼마나 있는가, 우리의 말 駙馬 등에게

buhe meni sarangge juwan funcembi. te gung ni dolo geli
준 우리의 아는 이 열 넘는다. 지금 궁 의 안 또

udu bisire be sarkū. ayuki han geli, fonjime, donjici
얼마 있는지 우리 알지 못한다. 아유키 汗 또 묻되 듣자하니

amba enduringge han, aniyadari halhūn jailame abalame genembi.
크고 성스러운 汗 해마다 더위 피하여 사냥하러 간다.

tere ba i gebu ai. ging hecen ci udu ba sandalabuhabi.
그 곳 의 이름 무엇인가. 京 城 에서 몇 리 떨어져있는가.

ai erinde genembi, bederembi. meni gisun, meni
어느 때에 가고, 돌아오는가. 우리의 말 우리의

amba enduringge han i halhūn, jailara ba i gebu ze ho,
크고 성스러운 汗 의 더위 피하는 곳 의 이름 熱 河

[한문]

汗問公主幾位 我等答曰 已經下嫁 我等所知者十數位 今宮壼中尚有幾位 亦不得而知 阿玉奇汗又問 聞得大皇帝每歲避暑行圍所係何地名 相去京師幾多遠 近於何時往返 我等答曰 我大皇帝避暑之處 名熱河

—— ◦ —— ◦ —— ◦ ——

한이 묻되, "공주는 얼마나 있는가?" 우리가 대답하기를, "부마 등에게 시집보낸 이가 우리가 아는 이만 해도 10명이 넘습니다. 지금 궁 안에 또 얼마나 있는지 우리는 알지 못합니다." 아유키 한이 다시 묻되, "듣자하니 대황제(大皇帝)께서는 해마다 더위를 피하여 사냥하러 간다고 하는데, 그곳의 이름은 무엇인가? 경성(京城)에서 몇 리나 떨어져 있는가? 언제 가고 돌아오는가?" 우리가 말하기를, "우리의 대황제(大皇帝)께서 더위를 피하는 곳의 이름은 열하(熱河),

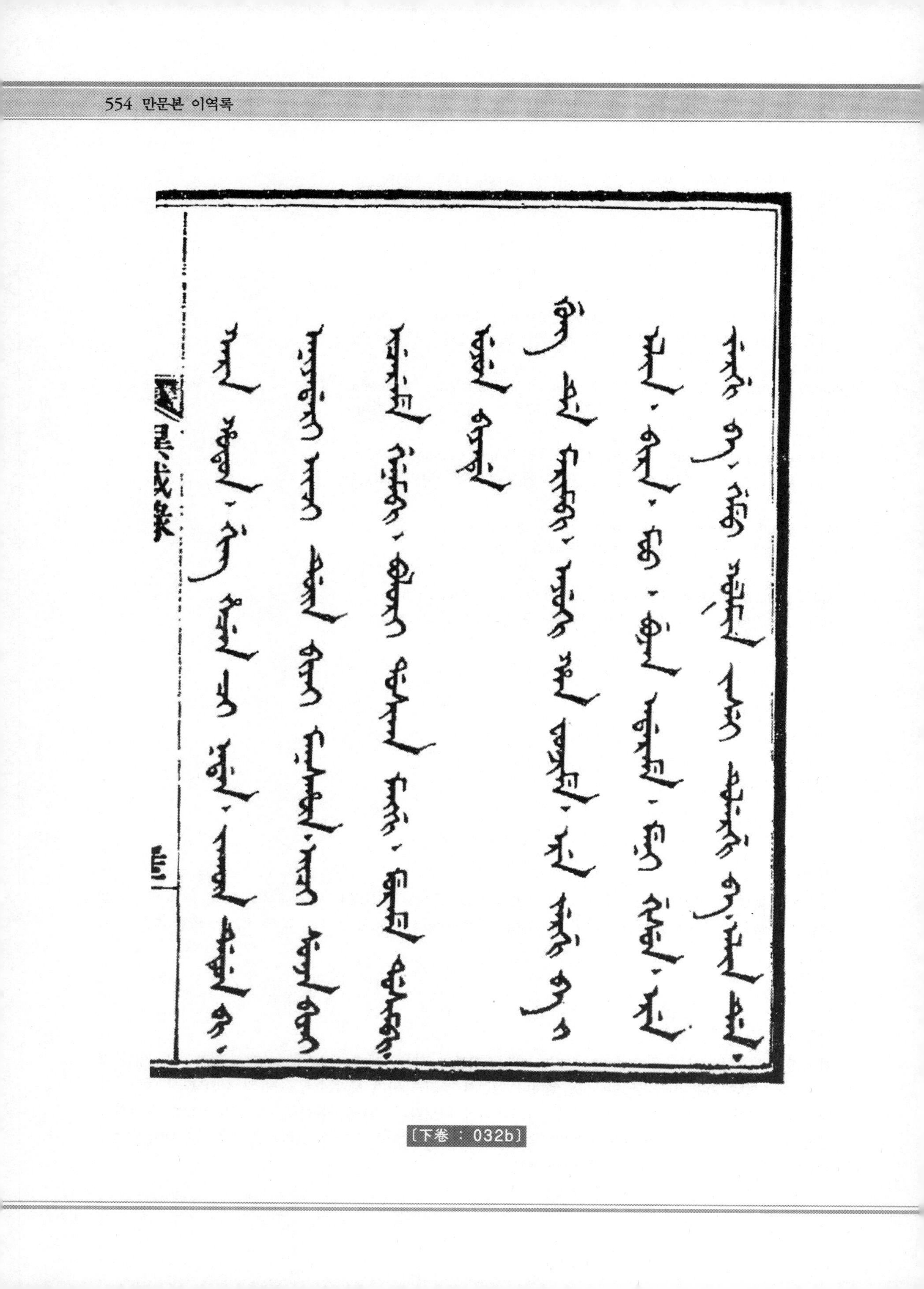

異域錄

kara hoton.[287] ging hecen ci nadan, jakūn dedun bi.
카라 城. 京 城 에서 일곱 여덟 참 이다.

aniyadari eici duin biyai manashūn, eici sunja biyai
해마다 혹 사 월의 말 혹은 오 월의

icereme genembi. bolori dosika manggi, murame dosimbi.
상순에 간다. 가을 든 후 사슴 사냥하러 들어간다.

uyun biyade
구 월에

gung de marimbi. ayuki han fonjime, ere jergi ba i
궁 에 돌아온다. 아유키 汗 묻되 이 종류 지역 의

alin, bira, moo, bujan adarame. meni gisun, ere
산 강 나무 수풀 어떠한가? 우리의 말 이

jergi ba, gemu golmin jasei tulergi ba. alin den,
같은 곳 모두 長 城의 바깥 지역이다. 산 높고

[한문]

及喀喇河屯 離都城七八日路 每歲或四月盡 或五月初起駕 立秋後哨鹿完日 九月間回鑾 阿玉奇汗問此地山川樹木林藪如何 我等言 此地在長城邊外 有高山

—— ◦ —— ◦ —— ◦ ——

카라 성(城)입니다. 경성(京城)에서 7-8일 정도 걸립니다. 해마다 4월 말이나 5월 초에 갑니다. 가을이 되면 사슴을 사냥하러 갔다가 9월에 궁에 되돌아옵니다." 아유키 한이 묻되, "이곳의 산, 강, 나무, 수풀은 어떠한가?" 우리가 말하기를, "이곳은 모두 만리장성의 바깥입니다. 산이 높고,

287) kara hoton(喀喇 河屯) : 하라 호톤. 하라 호톤은 흑성(黑城)이란 뜻의 몽골어이다. 청나라 때 만리장성 밖에 가장 이른 시기에 이곳에 최대 규모로 세운 황가(皇家)의 궁원(宮苑)인 피서산장(避暑山莊)을 세웠다. 강희 40년(1701年) 12월 18일 건축을 시작하여 강희 43년(1704年) 완공하였다. 승덕시(承德市) 쌍란구(雙灤區) 난하진(灤河鎮) 서북쪽, 난하(灤河)와 이손하(伊遜河)가 만나는 곳의 남북 양안(兩岸)에 위치하고 있다.

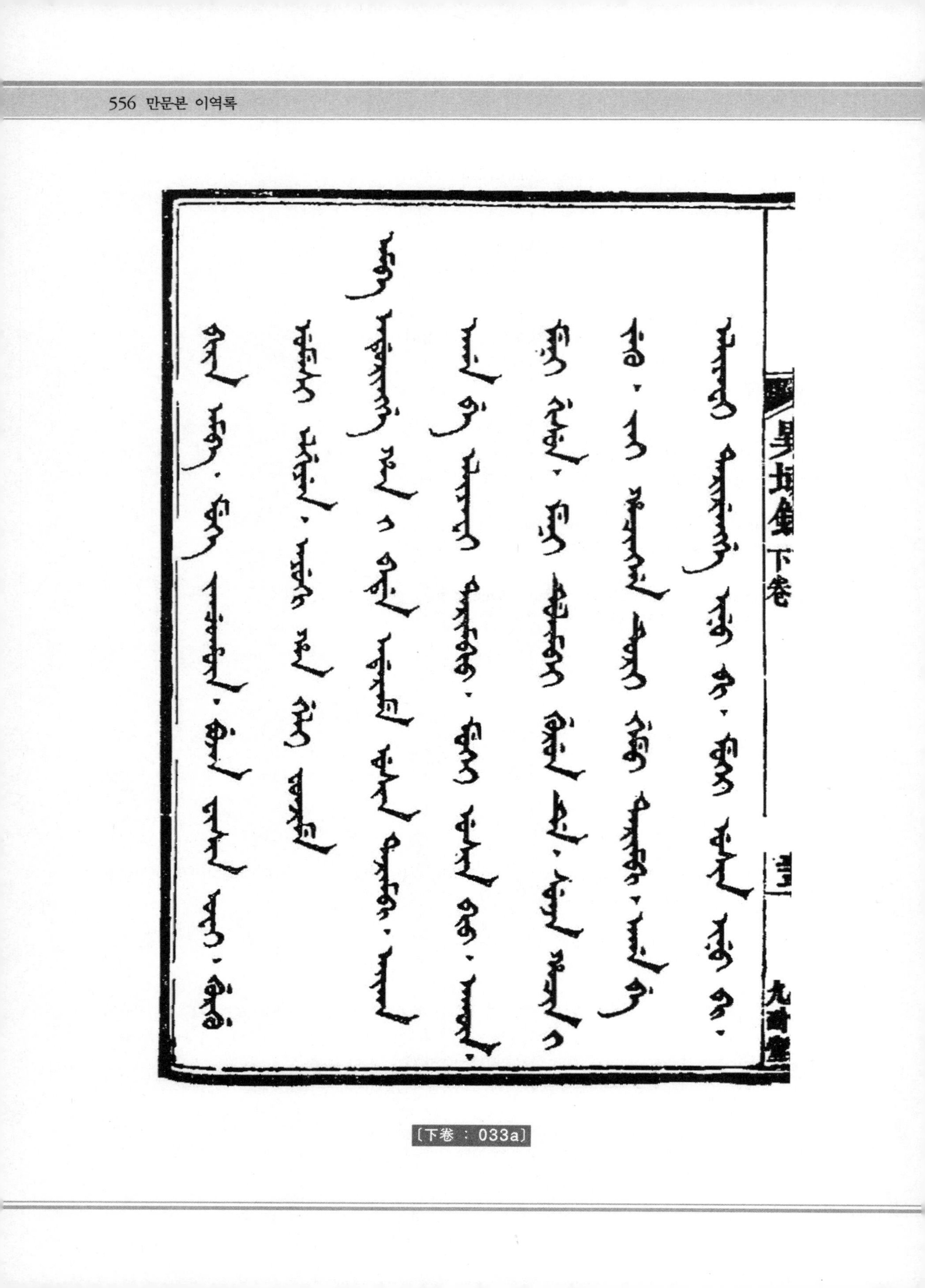

異域錄 下卷

bira amba, muke jancuhūn. bujan fisin ofi, gurgu
강 크고 물 달다. 수풀 빽빽해서 길짐승

umesi elgiyen. ayuki han geli fonjime,
매우 풍족하다. 아유키 汗 또 묻되

amba eriduringge han i bade adarame usin tarimbi. aika
크고 성스러운 汗 의 땅에 어떻게 밭 경작하는가, 혹시

aga be aliyafi tarimbio. mukei usin bio, akūn.
비 를 기다려서 경작하는가. 물의 밭 있는가, 없는가.

meni gisun, meni dulimbai gurun de, sunja hacin i
우리의 말 우리의 中 國 에 다섯 종류 의

jeku, jai hacingga turi gemu tarimbi. aga be
곡식 그리고 각종 콩 모두 경작한다. 비 를

aliyafi tarirengge inu bi. mukei usin inu bi.
기다려서 경작하는것 도 있다. 물의 밭 도 있다.

[한문]

大川 水極甘美 林木茂盛 禽獸蕃息 阿玉奇汗又問 大皇帝處如何耕種 或待雨播種 可有水田否 我等答曰 我中國五穀及各種豆菽 無不栽種 亦有待雨水播種者 亦有水田

―― ◦ ―― ◦ ―― ◦ ――

강이 크고, 물이 답니다. 수풀이 조밀하며, 길짐승이 매우 많습니다." 아유키 한이 또 묻되, "대황제(大皇帝)의 땅에서는 어떻게 밭을 경작하는가? 혹시 비를 기다려서 경작하는가? 논은 있는가? 없는가?" 우리가 말하기를, "우리 중국에 5종의 곡식, 그리고 갖가지 콩을 모두 경작합니다. 비를 기다려서 경작하는 것도 있고, 논도 있습니다."

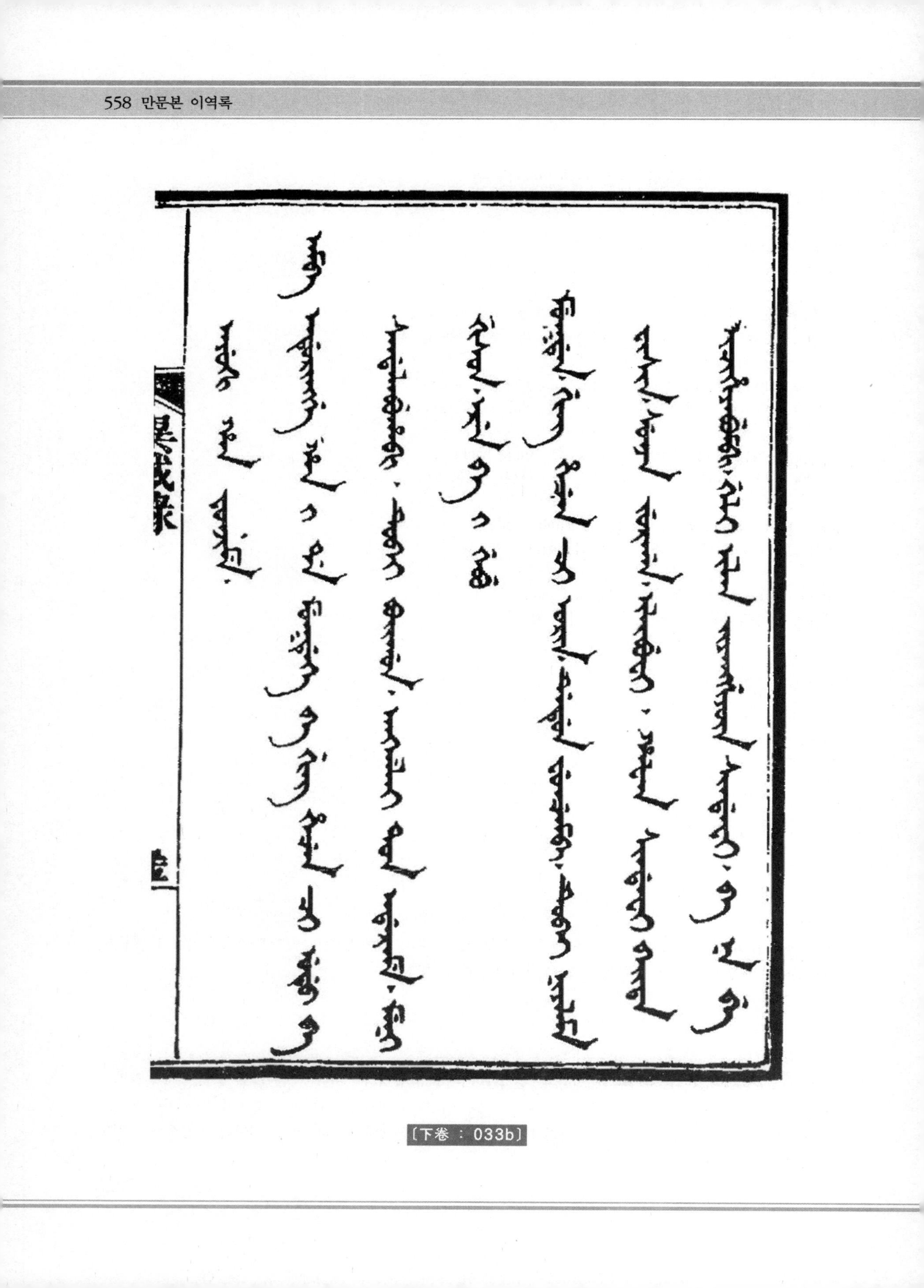

異域錄

ayuki han fonjime,
아유키 汗 묻되

amba enduringge han i da mukdeke ba ging hecenci udu ba
크고 성스러운 汗 의 본래 홍기한 곳 京 城에서 몇 리

sandalabuhabi. tubai boigon, anggalai ton adarame. meni
떨어져있는가. 그곳의 가구 人口의 수 어떠한가. 우리의

gisun, ere ba i gebu
말 이 곳 의 이름

mukden, ging hecen ci orin dedun funcembi. tubai niyalma
興京 京 城 에서 이십 站 넘는다. 그곳의 사람

fisin, sunja jurgan[288] ilibufi, hafan sindafi, baita
조밀하고 五 部 세워서 관리 두고 일

icihiyabumbi. geli ilan jiyanggiyūn[289] sindafi, ba na be
처리하게 한다. 또 세 將軍 두고 地 域 을

[한문]

阿玉奇汗又問 大皇帝龍興之處 相隔都城幾多遠近 人烟多少 我等答曰 此處名盛京 自都城行二十餘日可至 彼處人烟稠密 設立五部衙門 建官管理 又安設三將軍

—— ◦ —— ◦ —— ◦ ——

아유키 한이 묻되, "대황제(大皇帝)께서 본래 홍기한 곳이 경성(京城)에서 몇 리 떨어져 있는가? 그곳의 가구와 인구(人口)의 수는 어떠한가?" 우리가 말하기를, "이곳의 이름은 심양입니다. 경성(京城)에서 20일 정도 걸립니다. 그곳의 사람은 조밀하고, 오부(五部)를 세워서 관리 두고 일을 처리하게 합니다. 또 세 장군을 두고, 지역을

288) sunja jurgan : 성경오부아문(盛京五部衙門)을 말한다.
289) ilan jiyanggiyūn : 3 장군이라는 뜻으로 성경(盛京), 길림(吉林), 흑룡강(黑龍江)에 각각 장군을 두었다.

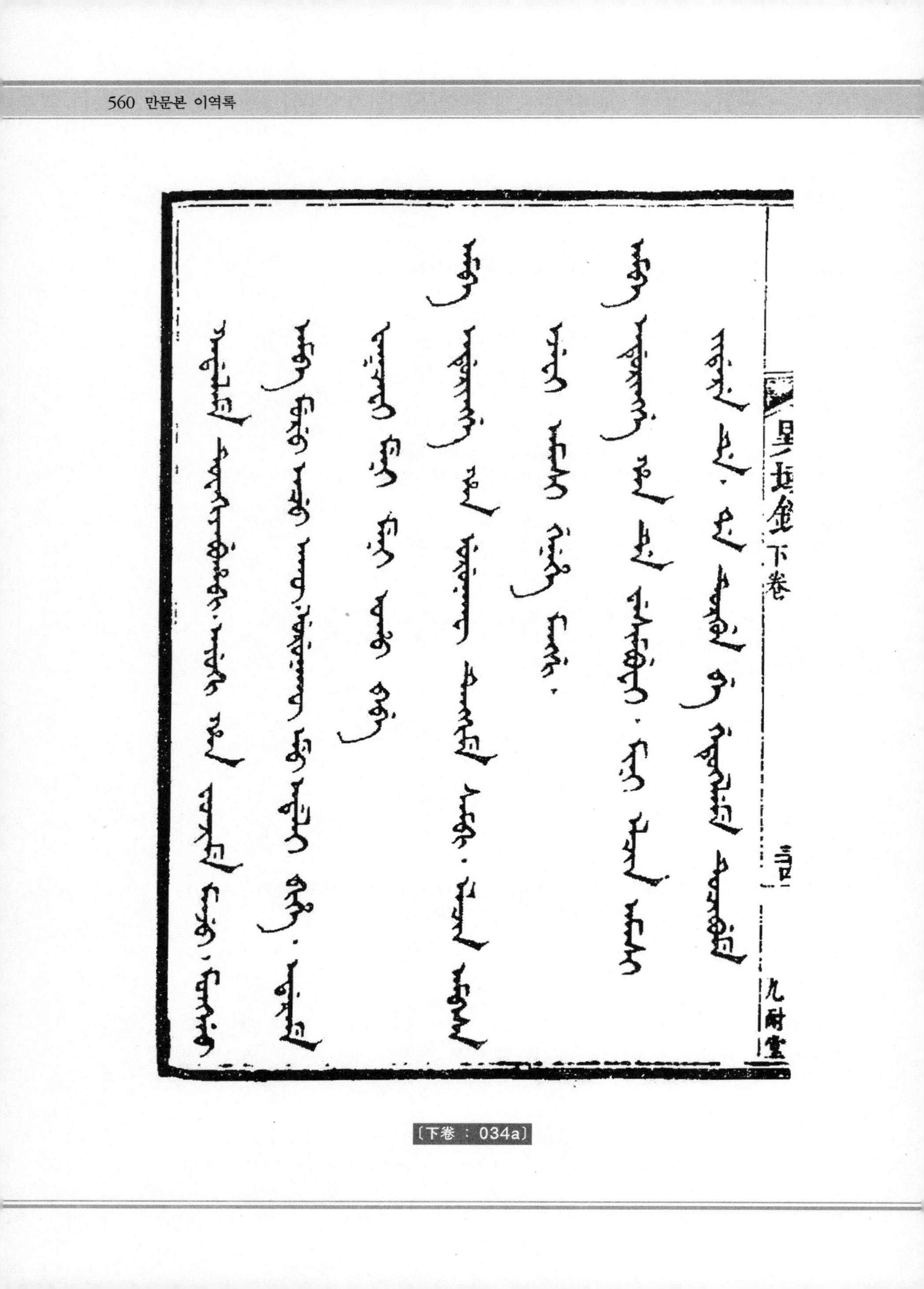

異域錄 下卷 三四 九耐堂

〔下卷 : 034a〕

kadalame tuwakiyabuhabi. ayuki han fonjime, manju, monggo
관할하며 지키게 하였다. 아유키 汗 묻되 만주인 몽골인

amba muru encu akū. urunakū emu adali bihe. adarame
크게 모습 다르지 않다. 반드시 한 가지 이었다. 어찌

fakcafi meni meni oho babe
분열되어서 각 각 된 바를

amba enduringge han urunakū tengkime sambi. elcin ambasa
크고 성스러운 汗 반드시 깊게 안다. 사신 대신들

ejefi amasi genehe manggi,
기록하여서 돌아 간 후

amba enduringge han de wesimbufi, mini elcin amasi
크고 성스러운 汗 에게 올려서 나의 사신 돌아

jidere de, da turgun be getukeleme tucibubume
옴 에 내력 을 분명하게 내어서

[한문]

彈壓地方 阿玉奇汗問 滿洲 蒙古大率相類 想起初必係同源 如何分而各異之處 大皇帝必已洞鑒 煩天使留意 回都時可奏知大皇帝 我所遣之人來時 將此原由懇乞降

—— ◦ —— ◦ —— ◦ ——

관할하며 지키게 하였습니다.” 아유키 한이 묻되, “만주인, 몽골인은 크게 다르지 않다. 필시 동족이었다. 어째서 분열하여서 따로따로 되었는지를 대황제(大皇帝)께서는 반드시 깊이 알 것이다. 사신들이 기록해 두었다가 돌아간 후, 대황제(大皇帝)께 주상한 후, 내 사신이 돌아올 때에, 내력을 분명히 하여

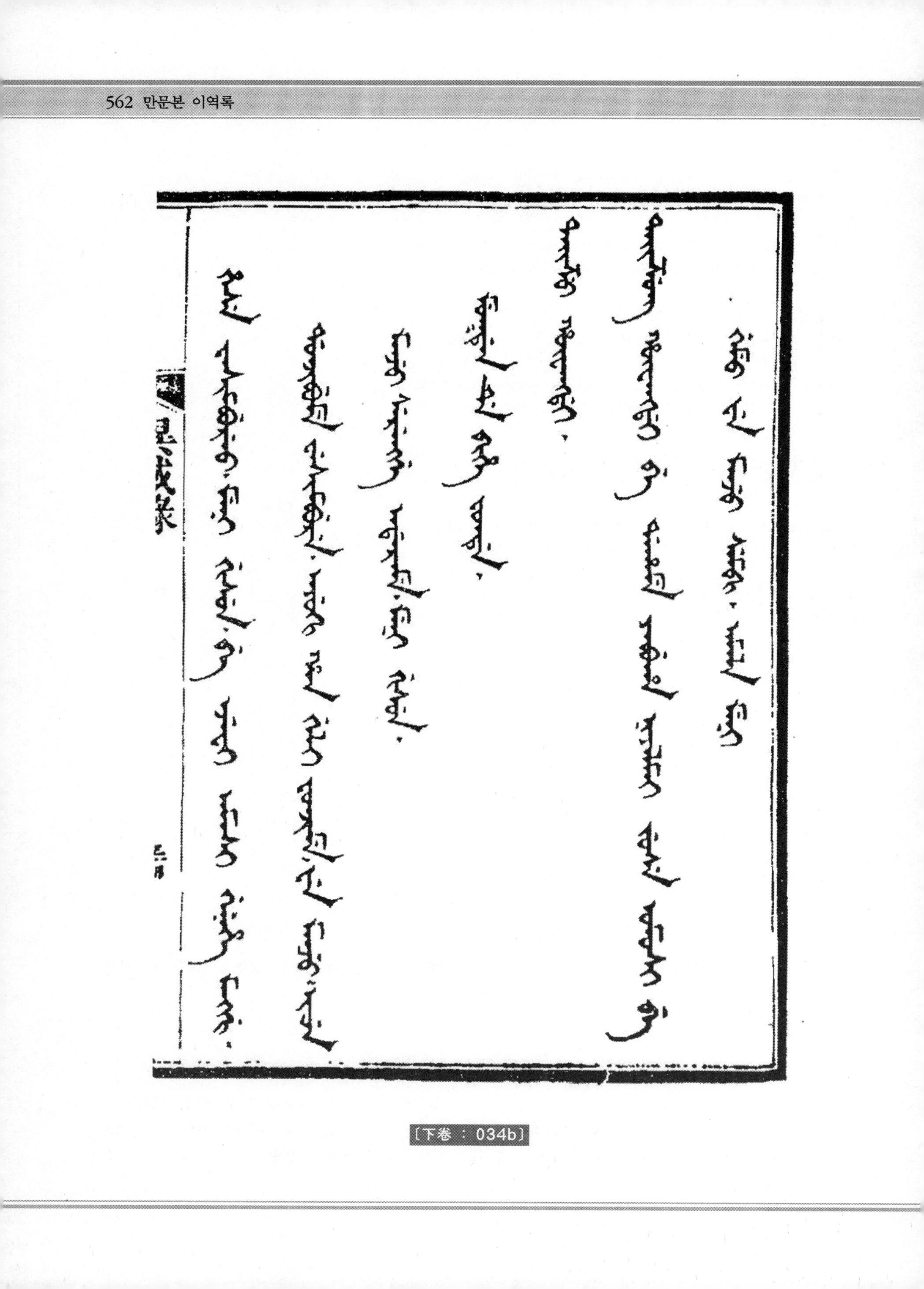

異域錄 三四

hese wasimbureo. meni gisun, be ejefi, amasi genehe manggi,
皇旨 내리게 하소서. 우리의 말 우리 기록하고 돌아 간 후

donjibume wesimbure. ayuki han geli fonjime, fe manju, ice
듣게 하러 올릴 것이다. 아유키 汗 또 묻되 구 만주 신

manju serengge adarame. meni gisun,
만주 하는 것 뭐냐? 우리의 말

mukden de bihe fonde,
興京 에 있던 무렵에

taidzu hūwangdi,
太祖 황제

taidzung hūwangdi be dahame yabuha niyalmai juse omosi be
太宗 황제 를 따라 간 사람의 자식 손자 를

gemu fe manju sembi. amala meni
모두 구 만주 한다. 후에 우리의

[한문]

旨明示 我等答曰 我等留意回日奏聞 阿玉奇汗又問滿洲何以有新舊名色 我等答曰 初在盛京時 扈從太祖皇帝 太宗皇帝人之子孫 俱稱舊滿洲

—— ◦ —— ◦ —— ◦ ——

황지(皇旨)를 내리시게 하지 않겠는가?" 우리가 말하기를, "우리가 이를 기록해서 돌아간 후, 황제께 주상하겠습니다." 아유키 한이 또 묻되, "구만주, 신만주라는 것은 무엇인가?" 우리가 대답하기를, "심양에 있던 무렵에 태조(太祖) 황제와 태종(太宗) 황제를 따라 간 사람의 자손을 모두 구만주라고 합니다. 이후 우리의

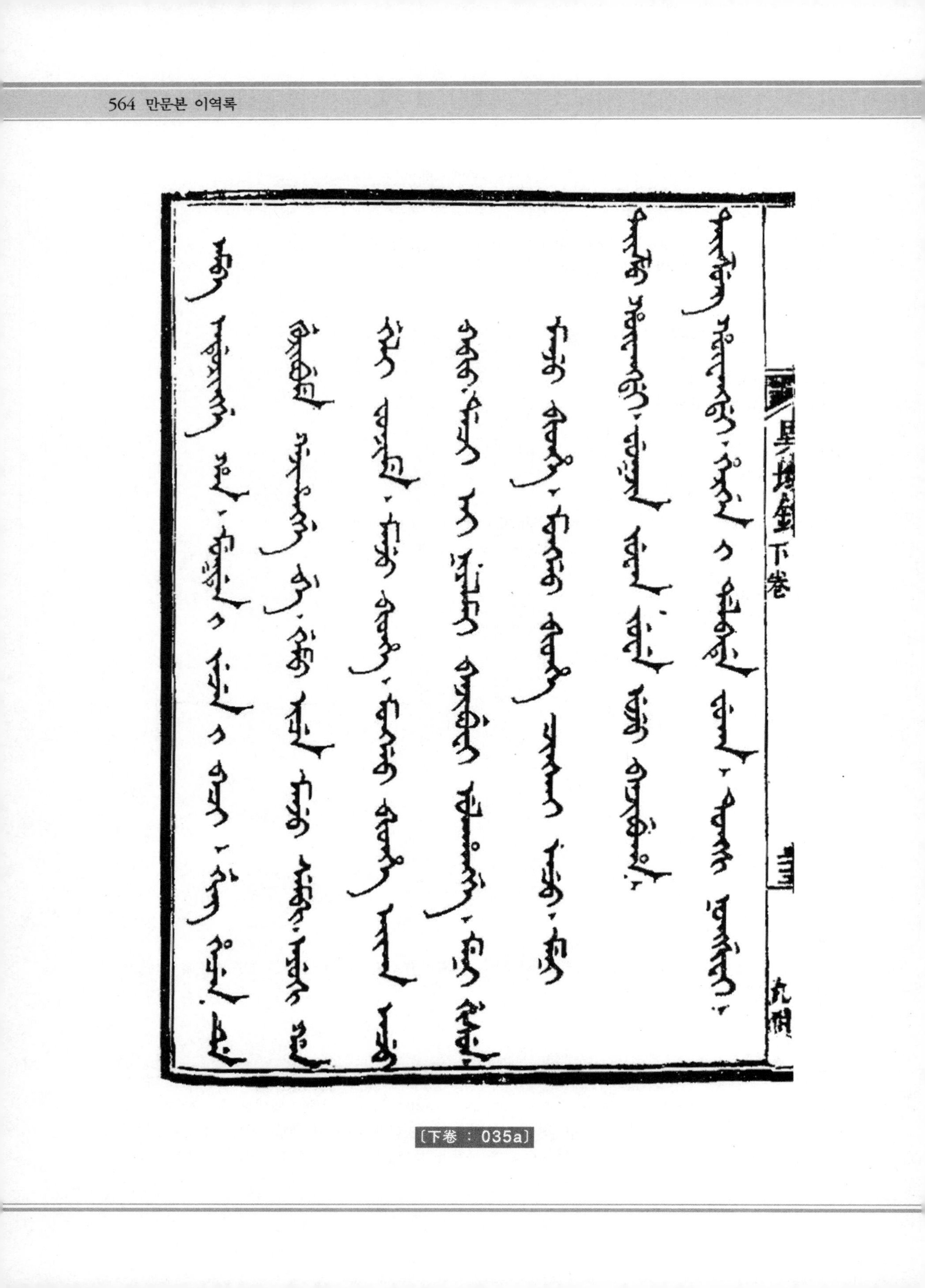

amba enduringge han, mukden i jecen i baci, ging hecen de
크고 성스러운 汗 興京 의 변경 의 곳에서 京 城 에

guribume gajihangge be, gemu ice manju sembi. ayuki han
옮겨 데려온 이 를 모두 신 만주 한다. 아유키 汗

geli fonjime, manju bithe, monggo bithe aika encu
또 묻되 만주 글 몽고 글 어떤 다른

babio. daci ai niyalmai banjibufi ulahangge. meni gisun,
곳 있는가, 본래부터 어떤 사람의 만들어내서 전한 것인가? 우리의 말

manju bithe, monggo bithe cingkai encu. meni
만주 글 몽고 글 완전히 다르다. 우리의

taidzu hūwangdi, fukjin juwan juwe uju banjibuha.
太祖 황제 처음 열 두 頭 만들어 냈다.

taidzung hūwangdi, hergen i dalbade fuka, tongki nonggifi,
太宗 황제 글자 의 곁에 圈 點 더하여서

[한문]

其在盛京邊界地方居住 後因我大皇帝遷居京師者 皆係新滿洲 阿玉奇汗又問 清文與蒙古字有同異否 原係何人創制流傳 我等答曰 清文與蒙古字大相懸異 我太祖皇帝始制十二字頭 太宗皇帝於字傍復增圈點

—— ◦ —— ◦ —— ◦ ——

대황제(大皇帝)께서 심양의 변경에서 경성(京城)로 데려온 이를 모두 신만주라고 합니다." 아유키 한이 또 묻되, "만주 문자와 몽골 문자는 다른 점이 무엇인가? 본래 누가 창제하여 전해오는 것인가?" 우리가 말하기를, "만주 문자와 몽골 문자는 완전히 다른 것입니다. 우리의 태조(太祖) 황제께서 처음으로 12자두(字頭)를 창제하셨습니다. 태종(太宗) 황제께서는 글자의 옆에 권과 점을 더하여서

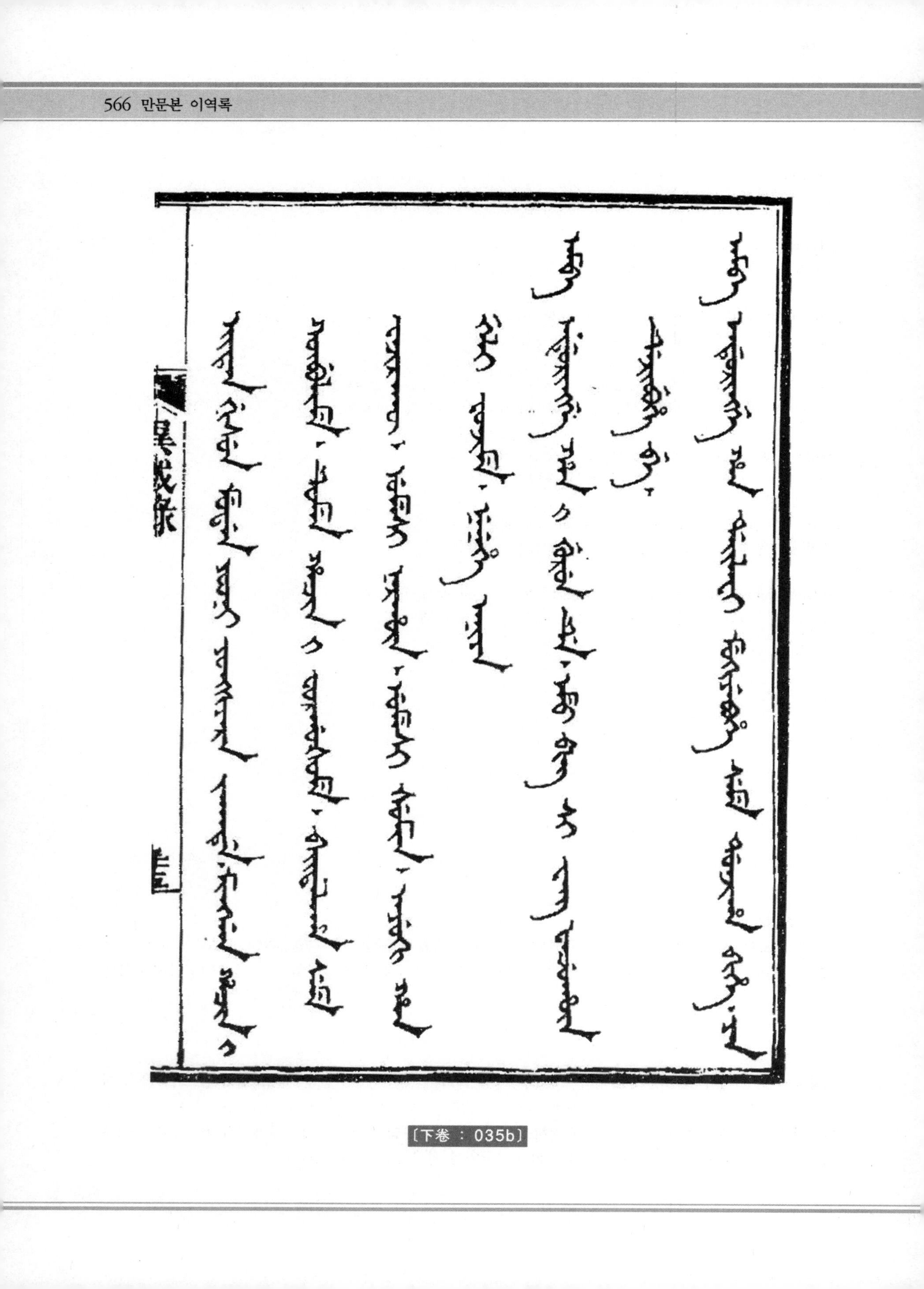

異域錄

eiten gisun mudan yooni yongkiyara jakade, minggan hacin i
온갖 말 소리 모두 완비할 적에 천 종류 로

kūbulime, tumen hacin i forgošome, baitalaha seme
변하고 萬 종류 로 바뀌어 사용하였다 해도

wajirakū. umesi narhūn, umesi šumin. ayuki han
다하지 않는다. 매우 정교하고 매우 심오하다. 아유키 汗

geli fonjime, nenehe aniya
또 묻되 지난 해

amba enduringge han i gurun de, emu ping si wang[290] facuhūn
크고 성스러운 汗 의 나라 에 한 平 西 王 난

deribuhe be,
일으킨 것 을

amba enduringge han dailafi mukiyebuhe seme donjiha bihe. ya
크고 성스러운 汗 정벌하여서 멸망시켰다 하고 들었었다. 어느

[한문]

竝諧音韻 於是千變萬化 其用無窮 至精至奧 阿玉奇汗又問 曩時聞得大皇帝國中有一平西王作亂 大皇帝勦除翦滅 係

—— ◦ —— ◦ —— ◦ ——

온갖 말소리를 모두 적을 수 있게 할 적에 만 종류로 변하고 천 종류로 운용하여도 끝나지 않습니다. 매우 정교하고 매우 심오합니다." 아유키 한이 또 묻되, "지난해에 대황제(大皇帝)의 나라에서 평서왕(平西王)이 난을 일으킨 것을 대황제(大皇帝)께서 정벌하시어 멸망시켰다고 들었다. 어느

290) ping si wang(平西王) : 오삼계를 가리킨다. 평서왕으로 책봉된 것은 순치(順治) 원년(元年)이다.

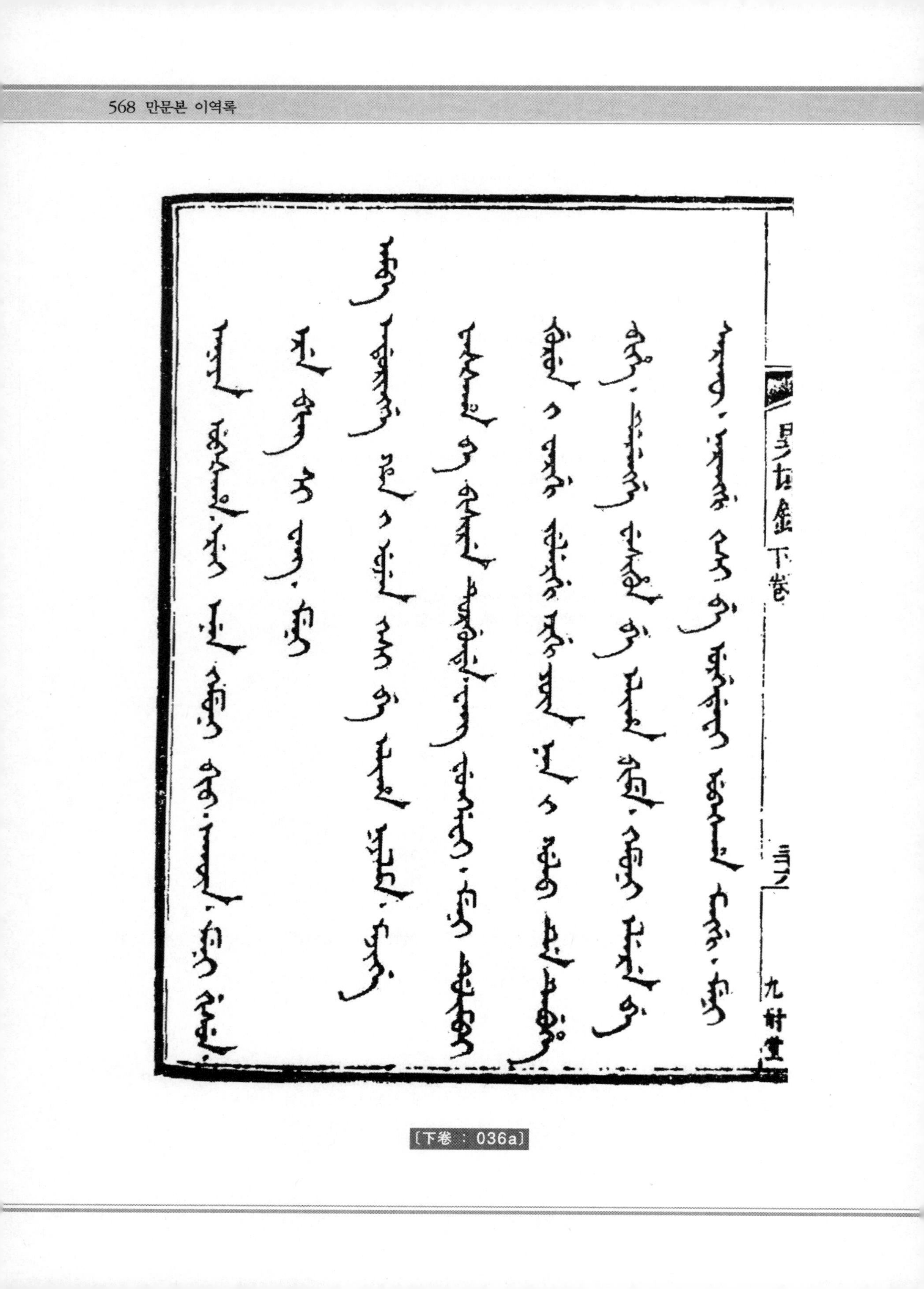

aniya ubašaha. erei enen kemuni bio, akūn. meni gisun,
해 모반하였는가. 이의 후예 여전히 있는가. 아닌가. 우리의 말

ere ping si wang, meni
이 平 西 王 우리의

amba enduringge han i ujen kesi be aliha niyalma. majige
크고 성스러운 汗 의 무거운 은덕 을 받은 사람이다. 조금

faššaha ba bisire turgunde, wang fungnefi, meni dulimbai
노력한 바 있을 까닭에 왕 봉하여 우리의 中

gurun i wargi julergi ergi yūn nan i golo de tebuhe
國 의 서 남 쪽 雲 南 의 지방 에 살게 하였다.

bihe. derengge wesihun be aliha bime, kemuni elere be
명망 존귀함 을 받았으면서 여전히 만족함 을

sarkū. naranggi kesi be urgedefi ubašaha manggi, meni
모른다. 마침내 은덕 을 저버리고 모반한 후 우리의

[한문]

何年叛逆 尙有遺孽否 我答答曰 平西王受我大皇帝隆恩 念其少有微勞 封爲王爵 安置我中國西南隅雲南地方 安享榮華 尙不自足 竟負恩叛逆 我

—— ∘ —— ∘ —— ∘ ——

해에 모반을 하였는가? 그의 후예는 여전히 살아 있는가, 죽었는가?" 우리가 말하기를, "이 평서왕(平西王)은 우리의 대황제(大皇帝)의 무거운 은덕을 받은 사람입니다. 조금 노력한 바가 있는 까닭에, 왕으로 봉하여 우리 중국의 서남쪽 운남(雲南) 지방에 머물게 하였습니다. 명성과 높은 벼슬을 받았지만 여전히 만족함을 몰라, 마침내 은덕을 저버리고 모반한 후, 우리의

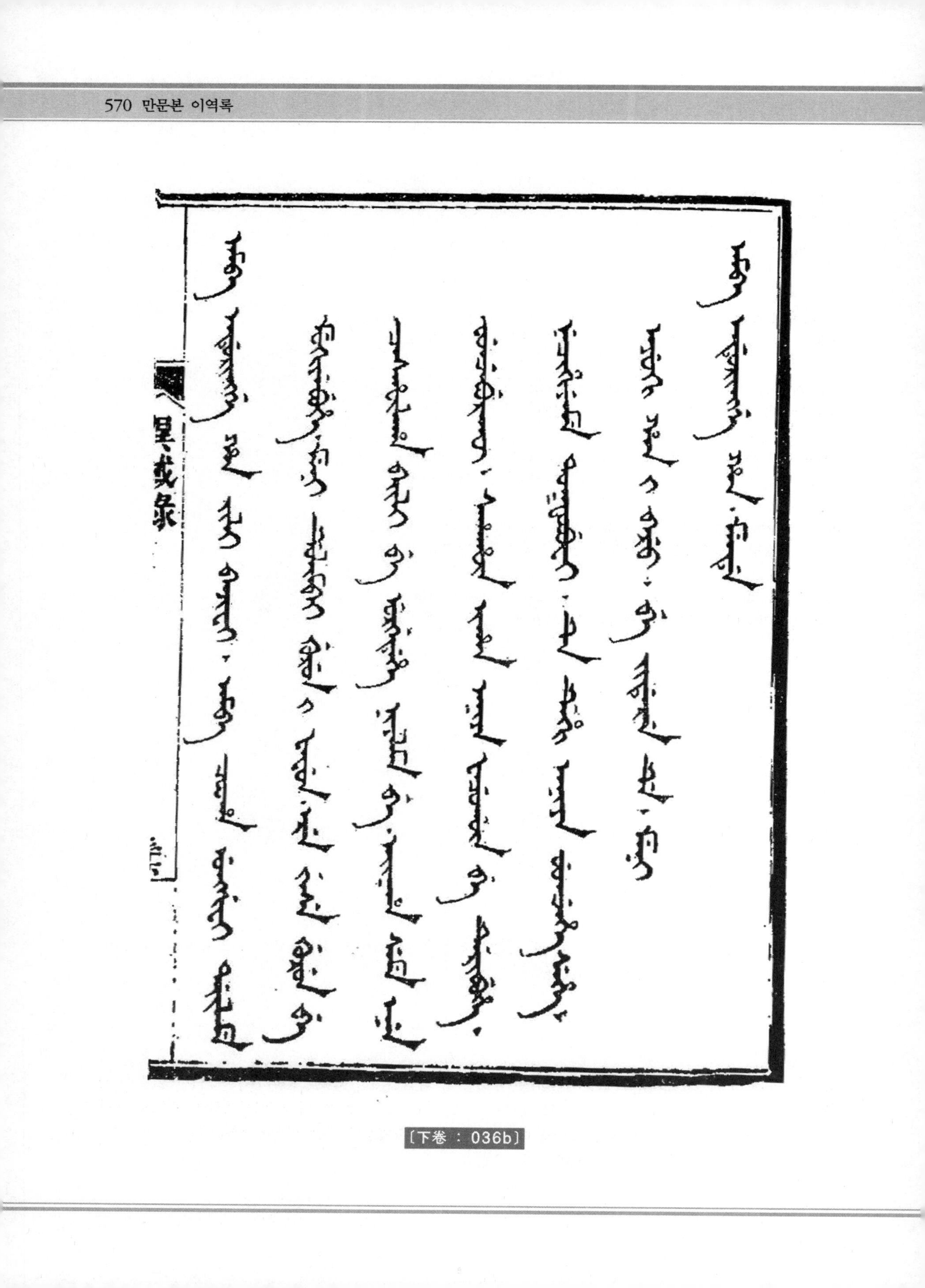

異域錄

amba enduringge han jili banjifi, amba cooha unggifi dailame
크고 성스러운 汗 화 내고 큰 병사 보내어서 정벌하여

mukiyebuhe. meni dulimbai gurun i fafun, ere gese gurun be
멸망시켰다. 우리의 中 國 의 법 이 같이 나라 를

cashūlaha baili be urgedehe niyalma be, ainaha seme enen
배신하였고 은혜 를 저버린 사람 을 어찌 하여도 후예

funceburakū. sahahūn ihan aniya facuhūn be deribuhe,
남기지 않는다. 癸 丑 년 난 을 일으켰고

necihiyeme toktobufi, te dehi aniya funcehe sehe.
평정하여 안정시켜서 지금 사십 년 넘었다 하였다.

ayuki han i baru, be jidere de, meni
아유키 汗 의 쪽 우리 옴 에 우리의

amba enduringge han mende
크고 성스러운 汗 우리에게

[한문] ――――

大皇帝赫然震怒 遣發禁旅 勦除剪滅 我中國法律 此等負國忘恩之人 斷不留其種類 此係癸丑年倡亂 平定以來 已四十餘年矣 我等向阿玉奇汗言 來時奉大皇帝

―― ◦ ―― ◦ ―― ◦ ――

대황제(大皇帝)께서 화를 내시며, 대군을 보내시어 정벌하여 멸망시키셨습니다. 우리 중국의 법에서는 이 같이 나라를 배신하고 은혜를 저버린 사람은 결코 후예를 남기지 않습니다. 계축년(癸丑年)에 난을 일으킨 것을 평정하여 안정시킨 지 지금 40년이 넘었습니다." 하였다. 아유키 한에게 우리가 올 때, 우리의 대황제(大皇帝)께서

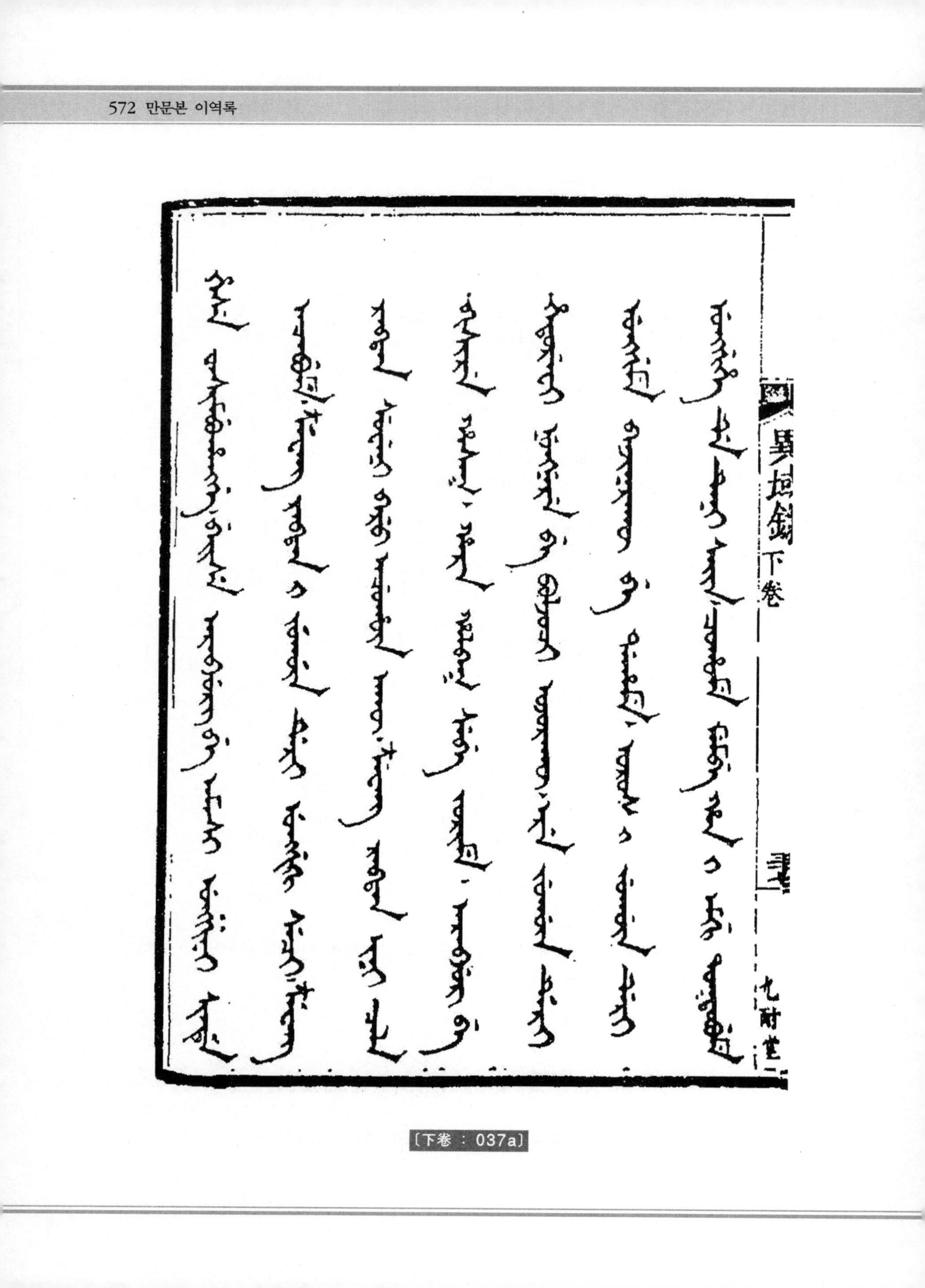

hese wasimbuhangge, beise arabjur be amasi unggifi sinde
皇旨 내린 것 貝子 아랍주르 를 돌려 보내서 너에게

acabume, ts'ewang rabtan i jugūn deri unggiki seci, ts'ewang
만나게 하러 처왕 랍탄 의 길 로 보내고자 하나 처왕

rabtan suweni baru acuhūn akū, ts'ewang rabtan ini cala
랍탄 너희의 쪽 화목하지 않다. 처왕 랍탄 그의 저편에

bisire hasak, hara halbak sebe jorime, arabjur be
있는 하삭 하라 할박 등을 지시하여 아랍주르 를

heturefi nungnere be boljoci ojorakū. ere jugūn deri
가로막고 침범하는것 을 헤아릴 수 없다. 이 길 로

unggime banjinarakū be dahame, oros i jugūn deri
보낼 수 없음 을 따라 러시아 의 길 로

unggihe de teni sain. cohome membe han i emgi toktobume
보냈음 에 비로소 좋다. 특별히 우리를 汗 과 함께 결정하게 하여

[한문]

諭旨 欲將貝子阿拉布珠兒遣回與爾完聚 若經由策旺拉布坦之路 策旺拉布坦與爾不睦 他托言伊西邊哈薩克國 哈拉哈兒叭國邀害阿拉布珠兒 亦未可定 不便由此路遣回 須由俄羅斯國行走 方可安妥 特命我等會同國王定議

―― ◦ ―― ◦ ―― ◦ ――

황지(皇旨) 내리시기를, "버이서(貝子) 아랍주르를 돌려보내어 그대와 만나게 하려고 처왕 랍탄이 있는 곳의 길을 통해 보내려 해도, 처왕 랍탄과 그대가 화목하지 않다. 처왕 랍탄이 그의 편에 있는 하삭, 하라 할박 등에게 지시하여 아랍주르가 가는 길을 가로막고 공격할지 모른다. 이 길을 통해 보내는 것이 마땅치 않으니 러시아의 길을 통해 보내는 편이 좋다. 특별히 우리를 한(汗)과 함께

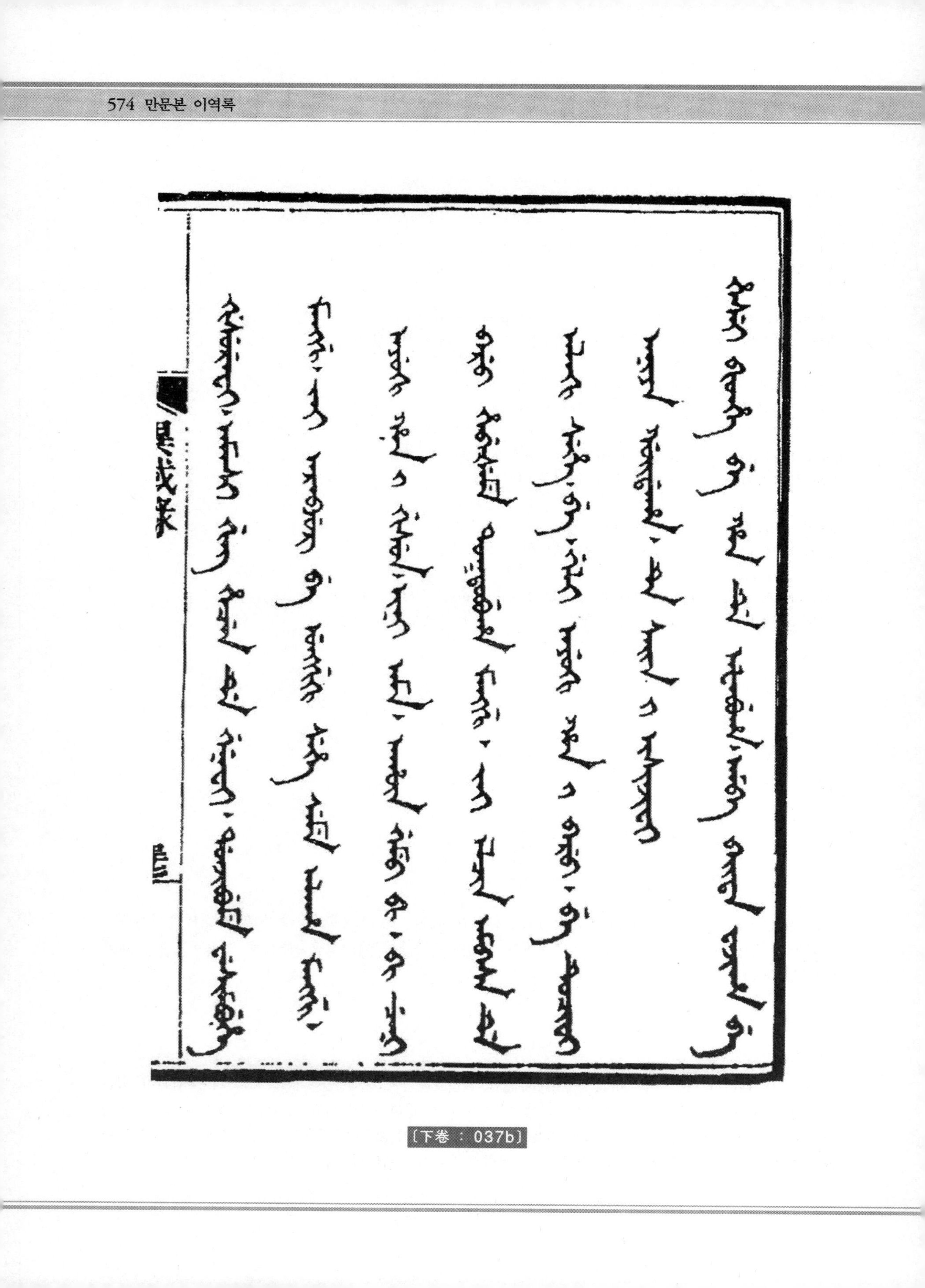

異域錄

〔下卷 : 037b〕

gisurefi, amasi ging hecen de genefi, donjibume wesimbuhe
말하고 후에 京 城 에 가서 듣게 하여 올린

manggi, jai arabjur be unggiki sehe seme alaha manggi,
후 또 아랍주르 를 보내마 하였다 하고 고한 후

ayuki han i gisun, ini ama, ahūn gemu bi. bi ceni
아유키 汗 의 말 그의 아버지 형 모두 있다. 나 그들의

baru hebešeme toktobuha manggi, jai elcin ambasa de
쪽 협의하여 정하게 한 후 또 사신 대신들 에게

alaki sehe. be geli ayuki han i baru, be tucifi
말하자 하였다. 우리 또 아유키 汗 의 쪽 우리 나와서

aniya goidaha. te sain i isinjifi
해 오래되었다. 지금 잘 다다라서

hesei bithe be han de afabuha. amba baita wajiha be
皇旨의 글 을 汗 에게 건넸다. 큰 일 끝났음 을

[한문]

回京奏 再將阿拉布珠兒遣回 阿玉奇汗曰 其父兄俱在 我一同商酌定議 再回覆天使 我等又向阿玉奇汗言 我等來已數年 幸平安至此 已將諭旨交付國王 大事已畢 其

—— ◦ —— ◦ —— ◦ ——

결정하게 하고, 이후에 경성(京城)에 가서 주상에게 고한 후 아랍주르를 보내겠다." 하셨다. 하니, 아유키 한이 말씀하시기를 "그에게는 아버지와 형이 모두 있다. 내가 그들과 협의하여 어찌할지 정하게 한 후, 사신들에게 고하겠다." 하였다. 우리는 또 아유키 한에게 말하기를, "우리가 출발한 지 오래되었습니다. 지금 잘 도착하여서 칙서를 한(汗)에게 건넸습니다. 큰일을 끝냈으므로

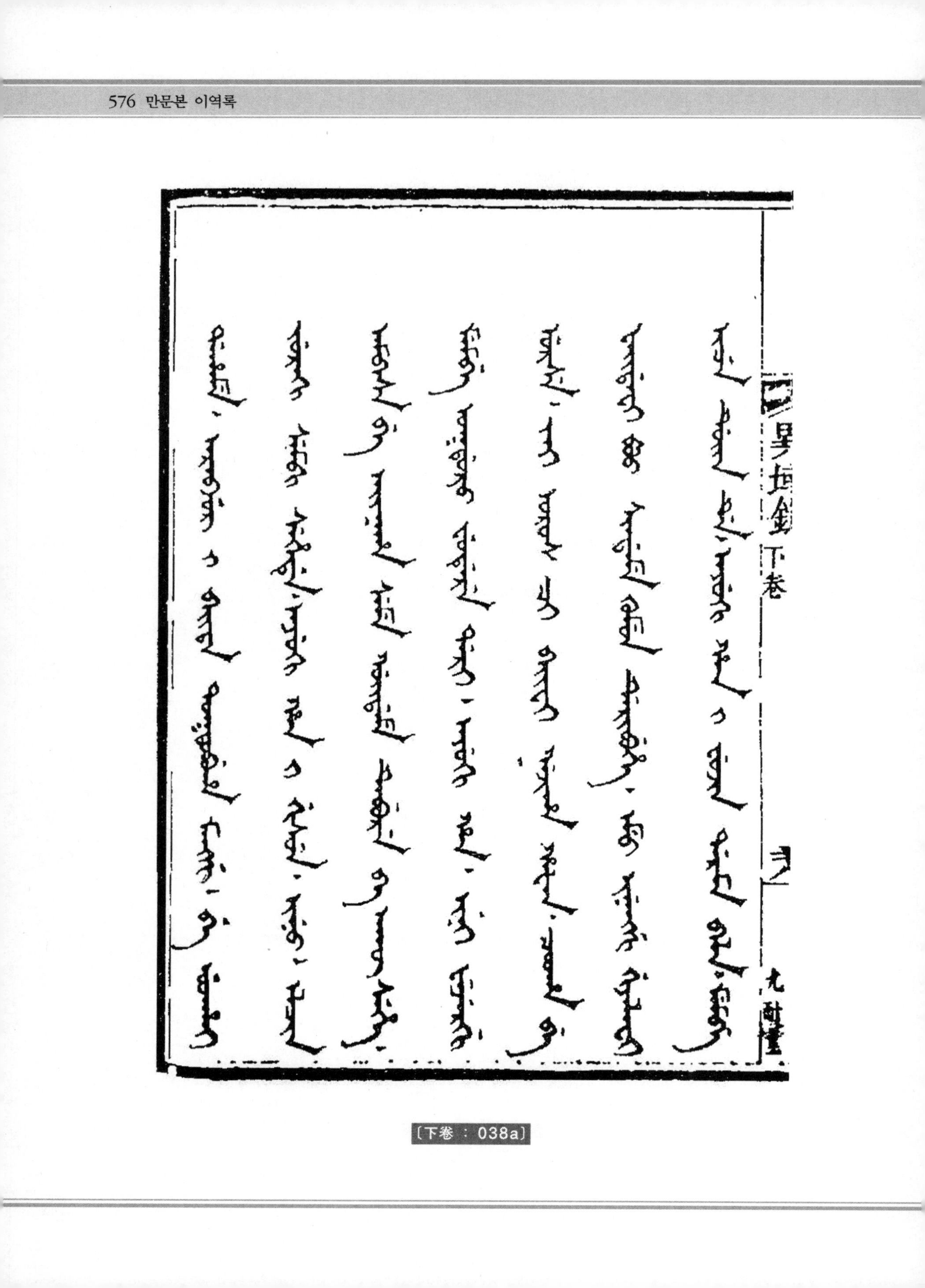

dahame, arabjur i baita toktobuha manggi, be uthai
따라 아랍주르 의 일 정하게 한 후 우리 곧

juraki sembi sehede, ayuki han i gisun, inu. elcin
출발하고자 한다 했음에 아유키 汗 의 말 옳다. 사신

ambasa be ainaha seme goidame tebure ba akū sehe.
대신들 을 어찌 하여도 오래 머물게 할 바 없다 하였다.

membe okdoro fudere dari, ayuki han, ini fejergi
우리를 맞이하고 배웅할 때마다 아유키 汗 그의 아래쪽

urse, jai oros ci baifi gajiha hafan, cooha be
무리 그리고 러시아 에서 청해서 데려온 관리 병사 를

faidafi poo sindame kumun deribuhe. emu inenggi giyalafi
정렬하고 砲 놓으며 음악 시작하였다. 한 날 걸러서

ice duin de, ayuki han i fujin darma bala,[291] membe
초 사 에 아유키 汗 의 夫人 다르마 발라 우리를

[한문]

阿拉布珠兒之事定議後 我等卽可起行 阿玉奇汗曰 諾 斷不敢敢久留天使 其往返迎送 阿玉奇汗皆將伊部下 併借來俄羅斯官兵齊集排列 放炮作樂 越一宿 初四日 阿玉奇汗之妃達爾馬巴拉

— ◦ — ◦ — ◦ —

아랍주르의 일을 결정한 후, 우리 곧 출발하고자 합니다." 하니, 아유키 한이 말하기를, "옳다. 사신들을 결코 오래 머물게 할 수는 없다." 하였다. 우리를 맞이하고 배웅할 때마다 아유키 한과 그의 부하들, 그리고 러시아에서 청해서 데려온 관리와 병사를 정렬하고, 포를 쏘며 음악을 연주하였다. 하루가 지나서 4일에 아유키 한의 부인인 다르마 발라가 우리를

291) darma bala(達爾馬 巴拉) : 투르구트 아유키 한의 부인 달마바라(Дармабала)로 아들은 체렌 돈도크(Церен-Дондук)이다.

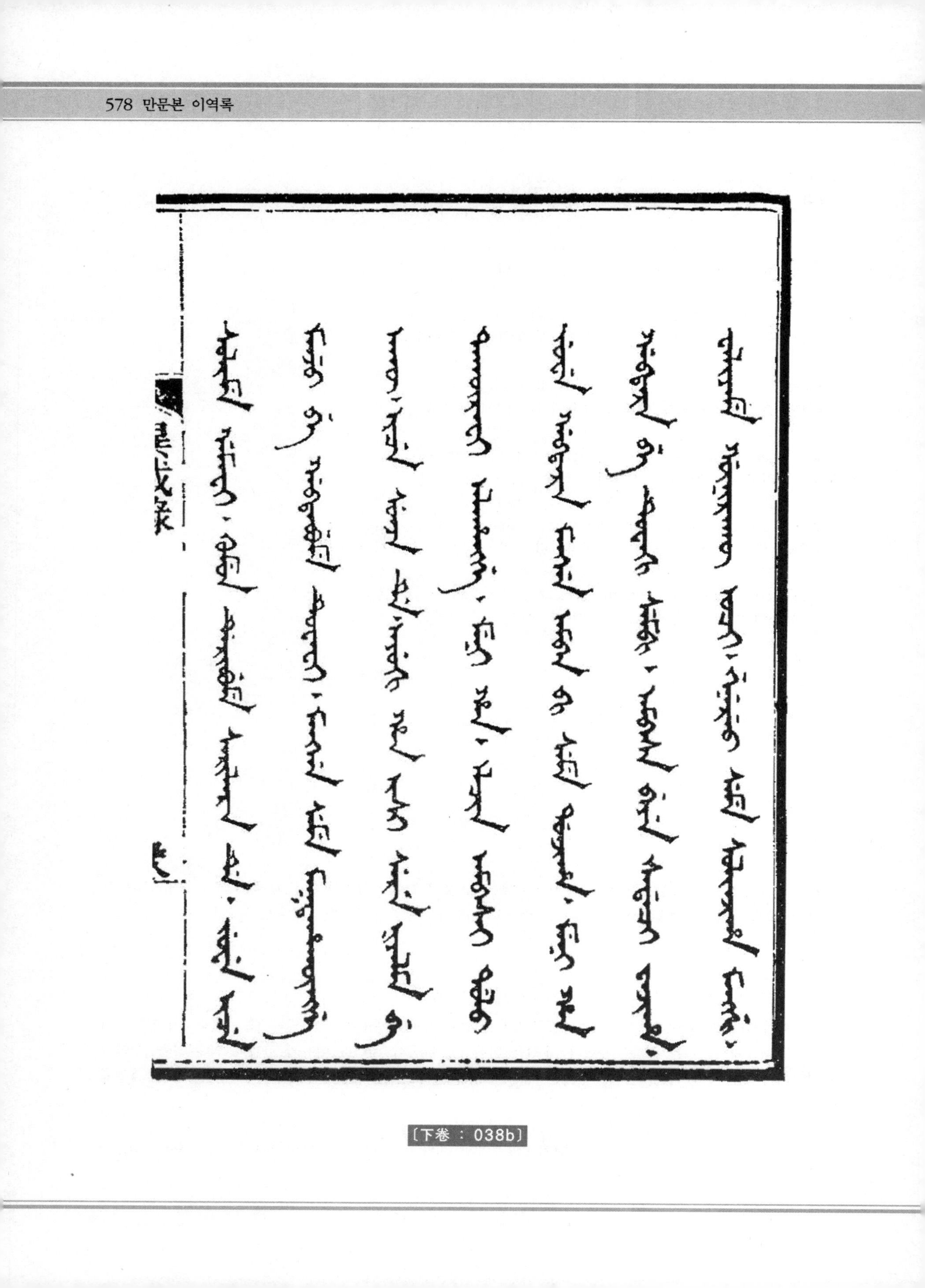

異域錄

solime gamafi, kumun deribume sarilara de, juwe ice
청하여 데려가 음악 시작하고 잔치함 에 두 신

manju be gabtabume tuwafi, mangga seme maktahakūngge
만주인 을 활쏘게 하여 보고 잘한다 하고 칭찬하지 않은 것

akū. ice sunja de, ayuki han isi[292] sere niyalma be
없다. 초 오 에 아유키 汗 이시 하는 사람 을

takūrafi alahangge, meni han, elcin ambasai dolo
파견하여서 고한 것 우리의 汗 사신 대신들의 중

juwe gabtara mangga amban bi seme donjiha. meni han
두 활쏘기 잘하는 대신 있다 하고 들었다. 우리의 汗

gabtara be tuwaki sembi. ambasa beye šadaci wajiha.
활쏘기 를 보자 한다. 대신들 몸 피곤하면 마친다.

waliyame gūnirakū oci, genereo seme solinjiha manggi,
싫어하지 않다면 가소서 하고 청하러온 후

[한문]

邀請作樂筵宴 請二新滿洲步射 莫不稱善 初五日 阿玉奇汗差伊侍近之異什來禀稱 聞天使內有善射者二人 我國王欲得一觀 如不棄 請往 若倦則已

── ◦ ── ◦ ── ◦ ──

초청하여 데려가서 음악을 연주하고 잔치를 베풀 때, 2명의 신만주인에게 활쏘기를 시킨 후 보고, 잘한다고 칭찬하였다. 5일에 아유키 한이 이시라는 사람을 파견하여서 고하기를, "우리의 한(汗)께서 사신들 중에 2명의 활쏘기를 잘하는 대신이 있다 하고 들었다. 우리의 한(汗)께서 활쏘기를 보고자 하신다. 대신들 몸이 피곤하면 어쩔 수 없지만, 괜찮다고 생각한다면 가지 않겠는가?" 하고 청하러 오니,

292) isi(異什) : 인명(人名).

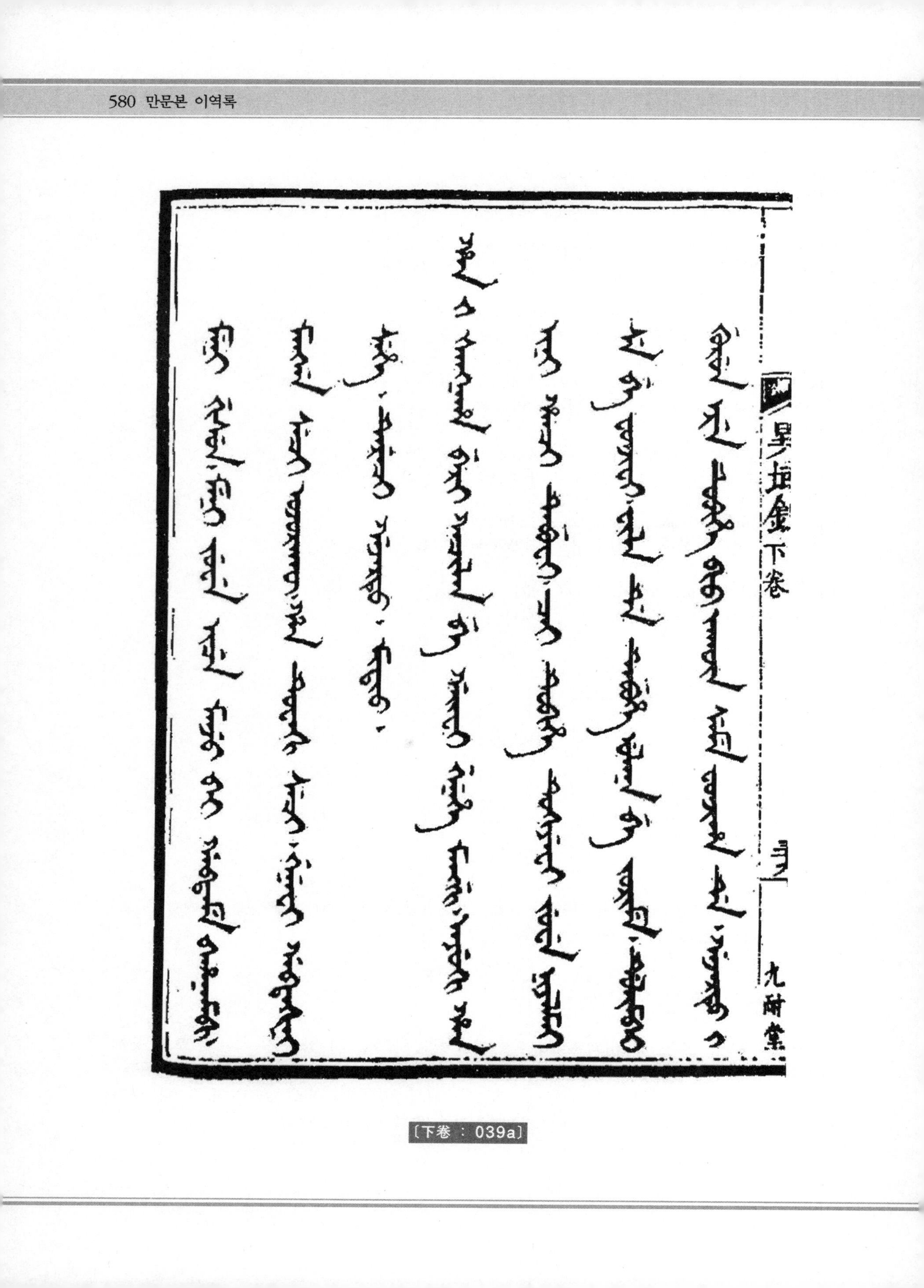

異域錄 下卷

九耐堂

meni gisun, meni juwe ice manju bai gabtame bahanambi.
우리의 말 우리의 두 신 만주인 그저 활쏘기 안다.

mangga seci ojorakū. han tuwaki seci, genefi gabtakini
잘한다 할 수 없다. 汗 보자 하면 가서 활쏘게 하자

sehe. tereci gajartu, mitio,[293)]
하였다. 그로부터 가자르투 미티오

han i šangnaha beri kacilan be gaifi genehe manggi, ayuki han
汗 의 상으로 준 활 화살 을 가지고 간 후 아유키 汗

ini hanci tebufi, cai tubihe tukiyefi juwe niyalmai
그의 가까이 앉히고 차 과일 올려서 두 사람의

se be fonjifi, fila de tebuhe ulana be jorime, dulimbai
나이 를 묻고 접시 에 담은 자두 를 가리키며 中

gurun ere tubihe bio akūn seme fonjiha de, gajartu i
國 이 과일 있는가 없는가 하고 물었음 에 가자르투 의

[한문]

我等言有新滿洲二人 不過能射而已 非善射者 爾國王欲觀 令其往射 於是噶劄爾圖及米邱二人携賜弓矢前往 阿玉奇汗邀其近前 列坐獻茶果 問二人年庚 指盤内歐梨曰 中國亦有此果否 噶扎爾圖

우리가 말하기를, "우리의 두 신만주인은 그저 활을 쏠 줄만 알 뿐이다. 잘한다고 할 수 없다. 한(汗)께서 보고자 하시면, 가서 활을 쏘게 하겠다." 하였다. 그로부터 가자르투, 미티오가 황제께서 상으로 주신 활과 화살을 가지고 가니, 아유키 한이 그의 가까이 앉히고, 차와 과일을 올려서 두 사람의 나이를 묻고, 접시에 담은 자두를 가리키며, "중국에 이 과일이 있는가? 없는가?" 하고 물으니, 가자르투가

293) mitio(米邱) : 인명(人名).

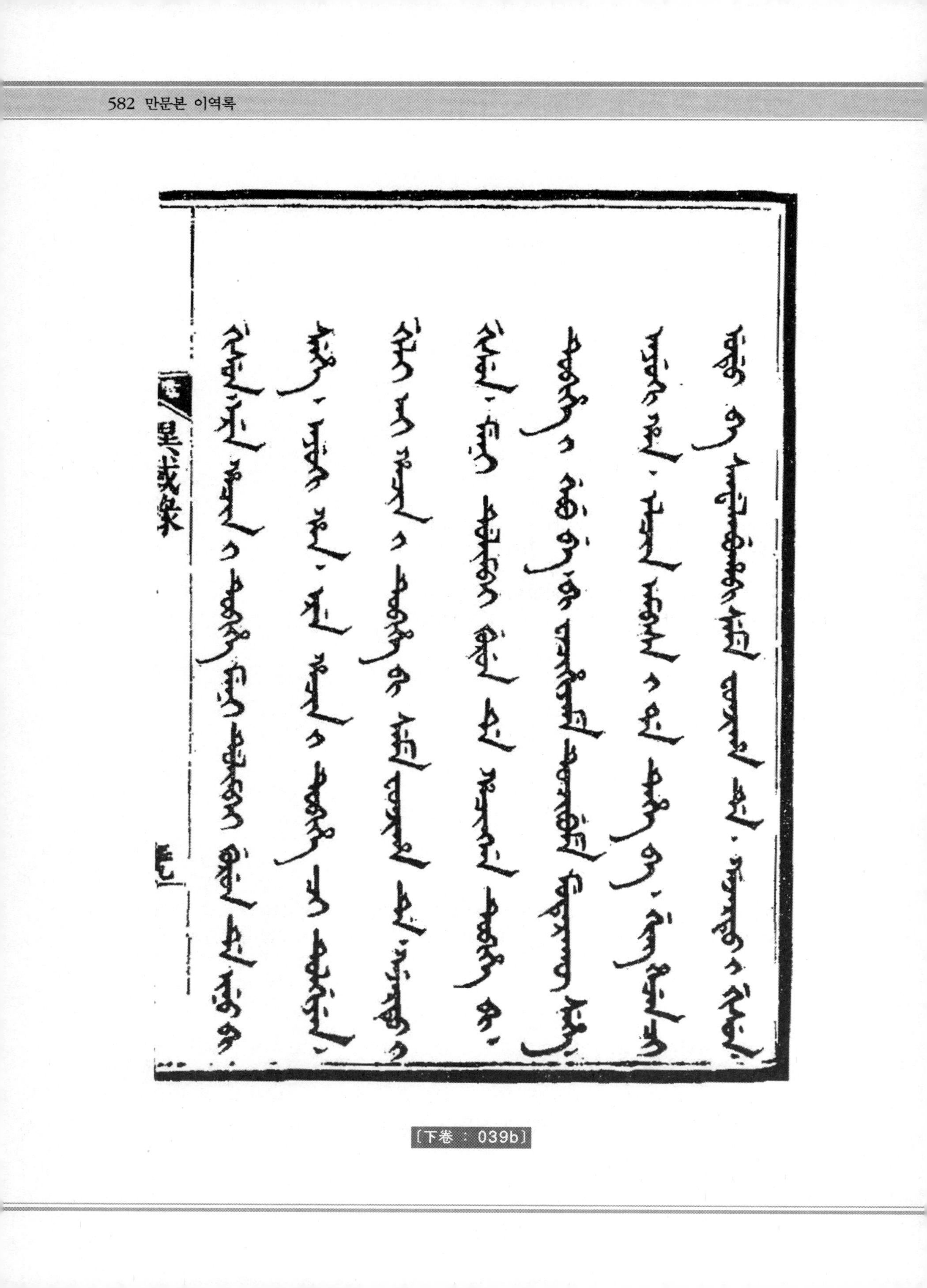

異域錄

gisun, ere hacin i tubihe meni dulimbai gurun de inu bi
말 이 종류 의 과일 우리 中 國 에 도 있다.

sehe. ayuki han, ere hacin i tubihe ci tulgiyen,
하였다. 아유키 汗 이 종류 의 과일 에서 밖에

geli ai hacin i tubihe bi seme fonjiha de, gajartu i
또 무슨 종류 의 과일 있는가 하고 물었음 에 가자르투 의

gisun, meni dulimbai gurun de hacingga tubihe bi.
말 우리의 中 國 에 각종 과일 있다.

tubihe i gebu be, bi wacihiyame tucibume muterakū sehe.
과일 의 이름 을 나 완전히 설명할 수 없다 하였다.

ayuki han, elcin ambasa i da tehe ba, ging hecen ci
아유키 汗 사신 대신들 의 본래 살던 곳 京 城 에서

udu ba sandalabuhabi seme fonjiha de, gajartu i gisun,
몇 리 떨어져있는가 하고 물었음 에 가자르투 의 말,

[한문]

答曰 中國有此果品 阿玉奇汗又問 更有甚果品 噶扎爾圖言 中國果品最多 不可勝數 阿玉奇汗又問 天使原籍 相隔都城幾多遠近 噶扎爾圖言

—— ◦ —— ◦ —— ◦ ——

말하기를, "이와 비슷한 과일이 우리 중국에도 있습니다." 하였다. 아유키 한이 말하기를, "이 종류의 과일 이외에 또 무슨 과일이 있는가?" 하고 물으니, 가자르투가 말하기를, "우리 중국에는 각종 과일이 있습니다. 과일의 이름을 내가 완전히 기억해 낼 수는 없습니다." 하였다. 아유키 한이 말하기를, "사신들의 본래 살던 곳은 경성(京城)에서 몇 리나 떨어져 있는가?" 하고 물으니, 가자르투가 말하기를,

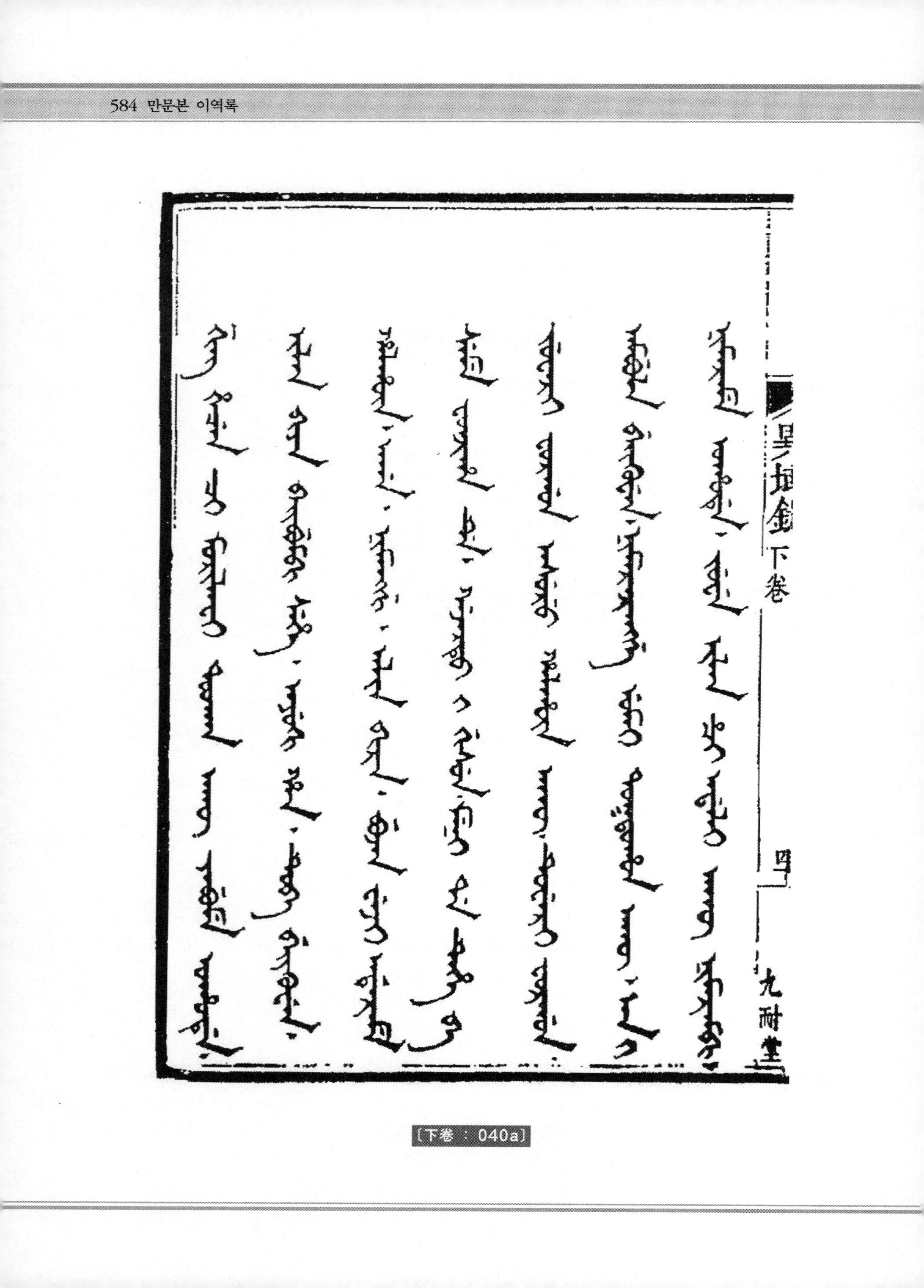

異域錄 下卷

九耐堂

ging hecen ci morilafi tookan akū yabume ohode,
京 城 에서 말타고 지체 없이 가게 되었음에

ilan biya baibumbi sehe. ayuk han, tuba beikuwen,
세 달 걸린다 하였다. 아유키 汗 그곳 춥고

halhūn, aga, nimanggi, alin bira, bujan weji adarame
덥고 비 눈 산 강 수풀 밀림 어떠한가

seme fonjiha de, gajartu i gisun, meni da tehe ba,
하고 물었음 에 가자르투 의 말 우리의 본래 살던 곳

juwari forgon asuru halhūn akū, tuweri forgon
여름 계절 전혀 덥지 않고 겨울 철

ambula beikuwen. nimararangge umai toktohon akū, an i
매우 춥다. 눈내리는 것 전혀 일정하지 않고 평소 대로

nimarame ohode, juwe ilan c'y adali akū nimarambi.
눈내리게 되었음에 두 세 尺 같지 않게 눈 내린다.

[한문]

自京師乘馬行三個月內可至 阿玉奇汗又問 彼處寒暑雨雪 竝山川林藪若何 噶扎固圖言 我原籍地方 夏月不甚炎熱 冬月甚寒 雨雪不定 平素雪積二三尺許

—— ◦ —— ◦ —— ◦ ——

"경성(京城)에서 말을 타고 지체 없이 갔을 때, 3달이 걸립니다." 하였다. 아유키 한이 말하기를, "그곳의 춥고 더운 것과, 비와 눈이 내리는 것과, 산과 강, 숲과 밀림은 어떠한가?" 하고 물으니, 가자르투가 말하기를, "우리가 본래 살던 곳은 여름철은 전혀 덥지 않고, 겨울철은 매우 춥습니다. 눈 내리는 때는 전혀 일정하지 않고, 평소대로 눈이 내린다면, 2-3척(尺) 정도 눈이 내립니다.

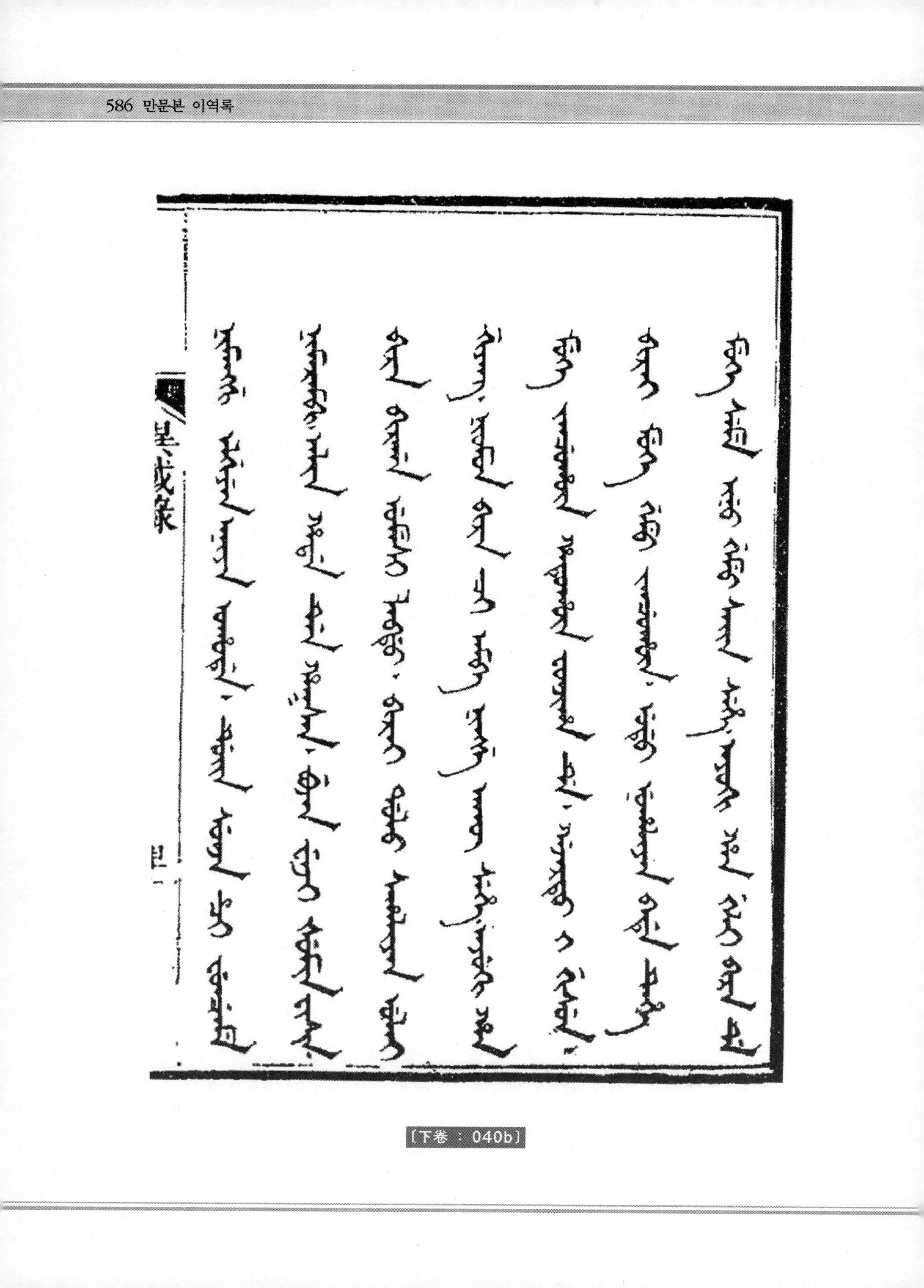

異域錄

nimanggi elgiyen aniya ohode, duin sunja c'y funceme
눈 풍족한 해 되었음에 네 다섯 尺 넘게

nimarambi. alin hada den haksan, bujan weji šumin fisin.
눈 내린다. 산 봉우리 높고 험하고 수풀 밀림 깊고 빽빽하다.

bira birgan umesi labdu, birai dolo sahaliyan ulai
강 시내 매우 많고 강의 가운데 검은 강의

giyang, niomon[294] bira ci amba ningge akū sehe. ayuki han
강 牛門 강 보다 큰 것 없다 하였다. 아유키 汗

muke jancuhūn hatuhūn fonjiha de, gajartu i gisun,
물 달고 씀 물었음 에 가자르투 의 말

birai muke gemu jancuhūn. udu nuhaliyan bade tehe
강의 물 모두 달다. 비록 오목한 곳에 고인

muke seme inu gemu sain sehe. ayuki han geli bira de
물 하여 도 모두 좋다 하였다. 아유키 汗 또 강 에

[한문]

雪大之年 有四五尺許深 山高峻險 林藪森密 溪河甚多 內黑龍江牛門河最大 阿玉奇汗又問 水之甘苦 噶扎爾圖言 河水甘美 雖洼處停潦之水 亦美無異 阿玉奇汗又問河內

눈이 많이 내린 해에는 4-5척(尺) 남짓 눈이 내립니다. 산과 산봉우리는 높고 험하고, 수풀과 밀림은 깊고 조밀합니다. 강과 시내가 매우 많고, 강 가운데 흑룡강, 우문하(牛門河)보다 큰 것은 없습니다." 하였다. 아유키 한이 강물의 맛에 대해서 물으니, 가자르투가 말하기를, "강의 물은 모두 답니다. 비록 웅덩이에 고인물이라고 해도 모두 맛이 좋습니다." 아유키 한이 말하기를, "또 강에서

294) niomon(牛門) : 옛 이름은 우만하(牛滿河)이고 러시아어로 부리야(Бурея) 강이라 한다. 러시아 시베리아 북동쪽에서 동해로 흐르는 아무르강의 지류이다. 부리야라는 이름은 에벵키 어에서 강을 의미하는 birija로부터 왔다.

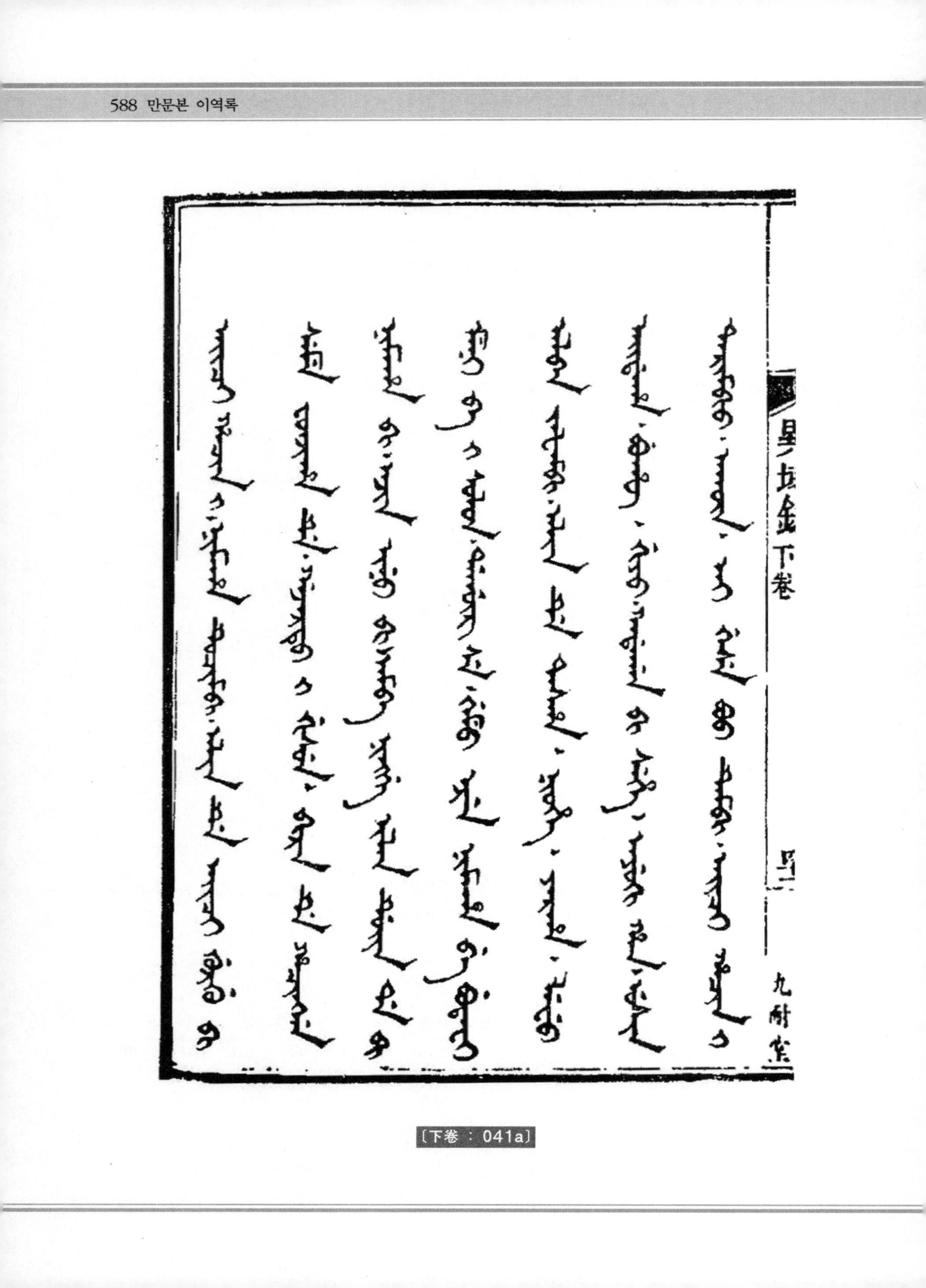

異域錄 下卷

aici hacin i nimaha tucimbi. alin de aici gurgu bi
어떤 종류 의 물고기 나오는가. 산 에 어떤 길짐승 있는가

seme fonjiha de, gajartu i gisun, bira de hacingga
하고 물었음 에 가자르투 의 말 강 에 각종

nimaha bi. ajin inu bi. amba ningge ilan duin da bi.
물고기 있다. 철갑상어 도 있다. 큰 것 세 네 발 이다.

meni ba i solon, dagūr se, gemu ere nimaha be butafi
우리의 곳 의 솔론족 다구르족 등 모두 이 물고기 를 잡아서

alban jafambi. alin de tasha, niohe, yarha, lefu,
공물 바친다. 산 에 호랑이 이리 표범 곰

aidahan, buhū, giyo,[295] kandagan[296] bi sehe. ayuki han, usin
멧돼지 사슴 노루 칸다간 있다 하였다. 아유키 汗 밭

tarimbio, akūn. ai gese boo tembi. aici hacin i
경작하는가 아닌가. 무엇 같은 집 사는가. 어떤 종류 의

[한문]

出何等魚 山中有何等獸 噶扎爾圖言 河內所産之魚 種類甚多 亦有鰉魚 大者有一二丈許 其索倫達呼爾人漁捕此魚進貢 山內有虎豹熊狼野猪鹿狍堪達韓等獸 阿玉奇汗又問 可種田地否 居何廬舍 養

—— 。 —— 。 —— 。 ——

어떤 종류의 물고기가 나오는가? 산에 어떤 길짐승이 있는가?" 하고 물으니, 가자르투가 말하기를, "강에는 각종 물고기가 있습니다. 철갑상어도 있습니다. 큰 것은 3-4발 정도 됩니다. 우리 지역에 있는 솔론족과 다구르족 등은 모두 이 물고기를 잡아서 공물로 바칩니다. 산에는 호랑이, 이리, 표범, 곰, 멧돼지, 사슴, 노루, 칸다간이 있습니다." 하였다. 아유키 한이 말하기를, "밭을 경작하는가? 경작하지 않는가? 어떤 집에서 사는가? 어떤 종류의

295) giyo = gio.
296) kandagan = kandahan. 사슴의 일종이다.

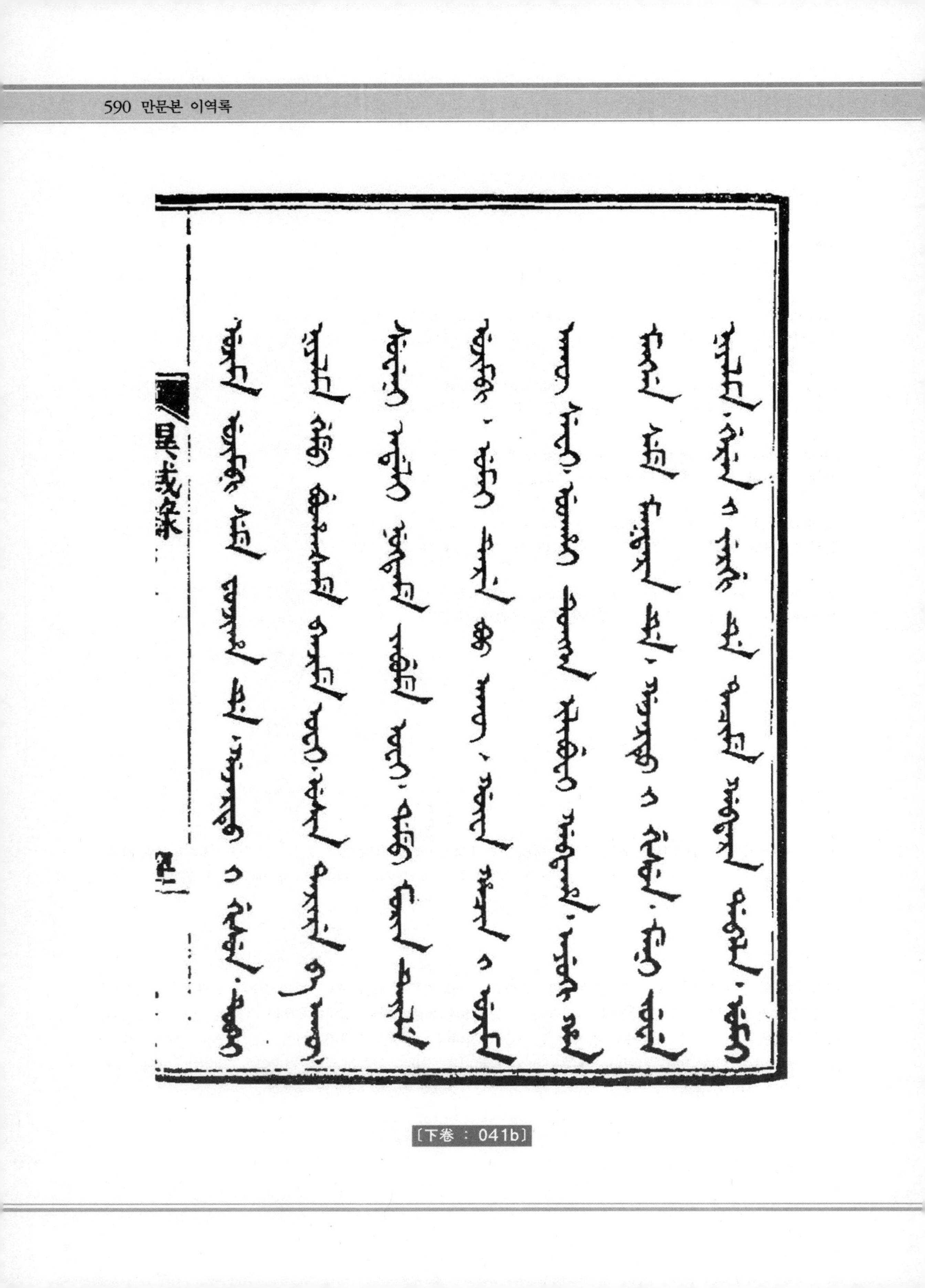

[illegible]

ujima ujimbi seme fonjiha de, gajartu i gisun, tubai
가축 기르는가 하고 물었음 에 가자르투 의 말 그곳의

niyalma gemu buthašame banjime ofi, usin tarire ba akū,
사람 모두 사냥하며 살게 되어서 밭 경작하는 곳 없이

suweni adali nukteme yabume ofi, damu morin teile
너희의 같이 유목하며 다니게 되어서 다만 말 만

ujimbi. umai tere boo akū, gūwa hacin i ujima
기른다. 전혀 사는 집 없고 다른 종류 의 가축

akū sefi, uthai tungken ilibufi gabtaha. ayuki han
없다 하고 곧 과녁 세우게 하고 활 쏘았다. 아유키 汗

mangga seme maktara de, gajartu i gisun, meni juwe
잘한다 하고 칭찬함 에 가자르투 의 말 우리의 두

niyalma, geren i jergi de tacime gabtara dabala. umai
사람 여럿 의 등 에 배워 활 쏠 따름이다. 전혀

[한문]

何牲畜 噶扎爾圖言 不種田地 以打牲射獵資生 無廬舍 似爾國遊牧 止養馬匹 無他生畜 於是樹的射箭 阿玉奇汗稱善 噶扎爾圖言 我二人竝非善射者 方隨衆學射耳

—— ◦ —— ◦ —— ◦ ——

가축을 기르는가?" 하고 물으니, 가자르투가 대답하기를, "그곳 사람은 모두 사냥하고 살아서, 밭을 경작하는 곳이 없고 당신들과 같이 유목하며 다니고, 모두 말만 기릅니다. 거주하여 사는 집은 없고, 다른 종류의 가축도 없습니다." 하고, 곧 과녁 세워서 활쏘기를 하였다. 아유키 한이 잘한다고 칭찬하니, 가자르투가 말하기를, "우리 두 사람은, 여럿에게 배워 활을 쏜 것일 뿐입니다. 전혀

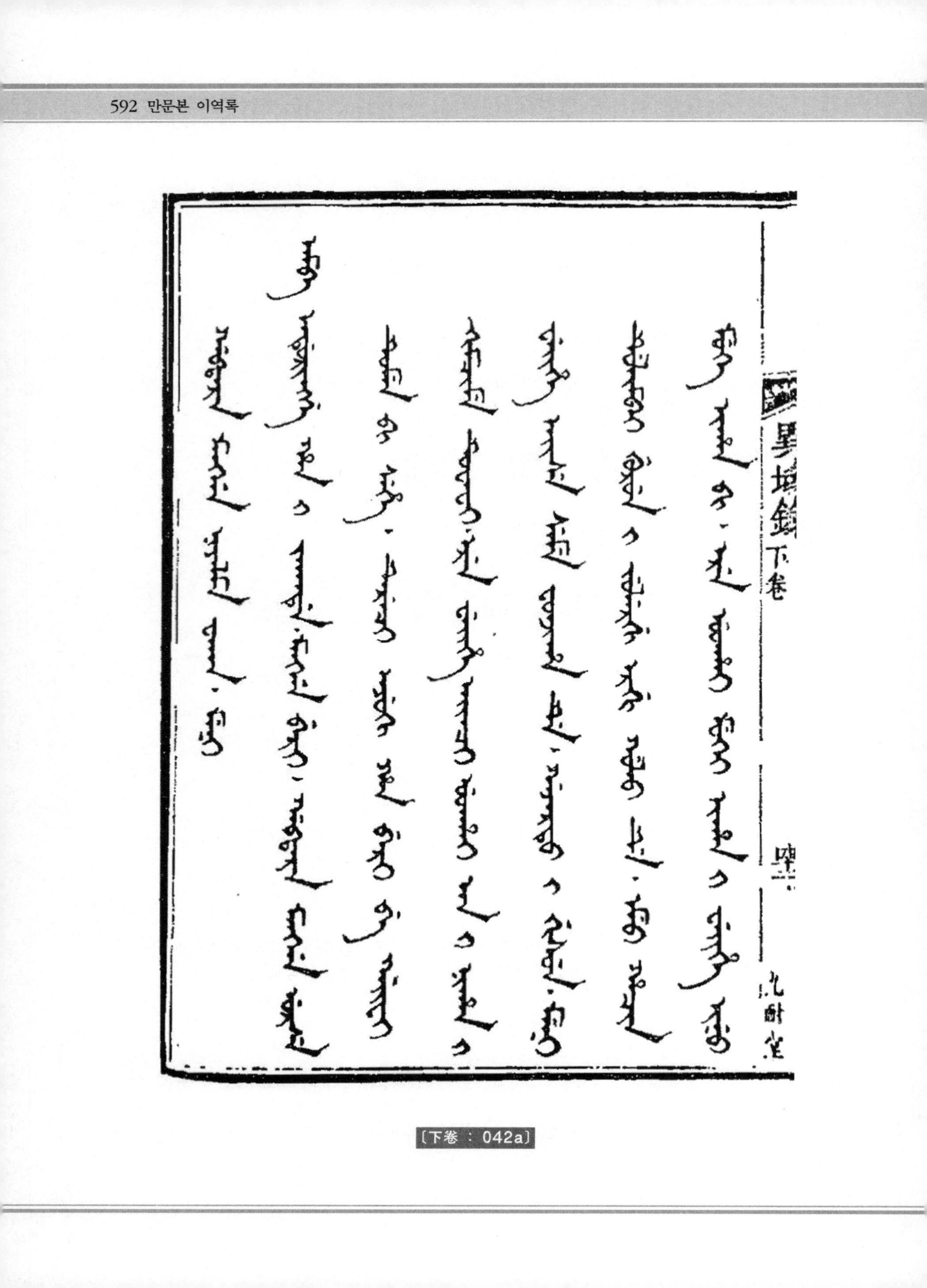

異域錄 下卷 四十二 九耐堂

gabtara mangga niyalma waka. meni
활쏘기 잘하는 사람 아니다. 우리의

amba enduringge han i jakade, mangga beri, gabtara mangga urse
크고 성스러운 汗 의 곁에 강한 활 활쏘기 잘하는 무리

tumen bi sehe. tereci ayuki han beri be gaifi
萬 있다 하였다. 그로부터 아유키 汗 활 을 가지고

kimcime tuwafi, ere weihe ainci uthai an i ihan i
살펴 보고 이 뿔 아마 곧 보통 의 소 의

weihe aise seme fonjiha de, gajartu i gisun, meni
뿔 이리라 하고 물었음 에 가자르투 의 말 우리의

dulimbai gurun i julergi ergi golo de, emu hacin
中 國 의 남 쪽 省 에 한 종류

muke ihan bi. ere uthai mukei ihan i weihe inu
물 소 있다. 이 곧 물의 소 의 뿔 이다.

[한문]

大皇帝處執勁弓善射者以萬計 阿玉奇汗借弓詳看 問曰 此弓角係牛角否 噶扎爾圖言 我中國南方有種水牛 此係水牛角

—— ◦ —— ◦ —— ◦ ——

활쏘기를 잘하는 사람이 아닙니다. 우리의 대황제(大皇帝)의 곁에는 강한 활과 활쏘기를 잘하는 무리가 10,000명이나 있습니다." 하였다. 그로부터 아유키 한이 활을 가지고 자세히 살펴보고 말하기를, "이 활대는 아마도 일반적인 소의 뿔이 아닌가?" 하고 물으니, 가자르투가 말하기를, "우리 중국의 남쪽 성(省)에 한 종류의 물소가 있습니다. 이것은 곧 물소의 뿔입니다."

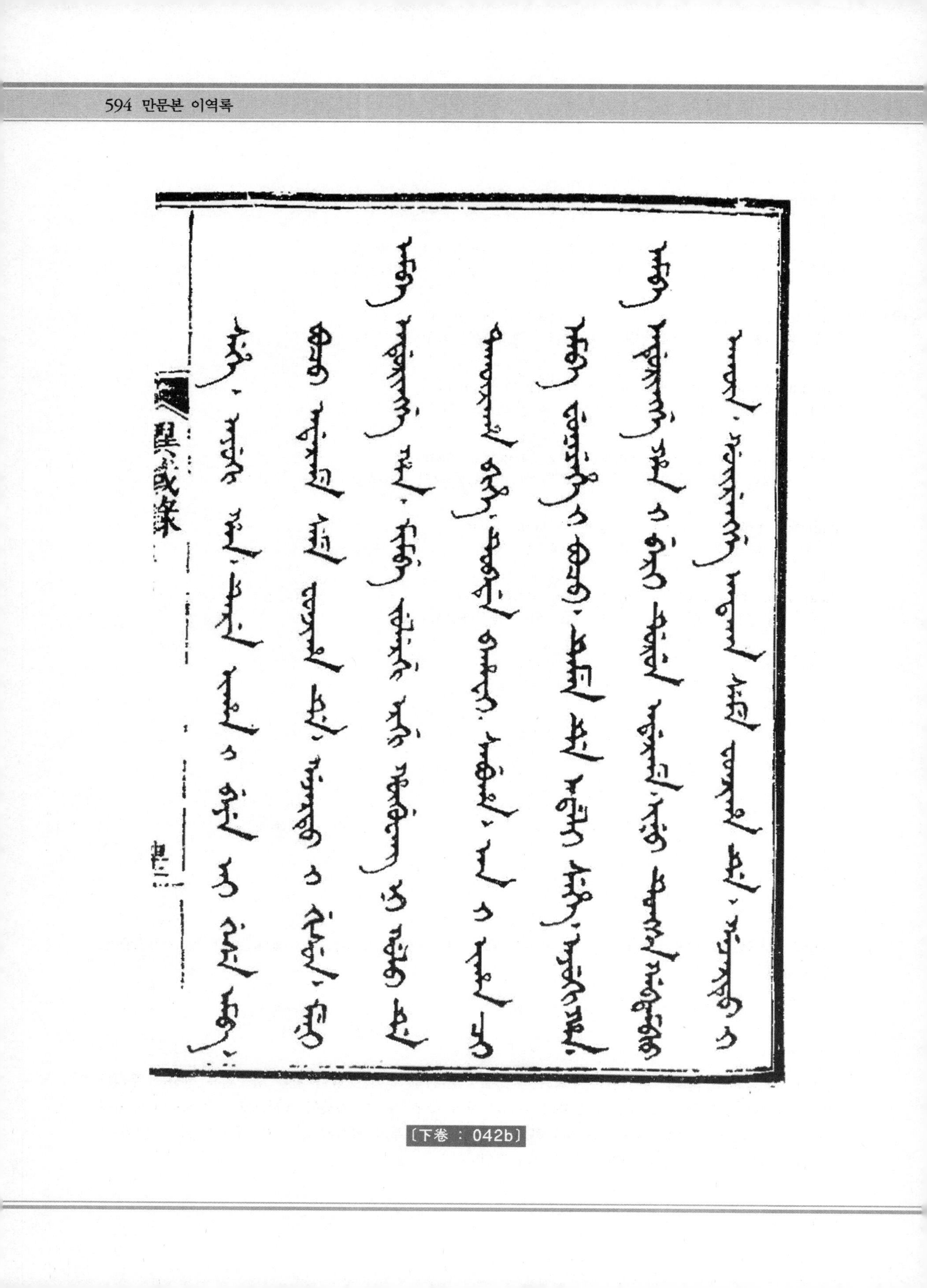

異域錄 四十二

sehe. ayuki han, tere ihan i beye ai gese amba.
하였다. 아유키 汗 그 소 의 몸 무엇 같이 크냐

boco adarame seme fonjiha de, gajartu i gisun, meni
색 어떠하냐 하고 물음 에 가자르투 의 말 우리의

amba enduringge han, mimbe julergi ergi hūguwang ni golo de
크고 성스러운 汗 우리를 남 쪽 胡廣 의 省 에

takūraha bihe. tubade bahafi sabuha. an i ihan ci
파견하였었다. 그곳에서 능히 보았다. 보통 의 소 보다

amba, funiyehe i boco, temen de adali sehe. ayuki han,
크고 털 의 색 낙타 에 같다 하였다. 아유키 汗

amba enduringge han i beri durun adarame. inu tungken gabtambio
크고 성스러운 汗 의 활 모양 어떠한가, 또 과녁 쏘는가

akūn, goirengge antaka seme fonjiha de, gajartu i
아닌가 맞추는 것 어떠한가 하고 물음 에 가자르투 의

[한문]

阿玉奇汗又問 其牛身大幾許 是何顔色 噶扎爾圖言 我大皇帝曾差我往南方湖廣地方 因此得見 比旱牛稍大 其色似駝 阿玉奇汗又問 大皇帝所執弓式可得聞否 亦射鼓的否 中的若何 噶扎爾圖

—— ◦ —— ◦ —— ◦ ——

하였다. 아유키 한이 말하기를, "그 소의 몸집은 얼마나 큰가? 색은 어떠한가?" 하고 물으니, 가자르투가 말하기를, "우리의 대황제(大皇帝)께서 우리를 남쪽에 있는 호광성(胡廣省)에 파견하신 적이 있습니다. 그곳에서 본 적이 있는데, 보통의 소보다 크고 털의 색은 낙타와 같습니다." 하였다. 아유키 한이 말하기를, "대황제(大皇帝)께서 쓰는 활의 모양은 어떠한가? 활쏘기를 하시는가? 하지 않으시는가? 잘 명중시키시는가?" 하고 물으니, 가자르투가

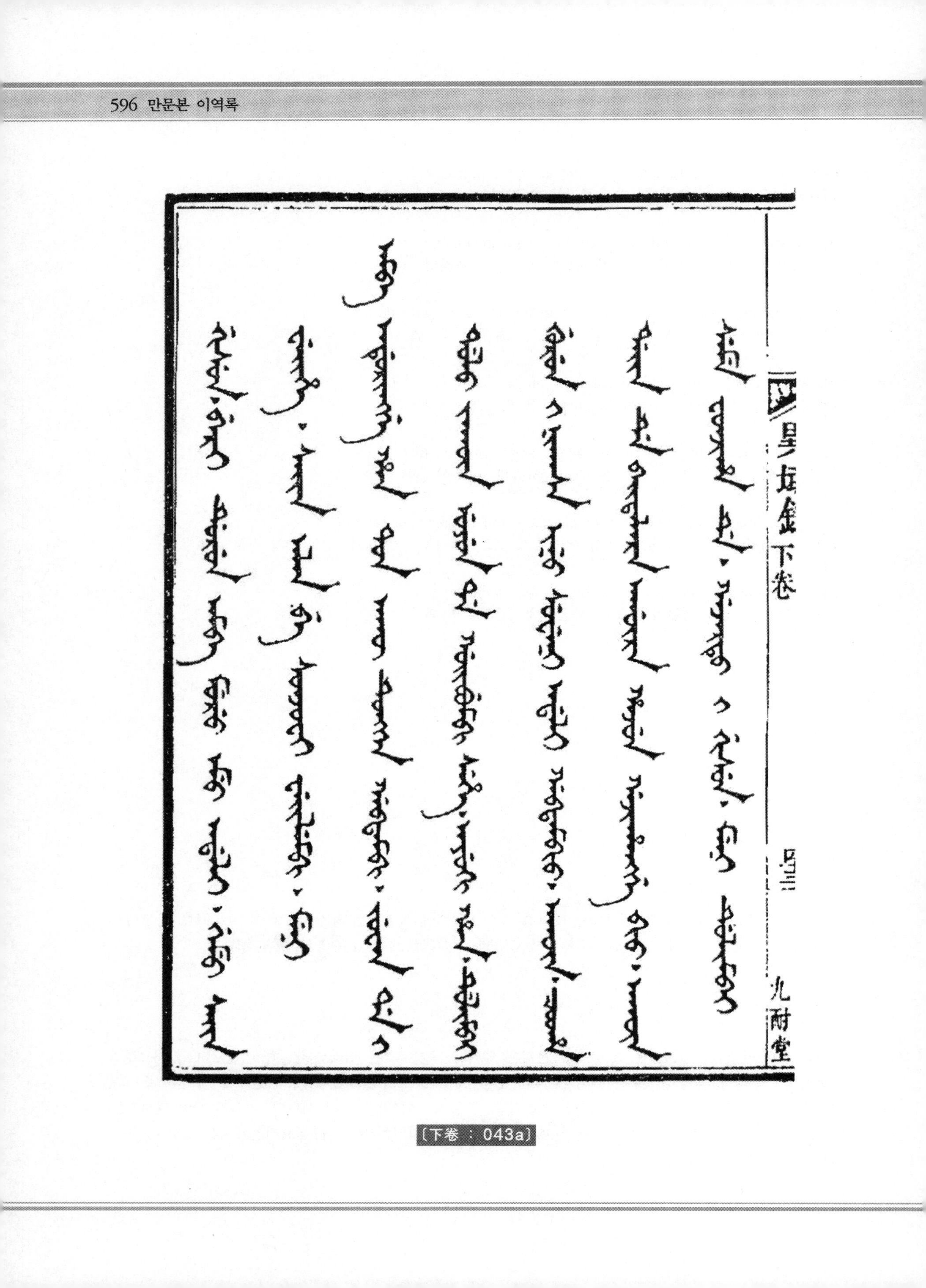

gisun beri durun amba muru emu adali, gemu sain
말 활 모양 큰 모습 하나 같고 모두 좋은

weihe, sain alan be sonjofi weilembi. meni
뿔 좋은 자작나무껍질 을 골라서 만든다. 우리의

amba enduringge han ton akū tungken gabtambi. juwan da i
크고 성스러운 汗 수 없이 과녁 쏜다. 열 발 의

dolo jakūn uyun da goibumbi sehe. ayuki han, dulimbai
중 여덟 아홉 발 맞춘다 하였다. 아유키 汗 中

gurun i nikasa inu suweni adali gabtambio, akūn. cooha
國 의 漢族들 도 너희의 같이 활쏘는가 아닌가 병사

dain de baitalara agūra hajun gajihangge bio, akūn
전쟁 에서 쓰는 무기 가져온 것 있는가 없는가

seme fonjiha de, gajartu i gisun meni dulimbai
하고 물었음 에, 가자르투 의 말 우리의 中

[한문]

言弓式大約相同 俱擇上等佳角 樺皮製造 大皇帝不時射鼓的 十中八九 阿玉奇汗又問 中國漢人亦射箭否 出征所用器械等物曾帶來否 噶扎爾圖言 我中

—— 。—— 。—— 。——

말하기를, "활의 형태는 크기가 한결 같고, 모두 좋은 뿔과 좋은 자작 나무껍질을 골라서 만듭니다. 우리의 대황제(大皇帝)께서는 수없이 화살을 쏘십니다. 10발 중 8-9발을 맞추십니다." 하였다. 아유키 한이 말하기를, "중국의 한족들도 너희처럼 활을 쏘는가? 쏘지 않는가? 전장에서 쓰는 병장기를 가져온 것이 있는가? 없는가?" 하고 물으니, 가자르투가 말하기를, "우리

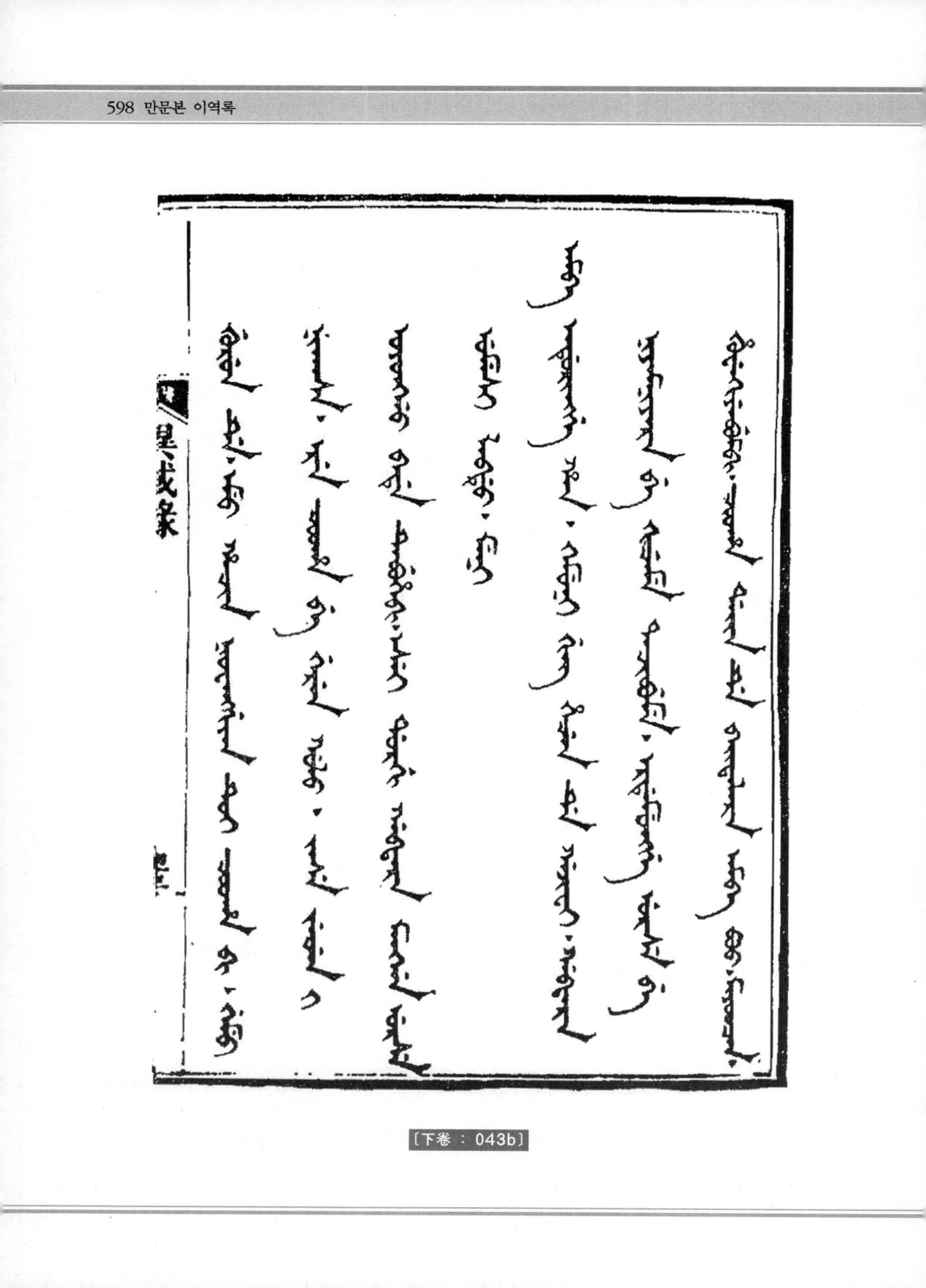

gurun de, emu hacin niowanggiyan tui cooha bi. gemu
國 에 한 종류 푸른 기의 병사 있다. 모두

nikasa. ere cooha be geren golo, jase jecen i
한족들이다. 이 병사 를 여러 省 변방 변경 의

oyonggo bade tebuhebi. esei dorgi gabtara mangga urse
중요한 곳에 머무르게 하였다. 이들의 중 활쏘기 잘하는 무리

umesi labdu. meni
매우 많다. 우리의

amba enduringge han, kemuni ging hecen de gajifi, gabtara
크고 성스러운 汗, 항상 京 城 에 데리고서 활쏘기

niyamniyara be kiceme tacibume, erdemungge urse be
말타고활쏘기 를 힘써 가르치며 능력 있는 무리 를

huwekiyebumbi. cooha dain de baitalara amba poo, miyoocan,
격려한다. 병사 전쟁 에서 쓰는 큰 砲 조총

[한문]

國有綠旗兵丁 皆漢人 駐防各省 竝巖疆要地 頗多善射者 大皇帝常調取來京 令其勤習騎射 以勵人材 其行兵所需大砲鳥鎗

—— ◦ —— ◦ —— ◦ ——

중국에는 한 종류의 녹기병(綠旗兵)이 있습니다. 모두 한족들입니다. 이 병사들을 여러 성(省)과 변경의 중요한 곳에 주둔시켰습니다. 이들 가운데 활쏘기를 잘하는 무리가 매우 많습니다. 우리의 대황제(大皇帝)께서는 언제나 이들을 경성(京城)에 초대하여, 활쏘기와 말을 타며 활을 쏘는 것을 힘써 배우게 하여, 능력이 있는 무리를 격려하십니다. 전쟁에서 쓰는 대포, 조총,

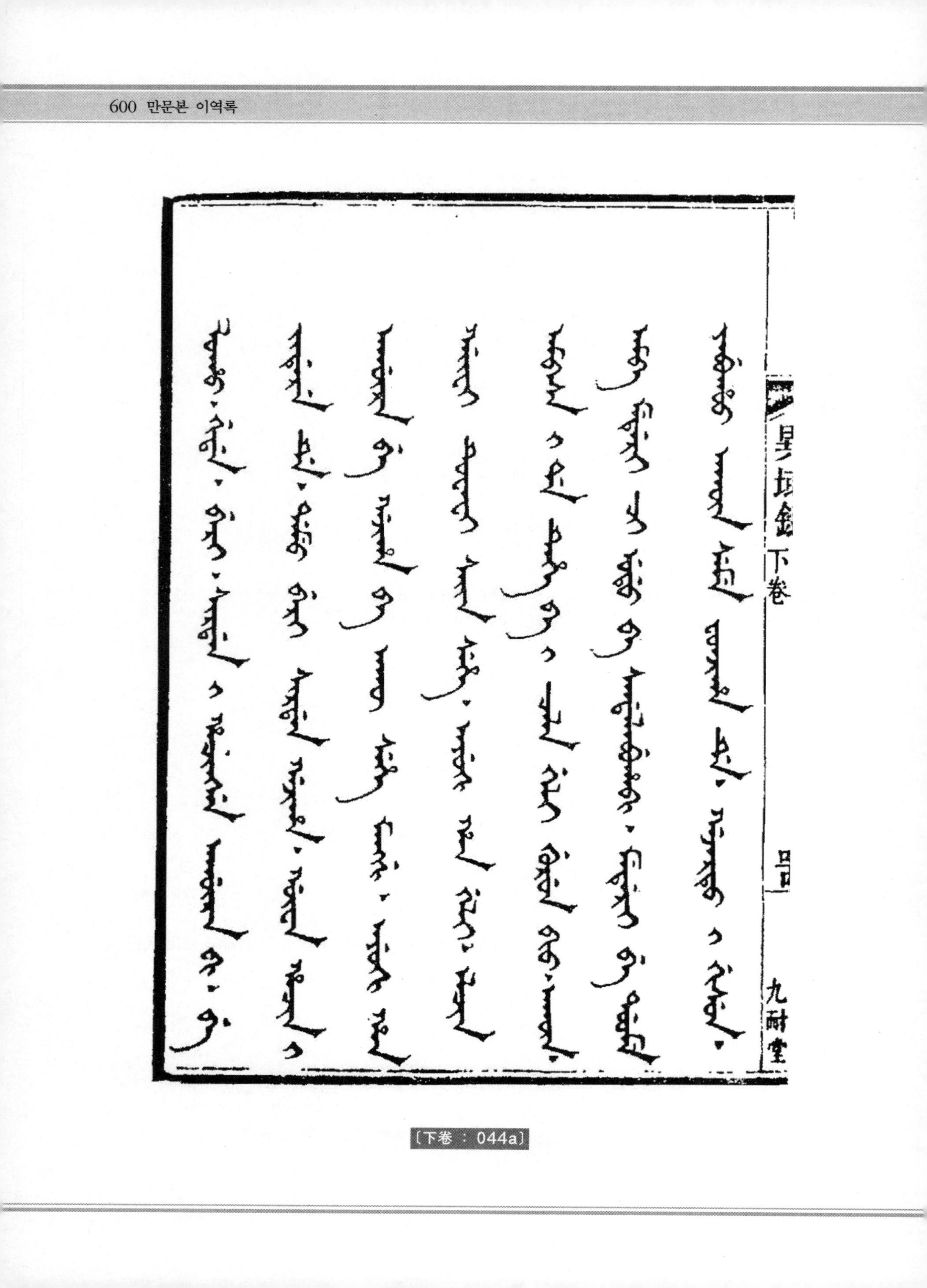

loho, gida, beri, sirdan i hacingga agūra bi. be
허리칼 창 활 화살 의 각종 도구 있다. 우리

jidere de, damu beri sirdan gajiha. gūwa hacin i
옴 에 오직 활 화살 가져왔다. 다른 종류 의

agūra be gajiha ba akū sehe manggi, ayuki han
도구 를 가져온 바 없다 한 후 아유키 汗

gaifi tuwafi sain sehe. ayuki han geli, elcin
취하고 보고서 좋다 하였다. 아유키 汗 또 사신

ambasa i da tehe ba i cala geli gurun bio, akūn.
대신들 의 원래 살던 곳 의 저편 또 나라 있는가 없는가.

amba mederi ci udu ba sandalabuhabi. mederi be doome
큰 바다 에서 몇 리 떨어져있는가. 바다 를 건너

yabuhoo akūn seme fonjiha de, gajartu i gisun,
가는가, 아닌가 하고 물음 에 가자르투 의 말

[한문]

刀劍長鎗弓箭器械等項甚多 我等此來 止携有弓箭 別項器械俱未曾帶來 阿玉奇汗取看稱善 阿玉奇汗又問 天使原籍以外地方 尙有國度否 離海洋遠近 可曾渡海否 噶扎爾圖言

—— ◦ —— ◦ —— ◦ ——

허리칼, 창, 활, 화살과 같은 각종 도구도 있습니다. 우리가 올 때에 오직 활과 화살만을 가져왔습니다. 다른 종류의 병기를 가져온 바 없습니다." 하니, 아유키 한이 가지고 보고서 좋다고 하였다. 아유키 한이 또 말하기를, "사신들이 원래 살던 곳의 저편에는 또 나라가 있는가? 없는가? 큰 바다에서 몇 리나 떨어져 있는가? 바다를 건너서 가는가? 그렇지 않는가?" 하고 물으니, 가자르투가 말하기를,

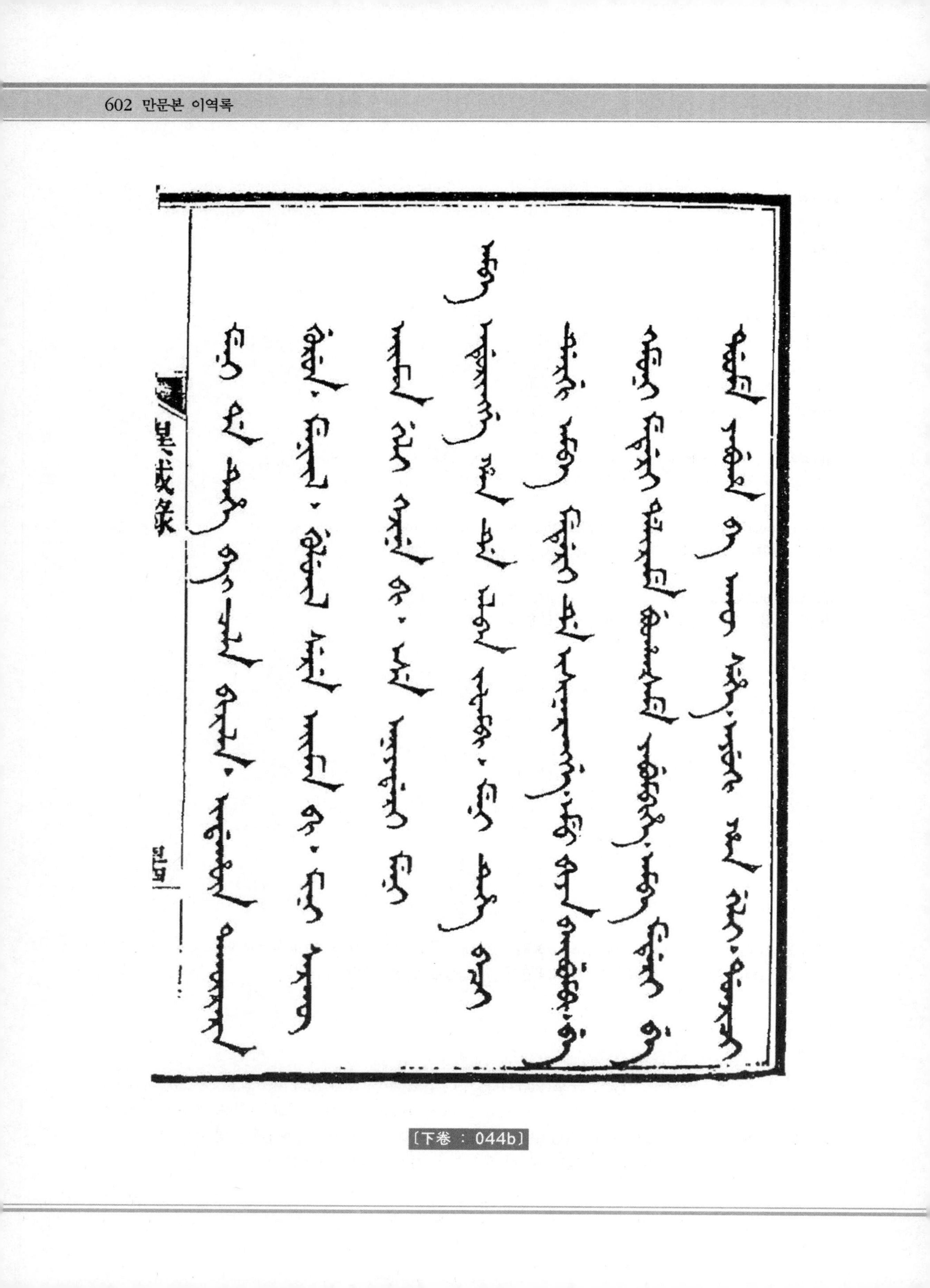

異域錄

meni da tehe ba i cala birla,[297] indahūn takūrara
우리의 본래 살던 곳 의 저편 빌라 개 부리는

gurun,[298] meniil,[299] guluil[300] sere aiman bi. mini sarkū
나라 머니일 굴루일 하는 부족 있다. 나의 모르는

aiman geli kejine bi. ese aniyadari meni
부족 또 다수 있다. 이들 해마다 우리의

amba endudngge han de alban jafambi. meni tehe baci
크고 성스러운 汗 에게 공물 바친다. 우리의 살던 곳에서

dergi amba mederi de isinarangge, emu biya baibumbi. be
동쪽 큰 바다 에 이르는 것 한 달 필요하다. 우리

kemuni mederi dalirame buthašame yabumbihe. amba mederi be
여전히 바다 따라 사냥하며 다녔다. 큰 바다 를

doome yabuha ba akū sehe. ayuki han geli, donjici
건너 간 바 없다 하였다. 아유키 汗 또 듣자니,

[한문]

我原籍地方以外 有必爾拉國役犬國莫尼伊爾及鼓魯伊爾諸部落 我所不知部落尙多 俱與大皇帝每歲納貢 東海大洋 相隔我原籍有一月程 沿海一帶 曾往射獵 不曾過大洋 阿玉奇汗又問 聞得

— ∘ — ∘ — ∘ —

우리가 본래 살던 곳의 저편에는 빌라, 개 부리는 나라, 머니일, 굴루일이라는 부족이 있습니다. 제가 모르는 부족이 또 다수 있습니다. 이들은 해마다 우리의 대황제(大皇帝)께 공물을 바칩니다. 우리가 살던 곳에서 동쪽의 큰 바다에 가기까지 한 달이 걸립니다. 우리는 항상 해안을 따라 사냥을 하며 다녔었습니다. 큰 바다를 건너 간 바는 없습니다." 하였다. 아유키 한이 또 말하기를, "듣자하니,

297) birla(必爾拉) : 퉁구스족의 하나로 에벤키족을 가리킨다. 에벤키족은 러시아에서는 퉁구스, 몽골에서는 함니간 등으로 불리고 있는 민족으로 시베리아 전역에 걸쳐 바이칼 호 서북쪽에서부터 아무르 강 하구 동해에 이르기까지 분포하고 있으며 몽골에도 일부 거주하고 있다. 비랄(Birar, birachen)은 강을 뜻하는 만주어 bira에서 나온 '강의 사람'이라는 뜻으로 생각된다. 주143, 주144 참조.

298) indahūn takūrara gurun : 역견국(役犬國). 퉁구스 족의 일종으로 오늘날 나나이, 즉 허저족을 가리킨다. 당시 퉁구스족을 부족별로 구분하여 명칭을 부여하기 어려웠던 시기에 개를 이용하여 썰매를 끌고 수렵하며 생활하는 퉁구스족을 포괄적으로 표현하기 위해 부여한 명칭이다.

299) meniil(莫尼伊爾) : 오로첸(oroquen)족의 부족인 managir이다.

300) guluil(鼓魯伊爾) : 오로첸(oroquen)족의 부족인 gurair이다.

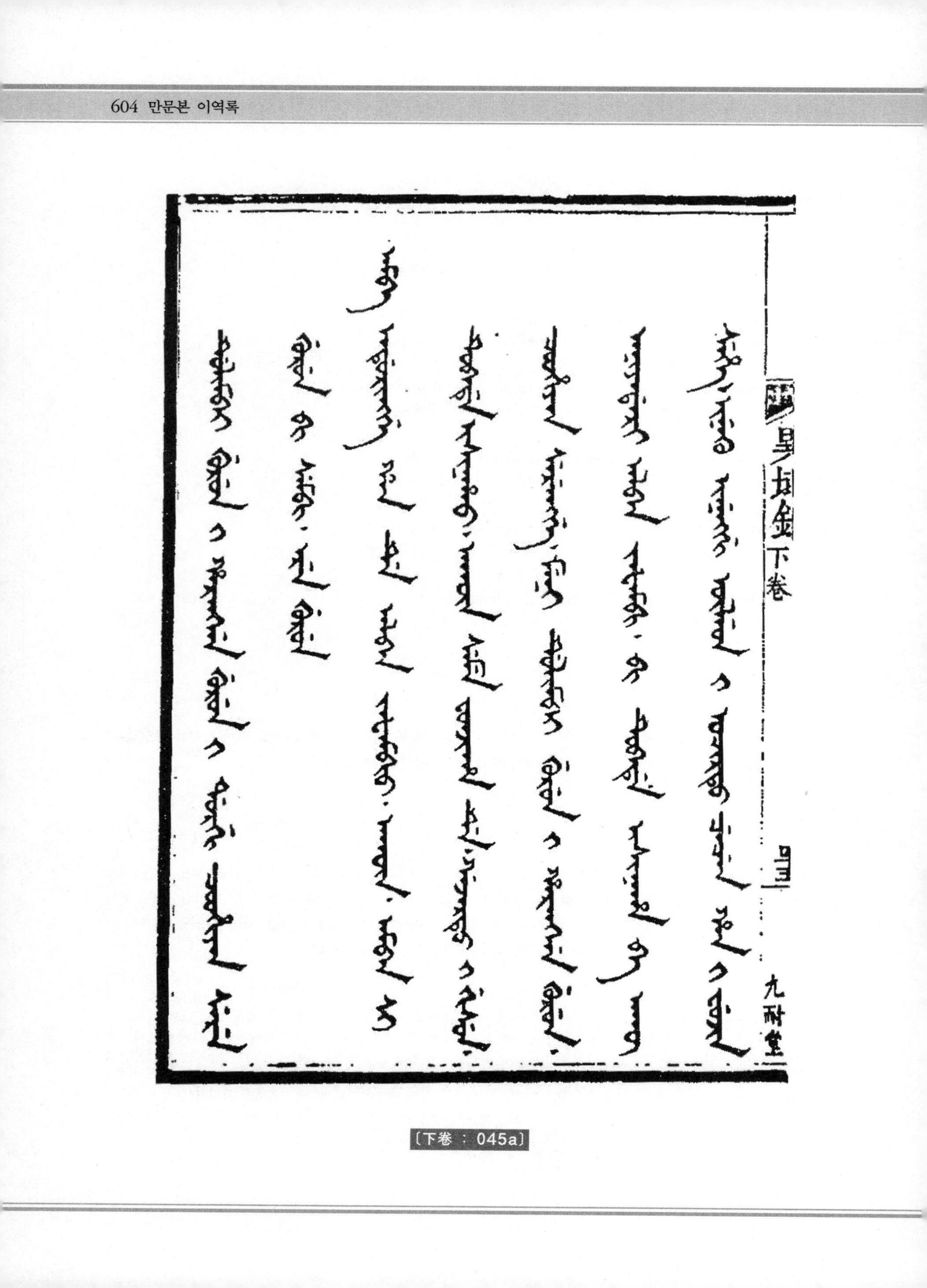

dulimbai gurun i harangga gurun i dorgi coohiyan sere
中 國 의 소속의 나라 의 중 조선 하는

gurun bi sembi. ere gurun
나라 있다 한다. 이 나라

amba enduringge han de alban jafambio, akūn. amban si
크고 성스러운 汗 에게 공물 바치는가 아닌가, 대신 너

tubade isinahao, akūn seme fonjiha de, gajartu i gisun,
그곳에 다다랐는가 아닌가 하며 물음 에 가자르투 의 말

coohiyan serengge, meni dulimbai gurun i harangga gurūn.
조선 은 우리의 中 國 의 소속의 나라이다.

aniyadari alban jafambi. bi. tubade isinaha ba akū
해마다 공물 바친다. 나 그곳에 다다른 바 없다.

sehe. ineku inenggi ūlet i ocirtu cecen han[301] i fujin
하였다. 같은 날 오이라트 의 오치르투 처천 汗 의 夫人

[한문]

中國有屬國名朝鮮者 與大皇帝納貢否 天使可曾到彼處否 噶扎爾圖言 朝鮮國係我中國所屬 每年貢進方物 我不曾到其地 是日 原厄魯特國玉鄂奇爾圖車臣汗之妻 係

—— ◦ —— ◦ —— ◦ ——

중국에 속한 나라 가운데 조선이라는 나라가 있다고 한다. 이 나라는 대황제(大皇帝)에게 공물을 바치는가? 바치지 않는가? 대신인 당신은 그곳에 간 적이 있는가? 없는가?" 하고 물으니, 가자르투가 말하기를, "조선이라는 나라는, 우리 중국에 속한 나라입니다. 해마다 공물을 바칩니다. 저는 그곳에 간 적은 없습니다." 하였다. 같은 날 오이라트의 오치르투 처천 한의 부인(夫人)이며,

301) ocirtu cecen han(鄂奇爾圖 車臣) : 오치르투 체첸 한(очирту сэцэн хан)은 카자흐스탄에 있는 자이산(Зайсан) 지역의 몽골 유목민인 호쇼트(Хошууд) 부족의 한(汗)이다. 1678년 준가르와의 전쟁에서 갈단(Галдан)의 보시그트 한(бошигт хаан 1644-1697)에게 살해당했다.

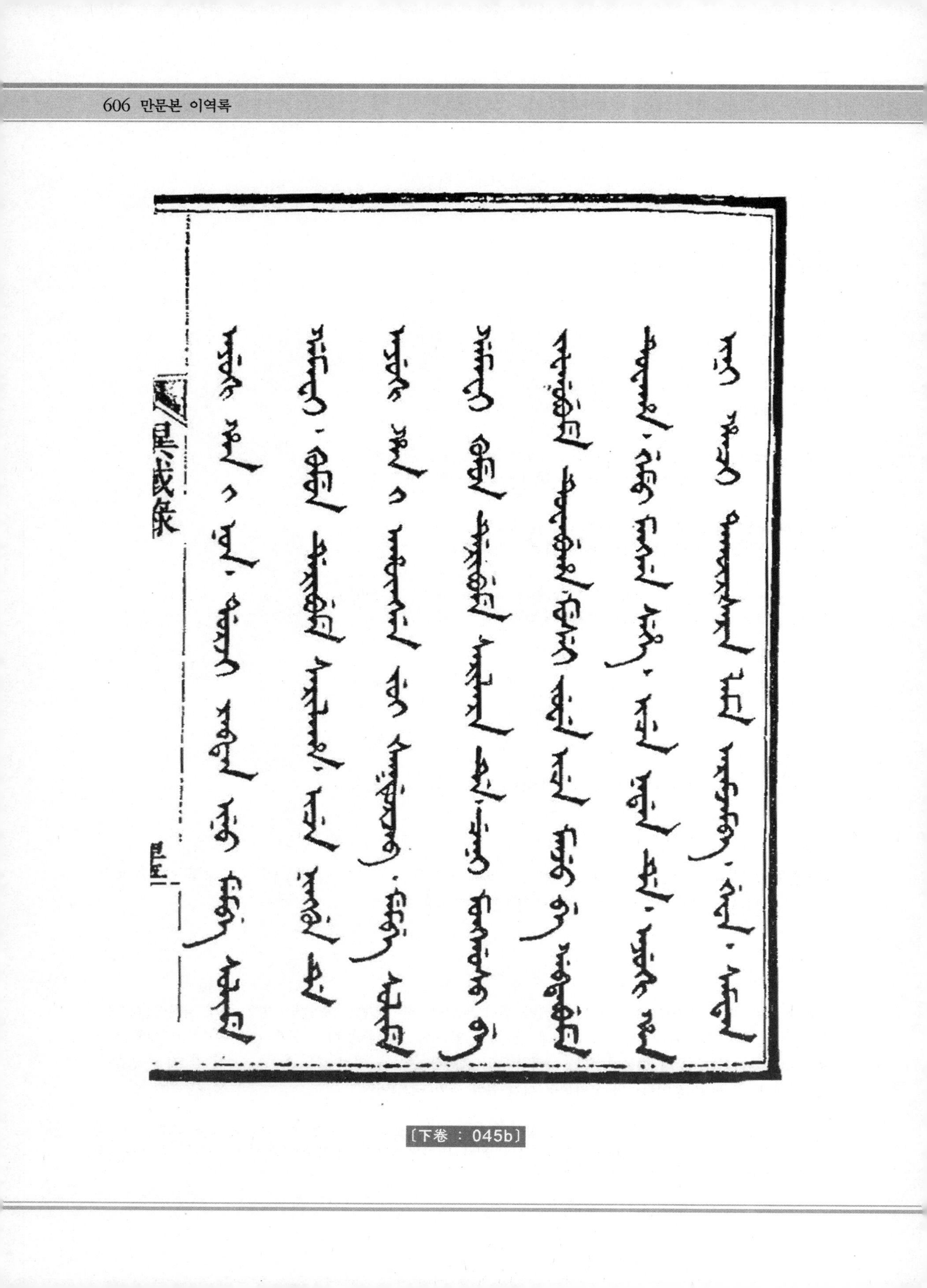

異域錄

ayuki han i non, dorji rabtan[302] inu membe solime
아유키 汗 의 누이 도르지 랍탄 도 우리를 청하여

gamafi, kumun deribume sarilaha. ice ninggun de
데려가서 음악 시작하며 잔치했다. 초 육 에

ayuki han i ahūngga jui šakdurjab,[303] membe solime
아유키 汗 의 첫째 아들 샤두르잡 우리를 청하여

gamafi, kumun deribume sarilara de, ceni monggoso be
데려가서 음악 시작하며 잔치함 에 그들의 몽고인들 을

jafanubume[304] tuwabuha. musei juwe ice manju be gabtabume
씨름하게 하여 보였다. 우리의 두 신 만주인 을 활쏘게 하여

tuwaha. gemu mangga sehe. ice nadan de, ayuki han
보았다. 모두 잘한다 하였다. 초 칠 에 아유키 汗

ini hanci takūršara lama aramjamba,[305] gewa.[306] samtan[307]
그의 가까이 부리는 라마 아람잠바 거와 삼탄

[한문]

阿玉奇汗之妹 名多爾濟拉布坦 邀請作樂筵宴 初六日 阿玉奇汗之長子沙克度爾扎布邀請作樂筵宴 令其蒙古人相角觝 請二新滿洲射箭 衆觀之咸稱善 初七日 阿玉奇汗差伊侍近番僧阿拉穆占巴 竝格瓦及薩穆坦

—— ◦ —— ◦ —— ◦ ——

아유키 한의 누이인 도르지 랍탄도 우리를 초청하여 데려가서, 음악을 연주하며 잔치를 베풀었다. 6일에 아유키 한의 첫째 아들인 샤두르잡이 우리를 초청하여 데려가서, 음악을 연주하며 잔치를 베풀 때에, 그들에게 속한 몽골인들에게 씨름을 시켜서 보여주었다. 우리는 두 명의 신만주인에게 활쏘기를 시켰는데, 모두 잘한다고 칭찬하였다. 7일에 아유키 한이 그의 가까이에서 부리는 라마승인 아람잠바, 거와, 삼탄

---

302) dorji rabtan(多爾濟 拉布坦) : 도르지 랍단(Доржи равдан), 인명(人名).
303) šakdurjab(沙克度爾扎布) : 투르구트 아유키 한(ayuki han)의 큰 아들 샤그도르자브(Шагдуржав)로 1714년 −1722년 재위하였다.
304) jafanubume : jafanabume의 오기(誤記)로 판단된다.
305) aramjamba(阿拉穆占巴) : 아람잠바(Арамжамба), 인명(人名).
306) gewa(格瓦) : 거와(Гэва), 인명(人名).
307) samtan(薩穆坦) : 삼단(самдан). 인명(人名).

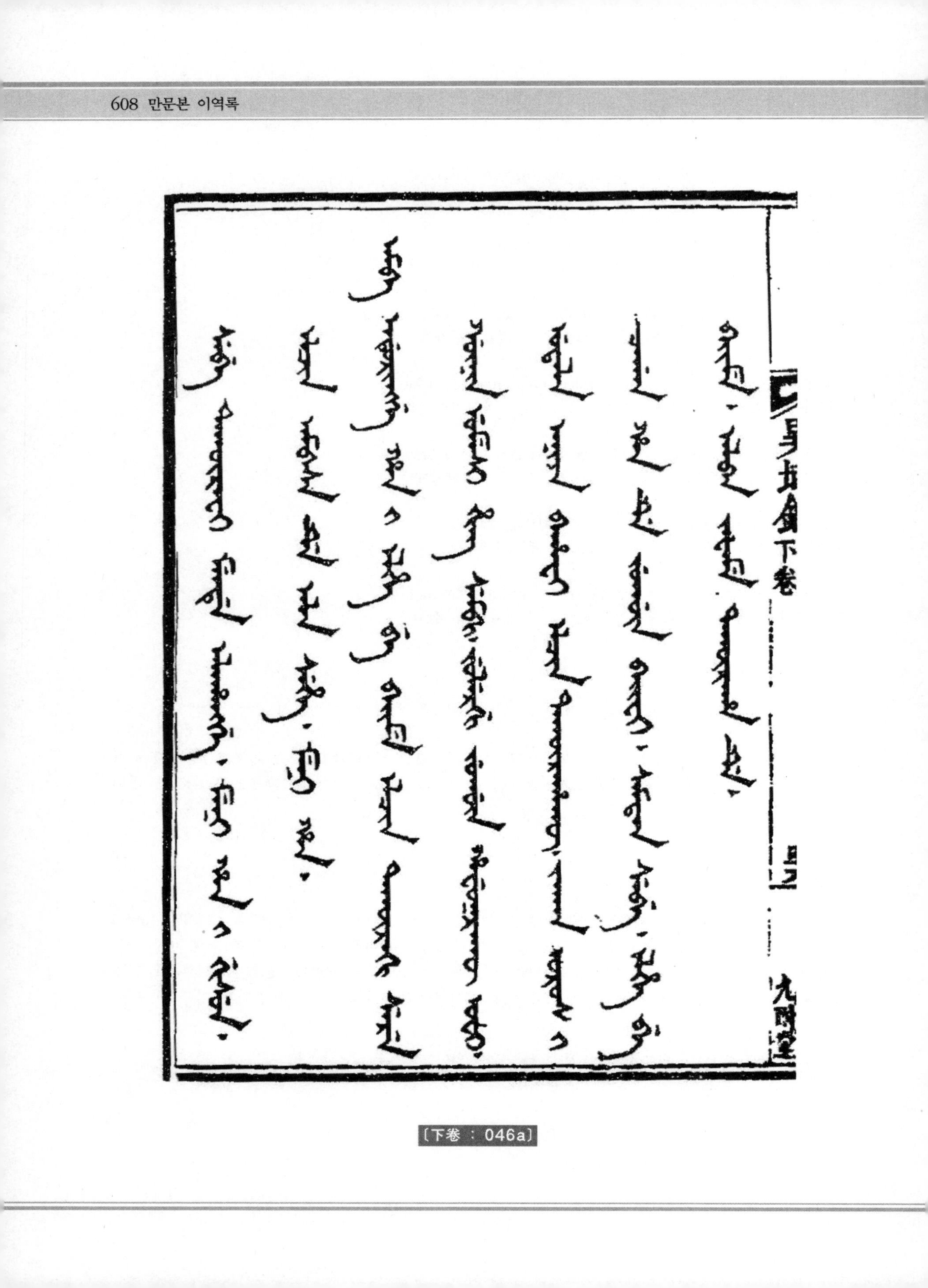

異域錄 下卷

九思堂

〔下卷 : 046a〕

sebe takūrafi mende alahangge, meni han i gisun,
등을 파견하여서 우리에게 고한 것 우리의 汗 의 말

elcin ambasa de ala sehe. meni han,
사신 대신들 에게 고하라 하였다. 우리의 汗

amba enduringge han i elhe be baime elcin takūraki sere
크고 성스러운 汗 의 평안 을 청하며 사신 파견하고자 하는

gūnin umesi hing sembi. julergi jugūn hafunarakū ofi,
마음 매우 절실하다. 남쪽 길 통하지 않게 되어서

utala aniya bahafi elcin takūrahakū, jakan oros i
여러 해 능히 사신 파견하지 못해서 얼마 전 러시아 의

cagan han de jugūn baifi, samtan sebe, elhe be
차간 汗 에게 길 청하여서 삼탄 등을 평안 을

baime, alban jafame takūraha de,
청하러 공물 바치러 파견했음 에

[한문]

等前來曰 我國王差我等來稟天使 我國王常欲遣使 恭請大皇帝萬安 心中慇慇 因南路不通 所以數年相隔 奉曾遣使 近日於俄羅斯國假道 特遣薩穆坦等前往請安進貢

—— ◦ —— ◦ —— ◦ ——

등을 파견하여서 우리에게 고하기를, "우리의 한(汗)께서 말하시기를, 사신들에게 고하라고 하셨다. 우리의 한(汗)께서는 대황제(大皇帝)의 안부를 여쭈러 사신을 파견하고자 하는 마음이 매우 절실하시다. 남쪽 길이 통하지 않게 되어서, 여러 해 동안 사신을 파견하지 못했는데, 얼마 전에 러시아의 차간 한에게 길을 청하여서, 삼탄 등을 평안을 여쭘과 동시에 공물을 바치러 파견했더니,

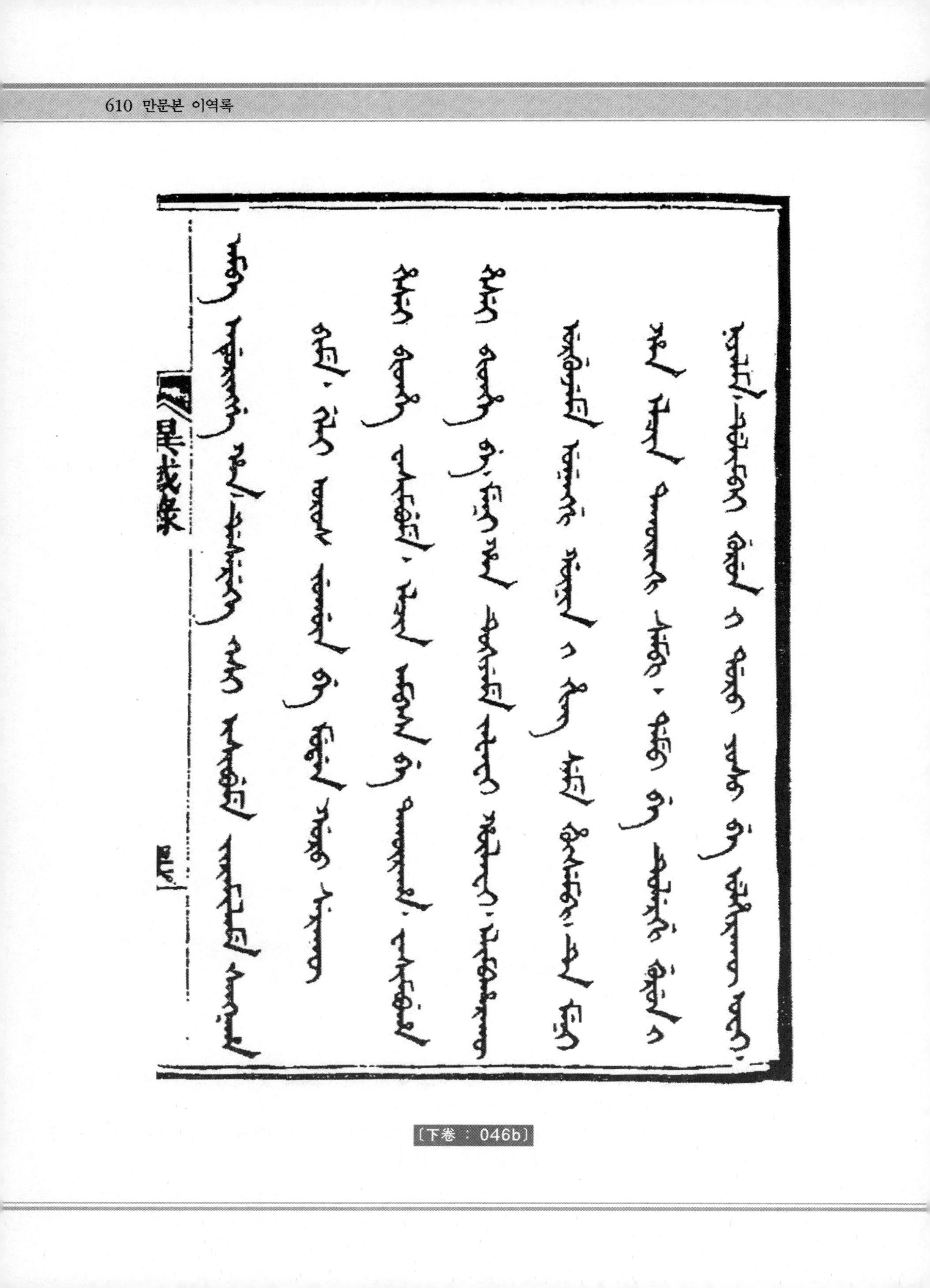

異域錄

amba enduringge han, desereke kesi isibume jiramilame šangnaha
크고 성스러운 汗 넘치는 은덕 미치게 하여 후하게 대접하며 상주었고

bime, geli oros jugūn be mudan goro serakū,
또 러시아 길 을 굽고 멀다 하지 않고

hesei bithe wasimbume, elcin ambasa be takūraha. wasimbuha
皇旨의 글 내리시어 사신 대신들 을 파견하였다. 내리신

hesei bithe be, meni han tukiyeme jafafi hūlafi, alimbaharakū
皇旨의 글 을 우리의 汗 들어 잡고서 읽고 매우

urgunjeme unenggi gūnin i hing seme hukšembi. te meni
기뻐하며 진실한 마음 으로 절실하게 감격한다. 지금 우리의

han, elcin takūraki sembi. damu be tulergi gurun i
汗 사신 파견하고자 한다. 다만 우리 바깥쪽 나라 의

niyalma, dulimbai gurun i doro yoso be ulhirakū ofi
사람 中 國 의 道 禮 를 알지 못해서

[한문]

蒙大皇帝隆恩 重加賞賜 不以俄羅斯國道路僻遠 復頒諭旨 遣天使前來 綸音下降 捧讀之餘 不勝欣躍 中心愛戴 今我國王復欲遣使前往 [其繕寫表章款式][308] 我等外夷 不通中國禮儀 恐

—— ◦ —— ◦ —— ◦ ——

대황제(大皇帝)께서 넘치는 은덕을 내리시며 후사(厚賜)하였고 또 러시아 길을 굽고 멀다고 여기지 않으시고, 칙서를 내리시어 사신들을 파견하셨다. 황제께서 내리신 칙서를 우리의 한(汗)께서 받들어 읽으시고, 극히 기뻐하며 진실한 마음으로 절실히 감격하셨다. 지금 우리의 한(汗)께서는 사신을 파견하고자 하신다. 다만 우리 외국인은 중국의 예의(禮儀)를 잘 알지 못하여서,

308) [ ] 부분은 만주본에는 없고 한문본에만 있는 내용이다. [상주문 베껴 쓰는 형식을]

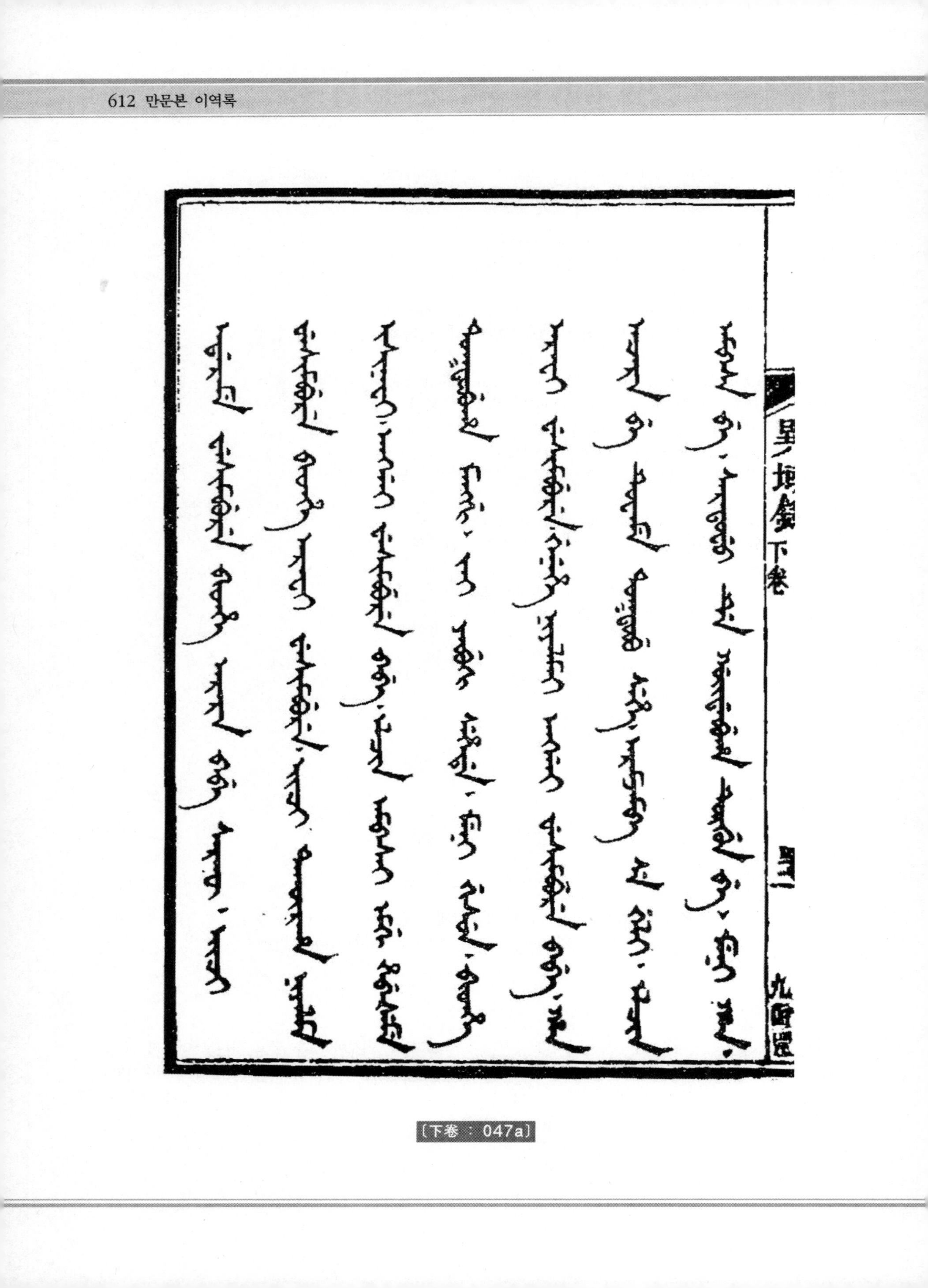

異域錄 下卷

四

adarame wesimbure bithe arara babe sarkū. eici
어떻게 올리는 글 지을 바를 모른다. 혹

wesimbure bithe arafi wesimbure, eici takūraha niyalma
올리는 글 짓고 올리는 것 혹 파견한 사람

isinafi, anggai wesimbure babe, elcin ambasai emgi hebešeme
다다라서 입으로 올리는 바를 사신 대신들의 함께 협의하여

toktobuha manggi, jai yabuki sehede, meni gisun, bithe
결정하게한 후 또 가자 했음에 우리의 말 글

arafi wesimbure, genehe niyalmai anggai wesimbure babe, han
지어서 올리는 것 간 사람의 입으로 올리는 바를 汗

acara be tuwame toktobu sehe. aramjamba se geli, elcin
마땅함 을 보아 정하게 하라 하였다. 아람잠바 등 또 사신

ambasa be, saratofu de goidabuha turgun be, meni han,
대신들 을 사라토푸 에서 지체시킨 까닭 을 우리의 汗

[한문]

不合式 或繕寫表章具奏 或令使者到日口奏 與天使商酌定議而行 我等言 表奏口奏之處還是國王自行裁酌 阿拉穆占巴等又曰 天使在薩拉托付地方耽擱情由 我國王令

—— ◦ —— ◦ —— ◦ ——

어떻게 상주문(上奏文) 지을지를 모른다. 혹 황제께 상주문(上奏文)을 지어서 올리는 것과, 혹 파견한 사람이 도착한 후 입으로 황제께 아뢰는 것을 사신들과 함께 협의하여 결정한 후에 가겠다." 하여서, 우리가 말하기를, "글을 지어 올리는 것과 사신으로 간 사람이 입으로 황제께 아뢰는 것을, 한(汗)께서 적절히 판단하여 결정하시라." 하였다. 아람잠바 등이 또 말하기를, "사신들을 사라토푸에서 지체시킨 까닭을, 우리의 한(汗)께서

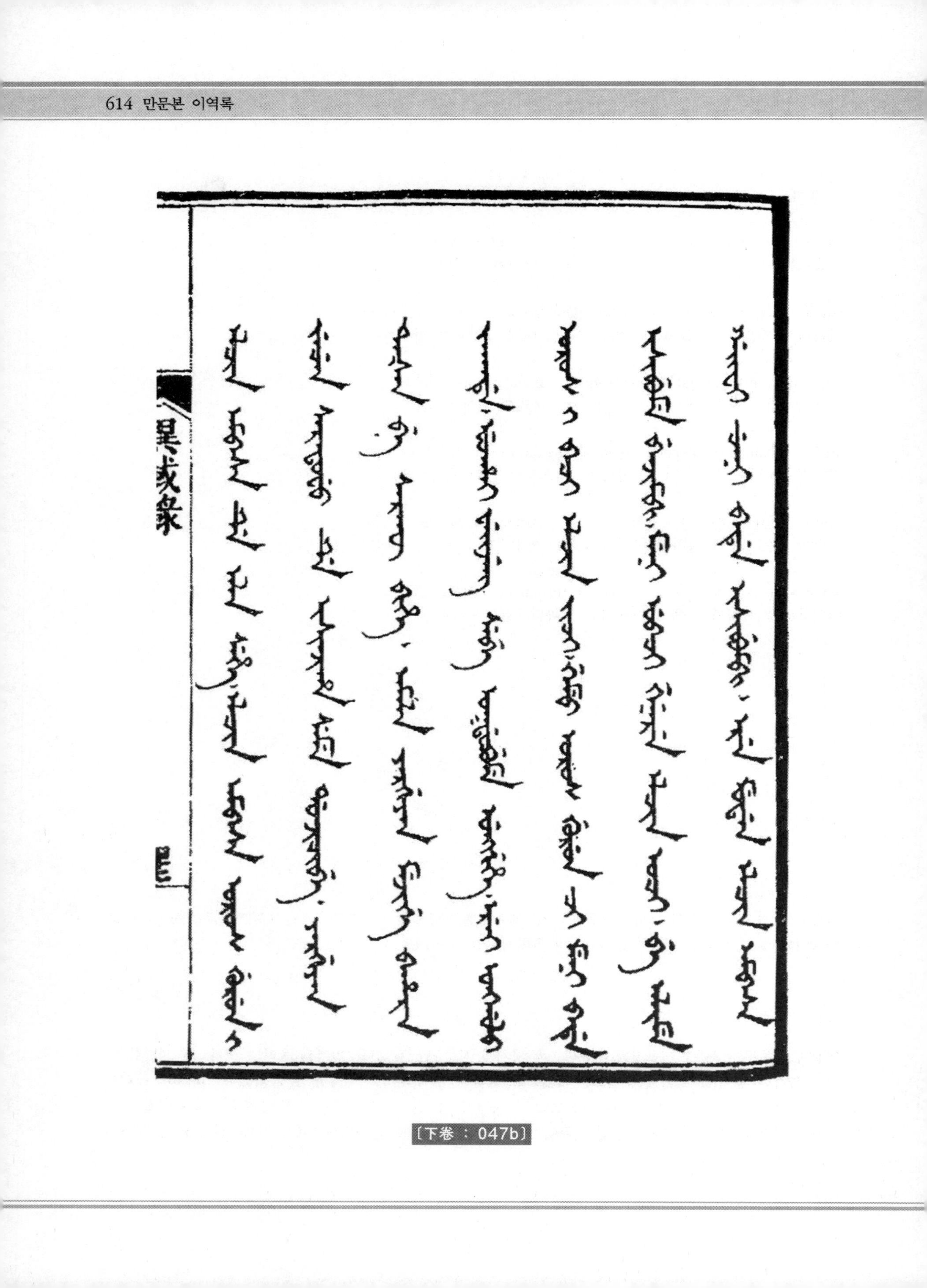

異域錄

elcin ambasa de ala sehe. elcin ambasa, oros gurun i
사신 대신들 에게 고하라 하였다. 사신 대신들 러시아 나라 의

jecen saratofu de isinjiha seme donjicibe, yargiyan
변경 사라토푸 에 다다랐다 하고 들었지만 진실

tašan be sarkū bihe. amala yargiyan mejige bahara
거짓 을 알지 못했다. 후에 진실의 소식 얻을

jakade, uthai weijeng sebe okdobume unggihe. erei onggolo
적에 곧 위이정 등을 맞이하게 하여 보냈다. 이의 전

oros i baci elcin jici, gemu oros gurun ci meni bade
러시아 의 지역에서 사신 오면 모두 러시아 나라 에서 우리의 지역에

isibume benjimbi. meni ubaci genere elcin oci, be alime
이르게 하여 보낸다. 우리의 이곳에서 가는 사신 되면 우리 맡아

gaifi ceni bade isibumbi. ere mudan elcin ambasa
데리고서 그들의 곳에 이르게 한다. 이 번 사신 대신들

[한문]

我等訴稟天使 聞得天使到俄羅斯國邊界薩拉托付地方信息 猶不的確 後得實信 遂即差魏正等前去迎接 從前使者凡自俄羅斯國來者 皆係俄羅斯國差人送至我國地方 其自我國去者 我國即差人送至俄羅斯國交付 此番天使來時

—— ◦ —— ◦ —— ◦ ——

사신들에게 고하라고 하셨다. 사신들이 러시아의 변경 사라토푸에 다다랐다고 들었지만, 진위를 알지 못하였다. 이후 사라토푸에 다다른 것이 확실하다는 소식을 듣고서 곧 위이정 등을 사신들을 맞이하러 보냈다. 이전에 러시아 지역에서 사신이 오면, 모두 러시아에서 우리 지역으로 사신을 배웅하며 보내온다. 우리 지역에서 가는 사신의 경우에는, 우리가 데리고서 그들의 지역까지 배웅한다. 이번에는 사신들이

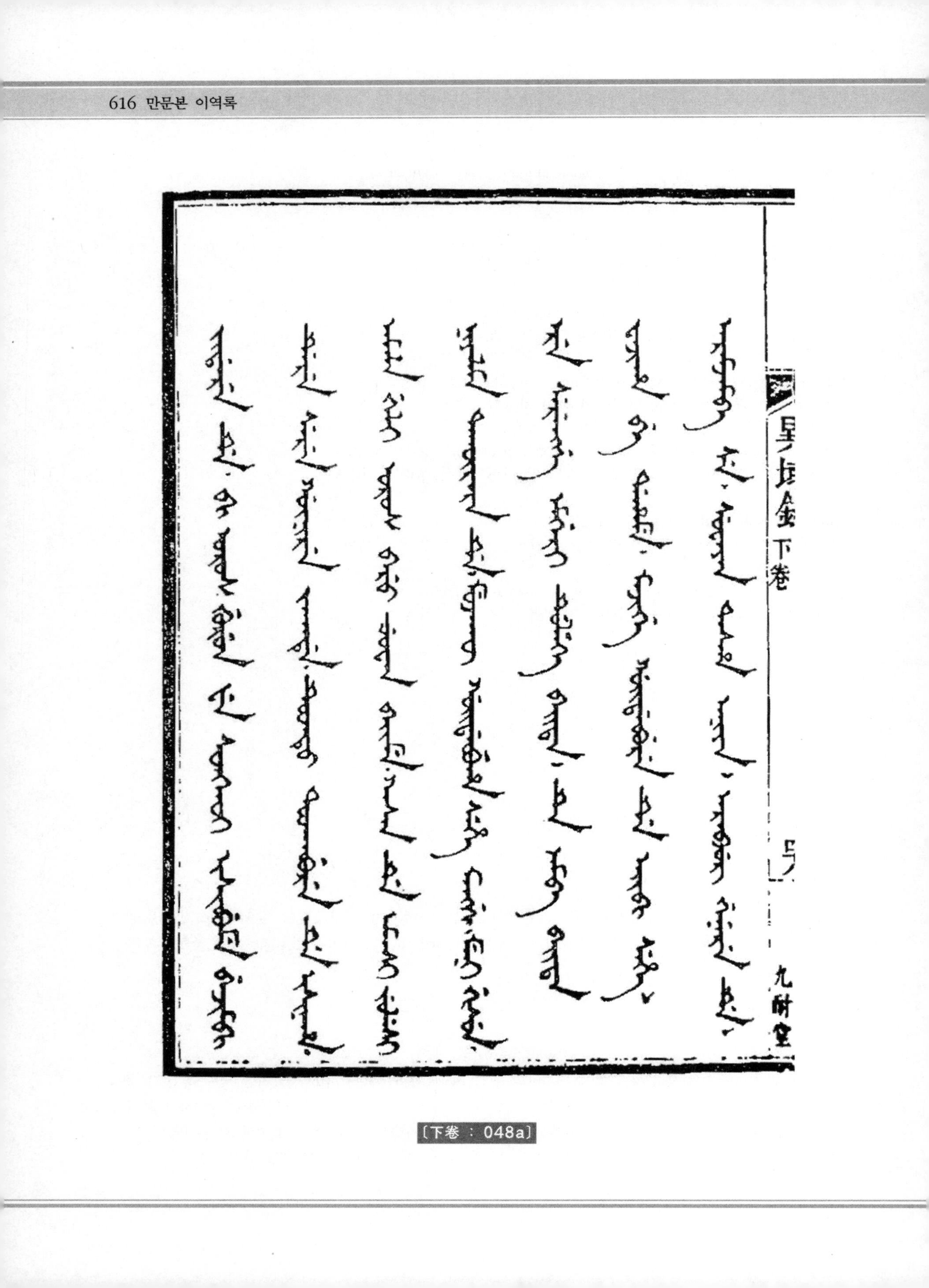

jidere de, bi oros gurun fe songkoi isibume benjimbi
옴 에 나 러시아 나라 옛날 대로 이르게 하여 보내리라

dere sere[309] gūnire jakade, tuttu tookabure de isinaha.
하고 생각할 적에 그렇게 지체됨 에 이르렀다.

amala, geli oros baru cuwan baime, kasan de amasi julesi
후에 또 러시아 쪽 배 구하러 카산 에서 뒤로 앞으로

niyalma takūrara de, mujakū goidabuha sehe manggi, meni gisun,
사람 파견함 에 매우 지체되었다 한 후 우리의 말

ere serengge emgeri duleke baita. te amba baita
이 는 한번 지난 일이다. 지금 큰 일

wajiha be dahame, majige goidabure de aibi sehe.
마쳤음 을 따라 조금 지체됨 에 어떠하냐 하였다.

aramjamba se, suwayan tasha aniya, arabjur genere de,
아람잠바 등 戊 寅 년 아랍주르 감 에

[한문]

我以爲俄羅斯國仍照前差人送來 因此耽誤 後又向俄羅斯國借用船隻 往返差人往喀山地方去 以致遲滯 日久 我等言 此係已往之事 今大事旣畢 畧有遲延 無甚大碍 阿拈穆占巴等又稟曰 戊寅年 阿拉布珠兒去時

—— 。 —— 。 —— 。 ——

올 때 나는 러시아가 예전처럼 배웅하여 보내올 것이라고 생각하여 그와 같이 지체된 것이다. 이후에 또 러시아 쪽에서 배를 구하러 카산에서 이리저리 사람을 파견한 까닭에 매우 지체되었다." 하였다. 우리가 말하기를, "이는 이미 지나간 일이다. 지금 큰 일을 마쳤으니, 조금 지체된들 어떠하겠는가?" 하였다. 아람잠바 등이 말하기를, " 무인년(戊寅年)에 아랍주르가 갈 때,

309) sere : seme의 오류로 추정된다.

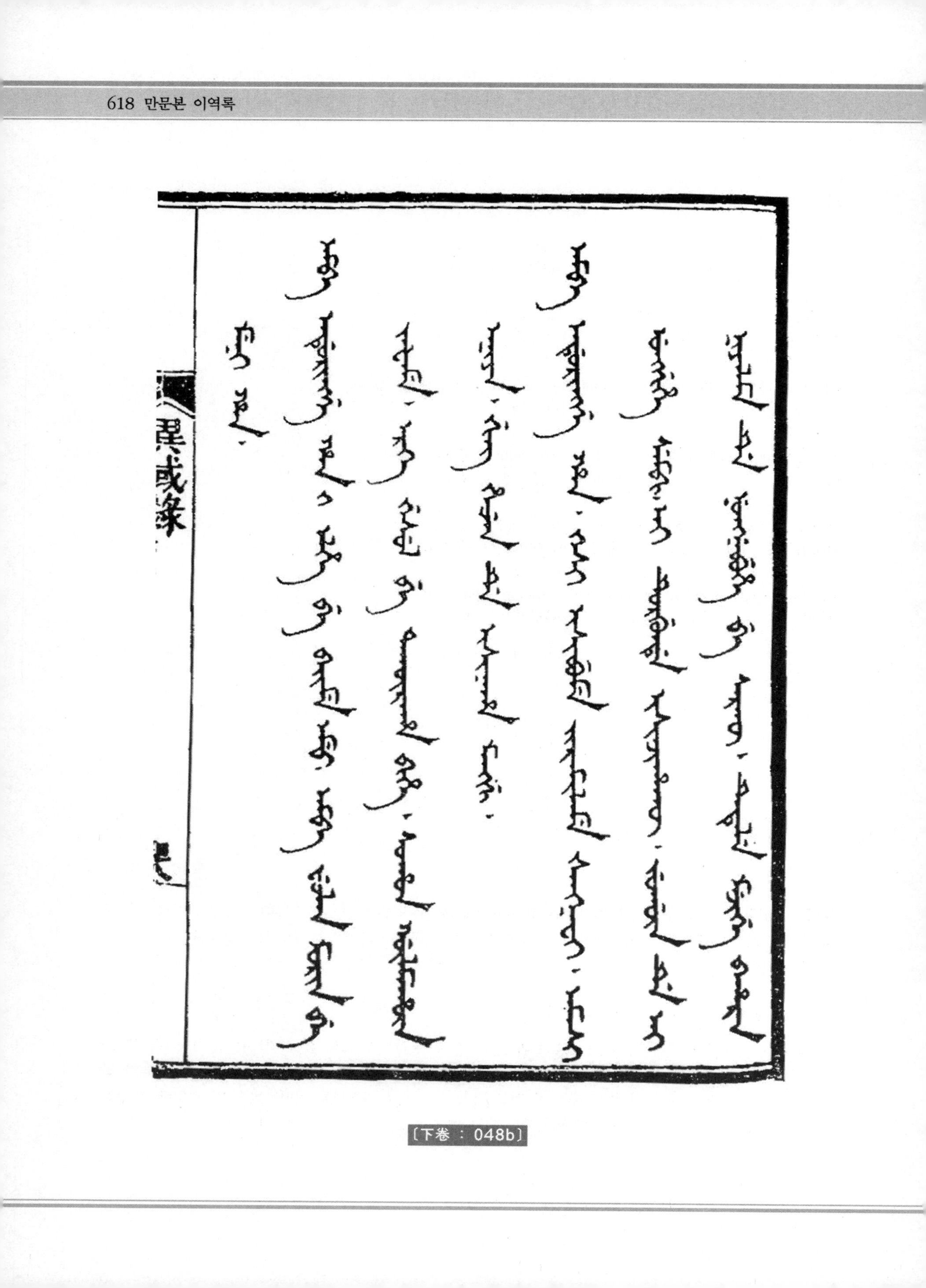

異域錄

meni han,
우리의 汗

amba enduringge han i elhe be baime emu amba fulan morin be
크고 성스러운 汗 의 평안 을 청하며 한 큰 총이 말 을

jafame, erke gesun[310] be takūraha bihe. sohon gūlmahūn
바치며 어르커 거순 을 파견하였었다. 己 卯

aniya, ging hecen de isinaha manggi,
年 京 城 에 다다른 후

amba enduringge han, kesi isibume jiramilame šangnafi, amasi
크고 성스러운 汗 은덕 미치게 하며 후하게 대접하며 상주시고 도로

unggihe sembi. ai turgunde isinjihakū. jugūn de ai
보냈다 한다. 무슨 까닭에 오지 않았는가, 길 에 무슨

niyalma de nungnebuhe be sarkū. tetele mejige bahara
사람 에게 당했는지 를 모른다. 지금까지 소식 얻지

[한문]

我汗曾遣使厄里克格孫前往請大皇帝萬安 進大青馬一匹 己夘年到京 聞得大皇帝厚賜恩賞遣還 不知何故未到 途中被何人謀害 至今無信

—— ◦ —— ◦ —— ◦ ——

우리의 한(汗)께서 대황제(大皇帝)의 안부를 여쭈며 한 마리의 큰 푸른 말을 바치며 어르커 거순을 파견하였었다. 기묘년에 경성에 다다른 후, 대황제(大皇帝)께서 은덕을 내리시어 후하게 대접하며 상을 주시고, 돌려보냈다고 한다. 그런데 무슨 까닭에선가 돌아오지 않았다. 오는 길에 어떤 사람에게 음해를 당했는지 모른다. 지금까지 이에 대한 소식을 들은 적이

310) erke gesun(厄里克格孫) : 에르케 게순(эркэ гэсүн), 인명(人名).

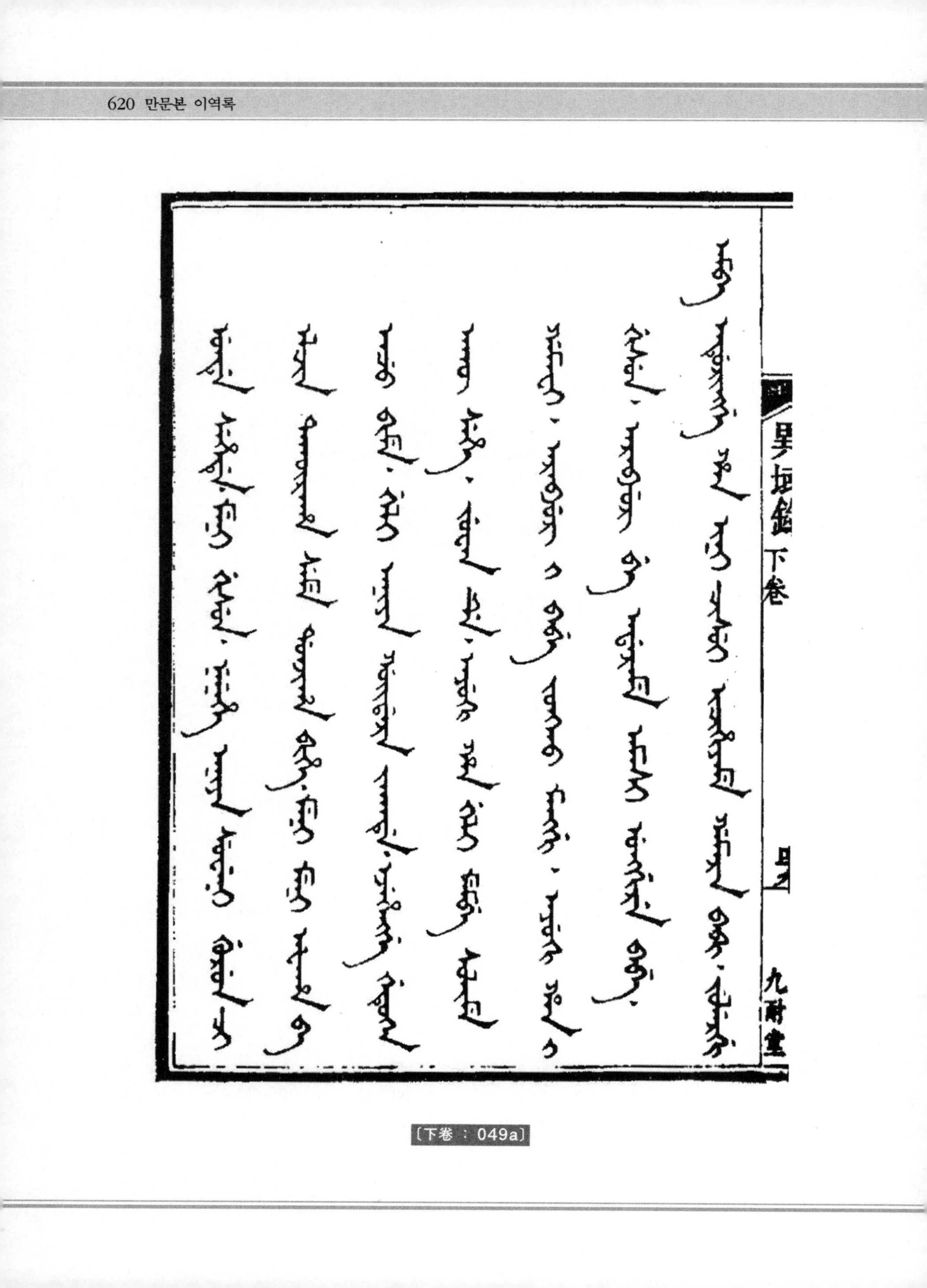

異域錄 下卷

九耐堂

unde sehede, meni gisun, nenehe aniya suweni gurun ci
못했다 함에 우리의 말 지난 해 너희의 나라 에서

elcin takūraha seme donjiha bihe. meni meni afaha ba
사신 파견하였다 하고 들었었다. 各 各 맡은 바

encu bime, geli aniya goidara jakade, ejehengge getuken
다르고 또 해 오래될 적에 기록한 것 분명하지

akū sehe. juwan de, ayuki han geli membe solime
않다 하였다. 십 에 아유키 汗 또 우리를 청하여

gamafi, arabjur i babe jongko manggi, ayuki han i
데리고서 아랍주르 의 일을 언급한 후 아유키 汗 의

gisun, arabjur be adarame amasi unggire babe,
말 아랍주르 를 어찌 돌려 보낼 바를

amba enduringge han ini cisui icihiyame gamara babi. julergi
크고 성스러운 汗 그의 마음대로 처리하여 조치할 바이다. 남쪽

[한문]

我等答曰 先年曾聞爾國遣使進貢 我等各有所司 且年久 不知其詳 初十日 阿玉奇汗又請 於是前往 言及阿拉布珠兒之事 阿玉奇汗曰 將阿拉布珠兒作何遣回之處 大皇帝自有睿裁 南

—— ◦ —— ◦ —— ◦ ——

없다." 하였다. 우리가 말하기를, "이전에 그대의 나라에서 사신을 파견하였다고 들었다. 각각 맡은 바가 다르고, 또 해가 오래되어서 기억이 분명하지 않다." 하였다. 10일에, 아유키 한이 또 우리를 청하여 데려가서 아랍주르의 일을 언급하고 아유키 한이 말하기를, "아랍주르를 어찌 돌려보낼지는 대황제(大皇帝)께서 마음대로 처리하실 일이다. 남쪽

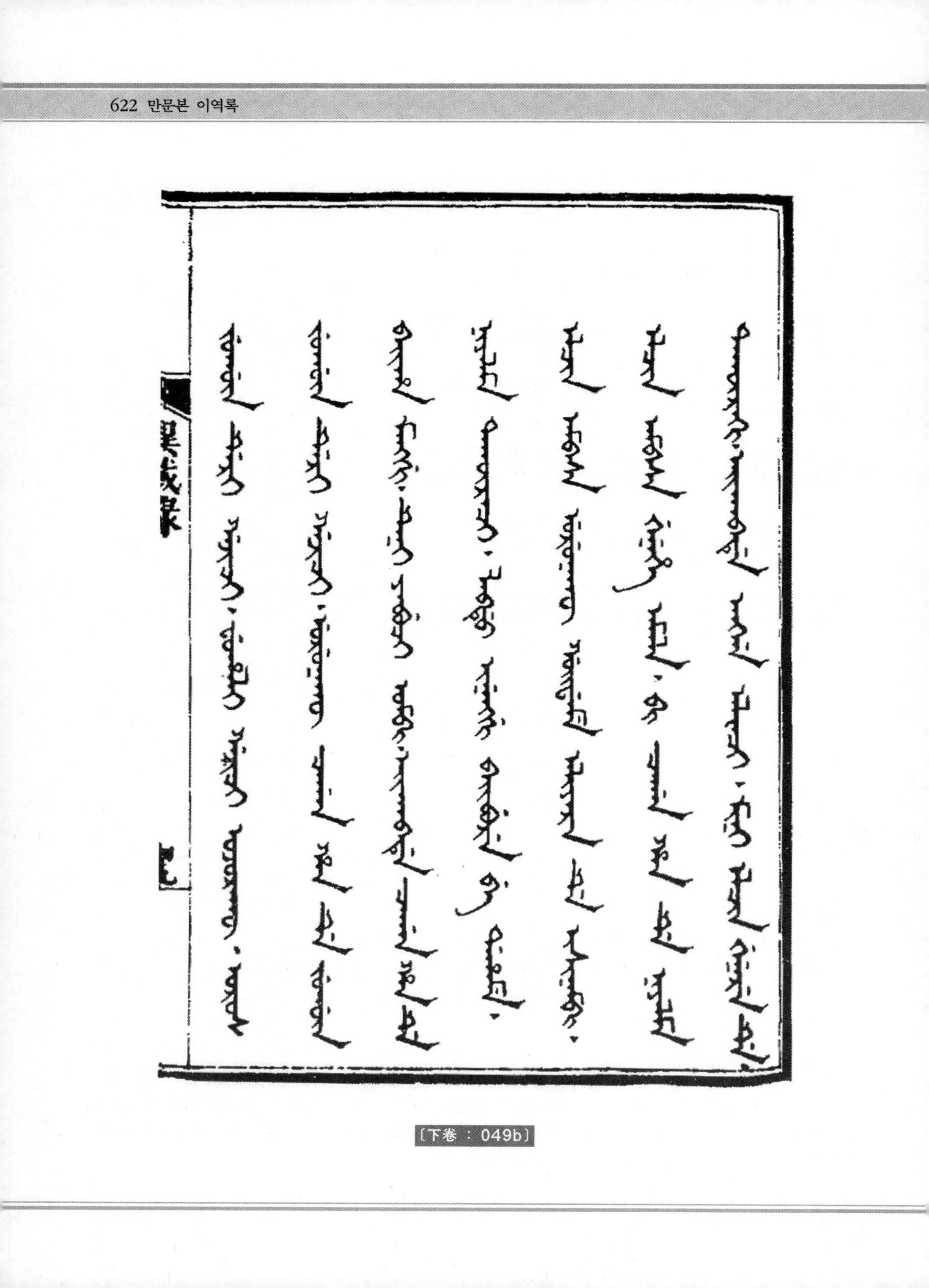

異域錄

[illegible]

jugūn deri gajici, fuhali gajici ojorakū, oros
길 로 데려오면 결코 데려올 수 없고 러시아

jugūn deri gajici, urunakū cagan han de jugūn
길 로 데려오면 반드시 차간 汗 에게 길

baiha manggi, teni yabuci ombi. aikabade cagan han de
청한 후 비로소 가면 된다. 만약 차간 汗 에게

niyalma takūraci, labdu inenggi baibure be dahame,
사람 파견하면 많은 날 걸림 을 따라

elcin ambasa urunakū goidame aliyara de isinambi.
사신 대신들 반드시 오래 기다림 에 이른다.

elcin ambasa genehe amala, bi cagan han de niyalma
사신 대신들 간 후에 나 차간 汗 에게 사람

takūraki. aikabade angga aljaci,[311] mini elcin genere de,
파견하마. 만약 승낙하면 나의 사신 감 에

[한문]

路斷不能來 如從俄羅斯國行走 必假道於察罕汗方可 若差人往察罕汗處去 必需時日 天使必至久待 今請天使先回 隨後差往察罕汗去 如允我遣使時 再行奏聞

—— ◦ —— ◦ —— ◦ ——

길을 통해 데려오려면, 결코 데려올 수 없고, 러시아의 길을 통해서 데려오려면, 반드시 차간 한에게 길을 청한 후에야 비로소 올 수 있다. 혹시라도 차간 한에게 사람을 파견하면 많은 날을 요하게 되니, 사신들은 반드시 오래 기다리게 될 것이다. 사신들이 간 후에, 내가 차간 한에게 사람을 파견하겠다. 혹시라도 그가 승낙한다면 나의 사신이 갈 때

311) angga aljambi : 승낙하다. 약속하다.

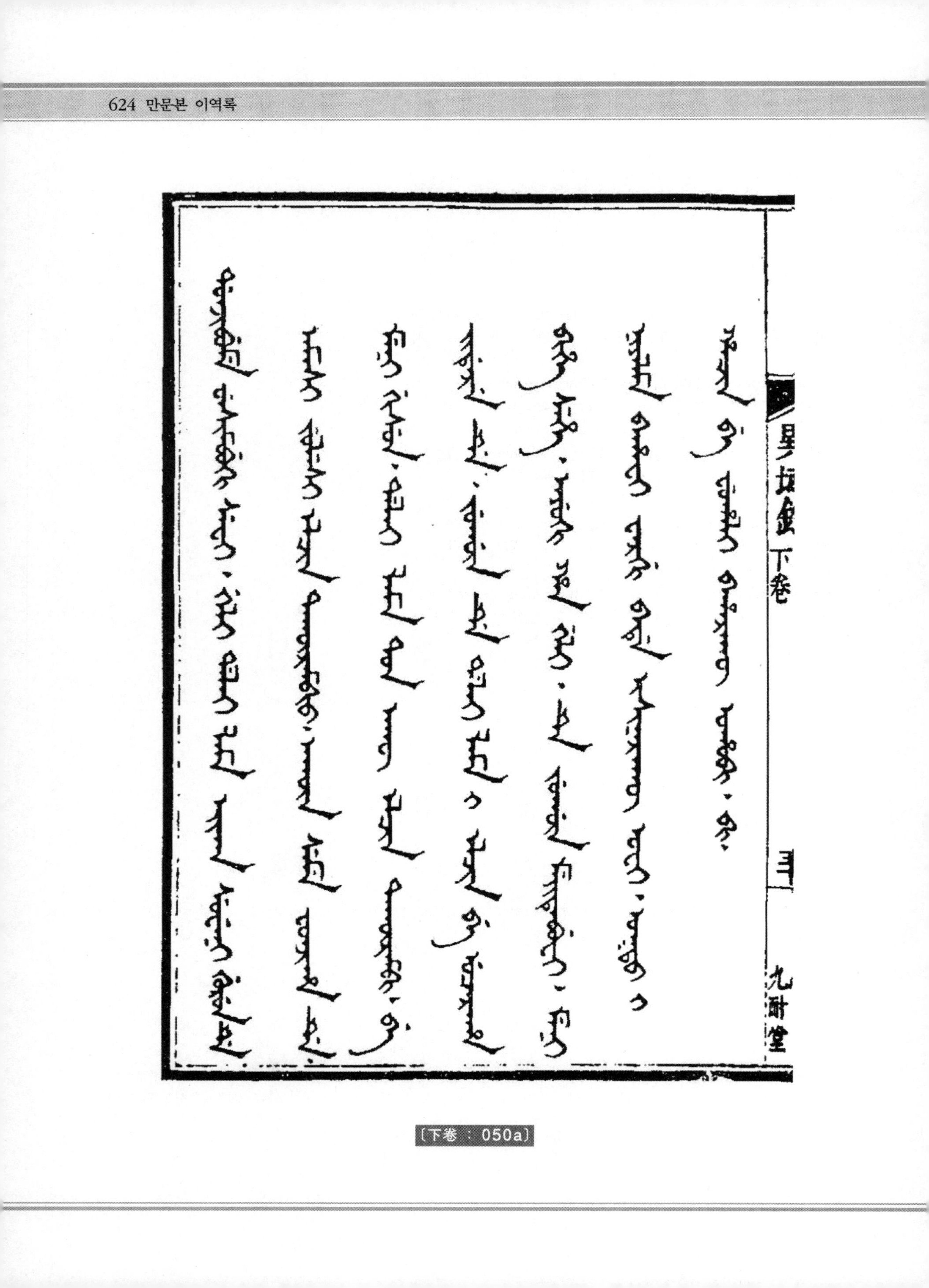

donjibume wesimbuki sefi, geli dalai lama aika suweni gurun de
듣게 하러 올리게 하마 하고 또 달라이 라마 혹시 너희의 나라 에

amasi julesi elcin takūrambio, akūn seme fonjiha de,
뒤로 앞으로 사신 파견하는가 아닌가 하고 물음 에

meni gisun, dalai lama ton akū elcin takūrambi. be
우리의 말 달라이 라마 수 없이 사신 파견한다. 우리

jidere de, jugūn dalai lama i elcin be ucaraha
옴 에 길 달라이 라마 의 사신 을 만났었다

bihe sehe. ayuki han geli, te jugūn meitebufi, meni
했다. 아유키 汗 또 지금 길 끊겨서 우리의

niyalma bahafi wargi bade[312] isinarakū ofi, okto i
사람 능히 서장에 이르지 못하게 되어서 藥 의

hacin be fuhali baharakū ohobi. bi
종류 를 전혀 얻지 못하게 되었다. 나

[한문]

阿玉奇汗又問曰 達賴喇嘛可遣使往來否 我等答曰 達賴喇嘛不時遣使 我等來時 途中又遇達賴喇嘛使者
阿玉奇汗又曰 今道路不通 我國人不能達至西藏 凡一切藥物 甚是難得 我於

—— ◦ —— ◦ —— ◦ ——

천자께 아뢰겠다." 하고, 또 말하기를, "달라이 라마가 혹시 그대의 나라에 오며 가는 사신을 파견하는가? 파견하지 않는가?" 하고 물으니, 우리가 말하기를, "달라이 라마는 수없이 사신을 파견합니다. 우리가 올 때에, 길에서 달라이 라마의 사신을 만났었습니다." 하였다. 아유키 한이 또 말하기를, "지금 길이 끊겨서, 우리 사람이 능히 서장(西藏)에 갈 수 없게 되어서, 약을 전혀 얻지 못하게 되었다. 내가

312) wargi ba : 서장(西藏). 일반적으로 서역(西域)으로 쓰여 중국의 서쪽 지역, 위구르자치구, 중앙아시아를 포함한 지역을 가리키는데 이곳에서는 티베트를 나타내는 서장(西藏)을 가리키고 있다.

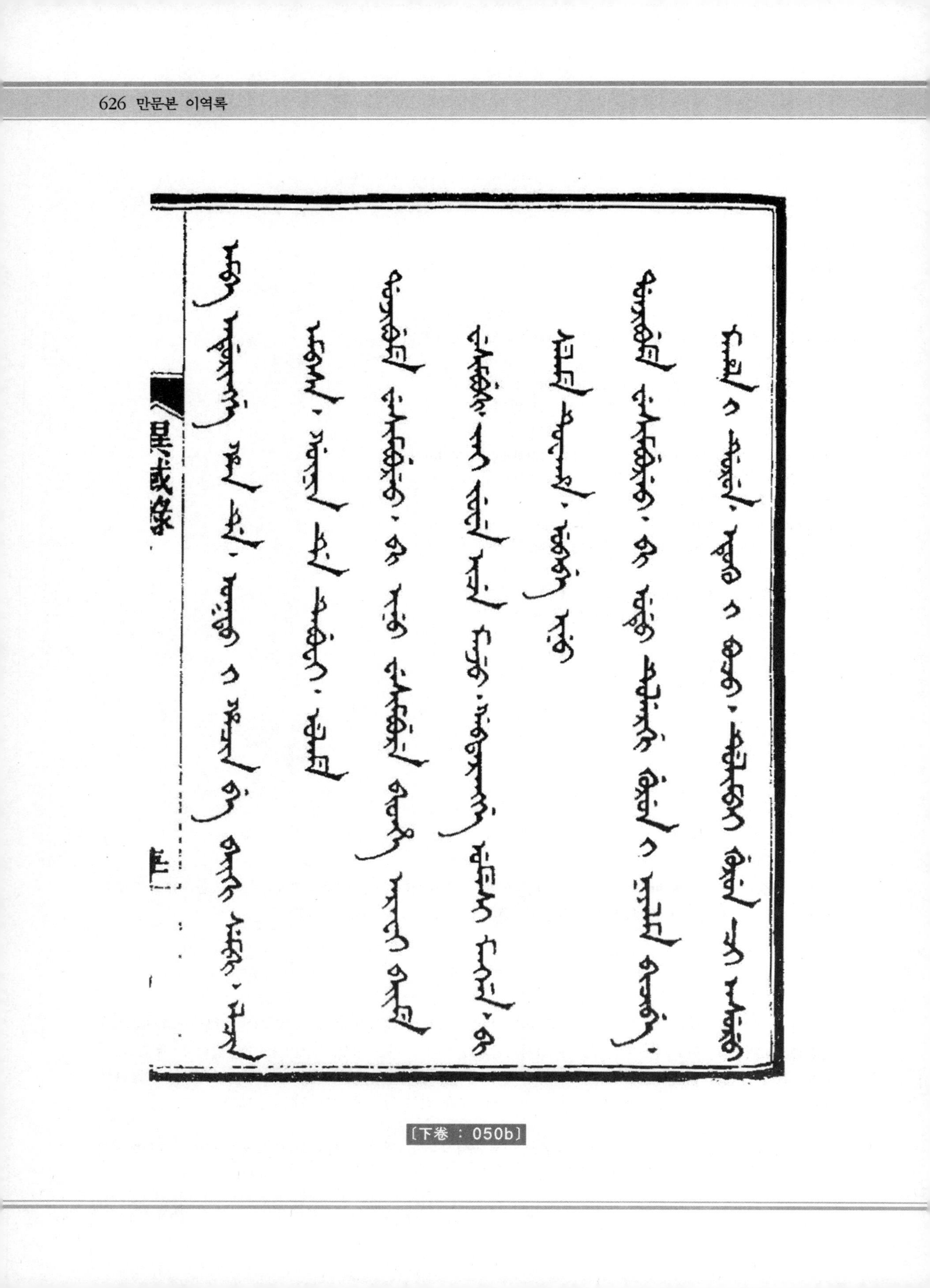

異域錄 上

amba enduringge han de, okto i hacin be baiki sembi. elcin
크고 성스러운 汗 에게 藥 의 종류 를 청하고자 한다. 사신

ambasa, gūnin de tebufi, ulame
대신들 생각 에 담고서 전하여

donjibume wesimbureo, bi inu wesimbure bithe arafi baime
듣게 하러 올라소서. 나 도 올리는 글 지어서 청하여

wesimbuki. jai juwe ice manju, gabtarangge umesi mangga, bi
상주하마. 또 두 신 만주인 활 쏘는 것 매우 잘한다. 나

selame tuwaha. ubabe inu
기쁘게 보았다. 이것을 또

donjibume wesimbureo, bi udu tulergi gurun i niyalma bicibe,
듣게 하러 올리시오. 나 비록 바깥쪽 나라 의 사람 이지만

mahala i durun, etuku i boco, dulimbai gurun ci asuru
모자 의 모양 옷 의 색 中 國 에서 아주

[한문]

大皇帝懇求一切藥物 煩天使留意 轉爲奏聞 我奏表内一竝奏請 至二位新滿洲天使最善射 幸得快覩 亦煩奏聞 我雖係外裔 然衣帽服色畧與中國

—— ◦ —— ◦ —— ◦ ——

대황제(大皇帝)께 약을 청하고자 한다. 사신들이 기억해 두었다가 황제께 올리지 않겠는가? 나도 황제께 상주문을 지어서 청해 올리겠다. 그리고 두 신만주인이 활쏘기를 매우 잘한다. 나는 그것을 기쁘게 보았다. 그것을 또 황제께 주상하지 않겠는가? 내가 비록 외국 사람이지만, 모자의 모양과 옷의 색은 중국과 아주

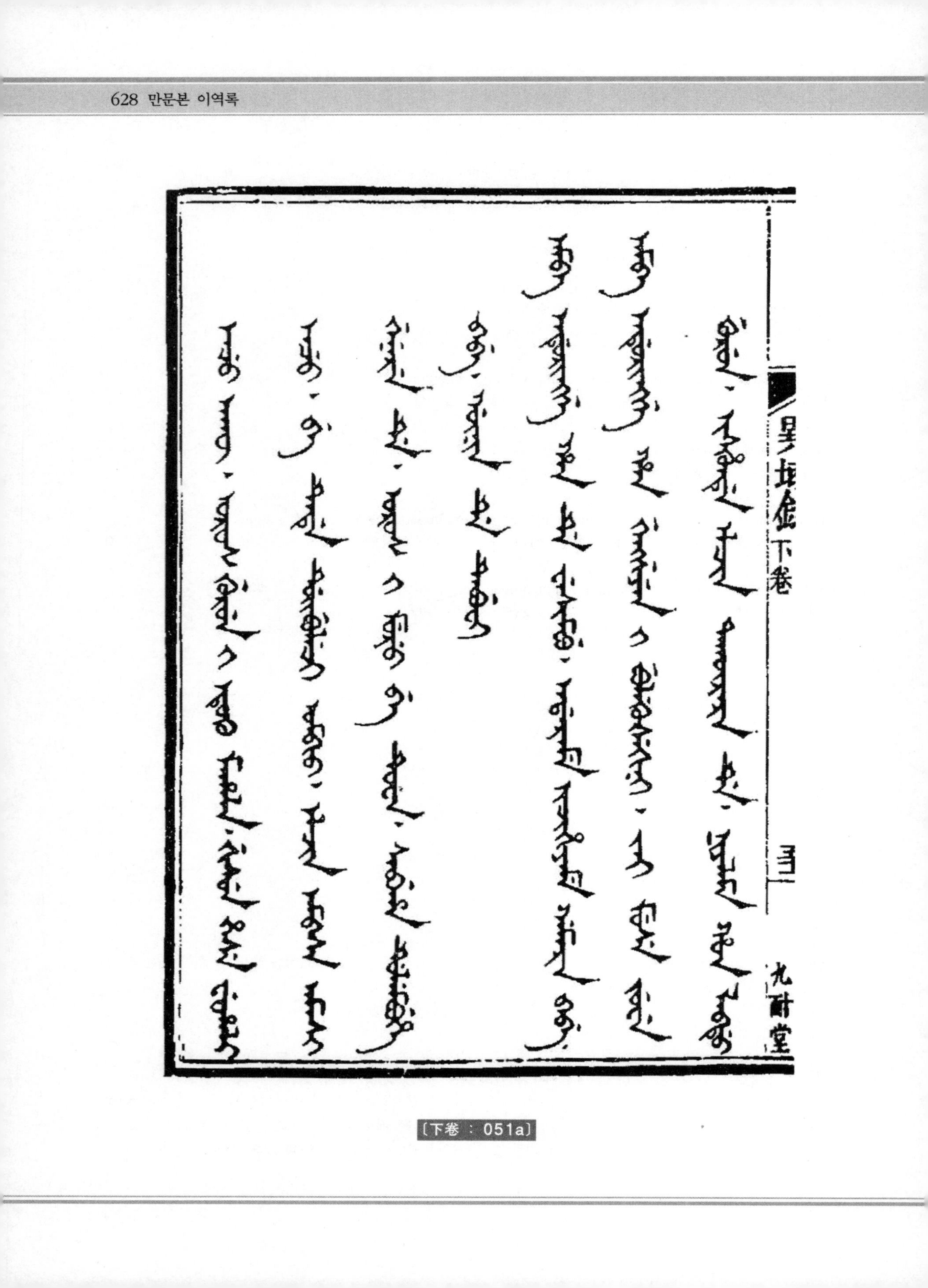

異域錄 下卷 三 九耐堂

encu akū. oros gurun i etuku mahala, gisun hese fuhali
다르지 않다. 러시아 나라 의 옷 모자 언어 전혀

encu. be tede duibuleci ombio. elcin ambasa amasi
다르다. 우리 그곳에 비교할 수 있겠는가. 사신 대신들 돌아

genere de, oros i muru be tuwa, sabuha dulebuhe
감 에 러시아 의 모습 을 보라. 보고 경험한

babe, gūnin de tebufi
바를 생각 에 두고

amba enduringge han de wesimbu. adarame icihiyame gamara babe,
크고 성스러운 汗 에게 올려라. 어찌 처리하여 실행할 바를

amba enduringge han, genggiyen i bulekušekini, jai muse juwe
크고 성스러운 汗 깨끗하게 통찰하게 하자. 또 우리 두

gurun, ishunde elcin takūrara de, niyalma hon labdu
나라 서로 사신 파견함 에 사람 매우 많게

[한문]

同 其俄羅斯國乃衣冠言語不同之國 難以相比 天使返旆時 察看俄羅斯國情形 凡目擊親見者 須當留意奏知 大皇帝作何區處 悉聽大皇帝睿鑒 至遣使往來人數若多

—— ◦ —— ◦ —— ◦ ——

다르지 않다. 러시아의 옷과 모자, 언어 전혀 다르다. 우리가 그에 비할 수 있겠는가? 사신들이 돌아갈 때에, 러시아의 모습을 한번 보라. 보고 지나간 바를 기억해 두고 대황제(大皇帝)께 주상하여라. 어찌 처리하여 실행할지를 대황제(大皇帝)께서 명백히 통찰하게 하자. 그리고 우리 두 나라가 서로 사신을 파견할 때에, 사람이 심히 많아지면,

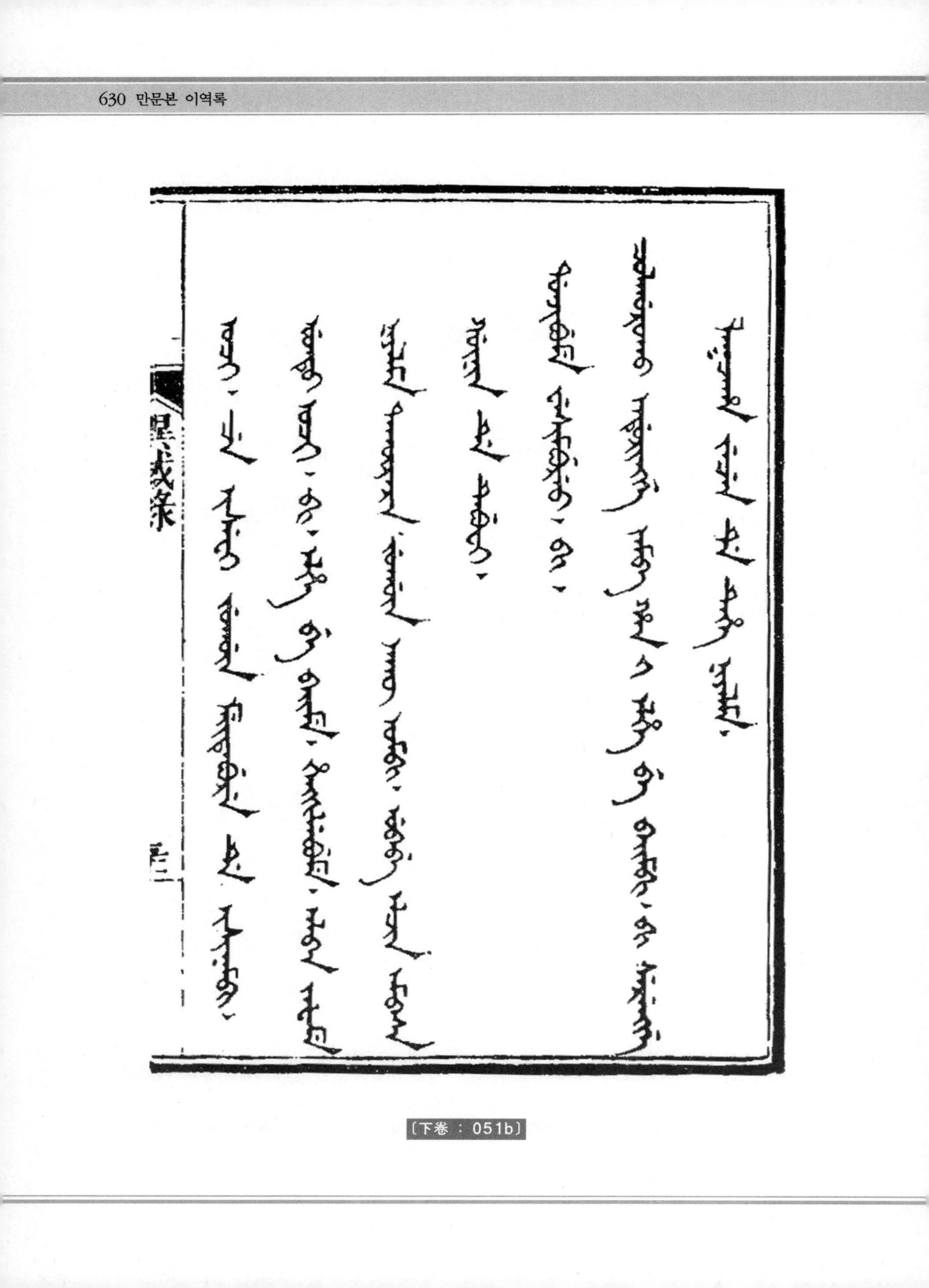

異域錄 三

oci, ce isefi jugūn meitebure de isinambi.
되면 그들 두려워 길 끊음 에 다다른다.

uttu oci, bi elhe be baime, hengkilebume, alban jafame
이리 되면 나 사신 을 청하며 절하게 하며 공물 바치며

niyalma takūrara jugūn akū ombi. ubabe elcin ambasa
사람 파견할 길 없게 된다. 이것을 사신 대신들

gūnin de tebufi,
생각 에 두고

donjibume wesimbureo, bi,
듣게 하러 올리시오. 나

colgoroko enduringge amba han i elhe be baimbi. bi serengge
빼어나고 성스러운 큰 汗 의 평안 을 청한다. 나 는

lakcaha jecen de tehe niyalma,
멀리 떨어진 변경 에 산 사람

[한문]

恐彼惮煩 斷絶道途 我遂無路 請朝覲進貢矣 此等情由 煩天使留意奏聞 我恭請至聖大皇帝萬安 我係絶域遠人 蒙

—— ◦ —— ◦ —— ◦ ——

그들이 두려워하여서 길을 끊을지도 모른다. 그렇게 되면, 내가 사신을 청하거나 인사를 올리거나 공물을 바치거나 사람을 파견하는 길이 없어지게 된다. 그것을 사신들이 기억해 두고, 황제께 주상해 주겠는가? 내가 지성대황제(至聖大皇帝)의 안부를 여쭌다. 나는 이역(異域)에 사는 사람으로,

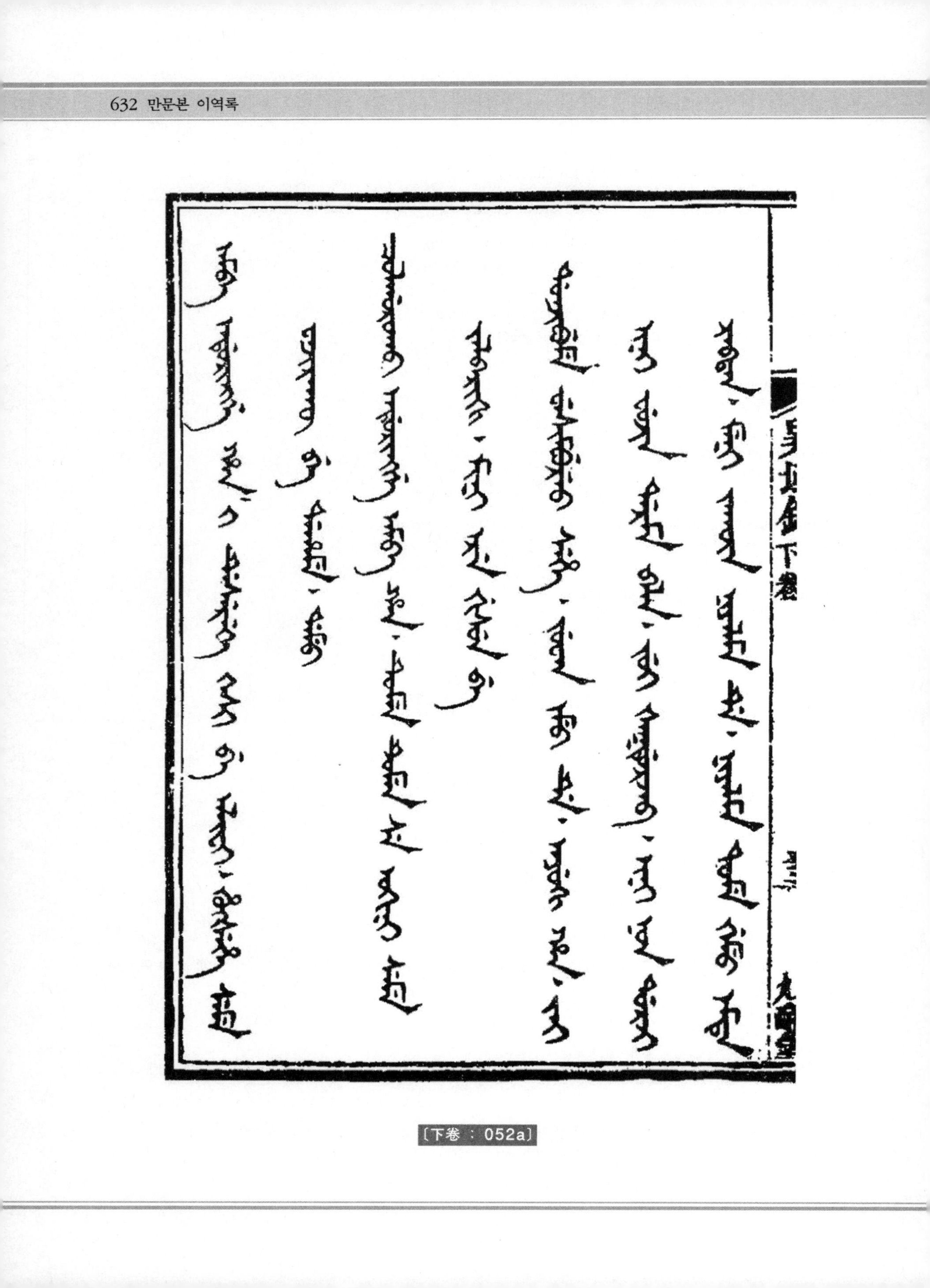

amba enduringge han i desereke kesi be alifi, hukšehe seme
크고 성스러운 汗 의 넘치는 은덕 을 받고서 감격하였다 해도

wajirakū be dahame, damu
끝나지 않음 을 따라 오직

colgoroko enduringge amba han, tumen tumen se okini seme
빼어나고 성스러운 큰 汗 萬 萬 歲 되소서 하고

jalbariki. mini ere gisun be
빌마. 나의 이 말 을

donjibume wesimbureo sehe. juwan emu de, ayuki han, jai
듣게 하러 올리시오 하였다. 십 일 에 아유키 汗 또

ini fujin darma bala, jui šakdurjab, ini non dorji
그의 夫人 다르마 발라 아들 샤두르잡 그의 누이 도르지

rabtan, meni jakūn niyalma de, niyalma tome gemu emte
랍탄 우리의 여덟 사람 에게 사람 마다 모두 하나씩

[한문]

大皇帝隆恩 感戴不盡 但願至聖大皇帝萬萬歲 將我此言 亦煩奏聞 十一日 阿玉奇汗竝伊妃達爾馬巴拉 其子沙克都兒扎布車領敦多布 其妹多爾濟拉布坦 於我等八人處 各

—— ◦ —— ◦ —— ◦ ——

대황제(大皇帝)의 넘치는 은덕을 받고서 매우 감격하였다 해도 끝나지 않으므로 오직 '지성대황제(至聖大皇帝) 만만세(萬萬歲)되소서' 하고 빌겠다. 내 이 말을 황제께 주상해 주겠는가?" 하였다. 11일에 아유키 한, 그리고 그의 부인(夫人) 다르마 발라, 그리고 아들 샤두르잡, 그의 누이 도르지 랍탄이 우리 여덟 사람에게 사람마다 모두

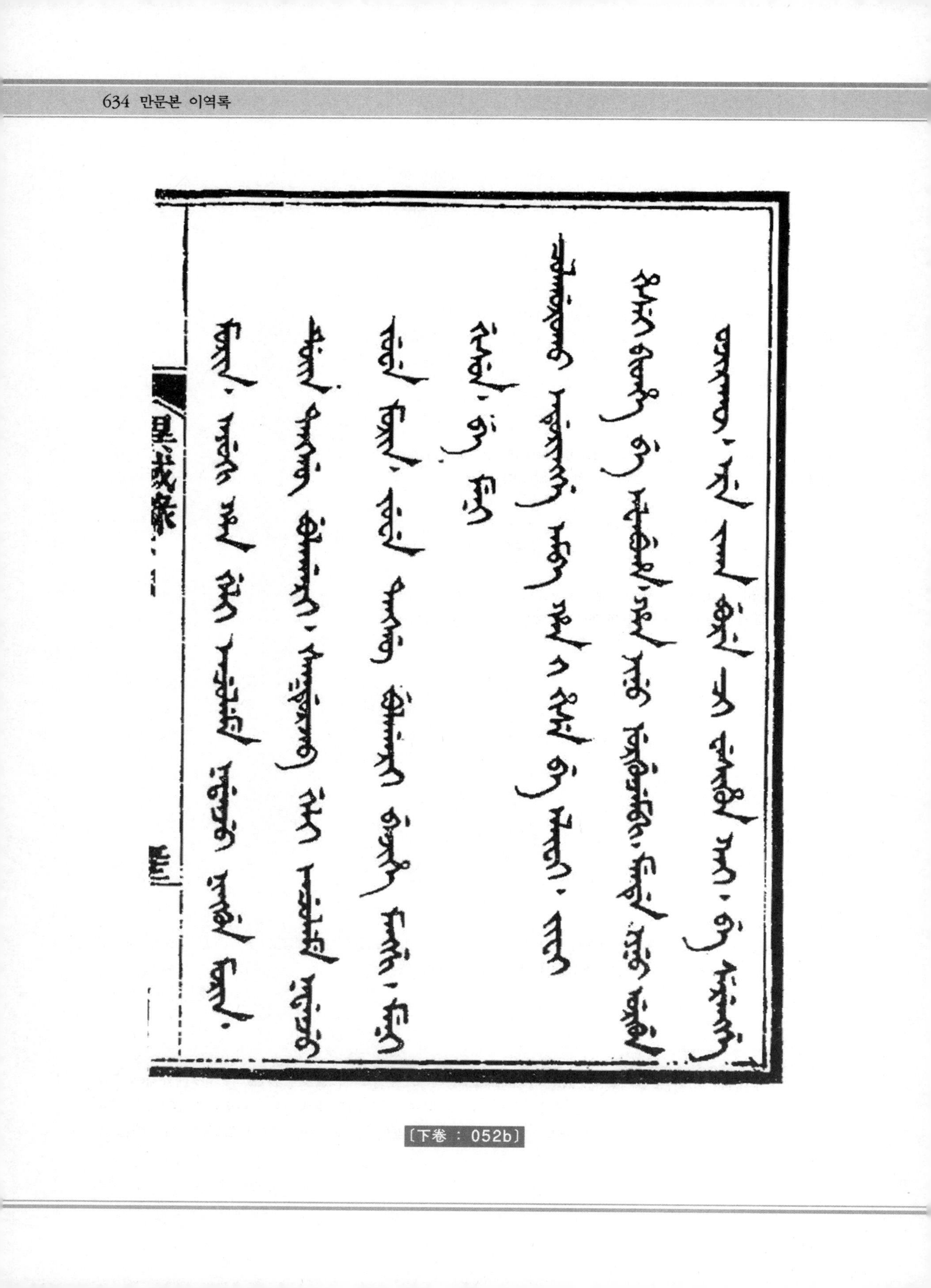

morin, ayuki han geli enculeme nadanju ninggun morin,
말 아유키 汗 또 따로 칠십 육 말

duin tanggū bulgari, šakdurjab geli enculeme nadanju
사 백 薰牛皮 샤두르잡 또 따로 칠십

juwe morin, juwe tanggū bulgari benjihe manggi, meni
두 말 이 백 薰牛皮 보내온 후 우리의

gisun, be meni
말 우리 우리의

colgoroko enduringge amba han i hese be alifi, jifi
빼어나고 성스러운 큰 汗 의 皇旨 를 받고 와서

hesei bithe be afabuha. han inu urgunjembi. mende inu urgun
皇旨의 글 을 건넸다. 汗 도 기뻐한다. 우리에게 도 기쁨

wajirakū. ere jaka bure ci wesihun kai. be serengge
다하지 않는다. 이 물품 주는 것 보다 높으니라. 우리 는

[한문]

送馬一匹外 阿玉奇汗又通共送馬七十六匹 薰牛皮四百張 沙克都爾扎布又送馬七十二匹 薰牛皮二百張 我等言 我等奉大皇帝欽命前來 將諭旨交付 不但爾汗喜悅 我等亦喜之不盡 勝於諸物多矣 我等

—— ◦ —— ◦ —— ◦ ——

말 한 마리씩을, 아유키 한은 또 따로 76마리의 말과 400장의 훈우피(薰牛皮)를, 샤두르잡은 또 따로 72마리의 말과 200 장의 훈우피(薰牛皮)를 보내오니 우리가 말하기를, "우리는 지성대황제(至聖大皇帝)의 황지(皇旨)를 받고 이곳에 와서 칙서를 건넸다. 한(汗)도 기뻐하시니, 우리도 기쁘기 한량없다. 이것이 물품을 주는 것보다 우리에게 더 좋은 일이다. 우리들은

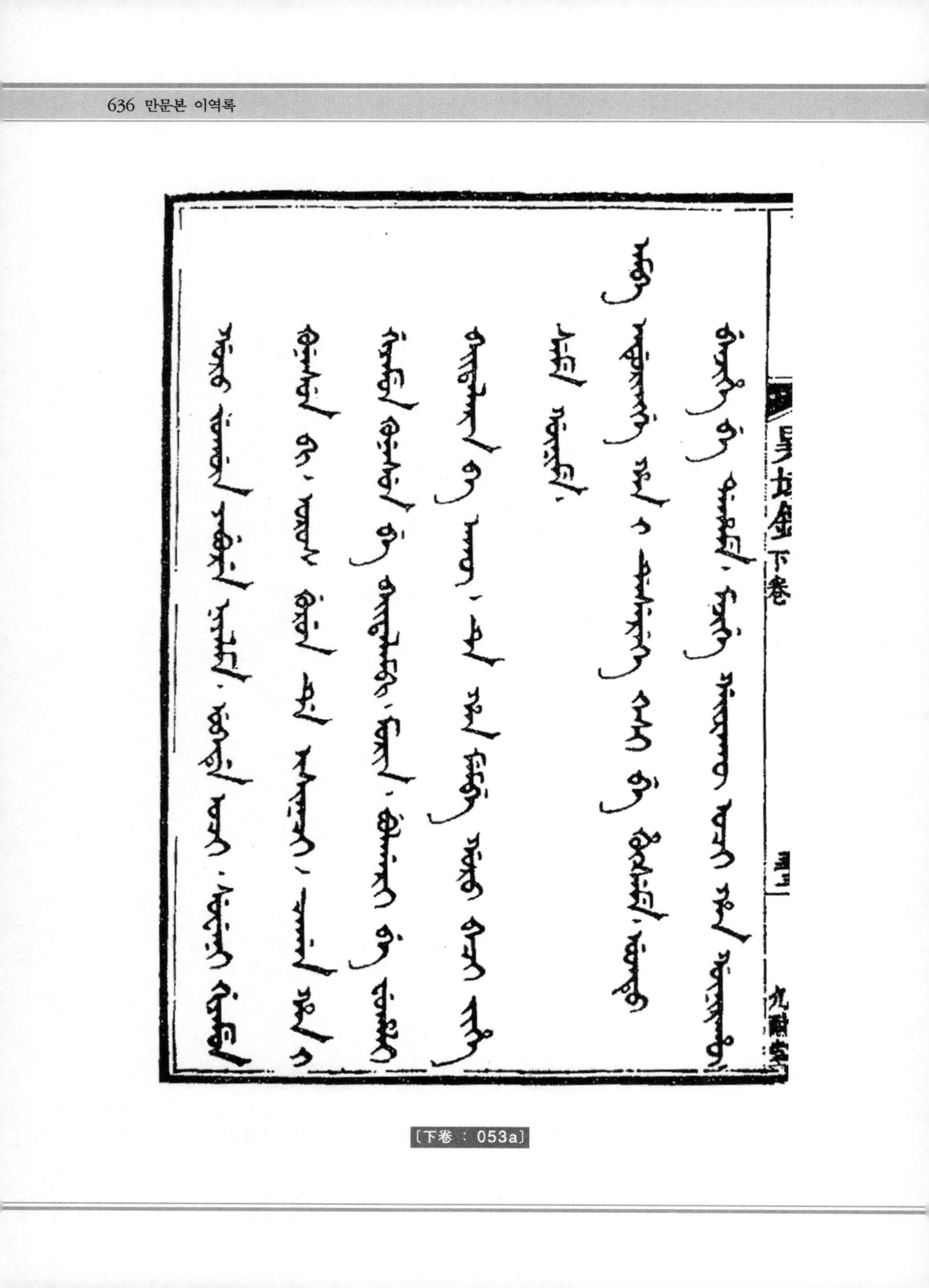

異域錄 下卷

〔下卷 : 053a〕

goro jugūn yabure niyalma. ubade oci, suweni giyamun
먼 길 가는 사람이다. 이곳에 는 너희의 역참

kunesun bi. oros gurun de isinaci, cagan han i
식량 있다. 러시아 나라 에 다다르면 차간 汗 의

giyamun kunesun be baitalambi. morin, bulgari be fuhali
역참 식량 을 쓴다. 말 薰牛皮 를 전혀

baitalara ba akū. te han, membe goro baci jihe
쓸 바 없다. 지금 汗 우리를 먼 곳에서 왔다

seme gūinime,
하고 생각하여

amba enduringge han i desereke kesi be hukšeme, uttu
크고 성스러운 汗 의 넘치는 은덕 을 감격하여 이렇게

benjihe be dahame, majige gairakū oci han gūnirahū.
보내옴 을 따라 조금도 취하지 않게 되면 汗 생각할라.

[한문]

係遠行人 爾國固有預備馬匹供用 至俄羅斯國有察罕汗馬匹供用 其馬匹皮張 竝無所用處 今爾汗感激大皇帝隆恩 以我等遠來 如此餽送 我等若毫不收受 恐或見怪 可

—— ◦ —— ◦ —— ◦ ——

먼 길을 가는 사람이다. 이곳에서는 그대의 역마와 식량이 있다. 러시아에 다다르면, 차간 한의 역마와 식량을 쓴다. 말과 훈우피(薰牛皮)를 전혀 쓸 일이 없다. 지금 한(汗)께서 우리를 먼 곳에서 왔다고 생각하여, 대황제(大皇帝)의 넘치는 은덕에 감격하여, 이렇게 물품을 보내오시니, 이를 조금이라도 받지 않으면 한(汗)께서 심려하실까 염려하여,

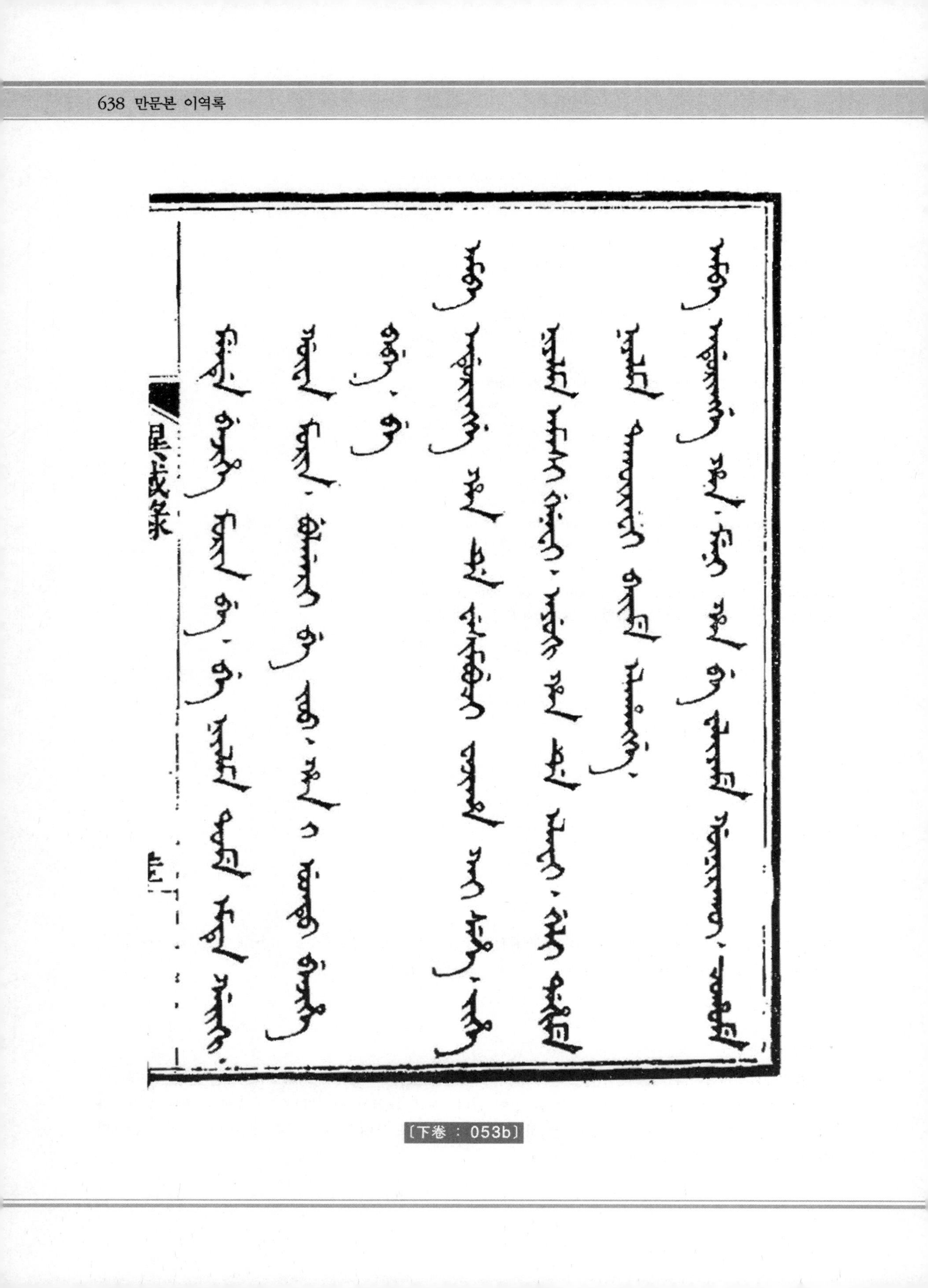

mende benjihe morin be, be niyalma tome emte gaiki,
우리에게 보내온 말 을 우리 사람 마다 하나씩 가지마.

gūwa morin, bulgari be joo, han i uttu benjihe
다른 말 薰牛皮 를 그만두어라. 汗 의 이렇게 보내온

babe, be
바를 우리

amba enduringge han de wesibuci wajiha kai sehe. jihe
크고 성스러운 汗 에게 올리게 하면 끝나느니라 하였다. 온

niyalma amasi genefi, ayuki han de alafi, geli dahime
사람 돌아 가서 아유키 汗 에게 고하고서 또 거듭하여

niyalma takūrafi baime alahangge,
사람 파견하여서 청하며 고한 것

amba enduringge han, meni han be waliyame gūnirakū, cohome
크고 성스러운 汗 우리의 汗 을 버려 생각하지 않고 특별히

[한문]

將送我等乘騎各受一匹 其餘馬匹 皮張一槩璧辭 但將爾汗餽送之禮奏知大皇帝可也 來使回覆阿玉奇汗 又復遣人懇乞曰 大皇帝不棄我汗 特

—— ◦ —— ◦ —— ◦ ——

우리에게 보내온 말을 사람마다 하나씩 받겠다. 다른 말과 훈우피(薰牛皮)는 받지 않겠다. 한(汗)께서 이렇게 보내온 바를, 우리가 대황제(大皇帝)께 주상하면 될 것이다." 하였다. 우리에게 왔던 사람이 돌아가서 아유키 한에게 고하니, 또 거듭 사람을 파견하여서 청하여 고하기를, "대황제(大皇帝)께서 우리의 한(汗)을 버리려 생각하지 않고, 특별히

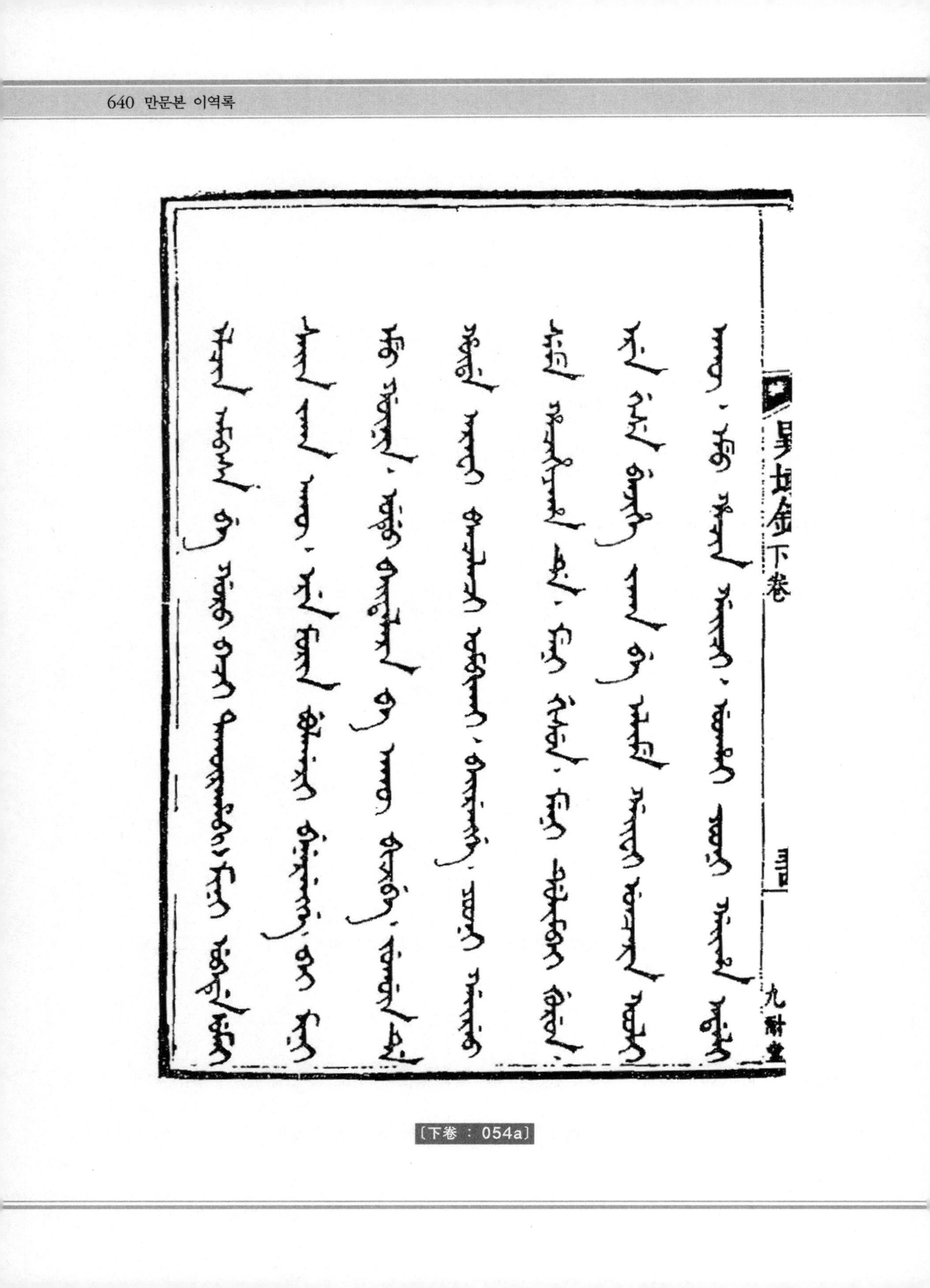

elcin ambasa be goro baci takūrahabi. mini ubade umai
사신 대신들 을 먼 곳에서 파견하였다. 나의 이곳에 전혀

sain jaka akū. ere morin, bulgari benerengge, bai mini
좋은 물건 없다. 이 말 薰牛皮 보내는 것 그저 나의

emu gūnin. udu baitalara ba akū bicibe, jugūn de
한 생각이다. 비록 쓸 바 없게 되더라도 길 에

hūda arafi, pancalaci ombikai. bairengge, yooni gaireo
거래 삼아서 노잣돈 삼으면 되느니라. 청하는 것 모두 취하소서

seme hacihiyaha de, meni gisun, meni dulimbai gurun,
하고 재촉함 에 우리의 말 우리의 中 國

ere gese benjihe jaka be alime gaifi uncara kooli
이 같은 보내온 물건 을 받아 가지고 파는 법례

akū. emu hacin gaici, uthai yooni gaiha adali
없다. 한 종류 취하면 곧 모두 취한 것 같으니라

[한문]

遣天使遠來 我國竝無佳物 此馬匹皮張不過畧表微誠 天使雖無可用處 可於途間變價盤費 懇乞全收 我等言 此等餽送物件 我中國從無售鬻之理 若收受一二件 無異全領 於是

—— ∘ —— ∘ —— ∘ ——

사신들을 먼 곳에서 파견하였다. 우리 지역에는 전혀 좋은 물품이 없다. 이 말과 훈우피(薰牛皮)를 보내는 것은 그저 내 한 생각일 뿐이다. 비록 쓸모가 없더라도, 가는 길에 팔아서 노잣돈으로 삼으면 된다. 청하는 것을 모두 가져가지 않겠는가?" 하고 재촉하여서, 우리가 말하기를, "우리 중국에서는 이와 같이 보내온 물품을 받아가지고 파는 법이 없다. 한 종류만 받아도 곧 모두 받은 것과 같은

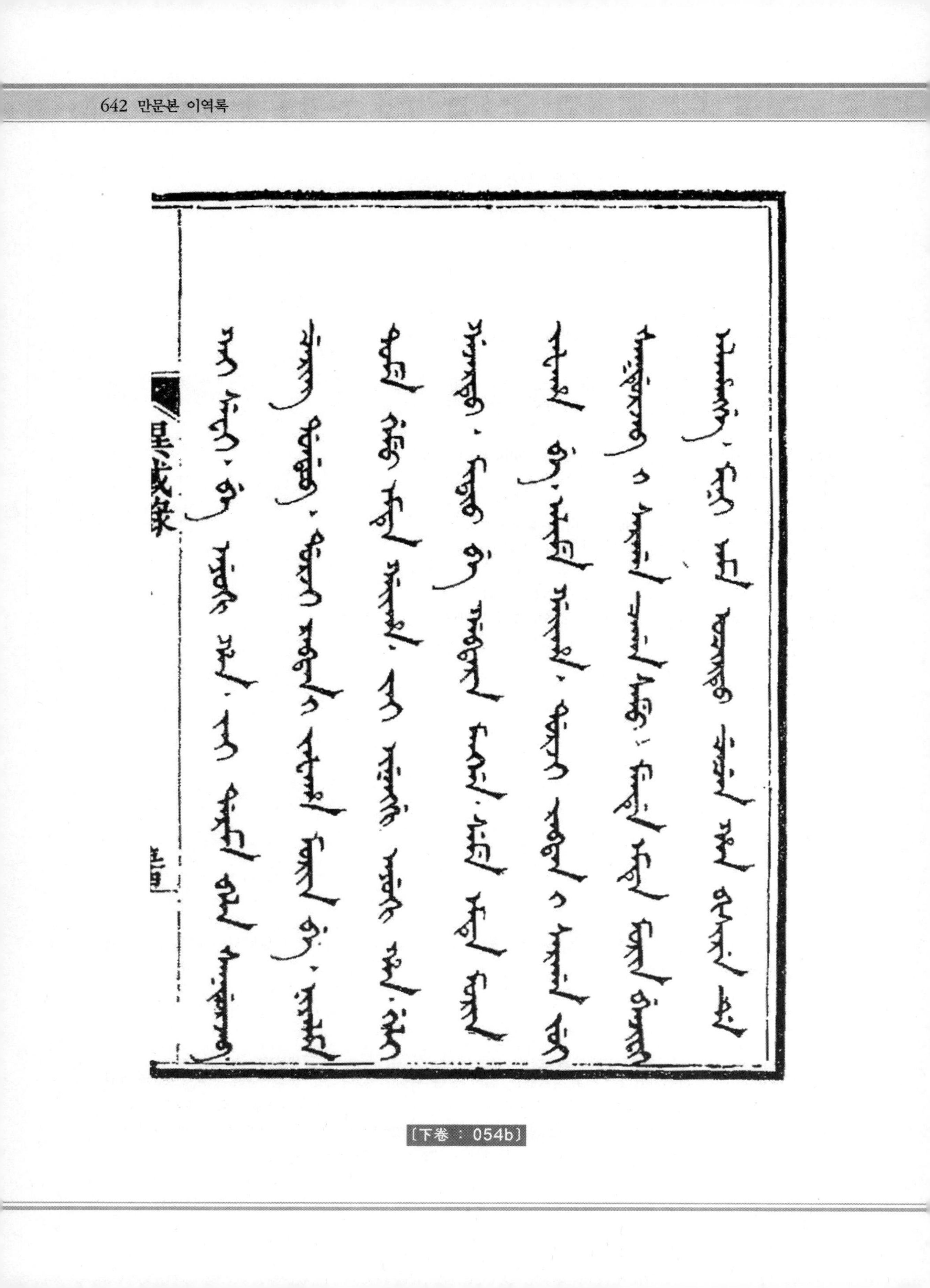

異域錄

〔下卷 : 054b〕

kai sefi, be ayuki han, jai darma bala, šakdurjab,
하고 우리 아유키 汗 또 다르마 발라 샤두르잡

cering dondob, dorji rabtan i jafaha morin be, niyalma
처링 돈돕 도르지 랍탄 의 잡은 말 을 사람

tome gemu emte gaiha. jai inenggi ayuki han, geli
마다 모두 하나씩 취했다. 다음 날 아유키 汗 또

gajartu, mitio be gabtara mangga seme emte morin
가자르투 미티오 를 활쏘는 것 잘한다 하고 하나씩 말

jafaha be, alime gaiha. dorji rabtan i sargan jui
잡은 것 을 받아 취했다. 도르지 랍탄 의 여자 아이

šakdurjab i sargan cagan samu, mende emte morin benjifi
샤두르잡 의 아내 차간 사무 우리에게 하나씩 말 보내와서

alahangge, mini ama ocirtu cecen han bisire de
고한 것 나의 아버지 오치르투 처천 汗 있음 에

[한문]

將阿玉奇汗及達拉穆巴拉 沙克都兒扎布車領敦多布 多爾濟拉布坦所送馬匹 各受一騎 次日 阿玉奇汗以噶扎爾圖 米邱善射 亦各送馬一匹 收受 多爾濟拉布坦之女 卽沙克都爾扎布之妻 察罕薩穆送我等馬各一匹曰 我父鄂齊爾圖車臣汗在日 屢蒙

── ◦ ── ◦ ── ◦ ──

것이니라." 하고 우리는 아유키 한, 그리고 다르마 발라, 샤두르잡, 처링 돈옵, 도르지 랍탄이 가져온 말을, 사람마다 모두 하나씩 받았다. 다음날 아유키 한이 또 가자르투와 미티오에게 활쏘기를 잘한다 하여 말 하나씩 가져온 것을 받았다. 도르지 랍탄의 딸과 샤두르잡의 아내인 차간 사무가 우리에게 말 하나씩을 보내와서 고하기를, "내 아버지인 오치르투 처천 한이 있을 때에는

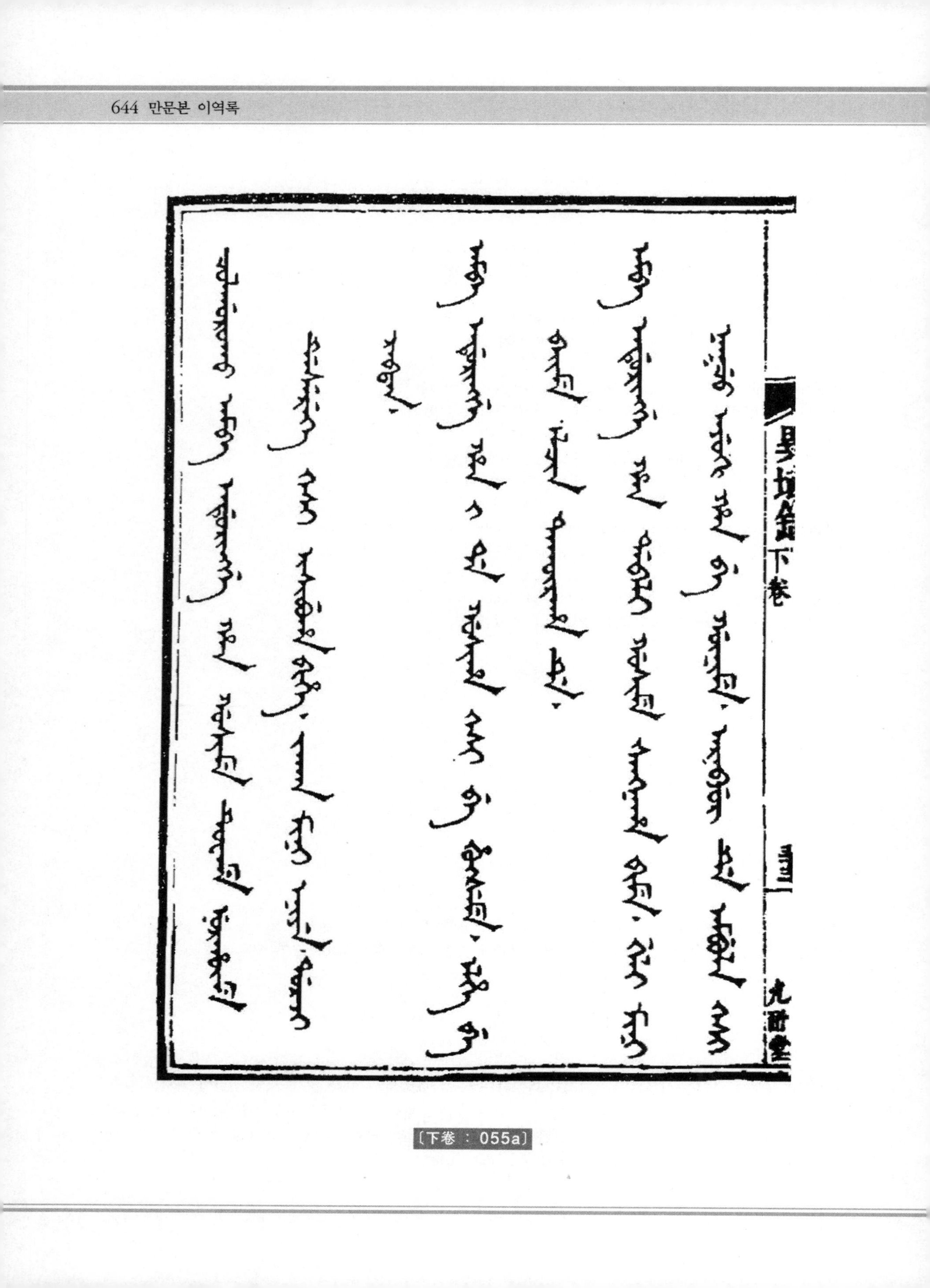

異域錄 下卷

九畹堂

colgoroko amba enduringge han gosime tuwame nurhūme
빼어나고 크고 성스러운 汗 어여삐 보아 잇달아

desereke kesi isibuha bihe. jakan mini eniye, dorji
넘치는 은덕 이르게 하였었다. 얼마전 나의 어머니 도르지

rabtan,
랍탄

amba enduringge han i da gosiha kesi be hukšeme, elhe be
크고 성스러운 汗 의 본래 어여삐 여긴 은덕 을 감격하여 평안 을

baime elcin takūraha de,
청하러 사신 파견했음 에

amba enduringge han dabali gosime šangnaha bime, geli mini
크고 성스러운 汗 넘치게 어여삐 여겨 상 주었고 또 나의

nakcu ayuki han be gūnime, arabjur de ambula kesi
숙부 아유키 汗 을 생각하여 아랍주르 에게 큰 은덕

[한문]

至聖大皇帝眷愛洪恩 近日我母多爾濟担布坦感大皇帝從前大德 特遣使請安 復蒙大皇帝優加恩賚 又念我母舅阿玉奇汗將阿拉布珠兒殊加恩恤

—— ◦ —— ◦ —— ◦ ——

지성대황제(至聖大皇帝)께서 어여삐 여기시어 잇따라 넘치는 은덕을 미치게 하셨다. 얼마 전 나의 어머니인 도르지 랍탄이 대황제(大皇帝)께서 본래부터 어여삐 여기신 은덕에 감격하여, 안부를 여쭈러 사신을 파견했을 때, 대황제(大皇帝)께서 지나칠 정도로 어여삐 여기시어 상을 주셨고 또 나의 숙부인 아유키 한을 생각하여, 아랍주르에게 큰 은덕을

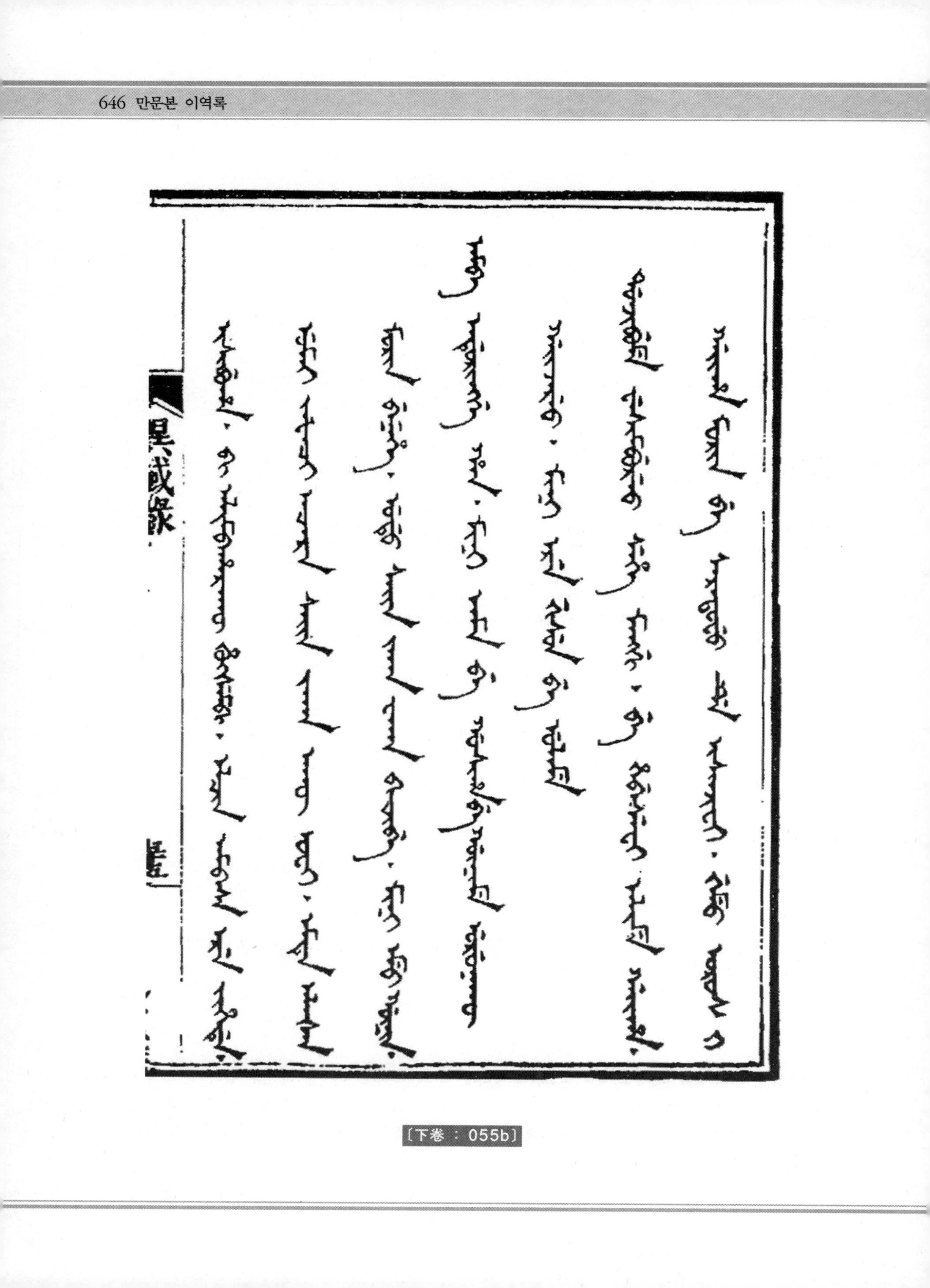

異域錄

〔下卷 : 055b〕

isibuha. bi alimbaharakū hukšembi. elcin ambasa ere jihede,
미치게 하였다. 나 극히 감격한다. 사신 대신들 이리 왔음에

umai jafaci acara sain jaka akū ofi, emte alašan
전혀 취하면 마땅한 좋은 물건 없어서 하나씩 둔한

morin benehe. udu sain jaka waka bicibe, mini emu gūnin.
말 보냈다. 비록 좋은 물건 아니라도 나의 한 생각이다.

amba enduringge han, mini ama be gosiha be gūnime urunakū
크고 성스러운 汗 나의 아버지 를 어여삐 여겼음 을 생각하여 반드시

gaijareo. mini ere gisun be ulame
받으시오. 나의 이 말 을 전하여

donjibume wesimbureo sehe manggi, be hebešefi alime gaiha.
듣게 하여 올리시오 한 후 우리 협의하고서 받아 취하였다.

gaiha morin be saratofu de isinjifi, gemu oros i
취한 말 을 사라토푸 에 다다라서 모두 러시아 의

[한문]

我等不勝感戴 天使此來 竝無可送之物 各送駑馬一匹 竝非佳物 略表微忱 念我父蒙大皇帝眷顧之恩 幸乞辱留 竝懇將我情詞 轉爲奏聞 於是酌議收受 其所収馬匹 回至薩拉托付地方 俱賞給俄羅斯國

—— ◦ —— ◦ —— ◦ ——

미치게 하셨다. 나는 극히 감격했다. 사신들이 이번에 왔으니, 전혀 건넬 만한 좋은 물품은 아니지만, 둔한 말을 하나씩 보냈다. 비록 좋은 물품은 아니지만, 나의 조그만 성의이다. 대황제(大皇帝)께서 나의 아버지를 어여삐 여기신 것을 생각하여, 부디 받지 않겠는가? 나의 이 말을 전하여 황제께 주상하여 주지 않겠는가?" 하니, 우리들은 협의를 한 후 그것을 받았다. 받은 말을 사라토푸에 다다라서, 모두 러시아의

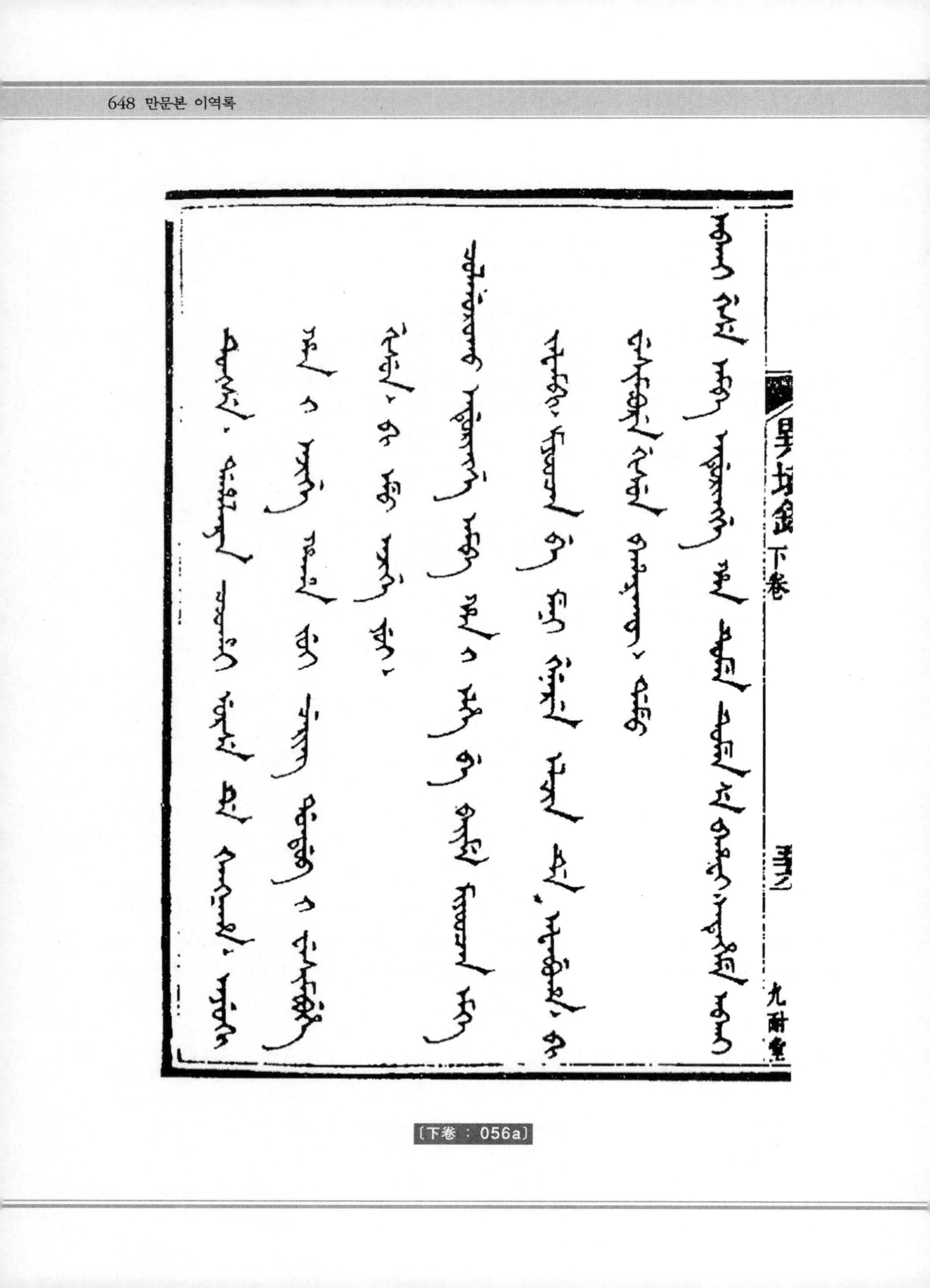

異域錄 下卷 九耐堂

tungse, dahalara coohai urse de šangnaha. ayuki
通事 뒤따르는 병사의 무리 에게 상주었다. 아유키

han i ajige haha jui cering dondob i wesimbuhe
汗 의 작은 사내 아이 처링 돈돕 의 올리게 한

gisun, bi emu ajige jui.
말 나 한 작은 아이이다.

colgoroko enduringge amba han i elhe be baime miyoocan emke
빼어나고 성스러운 큰 汗 의 평안 을 청하러 조총 한개

jafambi. miyoocan be meni genere elcin de afabuha. bi
바친다. 조총 을 우리의 갈 사신 에게 맡겼다. 나

wesimbure gisun baharakū. damu
올리게 하는 말 얻지 못한다. 다만

abkai gese amba enduringge han tumen tumen se bahafi, enteheme abkai
하늘과 같은 크고 성스러운 汗 萬 萬 歲 얻어서 영원히 하늘의

[한문]

通事及護送兵丁訖 阿玉奇汗季子車領敦多布奏曰 我年童穉 恭請至聖大皇帝萬安 進鳥鎗一桿 鳥鎗已交付我使者 我無言可奏 但願如天大皇帝萬萬年 臨御天

—— 。—— 。—— 。——

역관과 호위병 무리에게 상으로 주었다. 한(汗)의 어린 아들인 처링 돈돕이 주상하기를 청하며, "나는 작은 아이이지만, 지성대황제(至聖大皇帝)께 문안 여쭈러 조총 하나를 바칩니다. 조총을 우리 쪽에서 가는 사신에게 맡겼다. 나는 상주하는 말을 알지 못한다. 다만 하늘과 같으신 대황제(大皇帝)께서 만만세(萬萬歲)를 얻어서, 영원히

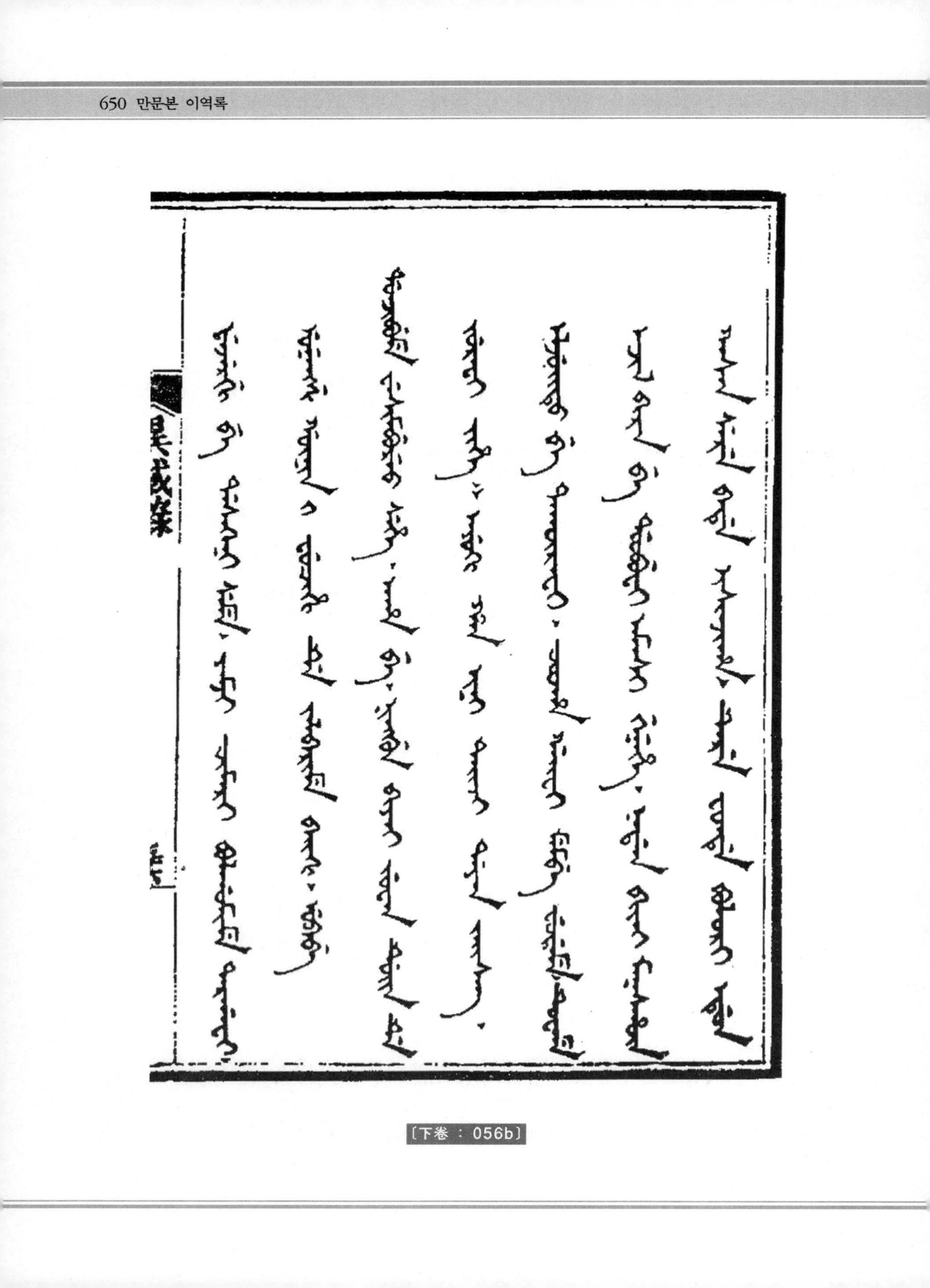

fejergi be dasakini seme, yamji cimari bolgomime targafi,
아래 을 다스리게 하자 하여 저녁 아침 재계하고 삼가서

unenggi gūnin i fucihi de jalbarime baiki, ubabe
진실한 마음 으로 부처 에게 빌며 청하마. 이것을

donjibume wesimbureo sehe. aha be, ninggun biyai juwan duin de
듣게 하러 올리시오 하였다. 우둔한 우리 육 월의 십 사 에

jurafi jihe. ayuki han, ini taiji dayan, jaisang
떠나서 왔다. 아유키 汗 그의 타이지 다얀 자이상

eljuitu be takūrafi, cooha gaifi membe fudeme, tuwame
얼주이투 를 파견하여서 병사 데리고 우리를 배웅하며 살피며

ejil[313] bira be doobufi amasi genehe. nadan biyai manashūn
어질 강 을 건너게 하고 돌아 갔다. 칠 월의 그믐

kasan sere bade isinjiha. tere fonde bolori edun
카산 하는 곳에 다다랐다. 그 때에 가을 바람

[한문]

下 我在此朝暮於佛前潔誠禱祝 煩天使奏聞 於六月十四日返旆 阿玉奇汗遣伊台吉顏達寨桑 爾追圖 率兵護送 俟渡厄濟兒辭歸 於七月盡至喀山時 金飆

—— ◦ —— ◦ —— ◦ ——

천하를 다스리셨으면 하여, 아침저녁으로 목욕재계하고 삼가서, 진실한 마음으로 부처에게 빌며 청하겠다. 그것을 황제께 주상해 주지 않겠는가?" 하였다. 우둔한 우리는 6월 14일에 그곳을 떠나왔다. 아유키 한은 그의 타이지 다얀, 자이상 얼주이투를 파견하여서, 병사를 데리고 우리를 배웅하며 살펴 어질 강을 건너게 한 후 돌아갔다. 7월 말에 카산이라는 곳에 다다랐다. 그 무렵에 가을 바람이

313) ejil(厄濟兒) : 이질(칼묵어 Ижил). 이질 강은 볼가 강에 대한 칼묵어와 카자흐어 표현이다.

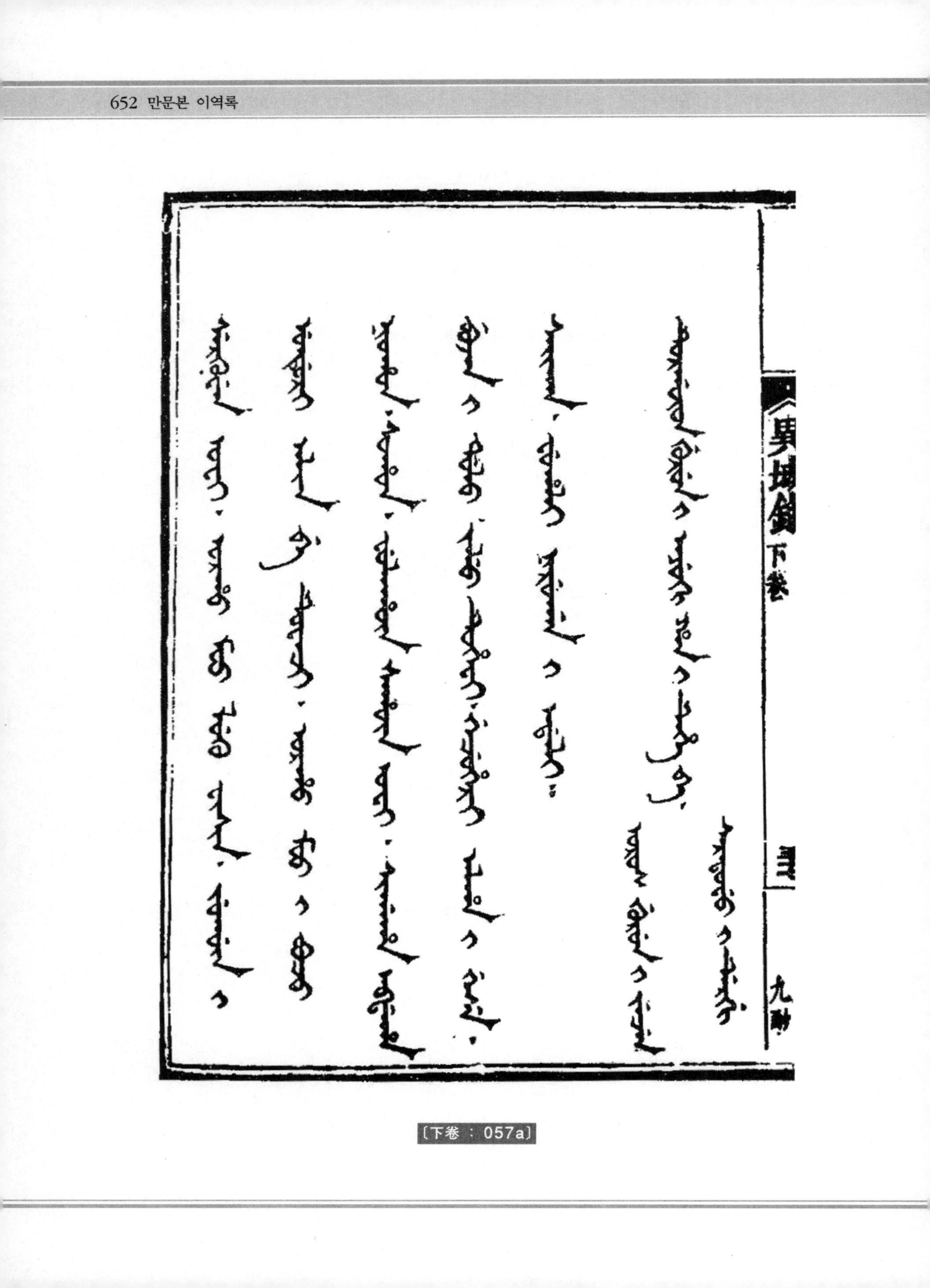

serguwen ofi, orho moo luku fisin. jugūn i
시원하게 되고 풀 나무 무성하고 빽빽하다. 길 의

unduri alin be tuwaci, orho moo i boco
연도 산 을 보니 풀 나무 의 색

niohon, sohon, fulahūn, šahūn ofi, sigaha abdaha,
푸르스레 노르스름히 불그스름히 희읍스름히 되어서 떨어진 잎

bujan i dolo jalu tuhefi, gecuheri alha i gese,
수풀 의 안 가득 떨어져서 비단 무늬 의 처럼

saikan. fuhali nirugan i adali..
예쁘다. 진실로 그림 과 같다.

turgūt gurun i ayuki han i tehe ba.
투르구트 나라 의 아유키 汗 의 살던 곳.

oros gurun i jecen saratofu i dergi
러시아 나라 의 변경 사라토푸 의 동

[한문]

薦爽 草木未凋 沿途山色 蒼黃丹碧 霜葉滿林 燦若霞綺 真一幅畫圖也
土爾扈特國王阿玉奇汗遊牧地方
在俄羅斯國界薩拉托付之東南

—— ◦ —— ◦ —— ◦ ——

시원해져서, 풀과 나무가 무성하고 빽빽했다. 길을 따라있는 산을 보니 풀과 나무의 색이 푸르스름하고, 노르스름하고, 불그스름하고, 하야스름하게 되었고, 흩어진 잎이 수풀 속에 가득 떨어져서, 비단 무늬와 같이 예뻤다. 진실로 그림과 같았다.

투르구트의 아유키 한이 살던 곳.
러시아의 변경 사라토푸의

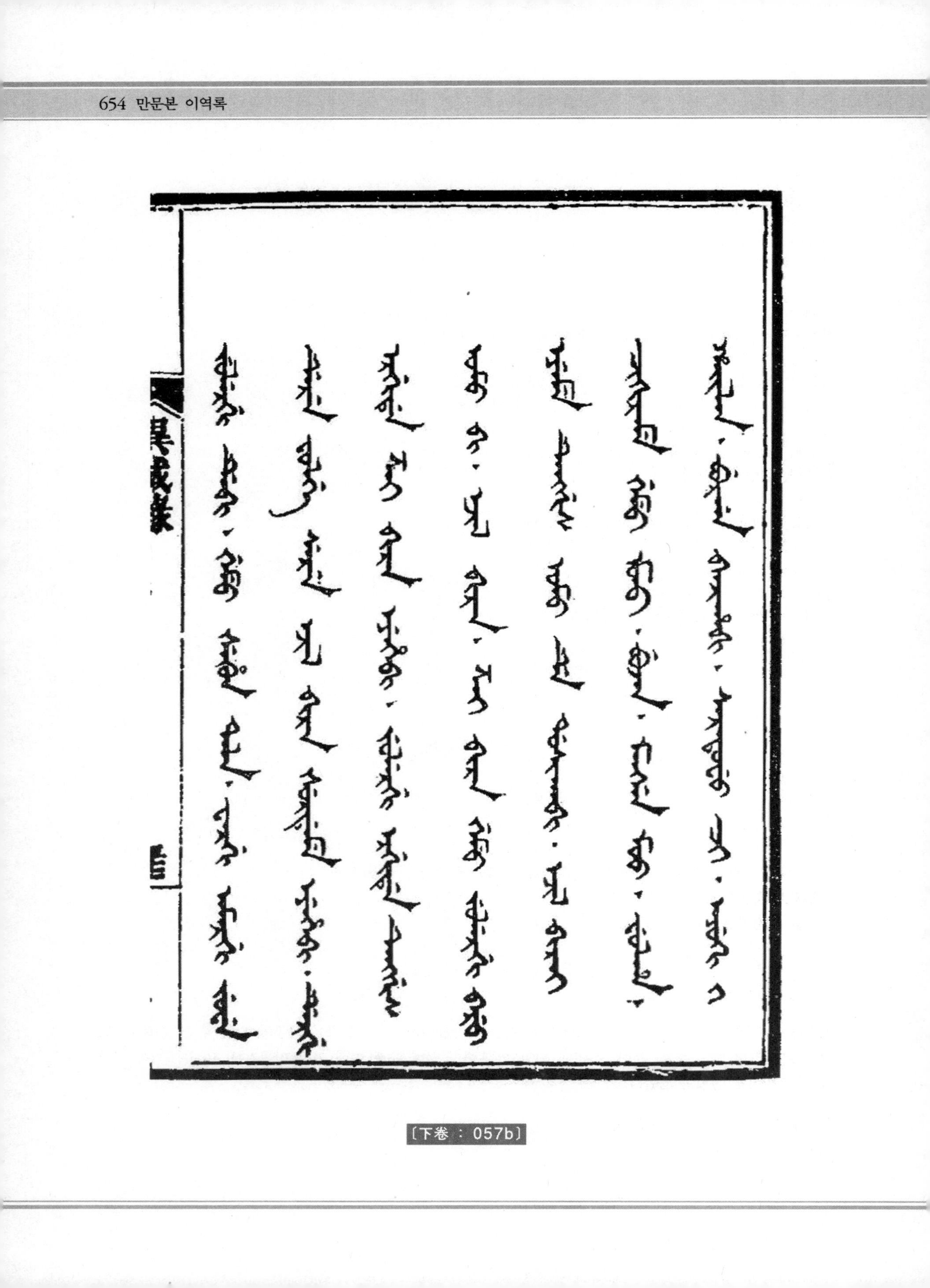

[illegible]

julergi debi. gemu šehun tala. wargi amargi juwe
남쪽 에 있다. 모두 너른 들이다. 서 북쪽 두

dere folge sere ejil bira šurdeme eyehebi. dergi
면 폴거 하는 어질 강 둘러 흘렀다. 동

ergide dzai bira[314] eyehebi. julergi ergide tenggis[315]
쪽에 쟈이 강 흘렀다. 남 쪽에 텅기스

omo bi. ejil bira, dzai bira gemu julergi baru
호수 있다. 어질 강 쟈이 강 모두 남 쪽

eyeme tenggis omo de dosikabi. ejil birai
흘러 텅기스 호수 에 들어갔다. 어질 강의

cikirame gemu moo, bujan. mangga moo, fulha,
강가를 따라 모두 나무 수풀이다. 상수리 나무 백양나무

hailan, burga banjihabi. saratofu ci, ayuki i
느릅나무 버드나무 자랐다. 사라토푸 에서 아유키 의

[한문]

俱曠野 西北兩面有佛爾格 卽厄濟兒河環流 東面有宰河環流 南有滕紀斯湖 厄濟兒河 宰河俱向南流 歸入滕紀斯湖 沿厄濟兒河俱林木 有柞楊樺叢柳 自薩拉托付以至阿玉奇汗

—— ◦ —— ◦ —— ◦ ——

동남쪽에 있다. 모두 광야이다. 서쪽과 북쪽 양쪽에 볼가 강이라는 어질 강이 둘러 흘렀다. 동쪽에는 쟈이 강이 흘렀다. 남쪽에는 카스피해가 있다. 어질 강과 쟈이 강은 모두 남쪽으로 흘러 카스피해로 들어갔다. 어질 강의 기슭을 따라 모두 나무, 수풀이다. 상수리 나무, 백양나무, 느릅나무, 버드나무가 자랐다. 사라토푸에서 아유키 한이

314) dzai bira(宰河) : 자이(Жай ык) 강. 자이 강은 우랄(Урал) 강의 카자흐어 표현이다. 우랄 강은 러시아와 카자흐스탄을 흐르는 강으로 우랄 산맥의 남쪽에서 발원을 해서 카스피 해로 흘러들어간다. 유럽과 아시아의 경계 부분을 이룬다.

315) tenggis(滕紀斯) omo : 몽골어에서 바다를 의미하는 텡기스(тэнгис)와 만주어에서 호수를 의미하는 omo의 합성어로 직역하면 '바다 호수'의 뜻을 갖는 카스피해를 가리킨다.

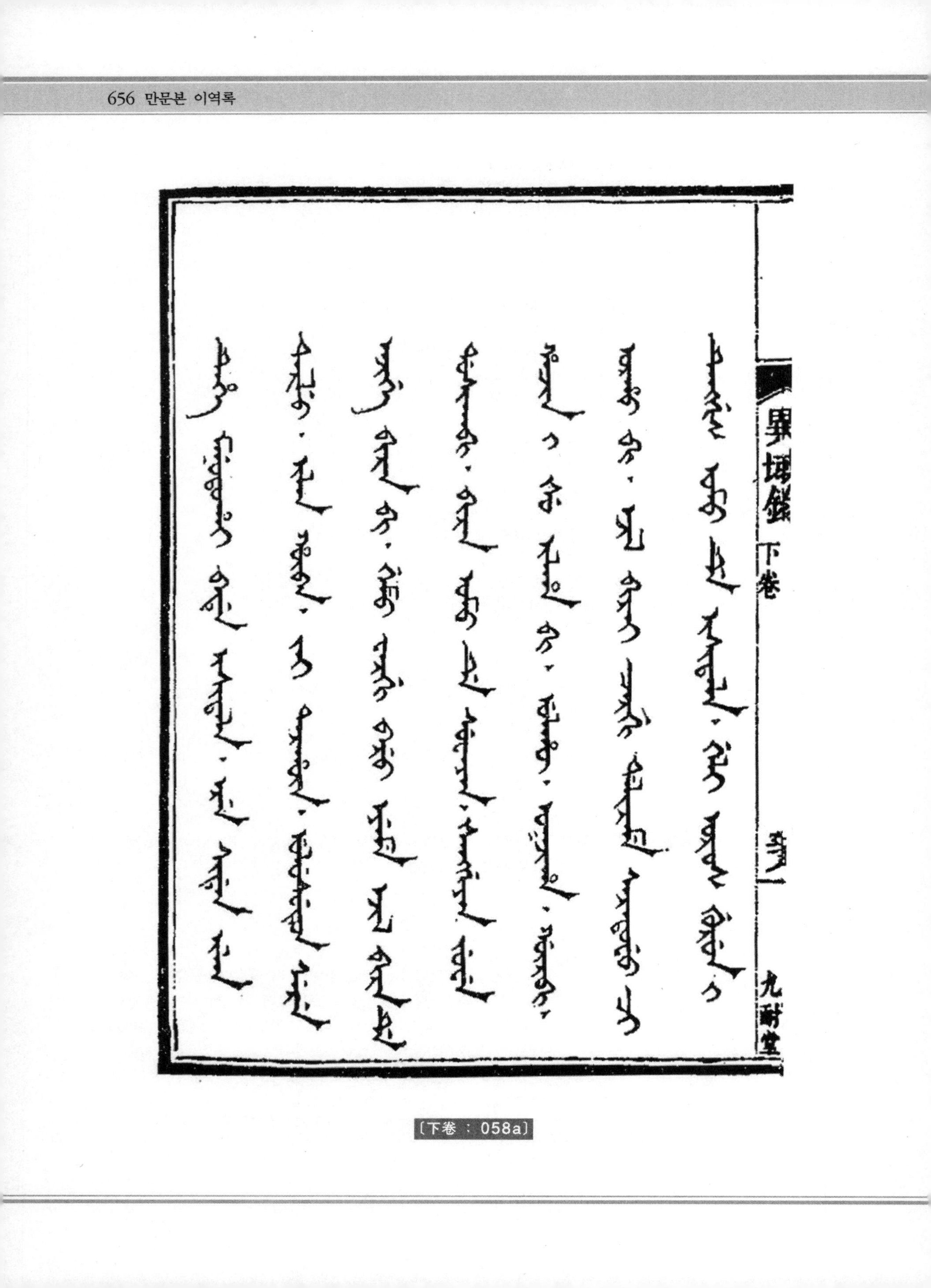

[illegible]

[illegible]

[illegible]

[illegible]

[illegible]

[illegible]

[illegible]

異域錄 下卷 [illegible] 九 耐堂

[下卷 : 058a]

tehe manutohai bade isitala, ere siden ilan
살던 마누토하이 지방에 이르기까지 이 사이 세

tarlu,[316] ilan hūban,[317] jai tarhūn,[318] ulusutun[319] sere
타를루 세 후반 그리고 타르훈 울루수툰 하는

ajige bira bi. gemu wargi baru eyeme ejil bira de
작은 강 있다. 모두 서 쪽 흘러 어질 강 에

dosikabi. bira omo de suwuyan, šanggiyan juwe
들어갔다. 강 못 에 노랗고 하얀 두

hacin i šu ilha bi. ulhū, okjiha, gūrbi
종류 의 연 꽃 있다. 갈대 창포 부들

orho bi. ejil birai cargi dalirame saratofu ci
풀 있다. 어질 강의 저편 따라 사라토푸 에서

tenggis omo de isitala, geli oros gurun i
텅기스 호수 에 이르도록 또 러시아 나라 의

[한문]

所居馬駑托海地方 其間有三道塔爾魯河 三道胡班河及塔爾渾 竝呉魯蘇屯之小河 俱向西流 歸入厄濟兒河 其河澤内 產黃蓮白蓮蘆葦蒲 其厄濟兒河之西岸 自薩拉托付以至滕紀斯湖 又有俄羅斯國屬之

—— ◦ —— ◦ —— ◦ ——

살던 마누토하이 지역에 이르기까지, 이 사이에 세 개의 타를루, 세 개의 후반, 그리고 타르훈, 울루수툰이라는 작은 강이 있다. 모두 서쪽으로 흘러 어질 강으로 들어갔다. 강과 못에 노랗고 하얀 두 종류의 연꽃이 있다. 갈대, 창포, 부들이 있다. 어질 강의 반대편 기슭을 따라 사라토푸에서 카스피해에 이르기까지, 또 러시아의

---

316) tarlu(塔爾魯河) : 탈릭(Тарлык) 강. 탈릭 강은 볼가 강의 좌측 지류로 사라토프(Саратов)와 에루스란(Еруслан)강 중간에 위치하고 있다.

317) hūban(胡班河) : 소리나이 구바(Солёная Куба) 강. 에루스란(Еруслан) 강의 지류이다.

318) tarhūn(塔而渾) : 토르군(Торгун) 강. 에루스란(Еруслан) 강의 지류이다. tarlu 강과 hūban 강에 ilan(三道)이 붙은 것은 강줄기가 세 개 있다는 뜻으로 이해된다.

319) ulusutun(呉魯蘇屯) : 에루스란(Еруслан) 강. 에루스란 강은 사라토프(Саратов) 주와 볼고그라드(Волгоград) 주를 흐르는 강으로 볼가 강의 좌측 지류이다.

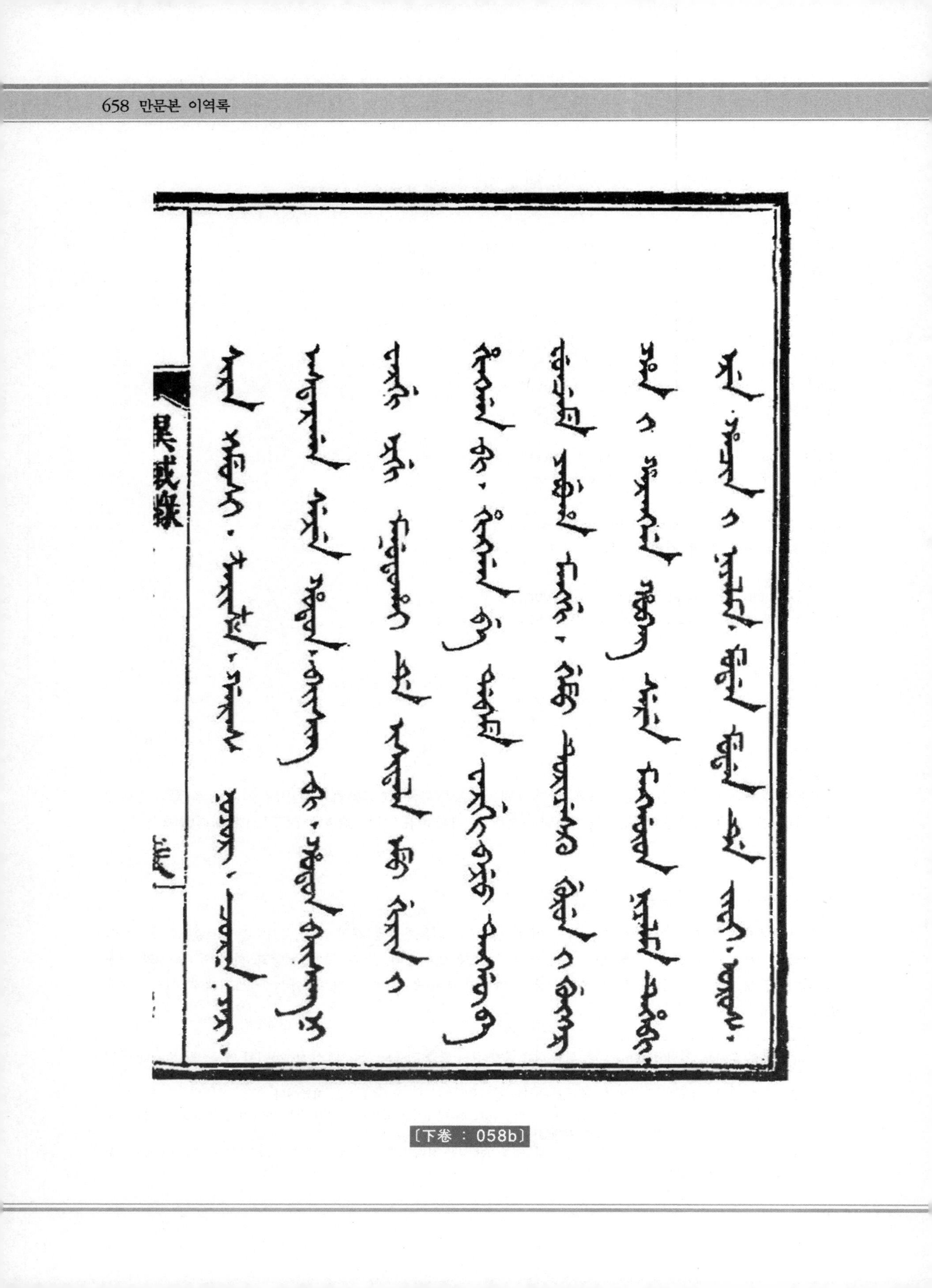

異域錄

sira k'amusi,[320] ts'arits'i,[321] garas noyor,[322] corna yar,[323]
시라 카무시 차리치 가라스 노요르 코르나 야르

astargan sere hoton, baising bi.[324] hoton baising ni
아스트라간 하는 城 바이싱 있다. 城 바이싱 의

wargi ergi manutohai de isitala emu girin i
서 쪽 마누토하이 에 이르도록 한 지역 의

hinggan[325] bi. hinggan be dabame wargi baru tanggū ba
興安 있다. 興安 을 넘어 서 쪽 백 리

funceme yabuha manggi, gemu turiyesk'o gurun i gungk'ar
넘게 간 후 모두 투리여스코 나라 의 궁카르

han i harangga hobang[326] sere manggūt niyalma tehebi.
汗 의 소속의 호봉 하는 망구트 사람 살았다.[327]

ere hacin i niyalma, mudan mudan de jifi, oros,
이 종류 의 사람 때 때 에 와서 러시아

[한문]

西拉客穆什擦里岑噶喇斯諾雅爾綽爾諾雅爾阿斯達爾漢諸城柏興 自城池柏興以至馬鴛托海地方西南一帶皆興安山嶺 過此向西行百餘里 俱係圖里耶斯科國王空科爾汗所屬和邦卽莽武特之人居住 此種人 不時擄掠俄羅斯國

—— ◦ —— ◦ —— ◦ ——

시라 카무시, 차리치, 가라스 노요르, 코르나 야르, 아스트라간이라는 성(城)과 바이싱이 있다. 성(城)과 바이싱에서 서쪽의 마누토하이에 이르기까지 한 연봉(連峰)의 홍안(興安)이 있다. 홍안(興安)을 넘어 서쪽으로 100리 남짓 가면 모두 투리여스코의 궁카르 한을 따르는 호봉이라는 망구트인들이 살았다. 이들이 때때로 와서 러시아와

---

320) sira k'amusi(西拉客穆什) : 카미신(Камышин). 카미신은 러시아 볼고그라드 주에 있는 도시로 볼가 강 서안에 있으며 카미신카(Камышинка) 강 어귀에 있다.

321) ts'arits'i(擦里岑) : 볼고그라드(Волгоград). 볼고그라드는 러시아의 볼가 강 서안에 있는 도시로 볼고그라드 주의 주도이다. 이전에는 차리친(цари́цын 1598년-1925년)이나 스탈린그라드(сталингра́д 1925년-1961년)로 불렸으며 제2차 세계 대전 중 독일과 소련 간의 격전지로 유명하다. 볼가 강의 하항으로, 볼가-돈 운하의 기점(起點)이며 교통의 요충지이다.

322) garas noyor(噶喇斯諾雅爾) : 크라스노아르메이스키(Красноармейский) 볼고그라드의 남쪽에 위치하고 있으며 18세기 초 독일인 거주지로 처음 나타났다.

323) corna yar(綽爾諾 雅爾) : 체르니 야르(чёрный яр). 체르니 야르는 '검은 절벽'이라는 뜻으로 아스트라한(Астрахань) 주 체르노야르스키(Черноярский) 지역의 행정중심지이다. 볼가 강의 높은 우측 언덕에 위치하고 있다.

324) 투르구트 지역 건너편 카스피 해로 들어가는 볼가 강 서쪽은 러시아 지역으로 강변을 따라 형성된 러시아 도시와 마을에 대한 설명을 하고 있다.

325) girin : 이마니시 슌수(今西春秋:1964)에서는 giran으로 전사하고 있으나 오기(誤記)이다.

326) hobang(和邦) : 쿠반(Кубань). 쿠반은 러시아 남쪽 카스피해와 흑해 사이에서 흑해로 흘러들어가는 쿠반 강 유역을 가리킨다. 이 지역에 살던 투르크계 타타르족을 '쿠반-타타르'로 칭한다.

327) 볼가 강 서쪽 강변에 따라 형성된 도시와 마을 서쪽에 '마누토하이(manutohai)'가 있고, 볼가 강과 '마누토사이'에는 '홍안(hinggan, 興安)'이 있고, '홍안'을 넘어 서쪽으로 백 리를 가면 오스만 터어키 황제 소속의 망구트 족이 살고 있다고 설명하고 있다. 망구트 족은 당시 흑해-카스피해 스텝 지역에 살던 몽골계 민족으로 이 내용은 볼가 강 서쪽 카스피해와 흑해 사이의 상황에 대한 설명이다. 이 지역은 오늘날 칼묵공화국의 영역의 일부와 일치하고 있다. 앞에서도 설명한 바와 같이 '마누토하이'와 '홍안'이 일정 지역을 가리키는 고유명사로 쓰이고 있지 않다는 것을 알 수 있다.

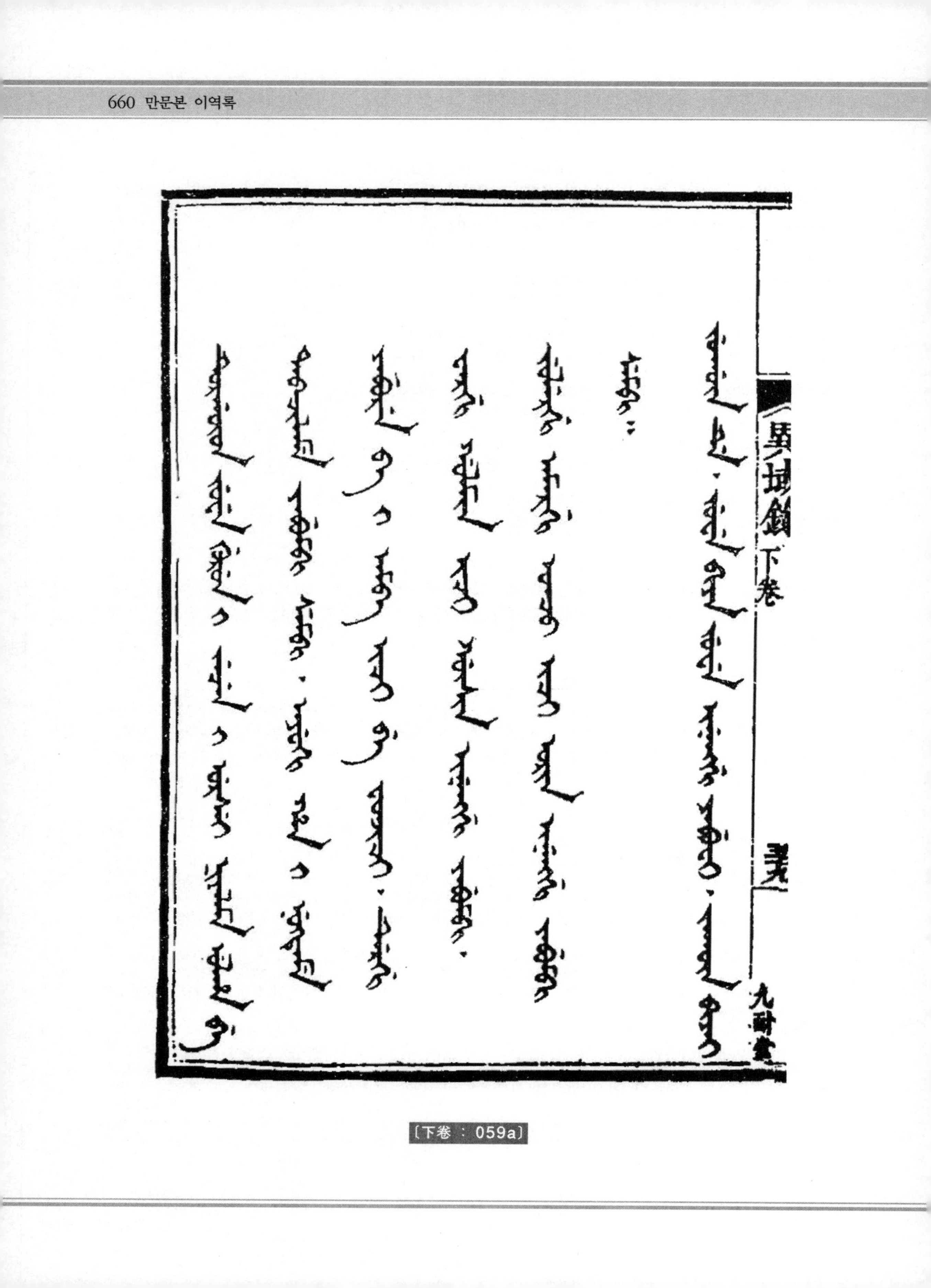

turgūt juwe gurun i jecen i ursei niyalma ulha be
투르구트 두 나라 의 변경 의 무리의 사람 가축 을

tabcilame yabumbi sembi. ayuki han i nukteme
약탈해 간다 한다. 아유키 汗 의 유목하며

yabure ba i amba ici be fonjici, dergi
다니는 곳 의 큰 쪽 을 물으니 동

wargi golmin ici gūsin inenggi yabumbi.
서 긴 쪽 삼십 일 간다.

julergi amargi onco ici orin inenggi yabumbi
남 북 넓은 쪽 이십 일 간다.

sembi..
한다.

jugūn de, juwe biya juwe inenggi yabufi, jakūn biyai
길 에 두 달 두 날 가서 팔 월의

[한문]

與土爾扈特兩國邊境人畜 詢問阿玉奇汗遊牧地方之大小 據言東西可行三十日 南北可行二十日 此地産龜蛇（蛇身如黑漆）

—— ◦ —— ◦ —— ◦ ——

투르구트 두 나라의 변경에 살고 있는 사람과 가축을 약탈해 간다고 한다. 아유키 한이 유목하며 다니는 지역의 크기를 물으니, 동서의 길이는 30일 가야 할 정도이고, 남북의 폭은 20일 가야 할 정도라고 한다. 두 달하고 이틀 동안 길을 가서 8월

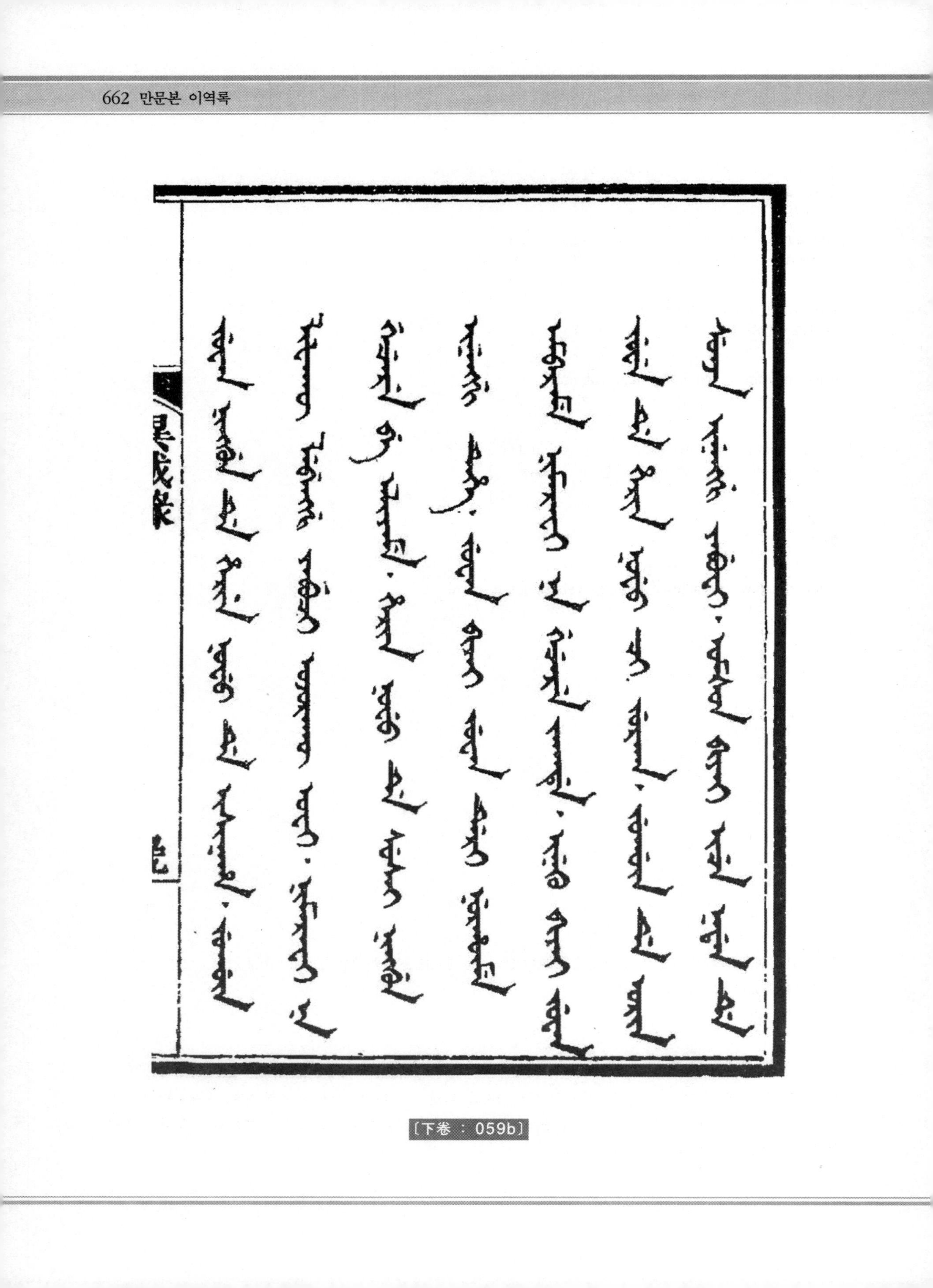

異域錄

juwan ninggun de herin nofu de isinaha. jugūn
십 육일 에 허린 노푸 에 다다랐다. 길

lifakū lebenggi yabuci ojorakū ofi, nimarafi na
늪이고 질퍽하여 가면 되지 않게 되어서 눈내리고 땅

gecere be aliyame, herin nofu de susai ninggun
어는것 을 기다리며 허린 노푸 에 오십 육

inenggi tehe. juwan biyai juwan deri nurhūme
일 머물렀다. 십 월의 십 부터 잇달아

ambarame nimarafi na gecere jakade, ineku biyai juwan
크게 눈 내려서 땅 얼 적에 같은 달의 십

juwe de herin nofu ci juraka. jugūn de orin
이 에 허린 노푸 에서 떠났다. 길 에 이십

sunja inenggi yabufi, omšon biyai ice nadan de,
오 일 가서 십일 월의 초 칠 에

[한문]

於十一月初七日

—— ◦ —— ◦ —— ◦ ——

16일에 허린 노푸에 다다랐다. 길은 늪이라서 질퍽하여 갈 수 없어서, 눈이 내리고 땅이 어는 것을 기다리며 허린 노푸에 56일 동안 머물렀다. 10월 초순부터 잇따라 크게 눈이 내려서 땅이 얼 적에 그 달의 12일에 허린 노푸에서 떠났다. 25일 동안 길을 가서, 11월 7일에,

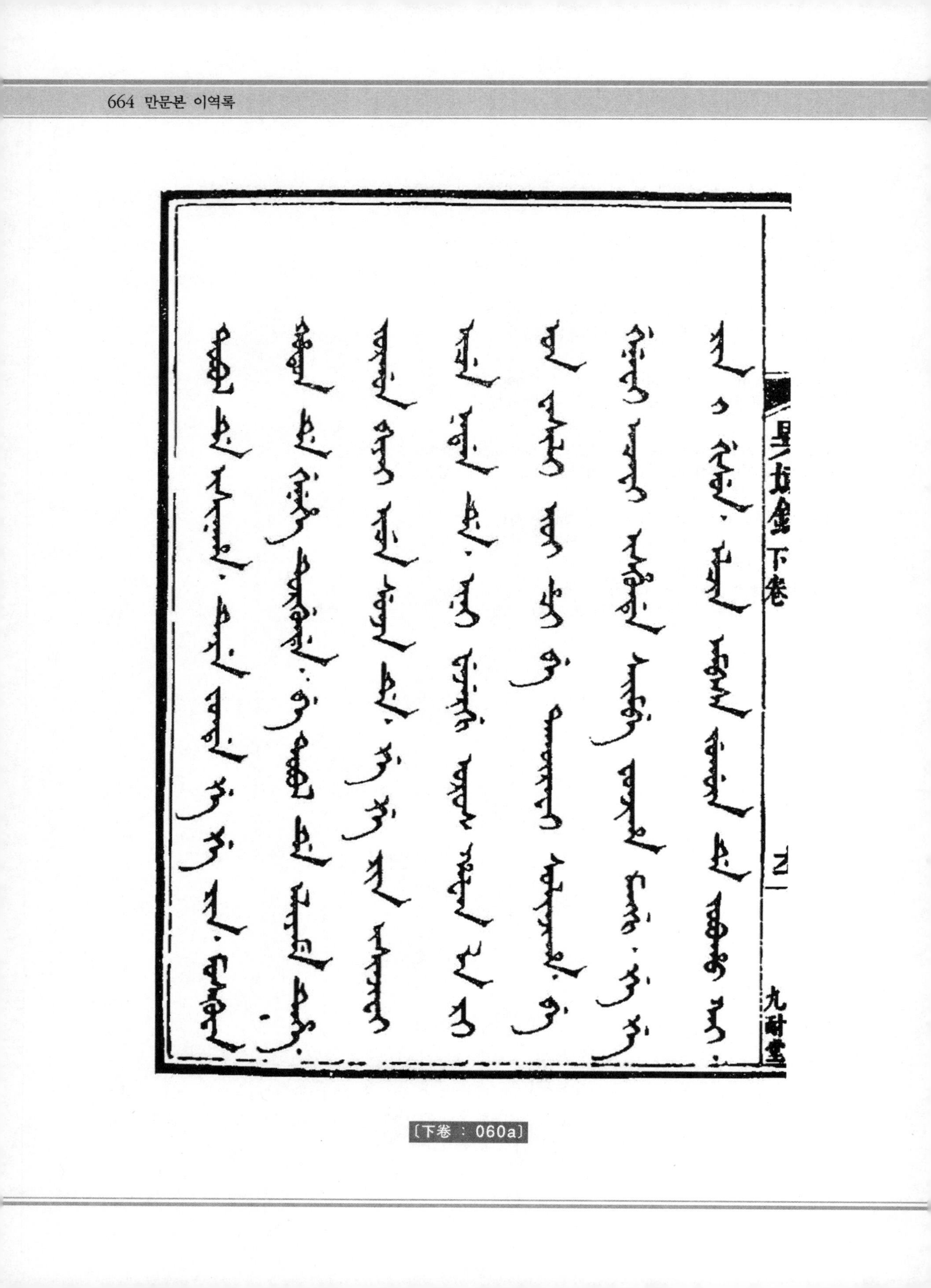

tobol de isinaha. tere fonde g'a g'a rin, mosk'owa
토볼 에 다다랐다. 그 무렵에 가 가 린 모스코와

hoton de genehe turgunde, be tobol de aliyame tehe.
城 에 간 까닭에 우리 토볼 에서 기다리며 머물렀다.

jorgon biyai ice sunja de, g'a g'a rin isinjifi
십이 월의 초 오 에 가 가 린 도착하여서

ice nadan de, ini fejergi oros hafan la ri
초 칠 에 그의 아래쪽 러시아 관리 라 리

on wasili ioi c'y[328] be takūrafi solinjiha. be
온 와실리 요이 치 를 파견하여서 청하러 왔다. 우리

genefi acafi ishunde saimbe fonjiha manggi, g'a g'a
가서 만나고 서로 안부를 물은 후 가 가

rin i gisun, elcin ambasa jugūn de joboho kai,
린 의 말 사신 대신들 길 에서 수고했느니라.

[한문]

回至托波兒地方 值總管噶噶林往莫斯科窪城去 因等候 住托波兒地方 十二月初五日 噶噶林到來 初七日差伊所屬俄羅斯官拉里宛窪西里委翅來請 於是往見 互叙寒温 噶噶林曰 天使途中勞苦

—— ◦ —— ◦ —— ◦ ——

토볼에 다다랐다. 그 무렵에 가가린이 모스크바 성(城)에 간 까닭에, 우리는 토볼에서 그를 기다리며 머물렀다. 12월 5일에 가가린이 도착하여서 7일에 그의 부하인 러시아 관리 라리온 와실리요이치를 파견하여서 우리를 초청하였다. 우리는 가서 만나고 서로 안부를 물었다. 가가린이 말하기를, "사신들이 오느라고 수고가 많았다.

328) la ri on wasili ioi c'y(拉里宛窪西里委翅) : 라리온 바시리비치(Ларион Васильевич), 인명(人名).

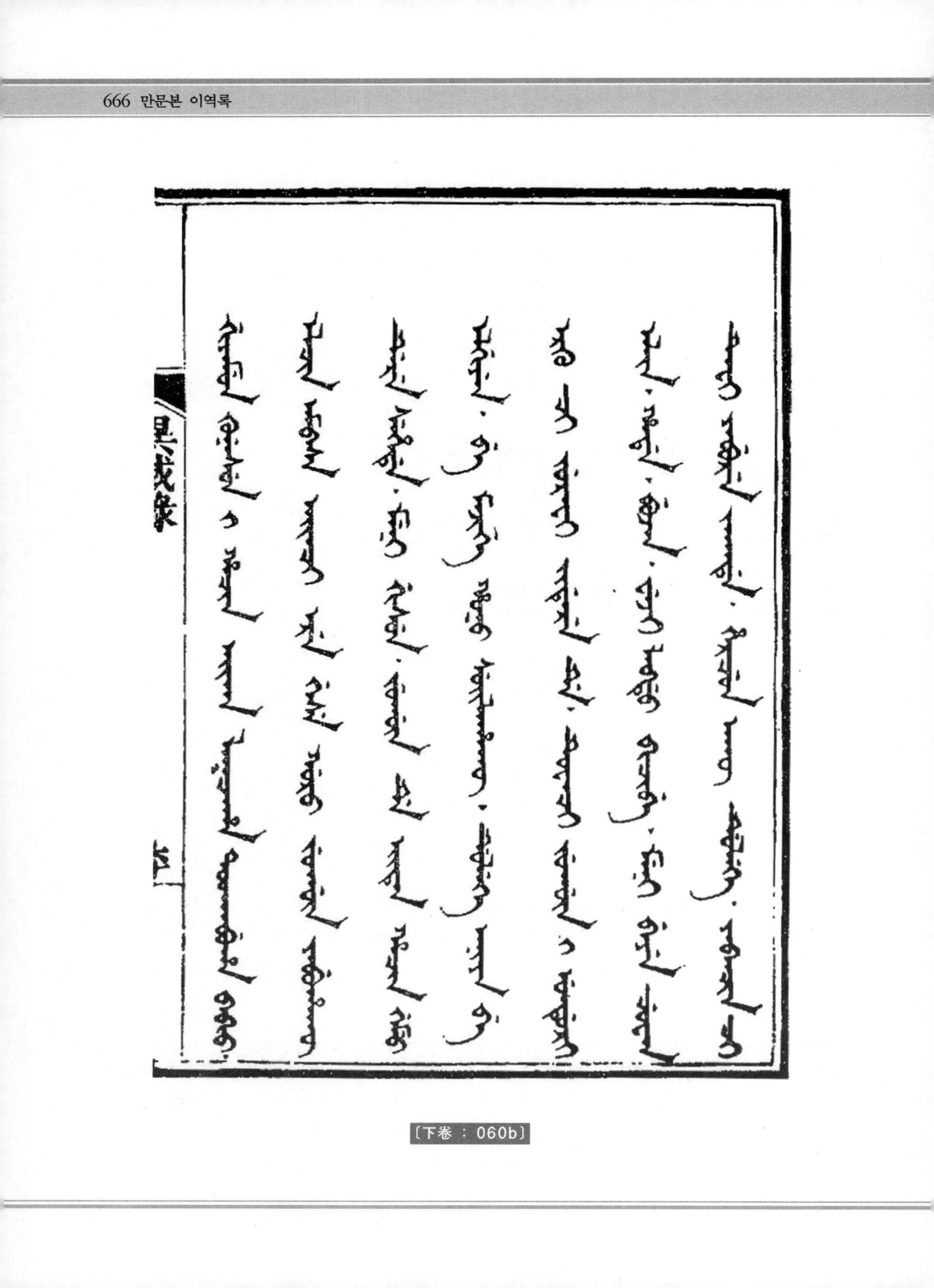

giyamun kunesun i hacin aika. lakcaha tookabuha babio.
역참 식량 의 종류 어떠한가. 끊기고 지체된 바 있는가.

elcin ambasa ainci ere gese goro jugūn yabuhakū
사신 대신들 아마도 이 같이 먼 길 다니지 않았으리라

dere sehede, meni gisun, jugūn de eiten hacin gemu
함에 우리의 말 길 에 온갖 종류 모두

elgiyen. be majige hono suilahakū. duleke aniya be
풍족하다. 우리 조금 도 힘들지 않았다. 지난 해 우리

erku ci jurafi jidere de, tuwaci jugūn i unduri
어르쿠 에서 떠나서 옴 에 보니 길 의 연도

alin, hada, bujan, weji labdu bicibe, meni beye cuwan
산 산봉우리 수풀 밀림 많이 있지만 우리의 몸 배

tefi yabure jakade, hercun akū duleke. yabancin ci
타고 갈 적에 어느덧 지나갔다. 야반친 에서

[한문]

凡馬匹供給曾有缺乏處否 似此長途 想天使未必走過 我等答曰 途中一切供應 竝無缺乏 亦不甚勞苦 去歲我等自厄爾口地方起程來時 沿途雖皆有山巒林藪 我等俱舟行不覺 自雅板沁地方

—— ◦ —— ◦ —— ◦ ——

역마와 식량의 종류는 어떠한가? 끊기고 지체된 바가 있는가? 사신들은 아마도 이와 같이 먼 길을 다닌 적은 없었을 것이다." 하였다. 우리가 말하기를, "가는 길에 제공받았던 온갖 것들은 모두 풍족했다. 우리는 조금도 괴롭지 않았다. 지난해에 우리가 어르쿠에서 떠나 올 때 보니, 길을 따라 있는 산과 산봉우리, 수풀과 밀림이 있었지만, 우리들은 배를 타고 간 까닭에, 부지불식간에 지나쳐 버렸다. 야반친에서

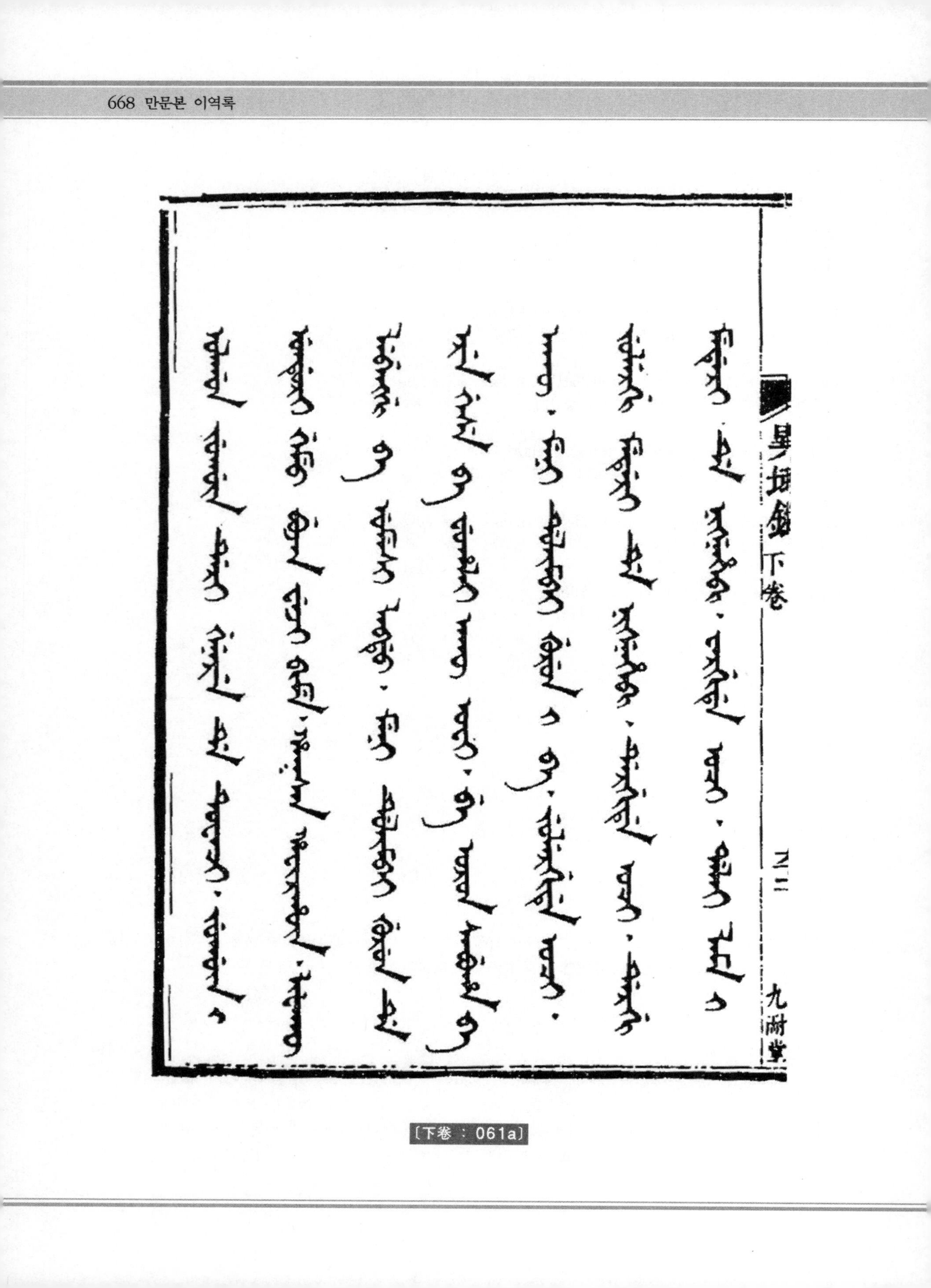

olgon jugūn deri genere de tuwaci, jugūn i
뭍 길 로 감 에 보니 길 의

unduri gemu bujan weji bime, haksan hafirhūn, lifakū
연도 모두 수풀 밀림 이며 험하고 좁으며 늪

lebenggi ba umesi labdu. meni dulimbai gurun de
질펵한 곳 매우 많다. 우리의 中 國 에

ere gese ba fuhali akū ofi, be oron sabuha ba
이 같은 곳 전혀 없어서 우리 결코 본 바

akū. meni dulimbai gurun i ba, julergide oci,
없다. 우리의 中 國 의 지역 남쪽에 되면

julergi mederi de nikenehebi. dergide oci, dergi
남쪽 바다 에 기대었다. 동쪽에 되면 동쪽

mederi de nikenehebi. wargide oci, dalai lama i
바다 에 기대었다. 서쪽에 되면 달라이 라마 의

[한문]

陸行 沿途皆林藪 道路狹隘 泥濘處甚多 我中國竝無此等地方 亦不曾見 我中國地方 南至南海 東至東海 西與西藏

—— ◦ —— ◦ —— ◦ ——

육로를 통해 갈 때 보니, 길의 주변이 모두 수풀과 밀림이며, 길은 험하고 좁으며, 늪과 질펵한 곳이 매우 많다. 우리 중국에는 이와 같은 곳이 전혀 없어서, 우리 결코 본 바가 없다. 우리 중국에서는 남쪽은 남쪽 바다에 기대었고, 동쪽으로는 동쪽바다에 기대었다. 서쪽으로는 달라이 라마의

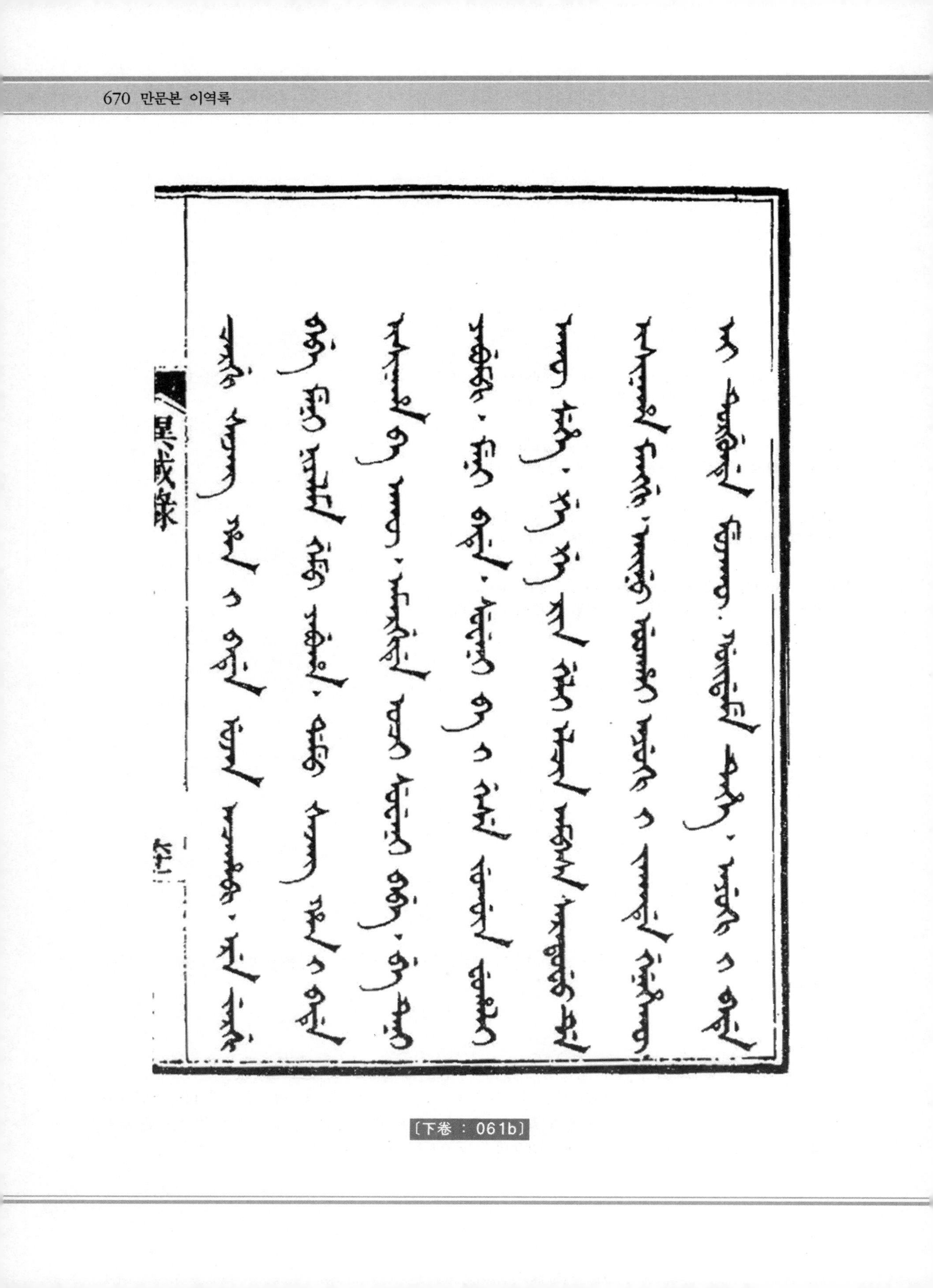

異域錄 五十三

cargi šajang han i bade ujan acahabi. ere jergi
저편 샤장 汗 의 땅에 경계 맞닿았다. 이 등의

babe meni niyalma gemu yabuha. damu šajang han i bade
곳을 우리의 사람 모두 다녔다. 다만 샤장 汗 의 땅에

isinaha ba akū. amargide oci suweni babe, be teni
다다른 바 없다. 북쪽에 되면 너희의 곳을 우리 비로소

yabumbi. meni bade, suweni ba i gese jugūn fuhali
간다. 우리의 곳에 너희의 곳 과 같은 길 전혀

akū sehe. g'a g'a rin geli elcin ambasa saratofu de
없다 하였다. 가 가 린 또 사신 대신들 사라토푸 에

isinaha manggi, ainu uthai ayuki i jakade gehehekū.
다다른 후 어찌 곧 아유키 의 곁에 가지 않았는가.

ai turgunde mujakū goidame tehe. ayuki i bade
무슨 까닭에 매우 오래 머물렀는가. 아유키 의 지역에

[한문]

之西沙章汗接壤 此等地方 我國之人皆曾到過 惟沙章汗地方未到 在北則有爾國地方 我等初次到此 我中國竝無似爾國地方者 噶噶林又問 天使至薩拉托付地方 因何不卽往阿玉奇汗處去 乃久住薩拉托付地方 又不知在阿玉奇汗處

—— ◦ —— ◦ —— ◦ ——

반대쪽 샤장 한의 지역까지 경계가 맞닿아 있다. 이와 같은 곳을 우리들은 모두 다녀 보았지만, 다만 샤장 한의 지역에는 가본 바가 없다. 북쪽으로는 당신의 지역을 우리 이제야 간다. 우리 지역에 당신 지역과 같은 길이 전혀 없다." 하였다. 가가린이 또 묻되, "사신들이 사라토푸에 다다른 후, 어찌 곧바로 아유키 한에게 가지 않았는가? 무슨 까닭으로 매우 오랫동안 머물렀는가? 아유키 한의 지역에

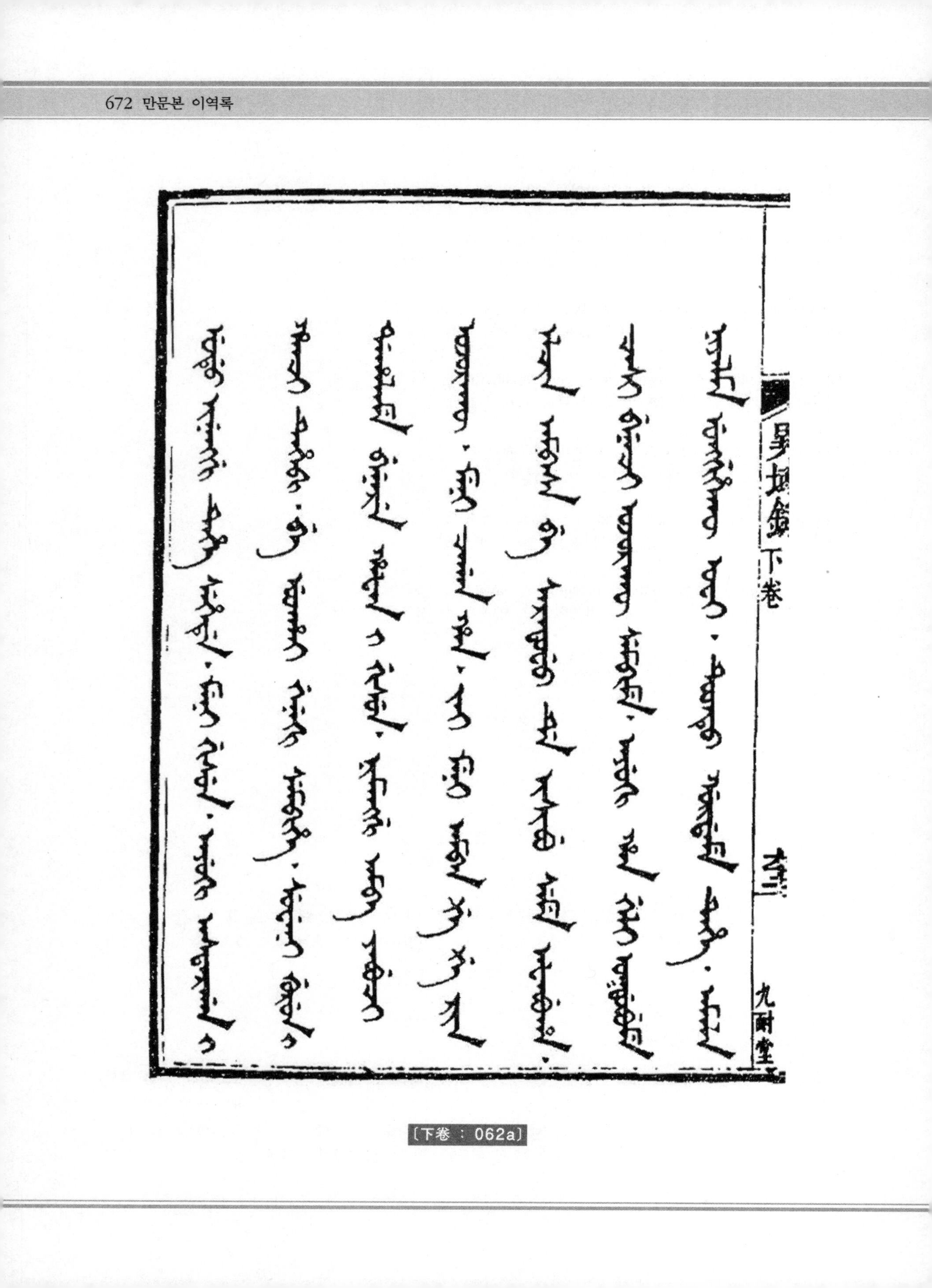

異域錄 下卷

九耐堂

〔下卷 : 062a〕

udu inenggi tehe sehede, meni gisun, ayuki astargan i
몇 일 머물렀는가 함에 우리의 말 아유키 아스타르간 의

hanci tehebi. be uthai geneki sembihe. suweni gurun i
가까이 머물렀다. 우리 곧 가고자 하였다. 너희의 나라 의

dahalame benere hafan i gisun, nimanggi amba yabuci
뒤따르며 보내는 관리 의 말 눈 많아 가면

ojorakū. meni cagan han, jai meni amban g'a g'a rin
되지 않는다. 우리의 차간 汗 또 우리의 대신 가 가 린

elcin ambasa be saratofu de isibu seme afabuha.
사신 대신들 을 사라토푸 에 이르게 하라 하고 부탁했다.

casi beneci ojorakū sembime, ayuki han geli okdobume
그리 보내면 되지 않는다 하고 아유키 汗 또 맞이하러

niyalma ungihekū ofi, tuttu goidame tehe. amala
사람 보내지 않아서 그렇게 오래 머물렀다. 후에

[한문]

曾住幾日 我等曰 阿玉奇汗在阿斯達爾漢左近地方居住 卽欲到彼 因雪大難行 而阿玉奇汗迎接之人又未到 是以久住 候

—— ◦ —— ◦ —— ◦ ——

며칠 동안 머물렀는가?" 하였다. 우리가 말하기를, "아유키 한은 아스타르간의 가까이에 살았다. 우리는 곧 바로 가고자 하였는데, 당신 나라의 호위병이 말하기를, "눈이 많이 내려서 가면 안 된다. 우리의 차간 한, 그리고 우리의 대신 가가린이 사신들을 사라토푸까지 배웅하라고 부탁하였다. 그쪽으로 보낼 수 없다." 하였으며, 아유키 한이 또 우리를 맞이하러 사람을 보내지 않았기에 그렇게 오래 머물렀다. 이후

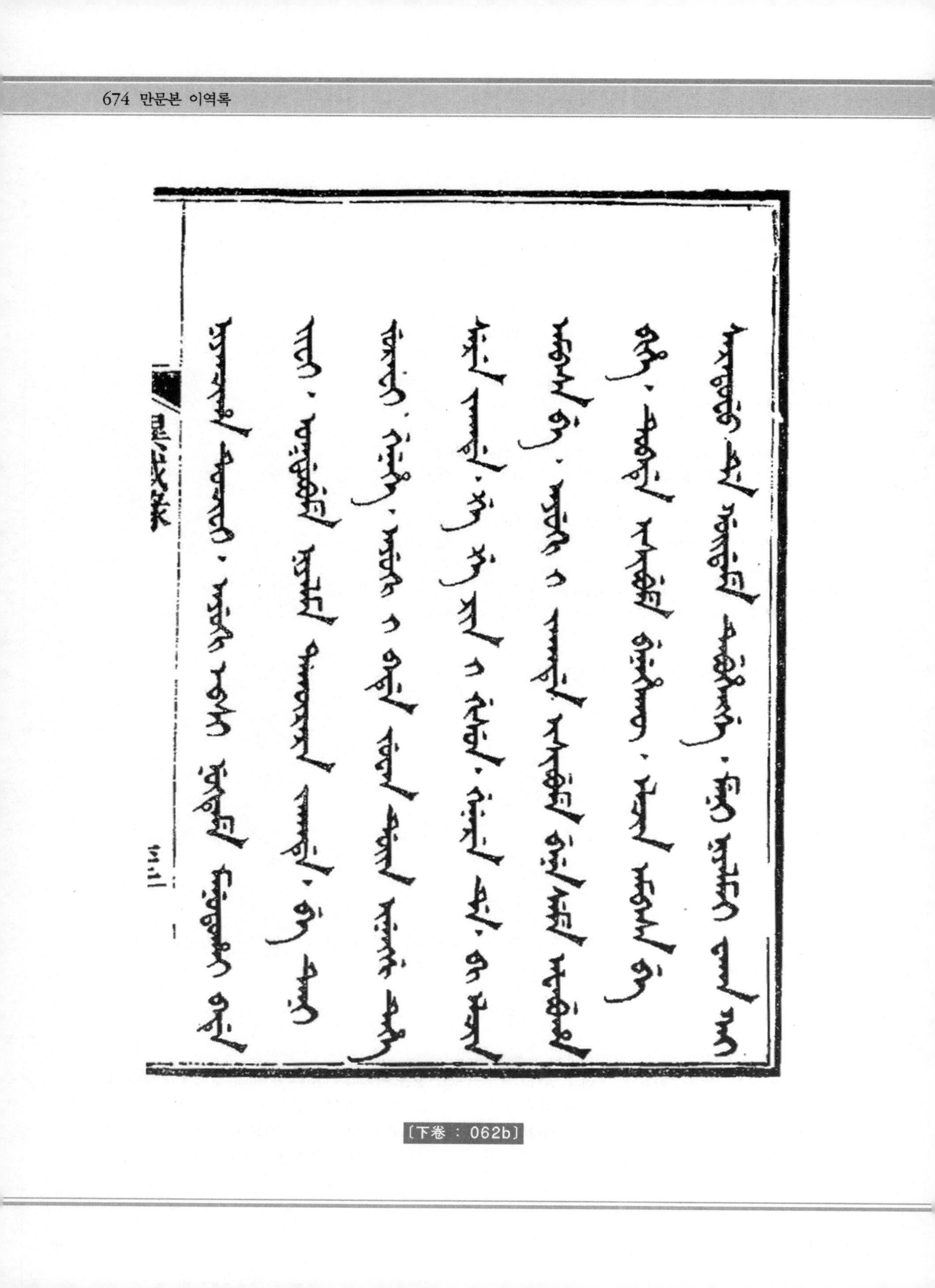

niyanciha tucifi, ayuki ebsi nukteme manutohai bade
푸른 풀 싹트고 아유키 이리로 유목하며 마누토하이 지역에

jifi, okdobume niyalma takūrara jakade, be teni
와서 맞이하며 사람 파견할 적에 우리 그제야

jurafi genehe. ayuki i bade juwan duin inenggi tehe
떠나서 갔다. 아유키 의 지역에 십 사 일 머물렀다.

sere jakade, g'a g'a rin i gisun, genere de, bi elcin
할 적에 가 가 린 의 말 감 에 나 사신

ambasa be, ayuki i jakade isibume bene seme afabuha
대신들 을 아유키 의 곁에 이르게 하여 보내라 하며 부탁했다.

bihe. tubade isibume benehekū. elcin ambasa be
그곳에 이르게 하여 보내지 않았다. 사신 대신들 을

saratofu de goidame tebuhengge, meni niyalmai waka kai
사라토푸 에 오래 머무르게 한 것 우리의 사람의 잘못이니라.

[한문]

青草發出 阿玉奇汗遊牧至馬駑托海地方 遣人迎接始往 在阿玉奇汗地方住十四日

—— ◦ —— ◦ —— ◦ ——

푸른 풀이 돋고, 아유키 한이 유목하며 마누토하이 지역에 와서 맞이하며 사람 파견할 적에 우리는 그제야 그곳을 떠나 아유키 한의 지역으로 갔다. 아유키 한의 지역에는 14일 동안 머물렀다." 할 적에 가가린이 말하기를, "내가 사신들을 아유키 한에게 이르도록 배웅하라고 부탁하였는데, 그곳에 이르도록 배웅하지 못했다. 사신들을 사라토푸에 오랫동안 머무르게 한 것은 우리들의 잘못이다."

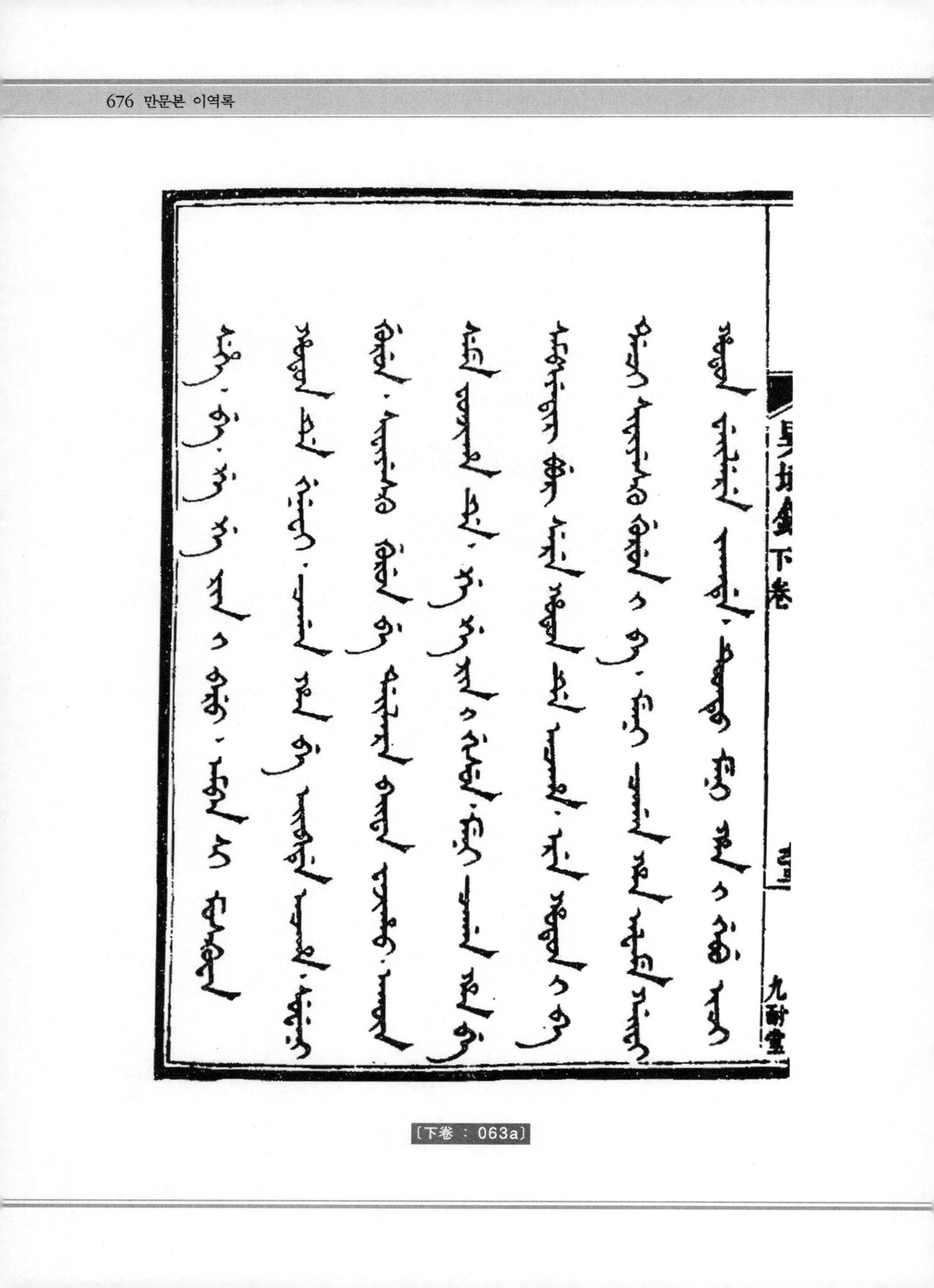

異域錄 下卷

九耐堂

sehe. be g'a g'a rin i baru, amban si mosk'owa
하였다. 우리 가 가 린 의 쪽 대신 너 모스코와

hoton de genefi, cagan han be aibide acaha. suweni
城 에 가서 차간 汗 을 어디에서 만났는가, 너희의

gurun, sifiyesk'o gurun be dailara baita wajihao, akūn
나라 시피여스코 나라 를 정벌하는 일 끝났는가, 아닌가,

seme fonjiha de, g'a g'a rin i gisun, meni cagan han be
하고 물음 에 가 가 린 의 말 우리의 차간 汗 을

sampiyetir pur[329] sere hoton de acaha. ere hoton i ba
삼피여티르 푸르 하는 城 에서 만났다. 이 城 의 땅

daci sifiyesk'o gurun i ba, meni cagan han afame gaifi
본래부터 시피여스코 나라 의 땅이다. 우리의 차간 汗 싸워 취하여서

hoton weilere jakade, tuttu meni i han i gebu ici
城 지을 적에 그렇게 우리 의 汗 의 이름 따라

[한문]

噶噶林曰 我在三皮提里普兒城內 曾見察罕汗 此城原係忒費耶忒國地方 我察罕征取 修葺城池 隨我汗

—— ◦ —— ◦ —— ◦ ——

하였다. 우리는 가가린에게 말하기를, “대신인 그대는 모스크바 성(城)에 가서, 차간 한을 어디에서 만났는가? 당신의 나라는 시피여스코를 정벌하는 일이 끝났는가, 끝나지 않았는가?” 하고 물었다. 가가린이 말하기를, “우리의 차간 한은 삼피여티르 푸르라는 성(城)에서 만났다. 이 성(城)은 본래 시피여스코의 땅인데, 우리의 차간 한께서 싸워서 취한 후 성(城)를 지을 적에 우리 한(汗)의

329) sampiyetir pur(三柯忒撒忒爾 布爾) : 상트페테르부르그(Санкт-Петербург). 상트페테르부르그는 러시아의 북서쪽 네바(Нева) 강 하구에 있으며 발트 해의 핀란드 만에 접해 있다. 러시아 제국의 짜르(царь) 표트르 대제가 1703년 세운 이 도시는 1713년 모스크바에서 천도하여 1918년까지 러시아 제국의 수도였다. 예전에는 페트로그라드(Петроград, 1914년-1924년)와 레닌그라드(Ленинград, 1924년-1991년)로 불리기도 했다. 1924년 1월 21일 레닌이 죽자 1924년 1월 26일 그를 기념하여 레닌그라드로 불리게 되었고 1991년 9월 6일 다시 옛 이름을 되찾았다.

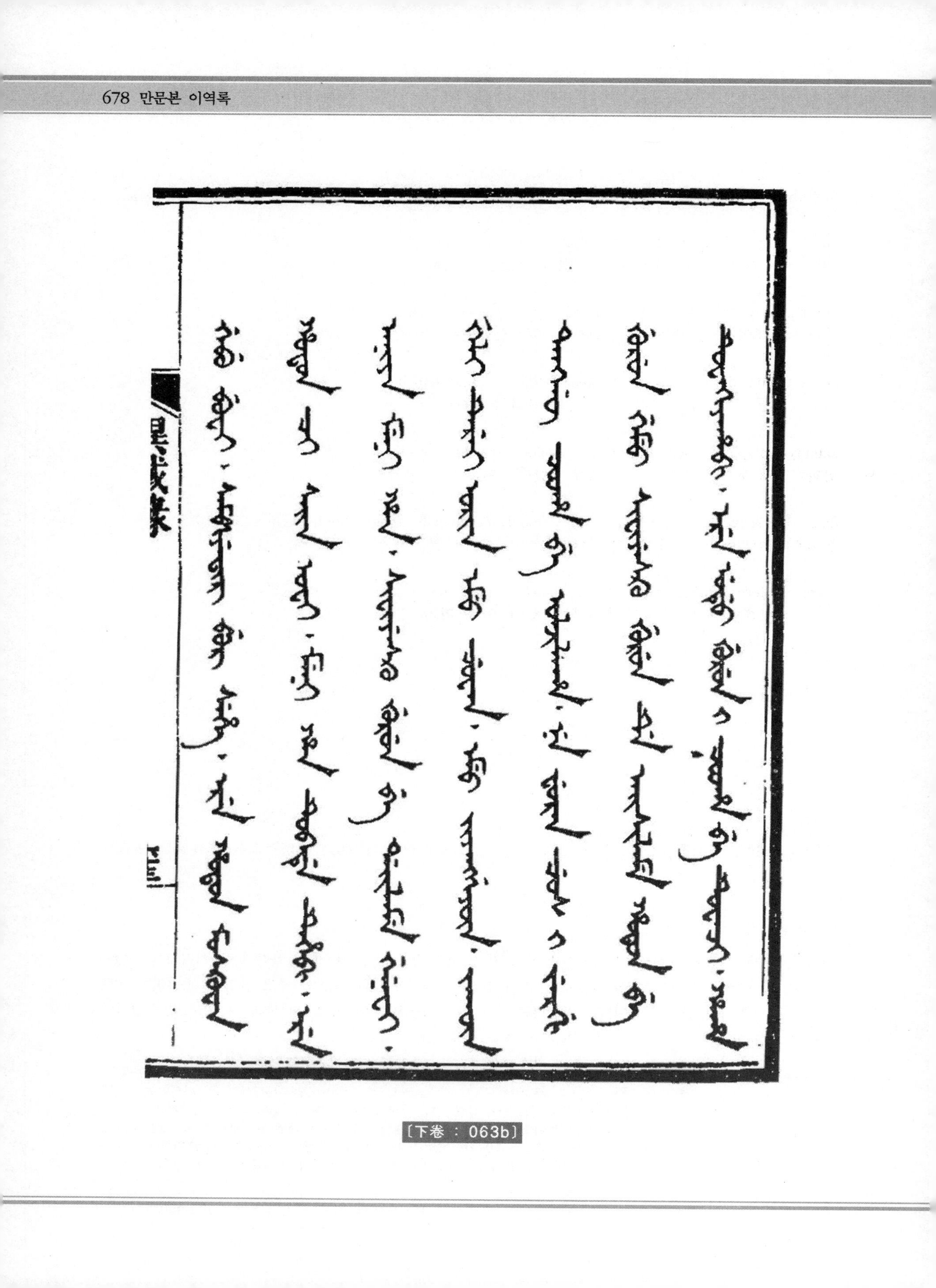

gebu bufi, sampiyetir pur sehe. ere hoton mosk'owa
이름 주어서 삼피여티르 푸르 하였다. 이 성 모스코와

hoton ci sain ofi, meni han tubade tehebi. ere
城 보다 좋게 되어서 우리의 汗 그곳에 머물렀다. 이

aniya meni han, sifiyesk'o gurun be dailame genefi,
해 우리의 汗 시피여스코 나라 를 정벌하러 가서

geli terei orin emu cuwan, emu jiyanggiyūn, jakūn
또 그의 이십 일 큰배 한 장군, 팔

tanggū cooha be oljilaha. ne furan cus i jergi
백 병사 를 포로잡았다. 지금 푸란 쿠스 의 등

gurun gemu sifiyesk'o gurun de aisilame hoton be
나라 모두 시피여스코 나라 에 도와 城 을

tuwakiyahabi. ere udu gurun i cooha be tuwaci, haha
지켰다. 이 몇 나라 의 병사 를 보니 남자

[한문]

名字呼爲三柯忒撒忒爾布爾和 此城修葺 勝於莫斯科窪城 我汗現在此城居住 今歲我汗與式費耶忒國征戰 又擄獲船貳十一隻 將軍一員 兵八百名 現今付蘭楚斯諸國俱相援式費耶忒國 堅守城池 觀此數國之兵

—— ◦ —— ◦ —— ◦ ——

이름을 따 이름을 붙여 삼피여티르 푸르라고 하였다. 이 성(城)은 모스코와 성(城)보다 좋아서, 우리의 한(汗)께서는 그곳에 머물렀다. 올해 우리의 한(汗)께서는 시피여스코를 정벌하러 가서 또 그곳의 배 21척을 취하고, 장군 1명, 병사 800명을 포로로 잡았다. 지금 푸란쿠스 등의 나라는 모두 시피여스코를 도와 성(城)를 지켰다. 이 몇 나라의 병사를 보니, 남자는

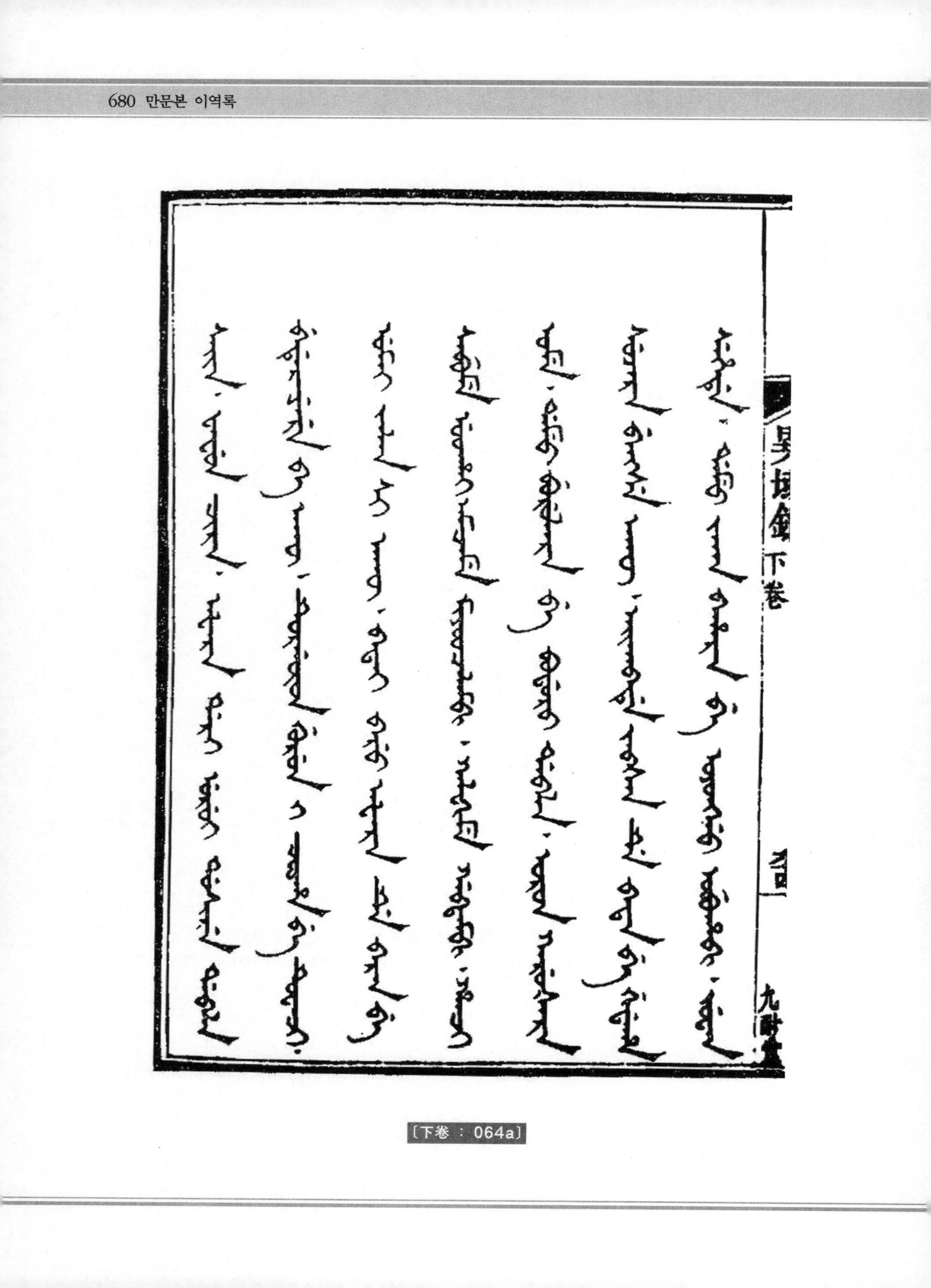

sain, fafun cira, afara dari urui dosire dabala
좋고 법 엄하고 싸움 마다 오로지 쳐들어갈 뿐이다.

bedercere ba akū. turgūt gurun i cooha be tuwaci,
물러나는 바 없다. 투르구트 나라 의 병사 를 보면

umai jalan si akū, batai baru afara de, baran be
전혀 隊 伍 없고 적의 쪽 싸움 에 형세 를

sabume uthai amcame miyoocalambi. kalbime gabtambi. hanci
보아 곧 서둘러 총 쏜다. 멀리서 활 쏜다. 가까이

ome, damu burulara be bodoro dabala. oron karušara
되어 다만 도망치기 를 헤아릴 뿐이다. 결코 물고 늘어지고

sujara bengsen akū. aikabade jabšan de bata be gidaha
저항하는 능력 없다. 만약 행운 에 적 을 제압하였다

sehede, damu jaka bahara be oyonggo obuhabi. juwan
함에 오직 물품 얻기 를 중요하게 여겼다. 십

[한문]

人丁强健 法度甚嚴 每遇敵必鏖戰 毫無退縮之意 基土爾虎特國之兵 業無紀律 遇敵交戰 望影卽放鎗射箭 較近但思逃竄 竝無抗拒禦之能 倘若僥倖勝敵 惟貪取貨物而已 十

— ◦ — ◦ — ◦ —

건장하고 군령이 엄격하고 싸울 때마다 오로지 진격만 할 뿐이다. 물러나는 일이 없다. 투르구트의 병사를 보면, 전혀 대오(隊伍)가 없고, 적과 싸울 때 형세를 보아 곧 서둘러 총을 쏘고 멀리서 활을 쏜다. 적이 가까워지면 오직 도망칠 것만 궁리할 뿐이다. 결코 물고 늘어지거나 버티는 법이 없고, 만약 운이 좋게 적을 제압하였다 하더라도, 오직 전리품 얻는 것만을 중요하게 여겼다.

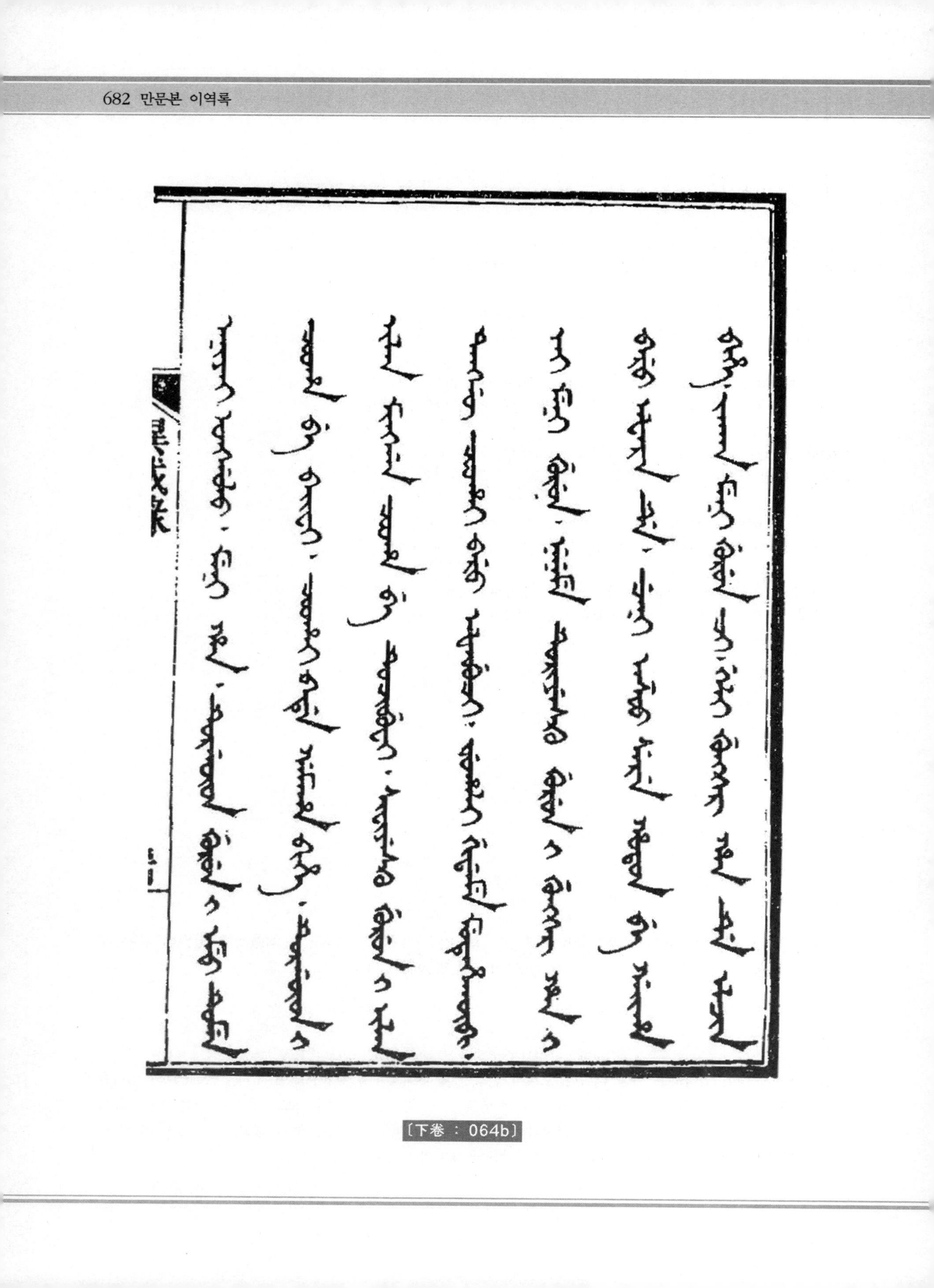

aniyai i onggolo, meni han, turgūt gurun i emu tumen
년 의 전 우리의 汗 투르구트 나라 의 일 萬

cooha be baifi, coohai bade gamaha bihe. turgūt i
병사 를 청해서 병사의 곳에 데려갔었다. 투르구트 의

ilan minggan cooha be tucibufi, sifiyesk'o gurun i ilan
삼 천 병사 를 내어서 시피여스코 나라 의 삼

tanggū coohai baru afabuci, fuhali gidame mutehekūbi.
백 병사의 쪽 싸우게 하면 전혀 제압할 수 없었다.

jai meni gurun, neneme turiyesk'o gurun i gungg'ar han i
또 우리의 나라 먼저 투리여스코 나라 의 궁카르 汗 의

baru afara de, ceni adzoo[330)] sere hoton be gaiha
쪽 싸움 에 그들의 아조 하는 城 을 취하였었다.

bihe. jakan meni gurun ci, geli gungk'ar han de elcin
얼마 전 우리의 나라 에서 또 궁카르 汗 에게 사신

[한문]

年前 我汗曾借土爾扈特一萬隨征 將土爾扈特三千兵與式費耶忒國兵三百人對敵 終不能取勝 曩時我國曾與圖里邯斯科國王空科爾汗搆兵 曾取其阿藻城 近日我國遣使往空科爾汗

—— ◦ —— ◦ —— ◦ ——

10년 전에, 우리의 한(汗)께서 투르구트의 병사 10,000명을 요청하여 전장에 데려갔었다. 투르구트의 병사 3,000명을 내어서 시피여스코의 병사 300명과 싸우게 하였지만, 전혀 제압할 수 없었다. 그리고 우리 나라는 먼저 투리여스코의 궁카르 한와 싸울 때, 그들이 가진 아조라는 성(城)를 함락시켰다. 얼마 전 우리 나라에서 또 궁카르 한에게 사신을

330) adzoo(阿藻) : 아조프(азов). 아조프는 러시아 로스토프(Ростов) 주에 있는 도시이다. 돈(Дон) 강가에 있고 아조프 해와 가깝다. 1067년 몽골의 킵착 한국(汗國)이 점령하였을 때에는 '저지대'라는 의미의 아자크(Азак)라고 불렀다.

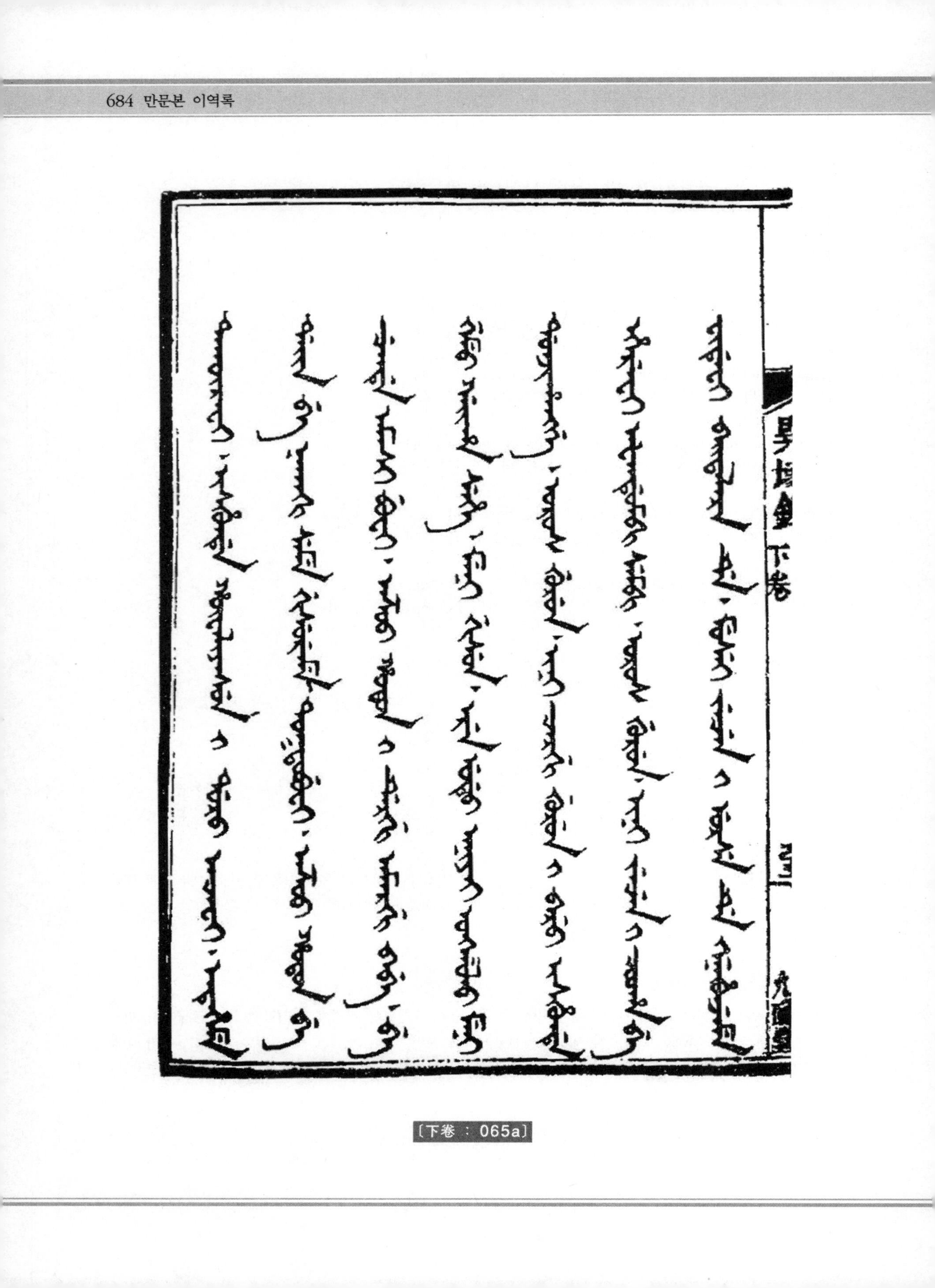

異域錄 下卷

takūrafi, ishunde hūwaliyasun i doro acafi, enteheme
파견하여서 서로 和 議 맺고 영원히

dain be nakaki seme gisureme toktobufi, adzoo hoton be
전쟁 을 멈추자 하고 말하여 결정하게 하고 아조 城 을

cende amasi bufi, adzoo hoton i dergi amargi babe, be
그들에게 돌려 주고 아조 城 의 동 북쪽 땅을 우리

gemu gaiha sehe. meni gisun, ere udu aniyai onggolo meni
모두 취했다 하였다. 우리의 말 이 몇 년의 전 우리의

donjihangge, oros gurun, ini cargi gurun i baru ishunde
들은 것 러시아 나라 그 저편 나라 의 쪽 서로

eherefi afandumbi sembi. oros gurun, ini jecen i cooha be
반목하고 서로 싸운다 한다. 러시아 나라 그의 변경 의 병사 를

fidefi baitalara de, musei jecen i urse de kenehunjeme
이동하고 씀 에 우리의 변경 의 무리 에게 의심하여

[한문]

講和 永不興師 議定還其阿藻城 其阿藻城東北 盡入我國矣

—— ◦ —— ◦ —— ◦ ——

파견하여서, 서로 화친을 맺고, 영원히 전쟁을 멈추자고 논의하여 결정하고, 아조 성(城)를 그들에게 돌려주고, 아조 성(城)의 동북쪽 지역을 우리가 모두 취했다." 하였다. 우리가 말하기를, "수년 전 우리가 듣기를, "러시아는 그 반대쪽 나라와 서로 반목하고 싸운다고 하였다. 러시아는 변경에 있던 병사를 옮겨서 쓰고자 할 때, 우리 나라의 변경에 있는 병사들이 딴마음을 먹지 않을까 하여

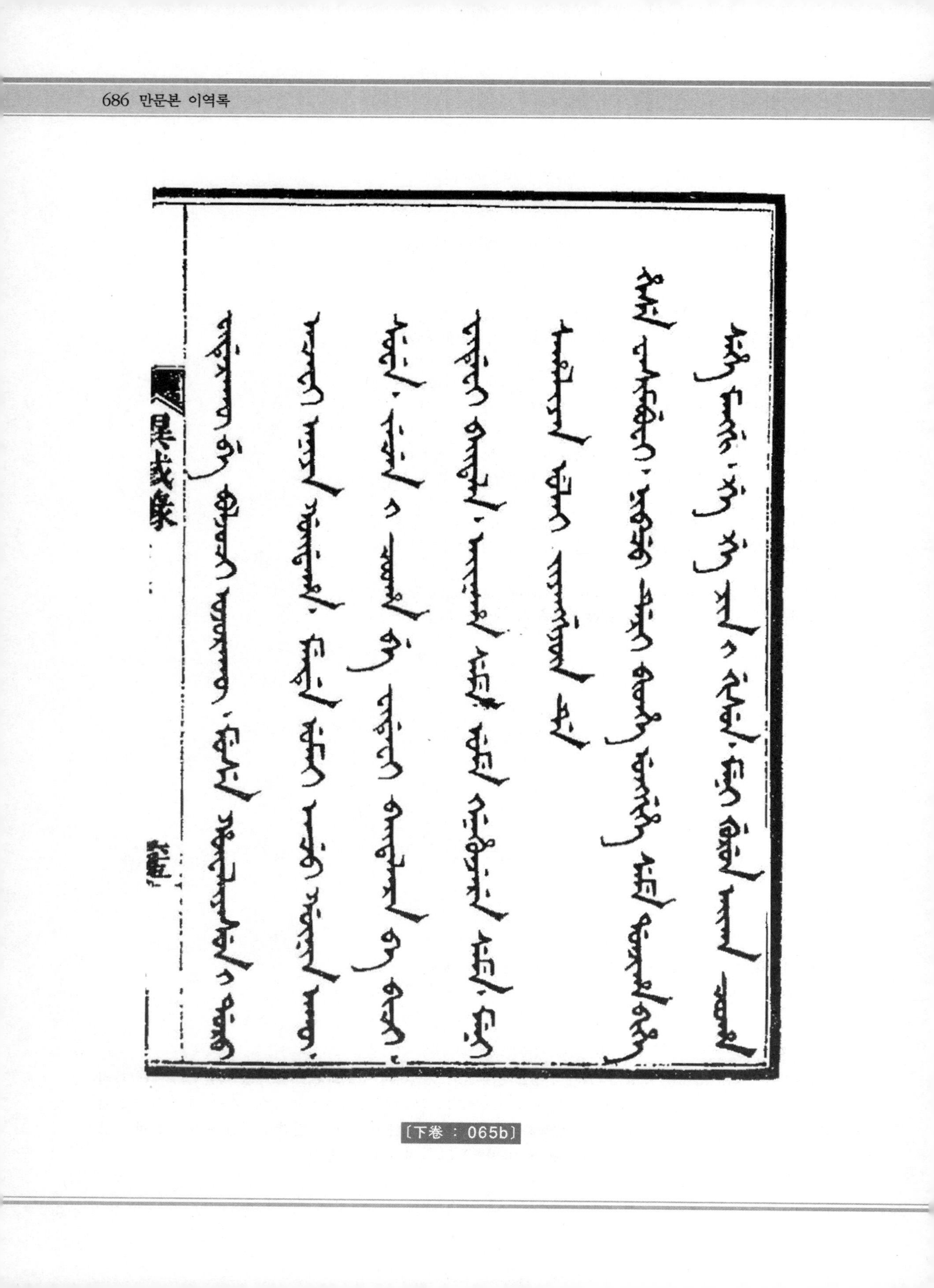

異域錄

fiderakū be boljoci ojorakū. muse hūwaliyasun i doro
이동하지 않음 을 헤아릴 수 없었다. 우리 和 議

acafi aniya goidaha. mende umai encu gūnin akū.
맺고 해 오래되었다. 우리에게 전혀 다른 마음 없다.

suwe, jecen i cooha be fidefi baitalara ba bici,
너희 변경 의 병사 를 이동해서 쓸 바 있으면

fidefi baitala. ainaha seme ume kenehunjere seme, meni
이동해서 쓰라. 어찌 하여도 의심하지 말라 하고 우리의

sahaliyan ulai jiyanggiyūn de
검은 강의 장군 에게

hese wasimbufi, nibcu deri bithe unggihe seme donjiha bihe
皇旨 내리게 하여서 닙추 통해 글 보냈다 하고 들었었다.

sehe manggi, g'a g'a rin i gisun, meni gurun aika cooha
한 후 가 가 린 의 말 우리의 나라 만일 병사

—— ◦ —— ◦ —— ◦ ——

이동하는 것을 주저할 수밖에 없었다. 우리가 화친을 맺은 지 오래되었다. 우리에게 전혀 딴마음 없다. 당신들이 변경의 병사를 이동시켜 쓸 일이 있으면, 이동하여 쓰라. 결코 우리를 의심하지 말라." 하고, 황제께서 우리의 흑룡강 장군에게 황지(皇旨)를 내리셔서 닙추를 통해 글을 보내셨다고 들었다." 하니, 가가린이 말하기를, "우리 나라는 만일 병사를

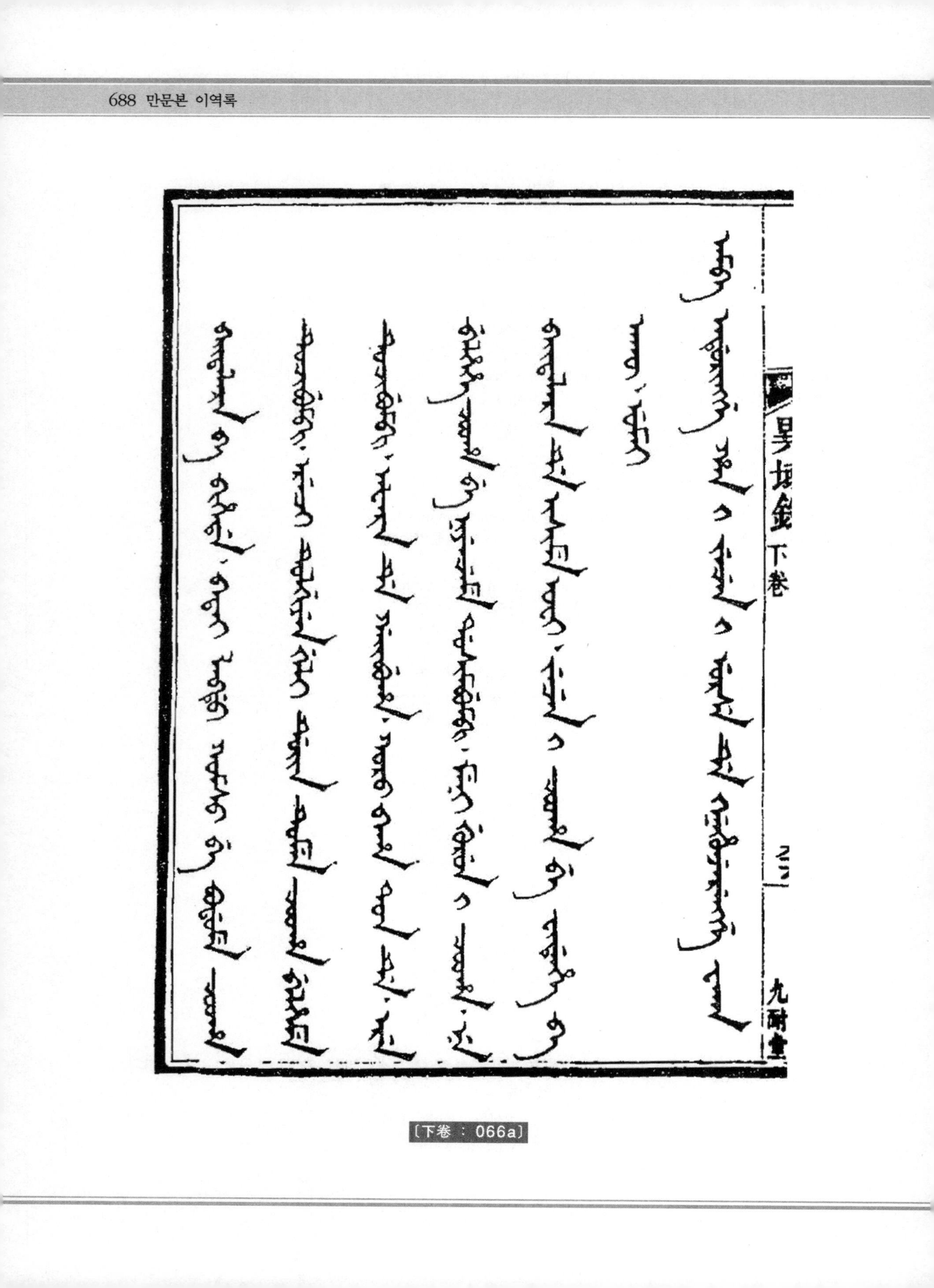

baitalara ba bihede, batai labdu komso be bodome cooha
쓸 바 있음에 적의 많고 적음 을 헤아려 병사

tucibumbi. ereci tulgiyen geli duin tumen cooha belheme
낸다. 이에서 밖 또 四 萬 병사 준비하여

tucibumbi. afara de gaibuha, koro baha ton de, ere
낸다. 싸움 에서 전사한 상처 입은 수 에 이

belhehe cooha be niyeceme dosimbumbi. meni gurun i cooha, ne
준비한 병사 를 보충하여 들인다. 우리의 나라 의 병사 지금

baitalara de isime ofi, jecen i cooha be fidehe ba
씀 에 이르러서 변경 의 병사 를 이동한 바

akū, umai
없고 전혀

amba enduringge han i jecen i urse de kenehunjerengge waka
크고 성스러운 汗 의 변경 의 무리 에게 의심하는 것 아니다.

—— ◦ —— ◦ —— ◦ ——

쓸 일이 있으면, 적의 많고 적음을 헤아려 병사를 출병한다. 이밖에 또 40,000의 병사를 준비하여 출병한다. 전투에서 죽거나 다친 병사 수를, 이처럼 준비했던 병사로 보충하여 투입한다. 우리 나라의 병사는 지금 쓰기에 충분하니, 변경의 병사를 이동시킬 필요는 없다. 전혀 대황제(大皇帝)의 나라의 변경에 있는 무리들을 의심하지 않는다."

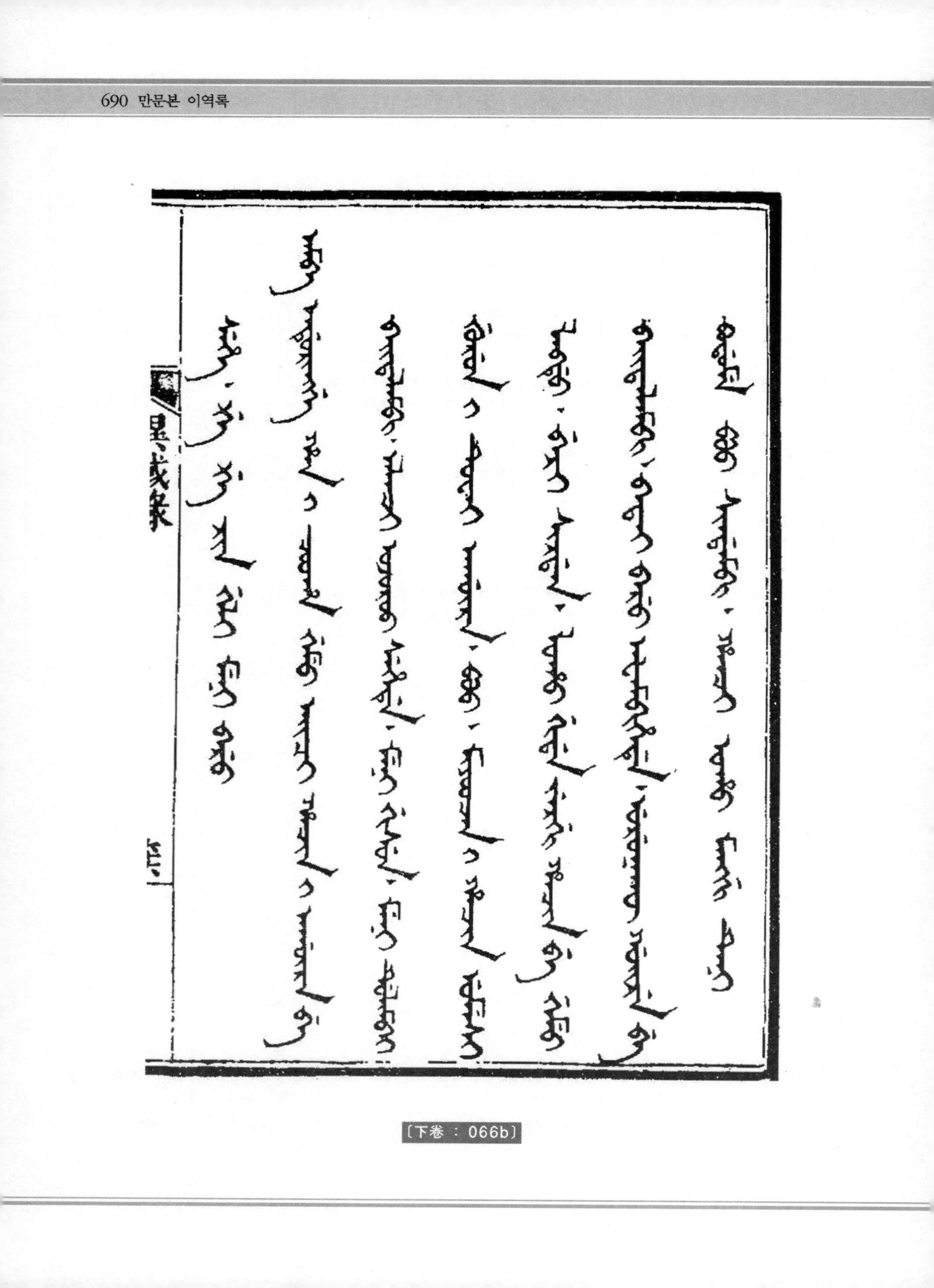

sehe. g'a g'a rin geli meni baru
하였다. 가 가 린 또 우리의 쪽

amba enduringge han i cooha gemu aici hacin i agūra be
크고 성스러운 汗 의 병사 모두 어떤 종류 의 도구 를

baitalambi. alaci ojoroo sehede, meni gisun, meni dulimbai
쓰는가. 고하면 되겠는가 함에 우리의 말 우리의 中

gurun i tuwai agūra, poo, miyoocan i hacin umesi
國 의 불의 무기 砲 조총 의 종류 매우

labdu. beri sirdan, loho gida jergi hacin be gemu
많다. 활 화살 허리칼 창 등 종류 를 모두

baitalambi. batai baru afambihede, urunakū goire be
쓴다. 적의 쪽 싸움에 반드시 맞음 을

bodome poo sindambi. hanci oho manggi teni
헤아려 포 놓는다. 가까이 된 후 비로소

[한문]

噶噶林又問曰 中國大皇帝行兵所用器械 俱係何項 可得聞否 我等答曰 我中國所用火器炮銃 式樣甚多 弓矢刀鎗等項俱用 與敵人交戰 度其必中 方點大炮 較近始

—— ◦ —— ◦ —— ◦ ——

하였다. 가가린이 또 우리에게 말하기를, "대황제(大皇帝)의 병사는 모두 어떤 종류의 무기를 쓰는지 알려 줄 수 있겠는가?" 하고 물으니, 우리가 말하기를, "우리 중국의 화기와 포, 조총의 종류는 매우 많다. 활과 화살, 허리칼과 창 등의 종류를 모두 쓴다. 적과 싸울 때, 반드시 조준하여서 포를 쏜다. 적이 가까워지면 그제서야

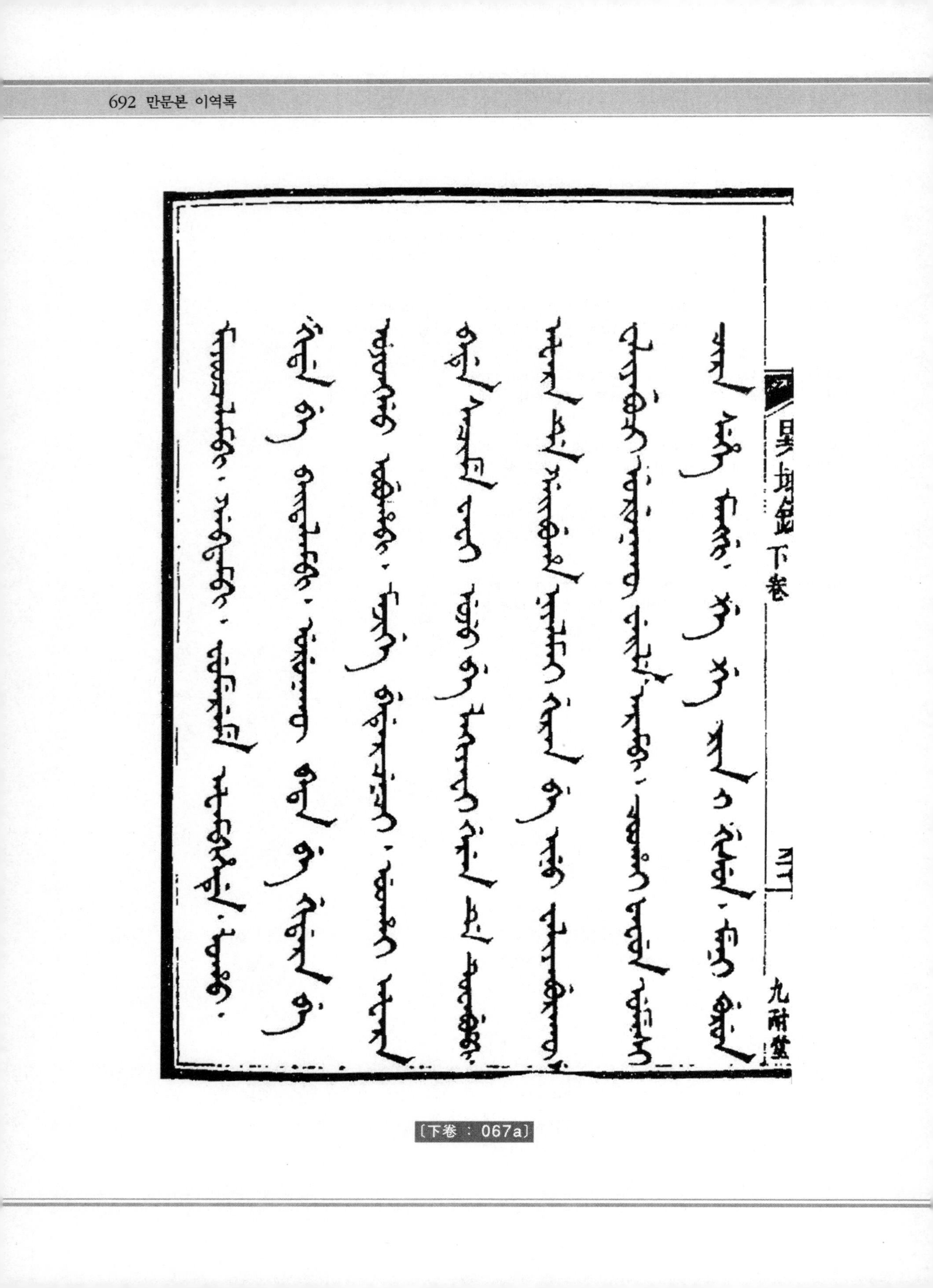

異域錄 下卷

三十

九耐堂

miyoocalambi. gabtambi. fumereme afambihede, loho,
총 쏜다. 활 쏜다. 뒤섞여 싸움에 칼

gida be baitalambi. urunakū bata be gidara be
창 을 쓴다. 반드시 적 을 제압함 을

oyonggo obuhabi. majige bedereci, uthai afara
중요한 것 삼았다. 조금 물러나면 곧 싸우는

bade sacime wafi uju be lakiyafi geren de tuwabumbi.
곳에서 베어 죽이고 머리 를 걸고서 여럿 에게 보인다.

afara de gaibuha niyalmai giran be inu waliyaburakū.
싸움 에서 전사한 사람의 뼈 를 또 버리게 하지 않는다.

waliyabuci urunakū weile arambi. coohai fafun umesi
버리게 하면 반드시 죄 삼는다. 병사의 법 매우

cira sehe manggi, g'a g'a rin i gisun, meni gurun
엄하다 한 후 가 가 린 의 말 우리의 나라

[한문]

放鎗射箭至 鏖戰時 俱用刀鎗 必以勝敵爲尙 稍有退縮者 卽於陣前梟示 雖陣亡之屍 法不容失 若有失落 定行治罪 軍法極其森嚴 噶噶林曰 我俄羅斯國

—— ◦ —— ◦ —— ◦ ——

총을 쏘고 활을 쏜다. 뒤섞여 싸울 때에는 허리칼과 창을 쓴다. 반드시 적을 제압하는 것을 중요하게 여겼다. 조금이라도 도망치는 자가 있으면 곧 전장에서 목을 베어 죽이고 머리를 내걸어 여럿에게 보인다. 전장에서 죽은 사람의 시신을 또 버리게 하지 않는다. 버리게 하면 반드시 죄를 묻는다. 군령이 매우 엄하다." 하니, 가가린이 말하기를, "우리 나라는

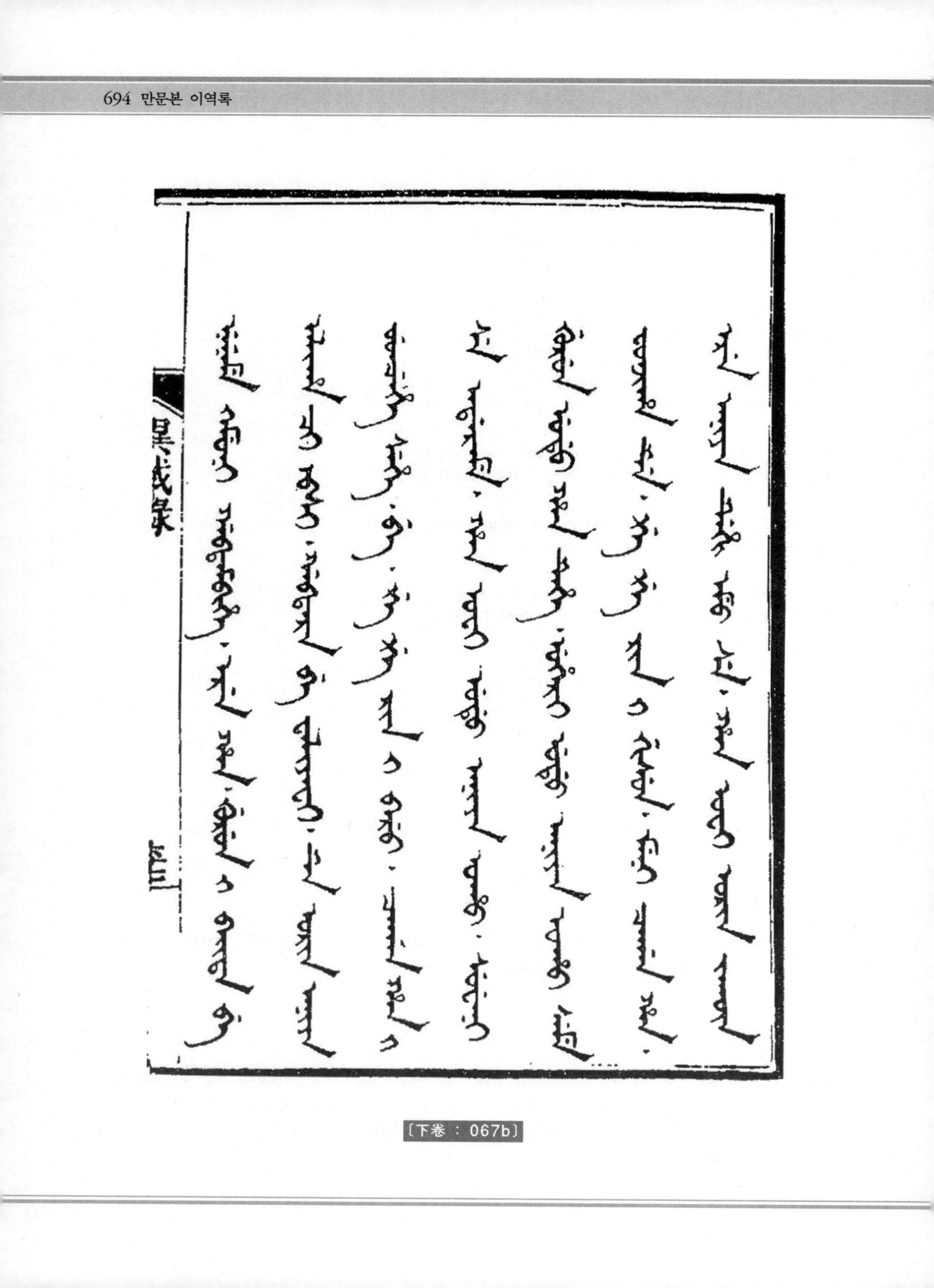

異域錄

neneme kemuni gabtambihe. ere han, gurun i baita be
예전에 여전히 활 쏘았다. 이 汗 나라 의 일 을

aliha ci ebsi, gabtara be waliyafi, te orin aniya
담당함 에서 부터 활쏘기 를 버리고. 지금 이십 년

funcehe sehe. be g'a g'a rin i baru, cagan han i
넘었다 하였다. 우리 가 가 린 의 쪽 차간 汗 의

se adarame. han ofi udu aniya oho. suweni
나이 어떠한가. 汗 되고 몇 년 되었는가. 너희의

gurun udu han tehe. uheri udu aniya oho seme
나라 몇 汗 등극하였는가. 모두 몇 년 되었는가 하고

fonjiha de, g'a g'a rin i gisun, meni cagan han
물음 에 가 가 린 의 말 우리의 차간 汗

ere aniya dehi emu se. han ofi orin jakūn
이 해 사십 일 세이다. 汗 되고 이십 팔

[한문]

從前亦射箭 自從現在之汗莅事以來 廢棄二十餘年 我等向噶噶林言 爾察罕汗春秋幾何 承襲幾年 爾國歷有幾汗 至今共歷年若干 答曰 我汗今年四十一歲 歷事二十八

—— ◦ —— ◦ —— ◦ ——

예전에는 전과 다름없이 활을 쏘았는데, 지금의 한(汗)이 국정을 맡은 이후로 이때까지 활쏘기를 하지 않은 지가 현재 20년이 넘었다." 하였다. 우리는 가가린에게 "차간 한의 연세는 어떠신가? 한(汗)이 되신 지 몇 년이 되었는가? 당신 나라에서는 지금까지 몇 명의 한(汗)이 즉위하였으며 모두 몇 년 동안 통치하였는가?" 하고 물으니, 가가린이 말하기를, "우리의 차간 한께서는 올해 41세이시고, 한(汗)이 되신 지 28년이

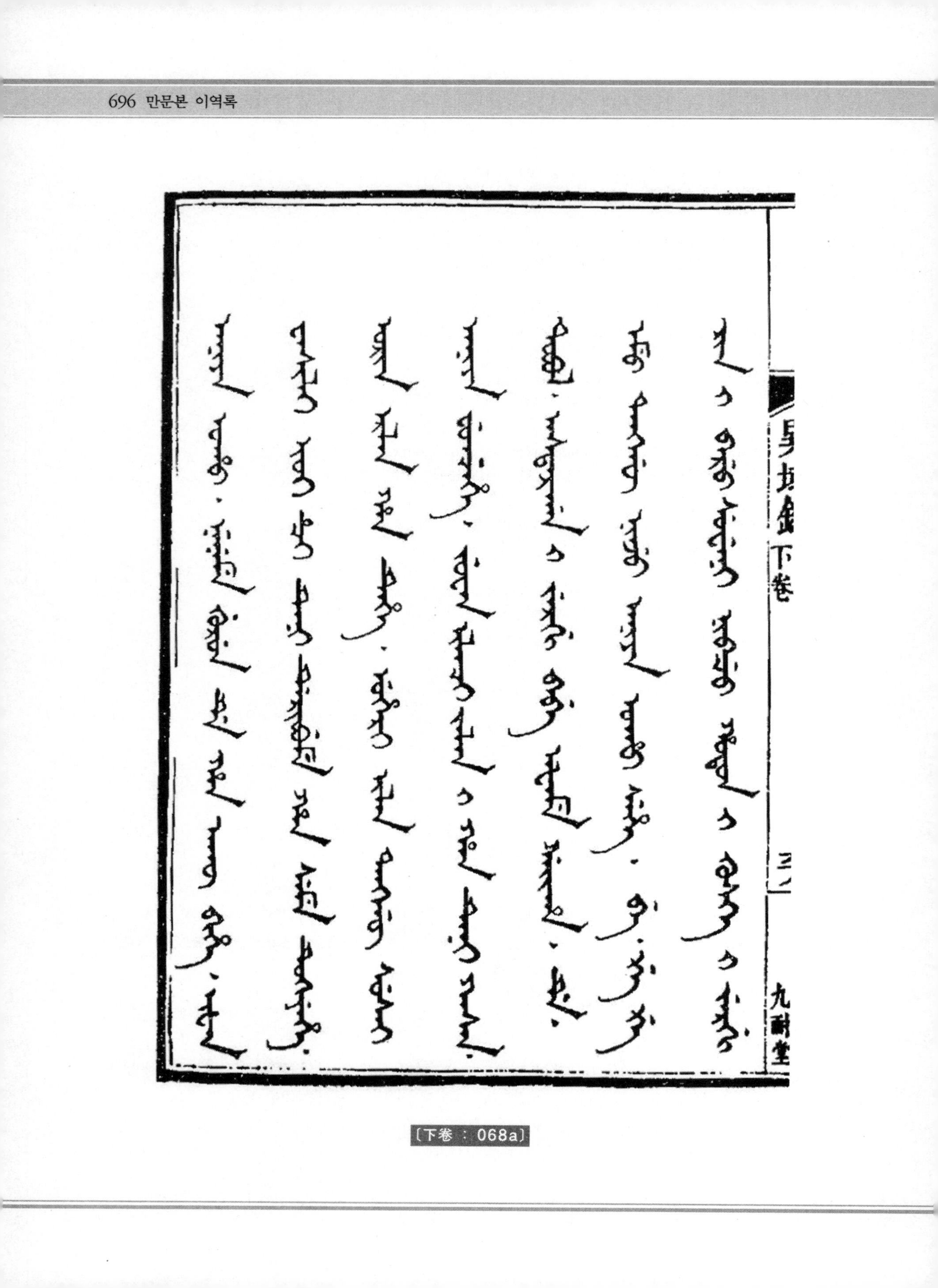

aniya oho. neneme gurun de han akū bihe. ifan
년 되었다. 예전 나라 에 汗 없었다. 이판

wasili ioi c'y teni deribume han seme tukiyehe.
와실리 요이 치 비로소 시작하여 汗 하고 올렸다.

orin ilan han tehe. uheri ilan tanggū susai
스물 셋 汗 등극하였다. 모두 삼 백 오십

aniya funcehe. juwan ilaci jalan i han teni kasan,
년 넘었다. 열 셋째 대 의 汗 비로소 카산

tobol, astargan[331] i jergi babe afame gaiha. te,
토볼 아스트라간 의 등 지역을 싸워 취했다. 지금

emu tanggū ninju aniya oho sehe. be, g'a g'a
일 백 육십 년 되었다 하였다. 우리 가 가

rin i baru suweni nibcu hoton i kuske[332] i jergi
린 의 쪽 너희의 닙추 城 의 쿠스커 의 등

[한문]

年 曩時我國竝未稱汗 自衣宛窪西里委翃起始稱汗 至今歷二十三代 共計三百五十餘載 至十三代汗 始征取喀山 托波兒 阿斯達爾汗等處 今已一百六十年矣

—— ∘ —— ∘ —— ∘ ——

되었다. 예전에는 나라에 한(汗)이 없었다. 이판 와실리요이치부터 한(汗)라고 올려 칭하기 시작하였다. 지금까지 23명의 한(汗)이 즉위하였고, 모두 350년이 넘는 기간 동안 통치하였다. 13대째의 한(汗)에 이르러서야 카산, 토볼, 아스트라간 등의 지역을 싸워서 취하였는데, 이 지역을 차지한 지 현재 160년이 되었다." 하였다. 우리는 가가린에게 "당신 나라의 닙추 성(城)에 있는 쿠스커 등

331) astargan(阿斯達爾汗) : 아스트라한(Астрахань). 아스트라한 한국(汗國)은 15-16c에 카스피 해로 흘러드는 볼가 강 유역에 있었던 타타르-투르크 민족의 한국(汗國)으로 킵차크 한국(汗國)을 계승하였으며 1556년 러시아 이반 4세에게 멸망했다.

332) kuske : 주177 참조.

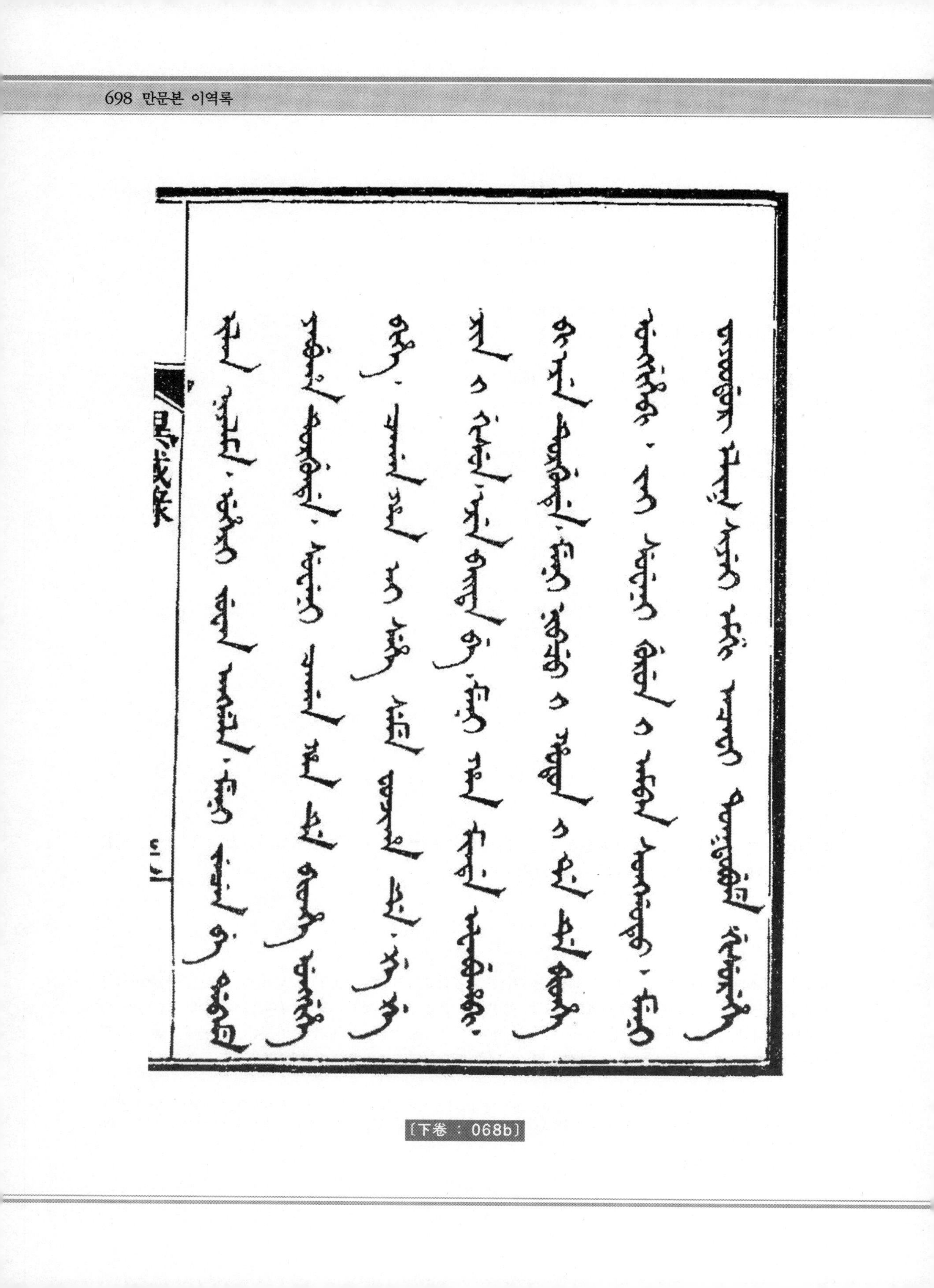

ilan niyalma, uheri juwan anggala, meni jecen be dabame
세 사람 모두 열 인구 우리의 변경 을 넘어

yabuha turgunde, suweni cagan han de bithe unggihe
간 까닭에 너희의 차간 汗 에게 글 보냈었다.

bihe. cagan han ai sehe seme fonjiha de, g'a g'a
차간 汗 뭐라 했는가 하고 물음 에 가 가

rin i gisun, ere baita be, meni han minde afabuhabi.
린 의 말 이 일 을 우리의 汗 나에게 맡겼다.

bi ere turgunde, meni nibcu i hoton i da de bithe
나 이 까닭에 우리의 닙추 의 城 의 우두머리 에게 글

unggihebi. jai suweni gurun i amban songgotu,[333] meni
보냈다. 또 너희의 나라 의 대신 송고투 우리의

fiyoodor elik siyei[334] emgi acafi toktobume gisurehe
피요도르 어리크 시여의 함께 만나서 규정하게 하여 말한

—— ◦ —— ◦ —— ◦ ——

세 사람을 포함하여 모두 10명이 우리의 변경을 넘어올 적에, 당신의 차간 한에게 글을 보냈었다. 차간 한께서는 뭐라고 하셨는가?" 하고 물으니, 가가린이 말하기를, "이 일을 우리 한께서 나에게 맡기셨다. 나는 이 때문에 우리 닙추 성(城)의 수령에게 글을 보냈다. 그리고 당신 나라의 대신 송고투가 우리의 피요도르 얼리크시여와 만나서, 논의하여 정한

333) songgotu(索額圖) : 네르친스크 조약을 체결할 당시 중국 측의 사신 의정대신(議政大臣) 소어투(索額圖, 1636-1703)를 가리킨다.

334) fiyoodor elik siyei(費多尓厄里克謝) : 네르친스크 조약을 체결할 당시 러시아 측의 전권대사였던 페도르 알렉세비치 골로빈(Фёдор Алексеевич Головин 1650 - 1706)을 가리킨다.

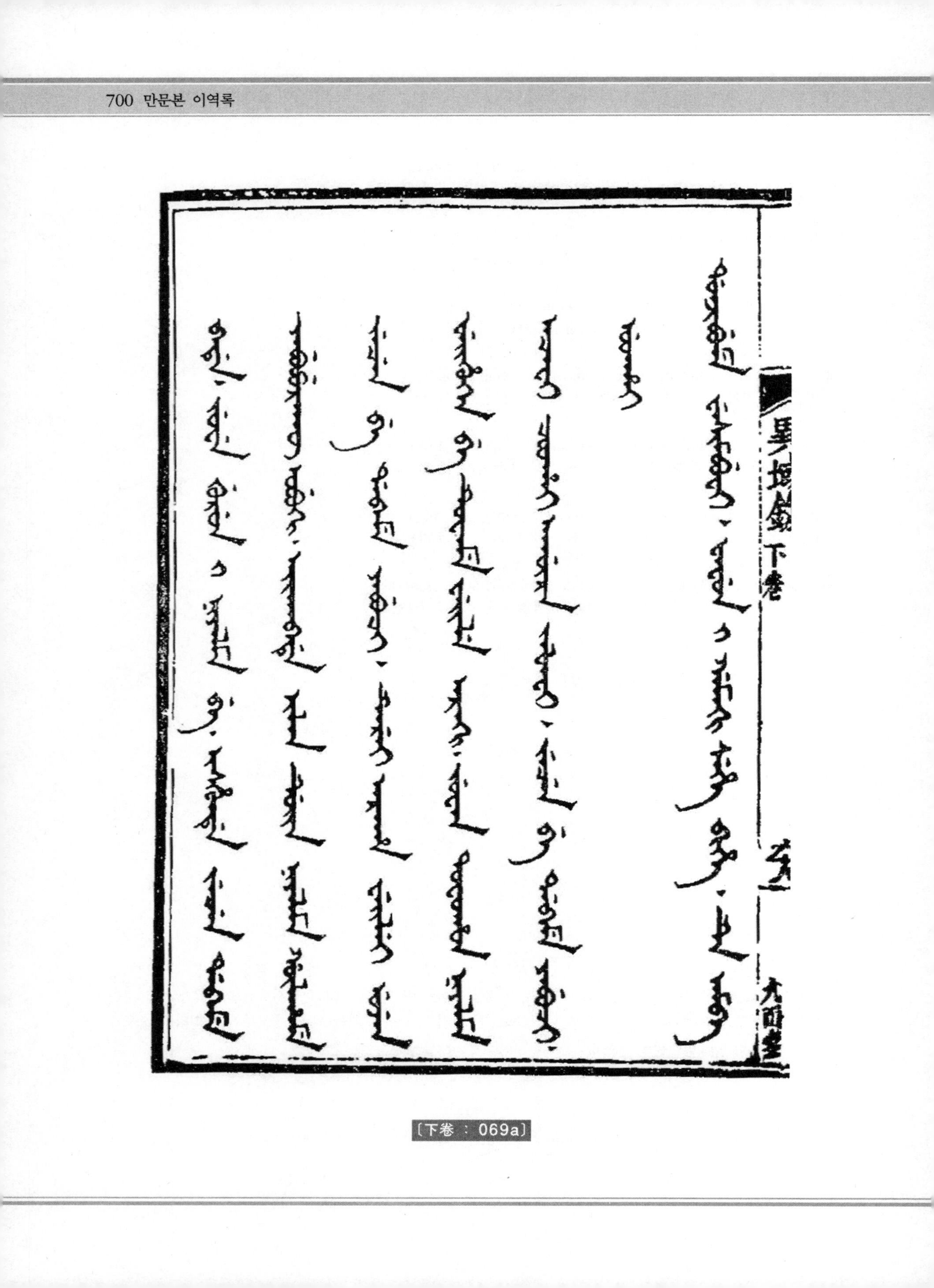

bade,[335] juwe gurun i niyalma be, ishunde jecen dabame
바에 두 나라 의 사람 을 서로 변경 넘어

yabuburakū obuki. aikabade ilan duin niyamla hūlhame
가지 않게 하자. 만약 셋 넷 사람 몰래

jecen be dabame yabuci, terei araha weilei ujen
변경 을 넘어 가면 그의 지은 죄의 무겁고

weihuken be tuwame weile araki. juwan tofohon niyalma
가벼움 을 보아 죄 삼자. 열 열다섯 사람

acafi coohai agūra jafafi, jecen be dabame yabuci,
만나서 병사의 도구 가지고 변경 을 넘어 가면

uthai
곧

donjibume wesimbufi, fafun i gamaki sehe bihe. te amba
듣게 하러 올리게 하고 법 으로 처리하자 하였었다. 지금 大

—— ◦ —— ◦ —— ◦ ——

바에는, '양국의 사람을 서로 변경을 넘어가지 못하게 하자. 만약 3-4 명이 몰래 변경을 넘어가면, 그들이 지은 죄의 경중을 따져 죄를 묻자. 10-15 명이 만나서 병기를 가지고 변경을 넘어가면 곧 주상하여 법으로 처리하자' 하였었다. 지금

335) toktobume gisurehe ba : 강희 28년(1689년)에 체결된 네르친스크 조약(Нерчинский договор)을 가리킨다. 조약 전문은 비석에 새겨 네르친스크의 동쪽 국경 상에 세워졌다. 네르친스크 조약문은 8개조로 이루어져 있고 청나라는 만주어본과 라틴어본, 러시아는 러시아어본과 라틴어본에 각각 서명하였다. 그리고 경계비에는 중국어, 러시아어, 라틴어로 새겨 경계지에 세운다고 하였는데 오늘날 그 경계비는 확인되지 않는다. 이역록여도(異域錄輿圖)에는 네르친스크 성의 동쪽에 비 형태를 그리고, 한문 계비(界碑), 만문 bei(碑)라고 쓰여 있다. 계비(界碑)의 서쪽에 표시된 Garbici Bira는 네르친스크의 서남쪽에서 흑룡강으로 흘러드는 실카(Шилка) 강의 지류인 네르차(Нерча) 강이다.
이역록여도(異域錄輿圖)에는 또 하나의 bei(碑)에 대한 기록이 토노(tono) 산과 후렌(Хөлөн) 호수 사이, 헤르렌(Хэрлэн) 강가에도 있다. 만문본에 bei(碑)라고 쓰여 있지만 한문본에는 그림으로만 표시되어 있다. 토노(Тооно) 산은 지금의 울란바토르의 동쪽 바얀 울란(Баян−Улаан) 산의 동남쪽, 헨티(Хэнтий) 아이막의 델게르한(Дэлгэрхаан) 솜의 동남쪽 헤르렌 강 좌안에 있는 헤르렌 토노(Хэрлэн Тооно) 산을 가리킨다. 이 산에는 1696년 강희제가 스스로 군대를 이끌고 오이라트(Ойрад) 갈단(Галдан) 한과 5일 동안 싸워 승리한 역사를 기록한 비(碑)가 있다. 이마니시 슌수(今西春秋:1964)에서는 이 비가 네르친스크 비문과 함께 전해지지 않고 있다고 하였지만 오늘날 강희제의 비문은 몽골 국립역사박물관으로 이전하여 보관되어 있다.

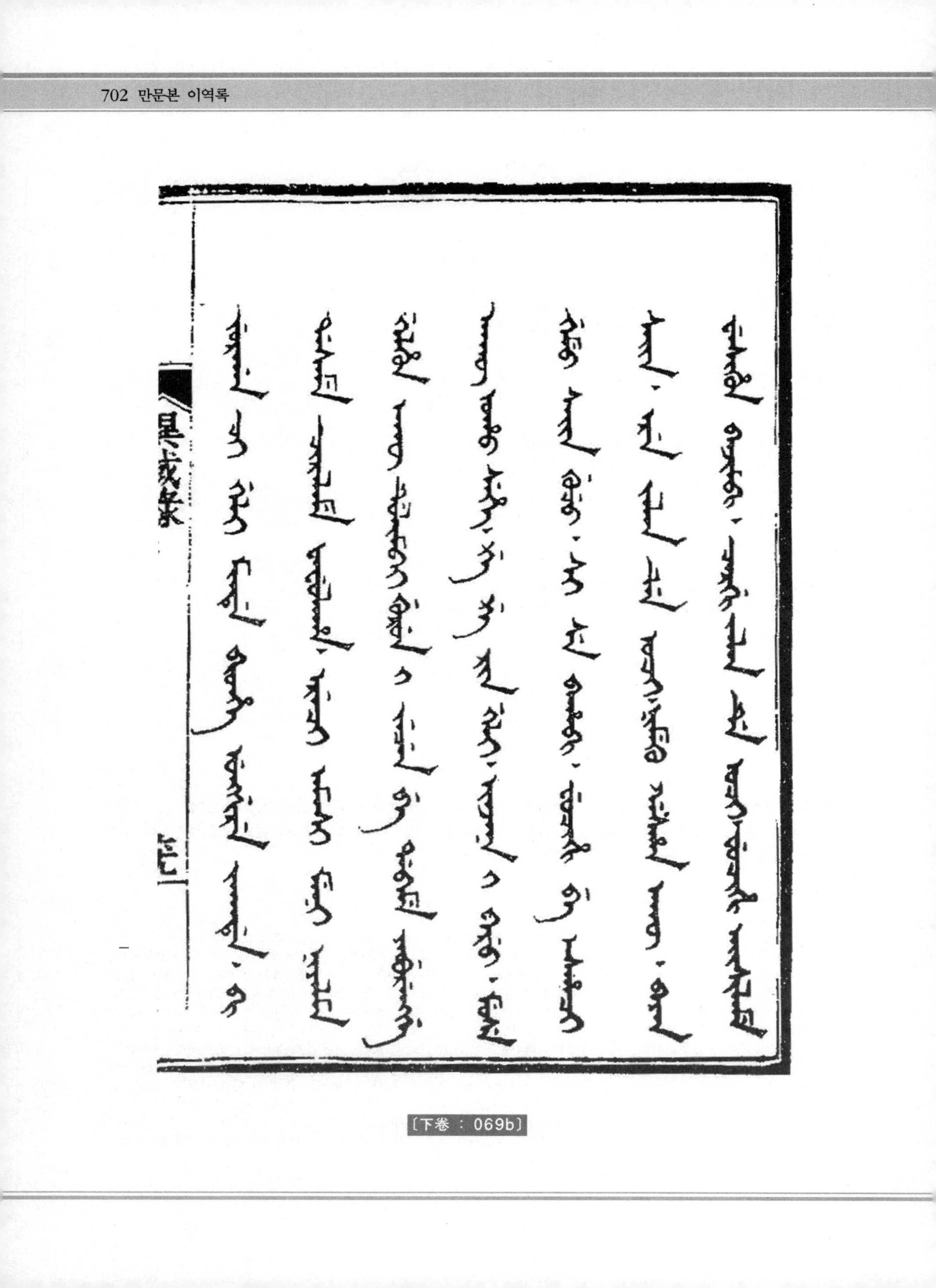

異域錄

三

jurgan ci geli minde bithe unggire jakade, bi
部 에서 또 나에게 글 보낼 적에 나

dasame ciralame fafulaha. ereci amasi meni niyalma
다시 엄격하게 금하였다. 이로부터 후에 우리의 사람

gelhun akū dulimbai gurun i jecen be dabame yaburengge
겁 없이 中 國 의 변경 을 넘어 가는 것

akū oho sehe. g'a g'a rin geli, injana[336] i baru, muse
없게 되었다 하였다. 가 가 린 또 인자나 의 쪽 우리

gemu sain gucu. si se bahabi. fucihi be ashaci
모두 좋은 친구이다. 너 나이 들었다. 부처 를 차면

sain, ere jalan de oci, nimeku gashan akū, bayan
좋다. 이 세상 에 되면 병 재액 없고 富

wesihun banjimbi. cargi jalan de oci, fucihi aisilame
貴 얻는다. 저 세상 에 되면 부처 도와

—— ◦ —— ◦ —— ◦ ——

대부(大部)에서 또 나에게 글을 보냈기에, 나는 다시 엄격하게 금하였다. 이후로는 우리 나라 사람이 겁 없이 중국의 변경을 넘어가는 일이 없게 되었다." 하였다. 가가린이 또 인자나에게, "우리는 모두 좋은 친구이다. 그대는 나이를 많이 먹었다. 불상을 차면 좋다. 이승에서는 병과 재액이 없고 부귀를 얻는다. 저승에서는 부처께서 도우셔서

---

336) injana(殷札納) : 이역록에서 청나라 강희제의 명을 받고 투르구트의 아유키 한(汗)을 만나러 간 사찰단을 인솔한 태자시독(太子侍讀) injana(殷札納)를 가리킨다.

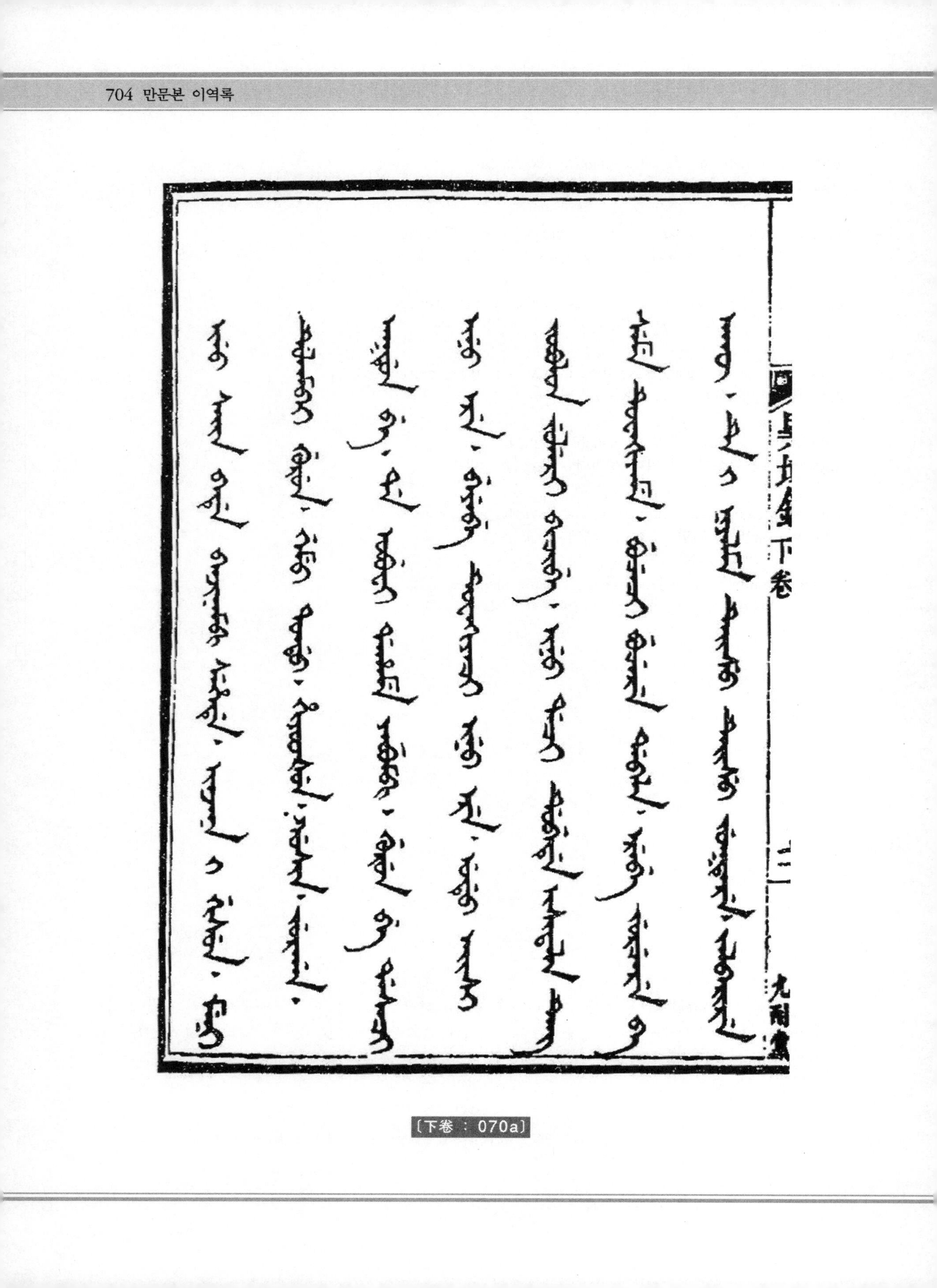

異域錄 下卷 三 九耐堂

inu sain bade bajinambi sehede, injana i gisun, meni
또 좋은 곳에 태어난다 했음에 인자나 의 말 우리의

dulimbai gurun, gemu tondo, hiyoošun, gosin, jurgan,
中 國 모두 忠 孝順 仁 義

akdun be, da obufi dahame yabumbi. gurun be dasaci
信 을 근본 삼고 따라 행한다. 나라 를 다스리면

inu ere. beyebe tuwakiyaci inu ere. udu aisi
또 이것이다. 몸을 지키려면 또 이것이다. 비록 利

jobolon juleri bicibe, inu daci dubede isitala teng
害 앞에 있더라도 또 처음부터 끝에 이르도록 굳게

seme tuwakiyame, buceci bucere dabala. erebe jurcere ba
지키며 죽으면 죽을 뿐이다. 이를 거스를 바

akū. te i niyalma teisu teisu juktere, jalbarire
없다. 지금 의 사람 각 각 제하고 비는

—— ◦ —— ◦ —— ◦ ——

또 좋은 곳에 태어난다." 하니, 인자나가 말하기를, "우리 중국에서는 모두 충(忠), 효(孝), 인(仁), 의(義), 신(信)을 근본으로 삼고 따라 행한다. 나라를 다스리고자 하면 이것이 필요하고, 몸을 지키려고 해도 또 이것이 필요하다. 비록 이해(利害)가 앞에 있더라도, 또 시종일관 굳게 지키며 죽음도 불사할 뿐이다. 이를 거스를 바는 없다. 요새 사람들은 각각 제(祭)하고 빌고

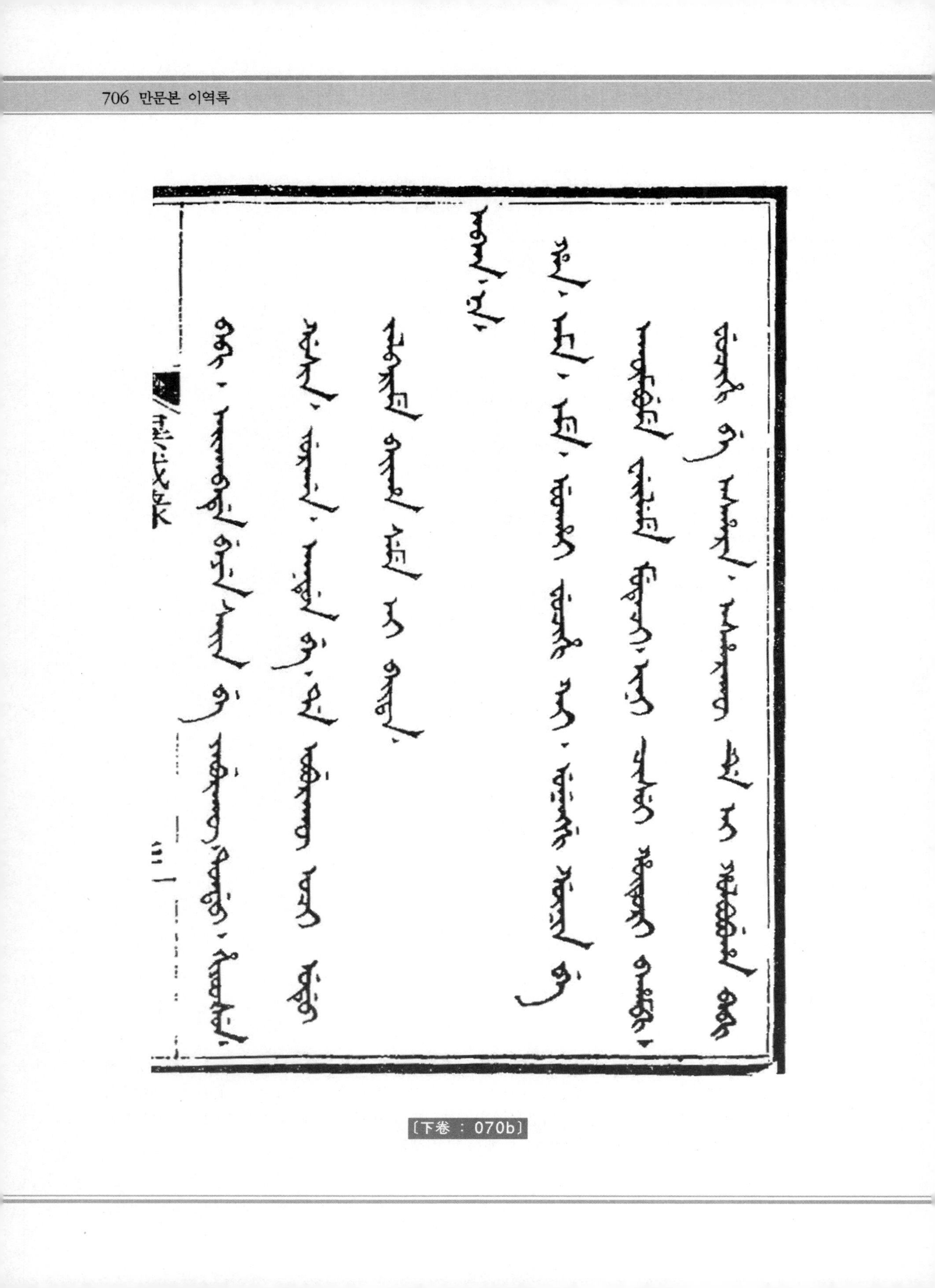

異域錄

babi. aikabade beye sain be yaburakū, tondo, hiyoošun,
바 있다. 만약 몸 善 을 행하지 않고 忠 孝順

gosin, jurgan, akdun be, da oburakū oci, udu
仁 義 信 을 근본 삼지 않게 되면 비록

jalbarime baiha seme ai baita.
빌어 얻었다 하여 무슨 일이겠는가.

abka, na,
하늘 땅

han, ama, eme, uthai fucihi kai, unenggi gūnin be
汗 아버지 어머니 곧 부처이니라. 진실한 마음 을

akūmbume weileme muteci, ini cisui hūturi bahambi.
다하여 모실 수 있으면 그의 마음대로 복 얻는다.

fucihi be ashara, asharakū de ai holbobuha babi
부처 를 차고 차지 않음 에 무슨 관련된 바 있는가?

—— ◦ —— ◦ —— ◦ ——

한다. 만약 스스로 선(善)을 행하지 않고, 충(忠), 효(孝), 인(仁), 의(義), 신(信)을 으뜸으로 삼지 않으면, 비록 빌어서 얻는 것이 있더라도 무엇 하겠는가? 천지(天地)와 한(汗)과 부모(父母)는 곧 부처이다. 진실한 마음을 다하여 모실 수 있으면, 저절로 복을 얻는다. 불상을 차고 차지 않는 것이 무슨 관계된 바가 있겠는가?"

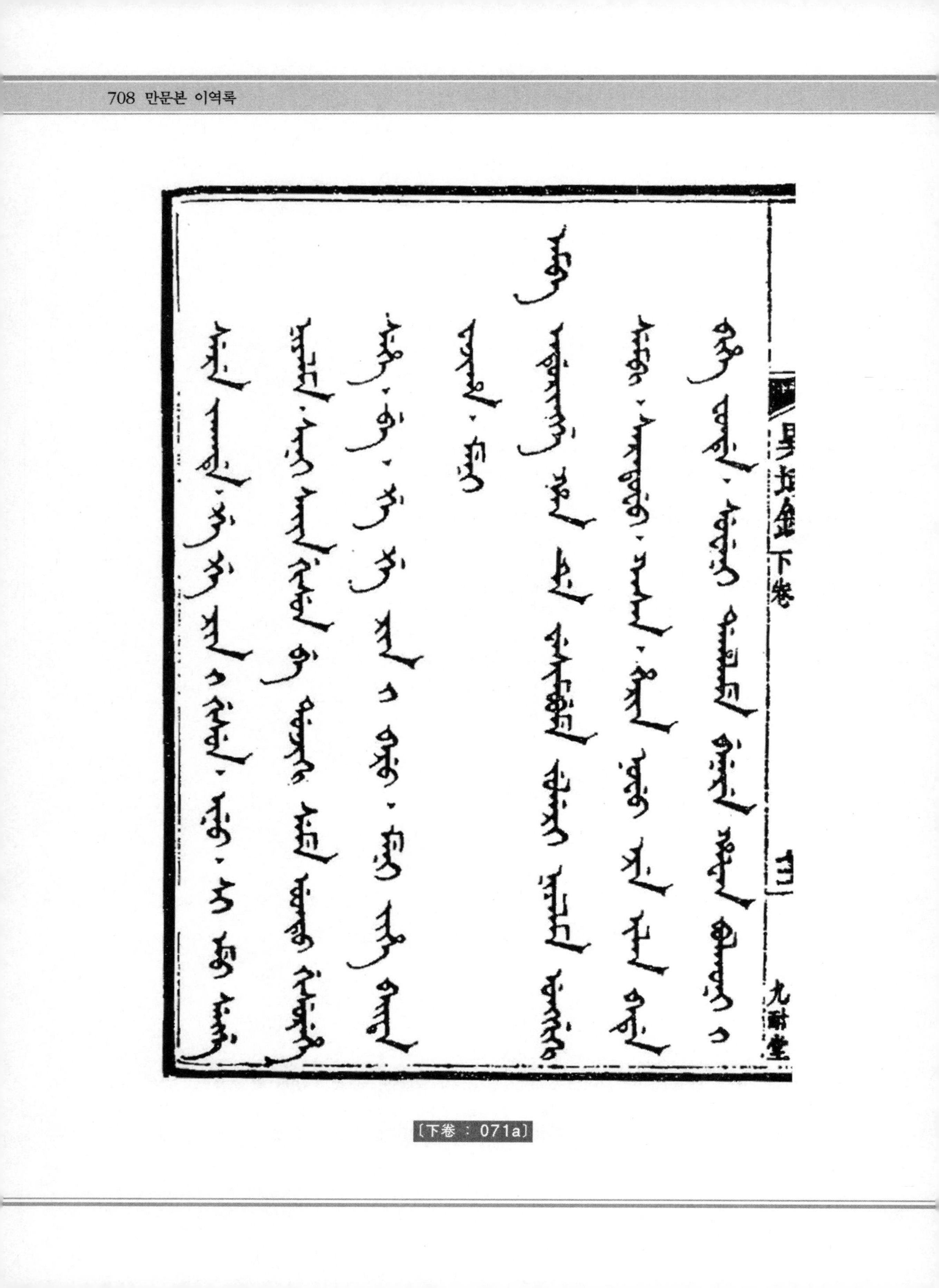

異域錄 下卷

三

九耐堂

sere jakade, g'a g'a rin i gisun, inu. si emu sengge
할 적에 가 가 린 의 말 옳다. 너 한 나이 있는

niyalma. sini sain gisun be donjiki seme uttu gisurehe
사람이다. 너의 좋은 말 을 듣고자 하여 이렇게 말했다

sehe. be g'a g'a rin i baru, meni jihe baita
하였다. 우리 가 가 린 의 쪽 우리의 온 일

wajiha. meni
끝났다. 우리의

amba enduringge han de wesimbume juleri niyalma unggiki
크고 성스러운 汗 에게 올리러 미리 사람 보내고자

sembi. saratofu, kasan, herin nofu ere ilan bade
한다. 사라토푸 카산 허린 노푸 이 세 곳에

bihe fonde, suweni dahalame benere hafan bolkoni i
있던 때에 너희의 따라 보내는 대신 볼코니 의

[한문]

我等向噶噶林言 我等奉差事竣 欲遣人前往馳奏大皇帝 在薩拉托付 喀山 黑林諾付三處 曾向護從官博爾果付泥克道

—— ◦ —— ◦ —— ◦ ——

할 적에 가가린이 말하기를, "옳다. 그대와 같은 연장자에게 좋은 말을 듣고자 하여 이리 말한 것이다."하였다. 우리는 가가린에게 말하기를, "우리가 목적한 바는 모두 이루었다. 우리의 대황제(大皇帝)께 주상하기 위해 미리 사람을 보내고자 한다. 사라토푸, 카산, 허린 노푸 이 세 곳에 있었을 때에, 그대들의 호송하는 대신 볼코니에게

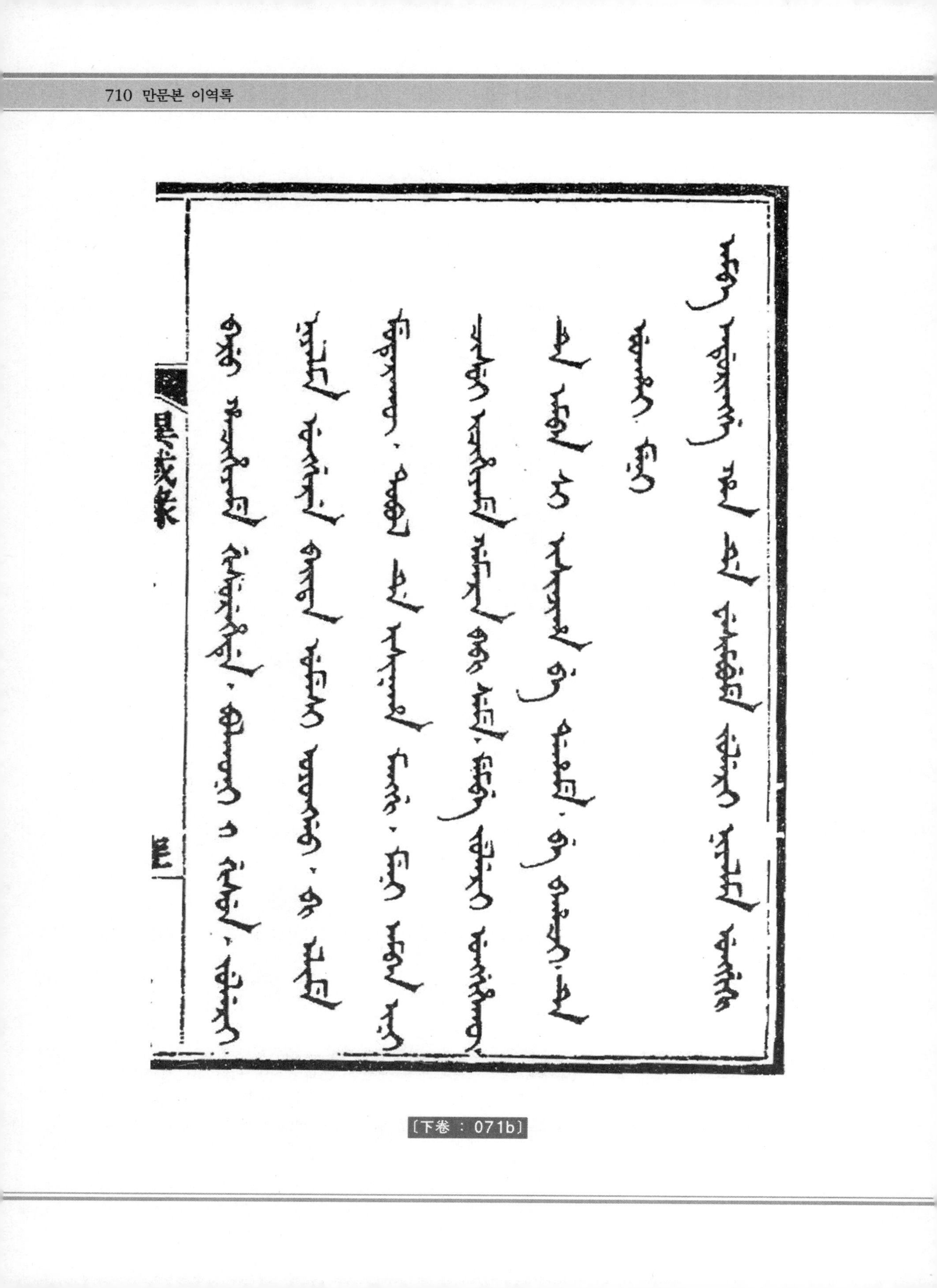

異域錄

baru hacihiyame gisurehede, bolkoni i gisun, juleri
쪽 재촉하며 말했음에 볼코니 의 말 앞서

niyamla unggire baita umesi oyonggo. bi alime
사람 보내는 일 매우 중요하다. 나 받을

muterakū. tobol de isinaha manggi, meni amban ini
수 없다. 토볼 에 다다른 후 우리의 대신 그의

cisui icihiyame gamara babi seme, membe juleri unggihekū.
뜻대로 처리하여 실행할 바 있다 하고 우리를 앞서 보내지 않았다.

te amban si isinjiha be dahame, be bahaci, te
지금 대신 너 다다랐음 을 따라 우리 얻으면 지금

uthai meni
곧 우리의

amba enduringge han de wesimbume juleri niyalma unggiki
크고 성스러운 汗 에게 올리러 앞서 사람 보내고자

[한문] ――――

及 博爾果付泥克云 欲先遣人之事 關係重大 我不敢當 至托波兒地方 我總管自有定奪 故不曾令我等前往 今總管旣到 我等欲卽刻遣人前往馳奏

―― ◦ ―― ◦ ―― ◦ ――

재촉하여 말했더니, 볼코니가 말하기를, "미리 사람 보내는 일은 매우 중요하다. 나는 이 일을 수락할 수 없다. 토볼에 다다른 후, 우리의 대신이 스스로 판단하여 처리하여 실행할 수 있을 것이다." 하고 우리를 미리 보내지 않았다. 지금 대신인 그대가 도착했으니, 우리가 허락을 얻는다면, 지금 곧 우리의 대황제(大皇帝)께 주상하러 사람을 먼저 보내고자

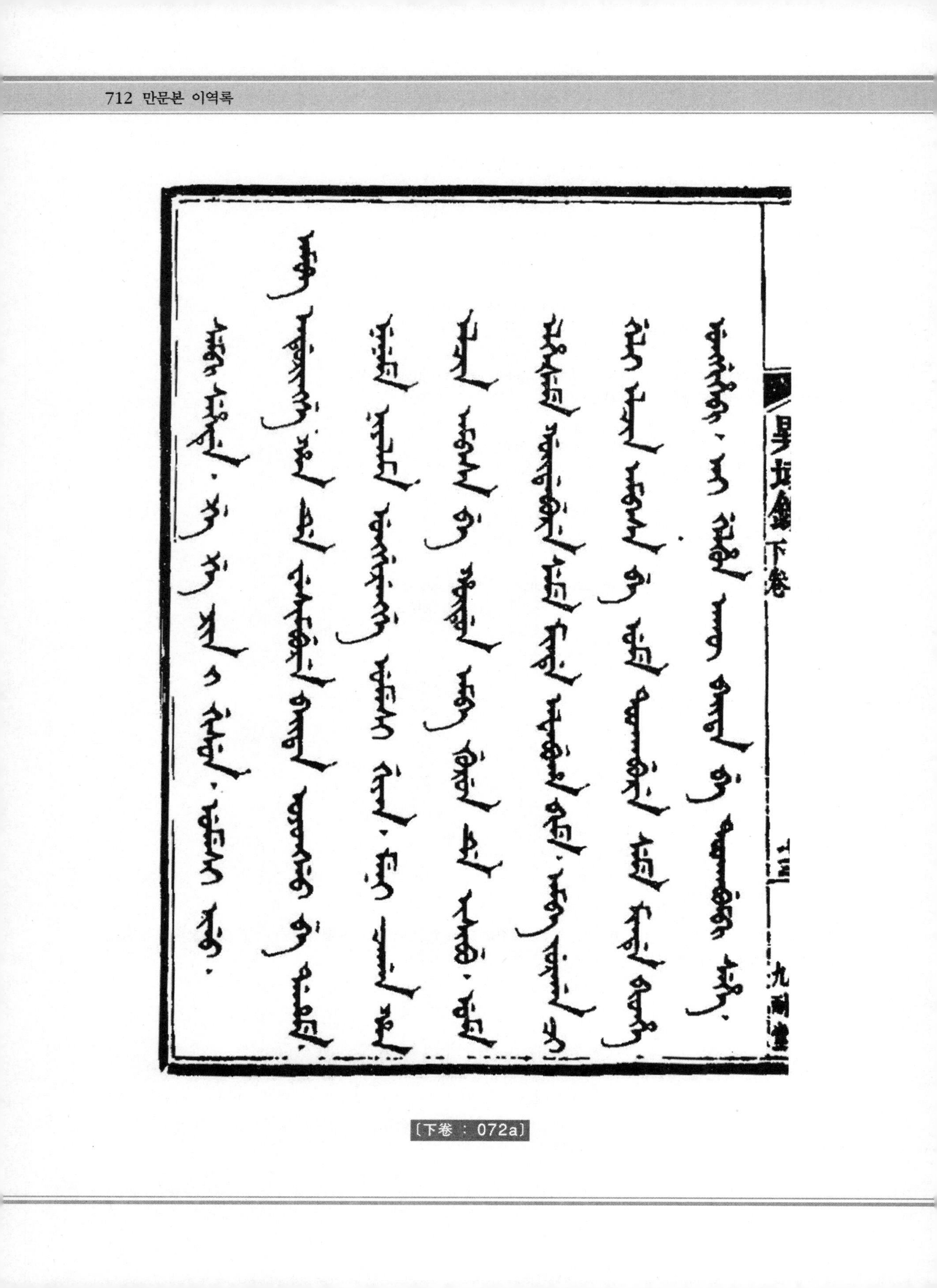

異域錄 下卷 十三 九耐堂

sembi sehede, g'a g'a rin i gisun, umesi inu.
한다 함에 가 가 린 의 말 매우 옳다.

amba enduringge han de wesimbure baita oyonggo be dahame,
크고 성스러운 汗 에게 올리는 일 중요함 을 따라

neneme niyalma unggirengge umesi giyan. meni cagan han
먼저 사람 보내는 것 매우 일리 있다. 우리의 차간 汗

elcin ambasa be hūdun amba gurun de isibu, ume
사신 대신들 을 속히 큰 나라 에 이르게 하라.

elhešeme goidabure seme minde afabuha bime, amba jurgan ci
늦추어 오래게 말라 하고 나에게 지시하였고 大 部 에서

geli elcin ambasa be ume tookabure seme minde bithe
또 사신 대신들 을 지체시키지 말라 하고 나에게 글

unggihebi. ai gelhun akū baita be tookabumbi sehe.
보냈다. 어찌 겁 없이 일 을 지체시키겠는가 하였다.

[한문]

大皇帝 噶噶林曰 甚是 馳奏大皇帝事屬緊要 理應作速前往 我察罕汗曾吩咐 作速送天使至中國去 不得遲慢 大部來文 亦有不可遲滯字樣 我等何敢稽遲

—— ◦ —— ◦ —— ◦ ——

한다." 하였다. 가가린이 말하기를, "매우 옳다. 대황제(大皇帝)께 주상하는 일이 중요하니, 먼저 사람을 보내는 것은 매우 일리가 있다. 우리의 차간 한께서 말씀하시기를, "사신들을 속히 대국(大國)에 보내라. 지체하지 말라." 하고 나에게 지시하셨으며, 대부(大部)에서도 사신들을 지체시키지 말라." 하고 나에게 글을 보냈다. 어찌 겁도 없이 일을 지체시키겠는가?" 하였다.

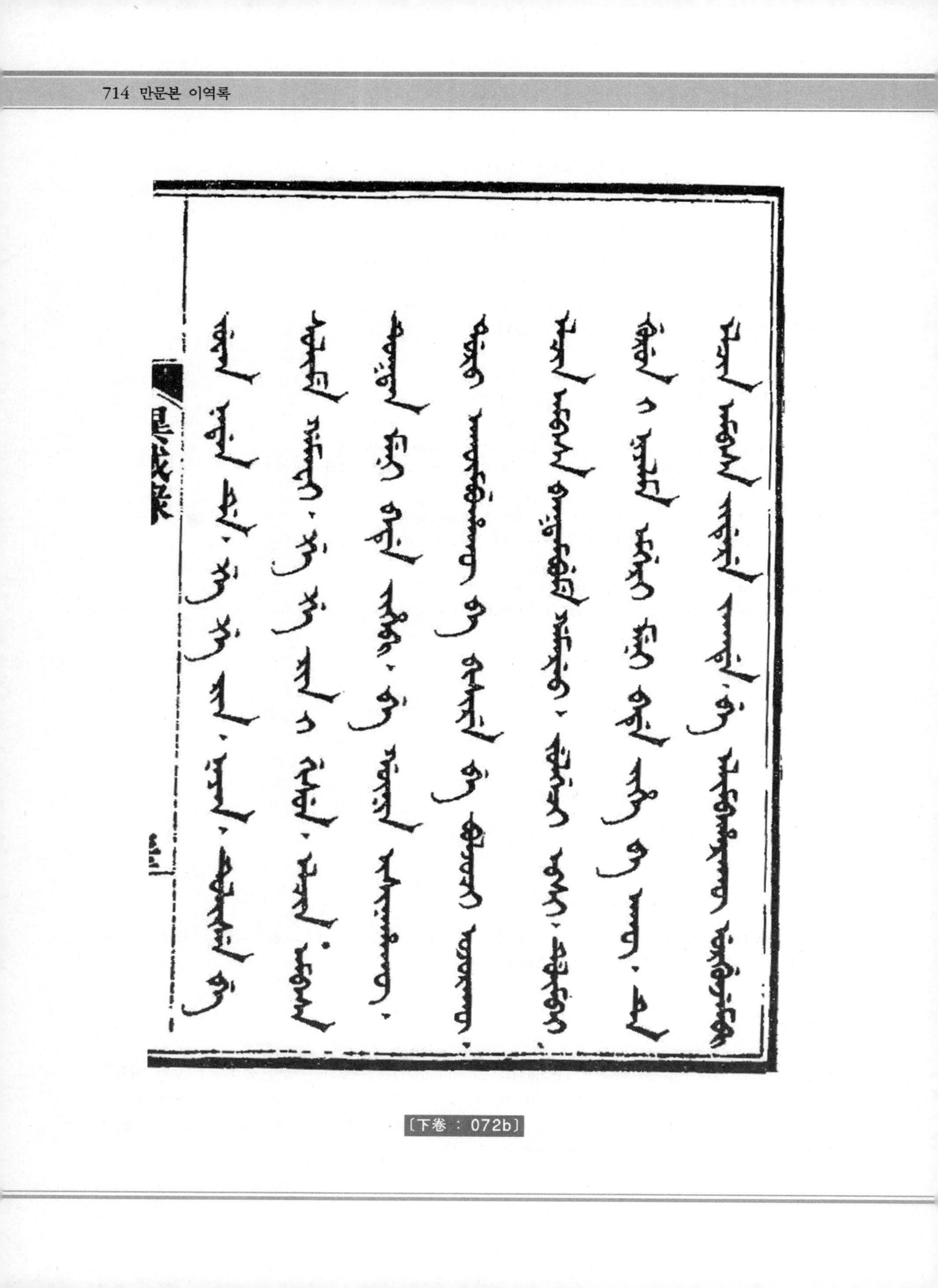

juwan nadan de, g'a g'a rin, nayan, tulišen be
십 칠 에 가 가 린 나얀 툴리션 을

solime gamafi, g'a g'a rin i gisun, elcin ambasa
청하여 데리고서 가 가 린 의 말 사신 대신들

tuktan meni bade jihebi. be gūnin isinahakū,
처음 우리의 곳에 왔다. 우리 생각 미치지 못하고

doro akūmbuhakū ba bisire be boljoci ojorakū.
예의 다하지 못한 바 있음 을 예상할 수 없다.

elcin ambasa baktambume gamareo, julgeci ebsi, dulimbai
사신 대신들 관용을 베풀어 주시오. 예부터 이때까지 中

gurun i niyalma emgeri meni bade jihe ba akū, te
國 의 사람 한번 우리의 곳에 온 바 없다. 지금

elcin ambasa jidere jakade, be alimbaharakū urgunjembi
사신 대신들 올 적에 우리 극히 기쁘다.

[한문]

十七日 噶噶林差俄羅斯官拉里宛窪西里委翅請余同納顔前往相會 噶噶林曰 天使初降敝邑 我輩或心有不盡 禮有不周處 亦未可知 望乞天使海涵 中國人自古從未到我國地方 今幸遇天使前來 我等不勝歡忭

—— ◦ —— ◦ —— ◦ ——

17일에, 가가린이 나얀과 툴리션을 초청해서 말하기를, "사신들이 처음으로 우리 나라에 왔다. 우리가 생각이 미치지 못하고 도리를 다하지 못한 바가 있다는 것을 생각하지 못했다. 사신들이 이를 용서해 주기 바란다. 예부터 지금까지 중국 사람이 한 번도 우리 나라에 온 바가 없다. 지금 사신들이 올 적에 우리는 매우 기쁘다."

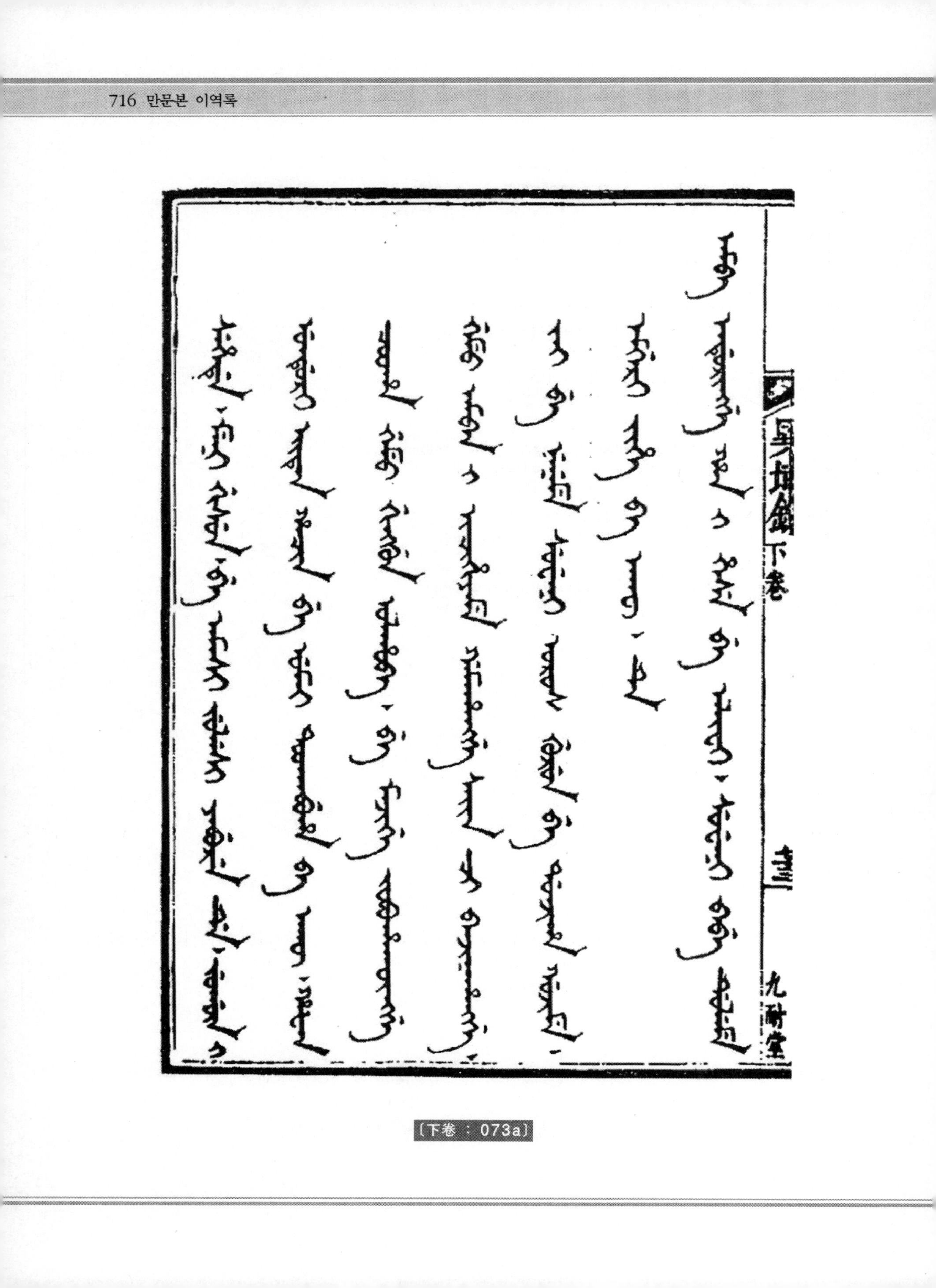

異域錄 下卷

九耐堂

sehede, meni gisun, be amasi julesi yabure de, jugūn i
함에 우리의 말 우리 뒤로 앞으로 감 에 길 의

unduri eiten hacin be umai tookabuha ba akū. hafan
연도 온갖 종류 를 전혀 지체시킨 바 없다. 관리

cooha gemu ginggun olhoba. be majige jobohakūngge
병사 모두 조심스럽고 신중하다. 우리 조금도 수고하지 않은 것

gemu amban i icihiyame gamahangge sain ci banjinahangge.
모두 대신 의 처리하여 실행한 것 좋음 에서 나온 것이다.

jai be neneme suweni oros gurun be donjiha gojime,
또 우리 먼저 너희의 러시아 나라 를 들은 것 뿐

emgeri jihe ba akū. te
한번 온 바 없다. 지금

amba enduringge han i hese be alifi, suweni babe duleme
크고 성스러운 汗 의 皇旨 를 받고 당신의 지역을 지나

[한문]

我等答曰 往返沿途供應諸項 竝無缺悞 官兵各小心謹愼 我等毫無勞苦 皆由總管辦理得當之所致也 再我等向日 但耳聞俄羅斯國地方 從未一到 今奉大皇帝欽命 經過爾國地方

—— ◦ —— ◦ —— ◦ ——

하였다. 우리가 말하기를, "우리가 오고 가며 다닐 때, 가는 도중에 필요한 일체의 물품이 전혀 지체된 바가 없다. 관리와 병사가 모두 세심하게 우리를 대해 주었다. 우리가 조금도 수고롭지 않았던 것은 모두 대신이 잘 처리하여 시행하였기 때문이다. 그리고 우리는 앞서 러시아에 대해서 말로만 들었을 뿐이며, 한 번도 온 적이 없다. 지금 대황제(大皇帝)의 황지(皇旨)를 받고 당신의 지역을 지나가며

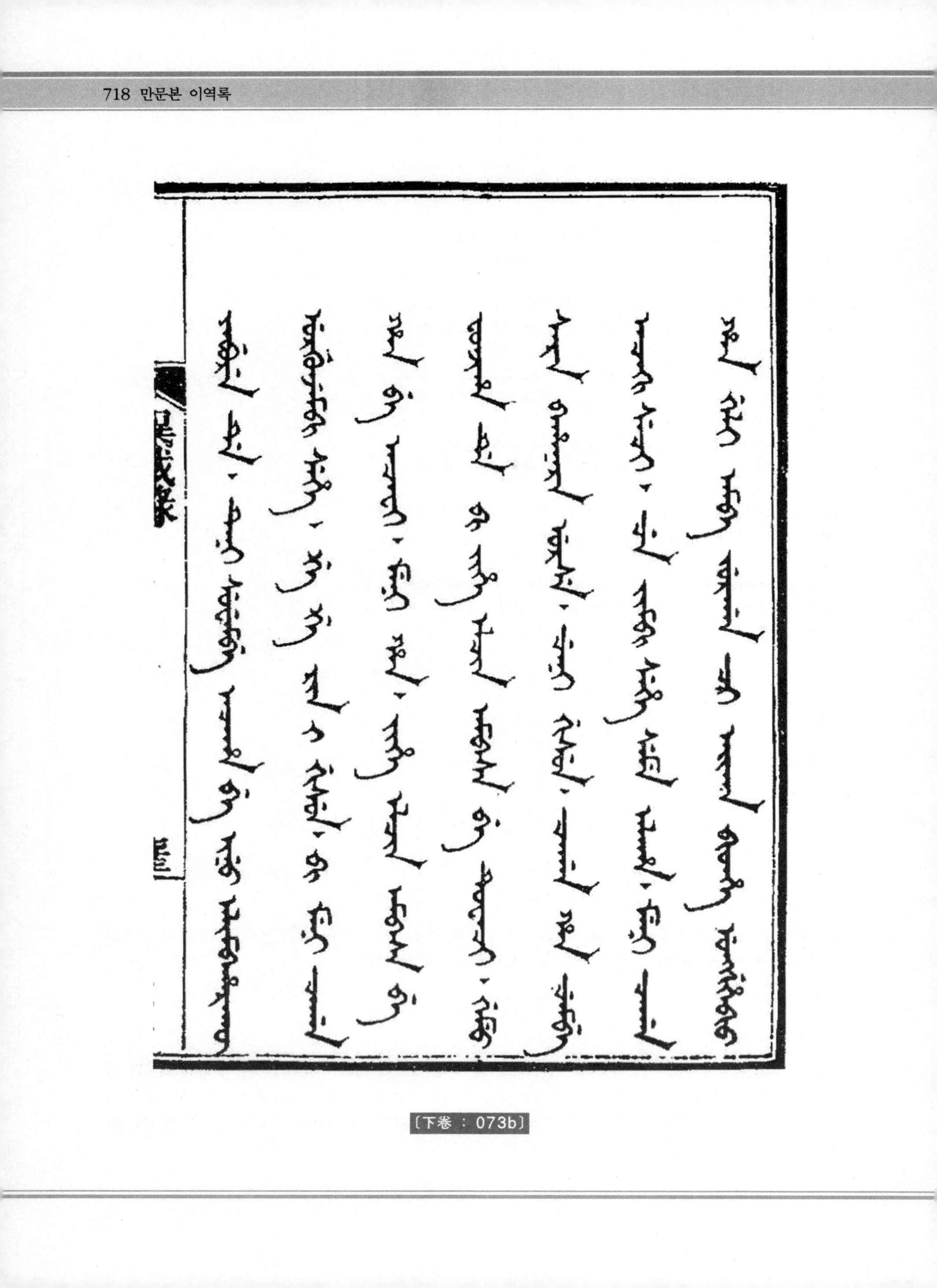

yabure de, teni suwembe acaha be inu alimbaharakū
감 에 비로소 너희를 만났음 을 또 극히

urgunjembi sehe. g'a g'a rin i gisun, bi meni cagan
기쁘다 하였다. 가 가 린 의 말 나 우리의 차간

han be acafi, meni han, jihe elcin ambasa be
汗 을 만나고 우리의 汗 온 사신 대신들 을

fonjiha de, bi jihe elcin ambasa be tuwaci, gemu
물었음 에 나 온 사신 대신들 을 보니 모두

sara bahanara urse. ceni gisun, cagan han cembe
알고 깨우친 무리이다. 그들의 말 차간 汗 그들을

acaki seci, ce jimbi sehe seme alaha. meni cagan
만나고자 하면 그들 온다 하였다 하고 알렸다. 우리의 차간

han geli amba jurgan ci aika bithe unggihebio.
汗 또 大 部 에서 혹시 글 보냈는가.

[한문]———

得遇伊等 亦喜之不盡 噶噶林曰 我見察罕汗時 曾問天使行止 我將天使等皆知識高明 曾言汗如欲相會 我等卽往會之處告訴 我汗又問 大部可有印文來否

—— 。—— 。—— 。——

비로소 당신을 만난 것이 또 극히 기쁘다." 하였다. 가가린이 말하기를, "내가 우리의 차간 한을 뵈었을 때, 우리 한(汗)께서 이곳에 온 사신들에 대해 물었을 때, 나는 "이곳에 온 사신들을 보니, 모두 총명하고 깨우친 자들입니다. 그들이 말하기를, 차간 한께서 그들을 만나겠다고 하시면 그들이 오겠다고 하였습니다." 하고 알렸다. 우리의 차간 한께서 또, "대부(大部)에서 혹 글을 보냈는가?

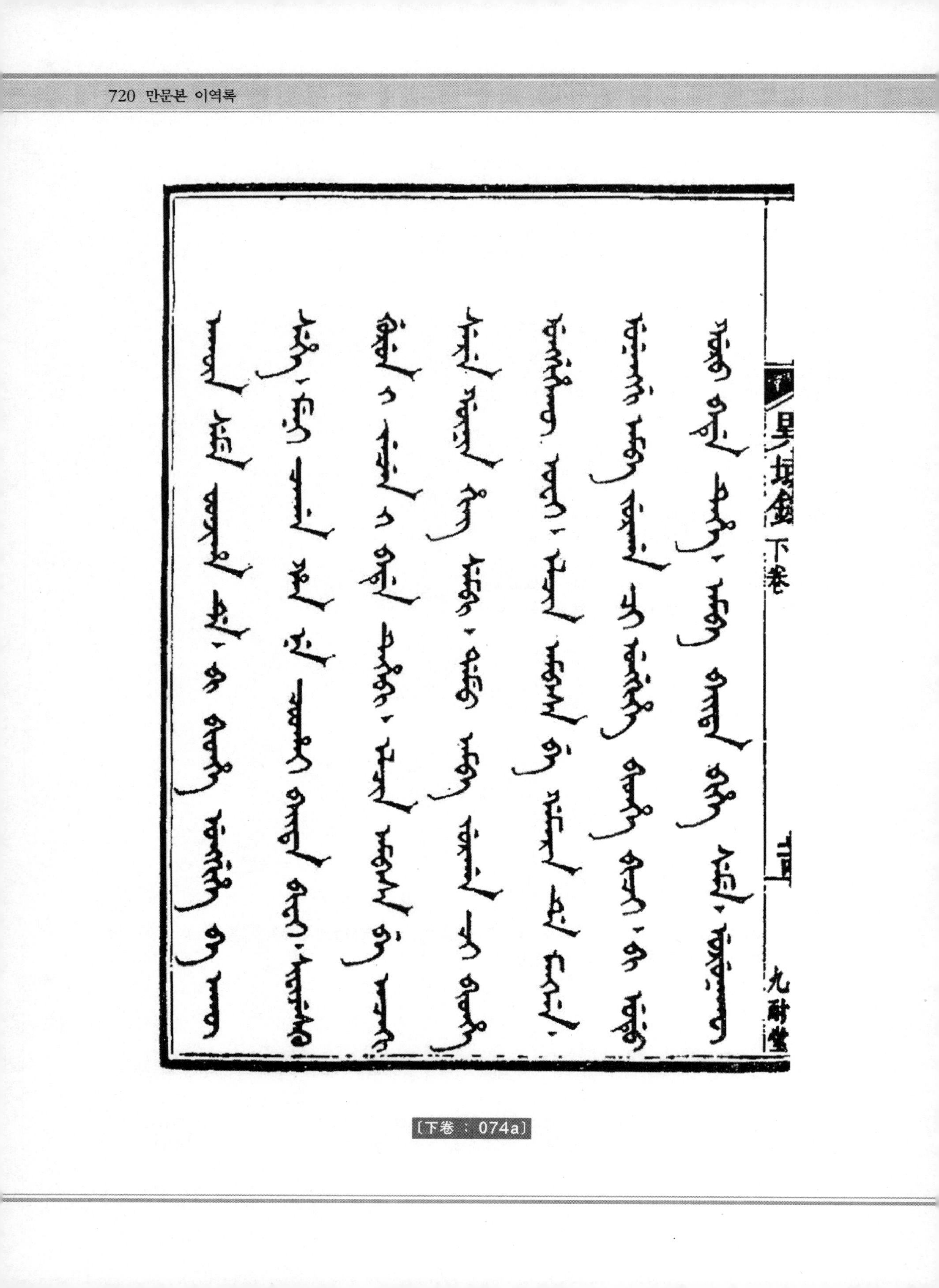

異域錄 下卷 九耐堂

[illegible]

akūn seme fonjiha de, bi bithe unggihe ba akū
아닌가 하고 물었음 에 나 글 보낸 바 없다

sehe. meni cagan han, ne coohai baita bifi, sifiyesk'o
하였다. 우리의 차간 汗 지금 병사의 일 있어서 시피여스코

gurun i jecen i bade tehebi. elcin ambasa be acaki
나라 의 변경 의 지역에 머물렀다. 사신 대신들 을 만나고자

sere gūnin hing sembi. damu amba jurgan ci bithe
하는 마음 절실하다. 다만 大 部 에서 글

unggihekū ofi, elcin ambasa be gamara de mangga.
보내지 않아서 사신 대신들 을 데려옴 에 어렵다.

unenggi amba jurgan ci unenngihe bithe bici, bi udu
진실로 大 部 에서 보낸 글 있으면 나 비록

goro bade tehe, amba baita bihe seme, urunakū
먼 곳에 머무르고 큰 일 있었다 해도 반드시

[한문]

我禀云 不曾有文書 我汗言 今現有干戈之事 在式費耶忒邊界地方駐扎 欲會天使 意雖殷篤 但無大部文書 所以不敢驚動天使 若大部有文書到來 我雖駐扎遠地 任有大事 必

—— ◦ —— ◦ —— ◦ ——

보내지 않았는가?" 하고 물으시니, 나는 "글을 보낸 바 없습니다." 하였다. 우리의 차간 한께서 말씀하기를, "지금 전쟁 때문에 시피여스코의 변경 지역에 머물렀다. 사신들을 만나고자 하는 마음 절실하다. 다만 대부(大部)에서 글을 보내지 않아서, 사신들을 초청하기 어렵다. 진실로 대부(大部)에서 보낸 글이 있었다면, 내가 비록 먼 곳에 머무르고 또 큰 일이 있다고 하더라도, 반드시

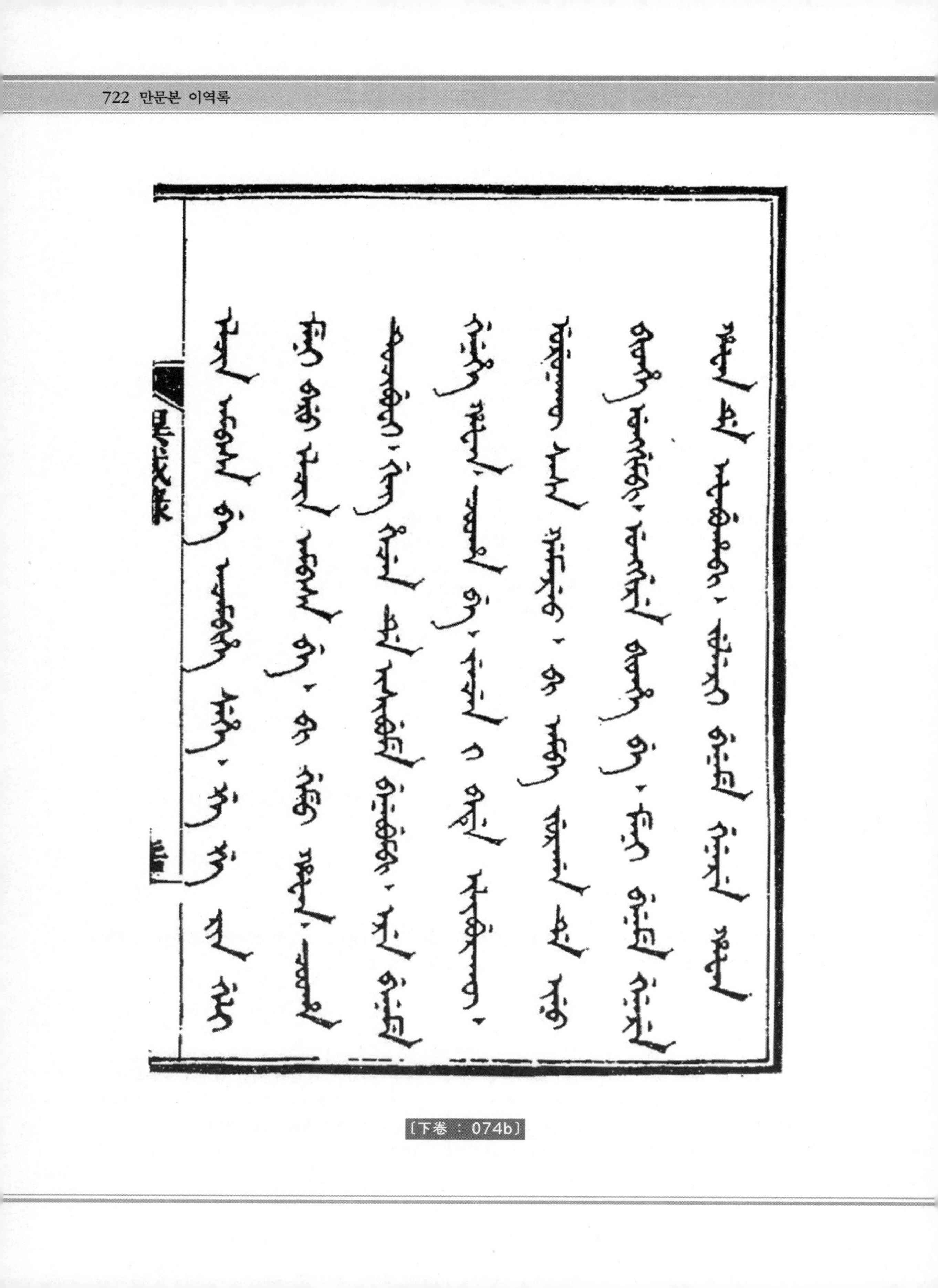

異域錄

elcin ambasa be acambihe sehe. g'a g'a rin geli
사신 대신들 을 만났다 하였다 가 가 린 또

meni baru elcin ambasa be, bi gemu hafan, cooha
우리의 쪽 사신 대신들 을 나 모두 관리 병사

tucibufi, ging hecen de isibume benebumbi. ere beneme
내어서 京 城 에 이르게 보내겠다. 이 보내어

genehe hafan, cooha be, jecen i bade iliburakū,
간 관리 병사 를 변경 의 지역에 머물게 하지 않고

urunakū sasa gamareo. bi amba jurgan de inu
반드시 함께 데려가시오. 나 大 部 에 또

bithe unggimbi. unggire bithe be, meni beneme genere
글 보낸다. 보내는 글 을 우리의 보내어 가는

hafan de afabuhabi. juleri beneme genere hafan
관리 에게 맡겼다. 앞서 보내어 갈 관리

[한문]

請天使相會矣 噶噶林又向我等曰 我差官兵直送天使至京師 將此護送官兵 萬望一同偕往 不阻邊疆是感 我亦移會大部 其文書業付護送官員前往 護送官

—— ◦ —— ◦ —— ◦ ——

사신들을 만났을 것이다." 하셨다." 가가린이 또 우리에게 말하기를, "내가 모든 관리와 병사를 내어서 사신들을 경성(京城)에 도착하도록 배웅하게 하겠다. 이렇게 보낸 관리와 병사를 변경 지역에 머무르게 하지 말고, 반드시 경성(京城)까지 함께 데려가라. 내가 대부(大部)에도 글을 보내겠다. 보내는 글을, 우리가 보내는 관리에게 맡겼다. 앞서 보내는 관리와

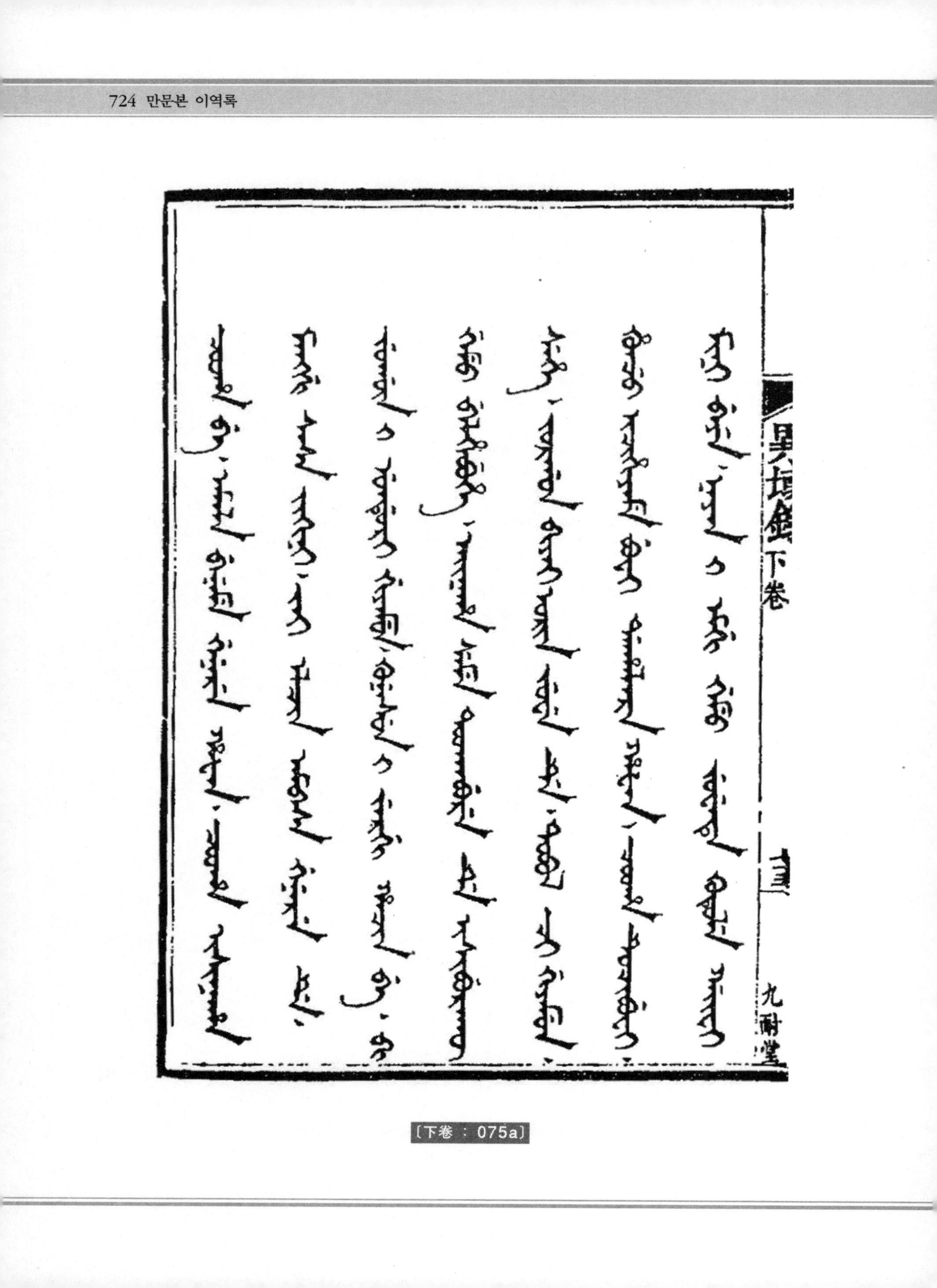

異域錄 下卷

九耐堂

cooha be, amala beneme genere hafan, cooha isinaha
병사 를 후에 보내어 갈 관리 병사 다다른

manggi, sasa jikini. jai elcin ambasa genere de,
후 함께 오게 하자 또 사신 대신들 감 에

jugūn i unduri giyamun, kunesun i jergi hacin be, bi
길 의 연도 역참 식량 의 등 종류 를 나

gemu belhebuhe. ainaha seme tookabure de isiburakū
모두 준비시켰다. 어찌 하여도 지체됨 에 이르게 하지 않는다

sehe. jorgon biyai orin juwe de, tobol ci giyamun,
하였다. 십이 월의 이십 이 에 토볼 에서 역참

huncu icihiyame bufi dahalara hafan, cooha tucibufi,
발구 처리하여 주고 따르는 관리 병사 내어서

mini beye, nayan i emgi gemu juwete kutule gaifi
나의 몸 나얀 의 함께 모두 둘씩 말구종 데리고

[한문]

兵到彼時 令其待後遣護送官兵到日同回可也 至天使前往 沿途一切馬匹供用等項 我皆辦理完備 斷不敢悞
十二月二十二日 撥給驛馬拖牀 派出護送官兵 余同納顔各帶跟役二名 自托波兒

—— ◦ —— ◦ —— ◦ ——

병사를 후에 보내는 관리와 병사가 다다른 후에 함께 오게 하겠다. 그리고 사신들이 갈 때, 가는 길의 역마와 식량 등의 종류를 내가 모두 준비시켰다. 결코 지체되는 일이 없을 것이다." 하였다. 12월 22일에 토볼에서 역마와 발구를 준비하여 주고 뒤따르는 관리와 병사를 내어서, 나와 나얀이 함께 모두 말구종 둘씩을 데리고

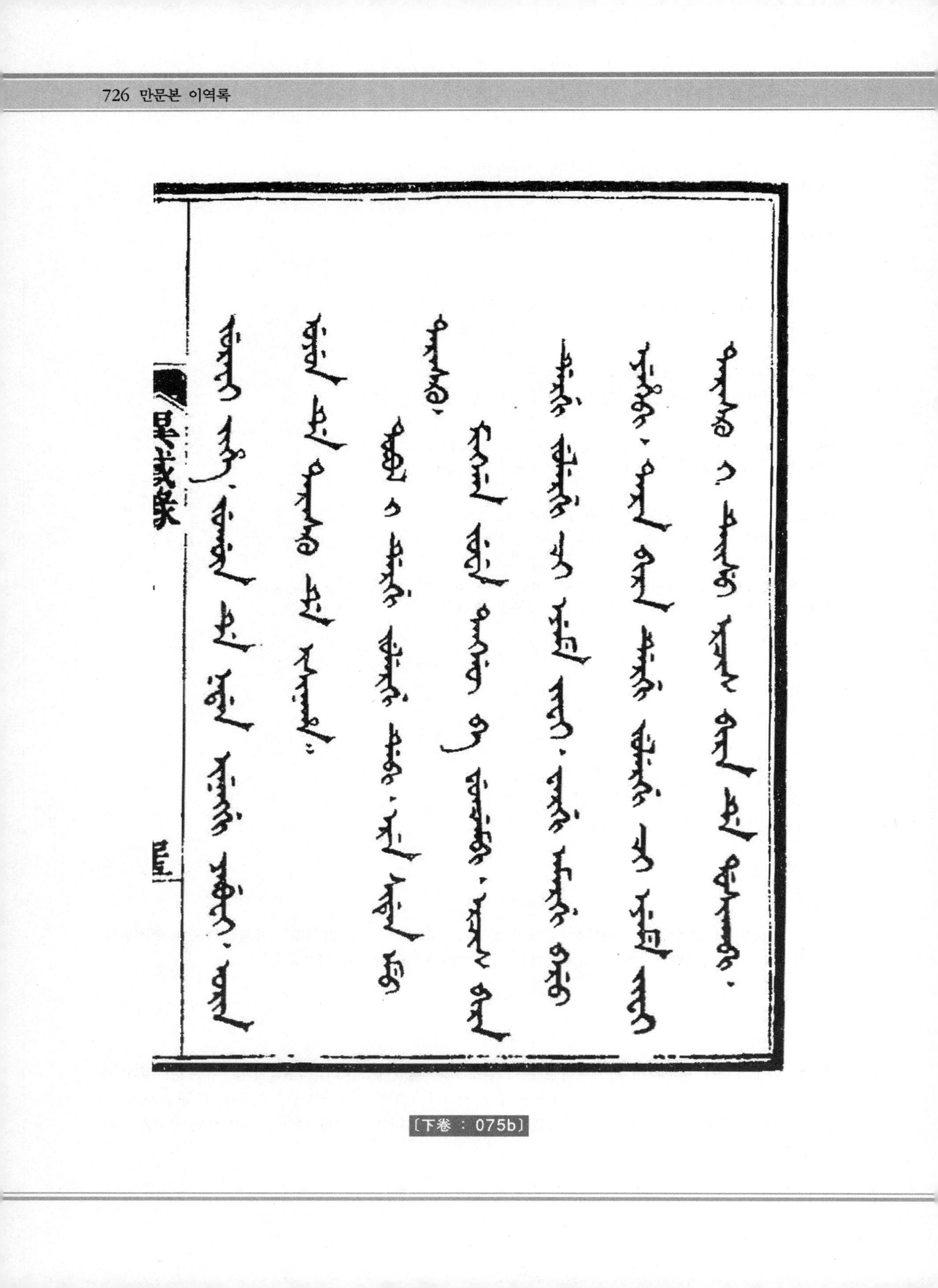

異域錄

jurafi jihe. jugūn de nadan inenggi yabufi, orin
출발해서 왔다. 길 에 칠 일 가서 이십

uyun de tarask'o de isinaha..
구일 에 타라스코 에 다다랐다.

tarask'o.[337] tobol i dergi julergi debi. ere siden emu
타라스코. 토볼 의 동 남쪽 에 있다. 이 사이 일

minggan juwe tanggū ba funcembi. ercis bira
천 이 백 리 넘는다. 어르치스 강

dergi julergi ci eyeme jifi, wargi baru
동 남쪽 에서 흘러 와서 서 쪽

eyehebi. tara bira dergi julergi ci eyeme jifi
흘렀다. 타라 강 동 남쪽 에서 흘러 와서

tarask'o i teisu ercis bira de dosikabi.
타라스코 의 마주하여 어르치스 강 에 들어갔다.

[한문]

起行 越七宿 於二十九日至塔喇斯科地方

塔喇斯科

在托波兒之東南 相去一千二百餘里 厄爾齊斯河來自東南 向西北而流 塔喇河來自東南 於塔喇斯科相對地方 歸入厄爾齊斯河

—— ∘ —— ∘ —— ∘ ——

길을 떠났다. 7일 동안 길을 가서 29일에 타라스코에 다다랐다.

타라스코.

토볼의 동남쪽에 있다. 이 사이는 1,200리가 넘는다. 어르치스 강은 동남쪽에서 흘러와서, 서쪽으로 흘렀다. 타라 강은 동남쪽에서 흘러와서 타라스코와 마주하여 어르치스 강에 들어갔다.

---

337) tarask'o(塔喇斯科) : 타라(Tápa). 타라는 타라 강과 에르티스(Иртыш)강의 합류점에 1594년에 세워진 마을로 러시아 옴스크(Омск) 주에 속한다.

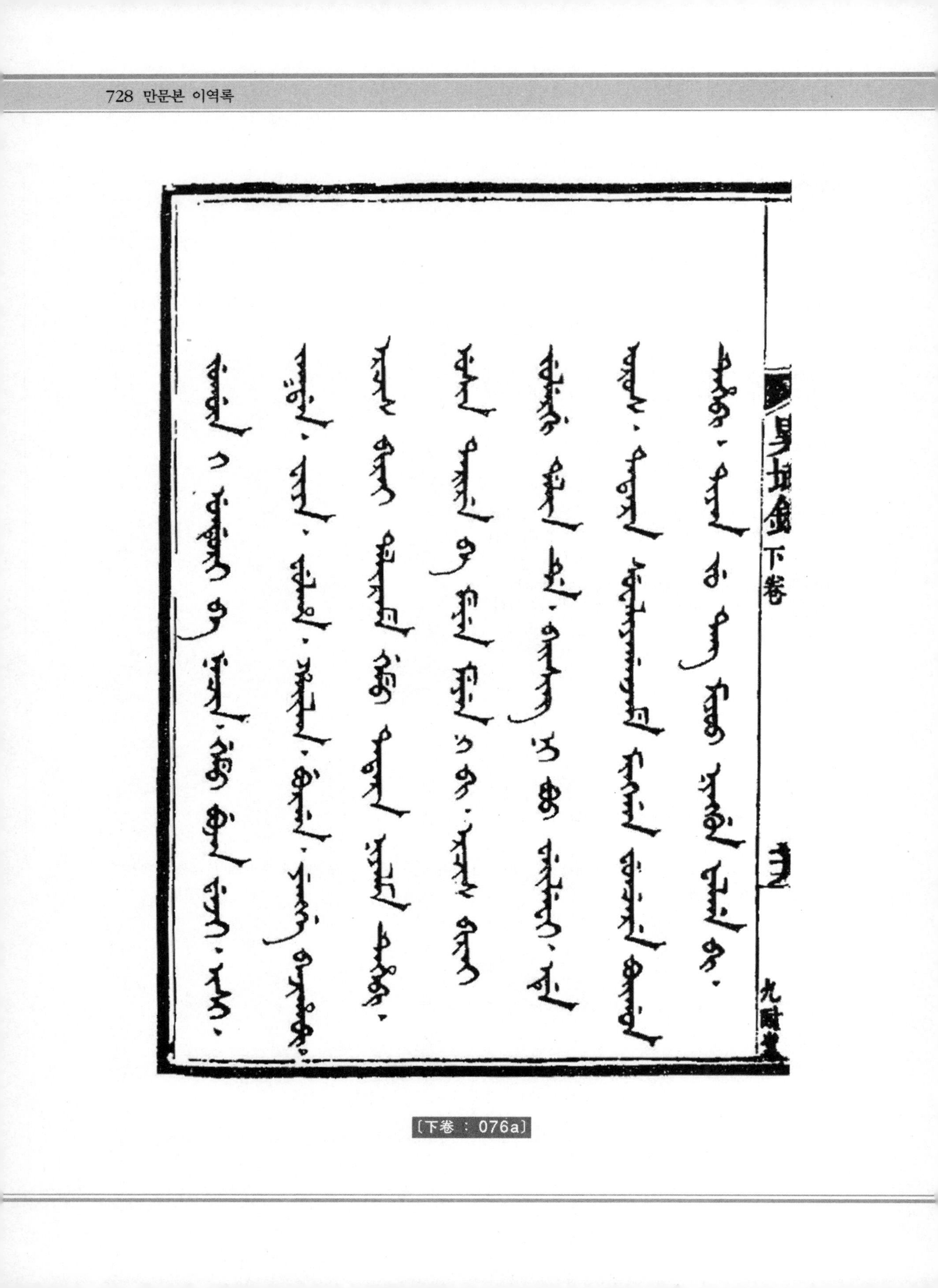

異域錄 下卷

九畹堂

jugūn i unduri ba necin, gemu bujan weji. isi,
길 의 연도 땅 평평하고 모두 수풀 밀림이다. 落葉松,

jakdan, fiya, fulha, hailan, burga, yengge banjihabi.
소나무 자작나무 백양나무 느릅나무 버드나무 머루나무 자랐다.

ercis birai dalirame gemu tatara niyalma tehebi.
어르치스 강의 따라 모두 타타라 사람 살았다.

usin tarire ba meyen meyen i bi. ercis birai
밭 경작하는 곳 군데 군데 있다. 어르치스 강의

julergi dalin de, baising ni boo weilefi, ede
남쪽 기슭 에 바이싱 의 집 짓고 여기에

oros, tatara suwaliyaganjame minggan funcere boigon
러시아 타타라 뒤섞여 천 넘는 가구

tehebi. tiyan ju tang miyoo ninggun falga bi.
살았다. 天 主 堂 廟 6 채 있다.

[한문]

沿途地平坦 俱林藪 有杉松馬尾松楊樺榆叢柳櫻薁 沿厄爾齊斯河岸 皆塔塔拉人居住 間有田畝 厄爾齊斯河之南岸有廬舍 居千餘戸 俄羅斯與塔塔拉雜處 天主堂六座

—— ◦ —— ◦ —— ◦ ——

길 주위의 땅은 평평하고, 모두 수풀과 밀림이다. 낙엽송(落葉松), 소나무, 자작나무, 백양나무, 느릅나무, 버드나무, 머루나무가 자랐다. 어르치스 강의 기슭을 따라 모두 타타라인이 살았다. 밭을 경작하는 곳이 군데군데 있다. 어르치스 강의 남쪽 기슭에 바이싱의 집을 짓고, 이곳에서 러시아인과 타타라인이 함께 1,000여 가구가 살았다. 교회는 6채 있다.

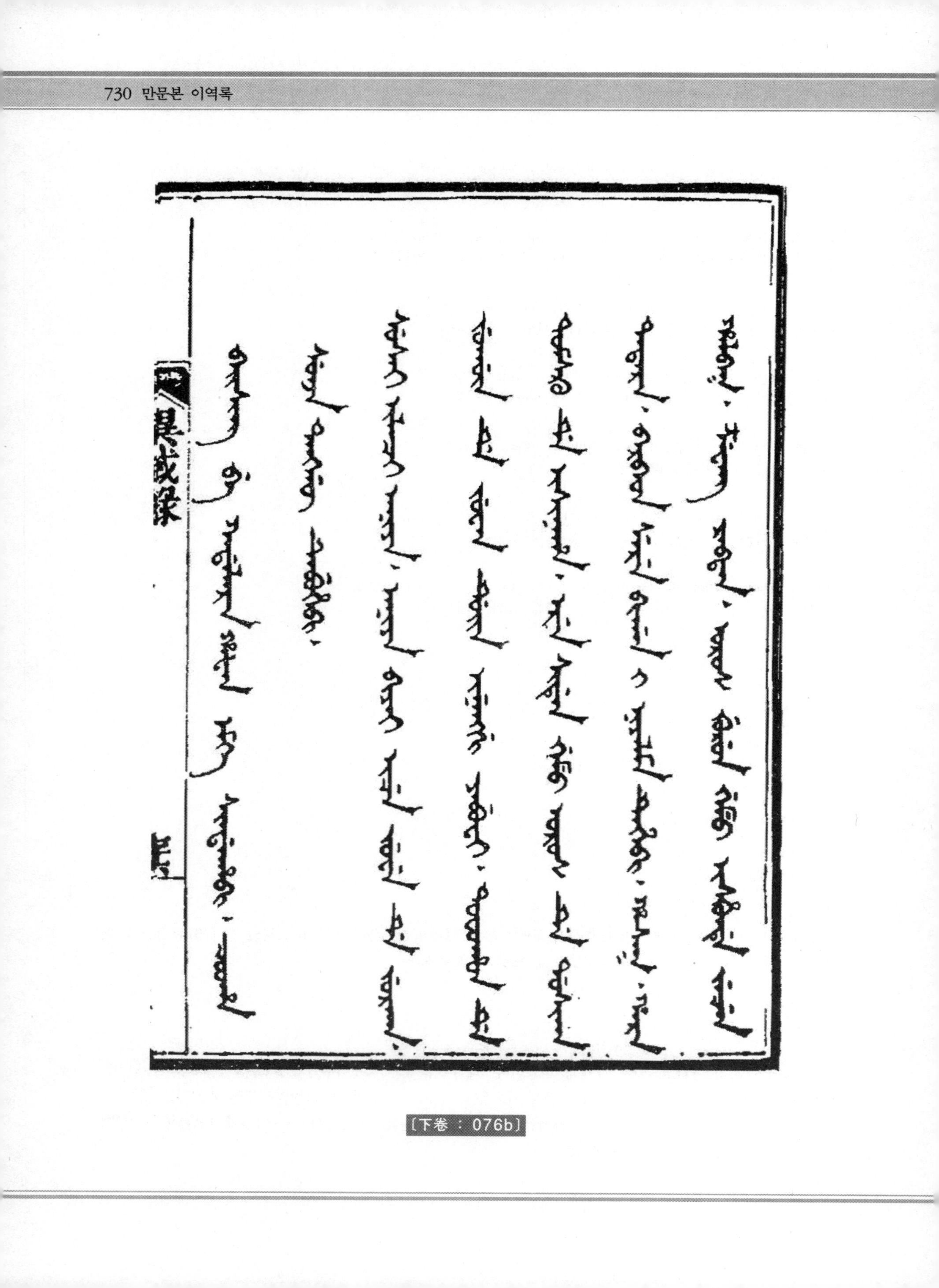

異域錄

下

baising be kadalara hafan emke sindahabi. cooha
바이싱 을 관할하는 관리 하나 두었다. 병사

sunja tanggū tebuhebi.
오 백 머물렀다.

susai ilaci aniya,[338] aniya biyai ice juwe de juraka.
쉰 셋째 해 정 월의 초 이 에 떠났다.

jugūn de juwan duin inenggi yabufi, tofohon de
길 에 십 사 일 가서 십오 에

tomsk'o de isinaha. ere siden gemu oros de dosika
톰스코 에 다다랐다. 이 사이 모두 러시아 에 들어간

tatara, barbat[339] sere bigan i niyalma tehebi. hasak, hara
타타라 바르바트 하는 들 의 사람 살았다. 하삭 하라

halbak, ts'ewang rabtan, oros gurun gemu ishunde jecen
할박 처왕 랍탄 러시아 나라 모두 서로 변경

[한문]

設管轄柏輿頭目一員 駐兵五百名 五十三年正月十二日起程 越十四宿 於十五日至托穆斯科地方 沿途俱是歸附俄羅斯之塔塔拉竝巴爾巴忒之野人居住 此處哈薩克圖哈拉哈爾叭國策旺拉布坦 皆與俄羅斯國連界 居

— ◦ — ◦ — ◦ —

바이싱을 관할하는 관리는 한 명을 두었다. 병사는 500명을 주둔시켰다. 강희(康熙) 53년 1월 2일에 이곳을 떠났다. 14일 동안 길을 가서, 15일에 톰스코에 다다랐다. 이 사이는 모두 러시아에 복속한 타타라, 바르바트라는 야인(野人)이 살았다. 하삭, 하라 할박, 처왕 랍탄, 러시아 모두 서로 인접하였다.

338) susai ilaci aniya : 만문본의 오류이다. 강희 54년이어야 한다.

339) barbat(巴爾巴忒) : 바바르(Барабинцы). 바바르 족은 시베리아 타타르의 한 분파로 옵 강과 에르티스 강 사이의 바라바(Барабинская) 대초원에 살고 있다. 러시아 정복에 격렬히 저항하였으며 키르기스와 칼묵의 공격으로 많은 고통을 겪었다. 시베리아 타타르 언어의 바라바 방언을 사용한다.

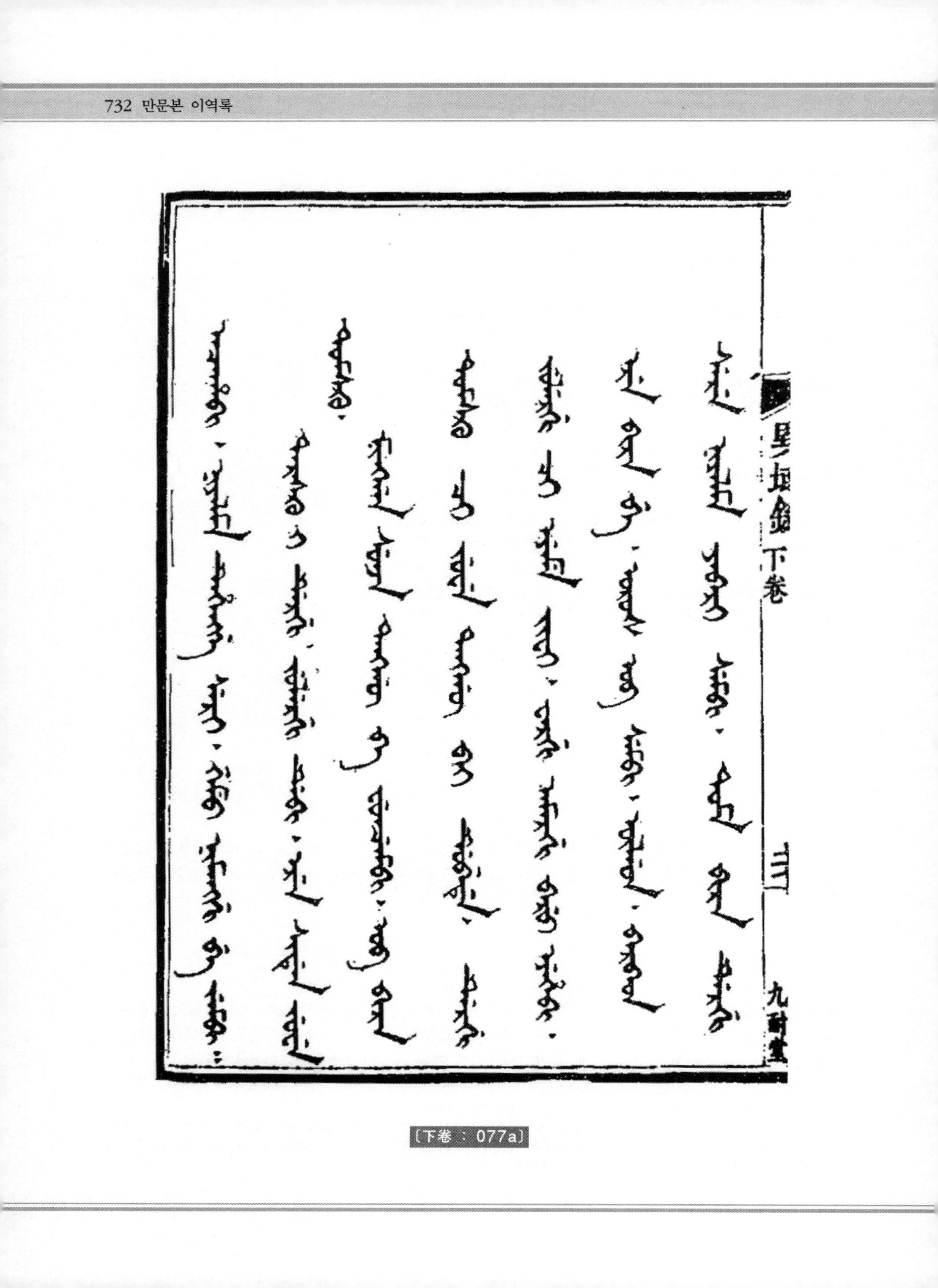

異域錄 下卷 三十 九耐堂

acahabi. niyalma tehengge seri. gemu nimanggi be jembi..[340)]
접하였다. 사람 사는 것 드물다. 모두 눈 을 먹는다.

tomsk'o.[341)] tarask'o i dergi julergi debi. ere siden juwe
톰스코. 타라스코 의 동 남쪽 에 있다. 이 사이 이

minggan sunja tanggū ba funcembi. ob bira,
천 오 백 리 넘는다. 옵 강

tomsk'o ci juwe tanggtū bai dubede, dergi
톰스코 에서 이 백 리의 끝에 동

julergi ci eyeme jifi, wargi amargi baru eyehebi.
남쪽 에서 흘러 와서 서 북 쪽 흘렀다.

ere bira be, oros ob sembi. ūlet, barbat
이 강 을 러시아 옵 한다. 오이라트 바르바트

sere niyalma yabari[342)] sembi. tom[343)] bira dergi
하는 사람 야바리 한다. 톰 강 동

[한문]

人稀少 俱食雪

托穆斯科

在塔喇斯科之東南 相去二千五百餘里 鄂布河從托穆斯科二百里外來 自東南向西北而流 俄羅斯呼爲鄂布河 其巴爾巴忒人呼爲牙巴里河 托穆河來自東

—— ◦ —— ◦ —— ◦ ——

사람이 사는 곳이 드물며, 모두 눈을 먹는다.

톰스코.

타라스코의 동남쪽에 있다. 이 사이는 2,500리가 넘는다. 옵 강은 톰스코로부터 200리 끝 동남쪽에서 흘러나와서 서북쪽으로 흘렀다. 이 강을 러시아 사람들은 옵이라고 하며, 오이라트, 바르바트 사람들은 야바리라고 한다. 톰 강은

340) nimanggi be jembi : 눈을 녹여 식수로 쓴다는 뜻이다.

341) tomsk'o(托穆斯科) : 톰스크(Томск). 톰스크는 러시아 톰스크 주의 주도이고 톰 강에 면해 있고, 옵 강에 합류하는 지점으로부터 60km지점에 위치해 있다.

342) yabari(牙巴里) : 오이라트족과 바라바트족은 톰(Томь) 강을 야바리라고 부른다.

343) tom(托穆) : 톰(Томь) 강은 러시아 카카시야(Хакасия) 공화국, 케메로보(Кемерово) 주, 톰스크(Томск) 주를 흘러 톰스크 시 조금 지나 옵 강에 합류한다.

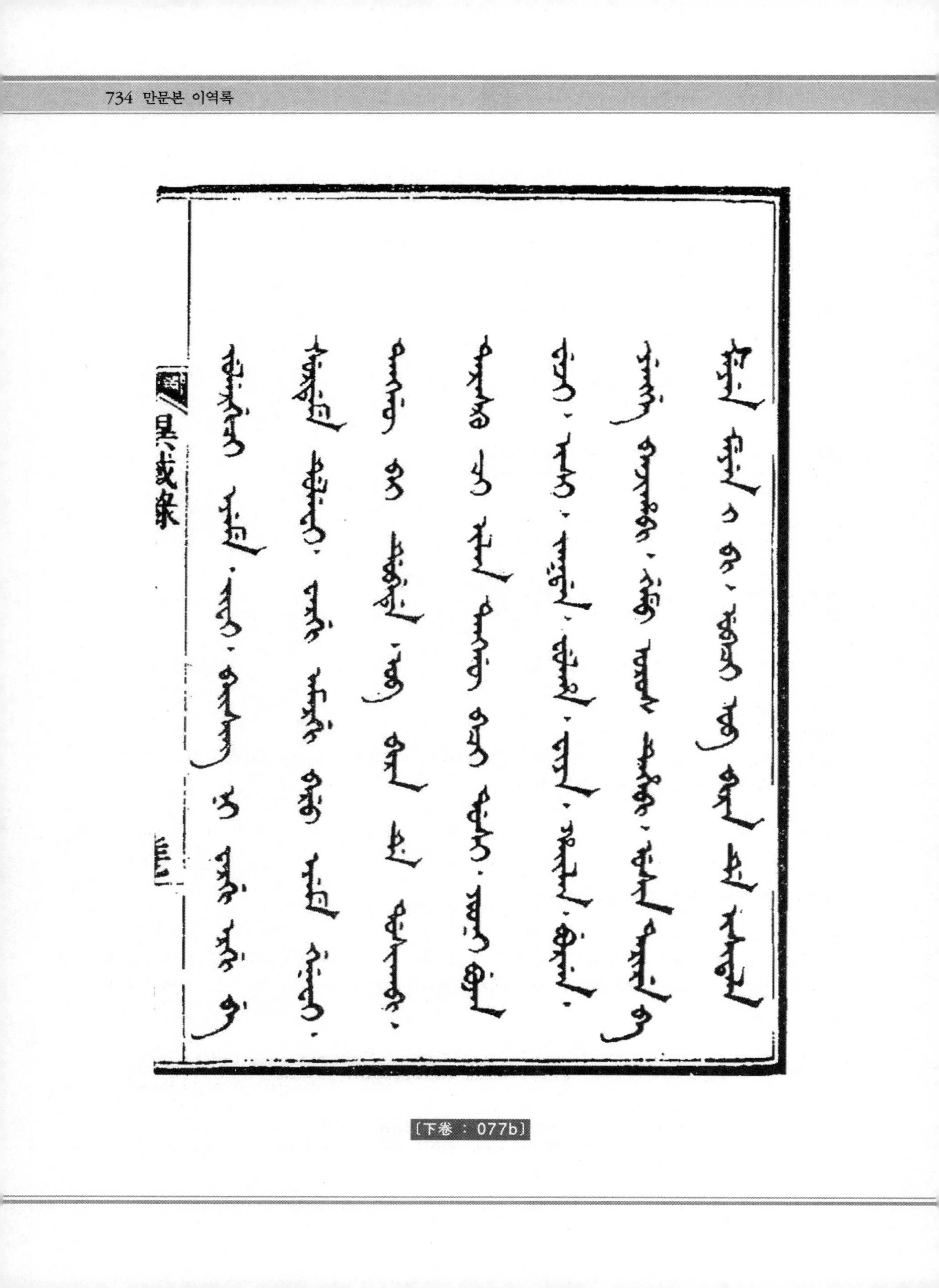

異域錄 上

julergici eyeme jifi, baising ni wargi ergi be
남쪽에서 흘러 와서 바이싱 의 서 쪽 을

šurdeme dulefi, wargi amargi baru eyeme genefi,
둘러 지나서 서 북 쪽 흘러 가서

tanggū bai dubede, ob bira de dosikabi.
백 리의 끝에 옵 강 에 들어갔다.

tarask'o ci ilan tanggū baci dosi, yooni bujan
타라스코 에서 삼 백 리에서 안으로 모두 수풀

weji. isi, jakdan, fulha, fiya, hailan, burga,
밀림이다. 落葉松 소나무 백양나무 자작나무 느릅나무 버드나무

yengge banjihabi. gemu oros tehebi. usin tarire ba
머루나무 자랐다. 모두 러시아인 살았다. 밭 경작하는 곳

meyen meyen i bi. ubaci ob bira de isitala
군데 군데 있다. 그곳에서 옵 강 에 이르도록

[한문]

南 由西面遶過柏興 向西北而流 至百里外歸入鄂布河 自塔喇斯科三百里内 皆林藪 有杉松馬尾松楊樺榆叢柳櫻薁 俱俄羅斯居住 間有田畝 從此至鄂布河

—— ◦ —— ◦ —— ◦ ——

동남쪽에서 흘러와서, 바이싱의 서쪽을 둘러 지나간 후, 서북쪽으로 흘러가서, 100리 끝 옵 강으로 들어갔다. 타라스코에 300리 내는 모두 수풀과 밀림이다. 낙엽송(落葉松), 소나무, 백양나무, 자작나무, 느릅나무, 버드나무, 머루나무가 자랐다. 모두 러시아인이 살았다. 밭을 경작하는 곳은 군데군데 있다. 그곳에서 옵 강에 이르도록

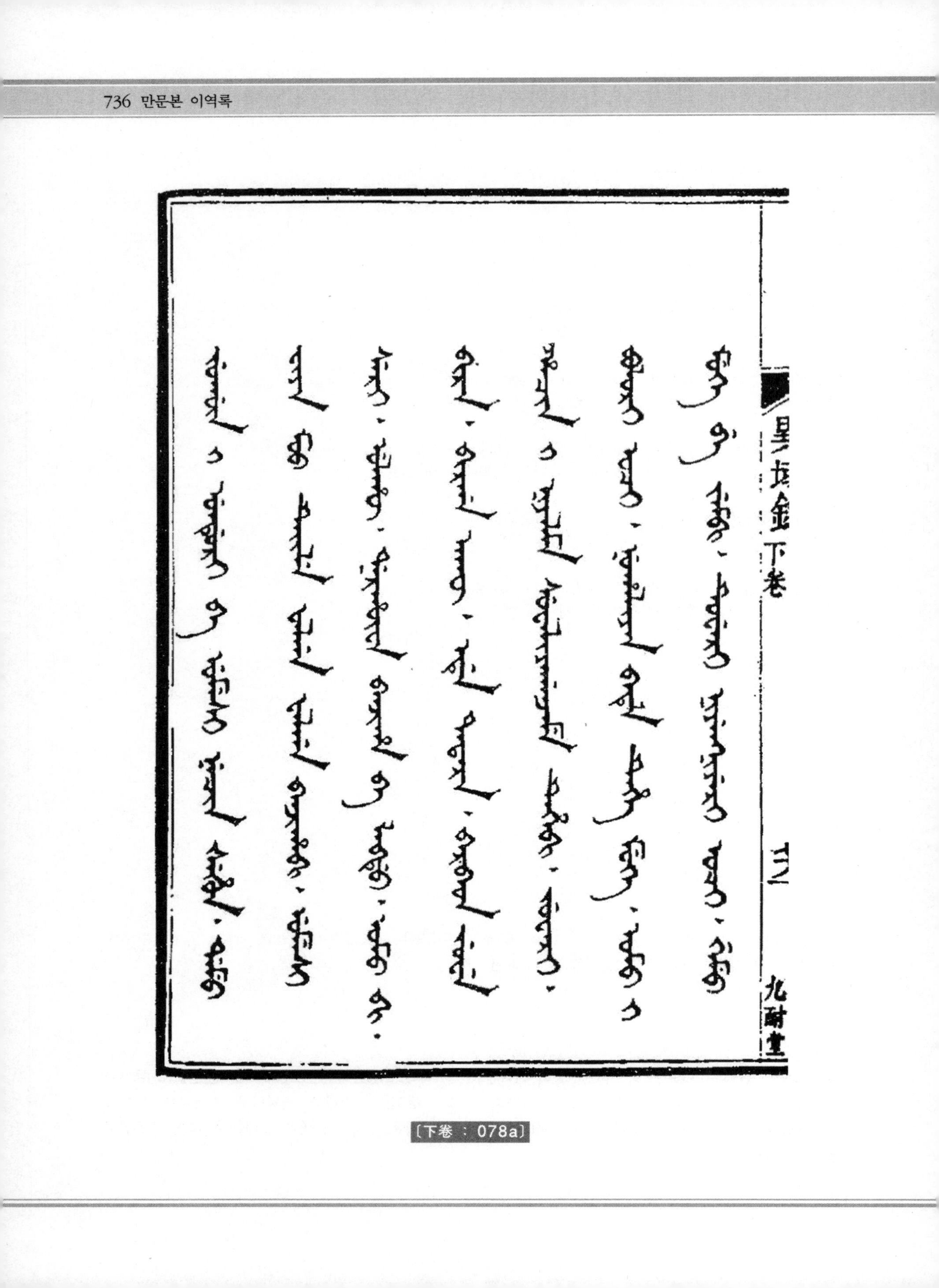

jugūn i unduri ba umesi necin šehun, damu
길 의 연도 땅 매우 평평하고 너르다. 오직

fiya moo teile falga falga banjihabi. umesi
자작 나무 만 총총히 자랐다. 매우

seri. ulhū, darhūwa banjiha ba labdu. omo bi.
드물다. 갈대 달 자란 곳 많다. 못 있다.

bira, birgan akū. ede tatara, barbat juwe
강 시내 없다. 여기에 타타라 바르바트 두

hacin i niyalma suwaliyaganjame tehebi. juwari,
종류 의 사람 뒤섞여 살았다. 여름

bolori oci, nuhaliyan bade tehe muke, omo i
가을 되면 오목한 곳에 고인 물 못 의

muke be jembi. tuweri niyengniyeri oci, gemu
물 을 먹는다. 겨울 봄 되면 모두

[한문]

沿途地甚平坦 惟樺木片片叢生 甚稀 生蘆荻處甚多 有水澤 無溪澗 此處塔塔拉與巴爾巴忒兩種人雜處 夏秋則飲澤中及低窪處潦水 冬春

—— ◦ —— ◦ —— ◦ ——

길 주위의 땅은 매우 평평하고 너르다. 오직 벚나무만 듬성듬성 자랐으며 매우 드물다. 갈대와 달이 자란 곳이 많다. 못이 있고, 강과 시내가 없다. 여기에 타타라와 바르바트 두 종족이 함께 살았다. 여름과 가을에는 오목한 곳에 고인 물과 못의 물을 먹는다. 겨울과 봄에는 모두

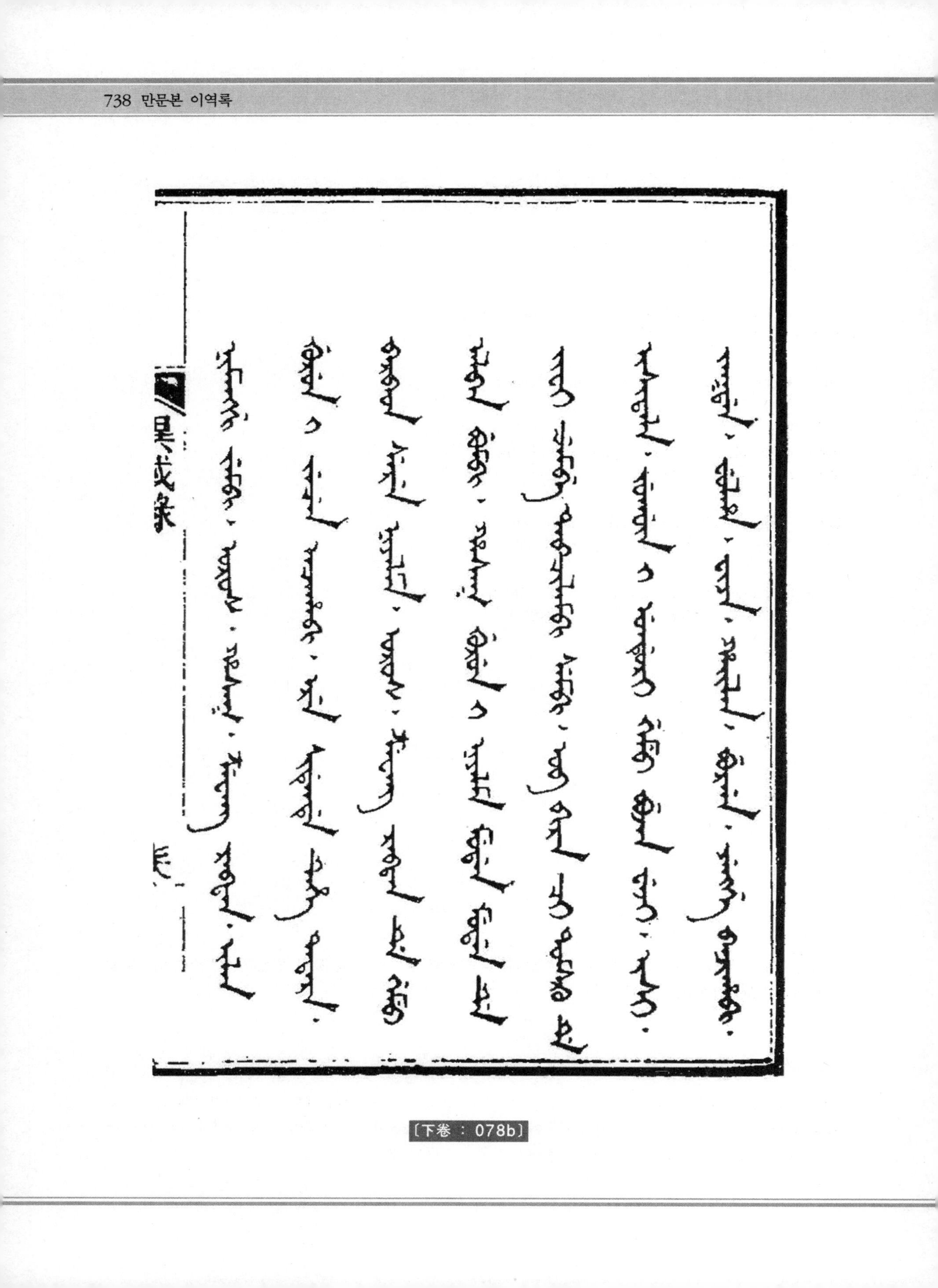

異域錄

nimanggi jembi. oros, hasak, ts'ewang rabtan, ilan
눈 먹는다. 러시아 하삭 처왕 랍탄 세

gurun i jecen acahabi. ere sidende tehe tatara,
나라 의 변경 접했다. 이 사이에 살던 타타라

barbat sere niyalma, oros ts'ewang rabtan de gemu
바르바트 하는 사람 러시아 처왕 랍탄 에게 모두

alban bumbi. hasak gurun i niyalma mudan mudan de
공물 준다. 하삭 나라 의 사람 때 때 에

jifi cembe tabcilambi sembi. ob bira ci tomsk'o de
와서 그들을 약탈한다 한다. 옵 강 에서 톰스코 에

isitala, jugūn i unduri gemu bujan weji. isi,
이르도록 길 의 연도 모두 수풀 밀림이다. 落葉松

jakdan, fulha, fiya, hailan, burga, yengge banjihabi.
소나무 백양나무 자작나무 느릅나무 버드나무 머루나무 자랐다.

[한문]

則食雪冰 俄羅斯哈薩克國哈拉哈兒叭國策旺拉布坦四國連界接壤 此處所居塔塔拉竝巴爾巴忒人 與俄羅斯策旺拉布坦兩國 皆納賦 不時被哈薩國人侵奪擄掠 自鄂布河以至托穆斯科 沿途皆林藪 有杉松馬尾松楊樺榆叢柳櫻薁

── ◦ ── ◦ ── ◦ ──

눈을 녹인 물을 먹는다. 러시아, 하삭, 처왕 랍탄 등 세 나라의 변경이 맞닿아 있다. 이 사이에 사는 타타라, 바르바트 사람은, 러시아와 처왕 랍탄에게 모두 공물을 바친다. 하삭의 사람들이 때때로 와서 그들을 약탈한다고 한다. 옵 강에서 톰스코에 이르도록 길의 주위는 모두 수풀과 밀림이다. 낙엽송(落葉松), 소나무, 백양나무, 자작나무, 느릅나무, 버드나무, 머루나무가 자랐다.

異域錄 下卷

[illegible]

九耐堂

oros, tatara suwaliyaganjame tehebi. usin talrire ba
러시아 타타라 뒤섞여 살았다. 밭 경작하는 곳

meyen meyen i bi. tom birai dergi dalin de
군데 군데 있다. 톰 강의 동쪽 기슭 에

baising ni boo weilefi, ede oros, tatara,
바이싱 의 집 짓고 이곳에 러시아 타타라

hotong, kergis, ūlet, hacingga niyalma bira be dahame,
호통 커르기스 오이라트 각종 사람 강 을 따라

suwaliyaganjame, minggan funcere boigon tehebi.
뒤섞여 천 넘는 가구 살았다.

baising ni šurdeme hancikan bade usin tarire ba
바이싱 의 주위 가까운 곳에 밭 경작하는 땅

labdu. tiyan ju tang miyoo juwan falga bi. baising be
많다. 天 主 堂 廟 열 채 있다. 바이싱 을

[한문]

俄羅斯與塔塔拉人 間有田畝 托穆河東岸有廬舍 居千餘戶 俄羅斯與塔塔拉 竝貨通及克爾紀斯 厄魯特各種人雜處 柏興左近地方田畝甚多 天主堂十座

—— ◦ —— ◦ —— ◦ ——

러시아, 타타라가 함께 살았다. 밭을 경작하는 곳이 군데군데 있다. 톰 강의 동쪽 기슭에 바이싱의 집을 짓고, 이곳에 러시아, 타타라, 호통, 커르기스, 어이라트 등의 사람들이 강을 따라 함께 1,000개 남짓한 가구를 이루며 살았다. 바이싱 근처에서 밭을 경작하는 곳이 많다. 교회는 10채 있다. 바이싱을

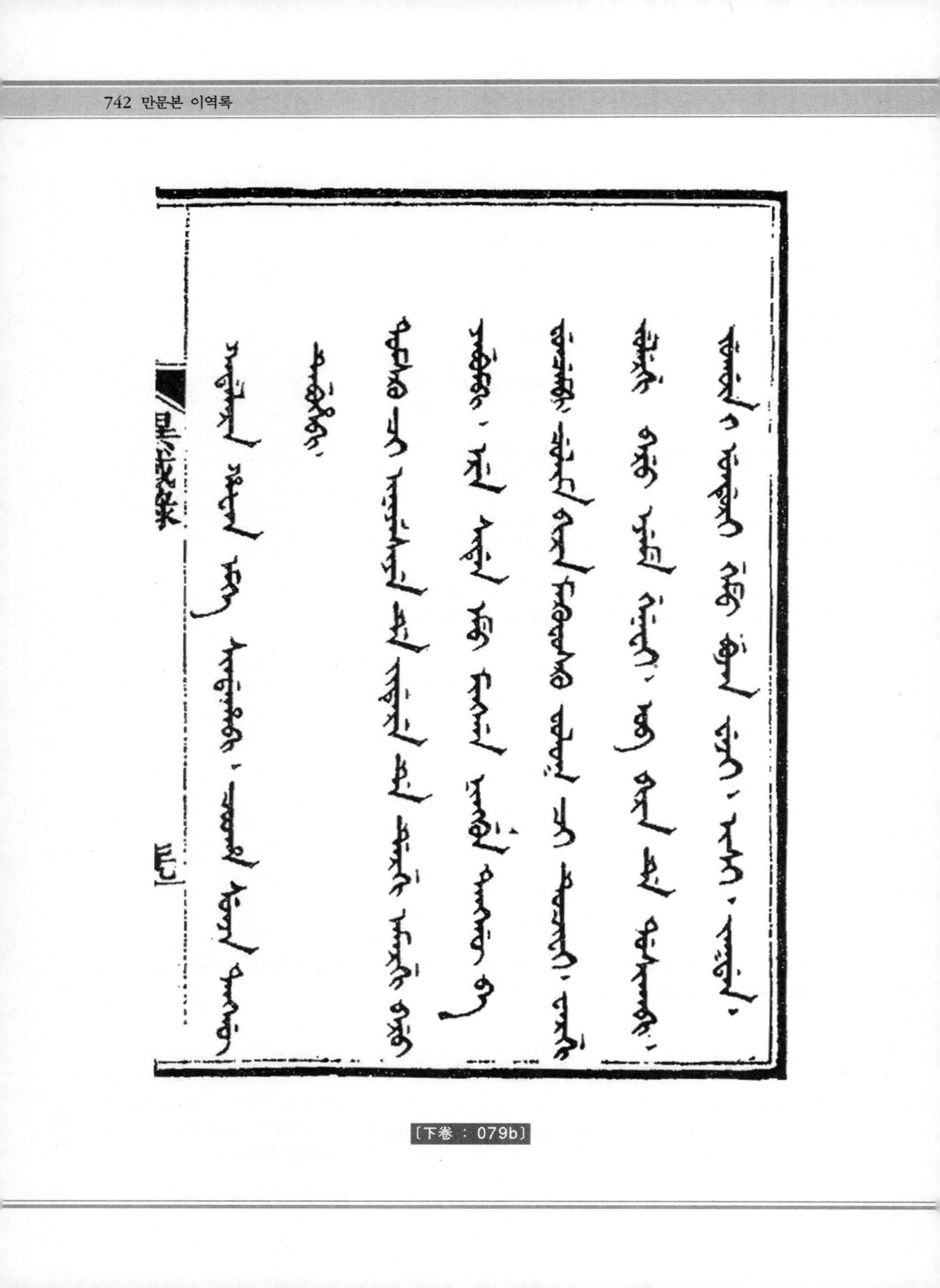

kadalara hafan emke sindahabi. cooha sunja tanggū
관할하는 관리 하나 두었다. 병사 오 백

tebuhebi.
머무르게 하였다.

tomsk'o ci iniyesiye de jidere de dergi amargi baru
톰스코 에서 이니여시여 에 옴 에 동 북 쪽

yabumbi. ere siden emu minggan ninggun tanggū ba
간다. 이 사이 일 천 육 백 리

funcembi. culim[344] bira mak'ofosk'o folok ci tucifi, wargi
넘는다. 출림 강 마코포스코 폴록 에서 나와서 서

julergi baru eyeme genefi, ob bira de dosikabi.
남 쪽 흘러 가서 옵 강 에 들어갔다.

jugūn i unduri gemu bujan weji. isi, jakdan,
길 의 연도 모두 수풀 밀림이다. 落葉松 소나무

[한문]

設管轄柏輿頭目一員 駐兵五百名 自托穆斯科往伊聶謝來 向東北行 其間一千六百餘里 其楚里穆河 自麻科佛斯科山內發源 向西南歸入鄂布河 沿途俱林藪 有杉松馬尾松

—— ◦ —— ◦ —— ◦ ——

관할하는 관리는 한 명 두었으며, 병사는 500명을 주둔시켰다. 톰스코에서 이니여시여에 올 때에는 동북쪽으로 간다. 이 사이는 1,600리가 넘는다. 출림 강은 마코포스코 폴록에서 나와서, 서남쪽으로 흘러간 후 옵 강에 들어갔다. 길의 주위는 모두 수풀과 밀림이다. 낙엽송(落葉松), 소나무,

344) culim(楚里穆) : 출림(Чулым) 강은 러시아 크라스노야르스크(Красноярск) 지방과 톰스크 주에 있는 강으로 옵 강의 오른쪽 지류이다.

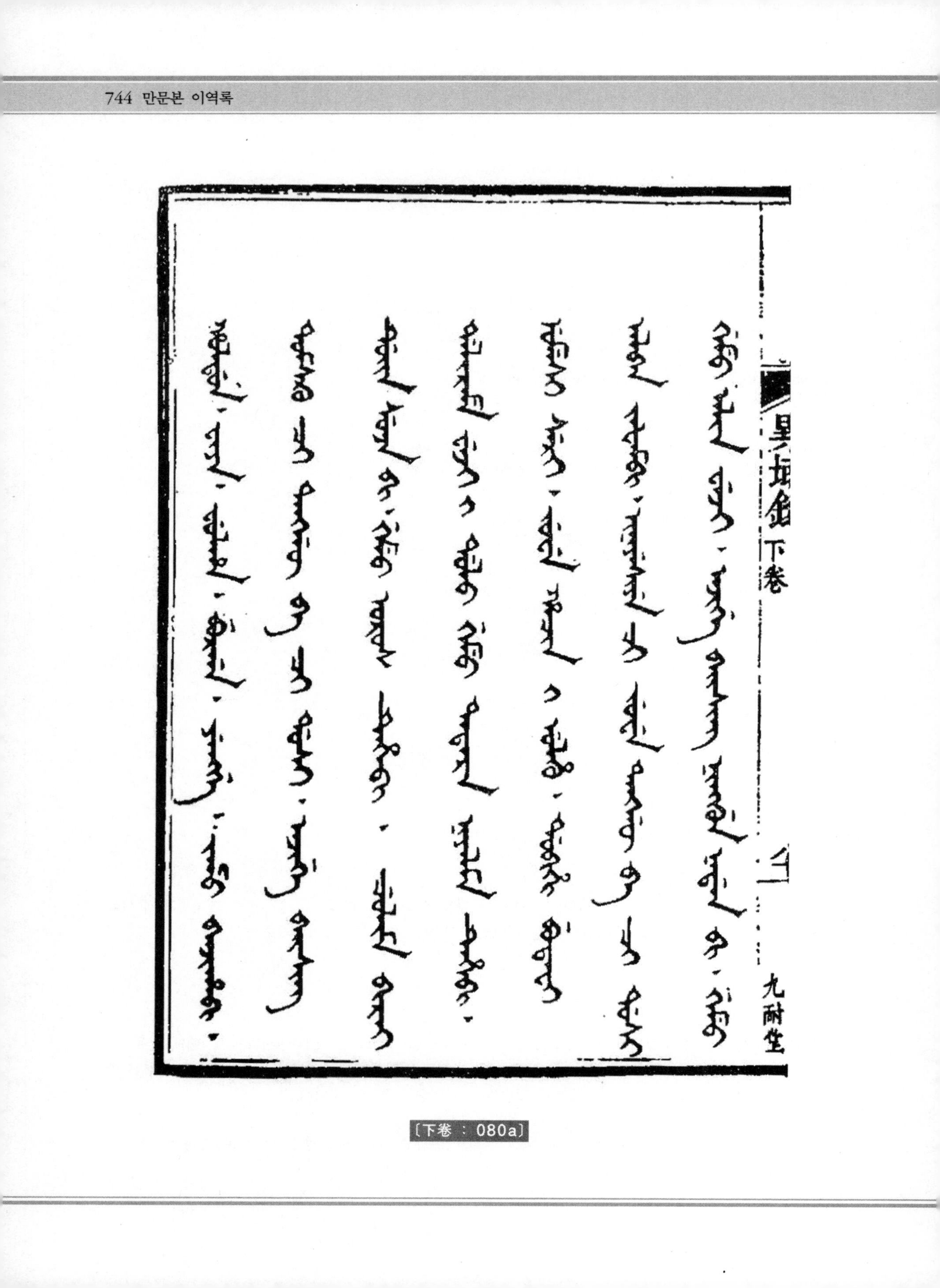

異域錄 下卷

九耐堂

holdon, fiya, fulha, burga, yengge, jamu banjihabi.
잣나무 자작나무 백양나무 버드나무 머루나무 해당화 자랐다.

tomsk'o ci tanggū ba ci dosi, ajige baising
톰스코 에서 백 리 보다 안으로 작은 바이싱

duin sunja bi. gemu oros tehebi. culim birai
네 다섯 있다. 모두 러시아 살았다. 출림 강의

dalirame weji i dolo gemu tatara niyalma tehebi.
따라 밀림 의 가운데 모두 타타라 사람 살았다.

umesi seri. juwe hacin i ulhu, dobihi butafi
매우 드물다. 두 종류 의 灰鼠 여우 사냥해서

alban jafambi. iniyesiye ci juwe tanggū ba ci dosi
공물 바친다. 이니여시여 에서 이 백 리 보다 안으로

gemu alin weji. aijge baising ninggun nadan bi. gemu
모두 산 밀림이다. 작은 바이싱 여섯 일곱 있다. 모두

[한문]

果松樺楊叢柳櫻薁刺玫 托穆斯科百里以内 有小柏興四五處 俱俄羅斯 間有田畝 楚里穆河岸藪内 皆係塔塔拉人 散處甚稀 捕灰鼠銀鼠狐狸納貢 伊聶謝二百里以内皆山林 有小柏興六七處 俱

—— ◦ —— ◦ —— ◦ ——

잣나무, 자작나무, 백양나무, 버드나무, 머루나무, 해당화가 자랐다. 톰스코에서 100리 이내에는 작은 바이싱이 4-5개 있다. 모두 러시아인이 살았다. 출림 강의 기슭을 따라 있는 밀림 속에는 모두 타타라인이 살았는데, 사는 곳이 매우 드물다. 이들은 두 종류의 회서(灰鼠)와 은서(銀鼠), 여우를 사냥해서 공물을 바친다. 이니여시여에서 200리 이내는 모두 산과 밀림으로, 작은 바이싱이 6-7개 있다. 이곳에는 모두

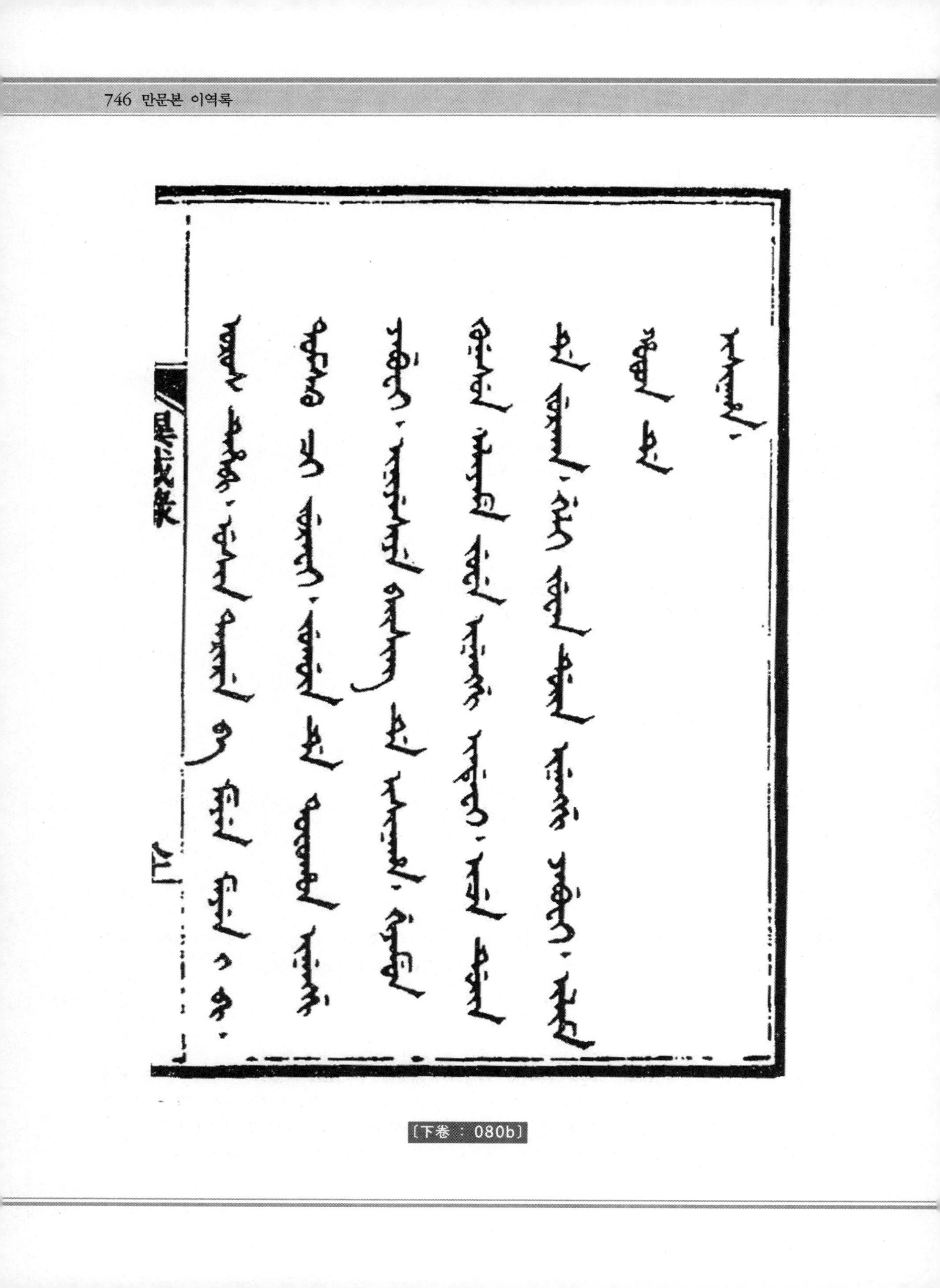

異域錄

oros tehebi. usin tarire ba meyen meyen i bi.
러시아 살았다. 밭 경작하는 곳 군데군데 있다.

tomsk'o ci jurafi, jugūn de tofohon inenggi
톰스코 에서 떠나서 길 에서 십오 일

yabufi, iniyesiye baising de isinaha. giyamun
가서 이니여시여 바이싱 에 다다랐다. 역참

kunesun aliyame juwe inenggi indefi, ice duin
식량 기다리며 이 일 묵고 초 사

de juraka. geli juwan duin inenggi yabufi, ilim
에 떠났다. 또 십 사 일 가서 일림

hoton de
城 에

isinaha.
다다랐다.

[한문]

俄羅斯 間有田畝 越十五宿 至伊聶謝柏興 候辦驛馬供給 止二宿 於二月初四日起程 又行十日 至伊里穆城

—— ◦ —— ◦ —— ◦ ——

러시아인이 살았으며, 밭을 경작하는 곳이 군데군데 있다. 톰스코에서 떠나 15일 동안 길을 가서 이니여시여 바이싱에 다다랐다. 역마와 식량을 기다리며 이틀 동안 묵고, 4일에 그곳을 떠났다. 또 14일 동안 가서 일림 성(城)에 다다랐다.

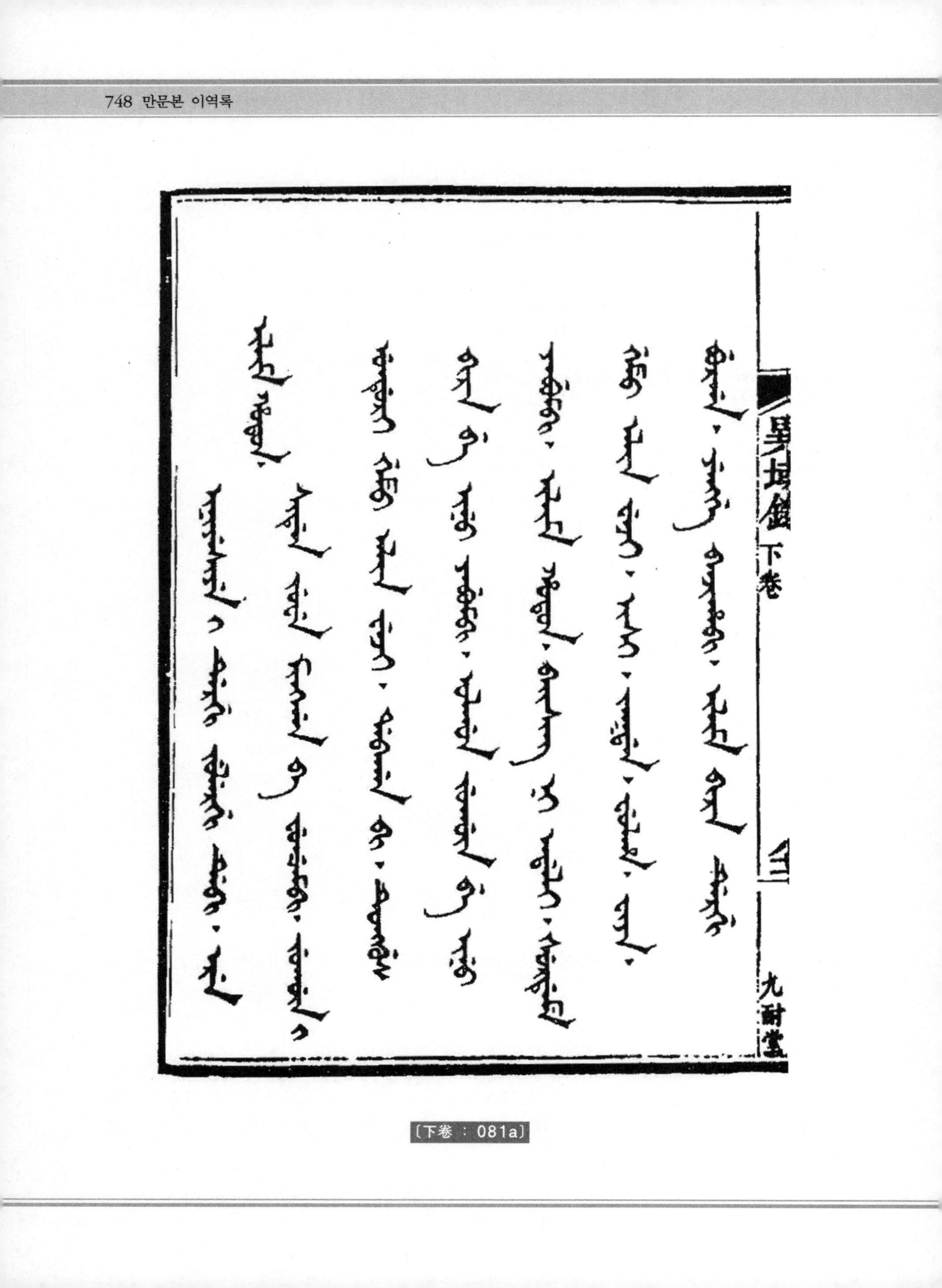

異域錄 下卷 三 九耐堂

ilim hoton.[345] iniyesiye i dergi julergi debi. ere
일림 城. 이니여시여 의 동 남쪽 에 있다. 이

siden juwe minggan ba funcembi. jugūn i
사이 이 천 리 넘는다. 길 의

unduri gemu alin weji. dabagan bi. tunggus[346]
연도 모두 산 밀림이다. 고개 있다. 퉁구스

bira be inu yabumbi. olgon jugūn be inu
강 을 또 간다. 뭍 길 을 또

yabumbi. ilim hoton, baising ni adali. šurdeme
간다. 일림 城, 바이싱 과 같다. 주위

gemu alin weji. isi, jakdan, fulha, fiya,
모두 산 밀림이다. 落葉松 소나무 백양나무 자작나무

burga, yengge banjihabi. ilim bira dergi
버드나무 머루나무 자랐다. 일림 강 동

[한문]

伊里穆城

在伊聶謝之東南 相去二千餘里 沿途俱山林 有嶺 亦由通古斯河舟行 陸路亦通 伊里穆城似柏興 四面皆山林 有杉松馬尾松楊樺叢柳櫻薁 其伊里穆河來自東

—— 。—— 。—— 。——

일림 성(城).

이니여시여의 동남쪽에 있다. 이 사이는 2,000리가 넘는다. 길의 주위는 모두 산과 밀림으로 고개가 있다. 퉁구스 강으로도 가고, 육로로도 간다. 일림 성(城)은 바이싱과 같으며, 주위는 모두 산과 밀림이다. 낙엽송(落葉松), 소나무, 백양나무, 자작나무, 버드나무, 머루나무가 자랐다. 일림 강은

345) ilim hoton(伊里穆城) : 이역록에서 일림 강에 대해 '동북쪽에서 흘러나와서 일림 성을 둘러지나간 후 퉁구스 강으로 들어갔다'고 설명하고 있는 것으로 볼 때 일림(Илим) 성은 오늘날 옥티 일림스크(Усть-Илимск)의 아래쪽 일림 강과 앙가라 강이 합류하는 곳에 위치하였던 것으로 보인다. 고러시아어에서 Усть는 투르크어의 차용어로서 '위, 상(上)'을 나타내고 있기 때문에 일림 성의 위치와 일치하고 있다.

346) tunggus(通古斯) : 상권 42b에서 설명한 퉁그스코(tunggusk'o)와 일치한다.

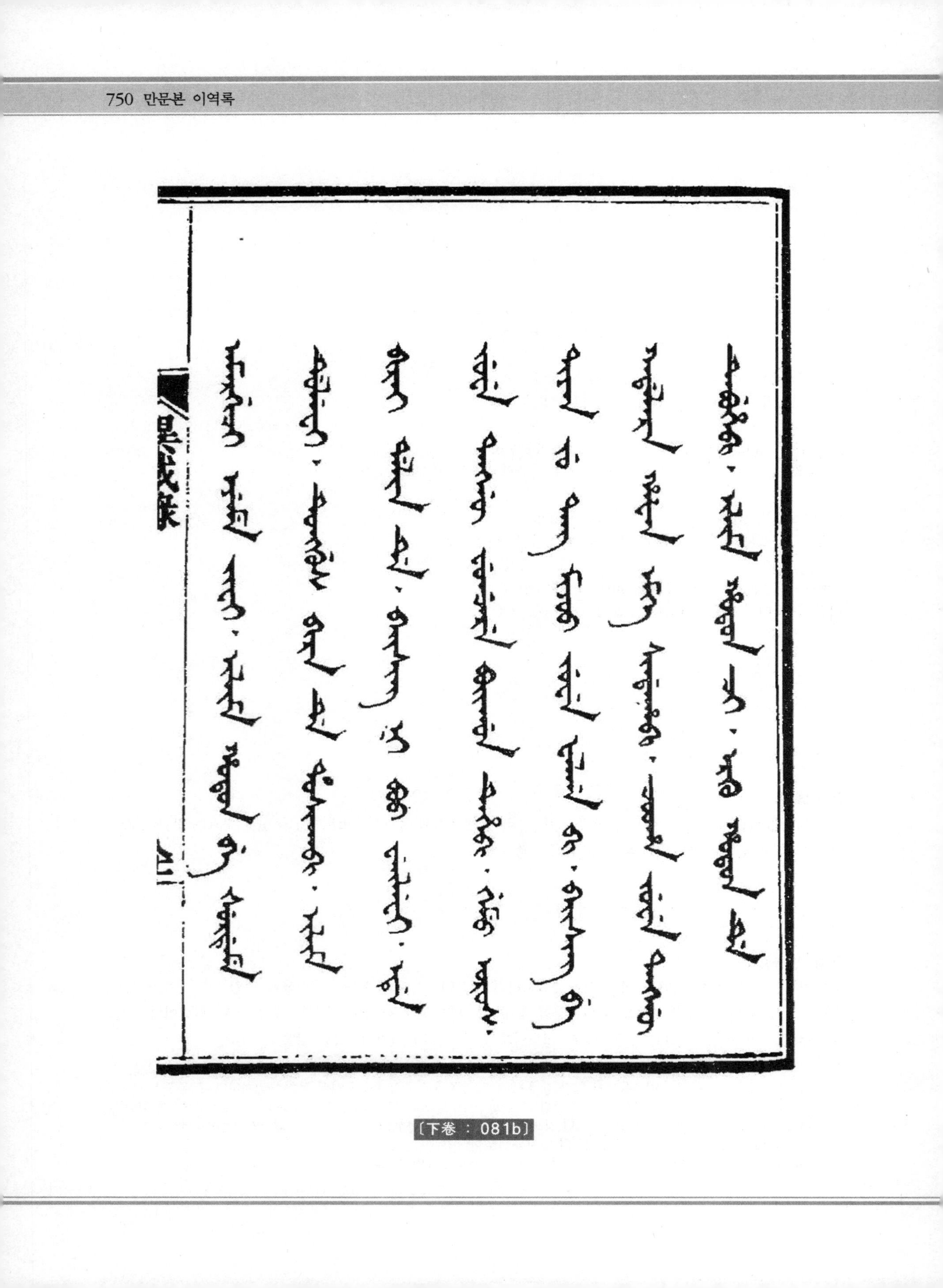

amargici eyeme jifi, ilim hoton be šurdeme
북쪽에서 흘러 와서 일림 城 을 둘러

dulefi, tunggus bira de dosikabi. ilim
지나가서 퉁구스 강 에 들어갔다. 일림

birai dalin de, baising ni boo weilefi, ede
강의 기슭 에 바이싱 의 집 짓고 이곳에

juwe tanggū funcere boigon tehebi. gemu oros.
이 백 넘는 가구 살았다. 모두 러시아인이다.

tiyan ju tang miyoo juwe falga bi. baising be
天 主 堂 廟 두 채 있다. 바이싱 을

kadalara hafan emke sindahabi. cooha juwe tanggū
관할하는 관리 하나 두었다. 병사 이 백

tebuhebi. ilim hoton ci, erku hoton de
머물렀다. 일림 城 에서 어르쿠 城 에

[한문] ———

北 環流伊里穆城 歸入通古斯河 伊里穆河北岸有廬舍 居二百餘戶 俱俄羅斯 有天主堂二座 設管轄柏興頭目一員 駐兵二百名 自伊里穆城往厄爾庫城

—— ◦ —— ◦ —— ◦ ——

동북쪽에서 흘러나와서, 일림 성(城)를 둘러지나간 후, 퉁구스 강으로 들어갔다. 일림 강의 기슭에 바이싱의 집을 짓고 200남짓한 가구 살았는데, 모두 러시아인이다. 교회는 2채 있으며, 바이싱을 관할하는 관리는 한 명을 두었다. 병사는 200명을 주둔시켰다. 일림 성(城)에서 어르쿠 성(城)에

[illegible]

異域錄 下卷 九畊堂

jidere de, dergi julergi baru yabumbi. ere
옴 에 동 남 쪽 간다. 이

siden minggan ba funcembi. jugūn i unduri gemu
사이 천 리 넘는다. 길 의 연도 모두

alin weji. dabagan bi. angg'ara bira be inu
산 밀림이다. 고개 있다. 앙가라 강 을 또

yabumbi. olgon jugūn be inu yabumbi.
간다. 뭍 길 을 또 간다.

susai duici aniya ilan biyai orin nadan de, ging
쉰 넷째 해 삼 월의 이십 칠 에 京

hecen de isinjifi
城 에 다다라서

cang cūn yuwan[347] de
暢 春 園 에서

[한문]
向東南行 其間千有餘里 沿途皆山林 有嶺 亦由昂噶拉河舟行 陸路亦可行 五十四年三月二十七日 至京師往暢春園

—— ∘ —— ∘ —— ∘ ——

올 때에는 동남쪽으로 간다. 이 사이는 1,000리가 넘는다. 길의 주위는 모두 산과 밀림이다. 그리고 고개도 있다. 앙가라 강으로도 가고, 육로로도 간다. 강희(康熙) 54년 3월 27일에, 경성(京城)에 다다라서, 창춘원(暢春園)에서

347) cang cūn yuwan(暢春園) : 강희(康熙) 초년(初年)에 설립된 이궁(離宮)으로 그 위치는 지금의 북경대학에 해당한다.

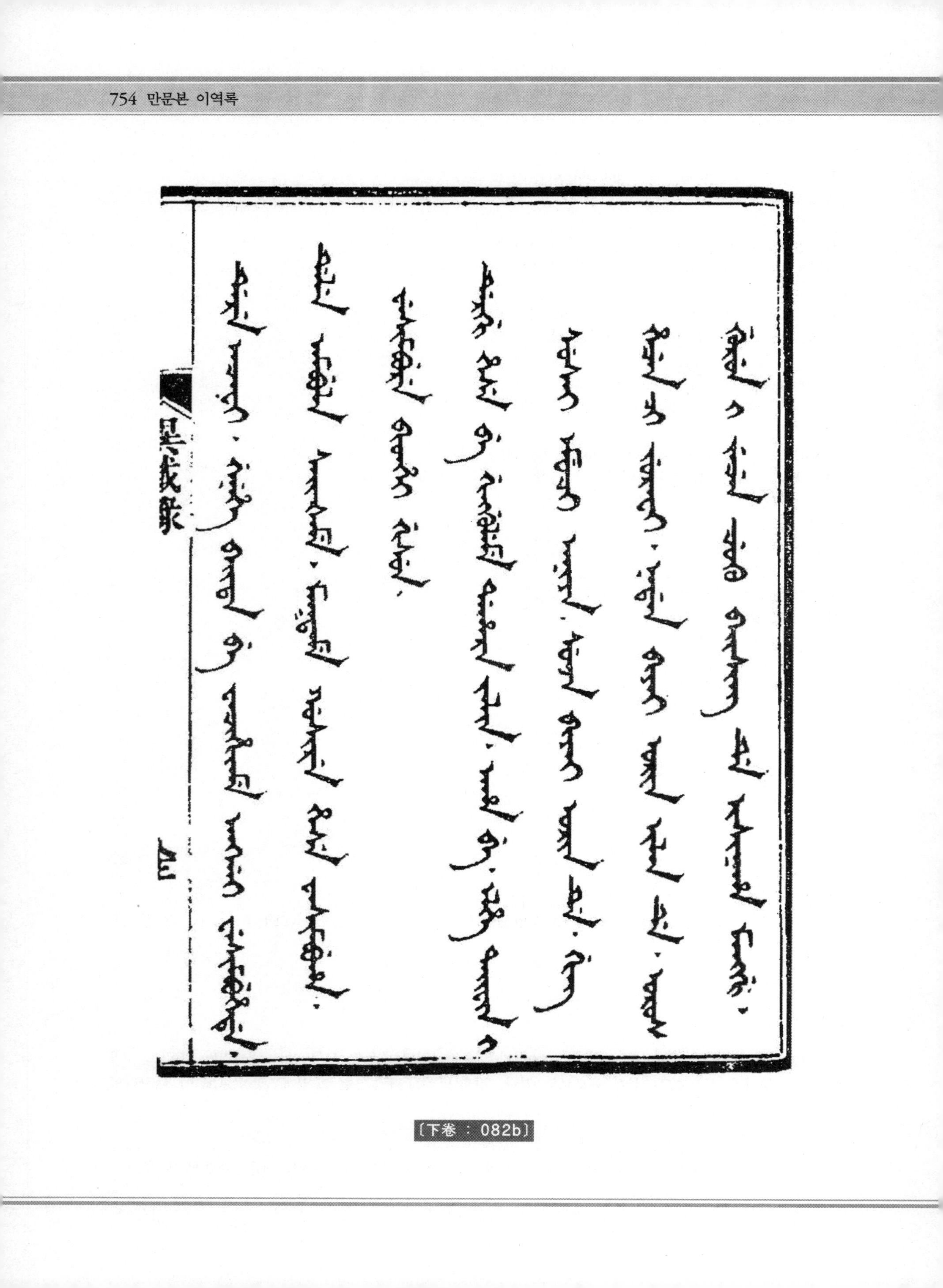

異域錄 四

dere acafi, genehe baita be wacihiyame anggai wesimbuhede,
얼굴 만나고 갔던 일 을 완전히 입으로 올렸음에

dele ambula saišame, maktame gosire hese wasimbuha.
主上 크게 기뻐하며 칭찬하며 어여삐 여기는 皇旨 내리셨다.

wesimbure bithei gisun,
상소 문의 말

dergi hese be gingguleme dahara jalin, aha be, elhe taifin i
上 諭 를 삼가 따른 때문 우둔한 우리 康 熙 의

susai emuci aniya sunja biyai orin de, ging
쉰 첫째 해 오 월의 이십 에 京

hecen ci jurafi, nadan biyai orin ilan de, oros
城 에서 떠나서 칠 월의 이십 삼 에 러시아

gurun i jecen cuku baising de isinaha manggi,
나라 의 변경 추쿠 바이싱 에 다다른 후

[한문]

陛見 將奉差往返諸事面奏 上大悅 深加褒奬 俯降温綸 頒賜御膳 具奏疏曰 爲欽奉上諭事 臣等於康熙五十一年五月二十二日 自京師起程 於七月二十三日 至俄羅斯國邊界楚庫栢興地方

—— ◦ —— ◦ —— ◦ ——

폐현(陛見)하고 사신으로 갔던 일을 전부 말로 주상하였더니, 황제께서 크게 기뻐하시고 칭찬하시며 인자하신 황지(皇旨)를 내리셨다. 상소문에서 말하기를, "상유(上諭)를 삼가 따른 까닭에, 우둔한 우리는 강희(康熙) 51년 5월 20일에, 경성(京城)를 떠나서 7월 23일에 러시아의 변경인 추쿠 바이싱에 다다른 후,

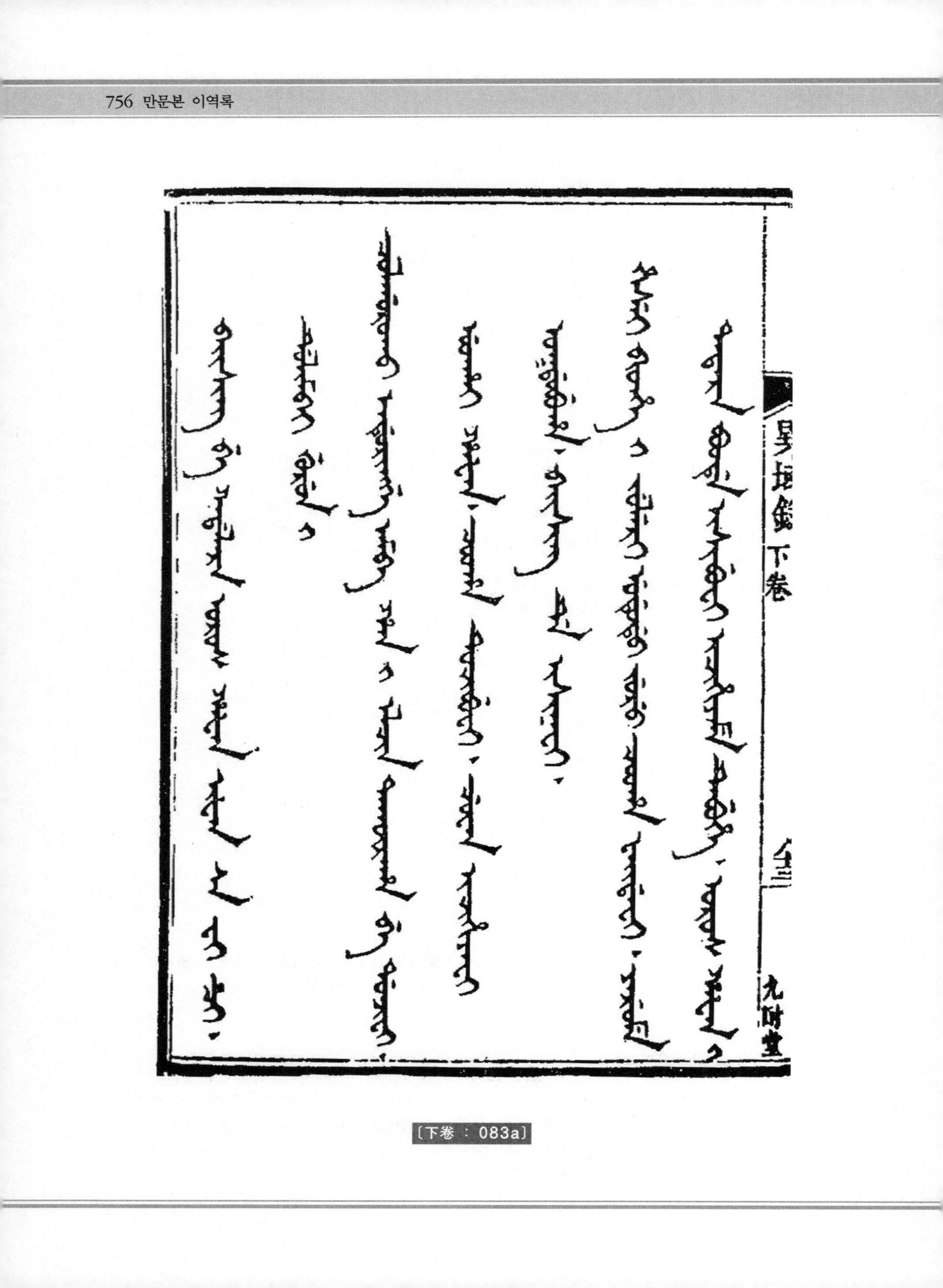

異域錄 下卷

baising be kadalara oros hafan ifan sa fi c'y,
바이싱 을 관할하는 러시아 관리 이판 사 피 치

dulimbai gurun i
中 國 의

colgoroko enduringge amba han i elcin takūraha be donjifi,
빼어나고 성스러운 큰 汗 의 사신 파견했음 을 듣고

uthai hafan, cooha tucibufi, cuwan icihiyafi
곧 관리 병사 내어서 배 처리해서

okdobuha. baising de isinafi,
맞이하게 했다. 바이싱 에 다다라서

hesei bithe i juleri ududu juru cooha faidafi, yarume
皇旨의 글 의 앞 수 쌍 병사 정렬하고 이끌며

tatara boode isibufi icihiyame tebuhe. oros hafan i
묵을 집에 이르게 하여서 처리하여 머무르게 했다. 러시아 관리 의

[한문]

管理栢興之俄羅斯頭目衣宛薩委翅 聞得中國至聖大皇帝欽差天使 卽撥官兵船隻迎接 至栢興地方 諭旨前排列兵丁數隊 導引至公署安歇

—— 。—— 。—— 。——

바이싱을 관할하는 러시아 관리인 이판 사피치가 중국의 지성대황제(至聖大皇帝)께서 사신을 파견했음을 듣고, 곧 관리와 병사를 내어서 배를 준비하여 우리를 맞이하게 했습니다. 바이싱에 다다라서 칙서 앞에 수 쌍의 병사를 정렬하고, 우리를 이끌어 숙소로 안내한 후 그곳에서 묵게 하였습니다. 러시아 관리가

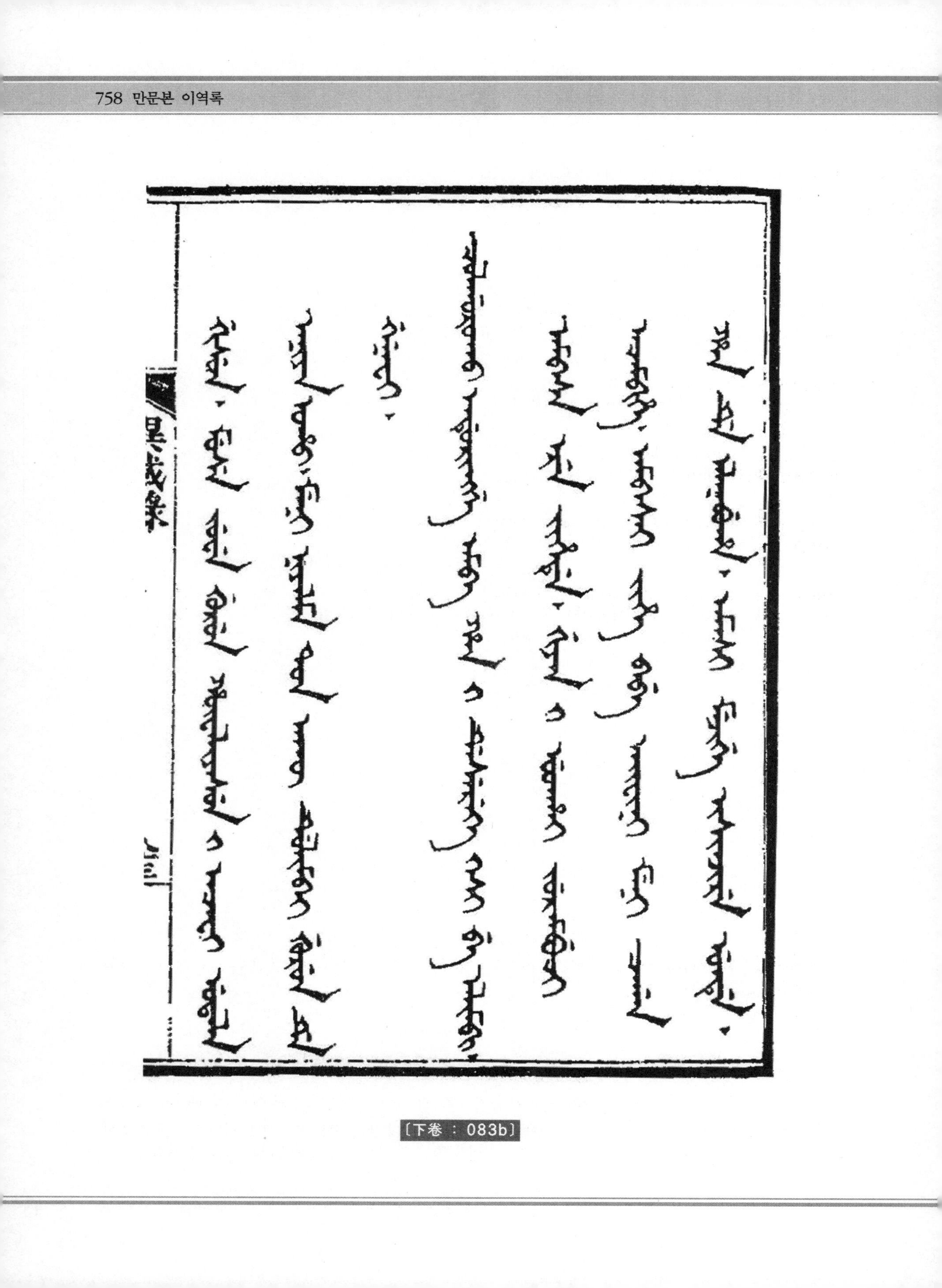

異域錄

gisun, muse juwe gurun hūwaliyasun i acafi utala
말 우리 두 나라 화목함 으로 만나서 여러

aniya oho. meni niyalma ton akū dulimbai gurun de
해 되었다. 우리의 사람 수 없이 中 國 에

genefi,
가서

colgoroko enduringge amba han i desereke kesi be alimbi.
빼어나고 성스러운 큰 汗 의 넘치는 은덕 을 받는다.

ambasa ere jihede, giyan i uthai jurambuci
대신들 이 왔음에 마땅히 곧 떠나게 하면

acambihe. ambasai jihe babe aifini meni cagan
마땅했다. 대신들의 온 바를 이미 우리의 차간

han de alanabuha. amasi mejige isinjire unde,
汗 에게 알리러 보냈다. 돌아오는 소식 이르지 않아

[한문]

俄羅斯頭目言兩國和議年久 我國人不時前往中國 沾至聖大皇帝深恩 天使前來 理應卽便送往 但天使此來 業已往報察罕汗 回信未至

—— ◦ —— ◦ —— ◦ ——

말하기를, "우리 두 나라가 화친을 맺고 지금까지 여러 해 되었습니다. 우리 나라의 사람들이 수없이 중국에 가서, 지성대황제(至聖大皇帝)의 넘치는 은덕을 받습니다. 대신들이 이곳에 왔으니 응당히 곧 출발하게 하는 것이 마땅하나, 대신들이 온 사실을 이미 우리의 차간 한께 알리러 사람을 보냈습니다. 그 회신이 당도하기 전에

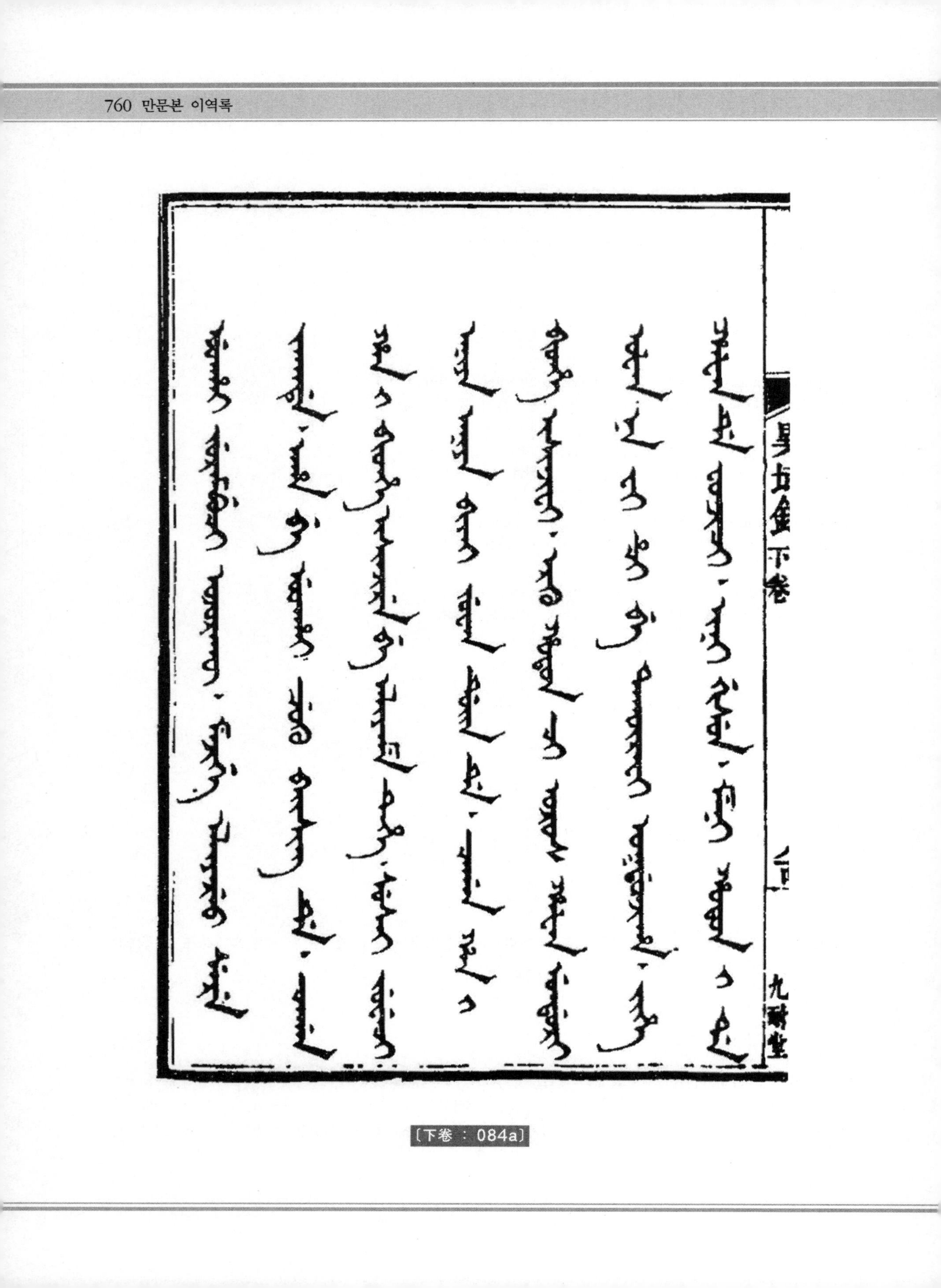

〔下卷 : 084a〕

uthai jurambuci ojorakū. mejige aliyareo sere
곧 떠나게 하면 안 된다. 소식 기다리시오 할

jakade, aha be uthai cuku baising de, cagan
적에 우둔한 우리 곧 추쿠 바이싱 에 차간

han i bithe isinjire be aliyame tehe. susai juweci
汗 의 글 다다르기 를 기다리며 머물렀다. 쉰 둘째

aniya aniya biyai juwan duin de, cagan han i
해 정 월의 십 사 에 차간 汗 의

bithe isinjifi, erku hoton ci oros hafan undori
글 다다르고 어르쿠 城 에서 러시아 관리 운도리

ofan na fi c'y be takūrafi okdonjiha. jihe
오판 나 피 치 를 파견해서 맞이하러 왔다. 온

hafan de fonjici, ini gisun, meni hoton i da
관리 에게 들으니 그의 말 우리의 城 의 우두머리

[한문]

難於起程 暫請少待 於是臣等住楚庫栢興地方候察罕汗信到 五十二年正月十四日 察罕汗文到 厄爾口城差俄羅斯官按疊列衣阿法那西委翅前來迎接 問其來官 答曰 蒙我頭目

—— ◦ —— ◦ —— ◦ ——

바로 출발시키면 안 됩니다. 회신을 기다리십시오." 할 적에 우둔한 우리는 곧 추쿠 바이싱에서 차간 한의 글이 당도하기를 기다리며 머물렀습니다. 강희(康熙) 52년 1월 14일에 차간 한의 글이 당도하고, 어르쿠 성(城)에서 러시아 관리인 운도리 오판나피치를 파견해서 우리를 맞이하러 왔습니다. 우리를 맞이하러 온 관리에게 듣기를, "우리 성(城)의 수령께서

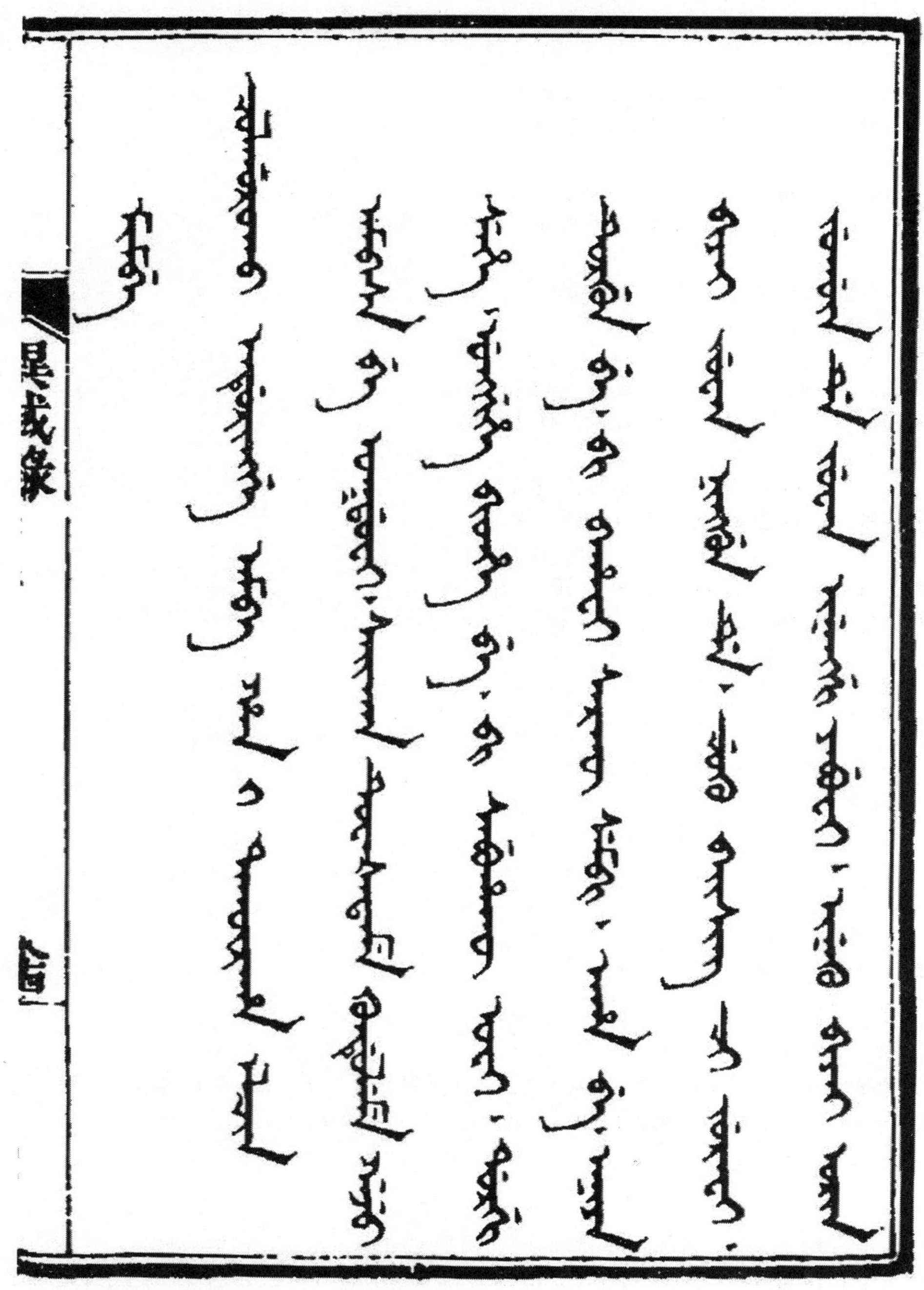

mimbe
우리를

colgoroko enduringge amba han i takūraha elcin
빼어나고 성스러운 큰 汗 의 파견한 사신

ambasa be okdofi, saikan tuwašatame kunduleme gaju
대신들 을 맞이하고 잘 보살피며 공경하여 데려오라

sehe. unggihe bithe be, bi sabuhakū ofi, dorgi
하였다. 보낸 글 을 나 보지 못해서 안쪽

turgun be, bi bahafi sarkū sembi. aha be, aniya
사정 을 나 능히 알지 못한다 한다. 우둔한 우리 정

biyai juwan ninggun de, cuku baising ci jurafi,
월의 십 육 에 추쿠 바이싱 에서 떠나서

jugūn de juwan inenggi yabufi, ineku biyai orin
길 에 십 일 가서 같은 달의 이십

[한문]

差遣 命我謹愼款待迎接至聖大皇帝天使 來文我不曾見 其中情由不得而知 臣等於正月十二日 自楚庫栢興起程 途行十日 於本月

── 。── 。── 。──

우리에게 지성대황제(至聖大皇帝)께서 파견한 사신들을 맞이하고 잘 공경하며 보살펴 데려오라고 하였습니다. 보낸 글은 내가 보지 못해서 그 내용을 나는 능히 알지 못합니다." 하였다. 우둔한 우리는 1월 16일에 추쿠 바이싱을 떠나서, 10일 동안 길을 가서 그 달의

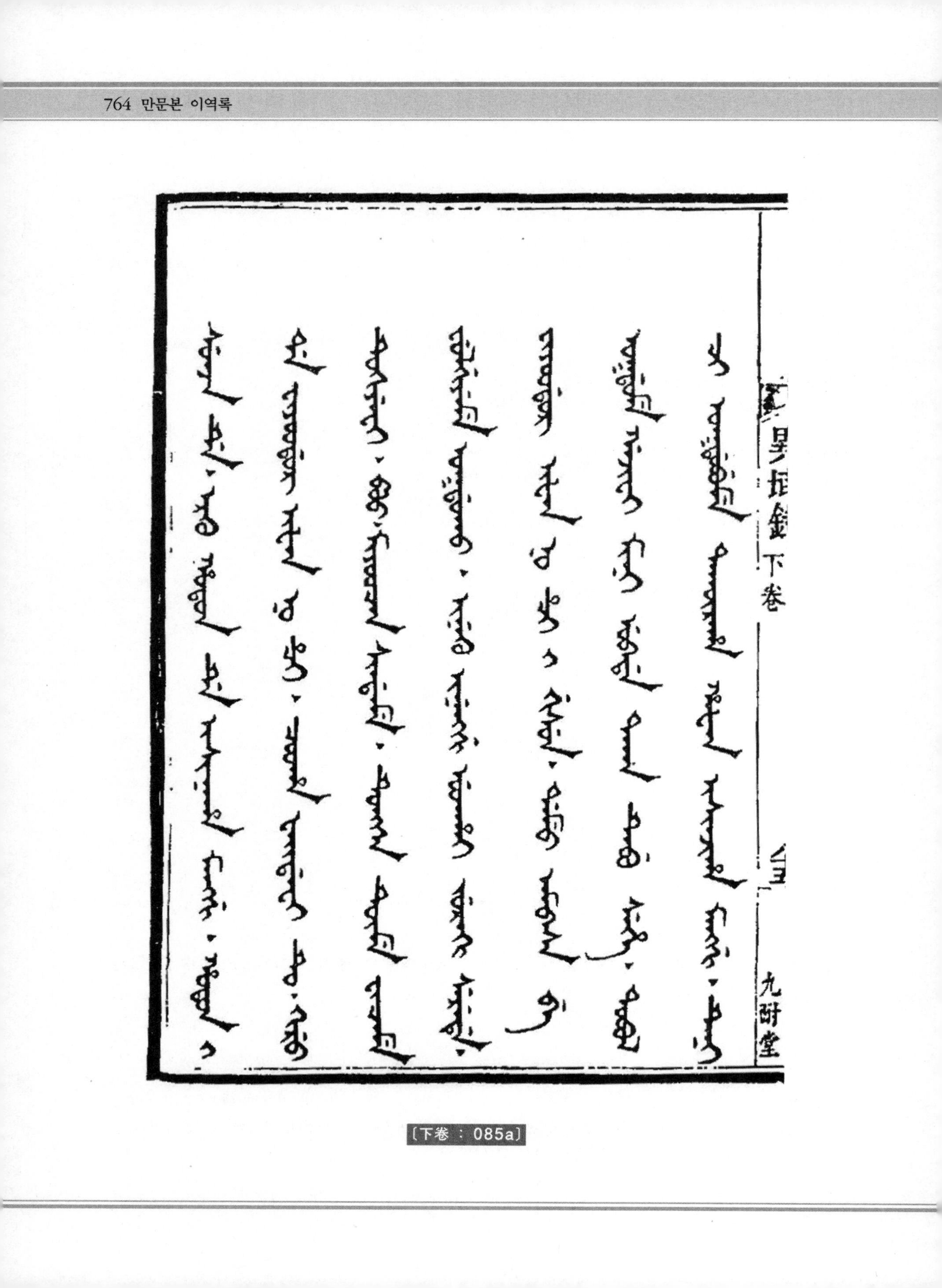

異域錄 下卷 九研堂

sunja de, erku hoton de isinaha manggi, hoton i
오 에 어르쿠 城 에 다다른 후 城 의

da fiyoodor ifan no c'y, cooha faidafi tu, kiru
우두머리 피요도르 이판 노 치 병사 정렬하고 大旗 小旗

tukiyefi, poo, miyoocan sindame, tungken tūme ficame
올리고 砲 조총 놓으며 큰북 치며 피리불며

fulgiyeme okdoko. ineku inenggi uthai juraki serede,
호각 불며 맞이하였다. 같은 날 곧 떠나자 함에

fiyoodor ifan no c'y i gisun, damu ambasa be
피요도르 이판 노 치 의 말 오직 대신들 을

okdome gajifi mini ubade taka tebu sehe. tobol
맞이하여 데려와서 나의 이곳에 잠깐 머무르게 하라 하였다. 토볼

ci okdobume takūraha hafan isinjiha manggi, teni
에서 맞이하러 파견한 관리 다다른 후 비로소

[한문]

二十五日至厄爾口城 其頭目費多爾衣宛薩委翅 排兵列幟 鳴炮放鎗 鼓吹迎接 本日卽欲起程 費多爾衣宛薩委翅言 只令我迎接天使至此居住 待托波兒差官迎接到日 方

—— ◦ —— ◦ —— ◦ ——

25일에 어르쿠 성(城)에 다다른 후, 성(城)의 수령인 피요도르 이판노치가 병사를 정렬하고, 대기(大旗)와 소기(小旗)를 올리고 포(砲)와 조총을 쏘는 한편, 큰북을 치고 피리와 호각을 불며 우리를 맞이하였습니다. 같은 날에 곧바로 떠나겠다고 하니 피요도르 이판노치가 말하기를, "그저 대신들을 맞이하여 데려와서 내가 있는 이곳에 잠깐이라도 머무르게 하라 하였다. 토볼에서 그대들을 맞이하러 파견한 관리가 다다른 후에

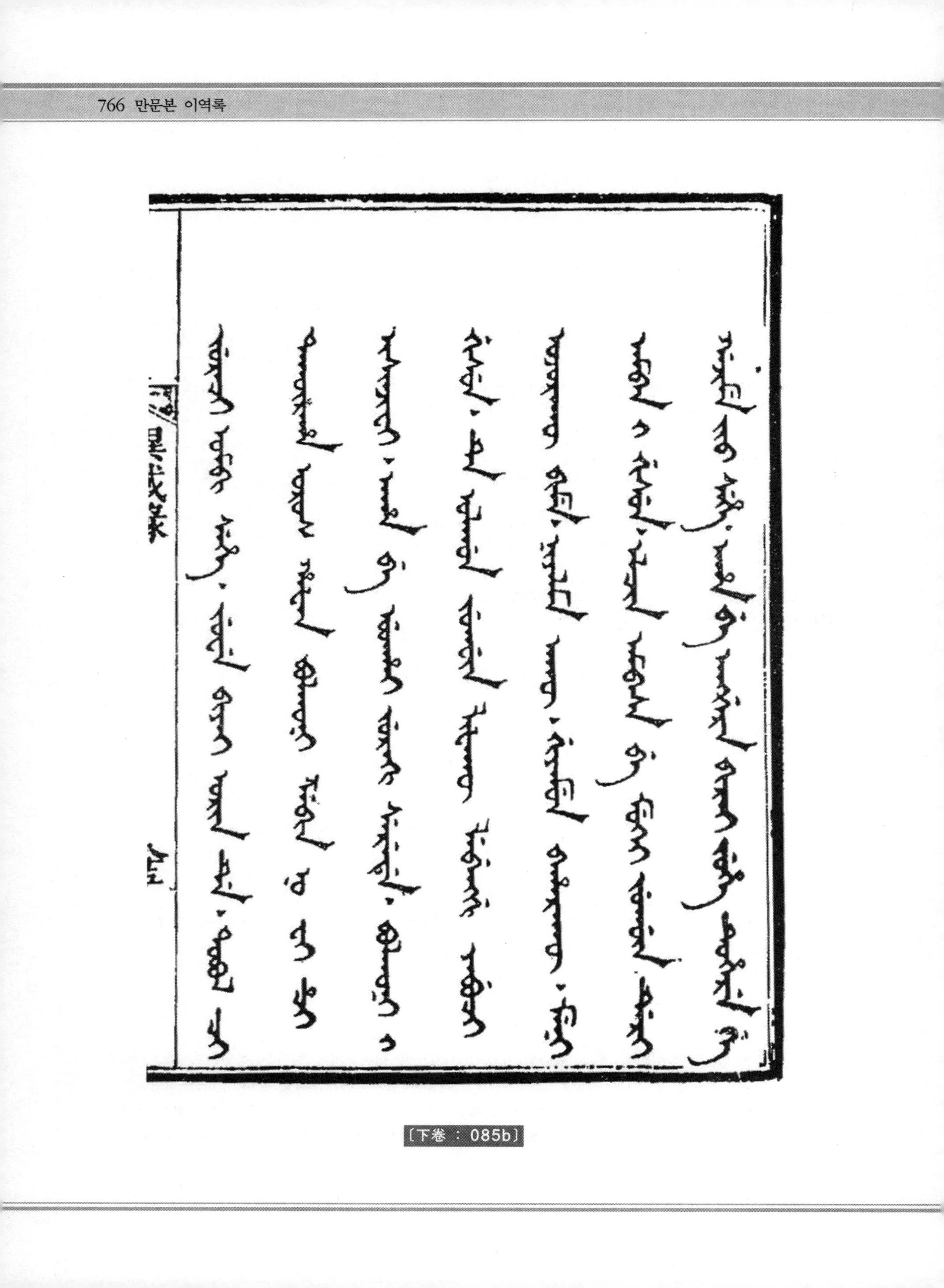

異域錄

juraci ombi sehe. juwe biyai orin de, tobol ci
떠나면 된다 하였다. 이 월의 이십 에 토볼 에서

takūraha oros hafan bolkoni ts'ebin no fi c'y
파견한 러시아 관리 볼코니 처빈 노 피 치

isinjifi, aha be uthai juraki serede, bolkoni i
다다라서 우둔한 우리 곧 떠나자 함에 볼코니 의

gisun, te olgon jugūn lifakū lebenggi. yabuci
말 지금 뭍 길 늪이고 질퍽하다. 가면

ojorakū bime, niyalma akū, giyamun baharakū. meni
안되고 사람 없어 역참 얻지 못한다. 우리의

amban i gisun, elcin ambasa be mukei jugūn deri
관리 의 말 사신 대신들 을 물의 길 로

gajime jio sehe. aha be angg'ara birai juhe tuhere be
데려 오라 하였다. 우둔한 우리 앙가라 강의 얼음 녹기 를

[한문]

可起程 二月二十日 由托波兒特差官博爾果付泥克冊班訥委翅前來 臣等卽欲起程 博爾果付泥克曰 今陸路泥陷難行 人烟斷絶 馬匹不能繼續 我總管吩咐將天使大人由水路接來 於是臣等候噶昂噶拉河氷解釋

—— ◦ —— ◦ —— ◦ ——

떠나는 게 좋겠다." 하였습니다. 2월 22일에 토볼에서 파견한 러시아 관리인 볼코니 처빈노피치가 당도해서, 우둔한 우리는 곧바로 떠나겠다 하니, 볼코니가 말하기를, "지금 육로는 질퍽한 늪과 같아서 갈 수 없으며, 사람도 없어서 역마를 얻지 못한다. 우리 대신께서 말씀하시기를 사신들을 수로를 통해서 데려오라고 하였습니다." 우둔한 우리는 앙가라 강의 얼음이 녹기를

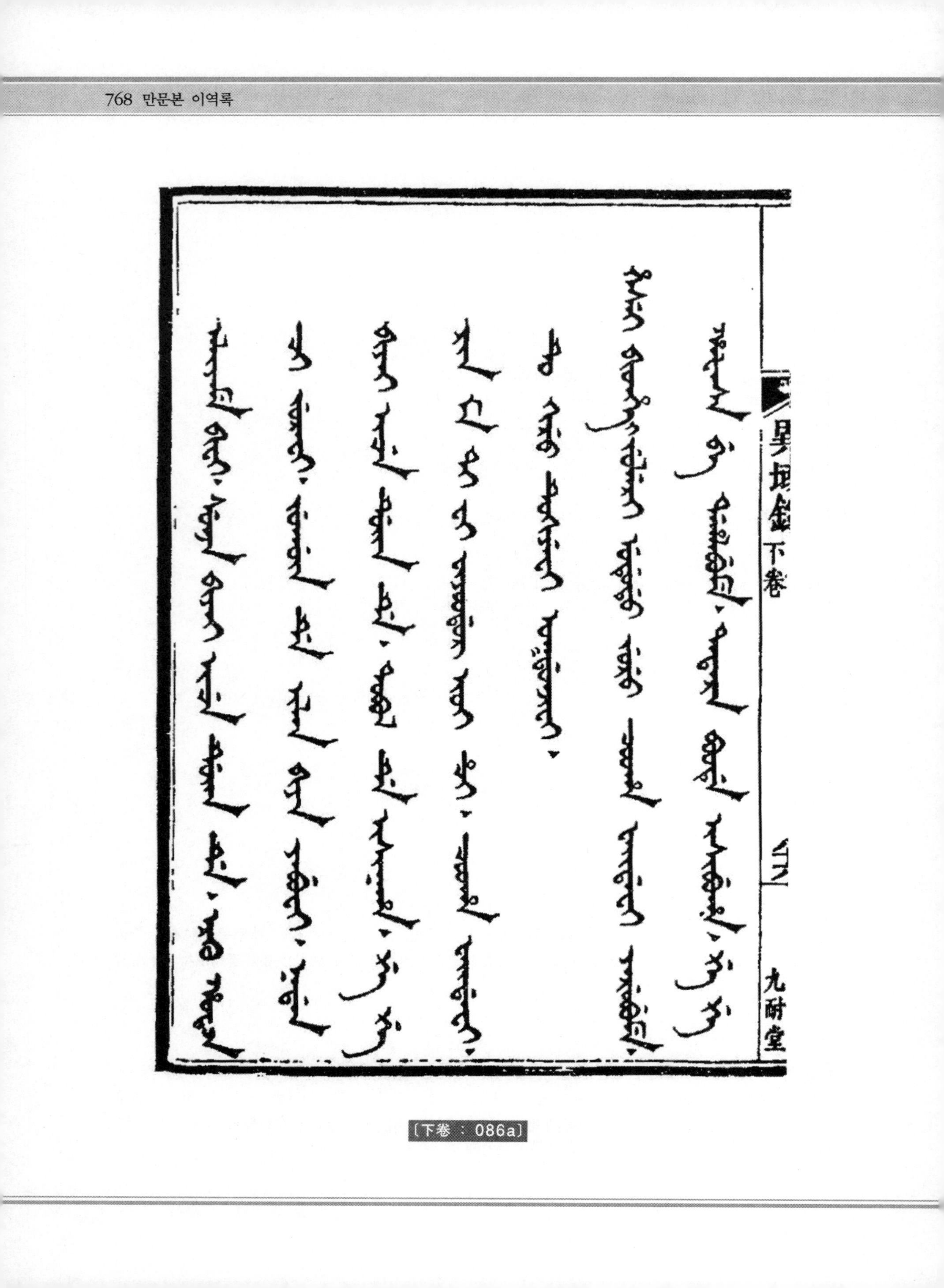

aliyame bifi, sunja biyai ice duin de, erku hoton
기다리며 있고 오 월의 초 사 에 어르쿠 城

ci jurafi, jugūn de ilan biya yabufi, nadan
에서 떠나서 길 에 세 달 가서 칠

biyai ice duin de, tobol de isinaha. g'a g'a
월의 초 사 에 토볼 에 다다랐다. 가 가

rin ma ti fi fiyoodor ioi c'y, cooha faidafi,
린 마 티 피 피요도르 요이 치 병사 정렬하고

tu kiru tukiyefi okdonjifi,
大旗 小旗 올리고 맞이하러 와서

hesei bithe i juleri ududu juru cooha faidafi yarubume,
皇旨의 글 의 앞에 여러 쌍 병사 정렬하고 이끌게 하며

hafasa be dahalabume, tatara boode isibuha. g'a g'a
관리들 을 뒤따르게 하며 묵을 집에 이르게 했다. 가 가

[한문] ———

於五月初四日 自厄爾庫城起程 途行三個月 於七月初四日 至托波兒地方 噶噶林馬提飛費多爾委翅 排兵列幟 迎接諭旨 前排列兵丁數對導引 官員護從 送至公署安歇

—— ◦ —— ◦ —— ◦ ——

기다리며, 5월 4일에 어르쿠 성(城)를 떠나 3달 동안 길을 가서, 7월 4일에 토볼에 다다랐습니다. 가가린 마티피 피요도르요이치가 병사를 정렬하고 대기(大旗)와 소기(小旗)를 올리고 우리를 맞이하러 와서, 칙서 앞에 수 쌍의 병사를 정렬하고 선두에 세우고 관리들을 뒤따르게 하며 우리를 숙소에 안내해 주었습니다.

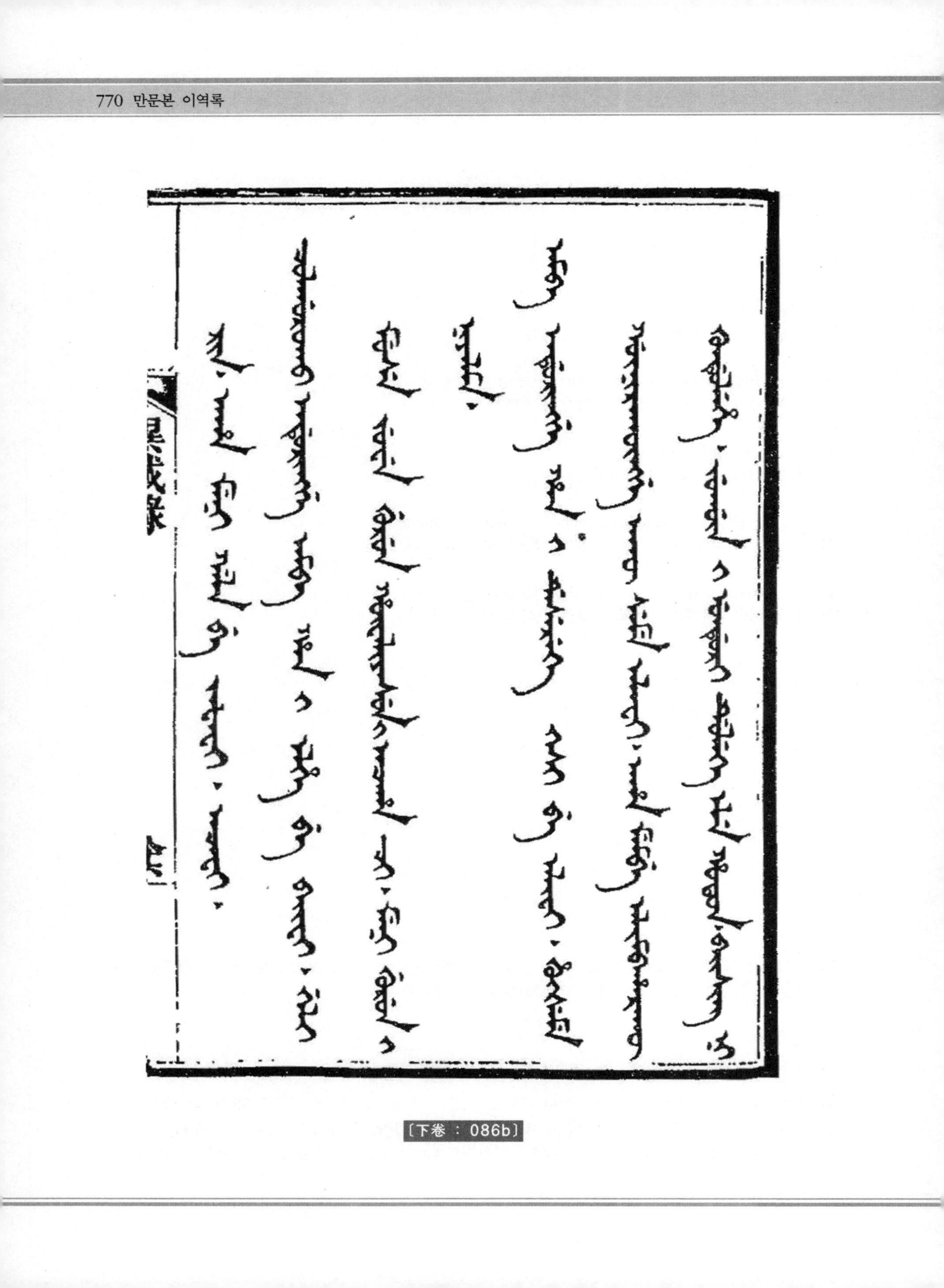

rin, aha meni gala be jafafi, acafi,
린 우둔한 우리의 손 을 잡고 만나서

colgoroko enduringge amba han i elhe be baifi, geli
빼어나고 성스러운 큰 汗 의 평안 을 구하고 또

muse juwe gurun hūwaliyasuni acaha ci, meni gurun i
우리 두 나라 화목함으로 만남 에서 우리의 나라 의

niyalma,
사람

amba enduringge han i desereke kesi be alifi, hukšeme
크고 성스러운 汗 의 넘친 은덕 을 받고 감격하여

gūnirakūngge akū seme alafi, aha membe alimbaharakū
생각하지 않은것 없다 하고 고하고 우둔한 우리를 극히

kundulehe. jugūn i unduri duleke ele hoton, baising ni
공경했다. 길 의 연도 지나간 모든 城 바이싱 의

[한문]

噶噶林相見 即持臣等手 恭請至聖大皇帝萬安畢 盛稱兩國和議之後 我國人屢蒙大皇帝隆恩 不勝感戴 款待極其欽敬 至沿途所過城堡

—— ∘ —— ∘ —— ∘ ——

가가린은 우둔한 우리의 손을 잡고 만나서 지성대황제(至聖大皇帝)의 안부를 여쭙고, 또 말하기를, "우리 두 나라가 화친을 맺은 후 우리 나라의 사람들은 대황제(大皇帝)의 넘치는 은덕을 받고 감격스럽게 생각하지 않은 바 없다." 하고 고하고서 우둔한 우리를 극히 공경했습니다. 길을 가며 지나간 모든 성(城)과 바이싱의

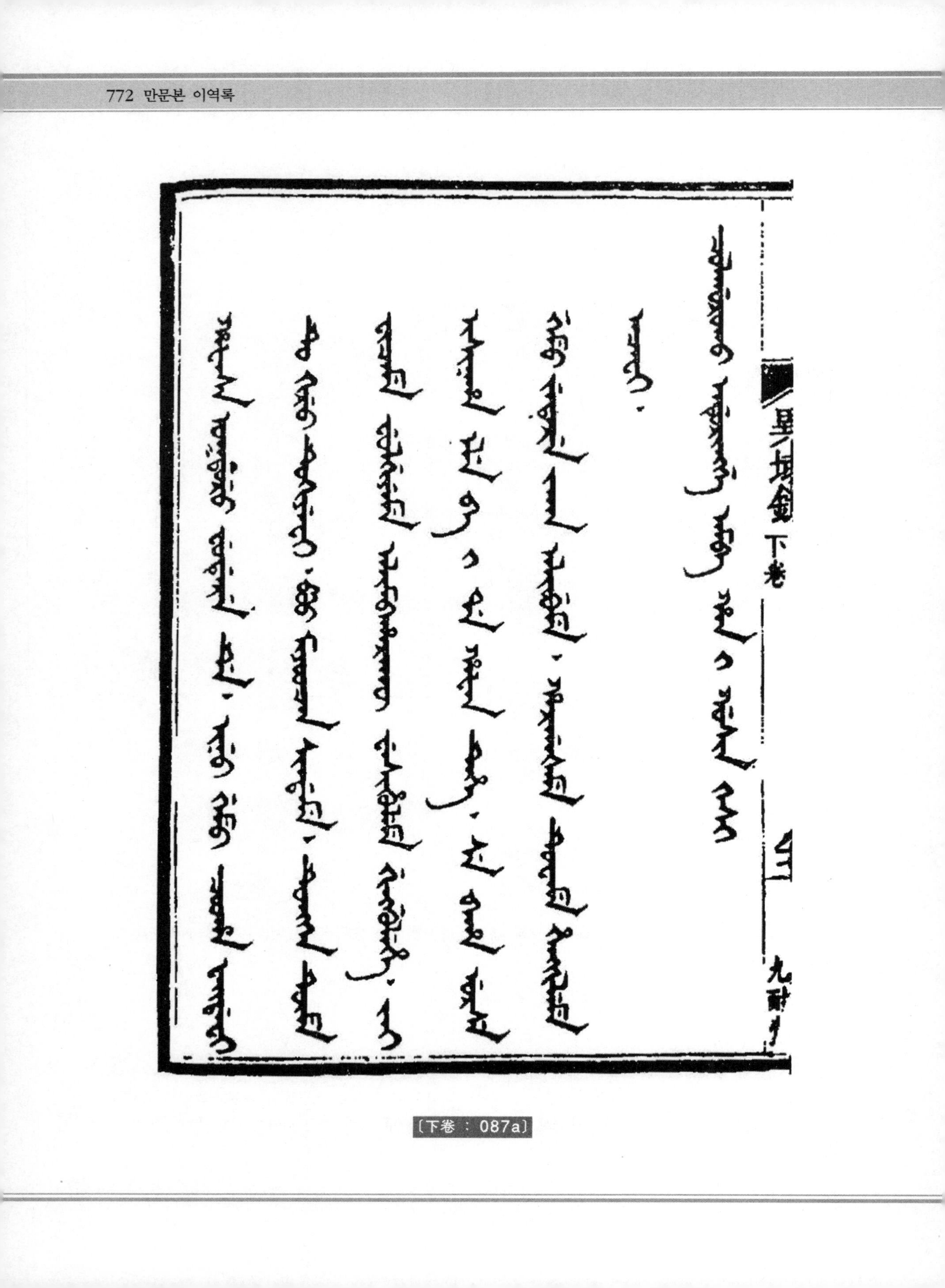

異域錄 下卷

九

hafasa okdoro fudere de, inu gemu cooha faidafi
관리들 맞이하고 배웅함 에 또 모두 병사 정렬하고,

tu kiru tukiyefi, poo miyoocan sindame, tungken tūme
大旗 小旗 올리고 砲 조총 놓으며 큰북 치며

ficame fulgiyeme alimbaharakū wesihuleme ginggulehe. jai
피리불며 호각불며 매우 존대하며 삼갔다. 또

isinaha ele ba i da hafan tehe, se baha urse
다다른 모든 곳 의 우두머리 관리 되고 나이 든 무리

gemu jetere jaka alibume, hargašame tuwame hengkileme
모두 먹을 것 바치며 우러러 보며 절하며

acafi,
만나서

colgoroko enduringge amba han i gosin kesi
빼어나고 성스러운 큰 汗 의 어진 은덕

[한문]

官員迎接 亦皆排兵列幟 鳴炮放鎗鼓吹 不勝欽奉 所至地方 縉紳耆老 莫不進獻食物 瞻仰叩謁 皆向臣等稱頌至聖大皇帝仁恩

—— ◦ —— ◦ —— ◦ ——

관리들이 우리를 맞이하고 배웅할 때, 또 모두 병사를 정렬하고 대기(大旗)와 소기(小旗)를 올리고, 포(砲)와 조총을 쏘는 한편, 큰북을 치고 피리와 호각을 불며 극진히 대접하였습니다. 그리고 다다른 모든 곳의 수령과 관리, 나이 먹은 무리들이 모두 먹을 것을 바치고, 우리를 우러러 보며 절하며 만나서 지성대황제(至聖大皇帝)의 인덕과

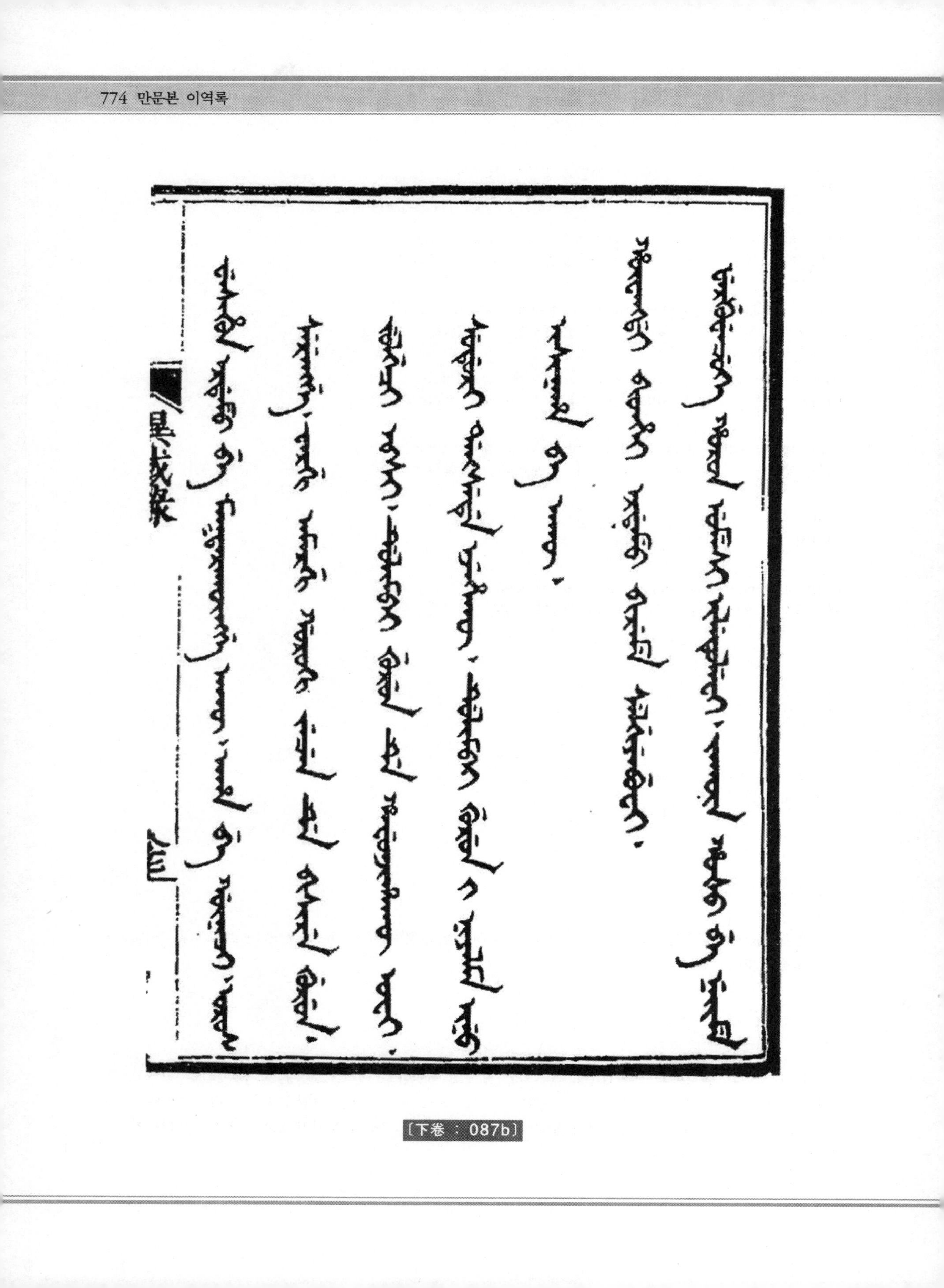

異域錄

wesihun erdemu be maktarakūngge akū. aha be gūnici, oros
盛 德 을 칭송하지 않은 이 없다. 우둔한 우리 생각하니 러시아

serengge, wargi amargi goroki jecen de bisire gurun,
는 서 북쪽 먼 곳 변경 에 있는 나라이다.

julgeci ebsi, dulimbai gurun de hafunjihakū ofi,
예부터 이때까지 中 國 에 통과해 오지 않아서

suduri dangsede ejehekū, dulimbai gurun i niyalma inu
역사 檔子에 기록하지 않았다. 中 國 의 사람 도

isinaha ba akū.
다다른 바 없다.

hūwangdi bithei erdemu bireme selgiyebufi,
황제 글의 덕 두루 전해지고

ferguwecuke horon umesi iletulefi, jakūn hošo be neime
신묘한 위엄 매우 나타나서 여덟 귀퉁이 를 열어

[한문]

盛德 臣等伏以俄羅斯國 乃西北遐陬荒裔 自古未通中國 史籍所不載 中國人民未曾一至其地 我皇上文德覃敷 神威丕顯 恢宏八極

—— ◦ —— ◦ —— ◦ ——

성덕(盛德)을 칭송하지 않은 바가 없습니다. 우둔한 우리가 생각건대, 러시아라는 나라는 서북쪽의 멀리 떨어진 변경에 있는 나라입니다. 예부터 지금까지 중국에 온 바가 없어서 역사에 기록된 바가 없었습니다. 중국 사람도 그곳에 간 바가 없습니다. 황제의 문덕(文德)이 두루두루 전해지고 신묘한 위엄이 매우 드러나서 팔방(八方)을 개척하고

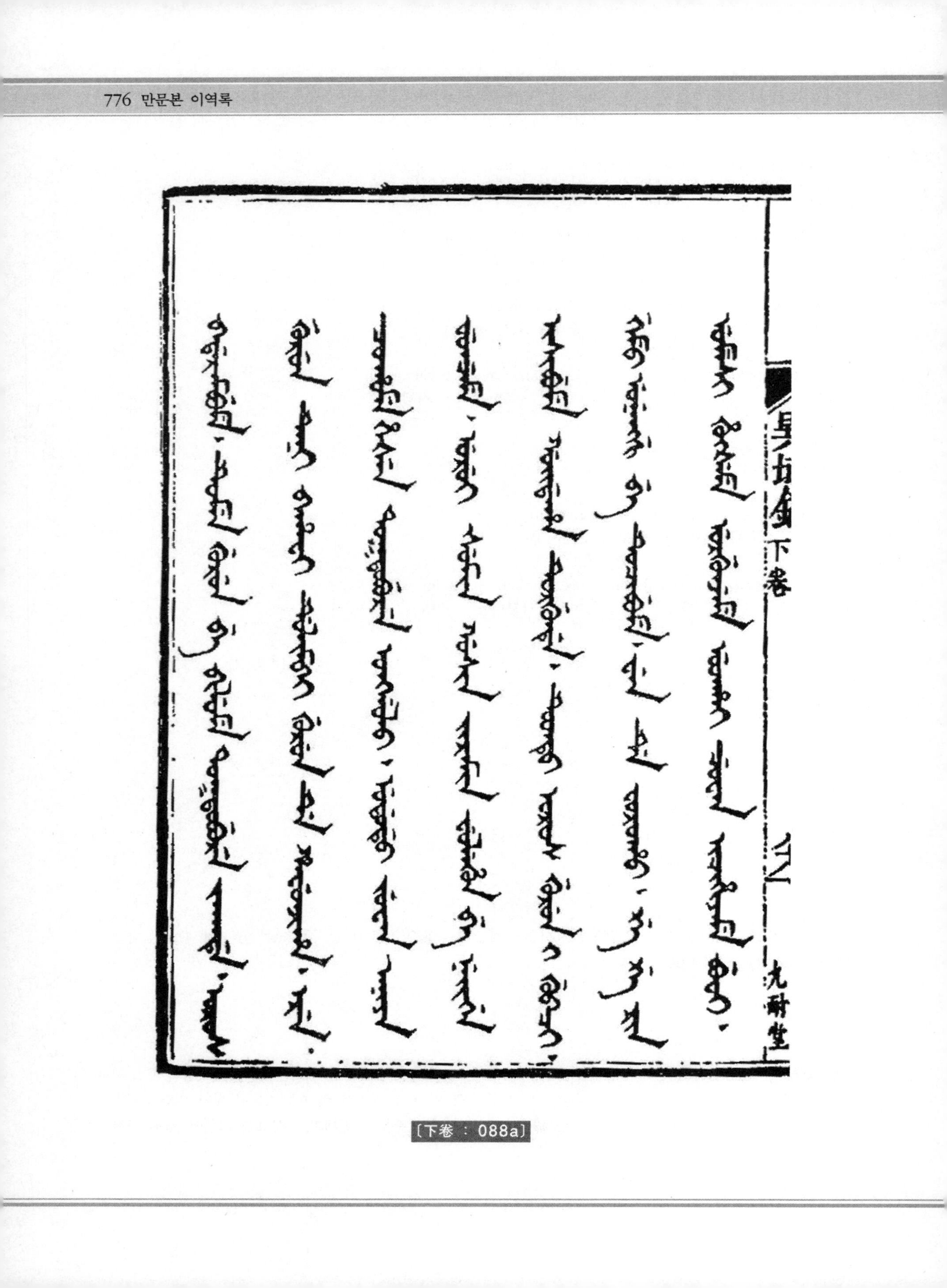

badarambume, tumen gurun be bilume toktobure jakade, oros
넓히며 萬 國 을 어루만져 평정시킬 적에 러시아

gurun teni bahafi dulimbai gurun de hafunjiha. ere
나라 비로소 능히 中 國 에 통과해 왔다. 이

cohome hešen toktobure onggolo, ududu juwan aniya
특별히 境界 평정시키기 전에 수 십 년

funceme, urui šumin gosin jiramin fulehun be neigen
넘어 한결같이 깊은 仁 두터운 은혜 를 고르게

isibume goidaha turgunde, tuttu oros gurun i gubci,
이르게 하여 오래된 까닭에 그리 러시아 나라 의 모든 이

gemu unenggi be tucibume, wen de foroho. g'a g'a rin
모두 진심 을 내어 교화 에 마주하였다. 가 가 린

umesi hukšeme urgunjeme uthai cuwan icihiyame bufi,
매우 감격하여 기뻐하며 곧 배 처리하여 주고

[한문]

撫乂萬邦 俄羅斯始通中國 自未定邊界之前 數十年來 深仁厚恵 淪浹已久 屢洽以仁德 俾沾實恵 俄羅斯舉國皆傾心向化 噶噶林不勝欣感 遂卽撥給船隻

— ◦ — ◦ — ◦ —

넓혀 만국을 어루만지며 평정하신 까닭에, 러시아는 비로소 능히 중국에 올 수 있었습니다. 이렇게 특별히 변경을 평정하시기 전에, 수십 년 남짓 한결 같이 깊은 인덕과 두터운 은혜을 고르게 오랫 동안 미친 까닭에, 러시아의 모든 이들이 그와 같이 모두 진심을 다하여 황제께 향화(向化)하였습니다. 가가린은 매우 감격하고 기뻐하며 곧바로 배를 처리하여 내어주는 한편,

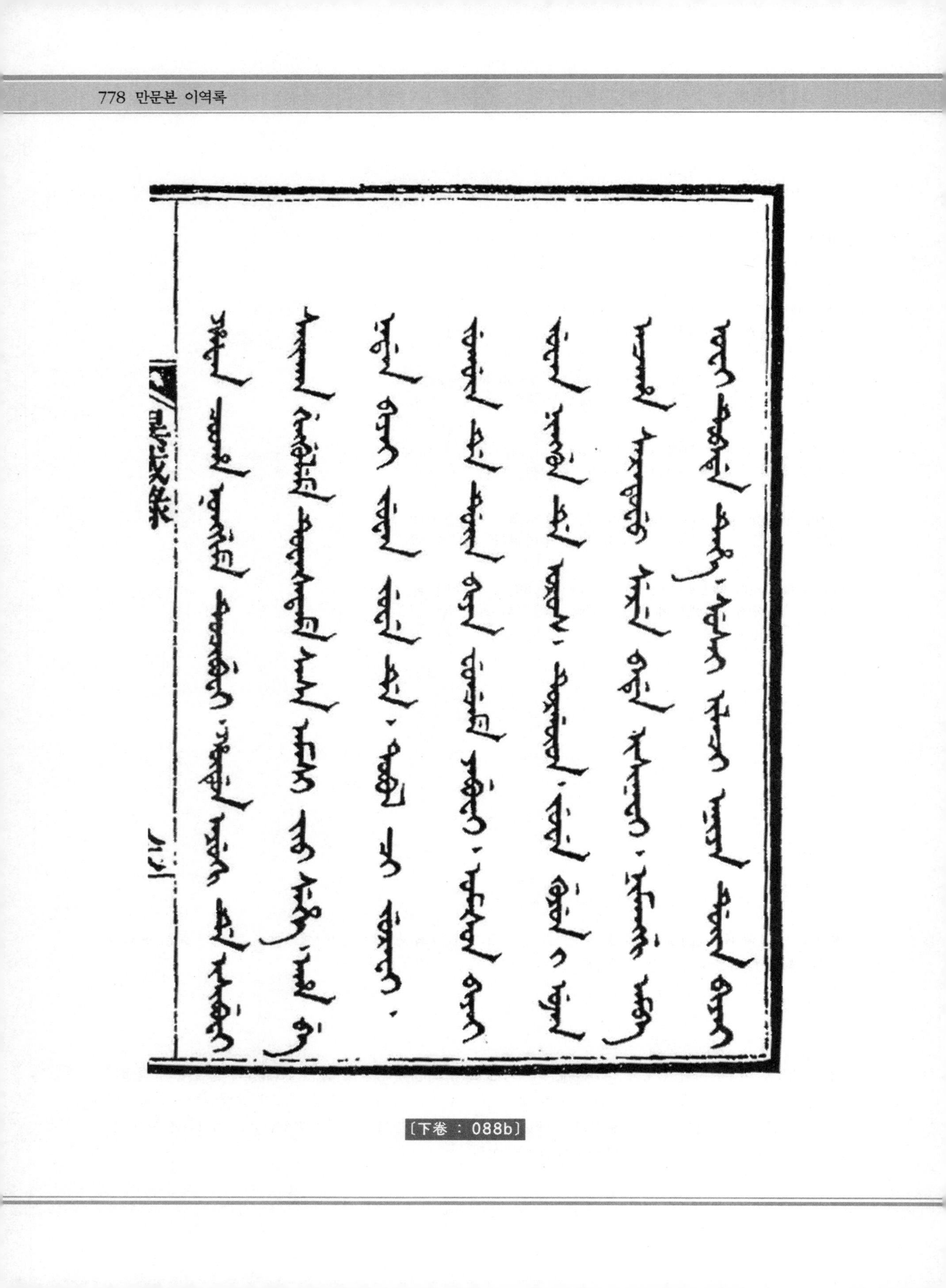

〔下卷 : 088b〕

hafan cooha nonggime tucibufi, hūdun ayuki de isibufi,
관리 병사 더하여 내어서 속히 아유키 에게 이르게 하고

saikan gingguleme tuwašatame sasa amasi jio sehe. aha be
잘 삼가 보살피며 함께 돌아 오라 하였다. 우둔한 우리

nadan biyai juwan juwe de, tobol ci jurafi,
칠 월의 십 이 에 토볼 에서 떠나서

jugūn de duin biya funceme yabufi, omšon biyai
길 에 네 달 넘게 가서 십일 월의

juwan ninggun de oros, turgūt, juwe gurun i ujan
십 육 에 러시아 투르구트 두 나라 의 경계

acaha saratofu sere bade isinafi, nimanggi amba
만난 사라토푸 하는 곳에 다다라서 눈 많아서

ofi tubade tehe. susai ilaci aniya duin biyai
그곳에 머물렀다. 쉰 셋째 해 사 월의

[한문]

增添官兵 令作速送至阿玉奇汗處 謹愼款待 一併同回 臣等於七月十二日 自托波兒起程 途行四月有餘 十一月十六日 至俄羅斯 土爾扈特兩國交界之薩拉托付地方 因雪大 暫止其地 五十三年四月

—— ◦ —— ◦ —— ◦ ——

관리와 병사도 더하여 내어 주며 "속히 아유키에 도착하게 하고 잘 삼가 모신 후 함께 돌아오라." 하였습니다. 우둔한 우리는 7월 12일에 토볼에서 떠나서 4달 남짓 동안 길을 가서 11월 16일에 러시아와 투르구트 두 나라의 경계에 맞닿은 사라토푸라는 곳에 다다랐는데, 눈이 많이 내려서 그곳에 머물렀습니다. 강희(康熙) 53년 4월

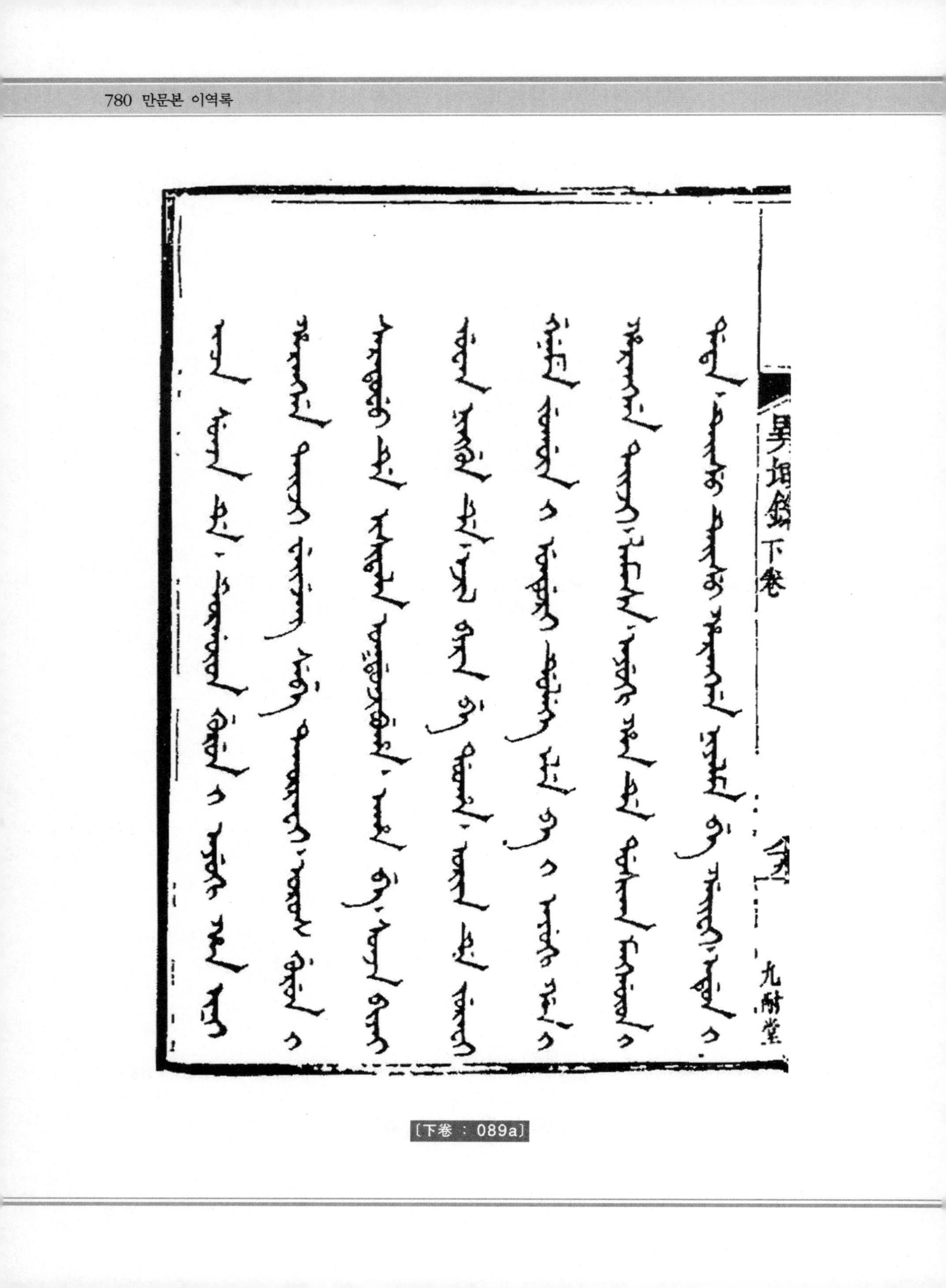

ice sunja de, turgūt gurun i ayuki han ini
초 오 에 투르구트 나라 의 아유키 汗 그의

harangga taiji weijeng sebe takūrafi, oros gurun i
소속의 타이지 워이정 등을 파견하여서 러시아 國 의

saratofu de isitala okdonjibuha. aha be sunja biyai
사라토푸 에 이르도록 맞이하러오게 했다. 우둔한 우리 오 월의

juwan ninggun de, ejil bira be dooha. orin de jurafi
십 육 에 어질 강 을 건넜다. 이십 에 떠나서

geneme, jugūn i unduri duleke ele ba i yuki han i
가며 길 의 연도 지나간 모든 곳 의 아유키 汗 의

harangga taiji, lamasa, ayuki han de dosika manggut i
소속의 타이지 라마들 아유키 汗 에게 복속한 망구트 의

data, teisu teisu harangga niyalma be gaifi, adun i
우두머리들 各 各 소속의 사람 을 데리고 무리 의

[한문]

初五日 土爾扈特國阿玉奇汗差部下台吉魏正等迎接 至俄羅斯國之薩拉托付地方 臣於五月十六日 渡厄濟兒河 二十日起程 沿途經過地方 阿玉奇汗部下台吉 番僧及投入阿玉奇汗之莽武特頭目各率所屬人等排列牲

—— ◦ —— ◦ —— ◦ ——

5일에 투르구트의 아유키 한이 그를 따르는 타이지 워지정 등을 파견하여서 러시아의 사라토푸에 이르기까지 우리를 맞이하러 보냈습니다. 우둔한 우리는 5월 16일에 어질 강을 건넜습니다. 그리고 20일에 그곳을 출발해서 연도의 곳곳에서 아유키 한을 따르는 타이지, 라마승들, 그리고 아유키 한에게 복속한 망구트의 수령들은 각각 그들을 따르는 사람들을 데리고 무리에 있던

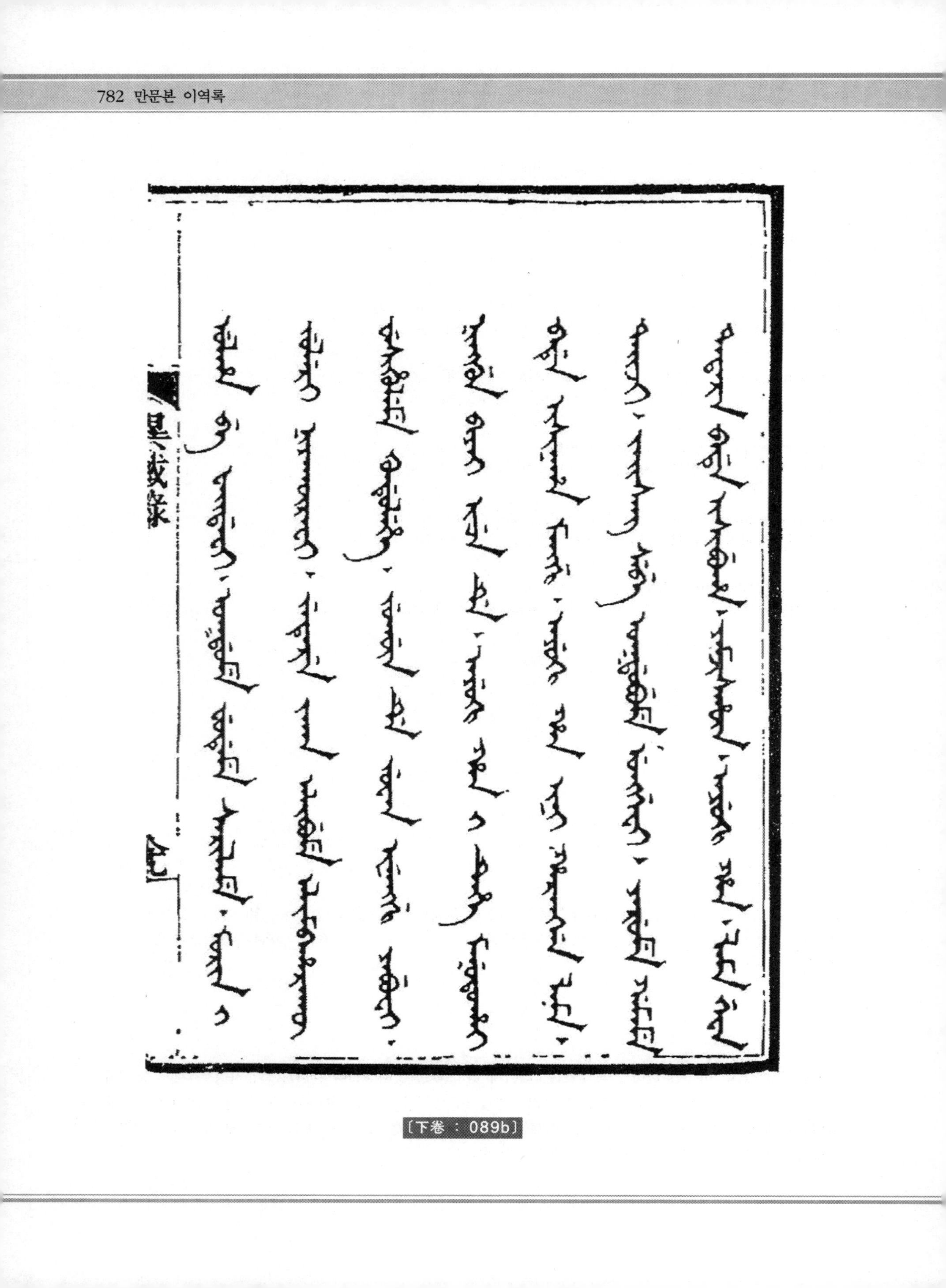

ulha be faidafi, okdome fudeme sarilame, morin i
가축 을 늘어놓고 맞이하며 배웅하며 잔치하며 말 의

juleri niyakūrafi, jetere jaka alibume alimbaharakū
앞에 무릎 꿇고 먹을 것 바치며 매우

wesihuleme kundulehe. jugūn de juwan inenggi yabufi,
존대하며 공경했다. 길 에 십 일 가서

ninggun biyai ice de, ayuki han i tehe manutohai
육 월의 초 에 아유키 汗 의 살던 마누토하이

bade isinaha manggi, ayuki han ini harangga lama,
곳에 다다른 후 아유키 汗 그의 소속의 라마

taiji, jaisang sebe okdobume unggifi, yarume gamame
타이지 자이상 등을 맞이하게 하러 보내서 이끌어 데려가며

tatara bade isibuha. yamijishūn, ayuki han, lama gewa
묵을 곳에 이르게 했다. 저녁 무렵 아유키 汗 라마승 거와

[한문]

畜迎送筵宴 馬前跪獻食物 皆不勝欽敬 途行十日 於六月初一日 至阿玉奇汗駐扎之馬駕托海地方 阿玉奇汗遣部下番僧台吉寨桑等迎接 導至公署 下午 阿玉奇汗差番僧格瓦等 前來稟稱

—— ◦ —— ◦ —— ◦ ——

가축을 늘어놓고 우리를 맞이하고 배웅하며 잔치를 베푸는 한편, 말 앞에서 무릎을 꿇고 먹을 것을 바치며 극진히 우리를 대접했습니다. 10일 동안 길을 가서 6월 초에 아유키 한이 살던 마누토하이 지역에 다다르니 아유키 한이 그를 따르는 라마승, 타이지, 자이상 등을 우리를 맞이하러 보내서, 우리를 숙소까지 이끌며 안내해 주었습니다. 저녁 무렵에는 아유키 한이 라마승 거와

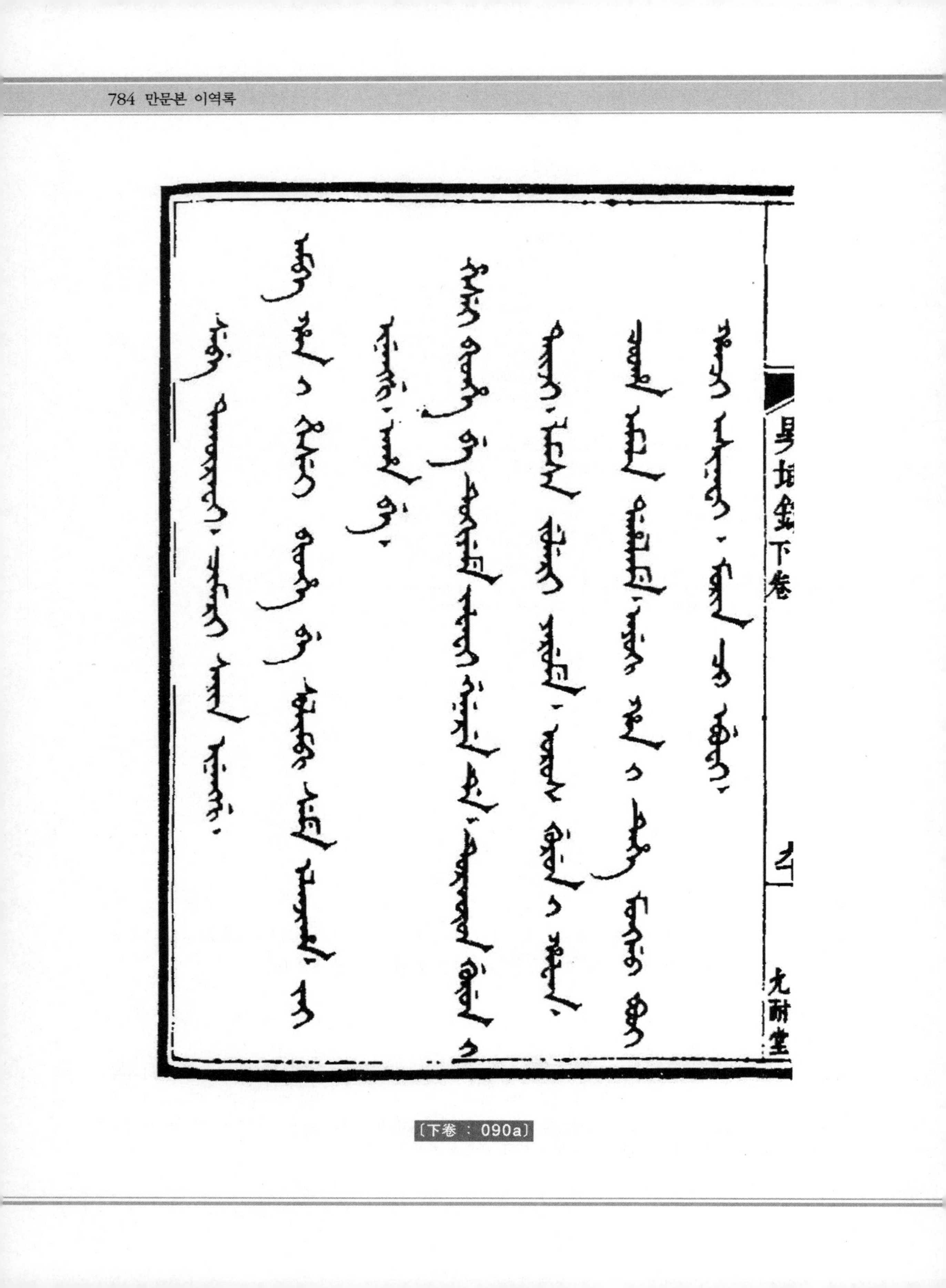

sebe takūrafi cimari sain inenggi.
등을 보내서 다음날아침 좋은 날이다.

amba han i hesei bithe be solimbi seme alanjiha. jai
큰 汗 의 皇旨의 글 을 청한다 하고 알리러 왔다. 다음

ineng gi, aha be,
날 우둔한 우리

hesei bithe be tukiyeme jafafi genere de, turgūt gurun i
皇旨의 글 을 받들어 잡고 감 에 투르구트 나라 의

taiji, lamasa juleri yarume, oros gurun i hafan,
타이지 라마들 앞에서 이끌며 러시아 나라 의 관리

cooha amala dahalame, ayuki han i tehe monggo booi
병사 뒤 따르며 아유키 汗 의 살던 蒙古 包의

hanci isinafi, morin ci ebufi,
가까이 다다라서 말 에서 내려서

[한문]

明日吉辰 恭請大皇帝諭旨 次日 臣等捧旨前往 土爾扈特國台吉番僧前導 俄羅斯國官兵隨後擁護 至阿玉奇汗帳幄前下馬

—— ◦ —— ◦ —— ◦ ——

등을 보내서, "다음날 아침이 길일(吉日)이다. 대황제의 칙서를 청한다." 하고 알려 왔습니다. 다음날 우둔한 우리는 칙서를 들고 가니, 투르구트의 타이지와 라마승들이 선두에 서고 러시아의 관리와 병사가 뒤를 따르며 아유키 한이 살던 몽고포 가까이에 다다랐습니다. 우리는 말에서 내려서

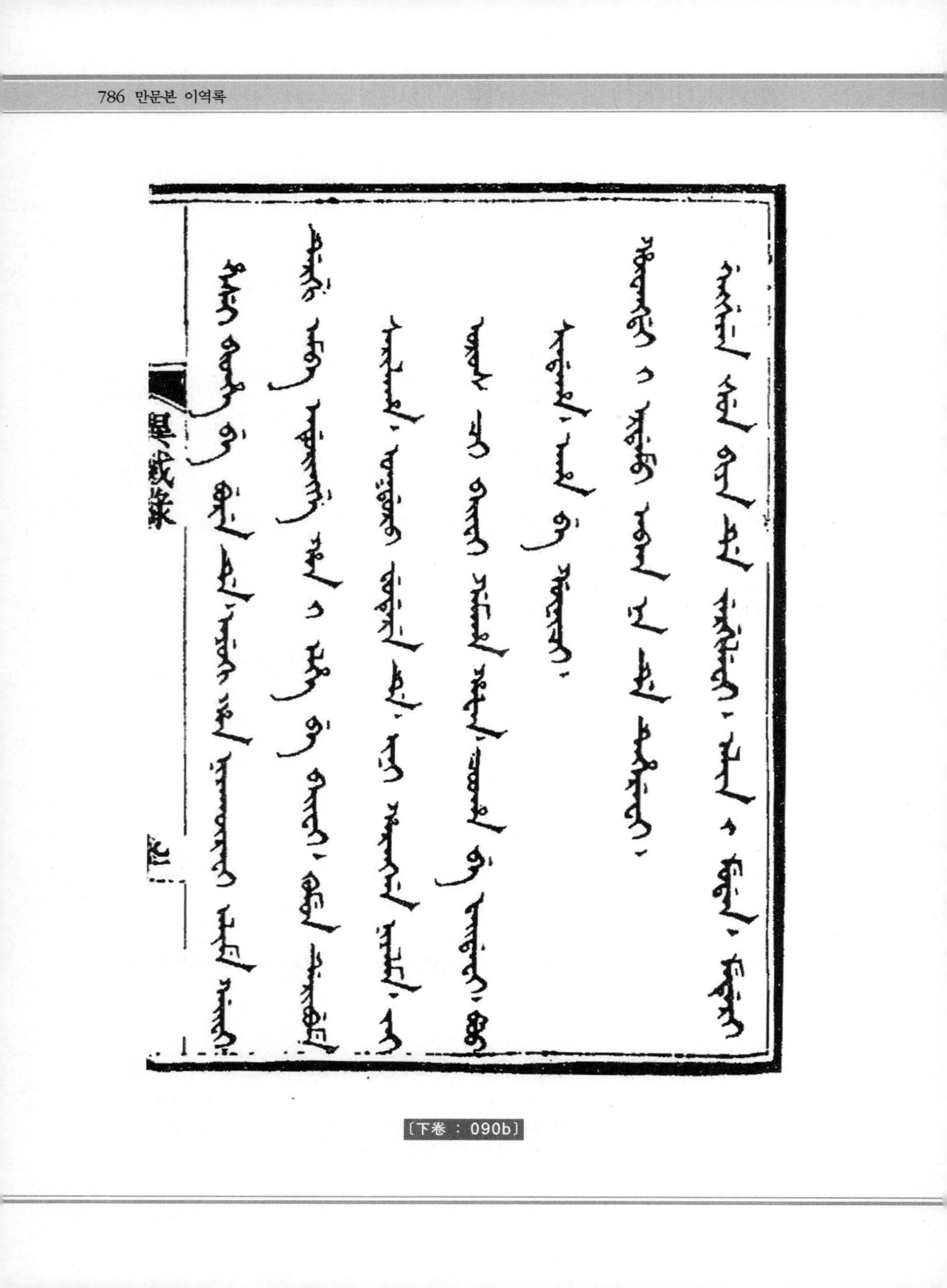

異域錄

hesei bithe be bure de, ayuki han niyakūrafi alime gaifi,
皇旨의 글 을 줌 에 아유키 汗 무릎 꿇고 받아 가지고

dergi amba enduringge han i elhe be baifi, kumun deribume
위쪽 크고 성스러운 汗 의 평안 을 구하고 음악 시작하며

sarilaha. okdoro fudere de, ini harangga niyalma, jai
잔치하였다. 맞이하고 배웅함 에 그의 소속의 사람 또

oros ci baifi gamaha hafan, cooha be faidafi, poo
러시아 에서 청해서 데려온 관리 병사 를 정렬하고 砲

sindaha. aha be gūnici,
놓았다. 우둔한 우리 생각하니

hūwangdi i erdemu abka na de teherefi,
황제 의 덕 하늘 땅 에 어울리고

genggiyen šun biya de jergilefi, alin i mudan, mederi
밝은 해 달 에 동등하고 산 의 기슭 바다

[한문]

交付諭旨 阿玉奇汗跪接 恭請東土大皇帝萬安畢 作樂筵宴 排列部下及俄羅斯國官兵 放炮迎接 臣等伏以
皇帝德竝乾坤 明同日月 山陬海澨

—— ◦ —— ◦ —— ◦ ——

칙서를 주니, 아유키 한이 무릎을 꿇고 받은 후, 상대황제(上大皇帝)의 안부를 여쭙고, 음악을 연주하며 잔치를 베풀었습니다. 우리를 맞이하고 배웅할 때 그를 따르는 사람, 그리고 러시아에서 청해서 데려온 관리와 병사를 정렬하고, 포(砲)를 쏘았습니다. 우둔한 우리가 생각하니, 황제의 덕이 천지에 고르고, 밝음이 해와 달과 동등하고, 산기슭, 바닷가

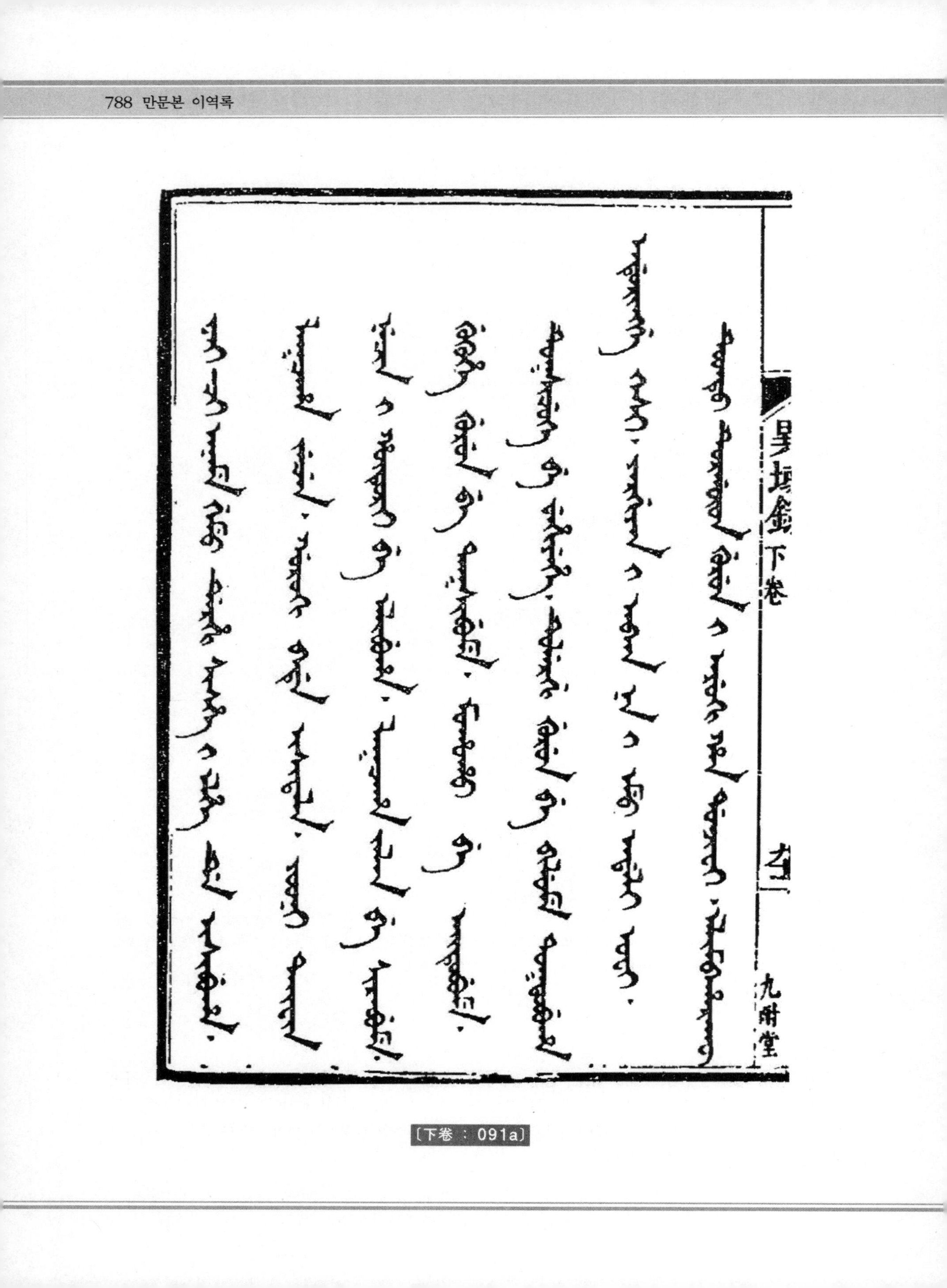

[illegible]

wai ci aname gemu derhi sishe[348] i elhe de isibuha.
가 에서 까지 모두 마른자리 요 의 평안 에 이르게 했다.

lakcaha jecen, goroki bade isitala, yooni taifin
멀리 떨어진 변경, 먼곳 땅에 이르도록 모두 태평하고

necin i hūturi be alibuha. lakcaha jalan be sirabume,
평화 의 복 을 받게 했다. 단절된 세대 를 잇게 하며

gukuhe gurun be taksibume, mohoho be aitubume,
망한 나라 를 존속시키며 궁핍함 을 구제하며

tuksicuke be wehiyehe. tulergi gurun be bilume toktobuha
위태로움 을 지원하였다. 바깥 나라 를 어루만지며 평정시킨

enduringge kesi, yargiyan i abka na i emu adali ofi,
성스러운 은덕 진실 로 하늘 땅 의 하나 같아서

tuttu turgūt gurun i ayuki han donjifi, alimbaharakū
그리 투르구트 나라 의 아유키 汗 듣고 매우

[한문]

俱登袵席之安 絶塞窮荒 共享平成之福 興滅繼絶 濟困扶危 凡玆綏輯遠藩 聖恩眞同高厚 是以土爾扈特國阿玉奇汗聞之 不勝

—— ◦ —— ◦ —— ◦ ——

에까지 모두 잠자리의 평안에 이르게 하셨습니다. 단절된 변경과 멀리 떨어진 곳에 이르기까지 모두 태평하고 평화로움의 복을 받게 하셨습니다. 단절된 세대를 잇게 하시며, 망한 나라를 존속시키시며, 궁핍함을 구제하시며, 위태로움을 도우셨습니다. 외국을 어루만지며 평정하신 성스러운 은덕은 진실로 천지와 동일하시니, 그와 같이 투르구트의 아유키 한이 듣고, 극히

348) derhi sishe : 임석(衽席)으로 '잠자리', 또는 '평안하고 안정된 생활'을 비유하여 가리킨다.

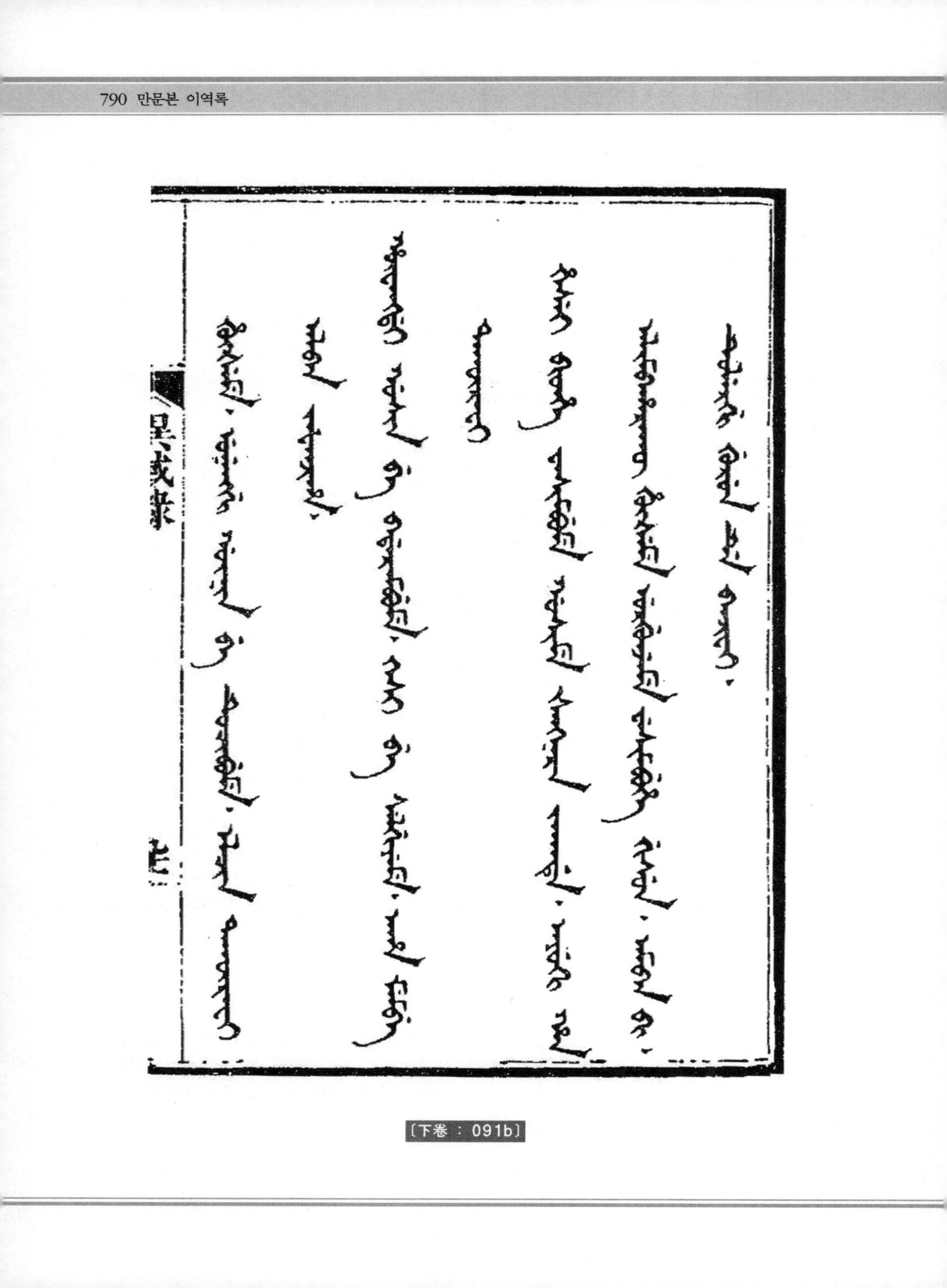

異域錄

hukšeme, unenggi gūnin be tucibume, elcin takūrafi
감격하여 진실한 마음 을 내어 사신 파견하고

alban jafanjiha.
공물 가져왔다.

hūwangdi gosin be badarambume, kesi be selgiyeme, aha membe
황제 仁 을 넓히며 은덕 을 베풀어 우둔한 우리를

takūrafi
파견하고

hesei bithe wasimbume gosime šangnara jakade, ayuki han
皇旨의 글 내리며 어여삐 여기며 상줄 적에 아유키 汗

alimbaharakū hukšeme urgunjeme wesimbuhe gisun, amban bi.
극히 감격하여 기뻐하며 올린 말 대신 나

tulergi gurun de banjifi,
바깥쪽 나라 에서 태어나서

[한문]

感激 竭盡悃誠 遣使修貢 皇上仁恩廣布 需澤周行 遣臣等頒發諭旨 竝賜恩賞 阿玉奇汗愈不禁欣感之至 上言臣生長外國

—— ◦ —— ◦ —— ◦ ——

감격하여 진실한 마음으로 사신을 파견하고 공물을 바친 것입니다. 황제께서 인(仁)을 넓히시고 은덕을 베풀고자, 우둔한 우리를 파견하고 칙서를 내리시며 어여삐 여기고 상을 주신 까닭에, 아유키 한은 극히 감격하고 기뻐하며 주상하기를, "대신인 저는 외국에서 태어나서

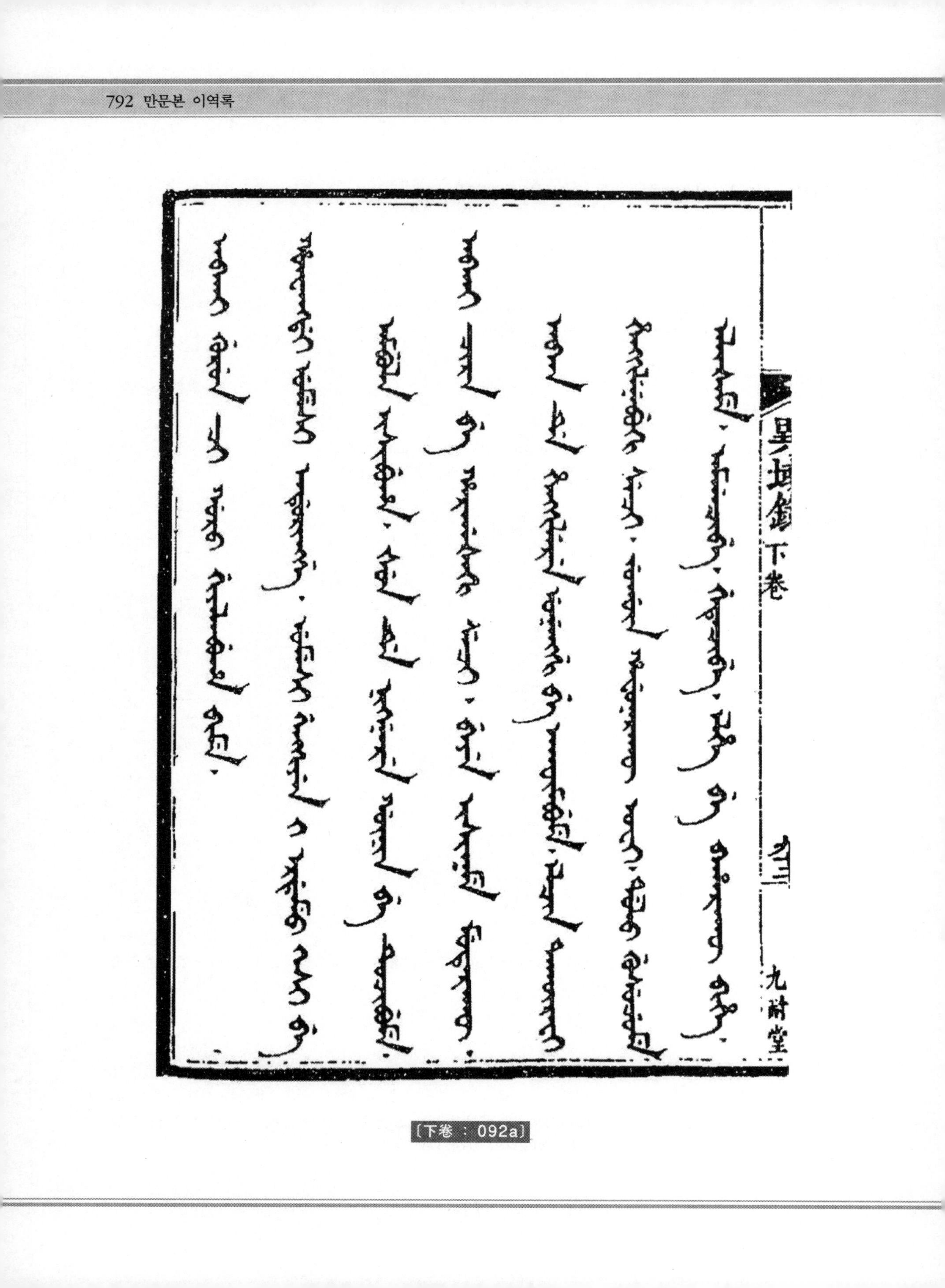

異域錄 下卷 九耐堂

abkai gurun ci goro giyalabuha bime,
하늘의 나라 보다 멀게 가로막혀 있어도

hūwangdi umesi enduringge, umesi genggiyen i erdemu kesi be
황제 매우 성스러움 매우 明 의 德 恩 을

ambula isibuha. šun de nikenere gūnin be tucibume,
크게 미치게 했다. 해 에 기대러가는 마음 을 내어

abkai cira be hargašaki seci, beye isiname muterakū.
하늘의 얼굴 을 우러러보고자 하여도 몸 미치지 못한다.

abka de hengkilere unenggi be akūmbume, elcin takūrafi
하늘 에 절하는 진심 을 다하여 사신 파견해서

hengkilenebuki seci, jugūn hafunarakū ofi, dolo gusucume
절하러 가게 하고자 해도 길 통하지 않아서 속 번민하며

ališame, amgacibe, getecibe, elhe be baharakū bihe.
번민하여 자려 해도 깨려 해도 평안 을 얻을 수 없었다.

[한문]

敻遠天都 竊承帝至聖至明 德猷宣著 傾就日之誠 欲覩天顔 而身不能至 展朝天之款 遣使入覲 而道路難通 中心怏怏 寤寐不安

—— 。—— 。—— 。——

천국보다 멀리 가로막혀 있지만, 황제께서 매우 성스럽고 매우 명덕(明德)의 은혜를 크게 미치셨습니다. 해에 기대고자 하는 마음을 내어 용안을 우러러보고자 하여도 몸이 미칠 수 없습니다. 하늘에 절하는 진심을 다하여, 사신을 파견해서 절하러 가게 하고자 하여도, 길이 통하지 않아서 속으로 번민하여, 잘 때나 일어날 때나 평안을 얻을 수 없었습니다.

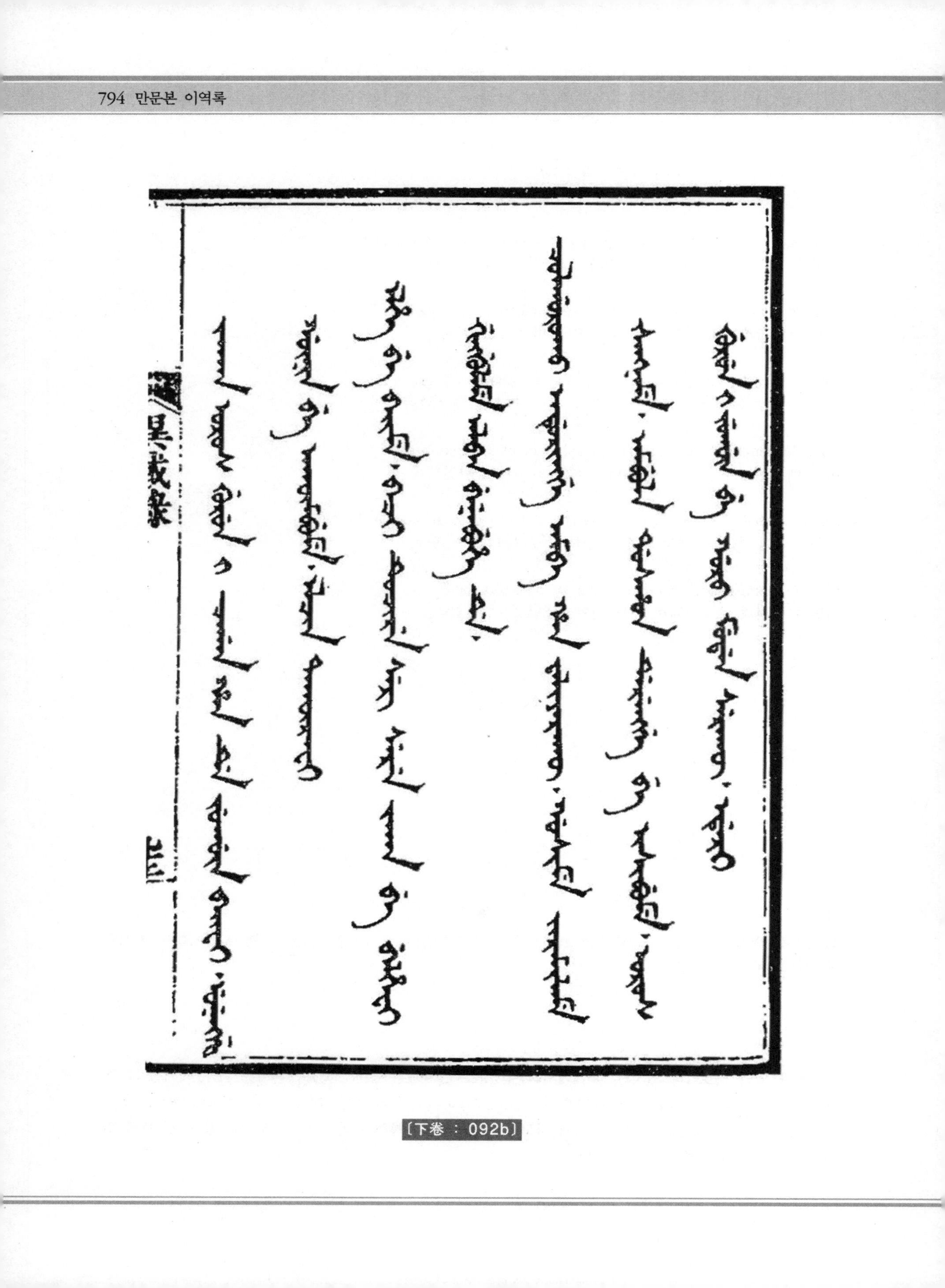

異域錄

jakan oros gurun i cagan han de jugūn baifi, unenggi
이윽고 러시아 國 의 차간 汗 에게 길 청하여서 진실한

gūnin be akūmbume, elcin takūrafi
마음 을 다하여 사신 파견해서

elhe be baime, baci tucire ser sere jaka be belhefi
평안 을 청하며 지역에서 나는 작은 물품 을 준비하고

gingguleme alban benebuhe de,
삼가 공물 보내게 했음 에

colgoroko enduringge amba han waliyarakū, gosime jiramilame
빼어나고 성스러운 큰 汗 버리지 않고 어여삐 여기며 후하게

šangname, ambula doshon derengge be isibume, oros
상주며 크게 총애 영화 를 미치게 하며 러시아

gurun i jugūn be goro mudan serakū, ederi
國 의 길 을 멀고 외지다 하지 않고 여기서

[한문]

近日從俄羅斯國察罕汗假道 竭誠遣使請安 以土毛微物 虔修進貢 復蒙至聖大皇帝不棄 曲加優賜 深荷寵耀 不以俄羅斯國僻遠

—— ◦ —— ◦ —— ◦ ——

이윽고 러시아의 차간 한에게 길을 청하여서, 진실한 마음을 다하여 사신을 파견해서 안부를 여쭈며, 지역에서 나는 작은 물품을 보내어서 삼가 공물을 바치게 했더니, 지성대황제(至聖大皇帝)께서는 버리지 않고 어여삐 여기고 후하게 대접하며 상을 주시고, 크게 총애와 영화를 내리셔서 러시아의 길을 멀고 외지다고 생각하지 않고 이를 통해

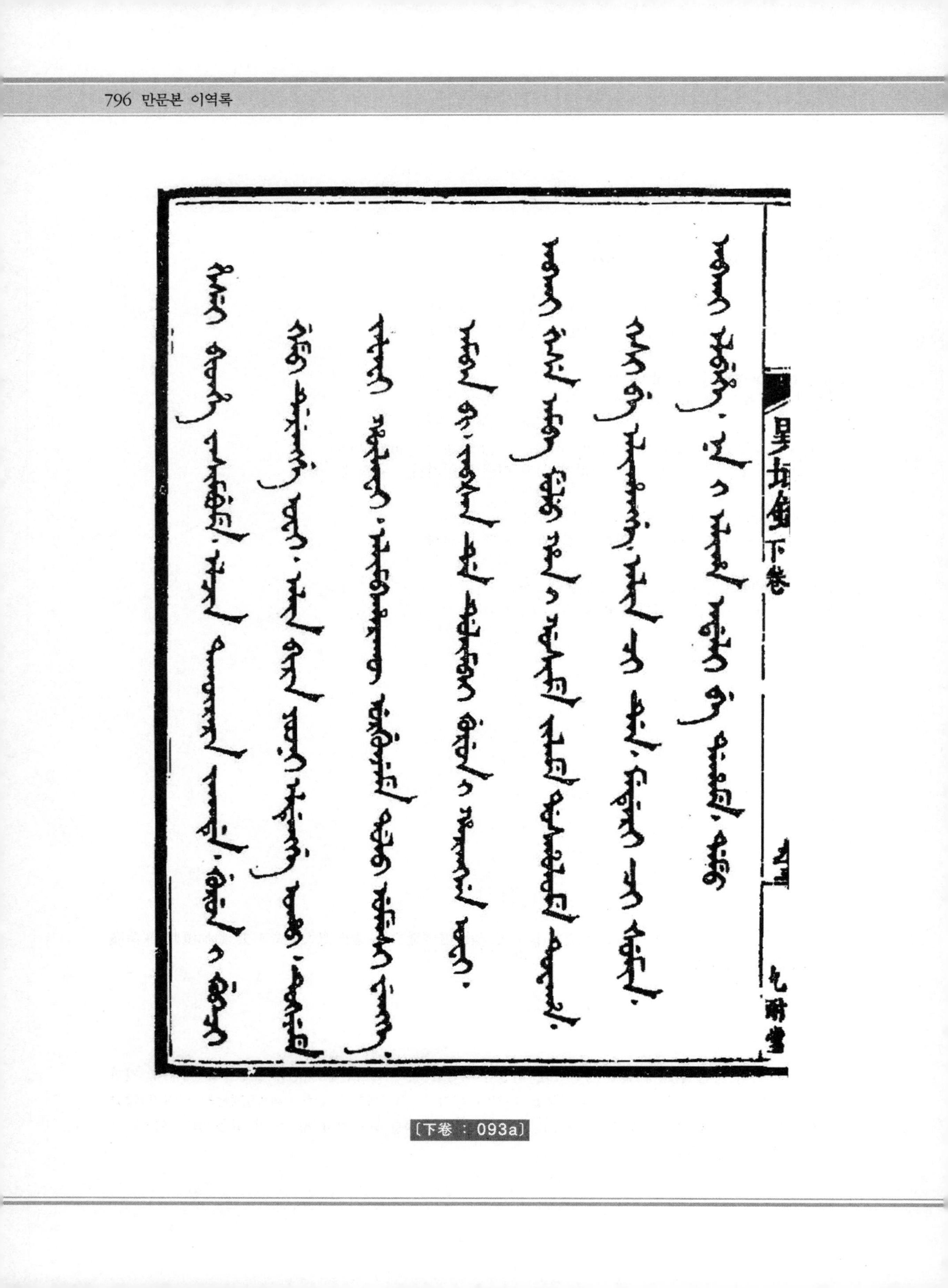

[下卷 : 093a]

hesei bithe wasimbume, elcin taktūrara jakade, gurun i gubci
皇旨의 글 내리며 사신 파견할 적에 나라 의 모든 이

gemu derengge ofi, alin bira yooni eldengge oho. tukiyeme
모두 영광스럽게 되고 산 강 모두 빛나게 되었다. 올려

jafafi hūlafi, alimbaharakū urgunjeme dolo umesi wengke,
잡고 읽고서 매우 기뻐하며 속 매우 감화했다.

amban bi. jabšan de dulimbai gurun i harangga ofi,
대신 나 행운 에 中 國 의 소속의 되어

abkai gese amba mulu han i gosime jilame dosholome tuwaha,
하늘의 처럼 큰 모습 汗 의 어여삐 여기며 자애하며 총애하며 보고

kesi be alihangge, alin ci den, mederi ci šumin,
은덕 을 입은 것 산 보다 높고 바다 보다 깊고

abkai elbehe, na i aliha adali be dahame, damu
하늘의 덮은 것 땅 의 받은 것 같음 을 따라 다만

[한문]

欽命天使 頒發諭旨 擧國增輝 山川生色 捧讀之餘 不勝欣躍 五內融化 臣幸屬籍中華 得蒙如天大皇帝恩寵 山高海深 天覆地載 惟願

—— ◦ —— ◦ —— ◦ ——

칙서를 내리시며 사신을 파견할 적에 나라의 모든 이들이 모두 영화롭게 되고 산과 강이 모두 빛나게 되었습니다. 칙서를 올려 받들고 읽은 후, 매우 기뻐하며 속으로 매우 감화를 받았습니다. 대신인 저는 다행히 중국에 속하게 되어서 하늘과 같은 큰 용모를 지니신 황제께서 어여삐 여기고 자애하며 총애하신 것과 내리신 은덕을 받은 것이 산보다 높고 바다보다 깊어서, 하늘이 덮고 땅이 받은 것과 같음에 따라, 오직

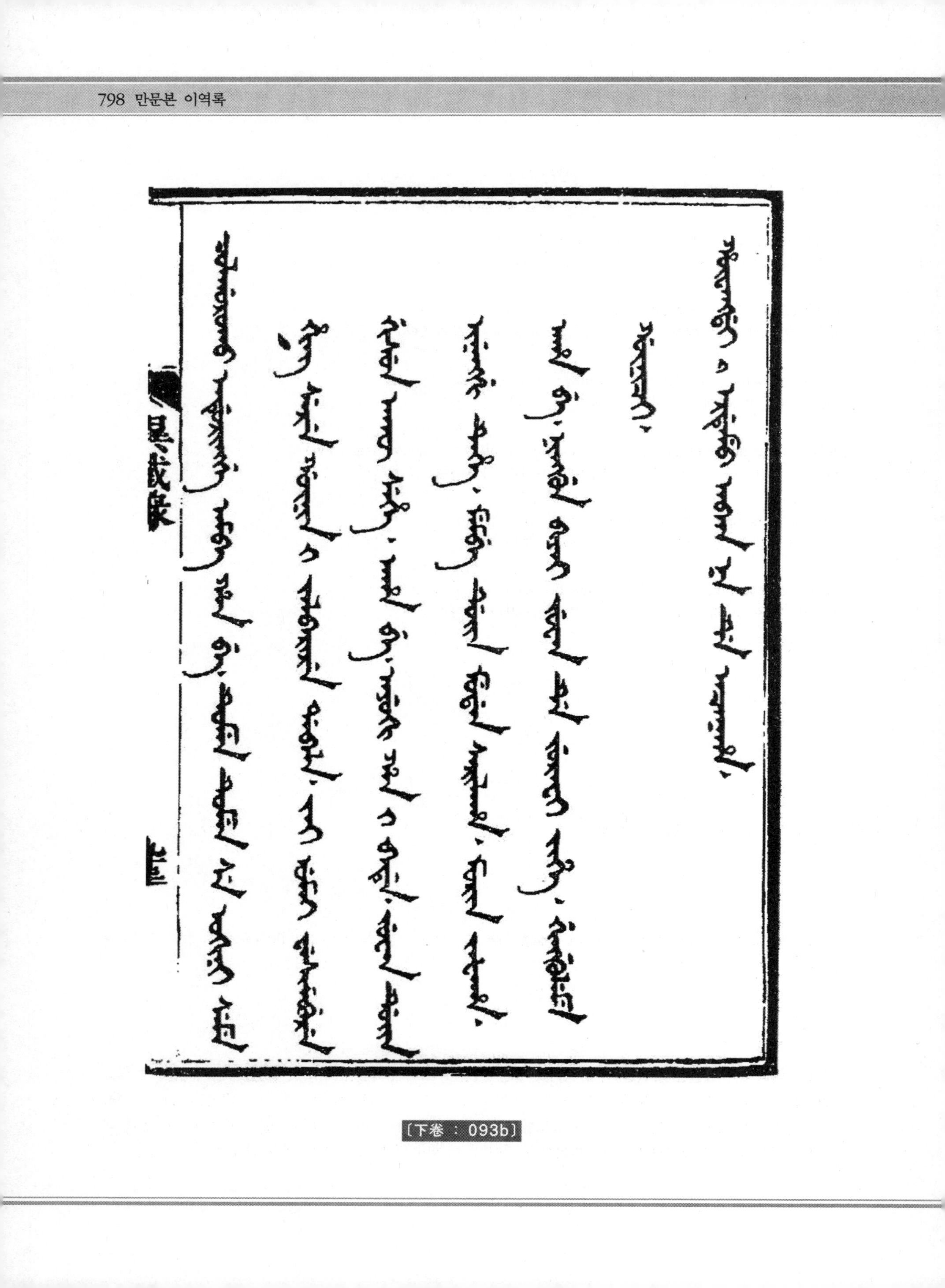

異域錄

三

colgoroko enduringge amba han be, tumen tumen se okini seme
빼어나고 성스러운 큰 汗 을 萬 萬 歲 되게 하자 하고

hing sere gūnin i jalbarire dabala. jai umai wesimbure
간절한 마음 으로 빌 뿐이다. 또 결코 올리는

gisun akū sehe. aha be, ayuki han i bade, juwan duin
말 없다 하였다. 우둔한 우리 아유키 汗 의 지역에 십 사

inenggi tehe. membe duin mudan sarilaha. morin jafaha.
일 머물렀다. 우리를 네 번 잔치했다. 말 바쳤다.

aha be, ninggun biyai juwan[349] de jurafi jihe. gingguleme
우둔한 우리 육 월의 십 에 떠나서 왔다. 삼가

gūnici,
생각하니

hūwangdi i erdemu abka na de acanaha.
황제 의 덕 하늘 땅 에 맞았다.

[한문]

至聖大皇帝萬萬歲 虔誠禱祝而已 此外更無他語 臣等在阿玉奇汗地方住十四日 筵宴四次 餽送馬匹 臣等於六月十四日起程 恭惟我皇上德合天地

—— ◦ —— ◦ —— ◦ ——

지성대황제(至聖大皇帝)께서 만만세(萬萬歲)를 누리시기를 바라며 진심을 다하는 마음으로 기도할 뿐입니다. 그리고 이외에 전혀 황제께 주상할 것은 없습니다." 하였습니다. 우둔한 우리는 아유키 한의 지역에서 14일 동안 머물렀는데, 그들은 우리를 초청하여 네 번 잔치를 베풀고 말을 진상했습니다. 우둔한 우리는 6월 10일에 그곳을 떠났습니다. 삼가 생각하니, 황제의 덕이 천지에 부합하였습니다.

349) ninggun biyai juwan : 6월 10일에 출발한 것으로 되어 있으나 한문본에서는 6월 14일에 출발하는 것으로 되어 있고, 이역록(下卷56b)에서 일정을 자세히 정리한 곳에서 ninggun biyai juwan duin(6월 14일)으로 기록하고 있는 것으로 볼 때 이곳의 만문본 기록은 오기(誤記)한 것이다.

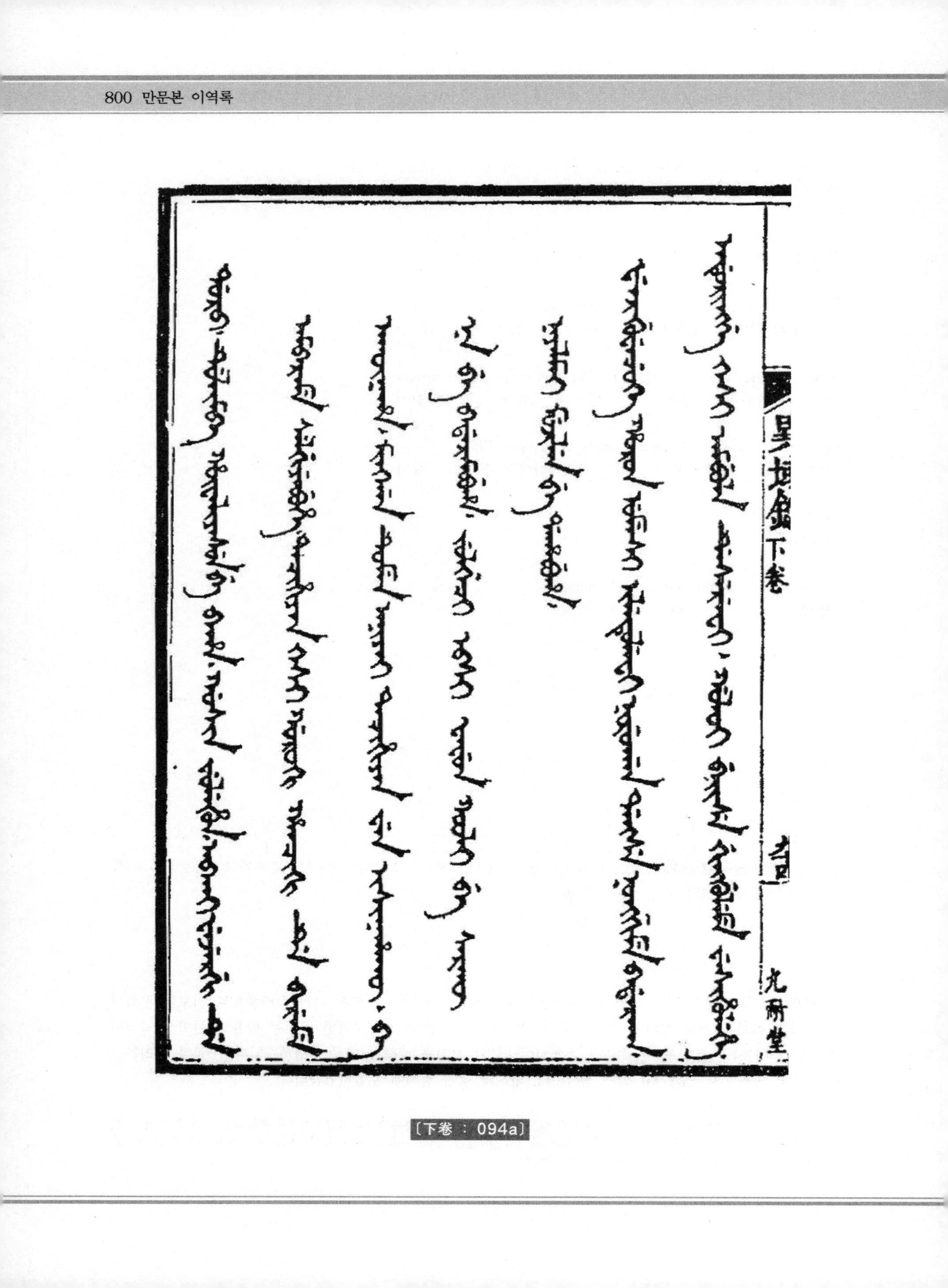

異域錄 下卷

九

doro, dulimba hūwaliyasun be baha. gosin fulehun, abkai fejergi de
道 中 和 를 얻었다. 仁 惠 하늘 아래 에

ambarame selgiyebuhe. tacihiyan kesi goroki hanciki de bireme
크게 전해졌다. 가르침 은덕 먼 곳 가까운 곳 에 두루

akūnaha. minggan tumen aniyai tacihiyan wen isinahakū, ba
미쳤다. 千 萬 년의 教 化 미치지 않은 地

na be badarambuha. julgeci ebsi fafun kooli be sarkū
域 을 넓혔다. 예부터 이때까지 法 令 을 모르는

niyalmai mujilen be dahabuha.
사람의 마음 을 따르게 했다.

ferguwecuke horon umesi iletulefi nirugan dangse nonggime badaraka.
신묘한 위엄 매우 드러나서 版圖 더하며 넓어졌다.

enduringge kesi ambula deserefi, goloi beise gingguleme wesihulehe.
성스러운 은덕 크게 넘쳐서 省의 貝子 삼가 숭상하였다.

[한문]

道秉中和 仁風翔溢乎垓埏 教澤覃敷於遐邇 闢千萬年聲教未及之疆土 服從古來法令不至之人心 神武丕昭而版圖增廓 聖恩遠播而藩服欽崇

—— ◦ —— ◦ —— ◦ ——

도(道)는 중화(中和)를 얻었고 인(仁)과 혜(惠)가 천하에 크게 전해졌습니다. 교화의 은덕이 멀고 가까움을 가리지 않고 두루 미쳤습니다. 천만년 교화가 미치지 않았던 지역을 개척하였습니다. 예부터 지금까지 법령을 모르던 사람들의 마음을 복종시켰습니다. 신묘한 위엄이 자못 드러나서 판도(版圖)가 더욱 넓어졌습니다. 성스러운 은덕이 크게 넘쳐 성(省)의 버이서(貝子)가 삼가 존귀하게 여겼습니다.

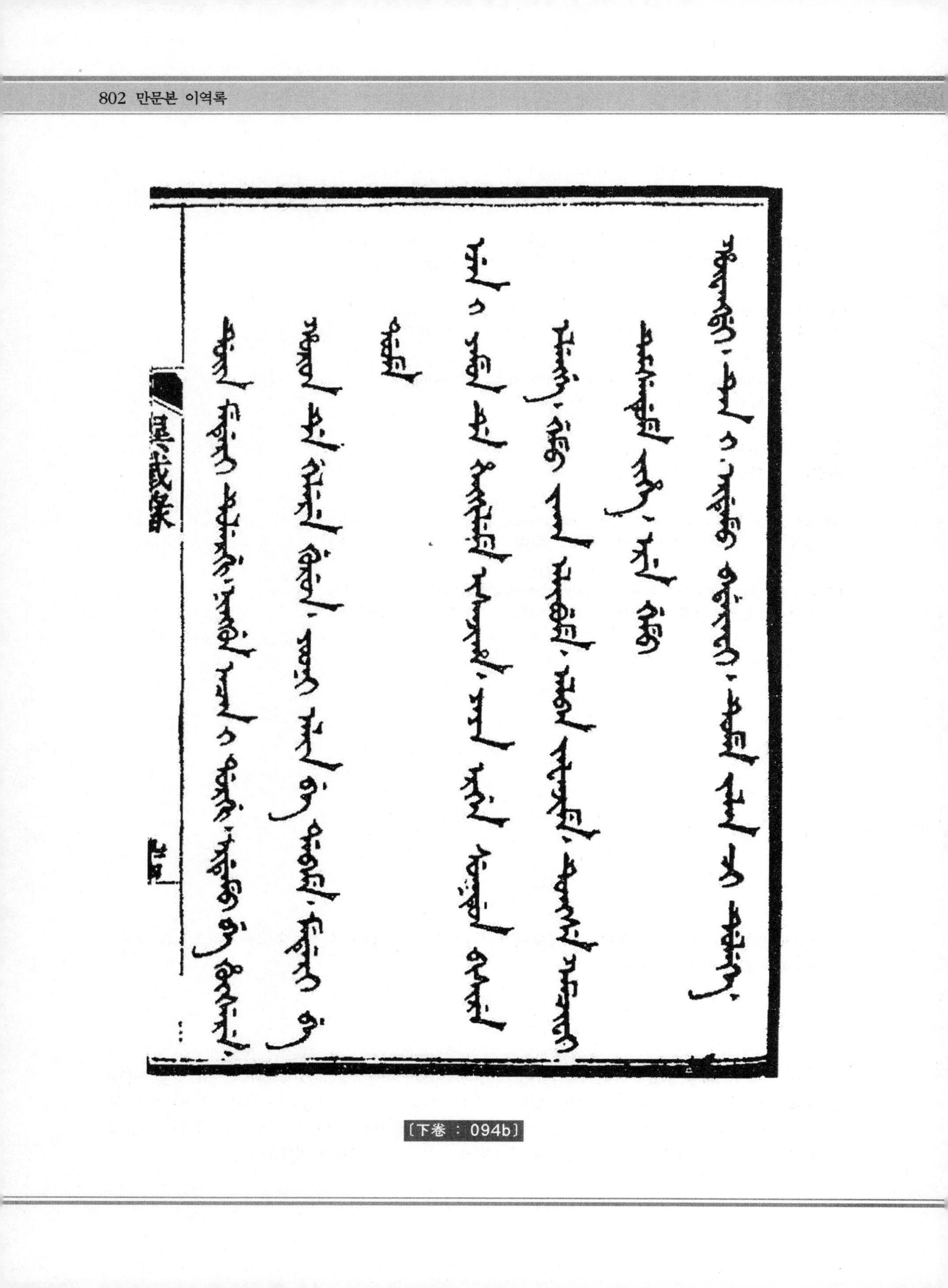

異域錄

duin mederi tulergi ninggun acan i dorgi, erdemu be hukšere,
네 바다 바깥쪽 六 合 의 안쪽 덕 을 감격하고

horon de gelere gurun, yooni alin be dabame, mederi be
위엄 에 두려워하는 나라 모두 산 을 넘어 바다 를

doome
건너

ejen i yamun de hengkileme isanjiha. yaya ergen sukdun bisire
황제 의 衙門 에 절하러 모여들었다. 무릇 생명 기운 있는

elengge, gemu jaka alibume, alban jafanjime, tungse kamcifi
모든 것 모두 물품 바치며 공물 진상하러오러 通事 겸하고

temšendume jihe. ere gemu
서로 다투며 왔다. 이 모두

hūwangdi, ten i erdemu badarafi, tumen jalan ci duleke,
황제 지극히 덕 넓어져 萬 세대 보다 지나갔고

[한문]

四海而遙 六合以内 凡懷德畏威諸國 莫不梯山航海 羅拜彤廷 擧含生載氣之倫 悉皆納貢獻琛 爭來重譯此皆我皇上 至德浩蕩 遠超萬古

—— ◦ —— ◦ —— ◦ ——

사해(四海) 밖과 육합(六合)의 안에서 황제의 덕에 감격하고 위엄에 두려워하는 나라가 모두 산을 넘고 바다를 건너 황제의 아문(衙門)에 절하러 모였습니다. 무릇 생명의 기운이 있는 모든 이들은 모두 조공을 바치고 공물을 진상하기 위해, 역관을 대동하고 서로 다투며 왔습니다. 이는 모두 황제의 지극하신 덕이 넓어져 만 세대를 넘어가고

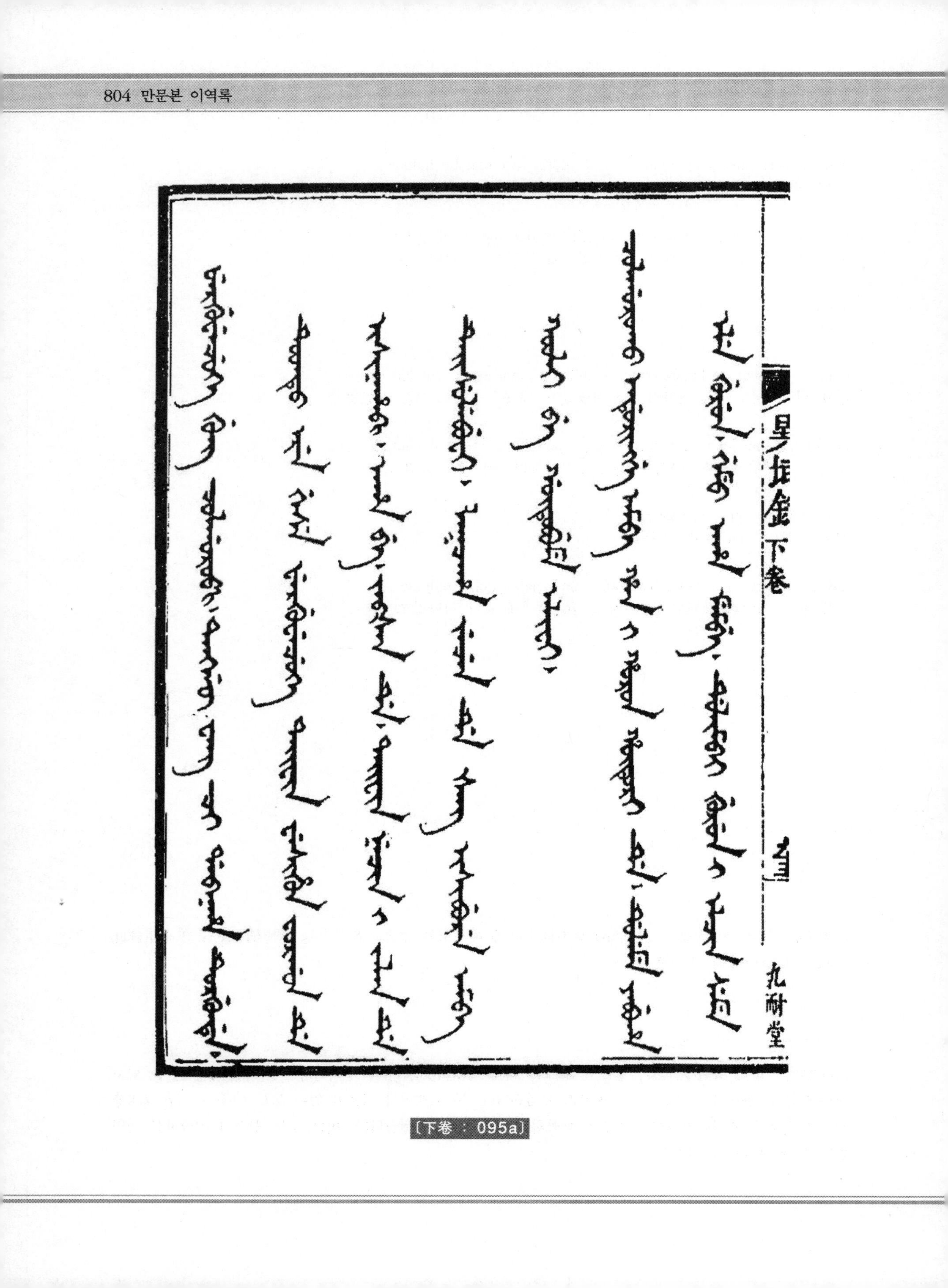

異域錄 下卷

九耐堂

ferguwecuke gung colgoropi, tanggū wang ci dabanaha turgunde,
신묘한 功 빼어나서 백 왕 보다 뛰어넘은 까닭에

tuttu ere gese ferguwecuke taifin wesihun forgon de
그리 이 같은 신묘한 태평 성대 에

isinahabi. aha be, jabšan de, taifin necin i jalan de,
이르게 되었다. 우둔한 우리 행운 에 태평 평화 의 세대 에

teisulebufi, lakcaha jecen de šang isibure amba
맞아서 멀리 떨어진 변경 에 賞 보내는 大

kooli be gūtubume alifi,
典 을 욕되이 받아서

colgoroko enduringge amba han i horon hūturi de, duleme yabuha
빼어나고 성스러운 큰 汗 의 위엄 복 에 지나 간

ele gurun, gemu aha membe, dulimbai gurun i elcin seme
모든 나라 모두 우둔한 우리를 中 國 의 사신 하여

[한문]

神功高邁 獨冠百王 是以致此郅隆之治 極盛之時也 臣等生際昇平 幸叨頒賞絶域之鉅典 仰賴至聖大皇帝威福 經歷諸國 皆以臣等中華天使

—— ◦ —— ◦ —— ◦ ——

신묘한 공(功)이 빼어나서 백 명의 왕보다 뛰어나신 까닭에, 이와 같은 신묘한 태평성대에 이르게 되었습니다. 우둔한 우리는 다행히 태평성대에 태어나 이역(異域)에 상을 주시는 대전(大典)을 욕되이 받아서, 지성대황제(至聖大皇帝)의 위엄과 복으로 인하여, 지나간 모든 나라에서 모두 우둔한 우리를 중국의 사신이라 하여

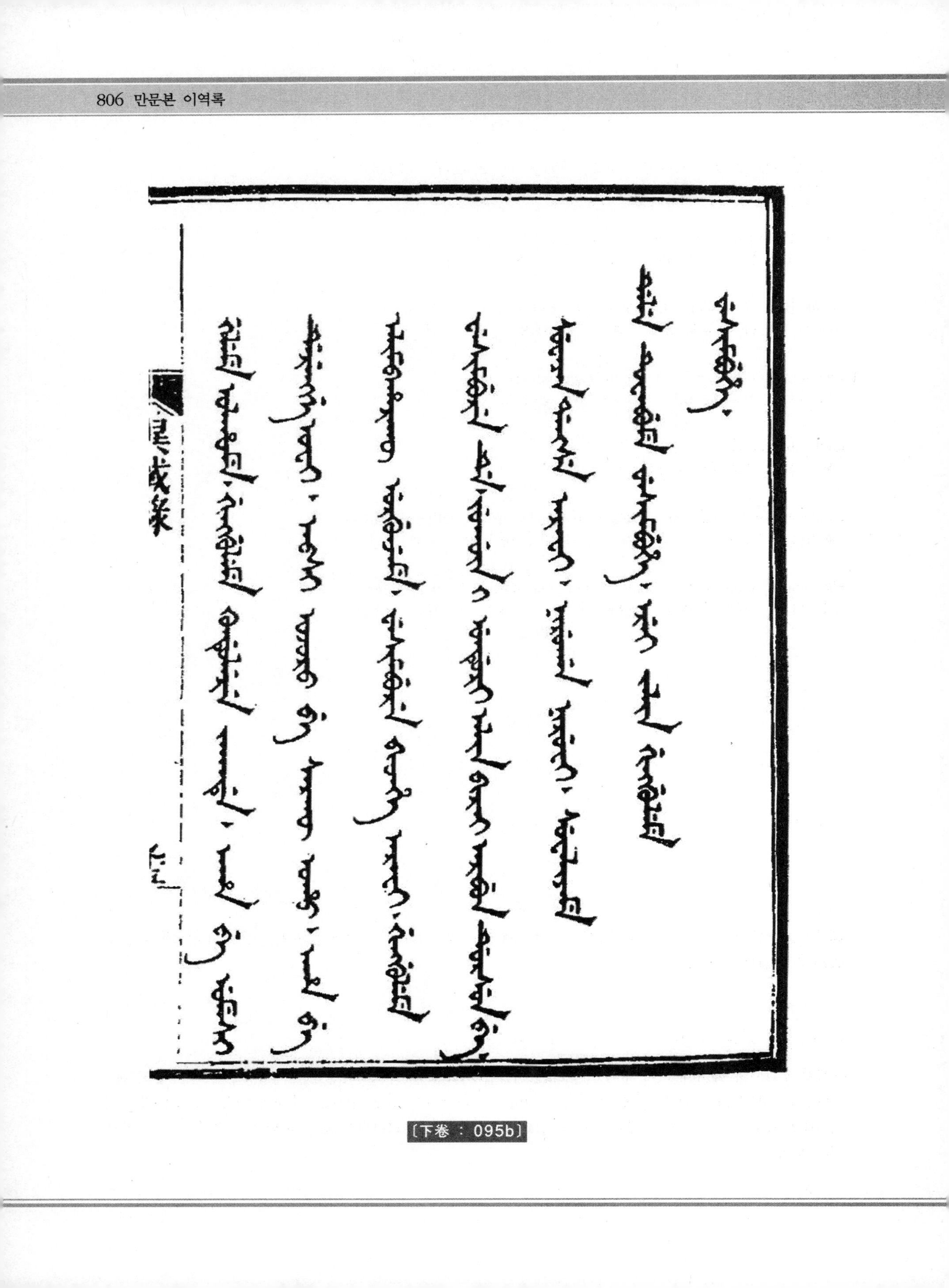

異域錄

geleme olhome, gingguleme kundulere jakade, aha be umesi
겁내며 두려워하며 삼가 공경할 적에 우둔한 우리 매우

derengge ofi, absi ojoro be sarkū oho. aha be
영화롭게 되어서 어찌 됨 을 알지 못했다. 우둔한 우리

alimbaharakū urgunjeme, wesimbure bithe arafi, gingguleme
매우 기뻐하며 올리는 글 지어서 삼가

wesimbure de, jugun i unduri alin birai arbun dursun be,
올림 에 길 의 연도 산 강의 모습 생김새 를

suwayan dangse[350] arafi, nirugan nirufi, suwaliyame
노란 檔子 쓰고 그림 그리고 아울러

dele tuwabume wesimbuhe. erei jalin gingguleme
主上 보시도록 올렸다. 이의 때문에 삼가

wesimbuhe.
올렸다.

[한문]

畏服欽敬 臣等咸獲莫大之榮 罔知所措 曷勝踴躍欣忭之至 謹具奏疏 及沿途山川形勢 恭繕黃冊輿圖 進呈

—— ◦ —— ◦ —— ◦ ——

두려워하며 삼가 공경하는 까닭에, 우둔한 우리는 매우 영화를 누리게 되어서 어찌할 줄을 몰랐습니다. 우둔한 우리는 극히 기뻐하며 황제께 주상하는 글을 짓고 삼가 올림에 이르러, 길을 가는 동안의 산과 강의 형세를 황책(黃冊)에 기록하고 여도(輿圖)를 그린 후 합쳐서 황제께서 보시도록 올렸습니다. 이 때문에 삼가 주상합니다.

350) suwayan dangse: 황책(黃冊)으로 본래 명나라의 호구책에서 기원한 명칭이다. 그러나 청대에는 단순히 호구책뿐만이 아니라, 칙재(勅裁)를 청하기 위해 상주(上奏)하는 문서 일반을 가리키는 데에도 쓰이게 되었다.

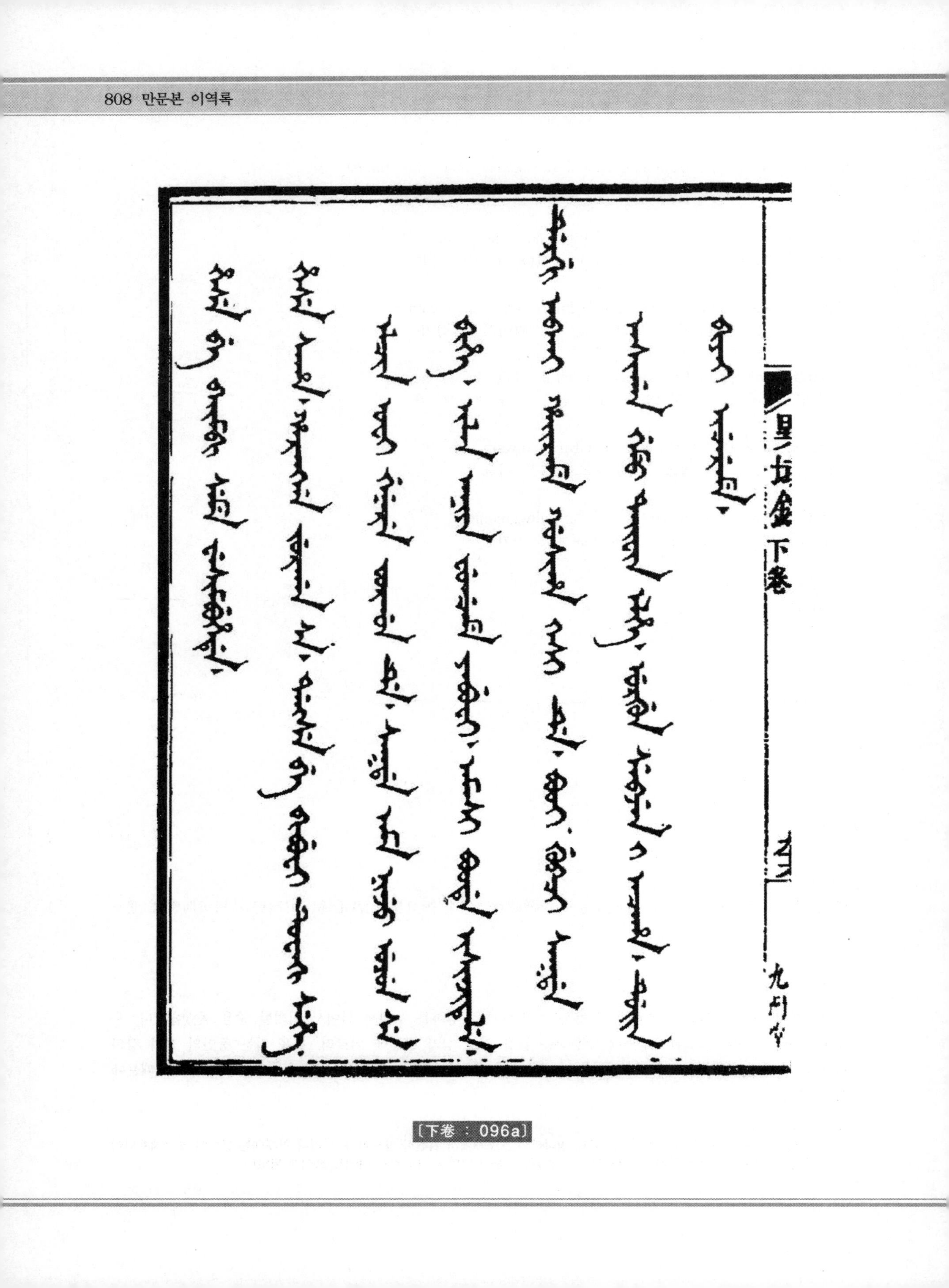

hese be baimbi seme wesimbuhede,
皇旨 를 청한다 하고 올렸음에

hese saha. harangga jurgan sa. dangse be bibufi tuwaki sehe.
皇旨 알았다. 소속의 部 알아라. 檔子 를 두고 보자 하였다.

elcin ofi genere forgon de, sakda ama ninju uyun se
사신 되어서 가는 시절 에 늙은 어머니 육십 구 세

bihe. ilan aniya funceme yabufi, amasi boode isinjitele,
였다. 삼 년 넘게 가서 뒤로 집에 이르기까지

dergi abkai hairame gosiha kesi de, booi gubci sakda
上 天의 아끼며 어여삐 여긴 은덕 에 집의 모든 늙은이

asigan gemu taifin elhe, urgun sebjen i acaha. duin
어린이 모두 평하고 평안하며 기쁘고 즐거움 으로 맞았다. 사

biyai icereme,
월의 초순에

[한문]

御覽 爲此謹奏 請旨 奉旨知道了 該部知道 冊圖留覽 奉差前往之時 家君年已六十有九 往返三載餘 以曁還都 蒙聖恩 闔門淸泰 歡欣團聚 夏四月初旬

—— ◦ —— ◦ —— ◦ ——

황지(皇旨)를 청합니다." 하고 주상하였더니, 황제께서 황지(皇旨)를 내리시기를, "알았다. 해당하는 부(部)는 잘 새겨들어라. 친히 당자(檔子)를 두고 볼 것이다." 하셨다. 사신이 되어 길을 떠나던 시절에, 나이 드신 어머니는 69세였는데, 3년 남짓 사신으로 갔다가 집에 돌아올 때까지 황제께서 아끼며 어여삐 여기신 은덕에 집의 모든 어른과 어린이들이 모두 태평하고 평안하며 기쁘고 즐거운 마음으로 나를 맞이했다. 4월 초순에

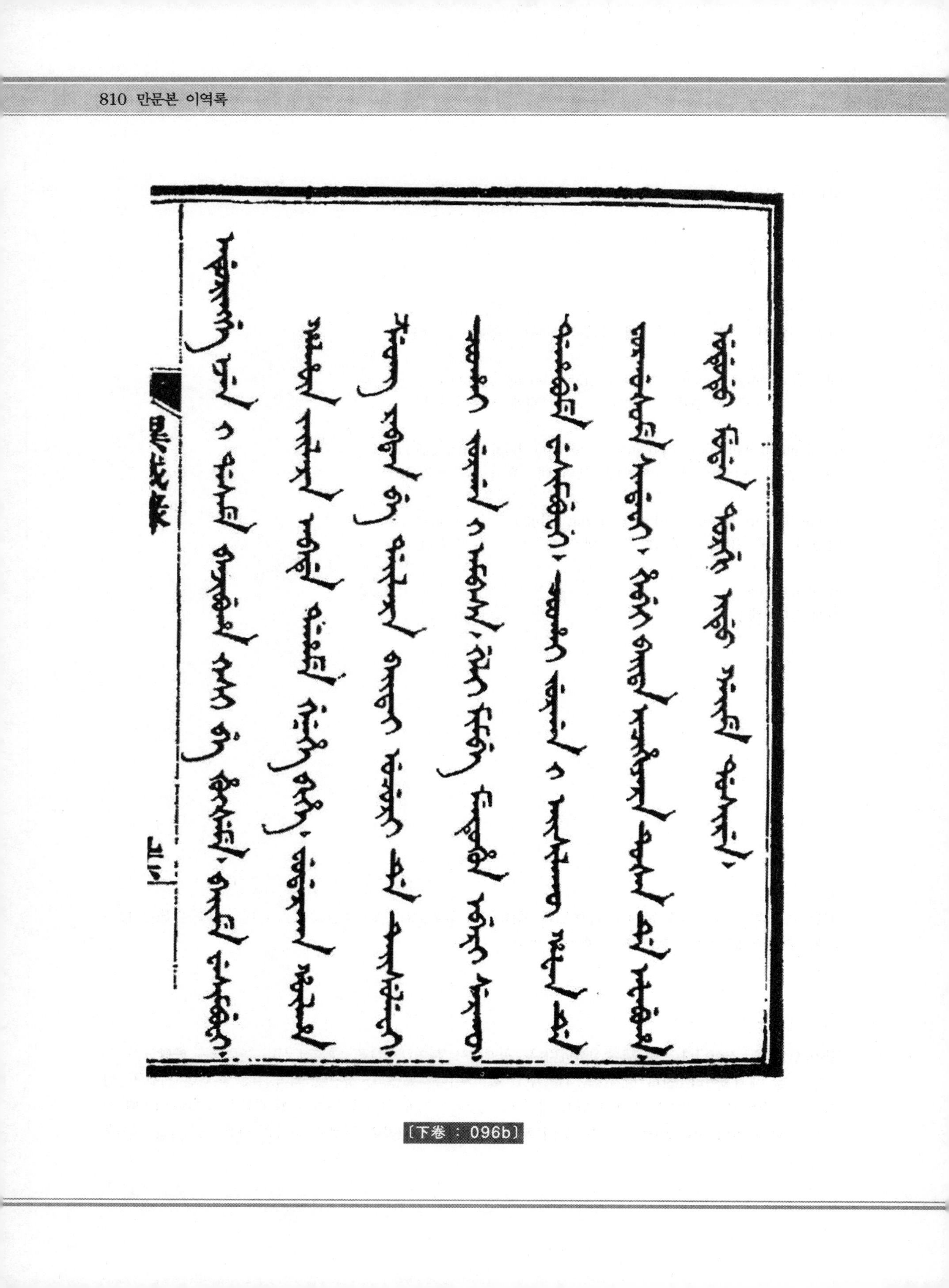

enduringge ejen i dasame banjibuha kesi be hukšeme, baime wesimbufi,
성스러운 주인 의 다시 생기게 한 은덕 을 감격하여 청하여 올려서

halhūn jailara abade dahame genehe bihe. fudaraka hūlha
더위 피하는 사냥에 따라 갔었다. 반역한 도적

ts'ewang rabtan be dailara baitai ucuri de teisulefi,
처왕 랍탄 을 정벌하는 일의 즈음 에 맞추어

coohai jurgan i ambasa, geli mimbe mentuhun eberi serakū,
兵 部 의 대신들 또 우리를 어리석고 유약하다 하지 않고

dahabume wesimbufi, coohai jurgan i aisilakū, hafan de
保題하려[351] 올려서 兵 部 의 員外郎 관리 에게

forgošome sindafi, hebei baita icihiyara tušan de afabuha.
변경하여 임명하고 軍務 처리하는 직무 에 맡겼다.

ududu mudan dorgi idu gaime dosire,
여러 번 內廷 번 갈러 들고

[한문]

仰感聖主再造之恩 生全之德 懇請隨駕避暑効力 前往熱河 值征勦逆冦策旺拉布坦有事之際 兵部臣不以余愚蒙庸劣 具疏題請 調補兵部員外郎 辦理軍務 屢次入直內廷及

— ○ — ○ — ○ —

성스러운 황제께서 다시 주신 은덕에 감격하여서, 주청하여 더위를 피하기 위한 사냥에 따라 갔다. 반역한 도적인 처왕 랍탄을 정벌하는 일이 한창인 시기에, 병부(兵部)의 대신들이 또 우리를 어리석고 유약하다고 여기지 않고 보제(保題)하려 주상하여서, 병부(兵部)의 원외랑(員外郎)으로 관직을 전환하여 놓고, 군무(軍務)를 처리하는 직무를 맡겼다. 수차례 내정(內廷)에 입직(入直)하고

351) 보제(保題) : 특별한 기능이나 공적이 있는 사람을 시험을 치르지 않고 추천하는 것

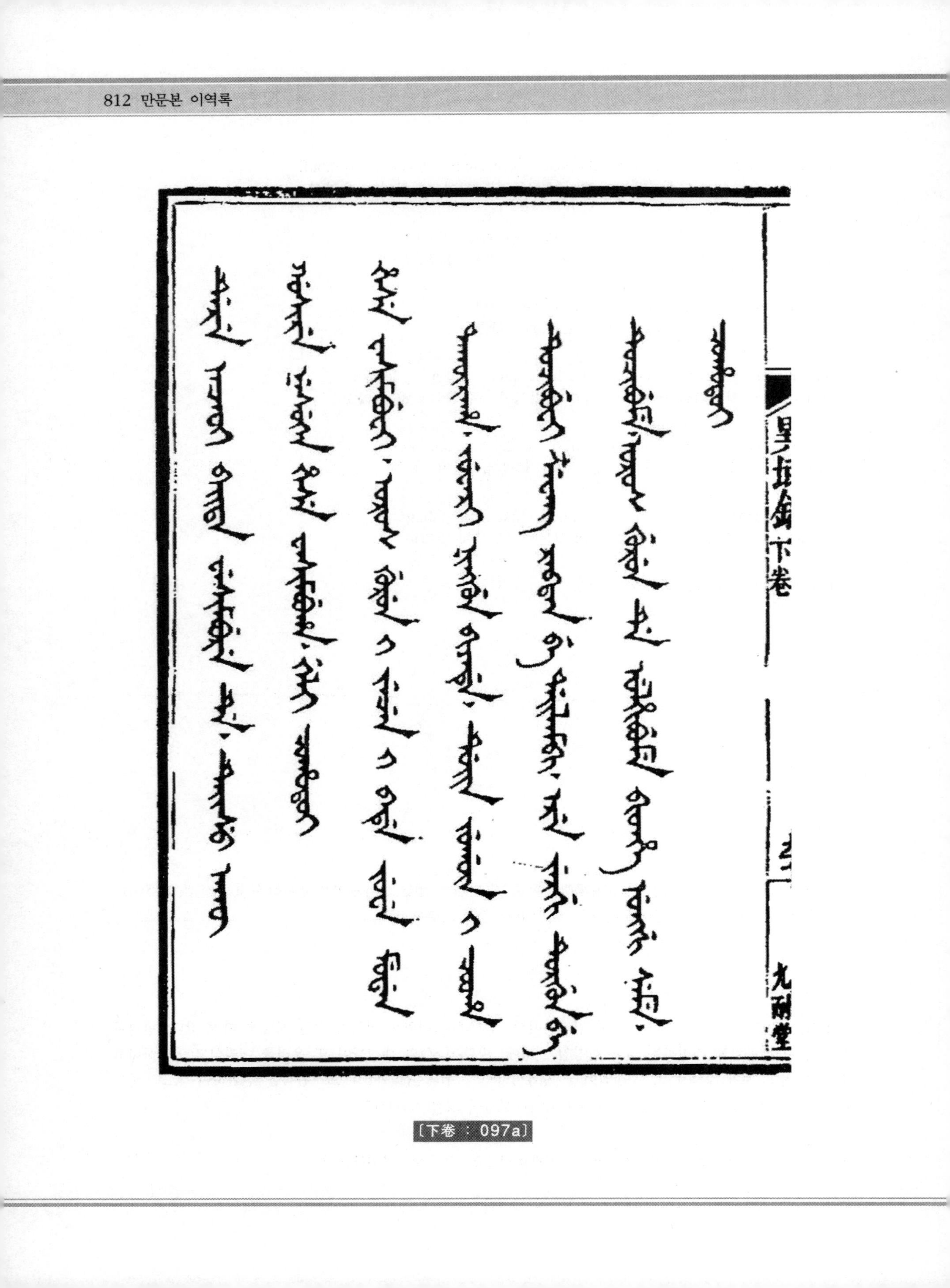

dere acafi baita wesimbure de, teisu akū
얼굴 마주하고 일 상주함 에 견줄 바 없는

gosire nesuken hese wasimbuha. geli cohotoi
인자한 溫綸 내렸다. 또 특별히

hese wasimbufi, oros gurun i jecen i bade juwe mudan
皇旨 내려서 러시아 나라 의 변경 의 지역에 두 번

takūraha. juwari ninggun biyade, duin jugūn i cooha
파견하였다. 여름 육 월에 四 路 의 병사

tucibufi ts'ewang rabtan be dailambi. ere jergi turgun be
내어서 처왕 랍탄 을 정벌한다. 이 등의 연유 를

tucibume, oros gurun de ulhibume bithe unggi seme,
내며 러시아 나라 에 납득하게 글 보내라 하고

cohotoi
특별히

[한문]

陛見奏對 咸沐不次之奬諭 獲格外之恩綸 又特旨差往俄羅斯國界二次焉 時夏六月 因大兵四路進勦逆冦 令余曉諭俄羅斯國

—— ◦ —— ◦ —— ◦ ——

황제를 알현하고 일을 상주할 때, 견줄 바 없는 인자한 온륜(温綸) 내리셨다. 또 특별히 황지(皇旨)를 내리셔서 러시아의 변경 지역에 두 번 파견하셨다. 여름인 6월에 말씀하시기를, "사로(四路)의 병사를 내어서 처왕 랍탄을 정벌할 것이다. 이러한 사정을 밝혀 러시아가 잘 납득할 수 있도록 글을 보내라." 하고 특별히

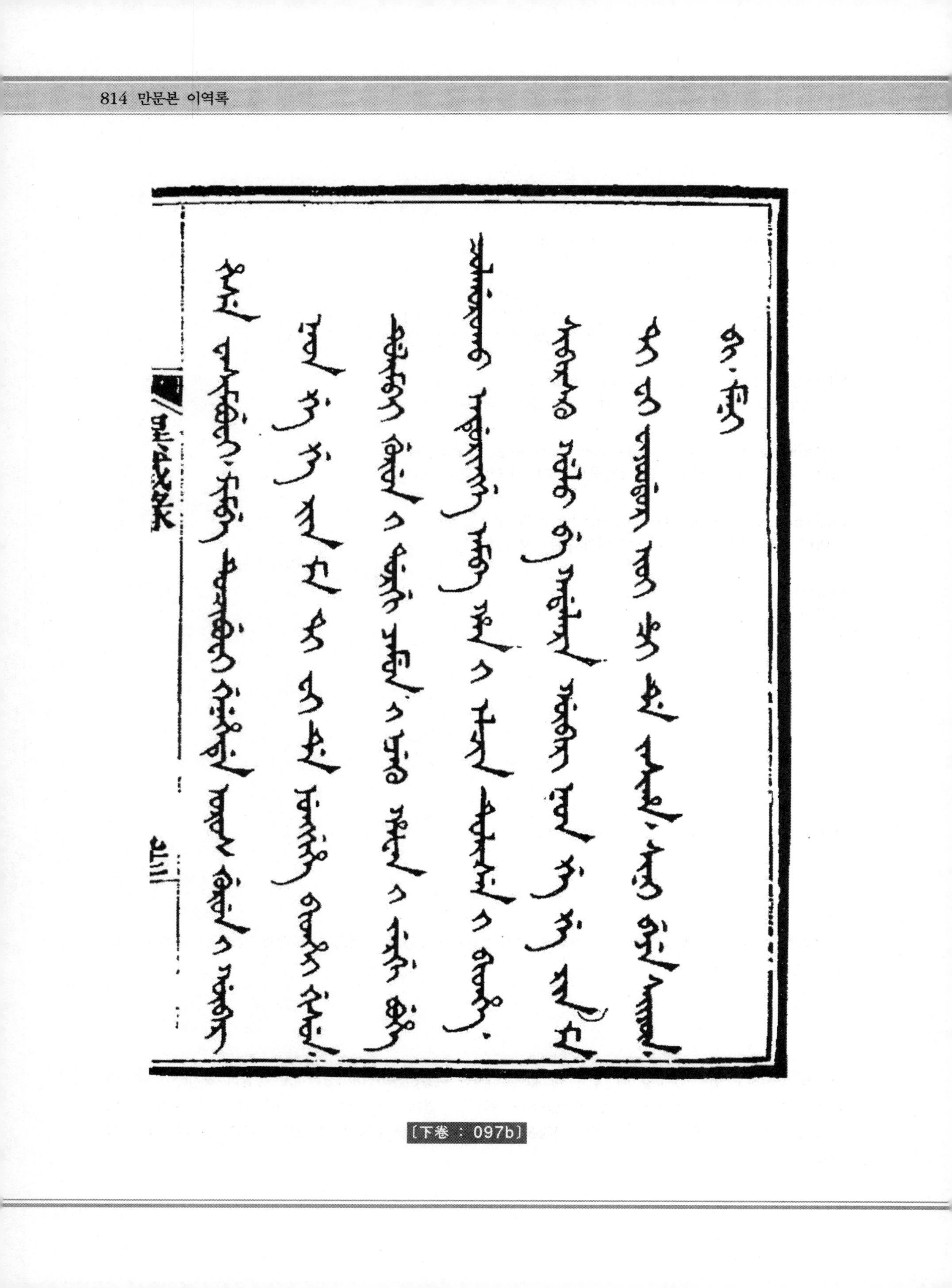

hese wasimbufi, mimbe tucibufi genehe de oros gurun i gūbir
皇旨 내리고 우리를 내보내서 갔음 에 러시아 나라 의 구비르

nat g'a g'a rin ma ti fi de unggihe bithei gisun,
나트 가 가 린 마 티 피 에게 보낸 글의 말

dulimbai gurun i dorgi yamun i ejeku hafan i jergi buhe
中 國 의 內 閣 의 侍 讀 의 품급 준

colgoroko enduringge amba han i elcin tulišen i bithe,
빼어나고 성스러운 큰 汗 의 사신 툴리션 의 글

sibirsk'o golo be kadalara gūbir nat g'a g'a rin ma
시비르스코 省 을 관할하는 구비르 나트 가 가 린 마

ti fi fiyoodor ioi c'y de jasiha. sini beye saiyūn.
티 피 피요도르 요이 치 에게 편지했다. 너의 몸 괜찮은가,

bi meni
나 우리의

[한문]

特旨遣往 余至楚庫栢興地方 遺書於俄羅斯國總管噶噶林馬提飛 其詞曰 中華至聖大皇帝 使臣賜內閣侍讀品級圖麗琛 致書於總管西畢爾斯科地方 噶噶林馬提飛費多爾委翅 別來無恙 余奉

—— ◦ —— ◦ —— ◦ ——

황지(皇旨)를 내리시고, 우리를 사신으로 보내서 길을 떠났다. 러시아의 구비르나트 가가린 마티피에게 보낸 글에서 말하기를, "중국 내각(內閣)의 시독(侍讀)의 품급을 주신 지성대황제(至聖大皇帝)의 사신 툴리션의 글을 시비르스코 성(省)을 관할하는 구비르나트 가가린 마티피 피요도르요이치에게 보냈다. 그대의 몸은 건강한가? 나 우리의

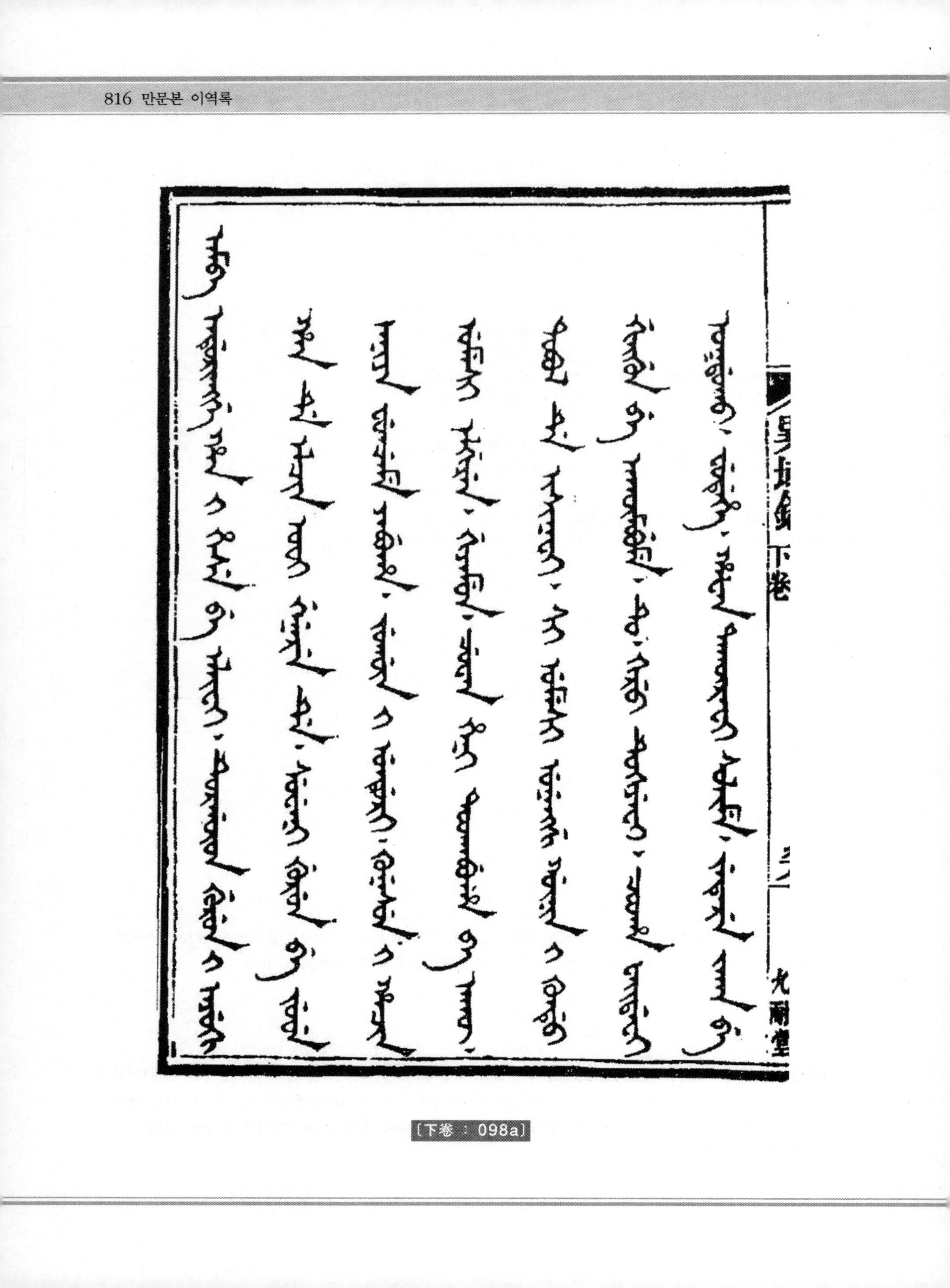

異域錄 下卷

amba enduringge han i hese be alifi, turgūt gurun i ayuki
크고 성스러운 汗 의 皇旨 를 받고 투르구트 나라 의 아유키

han de elcin ofi genere de, suweni gurun be juwe
汗 에게 사신 되어서 감 에 너희의 나라 를 두

aniya funceme yabuha. jugūn i unduri kunesun i hacin
해 넘게 갔다. 길 의 연도 식량 의 종류

umesi elgiyen, giyamun, cuwan heni tookabuha ba akū.
매우 풍부하고 역참 배 조금도 지체된 바 없다.

tobol de isinafi, si umesi unenggi gūnin i kundu
토볼 에 다다라서 너 매우 진실한 마음 으로 공경

ginggun be akūmbume, tu kiru tukiyefi, cooha faidafi
존경 을 다하여 大旗 小旗 올리고 병사 정렬하고

okdoko. fudehe. hafan takūrafi solime, jetere jaka be
맞이했다. 배웅했다. 관리 파견해서 청하여 먹을 것 을

[한문]

大聖皇帝欽命遣往土爾扈特國阿玉奇汗之時 經過爾國地方 二載餘沿途供給 極其豐裕 役馬舟車 竝無貽悞 至托波兒時 爾輸誠竭敬 列幟排兵 致迎迓之禮

—— ◦ —— ◦ —— ◦ ——

대황제(大皇帝)의 황지(皇旨)를 받고, 투르구트의 아유키 한에게 사신으로서 갈 때, 그대의 나라를 2년 남짓 지나갔다. 가는 도중에 식량의 종류도 매우 풍족했고, 역마와 배도 조금도 지체된 바가 없었다. 토볼에 다다라서 그대가 매우 진실한 마음으로 공경과 존경을 다하여 대기(大旗)와 소기(小旗)를 올리고 병사를 정렬하고 우리를 맞이하고 배웅했다. 그리고 관리를 파견하여 우리를 초청한 후, 먹을거리를

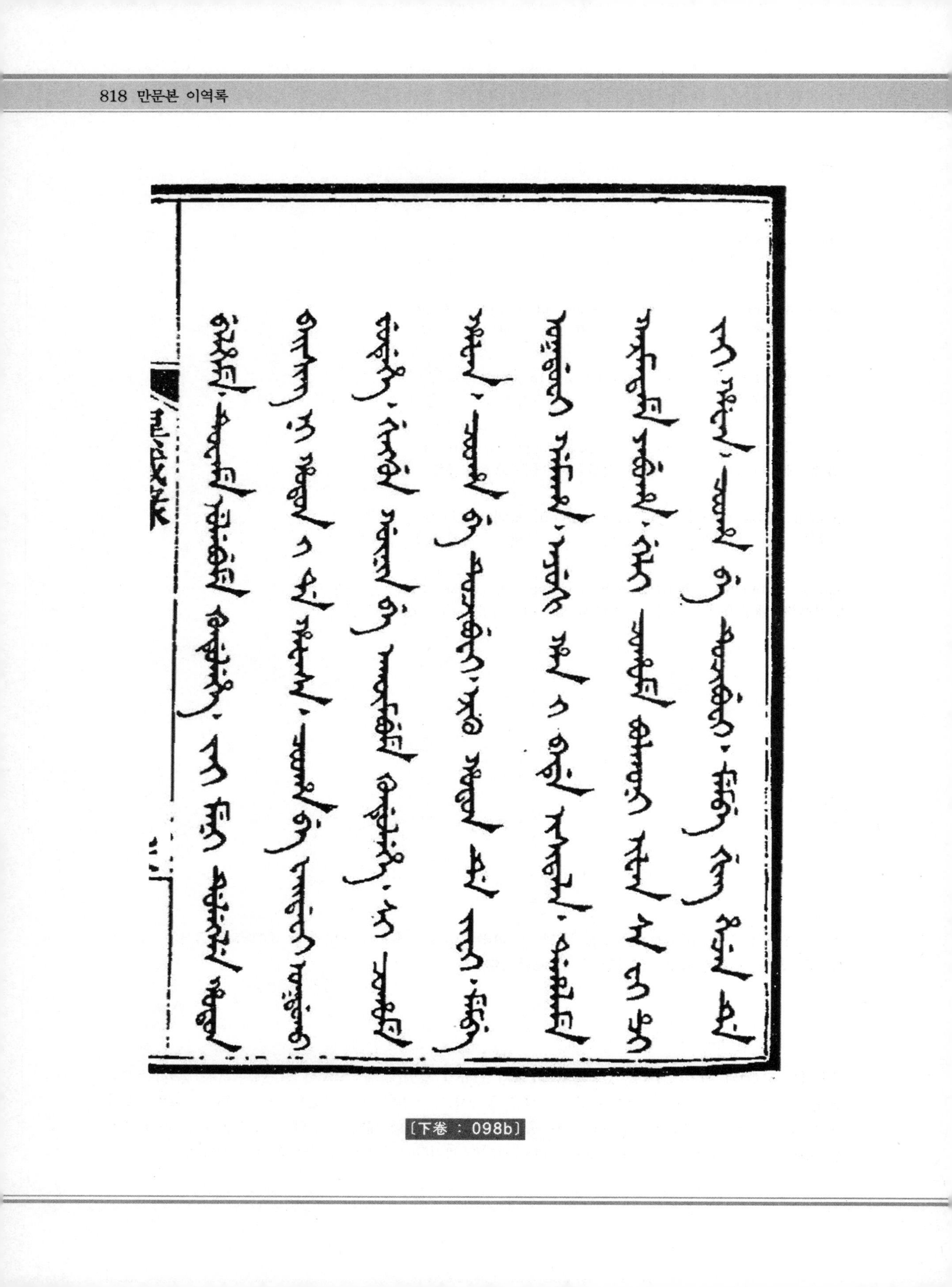

belheme, tuwame ulebume kundulehe. jai meni dulekele hoton
준비하여 보아 먹이며 공경했다. 또 우리의 모든 지나간 城

baising ni hoton i da hafasa, cooha be faidafi okdoko.
바이싱 의 城 의 우두머리 관리들 병사 를 정렬하고 맞이했다.

fudehe. ginggun gūnin be akūmbume kundulehe. si cohome
배웅했다. 존경하는 마음 을 다하여 공경했다. 너 특별히

hafan, cooha be tucibufi, erku hoton de jifi, membe
관리 병사 를 내어서 어르쿠 城 에 와서 우리를

okdofi gamaha. ayuki han i bade isitala, dahalame
맞이하고 데려갔다. 아유키 汗 의 지역에 이르도록 뒤따르며

karmatame yabuha. geli cohome bolkoni ifan sa fi c'y
늘 수호하며 갔다. 또 특별히 볼코니 이판 사 피 치

jai hafan, cooha be tucibufi, membe ging hecen de
또 관리 병사 를 내어서 우리를 京 城 에

[한문]

邀請筵宴 殫地主之誠 及所歷城堡 頭目官員皆排兵迎送 甚屬欽敬 遣官兵以遠迎 至阿玉奇汗而護 送特令衣宛薩委翅 率領兵丁送至京師

—— ◦ —— ◦ —— ◦ ——

준비하여 잘 대접하였다. 또한 우리가 지나간 모든 성(城)과 바이싱의 성(城)의 수령들과 관리들이 병사를 정렬하고 우리를 맞이하고 배웅하였으며, 존경하는 마음을 다하여 우리를 공경했다. 그대가 특별히 관리와 병사를 내어 어르쿠 성(城)에 와서, 우리를 맞이하고 데려갔다. 아유키 한의 지역에 이르기까지 우리를 뒤따르며 수호하며 갔다. 또 특별히 볼코니 이판 사피치, 그리고 관리와 병사를 내어서 우리를 경성(京城)에

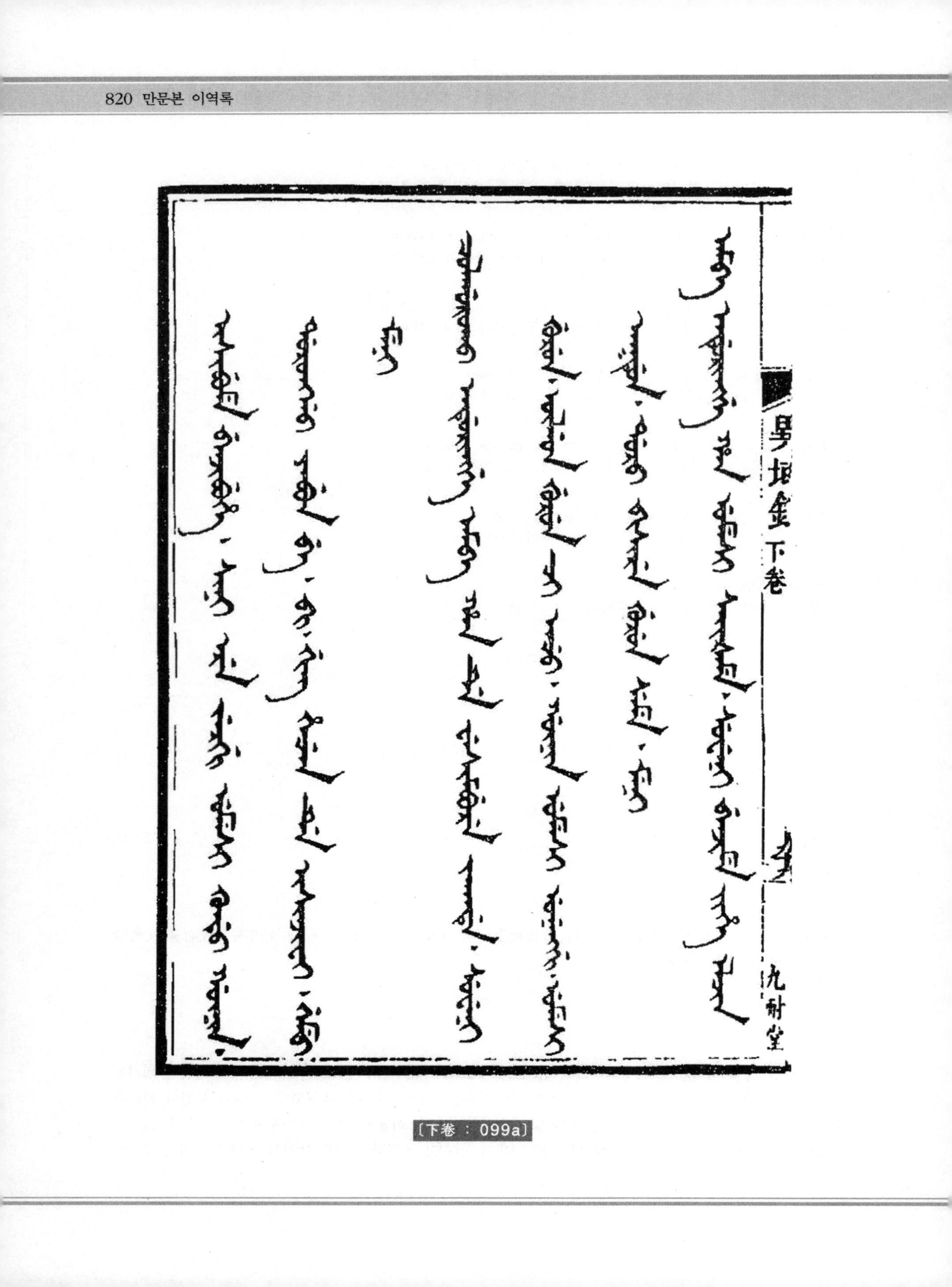

異域錄 下卷

九耐堂

isibume benjibuhe. sini ere jergi umesi kundu gūnin,
이르게 하여 보내게 했다. 너의 이 등 매우 정중한 생각

doronggo yabun be, bi ging hecen de isinjifi, gemu
정중한 행동 을 나 京 城 에 다다라서 모두

meni
우리의

colgoroko enduringge amba han de, wesimbure jakade, suweni
빼어나고 성스러운 큰 汗 에게 올릴 적에 너희의

gurun, ūlet gurun ci encu. gūnin umesi unenggi, umesi
나라, 오이라트 나라 보다 다르다. 생각 매우 진실하고 매우

akdun, doro bisire gurun seme, meni
믿음직하고 도 있는 나라이다 하고 우리의

amba enduringge han umesi saišame, suweni benjime jihe elcin
크고 성스러운 汗 매우 칭찬하며 너희의 보내어 온 사신

[한문]

爾之恭敬恪篤盡禮合儀諸懿行 余回都俱奏聞至聖大皇帝 謂爾國與厄魯特人迥異 秉心誠實 係禮義之邦 我至聖大皇帝深爲嘉悅 特勅理藩院 其前來護送

—— ∘ —— ∘ —— ∘ ——

잘 도착하도록 전송하게 하였다. 그대의 이와 같이 매우 정중한 마음과 도가 있는 행동을 내가 경성(京城)에 도착한 후, 모두 우리의 지성대황제(至聖大皇帝)께 올리니, "그대의 나라는 오이라트와 다르게 마음이 매우 진실하고 또 매우 믿음직하고 도가 있는 나라로구나." 하고 우리의 대황제(大皇帝)께서 매우 좋게 여기시어, 그대가 보낸 사신인

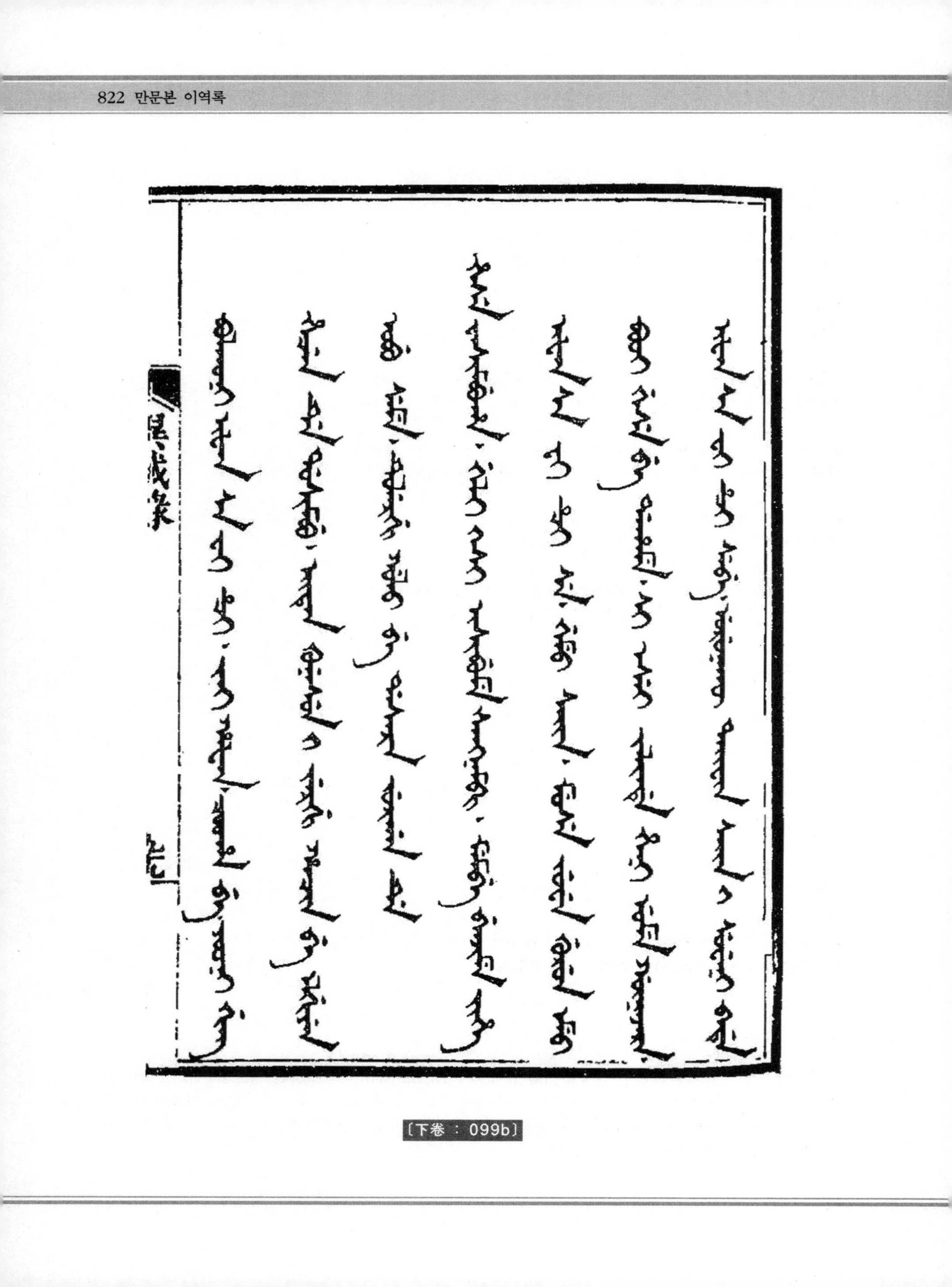

異域錄

bolkoni ifan sa fi c'y, jai hafan, cooha be yooni ging
볼코니 이판 사 피 치 또 관리 병사 를 모두 京

hecen de dosimbu. eiten kunesun i jergi hacin be elgiyen
城 에 들여라. 온갖 식량 의 등 종류 를 풍족히

obu seme, tulergi golo be dasara jurgan de
해라 하고 바깥쪽 省 을 다스리는 部 에

hese wasimbuha. geli kesi isibume šangnambi. membe benjime jihe
皇旨 내리셨다. 또 은덕 미치게 하여 상 주신다. 우리를 보내러 온

ifan sa fi c'y se, gemu sain, muse juwe gurun emu
이판 사 피 치 등 모두 좋다. 우리 두 나라 한

booi gese be dahame, si esei jalinde heni ume gūninjara,
집의 같음 을 따라 너 이들의 때문에 조금도 심사숙고하지 말라.

ifan sa fi c'y sebe, urunakū taifin sain i suweni bade
이판 사 피 치 등을 반드시 태평하고 좋음 으로 너희의 지역에

[한문]

衣宛薩委翅 及官兵抵都時 一切供給 皆從優裕 復賜恩賞 衣宛薩委翅等俱無恙 勿容顧慮 務令其安泰而回

── ◦ ── ◦ ── ◦ ──

볼코니 이판 사피치, 그리고 관리와 병사를, "모두 성(城)에 들여라. 온갖 식량들을 풍족하게 주어라." 하고 이번원(理藩院)에 황지(皇旨)를 내리시고, 또 은덕을 내리시어 상을 주셨다. 우리를 전송하러 온 이판 사피치 등은 모두 좋다. 우리 두 나라는 한집과 같으니, 그대는 이들의 걱정을 전혀 하지 않아도 된다. 이판 사피치 등을 반드시 무사히 그대의 나라에

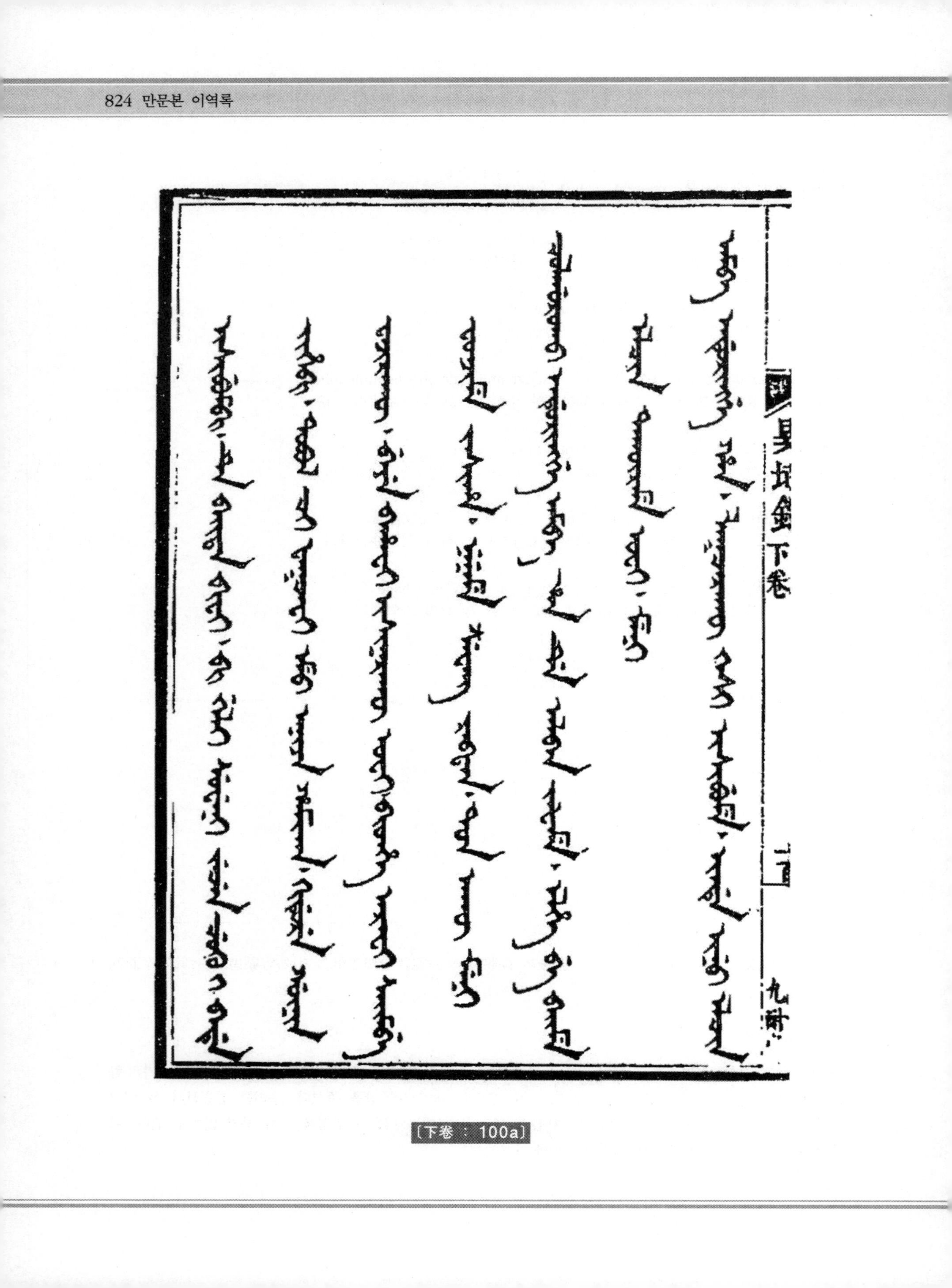

異域錄 下卷 一百

[下卷 : 100a]

isibumbi. te baita bifi, bi geli suweni jecen cuku i bade
이르게 한다. 지금 일 있어서 나 또 너희의 변경 추쿠 의 지역에

jihebi. tobol ci fakcafi emu aniya hamika. kidure gūnin
왔다. 토볼 에서 이별해서 일 년 거의 미쳤다. 그리워하는 생각

wajirakū, beye bahafi isinarakū ofi, bithe arafi saimbe
끝나지 않고 몸 능히 미치지 못하여서 글 지어 안녕을

fonjime jasiha. neneme ts'ewang rabtan, ton akū meni
물으려 편지했다. 먼저 처왕 랍탄 수 없이 우리의

colgoroko enduringge amba han de alban jafame, elhe be baime
빼어나고 성스러운 큰 汗 에게 공물 바치며 평안 을 청하여

elcin takūrame ofi, meni
사신 파견하게 되어서 우리의

amba enduringge han, lakcarakū kesi isibume, inde inu elcin
크고 성스러운 汗 끊임없는 은덕 미치게 하여 그에게 도 사신

[한문]

今因公務 復臨爾境 自別後倏忽一載 想念殊深 不能面叙 特致書存問 曩者策旺拉布坦不時遣使入覲 進貢方物 我大皇帝亦甚加憐恤 屢頒恩賞 通使往來 已有年矣

── ◦ ── ◦ ── ◦ ──

이르게 하겠다. 지금 일이 있어서 나는 또 당신 나라의 변경인 추쿠 지역에 와 있다. 토볼에서 그대와 이별한 지 일 년이 지났다. 그리워하는 마음이 끊이지 않지만, 직접 만나러 갈 수 없어서 글을 지어 안부를 물으러 편지를 보냈다. 먼저 번에 처왕 랍탄이 수없이 우리의 지성대황제(至聖大皇帝)께 공물을 바치며 안부를 여쭈러 사신을 파견하여서, 우리의 대황제(大皇帝)께서는 끊임없는 은덕을 내리시어 그에게도 사신을

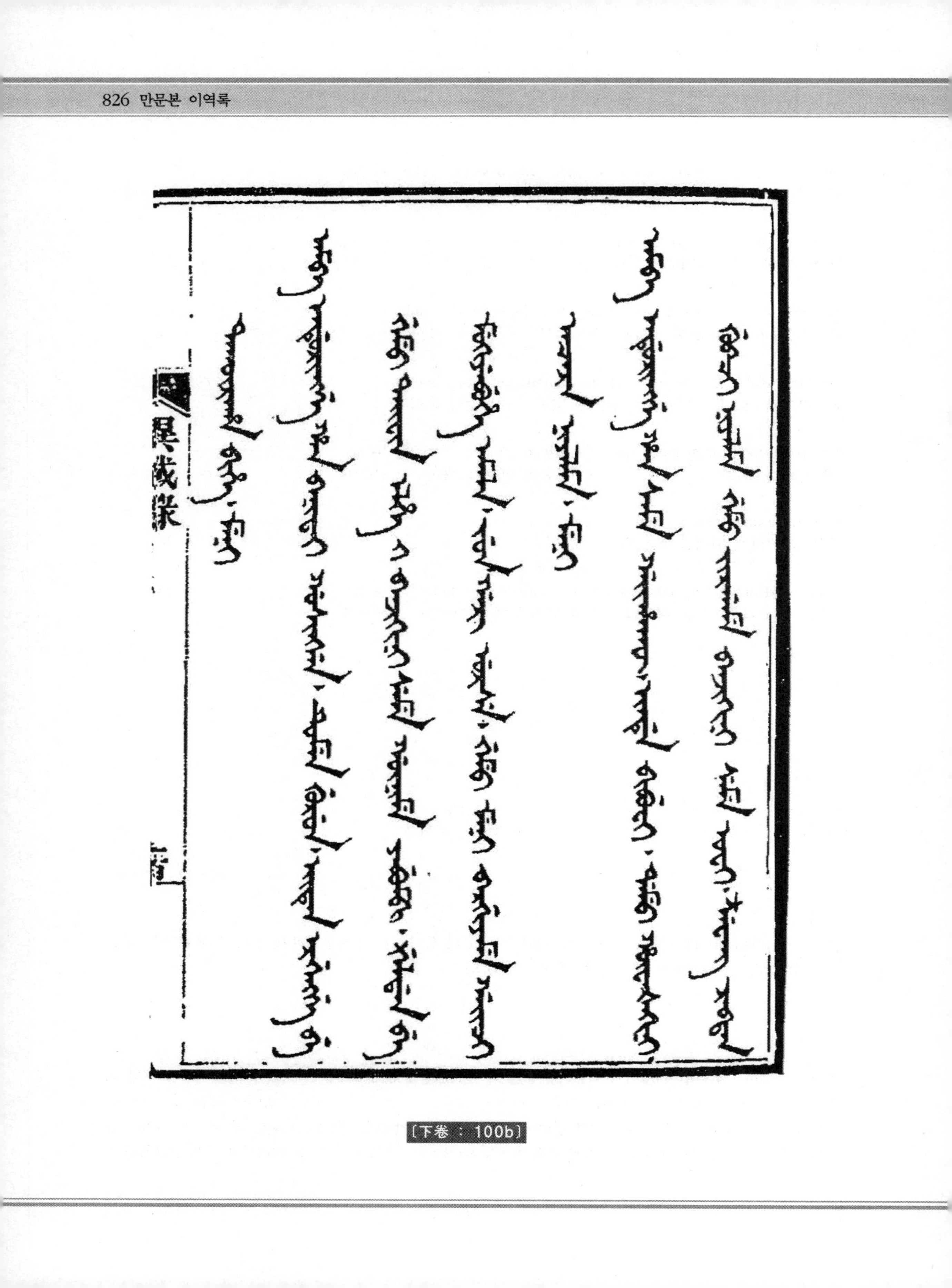

異域錄

takūraha bihe. meni
파견했었다. 우리의

amba enduringge han banitai gosinga, tumen gurun, eiten ergengge be
크고 성스러운 汗 천성 인자하고 萬 나라 모든 생명 있는 것 을

gemu taifin elhe i banjikini seme gūnime yabumbi. g'aldan[352] be
모두 태평 평안 으로 살게 하고자 하고 생각하며 행한다. 갈단 을

mukiyebuhe amala, jun gar[353] urse, gemu meni bargiyame gaici
멸망시킨 후 준가르 무리 모두 우리의 거두어 데려오면

acara niyalma, meni
마땅한 사람 우리의

amba enduringgc han same gaihakū. inde bibufi, damu hūwašakini.
크고 성스러운 汗 알아서 데려오지 않았다. 그에 두고서 다만 성장하게 하자

gubci niyalma gemu jirgame banjikini seme ofi, ts'ewang rabtan
모든 사람 모두 안락하게 살게 하자 하고 해서 처왕 랍탄

[한문]

我大皇帝至仁性成 臨御萬方 凡有血氣者 皆欲使享昇平 勦滅噶爾丹之後 其準噶爾部落人民 應屬我國 我大皇帝明知不納 聽其在彼 以遂其生計 但欲率土人民 各獲生全 同享雍熙 雖洞悉策旺拉布坦

―― ◦ ―― ◦ ―― ◦ ――

파견하셨다. 우리의 대황제(大皇帝)께서는 천성이 인자하시고, 만국의 모든 생명이 있는 것들이 모두 태평하고 평안히 살았으면 좋겠다고 생각하며 행하신다. 갈단을 멸망시키신 후, 준가르의 무리들은 모두 우리가 거두어 데려오면 마땅한 사람들이지만, 우리의 대황제(大皇帝)께서는 이를 아시고도 데려오지 않으셨다. 그리고 그에게 두고서 잘 살게 하자, 모든 사람들이 모두 안락하게 살게 하자 하고서 처왕 랍탄은

352) g'aldan(噶爾丹) : 티베트에 머물고 있던 갈단(галдан 재위 1671−1697)은 준가르 한국(汗國)에 반란이 일어나자 돌아와 반란군을 제압하고 1671년 준가르의 한(汗)이 되었다. 1681년 카자흐족과 키르기즈족을 공격하였으며 1682년에는 타림분지의 회부(回部)도 복속시켰다. 1688년 알타이를 넘어 몽골에 침입하여 승리를 거두었으나, 1690년 적봉(赤峰) 부근에서 청군에 패하고 처왕 랍탄에게 준가르부를 빼앗겼다. 1696년에는 울란바토르 인근 존모드에서 친정(親征)한 강희제(康熙帝)의 군대에게 대패하고 이듬해 알타이 산중에서 자살하였다.

353) jun gar(準噶爾) : 준가르(зүүнгар)는 17세기에서 18세기 초까지 천산산맥 부근에 있던 한국(汗國)이다. 그들의 영토는 오늘날 카자흐스탄, 키르기스스탄, 그리고 중국의 신장 지역 대부분을 차지한다. 징기스칸의 몽골제국에서 유래한 역사상 최후의 유목국가이다. 수도는 이리 강변에 있는 이닝(伊寧, 위구르어 ghulja)로 신장 웨이우얼(新疆 維吾爾) 자치구(自治區) 서북쪽 이리카자흐자치주(伊犁哈薩克自治州)의 중심지이다.

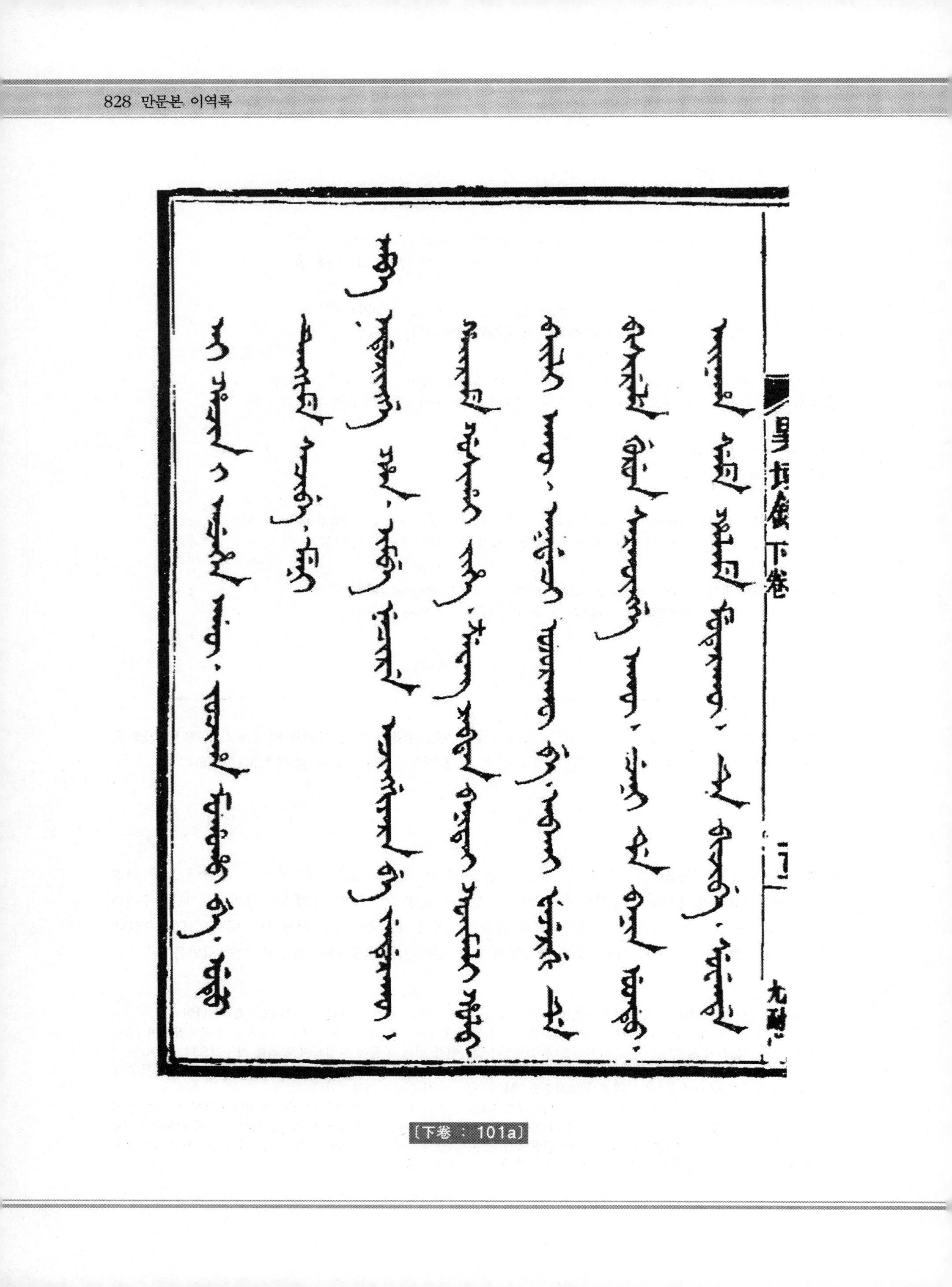

異域錄 下卷

ai hacin i encehen akū, jociha mohoho be, udu
어떤 종류 의 능력 없고 파멸하고 다했음 을 비록

tengkime sacibe, meni
확실하게 알지만 우리의

amba enduringge han, imbe necire acinggiyara be jenderakū,
크고 성스러운 汗 그를 침범하고 혼란에 빠뜨림 을 차마 못하고

hairame gosihai jihe. ts'ewang rabtan banitai koimali holo,
아끼며 어여삐 여기며 왔다. 처왕 랍탄 천성 교활하고 거짓되어

baili akū, akdaci ojorakū be, abkai fejergi de
은혜 없고 믿으면 안됨 을 하늘의 아래 에

bisirele gurun sarkūngge akū. ceni da banin uttu.
있는 모든 나라 모르는 이 없다. 그들의 本 性 이렇다.

ainaha seme halame muterakū. te bicibe, suwende
어찌하여도 바꿀 수 없다. 지금 이라도 너희에게

[한문]

勢力凋敝 窮迫已極 我大皇帝不忍征伐 豢育至今 其策旺拉布坦 賦性奸僞 背恩寡信 率土之國 無不知者 蓋其天性使然 終莫能悛 卽今

—— ◦ —— ◦ —— ◦ ——

전혀 능력이 없고 파멸에 이르렀음을 비록 확실히 아셨지만, 우리의 대황제(大皇帝)께서는 그를 침범하여 혼란에 빠뜨리는 행위를 차마 못하시고, 아끼고 어여삐 여기면서 왔다. 처왕 랍탄은 천성이 교활하고 거짓되어, 은혜도 모르고 믿으면 안 되는 사람이라는 것을 천하의 모든 나라들이 알고 있다. 그들의 본성이 이렇다. 결코 바꿀 수 없다. 지금도 그대들에게

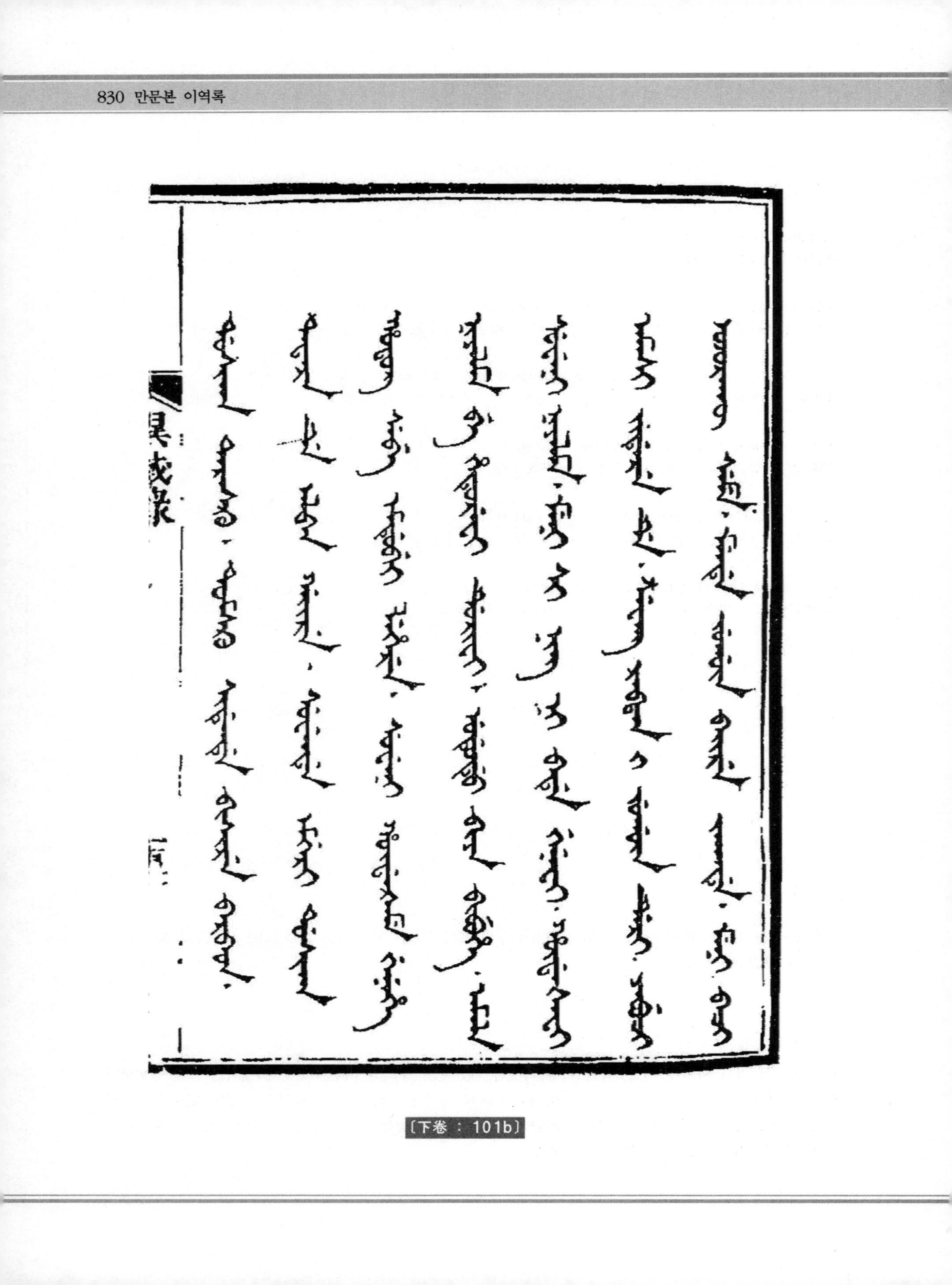

異域錄

dosika tarask'o, tomsk'o sidende bisire barbat,
들어온 타라스코 톰스코 사이에 있는 바르바트

tatara de alban gaire, suwende emgeri dosika
타타라 에 공물 취하고 너희에게 한번 들어온

hotong sebe emdubei lehere, suweni hūdašame genehe
호통 등을 그저 거듭 착취하고 너희의 거래하러 간

niyalma be heturefi durifi, ududu biya bibuhe. amala
사람 을 가로막고 빼앗아서 여러 달 있게 했다. 후에

suweni niyalma, meni si ning ni bade genefi, hūdašafi
너희의 사람 우리의 西 寧 의 지역에 가서 거래하고

amasi jidere de, ts'ewang rabtan i jugūn deri yabuci
돌아 옴 에 처왕 랍탄 의 길 로 가면

ojorakū seme, mende jugūn baire jakade, meni baci
안 된다 하며 우리에게 길 청할 적에 우리의 지역에서

[한문]

言之 爾國之塔喇斯科及托穆斯科邊陲地方 居住之巴爾巴忒 竝塔塔拉人等 歸附爾國已久 彼猶勒取貢物 其已歸爾國之貨通人等 彼復屢次遣使索取 又邀奪爾國貿易之人 羈留數月 其後得脱往我國之西寧貿易 回時不敢往策旺拉布坦路行走 請路于我國

— ◦ — ◦ — ◦ —

복속한 타라스코, 톰스코 사이에 있는 바르바트, 타타라에게 공물을 받고, 그대들에게 한번 복속한 호통 등을 누누이 착취하고, 그대들과 거래하러 온 사람들을 가로막고 빼돌려서 여러 달 머무르게 하였다. 이후에 당신 나라의 사람들이 우리의 서녕(西寧) 지역에 와서 거래를 하고 돌아올 때에, 처왕 랍탄의 길을 통해 가면 안 된다고 하며 우리에게 길을 청할 적에 우리 지역에서

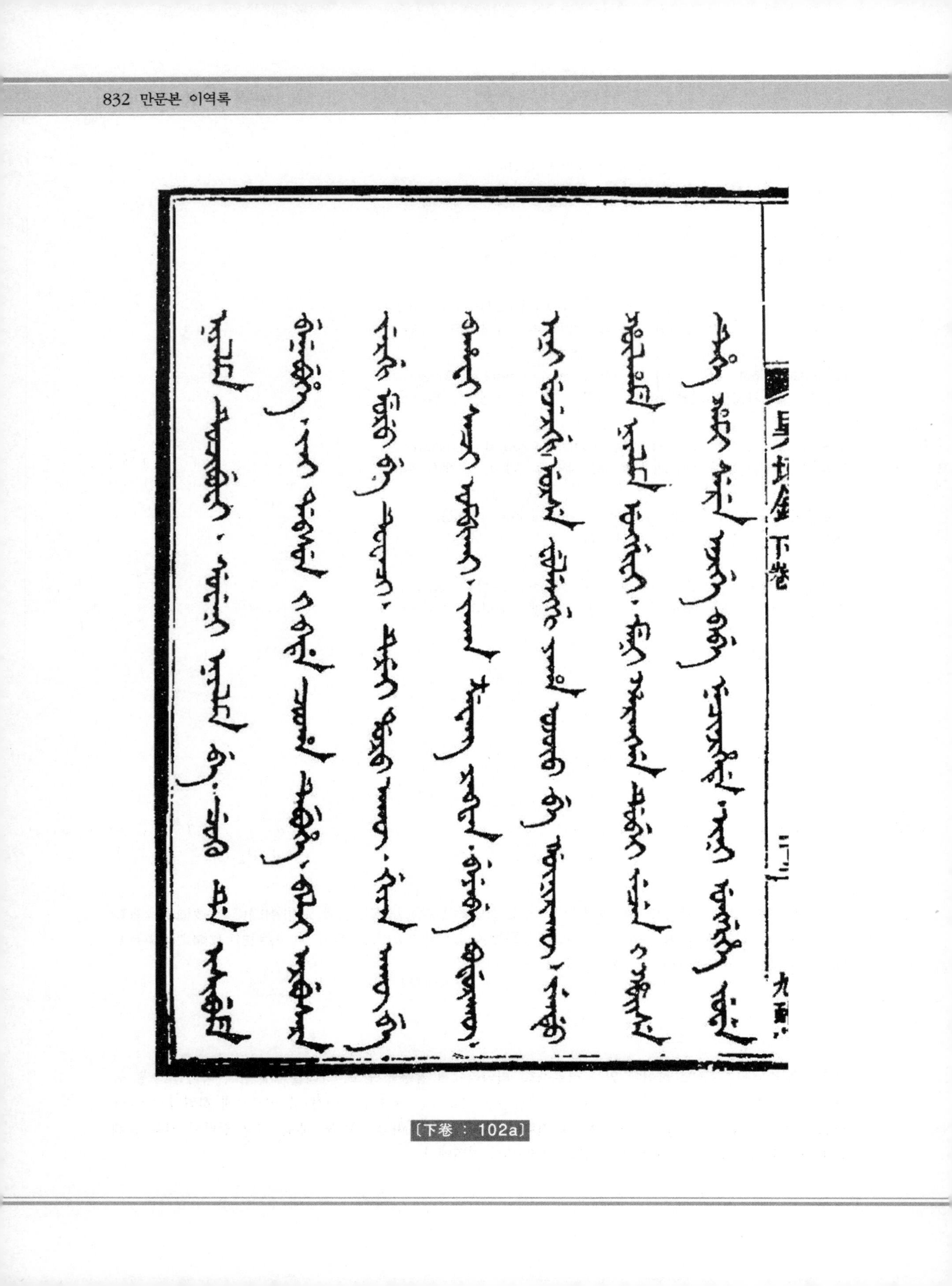

niyalma tucibufi, suweni niyalma be, cuku de isibume
사람 내어서 너희의 사람 을 추쿠 에 이르게 하러

benebuhe. jai dabsun i bade cooha tebuhe, balai arbusara[354]
보내게 했다. 그리고 소금 의 지역에 병사 머무르게 하고 함부로 행동하는

jergi muru be tuwaci, terei doro akū, giyan akū be
등 모습 을 보면 그의 道 없고 도리 없음 을

bahafi saci ombikai. jakan ts'ewang rabtan beyebe bodorakū,
능히 알 수 있느니라. 요즘 처왕 랍탄 몸을 헤아리지 않고

ini fejergi urse fulenggi yaha ojoro be gūnirakū, jendu
그의 아래쪽 무리 재 숯 됨 을 생각하지 않고 몰래

hūlhame niyalma unggifi, meni harangga dubei jecen i hoise
은밀하게 사람 보내서 우리의 소속의 끝의 변경 의 回子

tehe hami[355] sere ajige babe necinjihede, ini unggihe juwe
살던 하미 하는 작은 곳을 침략하러옴에 그의 보낸 이

[한문]

乃特遣人送至楚庫地方 至于鹽場屯兵 狂悖妄舉諸事 其不道無知 昭然可見矣 近者 策旺拉布坦不自量力 不度其醜類罹灰燼之禍 乃敢潛遣賊衆 侵我邊隅回子所居之哈蜜地方 伊所遣二

— ◦ — ◦ — ◦ —

사람을 내어서 당신 나라의 사람을 추쿠까지 잘 도착하도록 보내게 했다. 그리고 처왕 랍탄이 염장(塩場)에 병사를 머무르게 한 것과 함부로 행동하는 등의 모습을 보면 그가 도(道)가 없고 도리가 없다는 것을 능히 알 수 있다. 최근 처왕 랍틴이 자신 몸을 헤아리지 않고 그의 부하들이 재와 숯이 되는 것을 생각하지 않고, 비밀스럽고 은밀하게 사람을 보내서, 우리에게 속한 변경의 회교도가 살던 하미라는 작은 지역을 침략하러 왔지만, 그가 보낸

354) arbusara : arbušara의 오기(誤記)이다.
355) hami(哈蜜) : 신장 웨이우얼(新疆 維吾爾) 자치구(自治區)의 가장 동쪽에 위치하고 있다.

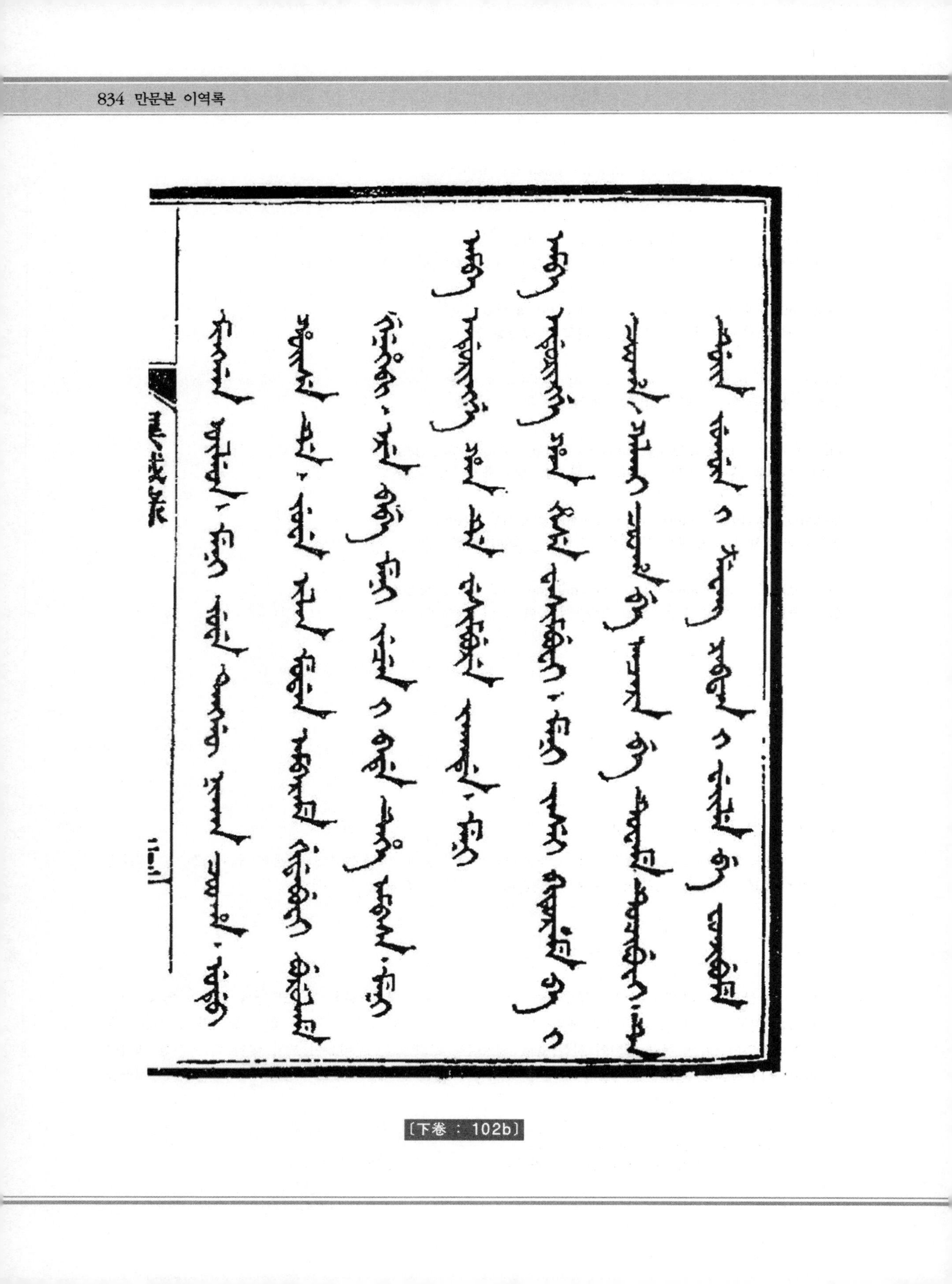

minggan ūlet, meni juwe tanggū nikan cooha, udu
천 오이라트 우리의 이 백 한족 병사 몇

hoise de, juwe ilan mudan ambarame gidabufi burulame
回子 에게 두 세 번 크게 격파 당하고 패주하여

genehebi. ere babe meni jecen i bade tehe ambasa, meni
갔었다. 이 것을 우리의 변경 의 지역에 머물던 대신들 우리의

amba enduringge han de wesimbure jakade, meni
크고 성스러운 汗 에게 올릴 적에 우리의

amba enduringge han hese wasibufi, meni jasei biturame ba i
크고 성스러운 汗 皇旨 내려서 우리의 변경의 가장자리 지역 의

cooha, kalkai cooha be acara be tuwame tucibufi, te
병사 칼카의 병사 를 마땅함 을 보아 내어서 지금

duin jugūn i ts'ewang rabtan i weile be fonjibume
네 길 로 처왕 랍탄 의 죄 를 묻게 하여

[한문]

千厄魯特人 爲我國二百漢兵 數名狪子擊敗 三四次鼠竄 我國封疆大吏將此事奏聞 我大皇帝特旨酌調邊兵 并派喀爾喀兵 現今聲罪致討 如策旺拉布坦

—— ◦ —— ◦ —— ◦ ——

2,000명의 오이라트가 우리 200명의 한족 병사와 수 명의 회교도에게 두세 번 크게 져서 달아난 적이 있다. 이러한 사실을 우리의 변경 지역에 머물던 대신들이 우리의 대황제(大皇帝)께 주상할 적에 우리의 대황제(大皇帝)께서는 황지(皇旨)를 내리셔서, 우리의 변경에 연해 있는 지역의 병사와 칼카의 병사를 적절히 판단하여 내어서, 지금 4로(路)로 처왕 랍탄의 죄를 물으며

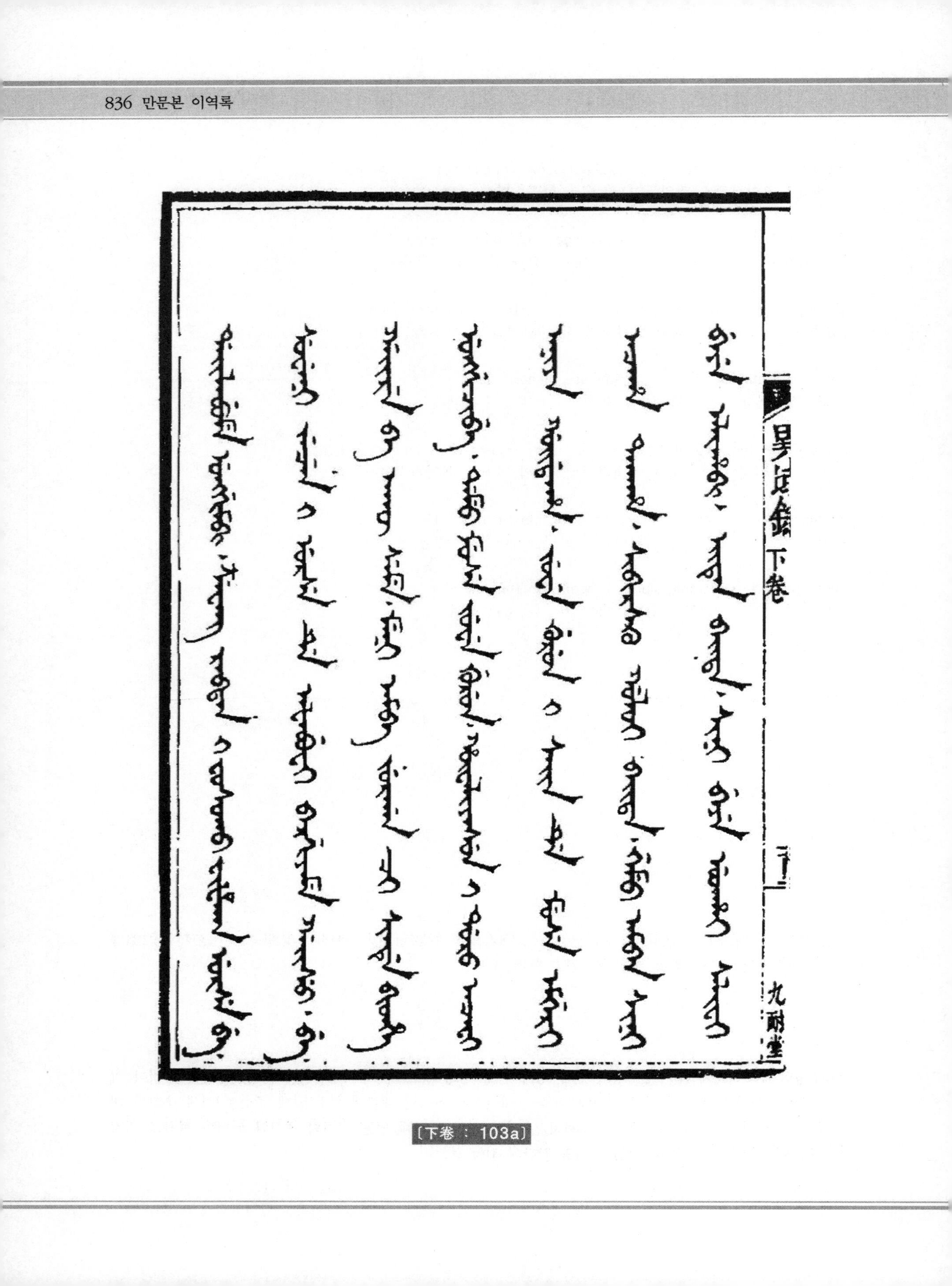

dailabume unggimbi. ts'ewang rabtan i fosoko fifaka urse be,
정벌시키러 보낸다. 처왕 랍탄 의 흩어져 도망간 무리 를

suweni jecen i urse de afabufi bargiyame gaisu. be
너희의 변경 의 무리 에게 맡겨서 거두어 취해라. 우리

gaire ba akū seme, meni amba jurgan ci sinde bithe
취할 바 없다 하고 우리의 大 部 에서 너에게 글

unggicibe, damu muse juwe gurun, hūwaliyasun i doro acafi
보내더라도 다만 우리 두 나라 화목함 의 道 맺고

aniya goidaha. juwe gurun i sain de muse emgeri
해 오래되었다. 두 나라 의 좋음 에 우리 한번

acaha. takaha. sibirsk'o goloi baita, gemu amban sini
만났다. 알았다. 시비르스코 省의 일 모두 대신 너의

beye alihabi. eiten baita, sini beye uthai salifi
몸소 떠맡았다. 모든 일 너의 몸소 곧 주관해서

[한문]

部下有流竄逃亡者 令爾邊境之人即行收納 我國竝不討取 雖經大部移會 但兩國和議交好有年 與子得以相識 其西畢爾斯科地方事務 俱係爾統轄 諸事得以專主

—— ◦ —— ◦ —— ◦ ——

정벌하게 하러 보내신다. "처왕 랍탄의 흩어져 도망간 무리를 그대의 변경에 있는 무리들에게 맡겨서 거두어 취하게 하라. 우리는 취하지 않을 것이다." 하고 우리 나라의 대부(大部)에서 그대에게 글을 보내더라도, 다만 우리 두 나라가 화의(和議)를 맺은 지 오래되었다. 두 나라의 사이가 좋고 우리는 한번 만났다. 시비르스코 성(省)의 일은 모두 대신인 그대가 몸소 맡아서 모든 일을 주관해서

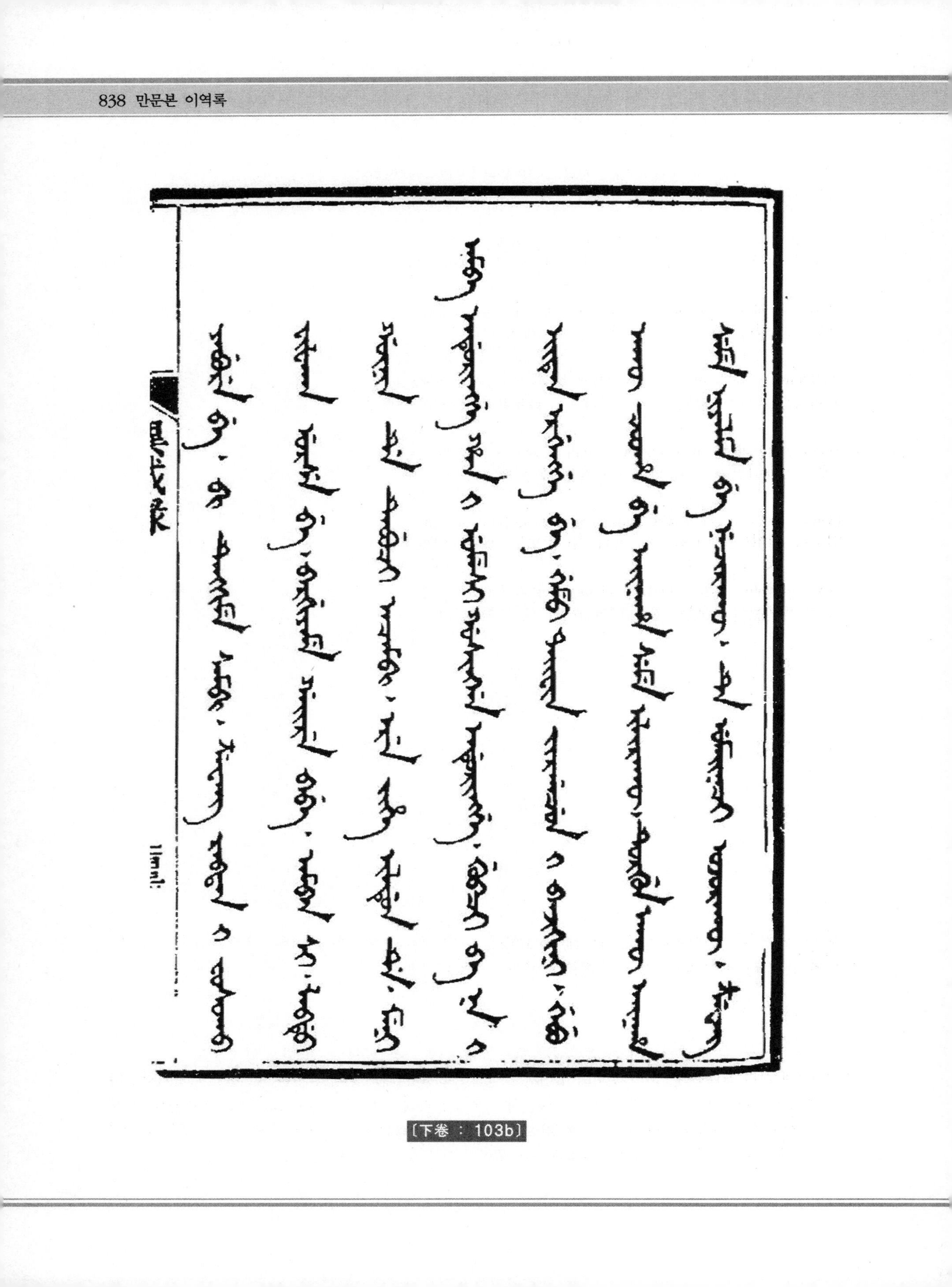

yabure be, bi tengkime sambi. ts'ewang rabtan i fosoko
행함 을 나 확실하게 안다. 처왕 랍탄 의 흩어지고

fifaka urse be, bargiyame gaire babe, amban si labdu
도망간 무리 를 거두어 취할 바를 대신 너 많이

gūnin de tebuci acambi. ere jihe ildun de, meni
생각 에 두면 마땅하다. 이 온 김 에 우리의

amba enduringge han i umesi gosingga enduringge, gubci ba na i
크고 성스러운 汗 의 매우 인자하고 성스러움 모든 地 域 의

eiten ergengge be, gemu taifin jirgacun banjikini. gebu
모든 살아있는 것 을 모두 태평하고 안락하게 살게 하자. 명분

akū cooha be ainaha seme ilirakū. turgun akū ainaha
없이 병사 를 어찌 하여도 일으키지 않는다. 연유 없이 어찌

seme niyalma be necirakū. te umainaci ojorakū, ts'ewang
하여도 사람 을 범하지 않는다. 지금 어쩔 수 없이 처왕

[한문]

我所深知者 其收納策旺拉布坦逃亡之事 當深爲留意 今奉命之便 將我大皇帝至聖至仁 率土生靈 咸欲置之衽席 斷不興無名之師 不伐無罪之國 今不得已

—— 。—— 。—— 。——

행하는 것을 나는 확실하게 안다. 처왕 랍탄의 흩어져서 도망간 무리를 거두어 취하는 것을 대신인 그대가 많이 마음에 두는 것이 당연하다. 지금 이렇게 온 김에 우리의 대황제(大皇帝)의 매우 인자하고 성스러움으로 모든 지역의 중생을 모두 태평하고 안락하게 살게 하자. 명분 없이 군사를 일으키지 않고, 이유 없이 결코 사람을 범하지 않으신다. 지금 어쩔 수 없이 처왕

異域錄 下卷

rabtan i weile be fonjibume cooha be tucibufi, dailara
랍탄 의 죄 를 묻게 하러 병사 를 내어서 정벌하는

turgun be, bai simbe sakini seme jasiha. bithe jasiha
연유 를 그저 너를 알게 하고자 하여 편지했다. 글 편지한

doroi, kidure gūnin be tuwabume, suje duin unggihe..
도리로 그리워하는 생각 을 보이려 비단 넷 보냈다.

[한문]

聲其罪 而遣旅致討 特致書悉焉 玆因麟鴻之便 用展眷慕之懷 遺幣四端

—— ◦ —— ◦ —— ◦ ——

랍탄의 죄를 물으러 병사를 내어서 정벌하는 연유를 그저 그대가 알았으면 해서 편지를 하였다. 편지를 한 예로서 그리워하는 마음을 보이려 비단 넷을 보냈다."

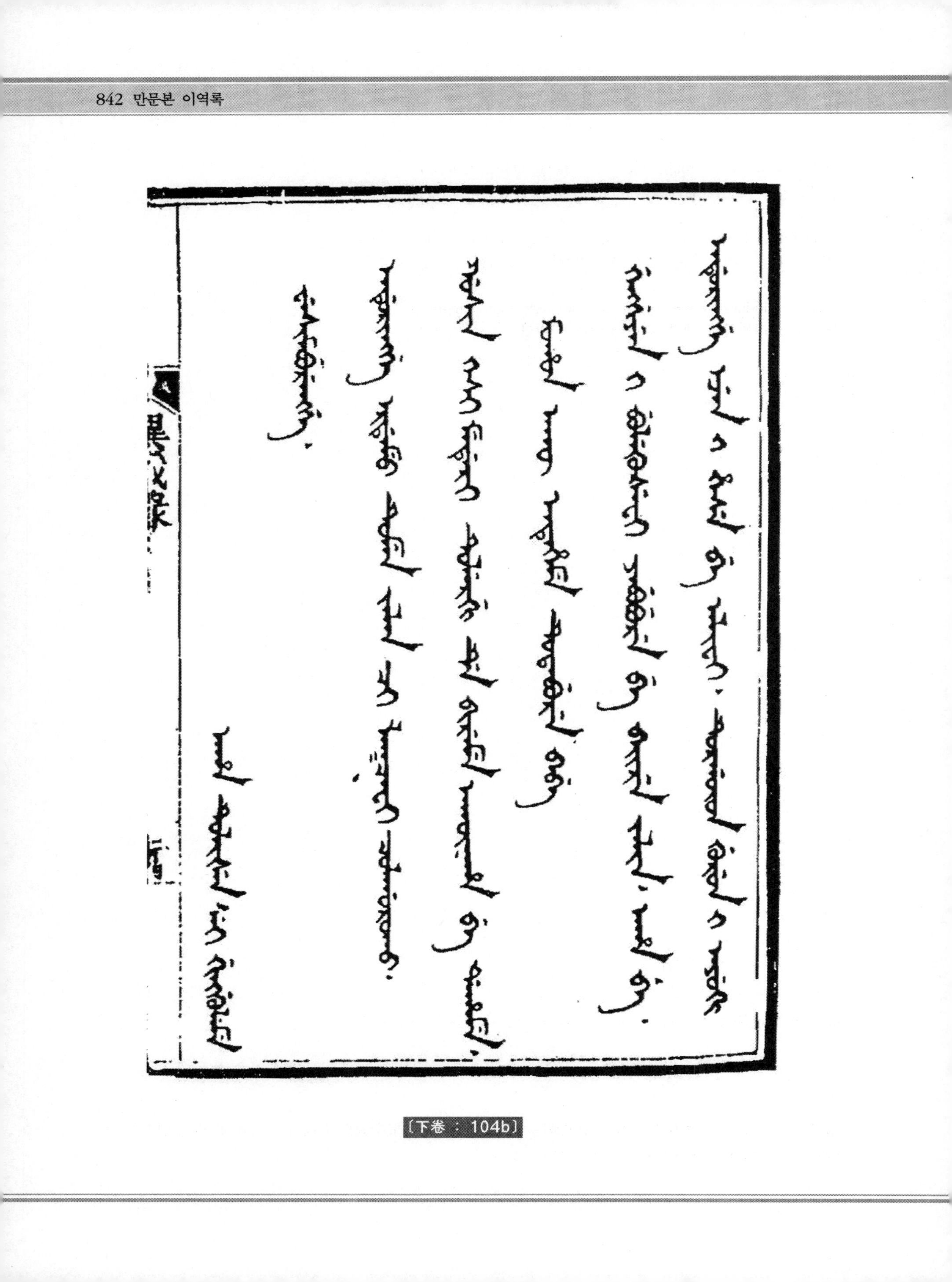

〔下卷 : 104b〕

aha tulišen sei gingguleme
우둔한 툴리션 等의 삼가

wesimburengge,
올리는 것

enduringge erdemu tumen jalan ci lakcafi colgoroko,
성스러운 덕 萬 세대 에서 초월해서 빼어났으며

gosin kesi mederi tulergi de bireme akūnaha be dahame,
仁 德 바다 바깥 에 두루 퍼졌음 을 따라

mohon akū enteheme tutabure babe
다함 없이 영원히 남겨질 바를

genggiyen i bulekušefi yabubure be baire jalin. aha be,
고명하게 판단해서 행해지기 를 원하기 때문이다. 우둔한 우리

enduringge ejen i hese be alifi, turgūt gurun i ayuki
성스러운 주인 의 皇旨 을 받아서 투르구트 나라 의 아유키

—— ◦ —— ◦ —— ◦ ——

우둔한 툴리션 등이 삼가 주상하는 것
황제의 성스러운 덕이 만 세대 중 가장 빼어났으며 인덕(仁德)이 해외까지 두루두루 이르렀으므로 끝없이 영원히 후세에 전해질 바를 현명히 판단해서 행해지기를 원하기 때문이다. 우둔한 우리는 성스러운 황제의 황지(皇旨)를 받아서 투르구트의 아유키

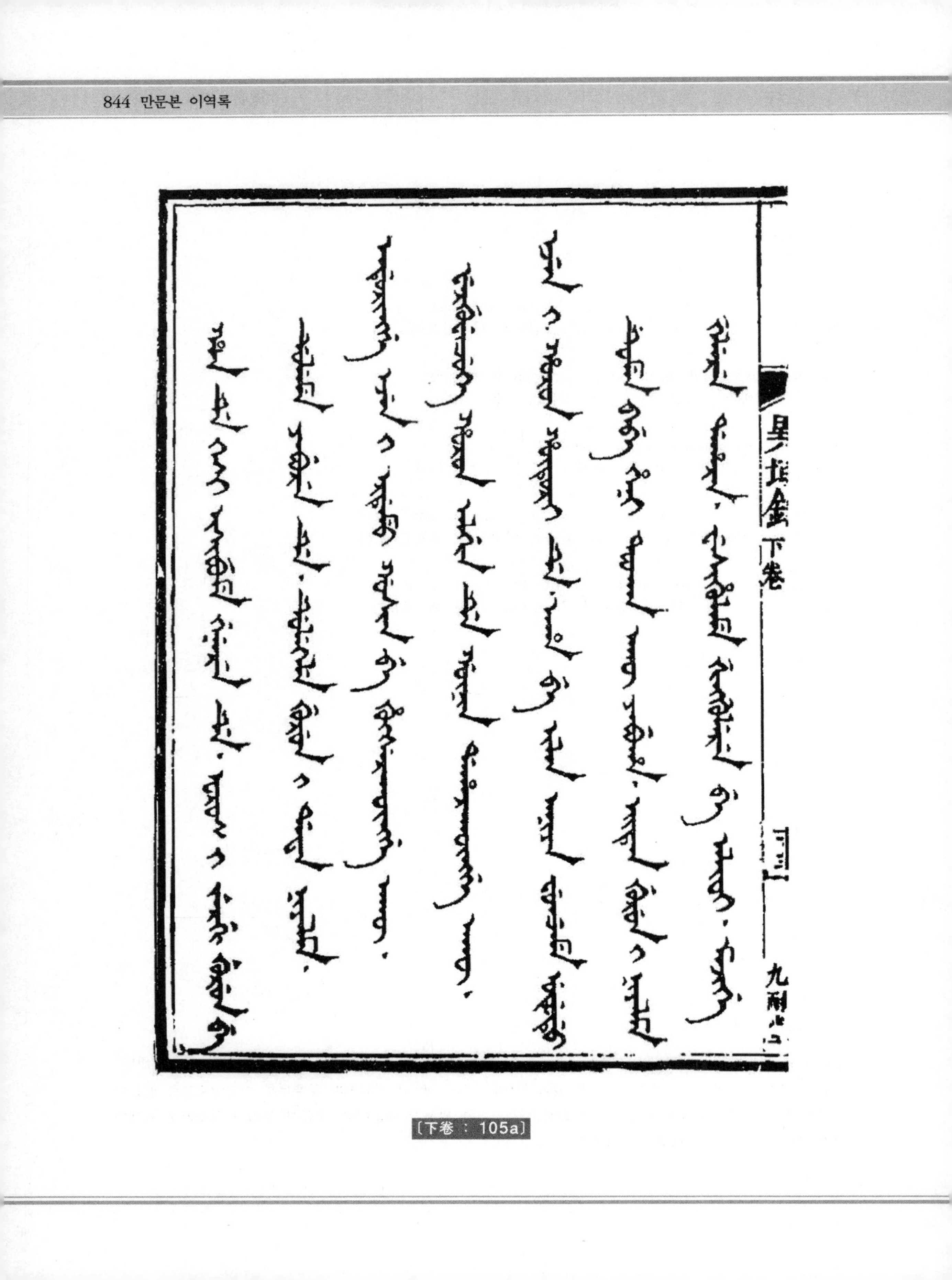

異域錄 下卷 九

[下卷 : 105a]

han de kesi isibume genere de, oros i jergi gurun be
汗 에게 은덕 미치게 하러 감 에 러시아 의 等 나라 를

duleme yabure de, dulekele gurun i data niyalma,
지나 감 에 지나간 모든 나라 의 우두머리들 사람

enduringge ejen i erdemu gosin be hukšerakūngge akū.
성스러운 주인 의 德 仁 을 감격하지 않은 이 없다.

ferguwecuke horon algin de gūnin daharakūngge akū.
신묘한 위엄 명성 에 생각 따르지 않는 이 없다.

ejen i horon hūturi de, aha be ilan aniya funceme ududu
주인 의 위엄 복 에 우둔한 우리 삼 년 넘게 수

tumen babe heni tookan akū yabuha. eiten gurun i niyalma
萬 리를 조금도 지체 없이 갔다. 모든 나라 의 사람

gelere dahara, wesihuleme ginggulere be alifi, majige
두려워하고 따르고 공경하며 삼감 을 받아 조금도

—— ◦ —— ◦ —— ◦ ——

한에게 은덕을 미치게 하러 가면서, 러시아 등의 나라를 지나갈 때 지나간 모든 나라의 수령들과 사람들이 성스러운 황제의 덕(德)과 인(仁)에 감격하지 않은 바가 없었으며, 신묘한 위엄과 명성에 마음이 따르지 않는 바가 없었다. 황제의 위엄과 복 덕분에, 우둔한 우리는 3년 넘게 수만리를 조금도 지체 없이 갈 수 있었다. 모든 나라의 사람들이 두려워하며 따르고, 삼가 공경함을 받아 조금도

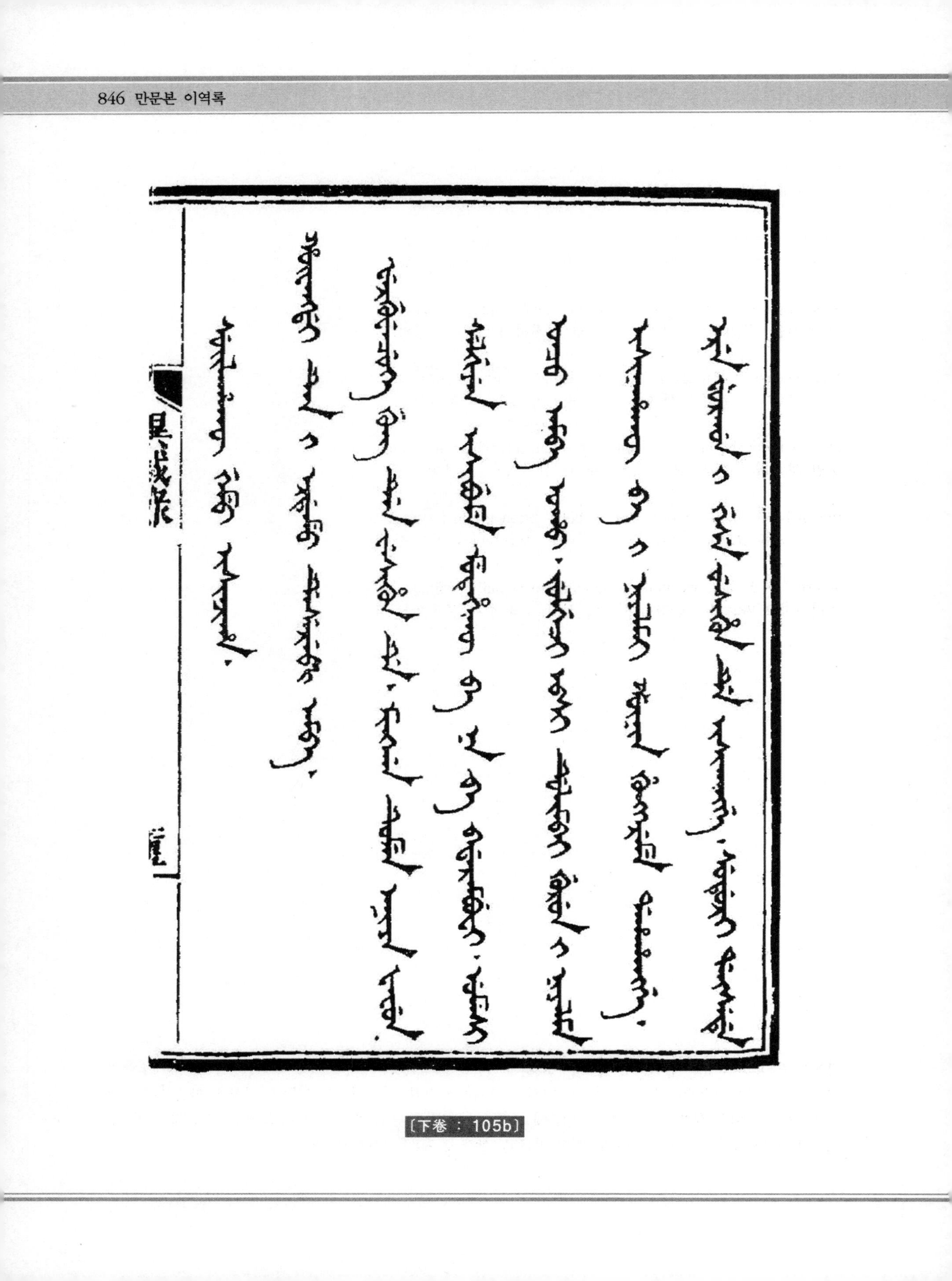

異域錄

suilahakū gemu isinjiha.
고생하지 않고 모두 돌아왔다.

hūwangdi ten i erdemu deserepi amba,
황제 지극 의 덕 넓고 크며

ferguwecuke gung den wesihun de, minggan tumen aniya fafun
신묘한 功 높고 귀함 에 천 만 년 法

selgiyen isibume mutehekū ba na be badarambufi, umesi
令 미칠 수 없었던 地 域 을 넓혀서 매우

onco amba oho. julgeci ebsi dulimbai gurun i niyalma
넓고 크게 되었다. 예부터 이때까지 中 國 의 사람

isinahakū ba i niyalmai gūnin hungkereme dahahangge,
다다르지 않던 곳 의 사람의 생각 기울여 복종한 것

ere forgon i gese wesihun de isikangge, suderi dangsede
이 시절 의 처럼 성대함 에 이른 것 역사 檔子에

—— ◦ —— ◦ —— ◦ ——

고생하지 않고 모두 돌아왔다. 황제의 지극하신 덕이 넓고 크며, 신묘한 공(功)이 높고 귀함에, 천만년 동안 법령(法令)이 미칠 수 없었던 지역을 개척하여서, 국토가 매우 확대되었다. 예부터 지금까지 중국 사람들이 다다르지 않았던 곳의 사람들이 마음을 기울여 복종한 것이 이 시절처럼 성대하게 이른 것은 역사책에

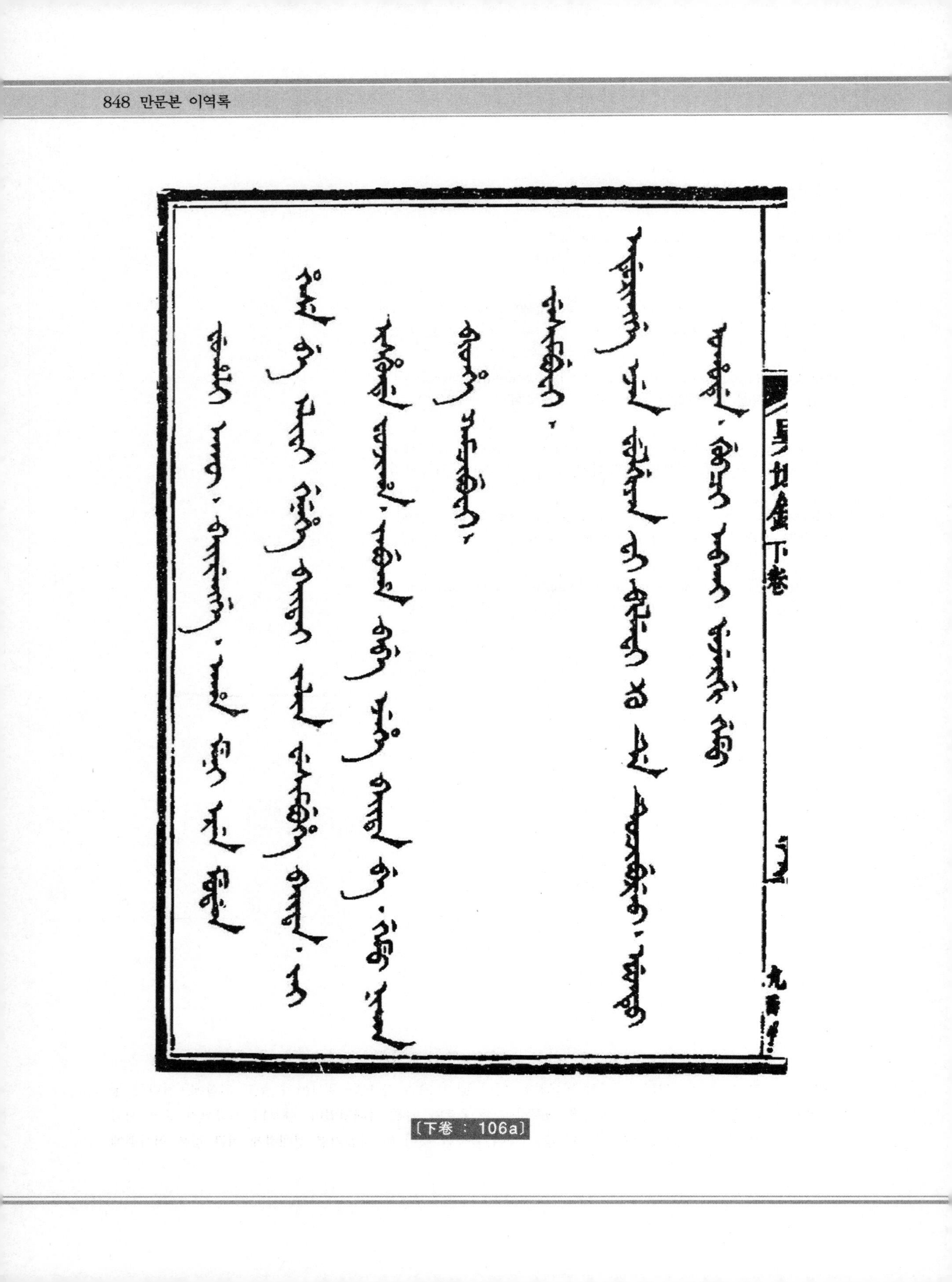

異域錄 下卷 九

fuhali akū. bairengge, aha meni ere mudan
전혀 없다. 청하는 것 우둔한 우리의 이 번

hese be alifi genehe baitai jalin wesimbuhe baita, jai
皇旨 를 받아서 간 일의 때문에 올린 일 또

ishunde fonjiha, jabuha babe ejehe baita be, gemu nikan
서로 묻고 대답한 바를 기록한 일 을 모두 漢

bithe kamcibufi,
文 아우르게 하여

wesimbufi,
올리고

enduringge ejen fulgiyan fi pilefi k'o de tucibureo. uttu
성스러운 주인 朱批하여서 科 에 내리소서. 이리

ohode, gubci abkai fejergi gemu
됨에 모든 하늘의 아래 모두

—— ◦ —— ◦ —— ◦ ——

전혀 기록된 바 없다. 우리가 청하기를, “우둔한 우리가 이번에 황지(皇旨)를 받아서 간 일로 주상한 것, 그리고 서로 묻고 대답한 바를 기록한 일을 모두 한문(漢文)을 아울러서 주상하니, 성스러운 황제께서는 이를 보고 첨삭하시어 과(科)에 내리소서. 이렇게 하면 모든 천하의 사람들이 모두

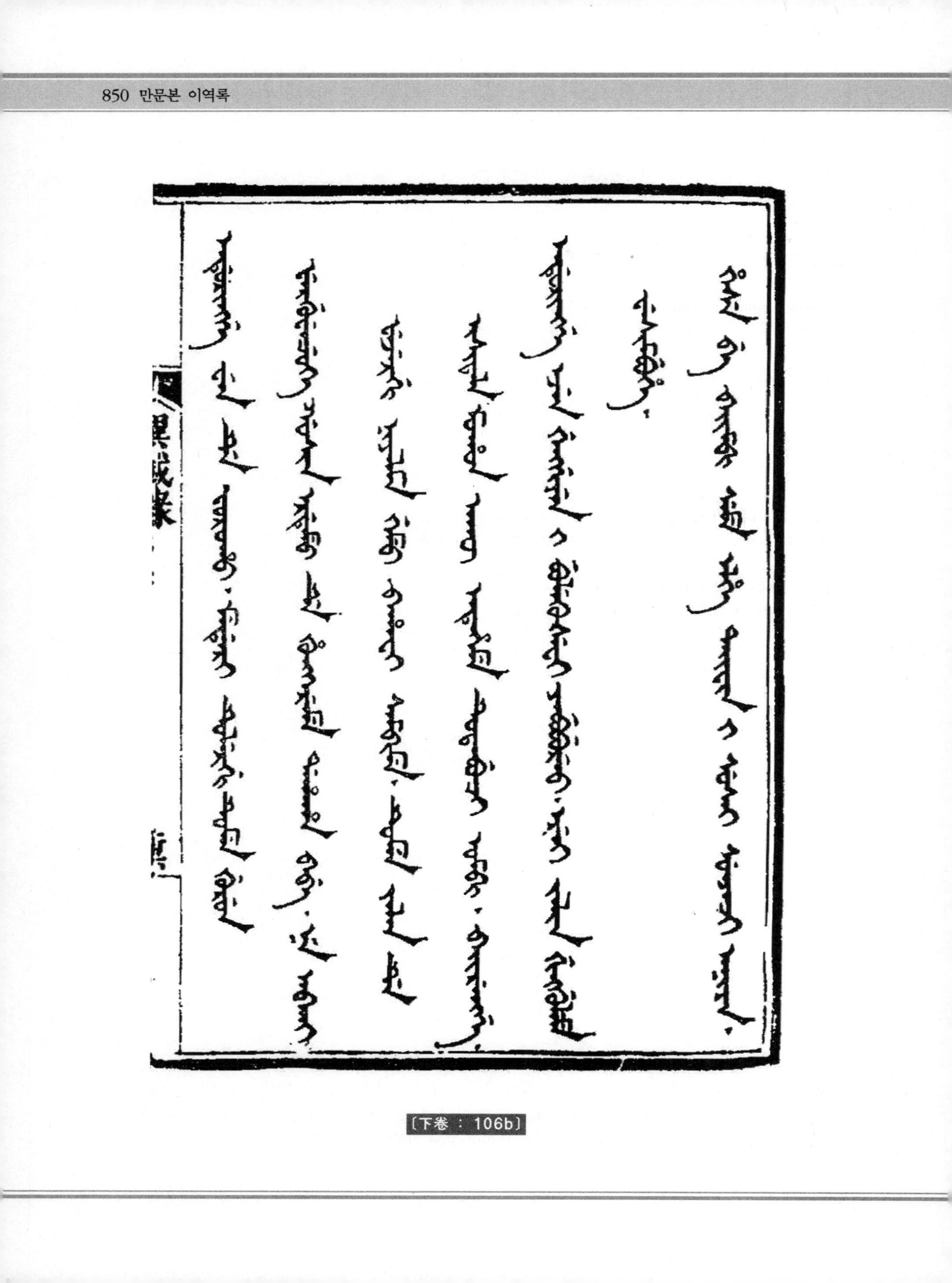

〔下卷 : 106b〕

enduringge wen de foroho. mederi tulergi tumen gurun
성스러운 교화 에 마주하였다. 바다 바깥 萬 國

ferguwecuke gosin erdemu de hungkereme dahaha babe, ne abkai
신묘한 仁 德 에 마음을 다해 복종한 바를 지금 하늘의

fejergi niyalma gemu bahafi sambime, tumen jalan de
아래 사람 모두 능히 알고 있으며 萬 세대 에

isitala mohon akū enteheme tutabuci ombi. bairengge,
이르도록 끝 없이 영원히 남겨질 수 있다. 청하는 것

enduringge ejen genggiyen i bulekušefi yabubureo. erei jalin gingguleme
성스러운 주인 맑게 비추어서 행하게 하소서. 이의 때문에 삼가

wesimbuhe.
올렸다.

hese be baimbi seme elhe taifin i susai sunjaci aniya,
皇旨 를 청한다 하고 康 熙 의 쉰 다섯째 해

—— ◦ —— ◦ —— ◦ ——

성스러운 교화에 마주할 것입니다. 해외의 만국이 황제의 신묘한 인덕(仁德)에 기울여 복종한 바를 지금 천하의 사람들이 모두 능히 알고 있으며, 만 세대에 이르도록 다함이 없이 영원히 남겨질 수 있을 것입니다." 또 우리가 청하기를, "성스러운 황제께서는 맑게 비추어서 행하게 하소서. 이러한 까닭에 삼가 주상하였습니다. 황지(皇旨)를 청합니다." 하고 강희(康熙) 55년

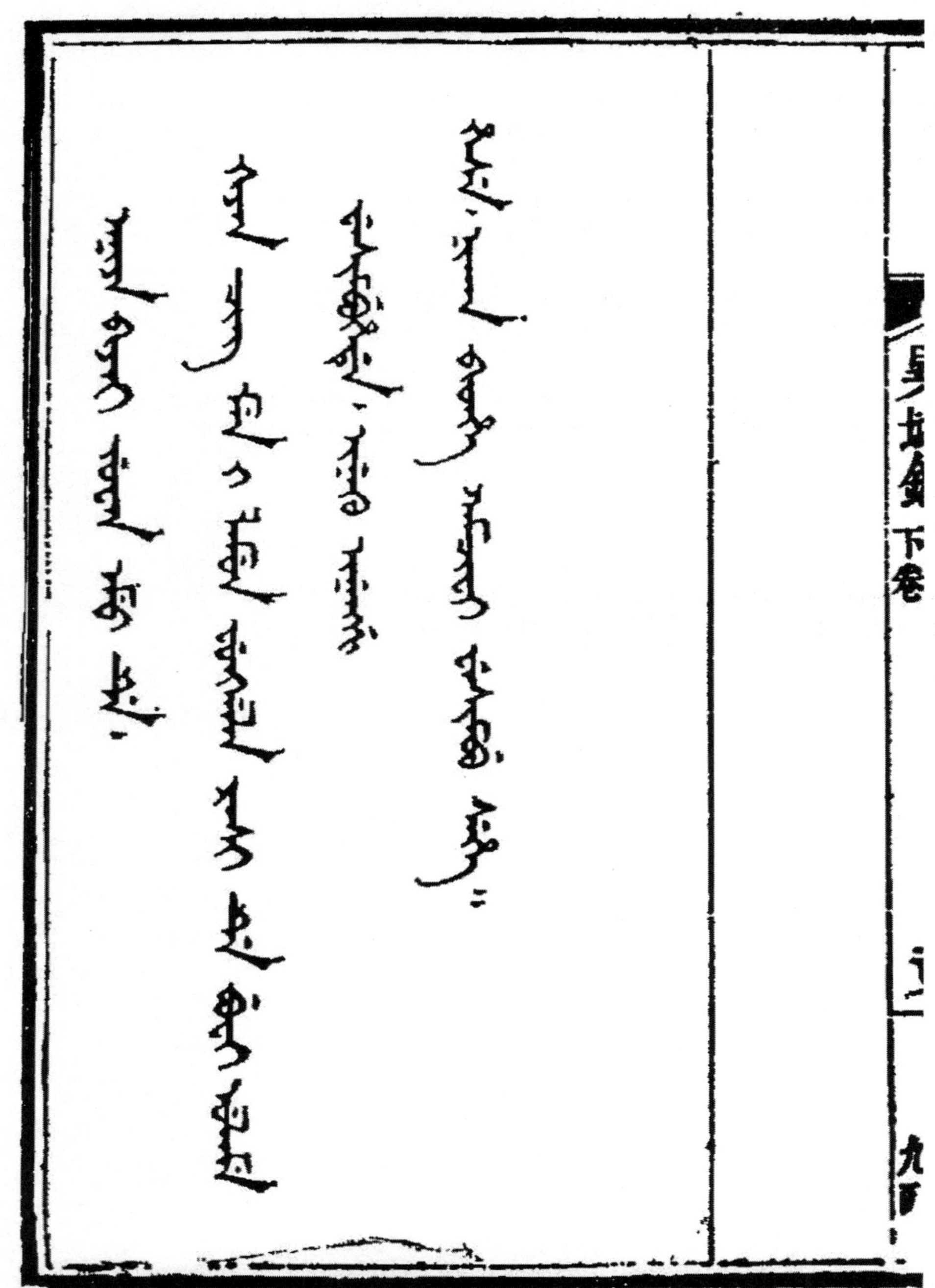

aniya biyai juwan emu de,
正　月의　십　일　에

kiyan cing men　i　lamun funggala rasi[356]　de　bufi　ulame
乾　清　門 의 藍翎　侍衛　라시　에게 주어서 전하여

wesimbuhede, ineku inenggi
올리게 함에　같은　날

hese, nikan bithe kamcifi　wesimbu sehe..
皇旨　漢　文 아울러서　올려라　하였다.

—— ◦ —— ◦ —— ◦ ——

정월 11일에 건청문(乾淸門)의 남령시위(藍翎侍衛) 라시에게 주어서 전하여 주상하게 하였더니, 같은 날 황지(皇旨)를 내리시기를, 한문(漢文)을 아울러서 올려라 하셨다.

356) rasi(拉錫) : 투버트 라시(圖伯特拉錫). 청나라 몽골 정백기(正白旗) 사람이다. 강희(康熙) 연간에 친군(親軍)에서 난령시위(蘭翎侍衛)에 임명되고, 이어 수란(舒蘭)과 함께 황하(黃河)의 근원을 탐색하여 이를 그림으로 그려 올렸다. 옹정(雍正) 초에 정백기 만주도원(滿洲都院)에 올랐다. 우량하이(烏梁海)의 일을 숨긴 죄로 관직을 빼앗겼다가 얼마 뒤 복직했고, 11년 12월 죽었다.

역주자 약력

최동권 Choi Dongguen　상지대학교 국어국문학과
김유범 Kim Yupum　고려대학교 국어교육학과
문현수 Moon Hyunsoo　고려대학교 국어국문학과
최혜빈 Choi Hyebin　고려대학교 국어교육학과
남향림 Nan Xianglin　경희대학교 국어국문학과

고려대학교 민족문화연구원 만주학 총서❺

만문본 이역록

초판인쇄 2018년 12월 18일
초판발행 2018년 12월 31일

역 주 자 최동권, 김유범, 문현수, 최혜빈, 남향림
발 행 처 박문사
발 행 인 윤석현
등 록 제2009-11호

우편주소 서울시 도봉구 우이천로 353 성주빌딩 3층
대표전화 (02)992-3253
전 송 (02)991-1285
전자우편 bakmunsa@hanmail.net
홈페이지 http://jnc.jncbms.co.kr
책임편집 최인노

ISBN 979-11-89292-22-5 93890　정가 90,000원

* 이 논문 또는 저서는 2014년 정부(교육부)의 재원으로 한국연구재단의 지원을 받아 수행된 연구임(NRF-2014S1A5B4036566)